허먼 멜빌(Herman Melville)
(1819~1891)

현대지성 클래식 44

# 모비 딕

## MOBY DICK

허먼 멜빌 | 레이먼드 비숍 그림 | 이종인 옮김

현대
지성

너새니얼 호손의 천재성에 경의를 표하며

이 책을 그에게 바친다.

# 『모비 딕』의 이해를 돕는 당시의 판화들[†]

**"저기 고래가 물을 뿜고 있다!"**

횡범선(橫帆船)의 뒷돛대 중간 부분에 설치된 망대를 정확하게 스케치한 그림이다. 포경선 선원들은 통상적으로 돌아가며 망을 보는데, 뒷돛대 머리 부분에 설치된 망대에 서서 경계 근무를 선다. 뒷돛대는 그림에 그려진 것보다 더 높고 더 큰 돛대로 보초 서는 선원이 이 망대 위에 서면 바다가 아주 멀리까지 보인다. 43장, 133장 참조.

[†]   네 번째 그림⟨고래 꼬리에 맞아 박살 난 보트⟩ 출처: W. H. G. Kingston, *Shipwrecks and Disasters at Sea* (London and NewYork: George Routledge & Sons, 1875).

그 외 그림들 출처: William M. Davis, *Nimrod of the Sea: or, The American Whaleman* (New York: Harper & Brothers, 1874).

**고래가 공격하기 직전 모습**

이 그림은 향유고래의 아래턱 형태와 위치를 잘 보여준다. 고래는 물 밖으로 뛰어오르며 꼬리 부분으로 공격 대상에게 타격을 가한다. 통상적으로 보트의 조장(왼쪽 보트에서 선미에 있음)은 고래를 향해 앞쪽을 바라본다. 멀리 오른쪽에 있는 포경 보트는 항해 중이다. 133~135장 참조.

**창 던지기**
이 그림에서 보트의 선원들은 포경 밧줄을 보트 쪽으로 잡아당겨서 피곤해진 고래와 나란히 달리고 있다.
보트의 조장들은 고래를 확실히 죽이기 위해 자루가 길면서 갈고리는 없는 창을 고래 등에 찔러 넣고 있다.
61장 참조.

**고래 꼬리에 맞아 박살 난 보트**
길이가 12피트(약 3.6미터) 이상 되는 고래 꼬리는 단번의 타격으로 포경 보트를 박살 낼 수 있다. 이 그림을 보면 보트가 박살 나서 선원들이 바다로 내팽개쳐졌는데, 이런 사고는 고래잡이 중에 빈번히 일어난다. 여기에 그려진 보트들은 다소 파격적이다. 보트의 선원은 보통 6명인데 여기서는 10명이 타고 있고, 보트의 선미가 네모난 점이 선수와 선미 양끝이 뾰족한 일반적인 포경 보트와는 다른 특징이다. 86장 참조.

**고래의 아가리 속**
향유고래의 특징은 옆으로 비스듬하게 눕거나 등을 대고 누운 상태에서 강력한 아래턱으로 보트를 씹어서 박살 낸다는 것이다. 향유고래는 아래턱에만 이빨이 있고 위턱에는 없다. 위턱에는 아래턱의 이빨이 들어가는 구멍이 나 있다. 135장 참조.

**케이스에서 뇌유 퍼내기**

밑에서 올려다본 케이스(case)의 모습이다. 케이스는 향유고래 머리 중 윗부분을 가리킨다. 고래의 뇌유는 화장품, 고약, 양초 등의 원료로 사용된다. 케이스는 절단 도르래에 의해 공중에 들어 올려진 상태로 포경선의 오른쪽 선측에 고정되어 있다. 케이스 위에 서 있는 선원의 왼쪽에 케이스에서 퍼낸 뇌유를 담는 버킷이 보인다. 버킷은 케이스의 맨 위 중간쯤에 작은 구멍을 뚫고 그 구멍으로 퍼낸 뇌유를 담는 데 쓰는 용기다. 버킷은 안에 들어간 뇌유가 단단해지는 것을 막기 위해 양쪽 끝이 가늘어지는 통 모양을 하고 있다. 78장 참조.

**담요 벗겨내기**

절단 도르래의 갈고리를 고래 피부에 찔러 넣은 뒤 담요(고래의 피부)를 벗겨내고 있다. 선측에 설치된 두 개의 디딤대 널판(두 선원이 긴 막대를 들고 서 있는 곳)은 일반적으로 뱃전 쪽에 또 다른 널판을 설치해 연결시킨다. 뱃전에서 나온 체인이 고래 꼬리에 감겨져 있는 것을 주목하라. 체인을 고래 꼬리의 밑동에 감아서 고래의 사체를 적절히 회전시킴으로써 담요 작업을 한결 쉽게 해준다. 68장 참조.

**기름 짜는 솥**

앞돛대에서 바라본 기름 짜는 작업장의 모습이다. 이 그림에는 세 개의 솥이 설치되어 있지만, 미국에서는 기름 짜는 솥을 두 개만 사용하는 것이 보편적이다. 선원들이 들고 있는 갈고리 포크 같이 생긴 도구는 프리커 (pricker) 혹은 고래 지방 포크라고 부르는데, 고래 지방을 솥에 집어넣을 때 쓰고, 기름을 짜고 남은 찌꺼기 (연료로 사용됨)를 꺼낼 때도 쓴다. 96장 참조.

# 차례

어원·019

발췌록·021

1장 어렴풋이 드러나는 것들·037

2장 여행 가방·043

3장 물보라 여관·047

4장 이불·064

5장 아침 식사·068

6장 거리·070

7장 예배당·073

8장 설교단·077

9장 설교·079

10장 절친한 친구·090

11장 잠옷·094

12장 살아온 날들·096

13장 외바퀴 손수레·099

14장 낸터킷·104

15장 차우더·107

16장 배·110

17장 라마단·127

18장 그의 표시·133

19장 예언자·137

20장 출항 준비·141

21장 배에 타다·143

22장 메리 크리스마스·147

23장 바람이 불어가는 쪽 해안·153

24장 변호·155

25장 덧붙이는 말·160

26장 기사와 종자 1·161

27장 기사와 종자 2·165

28장 에이해브·170

29장 에이해브 등장, 뒤이어 스터브 등장
·175

30장 파이프·178

31장 매브 여왕·180

32장 고래학·182

33장 작살잡이장·197

34장 선실 식탁·200

35장 돛대 꼭대기·206

36장 뒷갑판·215

37장 해질녘·224

38장 황혼·227

39장 첫 번째 야간 당직·228

40장 한밤중, 앞갑판·229

41장 모비 딕·239

42장 고래의 흰색·252

43장  잘 들어봐! · 262

44장  해도 · 263

45장  진술서 · 270

46장  추측 · 280

47장  거적 짜기 · 282

48장  최초의 보트 출격 · 286

49장  하이에나 · 298

50장  에이해브의 보트와 선원들, 페달라 · 301

51장  유령의 물줄기 · 303

52장  앨버트로스호 · 308

53장  포경선들의 만남, 갬 · 311

54장  타운호호 이야기 · 315

55장  말도 안 되는 고래 그림들 · 338

56장  오류가 적은 고래 그림과 사실적인 고래잡이 그림 · 344

57장  그림, 이빨, 나무, 철판, 돌, 산악, 별자리 등에 나타난 고래에 관해 · 348

58장  요각류 · 352

59장  오징어 · 355

60장  포경 밧줄 · 357

61장  스터브가 고래를 죽이다 · 362

62장  작살 던지기 · 367

63장  작살받이 · 369

64장  스터브의 저녁 식사 · 370

65장  고래고기 요리 · 379

66장  상어 대학살 · 382

67장  고래 해체 작업 · 384

68장  담요 · 387

69장  장례식 · 390

70장  스핑크스 · 393

71장  제로보암호 이야기 · 396

72장  원숭이 밧줄 · 403

73장  스터브와 플래스크, 참고래를 죽이고 그자에 관해 대화하다 · 408

74장  향유고래의 머리 - 비교 검토 · 415

75장  참고래의 머리 - 비교 검토 · 419

76장  공성퇴 · 422

77장  커다란 하이델베르크 술통 · 425

78장  기름통과 들통 · 427

79장  대평원 · 432

80장  고래의 뇌 · 435

81장  피쿼드호, 융프라우호를 만나다 · 438

82장  포경업의 명예와 영광 · 450

83장  역사적으로 고찰해본 요나 · 453

84장  창 던지기 · 457

85장  분수 · 459

86장  꼬리 · 465

87장  무적함대 · 470

88장  학교와 교장 · 484

89장  잡힌 고래와 놓친 고래 · 488

90장  머리냐 꼬리냐 · 492

91장  피쿼드호, 로즈버드호를 만나다 · 495

92장  용연향·504

93장  버림받은 자·506

94장  손으로 쥐어짜기·511

95장  사제복·515

96장  기름 짜는 솥·516

97장  등잔·523

98장  채우기와 치우기·523

99장  스페인 금화·526

100장  다리와 팔 ― 낸터킷의 피쿼드호, 런
던의 새뮤얼엔더비호를 만나다·533

101장  술병·541

102장  아르사시드군도의 나무 그늘·546

103장  고래의 뼈대 측량·552

104장  화석 고래·555

105장  고래의 크기는 줄어들고 있는가? 고
래는 멸종할 것인가?·559

106장  에이해브의 다리·563

107장  목수·565

108장  에이해브와 목수·568

109장  선장실의 에이해브와 스타벅·575

110장  관에 누운 퀴케그·578

111장  태평양·584

112장  대장장이·586

113장  용광로·589

114장  황금빛 바다·593

115장  피쿼드호, 배철러호를 만나다·595

116장  죽어가는 고래·597

117장  고래 불침번·599

118장  사분의·601

119장  양초·605

120장  첫 번째 야간 당직이 끝날 무렵의 갑
판·614

121장  한밤중 ― 앞갑판의 뱃전·614

122장  한밤중의 돛대 꼭대기 ― 천둥과 번
개·616

123장  머스킷총·616

124장  나침반 바늘·621

125장  측정기와 측정줄·624

126장  구명부표·629

127장  갑판·633

128장  피쿼드호, 레이철호를 만나다·635

129장  선실·640

130장  모자·642

131장  피쿼드호, 딜라이트호를 만나다
·647

132장  교향곡·649

133장  추격 ― 첫째 날·654

134장  추격 ― 둘째 날·666

135장  추격 ― 셋째 날·677

에필로그·690

해제 | 이종인·692

허먼 멜빌 연보·736

**일러두기**

1. 이 책은 1851년에 출간된 허먼 멜빌의 『모비 딕』(Moby-Dick; or, The Whale)을 완역한 작품이다.
2. 각주는 역자가 달았고, 저자의 각주는 '원주'라고 따로 표기했다.
3. 본문의 성경 구절은 새번역 성경에 맞추었다. 공동번역 등 그 외 버전은 별도로 표기했다.

# 어원

**(폐결핵으로 세상을 떠난 어느 중등학교 보조 교사에게 받은 자료)**

⚓

얼굴이 창백한 보조 교사였다. 코트뿐 아니라 마음과 몸과 머리까지 너덜너덜한 모습이 지금도 눈앞에 선하다. 그는 늘 낡은 사전과 문법책에 쌓인 먼지를 희한하게 생긴 손수건으로 털어냈다. 세상에 알려진 모든 나라의 화려한 국기가 요란하게 그려진 손수건이었다. 그는 낡은 문법책의 먼지를 털어내는 일을 좋아했는데, 그러면서 자신이 언젠가 죽음을 맞이해야 한다는 사실을 가만히 떠올리는 것 같았다.

남을 가르치는 일을 하는 사람이 고래(whale)라는 물고기의 이름을 우리말로 뭐라고 부르는지 가르칠 때, 무지하여 글자 하나로 단어의 의미를 거의 다 보여주는 'H'자를 빠뜨린다면, 그는 진실이 아닌 것을 전달하는 것이다.

리처드 해클루트

................................................................

WHALE. 스웨덴어와 덴마크어로는 hval. 이 동물의 이름은 둥글둥글한 몸체 혹은 몸을 구르는 모습에서 유래했다. 덴마크어로 hvalt는 아치 또는 둥근 천장 모양을 뜻한다.

웹스터 사전

................................................................

WHALE. 좀 더 직접적으로는 네덜란드어와 독일어 Wallen에서 유래했다. 앵글로색슨어 Walw-ian은 '구르다, 뒹굴다'라는 뜻이다.

리처드슨 사전

................................................................

| | |
|---|---|
| ㄲ | 히브리어 |
| κητος | 그리스어 |
| CETUS | 라틴어 |
| WHÆL | 앵글로색슨어 |
| HVAL | 덴마크어 |
| WAL | 네덜란드어 |
| HWAL | 스웨덴어 |
| HVALUR | 아이슬란드어 |
| WHALE | 영어 |
| BALEINE | 프랑스어 |
| BALLENA | 스페인어 |
| PEKEE-NUEE-NUEE | 피지어 |
| PEHEE-NUEE-NUEE | 에로망고어 |

# 발췌록

**(어느 사서 보조의 조수에게 받음)**

⚓

앞으로 살펴보겠지만, 이 딱한 사서 보조의 조수는 바티칸의 긴 서가와 세상의 노점을 두더지나 굼벵이처럼 고생스럽게 죄다 찾아다니면서 종교 서적이든 일반 서적이든 가리지 않고 고래가 언급된 내용을 닥치는 대로 수집했다. 따라서 이 발췌록에 뒤죽박죽 실린 고래에 관한 논평이 아무리 믿을 만하더라도 이를 참되고 절대적인 고래학(學)으로 받아들여서는 안 된다. 실상은 전혀 그렇지 못하니 말이다. 고대의 저자들과 시인들이 인용된 이 발췌록이 유익하고 재미있는 이유는, 수많은 나라와 수많은 세대의 사람들이 이 거대한 리바이어던(바다 괴물, 즉 고래)에 관해 말하고 생각하고 상상하며 노래한 내용을 대략이나마 살펴볼 수 있기 때문이다.

　그러니 딱한 보조의 조수여, 잘 가시게. 내가 그대의 주석자가 될 테니. 그대는 이 세상 어떤 와인으로도 몸을 따뜻하게 덥힐 수 없을 정도로 가망 없고 병적인 종족에 속한 자이니 연한 셰리주조차 지나치게 붉고 독하게 느껴질지 모른다. 하지만 때때로 사람들은 그대와 함께 그 비참한 기분을 공유하고 눈물이 차오르면서도 유쾌하게 이야기 나누는 것을 즐긴다. 눈물이 그렁그렁한 채 술잔을 비우며 그다지 불쾌하지 않은 슬픔에 사로잡혀 이처럼 퉁명스럽게 말한다. 때려치우게, 보조의 조수여! 세상을 기쁘게 해주자고 그대가 얼마나 많은 고통을 당해야 하는가. 고맙다는 말도 듣지 못하고 왜 계속 그 일을 하는가. 나라면 그대를 위해 햄프턴 궁과 튈르리 궁도 비워줄 수 있을 것 같건만! 하지만 눈물을 삼키고 기운을 내어 얼른 주돛대 높은 곳에 오르게나. 그대보다 먼저 떠난 친구들이 그대가 온다고 일곱 층으로 된 하늘을 깨끗이 치우고 오랫동안 제멋대로 굴던 가브리엘과 미카엘, 라파엘을 쫓아냈으니 말이네. 여기 지상에서 그대는 산산이 조각난 마음들과 부딪히지만, 그곳에서는 깨지지 않는 잔을 부딪치게 될 테니!

그리고 하나님이 커다란 고래를 창조하셨다.

창세기

리바이어던이 한 번 지나가면 그 자취가 번쩍번쩍 빛을 내니, 깊은 바다가 백발을 휘날리는 것처럼 보인다.

욥기

주님께서는 큰 물고기 한 마리를 마련해두셨다가 요나를 삼키게 하셨다.

요나서

물 위로는 배들도 오가며 주님이 지으신 리바이어던도 그 속에서 놉니다.

시편

그날이 오면, 주님께서 좁고 에리한 큰 칼로 벌하실 것이다. 매끄러운 뱀 리바이어던, 꼬불꼬불한 뱀 리바이어던을 처치하실 것이다. 곧 바다의 괴물을 죽이실 것이다.

이사야서

혼돈과도 같은 이 괴물의 입속으로 들어오는 것은 짐승이든 작은 배든 돌이든 무엇이든 즉시 놈의 더럽고 거대한 목구멍으로 빨려 들어가 배 속 끝없는 심연으로 사라진다.

플루타르코스, 『윤리론집』

인도양에는 세상에서 가장 큰 물고기가 산다. 그중에서도 발레네라고 불리는 고래와 소용돌이는 길이가 4에이커 또는 4아르팡(약 1만 6,000제곱미터)에 이른다.

플리니우스, 『박물지』

바다에 나서고 이틀째 되는 날 해 뜰 무렵, 무수히 많은 고래와 바다 괴물이 나타났다. 고래 가운데 한 마리는 몸집이 어마어마했다. … 놈은 입을 쩍 벌린 채 사방에 파도를 일으키고 앞으로 물거품을 일으키며 우리 쪽으로 돌진했다.

루키아노스, 『진실한 이야기』

그는 이 나라에 말고래를 잡을 생각으로 왔다. 말고래의 뼈는 치아 대용으로 쓰이므로 값이 많이 나갔다. 그는 뼈의 일부를 왕에게 바쳤다. … 그의 나라에서는 최상품의 고래가 잡혔는데, 어떤 고래는 길이가 44미터부터 46미터에 달했다. 그는 자신이 이틀 동안 말고래 예순 마리를 잡은 여섯 명 중 한 사람이라고 말했다.

오레르 혹은 옥테르의 구술을 앨프레드 대왕이 기록함(890년)

짐승이든 배든 괴물(고래)의 입속 끔찍한 심연으로 들어간 것은 모두 삼켜져 사라지지만, 작은 물고기 떼는 그곳에 들어가 안전하게 머물며 잠을 청한다.

미셸 몽테뉴, 「레이몽 스봉을 위한 변론」, 『수상록』

도망치자, 도망쳐! 저것이 위대한 예언자 모세가 인내심 강한 욥의 삶을 이야기할 때 묘사한 리바이어던이 아니라면 악마가 나를 잡아가도 좋다.

프랑수아 라블레, 『가르강튀아와 팡타그뤼엘』

이 고래의 간은 수레 두 대의 분량이었다.

존 스토, 『연대기』

바닷물을 가마솥의 물처럼 끓게 하는 거대한 리바이어던.

프랜시스 베이컨이 번역한 시편

고래의 거대한 몸에 관해 우리는 아무것도 특정할 수 없다. 고래는 자라면서 놀라울 정도로 기름진 몸이 되므로 고래 한 마리에서 믿기 힘들 정도로 많은 기름을 추출할 수 있다.

프랜시스 베이컨, 『삶과 죽음의 역사』

몸 안의 상처에는 경뇌유만한 것이 없습니다.

윌리엄 셰익스피어, 『헨리 4세』

과연, 딱 고래입니다.

윌리엄 셰익스피어, 『햄릿』

그에게는 어떤 의술도 소용없으니
그에게 상처를 입힌 자,
저열한 창으로 그의 가슴을 찔러 멈추지 않는 고통을 준 자에게
돌아가 보복하는 길밖에 없다.
물살을 가르며 해안으로 돌진하는 상처 입은 고래처럼.
에드먼드 스펜서, 『선녀 여왕』

그 거대한 몸을 움직여 평온하고 잔잔한 대양을 들끓게 할 수 있는 고래처럼 어마어마한.
윌리엄 대버넌트 경, 『곤디버트』서문

경뇌유가 뭐냐고 사람들이 의심하는 것도 당연하다. 박식한 호프만누스도 30년에 걸쳐
쓴 저술에서 "나는 그것이 무엇인지 모른다"라고 분명히 말했기 때문이다.
토머스 브라운 경, 「경뇌유와 향유고래에 관하여」, 『통속적 오류』

쇠도리깨를 든 스펜서의 철인 탈루스처럼
녀석은 육중한 꼬리로 파멸시키겠다고 위협한다.
…
옆구리에는 창들이 박혀 있고
등에는 창날들이 숲을 이루고 있다.
에드먼드 월러, 『서머제도의 전투』

국가, 라틴어로는 키비타스라고 불리는 저 거대한 리바이어던이 창조되었는데, 이것이
바로 '인공 인간'이다.
토머스 홉스, 『리바이어던』의 첫 문장

어리석은 맨소울(Mansoul)은 그것이 고래 입속에 들어간 청어라도 되는 양 씹지도 않고
삼켰다.
존 번연, 『거룩한 전쟁』[1]

신의 창조물 가운데 가장 거대한

저 바다짐승 리바이어던이

대양을 헤엄치고 다닌다.

존 밀턴, 『실낙원』

---

살아 있는 피조물 중 가장 거대한 저 리바이어던은

깊은 바다에 곶처럼 누워서 자거나 헤엄치는 모습이

마치 움직이는 육지 같다.

아가미로 바다를 들이마시고 숨구멍으로는 바다를 뿜어낸다.

존 밀턴, 『실낙원』

---

거대한 고래는 바닷속에서 헤엄치고, 고래 몸속에는 기름의 바다가 출렁인다.

토머스 풀러, 『세속 국가와 신성 국가』

---

거대한 리바이어던이 곶 뒤에 바짝 붙어

먹이가 나타나기를 기다린다.

먹이를 추격하지 않고 입을 크게 벌려 새끼 물고기들을 삼킨다.

새끼 물고기들은 벌린 입이 길인 줄 알고 들어간다.

존 드라이든, 『경이의 해』

---

고래가 뱃고물 쪽에 떠 있을 때, 그들은 고래의 머리를 자른 다음 보트로 최대한 가까운 해안으로 끌고 간다. 수심이 3~4미터만 되어도 고래는 바다에 닿아 걸리고 만다.

토머스 에지, 「스피츠베르겐까지 열 번의 항해」, 『퍼처스』

---

—  1  원서에는 『천로역정』(The Pilgrim's Progress)으로 나오지만 해당 문장은 『거룩한 전쟁』(The Holy War)에 실려 있으므로 이와 같이 표기했다.

항해 도중에 그들은 수많은 고래가 대양에서 즐겁게 노는 것을 보았다. 고래들은 자연이 어깨에 달아준 관과 구멍으로 물을 장난스럽게 뿜어댔다.

토머스 허버트, 「아시아와 아프리카 항해」, 존 해리스가 편집한 『항해기 전집』에 수록

여기서 그들은 무수히 많은 고래 떼를 만나, 배가 고래 등에 올라앉는 일이 벌어질까 몹시 주의하며 항해를 해야 했다.

빌렘 스호우텐, 『여섯 번째 세계 일주 항해』

배는 북동풍이 부는 가운데 엘베강에서 출항했다. 배 이름은 '고래 배 속의 요나'였다. … 고래는 입을 벌릴 수 없다고 말하는 사람도 있지만, 그것은 지어낸 이야기다. … 그들은 고래가 보이는지 확인하려고 자주 돛대에 올라갔다. 최초로 발견한 자에게는 대가로 금화 하나가 돌아갔기 때문이다. … 셰틀랜드제도 근처에서 잡은 고래 배 속에 청어가 한 통도 넘게 들어 있었다는 이야기를 들었다. … 우리 배의 작살잡이 중 하나가 스피츠베르겐에서 온몸이 하얀 고래를 잡은 적이 있다고 내게 말했다.

「1671년, 그린란드 항해」, 존 해리스가 편집한 『항해기 전집』에 수록

이 (파이프) 해안에도 고래가 몇 마리 온 적이 있었다. 1652년에는 길이가 25미터에 달하는 긴수염고래가 왔는데, (내가 듣기로는) 엄청난 양의 기름 외에도 250킬로그램의 고래수염을 얻었다고 한다. 그 고래의 턱은 피트페렌 정원의 문으로 쓰이고 있다.

로버트 시볼드, 『파이프와 킨로스』

내가 이 향유고래라는 놈을 정복하고 죽일 수 있는지 시험해보기로 했다. 워낙 사납고 빨라서 누가 녀석을 죽였다는 소리를 한 번도 들어본 적이 없기 때문이다.

리처드 스트래퍼드, 「버뮤다에서 보낸 편지」, 『철학 회보』(1668년)

바다의 고래들도
하나님의 말씀에 순종한다.

뉴잉글랜드 초등학교 독본

우리는 거대한 고래들도 많이 보았다. 남쪽 바다에는 북쪽 바다보다 고래가 백배는 많은 것 같다.

카울리 선장, 『세계 일주 항해』(1729년)

---

고래의 입김은 머리가 어지러울 정도로 견디기 힘든 악취를 풍길 때가 많다.

우요아, 『남아메리카』

---

선발된 50명의 특별한 요정들에게
우리는 중요한 임무인 페티코트를 맡긴다.
튼튼한 테를 두르고 고래 갈빗대로 무장한
일곱 겹 울타리로도
버티지 못할 수 있다는 것을 알기에.

알렉산더 포프, 『머리카락 도둑』

---

육지 동물을 바다 깊은 곳에 사는 동물과 비교한다면, 규모에서 전혀 상대가 되지 않을 것이다. 고래는 분명 피조물 가운데 가장 큰 동물이다.

올리버 골드스미스, 『자연사』

---

작은 물고기들의 우화를 쓰려면 자신들이 거대한 고래가 된 것처럼 말하게 하면 됩니다.

골드스미스가 새뮤얼 존슨에게 보낸 편지

---

오후에 우리는 거대한 바위 같은 물체를 보았는데 실은 죽은 고래였다. 어떤 아시아인들이 고래를 잡아서 해안으로 끌고 가고 있었다. 그들은 우리 눈에 띄지 않기 위해 고래 뒤에 몸을 숨기려 애쓰는 것 같았다.

제임스 쿡, 『항해기』

---

그들은 더 큰 고래들은 좀처럼 공격하려 하지 않았다. 몇몇 고래들을 너무 두려워한 나머지 바다에 나갔을 때 그 이름을 언급하는 것조차 꺼렸고, 고래들에게 겁을 주어 배에 너무 가까이 오지 못하게 하려고 분뇨나 석회석, 향나무, 그밖에 비슷한 특성을 가진 물품을 배

에 싣고 다녔다.

뱅크스와 솔랜더의 1772년 아이슬란드 항해에 관해 우노 폰 트로일이 쓴 편지

---

낸터킷섬 주민들이 발견한 향유고래는 기운차고 사나운 짐승이므로 어부들의 뛰어난 수완과 대담성이 요구됩니다.

1788년 토머스 제퍼슨이 프랑스 공사에게 보낸 고래에 관한 청원서

---

의장님, 세상 무엇이 그것에 필적하겠습니까?

낸터킷 포경업에 관해 에드먼드 버크의 의회 연설

---

스페인은 유럽 해안에 좌초한 거대한 고래다.

에드먼드 버크(출처 불명)

---

국왕의 통상 세입 중 열 번째 항목은 왕실의 물고기, 즉 고래와 철갑상어에 대한 소유권이다. 이 권리는 왕실이 해적과 약탈자에 맞서 바다를 지키고 보호한다는 생각에 근거한다. 해안으로 밀려오거나 해안 근처에서 잡힌 고래와 철갑상어는 모두 국왕의 재산으로 귀속된다.

윌리엄 블랙스톤

---

선원들은 곧 죽음의 놀이에 모여든다.
로드먼드는 칼날 달린 무기를 정확히
머리 위로 들어 올리고 사방을 주의 깊게 살핀다.

윌리엄 팰코너, 『난파선』

---

지붕과 돔과 첨탑이 찬란하게 빛나고
폭죽이 저절로 날아올라
창공 가운데 찰나의 불꽃을 남긴다.
이 불을 물에 비유하자면,
바다가 저 높은 곳에 있어

창공에서 고래 한 마리가 물을 내뿜어

벅찬 기쁨을 표현한다.

윌리엄 쿠퍼, 「여왕의 런던 방문에 부쳐」

---

심장을 찌르면 엄청난 속도로 40리터 내지 60리터의 피가 뿜어져 나온다.

존 헌터의 소형 고래 해체 설명

---

고래의 대동맥은 안지름이 런던 브리지 급수 시설의 주요 수도관보다 더 크다. 수도관에

흐르는 물의 세기와 속력도 고래 심장에서 솟구치는 피에는 한참 미치지 못한다.

윌리엄 페일리, 『신학』

---

고래는 뒷발이 없는 포유동물이다.

조르주 퀴비에

---

남위 40도에서 향유고래를 보았지만, 바다가 향유고래로 뒤덮인 5월 1일 전까지는 한 마

리도 잡지 않았다.

제임스 콜넷, 『향유고래 포경업 확장을 위한 항해』

---

내 발 아래 자유로운 환경에서

온갖 색깔과 형태와 종류의 물고기들이

놀고 쫓고 싸우느라

헤엄치고 몸부림치며 물속 깊은 곳으로 잠수한다.

무서운 리바이어던부터

물결마다 가득한 수백만의 곤충에 이르기까지

이는 말로 다 형언할 수 없으며

뱃사람들조차 보지 못한 광경이다.

물 위에 뜬 섬들처럼 거대한 무리를 지은 채

신비로운 본능에 이끌려 길도 없는 황야를 나아간다.

칼과 톱, 나선형 뿔, 혹은 구부러진 송곳니로

전면과 턱을 무장한 게걸스러운 적들

고래와 상어, 괴물 들의 공격을 받을지라도.

제임스 몽고메리, 『대홍수 이전의 세계』

----

오, 찬양하라! 오, 노래하라!

지느러미 종족의 왕을 위하여.

드넓은 대서양에도

이보다 힘센 고래는 없으며

북극해 주변에서 몸부림치는

어떤 물고기도 이보다 기름질 수 없다.

찰스 램, 『고래의 개선가』

----

1690년에 몇 사람이 높은 언덕에 올라 물을 뿜으며 서로 즐겁게 노는 고래들을 보고 있을 때, 한 사람이 바다를 가리키며 말했다. 우리 자녀들의 손자들이 밥벌이를 위해 가야 할 푸른 초원이 저기에 있노라고.

오베드 메이시, 『낸터킷의 역사』

----

나는 수장과 함께 살 오두막집을 짓고 고래 턱뼈를 세워 고딕 아치형 입구를 만들었다.

너새니얼 호손, 『다시 들려준 이야기』

----

그녀는 무려 40년 전 태평양에서 고래에게 목숨을 잃은 첫사랑을 위해 기념비를 주문하러 왔다.

너새니얼 호손, 『다시 들려준 이야기』

----

"아니요. 그건 참고래입니다." 톰이 대답했다. "저는 물을 뿜고 있는 녀석을 보았어요. 기독교인이라면 누구나 보고 싶어 할 예쁜 쌍무지개를 만들더군요. 저 녀석은 기름통 그 자체예요."

제임스 페니모어 쿠퍼, 『수로안내인』

----

신문이 배달되었고, 우리는 『베를린 가제트』 지에서 고래가 그곳 무대에 등장했다는 기사를 보았다.

요한 페터 에커만, 『괴테와의 대화』

"세상에! 체이스 씨, 대체 무슨 일입니까?" 나는 대답했다. "고래가 우리 배에 구멍을 냈습니다."

태평양에서 거대한 향유고래의 공격을 받고 결국 부서진 낸터킷의 포경선 에식스호 난파 이야기, 낸터킷 사람 오언 체이스가 뉴욕에서 출간함(1821년)

어느 날 밤 한 선원이 돛대 밧줄에 앉아 있고
피리 소리를 내는 바람이 제멋대로 불었다.
창백한 달빛은 때로는 환해지다가 때로는 흐려졌다.
고래가 헤엄치고 지나간 자리에는
인광이 번쩍였다.

엘리자베스 오크스 스미스

이 고래 한 마리를 잡기 위해 여러 배에서 푼 밧줄의 길이는 모두 합쳐 10킬로미터에 육박했다. … 때로 고래가 그 거대한 꼬리를 공중에서 휘두르면 날카로운 채찍 소리가 5~6킬로미터 밖에서도 들렸다."

윌리엄 스코스비

새로운 공격을 받고 고통에 겨워 미친 듯이 화가 난 향유고래는 몸을 이리저리 굴렸다. 놈은 거대한 머리를 곧추세우고 크게 벌린 아가리로 주변의 것들을 닥치는 대로 물어뜯었다. 놈은 머리를 들이밀며 배들을 향해 돌진했다. 들이받힌 배들은 엄청난 속도로 밀려나거나 완전히 부서졌다.

… 이토록 흥미롭고 상업적으로도 지극히 중요한 향유고래의 습성 연구가 철저히 방치되었다는 사실이 무척 놀랍다. 지난 몇 년 동안 향유고래의 습성을 관찰할 가장 용이한 기회가 넘쳐났을 때, 유능한 관찰자들조차 호기심을 보이지 않았다는 점도 놀랍다.

토머스 빌, 『향유고래의 역사』(1839년)

카샬롯(향유고래)은 몸뚱이 앞뒤에 가공할 무기가 있어 참고래(그린란드고래 혹은 큰고래)보다 훨씬 잘 무장되어 있을 뿐만 아니라 그 무기들을 교묘하고 대담하고 치명적으로 사용해 공격하는 성향을 자주 보인다. 따라서 지금까지 알려진 모든 고래 가운데 공격하기가 가장 어렵고 위험한 고래로 여겨진다.

프레더릭 데벨 베넷, 『세계 일주 포경 항해기』(1840년)

10월 13일. "저기 고래가 물을 뿜는다"라는 말이 돛대 꼭대기에서 들려왔다.

"어느 쪽인가?" 선장이 물었다.

"뱃머리에서 바람이 부는 쪽으로 3포인트 떨어진 지점입니다."

"키를 올리고 항로를 유지하라!"

"네, 선장님."

"어이, 돛대 꼭대기! 아직도 고래가 보이나?"

"네, 선장님! 향유고래 떼입니다! 물을 뿜고 있습니다! 물 위로 뛰어오릅니다!"

"크게 외쳐라! 매순간 크게 소리쳐!"

"네, 선장님! 물을 뿜고 있습니다! 저기, 저기, 또 저기 고래가 물을 뿜습니다. 뿜어요. 부우우!

"거리는?"

"4킬로미터 지점입니다."

"이런 날벼락 같은 일이! 너무 가깝잖아! 전원 집합!"

존 로스 브라운, 『포경 항해 인상기』(1846년)

지금부터 포경선 글로브호에 일어난 참극을 이야기하고자 한다. 그 배의 선적은 낸터킷 섬이었다.

생존자 레이와 허시, 「글로브호의 선상 반란 이야기」(1828년)

예전에 자신이 상처를 입힌 고래에게 쫓기게 된 그는 한동안 작살로 놈의 공격을 받아넘겼다. 그러나 격분한 괴물이 마침내 배로 돌진했고, 그와 동료들은 공격을 피할 도리가 없다는 것을 알고 바다로 뛰어들었다. 그것만이 목숨을 부지하는 길이었다.

타이어먼과 베넷, 『선교 일지』

"낸터킷 자체가 국익에서 놀랍고도 특이한 부분입니다. 8,000~9,000명의 주민이 이곳 바다 위 섬에 살아가면서 용감하고 끈기 있게 일하여 해마다 국가의 부에 상당히 기여하고 있습니다"라고 웹스터 씨가 말했다.

낸터킷 방파제 건설 청원에 대해 대니얼 웹스터가 미국 상원에서 행한 연설(1828년)

.........................................................

고래가 곧장 그를 덮쳤으니 아마도 그는 즉사했을 것이다.

헨리 치버 목사, 『고래와 고래잡이들, 혹은 고래잡이의 모험과 고래의 일대기』
(프레블 제독의 귀향 항해에서 자료 수집)

.........................................................

"어디 한번 떠들어봐." 새뮤얼이 대답했다. "지옥으로 보내줄 테니."

새뮤얼 동생 윌리엄 컴스톡, 『반란자 새뮤얼 컴스톡의 생애』,
포경선 글로브호에 대한 또 다른 이야기

.........................................................

네덜란드인과 영국인은 북쪽 대양을 항해하면서 가능하면 인도로 가는 항로를 찾고자 했다. 그들은 주된 목적을 이루지는 못했지만 대신 고래의 서식지를 알아냈다.

맥컬록, 『상업 사전』

.........................................................

이런 일들은 서로 영향을 미친다. 공은 튀어 오르며 다시 앞으로 나갈 뿐이다. 이제 고래의 서식지가 드러나며 고래잡이들은 신비로운 북서 항로에 관한 새로운 단서를 간접적으로나마 얻은 듯했다.

미출간된 어느 글에서

.........................................................

바다에서 포경선을 만나면 외양만 보고도 깊은 인상을 받게 된다. 돛을 좁게 편 배에서 돛대 꼭대기에 오른 망꾼들이 주위의 넓은 바다를 열심히 살핀다. 통상적인 항해를 하는 배들과는 분위기가 완전히 다르다.

「해류와 고래잡이」, 『미국 탐험 원정기』

.........................................................

런던이나 그밖에 다른 곳의 근교를 걸어본 사람이라면 곡선형의 커다란 뼈가 땅 위에 수직으로 세워져 아치형 대문이나 정원 입구로 쓰이는 것을 본 적이 있을 것이다. 그리고 그

뼈가 고래의 갈빗대라는 말을 들었을지도 모른다.

『북극해로 떠난 고래잡이 항해 이야기』

---

포경 보트를 타고 고래를 쫓던 백인 선원들은 본선으로 돌아와서야 그들의 배가 선원으로 승선한 야만인들에게 장악된 사실을 알게 되었다.

포경선 호보맥호 탈취와 탈환에 관한 신문 기사

---

(미국) 포경선에 오른 선원 중에서 출항했을 때 탔던 배를 그대로 타고 돌아오는 이들이 극히 적다는 사실은 이미 잘 알려져 있다.

『포경선 항해기』

---

갑자기 물속에서 거대한 덩어리가 나타나더니 수직으로 솟구쳤다. 고래였다.

『미리엄 코핀 혹은 고래잡이들』

---

물론 고래에 작살을 꽂을 수는 있다. 하지만 잘 생각해보라. 겨우 꼬리 끝에 밧줄 한 가닥을 묶어놓았다고 해서 힘세고 길들여지지 않은 수컷 망아지를 감당할 수 있겠는가?

『늑재와 돛대 꼭대기 목관』 중 고래잡이에 관한 장

---

한번은 수놈과 암놈 같은 괴물(고래) 두 마리가 앞서거니 뒤서거니 하며 천천히 헤엄치는 것을 보았다. 너도밤나무 가지가 드리워진 해변(티에라 델 푸에고)에서 무척 가까운 곳이었다.

찰스 다윈, 『어느 박물학자의 항해』

---

"전원 고물로!" 항해사가 소리쳤다. 돌아보니 거대한 향유고래가 뱃머리에 바짝 다가와 입을 쩍 벌리고 배를 당장 박살낼 기세였다. "모두 고물로 가라! 살고 싶으면!"

『고래 사냥꾼 워튼』

---

그러니 다들 힘내게. 절대 용기를 잃지 말게.

담대한 작살잡이가 고래를 공격하고 있는 동안에는!

낸터킷의 노래

오, 진귀한 늙은 고래여,
그대가 머무르는 대양의 거처는 폭풍과 돌풍 가운데 있나니
힘이 정의인 곳에서 힘센 거인인 그대는
끝없는 바다의 왕이로다.

고래의 노래

# 1장 어렴풋이 드러나는 것들

나를 이슈메일이라 불러다오. 몇 년 전(정확히 언제인지는 묻지 말라) 지갑에는 돈이 다 떨어져가고 육지에는 딱히 흥미로운 일도 없어, 나는 배를 타고 나가서 세상의 바다를 둘러보아야겠다고 생각했다. 이것이 바로 내가 우울함을 떨쳐내고 몸 안에 정체된 피를 순환시키는 방식이다. 입언저리가 점점 험악해지는 것을 느낄 때, 영혼이 가랑비 내리는 축축한 11월처럼 변할 때, 나도 모르게 장의사 앞에 멈춰 선다거나 장례 행렬을 마주칠 때마다 뒤쫓아 갈 때, 특히 우울함에 사로잡혀 거리로 뛰쳐나가 사람들이 쓴 모자를 일부러 툭툭 쳐서 떨어뜨리고 싶은 마음을 억누르기 위해 엄청난 도덕심을 발휘해야 할 때, 그럴 때마다 나는 최대한 빨리 바다로 나가야겠다고 생각한다. 이 방법이 내게는 권총과 총알을 대신한다. 고대 로마의 카토는 철학적인 문장을 읊으며 칼 위에 몸을 던졌다지만 나는 조용히 배에 오른다. 놀랄 일은 아니다. 정도의 차이는 있겠지만 바다를 아는 자라면 누구나 언젠가는 바다에 대해 나와 비슷한 감정을 품게 될 테니까.

당신들의 도시 맨해튼섬은 인도의 섬들이 산호초에 둘러싸인 것처럼 부두에 둘러싸여 있고, 사방에서 무역의 파도가 넘실거린다. 오른쪽으로 가든 왼쪽으로 가든 모든 길은 바다로 이어진다. 시내의 끝자락에는 포대가 있는데, 그곳의 웅장한 방파제는 파도에 씻기고 몇 시간 전만 해도 육지가 보이지 않던 곳에서 불어온 바람에 서늘해진다. 그곳에 서서 바다를 바라보는 사람들을 보라.

꿈결 같은 안식일 오후에 이 도시를 한번 둘러보라. 콜리어스곶에서 코엔티스 선착장까지, 다시 그곳에서 화이트홀을 지나 북쪽을 향해 걸어보라. 무엇이 보이는가? 초소에 배치된 입 다문 보초병처럼 수천 명의 사람들이 바다에 대한 몽상에 잠긴 채 시내 곳곳에 서 있다. 말뚝에 기댄 사람, 부두 끄트머리에 앉은 사람, 중국에서 온 배의 뱃전 너머를 보는 사람, 바다를 좀 더 잘 보려고 삭구 위에 높이 올라간 사람 등 각양각색이지만 그들은 모두 육지 사람들이다. 평일에 그들은 벽에 회반죽을 바른 목조건물 안에 갇혀 지낸다. 계산대에 매여 있거나 의자에서 꼼짝 못하거나 책상에 붙들려 있다. 대체 어찌된 일인가? 푸른 들판이 갑자기 사라지기라도 했단 말인가? 여기서 그들은 도대체 무엇을 하고 있는가?

하지만 보라! 더 많은 사람이 바다에 뛰어들기라도 할 것처럼 곧장 이곳으로 오고 있다. 이상한 일이다! 육지의 끝자락에 서지 않고서는 도무지 만족할 수 없는 모양이다. 저기 창고 그늘 아래서 어슬렁거리는 것만으로는 성에 차지 않는 것이다. 정말 그렇다. 그들은 물에 빠지기 직전까지 바다에 가까이 가려 한다. 그런 사람들이 저 멀리까지 줄을 서 있다. 육지 사람들은 모두 좁은 길과 골목, 거리 등 사방에서 나타나 여기로 와서 한 무리가 된다. 혹시 저기 늘어선 배들에 달린 나침반 자력이 그들을 여기까지 끌어당긴 것일까?

조금 더 생각해보자. 당신이 시골, 이를테면 호수가 여럿 있는 어느 고지대에 있다고 하자. 내키는 대로 어느 길을 따라가든 십중팔구 당신은 계곡으로 내려가 개울가 웅덩이에 이를 것이다. 물에는 마력이 있다. 얼빠진 사람을 몽상에 푹 잠기게 한 다음 일으켜 세워서 발 닿는 대로 가게 해보라. 그러면 그는 틀림없이 그 지역의 물가로 갈 것이다. 미국의 거대한 사막을 여행하다가 목이 마를 때, 일행 중에 형이상학 교수가 있다면 이 실험을 한번 해보라. 누구나 알다시피 명상과 물은 서로 영원토록 맺어진 관계다.

여기 화가 한 사람이 있다. 그는 세이코 계곡의 풍경 중에서도 가장 몽환적이고 은밀하고 고요한 데다가 매혹적이며 낭만적인 풍경을 당신에게 그려주고 싶어 한다. 그렇다면 그는 무엇을 주된 소재로 삼을까? 그림 속의 나무들은 은둔자나 십자가상이 들어앉아 있기라도 한 것처럼 속이 텅 비어 있다. 이곳에는 초원이 잠들어 있고, 저곳에는 소들이 잠들어 있다. 저 너머 오두막에서는 나른한 연기가 피어오른다. 멀리 깊은 산림지로 구불구불 뻗어나간 미로 같은 길은 첩첩이 이어진 산마루로 이어지고 산비탈은 푸른빛에 감싸여 있다. 하지만 그림이 아무리 황홀하게 전개되어도, 또 소나무가 이파리를 양치기의 머리 위로 한숨처럼 떨어뜨려도, 양치기가 자기 앞의 마법 같은 개울을 응시하지 않는다면 그 모든 풍경은 아무 소용없어진다. 6월에 대초원을 찾아가보라. 무릎까지 올라오는 참나리가 수십 킬로미터 펼쳐져 있어도 뭔가 부족하게 느껴지는 한 가지 매력은 무엇일까? 바로 물이다. 그곳에는 물이 한 방울도 없다!

나이아가라가 거대한 모래 폭포에 지나지 않는다면 누가 그것을 구경하려고 수천 킬로미터를 여행하겠는가? 테네시주의 가난한 시인이 갑자기 은화 두 줌이 생겼을 때, 그것을 몹시 필요한 외투를 사는 데 쓸지 아니면 로커웨이 해안으로 가는 도보 여행의 자금으로 쓸지 깊이 고민하게 되는 이유가 무엇인가? 늠름하고 건강한 신체에 늠름하고 건강한 정신이 깃든 청년이라면 대부분 언젠가 바다에 가게 되기를 열망하는 것은 왜일까? 처음 승선해서 배가 이제 육지가 보이지 않는 먼 바다로 나왔다는 말을 들을 때, 알 수 없는 떨림을 느끼는 이유는 무엇인가? 고대 페르시아인들은 왜 바다를 신성시했을까? 그리스인들은 왜 바다의 신을 따로 모시고 그를 제우스의 형제로 삼았을까? 당연히 이 모든 것에는 의미가 있다. 샘물에 비친 자신의 모습을 붙잡지 못해 괴로워하다가 물에 뛰어들어 빠져 죽은 나르키소스의 이야기는 의미가 더욱 깊다. 하지만 우리는 이와 같은 모습을 모든 강과 바다에서 본다. 그것은 붙잡을 수 없는 삶의 환영이고 모든 것의 핵심이다.

눈가가 침침하고 가슴이 답답해지는 걸 느낄 때마다 나는 바다로 나가는 버릇이 있다고 말했는데, 승객으로 바다에 가겠다는 뜻은 아니다. 배의 승객이 되려면 지갑이 필요한데, 지갑이란 그 안에 뭔가 들어 있지 않으면 넝마에 불과하다. 게다가 승객은 뱃멀미를 하고 걸핏하면 싸우려들고 밤에 잠을 설치는 등 대체로 항해를 즐기지 못한다. 그렇다. 나는 승객으로는 절대 배를 타지 않을 것이다. 내가 경험 많은 선원이기는 해도 제독이나 선장, 주방장 등으로 배에 타는 일도 없을 것이다. 직책에 따르는 영예와 특별 대우는 그런 자리를 좋아하는 사람들에게 돌리겠다. 나는 어떤 종류가 되었든 간에 명예롭고 존경할 만한 노고와 시련과 고생은 딱 질색이다. 범선, 바크, 브리그, 스쿠너 등을 관리하는 것은 고사하고 내 몸 하나 건사하기도 벅차다. 주방장에 대해 말하자면, 그 자리가 배에서 중요한 직책이기 때문에 간부 선원 대접을 받는다는 점은 인정한다. 하지만 닭고기를 굽는 일은 영 내키지 않는다. 물론 일단 굽고 조심스레 버터를 바른 다음 적절히 소금과 후추를 친 닭고기구이에 대해 나보다 더 경건까지는 아니어도 경의를 표하는 사람은 없을 것이다. 거대한 화덕 같은 피라미드에서 따오기와 하마의 미라가 발견된 것은 고대 이집트인들이 따오기구이와 하마구이를 우상 숭배하듯이 열렬히 사랑했기 때문이다. 요리는 그처럼 중요하다.

여하튼 바다에 뜻을 두었다는 것은, 돛대 바로 앞에 서거나 앞갑판 선실로 달려 내려가거나 주돛대 꼭대기에 올라가는 일반 선원으로 바다에 나가려는 것이다. 일반 선원이 되면 이런저런 명령을 받고, 5월 들판의 메뚜기처럼 이 돛대에서 저 돛대로 뛰어다녀야 하는 것이 사실이다. 이런 일은 처음에는 꽤 힘들다. 자존심이 상하기도 한다. 특히 육지에서 저명하고 유서 깊은 가문, 이를테면 밴 렌슬러나 랜돌프, 하르디카누트 출신이라면 더욱 그럴 것이다. 타르 단지에 손을 담가야 하는 일반 선원이 되기 전까지 시골 학교에서 덩치 큰 학생들도 벌벌 떠는 호랑이 선생 노릇을 했던 사람이라면 자존심이 이만저만 상하는 게 아닐 것이다. 장담하건대, 선생에서 선원으로 전업하는 것은 엄청난 변화다. 씩 웃으며 이런 일을 견뎌내려면 세네카와 스토아학파의 가르침을 한 사발 진하게 달여 마셔야 한다. 하지만 이런 고통도 시간이 흐르면 점차 무뎌진다.

늙고 고약한 선장이 내게 빗자루를 들고 갑판을 쓸라고 명령한들 그것이 뭐그리 대수인가? 이런 치욕을 『신약성경』이라는 저울에 달면 무게가 얼마나 나갈까? 노선장의 명령을 순순히 따랐다고 해서 대천사 가브리엘이 나를 우습게 볼 것이라 생각하지는 않는다. 세상에서 노예가 아닌 자가 어디 있는가? 있다면 나와보라. 노선장이 아무리 모질게 명령을 내리고 아무리 쥐어박아도 모든 게 괜찮다는 것을 나는 안다. 다른 사람들도 이런저런 방식으로, 육체적으로든 정신적으로든 똑같은 대접을 받고 있다. 쥐어박고 때리는 일이 어디서든 보편적으로 벌어지고 있으므로 모두가 서로의 어깨를 어루만지고 위로하며 참아야 한다.

다시 말하지만 나는 언제나 선원으로서 바다에 나간다. 선원은 반드시 수고한 대가를 받을 수 있기 때문이다. 승객이 돈을 한 푼이라도 받았다는 이야기는 들어본 적이 없다. 반대로 승객은 반드시 대가를 지불해야 한다. 돈을 내는 것과 돈을 버는 것은 하늘과 땅 차이이다. 돈을 내는 것, 혹은 대가를 치르는 것은 과수원의 두 도둑[2]이 우리에게 남긴 가장 기분 나쁜 징벌일 것이다. 하지만 돈 버는 것을 비교할 수 있을까? 돈은 모든 악의 근원이며 어떤 이유로든 부자는 천국에 들어가지 못한다는 우리의 거룩한 믿음을 고려한다면, 인간이 품위 있는 활동으로 돈을 번다는 것은 정말 경이로운 일이다. 아아, 기꺼이 돈을 벌고 있지만 실은 그것이 지옥으로 가는 길이라니!

마지막으로, 내가 항상 선원으로 바다에 나가는 것은 운동이 건강에 좋고 앞갑판에서 맑은 공기를 마실 수 있기 때문이다. 육지에서도 그렇듯이 바람은 뱃고물보다 뱃머리에서 불어오는 것이 일반적이어서 보통 뱃고물 갑판에 있는 선장은 앞갑판 선원들의 숨을 거쳐 온 공기를 마시게 된다. 선장은 신선한 공기를 마시고 있다고 생각하겠지만 실은 그렇지 않다(피타고라스의 격언[3]을 그대로 따른다면 말이다). 마찬가지로 다른 많은 경우에도 일반 대중이 지도자를 이끌어가지만 지도자는 그런 사실을 잘 의식하지 못한다. 그런데 상선 선원으로 여러 차례 바다 냄새를 맡아본 내가 왜 이제 와서 포경선에 발을 들이기로 한 것일까? 이 질문에는 운명의 경찰관들이 누구보다 적절히 대답할 수 있을 것이다. 그들은 눈에 보이지는 않지만 나를 끊임없이 감시하고 미행하고 있으며 설명할 수 없는 방식으로 영향력을 행사한다. 내가 고래잡이 항해에 나선 것은 틀림없이 신의 섭리를 따라 아주 오래전에 예정된 원대한 계획의 일부일 것이다. 이 항해는 대규모 공연 사이에 긴 짤막한 막간극이나 일인극과 같다. 이 부분이 전체 공연 안내지에 소개된다면 틀림없이 이렇게 적혀 있을 것이다.

---

**2** 에덴동산의 아담과 이브를 가리킨다.

**3** 피타고라스는 콩을 먹으면 배에 가스가 차기 때문에 주의해야 한다고 말했다. 여기서 바람은 두 가지 의미로 사용된다. 하나는 바닷바람이 뱃머리에서 뱃고물 쪽으로 흐른다는 뜻이고, 다른 하나는 뱃머리 쪽의 화장실 냄새가 뱃고물 쪽의 선장실로 흐른다는 뜻이다. 뱃고물 쪽에 있는 사람이 피타고라스의 조언을 따르지 않아 방귀를 자주 뀐다면 사정이 달라진다는 뜻도 내포되어 멜빌의 유머와 풍자를 보여준다.

# 치열한 미합중국 대통령 선거전

이슈메일이란 자의 고래잡이 항해

## 피비린내 나는 아프가니스탄전쟁[4]

다른 사람들이 고상한 비극에서 감동적인 역할을, 우아한 희극에서 쉽고 간단한 역할을, 익살극에서 쾌활한 역할을 맡을 때, '운명'이라는 무대 감독은 왜 내게 포경선 선원이라는 초라한 역할을 맡겼는지 도무지 모르겠다. 그 이유를 정확히 말할 수는 없어도, 이제 와서 모든 상황을 돌이켜보니 다양하게 변장하고 내게 교묘히 나타난 여러 동기와 원인을 조금은 알 것 같다. 그것들은 예정된 역할을 하도록 나를 밀어붙였고, 또한 기만하여 내가 편견 없는 자유의지와 예리한 판단으로 스스로 그런 선택을 했다고 믿게 만들었다.

가장 결정적인 동기는 거대한 고래 자체의 거부할 수 없는 매혹이었다. 경이롭고 신비한 그 괴물은 내게 호기심을 불러일으켰다. 덩치가 섬만 한 고래가 헤엄치는 거칠고 먼 바다, 그 고래가 가져오는 말로 다할 수 없는 위험들, 게다가 파타고니아에서 고래를 보고 그 소리를 들었다는 무수한 목격담, 이런 것들이 바다를 향한 나의 소망에 불을 붙였다. 다른 사람들은 이런 것들에 아무런 도전의식이 생기지 않을 테지만, 나는 머나먼 것들을 끊임없이 동경하고 갈망하는 사람이다. 나는 금단의 바다를 항해하고 야만인의 해안에 상륙하는 것을 좋아한다. 나는 좋은 것을 그냥 지나치지 않으며, 공포에 민감하지만 상황이 허락한다면 공포와도 친하게 지낼 수 있다. 아무튼 자신이 머물게 된 곳에 살고 있는 모든 거주민과 친하게 지내는 것은 좋은 일이니까.

이런 이유로 나는 고래잡이 항해를 기꺼이 받아들였다. 이제 경이로운 세계로 가는 거대한 수문이 활짝 열렸고, 나를 이런 목표로 이끌었던 길들여지지 않는 상상 속에서 수많은 고래들이 두 마리씩 짝을 지어 내 영혼 가장 깊은 곳으

---

**—  4**    이 책의 해제 중 '흰 고래는 무엇을 상징하는가' 참조.

로 흘러들었다. 행렬 한복판에는 우뚝 솟은 눈 덮인 산처럼 거대한 두건을 쓴 유령 하나가 헤엄치고 있었다.

## 2장   여행 가방

셔츠 한두 장을 쑤셔 넣은 낡은 여행 가방을 겨드랑이에 끼고 혼곶과 태평양을 향해 출발했다. 정든 도시 맨해튼을 떠나 제시간에 뉴베드퍼드에 도착했다. 때는 12월 어느 토요일 밤이었다. 하지만 낸터킷으로 가는 소형 정기선이 이미 출발했고, 다음 주 월요일까지 기다려야 배를 탈 수 있다는 것을 알고 무척 실망했다.

고래잡이라는 고난과 형벌을 자처하는 젊은이들은 대부분 여기 뉴베드퍼드에 머물다가 항해를 시작한다. 미리 말해두지만 나는 애초에 이 도시에서 항해를 시작할 생각이 전혀 없었다. 낸터킷에서 떠나는 배가 아니면 타지 않겠다고 마음먹었기 때문이다. 유명하고 전통적인 낸터킷섬과 관련된 것은 죄다 멋지고 활기찬 느낌이 들었고, 이런 분위기가 아주 마음에 들었다. 최근 들어 뉴베드퍼드가 점점 포경업을 독점하면서 낸터킷이 지금은 딱하게도 훨씬 뒤처졌지만, 낸터킷이야말로 카르타고의 티레와 같이 뉴베드퍼드의 원형이며, 미국에서 최초로 고래 사체가 해변에 떠밀려 온 곳이다. 아메리카 원주민인 인디언들이 낸터킷 말고 어디서 처음으로 고래를 사냥하러 카누를 타고 바다에 나갔겠는가? 전하는 이야기에 따르면, 작은 외돛배가 기움돛대에서 작살을 쏘기 적절한 때를 알아내려고 수입한 포경용 자갈을 싣고 나가 고래를 향해 던졌다는데, 그런 배가 낸터킷이 아니면 어디서 출발했겠는가?

이제 낸터킷섬의 항구로 떠나기 전에 뉴베드퍼드에서 하룻밤과 하루 낮, 그리고 다시 하룻밤을 보내야 하는데, 그동안 어디서 먹고 자느냐가 걱정되었다. 불안하기 짝이 없는, 아니 무척 어둡고 음울한 밤, 살을 에는 듯 춥고 쓸쓸한 밤이었다. 거기에는 아는 사람이 아무도 없었다. 불안한 마음으로 주머니를 뒤져보니 갈고리 같은 손가락에 은화 몇 닢이 걸려 올라왔다. 나는 가방을 어깨에 걸치고 황량한 길거리 한복판에 서서 북쪽과 남쪽의 어둠을 비교하며 이렇게 중얼거렸다. "그래, 이슈메일. 어디로 가든지, 분별력 있게 어디에 숙소를 정하든지 간에 반드시 가격부터 알아보고 너무 까다롭게 굴지는 말자."

나는 머뭇거리는 걸음으로 거리를 헤매다가 '교차작살'이라는 간판 앞을 지나갔다. 그곳은 너무 비싸고 소란스러운 분위기였다. 더 걸어가자 '황새치'라는 여관이 나왔는데, 창문에서 쏟아지는 붉은빛이 어찌나 강렬한지 여관 앞에 쌓인 눈과 얼음을 녹여버린 것 같았다. 다른 곳에는 아스팔트 포장도로에 서리가 25센티미터나 두껍게 내려 단단히 얼어붙어 있었기 때문에 그런 생각이 들 법도 했다. 내 부츠는 워낙 거칠게 막 신고 돌아다녀서 밑창이 한심할 정도로 너덜너덜해져 단단한 돌부리 같은 것에 발이 닿을 때마다 피로감이 몰려왔다. 이번에도 너무 비싸고 소란스러운 곳이라고 생각했지만, 나는 잠시 걸음을 멈추고 길바닥에 넓게 비친 불빛을 바라보며 안에서 들려오는 잔 부딪치는 소리에 귀 기울이다가 결국 이렇게 중얼거렸다. "가, 이슈메일. 저 소리 안 들려? 문 앞에서 떨어져. 여기저기 기운 네 장화가 그 안에 들어가면 안 된다고 말하잖아." 그래서 나는 계속 걸어갔다. 이제는 본능이 시키는 대로 부두 쪽으로 향했다. 그곳에는 아주 쾌적하지는 않더라도 가장 저렴한 여관이 있을 것 같았다.

아, 이렇게 황량한 거리라니! 집이 아닌 검은 덩어리들이 길 양쪽에 죽 늘어섰고, 여기저기 보이는 촛불은 마치 무덤 속을 돌아다니는 것 같았다. 한 주의 마지막 날, 그것도 이런 밤 시간에 이 도시 구역은 너무나 한적해 사람 하나 보이지 않았다. 하지만 곧 낮고 널찍한 건물에서 연기 같이 흘러나오는 빛을 보았다. 문도 어서 들어오라는 듯 열려 있었다. 수수하고 편안한 분위기의 공공건물인 것 같았다. 그래서 안으로 들어갔는데 들어가자마자 현관 앞에 놓인 석탄재 통에 발이 걸려 넘어지고 말았다. 날아오르는 석탄재에 숨이 막히는 줄 알았다. 하, 이 잿더미는 파멸의 도시 고모라에서 온 것인가? 그나저나 아까 지나온 여관들이 '교차작살'과 '황새치'였지? 그럼 이곳 간판에는 '함정'이라고 쓰여 있겠군. 하지만 나는 벌떡 일어나 안에서 들려오는 큰 목소리를 따라 두 번째 문을 열었다.

내부의 풍경은 도벳[5]에서 열린 악마들의 회합 같았다. 100명은 족히 되는 검은 얼굴들이 일제히 고개를 돌려 나를 쳐다보았다. 그 너머에는 검은 죽음의 사자가 설교단에서 책을 두드리고 있었다. 내가 들어선 곳은 흑인 교회였다. 목사는 바깥 어두운 데로 내쫓겨 슬피 울며 이를 가는 자들에 관한 설교를 하고 있었다. 나는 황급히 빠져나오면서 중얼거렸다. "하, 이슈메일. '함정'이라는 간판치고는 형편없는 대접이군."

나는 계속 걷다가 마침내 부두에서 그리 멀지 않은 곳에서 희미하게 빛나는 불빛 하나를 보았다. 공중에서 쓸쓸히 삐걱거리는 소리도 들었다. 고개를 들어 보니 문 위에 간판 하나가 매달려 있었다. 간판에는 길게 쭉 뻗은 안개 같은 물보라가 하얀색으로 희미하게 그려져 있고, 그 밑에 '물보라 여관: 피터 코핀[6]'이라고 쓰여 있었다.

코핀? 물보라? 이 독특한 결합에 약간 불길한 느낌이 들었다. 하지만 낸터킷에서는 코핀이 흔한 이름이라고 하니 피터란 사람도 아마 낸터킷에서 이주해 온 모양이었다. 불빛은 아주 희미했고 집도 조용했다. 다 쓰러져가는 목조건물 자체가 어느 화재 지역의 폐허에서 가져온 자재로 만든 것 같은 데다가 간판이 삐걱거리는 소리가 궁상맞게 들려, 이곳이라면 싼값에 묵을 수 있고 잘하면 맛있는 완두콩 커피도 마실 수 있겠다는 생각이 들었다.

정말 괴상하게 생긴 집이었다. 박공지붕을 얹은 이 낡은 집은 한쪽이 마비라도 된 것처럼 애처롭게 기울어져 있었다. 이 집은 바람이 휘몰아치는 거리 모퉁이에 있었는데, 광풍 유로클리돈[7]이 아주 오래전에 가련한 사도 바울의 배를 뒤흔들 때보다 더 세차게 울부짖고 있었다. 그렇지만 실내에서 벽난로 옆 시렁

---

**5** 과거 유대인이 몰록에게 자식을 산 제물로 바쳤던 예루살렘 근처의 땅.

**6** 여기서는 사람의 이름으로 쓰였으나 코핀(coffin)에는 시신을 넣는 관(棺)이라는 뜻도 있다.

**7** 지중해에 발생하는 강한 북동풍.

에 두 발을 올려놓고 불을 쬐며 잠을 청하는 사람에게 유로클리돈은 기분 좋은 미풍에 지나지 않는다. 어느 옛 작가는 작품에서 이렇게 말한다(나만 가지고 있는 그의 유일한 보관본이다). "광풍 유로클리돈이 가져오는 한기는, 그것을 내다보는 유리창의 상태에 따라 차이가 크다. 가령 서리가 밖에만 있는 유리창을 통해 보느냐, 아니면 창틀이 없이 서리가 안팎으로 쌓여 있고, 민첩한 죽음의 사자만이 유리를 끼울 수 있는 창을 통해 보느냐에 따라 그 차이는 어마어마하다."

고색창연한 서체로 쓰인 이 문장을 읽으며 이런 생각이 들었다. 정말 옳은 말이다. 검은 활자여, 정말 훌륭한 판단이구나. 그래, 나의 이 눈은 창문이고, 나의 이 몸은 집이다. 솜 부스러기라도 여기저기에 쑤셔 넣어 틈새를 막지 못한 건 참으로 딱한 일이다. 하지만 이제 손쓰기에는 너무 늦었다. 우주는 이미 완성되었다. 건물의 완성을 알리는 담 위의 갓돌이 이미 놓였고, 부스러기 돌들은 100만 년 전에 다른 곳으로 치워졌다. 너 가련한 나사로여, 부잣집의 연석을 베고 누워 이가 딱딱 부딪힐 정도로 몸을 떠느라 입고 있던 누더기가 벗겨질 정도로구나. 넝마로 두 귀를 막고 옥수수 속대로 입안을 메워도 사나운 유로클리돈의 한기를 막지는 못할 것이다. 자주색 비단옷으로 몸을 휘감은 부자 영감은 말하겠지. "어이쿠, 유로클리돈이라! 서리가 내려 멋진 밤이군. 오리온자리의 별들이 빛나는 것 좀 보게. 북극광은 또 얼마나 아름다운가. 동양의 여름 기후는 늘 온실 같다던데 그러든지 말든지 내가 알게 뭐냐. 석탄만 있으면 언제든 나만의 여름을 만끽할 수 있는데."

하지만 나사로는 어떻게 생각할까? 추위에 파랗게 얼어붙은 두 손을 웅장한 북극광을 향해 들어 올린다고 따뜻해질 수 있을까? 차라리 나사로는 수마트라 섬에 있고 싶지 않을까? 적도를 따라 길게 드러눕고 싶지 않을까? 아, 신들이여! 이 서리를 피할 수만 있다면 지옥의 불구덩이인들 못 뛰어들겠나이까?

그런데 나사로가 부자 영감 집 대문 앞 연석에 눕게 되는 것은 빙산이 몰루카 제도의 한 섬에 밀려오는 것만큼이나 불가능한 일이다. 하지만 부자 영감도 러시아 황제처럼 얼어붙은 한숨으로 지어진 얼음 궁전에서 살고 금주 협회 회장인지라 고아들의 미지근한 눈물만 마실 뿐이다.

하지만 이제 그만 징징거리기로 하자. 우리는 고래를 잡으러 떠난다. 앞으로는 여러 가지 일이 일어날 것이다. 이제 신발에 얼어붙은 얼음을 긁어내고, '물보라' 여관이 어떤 곳인지 알아보자.


### 3장    물보라 여관

박공지붕을 얹은 물보라 여관으로 들어서면 천장이 낮고 공간이 누추하지만 널찍한 입구가 나온다. 벽에는 구식 징두리널을 덧대어놓아 폐기 처분된 낡은 배의 낮은 뱃전이 생각났다. 한쪽 벽에는 아주 커다란 유화가 걸려 있었는데, 어찌나 색이 바래고 손상되었는지 무엇을 그렸는지 알아보기가 어려웠다. 게다가 밝기가 각기 다른 빛이 교차하는 곳에 있어 보는 이를 더욱 헷갈리게 했다. 그림을 성실히 연구하고 수시로 방문해 사람들에게 자세하게 물어봐야 비로소 무슨 내용인지 간신히 알아낼 수 있을 것만 같았다. 아무튼 그림 속의 형언할 수 없는 그늘과 어둠의 덩어리를 처음 보면, 과거 뉴잉글랜드에서 마녀사냥이 횡행하던 시절에 한 야심찬 젊은 예술가가 마법에 걸린 듯한 혼돈의 시대상을 표현하려고 애쓴 게 아닌가 하는 생각이 든다. 하지만 오랫동안 진지하게 응시하며 거듭 숙고해보면, 특히 입구 뒤쪽으로 난 작은 창문을 열어 그림에 약간의 빛을 더해보면, 이런 생각이 엉뚱하지만 전혀 근거 없지 않다는 결론을 내리게 된다.

하지만 보는 이를 가장 난처하고 어리둥절하게 만드는 것은 그림 중앙에 맴도는 길고 유연하고 꺼림칙한 검은 덩어리였다. 뭐라고 형언하기 어려운 거품 속에 떠다니는 푸르고 흐릿한 세 줄의 수직선이 덩어리를 떠받치고 있었다. 질척거리는 늪 같은 그림인지라 신경이 예민한 사람이 보면 정신이 사나워질 법도 했다. 하지만 막연하고 상상할 수 없는, 절반 정도는 이미 완성된 어떤 장엄함이 깃들어 있어 자신도 모르게 이 기괴한 그림이 무엇을 그린 건지 알고 싶어져 뚫어져라 들여다보게 된다. 그리하여 때때로 재치 있지만, 아쉽게도 기만적인 생각이 쏜살처럼 보는 이의 머릿속을 지나간다. 이를테면 한밤중에 돌풍이 부는 흑해, 지수화풍(地水火風) 4대 원소 간의 비정상적인 전투, 히스가 말라붙은 황무지, 북극의 겨울 풍경, 얼어붙었던 시간의 개울이 녹는 모습 등을 연상하게 되는 것이다. 이런 모든 상상은 결국 그림 중앙의 꺼림칙한 무언가에게로 집중된다. 그 정체만 밝혀지면 나머지는 전부 저절로 알게 될 것 같다. 그런데 잠깐, 저건 왠지 거대한 물고기를 닮지 않았나? 혹시 거대한 리바이어던인가?

화가의 의도는 이런 것 같았다. 이 주제로 나와 대화를 나눈 여러 노인의 의견을 종합한 나의 최종 결론이다. 이 그림은 엄청난 허리케인을 만난 혼곶의 포경선을 그린 것이다. 배는 이미 바다에 잠겨 부서진 세 개의 돛대만 보일 뿐이다. 몸에 작살이 꽂혀 극도로 성난 고래가 배를 훌쩍 뛰어넘으려다가 돛대에 찔려서 옴짝달싹 못하고 있는 것이다.

입구 맞은편 벽에는 기괴한 야만인이 사용하는 괴상한 곤봉과 창이 빽빽이 걸려 있었다. 어떤 것은 상아를 자르는 톱처럼 번쩍이는 톱니가 촘촘히 달려 있고, 또 어떤 것은 사람의 머리카락으로 만든 매듭 다발이 달려 있었다. 어떤 것은 낫같이 생겼는데, 자루가 긴 낫으로 풀밭을 베었을 때 생기는 자국처럼 둥글게 휜 큼직한 손잡이가 있었다. 이런 물건들을 보고 있자니 온몸에 소름이 돋으면서 대체 어떤 식인종과 야만인이 저런 우악스럽고 끔찍한 도구를 들고 남의 목숨을 빼앗으러 갔을까 궁금해졌다. 도구들 사이에는 녹슬고 낡은 데다 망가진 고래잡이용 창과 작살도 나란히 걸려 있었다. 그중에 몇 개는 꽤 역사가 있는 무기였다. 이젠 멋대로 굽었지만 한때 긴 창이었던 이 물건은 50년 전에 고래잡이 네이선 스웨인이 해가 뜨고 지는 하루 사이에 고래 15마리를 죽였던 도구다. 지금은 코르크 마개나 뽑게 생긴 저 작살은 한때 자바해에서 고래의 몸에 꽂혔고, 그대로 도망친 고래와 함께 사라졌다가 몇 년 뒤 그 고래가 블랑코곶에서 잡히면서 되찾아 여기에 진열되었다. 작살은 원래 고래의 꼬리 근처에 꽂혔는데, 사람 몸에 들어간 바늘이 움직여 다니듯 고래 몸속을 12미터 가량 이동해 혹등에 묻힌 채 발견되었다.

어둑어둑한 입구를 지나면 낮은 아치 통로가 나왔다. 생긴 것으로 보아 예전에 분명 벽난로들이 설치된 커다란 중앙 굴뚝이 있었음직한 통로를 지나면 라운지가 나왔다. 라운지는 입구보다 더 어두웠다. 머리 위로는 육중한 들보가 너무 낮게 내려와 있고, 바닥에 깔린 낡고 쭈글쭈글한 판자 위를 걷자니 낡은 배 갑판 맨 뒤쪽 방으로 걸어가는 듯한 느낌이 들었다. 바람이 윙윙 불어 길모퉁이에 정박한 이 낡은 방주를 맹렬히 흔드는 밤에는 특히 더 그럴 것 같았다. 라운지의 한쪽에는 길고 낮은 선반 같은 탁자가 있고, 그 위에는 금 간 유리 장식장이 놓여 있는데, 그 안은 이 넓은 세상의 가장 먼 오지에서 가져온 먼지투성이 골동품들로 가득했다. 건너편 구석에는 어둑한 소굴 같은 것이 튀어나와 있는데, 참고래의 머리를 조잡하게 본떠서 만든 주점 카운터였다. 그렇기는 해도 아치 모양으로 세운 고래 턱뼈가 어찌나 큰지 마차도 그 밑을 지나갈 수 있을 정도였다. 주점 안의 추레한 선반에는 오래된 포도주병, 유리병, 휴대용 술병 등이 즐비했다. 죽음을 부르는 고래 입속 같이 생긴 주점에는 그 옛날의 저주받은 요나처럼 또 다른 요나가 있었다. 이 작고 말라빠진 노인은(실제로 사람들은 그를 요나라고 불렀다) 바쁘게 움직이면서 선원들에게 돈을 받고 광기와 죽음을 팔고 있었다.

노인이 독을 따라주는 잔은 아주 밉살맞게 생겼다. 바깥쪽은 원통형이지만 안쪽 바닥으로 내려갈수록 좁아져 작정하고 양을 속이는 악랄하기 이를 데 없는 초록색 잔이다. 날강도 같은 잔에는 자오선 같은 평행선이 조잡하게 새겨져 이 선까지 채우면 1페니, 다음 선까지 채우면 1페니 추가, 하는 식이었다. 잔을 가득 채우는 것은 혼곳이라고 하는데, 그렇게 마시려면 1실링이 들었다.

주점에 들어서자 젊은 선원들이 탁자 주위에 모여 희미한 불빛 아래서 고래뼈 수공예품을 살피고 있는 모습이 눈에 들어왔다. 나는 여관 주인을 찾아가 하룻밤 묵을 방을 내달라고 청했다. 주인은 방이 다 차서 빈 침대가 없다고 하더니 잠시 뒤 이마를 두드리며 말했다. "잠깐만, 작살잡이와 담요를 같이 덮고 자는 건 괜찮겠나? 보아하니 고래를 잡으러 갈 모양인데 자네도 그런 일에 익숙해져야지."

나는 한 침대에 두 사람이 자는 건 딱 질색이라고 대답했다. 하지만 어쩔 수 없이 그래야 하다면 그 작살잡이가 어떤 사람인지에 달렸다고 덧붙였다. 정말로 내어줄 방이 없고 작살잡이가 불쾌한 사람만 아니라면 이토록 추운 밤에 낯선 도시를 정처 없이 헤매느니 점잖은 사람과 담요 한 장을 나누어 덮는 게 낫다고도 말했다.

"그럴 줄 알았어. 좋아, 일단 앉게. 저녁은? 먹을 텐가? 금방 준비되네."

나는 뉴욕 배터리 공원의 벤치처럼 온통 칼자국이 새겨진 낡고 긴 나무 의자에 앉았다. 벤치 한쪽 끝에서는 뭔가를 곰곰이 생각하는 선원 하나가 몸을 구부리고 앉아 벌린 두 다리 사이의 공간을 잭나이프로 열심히 파서 장식을 더하고 있었다. 돛을 모두 올린 배를 새기려는 것 같은데 별 진전이 없는 모양이었다.

마침내 네댓 사람과 함께 식사를 하러 옆방으로 불려 갔다. 불기가 전혀 없는 그 방은 아이슬란드처럼 냉기가 돌았다. 주인은 불 피울 형편이 못 된다고 말했다. 하얀 수의를 둘둘 감아놓은 것처럼 생긴 두 자루의 싸구려 수지 양초가 타고 있었다. 우리는 선원용 재킷의 단추를 모두 채우고서 반쯤 언 손으로 델 듯이 뜨거운 찻잔을 들어 입으로 가져갔다. 식사는 무척 실속 있었다. 고기와 감자뿐 아니라 과일 푸딩까지 나왔다. 세상에, 저녁에 과일 푸딩이라니! 초록색 모직 외투를 걸친 한 젊은 친구가 허겁지겁 푸딩을 먹어대기 시작했다.

"이보게." 여관 주인이 말했다. "오늘 자네 꿈자리가 영 안 좋을 거야."

"저 사람이 작살잡이는 아니죠?" 나는 그에게 속삭였다.

"에이, 아니야." 여관 주인은 사악하게 웃으며 말했다. "작살잡이는 얼굴색이 거무튀튀한 친구라네. 과일 푸딩 같은 건 절대 안 먹지. 그 친구는 스테이크만 먹어. 피가 줄줄 흐르는 걸로."

"대체 그 작살잡이가 누군데요? 여기 있나요?"

"금방 올 거야."

나도 모르게 '얼굴색이 거무튀튀한' 작살잡이가 의심스러워지기 시작했다. 어쩔 수 없이 같이 자야 한다면 그가 나보다 먼저 옷을 벗고 침대에 들어가게 해야겠다고 마음먹었다.

식사를 마친 우리는 다시 주점으로 돌아왔다. 달리 할 일이 없던 나는 구경꾼 노릇이나 하면서 저녁 시간을 보낼 생각이었다.

곧 바깥에서 떠들썩한 소리가 들렸다. 여관 주인은 갑자기 일어나면서 소리쳤다. "범고래호 선원들이군. 오늘 아침에 앞바다에 나타난 걸 보았지. 4년 동안 항해하고 만선으로 돌아왔다는군. 이보게 친구들, 이제 피지제도에서 온 최신 소식을 듣게 될 거요."

여관 입구에서 덜거덕거리는 부츠 소리가 들리더니 문이 활짝 열리며 거칠게 생긴 선원들이 우르르 들어왔다. 털이 거친 방한 외투로 몸을 감싸고 넝마 같은 털목도리로 머리를 싸맸는데도 수염에 고드름이 달린 채로 뻣뻣한 그들의 모습은 캐나다 래브라도 지역의 곰들이 들이닥친 것 같았다. 배에서 방금 내린 그들이 맨 처음 들어온 곳이 이 여관이었다. 당연히 그들은 고래의 입, 다시 말해 주점으로 직행했고, 작고 쪼글쪼글한 요나 영감이 곧 술잔을 가득 채워 그들 모두에게 돌렸다. 선원 중 하나가 지독한 감기 때문에 머리가 아프다고 호소하자 요나 영감은 그에게 진과 당밀을 섞어 만든 송진 같은 음료를 내주며 아무리 오래된 감기든, 래브라도 해안에서 걸린 감기든, 바람이 부는 빙산 근처에서 걸린 감기든 간에 이만한 특효약이 없다고 장담했다.

그들은 곧 술기운이 차올랐다. 아무리 술고래라도 육지에 내린 지 얼마 안 되면 보통은 빨리 취한다. 취흥이 오르자 그들은 엄청나게 큰 소리로 떠들기 시작했다.

그들 중 한 사람은 시끌벅적한 분위기와는 다소 거리를 두고 있었다. 그는 취해 보이지 않았고 동료 선원들의 흥을 망치고 싶지는 않지만 그들처럼 시끄럽게 떠드는 건 삼가고 있었다. 나는 즉시 그에게 흥미를 느꼈다. 바다의 신들이 정한 운명에 따라 그는 머지않아 나의 동료 선원이 될 것이므로(선원실에서 같이 침대를 썼을 뿐이지만) 여기서 그에 관해 간단히 서술해보겠다. 키는 180센티미터가 넘고 어깨는 떡 벌어졌으며 가슴은 방파제처럼 넓었다. 그렇게 근육이 많은 사람은 좀처럼 보지 못했다. 얼굴은 햇볕에 그을린 짙은 갈색이었는데, 그 때문에 하얀 이가 더욱 하얗게 보여 눈이 부실 정도였다. 눈에 드리운 깊은 그림자에는 그리 유쾌하지 않은 추억이 희미하게 떠돌았다. 목소리를 들으면 남부 출신임을 단박에 알 수 있고, 체격이 좋은 걸로 보아 버지니아주 앨러게니산맥에 사는 산사람이 분명했다. 동료 선원들의 흥청망청한 술판이 절정에 이르렀을 때, 그는 사람들의 눈에 띄지 않게 주점을 빠져나갔고, 이후로 바다에서 동료로 다시 만날 때까지 나는 그를 보지 못했다. 얼마 있지 않아 동료들은 그가 사라진 것을 알아차렸다. 이유는 모르겠지만 그는 동료들 사이에서 인기가 많은 것 같았다. 그들은 "벌킹턴![8] 벌킹턴! 대체 어디 간 거야?"라고 외치며 그를 찾으려고 밖으로 뛰어나갔다.

이제 밤 아홉 시가 다 되었다. 진탕 마시고 떠들던 선원들이 나가고 주점은 이상할 정도로 조용해졌다. 덕분에 나는 선원들이 들이닥치기 전에 세운 나의 묘안에 뿌듯함을 느꼈다.

한 침대에서 둘이 자는 걸 좋아하는 사람은 없다. 친형제라도 그렇다. 이유는 모르겠지만 사람들은 잠잘 때 혼자이기를 바란다. 낯선 도시에서 낯선 여관에 머무르며 낯선 자, 그것도 낯선 작살잡이와 함께 자야 한다면 그 거부감은 무한대로 커진다. 선원이라고 해서 특별히 다른 사람과 한 침대를 같이 써야 할 이유도 없다. 육지의 독신 임금과 마찬가지로 바다에 나간 선원들도 한 침대를 둘이 같이 쓰지 않는다. 물론 선원들은 커다란 선원실에서 함께 자지만, 각자의 그물 침대에서 각자의 담요를 덮고 알몸으로 잔다.

작살잡이를 생각할수록 같은 침대를 쓰기 싫어졌다. 작살잡이가 걸치는 옷은 리넨이든 모직이든 변변치 않을 것이고 깨끗할 리도 없다. 온몸에 몸서리가 쳐졌다. 게다가 밤이 점점 깊어지고 있는데 점잖은 작살잡이라면 지금쯤 거처로 돌아와 잠자리에 드는 것이 마땅하다. 그자가 한밤중에 침대에 기어들다가 나를 덮치면 어떡하지? 얼마나 지저분한 데서 있다가 왔는지도 모르는데?

"주인장! 생각이 바뀌었어요. 작살잡이 그자와 함께 못 자겠어요. 그냥 여기 벤치에서 잘게요."

— **8** 벌킹턴에 관해서는 이 책의 해제 중 '집필 과정과 재발굴' 참조.

"좋을 대로 하게. 매트리스로 쓸 식탁보를 내어줄 수 없는 건 안 된 일이지만. 이 벤치는 판이 울퉁불퉁해서 말이지." 여관 주인은 벤치의 옹이와 홈을 만지며 말했다. "참, 잠시 있어 보게. 대패가 주점에 있거든. 아늑하게 해줄 테니 잠시 기다려보라고." 그는 곧 대패를 가져와 낡은 명주 손수건으로 벤치의 먼지를 털어내더니 원숭이처럼 히죽거리며 내 침대가 될 벤치를 힘차게 대패질하기 시작했다. 대팻밥이 이리저리 날리다가 대팻날이 단단한 옹이에 걸리면서 마침내 동작이 중단되었다. 여관 주인은 손목을 접지를 뻔했고, 나는 그에게 제발 그만두라고 말했다. 침대는 그만 하면 매끈했고, 송판을 아무리 대패질한들 오리털 이불이 되는 건 아니었기 때문이다. 여관 주인은 히죽거리며 대팻밥을 쓸어 모아 방 한가운데 있는 커다란 난로에 던져 넣고 자기 볼일을 보러 갔다. 나는 그곳에 남아 골똘히 생각에 잠겼다.

벤치 길이를 재어보니 내 키보다 30센티미터는 짧았다. 하지만 의자를 하나 갖다 대면 해결할 수 있는 문제였다. 문제는 폭도 30센티미터 정도로 아주 좁다는 것이었다. 그 방에 있는 다른 벤치는 대패질한 것보다 10센티미터는 높았다. 그러니 같이 놓을 수도 없었다. 그래서 유일하게 비어 있는 한쪽 벽에 대패질한 벤치를 길게 갖다 대고 벽에서 약간 간격을 두어 그 위에 등을 댈 수 있게 해보았다. 하지만 막상 누우니 창틀 아래로 차가운 외풍이 온몸으로 느껴져 이 계획은 안 되겠다는 생각이 들었다. 게다가 낡은 문틈으로 들어오는 바람과 창틀 아래로 들어오는 바람이 만나 내가 누워 있는 곳 바로 옆에서 작은 회오리바람을 만들어내고 있어 더더욱 거기서 밤을 보낼 수는 없었다.

귀신은 뭐하나, 그놈의 작살잡이나 잡아가지. 그런데 잠깐, 내가 먼저 손쓸 방법은 없을까? 방에 먼저 들어가 문을 잠그고 침대에 누워서 그가 아무리 문을 세게 두드려도 모른 척하며 일어나지 않는다면 어떨까? 그리 나쁜 계획 같지는 않았다. 하지만 다시 생각해보고는 곧 포기했다. 다음 날 아침에 내가 방에서 나오기만을 기다리고 있던 작살잡이가 문 앞에서 나를 때려눕혀도 할 말이 없지 않은가!

나는 다시 주위를 둘러보면서 누군가의 침대에 들어가지 않는 한 춥고 고통스러운 밤을 피할 길이 없다는 것을 깨달았다. 알지도 못하는 작살잡이에게 부당한 편견을 갖고 있는 건 아닌가 하는 생각도 들었다. 조금만 더 기다려보자. 이제 곧 들어오겠지. 그때 잘 살펴보자. 어쩌면 우리는 서로 유쾌하고 훌륭한 잠자리 친구가 될 수 있을지도 몰라. 그건 모르는 일이야.

하지만 다른 투숙객들이 하나둘 자려고 들어오는데도 이 작살잡이는 코빼기도 보이지 않았다.

"주인장!" 나는 말했다. "대체 이 사람 뭡니까? 늘 이렇게 늦나요?" 이제 시간은 자정으로 가고 있었다.

여관 주인은 다시 조용히 킬킬거렸다. 내가 모르는 무언가를 생각하며 혼자 웃는 것 같았다. "아니." 그는 대답했다. "보통 그 친구는 아침 일찍 일어나. 일찍 자고 일찍 일어나지. 그런 말도 있잖아. 아침에 일찍 일어나는 새가 벌레를 잡는다고. 오늘밤에는 물건을 팔러 나갔는데 왜 늦는지 모르겠군. 머리가 안 팔리는 모양이야."

"머리가 안 팔린다고요? 대체 무슨 정신 나간 소리예요?" 나는 점점 화가 났다. "이봐요, 주인장. 그렇다면 그 작살잡이가 정말 이 신성한 토요일 밤에, 아니 지금은 일요일 아침일지도 모르겠군요. 어쨌든 야심한 때 머리를 팔러 이 도시를 돌아다니고 있다는 말입니까?"

"맞네." 여관 주인은 말했다. "여기 시장에는 그런 물건이 너무 많아 팔기 힘들 거라고 말해주기는 했는데."

"무슨 물건이요?" 나는 소리쳤다.

"글쎄 머리래도. 알다시피 세상에는 머리가 너무 많잖아?"

"이봐요, 주인장." 나는 짐짓 태연한 목소리로 말했다. "같잖은 이야기는 그만 늘어놓으시죠. 난 풋내기가 아니에요."

"그럴지도 모르지." 여관 주인은 나뭇가지를 꺼내더니 뾰족하게 깎아 이쑤시개로 만들며 말했다. "그런데 그 작살잡이가 자기가 파는 머리에 대해 욕하는 소리를 듣기라도 해봐. 그럼 자네도 곤란해질걸."

"그럼 내가 그 머리를 모조리 박살낼 거예요." 여관 주인의 황당무계한 소리에 나는 다시 벌컥 화를 내며 말했다.

"뭐, 박살난 거나 다름없지."

"박살났다니 무슨 뜻이에요?"

"아, 그렇대도. 그래서 안 팔리는 것 같아, 내 생각에는."

"주인장." 나는 눈보라치는 헤클라산[9]처럼 차갑게 다가서며 그에게 말했다. "이쑤시개 깎는 일일랑 집어치우고 당장 터놓고 이야기해봅시다. 나는 이 여관에 와서 침대를 하나 달라고 했어요. 당신은 절반밖에 내어줄 수 없다고 했고요. 나머지 절반은 그 작살잡이 것이라면서. 내가 아직 본 적도 없는 자에 대해 당신은 말도 안 되는 헛소리만 늘어놓고 있어요. 침대를 같이 써야 하는 자에 대해 불편한 감정만 들게 하고 있다고요. 주인장, 침대를 같이 쓰려면 아주 친하고 믿을 만한 사이여야 해요. 진심으로 요청합니다. 그 작살잡이가 누구이고 뭘 하는 사람인지, 한 침대를 써도 괜찮은 사람인지 말해주세요. 일단 그자가 두개골을 팔러 다닌다는 말은 취소하세요. 그게 사실이라면 미치광이라는 소리인데, 나는 그런 자와 같이 잘 생각이 눈곱만큼도 없으니. 그리고 당신, 주인장 당신 말이에요. 그런 사정을 다 알면서도 나한테 이런 식으로 한 침대를 쓰라고 하면 형사 고발 당할 줄 아세요."

"허허, 참." 여관 주인은 긴 숨을 내쉬며 말했다. "조금 거칠기는 해도 젊은 친구가 제법 길게 설교할 줄 아네. 그런데 진정하게. 내가 말한 작살잡이는 남태평양에서 얼마 전에 돌아왔는데, 거기서 향유를 바른 뉴질랜드 원주민 두개골을 잔뜩 사왔더군. 알다시피 그게 꽤 값나가는 골동품이거든. 다 팔고 딱 하나 남았는데 오늘밤에 떨이를 하려는 거야. 내일은 일요일이니까. 사람들이 교회에 가고 있는데 길에서 두개골 사시오, 하고 외칠 수는 없잖아. 그런데 지난 일요일에는 팔고 싶어 하더라고. 줄에 두개골 네 개를 매달고 나가려는 걸 겨우 말렸지. 무슨 양파도 아니고."

---

**— 9**  아이슬란드 남부에 있는 활화산.

이로써 수수께끼는 풀렸고 어쨌든 여관 주인도 나를 속이려는 의도가 없었다는 사실이 분명해졌다. 그렇기는 해도 신성한 안식일이 될 때까지 토요일 밤 내내 거리를 돌아다니며 이교도의 두개골을 파는 식인종 같은 작살잡이를 어떻게 보아야 할지 난감했다.

"주인장, 그 작살잡이는 분명 위험한 사람일 거예요."

"그래도 숙박료는 꼬박꼬박 잘 내던걸." 여관 주인은 답했다. "그런데 말이야, 지금 시간이 꽤 늦었거든. 이제 자러 가야지. 좋은 침대일세. 신혼 첫날밤에 마누라랑 함께 잤던 침대야. 둘이서 막 뒹굴어도 될 만큼 널찍해. 크기가 어마어마하지. 침대를 손님용으로 쓰기 전에는 마누라가 우리 아들 샘과 조니를 침대 발치에서 재우곤 했어. 하루는 내가 잠결에 팔다리를 휘젓다가 샘이 바닥에 떨어져 팔이 부러질 뻔했지. 그 후로는 마누라가 저 침대를 안 쓴다고 했고. 이리로 오게, 촛불을 줄 테니." 그는 그렇게 말하고는 초에 불을 붙여 내게 내민 다음 길을 안내하려 했다. 하지만 나는 우물쭈물하며 서 있었다. 구석에 걸린 시계를 본 여관 주인은 이렇게 소리쳤다. "벌써 일요일이 됐네. 작살잡이는 오늘밤에 안 나타날 것 같아. 어디 딴 데서 닻을 내린 모양이야. 이리 오게. 아, 어서. 자러 안 갈 건가?"

나는 잠시 망설이다가 그를 따라 계단을 올라갔다. 그는 나를 작은 방으로 안내했다. 조개처럼 차가운 그 방에는 작살잡이 넷이 나란히 누워서 잘 수 있을 만큼 정말 거대한 침대가 놓여 있었다.

여관 주인이 세면대 겸 탁자로 쓰는 낡은 사물함에 양초를 내려놓으며 말했다. "자, 이제 편히 쉬게. 좋은 밤 되라고." 내가 침대를 살피다가 눈을 돌리자 여관 주인은 이미 사라지고 없었다.

나는 이불을 젖히고 침대를 들여다보았다. 도저히 훌륭하다고 할 수는 없지만 자세히 살펴보니 꽤 괜찮은 침대였다. 방을 둘러보니 침대와 사물함 외에 다른 가구는 보이지 않았고 조잡한 선반과 사방의 벽, 그리고 벽난로 덮개가 있었다. 벽난로 덮개에 발라진 종이에는 고래를 공격하는 한 사내가 그려져 있었다. 밧줄로 단단히 묶여 바닥 한쪽에 내던져놓은 그물 침대와 커다란 선원용 자루는 그 방에 원래 있지 않은 것 같은 물건이었다. 자루는 육지에서 가방 대용으로 쓰는 것 같은데 작살잡이의 옷이 들어 있을 게 분명했다. 벽난로 선반 위에는 뼈로 만든 기이한 낚싯바늘 한 무더기가 있었고, 침대 머리맡에는 기다란 작살이 세워져 있었다.

그런데 사물함 위에 있는 이건 뭐지? 나는 그 물건을 들고 촛불 가까이에 비추고 만져보고 냄새도 맡으면서 그 정체에 관한 만족스러운 결론을 내리고 궁리를 거듭했다. 굳이 따지자면 커다란 현관 매트처럼 생겼는데 가장자리에는 딸랑거리는 작은 쇠붙이가 달려 있었다. 인디언들이 신는 가죽신발 둘레에 뻣뻣한 호저 가시를 박아놓은 듯한 모양이었다. 매트 한가운데에는 구멍 혹은 틈새 같은 게 있어 남미 사람들이 입는 판초 같기도 했다. 하지만 제정신을 가진 작살잡이라면 이런 현관 매트를 뒤집어쓰고 기독교도의 도시를 활보할 수 있을까? 시험 삼아 한번 걸쳐보니 큰 바구니를 뒤집어쓴 것처럼 온몸이 짓눌렸다. 너무 까칠까칠하고 두꺼운 데다가 생면부지의 이 작살잡이가 비 오는 날에 입고 다녔는지 축축한 느낌마저 있었다. 그것을 걸친 채 벽에 걸린 거울 앞에 섰더니 여태 살면서 한 번도 보지 못한 괴이한 광경이 거울에 비쳤다. 서둘러서 그것을 벗으려다 목에 경련까지 일었다.

나는 침대 한쪽에 걸터앉아 두개골을 팔러 다닌다는 작살잡이와 그의 현관 매트를 생각하기 시작했다. 한동안 생각하다가 자리에서 일어나 선원용 재킷을 벗고 방 가운데 서서 다시 생각에 빠져들었다. 그런 다음 상의를 벗고 좀 더 생각에 잠겼다. 옷을 반쯤 벗고 있다 보니 심한 한기를 느꼈고, 시간이 너무 늦어 작살잡이가 오늘밤에는 들어오지 않을 것 같다는 여관 주인의 말이 떠올랐다. 나는 더 이상 고민하지 않기로 하고 바지와 부츠를 벗고 촛불을 끈 다음 침대에 기어 들어갔다. 이제 무슨 일이 벌어지든 나의 안위는 하늘의 뜻에 달린 문제였다.

매트리스 속을 옥수수 속대로 채웠는지 깨진 그릇으로 채웠는지는 알 수 없지만, 나는 수없이 몸을 뒤척이며 오랫동안 잠들지 못했다. 마침내 설핏 잠들어 꿈의 세계로 들어서려는 순간, 복도에서 묵직한 발소리가 들리고 방문 틈 아래로 희미한 불빛이 새어 들어왔다.

주님, 제발 살려주세요. 저건 분명 작살잡이, 극악무도한 두개골 장사꾼이 틀림없어. 나는 꼼짝하지 않고 드러누워 그가 말을 걸기 전까지는 한마디도 하지 않겠다고 다짐했다. 낯선 사내가 한 손에는 촛불을, 다른 한 손에는 뉴질랜드 원주민 두개골을 들고 방 안으로 들어왔다. 그는 침대 쪽은 쳐다보지도 않고 촛불을 내게서 멀리 떨어진 한쪽 바닥에 내려놓았다. 그런 다음 내가 조금 전에 말한 커다란 자루의 끈을 풀기 시작했다. 그의 얼굴이 정말 보고 싶었지만 그는 자루 끈을 푸느라 등을 돌리고 있었다. 하지만 그 일이 끝나자 얼굴을 돌렸는데 세상에, 내가 대체 무엇을 본 건지! 그 얼굴이란! 그의 얼굴은 거무튀튀하고 불그레한 데다가 누렇기까지 했다. 얼굴 여기저기에는 크고 거무스름한 네모 딱지 같은 것이 잔뜩 붙어 있었다. 내가 머릿속으로 상상한 그대로였다. 그는 한 침대를 쓰기에는 너무 끔찍한 작자다. 어디서 싸우다가 크게 다쳐서 병원에 다녀오는 길인가 보다. 하지만 그가 얼굴을 빛이 드는 쪽으로 돌리는 순간, 양 볼에 붙어 있는 검고 네모난 것이 반창고가 아니라는 것을 확실히 알았다. 그것은 얼룩이었다. 처음에는 도무지 감이 안 잡히다가 곧 정체를 어렴풋이나마 짐작할 수 있었다.

식인종에 붙들려 강제로 문신을 새겼다는 어떤 백인 이야기가 생각났다. 그도 고래잡이였다. 이 작살잡이도 먼 곳으로 항해하다가 그와 비슷한 일을 겪은 게 틀림없다고 결론지었다. 그게 무슨 대수란 말인가? 그저 겉모습에 불과한 걸. 피부와 상관없이 사람은 정직할 수 있다. 하지만 그의 섬뜩한 얼굴색은 어떻게 받아들여야 할까? 그건 네모난 문신과는 완전히 다른 문제였다. 열대의 햇볕에 심하게 탄 것일 수도 있지만, 아무리 태양이 뜨거워도 백인의 얼굴이 저렇게 불그레하고 누리끼리하게 탔다는 이야기는 들어본 적이 없다. 나는 남태평양에 가본 적이 없으니 어쩌면 그곳의 태양은 피부에 이런 희귀한 영향을 줄지도 모르지. 이런 모든 생각이 번개처럼 스쳐 지나가는 동안에도 작살잡이는 나의 존재를 전혀 느끼지 못했다. 그는 간신히 자루를 열고 뒤적거리더니 도끼 같은 물건과 털 달린 물개 가죽 지갑을 꺼냈다. 그는 이 물건들을 방 한가운데 있는 낡은 사물함에 올려놓은 다음, 흉악하게 생긴 뉴질랜드 원주민의 두개골을 자루 안에 쑤셔 넣었다. 그러고 나서 비버 털가죽으로 만든 새 모자를 벗었다. 그 순간 나는 하마터면 소리를 지를 뻔했다. 그는 머리카락이 한 올도 없었다. 이마 위에 짧게 꼰 머리털이 작은 사마귀처럼 달린 것이 전부였다. 불그레한 대머리는 마치 백곰팡이가 핀 두개골 같았다. 이 낯선 자가 나와 문 사이를 가로막고 있지만 않았어도 나는 저녁 식사를 황급히 목구멍에 쑤셔 넣은 것보다 더 빠르게 그 방을 빠져나갔을 것이다.

상황이 위급하여 창문으로 빠져나갈 궁리도 했지만 그 방은 2층 뒤쪽에 있어 추락할 위험이 있었다. 나는 겁쟁이는 아니지만 두개골을 팔러 다니는 이 붉은 악당을 어떻게 상대해야 할지 도무지 감이 잡히지 않았다. 무지는 두려움의 근원이다. 낯선 자 때문에 심히 놀라고 당황스러웠다. 솔직히 고백하건대, 한밤중에 내 방에 악마가 들어온 것만큼이나 두려웠다. 사실 그가 너무 무서워서 이게 다 무슨 일이냐고 만족스러운 대답을 요구하기는커녕 말조차 붙일 용기도 나지 않았다.

그러는 동안에도 그는 계속 옷을 벗었고, 마침내 그의 가슴과 양팔이 드러났다. 옷에 가려져 있던 이 부위들도 얼굴과 마찬가지로 네모난 문신이 얼룩덜룩 그려져 있었고 등에도 문신들이 가득했다. 그는 30년전쟁[10]에 참전했다가 옷 대신에 온몸에 반창고를 붙이고 탈영한 병사 같았다. 심지어 두 다리도 짙은 초록색의 청개구리 떼가 어린 야자나무의 줄기를 타고 뛰어오르는 것처럼 네모난 문신으로 얼룩덜룩했다. 그가 남태평양에서 포경선을 타고 이 기독교 국가에 상륙한 끔찍한 야만인이라는 사실이 분명해졌다. 이런 생각을 하니 몸이 덜덜 떨렸다. 이자는 두개골도 팔지 않던가? 어쩌면 자기 동족의 머리일지도 모른다. 어쩌면 내 머리도 노릴지 모른다. 원 세상에, 저 도끼 생김새하고는!

하지만 떨고 있을 여유가 없었다. 이제 저 야만인이 하는 짓에서 눈길을 뗄

— **10** 1618~1648년 독일을 무대로 프로테스탄트와 가톨릭 간에 벌어진 종교전쟁.

수 없었고, 그가 이교도인 것이 틀림없다는 확신이 들었기 때문이다. 그는 의자에 걸쳐놓은 묵직한 외투로 다가가 주머니를 뒤지더니 등이 굽고 기괴하게 생긴 작은 우상을 하나 꺼냈다. 태어난 지 정확히 사흘 된 콩고의 갓난아기 같은 색을 띠고 있었다. 문득 향유 바른 두개골이 떠오르면서 처음에는 검은 우상이 그런 식으로 보존 처리된 진짜 갓난아기가 아닐까 생각할 뻔했다. 하지만 자세히 보니 전혀 유연하지 않고 광택을 낸 흑단처럼 번들거리는 것으로 보아 나무 우상일 수밖에 없다고 판단했다. 실제로 그건 나무 우상이었다. 이제 야만인은 비어 있는 벽난로로 가서 종이를 바른 덮개를 치우고 등이 굽은 우상을 벽난로 안의 장작 받침쇠 사이에 볼링 핀처럼 세웠다. 굴뚝 기둥과 벽난로 안쪽의 벽돌은 전부 그을음투성이어서 벽난로가 그의 콩고 우상에게 더할 나위 없는 제단 같다는 생각이 들었다.

다음에 무슨 일이 벌어지는지 보려고 나는 실눈을 뜨고 반쯤 가려진 우상을 쳐다보았다. 보는 내내 마음이 조마조마했다. 그는 외투 주머니에서 대팻밥을 두 움큼 정도 꺼내 우상 앞에 조심스럽게 내려놓았다. 그런 다음 선원용 건빵을 그 위에 올리고 촛불을 가져와 대팻밥에 불을 붙였다. 제물을 바치는 예식용 불을 피운 것이다. 곧이어 그는 불 속에 급히 손을 넣었다가 더 급히 빼기를 여러 번 반복하더니(손을 심하게 덴 것 같았다) 마침내 건빵을 빼내는 데 성공했다. 그는 건빵을 후후 불어 열을 식히고 재를 살짝 털어낸 다음 작은 흑인 우상에게 공손히 바쳤다. 작은 악마는 그런 말라붙은 것은 마음에 들지 않는지 입술을 전혀 움직이지 않았다. 이 기괴한 의식에서 더 기괴한 것은 숭배자의 목구멍에서 나는 소리였다. 가락을 실어 기도하거나 이교도의 찬송가를 부르는 것 같았다. 그러는 동안에 그의 얼굴은 정말이지 심하게 씰룩거렸다. 마침내 그는 불을 끄고 전혀 격식을 차리지 않은 채 우상을 집어 들더니 사냥꾼이 죽은 도요새를 자루에 집어넣듯이 아무렇게나 외투 주머니에 다시 쑤셔 넣었다.

이 모든 괴상한 절차를 보며 나는 더욱 심란해졌다. 이제 그가 할 일을 끝내고 침대에 뛰어들 게 분명했으므로, 나는 지금이 바로 내가 한참 동안 걸려 있던 마법을 깨뜨리는 절호의 순간이고, 불이 꺼지면 기회가 오지 않을 것이라고 생각했다.

하지만 무슨 말을 하면 좋을까 생각한 그 잠깐이 치명적이었다. 그는 사물함 위에 있던 도끼를 들어 잠시 대가리 부분을 살피더니 도끼 자루를 입에 문 채 촛불로 불을 붙여 연기를 한껏 내뿜었다. 바로 촛불이 꺼졌고, 야만적인 식인종은 도끼를 문 채 내가 누운 침대로 뛰어들었다. 나는 도저히 참을 수 없어 비명을 질렀고, 그도 깜짝 놀라 으르렁거리며 내 쪽을 더듬기 시작했다.

나도 뭐라고 했는지는 모르겠지만 중얼거리며 반대편으로 몸을 굴려 벽에 바싹 붙었다. 그리고 당신이 누구이고 뭐 하는 사람인지 모르겠지만 조용히 해달라고, 내가 일어나 다시 촛불을 켜게 해달라고 간청했다. 하지만 그의 목구멍에서 낮게 으르렁거리는 소리가 나는 것으로 보아 내 뜻이 잘못 전달되었다는 것을 곧바로 알았다.

"넌 누구냐?" 마침내 그가 입을 열었다. "말 안 하면 나 너 죽인다." 그는 어둠 속에서 불붙은 도끼를 휘두르기 시작했다.

"주인장! 제발, 피터 코핀!" 나는 소리쳤다. "주인장! 여기 좀 와봐요! 코핀! 천사님들! 살려주세요!"

"말해라! 너 누군지 말해. 아니면 나 너 죽인다!" 식인종이 다시 으르렁거리며 살벌하게 도끼를 휘둘렀고 뜨거운 담뱃재가 주위에 흩어졌다. 속옷에 불이 붙을까 걱정될 지경이었다. 다행히 그 순간 여관 주인이 촛불을 들고 방 안에 들어왔고, 나는 침대에서 뛰쳐나와 그에게 달려갔다.

"이봐, 무서워할 것 없네." 그가 씩 웃으며 말했다. "퀴케그는 자네 머리털 하나 건드리지 않을 테니."

"제발 그렇게 웃지 좀 말아요." 나는 소리쳤다. "왜 저 악마 같은 작살잡이가 식인종이라고 말 안 했어요?"

"아는 줄 알았지. 저 친구가 머리를 팔러 다닌다고 말했잖은가. 여하튼 다시 침대에 들어가 자게. 퀴케그, 여기 본다. 너 나 안다. 나 너 안다. 이 남자 너랑 잔다. 알았지?"

"나 잘 안다." 퀴케그는 침대에 앉아 파이프 담배를 피우며 으르렁거렸다.

"너 들어온다." 그가 도끼를 든 손으로 나를 부르며 자기 옷을 한쪽으로 치웠다. 그의 태도는 정중할 뿐 아니라 친절하고 너그럽기까지 했다. 나는 잠시 서서 그를 바라보았다. 문신투성이기는 해도 대체로 깔끔하고 단정해 보이는 식인종이었다. 내가 왜 그렇게 호들갑을 떨었을까? 저자도 나와 똑같은 사람인데. 내가 저자를 두려워하는 것처럼 저자도 내가 두려울 것이다. 만취한 기독교인보다는 정신이 맑은 식인종과 자는 게 나을지도 몰라.

"주인장." 나는 말했다. "저 사람한테 도끼인지 파이프인지 종잡을 수 없는 저 물건 좀 치우라고 해요. 담배 좀 꺼달라고요. 그러면 저자와 침대를 나눠 쓸게요. 침대에서 담배 피우는 사람과는 같이 잘 수 없어요. 위험하니까요. 나는 보험도 안 들었다고요."

퀴케그는 이 말을 듣고 바로 내 요구를 따라주었다. 그는 정중하게 침대에 들어오라는 몸짓을 했다. 그리고 다리 하나 건드리지 않겠다는 듯이 한쪽으로 돌아누웠다.

"주인장, 그럼 가서 주무세요." 나는 말했다. "가도 좋아요."

나는 곧 잠이 들었고, 내 평생 그렇게 달게 잔 적이 없었다.

## 4장  이불

다음 날 아침 햇살이 방 안에 들어 깨어나 보니 퀴케그의 팔이 더없이 다정하게 내 몸에 얹혀 있었다. 누가 보면 내가 그의 마누라인 줄 알았을 것이다. 이불은 알록달록한 작은 네모꼴과 세모꼴 헝겊을 이어 붙인 것이고, 그의 팔은 끝없이 이어진 크레타 미궁 같은 문신이 새겨져 있었는데 피부색이 같은 부분이 한 군데도 없었다. 배 위에서 일할 때 수시로 셔츠 소매를 걷어 올려 태양과 그늘에 번갈아 노출되니 그렇게 되었으리라. 그의 팔은 아무리 보아도 헝겊을 이어서 만든 조각 이불 같았다. 실제로 내가 잠에서 깨었을 때 그의 팔 일부가 이불 위에 놓여 있었는데 무엇이 팔이고 무엇이 이불인지 구분할 수 없었다. 퀴케그가 나를 껴안고 있다는 느낌이 든 것은 그의 묵직한 팔 때문이었다.

기분이 묘했다. 그 기분을 설명하자면 이렇다. 어릴 적에도 그와 비슷한 일을 겪었는데 현실인지 꿈인지 확실하지 않지만 어떤 무모한 장난을 친 기억이 난다. 며칠 전에 몸집이 작은 굴뚝 청소부가 굴뚝에 기어오르는 걸 보고 따라하려 했던 것 같다. 계모는 툭하면 나를 회초리로 때리거나 저녁도 안 주고 침대로 보냈고, 그날도 내 다리를 붙들고 굴뚝에서 끌어내더니 귀찮게 좀 하지 말라며 오후 두 시밖에 안 된 시간에 나를 침대로 보내버렸다. 그날은 하필 북반구에서 일 년 중 낮이 가장 긴 6월 21일이었다. 기분이 나빴지만 어쩔 수 없으므로 3층에 있는 내 작은 방으로 들어가 시간을 죽이기 위해 최대한 천천히 옷을 벗은 다음 씁쓸한 한숨을 내쉬며 이불 속으로 들어갔다.

16시간은 지나야 부활할 수 있겠구나 생각하며 우울한 기분으로 침대에 누워 있었다. 침대에서 16시간을 뭉개야 한다니 생각만 해도 등허리가 뻐근해왔다. 게다가 잠을 청하기에는 주위가 너무 밝았다. 창밖에는 해가 쨍쨍 빛나고, 거리에서는 마차가 덜컹거리며 지나가고, 집 안에서는 즐거운 목소리가 들려왔다. 기분이 점점 더 나빠졌다. 마침내 나는 침대에서 일어나 옷을 입고 양말 바람에 조용히 아래층으로 내려가 계모를 찾았다. 그리고 계모의 발 앞에 무릎을 꿇고, 슬리퍼로 실컷 때려 내 잘못을 꾸짖어달라고 애원했다. 어떤 벌이든 달게 받겠지만 참을 수 없이 긴 시간 동안 침대에 누워 있게 하지 말아달라고 사정했다. 하지만 세상에서 가장 훌륭하고 양심적인 계모는 나를 다시 방으로 돌려보냈다.

나는 몇 시간 동안 뜬눈으로 침대에 누워 있었다. 그토록 끔찍한 기분은 그 후로도 겪은 적이 없었다. 훗날에 불운이 닥쳤을 때도 그 정도로 끔찍하지는 않았다. 결국 나는 깜빡 잠이 들었고 악몽을 꾸었다. 천천히 악몽에서 깨어난 나는 비몽사몽간에 눈을 떴다. 아까 햇빛이 들어오던 방은 이제 어둠에 싸여 있었다. 순간 충격이 온몸을 쓸고 지나가는 것 같았다. 아무것도 보이지 않고 아무 소리도 들리지 않았지만 어떤 초자연적인 손이 내 손을 잡고 있는 것 같았다. 나는 팔을 이불 위에 놓고 있었는데, 내 손을 잡고 있는 손의 주인, 형언할 수 없고 상상할 수도 없는 고요한 유령인지 뭔지 알 수 없는 존재가 침대 옆에 바싹 붙어 있는 듯했다. 나는 지독한 공포에 얼어붙어 감히 손을 밀쳐낼 엄두도 내지 못한 채 가만히 누워 있기만 했다. 그 시간이 영원히 계속될 것만 같았다. 손을 조금이라도 움직일 수 있다면 끔찍한 마법이 사라질지 모른다는 생각도 들었다. 그런 느낌이 어떻게 사라졌는지 알 수 없지만, 아침에 눈을 떴을 때 나는 모든 일을 기억해냈고 온몸을 부르르 떨었다. 이후로 몇 날, 몇 주, 몇 달 동안 그 수수께끼 같은 일이 뭔지 파악하려고 애썼지만 더 혼란스럽기만 했다. 지금도 가끔 그때의 일을 떠올리면 어리둥절할 뿐이다.

그 끔찍한 두려움만 빼면 초자연적인 손에 잡혀 있을 때 느낀 묘한 기분은 지금 잠에서 깨어나 이교도 퀴케그의 팔이 나를 안고 있는 것을 보는 기분과 별로 다르지 않다. 하지만 간밤의 일이 하나하나 객관적인 현실로 떠오르면서 내가 아주 우스꽝스러운 곤경에 처했다는 사실을 깨달았다. 신부를 껴안듯이 내 몸을 꽉 껴안고 있는 퀴케그의 팔을 치우려 했다. 하지만 잠든 그는 꼼짝하지 않았고 죽음만이 우리를 갈라놓을 수 있을 것 같았다. 그래도 그를 깨우려 애썼다. "퀴케그!" 대답은 코 고는 소리뿐이었다. 이런 상황에서 벗어나려고 돌아누우니 목에 말굴레를 찬 듯했고, 갑자기 뭔가에 긁히는 느낌이 들었다. 이불을 한쪽으로 치우니 야만인 옆에 마르고 뾰족한 아기처럼 생긴 도끼가 놓여 있었다. 참으로 난감했다. 대낮에 이 낯선 집에서 식인종 옆에, 그것도 모자라 도끼와 한 침대에 누워 있다니! "퀴케그! 제발, 퀴케그, 일어나!" 나는 한참 동안 몸부림을 쳤고, 한 침대를 쓰는 동료를 마누라처럼 끌어안는 게 얼마나 몹쓸 짓인지 큰 소리로 한바탕 훈계를 늘어놓았다. 그 덕분인지 그는 꿍 하는 소리를 내더니 얼른 팔을 빼고 물에서 방금 나온 뉴펀들랜드 개처럼 온몸을 부르르 떨었다. 그는 창 자루처럼 뻣뻣하게 침대에 앉아 나를 쳐다보더니 내가 왜 여기에 있는지 전혀 기억나지 않는다는 듯 눈을 비볐다. 그래도 나에 관해 뭔가 알고 있다는 흐릿한 의식이 천천히 돌아오는 모양이었다.

이제 나는 크게 불안하지는 않아 가만히 누운 채 조용히 그를 응시하며 이 묘한 자가 어떤 사람인지 살펴보기 시작했다. 마침내 그는 침대를 함께 쓴 동료의 성격을 파악하고 있는 그대로 받아들이기로 한 것 같았다. 그는 침대에서 내려가 괜찮다면 자기가 먼저 옷을 입고 나갈 테니 편하게 옷을 입으라는 뜻을 몸짓과 소리로 표시했다. 나는 퀴케그가 이런 상황에서 무척 정중한 제안을 했다고 생각했다. 야만인들이 섬세한 감각을 타고났다는 건 누가 뭐라고 해도 사실이다. 그들이 본질적으로 얼마나 정중한지를 알면 놀라지 않을 수 없다. 이 특별한 찬사를 특히 퀴케그에게 바친다. 내가 무례하게 굴었는데도 그는 아주 정중하고 사려 깊게 나를 대해주었기 때문이다. 나는 침대에서 그를 빤히 쳐다보며 그가 옷 입는 과정을 전부 지켜보았다. 호기심이 잠시 예의를 압도했다. 그래도 퀴케그 같은 사람을 매일 볼 수 있는 것은 아니므로 그의 행동에 비상한 관심이 쏠릴 수밖에.

그는 비쭉 솟은 비버 털가죽 모자를 머리에 쓰며 치장을 시작했다. 그런 다음 여전히 바지는 입지 않은 채 부츠부터 찾았다. 대체 왜 그랬는지 모르겠지만 그는 모자를 쓴 채 손에 부츠를 들고 몸을 침대 밑으로 밀어 넣었다. 안간힘을 쓰고 헐떡거리는 소리로 보아 부츠를 신으려고 저리도 애를 쓰는구나 싶었다. 내가 알기로 남들이 보지 않는 곳에서 부츠를 신어야 한다고 요구하는 예법은 없다. 그러나 보다시피 퀴케그는 애벌레도 나비도 아닌 일종의 과도기에 있는 존재였다. 그는 아주 기묘한 방식으로 자신의 특이함을 드러낼 수밖에 없을 정도로 문명화가 되어 있지만 교육이 끝난 건 아니었다. 그는 아직 견습생이었다. 조금이라도 문명화가 되지 않았더라면 그렇게 힘들여 부츠를 신으려 하지도 않았을 것이다. 야만인이라면 부츠를 신으려고 침대 밑에 들어가는 건 꿈도 꾸지 않았을 테니까. 마침내 그는 움푹 찌그러진 모자를 눈 위까지 눌러 쓴 채 침대에서 기어 나왔다. 그러고는 삐걱거리는 소리를 내며 방 안을 천천히 돌아다니기 시작했다. 눅눅하고 구겨진 소가죽 부츠가 충분히 길이 들지 않은 모양이었다. 주문 제작도 아니었을 테니 그 추운 아침에 처음으로 집어넣은 발이 꽉 끼어 괴로웠을 것이다.

이제 보니 창문에 커튼이 없고, 길이 너무 좁아 건너편 집에서 이 방을 훤히 들여다볼 수 있을 것 같았다. 그런 생각이 들면서 모자와 부츠 말고 걸친 게 별로 없는 퀴케그의 꼴사나운 모습이 더욱 부담스러워졌다. 나는 어서 옷을 입으라고, 특히 바지를 빨리 입으라고 부탁했다. 그는 순순히 내 말을 들었고 몸을 씻기 시작했다. 기독교인이라면 아침 그 시간에 누구라도 세수를 했을 것이다. 하지만 놀랍게도 퀴케그는 가슴과 팔, 손을 씻는 것에 만족했다. 그런 다음 조끼를 입고, 세면대 겸 탁자 위에 놓인 단단한 비누를 집어 들어 물에 담그고 거품을 낸 다음 얼굴에 바르기 시작했다. 어디에 면도날을 보관하는지 지켜보았는데 하, 이것 봐라, 침대 구석에 놓인 작살을 들어 긴 나무 자루를 떼어내는 게 아닌가. 그런 다음 작살의 날을 분리해 부츠에 조금 갈더니 벽에 걸린 거울 앞으로 성큼성큼 걸어가 힘차게 면도를 시작했다. 아니, 작살질을 했다고 하는 편이 낫겠다. 로저 상점의 최고급 날붙이를 저렇게 막 쓸 수도 있구나 생각했다. 하지만 나중에 작살의 날이 얼마나 훌륭한 쇠로 제작되었고, 길고 곧은 날이 언제나 벼린 상태로 유지된다는 사실을 알고 나서는 그의 특별한 면도 행위에 별다른 의문을 품지 않았다.

남은 치장을 마친 그는 커다란 선원용 재킷을 걸치고 작살을 사령관의 지휘봉처럼 휘두르면서 당당하게 방을 나섰다.

### 5장  아침 식사

나도 서둘러 세수하고 옷을 입은 뒤 주점으로 내려가 씩 웃고 있는 여관 주인에게 유쾌하게 말을 걸었다. 그가 내 잠자리 친구에 관해 적잖게 장난치며 떠들기는 했어도 나는 그에게 악의를 품진 않았다.

크게 웃는 건 대단히 좋은 일이다. 더 정확히 말하면 아주 드물게 좋은 일이다. 드물어 애석하기도 하다. 그러니 누군가가 유쾌한 농담거리가 되고 있다면, 그가 부끄러워 뒤로 빼지 않고 기꺼이 자신을 농담거리로 삼아 계속 사람들을 웃게 할 수 있도록 격려하라. 자신이 농담의 소재가 될 거리가 많은 사람은 보통 생각하는 것 이상으로 내면에 많은 능력을 갖추고 있다.

주점은 간밤에 들어온 투숙객으로 꽉 들어찼다. 아직 제대로 살펴보지는 못했지만 보아하니 거의 다 고래잡이였다. 일등항해사, 이등항해사, 삼등항해사, 배 목수, 배 통장이, 배 대장장이, 작살잡이, 배지기 등 모두가 그을린 피부에 수염이 무성하고 체격이 건장했다. 머리는 다듬지 않아 텁수룩했으며, 아침에 보통 입는 헐렁하고 긴 상의 대신에 짧은 선원용 재킷을 입고 있었다.

선원들마다 땅을 밟은 지 얼마나 되었는지는 금세 알 수 있었다. 이 젊은 선원의 볼은 햇볕에 잘 익은 배 색깔을 띠고 사향 냄새가 나는 듯하니 인도양 항해에서 돌아온 지 사흘도 되지 않았을 것이다. 그 옆에 있는 남자는 낯빛이 그보다 밝아 마호가니색이라 해도 무방하리라. 세 번째 남자의 낯빛은 열대지방에서 그을린 황갈색이지만 동시에 약간 빛바랜 것이 분명 몇 주는 육지에서 빈둥거렸을 것이다. 하지만 퀴케그 같은 볼을 가진 사람이 어디 있겠는가? 다양한 색이 줄무늬를 이룬 그의 볼은 안데스산맥의 서쪽 비탈처럼 지역별로 다른 기후를 한 번에 보여준다.

"여어, 식사 개시!" 여관 주인이 문을 활짝 열며 소리쳤고 우리는 아침을 먹으러 갔다.

세상을 널리 둘러보고 경험을 많이 쌓은 사람들은 태도가 여유 있고 사람들 사이에서도 침착한 모습을 보인다고 한다. 하지만 모두가 그런 것은 아니다. 위대한 뉴잉글랜드 여행가 레디어드와 스코틀랜드 여행가 멍고 파크는 사람들이 많이 모이는 휴게실에서 자신감 없이 꿔다놓은 보릿자루같이 있었다고 한다. 레디어드처럼 개썰매를 타고 시베리아를 횡단하거나, 가련한 멍고처럼 배를 곯아가며 흑인들의 고향 아프리카를 장시간 외로이 걷는 여행은 세련된 사교술을 익히는 최선의 방법이 아닐지도 모른다. 그럼에도 그런 사교술은 어디에서든 노력하면 대부분 갖출 수 있다.

여기서 이런 생각을 한 것은 우리가 모두 식탁에 앉은 다음에 일어난 상황 때문이다. 나는 고래잡이에 관한 멋진 이야기를 들을 만반의 준비를 하고 있었다. 그런데 놀랍게도 대부분이 입도 뻥긋하지 않았다. 그뿐 아니라 함께 식사하는 것도 영 어색한 모양이었다. 그들은 대부분 사나운 바다에서 난생처음 보는 고래와 눈 하나 깜빡하지 않고 싸워서 놈의 숨을 빼앗거나 빼앗기는 일을 해온 노련한 뱃사람들이다. 그런데 직업도 같고 취향도 비슷한 사내들이 이런 사교적인 아침 식탁에 앉아 그린산맥[11]의 우리 밖으로 나가본 적 없는 양떼처럼 소심하게 서로를 바라보고 있다니! 수줍어하는 곰들, 소심한 전사 같은 고래잡이들이라니! 이 얼마나 뜻밖의 광경인가!

하지만 우연히도 식탁의 상석에 앉은 퀴케그(그 역시 선원들 사이에 앉아 있었다)는 차가운 고드름처럼 냉정했다. 그의 예의범절에 대해서는 좋게 말해줄 거리가 별로 없다. 아무리 그를 열렬히 칭찬하는 사람일지라도 아침 식사 자리에 작살을 가져와 예의고 뭐고 없이 마구 사용하는 것을 보고 잘했다고 할 수는 없다. 누가 봐도 위험해 보이는데도 탁자 위로 작살을 길게 뻗어 비프스테이크를 끌어당기는 모습은 비호감이었다. 하지만 퀴케그는 그런 행동을 아주 침착하게 했다. 사람들은 침착한 행동을 예의 바른 행동으로 생각하지만 그 식탁에서는 전혀 그렇지 않았다.

여기서 퀴케그가 보여준 이상한 점을 전부 나열하지는 않겠다. 굳이 사례를 하나 들자면, 그는 커피와 따끈한 빵을 멀리하고 핏물이 흐르는 비프스테이크에만 철저히 집중했다. 아무튼 아침 식사가 끝나자 퀴케그도 다른 사람들과 함께 휴게실로 돌아와 도끼 파이프에 불을 붙이고, 내가 산책하러 여관을 나설 때까지, 벗는 일이 거의 없을 것 같은 모자를 눌러 쓴 채 담배를 즐기며 좀 전에 먹은 스테이크를 조용히 소화시키고 있었다.


## 6장  거리

퀴케그처럼 별난 자가 문명화된 도시의 교양인들 사이를 다니는 모습을 처

---

**11**  캐나다 퀘벡주에서 미국 북동부 버몬트주를 거쳐 매사추세츠주 서부까지 남북으로 뻗은 산맥.

음 보았을 때는 깜짝 놀랐지만, 그런 놀라움은 처음으로 햇살 아래서 뉴베드퍼드 거리를 산책하는 동안 금세 사라졌다.

큰 항구의 부두 근처에서는 더없이 이상하고 정체를 알 수 없는 이방인들을 흔히 볼 수 있다. 브로드웨이와 체스트넛 거리에도 지중해에서 온 선원들이 겁먹은 숙녀들을 거칠게 밀치는 일이 종종 있다. 런던의 리젠트 거리는 인도와 말레이 선원에게 잘 알려져 있고, 봄베이(지금의 뭄바이) 아폴로 공원에서는 양키 선원들이 원주민을 위협하는 경우도 종종 있다. 하지만 뉴베드퍼드는 리버풀의 워터 거리와 런던의 웨핑 거리를 능가한다. 워터와 웨핑에서는 선원들만 볼 수 있지만 뉴베드퍼드에서는 진짜 식인종들이 거리에 서서 이야기를 나눈다. 그들은 틀림없는 야만인이다. 그들 중 대다수가 자신들의 뼈에 기독교를 믿지 않는 불경한 살을 달고 다닌다. 그것이 여기 처음 온 사람들의 눈길을 끈다.

하지만 피지인, 통가타푸인, 에로망고인, 판나기인, 브리기인과 비틀거리며 거리를 돌아다녀도 전혀 눈길을 끌지 못하는 고래잡이 말고도 훨씬 더 흥미롭고 우스꽝스러운 광경을 이곳에서는 볼 수 있다. 매주 이 도시에는 버몬트와 뉴햄프셔에서 수십 명의 신출내기 선원들이 도착한다. 다들 포경업으로 돈도 벌고 명예도 얻고 싶어 한다. 대부분이 젊고 체격도 건장하다. 숲에서 나무를 베던 이들이 이제는 도끼를 내려놓고 고래잡이 창을 잡으려 하는 것이다. 대개는 그들의 고향인 그린산맥만큼이나 파릇파릇하다. 어떻게 보면 태어난 지 몇 시간밖에 안 된 아기 같다는 생각도 든다. 저기를 보라! 거들먹거리며 모퉁이를 돌고 있는 저 친구 말이다! 비버 털가죽 모자에 연미복 차림을 하고 허리에 선원용 벨트와 칼집 달린 단검을 차고 있다. 저기 다른 친구는 방수모를 쓰고 두터운 털외투를 걸치고 있다.

도시에서 자란 멋쟁이는 시골에서 자란 멋쟁이와는 비교가 되지 않는다. 손이 탈까 봐 찌는 무더위에도 사슴 가죽 장갑을 끼고 2에이커에 달하는 풀을 베는 시골뜨기 멋쟁이와는 다르다. 이런 시골 멋쟁이가 명성을 얻기로 마음먹고 위대한 포경업에 뛰어들면, 항구도시에 도착하자마자 그가 벌이는 우스꽝스러운 짓들이 재미있는 구경거리가 된다. 항해할 때 입을 옷을 주문하면서 조끼에는 방울 모양의 단추를 달고 범포 바지에는 끈을 단다. 아, 가련한 촌뜨기여! 강풍이 한번 몰아치면 그런 끈 따위가 얼마나 맥없이 뜯겨 나가는지 모르는군. 끈이며 단추며 할 것 없이 그대 자신마저 폭풍의 목구멍 속으로 삼켜질 것이다.

하지만 이 유명한 도시에 작살잡이나 식인종, 촌뜨기만 있는 건 아니다. 전혀 그렇지 않다. 뉴베드퍼드는 별난 곳이다. 우리 고래잡이들이 아니었더라면 이 땅은 오늘날 래브라도 해안처럼 황량한 곳으로 남았을 것이다. 지금도 변두리 지역은 너무 척박해서 놀라울 정도다. 그러나 도시 자체는 뉴잉글랜드 전체에서 가장 부유할 것이다. 이곳은 분명 기름이 흐르는 땅이니 젖과 꿀이 흐르는 가나안과는 다르다. 또한 옥수수와 포도주의 땅이기도 하다. 거리에 우유가 흐르지도 않고 봄철에 신선한 달걀이 깔리는 것도 아니다. 하지만 미국에서 뉴베드퍼드보다 더 귀족적인 저택과 호화로운 공원과 아름다운 정원을 자랑하는 도시는 어디에도 없다. 이런 부유함은 어디서 왔을까? 한때 화산암 찌꺼기로 뒤덮인 불모지였던 곳에 어떻게 그런 화초들이 자라났을까?

저기 우뚝 솟은 대저택에 가서 주위에 있는 상징적인 철제 작살들을 보라. 그러면 의문이 풀릴 것이다. 그렇다. 이 모든 화려한 저택과 꽃으로 덮인 정원은 대서양과 태평양, 인도양에서 왔다. 전부 다 바다 밑바닥에서 작살로 찍어 끌어 올린 것들이다. 헤르 알렉산더[12]라고 해도 그런 재주는 못 부릴 것이다.

뉴베드퍼드에서는 아버지가 딸에게 지참금으로 고래를 주고, 조카딸에게는 돌고래를 몇 마리씩 나눠준다고 한다. 화려한 결혼식을 보려면 뉴베드퍼드로 가야 한다. 집집마다 기름 저장고가 있어 매일 밤 경뇌유 양초를 아낌없이 태운다니 말이다.

여름에는 도시가 더욱 볼 만하다. 아름다운 단풍나무가 무성하고, 가로수가 길게 늘어선 거리는 초록빛과 황금빛으로 물든다. 8월에는 아름답고 풍성한

---

**12** 1819~1909년, 본명은 요한 프리드리히 알렉산더. 1843년 미국에서 마술을 공연하여 대성공을 거두었다.

마로니에가 촛대 모양의 나뭇가지를 하늘 높이 뻗어 올리고 꼿꼿한 원뿔 모양으로 한데 뭉친 꽃들을 행인들에게 슬쩍 내민다. 예술이란 이처럼 전능하다. 뉴베드퍼드의 많은 구역에서 예술은 그 힘을 발휘해 천지창조의 마지막 날에 버려진 것 같이 척박하고 쓸모없는 바위투성이 땅 위에 눈부신 테라스 꽃밭을 앉혀놓았다.

뉴베드퍼드의 여자들은 그들이 돌보는 붉은 장미처럼 혈색이 좋다. 장미는 여름에만 꽃을 피우지만 고운 카네이션 같은 뉴베드퍼드 여자들의 양 볼은 제7천국[13]을 비추는 햇빛처럼 영원하다. 이곳만큼 여자들의 얼굴에 화색이 도는 곳도 없으나 세일럼은 예외다. 세일럼의 젊은 여자들은 숨결에서 사향 냄새가 나기 때문에, 그들의 연인인 선원들이 세일럼으로 돌아올 때면 해안에서 몇 마일이나 떨어진 곳에서도 그 향기를 맡고, 자신들이 청교도의 해안이 아니라 향기로운 몰루카제도에 다가가는 건 아닐까 생각한다고 한다.


## 7장　예배당

여기 뉴베드퍼드에는 고래잡이 예배당이라는 곳이 있다. 인도양이나 태평양으로 출항할 날이 다가와 울적해진 선원들 가운데 일요일에 이곳을 찾지 않는 이가 거의 없다. 나 역시 거기를 찾아간 사람 중 하나였다.

첫날 아침 산책에서 돌아온 뒤 나는 다시 이 특별한 볼일을 보러 다시 밖으로 나갔다. 춥지만 맑고 화창하던 날씨는 안개가 깔리며 진눈깨비가 몰아치는 날씨로 바뀌었다. 곰털 가죽으로 만들었다는 텁수룩한 재킷을 두른 나는 험한 날씨를 무릅쓰고 예배당을 향해 나섰다. 예배당으로 들어서니 선원들과 그들의 부인들, 과부들이 드문드문 앉아 있었다. 예배당은 고요했고 이따금씩 날카로

---

**13**　유대인과 이슬람교도가 생각하는 최고 단계의 천국. 이곳에 하나님과 천사가 있다고 생각한다.

운 소리를 내며 스며드는 거센 바람 소리만이 침묵을 깼다. 침묵을 지키고 있는 신자들은 저마다 고요한 슬픔이 너무나 커서 누구와도 나눌 수 없다는 듯 일부러 거리를 두고 앉아 있었다. 목사는 아직 도착하지 않았다. 조용한 섬과 같은 이 남자들과 여자들은 꼿꼿이 앉아서 설교단 양쪽 벽에 박혀 있는, 검은 테를 두른 대리석 판을 바라보고 있었다. 그중 세 개에는 대략 다음과 같은 내용이 기록되어 있었다.

**존 탤벗의 영전에 바칩니다.**

1836년 11월 1일

18세에 파타고니아 앞바다

데설레이션섬 근처에서 바다에 떨어져 실종.

그를 추모하며 누이가 이 비를 세움.

**로버트 롱, 윌리스 엘러리, 네이선 콜먼,**

**월터 캐니, 세스 메이시, 새뮤얼 글레이그의 영전에 바칩니다.**

1839년 12월 31일

엘리자호 승무원들로

태평양 연안에서 고래에게 끌려가 실종.

살아남은 동료들이 그들을 추모하며 명판을 세움.

**고 이지키얼 하디 선장의 영전에 바칩니다.**

1833년 8월 3일

일본 연안에서 뱃머리에 서 있다가

향유고래의 공격을 받고 사망.

아내가 그를 추모하며 이 비를 세움.

얼어붙은 모자와 재킷에서 진눈깨비를 털어내고 출입문 가까이에 앉아 옆을 돌아본 순간, 퀴케그가 근처에 있는 것을 보고 깜짝 놀랐다. 엄숙한 분위기에 영향을 받았는지 감탄하는 그의 얼굴에는 이교도다운 호기심이 역력했다. 내가 예배당에 들어온 것을 눈치 챈 사람은 이 야만인뿐이었다. 그는 글을 읽을 줄 몰라 양쪽 벽에 박혀 있는 차가운 대리석 명판을 보고 있지 않았기 때문이다. 여기 모인 신자들 중에 명판에 이름이 새겨진 선원의 친척이 몇이나 있는지 알 수 없었다.

하지만 포경업에는 기록되지 않은 인명 사고가 많이 일어나고, 예배당에 앉아 있는 여인들 중 몇은 예복을 차려입지는 않았지만 끝없는 슬픔이 얼굴에 역력했다. 여기 내 앞에 모여 있는 사람들은 저 쓸쓸한 명판을 보고 공감하면서 아물지 않은 가슴의 상처에서 또다시 피를 흘리고 있는 건 아닐까 하는 생각이 들었다.

아아, 죽은 이를 푸른 잔디 아래 묻은 사람들이여. 꽃 사이에 서서 내가 사랑했던 이가 여기에 누워 있다고 말하는 사람들이여. 그대들은 망자가 가슴에 품었던 슬픔을 알지 못한다. 검은 테두리의 저 명판에는 한줌의 재도 들어 있지 않으니 얼마나 공허한가! 단단히 박혀 있는 저 명판에는 어떤 끝 모를 절망이 담겨 있는가! 저 명판은 모든 신앙을 좀먹고 무덤 없이 허무하게 죽은 이들의 부활마저 거부하는 듯하구나. 한 줄 한 줄에 담긴 치명적인 공허함과 자발적인 무신앙은 대체 무엇이란 말인가! 저 명판들은 차라리 여기보다 엘레판타섬[14] 석굴에 있는 편이 나으리라.

산 자들의 인구조사에 죽은 자가 포함된 적 있는가? 굿윈 모래톱[15]의 모래알보다 더 많은 비밀을 알고 있을지라도 죽은 자는 말이 없다는 격언을 보편적으로 받아들이는 이유는 무엇인가? 어제 저세상으로 떠난 사람의 이름 앞에는 불멸의 영혼이라는 의미심장하면서도 불경한 말을 쓰면서 왜 지구상에서 가장 먼 인도양으로 떠나는 산 자에게는 그런 말을 하지 않는가? 왜 생명보

---

**14** 인도 뭄바이 근처의 작은 섬. 힌두교 석굴이 있는 것으로 유명하다.

**15** 잉글랜드 남서부 켄트주 동해안 난바다의 도버해협에 있는 얕은 여울.

험회사는 죽어서 불멸의 존재가 된 자에게 사망 보험금을 지급하는가? 혹시 6,000년 전에 죽은 줄 알았던 옛적의 아담은 아직도 꼼짝하지 못하고 영원히 마비된 채 치명적이고 가망 없는 혼수상태를 겪고 있는 것은 아닐까? 우리는 죽은 자들이 이루 말할 수 없는 천상의 기쁨 속에서 살고 있다고 주장하면서 왜 그들을 생각하면 여전히 마음이 편치 않은가? 모든 산 자가 모든 죽은 자의 입을 다물게 하려는 건 무슨 이유인가? 무덤 속에서 죽은 자가 노크하는 소리가 들린다는 소문에 도시 전체가 겁먹는 건 왜인가? 이 모든 것에는 나름의 의미가 있다.

하지만 신앙은 자칼처럼 무덤들 사이에서 먹이를 찾고 이런 맥 빠지는 의혹 속에서도 가장 생기 넘치는 희망을 끌어모은다.

낸터킷으로 떠나기 전날 밤에 그 대리석 명판을 보며 어떤 기분이 들었는지, 어둡고 울적한 날 희미한 등불 아래서 먼저 세상 떠난 고래잡이들의 운명을 읽는 기분이 어땠는지는 굳이 말할 필요도 없을 것이다. 그래, 이슈메일, 저게 바로 너의 운명일 수도 있어. 하지만 왠지 나는 점점 다시 즐거워졌다. 이것은 어서 배를 타라는 기분 좋은 도전이자 출세하기 좋은 기회 같았다. 그래, 배가 부서지면 나는 명예롭게도 불멸의 존재로 진급하는 거야. 그래, 고래잡이는 목숨을 걸어야 하는 일이야. 아차 하는 순간에 혼란 속에서 영원의 세계에 던져지니 말이야.

하지만 그래서 어쨌단 말인가? 우리가 삶과 죽음의 문제를 크게 오해하고 있다는 생각이 든다. 여기 이 땅에서 어른거리는 내 그림자가 실은 내 진짜 본질인지도 모른다. 우리가 영적인 것을 보는 방식이란 것이, 굴이 바닷물을 통해 태양을 바라보며 그 두터운 물을 가장 얇은 공기라고 생각하는 방식과 너무나 닮아 있다고 생각한다. 나는 내 육신이 더 나은 내 존재의 찌꺼기에 불과하다고 생각한다. 원한다면 누구든 내 육신을 가져가라. 이건 내가 아니니까. 그러니 낸터킷을 위해 만세 삼창! 부서진 배든, 으스러진 육신이든 올 테면 와라. 제우스라 할지라도 내 영혼은 부술 수 없으니.

## 8장 설교단

내가 자리에 앉은 지 얼마 되지 않아 건장하고 덕망 있어 보이는 남자가 들어왔다. 그가 들어오자마자 돌풍에 문이 쾅 닫히며 모든 신자의 존경 어린 시선이 그에게 쏠렸다. 이 멋진 노인은 틀림없이 목사일 것이다. 그렇다. 그래, 저 사람이 고래잡이들에게 인기가 많다는 그 유명한 매플 목사로구나. 그도 젊었을 때는 선원이자 작살잡이였지만 오래전에 은퇴하고 성직에 몸담았다. 그 무렵 매플 목사는 인생의 겨울인 노년에 접어들었지만 추위를 잘 견디며 다시 한번 청춘을 꽃피우는 듯 보였다. 주름살 사이에 새로 나타난 홍조가 부드럽게 빛나면서 더욱 그런 느낌이 들었다. 2월에 내린 눈 아래서 봄의 신록이 살짝 드러나는 것 같다고나 할까? 그의 인생사를 들은 적이 있는 사람이라면 그를 보았을 때 대단한 흥미를 느낄 수밖에 없다. 성직자의 삶에 과거 바다에서 보낸 모험 가득한 삶이 더해져 목사로서 아주 독특한 분위기를 풍기기 때문이다. 그가 예배당에 들어온 모습을 보니 우산도 쓰지 않았고 마차도 타지 않았다는 걸 알 수 있었다. 방수모에서는 진눈깨비 녹은 물이 흘렀고, 물을 잔뜩 먹은 감색 모직 코트는 그를 바닥에 주저앉히려는 듯 묵직하게 처졌다. 하지만 그는 모자와 코트와 덧신을 차례로 벗어 가까운 구석의 좁은 공간에 잘 놔두었다. 그런 다음 말쑥한 양복 차림이 되어 조용히 설교단을 향했다.

구식 설교단이 대부분 그렇듯 이곳 설교단도 아주 높았다. 그렇게 높은 설교단에 일반적인 계단을 설치하면 바닥에서 단까지 계단의 길이가 길어져 가뜩이나 좁은 공간이 더욱 좁아진다. 그래서 건축가는 매플 목사의 조언에 따라 다른 조치를 취한 것 같았다. 계단을 따로 설치하지 않았고, 대신 설교단 옆에 보트에서 본선에 오를 때 사용하는 줄사다리가 매달려 있었다. 어느 포경선의 선장 부인이 이 줄사다리에 알맞은 붉은 소모사로 짠 난간 줄 한 쌍을 봉헌했다. 줄사다리 자체도 마무리가 잘 된 데다가 마호가니 색으로 물들여 작은 예배당의 분위기에 잘 어울렸다. 매플 목사는 사다리 밑에 잠시 멈춰 서서 양손으로 난간 줄의 장식용 매듭을 움켜잡고 위를 한번 슥 올려다보았다. 그런 다음 진짜 선원 같은 솜씨로, 동시에 여전히 경건함을 유지하며 민첩하게 손을 번갈아 움직이며 줄사다리를 타고 설교단에 올랐다. 그 모습은 돛대 꼭대기 망루에 오르는 선원 같았다.

흔들리는 사다리가 보통 그렇듯 줄사다리의 수직 부분은 천으로 감은 밧줄로 되어 있고, 발을 딛는 가로대만 나무로 되어 있으며, 단마다 매듭이 지어져 있었다. 처음 설교단을 보았을 때 이런 매듭은 배에서는 편리하더라도 여기 예배당에서는 불필요하다는 생각을 떨칠 수 없었다. 하지만 이런 생각은 예상치 못한 일로 금세 사라졌다. 매플 목사가 설교단에 올라간 뒤 천천히 돌아서서 설교단 위로 몸을 굽히더니 사다리를 한 단씩 찬찬히 끌어올린 다음 설교단 안에 잘 갈무리했기 때문이다. 이렇게 하고 나니 그곳은 난공불락의 요새, 그만의 작은 퀘벡 요새가 되었다.

매플 목사가 그렇게 하는 이유를 잠시 생각해보았지만 온전히 이해하기는 어려웠다. 성실하고 고결한 사람으로 널리 알려져 있었기 때문에 그런 무대 장난으로 신자들의 환심을 사려는 것 같지는 않았다. 이런 일을 하는 데는 분명 나름의 이유가 있을 거야. 게다가 그건 보이지 않는 뭔가를 상징하는 게 틀림없어. 그렇다면 자신을 물리적으로 고립시키는 행동은 세상의 모든 인연과 관계로부터 잠시 영적으로 물러나 있겠다는 뜻이 아닐까? 그래, 말씀의 고기와 포도주로 가득한 이 설교단은 하나님께 충실한 종이 자급자족할 수 있는 요새, 성벽 안에 영원히 마르지 않는 샘이 있는 높다란 에렌브라이트슈타인[16]이다.

하지만 목사가 과거에 선원 생활을 한 데서 기인한 예배당의 기이한 특징은 줄사다리만이 아니었다. 설교단 양쪽의 대리석 명판 사이에 있는 설교단 뒷벽에는 거센 폭풍우에 꿋꿋하게 맞선 배가 그려진 커다란 그림이 하나 걸려 있었다. 그림에서는 엄청난 바람과 함께 밀려온 파도가 검은 바위에 부딪혀 하얗게 부서지고 있었다. 하지만 거센 물보라와 어두운 먹구름 위로는 태양이 작은 섬

---

**16** 12세기에 건축된 독일의 성채로 코블렌츠를 지나가는 라인강의 맞은편에 있다. 멜빌은 이 요새를 1849년에 방문했다.

처럼 떠 있고, 한 천사의 얼굴이 환하게 빛났다. 이 환한 얼굴은 흔들리는 배의 갑판 한 지점에 빛을 비췄는데, 그 자리가 마치 넬슨 제독이 빅토리아호에서 쓰러져 전사한 자리의 널빤지에 끼워 넣은 은판처럼 빛났다. 천사는 이렇게 말하는 것 같았다. "아아, 고귀한 배여. 나아가라. 나아가라. 그대 고귀한 배여, 담대하게 키를 잡으라. 태양이 보이기 시작하고 구름이 물러나고 있다. 이제 곧 더없이 청명한 하늘을 보게 되리라."

설교단 자체에도 줄사다리와 그림에 드러난 것과 같은 바다 취향이 물씬 풍겼다. 널빤지로 덮은 설교단의 앞면은 넓고 뭉툭한 뱃머리를 닮았고, 『성경』을 올려놓은 소용돌이 장식의 돌출부는 뱃머리의 소용돌이 장식을 본떠서 만든 것이었다.

이보다 더 의미로 가득한 것들이 있을까? 설교단이 이 세상에서 맨 앞에 서 있고, 그 밖의 모든 것은 그 뒤를 따르고 있다. 그러니 설교단이 이 세상을 이끌어 간다. 하나님의 격한 노여움의 폭풍을 맨 처음 발견하는 곳인 만큼 그 뱃머리는 가장 먼저 시련을 겪어야 하는 곳이다. 순풍과 역풍을 내려보내는 하나님께 부디 순풍을 보내달라고 가장 먼저 기원하는 곳도 바로 설교단이다. 그렇다. 세상은 항해에 나선 배와 같고, 그 항해는 아직 끝나지 않았다. 그리고 설교단이 바로 그 배의 뱃머리다.

## 9장 설교

매플 목사는 자리에서 일어나 권위 있지만 겸손하고 온화한 목소리로 흩어져 있는 신자들에게 가운데 앞쪽에 모여 앉으라고 말했다. "거기 우현 통로에 계신 분! 좌현으로 움직이세요. 좌현에 있는 분은 우현으로! 중앙부에 모이세요. 중앙부!"

장의자 사이로 묵직한 선원용 부츠 끄는 소리가 낮게 울리고, 그보다는 가벼운 여자들의 신발 끄는 소리가 들리더니 다시 조용해지면서 다들 목사를 바라보았다.

목사는 잠시 가만히 있다가 설교단 뱃머리에 무릎을 꿇고 앉아 커다랗고 갈색빛 도는 두 손을 가슴 앞에 모았다. 눈감은 채 고개를 들고 경건하게 기도하는 모습은 마치 바다 밑바닥에서 무릎을 꿇고 기도하는 것 같았다.

기도가 끝나자 목사는 안개 낀 바닷속으로 침몰하는 배에서 계속 울리는 종소리와 같이 엄숙한 목소리로 한참 동안 찬송가를 부르기 시작했다. 하지만 마지막 절이 가까워지자 어조가 바뀌면서 환희와 기쁨의 목소리가 우렁차게 울려 퍼졌다.

고래의 갈빗대와 공포가
내 위로 음울한 어둠을 아치 모양으로 드리워져
하나님의 햇살 비쳐드는 파도도 사라지고
나를 더욱 깊은 파멸에 빠져들게 하네.

나 지옥의 목구멍을 보며
끝없는 고통과 슬픔을 느끼네.
느껴보지 못한 자는 감히 말할 수조차 없으리니.
아아, 나는 절망 속으로 빠져들고 있네.

캄캄한 고통 속에서 나 주님을 불렀고,
정말 나의 주님이신지 의심할 때
주님은 내 호소에 귀 기울여주셨네
고래는 더 이상 나를 가두지 못하리.

나를 구하려 빠르게 날아오신 주님
빛나는 돌고래를 타고 오신 주님
번개처럼 무섭고도 찬란하게 빛나는

나의 구세주, 주님의 얼굴.


나 영원히 노래 부르리.

그 공포와 환희의 순간을.

나 모든 영광을 바치리.

자비하시고 전능하신 주님께.


거의 모두가 함께 찬송가를 불렀고, 합창 소리는 윙윙거리는 돌풍 소리보다 더 커졌다. 노래가 끝나고 잠시 정적이 흘렀다. 매플 목사는 천천히 『성경』을 넘기다가 적절한 대목에 이르자 그 위에 깍지 낀 손을 올리고 이렇게 말했다. "사랑하는 동료 선원 여러분, 요나서 1장 마지막 절을 보십시오. 여호와께서 이미 큰 물고기를 예비하사 요나를 삼키게 하셨느니라."

"선원 여러분, 불과 네 장, 즉 네 가닥의 실로 이루어진 이 요나서는 『성경』이라는 커다란 밧줄을 이루는 가장 가느다란 가닥에 지나지 않습니다. 하지만 요나의 깊은 바닷속 이야기는 우리의 영혼을 얼마나 깊게 울리는지요! 이 예언자가 전하는 교훈은 얼마나 의미 있는지요! 물고기의 배 속에서 부른 찬송가는 또 얼마나 고귀한지요! 큰 파도처럼 굽이치며 웅장하지 않습니까! 이제 큰 물결이 우리 위로 밀려드는 것을 느끼며 요나와 함께 해초가 무성한 바다 밑바닥으로 내려갑니다. 주변에는 온통 해초와 진흙뿐입니다. 하지만 요나서가 우리에게 주는 교훈은 무엇일까요? 선원 여러분, 교훈은 두 가닥으로 이루어져 있습니다. 하나는 죄인인 우리 모두에게 주는 교훈이고, 다른 하나는 살아 계신 하나님의 뱃길 안내자인 제게 주는 교훈입니다. 이 이야기가 죄인인 우리 모두에게 교훈인 까닭은 죄와 무자비함, 갑작스레 눈뜬 공포, 즉각적인 처벌, 회개, 기도, 그리고 마지막으로 요나의 구원과 기쁨을 들려주기 때문입니다. 인간들 가운데 모든 죄인이 그러하듯이 아밋대의 아들 요나의 죄는 하나님의 명령에 일부러 복종하지 않은 데 있습니다. 그 명령이 어떤 것이고 어떻게 전해졌는지는 상관없습니다. 요나는 그 명령이 가혹하다고 생각했습니다. 하지만 하나님께서 우리에게 주시는 명령에 쉬운 일은 없습니다. 이 점을 명심해야 합니다. 주님은 설득하시기보다 명령하시는 일이 많습니다. 하나님께 복종하려면 우리 자신을 거역하지 않으면 안 됩니다. 하나님께 복종하기 어려운 이유는 바로 우리 자신을 거역하기가 어렵기 때문입니다.

이렇게 요나는 주님께 거역하는 죄를 짓고 그것도 모자라 도망치려 하여 하나님을 무시하는 일까지 저질렀습니다. 그는 인간이 만든 배를 타면 하나님의 지배에서 벗어나 세상의 우두머리들만이 지배하는 땅으로 갈 수 있다고 생각했습니다. 그는 욥바의 부두 주위에 몰래 숨어들어 다시스로 가는 배를 찾습니다. 바로 여기에 지금까지 주목받지 못한 의미가 숨어 있습니다. 다시스는 누구에게 물어보더라도 오늘날의 카디스 말고 다른 도시일 수 없습니다. 그것은 학자들의 공통된 의견입니다. 선원 여러분, 카디스는 어디에 있는 걸까요? 바로 스페인에 있습니다. 대서양이 거의 미지의 바다였던 고대에 요나가 욥바에서 배를 타고 갈 수 있는 가장 먼 곳이 바로 카디스였습니다. 오늘날의 야파인 욥바는 지중해의 동쪽 끝 시리안 해안에 있고, 다시스 혹은 카디스는 그곳에서 3,000킬로미터 이상 떨어진 지브롤터해협 바로 바깥에 있습니다.

그러니 여러분, 요나가 하나님으로부터 달아나 세상 끝까지 가려 했다는 걸 이제 아실 겁니다. 참으로 형편없는 사람입니다! 비겁하기 짝이 없고 온갖 조롱을 받아도 할 말이 없는 자입니다. 모자를 푹 눌러 쓰고 죄지은 눈빛을 번들거리며 주님을 피해 몰래 숨으려고 하다니요. 바다를 건너려고 서두르는 야비한 도둑처럼 배들 사이를 돌아다니는 꼴이란! 그의 표정은 혼란스럽고 자책하는 기색이 역력하기 때문에 당시에 경찰이 있었더라면 요나는 갑판에 발을 딛기도 전에 뭔가 수상하다는 의혹을 받고 체포당했을 겁니다. 도망자라는 티가 얼마나 납니까? 짐도 없고 모자 상자도 여행 가방도 없습니다. 배웅하려고 부두까지 나온 친구들도 없습니다. 숨어 다니며 한참 동안 배를 찾던 그는 마침내 마지막 화물을 싣고 있는 다시스행 배를 하나 찾아냅니다. 요나가 선실에 있는 선장을 만나려고 배에 오른 순간, 짐을 끌어올리던 선원들이 모두 일손을 멈추고 이 낯선 자의 불길한 눈초리를 유심히 바라봅니다. 요나는 이런 상황을 눈치

채고 짐짓 느긋하고 자신 있게 보이려 애쓰지만 소용없습니다. 어떻게든 미소를 지으려고 하지만 그것도 소용없습니다.

선원들은 예리한 직감으로 요나가 선량한 시민이 아니라는 사실을 파악합니다. 그들은 농담 반 진담 반으로 서로 말합니다. '잭, 저 인간이 과부를 건드렸다더군.' '조, 저놈 조심해. 이중 결혼한 놈이니까.' '이봐 해리, 저자는 간통죄를 짓고 고모라 감옥에 갇혀 있다가 탈출했거나 소돔에서 자취를 감춘 살인자 중 하나일 거야.' 또 다른 선원은 배가 정박해 있는 부두 말뚝에 붙은 벽보를 보러 달려갑니다. 벽보에는 자기 아비를 죽인 자에게 금화 500개를 지급한다는 내용과 살인범의 인상착의가 적혀 있을 테지요. 그는 벽보와 요나의 얼굴을 번갈아 쳐다봅니다. 그러는 동안 이 선원에게 동조한 동료 선원들이 여차하면 붙잡으려고 요나 주위에 몰려듭니다. 겁에 질린 요나는 부들부들 떨면서도 남은 용기를 쥐어짜 한껏 담대한 표정을 지어보지만 그럴수록 겁쟁이처럼 보일 뿐입니다. 요나는 용의자로 의심받고 있다는 걸 일부러 모른 척 했는데 그런 태도가 더욱 의심을 불러일으킵니다. 그래도 요나는 최선을 다해 버팁니다. 선원들은 요나가 벽보의 지명수배자와 다른 사람인 것을 확인하고 길을 내줍니다. 그래서 요나는 선실로 내려갑니다.

'누구요?' 세관에 낼 서류를 서둘러 작성하던 선장이 소리칩니다. '누구냐니까?' 아아, 저런 간단한 질문에도 허둥지둥하는 요나의 모습이란! 그 순간 요나는 다시 도망칠 뻔합니다. 하지만 곧 정신을 차리고 대답합니다. '다시스로 가는 배를 타고 싶은데요. 언제 떠날까요?' 선장은 바쁘게 일하느라 요나가 앞에 서 있는데도 그를 쳐다보지 않았습니다. 그러다가 요나의 공허한 목소리를 듣고는 홱 고개를 들어 그를 찬찬히 살피기 시작합니다. '이번 밀물 때 떠날 거요.' 선장은 여전히 요나를 살피면서 천천히 대답합니다. '더 빨리는 안 되나요, 선장님?' '정직한 승객이라면 충분히 기다릴 수 있는 시간이지.' 하! 요나의 폐부를 찌르는 비수 같은 말입니다. 하지만 요나는 얼른 기지를 발휘해 선장의 관심을 돌립니다. '이 배에 타겠습니다. 뱃삯은 얼마죠? 당장 내겠습니다.' 선원 여러분, 『성경』에는 배가 출발하기 전에 요나가 '뱃삯을 냈다'는 말이 마치 간과 해서는 안 될 대목처럼 적혀 있습니다. 문맥상 여기에는 중대한 의미가 담겨 있습니다.

선원 여러분, 요나가 탄 배의 선장은 어떤 자의 범죄도 한눈에 알아볼 만큼 눈썰미가 있었지만 상대가 무일푼일 때만 그런 안목을 발휘하는 탐욕스러운 사람이었습니다. 여러분, 이 세상에서는 죄인도 돈만 내면 여권 없이 자유로이 여행할 수 있지만, 아무리 선량해도 가난한 사람은 모든 국경에서 저지를 당합니다. 그래서 요나가 탄 배의 선장은 요나를 판단하기에 앞서 그의 주머니를 시험하고자 합니다. 선장이 통상 운임의 세 배를 요구해도 요나는 동의합니다. 선장은 그가 도망자라는 것을 알았지만, 그래도 금화를 뿌리고 다니는 그의 도피를 돕기로 합니다. 하지만 요나가 실제로 돈주머니를 꺼냈을 때도 선장은 의심을 풀지 않고 가짜 동전이 아닌지 확인하려고 금화를 하나하나 울려봅니다. 어쨌든 위조범은 아니군, 하고 선장은 중얼거리며 요나를 승객 명단에 올립니다.

이제 요나가 이렇게 말합니다. '제 선실은 어디입니까? 여행하느라 지쳐서 좀 자야겠습니다.' '정말 그래 보이는군. 당신 방은 저기요.' 요나가 방에 들어가 문을 잠그려 했지만 자물쇠에 열쇠가 없습니다. 요나가 바보처럼 더듬거리며 열쇠를 찾는 소리를 들은 선장은 낄낄대면서 '죄수의 감방 문을 누가 안에서 잠그나'라고 중얼거립니다. 요나는 먼지투성이 옷을 입은 채 그대로 침상에 몸을 던지지만 선실이 너무 좁아 천장이 이마에 거의 닿을 듯합니다. 통풍이 잘 되지 않아 숨이 턱 막힙니다. 배의 흘수선 아래 자리한 비좁고 누추한 그 방에서 요나는 고래의 창자 중에서도 가장 작은 방에 갇혀 숨이 막히게 될 시간을 미리 맛보는 것 같습니다.

요나의 선실 벽에 나사못으로 고정시킨 축에 매달린 등잔이 가볍게 흔들립니다. 마지막으로 실은 화물의 무게 때문에 배가 부두 쪽으로 기울어져 등잔이 불꽃과 함께 가볍게 흔들리면서도 방과 비뚤게 경사진 상태를 유지하고 있습니다. 실제로 등잔은 수직으로 곧게 늘어져 있지만 벽이 기울어져 이상한 방향으로 떠 있는 것처럼 보이는 겁니다. 요나는 이런 등불을 보고도 겁을 먹고 불안함을 느낍니다. 지금까지 도피에 성공한 이 도망자는 침대에 누워 고뇌에 찬 눈으로 주위를 둘러보지만 그의 불안한 눈은 쉴 곳을 찾지 못합니다. 게다가 등잔의 모순된 흔들림에 마음이 더욱 옥죄어 옵니다. 바닥, 천장 그리고 벽까지 다 비뚤어져 있습니다. 그는 신음합니다. '아아, 내 양심도 내 안에 저렇게 매달려 있구나! 양심은 저 등불처럼 수직으로 타오르지만 내 영혼의 방은 모두 비뚤어져 있구나!'

밤새 흥청망청 술을 마시고 휘청거리면서도 양심의 가책을 느끼며 서둘러 침대로 돌아가는 사람처럼, 맹렬히 돌진할수록 마구의 쇠붙이가 살에 파고들어 고통을 느끼는 로마의 경주마처럼, 비참한 곤경 속에서 아찔한 고통을 점점 더 강하게 느끼며 발작이 끝나기를 기다릴 것 없이 자신을 죽여달라고 하나님께 기도하는 사람처럼 요나는 깊은 불안을 느꼈고, 마침내 고통의 소용돌이 가운데서 그에게 깊은 혼수상태가 슬며시 찾아듭니다. 피 흘리며 죽어가는 사람처럼 말입니다. 양심에 상처가 나서 피가 흐르면 지혈할 방법이 없기 때문입니다. 그렇게 요나는 침상에서 몸부림치다가 육중한 고통의 무게에 눌려 익사 당하듯이 깊은 잠 속으로 빠져듭니다.

이윽고 밀물 때가 되었습니다. 배는 밧줄을 풉니다. 선체가 한쪽으로 기운 다시스행 배는 배웅해주는 사람 하나 없이 황량한 부두를 떠나 바다로 미끄러지듯이 나아갑니다. 여러분, 그 배는 기록에 남아 있는 최초의 밀수선입니다! 밀수품은 바로 요나지요. 하지만 바다가 저항합니다. 바다는 그런 사악한 짐을 참고 넘기지 않습니다. 무서운 폭풍이 불어와 배는 금방이라도 부서질 것 같습니다. 상황이 다급해지자 갑판장이 모든 선원에게 배를 가볍게 하라고 지시하고, 요란한 소리와 함께 상자와 꾸러미와 항아리 등이 바다에 내던져집니다. 바람은 윙윙거리고 선원들은 고함치는 가운데 요나의 머리 바로 위에 깔린 널빤지들이 분주한 발길에 짓밟히며 천둥치는 소리를 냅니다. 이렇게 극심한 소란이 벌어져도 요나는 무시무시한 잠에 빠져 있습니다. 그는 시커먼 하늘도, 사납게 날뛰는 바다도 보지 못하고 배가 흔들리는 것도 느끼지 못합니다. 거대한 고래가 지금 이 순간 입을 벌린 채 자신을 쫓아 물살을 가르며 돌진해 오는 소리도 듣지 못하고 주의를 기울이지도 않습니다.

선원 여러분, 요나는 아까 말씀드린 선실의 침상, 배 아래쪽 구석에 틀어박혀 깊은 잠에 빠져 있습니다. 하지만 겁에 질린 선장이 잠든 요나의 귀에 대고 악을 씁니다. '이 한심한 놈아, 아직까지 자고 있다니! 일어나! 무시무시한 고함 소리에 깜짝 놀라 깨어난 요나는 휘청거리며 갑판으로 나가 돛대의 밧줄을 움켜쥐고 바다를 살핍니다. 그때 사나운 큰 물결이 낮은 뱃전을 넘어 그에게로 달려듭니다. 파도가 잇달아 배 위로 넘어오지만 빠르게 빠져나갈 길을 찾지 못해 제 세상을 만난 것처럼 이물과 고물 사이를 마구 휘저으며 으르렁댑니다. 선원들은 아직은 물 위에 있지만 곧 익사할 지경입니다. 머리 위로 치솟은 시커멓고 가파른 파도의 협곡 사이로 하얀 달이 겁에 질린 얼굴을 내밀었을 때, 요나는 기다란 기움돛대가 높이 솟구쳤다가 고통에 몸부림치는 심연 속으로 떨어지는 것을 보고 경악을 금치 못합니다.

공포에 공포가 연달아 비명을 지르고 그의 영혼을 훑으며 내달립니다. 겁을 먹고 잔뜩 움츠린 태도를 보니 요나가 하나님을 피해 도망치고 있다는 사실이 명백하게 드러납니다. 선원들은 그를 쳐다보며 정말 의심스러운 자라고 생각합니다. 마침내 이 모든 일이 하나님의 뜻이라고 생각한 선원들은 엄청난 폭풍이 누구 때문에 일어난 것인지 확인하기 위해 제비뽑기를 합니다. 요나가 제비에 뽑혔습니다. 선원들은 요나에게 몰려들어 질문을 퍼붓습니다. 직업이 뭐냐, 어디서 왔냐, 고향은 어디냐, 어느 민족이냐. 그런데 선원 여러분, 이 가련한 요나의 행동을 보십시오. 선원들이 다그치듯 그가 누구인지, 어디서 왔는지를 묻긴 했지만 요나는 순순히 대답할 뿐 아니라 선원들이 묻지 않는 일까지 이야기합니다. 하나님의 엄중한 손이 머리 위에 놓인 것을 느끼며 자신도 모르게 술술 불게 된 것이지요.

그는 이렇게 외칩니다. '나는 히브리인입니다. 나는 바다와 육지를 창조하신 주 하나님을 경외하는 자입니다.' 하나님을 경외한다고, 요나? 그렇지. 주 하나님을 경외하는 게 마땅하지! 그는 곧바로 모든 일을 빠짐없이 자백합니다. 선원들은 이야기를 들으며 경악하면서도 요나를 측은하게 여깁니다. 요나가 자신은 주님의 뜻을 저버리는 사악한 죄를 지었다는 것을 잘 알기 때문에 자비를 구할 염치도 없고, 사나운 폭풍이 모두 자기 탓이니 자신을 바다에 던지라고 외쳤기 때문입니다. 하지만 선원들은 요나를 생각해 일단 그의 말은 못 들은 걸로 하고 배를 구할 다른 방법을 찾습니다. 하지만 모두 허사였습니다. 성난 폭풍은 더 크게 울부짖었습니다. 마침내 선원들은 한 손을 들어 하나님께 자비를 구하고, 다른 한 손으로는 마지못해 요나를 붙잡습니다.

그리하여 요나는 닻처럼 들려 바다로 던져집니다. 그러자 당장 기름처럼 매끄러운 평온이 동쪽에서 떠오르고 바다가 잔잔해집니다. 요나가 폭풍과 함께 바닷속으로 사라지면서 잔잔한 물결만 수면에 남았습니다. 요나는 소용돌이치는 혼란의 중심으로 빨려 들다가 그를 기다리던 고래의 떡 벌어진 입속으로 소용돌이와 함께 떨어졌다는 것을 알지 못합니다. 고래는 수많은 상앗빛 이빨을 하얀 빗장처럼 걸어 그를 감옥에 가둡니다. 요나는 물고기 배에서 꺼내달라고 주님께 기도합니다. 여기서 그의 기도를 들으며 중요한 교훈을 얻읍시다. 요나는 자신의 죄가 크다는 것을 알기 때문에 당장 구해달라고 애걸복걸하지 않습니다. 그는 자신이 가혹한 벌을 받는 게 당연하다고 생각합니다. 그는 모든 구원을 하나님께 맡기고 현재의 상황에 만족합니다. 아무리 괴롭고 고통스러워도 여전히 하나님의 성전을 바라볼 것입니다. 선원 여러분, 이것이야말로 진실하고 성실한 회개입니다. 시끄럽게 용서를 구하지 않고 기꺼운 마음으로 벌을 받는 것 말입니다. 주님께서 이런 요나의 행동을 얼마나 기뻐하셨는지는 결국 그가 바다와 고래에게서 구조되는 것을 보면 알 수 있습니다. 여러분, 저는 요나처럼 죄를 지으라는 것이 아니라 회개하라는 뜻으로 이 이야기를 하고 있습니다. 죄를 짓지 마십시오. 하지만 죄를 지었다면 반드시 요나처럼 회개하십시오."

매플 목사가 이런 설교를 하는 동안에도 밖에서는 폭풍우가 날카로운 소리를 내며 윙윙거리고 마구 불어대면서 그에게 새로운 힘을 더해주는 것 같았다. 요나가 만난 폭풍우를 언급할 때는 천길만길 목사 자신이 폭풍우에 던져진 것 같았다. 두꺼운 가슴은 큰 파도처럼 들썩였고, 휘두르는 두 팔은 서로 싸우는 비와 바람처럼 보였다. 거무스름한 이마에서는 천둥이 우르릉거렸고, 눈에서는 번갯불이 번쩍였다. 이야기를 듣고 있던 순진한 청중은 그런 낯선 모습에 이윽고 두려움을 느끼며 그를 바라보았다.

이제 목사는 평온한 표정으로 돌아와 말없이 다시 『성경』 책장을 넘겼다. 그리고 미동도 없이 잠시 눈을 감고 서서 하나님과 대화를 나누는 것처럼 보였다.

하지만 또다시 신자들 쪽으로 몸을 내밀고 고개를 낮게 숙이더니 남자다우면서도 아주 겸손한 태도로 이렇게 말했다.

"동료 선원 여러분, 하나님은 여러분에게 한 손만 올려놓으셨지만 제게는 두 손을 다 얹고 계십니다. 제 빛은 흐릿하더라도 그 빛에 의지해 요나가 모든 죄인에게 전하는 교훈을 읽어드렸습니다. 요나의 이야기는 여러분을 위한 교훈이고, 특히 제가 귀 기울여야 할 교훈입니다. 제가 여러분보다 더 큰 죄인이기 때문입니다. 제가 이 돛대 마루에서 내려가 여러분이 앉아 있는 승강구 위에 앉아 설교를 듣는 입장이라면 얼마나 좋을까요? 여러분 중 한 사람이 살아 계신 하나님의 뱃길 안내자가 되어 제게 요나가 주는 또 다른 무서운 교훈을 읽어주는 것을 지금 여러분처럼 들을 수 있다면 얼마나 기쁠까요? 하나님께 안내인이자 예언자, 혹은 진실을 말하는 자로 선택된 요나는 사악한 니느웨 사람들에게 그들이 싫어할 진실을 전하라는 명령을 받았습니다. 하지만 그들이 적개심을 보일까 봐 무서웠던 요나는 하나님의 사명을 팽개치고 도망치려 했습니다. 욥바에서 배를 타고 자신의 의무와 하나님으로부터 도망치려 했습니다. 하지만 주님은 어디에나 계십니다. 요나는 다시스에 도착하지 못했습니다. 우리가 살펴본 것처럼 주님은 고래의 모습으로 요나에게 나타나 그를 파멸의 심연으로 삼켰고, 빠르게 몸을 기울여 순식간에 '바다 한가운데'로 그를 데려갔습니다. 그곳에서 요나는 소용돌이치는 심연의 천길만길 아래로 빨려 들어갔고, '해초가 그의 머리를 휘감았으며', 바닷속의 모든 것이 달려들어 그를 괴롭혔습니다. 그러나 고래가 대양의 가장 깊은 등뼈로 내려갔을 때도, 다림추가 도저히 닿을 수 없는 '지옥의 배 안'에 있을 때도, 주님은 고래에 삼켜진 예언자가 회개하며 외치는 소리를 들으셨습니다. 하나님께서는 고래에게 명하여 몸이 덜덜 떨릴 정도로 춥고 어두운 바다에서 벗어나 따뜻하고 쾌적한 햇볕 쪽으로 헤엄쳐 나오게 하셨고, 고래는 공기와 땅의 기쁨이 넘치는 곳으로 올라와 '요나를 육지 위에 토해냈습니다.' 이때 주님의 말씀이 두 번째로 내려왔습니다. 온몸이 멍들고 지친 요나는 바다에서 나는 온갖 소리로 여전히 웅웅거리는 조개껍데기 같은 그의 두 귀로 전능하신 주님의 명령을 듣고 따랐습니다. 어떤 명령이었을까요, 여러분? '거짓'의 면전에 '진실'의 말씀을 전하는 것, 바로 그것입니다!

동료 선원 여러분, 이것이 바로 또 다른 교훈입니다. 살아 계신 하나님의 안내자가 이것을 무시한다면 화를 당할 것입니다. 세속의 유혹에 빠져 복음의 의무를 저버리는 자는 화를 당할 것입니다!

주님께서 폭풍을 일으키신 바다에 기름을 부으려 하는 자는 화를 당할 것입니다! 남의 간담을 서늘하게 하기보다 비위를 맞추려 하는 자는 화를 당할 것입니다! 선행보다 평판을 더 중요시하는 자는 화를 당할 것입니다! 이 세상에서 정의보다 명예를 좇는 자는 화를 당할 것입니다! 거짓됨이 구원이라 할지라도 진실을 말하지 않는 자는 화를 당할 것입니다! 그렇습니다. 위대한 뱃길 안내자 사도 바울이 말했듯이 남에게 설교하고 나서 도리어 자신은 버림을 받는 자는 화를 당할 것입니다!"

매플 목사는 고개를 숙이고 잠시 망연히 서 있었다. 그리고 다시 고개를 들었을 때 그의 두 눈에는 심오한 기쁨이 어려 있었다. 목사는 즐겁고 열정적인 목소리로 이렇게 외쳤다.

"하지만 동료 선원 여러분! 모든 고통의 우현 쪽에는 확실한 기쁨이 있습니다. 고통의 바닥이 깊다고 해도 기쁨의 꼭대기는 그보다 더 높습니다. 배의 용골이 낮아도 주돛대의 망루가 더 높지 않습니까? 위로 계속해서 올라가는 동시에 내면을 향하는 기쁨이 있습니다. 오만한 신들과 이 땅의 제독들에게 맞서 굴종하지 않고 자신을 강하게 주장하는 자는 기쁨을 맞이할 것입니다. 비열하고 기만적인 세상이라는 배가 발밑에서 가라앉을 때 튼튼한 두 팔로 자신을 지탱할 수 있는 자는 기쁨을 맞이할 것입니다. 진실을 추구하는 데 타협하지 않으며 상원의원과 판사들의 예복 아래 숨은 죄를 모두 끄집어내 죽이고 태우고 파괴하는 자는 기쁨을 맞이할 것입니다. 주 하나님 외에 어떤 법이나 주인도 인정하지 않고 천국에만 충성하는 애국자는 기쁨을, 그것도 최고의 기쁨을 맞이할 것입니다. 사납고 큰 물결이 거세게 몰려와도 이 확실하고 '영원한 용골'[17]에서 떨어지지 않는 자는 기쁨을 맞이할 것입니다. 그리고 마지막 임종의 순간에 이렇게 말할 수 있는 자는 영원한 기쁨과 즐거움을 누릴 것입니다. '하나님 아버지! 무엇보다 회초리를 통해 알게 된 주님, 이대로 끝날지 아니면 영생을 누릴지 모르겠사오나 이제 저는 죽습니다. 저는 이 세상이나 제 자신에게 속하기보다 주님께 속하기 위해 한평생 노력했습니다. 하지만 이런 일은 정말 아무것도 아닙니다. 제 영생을 주님께 맡깁니다. 사람이 무엇이관대 하나님처럼 영원한 삶을 바라겠습니까?'"

매플 목사는 더 이상 아무 말도 하지 않고 천천히 손을 흔들어 신자들을 축복하고 두 손으로 얼굴을 감쌌다. 신자들이 모두 떠나고 그곳에 혼자 남을 때까지 그는 무릎을 꿇고 있었다.


## 10장  절친한 친구

예배당에서 물보라 여관으로 돌아오니 퀴케그가 방 안에 혼자 앉아 있었다. 목사가 축복을 하기 전에 예배당에서 나온 모양이었다. 그는 난로 앞 벤치에 앉아 난롯가에 두 발을 올려놓은 채, 한 손에 쥔 작은 흑인 우상을 얼굴 가까이에 대고 들여다보면서 잭나이프로 조심스레 우상의 코를 깎으며 이교도 같은 분위기의 콧노래를 흥얼거렸다.

하지만 내가 들어서자 곧 우상을 치웠다. 그러고는 탁자로 가서 커다란 책을 집어 들어 무릎 위에 올려놓고 신중하게 규칙적으로 쪽수를 세기 시작했다. 퀴케그는 50쪽마다 잠시 멈추고 주변을 멍하니 쳐다보다가 뭔가 놀랍다는 듯 꾸

---

**—  17**  Keel of the Ages. 기독교 찬송가 「만세반석 열리니」(Rock of Ages, Cleft for Me)에서 가져 온 표현이다.

르르 목을 울리는 휘파람 소리를 길게 냈다. 그러고는 다시 50쪽을 세기 시작했다. 매번 1에서 시작하는 것으로 봐서 50 이상은 세지 못하는 것 같았다. 그는 50이라는 숫자를 여러 번 세면서 책의 방대한 분량에 놀라는 듯했다.

나로서는 그를 지켜보는 것이 무척 흥미로웠다. 야만인이고 얼굴은 다소 흉측하지만 적어도 내가 보기에 그의 표정에는 결코 불쾌하다고 할 수 없는 뭔가가 있었다. 섬뜩한 문신에도 불구하고 소박하고 정직한 마음의 흔적이 보이는 것 같았다. 커다랗고 깊은 눈, 이글거리는 듯 검고 대담한 눈에는 악마가 떼로 몰려와도 맞설 수 있는 기백이 어려 있었다. 게다가 이 이교도의 태도에는 어쩐지 고결함이 느껴졌고, 무례한 행동을 하더라도 그 느낌은 사라지지 않았다. 그는 남에게 아첨하거나 빚질 사람처럼 보이지 않았다. 머리를 완전히 밀어서 이마가 훤하게 드러나 더 넓게 보이는 건지는 모르겠지만(굳이 내가 따질 문제는 아니다) 여하튼 그의 머리는 확실히 골상학적으로 훌륭했다. 엉뚱하게 들릴지 몰라도 그의 머리는 도처에서 볼 수 있는 워싱턴 장군의 흉상을 떠오르게 했다. 이마가 눈썹 위에서 뒤로 물러나면서 긴 경사면을 이루는 것이며, 툭 튀어나온 두 눈썹이 마치 꼭대기에 나무가 울창한 긴 곶 같은 점이 닮았다. 조지 워싱턴이 식인종으로 자랐다면 아마 지금의 퀴케그 같은 모습이었을 것이다.

창밖의 폭풍을 바라보는 척하며 퀴케그를 자세히 살피는 동안에도 그는 내가 곁에 있다는 걸 아예 의식하지 않았고 내게 눈길 한 번 주지 않았다. 그는 오로지 그 놀라운 책의 쪽수를 세는 일에 완전히 빠진 것 같았다. 지난밤에 우리가 얼마나 사이좋게 함께 잤는지를 생각하면, 특히 아침에 깨어났을 때 그가 팔을 내 몸에 얼마나 다정하게 얹고 있었는지를 생각하면, 그런 무관심은 정말이지 이상했다. 하긴 야만인들은 원래 이상해서 때로는 그들을 어떻게 받아들여야 할지 모를 때도 있다. 첫인상은 위압적일지 몰라도 좀 더 알게 되면 단순하면서도 차분하고 침착한 그들의 모습에서 소크라테스의 지혜가 보이는 것 같다. 나는 퀴케그가 여관에 있는 다른 선원들과 전혀 혹은 거의 어울리지 않는 것을 알아챘다. 그는 다른 사람에게 결코 먼저 다가가지 않았고 인맥을 넓힐 생각은 아예 없는 듯했다. 이런 점들이 내게 무척 특이해 보였다. 하지만 다시 생각해보니 그런 태도에는 무언가 숭고한 면이 있었다. 이 사내는 혼곶을 경유해 고향에서 3만 킬로미터 정도 떨어진 곳에 와 있고(고향으로 돌아가려고 해도 혼곶을 경유할 수밖에 없다) 목성에라도 와 있는 듯 낯선 사람들 가운데 있는 것이다. 하지만 전혀 불편해하지 않고 평온해 보였다. 자기 자신을 벗 삼는 것에 만족했고 있는 그대로 받아들였다. 이는 분명 훌륭한 철학을 소유한 사람만이 할 수 있는 일이다. 물론 그는 철학이라는 학문이 있다는 이야기조차 들어보지 못했을 테지만. 진정한 철학자가 되기 위해서는 철학적으로 살거나 그렇게 행동하는 것을 의식하면 안 된다. 그래서 철학자입네 자처하는 사람을 보면 나는 분명 소화 불량에 시달리는 노파처럼 '위장이 망가졌을 것'이라는 결론을 내린다.

나는 그새 쓸쓸해진 방에 앉아 있었다. 처음에 맹렬히 타오르며 방 안의 공기를 데우던 난롯불은 잦아들어 바라보기 좋을 정도로 부드럽게 타고 있었다. 저녁의 어스름과 환영들이 여닫이창 주위에 모여들었고 말없이 쓸쓸히 앉아 있는 우리 두 사람을 물끄러미 들여다보았다. 창밖에서는 폭풍이 점점 거세게 몰아치며 굉음을 냈다. 나는 묘한 기분이 들기 시작했다. 내 안에서 뭔가가 부드럽게 누그러지고 있었다. 상처 난 마음과 사납게 날뛰던 손은 더 이상 늑대 같은 세상에 맞서지 않았다. 이 선량한 야만인이 내게 세상을 되찾아주었다. 그는 무심하게 앉아 있었고, 그런 무심함은 문명의 위선과 달콤한 기만이라는 걸 아예 모르는 그의 천성을 말해주고 있었다. 그는 분명 야만인이었고 그러니 엄청난 구경거리였다.

하지만 나도 모르게 그에게 끌리기 시작했다. 대다수 사람을 불쾌하게 만들었을 법한 그의 모습에 오히려 자석같이 끌렸다. 기독교식 친절이 공허한 예의에 불과하다는 것이 밝혀졌으니 이참에 이교도 친구를 사귀어보자고 생각했다. 나는 벤치를 그에게 가까이 끌어다 붙이고 우호적인 몸짓과 암시를 건네며 대화를 나눠보려 애썼다. 처음에 그는 내가 다가가도 별 관심을 보이지 않았지만 지난밤에 그가 베푼 호의를 말하자 오늘밤에도 같이 침대를 쓸 거냐고 물었다. 나는 그렇다고 대답했다. 그러자 그는 기분이 좋은 듯했고 약간 뿌듯해하는 것 같기도 했다.

그런 다음 우리는 함께 책장을 넘겼다. 나는 그에게 그 책이 인쇄된 목적과 거기에 실린 그림들의 의미를 설명해주려 애썼다. 덕분에 그의 관심을 끌었고 우리는 본격적으로 이 유명한 도시의 다양한 구경거리에 대해 떠들기 시작했다. 함께 담배를 피우자고 제안하자 그는 담배 주머니와 도끼 파이프를 조용히 내밀면서 먼저 피우라고 권했다. 우리는 함께 앉아서 도끼 파이프를 주거니 받거니 하며 담배를 피웠다.

설령 이 이교도의 마음속에 나에 대한 차가운 무관심이 있었다고 해도 그것은 유쾌하고 다정한 흡연 시간을 거치며 빠르게 녹았고 그리하여 우리는 친구가 되었다. 내가 그에게 그랬던 것처럼 그도 나를 자연스럽게 받아들이는 것 같았다. 담배를 다 피우고 나자 그는 이마를 내 이마에 대고 내 허리를 끌어안더니 이제부터 우리는 결혼한 사이라고 말했다. 그의 고향에서 그 말은 절친한 친구가 되었고 필요하다면 나를 위해 기꺼이 죽겠다는 뜻이었다. 미국 사람이 그랬다면 우정이 이렇게 갑작스레 타오르기에는 너무 이르지 않느냐며 의심의 눈길을 보낼 테지만, 이 순박한 야만인에게 그런 낡은 통념은 전혀 문제되지 않았다.

저녁을 먹고 또 한차례 사교적인 대화와 담배를 나눈 뒤 우리는 함께 방으로 갔다. 그는 방부 처리한 두개골을 내게 선물했고, 커다란 담배 주머니를 꺼내더니 담배 아래를 뒤지다가 30달러쯤 되는 은화를 꺼냈다. 그런 다음 탁자에 늘어놓고 기계적으로 이등분하여 한쪽으로 밀면서 내 몫이라고 말했다. 나는 무슨 소리냐며 거절하려 했지만, 그는 은화를 내 바지 주머니에 쏟아부으며 아무 말도 못하게 했다. 나는 은화들을 호주머니 안에 그대로 두었다. 그는 저녁 기도를 올리려고 우상을 꺼내고 벽난로 덮개를 떼어냈다. 몸짓과 분위기로 보아 같이 기도를 하고 싶어 하는 것 같았다. 하지만 이후에 어떤 일이 벌어지는지 보았던 터라 그가 같이 기도하자고 청하면 따라야 하나 말아야 하나 잠시 고민했다.

나는 엄격한 장로교 집안에서 태어나고 자란 어엿한 기독교 신자였다. 그런 내가 어떻게 야만적인 우상숭배자와 함께 나무 조각에게 기도할 수 있단 말인가? 하지만 예배란 무엇인가? 이슈메일, 너는 지금 하늘과 이 세상, 이교도는 물론 모든 이들을 포함한 세상의 주인이신 너그러운 하나님이 이 하찮고 검은 나무 조각에게 질투를 느낀다고 생각하는가? 그런 일은 불가능하다! 하지만 예배란 무엇인가? 하나님의 뜻을 행하는 것이 예배다. 그렇다면 하나님의 뜻은 무엇인가? 이웃이 내게 해주기를 바라는 일을 내가 이웃에게 해주는 것, 그것이 하나님의 뜻이다. 이제 퀴케그는 내 이웃이다. 퀴케그가 내게 해주기를 바라는 일이 무엇인가? 나와 함께 장로교 방식으로 예배를 드리는 것이다. 그렇다면 나 역시 그의 예배에 동참해야 한다. 우상숭배자가 되어야 하는 것이다. 그리하여 나는 대팻밥에 불을 지폈고, 그 무해한 작은 우상이 넘어지지 않도록 도왔고, 퀴케그와 함께 우상에게 구운 건빵을 바쳤고, 우상 앞에 두세 번 절을 한 뒤 우상의 코에 입을 맞췄다. 우리는 의식을 마친 다음 옷을 벗고 침대에 들어갔다. 양심에든 세상에든 전혀 거리낄 게 없었다. 우리는 좀 더 이야기를 나누다 잠이 들었다.

왜 그런지는 모르겠지만 친구 사이에 속내를 털어놓기에 침대만큼 좋은 곳도 없다. 남편과 아내는 침대에서 서로에게 영혼의 밑바닥까지 드러내 보이고, 나이든 부부는 침대에 누워 종종 옛 일을 회상하며 밤새도록 이야기를 나눈다. 나와 퀴케그, 친밀하고 다정한 우리도 그렇게 침대에 누워 마음의 허니문을 보냈다.


## 11장   잠옷

우리는 침대에 누워서 떠들다가 자고 자다가 다시 떠들기를 되풀이했다. 퀴케그는 때때로 문신이 가득한 갈색 다리를 다정하게 내 다리 위에 올렸다가 거둬들였다. 우리는 정말 마음이 통했고 자유롭고 편안했다. 허물없이 대화를 나누다 보니 조금 있던 졸음기마저 가셨고, 동이 트려면 아직 멀었지만 다시 일어나고 싶어졌다.

그렇다. 우리는 잠이 완전히 달아나버렸다. 누워 있기가 점점 지루해져 차츰 일어나 앉게 되었다. 이불로 몸을 포근히 감싸고 침대 머리 판에 등을 기댄 채 무릎을 바짝 끌어당기고 무릎 뼈가 난상기(暖床器)라도 되는 것처럼 코를 가져다댔다. 무척 기분이 좋고 아늑했다. 창밖이 너무나 쌀쌀해서 더욱 그런 기분이 들었다. 사실 방 안에는 불기가 하나도 없어 한기가 돌기는 마찬가지였다. '더욱 그런 기분이 들었다'고 말한 것은 몸의 온기를 진정으로 느끼려면 반드시 신체의 일부가 추워야 하기 때문이다. 세상의 모든 특성은 비교를 통해 드러나기 때문이다. 그 자체로 존재하는 것은 없다. 불편한 구석이 있어야 비로소 편안함을 느낄 수 있다. 모든 면에서 오랫동안 편안하다고 자부하는 사람이 있다면 그는 전혀 편안한 게 아니다. 하지만 침대에 있는 퀴케그와 나처럼 코끝이나 정수리가 살짝 춥다면 전반적으로 가장 기분 좋으면서 확실한 온기를 느끼게 된다. 이런 이유로 침실에 난로를 들여서는 절대 안 된다. 침실의 난로는 부자들의 불편한 사치품에 지나지 않는다. 내가 지금 느끼는 최고의 쾌적함은 이불만으로 차가운 바깥바람을 막는 데서 오는 아늑함이다. 그리하여 우리는 북극의 수정 같은 얼음 한가운데에서도 따뜻하게 타오르는 불꽃처럼 누울 수 있었다.

한동안 이렇게 웅크리고 앉아 있다가 갑자기 눈을 떠야겠다는 생각이 들었다. 낮이든 밤이든, 자고 있든 깨어 있든 이불 속에 있을 때, 나는 침대에서 느끼는 안락함에 집중하기 위해 눈을 감는 버릇이 있었다. 눈을 감지 않으면 누구도 자신의 정체성을 제대로 느낄 수 없다. 흙으로 빚어진 우리 육신에는 빛이 더 어울리지만, 실은 어둠이야말로 우리의 본질을 이루는 진정한 요소다. 그리하여 눈을 뜨고 스스로 만들어낸 유쾌한 어둠에서 빠져나와 밤 열두 시의 강요된 실내의 어둠을 마주하자 갑자기 불쾌감이 들었다. 퀴케그는 불을 켜는 게 좋겠다고 제안했고 나는 반대하지 않았다. 우리 둘 다 완전히 깨어 있었고, 퀴케그는 담배를 피우고 싶은 생각이 간절한 모양이었다. 전날 밤에는 그가 침대에서 담배를 피우는 모습에 엄청 짜증이 난 게 사실이다. 하지만 애정이 생기고 나니 경직된 편견도 나긋나긋하게 구부러졌다.

이제는 퀴케그가 침대 위일지라도 내 옆에 앉아서 담배를 피우는 게 무척 좋았다. 마치 집에 돌아와 느낄 수 있는 평온한 기쁨을 온전히 누리는 것 같았다. 퀴케그가 안전한 사람이라는 여관 주인의 보증을 더 이상 의심하지 않기로 했다. 나는 진정한 친구와 파이프 담배를 나누고 한 이불을 쓴다는 깊고도 내밀한 편안함을 오롯이 느꼈다. 보풀이 가득한 외투를 어깨에 걸치고 도끼 파이프를 주거니 받거니 하다 보니 머리 위로 피어오른 푸른 담배 연기가 새로 켠 등불빛에 어리며 서서히 차양처럼 드리워졌다.

파도처럼 일렁이는 연기가 이 야만인의 마음을 먼 곳으로 데려간 것일까? 그는 이제 자기가 태어난 고향 섬에 관한 이야기를 꺼냈다. 나는 그가 살아온 인생이 궁금해 계속 이야기해달라고 부탁했고, 그는 기꺼이 응했다. 당시에는 그가 하는 말을 조금밖에 알아듣지 못했지만, 그 후로 어색한 말투에 익숙해져 추가로 알게 된 사실들을 보태어 그가 살아온 이야기를 간단하게나마 여기에 기록할 수 있게 되었다.

## 12장  살아온 날들

퀴케그는 서남쪽으로 멀리 떨어진 코코보코라는 섬에서 태어났다. 그 섬은 어느 지도에도 나와 있지 않은데 좋은 고장은 원래 지도에 나오지 않는 법이다.

갓 태어난 야만인은 풀로 만든 옷을 입고 고향의 숲을 마구 뛰어다녔고, 염소들은 그를 초록빛 어린 나무인 줄 알고 다가와 그의 옷을 야금야금 뜯어 먹었다. 어린 나이에도 퀴케그의 야심 찬 영혼은 가끔 지나다니는 포경선을 한두 척 보는 것으로 만족하지 못하고 기독교 세계를 더 많이 둘러보고 싶다는 욕망을 강하게 품었다. 그의 아버지는 대족장, 즉 왕이고, 삼촌은 제사장이었다. 외가 쪽으로는 이모들이 무적의 전사들과 결혼했다고 그는 자랑했다. 그의 몸속에는 고귀한 피, 곧 왕족의 피가 흘렀다. 하지만 어린 나이에 제대로 교육받지 못하는 바람에 습득한 식인 습관 때문에 그 피가 오염되었을지도 모른다고 생각하니 참으로 안타까웠다.

새그항[18]에서 온 배 한 척이 아버지가 다스리는 영토에 들렀을 때, 퀴케그는 자신을 기독교 세계로 데려가달라고 선장에게 요청했다. 하지만 그 배는 선원이 이미 충원되어 있었기 때문에 그의 요청은 거절당했다. 왕인 아버지의 영향력으로도 어쩔 도리가 없었다. 하지만 퀴케그는 세상을 둘러보고야 말겠다고 맹세했다. 그는 홀로 카누를 타고 먼 해협까지 노를 저어 갔다. 섬을 떠난 배가 반드시 그 지점을 지나야 한다는 것을 알았기 때문이다. 해협 한쪽에는 산호초가 있었고, 다른 쪽에는 혓바닥처럼 바다로 뻗은 저지대가 맹그로브숲에 덮여 있었는데 그 뿌리가 바닷물 속까지 이어졌다. 그는 카누를 물 위 덤불숲 사이에 숨기고 뱃머리를 바다 쪽으로 고정시킨 다음 고물에 앉아 노를 낮게 잡고 기다렸다. 배가 미끄러지듯 움직이며 나타나자 그는 번개처럼 돌진해 뱃전을 잡고는 한 발로 카누를 밀어내듯이 찼다. 카누는 뒤집혀 바닷속에 가라앉았다. 쇠사슬을 잡고 배에 올라간 그는 갑판 위에 대자로 누운 채 거기에 박힌 고리를 움켜쥐었다. 그리고 온몸이 갈가리 찢기더라도 고리를 절대 놓지 않겠다고 소리쳤다.

선장이 배 밖으로 던져버리겠다고 위협하고 그의 손목에 단검을 들이대며 겁을 줘도 소용없었다. 왕의 아들 퀴케그는 그런 위협에 겁먹을 사람이 아니었다. 필사적이고 두려움을 모르는 자세, 그리고 기독교 세계에 가고 싶다는 열망에 감동한 선장은 마침내 태도를 누그러뜨리고 그에게 배에 남아도 좋다고 허락했다. 하지만 이 훌륭한 야만족 청년, 바다의 황태자는 선장실에는 얼씬도 하지 못했다. 그는 선원들 사이에서 지냈고 결국 고래잡이가 되었다. 하지만 외국의 조선소에서 고된 일도 기꺼이 했던 러시아의 표트르대제처럼 퀴케그도 무지한 동포를 계몽할 능력만 얻을 수 있다면 남들이 보기에 품위 없는 일일지라도 마다하지 않았다.

내게 들려준 말에 따르면, 마음 깊은 곳에서 그를 움직이는 힘은 동족을 지금

---

보다 더 행복하게, 나아가 지금보다 더 나은 존재로 만드는 방법을 기독교인들에게 배우고 싶다는 열망이었다. 하지만 아아! 그는 고래잡이로 일하면서 기독교인들도 비열하고 사악할 수 있다고, 아버지의 신하인 이교도들보다 훨씬 더 그럴 수 있다고 확신하게 되었다. 마침내 새그항에 도착해 선원들이 하는 행동을 보고, 또 낸터킷에 가서 그들이 그동안 번 돈을 어떻게 쓰는지 목격하고 나서 불쌍한 퀴케그는 원래의 목표를 포기했다. 세상은 어느 자오선에 있든 사악하기가 마찬가지니 그냥 이교도로 살다가 죽겠다고 생각했다.

퀴케그는 마음속으로는 여전히 우상을 숭배하면서도 기독교인들 가운데 살면서 그들의 옷을 입고 그들의 뜻 모를 소리를 따라하려고 애썼다. 고향을 떠나온 지 한참 되었는데도 그의 행동이 여전히 기이해 보인 것은 그가 이교도로 살겠다고 결심했기 때문이다.

나는 그에게 고향으로 돌아가 왕이 될 생각이 없냐고 넌지시 물어보았다. 마지막으로 아버지를 뵈었을 때 노쇠했다니 지금쯤 돌아가셨을 수도 있지 않겠냐는 말도 했다. 그는 아직은 돌아갈 때가 아니라고 대답했다. 기독교, 아니 기독교인들에게 좋지 못한 영향을 받은 자신이 30명의 선대 이교도 왕들을 계승해 순수하고 순결한 왕위에 오를 자격을 잃은 것은 아닌지 두렵다고 했다. 하지만 정결해졌다고 느껴지면 곧장 고향으로 돌아갈 것이라는 말도 했다. 당분간은 사대양을 두루 항해하며 방탕하고 거친 생활을 마음껏 즐겨볼 생각이었다. 그는 작살잡이가 되었고, 작살의 칼날은 이제 왕의 지팡이를 대신하는 물건이 되었다.

나는 그에게 앞으로 어떻게 살 것이며 당장의 목표가 무엇인지 물었다. 그는 작살잡이로 다시 바다에 나갈 계획이라고 대답했다. 나도 포경선을 타는 것이 계획이고 모험을 즐기는 고래잡이에게 가장 유망한 항구가 낸터킷이므로 그곳에 가볼 작정이라고 말했다. 그러자 그는 당장 나와 함께 그 섬으로 가서 같이 배를 타고, 같이 망을 보고, 같이 보트를 타고, 같이 음식을 먹고, 한마디로 나와 운명을 함께하기로 결심했다. 내 두 손을 잡으며 두 세계의 만남이 가져올 행운에 담대하게 손을 내밀겠다고 말했다. 나는 기뻐하며 모든 것에 동의했다.

내가 퀴케그에게 느끼는 애정과는 별개로 그는 노련한 작살잡이이므로, 바다에 익숙하기는 해도 상선 근무밖에 하지 않아 포경업에 완전히 무지한 나 같은 사람에게 당연히 큰 도움이 될 것 같았다.

그의 이야기는 그가 마지막으로 담배 연기를 내뿜으며 끝났다. 그는 나를 끌어안고 이마를 내 이마에 대고는 등불을 입으로 불어서 껐다. 우리는 각자 뒤척이다가 잠들었다.

## 13장  외바퀴 손수레

다음 날 월요일 아침, 나는 방부 처리한 두개골을 어느 이발소에 가발 받침대로 팔고 그 돈으로 나와 동료의 숙박비를 계산했다. 물론 그것은 퀴케그의 돈이었다. 여관 주인과 투숙객들은 씩 웃으며 나와 퀴케그 사이에 갑자기 생겨난 우정에 놀라움과 흥미를 느꼈다. 피터 코핀이 늘어놓는 황당무계한 이야기에 기겁하던 내가 지금은 그 이야기의 장본인과 어울리니 그럴 수밖에.

우리는 외바퀴 손수레를 빌려 내 허름한 여행 가방과 퀴케그의 범포 자루, 그물 침대 등을 싣고 부두에 정박 중인 소형 정기선 모스호로 향했다. 거기로 가는 동안 우리는 사람들의 구경거리가 되었다. 퀴케그 때문은 아니었다. 뉴베드퍼드에서 퀴케그 같은 식인종을 보는 것은 익숙한 일이었다. 하지만 우리가 친한 사이라는 것이 신기한 모양이었다. 우리는 사람들의 시선 따위는 신경 쓰지 않고 번갈아가며 수레를 밀었다. 때때로 퀴케그는 걸음을 멈추고 작살 갈고리의 덮개를 바로 씌웠다. 나는 포경선에 작살이 있는데 뭐 하러 육지에서 그런 성가신 물건을 들고 다니냐고 물었다. 그는 내 말에 일리가 있지만 자기 작살에 특별한 애정을 가지고 있기 때문에 들고 다닌다고 대답했다. 그 작살이 생사가 오가는 여러 싸움에서 충분히 시험을 거쳤고 여러 고래의 심장을 무척 잘 아는 확실한 물건이라고 했다. 간단히 말해, 육지에서 농작물을 수확하거나 풀을 벨 때 일꾼들이 도구를 챙길 의무가 없는데도 자기 손에 맞는 낫을 들고 오는 것처럼 퀴케그도 개인적인 이유로 자신만의 작살을 선호했다.

퀴케그는 내가 밀고 있던 손수레를 넘겨받으면서 새그항에서 난생처음 외바퀴 손수레를 보았을 때 일어난 재미있는 이야기를 들려주었다. 그가 탄 배의 선주들이 무거운 상자를 숙소로 나를 때 쓰라며 외바퀴 수레를 하나 빌려주었다고 한다. 하지만 퀴케그는 수레의 용도를 정확히 알지 못했고, 그래도 무지한 사람처럼 보이지 않으려고 수레에 상자를 올려놓고 단단히 묶은 다음 어깨에 메고 부두에서 숙소까지 걸어갔다는 것이다. 그 말을 듣고 나는 이렇게 말했다. "이봐, 퀴케그. 그 정도로 몰랐다니. 사람들이 웃지 않았어?"

그러자 그는 또 다른 이야기를 들려주었다. 그의 고향인 코코보코섬 주민들은 결혼식 피로연 때 싱싱한 코코넛의 향긋한 즙을 펀치볼처럼 생긴 커다란 채색 조롱박에 담는데, 이 조롱박은 언제나 연회장의 멍석 위에 놓이는 중요한 장식품이라고 한다. 한번은 어느 대형 상선이 코코보코섬에 들렀고, 선장치고는 품위 있고 예의 바른 상선 선장이 퀴케그의 여동생, 갓 열 살이 된 예쁜 공주의 결혼식에 초대를 받았다. 하객들이 모두 신부의 대나무 오두막에 모였을 때, 선장은 조롱박 맞은편, 제사장과 퀴케그의 아버지인 왕 사이의 주빈 석에 안내를 받아 앉았다. 식사 전에 감사 기도가 이어졌다. 그들도 우리처럼 식전 기도를 하는데, 퀴케그에 따르면 고개를 숙이고 접시를 내려다보는 우리와 달리 그들은 반대로 잔치를 베풀어주신 위대한 신에게 경배하기 위해 오리처럼 위를 올려다본다고 한다. 아무튼 식전 기도를 드린 후 제사장은 연회를 시작하기 위해 태곳적부터 내려오는 섬의 의식을 거행했다. 제사장이 신성한 손가락을 조롱박 속에 살짝 담가 음료를 축복한 다음, 축복받은 그 음료를 사람들에게 차례로 돌리는 것이다. 제사장 옆에 앉아 의식을 지켜보던 선장은, 자기는 큰 배의 선장이고 특히 왕의 집에 초대받은 귀한 손님이니 이 작은 섬의 왕보다 먼저 그 의식을 치를 자격이 있다고 생각해 태연하게 걸어 나가 조롱박에 두 손을 담갔다. 조롱박을 식사 전에 손을 씻는 그릇으로 착각한 것이다. 퀴케그는 말했다. "어떻게 생각하나? 우리 사람들이 웃지 않았겠나?"

마침내 뱃삯을 내고 무사히 짐을 실은 뒤 우리는 정기선에 올랐다. 배는 돛을 올리고 애커시넷강[19]을 미끄러지듯 내려갔다. 한쪽으로는 뉴베드퍼드의 거리가 계단식으로 이어지고, 얼음에 덮인 나무들은 맑고 차가운 공기 속에서 반짝거렸다. 부두에 쌓인 통들은 거대한 산을 이루고, 세계의 바다를 돌아다니다가 온 포경선들은 모두 고요하고 평온하게 부두에 정박해 있었다. 다른 한쪽에서는 목수와 통장이가 내는 소리가 역청을 녹이는 불꽃과 풀무 소리와 어우러져 새로 시작되는 항해를 알렸다. 세상에서 가장 위험하고 긴 항해가 끝나면 두 번째 항해가 시작된다. 두 번째 항해가 끝나면 세 번째 항해가 시작되며, 그렇게 영원히 언제까지나 계속된다. 그렇다. 세상의 모든 수고란 그처럼 끝이 없고 견디기 힘든 것이리라.

탁 트인 바다로 나가자 상쾌한 바람이 불어오고, 작은 모스호는 망아지가 콧김을 내뿜듯이 뱃머리에 물보라를 일으켰다. 그 사나운 공기를 얼마나 마음껏 들이마셨던가! 도로로 뒤덮인 육지, 노예들의 뒤꿈치와 짐승의 발굽으로 움푹 팬 일반 도로를 나는 얼마나 경멸했던가! 그 때문에 나는 육지로부터 등을 돌렸고 어떤 흔적도 허용하지 않는 바다의 관대함에 감탄했다. 거품이 이는 샘을 바라보던 퀴케그도 바다 공기를 들이키며 나와 함께 즐거움에 취한 듯 휘청거렸다. 거무스름한 콧구멍이 불룩해졌고 그가 입을 벌리자 줄질하여 뾰족하게 다듬은 이빨이 드러났다. 모스호가 날듯이 나아가 난바다에 이르자 술탄 앞에 선 노예처럼 돌풍에 경의를 표하듯이 뱃머리를 숙였다. 옆으로 기운 배는 그 상태로 쏜살같이 나아갔다. 모든 밧줄이 쇠줄처럼 윙윙 울렸고, 두 개의 높은 돛대는 돌개바람을 만난 육지의 대나무처럼 휘어졌다. 요동치는 기움돛대 근처에 서 있던 우리는 현기증 나는 광경에 정신이 팔려 다른 승객들의 조롱어린 시선을 의식하지 못했다. 그들은 우리 둘이 다정하게 붙어 있는 모습을 보고 놀란 것 같았다. 마치 백인이 회칠한 흑인보다 더 고귀한 존재라는 듯한 태도였다. 그들 중에는 얼간이와 촌놈 들도 있었는데, 풋내가 진동하는 것으로 보아 사방

━ **19** 미국 매사추세츠주 남동부 버저즈만으로 흘러 들어가는 강.

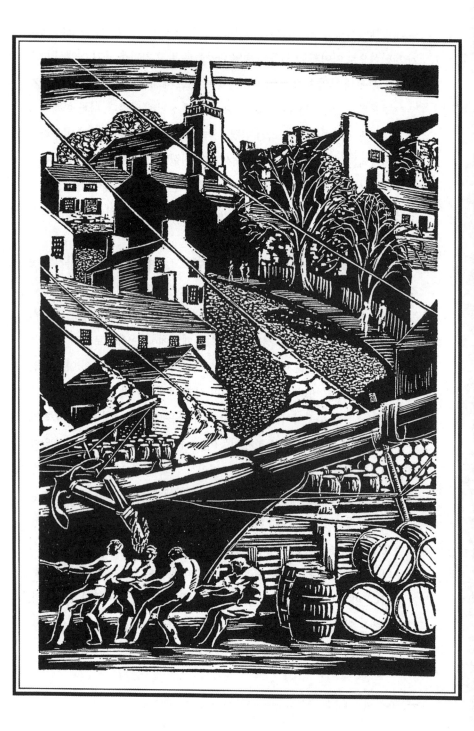

이 초목으로 뒤덮인 깊은 산골에서 온 것이 분명했다. 퀴케그는 어린 풋내기 하나가 등 뒤에서 그의 흉내를 내는 것을 알아차렸다. 나는 그 촌놈이 '곧 골로 가겠구나'라고 생각했다. 건장한 야만인은 작살을 내려놓고 양팔로 그 촌놈을 붙잡더니 거의 기적 같은 민첩성과 근력으로 높이 던져 올렸다. 촌놈이 공중에서 반쯤 돌았을 때 퀴케그가 그의 엉덩이를 살짝 치자 촌놈은 폐가 터질 것처럼 숨을 헐떡거리며 두 발로 갑판에 착지했다. 그사이에 퀴케그는 돌아서서 도끼 파이프에 불을 붙이고는 한 모금 하라는 듯이 내게 건넸다.

"선장님! 선장님!" 촌놈이 달려가며 외쳤다. "여기 악마가 있어요."

"이봐, 당신!" 갈비뼈가 드러나도록 비쩍 마른 선장이 퀴케그에게 다가오며 소리쳤다. "대체 어쩌려고 그래? 저 친구를 죽일 뻔했잖아."

"뭐라는가?" 퀴케그가 약간 몸을 돌리며 내게 물었다.

"자네가 저 녀석을 죽일 뻔했대." 나는 여전히 덜덜 떨고 있는 촌놈을 가리키며 말했다.

"죽여?" 퀴케그는 문신한 얼굴을 섬뜩하게 일그러뜨리며 조롱하듯이 외쳤다. "하! 저놈은 아주 작은 물고기다. 퀴케그, 저런 작은 물고기 안 죽인다. 퀴케그, 큰 고래 죽인다!"

"이봐!" 선장이 으르렁거리며 소리쳤다. "이 식인종 놈아, 내 배에서 한 번 더 잔재주를 부리면 내가 널 죽여버릴 거야. 그러니 조심해."

하지만 바로 그때 선장이 조심해야 할 일이 벌어졌다. 주돛대에 엄청난 압력이 가해져 아딧줄이 끊어지는 바람에 거대한 아래 활대가 뱃고물 갑판을 휩쓸며 이리저리 날아다녔다. 퀴케그에게 혼쭐났던 불쌍한 친구는 활대에 맞아 그만 바다로 떨어지고 말았다. 다들 겁에 질려서 어쩔 줄 몰랐다. 활대를 붙잡아 고정시키는 건 미친 짓 같았다. 활대는 시계가 한 번 째깍하는 사이에 좌우로 날아다니다가 되돌아왔고 금방이라도 뚝 하고 쪼개질 것 같았다. 다들 손쓸 길이 없었고 어떤 식으로든 손쓰는 게 불가능해 보였다. 갑판에 있던 사람들은 모두 뱃머리로 달아나 활대가 성난 고래의 아래턱이라도 되는 양 멍하니 쳐다보기만 했다. 모두가 겁먹고 정신을 못 차리는 상황에서 퀴케그는 재빨리 무릎을 끓고 활대가 오가는 아래쪽으로 기어가 밧줄 하나를 휙 낚아채 한쪽 끝을 뱃전에 고정시키고, 다른 한끝은 활대가 머리 위를 지날 때 올가미 밧줄처럼 던져 활대에 걸고는 힘껏 잡아당겼다. 마침내 사태가 수습되었다.

배는 바람이 불어오는 쪽으로 방향을 바꾸었고, 선원들이 고물 쪽의 보트를 내리려고 했다. 바로 그 순간 퀴케그가 웃통을 벗고 뱃전에서 큰 포물선을 그리며 바다로 뛰어들었다. 그는 긴 팔을 쭉쭉 뻗고 몹시 차가운 물거품 사이로 건장한 어깨를 드러내며 3분이 넘도록 헤엄을 쳤다. 하지만 내 눈에는 당당하고 멋진 야만인 친구만 보이고 정작 구조해야 할 청년은 보이지 않았다. 그 촌놈은 물속에 가라앉은 모양이었다. 퀴케그는 물 위로 솟구쳐 올라와 주위를 잠시 둘러보고 상황을 판단한 다음 다시 물속으로 사라졌다. 몇 분 뒤 그가 다시 떠올랐다. 한 팔로는 여전히 물살을 가르고 다른 한 팔로는 생기 없이 축 처진 젊은 이의 몸을 끌어당기고 있었다. 보트가 곧 그들을 끌어올렸다. 딱한 촌놈은 그제 야 의식을 되찾았다. 다들 퀴케그를 고귀하고 훌륭한 사람이라고 칭송했다. 선장도 자신의 불손한 말에 용서를 구했다. 그때부터 나는 따개비처럼 퀴케그에게 딱 달라붙었다. 불쌍한 퀴케그가 마지막으로 영원히 물속에 뛰어들던 그 순간까지.

어쩌면 저리도 무덤덤할 수 있을까? 자기가 인도주의 협회로부터 훈장을 받을 만한 선행을 했다고는 생각조차 하지 않는 듯했다. 그는 바닷물을 씻어낼 물을 달라고 했을 뿐이다. 몸을 씻은 후 그는 마른 옷을 입고 도끼 파이프에 불을 붙였다. 그리고 뱃전에 기대어 주위 사람들을 가만히 바라보았다. 마치 이렇게 중얼거리는 듯했다. "세상은 어디를 가든 서로의 공동 자본으로 운영되고 있어. 그러니 우리 식인종도 기독교인들을 도와야 해."

## 14장  낸터킷

이후로 항해를 하면서 딱히 언급할 일은 일어나지 않았다. 순항 끝에 우리는 무사히 낸터킷에 도착했다.

낸터킷! 지도를 꺼내서 한번 보라. 그 섬이 세상에서 어느 구석에 있는지 보라. 낸터킷은 해안에서 멀리 떨어진 난바다에 에디스톤 등대[20]보다 더 외롭게 버티고 서 있다. 낸터킷을 보라. 그것은 팔꿈치 모양으로 생긴 모래 더미에 지나지 않는다. 온통 해변이고 그 뒤로는 아무것도 없다. 그곳에는 압지 대신 사용한다면 20년은 쓰고도 남을 만큼 많은 모래가 있다. 농담을 좋아하는 사람들은 이렇게 말할 것이다. 거기는 잡초도 저절로 자라지 않아 일부러 심어야 한대. 캐나다산 엉겅퀴를 수입한다지. 기름통 마개를 하나 구하려면 바다를 건너야 하니 낸터킷에서는 나뭇조각 하나도 로마의 진짜 십자가 조각 같은 대접을 받는다더군. 그곳 사람들은 여름에 그늘을 만들려고 집 앞에 독버섯을 심는다지. 풀잎이 하나만 있어도 오아시스라고 하고 종일 걸어서 풀잎 세 개를 발견하면 대초원이라 한다더군. 라플란드 사람들이 눈 신발을 신는 것처럼 거기서는 모래에 안 빠지려고 모래 신발을 신는대. 낸터킷은 바다에 둘러싸여 완전히 막힌 섬이기 때문에 그곳의 탁자에는 바다거북 등에 붙은 작은 조개 같은 것이 달라붙어 있대. 여하튼 이런 기상천외한 농담들은 낸터킷이 일리노이가 아니라는 사실을 잘 보여준다.

이 섬에 아메리카 인디언들이 어떻게 정착하게 되었는지 알려주는 놀라운 전설을 한번 살펴보자. 내용은 이렇다. 먼 옛날에 독수리 한 마리가 뉴잉글랜드 해안에 나타나 인디언 아기를 채 갔다. 부모는 아기가 드넓은 바다 너머로 사라지는 것을 보고 큰 소리로 울부짖었다. 그들은 독수리가 날아간 방향으로 따라가보기로 했다. 카누에 오른 그들은 험난한 항해 끝에 섬을 발견했고, 거기서 속이 빈 상아색 상자를 하나 찾았다. 자세히 보니 그것은 불쌍한 인디언 아기의 해골이었다.

해변에서 태어난 낸터킷 사람들이 생계를 위해 바다로 나간 건 조금도 놀라

---

**20**　잉글랜드의 플리머스에서 22.4킬로미터 떨어진 에디스톤 암초 위에 있는 등대.

운 일이 아니다! 처음에 그들은 모래 속에서 게와 대합을 잡았다. 이후 점점 대담해져 그물을 들고 바다로 들어가 고등어를 잡았다. 좀 더 경험이 쌓이자 보트를 타고 더 나가 대구를 잡았다. 그리고 마침내 커다란 배로 이루어진 선단을 바다에 띄우고 바다 세계를 탐험했다. 세계를 일주하는 배의 행렬은 끊이지 않았다. 그들은 베링해협을 탐사하고, 사계절 내내 바다 전역을 항해하면서 대홍수 속에서도 살아남은 가장 힘세고 거대한 생물을 상대로 영원한 전쟁을 벌였다. 히말라야산맥 같은 저 바다의 마스토돈, 불가사의한 힘이 잠재해 있어 대담하고 흉포한 공격에 나설 때보다 오히려 놀라서 어쩔 줄 몰라 할 때가 더 무섭다는 전설적인 괴물과 맞서 싸웠다.

이 벌거벗은 낸터킷 사람들, 바다의 은자들은 그동안 살던 바다의 개미탑에서 나와 각자가 알렉산드로스대왕이라도 된 것처럼 바다 세계를 정복했고, 해적 같은 세 열강이 폴란드를 분할했던 것처럼 대서양과 태평양과 인도양을 나누어 가졌다. 미국이 텍사스에 멕시코 땅을 보태고 캐나다 위에 쿠바를 포갠다 한들, 영국이 인도를 침략해 그들의 빛나는 깃발을 태양 아래 나부끼게 한들 그게 무슨 상관인가. 땅과 물로 이루어진 지구의 3분의 2는 낸터킷 사람들의 것이다. 바다가 그들의 것이기 때문이다. 황제가 제국을 소유하듯이 그들은 바다를 소유한다. 다른 선원들은 그 바다를 지나갈 권리밖에 없다. 상선은 다리의 연장이고 전함은 떠다니는 요새일 뿐이다. 노상강도가 길을 따라다니며 강도질을 하듯이 바다를 다니는 해적선이나 사략선도 그들 못지않게 육지의 또 다른 파편에 불과한 다른 배들을 약탈할 뿐, 끝없이 깊은 바다 자체에서 생계를 꾸릴 생각은 하지 않는다.

낸터킷 사람들만이 바다에서 살고 바다에 의존한다. 『성경』의 표현을 빌리자면, 그들만이 배를 타고 바다로 나가 바다를 특별한 농장처럼 경작한다. 바다가 그들의 집이고 그들의 일터다. 중국에서 노아의 대홍수가 일어나 수백만 명의 목숨을 앗아간다 해도 그들의 사업을 방해하지 못할 것이다. 도요새가 대초원에서 살듯이 그들은 바다에서 산다. 그들은 파도 사이에 숨고 영양 사냥꾼이 알프스에 오르듯 파도에 오른다. 몇 년 동안 그들은 육지를 모르고 지낸다. 그러다가 마침내 육지에 발을 디디면 그곳에서 다른 세상의 냄새를 맡는다. 그들에게 육지는 달이 지구인에게 낯선 것보다 더 낯설게 느껴진다. 육지를 소유하지 않는 갈매기가 해가 지면 날개를 접고 파도 사이에서 흔들리며 잠들듯이, 낸터킷 사람들도 육지가 보이지 않는 먼 바다에서 밤이 오면 돛을 접어 올리고 잠이 든다. 그들의 베개 아래로 바다코끼리와 고래가 떼 지어 지나간다.

## <u>15장</u>  차우더

작은 모스호가 평온하게 닻을 내릴 때는 꽤 늦은 밤이었다. 퀴케그와 나는 육지에 내렸지만 시간이 늦어 저녁을 먹고 자는 것 말고는 달리 할 일이 없었다. 물보라 여관의 주인은 친척인 호지아 허시가 운영한다는 트라이 포츠가 낸터킷 최고의 여관이라고 치켜세우며 주인이 차우더 요리사로 유명하다는 말도 덧붙였다. 한마디로 트라이 포츠 여관의 식사가 최고라고 노골적으로 홍보한 것이다. 하지만 그가 알려준 길은 우선 노란색 창고를 우현에 두고 가다가 좌현 쪽에 하얀 교회가 보이면, 교회를 좌현에 두고 가다가 우현의 3포인트 지점에 있는 모퉁이를 돈 다음, 그곳에서 처음 만나는 사람에게 여관의 위치를 물어보라는 것이었다. 이렇게 짜증나는 방식으로 길을 알려주다니 처음에는 무척 곤혹스러웠다. 특히 퀴케그는 출발 지점인 노란 창고를 좌현에 두고 가야 한다고 주장했고, 나는 피터 코핀이 우현으로 말했다고 기억했다. 하지만 어둠 속에서 헤매 다니고 때로는 문을 두드려 평온하게 쉬던 주민들을 깨워 귀찮게 길을 물어본 끝에, 마침내 트라이 포츠 여관 건물 앞에 도착했다.

낡은 현관 앞에 세워진 낡은 중간돛대의 활대에는 검게 칠한 거대한 냄비 두 개가 당나귀 귀처럼 생긴 손잡이에 매달려 흔들리고 있었다. 뿔처럼 튀어나온 활대의 한쪽 끝이 톱에 잘려 나가서 그런지 돛대가 꼭 교수대 같았다. 신경이 예민해져서 그랬는지 교수대처럼 생긴 그 물건을 보면서 막연한 불안감을 떨칠 수 없었다. 남아 있는 두 개의 뿔을 보고 있자니 목에 경련 같은 것이 일었다. 하나는 퀴케그가, 다른 하나는 내가 매달릴 데인가? 왠지 불길했다. 그러고 보니 내가 처음으로 도착한 고래잡이 항구에서 머문 여관집 주인 이름도 코핀(棺)이었다. 고래잡이 예배당에서는 추모 석판이 잔뜩 보이더니 여기에는 교수대라! 저 검고 괴이한 냄비 한 쌍은 뭐란 말인가! 이 물건들은 내가 지옥에 떨어질 것이라는 완곡한 암시인가?

이런 생각에 빠져 있다가 여관 현관에 서 있는 노란 머리에 노란 가운을 입은 주근깨 여자를 보고 현실로 돌아왔다. 여자의 머리 위에는 부상당한 눈처럼 붉고 흐릿한 등이 흔들리고 있었다. 여자는 보라색 모직 셔츠를 입은 남자에게 퉁명스럽게 야단을 치고 있었다.

"저리 썩 꺼져!" 여자가 남자에게 말했다. "안 그러면 가만 안 둘 거야!"

"들어가세, 퀴케그." 내가 말했다. "괜찮을 거야. 허시 부인인 모양이니."

정말로 그랬다. 호지아 허시 씨는 출타 중이었고 허시 부인이 남편 대신 일을 맡아 처리하고 있었다. 저녁 식사와 묵을 방을 달라고 하자 허시 부인은 남자를 야단치던 일을 잠시 멈추고 우리를 작은 방으로 안내했다. 부인은 방금 식사를 끝낸 흔적인 남아 있는 식탁에 우리를 앉히고는 돌아보며 물었다. "조개요, 대구요?"

"대구는 어떤 걸 말씀하시는 건가요, 부인?" 나는 아주 공손하게 물었다.

"조개요, 대구요?" 여자는 같은 말을 반복했다.

"저녁 식사로 조개를, 차가운 조개를 먹으라고요, 부인?" 나는 말했다. "겨울에 조개를 먹기에는 너무 차갑고 축축하지 않을까요, 부인?"

하지만 부인은 입구에서 기다리고 있는 보라색 셔츠의 남자를 얼른 다시 야단치고 싶어 마음이 조급했는지 '조개'라는 단어 말고는 들은 게 없는 것 같았다. 부인은 황급히 부엌 쪽 열린 문으로 가서 "조개 2인분!"이라고 외친 다음 사라졌다.

"퀴케그, 조개로 저녁을 때울 수 있을까?"

하지만 부엌에서 풍기는 따뜻하고 맛있는 냄새는 우리의 우울한 예상이 잘못되었음을 증명했다. 김이 무럭무럭 나는 차우더가 나오자 좀 전에 풍기던 냄새의 정체를 즐거운 마음으로 알게 되었다. 오오, 사랑하는 친구들이여! 내 말을 들어보라. 그것은 개암나무 열매보다 살짝 크고 즙이 많은 조개로 만든 요리인데, 건빵 가루와 염장한 돼지고기를 얇게 썬 조각을 섞고 버터를 넣어 풍미를 더한 다음 후추와 소금으로 간을 맞췄다. 추운 날씨에 항해를 해서 우리는 몹시 배가 고팠고, 특히 퀴케그는 자기 앞에 좋아하는 해물 요리가 나오자 더욱 식욕이 동한 데다 차우더 요리가 워낙 훌륭해 우리는 음식을 눈 깜짝할 사이에 먹어치웠다. 나는 잠시 의자에 등을 기대고 앉아 있다가 아까 허시 부인이 조개냐 대구냐 물어보던 말이 생각나 작은 실험을 해보기로 했다. 나는 부엌 쪽으로 가서 큰 소리로 '대구'라는 말을 특히 강조해 주문한 다음에 내 자리로 돌아왔다. 잠시 후 다시 좋은 냄새가 부엌에서 풍겼는데 분명 아까와는 다른 향미였다. 곧 우리 앞에 맛있는 대구 차우더가 놓였다.

우리는 다시 먹기 시작했고, 그릇 속으로 숟가락을 부지런히 들락거리는 동안 나는 이런 생각이 들었다. 대체 차우더가 머리에 어떤 영향을 준다는 말인가? 멍청이를 가리키는 '차우더 머리'라는 바보 같은 말은 또 뭐람? "어이, 퀴케그. 자네 그릇에 들어 있는 그거 살아 있는 장어 아니야? 작살은 어디다 뒀어?"

트라이 포츠 여관만큼 생선 비린내가 심한 곳도 없을 것이다. '냄비'라는 뜻의 여관 이름과도 딱 어울린다. 이곳에서는 늘 냄비에 차우더를 끓이고 있기 때문이다. 아침에도 차우더, 점심에도 차우더, 저녁에도 차우더가 나왔는데 어찌나 먹었는지 생선 가시가 옷을 뚫고 나오지 않을까 걱정될 정도였다. 집 앞의 마당에는 조개껍데기가 가득 널려 있었다. 허시 부인은 대구 등뼈를 반드르르하게 갈아 만든 목걸이를 하고 있었고, 호지아 허시는 낡았지만 멋진 상어 가죽을 덧댄 장부를 가지고 다녔다. 우유에서도 생선 냄새가 나는 건 도무지 이해할 수 없었다. 그런데 어느 날 아침 해변에서 산책하며 어선들 사이를 지나다가 호지아의 얼룩무늬 암소가 생선 찌꺼기를 먹는 것을 보고 그 이유를 알게 되었다. 암소는 네 발굽마다 대구 머리가 박혀서 꼭 신을 신은 것처럼 그것을 달고 해변을 다녔다.

저녁 식사 후 허시 부인은 우리에게 등잔불을 건네며 침대로 가는 가장 가까운 길을 알려주었다. 하지만 퀴케그가 앞장서서 계단을 오르려 하자 허시 부인이 손을 내밀며 작살을 내놓으라고 했다. 방에 작살을 가지고 들어갈 수 없다는 것이다. "왜죠?" 나는 물었다. "진짜 고래잡이는 작살과 함께 자는 법인데 왜 안 된다는 거죠?" "위험해서 그래요." 그녀가 대답했다. "스티그스라는 젊은이가 있었는데, 4년 반이나 배를 타고도 고래기름 세 통을 급료로 받은 게 전부였어요. 영 파리 날리는 항해였죠. 그런데 우리 집 1층 뒷방에서 옆구리에 작살이 꽂혀 죽은 채 발견되었지 뭐요. 그때부터 어떤 투숙객도 밤에 그런 위험한 무기를 들고 방에 들어가지 못하게 하고 있어요. 자, 그러니 퀴케그 양반(부인은 그의 이름을 알고 있었다), 작살은 내가 잘 맡아놨다가 아침에 돌려주리다. 그나저나 내일 아침의 차우더는 뭘로 할까요? 조개? 대구?"

"둘 다 주세요." 내가 말했다. "다양하게 먹고 싶으니 훈제 청어도 두 마리 곁들여주시고요."


## 16장  배

침대에 누워 우리는 다음 날의 계획을 짰다. 그런데 놀랍고도 걱정스럽게 퀴케그가 이런 이야기를 들려주었다. 그가 요조(그의 작은 흑인 우상)와 열심히 의논했는데 요조가 두세 차례 응답하기를, 우리 둘이 항구에서 협력해 승선할 배를 골라서는 절대 안 된다고 강력히 주장했다는 것이다. 대신에 도와줄 테니 배를 선택하는 일을 전적으로 자신에게 맡기라고 진지하게 지시했다고 한다. 자신이 이미 배를 정해놓았기 때문에 나 이슈메일에게 그 일을 맡기면 마치 우연인 것처럼 틀림없이 그 배를 고르게 될 것이고, 그러면 나는 퀴케그와 상관없이 당장 그 배에 올라타야 한다는 이야기였다.

깜빡하고 말하지 않았는데, 퀴케그는 많은 일에서 요조의 판단력과 예지력을 깊이 신뢰했다. 요조의 자비로운 계획이 매번 성공하는 것은 아니지만 요조를 선의를 가진 착한 신으로 여기며 대단히 존중했다.

배를 선정하는 일과 관련해 퀴케그의 계획, 아니 요조의 계획이 나는 전혀 마음에 들지 않았다. 나는 우리의 운명을 안전하게 지켜주기에 가장 적당한 포경선을 고를 때 퀴케그의 현명한 판단에 크게 의지할 생각이었다. 하지만 아무리 이의를 제기해도 소용없었기에 잠자코 그의 뜻을 따를 수밖에 없었다. 그런 이유로 서둘러 배를 고르는 일에 착수했다. 그런 사소한 일은 빨리 처리해버리는 게 나았다. 다음 날 아침 일찍 나는 퀴케그와 요조를 작은 방에 남겨두고 혼자 밖으로 나왔다. 퀴케그와 함께 나오지 않은 것은 그날이 그에게 사순절이나 라마단처럼 금식하며 회개하고 기도하는 날인 것 같았기 때문이다. 나는 여러 번 전념해봤지만 퀴케그의 기도문과 39개의 신조[21]를 터득하지 못했기 때문에 그날이 정확히 어떤 날인지는 결국 알아내지 못했다. 하여튼 나는 도끼 파이프 담배만 피우며 단식하는 퀴케그와, 대팻밥을 태우는 신성한 불꽃에 몸을 쬐고 있는 요조를 남겨둔 채 부둣가로 나왔다. 정박한 배들 사이를 어슬렁거리며 닥치는 대로 물어본 끝에 3년짜리 항해를 떠날 배가 세 척 있다는 사실을 알아냈다. 그 배들의 이름은 데빌댐호, 티트비트호, 피쿼드호였다. 데빌댐은 그 이름이 어디서 유래했는지 모르겠다. 티트비트[22]의 유래는 뻔하다. 피쿼드는 다들 기억하겠지만 고대 메디아왕국처럼 지금은 멸망한 매사추세츠의 유명한 인디언 부족의 이름이다. 나는 데빌댐호를 부지런히 살핀 다음 티트비트호로 건너갔다. 마지막으로 피쿼드호에 올라 잠시 둘러보고 나서 이 배야말로 나와 퀴케그가 타기에 적당한 배라고 결정했다.

잘은 모르겠지만 다들 살면서 독특하고 별난 배들을 많이 보았을 것이다. 바닥이 네모난 돛배, 산처럼 거대한 일본 정크선, 버터 상자처럼 생긴 갤리선 등. 하지만 장담하건대 피쿼드호만큼 낡고 희귀한 배는 보지 못했을 것이다. 피쿼

---

**21**  16세기 종교개혁기에 영국국교회가 교의적 입장을 밝힌 39조의 교의 요강.

**22**  앞에 나온 데빌댐은 '악마의 어머니'라는 뜻이고, 티트비트는 '맛 좋은 고기 한 점'이라는 뜻이다. 뒤에 나오는 피쿼드는 몰살당한 인디언 부족 이름이다. 피쿼드호가 악마 같은 고래에 들이받혀 침몰하고 선원들이 모두 고기밥이 된다는 암시를 주고 있다.

드호는 다소 작은 구식 배였는데 갈고리 모양의 다리가 달린 오래된 가구 같은 분위기를 풍겼다. 사대양의 태풍과 고요 속에서 오랫동안 단련되고 비바람에 시달리며 얼룩진 선체의 빛깔은 이집트와 시베리아에서 싸운 프랑스의 선발대 보병의 얼굴처럼 거무스름했다. 오래된 뱃머리는 수염이 난 것처럼 보였다. 돛대들은 쾰른 대성당에 보관된 세 동방박사의 등뼈처럼 꼿꼿하게 서 있었다(원래 있던 돛대들은 일본 해안 어딘가에서 돌풍에 부러져 바닷속으로 사라졌다). 오래된 갑판은 토마스 베케트[23]가 피 흘리고 죽은 자리라고 해서 순례자들에게 경배의 대상이 된 캔터베리 대성당의 판석처럼 닳고 주름져 있었다.

이런 유물같이 낡은 배에 놀라운 특징이 새로 더해졌는데, 그 특징은 이 배가 반세기가 넘도록 겪어온 거친 작업과 관련 있었다. 늙은 펠레그 선장은 오랜 세월 이 배의 일등항해사로 일하다가 자기 소유의 배를 지휘했고, 지금은 은퇴해 피쿼드호의 선주 중 하나가 되었다. 펠레그 영감은 일등항해사 시절에 재료와 도안이 기이한 장식을 배 전체에 박아 넣어 그렇지 않아도 기괴한 배를 더욱 기괴하게 만들었다. 그 기괴함에 견줄 만한 것은 토르킬 하케[24]의 문양이 새겨진 둥근 방패와 침대 틀 정도밖에 없었다. 배는 윤이 나는 상아 목걸이를 주렁주렁 걸친 야만적인 에티오피아 황제 같은 모습을 하고 있었다. 피쿼드호는 일종의 승전 기념비였다. 적들의 뼈에 양각을 새겨 한껏 치장한 솜씨 좋은 식인종이었다. 널판을 대지 않아 구멍이 드러나 보이는 뱃전은 향유고래의 길고 날카로운 이빨들을 박아 넣어 하나로 이어진 고래 턱처럼 보였다. 이 고래 이빨들은 포경선의 튼튼한 삼으로 엮은 포경 밧줄을 고정시키는 핀 역할을 했다. 배의 근육과 같은 밧줄은 육지의 나무로 만든 받침목이 아니라 바다의 상아로 만든 도르래 위를 날렵하게 지나갔다. 피쿼드호는 거룩한 조타 장치에 회전식 키를 쓰는 것

---

**23**   헨리 2세의 미움을 사서 캔터베리 대성당에서 왕의 기사들에게 살해당한 대주교 (1118~1170). 사후에 성인으로 추대되었다. 원래 헨리 2세의 최측근으로 신임을 얻고 대주교에 임명되었으나 왕의 부당한 교회 탄압에 맞섰다. 베케트 피살 사건은 권력과 교회의 갈등을 보여주는 대표적 사례로 꼽힌다.

**24**   11세기 아이슬란드의 바이킹 영웅.

을 우습게 생각해 키 손잡이[25]를 장착했다. 한 덩어리로 된 그 키 손잡이는 오랜 원수인 고래의 길고 좁은 아래턱을 정교하게 깎아 만들었다. 폭풍 속에서 키 손잡이를 잡고 배를 조종하는 키잡이는 사나운 말의 턱을 움켜쥐고 제어하는 타타르족 같은 기분을 느끼게 된다. 고귀하지만 어딘지 모르게 무척 우울한 배였다. 하지만 모든 고귀한 것들에는 그런 분위기가 감도는 법이다.

나는 항해 신청을 위해 뱃고물 갑판을 둘러보며 책임자를 찾았지만 아무도 보이지 않았다. 그런데 주돛대 조금 뒤에 쳐놓은 기묘한 천막이, 아니 천막이라기보다는 인디언의 오두막집 같은 것이 눈에 들어왔다. 그것은 눈에 띄지 않을 수 없었는데 항구에 머물 때만 쓰려고 임시로 쳐놓은 것 같았다. 3미터 높이의 원뿔형 천막은 참고래 턱의 가장 높은 부분과 중간 부분에서 떼어낸 유연한 검은 뼈로 만든 길고 커다란 널판으로 이루어져 있었다. 널판의 넓은 부분을 갑판 쪽에 대고 서로 비스듬히 기대며 원추형을 이루게 한 다음 전체를 끈으로 빙 둘러 고정시켰다. 꼭대기에는 풀어 헤친 머리카락 같은 술이 포토와토미족[26]의 늙은 추장 머리에 달린 상투처럼 이리저리 흔들리고 있었다. 세모꼴 입구는 뱃머리를 향하고 있어 천막 안에서도 앞을 훤히 내다볼 수 있었다.

마침내 나는 책임자로 보이는 사람을 발견했다. 그는 그 기이한 천막 뒤에 절반쯤 가려져 있었다. 마침 정오여서 선상 작업이 일시 중단되었기 때문에 그도 지휘의 부담을 잠시 내려놓고 휴식을 즐기는 중이었다. 그는 꿈틀거리는 듯한 기이한 무늬가 새겨진 구식 참나무 의자에 앉아 있었다. 의자의 하단은 인디언 오두막집 같은 천막에 쓰인 재료와 똑같이 유연한 고래 뼈를 튼튼하게 엮은 것이었다.

내 눈에 비친 노인의 외모는 딱히 특별한 점이 없었다. 늙은 선원 대다수가 그런 것처럼 그도 피부가 햇볕에 그을리고 체격이 건장했다. 그는 퀘이커교도 옷처럼 재단한 푸른색 선원용 외투를 두르고 있었다. 눈가에는 현미경으로 보

---

**25** 키에 달려 있는 T자 형태의 손잡이로 발로 조작한다.

**26** 미시시피강 상류에 살던 인디언 부족.

아야 보일 정도로 미세한 잔주름이 그물망처럼 얽혀 있었다. 오랜 세월 동안 돌풍 속에서 항해하며 늘 바람이 불어오는 쪽을 보느라 생긴 것이 분명했다. 맞바람을 맞으면 눈가의 근육이 빨리 조여들기 때문이다. 이런 눈주름은 누군가를 노려보며 제압할 때 무척 효과적이다.

"피쿼드호의 선장입니까?" 나는 천막 입구로 다가가며 말했다.

"그렇다 치고 용건이 뭔가?" 그가 물었다.

"배에 탔으면 해서요."

"배에 타고 싶다고? 보아하니 낸터킷 사람은 아니로군. 구멍 난 보트는 타본 적 있고?"

"아니요, 그런 적은 없습니다."

"그럼 고래잡이 일은 하나도 모르는 거로군. 맞나?"

"네, 하지만 금방 배울 수 있습니다. 상선을 타고 항해해본 경험이 여러 번 있으니 제 생각에는…"

"상선 같은 소리는 집어치워. 나한테 그딴 말은 하지 말라고. 안 그러면 자네 그 다리 말이야, 내가 자네 엉덩이에서 뽑아버릴 테니. 참나, 상선이라니! 자네 상선 좀 탔다고 꽤나 자랑하고 다니는 것 같은데 그러면 뭐 하러 고래잡이를 하려고 하나, 응? 이거 수상한데, 안 그래? 설마 해적이었던 건 아니지? 지난번에 탔던 배에서 선장의 물건을 훔친 건 아니고? 바다에 나가 항해사들을 죽일 생각을 하는 건 아니지?"

나는 그런 일은 한 적이 없다고 항의했다. 고립된 낸터킷섬 출신에 퀘이커교도인 이 늙은 선원의 농담 반 진담 반의 빈정거림에는 섬사람 특유의 편견이 가득했다. 그들은 코드곶이나 비니어드섬 출신이라면 모를까 그 밖의 외지인은 아무도 믿지 않았다.

"자네는 왜 고래잡이를 하려고 하나? 자네를 배에 태울지 말지 생각해보기 전에 그것부터 알아야겠어."

"고래잡이가 어떤 건지 알고 싶습니다. 세상 구경도 하고 싶고요."

"고래잡이가 어떤 건지 알고 싶다고? 에이해브 선장을 본 적 있나?"

"그분은 누굽니까?"

"내 이럴 줄 알았지. 에이해브는 이 배의 선장이야."

"그럼 제가 잘못 알고 있었군요. 저는 이 배의 선장님과 이야기하고 있다고 생각했습니다만."

"자네는 펠레그 선장을 상대 중이야. 지금 자네와 이야기하는 사람은 펠레그 선장이라고, 젊은이. 나와 빌대드 선장은 피쿼드호를 항해 가능한 상태로 정비하고, 선원을 비롯해 필요한 모든 것을 갖췄는지 확인하는 사람이야. 우리는 이 배의 공동 선주이자 공동 관리인이지. 그나저나 하던 말을 계속해보게. 자네는 고래잡이가 어떤 건지 알고 싶다고 했는데 내가 미리 보여줄 수 있네. 계약에 묶여 내뺄 수 없는 처지가 되기 전에 말이야. 에이해브 선장을 보게, 젊은이. 그 사람은 외다리야."

"무슨 말씀입니까? 고래 때문에 다리를 잃었다는 겁니까?"

"고래한테 잃었지! 젊은이, 좀 더 가까이 와보게. 배를 으스러뜨리는 향유고래 중에서도 가장 괴물 같은 놈이 그의 다리를 삼키고 오도독 씹었단 말이야. 아아, 세상에!"

나는 그의 격한 반응에 조금 놀랐고 마지막 외침에서 진심 어린 비통함을 느끼며 마음이 약간 흔들리기도 했지만 최대한 침착함을 유지하며 말했다. "말씀하신 게 사실인가 보군요. 하지만 그 고래가 유달리 사납다는 것을 제가 어떻게 알 수 있을까요? 그런 사고가 일어났다는 사실로 보아 어느 정도 추측해볼 수는 있겠지만."

"이봐 젊은이, 자네 폐가 무른가 보군. 말하는 게 도무지 선원답지 않아. 바다에 나가본 적 있는 게 확실한가?"

"선장님, 네 번이나 상선을 탔다고 말씀드린 것 같은…"

"그딴 소리는 집어치워! 상선 이야기는 꺼내지 말라고 했잖은가. 제발 짜증 나게 하지 말게. 가만두지 않을 테니. 하지만 서로를 이해하도록 하지. 이제 자네에게 고래잡이가 어떤 일인지 넌지시 알려준 것 같은데, 그래도 내키나?"

"네."

"아주 좋아. 그렇다면 자네는 살아 있는 고래의 목구멍에 힘껏 작살을 던진 다음 작살을 따라 놈을 추격할 수 있겠나? 대답하게, 빨리!"

"반드시 해야 하는 일이라면 해야죠. 피할 수 없다면 말입니다. 그런 일이 벌어지길 바라지는 않지만."

"좋아. 자네는 고래잡이가 어떤 것인지 체험할 뿐 아니라 세상을 둘러보고 싶어 배를 타고 싶다고 했네. 맞나? 그렇게 들은 것 같은데. 그렇다면 저 앞으로 가서 뱃머리 너머를 한번 보게. 그런 다음 와서 뭘 봤는지 말해봐."

잠시 나는 이 희한한 요청을 정확히 어떻게 받아들여야 할지 몰라 가만히 서 있었다. 진심인지 농담인지 헷갈렸기 때문이다. 하지만 펠레그 선장이 눈가의 주름을 찌푸리며 노려보는 바람에 시키는 대로 했다.

앞쪽으로 가서 뱃머리 너머를 바라보니 밀물에 닻이 흔들리는 배가 비스듬히 기울어진 채 먼 바다를 가리키고 있었다. 끝없이 펼쳐진 바다 풍경이 매우 단조롭고 음산하기까지 했다. 변화라고는 눈 씻고 찾아보아도 볼 수 없었다.

"자, 보고해보게." 내가 돌아오자 펠레그가 물었다. "뭘 봤나?"

"그다지 본 게 없습니다." 나는 대답했다. "바다 말고는 없어요. 거대한 수평선이 보였고, 곧 돌풍이 닥칠 것 같더군요."

"좋아. 그럼 세상을 보는 일은 어찌 생각하나? 혼곶을 돌아 더 많은 세상을 보고 싶나, 응? 자네가 서 있는 곳에서도 세상이 보이지 않던가?"

나는 조금 당황했지만 고래잡이는 내가 반드시 해야 할 일이고 하고 싶은 일이었다. 게다가 피쿼드호는 다른 어떤 배에도 뒤지지 않는 훌륭한 배, 아니 최고의 배라고 생각했다. 나는 이런 모든 생각을 펠레그 선장에게 이야기했다. 단호한 모습을 보여서인지 그는 기꺼이 나를 배에 태워주겠다는 뜻을 밝혔다.

"그렇다면 당장 서류에 서명하는 게 좋겠군." 그는 말했다. "따라오게." 그는 앞장서서 갑판 아래 선실로 향했다.

선미판에는 여태껏 내가 본 사람 중 가장 이상하고 놀라운 인물이 앉아 있었다. 나중에 알고 보니 그는 펠레그 선장과 함께 이 배의 지분을 가장 많이 가지고 있는 빌대드 선장이었다. 나머지 지분은 이런 항구의 사정이 종종 그러하듯

연금 생활자들, 남편 잃은 여자들, 아버지 없는 아이들, 법원의 보호를 받는 피후견 아동들 등이 나누어 가지고 있었다. 그들은 각각 늦재 연장부 하나, 널빤지 한두 조각, 배에 박힌 못 한두 개 정도의 가치에 해당하는 지분을 소유했다. 보통 사람들이 짭짤한 수익을 올릴 수 있는 공인된 국채에 투자하듯이 낸터킷 사람들은 포경선에 투자했다.

많은 낸터킷 사람이 그러하듯 빌대드도 펠레그처럼 퀘이커교도였다. 이 섬에 처음 정착한 이들이 그 종파 사람들이어서 오늘날까지 이곳 주민들은 대체로 퀘이커교도만의 특징을 상당히 유지하고 있다. 그런 특징은 상반되고 이질적인 것들과 부딪히며 다양하고 변칙적으로 바뀌어왔을 뿐이다. 퀘이커교도 중 일부는 모든 선원과 고래잡이 중에서도 가장 피비린내를 즐기는 경향을 보인다. 그들은 싸움을 즐기고 복수심에 불타는 퀘이커교도이기도 하다.

그래서 이곳의 남자들은 『성경』에 등장하는 인물에서 이름을 가져오는 경우가 아주 흔했다. 그들은 어린 시절부터 자연스럽게 '그대' 혹은 '자네'와 같이 위엄 있고 연극 대사 같은 퀘이커교도식의 언어를 배운다. 이후에는 끝없이 대담하고 위험한 모험에 나서고, 그것이 변하지 않는 천성과 기묘하게 뒤섞여 대담한 특징이 형성된다. 고대 스칸디나비아의 해적 왕이나 서사시에 나오는 이교도 로마인에 견주어도 손색없는 독특한 개성이다. 이런 특징이 놀라운 재능을 타고난 사람, 이를테면 망망대해로 나가 북반구에서는 절대 볼 수 없는 별자리 아래서 수많은 밤을 고요하고 외롭게 불침번을 선 덕분에 전통적인 사고방식에서 벗어나 독립적으로 사고할 수 있게 된 사람, 자연이 자발적으로 순결한 가슴을 은밀히 보여줄 때 느끼는 감미롭고 야만적인 감동을 잘 간직한 사람, 우연한 모험의 도움을 받아 대담하고 간결하며 고귀한 언어를 배우게 된 사람 속의 지구 같은 두뇌와 육중한 마음과 결합할 때, 숭고한 비극에 걸맞은 강인하고 위대한 인물이 만들어진다.

물론 이런 사람은 온 나라를 뒤져도 한 사람 나올까 말까다. 연극의 관점에서 보자면, 그런 인물은 선천적이든 후천적이든 본성 밑바닥에 다소 고집스럽고 오만한 병적 기질을 지니고 있으나 그렇다고 해서 그 인물의 가치가 떨어지는 건 전혀 아니다. 비극적이게도 위대한 인물은 그런 병적인 기질을 통해 탄생한다. 아아, 야심 찬 젊은이들이여, 명심하라. 인간의 위대함이란 질병에 지나지 않다. 하지만 지금 우리가 상대해야 할 사람은 그런 인물과는 전혀 다르다. 이 사람도 확실히 특이하기는 하지만 개인적인 상황으로 특성이 조금 바뀐 또 다른 형태의 퀘이커교도일 뿐이다.

펠레그 선장처럼 빌대드 선장도 부유한 퇴역 고래잡이였다. 하지만 진지한 일들에 별 관심이 없고 대단찮게 여기는 펠레그 선장과는 달리, 빌대드 선장은 낸터킷에서 가장 엄격한 퀘이커 교파의 가르침을 받았다. 그래서 이후에 바다 생활을 하며 혼곳 주변의 섬에서 알몸으로 다니는 매력적인 여인들을 보아도 타고난 퀘이커교도답게 조금도 흔들리지 않고 조끼 매무새 하나 흐트러지는 법이 없었다.

하지만 이런 불변함과는 별개로 빌대드 선장은 다른 일에서는 일관성이 다소 부족했다. 그는 양심의 가책을 이유로 육지의 침략자에게 무기를 들고 대항하는 일은 거부하면서도 정작 자신은 대서양과 태평양을 끝없이 침략했다. 인간을 살해하는 자는 불구대천의 원수처럼 여기면서도 정작 자신은 일자형의 선원복을 입었다 하면 고래의 피를 몇 통씩이나 흘려보냈다. 이제 인생을 관조하는 황혼기에 들어선 경건한 빌대드가 이런 일들을 추억하면서 어떻게 모순되지 않게 받아들일지 나는 알지 못한다.

하지만 그는 크게 신경 쓰지 않는 듯했다. 아마 오래전부터 인간의 종교와 현실 세계는 별개라는 현명하고 분별 있는 결론을 내렸는지도 모른다. 이 세상은 배당금을 지급한다. 칙칙한 짧은 상의를 입은 일개 선실 사환부터 시작해 품이 넓고 청어 배처럼 앞이 불룩한 조끼를 입은 작살잡이가 되고, 보트장과 일등항해사를 거쳐 선장이 되고 마침내 선주가 된다. 앞에서 말했듯이 빌대드는 예순이라는 적절한 나이에 현역에서 완전히 은퇴해 모험 가득한 경력에 마침표를 찍었다. 그리고 마땅한 보답으로 상당한 배당금을 받으며 조용히 여생을 보내고 있었다.

이런 말을 해서 유감이지만 빌대드는 못 말리게 심술궂은 노인이라는 평판이 자자했고, 현역 시절에는 부하들을 지독하게 부려먹는 상관이었다고 한다. 낸터킷에서 들은 이상한 이야기를 하나 하자면, 그가 포경선 카테가트호를 지휘했을 때 귀항한 선원들이 대부분 탈진해 곧장 병원에 실려 갔다고 한다. 신앙심이 깊은 사람, 특히 퀘이커교도라는 점을 생각하면 빌대드는 확실히 몰인정한 사람이었다.

부하들에게 욕은 하지 않았지만 그들을 보통 지독하게 부려먹는 게 아니었다. 일등항해사 시절에 빌대드가 그 담갈색 눈으로 노려보면 선원들은 잔뜩 겁을 먹고 망치든 쇠막대기든 아무거나 붙잡고 무슨 일이라도 죽어라 하지 않을 수 없었다. 빌대드 앞에서 나태와 게으름이란 있을 수 없었다. 체구 자체가 그의 실용적인 성격을 완벽하게 보여주고 있었다. 길고 말라빠진 몸에 군살 하나 없었다. 턱수염도 군더더기 없이 딱 필요한 정도만 났는데 그가 쓰던 챙 넓은 모자의 낡은 보풀처럼 생겨먹었다.

내가 펠레그 선장을 따라 선실로 내려갔을 때, 선미판에 앉아 있던 사람이 바로 그런 인물이었다. 갑판 사이의 좁은 공간에 빌대드 영감이 평소처럼 꼿꼿이 앉아 있었다. 그는 상의 뒷자락이 구겨질까 봐 어디에도 기대는 법이 절대 없었다. 그는 챙 넓은 모자를 바로 옆에 놓고 두 다리를 뻣뻣하게 꼬아 책상다리를 하고 있었다. 담갈색 옷은 턱 아래까지 단추를 채웠다. 그는 안경을 코에 걸치고 두꺼운 책을 읽느라 여념이 없었다.

"빌대드." 펠레그 선장이 소리쳤다. "또 읽는 거야, 응? 내가 알기로 자네는 지난 30년 동안 『성경』을 연구해왔지. 그래 진도는 어디까지 나갔나, 빌대드?"

빌대드는 오래 알고 지낸 동료 선원의 무례한 말에 익숙한지 아무 반응도 하지 않고 나를 쳐다보더니 누구냐고 묻는 듯 다시 펠레그에게 시선을 돌렸다.

"빌대드, 이 친구가 우리 배 선원이 되고 싶대."

"정녕 그런가?" 빌대드가 내게 몸을 돌리며 낮게 울리는 목소리로 말했다.

"정녕 그렇습니다." 나는 엉겁결에 퀘이커교도식으로 말했다.

"빌대드, 이 친구 어떤가?" 펠레그가 물었다.

"잘하겠지." 빌대드는 나를 바라보며 대답하더니 다 들리는 소리로 중얼거리며 『성경』을 읽기 시작했다.

빌대드는 내가 본 늙은 퀘이커교도 중에 가장 괴짜 같았다. 친구이자 오랜 동료 선원인 펠레그가 호통을 쳐서 그런지 더욱 그렇게 보였다. 하지만 나는 아무 말 없이 주변만 유심히 살펴보았다. 펠레그는 서랍장을 열고 계약서를 꺼낸 다음 펜과 잉크를 앞에 가져다놓고 작은 탁자에 앉았다. 이제 항해 조건을 정할 때가 되었다. 포경업에서 급료를 지급하지 않는다는 사실은 이미 잘 알고 있었다. 대신에 선장을 포함한 모든 선원이 전체 수익에서 일정한 몫, 즉 배당이라는 것을 받아 가는데 이 배당은 각자가 배에서 맡은 일의 중요도에 따라 달라진다. 나는 고래잡이 경험이 없으니 배당이 그리 많지 않으리라는 것도 알고 있었다.

하지만 이미 바다에 익숙하고 배를 조종할 수 있고 밧줄 가닥을 이을 줄도 안다는 사실을 감안하면, 내가 들은 바로 미루어 적어도 275번 배당은 받을 수 있으리라고 확신했다. 전체 수익이 얼마가 되었든 간에 그중 275분의 1은 내 몫인 것이다. 275번 배당이라니 야박하다고 하겠지만 한 푼도 못 받는 것보다는 나았다. 운이 좋으면 3년 동안 배에서 쇠고기를 먹고, 잠을 자도 숙박비를 안 내도 되며, 배에서 입을 옷값 정도는 건질 수 있을 테니 말이다.

그렇게 해서 언제 큰돈을 벌겠냐고 생각할지도 모르겠다. 실제로 재산을 모으는 방법으로 그리 신통치 않은 건 맞다. 하지만 나는 큰돈을 벌려는 사람도 아니고, '천둥구름'이라는 험악한 간판을 걸어도 될 법한, 세상이라는 여관에 머무는 동안 재워주고 먹여준다면 그것으로 충분하다. 대체로 275번 배당 정도면 적당하겠지만 내가 어깨도 넓고 건장한 점을 고려하면 사실 200번 배당도 가능하지 않을까 기대했다.

그럼에도 내가 배당을 후하게 받지 못할지도 모른다고 생각한 이유가 있었다. 펠레그 선장과 속을 알 수 없는 그의 친구 빌대드에 관한 소문을 육지에서 들었는데, 두 사람이 피쿼드호의 대주주이기 때문에 여기저기 흩어져 있는 다른 소주주들이 배와 관련된 일을 거의 다 맡고 있다는 것이다. 인색한 빌대드 영감이 선원을 고용하는 일에 얼마나 강력한 입김을 넣는지 알 수 없었는데, 지금 그가 피쿼드호 선실에서 마치 자기 집 난롯가에 앉아 있는 것처럼 『성경』을 읽고 있는 것을 보니 더욱 감이 잡히지 않았다. 펠레그가 잭나이프로 펜 끝을 깎아 손보려고 애쓰지만 잘 되지 않는 사이에, 빌대드는 이 일에 상당한 이해 관계가 있는데도 신경 쓰지 않으면서 『성경』만 중얼중얼 읽고 있었다. 솔직히 그런 모습이 조금 놀라웠다. "너희를 위하여 보물을 땅에 쌓아두지 말라. 거기 는…"[27]

"이봐, 빌대드 선장." 펠레그가 끼어들며 말했다. "자네 생각은 어때, 이 젊은 이에게 배당을 얼마나 줘야겠어?"

"자네가 가장 잘 알지." 빌대드는 음산하게 대답했다. "777번이면 그리 많은 건 아니겠지? '거기는 좀과 동록이 해하며 도둑이 구멍을 뚫고 도둑질하느니 라. 오직 너희를 위하여 보물을 하늘에 쌓아두라.'"

쌓아두지 말라고? 겨우 777번을 주고서? 그래, 빌대드 영감, 내게도 이 땅에 많은 배당을 쌓아두지 말라는 말이군. 좀과 녹이 해하니까. 나는 속으로 이런 생각을 했다. 정말이지 너무나 야박한 배당이었다. 숫자가 어마어마하게 크니 배를 처음 타는 선원이라면 속아 넘어갈지도 모르겠다. 777은 꽤 큰 숫자지만 그 뒤에 '번'을 붙이면 1파딩을 777분의 1 한 것이 스페인 금화 777개보다 엄청 나게 적다는 걸 금세 알 수 있다. 정말이지 조금만 생각해보아도 알 수 있는 일 이다.

"눈이 어떻게 된 거 아냐, 빌대드?" 펠레그가 소리쳤다. "자네 이 젊은이를 등 치려는 거야? 그보다는 훨씬 더 줘야 해."

"777번." 빌대드가 눈도 들지 않고 되풀이했다. 그리고 다시 『성경』 구절을 중얼거렸다. "네 보물 있는 그곳에는 네 마음도 있느니라…"[28]

"난 이 친구한테 300번을 줄 거야." 펠레그가 말했다. "빌대드, 듣고 있나! 300번."

---

27   마태복음 6장 19절.

28   마태복음 6장 21절.

빌대드가 책을 내려놓더니 진지하게 그를 쳐다보며 말했다. "펠레그 선장, 그대는 마음이 참으로 너그럽군. 하지만 이 배를 소유한 다른 사람들에 대한 의무도 생각해야지. 과부와 고아들, 그 밖의 많은 사람 말일세. 이 젊은이의 노동에 너무 후한 보상을 해주면 그들에게 돌아갈 빵을 빼앗는 것이 되네. 777번일세, 펠레그 선장."

"자네, 빌대드!" 펠레그는 소리치면서 벌떡 일어나 선실을 요란하게 걸었다. "제기랄, 이봐 빌대드 선장. 이런 일에서 내가 자네 조언대로 했다면 지금쯤 내 양심은 너무 무거워져 혼곶을 도는 가장 큰 배라도 침몰시켰을 거야."

"펠레그 선장." 빌대드도 지지 않고 대답했다. "자네 양심의 깊이가 열 자인지 열 길인지 내 알 바 아니지만, 그대는 아직 회개하지 않는 완고한 사람이니 그대의 양심에 물이 새지 않을지, 그래서 결국 지옥의 불구덩이로 침몰하지 않을지 나는 그 점이 심히 걱정되네."

"불구덩이, 불구덩이라고 했나! 자네는 나를 모욕하는군. 이런 모욕은 더는 참을 수 없네. 지옥으로 떨어지라니! 그런 말이 대체 어디 있나? 이런 빌어먹을! 빌대드, 한 번 더 그런 말로 내 속을 뒤집어놓으면 나는, 그래 나는 털이 났든 뿔이 달렸든 살아 있는 염소를 통째로 삼켜버릴 거야. 선실에서 나가! 이 독실한 척하는 망할 놈의 나무 막대기 같은 자식아, 당장 나가!"

펠레그는 이렇게 고함을 지르며 빌대드에게 달려들었지만, 빌대드는 기막힐 정도로 민첩하게 미끄러지듯 몸을 옆으로 돌려 공격을 피했다.

이 배의 대주주이자 책임자인 두 사람 사이에 이토록 험악한 싸움이 벌어지는 것을 보고 나는 무척 놀랐고, 소유주의 지분 관계도 의심스러운 데다 이런 사람들이 잠시나마 지휘하는 배에 타는 것을 포기하는 편이 낫겠다는 생각마저 들었다. 나는 빌대드가 불같이 화내는 펠레그를 피해 빨리 사라지고 싶을 것이라고 생각해 쉽게 나갈 수 있도록 문에서 비켜섰다. 하지만 놀랍게도 그는 다시 차분하게 선미판에 앉았고 사라질 생각이 전혀 없는 것 같았다. 그는 고집 센 펠레그의 벌컥 화내는 방식에 무척 익숙한 것 같았다. 펠레그는 한껏 분노를 터뜨리고 나서는 더 이상 악쓸 기운도 없는지 순한 양처럼 다시 자리에 앉았다.

홍분이 채 가라앉지 않았는지 얼굴이 조금씩 씰룩거렸다. "휴!" 그가 마침내 휘파람 소리를 냈다. "돌풍이 지나간 것 같군. 빌대드, 자네는 작살 날 가는 데 선수였지. 저 펜 좀 깎아주겠나? 내 잭나이프는 숫돌에 갈아야겠어. 고맙네, 고마워, 빌대드. 자, 이제 젊은이, 자네 이름이 이슈메일이라고 했던가? 여기 아래에 서명하게, 이슈메일. 배당은 300번이야."

"펠레그 선장님." 나는 말했다. "제 친구도 배를 타고 싶어 하는데 내일 데려와도 될까요?"

"물론이지." 펠레그가 대답했다. "데려오게. 만나볼 테니."

"그대의 친구는 배당을 얼마나 원하지?" 한참 『성경』을 들여다보던 빌대드가 다시 고개를 들고 신음하듯 물었다.

"아, 자네는 신경 끄게." 펠레그가 말했다. 그리고 나를 돌아보며 물었다. "고래잡이를 해본 적 있는 친구인가?"

"셀 수 없이 고래를 죽였다고 합니다, 펠레그 선장님."

"그렇단 말이지. 그럼 데려와보게."

나는 서류에 서명한 다음 그곳에서 나왔다. 이것으로 아침 볼일은 잘 마쳤고, 피쿼드호야말로 퀴케그와 나를 혼곶 너머로 데려가기 위해 요조가 점지한 배라는 확신이 들었다.

하지만 얼마 안 가서 이번에 함께 항해할 선장을 아직 만나지 못했다는 생각이 들었다. 대부분의 경우 포경선 선장은 출항 준비가 완벽하게 끝나고 선원들이 모두 승선한 다음에야 나타나 지휘를 맡기는 한다. 고래잡이 항해는 계획보다 오래 걸리는 경우도 많고 귀항해서도 집에서 쉴 시간이 너무 짧기 때문에, 선장은 가족이 있거나 집안 문제를 처리해야 할 경우 항구에 정박 중인 배에 크게 신경 쓰지 않고 출항 준비가 완전히 끝날 때까지 배를 선주들에게 맡겨둔다. 하지만 내 운명을 빼도 박도 못하게 선장의 손에 맡기기 전에 미리 그 사람이 어떻게 생겼는지 봐두는 게 현명할 것 같았다. 나는 다시 배로 돌아가 펠레그 선장에게 에이해브 선장을 어디서 만날 수 있냐고 물었다.

"무슨 일로 에이해브 선장을 만나려고 하나? 걱정 말게. 자네는 분명 이 배의 선원이 되었으니."

"네, 그래도 한번 만나 뵙고 싶습니다."

"지금은 만날 수 없을 걸세. 정확히 무슨 일인지는 모르지만 그 친구, 집에만 틀어박혀 있네. 어디가 아픈 게 아닌가 싶지만 아파 보이지 않고 사실 아프지는 않지. 그렇다고 괜찮은 것도 아니지만. 여하튼 젊은이, 선장은 나하고도 만나려 하지 않으니 자네를 만나줄 리는 더더욱 없네. 에이해브 선장을 괴짜라고 말하는 사람도 있지만 좋은 사람이야. 자네도 무척 좋아하게 될 걸세. 걱정하지 말게. 에이해브 선장은 위엄이 있고, 신을 섬기지 않는, 신 같은 사람일세. 과묵하지만 선장이 말할 때면 귀담아듣게. 기억해, 미리 주의를 주는 거니까. 에이해브는 평범한 사람이 아니야. 그는 대학도 나왔고 식인종들과도 지냈지. 파도보다 더 거친 경이로운 일들에도 익숙하다고. 고래보다 더 힘세고 무서운 적에게 맹렬하게 작살을 꽂은 적도 있다네. 그 친구 작살 솜씨는 우리 섬 전체에서 가장 날카롭고 확실하다네! 그는 빌대드 선장이 아니야. 펠레그 선장도 아니지. 그는 에이해브야. 젊은이, 자네도 알겠지만 옛날의 그 에이해브는 왕관을 쓴 왕이었잖나!"

"악한 왕이었죠. 그 사악한 왕이 죽었을 때 개들이 그의 피를 핥지 않았나요?"[29]

"이봐, 가까이 오게. 이리 와." 펠레그가 움찔할 정도로 의미심장한 눈빛을 띠며 말했다. "이보게, 젊은이. 피쿼드호에 타고 있을 때 절대 그런 말은 하지 말게. 아니, 생각도 하지 말게. 에이해브는 그가 지은 이름이 아니야. 미친 홀어머니가 어리석고 무지한 변덕으로 지은 이름이지. 그래 놓고는 그가 태어난 지 겨우 열두 달밖에 되지 않았을 때 죽어버렸네. 게이해드[30]에 사는 티스티그라는 인디언 노파가 말하길 그 이름이 장차 그의 운명을 예언한대나 뭐래나. 그 할망구 같은 멍청이들은 자네한테도 같은 말을 할 거야. 경고하네만 그건 다 거짓말

— **29** 열왕기상 21장 19절. 『성경』에서는 에이해브를 아합으로 표기한다.

**30** 비니어드섬에 있는 도시. 1997년 아쿠나로 명칭이 변경되었다.

이야. 나는 에이해브 선장을 잘 알아. 오래전에 동료 선원으로 함께 항해를 한 적이 있거든. 에이해브는 좋은 사람이야. 빌대드처럼 독실하고 좋은 사람이 아니라 나처럼 입이 거칠기는 해도 좋은 사람이지. 우리보다 좋은 점이 훨씬 많은 친구라네. 그래, 명랑한 사람은 절대 아니지. 지난번에 귀항했을 때는 한동안 정신이 나가 있었다는 것도 알아. 하지만 그건 누구나 알 수 있듯이 잘려 나가 피가 흐르는 다리의 통증 때문이었어. 지난번 항해에서 그 빌어먹을 고래한테 다리를 뜯기고 나서 아주 침울해졌지. 극도로 우울하고 때로는 몹시 사납게 굴기도 했고. 하지만 시간이 흐르면 나아질 거야. 젊은이, 내 딱 한 번만 말하지. 잘 웃어도 무능한 선장보다는 침울해도 좋은 선장과 항해하는 편이 훨씬 낫네. 장담하지. 오늘은 이만 헤어지자고. 에이해브 선장이 사악한 이름을 가지고 있다고 해서 그를 오해하진 말게. 게다가 그 친구 상냥하고 온순한 부인도 있어. 결혼한 뒤 배를 탄 건 세 번밖에 안 돼.[31] 생각해보게. 그 노인네가 그 상냥한 여자한테서 자식을 얻었어. 그래도 자네는 에이해브가 구제 불능이고 희망 없는 악당 같은가? 아니야, 젊은이. 에이해브는 고통에 시달리고 망가졌는지 몰라도 나름 인간미가 있는 사람이라네!"

배에서 나오며 나는 깊은 생각에 잠겼다. 우연히 에이해브 선장의 신상을 들으며 알 수 없는 아픔이 마음속에 차오르는 걸 느꼈다. 그에게 연민과 슬픔을 느꼈는데, 그 이유가 무참히 다리를 잃어버렸기 때문인지 아닌지는 잘 모르겠다. 동시에 에이해브 선장에게 묘한 경외감 같은 것도 느꼈는데, 잘 설명할 수는 없지만 엄밀히 말해 경외감은 아니었다. 그게 무엇이었는지 지금도 모르겠다. 그렇다고 해서 그가 싫어지지는 않았다. 그럼에도 당시에 선장에 대해 알고 있는 바가 너무 없어 그의 수수께끼 같은 면에 조바심이 들기는 했다. 하지만 내 생각은 다른 방향으로 흘렀고 한동안 음울한 에이해브 선장은 내 머릿속에서 사라졌다.

---

**31** 포경선 항해 기간은 대개 3년이므로 결혼한 지 10년이 채 안 되었다는 뜻이다.

## 17장  라마단

금식하며 죄를 회개하는 퀴케그의 라마단 의식이 종일 계속될 것이기에 나는 해질녘까지 그를 방해하지 않기로 했다. 나는 모든 사람의 종교적 의무를 최대한 존중하고자 한다. 그것이 아무리 우스꽝스럽더라도 말이다. 설령 개미들이 독버섯을 경배한다 하더라도 깔볼 생각이 전혀 없다. 이 세상의 어떤 지역에서는 막대한 땅의 소유주가 죽은 대지주의 이름으로 되어 있고 그 이름으로 땅이 임대된다는 이유만으로 그의 흉상에 절하기도 하는데, 나는 그런 행동조차도 얕잡아 보지 않는다.

우리 선량한 장로교인들은 이런 일에 너그러워야 한다. 이교도든 아니든 다른 사람들이 이런 문제와 관련해 반쯤 정신 나간 생각을 가지고 있다 해서 우리가 그들보다 훨씬 우월하다고 여겨서는 안 된다. 퀴케그가 요조와 라마단에 대해 가지고 있는 생각이 정말 터무니없기는 하지만 그것이 어쨌단 말인가? 퀴케그는 자신이 하는 일이 무엇인지 잘 알고 만족하는 것 같았다. 그러면 그를 그냥 내버려둬야 한다. 그와 논쟁을 벌여보았자 아무 소용없다. 그를 그냥 내버려두자. 하늘이시여, 장로교인이든 이교도든 우리 모두에게 자비를 베푸소서. 우리는 모두 머리가 심하게 망가져 수리가 필요하기 때문입니다.

저녁 무렵 퀴케그의 종교 의식이 다 끝났으리라 확신하고 방으로 가서 문을 두드렸다. 하지만 대답이 없었다. 문을 열려고 했지만 안에서 잠겨 있었다. "퀴케그." 열쇠 구멍으로 조용히 불러보았지만 방 안은 조용했다. "퀴케그! 왜 말이 없어? 나야, 이슈메일." 여전히 대답이 없었다. 나는 불안해졌다. 그에게 충분히 시간을 주며 기다리지 않았던가. 갑자기 그가 뇌졸중으로 쓰러진 것은 아닐까 하는 생각이 들었다. 열쇠 구멍으로 안을 들여다보았지만 문이 방 한쪽 외진 구석에 있어 내부가 비뚤어지고 불길하게 보였다. 눈에 들어오는 것은 침대 발판의 일부와 벽의 줄무늬뿐이었다. 그런데 퀴케그의 작살 자루가 벽에 세워져 있는 것을 보고 깜짝 놀랐다. 지난밤 우리가 객실에 들기 전에 여주인에게 맡겨둔 것이었다. 아무래도 이상했다. 어쨌든 작살이 방 안에 있고 퀴케그는 작살 없이 외출하는 법이 거의 없으니 방 안에 있는 것이 틀림없었다.

"퀴케그! 퀴케그!" 아무 소리도 들리지 않았다. 분명 무슨 일이 벌어진 것이다. 뇌졸중! 완력을 써서라도 문을 열려 했지만 문은 꼼짝도 하지 않았다. 나는 계단을 뛰어 내려가다가 처음 마주친 객실 담당 하녀에게 재빨리 내 의구심을 말했다. "어머!" 하녀는 소리쳤다. "저도 무슨 일이 생긴 게 틀림없다고 생각했어요. 아침 식사가 끝나고 침대를 정리하러 갔는데 문이 잠겨 있더라고요. 쥐 죽은 듯이 조용했어요. 그 후로도 쭉 아무런 소리도 없었고요. 저는 두 분이 외출하면서 짐을 안전하게 두려고 문을 일부러 잠근 줄 알았죠. 세상에나! 마님, 마님! 사람이 죽었어요! 허시 부인! 뇌졸중이래요!" 하녀는 소리치며 부엌으로 달려갔고, 나도 그 뒤를 따라갔다.

허시 부인이 곧 나타났다. 한 손에는 겨자 그릇을, 다른 손에는 식초병을 들고 있었다. 양념 통을 정리하면서 흑인 소년을 나무라다 말고 나온 것 같았다.

"헛간!" 나는 소리쳤다. "헛간이 어디 있어요? 빨리 가서 문을 뜯어낼 도구 좀 가져다주세요! 도끼! 도끼! 내 친구가 뇌졸중으로 쓰러졌어요. 확실해요!" 나는 그렇게 외치고 정신없이 빈손으로 계단을 뛰어 올라가려 했다. 그때 허시 부인이 겨자 그릇과 식초병을 든 채 양념 통 같은 얼굴을 들이밀며 끼어들었다.

"젊은 양반, 무슨 일이에요?"

"도끼를 가져와요! 내가 문을 뜯는 동안 제발 누가 가서 의사 좀 불러요!"

"이봐요." 여주인이 한 손을 자유롭게 쓰기 위해 얼른 식초병을 내려놓으며 말했다. "여기 보라고요. 지금 내 집 문을 함부로 뜯겠다는 소리예요?" 그녀는 내 팔을 움켜잡았다. "대체 무슨 일이에요? 무슨 일이냐고, 선원 양반?"

나는 차분하지만 최대한 빠르게 자초지종을 설명했다. 여주인은 자기도 모르게 겨자 그릇으로 한쪽 콧잔등을 두드리며 잠시 생각에 잠기더니 소리쳤다. "세상에! 그 물건을 거기에 놔둔 뒤로는 본 적이 없네." 여주인은 층계참 아래 작은 벽장으로 달려가 안을 잠시 살펴보더니 돌아와 퀴케그의 작살이 없어졌다고 말했다. "자살한 거야!" 그녀는 소리쳤다. "불쌍한 스티그스 같은 놈이 또 생겼네. 이불을 또 버려야 하다니. 그놈의 엄마만 딱하게 됐지! 이러다 우리 집망하게 생겼어. 그 불쌍한 놈한테 누이가 있을까? 누이는 어디 살지? 베티, 칠장이 스날스한테 가서 간판 하나만 그려달라고 해. '여기서 자살 금지, 객실에서 흡연 금지'라는 경고문을 넣어달라고 해. 그러면 돌멩이 하나로 새를 두 마리 죽이는 셈이지. 죽인다고? 아아, 주님, 그의 영혼에 자비를 베푸소서! 그나저나 이게 대체 무슨 소리야? 이봐, 젊은 양반, 문에서 당장 손 떼요!"

여주인이 나를 따라 뛰어 올라와서는 내가 다시 억지로 문을 열려고 하자 나를 붙잡았다.

"그런 짓은 내가 용납하지 않지. 어디서 내 집을 망가뜨리려고 해요. 열쇠공을 불러요. 여기서 2킬로미터 정도 떨어진 곳에 있으니. 어, 잠깐 멈춰봐요!" 여주인은 주머니에 손을 집어넣으며 말했다. "이 열쇠가 맞는 것 같은데 한번 보자고." 여주인이 자물쇠에 열쇠를 넣고 돌렸다. 아아! 하지만 퀴케그가 안에서 보조 빗장을 채운 탓에 문은 꼼짝도 하지 않았다.

"문을 부수는 수밖에 없어요." 나는 더 힘을 실어 문에 부딪히려고 뒤로 물러났고, 여주인은 절대 집을 망가뜨려서는 안 된다며 다시 나를 붙잡았다. 하지만 나는 여주인을 뿌리치고 체중을 실어 온몸으로 문에 부딪쳤다.

요란한 소리가 나며 문이 활짝 열렸고 손잡이는 벽에 쾅 소리를 내며 부딪혔다. 그 바람에 석고 가루가 천장까지 튀었다. 이럴 수가! 방 한가운데에 퀴케그가 아주 침착하고 태연한 자세로 앉아 있었다. 엉덩이를 바닥에 대고 앉은 그는 요조를 정수리 위에 올려놓고 있었다. 주위에서 난리가 나든 말든 전혀 신경 쓰지 않는 그는 생기가 전혀 느껴지지 않는 조각상 같았다.

"퀴케그." 나는 다가가며 말했다. "퀴케그, 대체 무슨 일이야?"

"종일 저러고 앉아 있었던 건 아니겠지?" 여주인이 말했다.

우리가 무슨 말을 해도 그는 한마디도 대꾸하지 않았다. 나는 그를 떠밀기라도 해서 자세를 바꿔주고 싶었다. 부자연스럽게 몸을 압박하는 자세여서 엄청 고통스러워 보였기 때문이다. 여느 날과 다르게 밥도 먹지 않고 여덟 시간 내지 열 시간 동안 저렇게 죽치고 앉아 있었을 테니 그 고통은 더 말할 것도 없었다.

"허시 부인." 나는 말했다. "여하튼 제 친구는 살아 있네요. 이제 자리를 피해

주시면 어떻게 된 일인지 알아보겠습니다."

여주인을 내보내고 문을 닫은 뒤, 나는 어떻게든 퀴케그를 의자에 앉히려 했으나 허사였다. 그는 거기에 그대로 앉아 있었다. 정중하게 말을 건네고 아첨을 늘어놓기도 하는 등 할 수 있는 일은 다 해보았다. 하지만 그는 미동도 하지 않았고, 한마디 대답도 없었으며, 나를 쳐다보기는커녕 나라는 존재 자체를 전혀 의식하지 않았다.

이것도 라마단 의식의 일부인지 궁금했다. 그가 살던 섬에서도 사람들이 이런 식으로 엉덩이를 바닥에 대고 앉아 금식을 할까? 틀림없이 그럴 것이다. 그래, 저것은 그가 믿는 교리의 일부일지도 몰라. 그렇다면 가만히 놔두자. 분명 곧 일어날 테니. 저런 자세를 영원히 지속할 수는 없을 테니까. 다행히 라마단 의식은 일 년에 한 번 치를 뿐이고, 해마다 의식이 돌아오는 날짜도 일정하지 않을 거야.

나는 저녁을 먹으러 아래층으로 내려갔다. 플럼푸딩 항해(스쿠너선이나 브리그선을 타고 적도 이북의 대서양에서만 고래잡이를 하는 단기 항해)에서 막 돌아온 선원들의 장황한 이야기를 한참이나 들으며 앉아 있다가 열한 시가 다 되었길래 자리에서 일어나 잠자리에 들려고 계단으로 올라갔다. 지금쯤이면 퀴케그가 라마단 의식을 끝냈을 것이라고 확신했다.

하지만 전혀 아니었다. 그는 여전히 아까 그 자리에 그대로 앉아 조금도 움직이지 않았다. 나는 슬슬 짜증이 나기 시작했다. 이 차가운 방에서 하루 낮과 밤의 절반을 정수리에 나무 조각을 올려놓고 엉덩이는 바닥에 댄 채 앉아 있는 것은 정말이지 무의미하고 정신 나간 일이다.

"제발 부탁이니 퀴케그, 일어나 움직여봐. 그만 일어나 저녁을 먹으라고. 배 안 고파? 이러다 죽겠어, 퀴케그." 하지만 그는 한마디도 대꾸하지 않았다.

나는 할 수 없이 체념하고 침대에 누워 자기로 했다. 그도 분명 곧 침대에 누울 테지. 하지만 나는 잠자리에 들기 전에 내 두꺼운 곰 털가죽 재킷을 그의 어깨에 둘러주었다. 무척 추운 밤이 될 것 같은데 퀴케그가 평소에 입던 얇은 상의만 걸치고 있었기 때문이다. 침대에 누워 한동안 뒤척였지만 잠이 오지 않았다. 촛불은 이미 껐지만 추위와 어둠 속에서, 1미터도 떨어지지 않은 곳에 불편한 자세로 쓸쓸히 앉아 있는 퀴케그를 생각하기만 해도 기분이 영 좋지 않았다. 생각해보라. 이 따분하고 이해할 수 없는 라마단 의식을 치르느라 온통 정신을 쏟고 있는 이교도를 옆에 두고 밤새 한 방에 있어야 하다니!

하지만 나는 결국 잠이 들었고 동틀 때까지 세상모르게 잤다. 깨어나 침대 옆을 보니 퀴케그가 바닥에 나사로 고정되기라도 한 것처럼 책상다리를 하고 앉아 있었다. 하지만 아침 첫 햇살이 창문에 비치자 그는 몸을 일으켰다. 관절이 뻣뻣하고 삐걱거려도 표정은 쾌활했다. 그는 내가 누워 있는 침대 쪽으로 절뚝거리며 다가오더니 이마를 내 이마에 대고서 라마단이 끝났다고 말했다.

이미 말했지만 나는 누군가가 자신과 같은 종교를 믿지 않는다는 이유로 다른 사람을 죽이거나 모욕하지 않는 한 그가 무슨 종교를 믿든 개의치 않는다. 하지만 누군가의 종교가 광적이어서 자신에게 심각한 고통을 안기고 결국 우리가 사는 세상을 투숙하기 어려운 여관으로 만든다면, 그를 한 구석으로 불러 문제가 뭔지 찬찬히 알려주어야 한다고 생각한다.

실제로 나는 퀴케그에게 그렇게 했다. "퀴케그, 침대에 누워서 내 말 좀 들어봐." 그런 다음 나는 원시종교의 발생과 발전에서 현대의 다양한 종교에 이르기까지 긴 이야기를 펼치며 사순절과 라마단, 그리고 춥고 쓸쓸한 방에 오랫동안 책상다리를 하고 앉아 있는 의식이 얼마나 말이 안 되고 건강에도 나쁘며 영혼에도 무익한지를 보여주려 애썼다. 요컨대 위생 원칙과 일반 상식에 어긋나는 일이라고 말했다. 또한 나는 다른 일에서는 지극히 분별력 있고 현명한 야만인이 이런 황당한 라마단 같은 일에는 한심할 정도로 어리석은 것을 보니 정말 마음이 아프다고 말했다. 그뿐 아니라 금식은 몸을 망친 다음 정신도 망가뜨리니 금식 중에 하는 생각은 필연적으로 절반은 굶주린 생각일 테고 온전할 리 없다고 주장했다.

내가 보기에 소화불량에 걸린 광신도들이 내세에 관해 그토록 우울한 생각을 품는 것은 다 배고픔 때문이다. 다소 본론에서 벗어났지만 나는 퀴케그에게 결론적으로 말했다. 한마디로 말해, 지옥은 사과 푸딩을 먹고 소화불량에 걸린 사람이 처음 떠올린 개념이며, 그 후로 라마단이 만들어낸 여러 세대의 위장병 환자들이 계승해왔다고.

이어서 나는 퀴케그에게 소화불량으로 고생한 적이 있는지 물었다. 나는 그가 이해할 수 있도록 소화불량이 무엇을 뜻하는지 아주 분명하게 설명했다. 그는 단 한 번 기억나는 사건을 빼면 소화가 안 되어 고생한 적은 없다고 말했다. 왕인 아버지가 크게 베푼 잔치가 끝나고 나서 속이 좋지 않았는데, 그 잔치는 오후 두 시경까지 전투에서 적을 50명이나 죽이고 거둔 승리를 축하하는 자리였다. 퀴케그 부족은 죽인 적들을 그날 저녁에 전부 요리해서 먹었다고 했다.

"퀴케그, 그만해." 나는 몸서리치며 말했다. "그 정도면 됐어." 더 듣지 않아도 무슨 일이 벌어졌는지 알 것 같았다. 그의 섬에 가보았다는 선원을 만난 적이 있는데, 거기서는 큰 전투가 벌어지고 나면 승리한 쪽이 마당이나 정원에서 적들의 시신을 모두 통째로 굽는다고 했다. 그런 다음 커다란 나무 쟁반에 통구이를 하나씩 올려놓고 필라프처럼 빵나무 열매와 코코넛으로 주변을 장식하고 입 부분에는 파슬리를 뿌려 크리스마스 때 칠면조 요리를 선물하듯 친구들에게 승전 기념 선물로 돌린다는 이야기도 들었다.

종교에 관한 내 이야기는 결국 퀴케그에게 그리 큰 인상을 주지 못한 것 같았다. 첫째, 그는 자신의 관점에서 종교 문제를 이해하지 않으면 그 중요한 문제에 귀 기울이려 하지 않았다. 둘째, 아무리 쉽게 설명해도 그는 내 말의 3분의 1 이상은 알아듣지 못했다. 마지막으로, 그는 참된 종교에 대해 나보다 훨씬 더 많이 알고 있다고 자부했다. 그는 나처럼 분별력 있는 젊은이가 복음주의라는 이단 신앙에 빠져서 헤매는 것이 무척 딱하다는 듯이 잘난 척하며 걱정하고 연민하는 눈빛으로 나를 쳐다보았다.

마침내 우리는 침대에서 일어나 옷을 입고 아침 식사를 하러 갔다. 퀴케그는 여주인이 라마단 덕분에 이윤을 챙기는 것을 용납하지 않겠다는 듯이 온갖 종류의 차우더를 시켜 푸짐하게 식사를 했다. 식사 후 우리는 넙치 가시로 이를 쑤시며 느긋하게 피쿼드호가 있는 곳으로 향했다.

## 18장  그의 표시

작살을 든 퀴케그와 함께 부둣가에 댄 배로 걸어 내려가고 있을 때, 펠레그 선장이 갑판의 천막 쪽에서 크고 걸걸한 목소리로 우리를 불렀다. 그는 내 친구가 식인종인 줄은 몰랐다며 식인종은 미리 서류를 제출하지 않으면 배에 태울 수 없다고 딱 잘라 말했다.

"무슨 뜻입니까, 펠레그 선장님?" 나는 동료를 부두에 세워놓고 뱃전을 뛰어넘으면서 물었다.

"말 그대로야." 그는 대답했다. "서류를 반드시 먼저 보여줘야 한다고."

"맞네." 빌대드 선장이 펠레그 뒤에서 천막 밖으로 머리를 내밀며 심드렁한 목소리로 맞장구를 쳤다. "개종했다는 사실을 반드시 증명해야 하지." 그는 퀴케그를 돌아보며 말했다. "어둠의 자식이여, 그대는 지금 어느 기독교 교단에 소속되어 있는가?"

"그야 물론 저 친구는 제일회중교회 교인입니다." 나는 말했다. 여기서 미리 말해두지만, 낸터킷에서 배를 타는 많은 문신한 야만인들 대부분이 결국 기독교로 개종하게 된다.

"제일회중교회라니!" 빌대드는 소리쳤다. "아니, 저자가 듀터로노미 콜먼 집사의 예배당에서 예배를 드린단 말인가?" 그는 이렇게 말하면서 안경을 꺼내 큼직한 노란 손수건으로 안경알을 문질러 닦고서는 아주 조심스럽게 안경을 쓴 다음, 천막에서 나와 뱃전 너머로 뻣뻣하게 몸을 내밀고 퀴케그를 자세히 살펴보았다.

"교인이 된 지 얼마나 되었나?" 그는 이렇게 말하고는 나를 돌아보았다. "내 생각에는 얼마 되지 않은 것 같군, 젊은이."

"맞아." 펠레그가 말했다. "게다가 저 친구는 세례를 받지도 않았어. 세례를 받았다면 얼굴에 있는 저 악마 같은 검푸른 빛도 어느 정도 씻겨 나갔겠지."

"이제 말해보게." 빌대드가 소리쳤다. "이 블레셋 사람[32]이 정말 듀터로노미 집사의 예배당에 정기적으로 다니고 있는가? 내가 주일마다 그 앞을 지나가는데 저 친구를 한 번도 본 적이 없네."

"저는 듀터로노미 집사나 그의 예배당에 관해 아는 게 없습니다." 나는 말했다. "제가 아는 것은 이 친구가 태어날 때부터 제일회중교회의 교인이라는 겁니다. 그는 집사이기도 합니다."

"젊은이." 빌대드가 준엄하게 말했다. "그대는 나를 희롱하고 있네. 설명해보게. 젊은 헷 사람[33]이여. 그대는 대체 어느 교회를 말하는 건가? 대답하게."

나는 이처럼 거센 압박을 받고는 이렇게 대답했다. "선장님, 저는 선장님과 저, 저기 펠레그 선장님과 여기 퀴케그, 그리고 우리 모두와 모든 어머니의 아들과 우리 영혼이 속한 유서 깊은 보편 교회를 말하는 것입니다. 하나님을 경배하는 이 세상의 위대하고 영원한 제일회중교회 말입니다. 우리는 모두 거기에 속해 있습니다. 일부 사람들이 그에 대해 엉뚱한 생각을 품고 있지만 이 숭고한 신앙은 변함이 없습니다. 보편적인 신앙 안에서 우리는 모두 함께 손을 잡고 있습니다."

"손을 잡고 있다고? 밧줄처럼 여러 가닥이 서로 엮여 있다는 말이지?" 펠레그가 가까이 오며 소리쳤다. "젊은이, 자네는 포경선 선원보다는 선교사로 나가야겠어. 이보다 훌륭한 설교는 들어본 적이 없네. 듀터로노미 집사, 아니 매플 목사도 손을 들겠어. 그 목사도 대단한 사람이기는 하지만. 어서 배에 오르게. 어서. 서류 같은 건 신경 쓰지 말고. 그나저나 저기 퀴호그, 자네, 저 친구를 뭐라고 했더라? 퀴호그라고 했나? 여하튼 저 퀴호그한테 배로 올라오라고 하게. 그나저나 저 친구 작살 좀 보게! 아주 좋은 물건 같구먼. 게다가 잘 다루기까지 하잖아. 퀴호그, 아니, 이름이야 어찌 됐든 간에 자네 포경 보트 뱃머리에

— **32** 기원전 12세기경 팔레스티나 서남 해안에 살던 필리스티아 민족. 오랫동안 이스라엘을 압박했다.

**33** 소아시아 지방의 고대 민족. 히타이트족.

서본 적은 있나? 고래를 작살로 찔러본 적은 있어?"

퀴케그는 한마디도 하지 않고 야만인답게 거친 몸짓으로 뱃전 위로 뛰어오르더니 거기서 배 옆에 매달린 여러 포경 보트 중 하나에 뛰어내려 뱃머리에 섰다. 그런 다음 왼쪽 무릎에 단단히 힘을 주고 작살을 던질 자세를 취하면서 이렇게 소리쳤다.

"선장, 저기 물 위 작은 타르 방울 보이나? 보여? 저걸 고래 눈이라고 하자. 그럼!" 그는 예리하게 조준하고 작살을 던졌다. 작살은 빌대드 영감의 넓은 모자챙 바로 위를 쏜살처럼 지나 배의 갑판을 가로질러 작은 점처럼 반짝이는 타르 방울을 맞춰 사라지게 했다. "자 봐라." 퀴케그는 작살에 달린 줄을 세게 끌어당기며 말했다. "저게 고래 눈이면 저 고래 이미 죽었다."

"빌대드, 빨리." 펠레그가 동료에게 말했다. 그 동료는 작살이 머리 바로 위로 날아가는 것에 기겁해 선실 통로로 물러나 있었다. "이봐, 빌대드. 빨리 서류 좀 가져와. 저 헤지호그(고슴도치), 아니, 퀴호그를 반드시 우리 배에 태워야 해. 이봐, 퀴호그. 자네한테 90번 배당을 주지. 여태까지 낸터킷에서 이만큼 높은 배당을 받은 작살잡이는 없었어."

그렇게 우리는 선실로 들어갔다. 퀴케그는 곧 피쿼드호의 선원으로 등록되었고 아주 기쁘게도 나의 동료가 되었다.

사전 준비가 다 끝나고 서명할 때가 되자 펠레그는 나를 보며 말했다. "퀴호그 저 친구 글 쓸 줄 모르지? 이런 망할! 퀴호그, 자네 서명을 할 텐가, 아니면 표시를 할 텐가."

퀴케그는 전에도 이런 비슷한 의식을 두세 번 치른 적이 있어서 그런지 전혀 당황하는 기색이 없었다. 그는 펠레그 선장이 내민 펜을 받아 서류의 올바른 위치에 자신의 팔에 새긴 기이한 둥근 문양을 똑같이 그려 넣었다. 그리하여 그의 서명은 펠레그 선장이 끝까지 잘못 부르는 퀴호그라는 이름을 포함해 다음과 같은 형태가 되었다.

# 퀴호그

## 그의 ∞ 표시

그러는 사이에 빌대드 선장은 퀴케그를 진지하게 응시하며 앉아 있었다. 마침내 그는 엄숙하게 일어나 옷자락이 넓은 담갈색 외투의 큰 주머니를 뒤지더니 소책자 한 뭉치를 꺼내고, 그중에서 『최후의 심판 일이 다가온다, 낭비할 시간이 없다』라는 제목의 책자를 골라 퀴케그의 손에 쥐어주었다. 그런 다음 두 손으로 퀴케그의 두 손을 감싸고 그의 눈을 진지하게 들여다보며 말했다. "어둠의 자식이여, 나는 그대에 대한 의무를 다해야 한다. 나는 이 배의 공동 소유주이고 이 배에 타는 모든 선원의 영혼을 염려한다. 안타깝게도 그대가 아직 이교도 방식을 고수하는 것이 우려되는 바, 그대가 영원히 벨리알[34]의 노예로 남지 않기를 간청한다. 우상 바알과 가증한 용을 물리치고 주의 노여움을 피하라. 그대의 눈을 삼가라. 아아! 간곡히 말하노니 지옥의 불구덩이를 피하라."

『성경』 구절과 일상의 표현이 이질적으로 뒤섞인 빌대드 영감의 말에는 여전히 소금기 가득한 바다 분위기가 남아 있었다.

"그만해, 그만하라고, 빌대드. 우리 작살잡이를 망칠 셈이야?" 펠레그가 소리쳤다. "경건한 작살잡이는 절대 훌륭한 선원이 될 수 없어. 야성이 사라진단 말이야. 야성이 없는 작살잡이를 어디다 쓰나. 냇 스웨인이라는 젊은이가 있었는데 한때 낸터킷과 비니어드에서 가장 용맹한 작살잡이였지. 그런데 그 친구가 예배에 참석하더니만 예전 같이 멋진 실력이 안 나오는 거야. 불쌍한 내 영혼 어쩌고 하면서 잔뜩 겁을 먹은 게지. 보트에 구멍이 뚫려 데이비 존스[35]라도 만나게 될까 봐 고래만 보면 움츠러들고 피해버리더군."

---

**34** 벨리알은 고린도후서 6장 15절, "그리스도와 벨리알이 어떻게 조화되며…"에 나오는 이름이다. 유대교에서 사탄을 가리킨다. 바로 이어지는 우상 바알은 이스라엘 사람의 적인 가나안 사람들의 신이다.

**35** 데이비 존스는 요나의 유령을 가리키는 선원들의 용어다. 전설에 따르면 요나의 유령은 익사자를 바다 밑바닥의 창고로 데려간다.

"펠레그! 펠레그!" 빌대드가 두 눈을 치켜뜨고 두 손을 번쩍 들어 올리며 말했다. "자네도 나처럼 위험천만한 일을 무수히 겪었지. 펠레그, 자네는 죽음의 공포가 어떤 건지 누구보다 잘 알잖나. 그런데 어떻게 그런 신앙심 없는 망발을 할 수가 있나. 양심을 속이지 말게, 펠레그. 말해봐. 이 피쿼드호가 일본 앞바다에서 태풍을 만나 돛대 세 개가 부러져서 휘청일 때, 자네는 에이해브 선장과 함께 항해사로 근무했지. 그때 자네는 죽음과 심판을 생각하지 않았나?"

"이 친구 말하는 거 좀 보게." 펠레그가 두 손을 주머니에 깊이 찔러 넣고 선실을 가로지르며 소리쳤다. "자네들, 이 친구가 하는 말 좀 들어보게. 생각해봐! 그 당시 우리는 배가 언제 가라앉을지 모른다는 생각뿐이었어. 뭐? 죽음과 심판? 돛대 세 개가 전부 뱃전에 부딪혀 천둥 같은 소리를 내고 바닷물이 사방에서 덮쳐오는 순간에 무슨 죽음과 심판을 생각하나? 죽음 같은 걸 생각할 시간이 어디 있어? 에이해브 선장과 나는 살 생각만 했다고. 어떻게 하면 선원들을 모두 구할 수 있을까, 어떻게 하면 임시 돛대를 세울 수 있을까, 어떻게 하면 제일 가까운 항구로 갈 수 있을까, 그런 것만 생각했다고."

빌대드는 더는 아무 말도 하지 않고 외투의 단추를 채우고는 갑판으로 나갔다. 우리도 그를 뒤따랐다. 그는 갑판에 서서 갑판 중앙의 중간 돛을 손보고 있는 수선공을 조용히 올려다보았다. 때때로 그는 몸을 굽혀 그가 줍지 않으면 버려졌을 헝겊 조각이나 타르를 칠한 노끈 조각을 주웠다.

### 19장 예언자

"이보게 친구들, 저 배에 타고 있었나?"

퀴케그와 내가 피쿼드호에서 내려 각자 생각에 잠긴 채 느긋하게 걸으며 부두에서 벗어나고 있을 때, 웬 낯선 사내가 우리 앞에 서더니 굵직한 집게손가락으로 피쿼드호를 가리키며 말을 걸어왔다. 그는 빛바랜 상의와 여기저기 기운 바지를 입고 목에는 넝마 같은 검은 손수건을 두르는 등 행색이 아주 초라했다.

얼굴은 곰보 자국이 가득해 마치 세찬 물결이 지나간 후 말라버려 어지럽게 골이 팬 강바닥 같았다.

"저 배에 타고 있었나?" 그가 다시 물었다.

"피쿼드호를 말하는 거요?" 그를 찬찬히 살펴볼 시간을 벌어볼 요량으로 나는 이렇게 되물었다.

"그래, 피쿼드, 저 배 말이야." 그가 한 팔을 뒤로 당겼다가 빠르게 앞으로 내밀었는데, 손가락은 총검처럼 목표를 가리키고 있었다.

"맞소. 방금 계약서에 서명하고 나오는 길이오."

"계약서에 영혼에 관한 언급은 없던가?"

"뭐요?"

"그래, 자네들에게는 영혼이 없을지도 모르지." 그는 얼른 말했다. "뭐, 상관없어. 영혼 없는 자들도 많으니까. 차라리 없는 게 나을지도 몰라. 영혼이란 사륜마차의 다섯 번째 바퀴 같은 거니까."

"이보시오, 대체 무슨 소리를 지껄이는 거요?" 나는 물었다.

"하지만 '그 친구는' 영혼을 충분히 가지고 있지. 남들에게 없는 영혼을 모두 벌충할 정도로 말이야." 낯선 자는 신경질적으로 '그 친구는'이라는 표현을 강조하며 불쑥 말했다.

"퀴케그." 나는 말했다. "빨리 가자. 이 사람은 어딘가에서 탈출한 자 같아. 우리가 알지 못하는 일과 사람에 대해 떠들고 있어."

"멈춰!" 낯선 자가 소리쳤다. "당신 말이 맞아. 아직 천둥 영감을 만나지 않았지?"

"천둥 영감이 누구요?" 정신이 이상한 것 같지만 진지한 그의 태도에 끌려 나는 되물었다.

"에이해브 선장 말이야."

"뭐! 우리 피쿼드호 선장 말이오?"

"맞아. 우리 같이 늙은 선원들 중 몇몇은 그를 그런 이름으로 부르지. 아직 못 본 모양인데, 그렇지?"

"맞소. 아직 보지 못했소. 아프지만 점점 나아지고 있다는 말은 들었소. 머지 않아 다시 괜찮아질 거라고."

"머지않아 다시 괜찮아진다고?" 낯선 사내는 조롱하듯이 큰 소리로 웃었다. "이봐, 에이해브 선장이 완쾌되면 나의 이 왼팔도 머지않아 완쾌되겠군."

"그에 대해 아는 게 있소?"

"자네야말로 들은 말이 있을 게 아닌가, 말해봐!"

"들은 건 별로 없소. 훌륭한 고래 사냥꾼이고 선원들에게 좋은 선장이라는 말만 들었지."

"맞는 말이야. 그래, 둘 다 맞는 말이지. 하지만 그가 명령을 내리면 당장 벌 떡 일어나 움직여야 해. 나타나서 으르렁거리고, 으르렁거린 다음에는 사라지 고. 그게 바로 에이해브 선장이야. 오래전에 혼곶에서 그가 사흘 밤낮을 죽은 것처럼 누워 있었다는 이야기는 못 들었지? 산타항³⁶의 교회 제단 앞에서 스페 인 사람과 죽기 살기로 격투를 벌인 일도 들어본 적이 없지? 여하튼 듣지 못했 잖아, 응? 그가 은제 호리병에 침을 뱉은 일이나 예언대로 지난 항해에서 다리 를 잃어버린 일도 못 들었지? 그런 일들에 대해 한마디도 듣지 못했나보군, 안 그래? 그래, 들었을 리 없지. 어떻게 들었겠어? 낸터킷 사람이라고 다 아는 건 아니니까. 하지만 다리 이야기는 들었겠지. 어떻게 그 다리를 잃어버렸는지 말 이야. 그래, 들었을 거야. 그래, 모두가 알고 있는 이야기지. 향유고래가 한쪽 다 리를 뜯어먹어 온전한 다리가 하나밖에 없다는 사실 말이야."

"이보쇼, 뭘 이렇게 횡설수설하는지 모르겠지만 나는 신경 안 쓰오. 아무래 도 당신 머리가 어떻게 된 것 같으니까. 하지만 저기 있는 피쿼드호의 에이해브 선장 이야기를 하는 거라면 이거 하나는 말해주지. 나도 선장이 어떻게 다리를 잃었는지 다 알고 있소."

"다 안다고 정말 확신하나? 전부 안다고?"

---

**━ 36** 페루의 항구.

"물론이오."

피쿼드호를 손가락으로 가리키며 눈을 떼지 못하던 거지 행색의 낯선 사내는 몽상에 잠긴 듯이 잠시 멍하니 서 있었다. 그러다가 흠칫 놀라더니 돌아보며 내게 말했다. "저 배에서 왔다고 했지? 계약서에 서명도 하고? 그래, 그래, 계약은 계약이고 일어날 일은 일어나겠지. 어쩌면 일어나지 않을 수도 있고. 여하튼 이미 어떻게 할 수 없는 일이로군. 이 사람이든 저 사람이든 누구라도 그를 따라 항해에 나서야겠지. 주여, 그들을 불쌍히 여기소서! 좋은 아침 되게, 친구들, 좋은 아침. 하늘의 축복이 함께하길. 가던 길을 막아서 미안하네."

"이보쇼." 나는 말했다. "뭔가 중요한 이야기를 하려고 했다면 어서 말하시오. 그게 아니라 우리를 골탕 먹이려 한 거면 당신이 실수한 거요. 그것만 알아두시오."

"말 한번 시원하게 하는군. 나는 이런 식으로 말하는 사람을 좋아하지. 그 사람한테는 자네 같은 자가 딱 어울려. 어쨌든 좋은 아침 되게. 배에 타거든 나는 타지 않기로 했다고 전해주고."

"이보쇼, 그런 식으로는 속이려 들지 마. 무슨 대단한 비밀을 가지고 있는 것처럼 구는 건 세상에서 가장 쉬운 일이야."

"좋은 아침 되게, 친구들."

"좋은 아침 되시오." 내가 말했다. "가자, 퀴케그. 이 미친 자는 내버려두자고. 그런데 잠깐! 당신 이름이 뭐요?"

"일라이저."

일라이저[37]라니! 우리는 걸어가면서 누더기를 걸친 그 늙은 선원에 관한 서로의 생각을 나누었고, 그가 우리에게 괜히 겁을 주려는 허풍선이에 불과하다

---

**37** 아합(에이해브) 왕의 실정을 비판한 예언자 엘리야의 영어식 표기다. 열왕기상 19~22 장을 보면, 아합이 우상을 숭배하는 아내 이세벨의 사주로 나봇의 집안 재산인 포도밭을 강제로 빼앗고 이어 나봇을 죽인다. 이에 엘리야는 개들이 나봇의 피를 빠는 곳에서 아합 왕의 피도 빨 것이라며 하나님의 징벌을 예언한다. 실제로 아합 왕은 이웃 부족과의 전투에서 전사한다.

는 데 의견을 모았다. 하지만 100미터쯤 가다가 길모퉁이를 돌면서 뒤돌아보니 일라이저가 거리를 두고 우리를 따라오는 것이 보였다. 나는 그의 모습을 보고 너무 놀라서 그가 뒤따라오고 있다는 사실을 퀴케그에게 말하지 않고 계속 걸었다. 낯선 사내가 과연 우리가 돌았던 모퉁이를 도는지 보고 싶었다. 그도 같은 모퉁이를 돌았다. 아무래도 우리를 미행하는 것 같은데 무슨 속셈인지 짐작되지 않았다. 이런 상황은 암시와 폭로가 뒤섞인 낯선 사내의 애매모호한 이야기와 결합해 내 안에 막연한 호기심과 불안감을 일으켰다. 이 모든 것은 피쿼드호와 에이해브 선장, 그가 잃어버린 다리, 혼곶에서 일으켰다는 발작, 은제 호리병, 어제 내가 배를 떠날 때 펠레그 선장이 에이해브에 관해 한 말, 인디언 노파 티스티그의 예언, 우리가 떠나기로 한 항해, 그밖에 수많은 수상쩍은 일들과 관련되어 있었다.

나는 누더기 차림의 일라이저가 정말로 우리를 미행하는지 확인해야 속이 풀릴 것 같아 퀴케그와 함께 길을 건너 우리가 왔던 길로 다시 발걸음을 돌렸다. 하지만 일라이저는 우리를 본 척도 하지 않고 지나쳐 갔다. 그제야 나는 안심하고, 다시 한번 그자를 허풍선이라고 단정 지었다.


## 20장  출항 준비

하루 이틀이 지나고 피쿼드호는 여러 일로 몹시 분주해졌다. 낡은 돛을 수선했을 뿐 아니라 새 돛을 들여왔고, 범포 다발과 삭구 타래가 준비되었다. 간단히 말해, 서둘러서 출항 준비를 마치고 있었다. 펠레그 선장은 좀처럼 배에서 내리는 일 없이 갑판의 천막에 죽치고 앉아 날카로운 눈빛으로 일꾼들을 지켜보았다. 빌대드는 가게에서 필요한 모든 물건을 사들여 공급했다. 선창과 삭구 일을 맡은 일꾼들은 해가 떨어지고 난 뒤에도 한참이나 잔업을 했다.

퀴케그가 계약서에 서명한 다음 날, 선원들이 묵고 있는 여관마다 배가 언제 떠날지 모르니 밤이 되기 전에 개인 짐을 배에 실으라는 전갈이 왔다. 그래서 나와 퀴케그는 소지품을 배에 실었지만, 잠은 마지막까지 육지에서 자기로 했다. 이런 일은 늘 여유 있게 알려주는 것이므로 며칠이 지나도 배는 떠나지 않았지만 우리는 별로 놀라지 않았다. 피퀴드호가 출항 준비를 온전히 마치려면 해야 할 일이 많고 고려할 일이 한두 가지가 아니기 때문이다.

집안 살림을 하는 데 얼마나 많은 물건이 필요한지는 다들 알 것이다. 침대, 냄비, 포크와 나이프, 삽과 부젓가락, 냅킨, 호두까기 등. 식료품점, 행상, 병원, 빵집, 은행 등과 멀리 떨어진 망망대해에서 3년 동안 생활해야 하는 포경선의 경우도 마찬가지다. 물론 상선도 같은 사정이지만 포경선과는 비교 대상이 될 수 없다. 포경선은 항해 기간이 아주 길 뿐만 아니라 포경 작업에 꼭 필요한 물건이 아주 많은데, 포경선이 자주 들르는 외딴 항구에서는 그런 물건들을 구할 수가 없다. 모든 배 가운데서도 포경선이 온갖 사고에 가장 많이 노출된다는 점도 반드시 기억해야 한다. 특히 항해의 성공을 좌우하는 필수 품목이 파괴되거나 분실되는 사고가 자주 일어난다. 따라서 예비 보트, 예비 목재, 예비 밧줄과 작살, 그밖에 거의 모든 물품을 반드시 예비로 갖추어야 한다. 예비 선장과 예비 포경선만 없을 뿐이다.

우리가 배에 도착했을 무렵에는 쇠고기와 빵, 물, 연료, 쇠테와 통널 등 무거운 짐을 싣는 작업은 거의 끝난 상태였다. 하지만 앞에서 말했듯이 크고 작은 잡동사니를 싣는 여러 일꾼이 갑판을 분주히 오갔다.

이런 물품 조달과 운반을 주로 담당한 사람은 빌대드 선장의 누이였다. 마른 체구에 단호하고 지칠 줄 모르는 성정을 가졌지만 무척 상냥한 노부인은, 피퀴드호가 일단 바다로 나간 뒤에 부족한 물건이 생기지 않게 하겠다고 단단히 결심한 것 같았다. 노부인은 피클 한 단지를 가져와 식료품 저장고에 넣어두기도 하고, 일등항해사가 항해 일지를 쓰는 책상에 깃펜 한 다발을 가져다 놓기도 하고, 류머티즘에 걸린 사람은 허리 찜질을 하는 데 쓰라고 플란넬 한 필을 가져오기도 했다. 다들 그녀를 '채리티(자선) 부인'이라고 불렀는데 아주 잘 어울리는 이름이었다. 마음씨 좋은 채리티 부인은 자선단체 회원처럼 여기저기 분주히 다니면서, 사랑하는 오라버니 빌대드가 선주이고 그녀 자신도 애써 모은 수십 달러를 투자한 배의 선원들 모두에게 안전과 편안함과 위안을 줄 수 있는 일이라면 무엇이든 수고를 아끼지 않았다.

하지만 마지막 날, 이처럼 마음씨 좋은 퀘이커교도 노부인이 한 손에는 기다란 기름 국자를, 다른 손에는 그보다 훨씬 긴 고래잡이 창을 들고 나타났을 때는 놀라지 않을 수 없었다. 빌대드나 펠레그 선장도 그에 못지않게 열성을 보였다. 빌대드는 필요한 물건이 적힌 긴 목록을 들고 다니면서 물건이 새로 도착할 때마다 목록의 해당 항목에 완료 표시를 했다. 펠레그는 가끔씩 고래 뼈로 만든 텐트에서 달려 나와 승강구 아래에 있는 사람들에게 고함을 치고, 돛대 꼭대기에서 밧줄을 설치하는 사람들에게도 고함을 친 다음, 천막으로 다시 들어가면서 한 번 더 고함을 쳤다.

출항 준비 기간에 퀴케그와 나는 자주 배에 들렀고, 그때마다 에이해브 선장이 좀 어떤지, 언제 배에 탈 것인지를 물었다. 두 선장은 에이해브 선장이 점점 나아지고 있으며 언제라도 배에 탈 수 있다고 대답했다. 그동안 자신들이 출항 준비에 필요한 일들을 다 알아서 처리하고 있다는 말도 했다. 내가 나 자신에게 철저히 정직했다면, 배가 망망대해로 나가자마자 절대적 독재자가 될 사람을 한 번도 보지 않고, 이런 식으로 긴 항해에 나서는 것이 썩 내키지 않는다고 생각했을 것이다. 하지만 이미 어떤 일을 약속한 상태라면 뭔가 잘못되었다는 느낌이 들더라도 그런 의심을 일부러 은폐하려 애쓸 때가 있다. 내가 바로 그런 상태였다. 나는 아무 말도, 아무 생각도 하지 않으려 했다.

마침내 다음 날 배가 확실히 출항한다는 통보를 받았다. 그래서 이튿날 아침 나와 퀴케그는 아주 일찍 길을 나섰다.

## 21장  배에 타다

우리가 부두 근처에 도착한 것은 새벽 여섯 시였지만 잿빛 안개가 자욱해 날이 완전히 밝지는 않았다.

"내가 제대로 본 거라면 저 앞에 선원 몇 명이 달려가고 있어." 나는 퀴케그에게 말했다. "설마 환영은 아니겠지. 해뜨기 전에 배가 떠나려나 봐. 빨리 가자!"

"잠깐!" 누군가가 뒤에서 소리쳤다. 그는 한 손을 내 어깨에, 다른 한 손을 퀴케그의 어깨에 올리더니 우리 사이에 끼어들어 몸을 앞으로 살짝 숙였다. 그리고 어스름 속에서 기이한 눈빛으로 퀴케그를 들여다보다가 내게로 고개를 돌렸다. 일라이저였다.

"배에 타는 건가?"

"손 좀 떼시오." 나는 말했다.

"이봐." 퀴케그가 몸을 흔들며 말했다. "저리 가!"

"그럼 배에 타지 않는 건가?"

"아니, 탈 거요." 나는 말했다. "그게 당신과 무슨 상관이요? 일라이저 씨, 당신 좀 무례한 것 같은데 알고 있소?"

"아니, 아니, 아니야. 그건 몰랐지." 일라이저는 알 수 없는 눈빛으로 천천히 나와 퀴케그를 차례로 바라보았다.

"일라이저." 내가 말했다. "내 친구와 나한테서 떨어지면 고맙겠소. 우리는 인도양과 태평양으로 떠날 거요. 여기 붙들려 있을 형편이 아니라고."

"그런가, 정말 그래? 그럼 아침 식사 전에는 돌아오나?"

"퀴케그, 이 사람 영 맛이 갔어." 내가 말했다. "어서 가세."

"어이!" 우리가 몇 걸음 걸어갔을 때, 일라이저가 그 자리에 그대로 선 채 소리쳤다.

"신경 쓰지 마." 나는 말했다. "퀴케그, 서두르자고."

하지만 일라이저는 다시 살며시 다가와 갑자기 내 어깨를 손으로 탁 치며 말했다. "좀 전에 사람 같은 것이 저 배로 가는 것을 보지 못했나?"

이 뻔하고 평범한 질문에 나는 얼떨결에 대답하고 말았다. "맞소. 네댓 명 본 것 같소. 너무 흐릿해서 확실하지는 않지만."

"너무 흐릿하다. 너무 흐릿해." 일라이저가 말했다. "그럼 좋은 아침 되게."

다시 한번 우리는 그에게서 벗어났다. 하지만 그는 한 번 더 우리를 소리 없이 쫓아왔다. 그러고는 내 어깨를 다시 건드리며 말했다. "지금도 그것들이 보이는지 봐주겠나?"

"누구를 말하는 거요?"

"아니야, 좋은 아침 되게, 좋은 아침 되라고!" 그는 떠나면서 말했다. "아! 자네들한테 주의하라고 말할 생각이었는데 신경 쓰지 말게. 신경 쓰지 마. 결국 모두 하나야. 모두가 한 가족이라고. 이야, 오늘 아침 너무 춥지 않은가? 그럼 잘 가게. 당분간은 보지 못하겠군. 최후의 심판 날이 오기 전까지는 말이야." 그는 정신 나간 소리를 남기고 마침내 떠났고, 나는 그의 건방진 말에 적잖게 놀라 한동안 가만히 서 있었다.

마침내 피쿼드호 갑판에 올라와보니 모든 것이 적막에 잠겨 있고 누구 하나 보이지 않았다. 선실 입구는 안에서 잠겨 있었고, 승강구는 전부 뚜껑이 닫혀 있는 데다가 그 위에는 밧줄 뭉치가 놓여 있었다. 앞갑판으로 가보니 작은 승강구가 열려 있었다. 우리는 거기서 흘러나오는 빛을 보며 아래로 내려갔고, 누더기 같은 모직 피 코트를 입고 있는 노인을 한 명 보았다. 삭구 정비공인 그는 상자 두 개를 이어 붙이고 그 위에 엎드려 누워 두 팔을 포갠 채 얼굴을 처박고 자고 있었다. 아주 곤히 잠든 것 같았다.

"퀴케그, 우리가 아까 본 선원들 말이야, 대체 어디로 갔을까?" 나는 자고 있는 사람을 의심스럽게 쳐다보며 물었다. 하지만 퀴케그는 내가 말한 사람들을 부두에서 전혀 보지 못한 모양이었다. 일라이저가 알 수 없는 질문만 던지지 않았더라도 내가 헛것을 보았다고 생각했을 것이다. 하지만 일단 그 일은 접어두기로 했다. 나는 곧 잠자는 선원을 가리키며 이 시신을 지키는 게 최선일 것 같다고 퀴케그에게 농담을 던지고는 적당한 곳에 자리를 잡고 앉으라고 했다. 그러자 그는 잠자는 선원의 엉덩이가 얼마나 부드러운지 확인이라도 하려는 듯 손으로 슬쩍 만진 뒤 곧바로 그 위에 걸터앉았다.

"맙소사, 퀴케그, 거기 앉으면 안 돼." 내가 말했다.

"아! 아주 좋은 자리다." 퀴케그가 말했다. "내 고향 이렇게 한다. 얼굴 다치지 않는다."

"얼굴이라니!" 내가 말했다. "저기를 얼굴이라고 한단 말이야? 그렇다면 무척 인자한 얼굴이네. 하지만 숨 쉬기가 힘들어 괴로워하고 있잖아. 일어나, 퀴케그. 자네는 무거워. 저 불쌍한 얼굴이 짓눌리고 있다고. 일어나, 퀴케그! 저거봐, 저 사람이 곧 씰룩대며 자네를 밀쳐낼 거야. 그런데 저 사람 계속 자는 게 신기하네."

퀴케그는 잠자는 선원의 바로 머리맡으로 자리를 옮기고 도끼 파이프에 불을 붙였다. 나는 선원의 발치에 앉았다. 우리는 잠자는 사람 위로 파이프를 주거니 받거니 하면서 담배를 피웠다. 그러는 동안 나는 퀴케그에게 계속 질문을 던졌고 그는 서툰 영어로 대답했다. 그의 고향에는 긴 안락의자나 소파 같은 것이 없어 왕과 족장, 그밖에 지체 높은 사람들은 하층민을 살찌워 두툼한 의자 대용으로 삼는 관습이 있다고 했다. 그런 점에서 집을 안락하게 꾸미고 싶으면 게으름뱅이를 여덟 명 내지 열 명 정도 사서 창문과 창문 사이의 벽이나 벽감에 눕혀놓기만 하면 되었다. 게다가 이 방법은 여행 시에도 무척 편리했다. 접으면 지팡이로 쓸 수 있는 정원용 의자보다 훨씬 나았다. 족장은 데려온 종에게 우거진 나무 아래나 축축한 늪지대 같은 곳에 자리를 잡고 의자가 되라고 명령하기만 하면 되었다.

이런 이야기를 하는 동안 퀴케그는 내게서 도끼 파이프를 건네받을 때마다 잠자는 선원의 머리 위에서 도끼날을 휘둘렀다.

"뭐하는 거야, 퀴케그?"

"아주 쉽다. 죽이는 거. 아! 아주 쉽다!"

그가 적의 머리를 내리쳐 죽이는 것과 자신의 영혼을 달래는 일, 이 두 가지 용도로 쓰이는 도끼 파이프에 얽힌 야만적인 추억을 회상하고 있을 때, 잠자던 삭구 정비공이 몸을 들썩이며 우리의 주의를 끌었다. 좁은 공간에 매캐한 담배 연기가 가득 차면서 잠자는 사람에도 느껴진 모양이었다. 그는 머리에 뭔가를 뒤집어쓰기라도 한 것처럼 숨을 내쉬었다. 그다음에는 코에 문제가 생긴 것 같더니 한두 번 몸을 뒤척이다가 일어나 앉아 눈을 비볐다.

"어이!" 그가 마침내 숨을 쉬며 말했다. "대체 누군데 여기서 담배를 피우고 있어?"

"여기 선원입니다." 나는 대답했다. "배는 언제 떠납니까?"

"아 그래, 이 배를 탄다고? 출항은 오늘이야. 어젯밤에 선장이 배에 탔어."

"어느 선장이요? 에이해브 말입니까?"

"그 사람 말고 또 누가 있나?"

에이해브에 관해 좀 더 물어보려는데 갑판에서 무슨 소리가 들렸다.

"이야, 스타벅이 일어났군." 삭구 정비공이 말했다. "활기찬 일등항해사야. 좋은 사람이고 신앙심도 깊지. 이제 다들 일어난 것 같으니 나도 일해야겠어." 그는 이렇게 말하며 갑판으로 나갔고 우리도 뒤따라 나갔다.

이제 환하게 해가 뜨고 있었다. 곧이어 선원들이 삼삼오오 배에 올랐다. 삭구 정비공들이 부지런히 움직이고 항해사들도 활기차게 작업에 임했다. 부두에 있는 몇몇 사람들은 여러 가지 마지막 짐을 배에 싣느라 바빴다. 그러는 동안에도 에이해브 선장은 선실에 틀어박혀 모습을 보이지 않았다.

## 22장  메리 크리스마스

마침내 정오 무렵에 삭구 정비공들이 배에서 내리고, 피쿼드호가 부두에서 바다 쪽으로 뱃머리를 돌린 뒤, 언제나 사려 깊은 채리티 부인이 고래잡이 보트를 타고 와서 마지막 선물(이등항해사이자 시동생인 스터브에게는 취침용 모자, 급사장에게는 여분의 『성경』)을 주고 떠난 뒤, 말하자면 모든 일이 끝난 뒤 펠레그와 빌대드 두 선장이 선실에서 나왔다. 펠레그는 일등항해사를 보고 말했다.

"자, 스타벅. 모든 일이 확실하게 끝났나? 에이해브 선장은 다 준비됐네. 방금 이야기를 나누었지. 육지에서 더 가져올 건 없지, 응? 자, 그럼 선원들을 소집하게. 여기 고물에 집합시켜. 그 빌어먹을 놈들을!"

"아무리 급하더라도 그런 불경한 말은 할 필요 없지, 펠레그." 빌대드가 말했다. "하지만 스타벅, 우리가 시킨 대로 해주게."

이건 또 어찌된 일인가! 항해가 시작되고 있는데 펠레그 선장과 빌대드 선장이 항구에서 그랬던 것처럼 바다에서도 공동 지휘관인 양 뒷갑판에서 기세등등하다니. 에이해브 선장은 코빼기도 보이지 않고 선실에 있다는 말뿐이었다. 하지만 그것은 배가 닻을 올리고 바다로 한참 나갈 때까지는 그의 존재가 불필요하다는 뜻이기도 했다. 실제로 그 일은 수로안내인이 할 일이지 선장이 할 일은 아니었다. 게다가 들리는 말처럼 에이해브 선장은 몸이 완전히 회복되지 않아 선실에 머물고 있는 것이다. 모든 일이 충분히 그럴 만했다. 특히 상선의 경우에 선장들은 닻을 올린 뒤에도 한참 동안 갑판에 나타나지 않는다. 육지 친구들과 선실 탁자에 둘러앉아 떠들썩하게 이야기를 나누며 작별인사를 하기 때문이다. 그 친구들은 나중에 수로안내인과 함께 배를 떠난다.

하지만 지금은 펠레그 선장이 하도 설쳐대서 그런 사정을 한가하게 생각할 수도 없었다. 이야기하고 지시하는 것을 빌대드가 아닌 펠레그가 독차지했기 때문이다.

"여기 고물에 집합, 아비 없는 자식들아." 선원들이 주돛대 부근에서 꾸물거리자 그가 소리쳤다. "스타벅, 저놈들을 고물 쪽으로 몰고 와."

"거기 천막 거둬!" 펠레그가 다음 지시를 내렸다. 앞에서 말했듯이 이 고래뼈 천막은 배가 항구에 정박해 있을 때만 설치하는 것이었다. 피쿼드호에서는 지난 30년 동안 갑판의 천막을 거두라는 지시는 닻을 올리라는 지시 다음에 오는 명령으로 잘 알려져 있었다.

"양묘기[38]로 모여! 지금 당장! 빨리 움직여!" 이것이 다음 지시였고, 선원들은 양묘기 지렛대에 달려들었다.

출항할 때 수로안내인이 배치되는 자리는 일반적으로 배의 앞부분이다. 빌대드는 펠레그와 함께 맡은 여러 직무 외에 항구의 수로안내인 역할도 정식으로 맡았다. 그는 자기가 선주로 있는 배들이 낸터킷에 내야 하는 수수료를 아끼

---

**38**  닻이나 무거운 짐 등을 감아올리고 내리는 데 쓰이는 기계 장치.

려고 직접 수로안내인이 된 것이라는 의심을 받았다. 다른 배에는 수로안내인으로 승선한 적이 한 번도 없었기 때문이다. 빌대드는 뱃머리로 몸을 내밀고 닻이 올라오는 것을 열심히 살펴면서 동시에 양묘기를 돌리는 선원들을 격려하려고 음울한 가락의 찬송가를 불렀다. 선원들은 부블 뒷골목[39]의 여자들이 등장하는 노래를 신나게 합창했다. 빌대드가 피쿼드호에서는, 특히 출항할 때는 불경한 노래를 불러서는 안 된다고 말한 지 사흘도 안 되어 그런 노래를 부른 것이다. 게다가 그의 누이 채리티 부인이 모든 선원의 침상에 아이작 와츠[40]의 작은 찬송가집을 놓아두었는데도 그랬다.

한편 펠레그 선장은 배의 다른 부분을 감독하면서 무섭게 욕설을 퍼부어댔다. 닻을 올리기도 전에 그가 배를 침몰시키려는 것은 아닐까 하는 생각이 들 지경이었다. 나는 나도 모르게 양묘기 지렛대를 놓았고 퀴케그에게도 그렇게 하라고 말했다. 저런 악마를 수로안내인 삼아 항해를 시작하는 것은 우리에게 위험한 일이라고 여겼기 때문이다. 하지만 경건한 빌대드가 내게 777번 배당을 주려 하기는 했어도 이런 상황에서 구원자가 될지 모른다는 생각으로 나 스스로를 위로했다. 그때 갑자기 무언가가 내 엉덩이를 쿡 찔렀다. 뒤돌아보니 놀랍게도 펠레그 선장이 바로 내 뒤에서 발을 거두고 있었다. 그렇게 나는 이 배에서 첫 발길질[41]을 당했다.

"상선에서는 그런 식으로 닻을 감아올리나?" 그가 고함쳤다. "당장 움직여, 이 멍청한 놈아. 움직이라고, 등뼈가 부서지도록! 이놈들아, 왜 움직이지 않아?

---

**39**  잉글랜드 리버풀의 홍등가.

**40**  1674~1748, 영어 찬송가의 아버지라고 불린다.

**41**  '첫 발길질'은 다소 어색한 표현이다. 그 후 작품 전편을 통해 이슈메일이 발길질을 또 다시 당한 일이 없기 때문이다. 멜빌은 집필 초기에 에이해브가 아니라 펠레그를 피쿼드호의 선장으로 구상했다. 펠레그를 항해 중에 또다시 발길질을 하는 악랄한 선장으로 묘사할 계획이었던 것 같다. 뒤에서 "등불을 들고 잠시 엄숙하게 펠레그의 얼굴을 쳐다보는 그의 얼굴은…"이라는 묘사가 나오는데, 이 부분은 빌대드가 오랜 헤어짐을 앞두고 펠레그를 대하는 것 같은 태도로서 멜빌의 당초 집필 구상을 엿볼 수 있는 대목이다. 이 책의 해제 중 '집필 과정과 재발굴' 참조.

너희 모두 빨리 움직여! 퀴호그! 움직여! 너 붉은 수염, 그래, 빨리 움직여! 거기 챙 없는 모자 쓴 놈, 그래, 움직여! 초록색 바지, 움직여! 눈알이 튀어나오도록 움직이라고!" 이렇게 소리치며 그는 양묘기를 따라 이동했고 여기저기서 거침없이 발길질을 해댔다. 그 와중에도 빌대드는 태연하게 찬송가를 계속 부르고 있었다. 아무래도 펠레그 선장이 오늘 술을 마시고 온 것이 분명했다.

마침내 닻을 올리고 돛을 펼친 배는 미끄러지듯 항구를 빠져나갔다. 해가 짧고 추운 크리스마스였다. 북반구의 짧은 낮이 밤으로 접어들 즈음 우리는 드넓은 겨울 바다로 나왔다. 얼어붙을 듯이 차가운 물보라가 우리를 얼음으로 뒤덮어 마치 반짝이는 얼음 갑옷을 입은 것만 같았다. 뱃전에 길게 줄지어 박혀 있는 고래 이빨들이 달빛을 받아 반짝였다. 거대한 코끼리의 하얀 상아처럼 휘어진 고드름이 뱃머리에 매달렸다.

깡마른 빌대드는 수로안내인으로서 첫날 당직 팀을 지휘했다. 때때로 낡은 배가 푸른 바닷속으로 머리를 깊숙이 박아 배 전체가 차가운 서리로 뒤덮이고 바람이 으르렁거리고 밧줄이 윙윙 울려도 그의 노랫소리는 멈추지 않고 들려왔다.

> 일렁이는 큰 물 너머 아름다운 들판은
> 생생한 녹음으로 옷을 입고 서 있고
> 유대인들이 사랑하는 가나안은
> 넘실거리는 요단강 너머에 있네.

감미로운 가사가 그때보다 더 감미롭게 들린 적이 없었다. 노래는 희망과 결실로 가득했다. 거칠고 사나운 대서양에서 몹시 추운 겨울밤을 보내고 있어도, 발은 축축하고 재킷에서는 물이 뚝뚝 떨어져도, 나의 앞날에는 즐거운 안식처가 무수히 기다리고 있을 것이라고 생각했다. 초원과 숲속의 빈터는 영원히 봄날의 풍경을 간직하며 봄에 돋아난 풀이 밟히지도 않고 시들지도 않은 채 한여름까지 그대로 남아 있을 것만 같았다.

마침내 우리는 앞바다로 멀리 나왔고, 두 명의 수로안내인은 더 이상 필요하지 않았다. 우리와 동행하던 튼튼한 돛단배가 뱃전으로 다가오기 시작했다.

돛단배가 다가올 때 펠레그와 빌대드, 특히 빌대드 선장이 반응하는 모습은 흥미롭고 지켜보기가 나쁘지 않았다. 폭풍우가 몰아치는 혼곶과 희망봉을 돌아 길고 험한 항해를 떠나는 배, 힘들게 벌어들인 수천 달러를 투자한 배, 옛 동료가 선장으로 항해하는 배를 떠나기 싫고, 무자비한 아가리의 공포와 맞서기 위해 다시 한번 떠나는 동년배 친구의 곁을 떠나는 것이 싫고, 정말이지 모든 면에서 흥미진진한 일에서 물러나는 것이 싫어서 딱한 빌대드 영감은 오래도록 배에서 꾸물거렸다. 불안한 걸음으로 간판을 오가고, 선실로 뛰어 내려가 사람들과 또다시 작별 인사를 하고, 다시 갑판으로 올라와 바람이 불어오는 쪽을 보고, 멀리 떨어져 보이지 않는 동쪽 대륙으로 이어진 망망대해를 바라보고, 육지를 보고, 하늘을 보고, 좌우를 돌아보았다. 그는 모든 곳을 보는 것 같아도 실은 아무데도 보고 있지 않았다. 마침내 그는 밧줄을 말뚝에 기계적으로 감았고, 건장한 펠레그의 손을 급작스레 붙잡았다. 등불을 들고 잠시 엄숙하게 펠레그를 쳐다보는 그의 얼굴은 마치 이렇게 말하는 듯했다. "펠레그, 그래도 나는 견딜 수 있어. 그래, 견딜 수 있고말고."

펠레그는 이 상황을 좀 더 철학자답게 받아들였다. 하지만 그의 철학에도 불구하고 등불을 가까이 들이대자 그의 눈에 어린 눈물이 반짝였다. 펠레그도 선실과 갑판 사이를 적잖이 뛰어다녔다. 아래에 내려가 한마디하고, 일등항해사인 스타벅에게 한마디하는 식으로 왔다 갔다 했다.

마침내 그는 결연한 표정으로 동료를 바라보며 말했다. "빌대드 선장, 가세. 이 친구야, 우리는 이제 가야 해. 거기 맨 아래 활대를 뒤로 무르게! 어이, 보트! 이제 배 옆에 가까이 대게! 조심해, 조심하라고! 자, 빌대드, 작별 인사를 하게. 스타벅, 행운을 비네. 스터브, 행운을 빌어. 플래스크, 행운이 있기를. 모두들 잘 가게. 모두에게 행운이 함께하기를 바라네. 3년 뒤 오늘, 이 그리운 낸터킷에서 김이 모락모락 나는 저녁 식사를 준비하겠네. 만세! 잘 가게!"

"하나님의 축복과 가호가 있기를." 빌대드 영감은 횡설수설하듯이 중얼거렸다. "날씨가 좋아지면 좋겠군. 그래야 에이해브 선장도 빨리 그대들 앞에 나설 테니까. 선장한테 필요한 건 기분 좋은 햇빛뿐인데. 자네들이 항해하게 될 열대 지방에는 햇빛이 충분할 걸세. 사냥할 때는 조심하게. 작살잡이들은 쓸데없이 포경 보트에 구멍을 내지 말도록. 고급 편백나무 판자 값이 올해 들어 3퍼센트 나 올랐어. 기도하는 것도 잊지 말게. 스타벅, 통장이가 여분의 널빤지를 낭비 하지 않도록 신경 쓰게. 아, 돛을 꿰매는 바늘은 초록색 사물함에 있네. 주일에 는 고래잡이에 너무 열중하지 말게. 그렇다고 좋은 기회를 놓치지는 말고. 그건 하늘이 준 선물이니까. 스터브, 당밀 통을 잘 살펴보게. 조금 새는 것 같아. 플래 스크, 섬에 기항하면 간음하지 않도록 조심하게. 잘 가게, 잘들 가! 스타벅, 치 즈는 선창 밑에 너무 오래 두지 말게. 썩는단 말이지. 버터에도 신경 쓰게. 1파 운드에 20센트나 하니까. 그리고…"

"자, 자, 빌대드 선장. 쓸데없는 말 좀 그만하게! 가자고!" 펠레그는 이 말을 한 다음 서둘러 빌대드를 뱃전으로 데려갔고, 둘은 함께 보트에 뛰어내렸다.

배와 보트는 서로 다른 방향으로 갈라졌다. 배와 보트 사이로 차갑고 축축한 밤바람이 불고, 머리 위로 갈매기 한 마리가 비명 같은 소리를 내며 날아갔다. 배와 보트의 선체가 심하게 흔들렸다. 우리는 무거운 마음으로 만세 삼창을 불 렀고 적막한 대서양으로 운명처럼 무작정 뛰어들었다.

## 23장  바람이 불어가는 쪽 해안

몇 장 앞에서 벌킹턴이라는 자를 언급한 적이 있다. 뉴베드퍼드 여관에서 만 난, 육지에 갓 내린 키 큰 선원 말이다.

몸이 덜덜 떨리는 추운 겨울밤, 피쿼드호는 그 집념 강한 뱃머리를 차갑고 적 대적인 파도 속으로 들이밀었는데, 그때 키 앞에 서 있는 사람이 바로 벌킹턴이 었다! 나는 동정 어린 경외감과 두려움을 느끼며 그를 바라보았다. 4년 동안의 위험한 항해를 마치고 한겨울에 부두에 내린 사람이 쉴 겨를도 없이 또다시 폭풍우 몰아치는 바다로 나갈 수 있다는 것이 참으로 대단해 보였다. 육지에 발을 대면 발바닥이 타기라도 하는 모양이었다. 가장 경이로운 일은 말로 표현할 수 없으며, 가장 깊은 추억은 묘비명을 남기지 않는다. 이 짧은 장이야말로 벌킹턴의 묘비 없는 무덤이다. 그에 대해서는 그냥 이렇게만 말하고 싶다. 벌킹턴은 폭풍에 휩쓸려 바람 불어가는 쪽 해안을 따라 비참하게 떠밀려 가는 배 같은 사람이었다. 항구는 기꺼이 도움을 줄 것이다. 항구는 인정이 많다. 항구에는 안전과 안락, 벽난로와 저녁 식사, 따뜻한 담요, 친구들, 우리 인간에게 유익한 모든 것이 있다. 하지만 돌풍 속에서 항구와 육지는 해상의 배에 지독한 위험이 된다. 배는 모든 환대로부터 도망쳐야 한다. 단 한 번 육지에 닿아 용골이 살짝 긁히기만 해도 배는 속속들이 전율할 테니. 배는 돛을 활짝 펴고 온 힘을 다해 해안에서 멀어지려 한다. 그러면서 배를 고향으로 데려가려는 바로 그 바람과 맞서 싸우고, 거친 파도가 칼춤을 추는 망망대해로 다시 나가려고 애쓴다. 피난처를 찾기 위해 쓸쓸히 위험 속으로 뛰어든다. 배의 유일한 친구가 가장 지독한 원수라니!

벌킹턴, 이제 알겠는가? 그대는 도저히 견디기 힘든 진실을 어렴풋이나마 보는 것 같다. 모든 심오하고 진지한 생각은 규제받지 않는 바다의 독립성을 지키려는 영혼의 담대한 노력일 뿐이며, 한편 하늘과 땅에서 가장 사나운 바람은 서로 공모하여 영혼이라는 배를 배신과 굴종의 해안으로 내던지려 한다는 것을 말이다.

하지만 신처럼 지고하고 끝없고 무한한 진리는 망망대해에만 존재한다. 따라서 설령 바람이 없는 곳이 안전하다 하더라도 그곳으로 수치스럽게 달려가느니 폭풍이 울부짖는 광대무변한 바다에서 죽는 편이 낫다. 그렇다면 누가 벌레처럼 비겁하게 육지로 기어오르겠는가! 끔찍하고 또 끔찍한 두려움이로구나! 이 모든 것이 헛된 괴로움인가? 힘을 내라. 힘을 내야 한다, 벌킹턴! 단단히 버텨라, 반신반인의 영웅이여! 그대를 죽이려는 바다의 물보라에서 훌쩍 뛰어올라 신이 되어라!

## 24장   변호

나와 퀴케그는 이제 포경업에 정당하게 들어섰다. 하지만 어찌된 일인지 육지 사람들 사이에서 포경업은 천하고 평판이 좋지 않은 직업으로 여겨지고 있다. 그래서 나는 여기서 우리 고래 사냥꾼들이 부당한 대우를 받고 있다는 점을 육지 사람들에게 꼭 확인시켜주고 싶다.

우선 사람들이 포경업을 이른바 교양 있는 직업으로 여기지 않는다는 것은 새삼스레 말할 필요도 없을 것이다. 다양한 부류가 모인 대도시 사회에 낯선 사람이 처음 들어와 자기를 작살잡이라고 소개한다면, 그의 지위에 대한 일반적인 평판이 그리 높아질 리 없다. 해군 장교를 흉내 내어 명함에 S. W. F.(Sperm Whale Fishery, 향유고래 어업)라는 머리글자를 새겨 넣으면 주제넘고 터무니없다는 소리를 듣게 될 것이다.

세상이 우리 고래잡이들을 예우하지 않는 주된 이유는, 우리 직업이 기껏해야 도살업과 다를 바 없고, 열심히 그 일을 할 때면 온갖 더러움에 노출된다고 생각하기 때문이다. 우리가 도살자인 것은 맞다. 하지만 세상이 언제나 존경해 마지않는 군대 사령관이야말로 가장 피비린내 나는 훈장을 단 도살자다. 우리의 일이 불결하다고들 말하지만, 여러분은 여태까지 잘 알려지지 않은 몇 가지 사실을 곧 알게 될 것이다. 향유고래를 잡는 포경선이야말로 이 깔끔한 지구에서 가장 깨끗한 것들 중 하나라고 당당하게 말할 수 있다. 하지만 그런 비난을 사실로 인정한다 하더라도 포경선의 어수선하고 미끄러운 갑판을 어떻게 시체가 썩어가는 말할 수 없이 참담한 전쟁터와 비교할 수 있다는 말인가? 그런데도 전쟁터에서 돌아온 많은 군인은 여자들의 갈채를 받으며 축배를 들이킨다. 군인이라는 직업이 위험하다는 이유로 그토록 호의적인 평가를 받는다면 나는 이렇게 장담할 수 있다. 포대를 향해 거침없이 진격하던 수많은 고참병들도 갑자기 향유고래의 거대한 꼬리가 나타나 머리 위의 공기를 휘저으며 회오리바람을 일으키면 겁을 먹고 얼른 몸을 움츠릴 것이라고. 서로 얽힌 신의 공포와 경이를 어떻게 인간이 이해할 수 있는 공포와 비교할 수 있겠는가!

하지만 세상은 우리 고래 사냥꾼들을 업신여기면서도 자신도 모르는 사이에 우리에게 깊은 경의를 표한다. 실로 엄청난 흠모다! 온 세상에서 타오르는 심지와 등불과 양초는 수많은 신전 앞에서 그러하듯이 우리에게 칭송을 돌리며 타오르고 있기 때문이다.

하지만 이 문제를 다른 관점에서 살펴보자. 우리 고래잡이들이 어떤 사람이고 어떤 일을 해왔는지 온갖 저울에 올려놓고 무게를 한번 달아보자.

데 위트[42] 시대의 네덜란드 사람들은 왜 포경선단에 제독을 두었을까? 프랑스의 루이 16세는 왜 자비를 들이면서까지 댕케르크에서 출항하는 포경선에 필요한 장비를 공급하고, 우리 낸터킷섬의 수십 가구에게 그 마을로 이주해달라고 정중히 요청했을까? 왜 영국은 1750년부터 1788년까지 영국의 고래잡이들에게 100만 파운드가 넘는 장려금을 지급했을까? 마지막으로, 왜 지금 미국 고래잡이들의 수는 해외 고래잡이들을 전부 합친 수보다 많아졌을까? 700척에 달하는 미국의 포경선이 바다로 나가고 1,800명의 포경 선원을 태우고 다닌다. 이 배들은 매년 400만 달러를 소비하고, 항해 시 가치가 2,000만 달러에 이르는 배가 매년 700만 달러의 소득을 올리며 항구로 들어온다. 포경업에 무언가 강력한 힘이 없다면 어떻게 이 모든 일이 가능하겠는가?

하지만 아직 이야기를 절반도 하지 못했다. 계속해서 살펴보자.

단언하건대, 세계주의를 표방하는 철학자가 평생을 바치더라도 지난 60년 동안 이 넓은 세계에서 이 고귀하고 강력한 포경업보다 더 평화로운 영향력을 발휘한 사업은 찾아내지 못할 것이다. 어쨌든 포경업은 매우 주목할 만한 사건들을 불러왔고, 이에 따른 결과들도 중대한 영향을 미쳤기 때문에, 포경업은 스스로 자식들을 잉태해 낳았다는 이집트의 어머니[43]와 다를 바 없다. 이런 일들

---

**42** 1625~1672. 네덜란드 정치가.

**43** 고대 이집트 신화의 하늘 여신 누트를 가리킨다. 새해 닷새 동안 오시리스, 호루스, 세스, 이시스(여), 넵티스(여)를 낳았다. 오시리스는 누트의 자궁 속에 있을 때 쌍둥이 여동생 이시스를 회임시켜 호루스를 낳았다. 나중에 형제 세스가 오시리스를 죽이자 이시스가 그 죽은 시체의 조각을 부활시켰다. 이집트 신화의 오시리스와 그리스신화의

을 일일이 열거하자면 끝이 없고 힘만 들 뿐이다. 몇 가지 사례만 들어도 충분하다. 오랜 세월 포경선은 지구상에서 가장 외지고 알려지지 않은 지역을 찾아내는 개척자 역할을 했다. 해도에도 나와 있지 않고, 쿡[44]이나 밴쿠버[45]도 항해한 적이 없는 해역과 군도를 탐험한 사람들이 바로 포경선 고래잡이들이다.

미국과 유럽의 군함이 한때 미개했던 항구에 평화롭게 들어가면, 그들에게 처음으로 길을 안내하고 그들과 야만인들 사이에서 통역을 한 포경선의 명예와 영광을 위해 예포라도 쏘아야 할 일이다. 사람들은 쿡이나 크루젠슈테른[46] 같은 탐험 원정대의 영웅을 기릴 테지만, 낸터킷에서 출항했던 수십 명의 이름 없는 선장들도 그들만큼이나, 아니 그들보다 훨씬 더 위대하다. 그들은 국가의 지원도 없이 맨손으로 상어가 우글거리는 이교도의 바다에서, 창이 날아다니는 미지의 섬 해안에서, 해병대와 머스킷총을 갖춘 쿡 선장조차 감히 나서지 못한 생소한 경이와 공포에도 굴하지 않고 맞서 싸웠기 때문이다. 옛적 남태평양 항해기에 그토록 화려하게 기록된 일화들은 우리 낸터킷의 사람들에게는 평소에 흔히 겪는 일에 불과하다. 밴쿠버가 세 장에 걸쳐 쓴 모험담은 낸터킷 사람들이 항해 일지에 적을 가치도 없다고 생각하는 것들이 많았다. 아아, 세상이여! 세상이여!

포경선이 혼곶을 돌기 전까지는 유럽과 태평양 연안에 길게 이어진 부유한 스페인 식민지 사이에 식민지 활동을 제외한 어떤 상업적 교류도 없었다. 식민지에 대한 스페인 국왕의 배타적인 정책을 처음으로 돌파한 이들이 고래잡이였다. 지면이 허락한다면, 그들이 어떻게 페루와 칠레, 볼리비아 등을 스페인 제국의 멍에에서 벗어나게 하고, 그 지역에 민주주의를 영구히 확립하는 데 기여했는지 자세히 설명할 수도 있다.

아도니스는 부활 신화의 선구가 된다.

**44**   1728~1779, 제임스 쿡. 영국의 항해가.

**45**   1757~1798, 조지 밴쿠버. 영국의 항해가이자 탐험가.

**46**   1770~1846, 러시아의 탐험가.

남반구의 위대한 아메리카라고 할 수 있는 오스트레일리아가 세상에 알려진 것도 고래잡이들 덕분이다. 한 네덜란드인 선원의 실수로 그 대륙을 처음 발견하게 된 뒤에, 다른 모든 배들은 그곳의 해안을 전염병이 도는 미개한 땅으로 여겨 오랫동안 기피했다. 하지만 포경선은 그런 곳도 마다하지 않고 접근했다. 포경선이야말로 오늘날 강대해진 과거 식민지의 진정한 어머니다. 게다가 이 주민들이 오스트레일리아에 정착하던 초기에 수차례 굶주림을 모면할 수 있었던 것도 그 해역에 운 좋게 닻을 내린 포경선에서 선의로 건빵을 나누어준 덕분이었다. 폴리네시아의 수많은 섬도 같은 경험을 했다는 사실을 인정하며 상업적으로 포경선에 경의를 표한다. 그들은 선교사와 상인 들에게 길을 열어주고 처음 목적지에 데려다주었다. 강력한 쇄국 정책을 펴는 일본이 태도를 바꾸어 외국인을 친절하게 대하는 날이 온다면, 그 공로는 전부 포경선에 돌려야 할 것이다. 포경선은 이미 일본의 문턱까지 진출해 있기 때문이다.

하지만 이런 모든 점에도 불구하고 여전히 포경업과 관련해 심미적으로 고상한 생각이 떠오르지 않는다면, 나는 당신에게 50개의 창을 던져 매번 당신의 투구를 쪼개고 당신을 말에서 떨어뜨릴 준비가 되어 있다.

고래에 관한 글을 쓴 유명한 작가도 없고, 포경업을 다룬 유명한 기록사도 없다고 당신은 말할 것이다.

**'고래에 관한 글을 쓴 유명한 작가도 없고, 포경업을 다룬 유명한 역사가도 없다고?'** 리바이어던에 관해 처음으로 글을 남긴 이가 누구인가? 저 위대한 욥이 아니던가! 그리고 포경 항해에 관해 최초의 기록을 남긴 사람은 누구인가? 다름 아닌 앨프레드대왕이 아니던가! 그는 당시 노르웨이 고래잡이인 오테르에게 들은 이야기를 왕실의 펜으로 직접 받아 적었다. 그리고 영국 의회에서 포경업을 찬양하는 연설을 한 사람은 누구인가? 바로 에드먼드 버크가 아닌가!

다 맞는 말이다. 그래도 고래잡이들은 형편없는 작자들이다. 그들의 핏줄에 좋은 피는 전혀 흐르지 않는다.

**'좋은 피가 전혀 흐르지 않는다고?'** 그들의 핏줄에는 왕족의 피보다 더 좋은 피가 흐르고 있다. 벤저민 프랭클린의 할머니는 메리 모렐이었다. 나중에 그녀는 결혼해 낸터킷 초기 정착민 중 한 명인 메리 폴저가 되었다. 대대로 이어진 작살잡이 폴저 가문의 선조가 된 것이다(이들은 모두 고귀한 벤저민의 일가친척이다). 오늘도 그들은 세상의 한쪽에서 다른 쪽으로 작살을 던지고 있다.

뭐, 좋다. 그래도 어찌된 일인지 포경업은 고상하지 않다고들 말한다.

**'포경업은 고상하지 않다고?'** 포경업은 제왕과 관련된 일이다! 옛 잉글랜드 법률은 고래를 '왕실 물고기'라고 선언했다.[47]

그것은 명목상 그럴 뿐이다! 고래 자체는 당당한 모습으로 시선을 끈 적이 없다.

**'고래가 당당한 모습으로 시선을 끈 적이 없다고?'** 한 로마 장군이 세계의 수도(로마)에 입성하면서 그를 위한 성대한 개선식이 열렸을 때, 심벌즈 소리가 요란한 행렬 가운데서 가장 눈에 띄는 물건이 시리아 해안에서 로마까지 싣고 온 고래 뼈였다.[48]

그렇게 말하니 인정하겠다. 하지만 누가 뭐라고 하든 포경업에는 진정한 품위가 없다.

**'포경업에 진정한 품위가 없다고?'** 우리 직업의 품위는 하늘이 증명한다. 남쪽 하늘에는 고래자리라는 성좌가 있다! 그 이상 무엇을 더 증명해야 하는가? 러시아 황제 앞에서는 모자를 깊이 눌러 쓰더라도 퀴케그 앞에서는 모자를 벗어야 한다! 더 말할 것도 없다. 평생 동안 고래 350마리를 잡은 사람을 알고 있는데, 나는 그가 350개의 성벽 도시를 함락시켰다고 자랑하는 고대의 위대한 장군보다 더 훌륭하다고 생각한다.

그리고 혹시라도 내 안에 아직 발견하지 못한 뛰어난 점이 있다면, 작지만 무척 조용한 그 세상에서 내가 진정한 명성을 얻고 싶어 하는 것이 부당하지는 않겠지만 내게 정말 그런 명성을 얻을 자격이 주어진다면, 앞으로 내가 대체로 하지 않고 내버려두는 것보다 하는 것이 더 나은 어떤 일을 한다면, 또 내가 죽을

---

47  이후의 여러 장에서 더 설명하겠다. (원주)

48  이후의 여러 장에서 더 설명하겠다. (원주)

때 유언 집행인들, 더 정확히 말해 채권자들이 내 책상에서 귀중한 원고를 발견한다면, 나는 모든 명예와 영광을 포경업에 돌린다고 여기서 미리 밝혀두겠다. 포경선은 나의 예일대학이자 하버드대학이기 때문이다.

## 25장  덧붙이는 말

포경업의 품위 유지를 돕고자 나는 기꺼이 입증된 사실만 제시하겠다. 하지만 사실들만 포진해놓은 뒤, 자신의 명분을 뒷받침해줄 합리적인 추론을 완전히 저버리는 변호인이라면 비난받아 마땅하지 않을까?

심지어 근대에도 왕과 여왕의 대관식에서 행사에 맞춰 그들에게 양념을 치는 흥미로운 절차가 진행된다는 것은 잘 알려진 사실이다. 소위 국가의 소금 그릇이라는 것이 있으니 국가의 양념통도 있을지 모른다. 그들이 그 소금을 정확히 어떻게 사용하는지 누가 알겠는가? 하지만 대관식 때는 왕의 머리에 마치 샐러드 위에 살짝 기름을 두르듯 엄숙하게 기름을 칠한다는 것은 확실하다. 기계에 기름을 치는 것처럼 머릿속도 잘 돌아가라고 기름을 바르는 것이 아닐까? 여기서 우리는 대관식 절차의 본질적인 위엄에 대해 많은 것을 생각해볼 수 있다. 일상에서는 머리에 기름을 바르고 기름 냄새를 풍기고 다니는 사람을 한심하고 점잖지 못하다고 생각하기 때문이다. 실제로 치료 외 목적으로 머릿기름을 바르는 성인 남자는 몸 어딘가에 이상이 있는 사람일지도 모른다. 대체로 그런 남자는 자기 앞가림을 잘 못한다.

하지만 여기서 생각해야 할 단 하나는 이것이다. 대관식에서는 어떤 기름을 사용하는가? 올리브기름은 분명 아닐 테고, 마카사르 기름도 아닐 것이며, 피마자기름도, 곰 기름도, 생선 기름도, 대구 간 기름도 아닐 것이다. 그렇다면 모든 기름 중에서 가장 향기로운 기름, 가공되지도 오염되지도 않은 상태의 향유 고래기름이 아니면 무엇이겠는가?

충성스러운 영국인들이여! 우리 고래잡이들이 그대들의 왕과 여왕의 대관식에 쓰이는 기름을 공급한다는 점을 기억하시라!

## 26장  기사와 종자 1

피쿼드호의 일등항해사 스타벅은 낸터킷 토박이이자 조상 대대로 퀘이커교
도 집안이었다. 그는 키가 크고 성실했다. 얼음같이 차가운 해안에서 태어났지
만, 열대 날씨에도 충분히 적응해 잘 견디는 듯한 그의 피부는 두 번 구운 건빵
처럼 단단했다. 그의 신선한 피는 동인도제도에 갖다 놓더라도 병에 든 맥주처
럼 상하는 일은 없을 것이다. 그는 분명 가뭄과 기근이 만연하던 시절, 아니면
그가 태어난 주를 유명하게 만든 금식일[49]에 태어났을 것이다. 서른 번 정도의
메마른 여름을 지나며 그의 몸에 붙은 군살은 모두 말라버렸다. 하지만 그의 호
리호리한 몸은 신체에 어떤 질병이 있음을 보여주거나 소모적인 불안과 염려
의 표시로도 보이지 않았다. 그저 이 남자는 단단하고 빈틈없을 뿐이었다. 말랐
다고 해서 절대로 보기 흉하지 않았다. 오히려 그 반대였다. 깨끗하고 팽팽한
피부는 더할 나위 없이 건강했다. 그런 피부를 단단히 휘감은 몸은 내면의 건강
과 활력으로 방부 처리해 마치 새로 생명을 불어넣은 이집트 미라 같았다. 이
스타벅은 앞으로도 오랫동안 지금처럼 어떤 환경에도 견딜 준비가 되어 있는
것 같았다. 그의 내적 활력은 특허를 받은 크로노미터[50]처럼 북극의 빙설이든
뜨겁게 내리쬐는 태양이든 그 어떤 기후에서나 잘 작동될 것이 확실했다. 그의
눈을 보면 그가 평생 동안 침착하게 맞서온 무수한 위험의 흔적이 켜켜이 남아
있는 것 같았다. 침착하고 듬직한 이 남자의 인생 대부분은 말만 무성한 시시한
책의 한 장(章)이 아니라 행동으로 이루어진 인상적인 무언극이었다. 하지만

---

**49**  매사추세츠주에서 공적으로 지정한 금식일. 1670년 처음 제정되었다가 1894년에 폐지
되었다.

**50**  정밀한 경도 측정용 시계.

이 모든 강인한 냉철함과 꿋꿋함에도 불구하고 그에게는 어떤 독특한 성격이 있어 때로 다른 특성에 영향을 미치고, 어떤 경우에는 나머지 특성들과의 균형을 완전히 잃어버리는 것 같았다. 선원치고는 드물게 양심적이고 자연에 깊은 경외감을 품고 있었고, 거친 바다생활을 하며 외로움을 느껴서인지 미신에 강하게 끌렸다. 하지만 그런 미신은 어떤 조직에서는 무지보다는 지성에서 생겨나는 것처럼 보인다.

그는 외부의 징후와 내면의 예감을 잘 포착했다. 가끔 이런 것들이 용접한 쇠처럼 단단한 그의 영혼에 영향을 미쳤는데, 그를 타고난 야성에서 더욱 멀어지게 하는 것은 멀리 코드곶에 두고 온 젊은 아내와 아이와 함께 쌓은 가정의 추억이었다. 포경업처럼 위험한 변수가 많은 일을 하는 사람들은 흔히 물불 가리지 않는 무모함을 보이지만, 그가 정직한 마음을 가진 사람들처럼 무모함을 억제하고 그들의 잠재적 영향을 더 받아들이게 된 것은 그 추억 때문이었다. "고래를 두려워하지 않는 녀석은 내 보트에 태우지 않겠다"고 스타벅은 자주 말했다. 이 말은 가장 의지할 수 있고 유용한 용기는 눈앞에 닥친 위험을 현실적으로 타당하게 판단하는 데서 나온다는 뜻일 뿐 아니라, 겁이 아예 없는 자가 겁쟁이보다 훨씬 더 위험한 동료라는 뜻이기도 하다.

"그래, 그래." 이등항해사 스터브가 말했다. "이 바닥에서 스타벅만큼 신중한 사람도 없지." 하지만 스터브 같은 사람, 아니 거의 모든 고래 사냥꾼들이 '신중하다'라는 단어를 사용했을 때 그것이 정확히 무슨 뜻인지 우리는 곧 알게 될 것이다.

스타벅은 위험을 찾아다니는 십자군 전사는 아니었다. 그에게 용기는 감정의 상태가 아니라 다만 자신에게 유용한 것이고, 목숨이 왔다 갔다 하는 상황에서 실제로 쓸 수 있도록 늘 가까이에 있어야 하는 것이었다. 게다가 그는 이 포경업에서 용기란 쇠고기나 빵처럼 배에 꼭 실어야 하는 주요 물자이므로 어리석게 낭비해서는 안 된다고 생각했다. 그런 이유로 해가 진 후 고래를 추격하겠다고 보트를 내리거나 끈질기게 저항하는 고래와 악착같이 싸우는 것을 바라지 않았다.

이 위험한 바다에 나온 것은 생계 때문에 고래를 잡기 위해서지 고래에게 당해 고래의 먹이가 되기 위해서가 아니었다. 고래와 무모하게 싸우다가 수많은 사람이 이미 목숨을 잃었다는 것을 그는 잘 알고 있었다. 그의 아버지는 어떤 최후를 맞이했는가? 바닥을 알 수 없는 깊은 바다 어디에서 그는 형의 찢긴 팔다리를 찾을 수 있을까?

이런 기억이 있는 데다 이미 말했듯이 미신까지 믿는 스타벅이 여전히 용기를 발휘할 수 있었다면 그 용기는 참으로 대단한 것이었으리라. 하지만 그토록 끔찍한 경험과 기억을 가진 사람이 합리적인 상태에서 용기를 냈을 리가 없다. 그런 경험과 기억이 그의 내면에 어떤 저항 요소를 자라나게 했을 테고, 이것이 잠재해 있다가 적당한 상황에 이르면 분출하여 그의 용기를 깡그리 불타오르게 했을 것이다. 그는 용맹했을지 모르지만, 그것은 두려움을 모르는 사람에게서 주로 볼 수 있는 종류의 용맹이었다. 이런 용맹은 일반적으로 바다나 바람, 고래, 혹은 세상에 널린 비이성적인 공포 등에 맞설 때는 꿋꿋하게 버티지만, 정신적인 공포여서 더 무시무시한 것, 이를테면 엄청난 분노를 가슴에 품은 권력자의 위협 앞에서는 힘을 발휘하지 못한다.

하지만 앞으로 전개될 이야기에서 가엾은 스타벅의 용기가 완전히 무너지는 일이 벌어진다 해도, 나는 그 일을 차마 여기에 기록할 마음이 나지 않는다. 영혼이 용기를 잃은 사실을 폭로하는 것이야말로 애석한 일, 아니 충격적인 일이기 때문이다. 인간은 주식회사나 국가처럼 혐오스러운 존재로 보일 수 있다. 그중에는 악당이나 바보, 살인자도 있을 수 있다. 인간은 비열하고 빈약한 얼굴을 하고 있을 수도 있다.

그러나 이상적인 인간은 너무나 고귀하고 빛나고 당당하고 찬란한 존재이므로 그에게 어떤 수치스러운 흠집이 드러난다면 동료들이 가장 값비싼 옷을 들고 그에게 달려가 덮어주어야 한다. 우리가 내면에서 느끼는 때 묻지 않은 남자다움은 내면 깊숙한 곳에 자리하고 있기 때문에 모든 외적 특징이 사라진 것처럼 보여도 여전히 온전하게 남으며, 용기를 잃은 사람의 적나라한 모습을 볼 때 극심한 괴로움에 피를 토하는 심정이 된다. 이런 수치스러운 광경을 보게 되면 아무리 경건한 사람이라도 그런 일을 허락한 운명의 별들을 원망하고 싶은 마음을 억누르기가 힘들다.

하지만 여기서 내가 말하는 당당한 위엄이란 왕과 예복에서 나오는 위엄이 아니라 예복을 입지 않아도 넘쳐흐르는 자연스러운 위엄이다. 이 위엄은 곡괭이를 휘두르거나 대못을 박는 사람들의 팔에서 빛난다. 그런 민주적인 위엄은 신에게서 끝없이 흘러나와 사방팔방으로 퍼져 나간다. 신이시여! 위대하고 절대적인 신이시여! 모든 민주주의의 중심이자 둘레인 신이시여! 편재하시는 분, 우리의 거룩한 평등이시여!

그렇다면 앞으로 제가 가장 비열한 선원과 배교자와 변절자와 무뢰한에게도 어둡지만 고귀한 자질이 있다고 말하더라도, 그들의 주변에 비극적인 우아함을 부여한다고 하더라도, 사람들 중에서 가장 음침하고 멸시받는 사람을 때로 높은 산 위로 들어 올린다고 하더라도, 노동자의 팔에 천상의 빛을 드리운다고 하더라도, 그가 바라보는 불길한 석양 위로 무지개를 펼쳐놓는다고 하더라도, 저 같은 인간에게 인간애라는 고귀한 망토를 걸쳐주신 그대 정의로운 평등의 정신이시여, 모든 살벌한 비평가들 속에서 저를 지켜주소서! 위대하고 민주적인 신이시여, 그 속에서 저를 붙들어주소서! 당신은 얼굴이 검게 그을린 죄수 번연[51]에게 시라는 새하얀 진주를 주기를 거부하지 않으셨고, 늙은 세르반테스[52]의 절단되고 보잘것없는 팔에 이중으로 두드려 편 최고급 금박을 입혀주셨으며, 앤드루 잭슨[53]을 자갈밭에서 건져 올려 군마에 태우고 왕좌보다 높은 자리에서 호령하게 하셨나이다! 지상을 힘차게 행진하며 왕처럼 당당한 평민들 중에서 당신을 대변할 투사를 선발하는 신이시여, 저를 붙들어주소서. 오, 신이시여!

---

**51**  존 번연(1628~1688). 영국의 침례교 목회자이자 『천로역정』 저자.

**52**  미겔 데 세르반테스(1547~1616). 스페인의 소설가로 『돈키호테』 저자.

**53**  1767~1845, 미국의 제7대 대통령. 열네 살에 고아가 되었지만, 훗날 전쟁 영웅으로 추앙받고 대통령에 선출되었다.

## 27장　기사와 종자 2

스터브는 이등항해사였다. 그는 코드곶 태생이어서 현지 관습에 따라 '코드곶 사람'이라고 불렸다. 태평스러운 그는 비겁하지는 않지만 용맹하지도 않았다. 위험이 닥쳐도 무심하게 말하고, 고래를 쫓는 일촉즉발의 위기 속에서도 1년 동안 고용된 능숙한 소목장이처럼 조용하고 침착하게 일했다. 명랑하고 소탈하며 속편한 그가 포경 보트를 지휘하는 모습을 보면, 아무리 무서운 고래와 조우해도 즐거운 만찬 자리 같았고 그의 배에 탄 선원들도 모두 초대된 손님처럼 보였다.

늙은 역마차 마부가 자기 자리를 아늑하게 꾸미려고 애쓰는 것처럼 그도 보트의 자기 자리를 편안하게 만드는 일에 까다롭게 신경 썼다. 고래 가까이에서 사투를 벌일 때도 스터브는 땜장이가 휘파람을 부르며 망치를 휘두르듯이 차분하고 무심하게 작살을 가차 없이 휘둘렀다. 그는 미쳐 날뛰는 괴물 옆에 서 있을 때조차 옛 춤곡의 가락을 흥얼거렸다. 오랫동안 해온 일이어서 그런지 스터브는 죽음의 아가리조차 안락의자 정도로 여겼다. 그가 죽음 자체를 어떻게 생각했는지는 알 수 없다. 아니, 죽음에 관해 생각한 적이 과연 있는지 의문이다. 하지만 기분 좋게 저녁 식사를 마치고 죽음에 대해 생각할 기회가 있었더라도, 그는 훌륭한 선원답게 높은 곳으로 튀어 올라오라는 당직 명령 정도로 받아들였을 것이다. 죽음이란 그런 명령이 내려와야 비로소 알게 되는 일이지 미리 골치 썩일 필요가 없다는 식이었다.

다른 요인도 있겠지만, 스터브를 그처럼 태평하고 겁 없는 사람으로 만들어 준 물건이 하나 있었다. 허리가 휘도록 무거운 짐을 짊어지고 근심하며 다니는 행상인이 가득한 이 세상에서, 그가 인생의 짐을 지고도 그토록 유쾌하게 느릿느릿 걸어 다닐 수 있게 해주는 것, 불경해 보일 정도로 그를 쾌활하게 해주는 것은 분명 담배 파이프였다. 그 짧고 검은 작은 파이프는 코와 마찬가지로 그의 얼굴 일부나 다름없었다. 그가 침상에서 나오는데 파이프를 물고 나오지 않았다는 것은 코를 빠트리고 나오는 것과 같았다.

그는 손이 닿는 선반에 속을 꽉 채운 파이프들을 나란히 걸어두었다. 그리고 잠자리에 들 때마다 파이프들을 연달아 피웠다. 하나를 다 피워가면 그것으로 다른 파이프에 불을 붙이는 식으로 끝까지 다 피웠다. 그런 다음에는 언제든지 다시 피울 수 있도록 파이프 속을 새로 채워 일렬로 걸어놓았다. 그는 옷을 입을 때도 바지에 다리를 넣는 것보다 입에 파이프를 무는 게 더 중요한 사람이었다.

스터브가 특이한 기질을 갖게 된 이유 중 하나가 틀림없이 줄담배일 것이라고 나는 생각한다. 알다시피 이 세상의 공기는 육지든 바다든 숨을 내쉬다 죽은 수많은 인간의 형언할 수 없이 비참한 숨결로 오염되어 있기 때문이다. 어떤 사람들은 콜레라가 유행할 때처럼 장뇌로 처리한 손수건을 입에 대고 돌아다니는데, 스터브의 담배 연기도 그와 비슷하게 인간의 모든 시련에 대해 일종의 소독제 역할을 했을지도 모른다.

삼등항해사 플래스크는 비니어드섬의 티스버리 태생이었다. 키가 작지만 다부지고 혈색이 좋은 이 젊은이는 고래에 대해 무척 호전적이었다. 무슨 이유에서인지 그는 거대한 고래가 자신에게 그리고 선조들에게 모욕을 주었다고 생각하는 것 같았다. 고래를 만날 때마다 죽이는 것은 그에게 명예가 달린 문제였다. 그는 고래의 위풍당당한 덩치와 신비로운 행동에서 나오는 수많은 경이로움에 전혀 경외심을 느끼지 않았고, 고래와 마주치는 위험한 상황에 대해서도 전혀 불안해하지 않았다. 그의 생각에 아무리 멋진 고래라도 몸집이 커다랗게 부푼 쥐나 물쥐에 불과하고, 조금만 시간과 노력을 들여 속이면 죽여서 끓여 먹을 수 있는 동물에 지나지 않았다.

이 무지하고 무의식적인 대담함 때문에 플래스크는 고래 문제에 관한 한 다소 장난스러운 사람이 되었다. 그는 재미로 고래를 쫓았고, 혼곶을 도는 3년간의 항해도 그 기간만큼 지속되는 유쾌한 장난에 지나지 않았다. 목수가 사용하는 못에는 직접 망치로 두드려 만든 못과 쇠를 잘라 만든 못이 있다고 하는데, 인간도 그와 비슷하게 나누어볼 수 있다. 키 작은 플래스크는 두드려 만든 못이어서 한번 들어가 박히면 단단히 고정되고 오래갔다. 피쿼드호에서는 그를 왕대공[54]이라고 불렀다. 그의 체형이 북극해 포경선에서 왕대공이라고 부르는 짧고 네모난 목재와 무척 비슷했기 때문이다. 왕대공은 부채꼴로 끼워 넣은 여러 받침목들과 더불어, 얼음 바다에서 얼음이 밀려와 부딪히는 충격을 배가 견딜 수 있게 해주는 나무 기둥이다.

이들 세 항해사 스타벅, 스터브, 플래스크는 중요한 사람들이었다. 이들은 보편적 규정에 따라 피쿼드호의 포경 보트 세 척을 지휘했다. 에이해브 선장이 전투 명령을 내리고 고래를 공격할 병력을 집결시켜 보내면, 이들 세 항해사가 각자 중대장이 되어 명령을 수행했다. 길고 날카로운 고래잡이 창으로 무장하고 있으니 그들은 정예 창기병 3인방이다. 그렇다면 직속 부하인 작살잡이들은 투창병인 셈이다.

이 유명한 포경업에서 각 항해사는 옛 중세 기사처럼 보트 키잡이나 작살잡이를 대동하는데, 그들은 고래를 공격하는 도중에 항해사의 창이 심하게 뒤틀리거나 휘면 새로운 창을 건네주었다. 게다가 이들 둘 사이에는 일반적으로 긴밀하고 친밀한 우정이 오간다. 그러므로 여기서 누가 피쿼드호의 작살잡이고, 그의 직속상관은 누구인지 밝히는 것이 적절하겠다.

우선 일등항해사 스타벅이 퀴케그를 직접 자신의 종자(從者)로 선택했다. 퀴케그에 관해서는 이미 다들 알고 있는 바와 같다.

다음은 타슈테고. 비니어드섬에서 가장 서쪽에 위치한 게이헤드섬(아메리칸 인디언 마을의 마지막 자취가 남아 있는 곳) 출신이고 순수 혈통의 인디언이다. 게이헤드는 인접한 낸터킷섬에 오랫동안 가장 대담한 작살잡이들을 공급해왔으며, 아메리칸 인디언 마을의 마지막 자취가 남아 있는 곳이기도 하다. 포경업계에서 그들은 '게이헤드 사람'이라고 통칭된다. 타슈테고의 길고 가느다란 검은 머리카락, 툭 튀어나온 광대뼈, 둥글고 검은 눈(인디언치고는 크기 때문에 동양적이지만, 반짝이는 눈빛은 남극 사람 같다), 이 모든 것이 그가 거대한 뉴잉글랜드의 사슴

<hr>

**54**   지붕틀 한가운데에 세워서 지붕을 떠받치는 중심 지주.

을 찾아 활을 들고 본토의 원시림을 샅샅이 수색했던 자랑스러운 전사 사냥꾼들의 순혈 후예임을 분명하게 보여준다. 하지만 타슈테고는 숲속의 야수들이 지나간 자국을 냄새 맡고 다니며 사냥하는 대신에 바다의 거대한 고래들을 쫓으며 사냥하는 일에 나섰다. 과거 숲속에서 아버지가 쏜 백발백중 화살은 이제 빗나가는 법이 없는 아들의 작살로 바뀌었다. 뱀처럼 유연한 팔다리의 황갈색 근육을 본 사람은 초기 청교도들의 미신을 거의 사실로 받아들이며, 이 야생의 인디언이야말로 "공중의 권세 잡은 자"의 아들이 아닐까 반신반의할지도 모른다. 타슈테고는 이등항해사 스터브의 종자다.

세 번째 작살잡이는 다구. 그는 거대한 덩치에 피부가 석탄처럼 새카맣고 걸음걸이는 사자 같은 흑인 야만인으로 아하수에로스[55]를 생각나게 했다. 귀에는 황금 고리 두 개를 달고 다녔다. 고리가 하도 커서 선원들은 '고리 달린 볼트'라고 부르면서 중간 돛의 밧줄을 거기에 매면 되겠다고 말했다. 젊은 시절에 다구는 고향 해안의 인적 드문 만에 정박한 포경선에 자원해서 탔다. 그 후 그가 가본 세상이라고는 아프리카와 낸터킷, 고래잡이들이 자주 들르는 이교도의 항구 말고는 없었다. 그리고 어떤 선원을 배에 태울지 몹시 까다로운 선주들의 배에서 오랜 세월 당차게 고래잡이 생활을 해왔다. 다구는 야만인의 미덕을 고스란히 간직했고, 기린처럼 꼿꼿이 섰으며, 양말만 신고도 195센티미터가 넘는 키를 과시하며 갑판 위를 돌아다녔다. 그를 올려다보면 신체적으로 굴욕감이 들었고, 그 앞에 서 있는 백인은 요새에서 휴전을 간청하기 위해 내건 백기처럼 보였다. 흥미롭게도 이 위풍당당한 흑인 아하수에로스 다구는 키 작은 플래스크의 종자였는데, 다구 옆에 선 플래스크는 꼭 체스판의 말 같았다.

피쿼드호의 나머지 선원들에 관해 말하자면, 오늘날 미국의 포경업계에 고용된 수천 명의 일반 선원 가운데 미국 태생은 절반도 되지 않지만 간부 선원은

---

**— 55** 기원전 5세기의 페르시아 왕. 크세르크세스라고도 한다. 에스더서 1장 1절에 나오는 인물로 에스더와 결혼한 그는 유대 민족을 살려주었다. 멜빌은 인도에서 에티오피아까지 뻗어 있던 왕의 넓은 세력 판도를 다구의 덩치에 비유하고 있다.

거의 미국인이다. 인력 충원에 관한 한 미국의 육군, 해군, 상선단, 그리고 미국의 운하와 철도 건설에 고용된 토목 공사 노동자 집단의 경우도 포경업계와 사정이 같다. 이 모든 경우에서 미국인은 풍성하게 두뇌를 제공하고, 나머지 세계 사람들은 관대하게 근육을 제공하기 때문이다. 포경업에 종사하는 선원들 중 적잖은 수가 아조레스제도[56] 출신이다. 낸터킷을 떠나는 포경선은 아조레스의 바위투성이 해안에서 농사짓는 강인한 농부들을 선원으로 고용하고자 그곳에 자주 들른다. 비슷하게 헐[57]이나 런던에서 출항하는 그린란드 포경선은 셰틀랜드제도[58]에 들러 선원을 충원했다가 귀항하는 길에 다시 그곳에 들러 그들을 내려준다. 이유는 알 수 없지만 섬에서 자란 사람들이 최고의 고래잡이가 되는 듯하다. 피쿼드호만 보아도 최고의 고래잡이는 거의 전부 섬사람들이고, 이들은 또한 '고립된 자'다. 내가 이렇게 부르는 것은 그들이 인간 공통의 대륙을 인정하지 않고 자기만의 대륙에 각자 떨어져 살기 때문이다. 그래도 이렇게 하나의 용골을 중심으로 연합해 이 고립된 자들의 한 무리를 이루었다니 얼마나 멋진 일인가! 바다의 모든 섬과 육지의 모든 끄트머리에서 파견된 아나카르시스 클로츠 대표단[59] 같은 선원들이 늙은 에이해브 선장을 중심으로 피쿼드호에 모여들었다. 그리고 살아 돌아오는 사람이 그리 많지 않은 법정으로 나아가 세상에 대한 불만을 토로하려 한다. 흑인 꼬마 핍, 그는 끝내 돌아오지 못했다![60] 아

---

**56** 포르투갈 앞바다에 있는 제도.

**57** 잉글랜드 북동부 험버사이드주의 주도.

**58** 스코틀랜드 북동쪽 셰틀랜드주를 구성하는 제도.

**59** 프로이센 정치인 클로츠 남작이 보낸 외국인이 잡다하게 섞인 대표단. 프랑스혁명을 세계가 지지하고 있음을 보여주기 위해 파견했다. 이슈메일도 육지의 번뇌를 잊기 위해 바다라는 법정으로 나아가 불평을 토로하며 번뇌를 잊으려 했는데, 다른 선원들도 비슷한 동기로 바다에 나가지만 사고를 당해 돌아오지 못하는 자가 많다는 뜻이다.

**60** 미국 판본에서 이 구절 뒤에 "오, 아니다, 그는 먼저 갔다"라는 구절이 있었는데 영국 판본에서는 이 구절이 삭제되었다. 멜빌은 초고를 쓰는 과정에서 피쿼드호 침몰 전에 핍이 먼저 죽는 것으로 구상했던 것 같다. 그러나 핍은 실성했다가 나중에 피쿼드호 선원들과 함께 물에 빠져 죽는다. 그러나 여기에 나오는 핍에 대한 이슈메일의 서술은 마

아, 가엾은 앨라배마 소년! 음울한 피쿼드호의 선실에서 탬버린을 치는 그 아이를 여러분은 곧 보게 될 것이다. 영원한 시간을 알리는 서곡이었는지, 그 아이는 천사들과 함께 연주하라는 명을 받들어 천상의 거대한 뱃고물 갑판으로 불려 가서 영광스럽게 탬버린을 쳤다. 그는 이 세상에서는 겁쟁이라고 불렸지만 천상에서는 영웅으로 불리리라!

## 28장  에이해브

낸터킷에서 떠난 뒤 며칠이 지나도 에이해브 선장은 갑판 위에 모습을 드러내지 않았다. 항해사들은 규칙적으로 당직을 교대했고, 그 반대를 보여주는 것일 수도 있겠지만 사실상 이 배를 지휘하고 있는 듯했다. 다만 가끔 선실에 들어갔다가 나오면 갑자기 위압적인 명령을 내리는 것으로 보아 그들이 결국 선장의 대리인이라는 점이 분명해졌다. 그렇다. 그곳에는 최고의 권위를 가진 군주이자 독재자가 있었다. 신성한 은둔처인 선실에 드나드는 것이 허락되지 않은 사람들에게는 아직 모습을 드러내지 않고 있었지만 말이다.

나는 당직을 서려고 갑판에 올라갈 때마다 낯선 얼굴이 보이지 않을까 하는 마음에 얼른 고물 쪽을 바라보고는 했다. 처음에는 정체를 알 수 없는 선장에게 막연한 불안감을 느꼈는데, 오갈 데 없는 망망대해로 나온 지금은 거의 혼란스러운 지경이었다. 가끔씩 누더기를 걸친 일라이저의 불길한 헛소리가 전에는 느끼지 못했던 미묘한 기운을 띠며 불현듯 떠오를 때 그러했다. 지금과 다른 기분이었다면 부두에서 만난 그 이상한 예언자의 불길한 헛소리를 웃어넘길 수 있겠지만 이번에는 그런 생각을 견뎌내기가 힘들었다. 하지만 내가 느낀 감정이 불안감이든 불쾌감이든 간에 일단 배 안을 둘러보면 그런 감정이 들 근거는

치 핍이 먼저 죽어버린 양 한탄하고 있다. 이 책의 해제 중 '집필 과정과 재발굴' 참조.

전혀 없었다. 작살잡이들과 선원들 대부분은 내가 예전에 겪어본 상선의 온순한 선원들보다 훨씬 야만적이고 이교도적이며 잡다한 무리였지만, 스칸디나비아에서 발원한 이 거친 직업, 내가 자원해서 발을 들인 포경업만의 험악한 특성 탓에 그럴 수밖에 없다는 타당한 생각을 하면서 스스로를 달랬다. 하지만 배의 주요 간부 선원 세 명, 즉 항해사들을 보면 종잡을 수 없는 불안감이 싹 사라지고 이번 항해에 대해 자신감과 좋은 느낌이 들었다. 이들 세 사람은 저마다 나름대로 훌륭한 간부 선원이자 사나이이고 어디서 쉽게 구할 수 없는 적임자였다. 게다가 각각 낸터킷, 비니어드, 코드곶 출신으로 미국인이었다. 배가 크리스마스에 출발했기 때문에 계속 남쪽으로 내려가고 있는데도 한동안 살을 에는 듯한 북극 날씨를 견뎌야 했다. 위도가 차츰 낮아질수록 우리는 점차 무자비한 겨울과 견딜 수 없는 혹한에서 벗어났다. 그러던 어느 날이었다. 날씨는 덜 궂었지만 그래도 아침은 여전히 흐리고 음울했다. 순풍을 받은 배는 그동안 느렸던 속도를 벌충하려는 듯 펄쩍 뛰어올랐다가 침울한 속도로 물살을 가르며 나아갔다. 그때 나는 오전 당직을 서려고 갑판에 올라갔는데, 시선을 고물 난간으로 옮기자마자 뭔가 불길한 예감이 들며 온몸이 떨려 왔다. 예감의 근원이 무엇인지 인식하기도 전에 현실이 눈앞에 펼쳐졌다. 고물 갑판에 에이해브 선장이 서 있었던 것이다.

그가 병을 앓고 있다든지 혹은 회복되고 있다든지 하는 징후는 찾아볼 수 없었다. 그는 화형대의 불길에 휩싸여 사지가 상했지만 완전히 못 쓰기 전에, 또는 오랜 세월 다져진 그 건장함을 다 잃기 전에 화형대 줄을 끊고 나온 사람 같았다. 큰 키에 어깨가 떡 벌어진 그의 몸은 마치 단단한 청동으로 만든 것 같았다. 첼리니[61]가 주조한 페르세우스 청동상처럼 그 몸은 형태가 전혀 흐트러지지 않을 것 같았다. 잿빛 머리털에서 나와 황갈색으로 그을린 얼굴과 목덜미 한쪽으로 쭉 이어져 옷 속으로 사라지는 가느다란 막대기 같은 희끄무레한 납빛

---

**61**  1500~1571. 이탈리아의 조각가이자 금속 세공가.

흉터가 보였다. 그것은 곧게 솟은 거대한 나무가 벼락을 맞았을 때 가끔 생기는 수직 자국과 비슷했다. 나무에 떨어진 벼락이 잔가지 하나 떨어뜨리지 않고 꼭대기에서 밑동까지 껍질을 벗겨 홈을 새기고는 땅속으로 사라진다. 그러면 나무는 여전히 싱싱하게 살아 있지만 벼락의 낙인은 그대로 남는다. 그 흉터가 태어날 때부터 있던 모반인지, 아니면 극심한 상처가 남긴 흔적인지는 확실히 알 수 없었다. 여하튼 암묵적인 동의 아래 선원들 모두가 그 흉터에 대해 거의 언급하지 않았고, 특히 항해사들은 더욱 조심했다. 하지만 한번은 타슈테고의 선임인 게이헤드의 늙은 인디언 선원이 이렇게 미신 같은 주장을 한 적은 있었다. 에이해브 선장이 마흔 살이 되기 전에는 그런 흉터가 없었는데, 이후에 사람과 싸우다가 다친 것이 아니라 바다에서 큰 폭풍우와 싸우다가 그런 흉터가 생겼다는 것이다. 하지만 이런 엉뚱한 주장은 맨섬[62]의 백발노인, 이제껏 낸터킷 밖으로 나가본 적 없고 거친 에이해브 선장을 본 적 없는 음산한 노인네가 넌지시 던진 것이어서 추론상 사실일 리가 없었다. 그럼에도 바다의 오랜 전통, 즉 쉽게 사람의 말을 믿어버리는 선원들의 성향 때문에 다들 이 맨섬 노인에게 초자연적 통찰력이 있다고 믿었다. 그래서 에이해브 선장이 평온한 죽음을 맞는다면(그런 일은 좀처럼 없겠지만, 하고 노인은 중얼거렸다) 그의 시신을 염하는 자는 머리에서 발바닥까지 이어진 모반을 보게 될 것이라고 그가 말했을 때, 백인 선원들 가운데 그 말에 진지하게 반박한 사람은 아무도 없었다.

에이해브의 음울한 모습과 기다란 납빛 흉터를 보고 너무나 큰 충격을 받은 나머지, 나는 한동안 압도적인 음울함이 적잖게 그가 몸의 일부를 의지하고 서 있는 야만적이고 하얀 다리에서 나온다는 사실을 거의 알아채지 못했다. 이 상앗빛 다리가 항해 중에 향유고래의 턱뼈를 갈아서 만들었다는 이야기는 전에 들어서 알고 있었다. "그래, 그는 일본 앞바다에서 다리를 잃었어." 언젠가 늙은 게이헤드 인디언이 말했다. "하지만 돛대 부러진 배가 그러하듯이 그도 귀항하

— 62 아일랜드와 영국 사이에 있는 섬.

지 않고 다른 다리를 달았지. 그는 지금도 그런 다리들을 보관해놓은 화살 통을 가지고 있어."[63]

선장이 서 있는 독특한 자세도 잊을 수 없었다. 피쿼드호의 고물 갑판 양쪽, 즉 뒷돛대 밧줄 근처의 널빤지에는 송곳으로 뚫어놓은 1.5센티미터 너비의 구멍이 있었는데, 그는 고래 뼈로 만든 다리를 그 구멍에 끼우고 한쪽 팔을 들어 밧줄을 붙잡고 꼿꼿이 선 채 위아래로 끊임없이 요동치는 뱃머리 너머를 똑바로 바라보았다. 두려움 없이 정면을 응시하는 시선에는 한없이 강인한 인내심과 단호하고 굽힐 줄 모르는 고집이 담겨 있었다. 그는 한마디도 하지 않았고, 항해사들도 그에게 말을 걸지 않았다. 하지만 그들은 심란한 선장의 시선이 고통스럽지는 않지만 불편하다는 티를 사소한 몸짓과 표정으로 확실하게 냈다. 게다가 기분이 언짢은 에이해브는 십자가에 달리기라도 한 얼굴로 그들 앞에 서 있었는데, 형언할 수는 없지만 어떤 강력한 비애에서 비롯된 당당하고 압도적인 위엄이 배어났다.

출항 후 처음으로 바람을 쐬러 갑판에 나온 그는 얼마 지나지 않아 선실로 돌아갔다. 하지만 그날 아침 이후로 매일 선원들의 눈에 띄었다. 그는 중심을 잡아주는 구멍에 의족을 끼운 채 서 있거나, 그의 소장품인 고래 뼈 의자에 앉아 있거나, 그도 아니면 갑판 위를 느릿느릿 걸어 다녔다. 음침하던 하늘이 점점 밝고 온화해지면서 선장이 은신처에 머무는 시간도 점점 줄어들었다. 배가 항구를 떠났을 때 그가 칩거한 것은 적막한 겨울 바다 때문이 아니었을까 하는 생각이 든다.

시간이 지날수록 그는 선실 바깥에 내내 머물다시피 했다. 하지만 햇볕이 내리쬐는 갑판 위에서 그가 무슨 말을 하든 어떤 두드러진 행동을 하든 간에 그는 아직 예비용 돛대처럼 불필요하게만 보였다. 하지만 피쿼드호는 지금 단순히

---

**— 63** 이 내용은 뒤에 나오는 사정과 일치하지 않는다. 만약 예비 의족이 있었더라면 에이해브는 106장에서 보듯이 대장장이에게 새 의족을 만들어달라고 하지 않았을 것이다. 이 책의 해제 중 '집필 과정과 재발굴' 참조.

항해를 하고 있을 뿐이지 정식으로 작업을 시작한 것은 아니었다. 고래잡이 준비 작업 가운데 감독이 필요한 일은 거의 다 항해사들이 할 수 있었기 때문에, 지금 에이해브가 나서거나 신경 써야 할 일은 거의, 아니 전혀 없었다. 따라서 그 기간에는 모든 구름이 가장 높은 봉우리에 모이듯 그의 이마에 층층이 쌓인 구름을 걷어낼 일도 없었다.

하지만 머지않아 휴일다운 기분 좋은 날씨가 찾아왔다. 따뜻하고 새들이 지저귀는 듯한 날씨에 선장의 우울함도 조금씩 걷히는 듯했다. 발그레한 볼을 하고 춤추는 소녀 같은 4월과 5월이 사람을 꺼리는 추운 숲을 찾아오면, 아무리 헐벗고 거칠고 억세며 벼락을 맞아 쪼개진 늙은 참나무라 할지라도 그 쾌활한 손님을 반기기 위해 초록빛 싹을 몇 개는 틔울 것이다. 에이해브도 결국에는 그 소녀와 같은 바깥 공기의 매력에 조금이나마 응답했다. 그의 얼굴은 희미하게 몇 차례 피어났는데, 다른 사람 같았으면 웃음꽃을 활짝 피웠을 것이다.

## 29장    에이해브 등장, 뒤이어 스터브 등장

며칠이 흘렀다. 이제 피쿼드호는 얼음과 빙산을 모두 뒤로하고 언제나 8월인 열대지방의 문턱을 넘어 그곳을 영원히 지배하고 있는 키토[64]의 화창한 봄 날씨를 즐기며 나아갔다. 따뜻하면서도 시원하고, 맑고, 청아하고, 향기롭고, 넘치도록 풍성한 낮은, 마치 장미 향수를 뿌린 눈으로 만든 페르시아 셔벗을 수북이 담은 수정 그릇 같았다. 별이 빛나는 장엄한 밤은 보석이 달린 벨벳 드레스를 입고 자랑스럽게 홀로 집을 보살피며, 정복 전쟁을 하러 떠난 백작 남편과 황금 투구를 쓴 태양을 회상하는 도도한 귀부인 같았다. 그토록 매력적인 낮과 그토록 유혹적인 밤 중에서 언제 자야 할지 선택하기란 참 어려운 문제였다. 하

---

**64** 에콰도르의 수도.

지만 시들지 않는 날씨의 매력은 외부 세계에만 새로운 매력과 힘을 부여하는 것은 아니었다. 그것은 내면의 영혼도 일깨웠는데, 특히 고요하고 포근한 저녁이 다가오면 맑은 얼음이 대부분 조용한 황혼에 맺히듯이 기억은 맑은 결정체를 만들어냈다. 그리고 이 모든 미묘한 작용은 에이해브의 성격에 점점 더 많은 변화를 가져왔다.

나이가 들면 잠이 없어진다. 인간은 삶의 끈을 오래 붙들고 있을수록 죽음을 닮아 있는 것들과 관계를 덜 갖게 된다. 선장들 중에 한밤중에 자주 침상에서 일어나 갑판을 찾는 사람은 수염이 허연 노인들뿐이다. 에이해브도 마찬가지였다. 최근에는 거의 바깥으로 나와서 살다시피 하기 때문에, 엄밀히 말하면 선실에서 갑판에 오른다기보다 갑판에서 선실로 내려간다고 말하는 편이 맞을지도 모른다. 그는 이렇게 중얼거리곤 했다. "무덤에 들어가는 기분이 든단 말이야. 나같이 늙은 선장이 이 좁은 승강구로 내려가 못자리 같은 침대로 가자니 말이야."

그래서 거의 매일같이 선원들이 야간 당직을 서며 갑판 아래에서 자는 동료들을 위해 망을 보았다. 밤중에 앞갑판에 밧줄을 던져야 하는 일이 있으면 자고 있는 동료들에게 방해가 되지 않게 낮에 하듯이 거칠게 던지지 않고 조심스레 제자리에 가져다놓았다. 이런 한결같은 고요함이 배에 흐를 때면, 과묵한 키잡이는 습관적으로 선실로 통하는 승강구를 지켜보았다. 그러면 얼마 안 있어 노선장이 다리를 조금이라도 덜 절뚝이려고 철제 난간을 꽉 잡으며 나타나곤 했다. 그에게도 인간적인 배려심이 있는지 보통 이런 시간에는 뒷갑판 순찰을 자제했다. 피곤에 지친 항해사들이 쉬는 곳으로부터 불과 15센티미터 떨어진 곳에서 고래 뼈 뒤꿈치를 끌고 다닌다면, 그때마다 울리는 소음을 잠결에 들은 그들의 꿈속에 상어가 이빨을 으드득거리며 나타날지도 모르기 때문이었다. 하지만 이런 작은 배려도 무시할 정도로 그는 기분이 아주 나쁠 때가 있었다. 그가 고물 난간에서 주돛대까지 무거운 통나무처럼 걸어갔는데, 주책없는 이등항해사 스터브가 아래에서 올라와 다소 망설이며 농담 반 진담 반의 애원조로, 선장님이 갑판 위를 거닐고 싶다면 누구도 못 말리겠지만 그 소리를 좀 줄여줄 수 없겠냐고 말하고 나서는 잠시 주저하더니, 삼실을 공처럼 뭉쳐서 고래 뼈 다리에 받침대로 달면 어떻겠냐고 넌지시 말했다. 아아, 스터브. 그때 그대는 에이해브가 어떤 사람인지 너무나 몰랐구나.

"내가 포탄이라도 되나?" 에이해브가 말했다. "자네, 나를 그런 식으로 뭉칠 생각이야? 썩 꺼져. 못 들은 걸로 할 테니. 저 어두운 무덤으로 내려가. 가서 이 불을 수의처럼 입고 자라고. 언젠가는 그렇게 둘둘 갈게 될 테니까. 내려가, 개자식아. 개집으로 꺼져!"

노인이 갑자기 항해사를 업신여기며 생각지도 못한 폭언을 퍼붓자 스터브는 놀라서 잠시 할 말을 잊었다. 그러다가 흥분하면서 말했다. "선장님, 저는 그런 말을 듣는 데 익숙하지 않습니다. 그런 말을 조금도 좋아하지 않는다고요."

"닥쳐!" 에이해브는 끓어오르는 성질을 누르려는 듯 이를 악물고 말하며 휙 돌아섰다.

"아니요, 선장님. 아직 말 안 끝났습니다." 스터브가 대담하게 말했다. "다시 한번 개자식이라고 부르면 가만있지 않겠습니다."

"그러면 열 번이라도 더 불러주지, 이 당나귀, 노새, 나귀 자식아. 썩 꺼져. 안 그러면 네놈을 세상에서 아주 없애버릴 거니까!"

이렇게 말하며 다가오는 에이해브의 무시무시한 얼굴에 스터브는 자기도 모르게 뒤로 물러났다.

"내가 이런 말을 듣고 주먹이 가만히 있은 적이 없었는데." 승강구를 내려가면서 스터브는 중얼거렸다. "거참 희한하네. 잠깐, 스터브. 다시 가서 그 영감한테 한 방 날릴지, 아니면 여기서 무릎을 꿇고 영감을 위해 기도해야 할지 잘 모르겠어. 그래, 그게 방금 떠오른 생각이야. 그렇다면 난생처음으로 하는 기도가 되겠군. 희한하단 말이야. 정말 희한해. 그 영감도 희한해. 아무리 봐도 이 스터브가 함께 항해한 사람 중에 가장 희한한 노인네야. 어떻게 저런 식으로 폭발할 수 있지? 눈알이 무슨 화약통 같이 변했잖아! 미친 게 아닐까? 갑판에 무거운 것을 실으면 금이 가는 것처럼 저 영감 속에도 뭔가 무거운 게 있는 모양이야. 그러고 보니 저 영감 하루에 세 시간 넘게 침대에 누워 있는 적이 없으니 잠을 통 자지 않는 거로군. 급사인 '찐빵'도 그렇게 말했지. 아침에 선실에 가보면 잠옷은 구겨져 바닥에 떨어져 있고, 침대보는 발치에 몰려 있고, 이불은 매듭을 맨 것처럼 꼬여 있고, 베개는 달군 벽돌을 올려놓은 것처럼 더럽게 뜨겁다고 했어. 열이 많은 영감이야! 영감은 육지 사람들이 양심이라고 부르는 걸 가지고 있는 것 같아. 양심은 일종의 안면신경통 같은 거라던데. 치통보다 더 아프다지. 글쎄, 그게 뭔지 모르겠지만 나는 그런 병에 걸리지 않게 주님이 지켜주실 거야. 여하튼 알 수 없는 영감이란 말이지. 찐빵 말로는 밤마다 뒤쪽 선창으로 간다던데 왜 가는지 궁금하군. 누구를 만나려고 거기를 가는 건가? 참 이상하지 않아? 알 수 없는 일이야. 제길, 이거 슬슬 잠이 오는군. 자고 싶을 때 바로 잘 수 있는 것만으로 세상에 태어난 보람이 있는 거야. 지금 생각해보니 갓난아기들이 맨 먼저 하는 일도 자는 거잖아. 그것도 희한한 일이군. 젠장, 생각해보면 희한하지 않은 일이 없어. 하지만 생각하는 것은 내 원칙에 어긋나는 일이야. 생각하지 말자. 그건 내 열한 번째 계명이잖아. 잘 수 있을 때 자둬라, 이게 열두 번째 계명이고. 이런, 또 생각하고 있네. 대체 왜 그랬을까? 나를 개자식이라고 했어. 빌어먹을! 나를 열 번이나 당나귀라고 부르고 그것도 모자라 별 욕을 다 해댔잖아. 차라리 한번 걷어차고 말지. 아니, 걷어찼는데 내가 모르는 걸 수도 있지. 그렇게 인상을 쓰고 달려드니 놀라지 않을 수가 있나. 이마가 무슨 표백한 뼈다귀처럼 번쩍거렸어. 그런데 내게 무슨 빌어먹을 일이 생긴 거야? 똑바로 서 있을 수가 없네. 저 영감과 한바탕하고 나니 뭔가 크게 탈이 난 모양이야. 이런 세상에, 이건 분명 꿈일 거야. 어떻게, 어떻게 이런 일이? 하지만 잊으려면 자는 수밖에 없지. 빨리 그물 침대로 가자. 아침에 일어나면 대낮에는 이 터무니없는 요술 같은 생각이 어떻게 끝나는지 알 수 있겠지."

## 30장  파이프

스터브가 떠난 뒤 에이해브는 한동안 뱃전에 기대고 섰다. 그러더니 요즘 늘 그랬듯이 당직 선원을 불러 아래에 내려가 고래 뼈 의자와 파이프를 가져오라고 시켰다. 그는 나침함[65]에 둔 등불로 파이프에 불을 붙이고 바람이 불어오는 쪽 갑판에 의자를 놓은 뒤 거기에 앉아 담배를 피웠다.

고대 스칸디나비아 사람들이 활약하던 시절, 바다를 사랑하는 덴마크 왕들의 옥좌는 일각고래의 엄니로 만들어졌다고 전해진다. 그렇다면 고래 뼈로 만든 삼각의자에 앉은 에이해브를 보고 그 의자가 상징하는 왕의 위엄을 어떻게 떠올리지 않을 수 있겠는가? 갑판의 칸, 바다의 왕 그리고 리바이어던의 위대한 지배자, 그가 바로 에이해브였다.

얼마 동안 선장의 입에서 짙은 담배 연기가 계속해서 빠르게 흘러나왔고, 연기는 바람에 날려 다시 그의 얼굴로 돌아갔다. 마침내 그는 파이프를 입에서 떼며 혼잣말을 했다.

"어찌된 일이지? 이제는 담배를 피워도 마음이 진정되지 않는군. 아아, 파이프여! 너의 매력이 사라진다면 나의 삶도 분명 힘들어지겠지. 지금도 즐겁기는커녕 나도 모르게 고생만 하고 있군. 그래, 그것도 모르고 바람이 불어오는 쪽으로 계속 담배를 피우고 있었어. 죽어가는 고래처럼 신경질적으로 담배 연기를 뿜고 있었다고. 마지막으로 뿜은 연기에 괴로움이 가장 짙고 가득히 들어 있었겠지. 이제 이 파이프로 할 수 있는 게 뭐가 있나? 이건 마음의 평온을 얻기 위한 도구일 뿐이야. 부드럽고 하얀 머리카락 위로 부드럽고 하얀 연기를 피워 올리는 사람에게나 쓸모 있지, 나처럼 머리카락이 너덜너덜한 철흑색 같은 사람한테는 어울리지 않아. 이제 더는 담배를 피우지 않겠어…."

그는 아직 불이 붙어 있는 파이프를 바다에 내던졌다. 담뱃불이 물결 속에서 치지직 소리를 냈다. 동시에 배가 파이프가 가라앉으며 생긴 거품 옆으로 지나갔다. 에이해브는 모자를 푹 눌러쓰고 비틀거리며 갑판 위를 걸어갔다.

## 31장  매브 여왕[66]

다음 날 아침 스터브는 플래스크에게 다가가 말을 걸었다.

"이봐, 왕대공. 나 정말 이상한 꿈을 꿨어. 이런 꿈은 처음이야. 영감이 달고 있는 고래 뼈 다리 알지? 꿈에서 내가 그 다리에 차였지 뭐야. 그래서 나도 영감을 차려고 하는데, 놀랍게도 내 오른쪽 다리가 쑥 빠지더라고. 그리고 갑자기 장면이 바뀌더니 에이해브가 피라미드처럼 서 있었는데 나는 화난 바보처럼 그 피라미드를 계속 차고 있었어. 이봐 플래스크, 그런데 더 이상한 게 뭔지 아나? 꿈이 원래 다 이상하긴 하지만 말이야. 그렇게 화가 치미는데도 왠지 에이해브에게 걷어차인 게 대단한 모욕은 아니라는 생각이 들더라고. '아니 그게 어쨌다고. 진짜 다리도 아니고 의족이잖아.' 뭐 이런 생각이 드는 거야. 살아 있는 다리에 차인 것과 죽은 다리에 차인 건 하늘과 땅 차이지. 손으로 맞는 것이 지팡이로 맞는 것보다 50배는 더 야만적인 게 그런 이유니까. 살아 있는 팔다리로 맞아야 살아 있는 모욕이 되지. 그리고 그 빌어먹을 피라미드를 내 한심한 발로 차면서 문득 지독히 모순적이긴 하지만 이런 생각이 들더군. '영감 다리를 한번 봐. 저건 지팡이야. 고래 뼈 지팡이라고. 그래, 막대기로 장난스럽게 쳤을 뿐이야. 사실 고래 뼈로 슬쩍 건드린 수준이지. 야비하게 걷어찬 것도 아니고. 게다가 당장 봐봐. 저 의족 끝을 보란 말이야. 얼마나 작냐고. 농부가 넓적한 발로 나를 걷어찼다면 그 크기만큼 얼마나 모욕적이었겠어. 하지만 내가 받은 모욕은 의족 끝부분처럼 한 점에 지나지 않아.' 하지만 플래스크, 지금부터가 꿈에서 가장 재미있는 부분이니 들어봐. 내가 피라미드를 마구 차고 있는데 오소리 같은 머리털에 등에는 혹이 달린 늙은 인어가 나타나서 내 어깨를 잡고 나를

---

[66] 아일랜드와 잉글랜드 민화에 나오는 요정. 잠든 사람 각자에게 알맞은 꿈을 가져다준다. 셰익스피어의 희곡 『로미오와 줄리엣』 1막 4장에서 머큐쇼는 매브 여왕이 로미오에게 찾아와 꿈을 꾸게 했다고 말한다. "매브 여왕은 산파 역할을 하는 요정인데, 시의원 손가락 위의 마노보다 크지 않은 몸집을 하고서 눈곱만한 짐승들이 이끄는 마차를 타고 잠자는 사람들의 코 위를 지나가지."

획 돌려세우더니 '뭐하는 거야?'라고 묻지 뭐야. 세상에 그 모습이란! 어찌나 겁이 나던지. 어휴, 다시 생각해도 아찔해. 어쨌든 나는 겁을 꾹 누르고 대꾸했어. '뭐하고 있냐고? 그럼 나도 묻지. 그러는 당신은 무슨 일이오, 혹등고래 양반? 당신도 발길질 당하고 싶어?' 세상에 플래스크, 내가 이 말을 하자마자 그가 내게 엉덩이를 돌려대고 몸을 굽히더니 기저귀처럼 엉덩이를 덮은 해초 뭉치를 떼내더군. 그리고 내가 뭘 보았을 것 같나? 엉덩이에 돛 바늘이 잔뜩 꽂혀 있었어. 그것도 뾰족한 쪽이 나를 향해 있더라고. 그래서 내가 말했지. '영감, 아무래도 댁의 엉덩이를 걷어차면 안 될 것 같소.' 그러자 그자가 '현명한 스터브'라고 말하는 거야. 그러고는 같은 말을 내내 중얼거리더군. 굴뚝 마귀할멈처럼 잇몸을 질겅질겅 씹는 목소리로 말이야. 아무래도 그자가 '현명한 스터브, 현명한 스터브'라는 말을 멈출 것 같지 않아 나는 다시 피라미드나 계속 차야겠다고 생각했어. 그런데 발을 들려는 순간 그가 '발길질하지 마!'라고 소리를 지르는 거야. 그래서 내가 말했지. '아니 이보쇼, 영감. 지금은 또 무슨 일이오?' 그러자 그가 말했어. '이보게, 모욕이란 것에 대해 이야기해보세. 에이해브 선장이 자네를 찼다며, 그렇지?' '그랬소만. 바로 여기를 찼소.' '그래, 고래 뼈 다리로 찼겠군.' '그랬소.' '그렇다면 현명한 스터브, 도대체 왜 불평하나? 에이해브는 선의를 가지고 걷어찬 게 아니겠나? 흔해 빠진 소나무 다리로 찬 것도 아니고 말이야, 안 그래? 스터브 자네는 훌륭한 사람에게, 그것도 아름다운 고래 뼈 다리에 차인 거야. 그건 명예로운 일이지. 나는 그렇게 생각하네. 들어봐, 현명한 스터브. 옛날 영국에서는 최고위 영주들도 여왕에게 철썩 소리가 나게 맞고 가터 훈작사[67]를 받는 걸 크나큰 영광으로 여겼네. 자네는 에이해브 영감에게 걷어차이고 현명한 사람이 되었으니 자랑스러워하게. 내 말 명심해. 그에게 걷어차인 것을 명예로 생각해야지 되갚아주겠다고 발길질을 해서는 안 돼. 좋을 게 없어, 현명한 스터브. 자네는 저 피라미드가 보이지 않나?' 그는 이렇게 말하더니

---

**67** 기사의 최고 훈위.

어떻게 된 일인지 몰라도 갑자기 공중으로 헤엄치는 것처럼 사라졌어. 나는 코를 골며 몸을 뒤척였는데 깨고 보니 그물 침대이지 뭔가. 자, 플래스크, 이 꿈을 어떻게 생각하나?"

"모르겠어요. 완전히 개꿈 같아요."

"그래, 그럴지도 모르지. 하지만 그 꿈 덕분에 나는 현명해졌어. 플래스크, 저기 서 있는 에이해브 보이나? 곁눈질로 고물 쪽을 보고 있잖아. 저 영감은 건드리지 말고 혼자 내버려두는 게 상책이야. 뭐라고 말하든 절대로 성급하게 대꾸해서는 안 돼. 이봐, 영감이 뭐라고 소리치는 거야? 잘 들어봐!"

"거기 돛대 꼭대기! 잘 살펴봐, 너희들 전부! 이 근처에 고래들이 있어! 흰 고래를 보면 폐가 찢어지도록 소리치란 말이야!"

"저 말을 어떻게 생각하나, 플래스크? 뭔가 이상하지 않아? 흰 고래라고 했어. 자네도 들었지? 이봐, 분명 심상찮은 게 있어. 마음의 준비를 해두게, 플래스크. 에이해브가 뭔가 피비린내 나는 일을 꾸미고 있는 것 같아. 쉿! 영감이 이리로 온다."


### 32장  고래학

우리는 이미 대담하게 먼 바다로 나왔고, 곧 해안도 항구도 없는 망망대해에서 헤매게 될 것이다. 그렇게 되기 전에, 그러니까 해초로 뒤덮인 피쿼드호의 선체가 따개비로 뒤덮인 리바이어던의 몸뚱이와 나란히 물살을 가르기 전에, 우선 고래와 관련된 여러 가지 특별한 사실과 그에 따른 의미를 철저히 이해하고 안목을 갖추어놓는 것이 좋겠다.

이제 나는 고래를 광범위한 속(屬)으로 묶어 체계적으로 보여주고자 한다. 물론 쉬운 일이 아니다. 하지만 이 장에서 혼란스러운 요소들을 분류하고자 한다. 먼저 고래에 관한 최고 권위자들이 최근에 한 말을 들어보자.

"동물학의 어떤 분야도 고래학이라고 명명된 분야만큼 복잡하지 않다."

1820년 스코스비 선장[68]이 한 말이다.

"고래목을 군(群)과 과(科)로 분류하는 방법에 대한 연구는, 설혹 내게 그런 연구를 할 능력이 있더라도, 내가 의도하는 바는 아니다. 이 동물(향유고래)을 연구하는 역사가들 사이에도 상당한 혼선이 있다." 1839년 외과의사 빌[69]이 한 말이다.

"광대무변한 바다에서 연구를 계속하기란 적절치 않다." "고래목에 대한 우리의 지식에는 꿰뚫어볼 수 없는 장막이 존재한다." "가시나무로 뒤덮인 들판 같은 분야다." "이 모든 불완전한 증거가 우리 박물학자들을 괴롭힐 뿐이다."

위대한 퀴비에, 존 헌터, 레송 같은 동물학과 해부학의 대가들이 한 말이다. 고래에 대해 정확히 알려진 것은 적지만 고래를 다룬 책은 상당히 많다. 고래에 관한 학문, 즉 고래학과 관련된 책들도 많지는 않지만 있기는 하다. 고래에 관해 많든 적든 글을 남긴 사람들을 보면 지위가 낮은 사람과 높은 사람, 옛날 사람과 요즘 사람, 육지 사람과 뱃사람 등 그 수가 상당하다. 그들 중에서 몇 사람만 나열해보겠다. 『성경』의 저자들, 아리스토텔레스, 플리니우스, 알드로반디, 토머스 브라운, 게스너, 레이, 린네, 론델레티우스, 윌로비, 그린, 아르테디, 시볼드, 브리송, 마튼, 라세페드, 보나티에르, 데마레, 퀴비에 남작, 프레데릭 퀴비에, 존 헌터, 오언, 스코스비, 빌, 베넷, 존 로스 브라운, 『미리엄 코핀』의 작가, 옴스테드, 헨리 치버 목사. 고래를 다룬 이들의 글이 궁극적으로 말하려는 바가 무엇인지는 이 책의 맨 앞에 있는 「발췌록」에서 볼 수 있다.

이들 고래에 관한 글을 쓴 저자들 중에서 살아 있는 고래를 직접 본 사람은 오언 다음에 언급된 이들뿐이다. 그들 중에서 직업이 작살잡이자 포경선 선원인 사람은 스코스비 선장 한 명뿐이다. 그는 그린란드고래, 혹은 참고래에 관한 한 현존하는 최고의 권위자다. 하지만 거대한 향유고래에 관해서는 아는 바가 없고 아무런 언급도 하지 않았다. 그린란드고래는 향유고래와 비교하면 언급

---

**68** 1789~1857, 영국의 북극 탐험가.

**69** 1807~1849, 영국의 의사. 『향유고래 박물』 저자.

할 가치가 거의 없다. 특히 여기서 말해두고 싶은 것은 그린란드고래가 바다의 왕좌를 찬탈했다는 사실이다. 그 고래는 가장 큰 고래도 아니다. 그런데도 왕좌의 주인이라고 오랫동안 주장해온 이유는, 70여 년 전까지만 해도 향유고래는 전설로만 전해지고 전혀 알려지지 않은 데다가 오늘날에도 몇몇 과학의 성역이나 포경 항구를 제외하고는 이런 무지가 여전해 그린란드고래의 왕좌 찬탈은 완벽하게 이루어졌다. 과거 위대한 시인들이 고래에 관해 언급한 내용을 보면, 거의 대부분 그린란드고래를 경쟁의 여지가 없는 바다의 군주로 여겼다. 하지만 마침내 새로운 왕을 선포할 때가 되었다. 이 책이 바로 채링 크로스[70]다. 선량한 시민들은 들어라! 그린란드고래는 폐위되었고 위대한 향유고래가 이제 즉위하리니!

살아 있는 향유고래를 사람들에게 제시하려 애썼고, 그런 시도가 조금이나마 성공한 책은 두 권, 각각 빌과 베넷이 쓴 책뿐이다. 두 명 모두 남태평양 포경선의 선상 의사로 꼼꼼하고 믿을 만한 사람들이었다. 그들의 책에서 향유고래에 관한 독창적인 사안을 많이 찾아볼 수 없는 것은 당연하다. 책의 내용은 과학적인 설명에 국한되어 있지만 수준은 매우 뛰어나다. 아직까지 과학과 시 분야를 막론하고 살아 움직이는 향유고래를 완벽하게 묘사한 자료는 없다. 사냥된 다른 모든 고래와 비교해보았을 때 향유고래의 생태는 기록된 것이 없다고 해도 과언이 아니다.

이제 고래의 다양한 종을 대중적이고 포괄적으로 분류할 필요가 있다. 지금은 간단히 윤곽을 그려놓는 정도지만 나중에 다른 연구자들이 각 항목의 내용을 채워 넣을 수 있으리라고 본다. 이 일을 맡겠다고 나서는 사람이 없으므로 보잘것없지만 내가 한번 시도해보려 한다. 이 일을 완벽하게 끝내겠다는 약속은 못 할 것 같다. 인간이 하는 일 중에 완벽을 기해야 하는 모든 일이 바로 그런 이유로 필시 불완전할 수밖에 없기 때문이다. 고래의 다양한 종을 해부학적으

---

**— 70** 런던 중앙부의 번화한 지역. 1649년 찰스 1세의 처형을 포함해 여러 공개 처형을 대중이 목격하던 곳이다.

로 세밀하게 설명하지는 않겠다. 적어도 여기서는 너무 많은 설명은 하지 않을 것이다. 내 목표는 다만 고래학의 체계화를 위한 초안을 작성하는 데 있다. 나는 건축가이지 건축업자는 아니다.

그래도 대단히 힘든 작업이다. 우체국에서 편지를 분류하는 평범한 일에 비할 바가 아니다. 고래를 쫓아 바다 밑바닥까지 내려가서 더듬고, 그 세계의 불가사의한 토대와 갈빗대와 골반 속에 두 손을 집어넣어야 하는 실로 두려운 일이다. 이 리바이어던의 코를 꿰어보려고 하는 나는 누구인가! 욥기의 신랄한 독설에 간담이 서늘해진다. "어찌 그것이 너와 계약을 맺겠느냐. 보라, 참으로 잡으려는 그의 희망은 헛된 것이니라!"[71]

하지만 나는 도서관들을 헤엄쳐 다니고 대양을 항해했다. 여기 보이는 이 두 손으로 고래들을 상대했다. 나는 진지하며, 또한 노력할 것이다. 우선 짚고 넘어가야 하는 사항들을 살펴보겠다.

첫째, 이 고래학이 불확실하고 불안정한 학문이라는 것은 일각에서 고래가 물고기인지 논란이 되고 있다는 사실만 보더라도 알 수 있다. 린네는 1766년에 쓴 『자연의 체계』에서 "이런 이유로 나는 고래를 물고기에서 분리한다"라고 말했다. 하지만 내가 아는 바로는 린네의 분명한 선언에도 불구하고 1850년에 이르기까지 상어와 청어는 여전히 고래와 같은 바다를 공유했다.

린네는 고래를 바다에서 추방한 근거를 이렇게 설명한다. "두 심실이 있는 온혈 심장, 허파, 움직이는 눈꺼풀, 속이 비어 있는 귀, 젖꼭지에서 모유를 분비하는 암컷의 몸에 삽입되는 수컷의 성기", 그리고 마지막으로 "자연법칙에 따라 정당하고 당연하게" 고래는 물고기가 아니다. 나는 이 모든 것을 한때 항해하며 한솥밥을 먹은 적이 있는 낸터킷의 친구 시미언 메이시와 찰리 코핀에게 말했다. 그들은 린네가 제시한 근거가 전부 불충분하다고 입을 모았다. 찰리는 그것은 다 헛소리라고 욕했다.

---

**—  71**    욥기 41장 4절과 9절 참조.

이런 점을 밝혔으므로 나는 모든 논쟁을 보류하고 옛날 방식대로 고래가 물고기라는 입장을 받아들이면서 경건한 요나에게 나를 지지해달라고 요청하겠다. 근본적인 문제가 정리되었으니 다음으로 논의할 것은 고래와 다른 물고기의 몸속 구조가 어떻게 다른가 하는 문제다. 위에서 린네는 그 차이점을 제시했다. 간단히 말해, 다른 물고기는 허파가 없고 피가 차가운 반면에 고래는 허파가 있고 몸속에 따뜻한 피가 흐른다.

둘째, 외적인 특징을 어떻게 정의해야 고래가 앞으로 영구적으로 뚜렷이 분류되도록 할 수 있을까? 간단히 말해, 고래는 수평 꼬리를 가지고 있고 물을 내뿜는 물고기다. 그것이 고래다. 아주 간단해 보여도 이 정의는 심사숙고의 결과다. 바다코끼리도 고래처럼 물을 내뿜지만 수륙 양생이기 때문에 물고기는 아니다. 하지만 물을 내뿜는다는 특징은 수평 꼬리를 가졌다는 특징과 결합했을 때 더욱 설득력이 높다. 육지 사람들에게 친숙한 물고기는 모두 납작한 수평 꼬리가 아니라 수직이거나 수직에 가까운 꼬리를 가지고 있고, 이 사실을 모르는 사람은 별로 없을 것이다. 하지만 물을 내뿜는 물고기의 꼬리는 다른 물고기들과 모양은 비슷할지 몰라도 반드시 수평으로 붙어 있다.

위와 같이 나는 고래가 어떤 동물인지 정의했는데, 그렇다고 해서 고래를 가장 잘 아는 낸터킷 사람들이 여태까지 고래로 여긴 바다 생물을 고래 일족에서 배제하려는 것은 절대 아니다. 또한 권위자들이 여태까지 고래와 다른 종류로 여겨온 물고기를 고래와 연관 지으려는 것도 아니다. 따라서 몸집이 작고 물을 내뿜고 꼬리가 수평인 물고기라면 반드시 고래학의 밑그림에 포함되어야 한다.[72] 이제 고래 무리 전체를 크게 분류해보자.

우선, 크기에 따라 고래를 세 권의 주요 책들로 분류하고, 그것들을 다시 여

---

**72** 오늘날까지 많은 박물학자가 라만틴과 듀공(낸터킷에서 코핀 성을 가진 사람들이 돼지물고기와 암돼지물고기라고 부르는 것)을 고래로 분류해왔다는 사실을 나는 알고 있다. 하지만 이 돼지물고기는 시끄럽고 한심한 무리로서 주로 강어귀에 숨어 있으며 젖은 건초를 먹는다. 특히 물을 내뿜지 않으므로 나는 그것들에게 고래 자격증을 발급하지 않고 고래학 왕국을 떠날 수 있도록 통행증을 발행하겠다. (원주)

러 장으로 세분할 것이다. 여기에는 작은 고래와 큰 고래가 모두 포함된다.

I. 2절판 고래, II. 8절판 고래, III. 12절판 고래.

대표적으로 2절판 고래에는 향유고래, 8절판 고래에는 큰코돌고래, 12절판에는 돌고래가 있다.

2절판. 여기에는 다음 장들이 포함된다. 1. 향유고래, 2. 참고래, 3. 긴수염고래, 4. 혹등고래, 5. 멸치고래, 6. 대왕고래.

**제1권(2절판), 제1장(향유고래)** — 이 고래는 옛날 영국인 사이에서 트럼파고래, 피제터고래, 모루머리고래라는 이름으로 막연히 알려졌고, 오늘날 프랑스인들은 카샬로, 독일인들은 포트피슈라고 부른다. 학술명은 좀 길어서 마크로케팔루스다. 향유고래는 명백히 이 세상에서 가장 큰 생물이다. 우리가 만나게 될 모든 고래 중에서 가장 가공할 녀석이고 위풍당당한 외관을 자랑한다. 상업적으로도 가장 가치가 있는데, 값비싼 경뇌유를 이 고래에게서만 얻을 수 있기 때문이다.

향유고래의 모든 특성은 다른 많은 곳에서도 상세하게 설명할 것이므로 지금은 그 명칭만 주로 언급하겠다. 언어학적으로 생각하면 향유고래라는 명칭은 말이 안 된다. 몇 세기 전만 해도 향유고래는 그 특성이 제대로 알려진 게 없다시피 했고, 그 기름도 우연히 해변으로 밀려온 고래의 몸에서만 얻을 수 있었다. 그런 시절에 경뇌유는 그린란드고래 혹은 참고래에게서 얻을 수 있다는 것이 영국인들의 보편적인 생각이었다. 또한 경뇌유(spermaceti)라는 단어의 첫 음절(sperm, 정액)에서 보는 바와 같이 흥분한 그린란드고래의 정액이라는 생각도 퍼져 있었다. 당시 경뇌유는 대단히 귀했기 때문에 등불용으로 쓰지 않고 연고와 약을 만드는 데만 사용했다. 오늘날 우리가 대황 30그램을 살 때처럼 당시에 경뇌유도 약제사에게서만 구할 수 있었다. 시간이 흘러 경뇌유의 실체가 밝혀지고 나서도 상인들은 원래의 이름을 그대로 사용했는데, 그것은 경뇌유가 희귀하다는 생각을 기이한 방식으로 드러냄으로써 그 가치를 높이려는 의도가 분명했다. 그래서 경뇌유를 실제로 생산하는 고래에게 마침내 정액고래라는 이름이 붙게 된 것이다.

**제1권(2절판), 제2장(참고래)** — 이 고래는 인간이 본격적으로 사냥한 최초의 고래라는 점에서 가장 존경받을 만하다. 흔히 고래 뼈 혹은 고래수염으로 알려진 물품을 생산하는 것으로 유명하다. 참고래기름은 특히 '고래기름'으로 알려져 있는데 상업적으로는 가치가 떨어진다. 이 고래는 어부들 사이에서 고래, 그린란드고래, 흑고래, 큰고래, 진고래, 참고래 등 다양한 이름으로 아무렇게나 불린다. 이처럼 다양한 이름이 붙은 종이 모두 동일한 것인지는 매우 불분명하다. 그렇다면 내가 2절판에 두 번째로 포함시킨 고래는 어떤 고래인가? 그것은 영국 박물학자들이 그레이트 미스티세티라고 부르고, 영국 고래잡이들은 그린란드고래, 프랑스 고래잡이들은 발렌 오르디네르, 스웨덴 사람들은 그뢴란즈 왈피시라고 부르는 고래다. 네덜란드와 영국의 고래잡이들이 북극해에서 지난 2세기가 넘게 사냥해온 고래다. 미국의 고래잡이들은 인도양과 브라질 앞바다, 미국 북서부 해안 등 참고래 출몰지라고 불리는 세계 여러 바다에서 오랫동안 이 고래를 뒤쫓아왔다.

어떤 사람들은 영국인의 그린란드고래와 미국인의 참고래가 다르다고 보는 모양이다. 하지만 둘은 중요한 특징이 전부 정확히 일치한다. 근본적인 차이를 증명할 결정적인 사실은 아직 하나도 제시되지 않았다. 박물학의 일부 분야가 거부감이 들 정도로 복잡해지는 것은, 전혀 결정적이지 않은 차이에 근거해 끝없이 세분화하기 때문이다. 참고래에 관해서는 나중에 향유고래를 설명할 때 함께 다루겠다.

**제1권(2절판), 제3장(긴수염고래)** — 이것은 등지느러미, 높은 물줄기, 키다리 등 다양한 이름으로 불리는 고래다. 이 고래는 거의 모든 바다에서 목격되며, 대서양을 횡단하는 뉴욕 여객선을 탄 승객들은 이 고래가 멀리서 물을 내뿜는 모습을 자주 볼 수 있다. 몸길이와 수염은 참고래와 비슷하지만 몸통 둘레가 참고래보다 작고 색깔도 연해 올리브색에 가깝다. 커다란 입술은 거대한 주름이 비스듬하게 서로 엉켜 있어 굵은 밧줄 같은 모습을 하고 있다. 주요 특징인 등

지느러미는 이 고래의 이름이 되기도 했는데,[73] 실로 눈에 잘 띄는 신체 부위다. 이 지느러미는 길이가 90~120센티미터 정도로 등 뒤쪽에 뾰족하게 솟아 있고 끝이 무척 날카롭다. 이 고래의 다른 부분이 물에 잠겨 전혀 보이지 않을 때도 이 지느러미만은 수면 위로 돌출해 있어 잘 목격되기도 한다. 바다가 적당히 잔잔할 때 둥근 잔물결이 퍼져 나가면서 해시계 바늘 같은 등지느러미가 솟아올라 주름진 수면에 그림자를 드리우면, 지느러미를 둘러싼 둥근 수면은 바늘과 시간이 흔들리듯 새겨진 해시계 문자반처럼 보인다. 이 아하스[74]의 해시계에서는 그림자가 종종 뒤로 가기도 한다. 긴수염고래는 무리를 짓지 않는다. 사람을 싫어하는 사람이 있듯이 이 고래도 고래를 싫어하는 것 같다. 수줍음이 많고 늘 혼자 다니며 어둡고 외딴 바다에서 불현듯 수면 위로 솟아오른다. 그때 이 고래가 내뿜는 곧고 높은 물줄기는 사람을 피해 척박한 평원에 기다랗게 돋아난 식물 줄기 같다. 경탄이 절로 나올 정도로 힘차고 빠르게 헤엄치는 능력 덕분에 현재로서는 어떤 인간의 추격도 허용치 않는다. 이 고래는 추방당했지만 결코 정복되지 않는, 고래 종족의 카인 같다. 그 표시로 등에 해시계 바늘 같은 지느러미를 달고 다니는 것이다. 입속에 고래수염이 있어 때로 참고래와 함께 이론상 수염고래, 즉 고래수염이 있는 고래종에 포함되기도 한다. 이른바 수염고래라고 불리는 고래들에는 여러 변종이 있는 것 같지만 대다수는 거의 알려져 있지 않다. 넓적코고래, 주둥이고래, 창머리고래, 다발고래, 아래턱고래, 돌기고래는 몇 가지 종에 어부들이 붙인 이름이다.

　수염고래라는 명칭과 관련해 말해두어야 할 무척 중요한 내용이 있다. 이런 명명법 덕분에 몇몇 고래의 종을 언급하기가 간편해졌을지 모르지만 고래수염이나 혹, 지느러미, 이빨을 기준으로 고래를 분류하려는 시도는 헛수고일 뿐

---

**73**　우리말로는 긴수염고래지만, 영어로는 등지느러미를 뜻하는 Finback이다.

**74**　유다 왕국 12대 왕. 바빌론에서 해시계를 수입했다. 이사야 38장 8절에 해시계의 그림자를 뒤로 물린다는 이야기가 나온다. "아하스의 해시계에 나아갔던 해 그림자를 뒤로 십 도를 물러가게 하리라 하셨다 하라 하시더니 이에 해시계에 나아갔던 해의 그림자가 십 도를 물러가니라."

이다. 두드러진 부위나 특징이 고래 신체의 다른 객관적인 외관보다 고래학 체계의 토대를 제공하는 데 적합할 것 같지만 실은 그렇지 않다. 왜 그럴까? 고래수염, 혹, 등지느러미, 이빨은 좀 더 본질적인 다른 부위의 구조적 특징과는 무관하게 고래의 모든 종에서 무차별적으로 나타나는 특징이기 때문이다. 향유고래와 혹등고래는 둘 다 혹이 있지만 유사점은 그것이 전부다. 혹등고래와 그린란드고래는 둘 다 고래수염이 있지만 이 경우에도 유사점은 그것이 전부다. 앞에서 언급한 다른 특징도 마찬가지다. 그런 특징은 다양한 종류의 고래에서 불규칙적으로 결합되어 나타난다. 어떤 고래의 경우에는 한 가지 특징만 특이하게 단독으로 나타나는 일도 있다. 그런 특징을 기반으로 고래를 일반적으로 체계화하려면 실패할 수밖에 없다. 고래 박물학자들은 모두 이런 암초에 부딪혀 난파하고 말았다.

고래의 몸속, 즉 해부학적 구조를 살피며 접근하면 적어도 올바르게 분류하리라고 생각할 수 있다. 하지만 사정은 그렇지 않다. 예를 들면 그린란드고래의 해부학적 구조에서 고래수염보다 더 인상적인 것이 무엇인가? 이미 우리는 고래수염으로 그린란드고래를 정확히 분류하기란 불가능하다는 사실을 확인했다. 다양한 고래의 배 속으로 들어가더라도 고래학 체계화에 유용한 특징을 이미 외부에서 찾은 것에 비해 50분의 1도 찾아내지 못할 것이다. 그렇다면 남은 방법은 무엇인가? 거대한 고래들을 통째로 붙들고 그 크기에 따라 과감하게 분류하는 수밖에 없다. 여기서는 서지학적(책의 크기 따른 분류) 체계를 적용했는데, 이것만이 실행 가능하고 따라서 성공할 수 있는 유일한 방법이기 때문이다. 계속해서 살펴보겠다.

**제1권(2절판), 제4장(혹등고래)** — 이 고래는 북아메리카 해안에 모습을 자주 드러내며 그곳에서 빈번히 포획되어 항구로 끌려온다. 혹등고래는 행상인처럼 등에 커다란 꾸러미를 지고 있어 코끼리고래 혹은 성채고래라고 불리기도 한다. 어쨌든 혹등고래라는 일반적인 명칭으로는 다른 고래와 구별하기가 충분하지 않다. 향유고래도 이보다 작기는 하지만 혹이 있기 때문이다. 이 고래의 기름은 가치가 별로 없다. 혹등고래도 고래수염이 있다. 모든 고래 중에서도 가장 장난을 좋아하고 명랑한 이 고래는 다른 어떤 고래들보다 더 쾌활하게 흰 거품과 물보라를 일으킨다.

**제1권(2절판), 제5장(멸치고래)** — 이 고래는 이름 말고는 알려진 바가 거의 없다. 나는 혼곶 앞바다에서 이 고래가 멀리서 헤엄치는 것을 본 적이 있다. 이 고래는 성격이 내성적이어서 사냥꾼과 철학자 모두를 피한다. 겁쟁이는 아니지만 아직까지 길고 날카로운 산등성이처럼 솟은 등 말고는 다른 부위를 보여준 적이 없다. 이 고래는 놓아주자. 나는 멸치고래에 관해 아는 것이 거의 없으며, 다른 사람들도 마찬가지일 것이다.

**제1권(2절판), 제6장(대왕고래)** — 또 다른 내성적인 신사다. 유황색 복부는 분명 깊이 잠수하다가 지옥의 지붕 기와에 긁혀서 그렇게 된 것이리라. 이 고래는 좀처럼 눈에 띄지 않는다. 남태평양에서 멀리 떨어져 있는 모습을 본 것 말고는 적어도 다른 곳에서는 본 적이 없다. 그나마도 생김새를 살피기에는 늘 너무 먼 곳에서 나타났다. 대왕고래는 결코 쫓아갈 수 없는데 작살을 꽂아도 줄을 달고 도망치기 때문이다. 대왕고래에 관해서는 놀라운 이야기가 많다. 잘 가라, 대왕고래! 너에 관한 사실을 더 이상 말할 수가 없구나. 가장 나이 많은 낸터킷 사람도 마찬가지일 것이다.

이것으로 제1권(2절판)은 끝나고, 이제 제2권(8절판)이 시작된다.

8절판.[75] 여기에는 중간 크기의 고래가 포함되는데, 그중에는 다음과 같은 고래들이 있다. 1.큰코돌고래, 2.흑고래, 3.일각고래, 4.범고래, 5.상어고래.

**제2권(8절판), 제1장(큰코돌고래)** — 이 고래는 숨소리인지 물을 내뿜는 소리인지 모르지만 시끄럽게 울리는 소리 때문에 육지 사람들 사이에 속담[76]까지

---

**75** 제2권을 4절판으로 명명하지 않은 이유는 지극히 명백하다. 여기에 속한 고래들은 2절판 고래들보다 크기가 작지만 외형은 같은 비율을 유지한 채로 닮았다. 제본할 때 2절판을 4절판으로 줄이면 원래의 형태가 유지되지 않지만, 8절판으로 줄이면 형태가 유지된다. (원주)

**76** "큰코돌고래처럼 내뿜는다"라는 속담은 '숨이 가쁘다'라는 뜻으로 쓰인다.

생겼다. 깊은 바다에 사는 것으로 잘 알려져 있지만 일반적으로 고래로 분류되지는 않는다. 그래도 고래의 두드러진 특징은 모두 갖추고 있어 대다수의 박물학자가 큰코돌고래를 고래로 인정해왔다. 큰코돌고래는 중간 정도인 8절판 크기로 몸길이는 4.5미터부터 7.5미터까지 다양하고 허리둘레는 이에 상응한다. 무리를 지어 헤엄쳐 다닌다. 이 고래는 등불용으로 사용하기에 좋은 기름이 많이 나지만 정식으로 사냥된 적은 없다. 어떤 고래잡이들은 큰코돌고래가 나타나면 거대한 향유고래가 나타날 전조로 받아들인다.

**제2권(8절판), 제2장(흑고래)** — 나는 모든 고래를 고래잡이들 사이에서 널리 알려진 이름으로 부르고 있는데, 보통은 그것이 제일 낫기 때문이다. 모호하거나 부적절한 명칭이 있다면 그런 점을 언급하고 다른 명칭을 제시하겠다. 이른바 흑고래가 그런 경우인데 사실 거의 모든 고래가 검은색을 띠고 있기 때문이다. 그러니 괜찮다면 이 고래를 하이에나고래라고 부르자. 이 고래는 많이 먹는 것으로 유명하고, 입술 안쪽이 위쪽으로 뒤집혀 있어 얼굴이 늘 메피스토펠레스[77]처럼 웃고 있다. 이 고래는 몸길이가 5~6미터이고 어느 위도에서나 발견된다. 헤엄칠 때 갈고리 모양의 등지느러미를 내보이는 점이 특이한데 이 지느러미는 매부리코처럼 보인다. 향유고래 사냥꾼들은 그다지 소득을 올리지 못했을 때 하이에나고래를 포획하기도 한다. 이 고래는 가정용 싸구려 기름의 공급원이기 때문이다. 검소한 주부들은 손님 없이 가족들끼리만 있을 때 향기로운 기름 대신에 고약한 냄새가 나는 이 기름을 태운다. 이 고래는 지방층이 적지만 고래에 따라 120리터 이상 기름을 얻을 수 있다.

**제2권(8절판), 제3장(일각고래, 즉 콧구멍고래)** — 이름이 특이한 또 하나의 사례다. 이 고래의 독특한 뿔을 사람들이 뾰족한 코라고 오해하여 생긴 이름 같다. 몸길이가 5미터에 이르고 뿔의 길이는 평균 1.5미터 정도다. 하지만 개체에 따라 뿔이 3미터를 넘어 4.5미터에 이르는 고래도 있다. 엄밀히 말해 이 뿔은 길

---

**—**   **77**   파우스트 전설의 후반부에 나오는 유명한 악마.

게 늘어난 엄니다. 턱에서 수평보다 약간 아래로 이어진 선을 따라 나 있다. 하지만 이 이빨은 왼쪽에서만 나기 때문에 어색한 왼손잡이처럼 보이게 하는 좋지 않은 효과를 낸다. 이 상아색 뿔의 정확한 용도는 말하기가 어렵다. 황새치나 동갈치류의 날카롭고 긴 주둥이처럼 쓰이는 것 같지는 않다. 어떤 선원들은 일각고래가 먹이를 찾으려고 바다 밑바닥을 뒤집을 때 뿔을 갈퀴처럼 사용한다고 말했다. 찰리 코핀은 얼음을 부술 때 이 뿔을 쓴다고 했다. 북극해에서 수면 위로 올라오다가 얼음이 덮고 있으면 뿔로 뚫고 나온다는 것이다.

이런 추측들이 옳은지는 증명할 수 없다. 여하튼 나는 일각고래가 한쪽으로만 나는 이 뿔을 실제로 사용하는지 여부와 관계없이 소책자를 읽을 때 책갈피로 쓰면 무척 편리하겠다는 생각이 들었다. 나는 이 고래가 엄니고래, 뿔고래, 유니콘고래라고 불리는 것을 들은 적이 있다. 일각고래는 분명 동물계의 거의 모든 왕국에서 찾아볼 수 있는 유니콘 숭배의 기이한 사례다. 몇몇 은둔 저자들의 말에 따르면, 고대에 이 바다유니콘의 뿔은 훌륭한 해독제로 여겨져 구하려면 그 값이 어마어마했다고 한다. 이 뿔을 증류하여 만든 탄산암모니아수는 여자들이 기절했을 때 약으로 쓰였는데, 수사슴의 뿔을 증류하여 만드는 것과 똑같은 이치였다. 이 뿔은 원래 그 자체가 무척 진기한 물건으로 여겨졌다. 『검은 글자』[78]에 따르면, 마틴 프로비셔 경[79]의 용감한 배가 템스강을 따라 내려갈 때, 엘리자베스 1세 여왕이 그리니치 궁전 창문에서 보석으로 화려하게 장식한 손을 흔들며 배웅했다고 한다. 『검은 글자』에는 이렇게 적혀 있었다. "항해에서 돌아온 마틴 경은 여왕 앞에 무릎을 꿇고 일각고래의 엄청나게 긴 뿔을 바쳤고, 이 뿔은 윈저 성에 오래도록 걸려 있었다." 어느 아일랜드 작가는 레스터 백작도 여왕 앞에 무릎을 꿇고 유니콘의 특성을 가진 어떤 육지 동물의 뿔을 바쳤다고 주장한다.

일각고래는 눈길을 끄는 모습을 하고 있는데 우유처럼 하얀 바탕색에 둥글

— **78**　이슈메일만 유일하게 가지고 있다는 익명의 저자가 쓴 책. 2장에서 언급되었다.

　**79**　16세기 잉글랜드 항해가. 캐나다 북동부를 탐험했다.

고 길쭉한 검은 점을 지녀 표범처럼 보인다. 일각고래의 기름은 깨끗하고 순도가 높아 품질이 매우 좋다. 그러나 추출되는 양이 적고 고래 자체도 좀처럼 잡히지 않는다. 주로 극지 부근의 바다에서 나타난다.

**제2권(8절판), 제4장(범고래)** — 이 고래에 대해서는 낸터킷 사람들도 정확히 아는 바가 거의 없고 전문 박물학자들은 전혀 모른다. 내가 멀리서 본 바로는, 크기가 큰코돌고래 정도인 것 같다. 범고래는 매우 사납고 식인종 같은 고래다. 때로는 거대한 2절판 고래를 물고 그 거대한 짐승이 괴로워 죽을 때까지 거머리처럼 달라붙어 놓지 않는다. 범고래는 사냥된 적이 없다. 어떤 종류의 기름을 가지고 있는지도 모른다. 이 고래의 이름에 관해서는 그 근거가 명확하지 않으므로 이의를 제기할 수 있다.[80] 우리는 땅에서나 바다에서나 모두 살인자이기 때문이다. 여기에는 나폴레옹 보나파르트와 상어도 포함된다.

**제2권(8절판), 제5장(상어고래)** — 이 신사 같은 고래는 적을 공격할 때 꼬리를 채찍처럼 휘두르는 것으로 유명하다. 헤엄칠 때는 2절판 고래 등에 올라타서는 그 꼬리로 찰싹찰싹 때리며 나아간다. 마치 일부 학교 교사들이 처세하는 방식과 비슷하다. 상어고래는 범고래보다 알려진 바가 없다. 둘 다 무법이 횡행하는 바다에서 더 지독한 무법자다.

이것으로 제2권(8절판)이 끝나고, 제3권(12절판)이 시작된다.


12절판. 여기에는 작은 고래가 포함된다. 1.만세돌고래, 2.해적돌고래, 3.흰 주둥이돌고래.

이 주제를 특별히 연구할 기회가 없던 사람에게는 몸길이가 보통 1.5미터가 넘지 않는 물고기를 고래 반열에 올리는 것이 이상해 보일지도 모른다. 고래라는 단어는 대중적인 의미에서 늘 거대하다는 개념이기 때문이다. 하지만 내가 정립한 고래의 정의에 따르면 12절판 고래라고 소개한 것들도 틀림없는 고래

---

80  범고래는 영어로 killer whale이며 '살인자고래'라는 뜻을 가지고 있다.

다. 물을 내뿜고 수평 꼬리를 가지고 있기 때문이다.

**제3권(12절판), 제1장(만세돌고래)** — 세계 어디서나 볼 수 있는 흔한 돌고래다. 이름은 내가 지어준 것이다. 돌고래는 여러 부류가 있어 구별하자면 이런 이름 짓기는 반드시 해야 하는 일이다. 만세돌고래라고 부르는 이유는, 이 돌고래가 떼를 지어 즐겁게 헤엄치다가 드넓은 바다로 나오면 독립 기념일에 사람들이 공중에 모자를 던지듯이 하늘로 계속해서 뛰어오르기 때문이다. 만세돌고래들이 나타나면 대개 선원들은 기뻐하며 환호성을 지른다. 원기 왕성한 이 돌고래들은 바람이 불어오는 쪽에서 상쾌한 큰 물결과 함께 나타난다. 그들은 바람 앞에서 늘 생기 넘치는 소년 같고, 길조로 여겨진다. 이 쾌활한 돌고래들을 보고도 만세 삼창을 외치지 않는 사람이 있다면 참으로 안 된 일이다. 잘 먹어 포동포동한 만세돌고래에게서는 질 좋은 기름 4리터를 얻을 수 있다. 턱에서 추출한 질 좋고 미묘한 체액은 그 가치가 상당하다. 보석 세공사와 시계 제작자가 이 체액을 찾고, 선원들은 이것을 숫돌에 바른다. 이 돌고래고기는 맛도 좋다. 돌고래가 물을 내뿜는 모습은 아마 보지 못했을 것이다. 실제로 내뿜는 물의 양이 무척 적어 쉽게 알아볼 수도 없다. 하지만 앞으로 기회가 생기면 한번 살펴보라. 커다란 향유고래의 축소판을 보게 될 것이다.

**제3권(12절판), 제2장(해적돌고래)** — 말 그대로 해적이다. 무척 사납다. 내 생각으로는 태평양에서만 발견되는 것 같다. 만세돌고래보다 조금 더 크고 생김새가 아주 닮았다. 이 고래는 화가 나면 상어에게도 덤빈다. 보트를 타고 여러 번 쫓아보았지만 아직까지 포획된 것을 보지 못했다.

**제3권(12절판), 제3장(흰주둥이돌고래)** — 돌고래 중에서 가장 크다. 알려진 바에 따르면 태평양에서만 모습을 드러낸다. 여태까지 이 돌고래를 부르는 유일한 영어 이름은 참고래돌고래다. 주로 2절판 고래인 참고래 근처에서 발견되기 때문에 어부들이 붙여준 명칭이다. 만세돌고래와 달리 허리둘레가 그렇게 통통하거나 비대하지 않다. 실제로 매우 단정하고 신사 같은 모습을 하고 있다. 다른 돌고래들과는 달리 등에 지느러미가 없으며 꼬리가 아름답다. 눈은 녹갈색을 띠며 감상적인 인디언의 눈을 닮았다. 하지만 하얀 주둥이가 모든 것을 망쳐놓는다. 등 전체에서 옆구리 지느러미까지는 짙은 검은색이지만, 선체의 '선명한 허리'라고 부르는 것과 같은 경계선이 있어 몸 위는 검은색, 아래는 흰색으로 나뉜다. 머리 일부와 입 전체가 하얗기 때문에 마치 포대에 머리를 박고 밀가루를 몰래 훔쳐 먹다가 황급히 도망치는 도둑처럼 보인다. 비열하고 못된 돌고래 같으니라고! 이 돌고래의 기름은 여느 돌고래의 기름과 비슷하다.

* * *

12절판을 넘어가면 이 분류법은 더 이상 적용되지 않는다. 돌고래보다 더 작은 고래는 없기 때문이다. 이것으로 중요한 고래는 모두 살펴보았다. 하지만 정체가 불분명하고 여기저기를 떠돌아다니는 전설에 가까운 고래 무리도 있다. 나도 미국 고래잡이로서 이들에 대한 소문은 들었지만 직접 본 적은 없다. 이들을 선원들이 부르는 이름대로 나열해보겠다. 여기서 내가 겨우 시작한 일을 미래의 연구자들이 완성하는 데 이 명단이 귀중한 정보가 될 수 있기 때문이다. 다음의 고래들은 어떤 것이든 포획되거나 눈에 띄면 크기가 2절판이냐, 8절판이냐, 12절판이냐에 따라 여기서 분류한 체계에 즉시 포함시킬 수 있다. 병코고래, 정크고래, 푸딩머리고래, 케이프고래, 선두고래, 대포고래, 털복숭이고래, 구릿빛고래, 코끼리고래, 빙산고래, 대합고래, 푸른고래 등. 아이슬란드와 네덜란드, 옛 영국의 권위 있는 서적들은 온갖 기묘한 이름이 적혀 있는 불확실한 고래 명단을 내놓고 있다. 하지만 그런 명단은 완전히 시대에 뒤떨어진 것으로 판단하여 모두 제외했다. 고래라는 말만 고래고래 소리칠 뿐 아무 의미 없는 소리[81]에 불과하다는 생각이 절로 떠오르기 때문이다.

마지막으로, 서두에서 말했다시피 이 분류법은 여기서 당장 완전한 모습을 갖추지는 못할 것이다. 그저 나는 약속을 지켰을 뿐이다. 이제 내 고래학 체계

---

**81**    셰익스피어의 희곡 『맥베스』 5막 5장에 나오는 대사를 변형했다. "인생은 … 천치가 떠드는 이야기. 고래고래 소리를 치지만 아무 의미도 없어."

를 미완의 상태로 남겨두려 한다. 마치 거대한 쾰른 대성당이 완공되지 않은 탑 꼭대기에 아직 기중기를 둔 채 남아 있는 것처럼 말이다.[82] 작은 건물이야 공사를 처음 시작한 건축가가 완공할 수 있겠지만, 진정 웅장한 건물은 최후의 마무리를 후대에 맡기는 법이다. 신은 내가 그 어떤 것도 완성하지 못하게 한다. 이 책 전체도 하나의 초고에 지나지 않는다. 아니, 초고를 위한 초고에 불과하다. 아아, 내게 시간과 체력과 자금과 인내를!

### 33장 　작살잡이장

포경선의 간부 선원과 관련해 여기가 포경선 내의 특이한 사정을 알리기에 적합한 자리인 것 같다. 이러한 특이함은 포경선이 아닌 다른 배에는 당연히 없는 작살잡이라는 간부 선원의 존재로 말미암아 생겨난다.

작살잡이라는 직책에 부여된 중요성은, 200여 년 전 네덜란드 포경업계에서 지금은 선장이라고 불리는 사람이 전적으로 배를 지휘하지 않고 스펙신더(specksynder)라는 간부 선원과 나누어 지휘했다는 사실로 명백히 드러난다. 스펙신더라는 말은 원래 '비계를 자르는 사람'이라는 뜻인데, 시간이 흐르면서 작살잡이장과 동의어가 되었다. 당시에 선장은 항해와 선박의 전반적인 관리만 맡았고, 고래사냥과 그에 관련된 업무는 작살잡이장이 최고 책임자로서 총괄했다. 영국 그린란드 포경업계에서는 스펙신더가 와전된 스펙셔니어(speksioneer)라는 직함으로 옛날 네덜란드의 직책이 아직도 존재하지만, 과거에 누리던 위엄은 애석하게도 약화되었다. 현재는 그저 선임 작살잡이 정도의 지위를 가지고 있으며 선장 아래에 있는 간부 선원들 중 하나다. 그래도 고래잡이

---

**— 82**　쾰른 대성당은 1248년 공사를 시작했으나 1473년 중단되었고, 이후 400년 동안 거대한 기중기가 남쪽 탑 꼭대기에 남아 있었다. 1842년 공사가 재개되어 1880년에 완공되었다.

항해의 성공 여부는 주로 작살잡이가 얼마나 업무를 잘 수행하느냐에 달려 있다. 미국 포경업계에서 작살잡이는 포경 보트에서 중요한 간부 선원일 뿐 아니라 고래잡이 어장에서 야간 당직을 서는 것 같은 특정한 상황에서는 갑판 지휘까지 맡는다. 따라서 작살잡이는 바다 생활의 정치적 대원칙에 따라 명목상으로라도 일반 선원들과 따로 생활하고 직책도 상급자로 구별되어야 하지만, 실제로는 선원들에게 늘 익숙하게 동료 취급을 받는다.

간부 선원과 일반 선원의 가장 큰 차이는 간부 선원은 뱃고물 쪽에, 일반 선원은 뱃머리 쪽에 숙소가 있다는 것이다. 이런 이유로 포경선에서든 상선에서든 항해사들은 선장과 같이 배 뒤쪽에 선실이 있다. 마찬가지로 대다수 미국 포경선에서 작살잡이도 배 뒤쪽에 숙소를 두고 있다. 그래서 선장의 선실에서 식사하고, 선실과 벽을 사이에 두고 연락할 수 있는 곳에서 잠을 잔다.

남태평양 고래잡이 항해는 여태껏 인간이 실행한 가장 긴 거리의 항해이고, 그런 장기 항해에는 특별한 위험이 따른다. 하지만 지위 고하를 막론하고 모든 선원의 이해관계가 일치하는 것이 하나 있으니 바로 수익이다. 그 수익은 고정된 임금이 아니라 공동의 불침번과 용맹함, 수고에 더해 공동의 운에 따라 달라진다. 그렇기 때문에 일반적으로 상선보다 규율이 덜 엄격한 편이고 어떤 원초적인 상황에서는 고대 메소포타미아의 가족처럼 다 함께 북적거리며 살기도 하지만, 그래도 뒷갑판에서 엄격한 규율이 느슨해지는 일은 좀처럼 없으며 어떤 경우에도 완전히 허물어지지 않는다. 실제로 낸터킷 포경선들에서 선장이 해군 제독 못지않은 위엄을 갖추고 뒷갑판을 의기양양하게 걸어 다니는 모습을 많이 볼 수 있다. 남루한 선원용 외투가 아니라 군왕의 자주색 예복을 걸치기라도 한 것처럼 선원들에게 존경을 강요하는 분위기다.

피쿼드호의 음울한 선장은 그렇게 천박한 허세를 부리는 사람은 결코 아니었다. 그가 선원에게 요구하는 것은 절대적이고 즉각적인 복종뿐이었다. 그는 뒷갑판에 올라올 때는 신발을 벗어야 한다고 요구하지 않았다. 나중에 자세히 언급할 사건이 일어났을 때처럼 생색내거나 협박하는 등 평소와 다른 모습을 보이는 경우도 있지만, 그런 에이해브 선장조차 바다의 가장 중요한 관행을 어기는 일은 절대로 없었다.

선장이 때로는 그런 관행 뒤에 자신을 감췄다 해도 결국에는 드러날 수밖에 없다. 말이 나온 김에 말하자면, 정당한 용도가 아니라 어떤 개인적인 목적을 위해 관행을 동원하기도 하는 것이다. 그의 머릿속에 잠재된 폭군 기질은 평소에는 잘 드러나지 않다가 배 위의 관행이라는 미명 아래 저항할 수 없는 절대 권력으로 표출되었다. 한 사람의 지성이 아무리 뛰어나더라도, 그 자체로는 하찮고 비열한 장식과 장치의 도움 없이는 다른 사람에 대해 실용적이고 효과적인 지배권을 절대 확보할 수 없다. 이런 장식과 장치 때문에 하나님께 선택받은 왕국의 진정한 왕자들은 세상의 정치 행위에 개입하지 않는다. 보잘것없는 일반 대중보다 결코 탁월해서가 아니라, '무위한 신성'[83]을 가진 소수의 선택받은 자들보다 훨씬 열등하기 때문에 오히려 유명해진 자들에게 이 세상 최고의 영예가 돌아간다. 하찮은 장식과 장치라 할지라도 극단적인 정치적 미신이 부여되면 거기에 커다란 미덕이 생겨나고, 그리하여 어떤 왕실에서는 멍청한 얼간이 후계자에게 왕위가 돌아가기도 했다. 하지만 러시아 황제 니콜라이 1세의 경우처럼 지리적 제국의 왕관이 제왕의 머리에 씌워지면, 백성들은 그 막강한 중앙 집권적 권력 앞에 머리를 조아리게 된다. 인간의 꺾이지 않는 정신을 극적으로 묘사하고자 하는 비극 작가는 그의 작품에서 지금 언급한 것과 같은 암시(장식과 장치)를 무척 중요하게 여기며 잊지 않을 것이다.

하지만 나의 선장 에이해브는 여전히 낸터킷 사람 특유의 텁수룩하고 험악한 모습으로 내 앞을 어슬렁거리고 있다. 어쩌다 황제들과 왕들에 대한 이야기

---

**— 83** 역사적으로 신성로마제국의 황제를 뽑는 일곱 선제후를 가리키는 명칭이다. 여기서는 비유적인 의미로 하나님의 제국에서 '진정한 군주' 노릇을 하는 사람을 가리킨다. '무위한 신성'은 직접 선거로 뽑히는 미국 대통령과는 달리 세속의 권력을 추구하지 않기 때문에 '무위한(움직이지 않는)'이라는 수식어가 붙었다. 왕실의 장식과 장치는 구체적으로 왕관, 왕홀, 왕실 문장, 대관식, 왕실의 기사 수여식 같은 것을 가리키며, 멜빌은 이것을 극작가의 수사적 기법인 암시에 비유하고 있다. 이 책의 해제 중 '호손과 셰익스피어' 참조.

까지 하게 되었지만, 지금 내가 상대하는 인물은 에이해브 같은 가련하고 늙은 고래잡이라는 점을 감추어서는 안 된다. 그러므로 겉으로 드러나는 위풍당당한 예복이나 장식 같은 건 아무래도 좋다. 오오, 에이해브여! 그대에게 위엄을 부여하는 것은 하늘에서 따오고, 깊은 바닷속에서 건지며, 형체 없는 공중에서 그려야 하리![84]

## 34장  선실 식탁

정오가 되자 급사인 찐빵이 선실 창문으로 빵 덩어리 같은 허연 얼굴을 내밀며 선장에게 식사 준비가 되었다고 알린다. 선장은 바람이 닿지 않는 뱃고물에 걸린 보트에 앉아 태양을 관찰하다가, 지금은 고래 뼈 다리 윗부분에 메달 모양의 매끈한 평판을 올려놓고 아무 말 없이 위도를 계산하고 있다. 그는 날마다 그럴 목적으로 평판을 고래 뼈 다리에 휴대하고 있었다. 식사 소식에도 전혀 신경 쓰지 않는 우울한 에이해브의 모습을 보고, 그가 혹시 하인의 말을 듣지 못한 것이 아닐까 생각이 들지도 모르겠다. 하지만 이내 그는 뒷돛대 밧줄을 붙잡고 갑판 위로 휙 뛰어오르더니 느릿하고 힘없는 목소리로 "점심 먹세, 스타벅"이라고 말하면서 선실로 사라졌다.

술탄의 발소리가 마지막으로 울리고 사라지면, 제1토후인 스타벅은 술탄이 식탁에 앉았다고 생각될 즈음 정적을 깨고 갑판을 몇 바퀴 돌고 나침함을 진지하게 들여다본 다음 약간 쾌활한 목소리로 "점심 먹세, 스터브"라고 말하면서 승강구를 내려간다. 제2토후는 잠시 삭구 근처를 어슬렁거리다가 주돛대의 아딧줄을 살짝 흔들어보며 중요한 밧줄에 이상이 없는지 확인한 다음 얼른 "점심

---

**84**  이 구절은 셰익스피어의 희곡 『헨리 4세 1부』 1막 3장에서 나오는 핫스퍼의 대사에 영향을 받았다. "창백한 얼굴의 달에서 명예를 탈취해 오는 일은 쉬운 일이고, 깊디깊은 바다의 밑바닥까지 잠수하여 명예의 머리털을 잡고 끌어올리는 일도 쉬운 일이야."

먹세, 플래스크"라며 같은 후렴구를 부르면서 앞선 사람들을 뒤따른다.

하지만 제3토후는 이제 뒷갑판에 자기 홀로 남은 것을 알고 묘한 구속감에서 해방된 기분을 느끼는 것 같다. 사방으로 일부러 눈을 찡긋거리고 신발을 벗어 던지더니 술탄의 머리 바로 위에서 혼파이프[85]를 한바탕 소리 없이 추는 것을 보면 말이다. 그런 다음 뒷돛대가 선반인 양 멋진 솜씨로 모자를 던져서 걸고는 갑판에서 모습이 안 보일 때까지 요란한 몸짓을 하며 내려간다. 여느 행렬들과는 달리 악대가 맨 뒤에서 따라가는 모양새다. 하지만 그는 선실 출입구 바로 앞에서 걸음을 멈추고는 표정을 싹 바꾼다. 그렇게 준비를 마치면 자유분방하고 유쾌한 플래스크는 천민이나 노예 같은 모습을 하고 에이해브 왕 앞에 나아간다.

공개된 갑판 위에서는 간부 선원이 선장에게 화를 내며 대담하게 반항하다가도, 뒤이어 선실로 식사하러 내려가서는 좀 전의 일을 변명하거나 비굴해지지는 않더라도 상석에 앉은 선장의 심기를 거스르지 않으려고 무진 애를 쓰는데, 이것은 지극히 부자연스러운 바다 생활의 관행에서 생겨난, 전혀 이상한 일이 아니다. 때로는 놀랍고 우스꽝스러운 이런 차이는 왜 생기는 것일까? 수수께끼 같은 문제라고? 그렇지는 않다. 상석에 앉은 사람이 바빌론의 왕 벨사자르[86], 그것도 오만하지 않고 친절한 벨사자르였다고 해도 분명 세속적인 위엄이 어느 정도 드러났을 것이다. 하지만 자신의 집에 손님을 초대해 매우 위엄 있으면서 당당하게 만찬을 주재하는 경우, 그 과정에서 드러나는 연회 주인의 절대적인 위세와 지배력, 품위는 벨사자르의 왕권을 능가한다. 벨사자르는 가장 위대한 왕이 아니었기 때문이다. 친구들에게 한 번이라도 저녁을 대접해본 사람은 황제가 되는 기분이 어떤 것인지를 경험한다. 사교적인 황제 노릇을 하는 데는 거부할 수 없는 매력이 있다. 이에 더해 선장에게 공식적으로 부여된

---

**85** 16세기부터 영국 뱃사람들 사이에서 유행한 활발한 동작의 춤.

**86** 바빌론의 마지막 왕. 귀족과 매춘부를 불러 모아 호화로운 연회를 열었다. 연회 때 유대교 신전에서 가져온 황금 잔을 사용했다고 전해진다.

권한을 생각하면, 앞서 말한 바다 생활의 특이한 관행이 왜 생겼는지 짐작해볼 수 있다.

고래 뼈를 박아 무늬를 새긴 식탁에서 에이해브는, 사납지만 아직은 얌전한 새끼들에게 둘러싸인 채 흰산호 해변에 가만히 침묵하며 누워 있는 바다사자처럼 식사를 주재했다. 간부 선원들은 저마다 음식이 자기 앞에 놓이기를 기다렸다. 그들은 마치 에이해브 앞에 앉은 꼬마들 같았다. 하지만 선장은 오만한 기색을 조금도 드러내지 않았다. 노선장이 자기 앞의 큰 접시에 놓인 고깃덩어리를 자르는 동안 간부 선원들은 한마음이 되어 나이프에서 시선을 떼지 않았다. 날씨 같은 가벼운 화제를 꺼내 그 신성한 분위기를 망친다는 것은 생각조차 할 수 없는 일이었다. 선장이 고기 조각을 나이프와 포크로 집어 스타벅에게 접시를 가까이 대라는 신호를 보내면, 일등항해사는 하사품이라도 받는 것처럼 고기를 받았다. 스타벅은 나이프로 고기를 자르다가 접시 긁히는 소리라도 나면 깜짝 놀랐고, 고기를 씹으면서도 소리를 안 내려고 조심하며 세심하게 신경 써서 삼켰다. 프랑크푸르트의 대관식 연회[87]에서 독일 황제가 일곱 명의 선제후와 식사할 때처럼 이 선실의 식사도 아주 엄숙한 침묵 가운데서 진행되었다. 그렇다고 에이해브가 식탁에서 대화를 금지한 것은 아니었다. 단지 본인이 말이 없었을 뿐이다. 아래 선창에서 쥐가 갑자기 시끄러운 소리를 냈을 때, 갑갑해서 숨이 막히던 스터브에게는 그나마 큰 위안이 되었을 것이다. 불쌍한 꼬마 플래스크는 이 피곤한 가족 파티에서 가장 어린 아들이었다. 그에게 주어진 것은 소금에 절인 쇠고기 정강이뼈 부위였다. 닭이었다면 닭다리를 받았을 것이다. 하지만 식탁에서 내키는 대로 먹는 건 분명 그에게도 일급 절도죄를 저지르는 듯한 느낌이었을 것이다. 먹고 싶은 대로 먹었더라면 그는 분명 이 정직한 세상에서 고개를 들고 다닐 수 없었을지 모른다. 다소 이상하게 들릴지 모르지만, 에이해브가 플래스크에게 마음대로 먹으면 안 된다고 지시한 적은 한 번도

---

**87** 신성로마제국에서 새로운 황제가 즉위하면 대관식 연회가 프랑크푸르트 시청에서 열렸고, 연회를 하는 방을 황제의 홀이라고 불렀다.

없었다. 플래스크가 마음대로 먹었다고 하더라도 에이해브가 알아차리지도 못했을 것이다. 특히 플래스크는 버터에는 손도 대지 않았다. 깨끗하고 화사한 안색을 망칠 수 있다고 생각해 선주들이 그에게 버터를 먹지 못하게 했는지, 아니면 시장도 없는 바다에서 오래 항해하면 버터 같은 귀중품은 자기 같은 하급자에게는 당치 않다고 생각했는지 몰라도 아아, 플래스크는 버터와 무관한 사람이었다![88]

또 하나. 플래스크는 식사하러 선실에 가장 나중에 내려가고 가장 먼저 올라왔다. 생각해보라! 이런 까닭에 플래스크의 식사 시간은 아주 빡빡했다. 스타벅과 스터브는 모두 플래스크보다 먼저 식사를 시작했고, 두 사람은 식사 뒤에 한가하게 시간을 보낼 특권까지 누렸다. 만일 자신보다 겨우 한 직급 위일 뿐인 스터브가 입맛이 없어 식사를 금세 끝내기라도 하면 플래스크는 더 분발하여 식사를 빨리 끝내야 했다. 이런 날에는 세 입도 먹지 못하고 식탁에서 일어나는 일이 벌어졌다. 스터브가 플래스크보다 갑판 위로 먼저 올라가는 것은 신성한 관습에 어긋나기 때문이다. 한번은 플래스크가 다른 사람이 없는 곳에서 고백하기를, 간부 선원이라는 권위 있는 자리에 오르고 나서는 조금이라도 배가 고프지 않은 적이 없다고 했다. 음식을 먹어도 허기에서 벗어나기는커녕 영원히 살아 있는 허기와 마주했다. 플래스크는 평온과 만족이 자신의 위장 속에서 영원히 사라져버렸다고 생각했다. 나는 간부 선원이다. 하지만 일반 선원일 때처럼 앞갑판에서 오래된 쇠고기일지라도 손으로 집어 먹을 수 있다면 정말 좋겠다. 승진으로 얻은 결과가 이런 것이란 말인가. 영광은 헛되고 인생은 참으로 어리석기도 하지! 피쿼드호의 일반 선원 중에 플래스크가 간부 선원으로서 하는 일에 불만을 품은 사람이 있다면, 식사 시간에 고물 쪽으로 가서 선실 채광창을 통해 그의 모습을 엿보면 된다. 무서운 독재자 에이해브 앞에서 말도 제대로 못하고 바보처럼 앉아 있는 플래스크를 보는 것만으로도 충분히 복수가 될

---

**88**　영어 '버터'에는 '상급자에게 알랑거리며 비위를 맞춘다'는 뜻이 있다.

것이다.

에이해브와 세 항해사는 피쿼드호 선실에서 최고위 식탁을 구성하는 멤버였다. 그들이 도착한 순서와 정반대로 식탁을 떠나면 얼굴이 허연 급사가 와서 식탁을 치웠다. 치웠다기보다는 서둘러 복구시켰다고 하는 편이 맞겠다. 그런 다음 세 명의 작살잡이가 연회에 초대되었는데, 그들은 나머지 유산의 상속자였다. 그들이 들어오면서 고고하고 대단하던 선실이 주인이 잠시 자리를 비웠을 때 하인들이 차지하는 방이 된다.

선장과 항해사들의 식탁에는 참을 수 없는 억압과 눈에 보이지 않고 형언하기 힘든 횡포가 존재하지만, 그보다 직급이 낮은 작살잡이의 식탁에는 태평스러운 자유와 여유, 그리고 광란에 가까운 평등함이 있어 좋은 대조를 이루었다. 상급자인 항해사들은 턱관절 움직이는 소리가 나는 것조차 두려워했지만, 작살잡이들은 큰 소리로 쩝쩝대며 음식을 씹고 음미했다. 그들은 귀족처럼 식사를 했고, 하루 종일 향신료를 싣는 인도의 무역선처럼 위를 그득하게 채웠다. 퀴케그와 타슈테고의 식욕은 놀라울 정도여서 지난번 식사 이후로 텅 빈 배를 채우려면 급사 찐빵이 황소 한 마리에서 통째로 들어낸 것 같은, 소금에 절인 커다란 허릿살 덩어리를 가져와야 했다. 급사가 민첩하게 움직이지 않거나 얼른 고기를 가져오지 않으면, 타슈테고는 그의 등에 작살처럼 포크를 던지는 비신사적인 방법으로 그를 재촉했다. 한번은 다구가 갑자기 변덕을 부리며 찐빵의 기억력 회복을 돕겠다면서 그의 몸을 통째로 번쩍 들어 올리더니 비어 있는 커다란 나무 쟁반에 머리를 처박았다. 그러는 동안 타슈테고는 급사의 머리 가죽을 벗기겠다는 듯 나이프를 손에 들고 그의 머리 둘레를 측정하기 시작했다. 찐빵 같이 생긴 급사는 파산한 제빵사와 병원 간호사의 자식이었고, 타고난 겁쟁이여서 걸핏하면 벌벌 떠는 몸집 작은 친구였다. 그런데 시커멓고 무시무시한 에이해브가 떡 하니 버티고 서 있고, 이들 세 명의 야만인이 주기적으로 난동을 부리니 그는 입술을 덜덜 떨지 않는 때가 없었다. 작살잡이들이 요구하는 것을 모두 제공하고 나면 찐빵은 그들의 손아귀에서 벗어나 바로 옆에 있는 작은 식료품 저장실로 도망쳤다. 그러고는 식사가 다 끝날 때까지 두려움에 떨면서 저장실 문에 쳐놓은 블라인드를 통해 그들을 엿보았다.

퀴케그와 타슈테고가 서로 마주 앉아 줄로 간 이빨과 인디언의 이빨을 드러
내고 있는 모습은 참으로 가관이었다. 다구는 그들 옆 바닥에 앉았다. 의자에
앉으면 영구차의 장식 깃털을 꽂은 머리가 낮은 천장 들보에 닿기 때문이었다.
그가 거대한 팔다리를 움직일 때마다 아프리카 코끼리가 배에 올라탄 것처럼
천장이 낮은 선실의 뼈대가 흔들렸다. 하지만 이 덩치 큰 흑인은 고상하다고는
말할 수 없지만 놀라울 만큼 금욕적이었다. 음식을 비교적 적게 먹었는데, 어떻
게 그런 소식으로 그렇게 떡 벌어지고 당당하고 훌륭한 육체에 활력을 불어넣
는 것인지 불가사의했다. 이 고결한 야만인은 분명 공기 중에 충만한 영양을 먹
고 마시고, 옆으로 퍼진 콧구멍으로 세상의 지고한 생기를 들이마시는 것이 틀
림없었다. 거인을 만들고 키우는 것은 공기요 바람이지 쇠고기나 빵이 아니다.
하지만 퀴케그는 먹을 때 야만적인 소리를 보통 내는 게 아니었다. 정말이지 추
잡한 소리였다. 그 소리가 얼마나 흉측한지 저기 뒤에서 떨고 있던 찐빵이 자신
의 가느다란 팔에 이빨 자국이 남지 않았는지 살펴볼 정도였다. 타슈테고가 당
장 나오지 않자 뼈를 뽑아버리겠다고 고함을 지르면, 단순한 이 급사는 갑자기
온몸이 마비되어 주위에 걸려 있는 그릇들을 죄다 깨뜨릴 뻔했다. 작살잡이들
은 주머니에 창과 그 밖의 무기를 가는 데 쓰는 숫돌을 가지고 다녔는데, 식사
할 때도 보란 듯이 꺼내서 나이프를 날카롭게 갈았다. 귀에 거슬리는 그 소리도
불쌍한 찐빵의 마음을 진정시키는 데 전혀 도움이 되지 않았다. 퀴케그가 섬에
살던 시절에 사람을 죽이고 잔치를 벌여 인육을 먹었다는 사실을 어떻게 잊을
수 있겠는가. 아아, 찐빵이여! 백인 급사가 식인종의 시중을 들다니 운이 지지
리도 없구나. 그는 팔에 냅킨이 아니라 둥근 방패를 걸어야 하리라. 하지만 때
가 되면 다행히도 이 세 명의 바다 전사는 일어나 선실을 나갈 것이다. 남의 말
을 잘 믿고 황당한 이야기에 정신이 팔리는 그의 귀에는, 작살잡이들이 걸을 때
마다 그들의 호전적인 뼈들이 몸속에서 덜그덕거리는 소리가 마치 무어인의
언월도가 칼집 속에서 내는 소리처럼 들렸다.

이 야만인들은 선실에서 식사하고 명목상으로는 거기에 거주한다 해도, 앉

아서 지내는 습관이 전혀 들지 않은 까닭에 식사 시간 말고는 거의 선실에 들어가지 않았다. 그들에게 선실은 잠자기 직전 각자의 특이한 숙소로 갈 때 지나는 곳에 불과했다.

이 점에서는 에이해브도 대부분의 미국 포경선 선장과 다를 바 없었다. 다른 선장들처럼 그도 선실은 원칙적으로 선장의 것이라고 생각했다. 즉, 선장이 아닌 누군가가 선실에 들어가려면 미리 양해를 구해야 했다. 실제로 피쿼드호의 항해사들과 작살잡이들은 선실 안보다는 선실 밖에서 지냈다고 말하는 것이 타당할지도 모른다. 그들이 선실에 들어가는 것은 길가로 난 문을 통해 집 안에 들어갈 때, 문이 잠시 집 안쪽으로 들어왔다가 바로 밖으로 나가는 것과 같았다. 언제나 바깥 공기를 쐬며 살아가는 것은 작살잡이들의 변치 않는 일과였다. 그들이 선상에서 이런 생활을 한다고 해서 손해를 보는 것도 없었다. 선실에는 동료애라는 것이 없었기 때문이다. 에이해브는 도저히 가까이 할 수 없는 사람이었다. 명목상 기독교인이라고는 하지만 그는 여전히 이방인이었다. 그는 미주리주에 정착해 살아가는 마지막 회색 곰처럼 세상을 살았다. 봄과 여름이 지나면 숲의 사나운 로건[89]이 움푹 꺼진 나무 구멍 안에 들어가 몸을 파묻고 앞발을 핥으며 겨울을 나는 것처럼, 엄동설한의 황량한 노년에 이른 에이해브의 영혼도 움푹 꺼진 나무 같은 육신에 찌무룩하게 들어앉은 채 어둠의 앞발을 핥으며 살아가고 있었다!

## 35장  돛대 꼭대기

선원들이 교대로 돛대 꼭대기에 올라가 망을 보았는데, 처음으로 내 차례가

---

**89** 1725~1780, 아메리카 인디언의 지도자. 유럽 정착자들이 옐로 크리크 학살을 벌이기 전까지 그들에게 호의적이었지만 학살로 가족이 몰살당하자 보복에 나섰다. 여기서는 회색 곰에 비유하고 있다.

온 것은 날씨가 비교적 화창한 날이었다.

대부분의 미국 포경선은 출항하는 동시에 돛대 꼭대기에 망꾼을 배치한다. 적절한 어장에 도착하려면 2만 킬로미터 이상을 항해해야 하는 경우에도 그렇게 경계를 세운다. 3년, 4년, 혹은 5년간 항해하고 고향에 가까워지고 있을 때도 배에 뭔가 비어 있는 것이 있으면, 가령 작은 유리병 하나라도 비어 있으면, 마지막 순간까지 돛대 꼭대기에 망꾼을 올려 보낸다. 세 번째 돛대의 윗돛 기둥이 항구의 첨탑들 사이로 들어설 때까지 포경선은 고래를 하나라도 더 잡을 수 있다는 희망을 버리지 않는다.

육지에서나 바다에서나 돛대 꼭대기에서 망보는 일은 무척 유서 깊고 흥미로운 일이므로 여기서 자세히 설명해보겠다. 내 생각에 최초로 돛대 꼭대기에 보초를 세운 것은 고대 이집트인들이다. 아무리 자료를 찾아보아도 그들보다 앞선 이들이 없다. 이집트인에 앞서 바벨탑을 쌓아올린 이들은 틀림없이 아시아나 아프리카 전역에서 가장 높은 돛대 꼭대기를 세울 생각이었겠지만, 마지막으로 망루를 얹기 전에 돌로 세운 그 거대한 돛대는 신의 노여움을 사서 사나운 돌풍에 뱃전 너머로 날아가버렸다. 따라서 바벨탑을 세운 이들을 이집트인보다 앞세울 수는 없다. 이집트인들이 돛대 꼭대기에서 망을 본 최초의 민족이라는 주장은 최초의 피라미드가 천문학적인 목적으로 지어졌다는 고고학자들의 통설에 근거를 둔다. 피라미드의 네 면이 전부 독특한 계단 모양으로 되어 있다는 점도 이 이론을 강력히 뒷받침한다. 고대 천문학자들은 놀라울 정도로 다리를 높이 쳐들며 피라미드 꼭대기에 올라가 새로운 별을 발견했다고 큰 소리로 외치곤 했다. 이는 오늘날 배에서 망꾼이 다른 배의 돛이나 고래를 보았다고 큰 소리로 외치는 것과 같다. 고대의 유명한 기독교 은둔 수사인 성 스틸리테스는 사막에 돌기둥을 우뚝 세우고 말년을 그 기둥 꼭대기에서 보냈다. 음식은 도르래로 땅에서 끌어올렸다. 그야말로 돛대 꼭대기에 오른 꿋꿋한 망꾼의 전형이라 할 수 있다. 그는 안개가 끼든, 서리가 내리든, 비가 내리든, 우박이 떨어지든, 진눈깨비가 오든 그 자리를 벗어나지 않았다. 최후까지 모든 상황에 용감히 맞섰고, 문자 그대로 기둥 위에서 죽었다. 오늘날의 돛대 망꾼 중에는 생명이 없는 돌, 쇠, 청동으로 만든 사람 형상도 있다. 이런 것들은 거센 바람이 불어도 잘 버텨내지만 뭔가 수상한 것이 발견되어도 큰 소리로 외치는 일은 전혀 하지 못한다. 가령 방돔 광장의 기둥 꼭대기에는 나폴레옹 동상이 서 있다. 그는 팔짱을 낀 채 약 45미터 높이에 서 있을 뿐 아래의 갑판을 지금 누가 지배하고 있는지, 루이 필리프인지, 루이 블랑인지, 혹은 악마 루이[90]인지 조금도 관심이 없다. 조지 워싱턴도 볼티모어에 우뚝 솟은 돛대 꼭대기에 높이 서 있다. 그 기둥은 헤라클레스의 기둥처럼 보통 사람은 넘을 수 없는 드높은 위엄의 경지를 나타낸다. 넬슨 제독 역시 트라팔가 광장의 돛대 꼭대기에서 포금(砲金) 양묘기 위에 서 있다. 런던에 안개가 짙게 깔려 시야가 흐려졌을 때도 그 안개 뒤에 영웅이 숨어 있다는 것을 누구나 안다. 연기가 나는 곳에는 반드시 불이 있기 때문이다. 하지만 위대한 워싱턴도, 나폴레옹도, 넬슨도 밑에서 부르는 소리에 응답하지 않을 것이다. 그들의 정신은 미래의 짙은 안개를 뚫고 앞으로 어떤 모래톱과 암초를 피해야 하는지 발견해낼 수 있을지도 모른다. 하지만 그들이 내려다보고 있는 혼란스러운 갑판을 어떻게 정리할지 일러달라고 아무리 호소해도 그들은 응답하지 않을 것이다.

육지의 망꾼과 바다의 망꾼을 어떻게든 연결하려는 것이 부당하게 보일 수도 있다. 하지만 그것이 부당하지 않다는 것은 낸터킷의 유일한 역사가 오비드 메이시[91]의 말에서 충분히 드러난다. 훌륭한 오비드의 말에 따르면, 포경업 초창기에는 배들이 사냥하러 정기적으로 출항하지 않았다고 한다. 섬사람들은

---

**90** 루이 필리프는 1830년의 7월 혁명으로 샤를 10세에 이어 프랑스 왕위에 올랐다가 1848년 2월 혁명 때 쫓겨났다. 그의 집권기를 가리켜 7월 왕정이라고 한다. 루이 블랑은 2월 혁명 후 공화정 수립을 주도한 급진 성향의 정치인이다. 악마 루이는 나폴레옹 1세의 조카 루이 나폴레옹을 가리킨다. 루이 나폴레옹은 혼란한 공화정 정국에서 1850년 대통령으로 선출된 후 1852년 쿠데타를 통해 프랑스 제2제국의 황제로 등극해 나폴레옹 3세로 칭제하면서 악마라는 별명이 붙었다. 프로이센-프랑스전쟁(1870~1871)에서 패한 후 1871년 퇴위해 영국으로 망명했다. 이 세 사람은 허먼 멜빌이 청년기와 장년기를 보내는 동안에 프랑스 정국을 주도한 인물들이다.

**91** 1835년 낸터킷의 역사를 편찬한 퀘이커교도 상인.

해안에 높은 목재 기둥을 세우고, 그 기둥에 못으로 밧줄걸이를 박아 마치 닭들이 닭장 위로 올라가듯이 그것을 밟고 올라가 꼭대기에서 망을 보았다고 한다. 몇 년 전에 뉴질랜드의 만에서 활동하는 고래잡이들도 동일한 방법을 채택해 멀리서 고래가 보이면 해안 근처에서 보트를 타고 대기하는 선원들에게 그 사실을 알려주었다. 하지만 이 관습은 이제 폐기되었다.

이제 본론인 포경선의 돛대 꼭대기 이야기로 돌아가보자. 포경선에서는 해가 뜨고 질 때까지 세 개의 돛대 꼭대기에 망꾼이 계속 배치된다. 선원들은 교대로 키를 잡듯이 늘 교대로 망을 보며 두 시간마다 업무를 교대한다. 열대지방의 고요한 날씨에 돛대 꼭대기에 오르면 기분이 무척 좋다. 망꾼, 아니 공상과 사색을 즐기는 사람이라면 누구나 좋아할 만한 날씨다. 조용한 갑판에서 30미터나 올라간 곳에 서서 돛대가 거대한 죽마라도 되는 것처럼 다리를 벌리고 서면 두 다리 사이 아래로 거대한 바다 괴물이 헤엄을 친다. 옛날에 배들이 유명한 로도스섬에 우뚝 세워진 거대한 조각상의 양다리 사이로 지나가는 것과 비슷하다. 돛대 꼭대기에 선 망꾼은 파도 말고는 수면을 방해하는 게 아무것도 없는 망망대해를 바라보며 공상에 잠긴다. 배는 무아지경에 빠진 듯 서서히 흘러가고 나른한 무역풍이 불어온다. 모든 것이 망꾼을 나른함에 빠져들게 한다. 열대지방에서 고래잡이의 생활 대부분은 아무 일 없이 평온하게 지나간다. 들려오는 소식도 없고, 신문도 읽지 못하고, 별것 아닌 일을 부풀린 호외를 보고 쓸데없이 흥분할 일도 없다. 국내의 재난, 파산 채권, 주식 폭락 등으로 괴로워할 일도 없다. 저녁으로 뭘 먹을지 골치 아프게 생각하지 않아도 된다. 3년 치가 넘는 식량이 통에 가득 담겨 있고 메뉴는 늘 정해져 있기 때문이다.

남태평양 포경선은 길게 3년 혹은 4년을 항해하기에 돛대 꼭대기의 근무 시간을 전부 합치면 몇 달이나 된다. 참으로 유감스러운 것은, 우리의 수명 상당 부분을 바치는 이곳이 지내기에 편리하다거나 아늑하다고 할 수 있는 환경이 전혀 아니라는 점이다. 이를테면 침대와 그물 침대, 영구차, 초소막, 설교단, 역마차, 그밖에 잠시나마 혼자 있을 수 있는 작고 아늑한 곳에 어울릴 만한 장치들이 없다. 망꾼이 가장 흔하게 자리 잡는 곳은 윗돛대 꼭대기이며, 실제로 서서 망을 보는 곳은 윗돛대 꼭대기의 활대라고 불리는 두 개의 가느다란 수평 막대기다(이 활대는 포경선에만 있다). 바다 물결이 일면 여기에 선 초보 망꾼은 황소의 뿔 위에라도 선 것처럼 편안한 느낌을 받는다. 추운 날씨에는 당직용 외투라는 일종의 집을 걸치고 위로 올라간다. 하지만 좀 더 정확히 말해, 가장 두꺼운 코트를 걸쳤으니 알몸이라고 할 수는 없지만 그것을 가리켜 집이라고 할 수도 없다. 영혼은 육체 안쪽에 붙어 있어 그 안에서 자유롭게 움직일 수 없고, 겨울에 눈 덮인 알프스산맥을 건너려는 무지한 순례자처럼 죽음이라는 위험을 무릅쓰지 않는다면 육체 밖으로 나올 수 없기 때문이다. 따라서 당직용 외투는 집이라기보다는 단순한 외피, 그러니까 피부를 감싸는 추가적인 피부에 불과하다. 몸 안에 선반이나 서랍장을 넣을 수 없는 것처럼 당직용 외투에 편리한 작은 방을 만들 수는 없는 노릇이다.

이 모든 것을 고려했을 때 남태평양 포경선의 돛대 꼭대기에 까마귀 둥지라 불리는 선망의 물품인 작은 텐트나 난간이 없다는 점은 참으로 안타깝다. 그린란드 포경선의 망꾼들은 그 까마귀 둥지로 들어가 얼어붙은 바다의 굳은 날씨로부터 몸을 보호한다. 슬리트 선장[92]의 노변정담을 모아놓은 『빙산 항해: 그린란드고래를 찾아서, 그리고 옛 그린란드의 사라진 아이슬란드 식민지를 재발견하기 위하여』라는 책을 보면, 선장의 훌륭한 배 글레이셔호의 돛대 꼭대기 망꾼들은 슬리트 선장이 새로 발명한 까마귀 둥지에 대해 매력적이고도 상세한 설명을 듣는다. 선장은 자신의 이름을 따서 그것을 '슬리트의 까마귀 둥지'라고 명명했다. 그는 발명가이자 특허권자이므로 이러한 명명은 터무니없지 않으며 여기에 가식적인 겸손은 필요 없다. 자식에게 자기 이름을 붙이듯이 (아버지야말로 발명가이자 특허권자다) 자신이 만든 장치에 자기 이름을 붙이는 것은 아주 당연하다. 슬리트의 까마귀 둥지는 커다란 오크통 또는 파이프처럼 생겼다. 하지만 윗부분이 열려 있고, 거센 바람이 불더라도 바람이 불어오는 쪽을

---

**92** 스코스비 선장을 우스꽝스럽게 지칭한 것. 사실 까마귀 둥지는 스코스비 선장이 아니라 그의 아버지가 발명했다고 한다.

볼 수 있도록 이동식 가리개도 갖췄다. 이 둥지는 돛대 꼭대기에 고정되어 있었기 때문에 망꾼은 바닥에 낸 작은 구멍을 통해 그곳으로 들어가야 한다. 둥지의 후면, 즉 고물과 가까운 쪽에는 편안한 좌석이 있고, 그 아래 사물함에는 우산, 이불, 외투 등을 넣을 수 있다. 전면에는 가죽 선반이 있어 확성기, 호루라기, 망원경, 기타 항해 용품을 둘 수 있다. 슬리트 선장은 직접 돛대 꼭대기의 까마귀 둥지로 올라갈 때면 늘 소총(이것도 선반에 고정되어 있었다)과 작은 화약통과 총알을 휴대했다고 한다. 바다를 헤매고 다니는 일각고래나 일각돌고래를 쏘기 위해서였다. 갑판에서는 물의 저항 때문에 제대로 쏠 수 없지만 돛대 꼭대기에서 아래를 겨냥하면 사격하기가 아주 좋았다. 슬리트 선장이 자신의 책에 까마귀 둥지의 편리함을 작은 것 하나 빼놓지 않고 세세하게 설명한 것은 자신이 좋아서 한 일이 분명하다. 그는 까마귀 둥지의 여러 편리함에 대해 자세히 설명하고, 나침함 자석에서 발생하는 국지적 인력 현상으로 인한 오차에 대응할 목적으로 까마귀 둥지에 설치한 작은 나침반의 실험에 관해서도 매우 과학적인 설명을 들려준다. 이런 오차는 나침반과 갑판 위의 많은 쇠붙이들이 나란히 놓여 있어 생기는 것이었다. 글레이셔호의 경우에는 선원들 중에 대장장이 출신이 많아서 그랬는지도 모른다. 슬리트 선장은 이 점에서 매우 신중하고 과학적인데다 '나침함 편차', '방위 나침반 관측', '근사 오차'도 잘 아는 사람이었다. 하지만 그는 이처럼 심오한 탐구보다는 까마귀 둥지 한쪽에 손을 뻗으면 쉽게 잡을 수 있게 보관해둔, 늘 채워두는 모난 술병에 더 자주 마음이 끌린다는 사실을 스스로도 잘 알고 있었다. 대체로 나는 이 용맹하고 정직하고 박식한 선장을 무척 존경하고, 심지어 사랑한다. 하지만 선장이 북극에 인접한 배의 까마귀 둥지에서 벙어리장갑을 끼고 머리에는 두건을 쓰고 수학을 연구하는 동안, 그 모난 술병은 틀림없이 충실한 친구이자 위로가 될 물건이었을 텐데도 그가 그것을 철저히 무시했다는 점은 썩 좋아 보이지 않는다.

하지만 남태평양 고래잡이들은 슬리트 선장과 휘하의 그린란드고래잡이들처럼 돛대 망루에서 편히 지낼 수 없다 하더라도 이것을 상쇄시키는 이점을 누린다. 남태평양의 바다는 사나운 북극해와는 다르게 선원들의 마음을 평안하게 만들기 때문이다. 나는 아주 느긋하게 삭구 위로 오르다가 잠시 쉬면서 퀴케 그나 비번인 다른 동료들과 잡담을 나누곤 했다. 그런 다음 좀 더 위로 올라가 다리 하나를 여유롭게 중간돛의 활대에 걸치고 초원처럼 펼쳐진 바다를 내려다본 다음에야 비로소 최종 목적지에 도달했다.

여기서 솔직히 자백하자면, 나는 사실 형편없는 망꾼이었다. 평소에도 우주의 문제가 머릿속에 저절로 떠오르는데, 안 그래도 생각이 자연스럽게 솟아나는 그런 높은 곳에 홀로 있으니 어떻게 포경선의 복무규정을 지킬 수 있었겠는가? 눈을 크게 뜨고 뭔가를 발견할 때마다 크게 소리쳐야 한다는 규정 말이다.

이 자리에서 낸터킷 선주들에게 강력히 권고하고 싶다. 경계를 늦춰서는 안 되는 포경선에 수척한 이마와 쑥 들어간 눈을 가진 소년[93]은 선원으로 태우지 말라. 그들은 아무 때나 명상하는 버릇이 있으며, 머리에 바우디치의『항해술』[94] 대신 플라톤의『파이돈』[95]을 가득 채우고 배에 오른다. 이런 사람들은 조심해야 한다. 고래를 죽이려면 먼저 고래를 발견해야 한다. 그러나 눈이 쑥 들어간 이 젊은 플라톤주의자는 세계를 열 바퀴나 돌아도 고래기름 한 통을 보태는 데 도움이 되지 못할 것이다. 괜히 이런 경고를 하는 것이 아니다. 요즘 포경업계는 몽상적이고 우울하고 얼빠진 젊은이들의 도피처가 되고 있다. 그들은 세상의 곤란한 걱정거리에 넌덜머리를 내며 타르와 고래 지방에서 위안을 얻으려 한다. 불운과 절망에 빠진 차일드 해럴드[96]도 포경선의 돛대 꼭대기에 자주 올라가 우울한 노래를 불렀다.

---

**93** 98장에 끝부분에 나오는 피타고라스의 환생인 풋내기 소년 선원과 관련된다. 플라톤은 피타고라스의 윤회 사상에 영향을 받았다.

**94** 항해가 너새니얼 바우디치가 1802년 처음 펴낸 대양 항해 안내서로 오늘날에도 사용되고 있다.

**95** 플라톤의 저서. 철학은 죽음의 공부이고 정반대에서 정반대의 것이 나오므로, 삶을 죽음의 정반대라고 볼 때 죽음에서 삶이 나오고 그리하여 영혼은 육체가 죽은 후에도 살아남는다고 가르친다. 영혼을 삶의 중심으로 본다.

**96** 조지 고든 바이런의 장편시「차일드 해럴드의 순례」에 나오는 우울한 성향의 주인공.

굽이쳐라, 그대 깊고 검푸른 바다여, 굽이쳐라!

수많은 고래잡이[97]가 헛되이 그대를 스쳐 지나갈 것이다.

배의 선장들은 얼빠진 젊은 철학자들을 질책하거나, 항해에 너무 무심하다고 꾸짖거나, 명예에 대한 야심을 다 버리고 차라리 고래가 나타나지 않기를 바라는 것이 아니냐고 넌지시 묻기도 한다. 하지만 다 소용없는 일이다. 젊은 플라톤주의자들은 시력이 약해서 먼 곳을 보지도 못한다. 그러니 시신경을 혹사한들 아무 소용이 없다. 오페라를 보러 가면서 집에 관람용 쌍안경을 두고 온 것과 다름없다.

어떤 작살잡이가 그런 젊은이들 중 하나에게 말했다. "야, 거기 원숭이 같은 놈아. 우리가 힘들게 3년 동안 항해를 했는데, 네 녀석은 아직 고래 한 마리도 찾지 못했어. 네가 저기에 올라가면 고래가 암탉의 이빨만큼이나 희귀해지는 거냐?" 정말 그럴지도 모른다. 아니면 저 먼 수평선에서 떼로 모여 있던가. 하지만 이 얼빠진 젊은이의 생각은 일렁거리는 파도의 흐름을 타며 공허하고 무의식적인 몽상으로 바뀌고, 곧 아편 같은 나른함에 빠져들고 만다. 그리하여 마침내 그는 정체성을 잃고, 발밑의 신비로운 대양을 인류와 자연 속에 충만한 깊고 푸르며 끝없는 영혼의 가시적 이미지로 받아들인다. 그의 시야에서 보일 듯말 듯 미끄러지듯이 벗어나는 기이하고 아름다운 모든 것들, 흐릿하게 알 수 없는 형태로 솟아오르는 지느러미들이 그에게는 영혼 속을 계속 스쳐 지나가며 그 영혼을 채우는 갈피 잡을 수 없는 생각들의 화신처럼 보인다. 이런 황홀경 속에서 그들의 영혼은 원래 있던 곳으로 썰물처럼 빠져나가 시공간 속으로 사라진다. 범신론자 위클리프[98]의 유해가 강에 뿌려져 마침내 전 세계 모든 해안

---

**97** 「차일드 해럴드의 순례」 원문에는 고래나 고래잡이에 관련된 언급이 없으며, 고래잡이라고 한 부분은 원문에서 '함대'라고 되어 있다.

**98** 존 위클리프(1320?~1384). 가톨릭교회에 비판적이었던 영국 종교개혁가. 사망 후 교황의 명령에 따라 화장하고 남은 뼛가루는 강에 뿌려졌다.

의 일부가 된 것처럼.

지금 그대가 누리는 생명이란 부드럽게 나아가는 배가 나누어준 흔들리는 생명일 뿐이다. 배는 그 생명을 바다에서 빌려왔고, 바다는 그 생명을 신의 불가해한 조류 속에서 빌려왔다. 하지만 이렇게 잠들어 꿈꾸는 동안 그대의 손이나 발을 조금만 움직여보라. 움켜쥐고 있던 것을 모두 놓아보라. 그러면 돌아오는 그대의 정체성에 오싹해질 것이다. 그대는 데카르트의 소용돌이[99] 위를 맴돌고 있다. 그리고 이런 맑은 날 대낮에 그대는 목이 반쯤 졸린 듯한 비명과 함께 투명한 허공을 가르며 여름 바다로 떨어져 다시는 떠오르지 못하게 될지도 모른다. 그러니 부디 조심하라, 범신론자[100]들이여!

### 36장  뒷갑판

(에이해브 등장, 이어서 모두 등장)

파이프를 바다에 내던지고 얼마 지나지 않은 어느 날 아침, 에이해브는 아침을 먹고 늘 그랬듯이 선실 승강구를 통해 갑판으로 올라왔다. 시골 신사들이 식

---

**99** '데카르트의 소용돌이'는 여기서 세 가지 뜻을 지닌다. 첫째는 데카르트가 주장한 정신과 육체의 이분법을 하나의 소용돌이로 본 것이고, 둘째는 자연계의 모든 운동은 원형으로 이루어지므로 이 우주에 무수한 소용돌이가 있다는 것이다. 셋째는 '데카르트의 악마 다이버'라는 실내용 놀이기구를 가리킨다. 절반쯤 물이 채워진 유리병 속에 다이버 인형이 들어 있다. 유리병의 고무 뚜껑을 누르면 다이버가 물속으로 가라앉고 뚜껑을 들어 올리면 다시 떠오른다. 관념과 몽상에 지나치게 사로잡히면 이 다이버처럼 물속에 가라앉아 영원히 떠오르지 못하게 된다는 뜻이다.

**100** 범신론자는 세상 만물을 관념의 소산으로 보고 신성이 깃들어 있다고 생각한다. 범신론은 75장 말미의 스피노자 이야기에서 다시 나온다. 몽상에 잠겨 망을 보다가 떨어져 죽은 피쿼드호 선원의 실제 예가 126장에 나온다. 멜빌은 여기서 일상의 구체적인 사물을 있는 그대로 인정하지 않고 상징으로만 보려는 초월적 사상의 위험성을 경고하고 있다.

사를 마치고 정원을 몇 바퀴 돌듯이 선장들도 보통 그 시간이면 산책을 했다.

에이해브가 늘 산책하던 곳을 어슬렁거리자 이내 고래 뼈 다리가 갑판을 쿵쿵 찧는 소리가 규칙적으로 들려왔다. 산책로가 되어버린 갑판의 특정 부분은 그가 남긴 독특한 걸음의 흔적으로 지질학적 암석처럼 온통 움푹 패였다. 이랑이 지고 움푹 팬 그의 이마를 자세히 들여다보았다면 그보다 더 이상한 흔적도 발견했을 것이다. 그것은 잠 못 이루고 끝없이 서성거리는 그의 생각이 남긴 흔적이었다.

하지만 문제의 그날 아침, 그의 이마는 더 움푹 패어 보였고, 신경질적인 발걸음이 갑판에 남긴 흔적도 더 깊어 보였다. 에이해브는 무언가 생각에 푹 빠져 있었다. 그가 주돛대와 나침함에서 규칙적으로 돌아설 때마다 생각도 그를 따라 돌고, 그가 걸으면 생각도 그를 따라 걷는 것이 눈에 보일 정도였다. 생각은 그를 완전히 사로잡고 있어 겉으로 드러난 모든 움직임을 찍어내는 내면의 거푸집 같았다.

"플래스크, 선장 보았나?" 스터브가 소곤거렸다. "선장 안에 있는 병아리가 껍질을 쪼고 있군. 곧 나오겠어."

몇 시간이 지났다. 그동안 에이해브는 선실에 틀어박혀 나오지 않았다. 그러더니 다시 갑판으로 나와 좀 전과 똑같이 강박에 사로잡힌 얼굴로 갑판 위를 걸어 다녔다.

저녁 무렵이 다 되었다. 에이해브는 갑자기 뱃전 옆에 멈춰 서더니 거기에 나 있는 송곳구멍에 고래 뼈 다리를 집어넣고 한 손으로 돛대 밧줄을 잡고는 스타벅에게 선원을 모두 고물로 집합시키라고 지시했다.

"선장님!" 스타벅이 놀라서 외쳤다. 비상사태가 아니면 이런 지시는 배에서 좀처럼, 아니 아예 내려지지 않았기 때문이다.

"고물로 전원 집합시켜." 에이해브가 같은 말을 되풀이했다. "거기 돛대 꼭대기! 이리 내려와!"

모든 선원이 모여서 호기심과 불안함이 서린 얼굴로 선장을 바라보았다. 선장의 표정은 폭풍이 밀려오는 수평선 쪽의 날씨 같았다. 에이해브는 재빨리 뱃전 너머를 한번 쳐다보더니 선원들을 둘러보았다. 그리고 주위에 아무도 없다는 듯이 다시 갑판 위로 무거운 걸음을 옮기기 시작했다. 선장은 모자를 푹 눌러 쓰고 고개를 숙인 채 계속 그렇게 걸었다. 영문을 모르는 선원들이 자기들끼리 수군거려도 전혀 신경 쓰지 않았다. 결국 스터브가 참다못해 플래스크에게 선장이 저렇게 걷는 솜씨를 보여주려고 선원들을 집합시킨 것 같다고 조심스럽게 속삭였다. 하지만 그런 상태도 오래가지 않았다. 선장은 갑자기 걸음을 멈추고 이렇게 소리쳤다.

"고래를 보면 어떻게 해야 하나?"

"발견했다고 소리칩니다!" 스무 명 정도가 일제히 대답했다.

"좋아!" 에이해브는 불쑥 던진 질문에 선원들이 자석 달라붙듯이 바로 대답하는 것을 보고 흡족한 목소리로 외쳤다.

"그다음에는 무엇을 해야 하나?"

"보트를 내리고 고래를 쫓습니다!"

"어떤 자세로 노를 저어야 하나?"

"고래를 죽이거나, 아니면 보트에 구멍이 나거나!"

선원들이 소리쳐 대답할 때마다 노인의 표정은 점점 더 기이하고 격렬한 기쁨과 만족감을 드러냈다. 한편 선원들은 이상하다는 듯이 서로를 쳐다보기 시작했다. 아무 의미 없어 보이는 질문에 자신들이 그렇게 열성적으로 대답하고 있으니 이게 어찌된 일이냐며 스스로 놀란 것이다.

하지만 에이해브가 고래 뼈 다리 끝을 꽂은 구멍에서 반쯤 돌아서서 한 손을 높이 쳐들어 돛대 밧줄을 꽉 움켜쥐자 선원들의 표정이 다시 진지해졌다. 선장은 계속해서 말했다.

"돛대 꼭대기 망꾼들은 흰 고래가 나타나면 어떻게 해야 하는지 내 지시를 들어 잘 알 것이다. 자, 봐라! 이 스페인 금화가 보이나?" 그가 태양을 향해 눈부신 금화를 들어 보였다. "이건 16달러짜리 금화다. 다들 잘 보이나? 스타벅, 저쪽에 있는 쇠망치를 가져다주게."

스타벅이 망치를 가지러 간 사이, 에이해브는 금화를 더 번쩍이게 하려는 듯 말없이 외투 자락에 천천히 문질렀다. 그러면서 낮은 소리로 콧노래를 흥얼거렸는데, 너무 이상할 정도로 작고 불분명해서 그의 몸속에 있는 생명의 바퀴가 기계처럼 돌아가며 내는 소리 같았다.

에이해브는 스타벅에게 쇠망치를 건네받자 한 손으로는 쇠망치를 높이 들고 다른 손으로는 금화를 내보이며 주돛대 쪽으로 걸어갔다. 그리고 큰 소리로 외쳤다.

"자네들 중 누구든 이마가 주름지고 아가리가 구부러진 대가리 하얀 고래를 보고하면, 오른쪽 꼬리에 구멍이 세 개 뚫린 하얀 대가리 고래를 보고하면, 자, 이 금화는 바로 그 사람의 것이다!"

"만세! 만세!" 선장이 돛대에 금화를 박는 모습에 선원들은 방수모를 흔들며 환호했다.

"흰 고래." 에이해브가 쇠망치를 바닥에 패대기치며 말을 이었다. "흰 고래다. 눈알이 빠지도록 그놈을 찾아라. 흰 물결을 놓치지 마라. 흰 거품만 보여도 큰 소리로 외쳐라."

그러는 동안 타슈테고와 다구, 퀴케그는 나머지 선원들보다 훨씬 더 흥미롭고 놀랍다는 반응을 보였다. 주름진 이마와 구부러진 아가리라는 말이 나오자 그들은 어떤 구체적인 기억이 스치기라도 한 것처럼 깜짝 놀랐다.

"에이해브 선장님." 타슈테고가 말했다. "그 흰 고래는 틀림없이 모비 딕이라는 놈일 겁니다."

"모비 딕?" 에이해브가 소리쳤다. "타슈, 자네 그 흰 고래를 알고 있다는 건가?"

"그 고래는 물에 들어가기 전에 꼬리를 부채처럼 좀 이상하게 흔들지 않습니까?" 게이헤드 인디언이 조심스럽게 물었다.

"물을 이상하게 내뿜기도 하죠." 다구가 말했다. "무슨 덤불처럼 넓게요. 그리고 향유고래치고는 굉장히 빠른 놈이지요. 안 그렇습니까, 선장님?"

"그리고 하나, 둘, 셋… 오! 그놈한테 쇠 아주 많이 숨어 있다, 선장." 퀴케그가 두서없이 외쳤다. "전부 뒤틀려 있다. 그러니까 이렇게, 이렇게…" 퀴케그는 코르크 병마개를 뽑으려는 것처럼 손을 빙빙 돌리며 적당한 단어를 찾으려고 애썼다. "그러니까 이렇게, 이렇게…"

"코르크 마개뽑이!" 에이해브가 외쳤다. "그래, 퀴케그. 그놈에게 박힌 작살들은 모두 뒤틀려 있다. 그래, 다구. 놈이 내뿜는 물기둥은 밀 다발처럼 아주 크고, 매년 양털 수확 행사 후 쌓아놓은 낸터킷의 양털처럼 아주 하얗지. 그래, 타슈테고. 놈은 돌풍에 찢어진 삼각돛처럼 꼬리를 흔든다. 망할! 자네들이 본 게 바로 모비 딕이야. 모비 딕, 모비 딕이라고!"

"선장님." 두 항해사와 함께 있던 스타벅이 말했다. 그는 지금까지 일이 진행될수록 점점 더 놀란 표정으로 선장을 쳐다보았는데, 마침내 모든 의혹을 떨쳐내려는 듯 입을 열었다. "선장님, 저도 모비 딕에 관해 들은 적이 있습니다만, 선장님의 다리를 앗아간 게 모비 딕입니까?"

"누가 그런 소리를 하던가?" 에이해브가 소리쳤다. 잠시 말을 멈췄던 선장은 다시 입을 열었다. "그래, 스타벅. 그래, 제군들. 내 돛대를 꺾어버린 놈이 바로 모비 딕이다. 내가 지금 의지하고 서 있는 이 죽은 다리를 선물해준 놈도 바로 모비 딕이다. 그래, 그래!" 그는 비탄에 빠진 큰사슴처럼 크고 무시무시한 소리로 흐느끼며 외쳤다. "그래, 그래! 나를 완전히 무너뜨린 게 저 빌어먹을 흰 고래다. 내가 영원히 불쌍한 절름발이 느림보처럼 살아야 하는 것도 다 그놈 때문이다!" 그는 갑자기 두 팔을 쳐들고 큰 소리로 저주를 퍼부었다. "그래, 그래! 나는 희망봉을 돌고 혼곶을 돌고 노르웨이 앞바다의 소용돌이[101]를 돌고 지옥의 불길을 돌아서라도 놈을 쫓겠다. 잡아 죽이기 전에 절대 포기란 없다. 이것이 제군들이 이 배에 탄 이유다! 대륙의 양쪽에서, 지구 도처에서 그 흰 고래를 쫓아가 그놈이 검은 피를 뿜고 지느러미를 늘어뜨리게 만드는 것 말이다. 어떤가, 나를 돕겠는가? 다들 용맹해 보이는데."

"옳소, 옳소!" 작살잡이들과 선원들은 흥분한 노인 가까이에 달려들며 소리

— **101** 위험한 소용돌이가 친다고 알려진 노르웨이 북부 해안 지역. 로포튼 소용돌이라고도 한다. 35장의 데카르트의 소용돌이와 연결된다. 이 책의 해제 중 '철학적 해석' 참조.

쳤다. "날카로운 눈으로 고래를 발견하자. 날카로운 작살로 모비 딕을 찌르자!"

"신의 축복이 함께하길." 에이해브 선장은 절규하듯이 소리쳤다. "신의 축복이 함께하길. 급사! 가서 독한 술을 왕창 가져와. 그런데 스타벅, 자네 그 시무룩한 얼굴은 뭔가? 자네는 흰 고래를 쫓지 않을 건가? 모비 딕을 죽이지 않을텐가?"

"선장님, 저는 구부러진 아가리든 죽음의 아가리든 가리지 않고 고래를 쫓을겁니다. 그것이 우리가 일하는 방식대로 올바르게 진행된다면 말입니다. 저는 여기 고래를 잡으러 왔지 선장님의 복수에 동참하려고 온 것이 아닙니다. 복수에 성공한다 해도 고래기름을 몇 통이나 채울 수 있겠습니까? 낸터킷 시장에서는 그리 돈이 되지 않을 겁니다."

"낸터킷 시장이라고? 쳇! 이리 가까이 오게, 스타벅. 자네에게는 좀 더 설명이 필요하겠군. 돈을 모든 가치의 척도로 삼는단 말이지? 그렇다면 회계사들이 2센티미터 간격으로 기니 금화를 하나씩 늘어놓는 방식으로 지구를 한 바퀴 두른다고 해보세. 그렇게 해도 내 복수는 그보다 훨씬 더 큰돈이 되네!"

"선장이 가슴을 두드리고 있군." 스터브가 속삭였다. "왜 저러는 거지? 소리가 엄청 크기는 한데 어쩐지 공허하게 들리는군."

"말도 못하는 짐승한테 복수라니요!" 스타벅이 소리쳤다. "그 고래는 맹목적인 본능으로 선장님을 공격했을 뿐입니다! 이건 미친 짓이에요! 말 못하는 짐승에게 격분하다니요, 선장님. 불경한 일입니다."

"다시 한번 설명할 테니 잘 듣게. 이봐, 눈에 보이는 대상은 모두 판지로 만든 가면 같은 거야. 하지만 어떤 경우든, 특히 의심할 여지가 없는 진정한 행위 속에서 분명히 알 수는 없지만 그 비합리적인 가면 뒤에 있던 합리적인 것이 모습을 드러내지. 무언가를 치려고 하면 바로 그 가면을 쳐야 하네. 죄수가 감방 벽을 부수지 않으면 어떻게 밖으로 나올 수 있겠나? 나에게는 흰 고래가 바로 그런 벽일세. 아주 가까이 다가선 벽 말이야. 때로는 벽 너머에 아무것도 없다는 생각이 들기도 하네. 하지만 그것으로 충분해. 놈은 나를 괴롭히고 있어. 못 견디게 부담을 주고 있단 말이야. 나는 놈에게서 잔인무도한 힘을 보았지. 헤아릴 수 없는 악의가 원동력이야. 그 헤아릴 수 없는 것이야말로 내가 증오하는 것이고. 흰 고래가 주동자든 앞잡이든 나는 놈에게 분풀이를 해야겠어. 내게 불경이니 어쩌니 하는 말은 하지 말게. 태양이 나를 모욕한다면 나는 태양도 공격할 거야. 태양이 그런 짓을 한다면 나도 못하라는 법이 없지. 질투가 만물을 지배하는 이곳에서는 항상 공정한 시합이란 것이 존재하니까. 하지만 그런 공정한 시합도 내 주인은 아닐세. 누가 나를 지배하겠나? 진리에는 한계가 없어. 그런 눈으로 보지 말게! 악마가 노려보는 것보다 더 견디기 힘든 게 바로 그런 멍청한 눈길이야! 그래, 그래. 자네 얼굴이 붉으락푸르락하는군. 내가 열을 내서 그런지 자네도 분노로 얼굴이 새빨갛게 달아올랐어. 하지만 이보게 스타벅, 홧김에 하는 말에는 뒤끝이 없다네. 홧김에 하는 말은 모욕으로 치지 않는 경우도 있지. 자네를 화나게 하려던 건 아니네. 이쯤에서 그만두세. 보게! 저 터키 야만인의 뺨에 난 황갈색 얼룩을 말이야. 태양이 그려놓은 살아 숨 쉬는 그림이 아닌가. 저 표범 같은 이교도들, 부주의하고 믿음도 없는 자들은 그저 살아갈 뿐, 이 각박한 삶에서 뭔가 이유를 찾으려 하지 않고 부여하려 하지도 않아! 선원들, 그래, 선원들! 그들은 고래 문제에서 이 에이해브와 생각이 같지 않나? 스터브를 보게! 웃고 있잖아! 저기 칠레 선원을 보게! 고래를 생각하며 코웃음 치고 있지 않나. 스타벅, 이런 허리케인 속에서 어린 나무처럼 굴면 어떻게 버틸 수 있겠나. 대체 뭐가 문제인가? 생각 좀 해보게. 그냥 지느러미 하나 찌르는 걸 도와달라는 것 아닌가. 그게 자네한테 그렇게 경이로운 재주를 요구하는 건가? 그 이상도 이하도 아닌 그저 사냥이라고. 일반 선원들도 숫돌을 집어든 마당에 낸터킷 최고의 작살잡이인 자네가 망설이는 건가? 아아, 자네는 꼼짝 못하게 되었어. 그래, 파도에 떠밀린 신세나 마찬가지지. 말해, 말해보라고! 그래, 그래! 그 침묵이 자네 대답이로군. (혼잣말로) 내 콧구멍에서 빠져나온 것을 저 녀석이 깊이 들이마셨어. 스타벅은 이제 내 편이야. 반란을 일으키지 않는 한 나를 거스를 수 없을 거야."

"신이시여, 나를, 우리 모두를 지켜주소서!" 스타벅이 낮은 목소리로 중얼거렸다.

하지만 에이해브는 일등항해사가 마법에 걸린 사람처럼 자신의 말을 묵인하자 너무 기쁜 나머지 그의 불길한 기도 소리는 듣지 못했다. 선창에서 들려오는 낮은 웃음소리도, 바람에 밧줄이 불길하게 흔들리는 소리도, 돛들이 한순간 낙심한 것처럼 돛대에 부딪히며 펄럭거리는 공허한 소리도 그는 듣지 못했다. 아래를 내려다보던 스타벅의 눈이 또다시 불굴의 생명력으로 빛났다. 지하의 웃음소리도 사라졌다. 바람은 계속 불었고 돛은 바람을 가득 안고 부풀어 올랐다. 배는 전과 다름없이 들썩거리며 앞으로 나아갔다. 아아, 충고와 경고여! 왜 너희는 와서 머물지 않는가? 그림자들이여, 너희는 경고라기보다는 예언이로구나! 외부에서 전해주는 예언이 아니라 앞서 말한 것들에 대한 내면의 확증이로구나. 외부에는 우리를 제약하는 것이 거의 없지만, 우리 존재의 가장 깊은 곳에 자리한 내적 요구가 여전히 우리를 몰아가기 때문이다.

"술! 술 어디 있나!" 에이해브가 소리쳤다.

술이 넘쳐흐르는 커다란 백랍 술병을 받아든 선장은 작살잡이들을 향해 돌아서서 무기를 꺼내 들라고 명령했다. 작살잡이들은 작살을 들고 양묘기 근처에 있는 선장 앞에 나란히 늘어섰다. 세 명의 항해사는 창을 들고 선장 옆에 섰고, 나머지 선원들은 그 주의를 빙 둘러섰다. 선장은 잠시 서서 날카로운 시선으로 선원 모두를 살폈다. 선원들의 흥분한 눈은 마치 들소를 추적하기 직전 선두에 선 우두머리의 눈을 바라보는 초원 늑대들의 핏발 선 눈 같았다. 하지만 아아! 늑대 무리는 인디언이 쳐놓은 덫에 걸려들 뿐이다.

"마시고 돌려라!" 선장은 이렇게 외친 다음 무거운 술잔을 가장 가까이에 있는 선원에게 넘겨주었다. "지금은 선원들만 마신다. 마시고 돌려라! 단숨에 들이키고 천천히 삼켜라. 술이 악마의 발굽처럼 뜨겁구나. 그래, 그래. 잘 돌고 있군. 술이 소용돌이치고 있어. 뱀처럼 번득이는 눈빛에 술잔을 내주는군. 그래, 잘했어. 거의 다 비웠군. 저쪽으로 갔다가 이쪽으로 왔어. 내게 넘겨라. 술잔이 비었다! 제군들, 이런 것이 바로 세월 아니겠나. 넘쳐흐르는 생명도 벌컥벌컥 마시고 나면 사라지는 법이지. 급사, 술잔을 채워 와!

주목하라, 용맹한 선원들이여. 나는 너희를 양묘기 주위에 집합시켰다. 항해사들이여, 창을 들고 내 옆에 서라. 작살잡이들이여, 작살을 들고 거기 그대로 서라. 강건한 선원들이여, 나를 둘러싸라. 이제 선조 고래잡이들의 고귀한 관습을 되살려보자. 너희가 보게 될 의식은… 하, 급사, 벌써 돌아왔구나. 보기 싫은 놈은 좋지 않을 때 보게 된다더니. 술잔을 이리 다오. 백랍 술잔이 다시 넘치는구나. 무도병[102]에라도 걸린 거냐? 썩 사라져, 이 학질 같은 녀석!

항해사들은 앞으로 나와라! 창을 내 앞에 교차시켜라. 잘했군! 이제 내가 축을 만져보겠다." 그는 이렇게 말하면서 팔을 뻗어 세 창이 교차하는 부분을 움켜쥐더니 갑자기 신경질적으로 창들을 획 잡아당겼다. 동시에 스타벅에서 스터브로, 스터브에서 플래스크로 강렬한 눈길을 보냈다. 선장은 형언하기 어려운 엄청난 의지를 발동해 라이덴 축전기[103] 같은 그의 인생에 전기처럼 축적된 맹렬한 감정을 그들에게 넣어주려 하는 것 같았다. 세 항해사는 선장의 계속되는 강렬하고 이해할 수 없는 모습에 움찔했다. 스터브와 플래스크는 옆으로 고개를 돌렸고, 정직한 스타벅은 눈을 내리깔았다.

"소용없군!" 에이해브가 소리쳤다. "하지만 그게 나을지도 모르지. 자네들이 온전하게 충격을 받았더라면 내 안의 전기가 사라졌을 테니까. 그랬다면 자네들은 죽었을지도 몰라. 어쩌면 자네들은 그런 것이 필요 없을지도 몰라. 창을 내리게! 항해사들이여, 나는 이제 자네들이 저기 이교도 친척 세 사람의 술을 받아주었으며 하네. 가장 명예로운 신사이자 귀족인 용맹한 작살잡이들이 아닌가. 이 일을 하기 싫은가? 위대한 교황도 자기가 쓰던 관을 물 항아리 삼아 거지들의 발을 씻어주지 않나? 나의 친애하는 추기경들이여! 겸손한 마음으로 낮은 자세를 취하게. 내 명령에 따르지 말고 자발적으로 해주기를 바라네. 작살잡이들이여, 작살의 밧줄을 끊고 작살 자루를 뽑아라!"

세 작살잡이들은 말없이 지시에 따랐고 길이가 1미터쯤 되는 작살의 쇠붙이

---

**102** 얼굴, 손, 발, 혀가 의지와 상관없이 저절로 마구 움직여 춤추는 것처럼 보이는 신경병.

**103** 유리병 바닥과 안팎에 석박을 바르고 병마개에 금속 막대를 꽂아 아랫부분의 끝에 쇠사슬을 늘여 석박에 접촉시킨 축전기.

를 뗀 다음 미늘이 위쪽을 향하도록 잡고 선장 앞에 섰다.

"그 날카로운 쇠붙이로 나를 찔러서는 안 돼! 기울이게, 기울여! 자네들은 어느 쪽이 술잔인지도 모르나? 자루 꽂는 구멍이 위로 오게 하게. 그래, 그래. 이제 항해사들이여, 앞으로 나와 저 칼날을 잡아라. 내가 구멍에 술을 가득 채우는 동안 가만히 들고 서 있어라." 그는 즉시 항해사들 한 명 한 명 앞에 천천히 다가가 백랍 술병에 담긴 불타는 술을 작살 구멍에 가득 채웠다.

"자, 항해사와 작살잡이는 각각 마주보고 서서 그 잔인한 성배를 권하게! 자네들은 이제 끊으려야 끊을 수 없는 동맹이 되었어. 하! 스타벅! 이제 다 끝났네! 저기 태양이 이 맹약을 승인하려고 기다리고 있군. 자, 작살잡이들이여 마셔라! 마시고 맹세하라! 죽음의 포경 보트 뱃머리에 설 자들이여, 모비 딕에게 죽음을! 만일 우리가 모비 딕을 쫓아가 그 목숨을 빼앗지 못하면 신이 우리 모두를 사냥하실 것이다!"

작살잡이들은 미늘이 달린 기다란 쇠붙이 잔을 들고 큰 소리로 흰 고래를 저주하며 술을 벌컥벌컥 들이키고는 쉿 하는 소리를 냈다. 얼굴이 창백해진 스타벅은 고개를 돌린 채 몸을 떨었다. 마침내 한 번 더 새로 채운 백랍 술잔이 흥분해서 제정신이 아닌 선원들 사이로 돌았다. 이윽고 에이해브가 손짓하자 다들 흩어졌고, 그도 선실로 돌아갔다.

## 37장  해질녘

(선실, 뱃고물 창가, 에이해브 홀로 앉아 밖을 내다보고 있다.)

나는 희고 탁한 항적을 남긴다. 창백한 바다, 더 창백한 두 뺨, 내가 항해할 때는 언제나 그랬지. 질투심 많은 파도는 내가 남긴 자국을 삼키려고 비스듬히 부풀어 오른다. 뭐 그러든지. 어차피 먼저 지나가는 것은 나다.

저기 항상 넘칠 듯 가득 찬 술잔의 가장자리에서 따뜻한 파도가 와인처럼 붉어진다. 황금빛 이마가 푸른 바다의 깊이를 가늠한다. 정오 때부터 천천히 내려오는 태양이 잠수하고 나의 영혼은 올라간다! 바다는 끝없이 이어지는 언덕으로 나를 지치게 한다. 내가 쓰고 있는 이 롬바르디아의 철제 왕관[104]이 너무 무거운 탓일까?

하지만 이 왕관은 많은 보석으로 빛나고 있지 않은가? 왕관을 쓴 나는 그 섬광이 얼마나 멀리 퍼져 나가는지 알지 못한다. 그러나 내가 이 망할 눈부신 왕관을 쓰고 있다는 것을 어렴풋이나마 느낀다. 이 왕관은 황금이 아니라 쇠다. 나는 그 점을 잘 알고 있다. 이 왕관은 쪼개져 있다. 나는 그것도 느끼고 있다. 삐죽삐죽한 가장자리에 살이 쓸리고, 내 머리는 단단한 금속에 부딪히는 것만 같다. 그래, 내 두개골은 강철이다. 머리를 두드려 맞는 싸움에 임할지라도 나는 투구 따위는 필요하지 않다!

이마에 건조한 열기가 느껴지는데? 아아, 나도 떠오르는 해로부터 고귀한 격려를 받고, 지는 해로부터 위안을 받을 때가 있었지. 하지만 이제는 아니다. 이 사랑스러운 빛, 이 빛은 나를 비추지 않는다. 모든 사랑스러움은 내게는 고통이다. 나는 결코 그것을 즐길 수 없기 때문이다. 엄청난 직관력을 타고났으면서도 소소한 것 하나를 즐기는 능력이 없다니. 너무나 교묘하고 악의에 찬 저주를 받은 것이다! 낙원 한가운데서 받은 저주다! 잘 자라, 잘 자!

(그는 손을 흔들며 창가에서 사라진다.)


그리 힘든 일은 아니었다. 적어도 한 녀석은 고집을 부리고 반항할 것이라고 생각했는데, 내가 톱니바퀴를 한번 걸었더니 각각의 바퀴들이 잘 맞아 돌아가더군. 달리 말하자면 녀석들은 내 앞에 두둑이 쌓인 화약과 같았다. 나는 그들

---

**104** 또는 랑고바르드의 철관. 중세 초기에 제작된 이 철관은 전설에 따르면 예수가 못 박힌 십자가의 못을 펴서 만들었다고 한다. 여기서는 에이해브가 못으로 찌르는 것처럼 고통스러운 생각을 많이 하고 있다는 비유로 사용된다.

에게 불을 붙이는 성냥이고. 오, 남에게 불을 붙이기란 얼마나 힘든 일인가. 성냥인 나 자신도 불타 없어져야 하니까. 나는 도전했고 결심했다. 그리고 결심한 것은 해낼 것이다! 선원들은 내가 미쳤다고 생각하겠지. 스타벅은 분명 그렇게 생각한다.

하지만 나는 악마 같은 자이고, 미쳐버린 광기다. 그 사나운 광기는 때로 차분해져서 자기가 미쳤다는 사실을 안다! 내 팔다리가 잘려 나갈 것이라는 예언이 있었지. 그래, 나는 한쪽 다리를 잃었다. 이제는 내가 예언을 하나 하겠다. 나는 내 다리를 자른 놈의 몸을 잘라버릴 것이다. 그러면 나는 예언자이자 실행자가 된다.

이보시오, 위대한 신들이여. 이것은 댁들보다 윗길인 거요. 나는 당신들을 보고 코웃음을 칠 거요. 당신들은 크리켓 선수, 귀머거리 버크나 장님 벤디고[105] 같은 권투 선수들이오! 나는 학교 아이들이 자신을 괴롭히는 불량배에게 말하는 것처럼, 나 같은 사람 말고 네 덩치에 맞는 사람을 때리라고 말하지는 않겠소. 아니, 당신들은 나를 이미 때려눕혔고 나는 다시 일어났소. 하지만 당신들은 도망쳐 숨어버렸지. 면화 자루 뒤에 숨지 말고 앞으로 나오시오! 긴 총이 없어 당신들을 쏘지는 못하니까. 나와서 이 에이해브의 인사를 받으시오. 이리 와서 당신들이 내 방향을 비틀어놓을 수 있는지 보자는 말이오. 내가 가는 길을 비틀 수 있다고? 어림없는 소리. 내 방향을 절대 비틀 수 없으니 당신들이 비켜가면 되오.

그런 점에서 인간이 당신들보다 한 수 위요. 내 방향을 비틀어놓는다고? 확고한 목표로 달려가는 나의 길은 철로처럼 단단하고, 내 영혼은 그 철로의 홈에 끼워져 함께 달리고 있소. 깊이를 알 수 없는 협곡 너머로, 심산유곡을 가로질러, 급류가 흐르는 강바닥 밑으로 한 치의 오차도 없이 달려가오! 그 철길에는 장애물도 없고 구부러진 모퉁이도 없소.

---

**105** 귀머거리 버크와 장님 벤디고 둘 다 영국의 권투 선수다.

## 38장  황혼

(주돛대 옆, 스타벅이 기대어 서 있다.)

내 영혼은 맞서기는커녕 오히려 압도당했다. 그것도 미치광이에게! 제정신을 가진 자가 전장에서 무기를 내려놓아야 하는 것은 참을 수 없는 고통이다! 그는 아주 깊숙이 구멍을 뚫고 들어와 내 이성을 모조리 날려버렸다! 그의 불경한 목적을 알겠지만 나는 그를 도와야 할 것 같다. 내 의지와는 상관없이 형언할 수 없는 무언가가 나를 사로잡아 그에게 넘겼다. 그는 나를 밧줄로 묶어 끌고 갔지만, 나는 그것을 끊을 칼이 없다. 지독한 영감! 누가 자기 위에 있느냐고 소리쳤지. 그래, 자기보다 위에 있는 자에게는 민주주의자처럼 굴겠지만, 아래에 있는 자에게는 얼마나 폭군 행세를 하는가! 아아, 내가 얼마나 절망적인 자리에 있는지 분명히 알겠다. 나는 반항하면서도 복종한다. 더 나쁘게는 그를 증오하면서도 동정한다! 그의 눈에서 지독한 비애를 보았다. 내 속에 그런 슬픔이 있었더라면 나는 힘없이 시들어버렸을 것이다. 그래도 희망은 있다. 세월과 바닷물은 끝없이 흐르니까. 작은 금붕어가 유리 어항이라는 둥근 세상을 헤엄쳐 다니듯이, 이 미움받는 고래는 둥근 지구 전역의 바다를 헤엄쳐 다닌다. 하늘을 모독하는 선장의 목적을 신이 저지할지도 모른다. 마음이 납처럼 무겁지만 않다면 기운을 차릴 텐데. 하지만 나라는 시계는 멈추고 말았다. 모든 것을 조정하는 마음의 추, 그것을 다시 들어 올릴 열쇠가 나에게는 없다.

(앞갑판에서 떠들썩한 소리가 들린다.)

아아, 맙소사! 같은 인간에게서 났다고 보기 힘든 저런 이교도들과 함께 항해를 해야 하다니! 상어가 득실거리는 바다 근처 어딘가에서 태어난 저런 자들. 흰 고래는 저들의 마왕이겠지. 들리는 소리가 마치 지옥의 연회 같구나! 뱃머리에서는 흥청대는데 뱃고물에는 적막이 흐르는구나! 이런 것이 인생이겠지. 전투태세를 갖춘 뱃머리가 거품이 이는 바다를 쾌활하게 희롱하듯이 가르고 나아가며, 음울한 에이해브를 끌고 간다. 그는 선미에서 소용돌이치는 물살 위에 지어진 선실에 들어앉아 생각에 잠겨 있고, 저 멀리서 늑대들이 걸걸대는 듯한 물소리에 쫓기고 있다. 그 긴 울부짖음이 오싹하지 않은 적이 있던가! 닥쳐라, 이 흥청거리는 놈들아, 당직을 서지는 못할망정! 아아, 인생이여! 영혼이 억눌린 이때는 거칠고 무식한 자들이 먹을 것에 달려드는 것처럼 지식에 매달려야 한다. 아아, 인생이여! 나는 지금 네 안에 숨어 있는 공포를 느낀다. 하지만 그것은 내가 아니다. 나는 이제 두렵지 않다. 암울하고 허깨비 같은 미래여, 나는 내 안에 있는 부드러운 인간의 감정으로 너와 맞서 싸울 것이다! 오 신성한 힘이여, 내 곁에 서서 나를 붙들어주시고 굳게 버티게 하소서.

## 39장  첫 번째 야간 당직

(앞돛대 망루, 스터브가 혼자 아딧줄을 수선하고 있다.)

하! 하! 하! 하! 흠! 이제 좀 목청이 트이네. 그 일이 있고 나서 계속 생각해보았는데 그냥 웃는 게 결론이야. 왜냐고? 온갖 이상한 일에 대한 가장 현명하고 손쉬운 대답이 웃음이기 때문이지. 그리고 무슨 일이 닥치더라도 늘 한 가지 위안은 남거든. 그 확실한 위안이란 모든 운명이 정해져 있다는 거야. 영감이 스타벅에게 무슨 말을 했는지 다 듣지는 못했는데, 내 한심한 눈으로 보기에도 스타벅이 요전 날 내가 느낀 것과 똑같은 기분이었을 것 같았어. 무굴제국의 영감한테 아주 혼쭐난 게 틀림없어. 딱 보니 알겠더라고. 내게 재능이 있었더라면 기꺼이 그 일을 예언했을 텐데. 스타벅의 뒤통수를 보는 순간 알아차렸지. 스터브, 현명한 스터브. 그것이 내 호칭이야. 그래, 스터브. 그래서 뭐 어떻다는 거야? 자, 여기 시신이 한 구 있다고 쳐봐. 앞으로 무슨 일이 닥칠지 알 수 없지만 나는 그냥 웃어버릴 거야. 아무리 소름끼치는 일에도 익살스러운 곁눈질이 숨어 있지! 재미있는 걸. 라라, 랄라라! 그나저나 집에 남아 있는 예쁜 우리 마누라는 뭘 하고 있을라나? 울고 있을라나? 막 도착한 작살잡이들에게 파티를 열어주고 있을지도 몰라. 프리깃함의 신호기처럼 흥겹게. 내 기분도 그렇지. 랄라라, 라라! 오오.

오늘밤 가벼운 마음으로 잔을 들자.
입술이 닿으면 사라지는
가득 찬 술잔 위의 거품처럼
흥겹고 덧없는 사랑을 위해.

거, 멋진 노래군. 누가 나를 부르는 거야? 스타벅? 예, 예, 갑니다. (혼잣말로) 그는 내 상관이고, 잘못 알고 있는 게 아니라면 저 사람도 상관이지. 예, 예, 갑니다. 이 일만 끝내고요.

## 40장   한밤중, 앞갑판

### 작살잡이들과 선원들

(앞돛대 돛이 올라가고 당직들이 모습을 드러낸다. 서 있는 자, 어슬렁거리는 자, 기대고 있는 자, 누워 있는 자 등 자세가 다양하다. 다 함께 합창을 한다.)

잘 있어요, 안녕, 스페인 아가씨들!
잘 있어요, 안녕, 스페인 아가씨들!
선장님의 명령이 떨어졌어요.

### 낸터킷 선원 1

자, 다들 감상에 빠지지 말게. 소화가 안 되잖아. 기운 나는 노래를 부르세. 나를 따라해!

(그가 노래를 부르자 모두가 따라 부른다.)

우리 선장님 갑판 위에 서서
망원경 하나 손에 들고
바다 곳곳에서 물을 내뿜는
웅장한 고래들을 바라보네.
보트에 밧줄통 싣고
아딧줄 옆에 서라.
저 멋진 고래를 잡으러 가자.
노를 저어라, 부지런히 저어라.
친구들아, 힘을 내자! 절대 절망하지 말자!
용감한 작살잡이가 고래를 공격하는 동안!

**뒷갑판에서 들려오는 항해사의 목소리**
앞갑판, 8점종[106]을 쳐라!

**낸터킷 선원 2**
합창 그만! 8점종을 쳐라! 들리나, 종치기? 핍, 종을 여덟 번 쳐! 이 검둥이 놈아! 당직은 내가 부르지. 내 입은 그런 일을 하기에 딱 좋거든. 나처럼 입이 큰 사람도 없지. (머리를 승강구 아래에 들이밀고) 우—현—당—직— 8점종이 쳤어! 올라와!

---

**106** 네 시간마다 치는 종.

### 네덜란드 선원

오늘밤은 엄청 졸립군, 형씨. 그러기에는 멋진 밤인데. 무굴제국의 영감이 준 술 때문이겠지. 술이란 것이 누구한테는 자극제지만 누구한테는 영 골만 아픈 물건이야. 우리는 노래를 부르는데 저기 누워서 자는 놈들도 있잖아. 선창 제일 밑에 깔린 오크통처럼 말이야. 다시 깨우자! 이 구리 펌프를 가지고 가서 소리 쳐. 아가씨들 꿈은 그만 꾸고 부활할 시간이라고 말해. 마지막으로 키스하고 심판받으러 오라고 하란 말이야. 그렇지, 그거야. 자네는 암스테르담 버터를 먹지 않아서 그런지 목청이 멀쩡하군.

### 프랑스 선원

쉿, 다들 조용히 해! 블랭킷만에 닻을 내리기 전에 지그 춤이나 추자고. 뭐라고? 저기 다른 당직이 오고 있군. 이봐, 다들 춤출 준비해! 핍! 꼬맹이 핍! 탬버린으로 흥 좀 올려봐!

### 핍

(뚱하고 졸린 표정이다.)

탬버린이 어디 있는지 몰라요.

### 프랑스 선원

그럼 배라도 두드리고 귀라도 흔들어. 지그 춤을 추자고, 다들. 즐겁게 추자. 야호! 제길, 춤 안 출 거야? 자, 인디언처럼 줄 서서 왼발과 오른발을 살짝살짝 끌라고! 자자, 움직여! 다리, 다리를 움직여!

### 아이슬란드 선원

형씨, 바닥이 마음에 안 들어. 너무 푹신해서 내 취향이 아니야. 바닥이 얼음 처럼 단단해야지. 찬물 끼얹어서 미안한데 나는 사양하겠네.

### 몰타 선원

나도 그래. 그런데 여자는 어디 있어? 바보가 아니고서는 누가 자기 왼손으로 자기 오른손을 잡고 '한 곡 추실래요?' 하고 말하겠나? 파트너! 파트너가 필요해!

### 시칠리아 선원

맞아. 여자와 풀밭! 그 둘만 있으면 당장이라도 메뚜기처럼 신나게 뛰면서 춤출 거야.

### 롱아일랜드 선원

이봐, 왜 이렇게 불만이 많아? 우리로 충분해. 할 수 있을 때 뭐라도 해야지. 다들 춤이나 추자고. 오호, 음악이 들리네. 자, 어서!

### 아조레스 선원

(승강구로 올라오며 탬버린을 위로 던진다.)

핍, 이거 받아. 자, 다들 양묘기 기둥으로 올라가!

(선원의 절반은 탬버린 장단에 맞추어 춤추고, 몇몇은 아래로 내려간다. 몇몇은 둘둘 감은 삭구 사이에 들어가서 자거나 누워 있다. 여기저기서 욕설이 들린다.)

### 아조레스 선원

(춤추며)

어서, 핍! 탬버린을 두드려, 종치기! 쿵짝 쿵짝 쿵짝 쿵짝 신나게 두드려, 꼬맹아! 반딧불이처럼 빛을 내봐! 딸랑이가 박살날 정도로 흔들어!

### 핍

아, 이 딸랑이요? 저기 또 하나가 떨어졌네요. 그렇게 두들겨댔으니.

### 중국 선원

그럼 이라도 딱딱 부딪쳐서 소리를 내. 네가 종탑이 되면 되잖아.

### 프랑스 선원

미친 듯이 즐겁게 춤추세! 핍, 그 탬버린 들고 있어. 내가 그 고리 속으로 뛰어들어볼게. 삼각돛을 찢자! 우리도 찢어지게 놀아보자!

### 타슈테고

(조용히 담배를 피우며)

백인들이란! 저런 걸 재미있어 할까. 흠, 나는 쓸데없이 땀을 흘리지 않아.

### 맨섬의 늙은 선원

저 신난 친구들은 자신들이 과연 어디 위에서 춤추고 있는지 알까? "나는 네 무덤 위에서 춤추겠다"는 말은 한밤의 마녀, 배의 모퉁이를 거침없이 도는 역풍의 가장 끔찍한 협박이지. 오, 그리스도여! 저 풋내기 선원들을 굽어 살피소서! 그래, 학자들의 말마따나 이 세상은 온통 무도회장일 테니 여기서 춤판이 벌어지는 것도 당연하지. 그래 젊은이들아, 실컷 춤춰라. 너희는 젊으니. 나도 한때는 그랬어.

### 낸터킷 선원 3

자자, 쉬자고! 휴! 잔잔한 바다에서 고래를 쫓는 것보다 더 힘들군. 타슈, 네 담배 좀 피우자.

(선원들이 춤을 멈추고 한데 모인다. 그사이에 하늘이 어두워지고 바람이 불기 시작한다.)

### 인도 선원

맙소사! 이보게들, 빨리 돛을 내려야 해. 하늘에서 태어난 갠지스강의 만조가 바람으로 변했어! 시바신께서 검은 이마를 보이고 있어!

## 몰타 선원

(비스듬히 누워서 모자를 흔들며)

그건 파도야. 흰 모자를 쓰고 지그 춤을 추기 시작했군. 이제 곧 장식 술을 흔들 거야. 파도가 모두 여자라면 물에 뛰어 들어가 파도와 영원히 샤세 스텝[107]으로 춤출 텐데! 여자와 춤추면서 격렬하게 흔들리는 그 따뜻한 젖가슴을 힐끔거리는 것만큼 달콤한 일이 세상에 또 있을까? 천국도 그렇지는 않을 거야! 두 팔로 가렸지만 농익어 터질 듯 포도알 같은 젖가슴이란!

## 시칠리아 선원

(비스듬히 누워서)

더 말해서 뭐해! 잘 들어봐, 이 친구야. 살짝살짝 얽히는 팔다리, 나긋나긋한 흔들림, 수줍은 내숭, 심장은 쿵쿵쿵! 입술도 가슴도 엉덩이도 모두 가볍게 스치지. 끊임없이 닿을 듯 말 듯! 맛보지 말고 눈으로 보기만 해. 그렇지 않으면 물려서 싫증날 테니. 안 그런가 이교도? (팔꿈치로 쿡 찌른다.)

## 타히티 선원

(깔개 위에 드러누우며)

우리 고향에서는 여자들이 거룩한 나체로 춤을 추지. 만세! 히바[108], 히바! 아아, 골짜기는 낮고 야자수는 높은 타히티여! 나는 아직도 깔개 위에 누워 쉬고 있지만 부드러운 흙은 쓸려 가버렸구나! 나의 깔개여, 사람들이 숲에서 너를 엮는 것을 보았지. 고향에서 가져온 첫날 너는 푸르렀는데 지금은 해어져 시들고 말았구나. 아아! 너나 나나 세월을 견딜 수가 없구나! 저 하늘로 옮겨 심으면 어떨까? 그런데 뾰족한 피로히티[109] 봉우리에서 흘러내리는 급류 소리가 들리

---

107 미끄러지듯 빨리 밟는 스텝.

108 리듬에 맞추어 손뼉을 치고 발을 구르는 타히티의 전통 춤.

109 타히티섬의 주요 산 중 하나.

는 것 같아. 울퉁불퉁한 바위들을 뛰어넘어 마을을 집어삼키며 포효하는 소리. 돌풍이다! 돌풍이야! 일어나, 허리를 펴, 돌풍에 맞서자! (벌떡 일어선다.)

## 포르투갈 선원

파도가 사정없이 뱃전에 부딪히고 있어! 모두 돛을 내릴 준비를 해! 바람이 싸움을 걸어오고 있다. 곧 죽자 사자 달려들 거야.

## 덴마크 선원

우지직, 우지직, 낡은 배로군! 우지직거린다는 것은 버텨낸다는 뜻이겠지. 그래, 잘했어! 저기 항해사가 너를 단단히 붙들고 있다. 그는 조금도 두려워하지 않아. 폭풍에 시달리고 소금이 달라붙은 대포로 발트함대와 싸우던 카테가트섬의 요새 같구나!

## 낸터킷 선원 4

저 사람도 명령을 받는 처지니 알아둬. 에이해브 영감이 저자에게 말하는 것을 들은 적 있어. 돌풍은 늘 죽여야 한다고 했지. 권총으로 용오름을 쏘아서 터트리는 것처럼 돌풍 속으로 배를 돌진시키라는 거야!

## 영국 선원

젠장! 하지만 저 영감은 대단한 늙은이야! 우리는 영감이 쫓는 고래의 몰이꾼이지.

## 모두

그래, 맞아!

## 맨섬의 늙은 선원

아니, 어떻게 소나무 돛대 세 개가 다 흔들리지! 나무 중에서도 가장 단단해서 다른 땅에 옮겨 심어도 살아남는데. 하긴 여기에 있는 흙은 선원들의 저주받은 진흙뿐이니. 키잡이, 항로를 유지하라. 그대로 가! 이런 날씨에는 용맹한 자들도 해안으로 후다닥 도망치고, 용골이 있는 배도 쪼개지고 만다. 우리 선장은 태어날 때부터 몸에 점이 있는데, 저길 봐. 저 하늘에도 점이 있어. 다른 곳은 칠흑처럼 어두운데 저기만 타는 듯이 붉잖아.

## 다구

그게 뭐 어때서? 검은 것이 무섭다는 자는 나를 무서워하는 거야! 내가 검은 곳 출신이니까.

## 스페인 선원

(혼잣말로) 저 친구 생트집을 잡고 있어. 해묵은 원한이 내 신경을 건드리는군. (다구에게 다가가며) 어이, 작살잡이. 너희 종족이 인류의 어두운 부분인 것은 부정할 수 없는 사실이야. 그것도 악마처럼 어둡지. 악의 없이 하는 말이네.

## 다구

(뚱하게)

알았어.

## 산티아고 선원

저 스페인 자식 미쳤거나 취했네. 그런데 취하지는 않았을 텐데. 늙은 무굴 영감이 준 불 같은 술이 저 자식한테만 오래 갈리는 없잖아.

## 낸터킷 선원 5

지금 내가 뭘 본 거지? 번갯불인가? 그런 모양이군.

**스페인 선원**

아니, 다구가 이빨을 보여준 거야.

**다구**

(벌떡 일어서며)

그 말 취소해, 난쟁이! 피부도 하얗고 간도 하얀 놈아!

**스페인 선원**

(맞서며)

칼로 실컷 찔러주지! 덩치만 컸지 속 좁은 놈아!

**모두**

싸움이다! 싸움! 싸움!

**타슈테고**

(담배 연기를 내뿜으며)

아래서나 위에서나 싸움질, 신이나 인간이나 다 싸움꾼들이로군! 흠!

**벨페스트 선원**

어럽쇼, 싸움이 났네! 이런 고마운 일이! 싸워! 달려들어!

**영국 선원**

정당하게 싸워야지! 저 스페인 놈의 칼을 빼앗아! 링을 만들어, 링을!

**맨섬의 늙은 선원**

링은 이미 있잖아. 저기! 저 링 같은 수평선 말이야. 저 링 안에서 카인은 아벨을 죽였지. 싸움은 멋진 일이야, 옳은 일이기도 하고! 아니라고? 그럼 왜 신은 링을 만든 거야?

**뒷갑판에서 들려오는 항해사의 목소리**
모두 윗돛 마룻줄에 붙어라! 중간돛 접을 준비를 하라!

**모두**
돌풍이다! 돌풍! 뛰어, 즐겁게 하자고! (흩어진다.)

**핍**
(양묘기 아래서 몸을 움츠리며)

즐겁게 하자고? 계속 즐거울 수 있도록 주님이 도우시길! 우지직, 와지직! 저기 삼각돛 밧줄이 날아가잖아. 휘익 철썩. 세상에! 수그려, 핍. 윗돛대의 활대가 날아온다! 섣달그믐에 비바람 치는 숲속에 있는 것보다 더 심하군! 이런 때 누가 밤을 따러 나무에 올라가겠어? 하지만 다들 욕하면서 돛대에 올라가는군. 나라면 못해. 저 사람들은 전망이 좋아. 천국에 오르는 길로 가고 있잖아. 꽉 잡아! 제기랄, 뭐 이런 돌풍이 다 있어! 하지만 저 사람들은 돌풍보다 더 지독해. 저 사람들은 흰 돌풍이야. 흰 돌풍? 흰 고래, 으으! 으으! 저들이 흰 고래 이야기를 떠드는 것은 오늘 저녁에 처음 들었어. 흰 고래라니! 으으, 생각만 해도 온몸이 탬버린처럼 덜덜 떨리네. 저 아나콘다 같은 영감이 그 고래를 반드시 잡겠다고 선원들 모두에게 맹세를 시켰지. 아아, 저 높은 어둠 속 어딘가에 계시는 크고 하얀 신이시여, 여기 아래에 있는 이 작은 검둥이 소년에게 자비를 베풀어주소서. 두려움을 느끼는 내장조차 없는 저 사람들로부터 지켜주소서.

## 41장 모비 딕

나 이슈메일도 그런 맹세를 한 선원 중 하나였다. 나의 외침은 그들의 외침과 함께 울려 퍼졌고, 나의 맹세는 그들의 맹세와 하나가 되었다. 영혼의 두려움 때문에 나는 더욱 큰 소리로 외쳤다. 더 세게 망치질하여 나의 맹세를 단단히 고정시켰다. 내 안에 격렬하고 불가사의한 공감이 일어나며 에이해브의 억누를 수 없는 원한이 내 것인 양 느껴졌다. 나는 다른 선원들과 함께 그 흉악한 괴물을 죽여 복수하기로 맹세하면서 놈의 이력을 알고 싶어 더 열심히 귀 기울였다.

예전부터 흰 고래는 무리에서 떨어져 나온 것처럼 혼자 이따금씩 향유고래 포경선들이 빈번히 다니는 황량한 해역에 나타났다. 하지만 고래잡이들 모두가 흰 고래의 존재를 알고 있었던 것은 아니고, 비교적 소수만이 직접 보고 확인했을 뿐이다. 그것이 흰 고래라는 것을 알고 실제로 맞서 싸운 고래잡이 수는 그보다 더 적었다. 워낙 많은 포경선이 바다 전체에 무질서하게 흩어져 있는 데다가 대다수의 배는 한번 바다에 나가면 1년이 넘도록 외딴 해역에서 사냥감을 추적하느라 새로운 소식을 전해줄 다른 배를 좀처럼, 아니 아예 만나지 못하기 때문이다. 게다가 포경선은 항해 기간이 지나치게 길고 출항 시기도 불규칙하다. 이런 사정에 직간접적인 다른 상황이 더해져 모비 딕에 관한 특별하고 개별적인 정보가 오랫동안 전 세계의 포경선단에 널리 퍼져 나가지 못했다. 어떤 시기에 어떤 장소에서 덩치가 엄청나게 크고 사나운 향유고래가 나타나 공격을 가한 포경선에 막대한 피해를 입히고 사라졌다는 소식은 여러 배에서 전한 바 있었다. 어떤 이들은 문제의 그 고래가 모비 딕이 틀림없다고 생각했는데, 그리 터무니없는 추측만은 아니었다. 하지만 최근 향유고래 포경업계에서는 잡으려던 바다 괴물이 매우 흉포하고 교활하며 적대적이었던 경우가 드물지 않았기 때문에, 상대가 모비 딕인 줄 모르고 싸웠던 사냥꾼들은 보통 모비 딕이 불러일으킨 기이한 공포를 개별적 사례라기보다 향유고래잡이 어업이 본래 가지고 있는 위험 탓으로 돌렸다. 에이해브와 모비 딕의 재앙 같은 만남도 여태까지 선원들 사이에서는 거의 그런 식으로 이해되었다.

이전에 흰 고래 이야기를 들은 사람일지라도 우연히 그 고래를 목격하면 처음에는 모두가 다른 향유고래를 만났을 때처럼 대담하고 용감하게 보트를 내려 추격했다. 하지만 이런 공격에는 여러 재앙이 뒤따랐다. 손목과 발목을 삐고, 팔다리가 부러지고, 고래의 아가리에 씹혀 팔다리가 잘리고, 목숨마저 잃는 일도 일어났다. 이처럼 끔찍한 반격이 되풀이되면서 모비 딕에 대한 공포는 차곡차곡 쌓여갔고, 마침내 흰 고래에 관한 소문은 여러 용맹한 사냥꾼들에게 전해져 그들의 사기를 흔들어놓는 지경에 이르렀다.

온갖 해괴한 소문이 과장되어 돌아다녔고, 치명적인 만남에 관한 실화는 사람들을 더욱 소름끼치게 했다. 죽은 나무에서 버섯이 자라듯 이런 엄청난 소문들은 놀랍고 끔찍한 사건 자체에서 자연스럽게 생겨났다. 게다가 바다 생활은 육지 생활보다 황당무계한 소문이 생겨나기 훨씬 쉽고, 조금이라도 그럴 듯하다고 생각되면 곧바로 널리 퍼지기 때문이다. 소문의 문제에서 바다가 육지를 훨씬 능가하는 것처럼 포경업계에 퍼지는 소문의 놀라움과 두려움은 다른 모든 종류의 해상업계를 능가한다. 고래잡이들도 모든 선원에게 대물림되는 무지와 미신에서 자유롭지 못한 데다 그 어떤 선원보다 바다에서 간담이 서늘해질 만큼 놀라운 일들과 가장 직접적으로 부딪히기 때문이다. 그들은 바다에서 가장 경이로운 존재를 바로 눈앞에서 마주할 뿐 아니라 필요에 따라서는 그 괴물과 육박전까지 벌인다. 아무리 먼 거리를 항해하고 수많은 해안을 지나도 그들은 조각이 새겨진 벽난로나 태양 아래서 따뜻한 환대를 받을 수 없는 처지이며 외딴 바다에 머무는 경우가 많다. 그처럼 위도와 경도마저 분명치 않은 외딴 바다에서 고래 잡는 일에 몰두하다 보면 작은 일에도 영향을 받기 쉽고 자신의 공상을 확대 재생산하여 터무니없는 소문을 무수히 만들어낸다.

여러 해역의 망망대해를 거치면서 점점 불어난 흰 고래에 관한 소문은 온갖 무서운 이야기와 뒤섞이고 초자연적인 힘까지 끌어다가 살을 붙여 끝내는 아주 자연스럽게 모비 딕의 실제 모습과는 무관한 새로운 공포를 그 괴물에게 부여하게 되었다. 그리하여 모비 딕은 선원들에게 극심한 공포를 일으켰고, 흰 고래의 소문을 들은 사냥꾼들은 놈의 무서운 아가리는 피하고 보는 것이 상책이라고 생각했다.

하지만 이렇게 된 데에는 좀 더 중대하고 실질적인 다른 영향력이 작용했다. 오늘날에도 고래잡이들의 마음속에는 향유고래의 고유한 위엄, 즉 같은 종류의 고래들과 비교해 특이하게 두려운 측면이 있다는 생각이 여전히 남아 있다. 오늘날에도 참고래라면 기꺼이 싸움을 걸 정도로 용감하고 영리한 고래잡이들 중에 경험 부족이나 자격 미달이나 소심함을 이유로 향유고래와 싸우기를 거부하는 이들이 있다. 어쨌든 많은 고래잡이들, 특히 미국 국기를 달지 않은 포경선의 선원들은 향유고래와 대적해본 적이 한 번도 없고, 그 고래에 관해 아는 것이라고는 옛날부터 북해에서 사냥되던 이름 없는 괴물이라는 것밖에 없기 때문에, 그들은 마치 난롯가에 앉아 이야기를 듣는 아이들처럼 승강구 앞에 앉아 남태평양 고래잡이의 거칠고 기이한 이야기에 흥미와 경이로움을 표시하며 귀 기울일 뿐이다. 거대한 향유고래의 어마어마한 크기는 이야기만 들어서는 감이 오지 않으며 뱃머리 갑판에서 그 고래를 직접 목격한 자만이 실감할 수 있을 것이다.

지금은 향유고래의 위력이 실제로 확인되고 있지만, 위력이 전설로만 전해지던 시대의 과거 기록에도 그 실체에 대한 그림자가 드리워져 있다. 올라프손과 포벨센[110] 같은 박물학자들은 향유고래가 다른 모든 바다 생물에게 위협적일 뿐만 아니라 너무나 흉포해 사람의 피에 굶주려 있다고 기록했다. 퀴비에의 시대에도 이와 같은 인상은 사라지지 않았다. 퀴비에는 그의 책 『자연사』에서 향유고래가 나타나면 상어를 비롯해 모든 물고기가 엄청난 공포에 휩싸여 허겁지겁 도망치다가 바위에 부딪혀 즉사하는 일도 종종 발생한다고 단언했다. 포경업계의 전반적인 경험이 이런 기록을 얼마나 수정할 수 있을지는 몰라도, 향유고래가 사람의 피에 굶주려 있다는 포벨센의 주장을 포함해 향유고래에 대한 극도의 공포와 미신적인 믿음이 고래잡이를 하며 우여곡절을 겪는 사냥꾼들의 마음속에 깊이 각인되었다.

모비 딕에 관한 소문과 불길한 조짐에 겁먹은 적지 않은 고래잡이들이 향유

---

**110** 둘 다 아이슬란드 박물학자이며, 1805년 『아이슬란드 기행』을 공저·출간했다. 올라프손은 원서에 올라센(Olassen)이라고 나와 있는데 오기이므로 여기서는 올라프손으로 바로잡았다.

고래 어업이 시작된 초창기를 회상하면서 그때도 이미 노련한 참고래 사냥꾼들이 이 새롭고 대담하고 위험한 싸움에 잘 뛰어들지 않으려 해서 애를 먹었다고 했다. 다른 고래라면 기꺼이 쫓겠지만 향유고래 같은 귀신을 쫓아 창을 겨누는 것은 인간이 할 일이 아니라고 항의했다는 것이다. 그런 짓을 했다가는 사지가 찢겨 당장 저세상에 가게 될 것이 뻔하다고 믿었기 때문이다. 이와 관련해 참고할 만한 진기한 문헌들이 남아 있다.

하지만 이런 사정에도 불구하고 기꺼이 모비 딕을 추격할 준비가 된 몇몇 고래잡이가 있었고, 더 많은 사람이 그 고래와 맞닥뜨려 싸워야 한다면 도망치지 않을 정도로 강인했다. 그들은 모비 딕에 관해 멀리서 어렴풋이 들어보았을 뿐 구체적으로 어떤 재난이 일어났는지는 알지 못하고 그에 얽힌 미신도 별로 믿지 않는 자들이었다.

미신에 사로잡힌 사람들의 마음속에는 흰 고래가 공간을 초월해 어디에나 존재한다는 비현실적인 생각이 자리를 잡고 있다. 그들은 모비 딕이 정반대편의 위도에서 동시에 나타났고 실제로 목격되었다고 말했다.

그들은 틀림없이 남의 말에 잘 속는 사람들이었을 테지만 이런 공상이 아무리 미신적이라고 해도 전혀 개연성이 없는 것은 아니다. 학자들이 아무리 열심히 연구해도 해류의 비밀은 아직 규명되지 않았고, 따라서 향유고래가 수면 아래로 다니는 숨은 바닷길은 연구자들 대부분은 알 수 없는 수수께끼의 영역이었다. 그래서 때때로 향유고래와 관련해, 특히 바다 깊이 잠수한 뒤 엄청나게 빠른 속도로 아주 멀리 이동하는 신비로운 행태에 관해 흥미로우면서 상충되는 추측들이 생겨났다.

태평양의 최북단에서 잡힌 몇몇 고래의 몸에서 그린란드 바다에서 박힌 작살의 날이 발견된 것은 이미 미국과 영국의 포경선들에 잘 알려진 사실이고, 예전에 박물학자 스코스비가 남긴 권위 있는 문서에도 언급된 적이 있다. 이런 사례 가운데 어떤 경우는, 서로 다른 두 곳에서 벌어진 공격 사이에 시간적 간극이 그리 길지 않았다는 점 또한 부인할 수 없는 사실이다.

그래서 어떤 고래잡이들은 인간에게 그토록 오랫동안 난공불락의 노선이었던 북서 항로[111]가 고래에게는 전혀 문제되지 않는 것이 분명하다고 믿었다. 실제 인간의 삶에서 찾아볼 수 있는 예를 들자면, 옛날 포르투갈 내륙의 스트렐라 산에서 일어났다는 기이한 현상(정상 근처의 호수의 수면에 난파선 잔해가 떠오른 것), 시라쿠사 근처의 아레투사 샘에 관한 놀라운 이야기(샘물이 지하수로를 통해 성지에서 온다는 것) 정도가 고래잡이들의 기이한 현실에 필적할 수 있는 신비한 이야기들이다.

고래잡이들은 이런 기이한 이야기들을 많이 듣고 다니는 데다가 흰 고래가 대담한 공격을 여러 번 받고도 살아서 유유히 달아났다는 것을 알기 때문에 더욱 미신에 빠져들었다. 모비 딕은 어디에나 존재할 뿐 아니라 불멸하는 존재이므로(불멸은 곧 시간의 편재성을 의미한다) 옆구리에 창이 한 다발이나 박혀도 무사히 헤엄쳐 사라지고, 혹여 진한 피를 뿜더라도 그것은 지독한 속임수에 불과하므로 수백 킬로미터나 떨어진 먼 바다에서 피 한 방울 섞이지 않은 맑은 물줄기를 내뿜는 광경을 볼 수 있을 것이라고 그들은 믿었다.

하지만 이런 초자연적인 추측을 제쳐두더라도 이 괴물의 육체적 생김새와 명백한 특징은 어마어마한 기세로 사람들의 상상력을 자극했다. 모비 딕을 다른 향유고래와 구별해주는 것은 남다른 덩치라기보다 앞에서 언급했듯이 놈에게만 있는 새하얗고 주름진 이마와 피라미드처럼 높이 솟은 하얀 혹이다. 이마와 혹은 모비 딕의 두드러진 특징이었다. 그것은 끝없는 미지의 바다에서 모비 딕이 자신의 정체를 드러내고, 모비 딕을 아는 사람들이 먼 거리에서도 놈을 알아볼 수 있게 해주는 표시였다.

몸의 다른 부분도 같은 흰색으로 줄무늬와 얼룩, 대리석 무늬로 덮여 있어 수의를 감싸고 있는 것처럼 보였고, 마침내 그 고래는 '흰 고래(백경)'라는 독특한 이름을 가지게 되었다. 한낮에 검푸른 바다를 미끄러지듯 헤엄치며 금빛으로 반짝이는 크림색 거품을 은하수처럼 남기는 모비 딕의 생생한 모습을 보노라

---

**111** 캐나다와 알래스카의 북극 연안을 따라 대서양과 태평양을 잇는 험난한 항로. 1903년 처음으로 인간이 항해에 성공했다.

면, '흰 고래'라는 이름이 놈에게 맞춤이라는 생각을 하지 않을 수 없다.

그 고래가 자연스레 공포의 대상이 된 것은 남다른 덩치나 눈에 띄는 색깔, 기형적인 아래턱이 아니라 유례를 찾아볼 수 없을 만큼 지능적인 적개심 때문이다. 구체적인 증언에 따르면 놈은 사람을 공격할 때 그런 성격을 여러 번 노골적으로 드러냈다고 한다. 무엇보다도 놈의 기만적인 후퇴에 고래잡이들은 경악했다. 모비 딕은 의기양양한 추격자들 앞에서 멈칫거리고 불안한 기색을 드러내며 헤엄치는 듯하다가 갑자기 방향을 틀어 보트를 들이받아 산산조각 내는 바람에, 겁먹은 보트들이 허겁지겁 본선으로 돌아가게 만든 적이 한두 번이 아니었다.

그 고래를 추격하다가 이미 여러 명이 목숨을 잃었다. 이와 비슷한 재난은 육지로는 소문이 많이 퍼지지 않았을 뿐 포경업계에서는 그리 드문 일이 아니었다. 대다수의 사례에서 흰 고래가 흉악하면서도 극악무도한 적개심을 보였기 때문에, 놈에게 팔다리를 잘리거나 목숨을 잃은 사건들은 도저히 이성이 없는 무지한 짐승이 저지른 일로 생각되지 않았다.

그렇다면 필사적으로 흰 고래를 쫓던 사냥꾼들이 놈의 이빨에 씹힌 보트의 파편과 찢겨진 동료들의 팔다리가 물속으로 가라앉는 가운데 고래의 끔찍한 분노가 일으킨 하얀 물거품 속에서 잔잔한 바다로 간신히 헤엄쳐 나왔을 때, 아기의 탄생이나 결혼식 때 비칠 법한 평화로운 햇살 아래에서 그들의 심정이 어떨지 한번 생각해보라. 아마도 미칠 듯한 분노를 느끼며 엄청난 복수심에 불타올랐을 것이다.

어떤 선장은 주변의 보트 세 척이 박살나고 노와 사람이 소용돌이에 한데 휘말려 허우적거리는 와중에, 단검을 움켜쥐고 부서진 뱃머리에서 마치 아칸소의 결투사[112]가 상대에게 달려들 듯 고래의 아가리에 달려들었다. 불과 한 뼘

━ **112** 1827년 미시시피강 모래톱에서 맹렬한 결투를 벌인 짐 보위를 가리킨다. 결투는 실제로는 미시시피주에서 벌어졌지만, 보위가 아칸소주와 연관 있던 사람이고 아칸소주는 1800년대 후반까지 목숨을 건 결투가 벌어졌던 지역이라 멜빌이 이런 표현을 썼다.

남짓한 칼날을 휘두르며 저 깊숙한 곳에 있는 고래의 생명을 빼앗으려고 마구잡이로 달려든 것이다. 그가 바로 에이해브 선장이었다. 바로 그 순간 낫처럼 생긴 모비 딕의 아래턱이 갑자기 밑으로 휙 지나가는 듯하더니 예초기가 풀을 베듯 에이해브의 다리를 싹둑 베어버렸다. 터번을 두른 터키인도, 베네치아나 말레이 용병도 그보다 더 잔인하게 그를 공격할 수는 없었을 것이다. 거의 죽을 뻔했던 그 대결 이후로 에이해브는 당연히 그 고래에게 격렬한 복수심을 품게 되었다. 병적으로 광분하는 상태에서 그는 육체적 고통뿐만 아니라 지적이고 정신적인 분노마저 고래 탓으로 돌리며 복수심을 더욱 키워갔다.

흰 고래는 모든 사악한 힘을 상징하는 편집광의 화신이 되어 그의 눈앞을 헤엄쳐 다녔다. 한 가지에 깊이 몰두하는 사람이라면 그 사악한 존재에게 심장과 폐가 반만 남을 때까지 장기를 뜯어 먹히는 듯한 고통을 느끼며 살아갈 수밖에 없다고 느낄 것이다. 알 수 없는 악의 힘은 태초부터 존재해왔고, 근대의 기독교인들마저 그 힘이 세상의 절반을 지배하고 있다고 인정했으며, 고대 동방의 오피스파[113]는 악을 뱀의 형상으로 만들어 숭배했다. 하지만 에이해브는 그 사악한 힘에 굴복하거나 숭배하지 않았다. 오히려 미친 듯이 날뛰며 모든 악의 근원이 흰 고래라고 생각했고, 불구의 몸에도 불구하고 놈과의 대결을 두려워하지 않고 다시 한번 놈과 정면으로 맞붙으려 했다. 사람을 가장 미치게 하고 괴롭히는 모든 것, 가라앉은 앙금을 휘저어 떠오르게 하는 모든 것, 악의를 내포한 모든 진실, 근육을 못 쓰게 하고 머리를 굳게 하는 모든 것, 삶과 생각 속에 교묘하게 작용하는 악마성 등 모든 악이 광분하는 에이해브에게는 모비 딕이라는 형태로 가시화되었고 이제 그놈을 공격해 죽이기만 하면 되었다. 그는 아담 이후로 전 인류가 느껴온 악에 대한 분노와 증오를 그 고래의 흰 혹 위에 쌓아올린 다음, 자신의 가슴이 박격포라도 되는 것처럼 달구어진 마음의 포탄으

---

**—  113**  기원후 100년경 시리아와 이집트에 존재했던 여러 나스틱파 중 하나. 창세기에 나오는 뱀이 그노시스(신비한 지혜)를 상징한다고 보았으며, 이에 따라 뱀을 중요시한 여러 분파를 통칭하게 되었다.

로 녀석을 폭격하려 했다.

에이해브의 이런 편집광적 증상은 다리를 잃은 순간 즉시 생긴 것은 아니었다. 단검을 휘두르며 괴물에게 달려들었을 때, 그는 갑자기 치밀어 오른 격렬하고 개인적인 적개심에 휩싸였을 뿐이다. 고래의 공격으로 다리가 잘리는 순간에도 그는 육신이 찢겨져 나가는 고통만 느꼈지 그 이상은 아니었을 것이다. 하지만 이런 격돌로 인해 포경선의 뱃머리를 고향 쪽으로 돌릴 수밖에 없었을 때, 에이해브는 한겨울의 음울하고 황량한 파타고니아의 곶을 도는 몇 달 동안 고통과 함께 그물 침대에 누워서 긴 시간을 보냈다. 그때 그의 찢긴 몸에서 흘러나온 피와 깊은 상처를 입은 영혼에서 흘러나온 피가 뒤섞이며 그를 미치게 만들었다. 그가 편집광적 증상에 결정적으로 사로잡힌 시기가 모비 딕과의 대결이 있고 나서 귀항하는 도중이었다는 것은 항해하는 동안 그가 간헐적으로 미쳐 날뛰었다는 사실로 미루어 보아 거의 확실하다. 그는 비록 다리 하나가 잘렸지만 생기 넘치는 박력이 이집트인다운 그의 가슴속에 아직 숨어 있었다. 게다가 그 힘은 그가 미쳐 날뛸 때 더욱 강력해졌기 때문에 항해사들은 항해 도중에 그를 그물 침대에 끈으로 단단히 묶어놓을 수밖에 없었다. 에이해브는 그처럼 묶인 상태에서도 가만히 있지 못하고 돌풍에 배가 미친 듯이 흔들리는 대로 함께 흔들렸다.

상황이 비교적 좋은 해역으로 들어서자 배는 보조돛을 펴고 고요한 열대 바다를 떠갔다. 어느 모로 보나 노인의 광기도 혼곶의 파도와 함께 사라진 것 같았다. 그는 어두운 동굴에서 평화로운 빛과 공기가 있는 곳으로 나왔다. 그는 창백하기는 하지만 단호하고 침착한 얼굴로 다시 차분하게 명령을 내렸다. 항해사들은 선장의 끔찍한 광기가 사라졌다고 생각하며 하나님께 감사를 드렸다. 그러나 에이해브의 숨겨진 자아는 여전히 미쳐 날뛰고 있었다. 인간의 광기는 때로 교활하고 음흉한 면을 보인다. 사라졌다고 생각될 때 광기는 더욱 교묘한 형태로 변모한다. 에이해브의 광기는 잦아들기는커녕 점점 더 깊어졌다. 그것은 저 고귀한 북쪽의 허드슨강이 산악 지방의 협곡을 지날 때는 폭이 좁아지지만 그 깊이는 가늠할 수 없이 깊어지며 원래의 기세를 그대로 유지하는 것과

같다.[114] 하지만 좁게 흐르는 편집광의 강물 속에 에이해브의 넓은 광기가 조금도 줄어들지 않고 남아 있었듯이, 그가 본래부터 지니고 있던 위대한 지성 또한 조금도 줄어들지 않은 채 넓은 광기 속에 남아 있었다. 예전에는 강력한 동인이었던 것이 이제는 강력한 도구가 되었다. 이런 거친 비유가 적절하다면, 특별한 광기가 그의 온전한 정신을 급습해 사로잡고, 그 화력을 모두 자신의 광적인 목표를 향해 집중시켜놓은 것이다. 에이해브는 힘을 잃은 것이 전혀 아니었다. 오히려 제정신으로 어떤 합리적인 목표에 집중할 때보다 천 배는 더 강한 힘으로 그 한 가지 목표를 향해 나아갈 수 있게 되었다.

이것만으로도 대단한 일이라고 할 수 있으나 에이해브의 더 크고 더 비밀스럽고 더 깊은 면모는 여전히 드러나지 않고 있다. 하지만 심오한 진리를 쉽게 말해 대중도 알아듣게 하려 해보았자 소용없다. 모든 진리는 심오하기 때문이다. 고귀하고 슬픈 영혼들이여, 우리가 지금 서 있는 이곳은 말하자면 담장에 철책을 두른 클뤼니 호텔[115]의 중심부인데, 그 건물이 아무리 웅장하고 훌륭해도 지금은 이곳을 떠나 그 밑에 있는 로마 시대의 거대한 테르메스[116]로 내려가보자. 인간이 지상에 세운 환상적인 석탑들 아래 지하에는 인간의 장엄한 뿌리, 인간의 오싹한 본질 전체가 수염이 무성한 상태로 들어앉아 있다. 고대 유물들 아래 깊은 곳에 파묻힌 채 여러 흉상을 옥좌로 삼아 앉아 있는 골동품이여! 위대한 신들은 그렇게 망가진 옥좌를 가리키며 땅속에 묻힌 왕을 조롱한다. 기둥 대신 건물을 지탱하고 있는 조각상처럼 그 왕은 참을성 있게 버티고 앉아 얼어

---

**114** 뉴욕주의 뉴버그와 픽스킬 사이 25킬로미터 구간에서 허드슨강은 폭이 줄어들지만 더욱 깊게 흐른다.

**115** 파리의 라탱 지구에 있는 중세풍의 석조 건물. 2,000년 된 로마의 유적 위에 세워졌다. 멜빌은 1849년 파리에 방문했을 때 이곳이 박물관으로 바뀌었다는 사실을 알게 되었다

**116** 클뤼니 호텔은 이 테르메스의 홀 위에 세워진 건물이다. '테르메스'는 라틴어로 공중목욕탕이라는 뜻이다. 그러나 멜빌은 여행 안내서에 적힌 테르메스라는 이름을 로마 황제의 이름으로 오인해 그 황제의 옥좌가 그 건물 지하에 파묻혀 있는 것처럼 상상을 펼치고 있다. 에이해브의 광적인 복수심을 로마 황제의 광적인 명예욕과 같은 것으로 보아 그 둘 사이에 '가족적 유사성'이 있다고 지적한 것이다.

붙은 이마로 세월의 무게를 지탱하고 있다. 그대 자부심 강한 슬픈 영혼들이여, 저 아래 땅속으로 내려가라! 그리고 긍지 높은 슬픈 왕에게 물어보라! 그러면 그대들은 우리와 가족처럼 닮았다고 하리라! 그렇다. 그가 그대들을 낳았다. 추방당한 젊은 왕족들이여, 오직 그 암울한 조상만이 그대들에게 오래된 국가 기밀을 알려줄 것이다.

에이해브는 이러한 사실을 마음속으로 어렴풋이 감지했다. 다시 말해 자신의 수단은 모두 온당하지만 동기와 목적이 미쳐 있다는 것을 알았다. 하지만 이 사실을 없애거나 바꾸거나 피할 힘은 없다. 마찬가지로 그는 사람들에게 오랫동안 자신의 진면목을 숨겨왔으며, 어떤 면에서는 여전히 그러고 있다는 것을 알았다. 하지만 이런 은폐는 어렴풋이 느끼고만 있을 뿐 그의 의지로 결정되는 것은 아니었다. 그럼에도 그는 그러한 진실을 너무나도 잘 숨겼기 때문에, 마침내 고래 뼈 다리를 달고 육지에 내렸을 때 낸터킷 사람들은 그가 끔찍한 사고를 당해 당연히 깊은 슬픔에 빠져 있을 뿐 편집광이 되었다고는 생각하지 않았다.

그가 바다에서 분명 정신착란을 일으켰다는 소문마저 사람들은 이와 비슷한 이유 때문이라고 생각했다. 그 후 피쿼드호가 이번 항해를 떠나는 날이 될 때까지 그의 이마에 늘 덮여 있던 침울함 역시 같은 이유로 치부되었다. 빈틈없고 이해타산에 밝은 낸터킷 사람들은 에이해브가 우울증 때문에 또다시 포경 항해를 떠나기에 부적합하다고 여기기는커녕, 바로 그 이유로 그가 분노와 격정을 가득 품고 피비린내 나는 고래 사냥을 떠난다면 더욱 철저히 고래를 잡아 죽일 것이므로 포경 항해에 더 적합하고 본인도 안달하며 항해를 기다린다고 생각했을지도 모른다. 속은 고통에 물어뜯기고, 겉은 햇볕에 그을리고, 불치병 같은 집념의 잔인한 송곳니에 꽉 물린 사람, 그런 사람을 찾을 수만 있다면 그 사람이야말로 세상에서 가장 무시무시한 짐승을 향해 작살을 던지고 창을 휘두를 수 있는 적임자라고 보았던 것이다. 어떤 이유로 그런 일에 육체적으로 부적격이라 하더라도 그 선장은 부하들에게 공격을 명령하고 독려하고 응원하는 일에 최고로 유능한 사람이 되는 것이다. 하지만 에이해브가 조금도 수그러들지 않는 분노의 비밀에 빗장을 지르고 자물쇠를 잠근 채 흰 고래 사냥이라는 단 하나의 목표를 가지고 이번 항해에 나선 것은 확실하다. 육지에서 그를 오래 알고 지낸 이들 중 누구라도 그의 마음속에 어떤 생각이 숨어 있는지 낌새를 알아챘더라면, 고결한 영혼을 지닌 그들은 경악하며 그런 악마 같은 자에게서 억지로라도 배를 빼앗았을 것이다! 낸터킷 사람들은 수익을 올리는 항해에 집중했으며, 그 수익은 조폐국에서 찍어내는 돈으로 환산되는 것이었다. 반면에 에이해브는 수익보다는 무엇으로도 꺾을 수 없는 대담하고 초자연적인 복수에만 몰두했다.

신조차 두려워하지 않는 이 백발 노인은 저주를 퍼부으며 욥의 고래를 쫓아 세상을 돌아다니는 선장이 되었고, 그의 부하 선원들도 주로 배교자, 무뢰한, 식인종으로 이루어졌다. 스타벅은 미덕과 올바른 생각을 가졌지만 다른 이들의 지지를 받지 못해 능력을 발휘하지 못했고, 스터브는 무관심하고 무모한 데다 늘 허허거리기만 했으며, 플래스크는 모든 면에서 평범하기만 해서 이들 가운데 정신적 지주가 될 만한 인물이 없었다. 그런 간부 선원의 지휘를 받는 선원들은 어떤 지독한 운명에 의해 에이해브의 편집광적 복수에 도움이 되는 자들로만 선발되고 동원된 것처럼 보였다. 그들은 왜 노인의 분노에 그토록 충실하게 반응했을까? 대체 어떤 사악한 마법이 그들의 영혼을 사로잡았기에 노인의 증오를 자신의 증오처럼 여기게 된 것일까? 어떻게 그들은 노인만큼이나 흰 고래를 가만 놔둘 수 없는 원수로 여기게 된 것일까? 이 모든 일이 대체 어떻게 일어나게 된 것일까? 흰 고래는 그들에게 어떤 존재인가? 그들은 어떻게 예상치 못하게 무의식적으로 흰 고래를 삶이라는 바다를 유유히 헤엄쳐 다니는 거대한 악마로 생각하게 되었는가?

이 모든 것을 설명하려면 나 이슈메일이 감당할 수 있는 것보다 더 깊은 곳까지 잠수해 들어가야 할 것이다. 우리 모두의 마음속에 광부가 작업을 하고 있다고 해보자. 그런데 계속해서 바뀌고 잘 들리지 않는 곡괭이 소리만 듣고서 그가 어디를 향해 수직굴을 파내려 가는지 누가 알 수 있겠는가? 누구든 저항할 수 없는 손길에 이끌려 가고 있다고 느끼지 않겠는가? 대포를 74문이나 장착한 군함이 끌고 가겠다는데 버티고 서 있을 보트가 있겠는가? 다른 사람은 몰라도 나는 그 시간과 장소에 나 자신을 맡길 수밖에 없었다. 그리하여 고래를 만나러 달려가는 항해 내내 그 괴수가 무시무시한 악이라는 것 말고는 다른 생각을 하지 못했다.

## 42장  고래의 흰색

에이해브에게 흰 고래가 어떤 존재인지는 이미 언급했지만, 그 고래가 내게 어떤 존재인지는 아직 말하지 않았다.

모비 딕에게는 때때로 인간의 영혼에 공포를 불러일으키는 두드러진 특징 외에도 다소 모호하고 형언하기 어려운 공포가 존재했는데, 그것은 나머지 모든 특징을 압도해버릴 정도로 강렬했다. 하지만 무척 불가사의하고 형언할 수 없는 공포여서 남들이 이해할 수 있는 방식으로 묘사하는 것을 포기하다시피 했다. 무엇보다 나를 오싹하게 만든 것은 그 고래가 흰색이라는 사실이었다. 하지만 내가 의미하는 바를 어떻게 해야 설명할 수 있을까? 그래도 그에 대한 설명이 없으면 이 책 전체가 무의미해질 테니 막연하게나마 생각나는 대로 설명해야 할 것 같다.

여러 자연물 가운데 대리석, 동백나무, 진주처럼 흰색은 자신의 특별한 장점을 대상에게 부여해 그 아름다움을 한층 더 높여준다. 많은 나라에서 흰색이 지닌 고귀한 출중함을 인정했다. 페구(버마 남부 지역)의 야만적이고 위엄 있는 옛 왕들은 지배권을 드러내는 온갖 수식어 가운데 '흰 코끼리의 임금'이라는 호칭을 으뜸으로 쳤다. 근대 시암(태국의 옛 이름)의 왕들은 왕실 깃발에 눈처럼 흰 코끼리를 그려 넣었다. 하노버 왕가의 깃발에는 눈처럼 흰 군마가 그려져 있었고, 대로마제국을 계승했다는 오스트리아제국도 이 고귀한 색을 제왕의 색으로 삼았다. 흰색이 지닌 우월함은 인류 자체에도 적용되어 백인이 모든 유색 인종의 이상적인 지배자로 군림하게 되었다. 이외에도 예로부터 흰색은 환희를 나타냈고, 로마인들은 흰 돌을 가지고 축일을 표시했다.

또한 흰색은 인간의 감정이나 그 밖의 감동적이고 고귀한 것, 이를테면 신부의 순결, 노인의 인자함을 나타내는 표지로 쓰였다. 아메리카 인디언 사이에서는 흰 조개껍질을 엮어 만든 허리띠를 주는 것이 최고의 명예를 표시했고, 많은 나라에서 법관의 법복에 흰색을 사용해 추상 같은 정의를 나타냈으며, 왕과 여왕도 백마가 끄는 마차를 타는 것으로 일상의 위엄을 지켰다.

가장 엄숙한 종교 의식에서도 흰색은 신성함과 권능을 상징했다. 페르시아의 배화교도들은 제단 위에 모신 여러 갈래의 흰 불꽃을 가장 신성하게 여겼으며, 그리스신화에서 위대한 신 제우스는 눈처럼 흰 소로 변신했다. 고귀한 이로 쿼이족은 한겨울에 흰 개를 바치며 가장 성스러운 제사를 올렸다. 그 무구하고 충직한 동물을 매년 '위대한 정령'에게 희생 제물로 바침으로써 그들의 충성심을 알린 것이다. 모든 기독교 사제들은 검은 사제복 아래에 '앨브'나 '튜니클'을 받쳐 입었는데, 이 명칭은 흰색을 뜻하는 라틴어 알부스(albus, 희다)에서 유래한다. 화려한 장식으로 신성한 위엄을 과시하는 로마가톨릭교회에서 흰색은 주님의 수난을 찬양할 때 사용된다. 성 요한의 계시록에서 흰 옷은 구원받은 자들에게 주어지는데, 흰 옷을 입을 24명의 장로가 크고 흰 보좌 앞에 서 있으며, 거룩한 하나님은 양털처럼 흰 보좌에 앉아 있다. 하지만 이 모든 아름답고 명예롭고 숭고한 연상에도 불구하고, 흰색의 가장 내밀한 개념 속에는 포착하기 어려운 무언가가 깃들어 있어 두려운 핏빛보다 더 큰 공포를 우리 영혼에 불러일으킨다.

이렇듯 포착하기 어려운 특성 때문에 흰색을 좀 더 기분 좋은 연상에서 분리시켜 본질적으로 무시무시한 대상과 결부시켰을 때 그 공포는 배가된다. 북극의 백곰과 열대의 백상아리를 보라. 그들을 무엇보다 무서운 존재로 만드는 것이 흰색이 아니라면 대체 무엇이란 말인가? 말없이 흐뭇하게 바라볼 만한 그들의 생김새에 그저 기분 나쁨을 넘어 혐오감을 부여하는 것은 바로 송장같이 섬뜩한 흰색이다. 그렇기 때문에 독특한 무늬가 새겨진 털가죽을 두르고 사나운 엄니를 가진 호랑이라 할지라도 흰 수의를 입은 곰이나 상어만큼 사람의 용

기를 꺾어놓지는 못한다.[117]

앨버트로스를 생각해보라. 그 흰 유령은 모든 상상 속에서 구름 속을 항해하듯 날아다니는데, 그처럼 영적인 경이로움과 창백한 공포를 일으키는 구름은 대체 어디서 오는 것일까? 그런 마법을 처음 부린 자는 콜리지[118]가 아니라 신에게 월계관을 받은, 위대하고 솔직한 자연이다.[119]

— **117** 북극곰에 관해 이 문제를 더욱 깊이 논하고 싶은 사람은 이런 주장을 할지도 모른다. 즉, 그 짐승의 견딜 수 없는 극악무도한 특징을 한층 더 끌어올리는 요인으로 흰색만 따로 떼어놓고 생각할 수 없다는 것이다. 상황을 분석해보면, 강렬한 공포심은 그 동물의 분방한 흉포함이 신성한 순결함과 사랑을 연상시키는 흰 털에 덮여 있다는 사실에서 생겨난다. 그래서 우리 마음속에 두 가지 상반되는 감정이 일어나고, 그 부자연스러운 대조로 인해 우리가 겁에 질리게 된다는 것이다. 하지만 이런 주장이 모두 옳다고 해도 흰색이 아니라면 그토록 심한 공포를 느끼지 못할 것이다.
백상아리의 경우, 그 짐승이 평소의 기분일 때 유령 같은 흰 몸을 드러낸 채 바다를 유유히 미끄러지듯 헤엄치는 모습은 기이하게도 북극곰의 특징과 일치한다. 그 특징은 프랑스인들이 이 물고기에 붙여준 이름에서 가장 잘 드러난다. 죽은 자를 애도하는 가톨릭 미사는 '레퀴엠 에테르남(Requiem Eternam, 영원한 안식)'으로 시작되는데, 여기서 추도 미사 자체와 그 밖의 모든 장례용 음악을 일컫는 용어 '레퀴엠'이 나왔다. 백상아리의 흰색에서 연상되는 죽음의 고요함과 그 치명적인 습성을 가리키기 위해 프랑스인들은 이 짐승을 '르캥(Requin)'이라고 부른다. (원주)

**118** 새뮤얼 테일러 콜리지(1772~1834). 잉글랜드 시인이자 비평가. 그가 1798년 펴낸 시 「늙은 선원의 노래」를 보면, 운 좋게 앨버트로스를 총으로 맞춘 늙은 선원이 동료들의 압박에 못 이겨 죽은 앨버트로스를 목에 두른다는 내용이 나온다.

**119** 앨버트로스를 처음 보았을 때가 기억난다. 돌풍이 계속 불어 파도가 심하게 이는 남극해에서였다. 갑판 아래에서 오전 당직을 마치고 구름이 낮게 낀 갑판 위로 올라왔을 때, 중앙 승강구 위에서 퍼덕거리는 새 한 마리를 보았다. 얼룩 하나 없이 새하얀 깃털로 덮여 있고 매부리코처럼 구부러진 고상한 부리를 가진 위엄 있어 보이는 새였다. 그 새는 성궤를 감싸기라도 하는 듯 일정한 간격으로 거대한 대천사의 날개 같은 두 날개를 앞으로 내밀며 둥글게 펼쳤다. 새는 놀라울 정도로 퍼덕이며 몸을 흔들었다. 다치지는 않은 것 같았지만 초자연적인 고통에 시달리는 왕의 유령이 울부짖는 듯한 소리를 냈다. 뭐라고 표현할 수 없는 새의 기이한 눈을 보자니 신만이 지닌 비밀을 들여다보는 것 같았다. 나는 천사 앞에 선 아브라함처럼 고개를 숙였다. 그 새는 정말 하얗고 날개는 넓었다. 영원히 추방당한 바다에서 나는 인간 사회의 전통과 도시에 대한 비참하고 뒤틀린 기억을 다 잊고 있었다. 나는 깃털 달린 경이로운 생명체를 한참이나 바라보았다. 그때 내 마음을 훑고 지나간 생각이 무엇인지는 말하지 못하고 암시만 할 수 있을 뿐이다. 마침내 나는 정신을 차리고 돌아서서 한 선원에게 이것이 무슨 새냐고 물었다. 그는 '고

미국 서부 개척사와 인디언 전설에서 가장 유명한 것이 대초원의 백마에 관한 이야기다. 큰 눈에 작은 머리, 깎아지른 듯한 가슴을 지녔으며 우윳빛처럼 흰 털을 자랑하는 아름다운 말이 있었다. 말의 오만한 태도에서는 군주 1,000명을 합쳐놓은 것 같은 위엄이 느껴졌다. 그 말은 당시 로키산맥과 앨러게니산맥에 둘러싸인 초원에서 살던 무수한 야생마 가운데 선출된 크세르크세스[120]였다. 그 말은 밤마다 수많은 별을 이끄는 샛별처럼 선두에 서서 야생마 무리를 서쪽으로 이끌었다. 반짝이는 폭포수 같은 갈기, 혜성처럼 곡선을 그리는 꼬리는 금은세공사들이 그 말에게 해줄 수 있는 어떤 장식보다도 찬란한 분위기를 자아냈다. 타락하지 않은 서부에서 가장 위엄 넘치고 거룩한 유령이었던 백마를 보며 사냥꾼들(덫과 총을 쓰는 자들)은 아담이 신처럼 위풍당당하게, 이 힘센 말처럼 두려움 없이 가슴을 펴고 걸었던 원시시대의 영광을 떠올렸다. 오

니'라고 대답했다. 고니라! 그런 이름은 들어본 적이 없었다. 눈부시게 아름다운 이 새가 육지 사람들에게는 전혀 알려져 있지 않다니 상상할 수 있는가! 절대 아니지! 하지만 얼마 뒤에 나는 일부 선원들이 앨버트로스를 고니라는 이름으로 부른다는 사실을 알게 되었다. 그러니 내가 그 새를 갑판에서 보았을 때 받은 신비로운 인상이 콜리지의 상상력 넘치는 시 「늙은 선원의 노래」와 관련 있을 가능성은 전혀 없었다. 당시 나는 그 시를 읽어보지 않았고, 앨버트로스라는 새도 몰랐기 때문이다. 하지만 이렇게 말함으로써 나는 간접적으로나마 그 시와 시인의 고귀한 가치가 더욱 빛나도록 일조하는 셈이다.

단언하건대, 그 매력의 비밀은 새의 온몸을 덮고 있는 경이로운 흰색에 있다. 용어가 와전되어 '잿빛 앨버트로스'라는 이름을 가진 새가 있다는 사실이 그 점을 더욱 분명히 드러낸다. 나는 잿빛 앨버트로스를 자주 보았지만 남극해에서 그 새를 보았을 때 느꼈던 감동과 흥분은 느끼지 못했다.

그런데 그 신비로운 새는 어떻게 붙잡혔을까? 여기서 밝힐 테니 소문은 내지 말길 바란다. 그 새는 바다 위에 떠 있을 때 기만적인 낚싯바늘과 줄에 걸려들었다. 결국 선장은 이 새를 우체부로 활용했다. 배의 위치와 날짜를 적은 가죽 꼬리표를 새의 목에 건 다음 풀어준 것이다. 하지만 나는 사람에게 전달되라고 둘러준 그 꼬리표가 천국으로 갔을 것이라고 확신한다. 그 흰 새는 날개를 접고 신의 가호를 빌며 예배하는 지품천사들을 만나러 갔을 테니까! (원주)

**120** 이집트와 바빌론의 반란을 제압한 페르시아의 군주 크세르크세스 1세(기원전 485~465년 재위)의 이름을 빌렸다. 27장에 나온 아하수에로스와 동일인이다.

하이오강처럼 평원에 끝없이 이어진 수많은 무리의 선두에 서서 보좌관과 장군 들을 거느리고 진군하든, 차가운 우윳빛 몸체에서 유일하게 따뜻한 김을 내는 코만 붉게 물들인 채 지평선 여기저기에 흩어져 풀을 뜯고 있는 부하들 사이를 달리며 살피든, 그 어떤 모습을 보이든 그 말은 가장 용맹한 인디언들조차 전율하는 경외와 두려움의 대상이었다. 이 고귀한 말에 관한 전설적인 기록을 보자면, 그 말을 그토록 신성한 존재로 만든 것은 주로 영적인 흰색이며 여기에는 의문의 여지가 없다. 이런 신성함은 숭배의 대상이 되지만 동시에 형언할 수 없는 공포도 강요한다.

하지만 흰색이 백마와 앨버트로스에 부여한 부차적이고 기이한 영광을 모두 잃어버리고 마는 다른 사례도 있다.

백색증에 걸린 사람이 유독 불쾌감을 일으키고 보는 이에게 충격을 주어서 일가친척들마저 그를 꺼리게 되는 이유는 무엇일까? '백색증'이라는 명칭이 말해주듯이 이유는 그가 '하얗다'는 데 있다. 백색증에 걸렸다고 해서 다른 사람과 다를 것이 없으며 실제로 기형도 아니다. 그런데 단순히 온몸이 하얗다는 이유로 가장 추악한 불구보다 더 이상하고 흉측하게 여겨진다. 대체 왜 그런 것일까?

전혀 다른 측면에서 볼 때, 자연은 아주 은밀하면서도 악의적인 힘들 중에서도 이 엄청난 공포의 속성을 자신의 주된 힘으로 삼는다. 긴 장갑을 낀 것 같은 남태평양의 유령은 눈처럼 하얗다는 이유로 화이트 스콜[121]이라고 불렸다. 역사적 사례에서 보듯이, 인간은 악의를 드러내는 데 그렇게 강력한 보조 수단(흰색)을 빠트리지 않는다. 역사가 프루아사르[122]가 남긴 기록을 보면, 필사적인 겐트[123]의 백색 두건당[124]이 시장에서 집행관을 살해할 때 그들의 상징인 흰 두건

---

**121** 열대 지방에서 갑자기 부는 돌풍.

**122** 1335?~1405?, 『프랑스 연대기』 작가. 시인.

**123** 벨기에 서북부 항구 도시.

**124** 중세의 벨기에 민병대.

으로 얼굴을 가렸다는 대목이 나오는데, 여기서 흰색은 그 장면의 효과를 얼마나 극적으로 고조시키는가!

온 인류가 공통되게 물려받은 경험에서도 흰색의 초자연성을 인정하는 몇 가지 사례를 찾아볼 수 있다. 죽은 자의 외양에서 보는 이에게 가장 공포를 일으키는 것은 두말할 것 없이 시신에 감도는 대리석 같은 창백함이다. 그 창백함은 이승에서는 죽음에 대한 두려움의 표지요 저승에서는 경악의 증표다. 시신을 감싸는 수의의 의미심장한 색은 죽은 자의 창백함에서 빌려온 것이다. 미신에서조차 우리는 유령에게 눈처럼 하얀 망토를 잊지 않고 덮어씌우며, 모든 유령은 우유처럼 뿌연 안개 속에서 천천히 나타난다. 이런 공포에 사로잡힌 순간에 한마디를 덧붙이자면, 복음서의 저자가 죽음을 의인화한 공포의 왕조차 창백한 말을 타고 있다.[125]

따라서 분위기에서는 흰색이 웅장하거나 우아한 모든 것을 상징하지만, 가장 심오한 관념적 의미를 드러낼 때는 인간의 영혼에 독특한 환영을 불러낸다는 것을 누구도 부정할 수 없다.

하지만 아무런 이의 제기 없이 이런 점을 기정사실화한다고 해도, 인간인 우리가 그것을 어떻게 설명할 수 있겠는가? 분석하는 것 자체가 불가능해 보인다. 그렇다면 흰색을 무언가 무서운 것과 결부시키는 직접적인 연상을 전부 또는 대부분 제거했는데도 불구하고, 여전히 우리에게 불변의 마법으로 작용하는 몇 가지 사례를 인용해보면 어떨까? 그러면 그 숨은 원인을 우연히 찾을지도 모른다는 희망을 가질 수 있지 않겠는가?

한번 시도해보자. 하지만 이러한 문제는 너무나 미묘해서 상상력 없이는 아무도 다른 사람을 따라 이 영역에 발을 들일 수 없다. 이제 내가 제시하려는 상상력 넘치는 인상들 가운데 일부는 분명 대다수 사람들이 느껴보았겠지만, 그 순간에 이것을 온전히 의식하던 사람들은 소수에 불과하며, 따라서 지금은 그

---

**125** 복음서 저자는 사도 요한이고, 그 구절은 요한계시록 6장 8절이다. "내가 보매 청황색(pale, 창백한) 말이 나오는데 그 탄 자의 이름은 사망이니 음부가 그 뒤를 따르더라."

인상을 떠올릴 수 없을지도 모른다.

흰색에 해당하는 관념을 알지 못하고, 성령강림절[126]의 독특한 특성도 그저 막연히 알고 있는 사람이 성령강림이라는 말만 듣고도 갓 내린 눈을 두건처럼 뒤집어쓰고 고개를 숙인 채 천천히 걸어가는 순례자들의 길고 음울하며 조용한 행렬을 떠올리게 되는 것은 왜일까? 교육받지 못하고 단순한 미국 중부의 개신교도에게 무심코 카르멜회의 흰 옷 입은 수사나 수녀를 언급할 때, 그들의 마음속에 장님의 조각상이 떠오르는 것은 왜일까?

런던의 화이트 타워[127]가 그곳의 지하 감옥에 감금되었던 전사와 왕에 대한 전설과는 별개로(그런 전설이 모든 것을 설명해주지는 않으므로) 주변의 유명한 다른 건축물, 가령 바이워드 타워나 블러디 타워보다 여행 경험이 별로 없는 미국인의 상상력을 훨씬 더 강렬하게 자극하는 이유는 무엇일까? 연속되는 거대한 탑들처럼 생긴 뉴햄프셔주의 화이트산맥은 (이상한 기분이 들 때) 그 이름을 듣기만 해도 유령 같이 으스스한 기분이 드는 것에 반해, 버지니아주의 블루리지 산맥은 온화하고 상쾌하며 아득한 꿈결 같은 광경이 떠오르는데, 두 산맥의 차이는 무엇일까? 위도나 경도에 상관없이 백해라는 이름은 상상력에 유령 같은 힘을 행사하는 반면에, 황해라는 이름은 길고 평온한 오후를 파도에 싣고 더없이 화려하면서도 나른한 일몰을 맞이하는 인상으로 사람들의 마음을 위로하는 이유가 대체 무엇일까? 완전히 비현실적이고 순전히 상상 속에서만 가능한, 예를 들자면 중부 유럽의 옛날이야기에 등장하는 하르츠숲의 '창백한 키다리 사내', 즉 언제나 창백한 얼굴로 바스락거리는 소리조차 내지 않고 푸른 숲을 미끄러지듯이 다니는 이 유령이 왜 브로켄[128]의 시끄러운 꼬마 도깨비들을

---

**126** 영어로 whitsuntide. whitsunday라고도 한다. 부활절 이후 일곱 번째 돌아오는 일요일로 성탄절, 부활절과 함께 기독교의 3대 축일 중 하나다. 이 단어는 그날 혹은 전날 세례를 받은 자가 입는 흰 옷에서 유래했다. 관련『성경』구절은 사도행전 2장 1~4절이다.

**127** 영국 런던의 런던 타워 중앙에 있는 28미터 높이의 탑, 헨리 3세가 탑을 흰색으로 칠해 화이트 타워라 불리게 되었다.

**128** 독일 하르츠산맥에서 가장 높은 산의 이름.

전부 합친 것보다 더 소름끼치는 것일까?

이젠 눈물조차 말라버린 리마[129]를 세상에서 가장 기이하고 슬픈 도시로 만드는 것은 무엇일까? 그것은 대성당을 뒤흔든 대지진의 기억도 아니고, 미친 듯이 우르르 몰아치던 파도도 아니고, 비 한 방울 내리지 않는 메마른 하늘의 무정함도 아니고, 기울어진 첨탑과 비틀린 갓돌이나 (닻을 내린 배의 비스듬한 활대처럼) 고개를 푹 숙인 십자가들이 널린 황량한 들판의 풍경도 아니고, 무너진 가옥의 벽들이 내던진 카드 한 벌처럼 포개진 채 널려 있는 교외 길가의 풍경도 아니다. 그것은 리마가 하얀 베일을 쓰고 있기 때문이다. 리마의 고통을 덮고 있는 이 흰색에는 더 강한 공포가 숨어 있다. 리마는 피사로[130]처럼 늙었지만, 이 흰색으로 폐허를 영원히 새로운 것으로 보존하고, 완전한 쇠퇴를 뜻하는 쾌활한 초록색(무성한 잡초)을 용납하지 않으며, 무너진 성벽 위로 뇌졸중에 걸린 듯 뻣뻣한 창백함을 퍼뜨려 뒤틀린 그 모습을 고착시킨다.

일반적인 견해에 따르면, 흰색 현상이 그렇지 않아도 무서운 대상을 더욱 무섭게 만드는 일차 원인이라고 볼 수 없다는 것을 나도 알고 있다. 또한 상상력이 부족한 사람들에게는 흰색 현상이 아예 공포를 불러일으키지 않지만, 또 다른 사람에게는 그저 현상 자체만으로도 두려움을 일으키며, 특히 그 현상이 침묵이나 보편적인 형태로 나타나면 그 두려움은 배가된다. 이런 두 가지 진술을 통해 내가 말하려는 바는 다음과 같은 사례로 설명할 수 있다.

첫째, 외지의 해안에 접근할 때 선원은 밤에 파도가 크게 부서지는 소리가 들리면 바짝 경계하기 시작하고 엄청난 두려움을 느끼면서 온 신경을 곤두세운다. 하지만 이와 비슷한 상황에서 그 선원이 그물 침대에 누워 있다가 불려 나왔을 때, 한밤중의 바다가 마치 주위의 곳에서 백곰 무리가 배 주위로 다가오는 것처럼 우윳빛인 것을 본다면 아무 말도 못한 채 미신적인 두려움에 사로잡힐

---

**129** 페루의 수도. 1746년 일어난 지진 이후 재건되었으며, 건물을 지을 때 사용되었던 재료 중 하나가 시야르라는 새하얀 화산암이었다

**130** 1475~1541. 스페인 정복자로 리마를 세웠다.

것이다. 수의를 걸친 유령처럼 흰 바다를 보고 마치 진짜 유령이라도 본 것처럼 겁을 먹는 것이다. 측심연으로 바다의 깊이를 재고 수심이 충분하다는 사실을 알더라도 선원은 안심하지 못한다. 가슴과 머리가 침몰해버린 그는 다시 푸른 바다로 나가기 전까지 마음을 놓지 못한다. 그렇다고 해서 "암초에 부딪힐지도 모른다는 생각보다 그 소름끼치는 흰색 때문에 무서웠다"고 솔직하게 말하는 선원은 찾아보기 어려울 것이다.

둘째, 페루 원주민들은 눈 덮인 안데스산맥을 매일 보지만 아무런 두려움을 느끼지 않는다. 까마득히 높은 곳이 늘 저렇게 얼어붙어 있으니 얼마나 황량할 것이며, 저런 곳에서 길을 잃으면 얼마나 무서울까 상상하는 것이 고작이다. 미국 서부의 벽지에 사는 사람도 다르지 않다. 끝없이 넓은 초원이 눈에 덮이며 하얀 몽상의 상태가 계속되는데, 그런 상태를 깨뜨려줄 나무나 나뭇가지 하나 보이지 않아도 그들은 무관심으로 일관한다. 하지만 남극해의 풍경을 바라보는 선원은 그렇지 않다. 극악무도한 요술을 부리는 서리와 대기의 작용으로 반쯤 난파된 배에 타고 있는 그가 추위에 덜덜 떨며 보고 있는 것은, 앙상한 얼음 무덤과 쪼개진 십자가가 끝없이 펼쳐진 교회 묘지의 풍경이다. 비참한 그에게 희망과 위안을 전하는 무지개는 어디에도 보이지 않는다.

하지만 당신은 말할 것이다. 흰색에 대해 이야기하는 이 백연[131] 같은 장은 한 비겁한 영혼이 내건 백기에 지나지 않는다고. 이슈메일, 그대는 우울증에 굴복하고 말았다고.

미국 버몬트주의 평화로운 계곡에서 태어난 건강한 망아지 한 마리가 여기에 있다고 하자. 매우 화창한 어느 날, 맹수라고는 한 번도 만난 적 없는 이 망아지 뒤에서 갓 벗겨낸 물소 가죽을 한번 흔들어보라. 물건은 보여주지 않고 야생 동물의 냄새만 풍기는 것이다. 그러면 녀석은 놀라서 코를 힝힝거리고 공포에 질린 눈으로 미친 듯이 발을 구를 것이다. 왜 이런 일이 벌어질까? 녀석은 푸른

---

**131** 납에 아세트산 증기를 작용시켜 만든 무색·무미·무취의 가루.

북쪽 고향에서 야생동물에게 받힌 적이 한 번도 없으므로 그 이상한 냄새를 맡았다고 해서 과거의 무서운 기억이 떠오를 일이 전혀 없다. 뉴잉글랜드 망아지가 저 멀리 오리건주에 있는 검은 들소를 무슨 수로 알겠는가?

그렇다! 말 못하는 짐승이라도 세상의 악마성을 본능적으로 알아차리는 것이다. 망아지는 오리건주에서 수천 마일 떨어진 곳에서도 야만적인 사향 냄새를 맡으면, 들소들에게 짓밟혀 흙먼지가 일어나는 초원에 홀로 버려진 야생 망아지만큼이나 생생하게 그 잔인한 들소들, 살을 잡아 찢고 들이받는 들소들의 존재를 느낀다.

그렇기 때문에 우윳빛 바다가 물결치는 소리, 산들을 뒤덮은 서리가 음산하게 바스락거리는 소리, 대초원에 쌓인 눈이 바람에 이리저리 쓸려 다니는 소리, 이 모든 것이 나 이슈메일에게는 겁에 질린 망아지에게 물소 가죽을 흔드는 것과 마찬가지다!

이런 미지의 신호가 암시하는 이름 모를 것들이 세상 어디에 존재하는지 모르지만, 망아지가 그러하듯 나 또한 그런 것들이 어딘가에 반드시 존재한다고 믿는다. 눈에 보이는 이 세상의 많은 측면은 사랑으로 이루어진 것처럼 보이지만, 눈에 보이지 않는 영역은 두려움으로 이루어져 있다.

하지만 우리는 아직 흰색의 마법을 풀지 못했고, 왜 흰색이 우리 영혼에 그토록 강하게 호소력을 갖는지 알지 못한다. 더욱 이상하고 훨씬 더 불길한 점은 우리가 이미 살펴본 바와 같이 흰색이 영적인 것을 나타내는 가장 중요한 상징이며, 나아가 기독교 신이 쓰고 있는 베일인 동시에 인류에게 가장 소름끼치는 것들을 강화하는 힘이라는 것이다.

하얀 은하수의 심연을 바라볼 때, 우주의 적막한 공허함과 광대무변함을 슬쩍 내비치며 소멸에 대한 생각으로 우리를 뒤에서 찌르는 것은 흰색의 불확정성이 하는 일이 아니겠는가? 흰색은 본질적으로 색이라기보다 가시적인 색채의 부재인 동시에 모든 색의 결합인 것은 아닐까? 광막한 설경이 지독하게 공허하면서도 의미로 가득 차 있는 것은 그런 이유 때문이 아닐까? 우리가 흰색을 꺼리는 것은 그것이 무색이면서도 모든 색이 응집된 무신론 같기 때문이 아닐까?

　자연철학자들의 이론에 따르면 이 세상의 모든 색채, 우아하거나 매력적인 장식이 되어주는 색채는, 즉 해질 무렵 감미롭게 물드는 하늘과 숲이라든가 금박을 입힌 벨벳 같은 나비의 날개라든가 소녀들의 나비 같은 두 뺨에 떠오르는 색채는 모두 교묘한 속임수에 지나지 않고, 대상 자체에 실제로 내재하는 것이 아니라 외부에서 주어지는 것일 뿐이다. 따라서 신격화된 자연은 매춘부처럼 자신을 분칠하지만 겉으로 꾸민 그런 매력은 내부의 납골당(죽음)을 겨우 가릴 뿐이다.

　한 걸음 더 나아가 생각해보면, 자연의 모든 색을 만드는 신비로운 화장품, 즉 빛의 원리도 그 자체로는 영원히 흰색이거나 무색이며, 만일 매개체 없이 물질에 작용할 경우 모든 대상을, 심지어 튤립과 장미마저 공허한 빛깔로 만들고 말 것이다. 이 모든 것을 생각해볼 때, 반신불수의 우주가 우리 앞에 나병 환자처럼 누워 있다. 라플란드를 다니면서 색안경을 쓰기를 거부하는 고집 센 여행자들처럼 이 비참한 이교도는 주위의 모든 경치를 뒤덮고 있는 거대한 흰 수의를 바라보다가 그만 눈이 멀어버린다. 그리고 이 모든 것의 상징이 바로 흰 고래다. 그래도 당신은 이 맹렬한 추격을 의아하게 여기겠는가?


## 43장　잘 들어봐!

"쉿! 저 소리 들리나, 카바코?"

　야간 당직 때였다. 달빛이 환한 밤, 선원들은 갑판 중앙에 있는 담수 통에서 뱃고물 난간 근처의 음료수 통까지 줄지어 서 있었다. 그들은 이렇게 늘어서서 차례로 양동이를 넘기며 음료수 통에 물을 채웠다. 선원들은 대부분 성역과도 같은 뒷갑판에 서 있었기 때문에 말소리나 발소리를 내지 않으려고 신경 썼다. 아주 깊은 정적 속에서 양동이는 손에서 손으로 옮겨졌고, 돛이 펄럭이거나 용골이 끊임없이 나아가며 윙윙거리는 소리만 이따금씩 들려왔다.

이런 괴괴함 속에서 뒤쪽 승강구 근처에 서 있던 아치가 옆에 있는 촐로[132]에게 속삭였다.

"쉿! 저 소리 들리나, 카바코?"

"양동이나 받아, 아치. 무슨 소리가 난다는 거야?"

"또 들리네. 승강구 밑에서. 안 들려? 기침, 그래 기침 소리 같아."

"뭔 놈의 기침 소리야! 그 양동이나 옆으로 넘겨."

"저기서 들리잖아, 저기! 두세 사람이 자면서 몸을 뒤척이는 것처럼 들려, 지금!"

"저런, 저런! 헛소리 좀 작작해. 저녁에 먹은 젖은 건빵 세 개가 자네 배에서 뒤척이는 소리는 아니고? 양동이나 받아!"

"자네가 뭐라 해도 내 귀는 밝단 말이야."

"그래, 그래. 자네는 참 귀가 밝지. 퀘이커 할망구가 뜨개질하는 소리를 낸터킷에서 80킬로미터나 떨어진 바다에서도 들을 수 있다고 했잖나."

"그래, 맘대로 비웃어. 이제 곧 알게 될 테니까. 잘 들어, 카바코. 뒤쪽 선창에 아직 갑판에 얼씬거리지 않는 놈이 있어. 우리 무굴제국의 영감은 뭔가를 알고 있는 것 같아. 언젠가 아침에 당직을 서고 있을 때, 스터브가 플래스크에게 그런 소리를 하는 것을 들었어."

"자자, 양동이나 어서 들어!"


### 44장 해도

에이해브가 자신의 목적을 밝히고 흥분한 선원들이 복종을 맹세한 그날 밤에 돌풍이 불었다. 이후 선실로 내려간 선장을 따라갔다면, 그가 선미판 사물함

---

**132** 스페인계와 아메리카 원주민의 피가 섞인 라틴아메리카 남성을 이르는 말.

에서 둘둘 말린 채 보관된 누르스름하고 구겨진 대형 해도를 꺼내 나사로 고정시킨 탁자 위에 펼치는 모습을 보았을 것이다. 그런 다음 그가 탁자 앞에 앉아 다양한 선과 음영을 골똘히 살피며 연필을 들어 천천히, 하지만 꾸준히 빈자리에 또 다른 항로를 그리는 것도 보았을 것이다. 이따금 옆에 쌓아둔 옛 항해일지들을 뒤적이기도 했는데, 그 일지에는 여러 배가 항해하다가 향유고래를 잡거나 목격한 계절과 장소가 기록되어 있었다.

이처럼 해도에 몰두하는 동안, 그의 머리 위 쇠사슬에 매달린 육중한 백랍 등불이 배의 요동에 맞추어 끊임없이 흔들리며 주름진 선장의 이마에 흐릿한 빛과 그림자를 번갈아 가며 던졌다. 선장이 구겨진 해도에 선과 항로를 표시하는 동안, 마치 눈에 보이지 않은 연필이 그의 이마에 새겨진 해도에 선과 항로를 그리는 것만 같았다.

하지만 에이해브가 홀로 선실에 틀어박혀 해도를 놓고 고민하는 것은 그날 밤만은 아니었다. 그는 거의 매일 밤 해도를 꺼내 연필로 표시된 것을 지우기도 하고 새로 표시하기도 했다. 에이해브는 사대양의 해도를 전부 펼쳐놓고, 영혼의 편집광적인 생각을 좀 더 확실히 달성할 목적으로 해류와 소용돌이의 미로를 요리조리 헤쳐 나가고 있었다.

고래의 습성을 잘 모르는 사람에게는 이 지구의 끝없는 대양에서 홀로 다니는 거대한 짐승을 찾는다는 것이 터무니없이 무망한 일로 보일지도 모른다. 하지만 에이해브는 그렇게 생각하지 않았다. 그는 조수와 해류를 훤히 꿰뚫고 있었고, 덕분에 향유고래의 먹이가 다니는 길도 추정할 수 있었다. 또한 특정 위도에서 모비 딕을 사냥하기 적합한 것으로 확인된 시기를 떠올리면서, 사냥감을 만나려면 이런저런 해역에 언제 도착해야 하는지 거의 확실할 정도로 합리적인 추론을 해냈다.

실제로 향유고래는 주기적으로 특정 해역에 나타난다. 그 때문에 전 세계에서 향유고래를 자세히 관찰하고 연구할 수만 있다면, 그리고 전체 포경선단의 항해일지를 대조해볼 수만 있다면, 향유고래의 이동 경로는 청어 떼나 제비의 이동과 언제나 일치한다는 사실이 밝혀질 것이라고 많은 고래잡이들은 믿고

있다. 이런 정보를 바탕으로 향유고래의 이동 경로를 표시한 정교한 해도를 작성하려는 시도가 과거에 여러 차례 있었다.[133]

게다가 향유고래는 먹이를 찾아 해역을 이동할 때 확실한 본능, 아니 신에게 받은 신비한 지성에 이끌려 이른바 맥(脈)을 따라 헤엄친다. 그들은 헤매는 법 없이 정확하게 특정한 바닷길을 계속해서 따라가는데, 세상의 어떤 배가 어떤 해도를 따라 항해한다고 해도 그 경이로운 정확성에는 10분의 1도 미치지 못한다. 이런 경우 고래가 선택한 방향은 측량기사가 그은 평행선처럼 곧고, 따라서 고래가 나아가며 남긴 흔적도 직선 항로 범위 내로 국한된다. 그러나 고래가 따라가는 그 임의적인 맥은 폭이 보통 수 킬로미터에 이른다(맥의 폭은 늘어나거나 줄어드는 것으로 짐작된다). 하지만 그 폭은 이 마법의 수로를 따라 신중하게 항해하는 포경선의 돛대 꼭대기에서 살필 수 있는 시야의 범위를 절대 넘어가지 않는다. 요약하면 특정 시기에 그 해역 안에서 직선 항로로 항해하면 이동 중인 향유고래들을 거의 확실히 발견할 수 있다.

따라서 에이해브는 이미 입증된 시기에 잘 알려진 먹이 터에서 사냥감과 만나기를 기대할 수 있을 뿐만 아니라, 그런 먹이 터 사이의 넓게 트인 바다를 지날 때도 뛰어난 항해 기술 덕분에 고래를 만날 수 있는 장소와 시간을 얼마든지 사전에 예상할 수 있었다.

언뜻 보기에 이 상황은 그의 광적이고 체계적인 계획에 지장을 주는 것처럼 보였지만, 아마 실제로는 그렇지 않았을 것이다. 무리 지어 다니는 향유고래는 특정한 먹이 터를 정기적으로 찾기는 하지만, 올해 어떤 위도나 경도에 나타난 고래 무리라고 해서 작년에 그곳에서 발견된 무리와 같다고 단정지을 수는 없

---

133  다행히 이러한 주장을 1851년 4월 16일 워싱턴 국립천문대에서 근무하는 모리 중위가 작성한 공보가 뒷받침해준다. 공보에 따르면 바로 그와 같은 해도가 작성되고 있으며, 일부 내용이 공보에 기재되었다. "이 해도는 대양을 위도로 5도씩, 경도로 5도씩 나눈다. 각 구역에 수직선을 그어 1년 열두 달에 해당하는 열두 칸을 만들고, 수평으로 세 개의 선을 긋는다. 수평으로 나눈 한 칸에는 그 구역에서 매달 보낸 날수를 적고, 나머지 두 칸에는 향유고래나 참고래가 목격된 날수를 적는다." (원주)

다. 하지만 이와 반대되는 경우가 의심할 여지 없이 사실로 드러난 특수한 경우도 있다. 이런 경우는 일반적으로 성숙하고 나이든 향유고래들 중에서 혼자 지내는 은둔형 고래에게 제한적으로 적용된다. 예를 들어 모비 딕이 지난해에 인도양의 세이셸이나 일본 연해의 분화만에서 목격되었다고 해서, 피쿼드호가 이듬해 그 두 곳을 들른다고 한들 반드시 모비 딕을 만날 수 있는 것은 아니다. 모비 딕이 때때로 나타났던 다른 먹이 터의 경우도 마찬가지다. 이 모든 장소는 고래가 머무는 곳이 아니라 잠시 체류하는 바다의 여관인 것이다. 여태까지 에이해브가 자신의 목적을 달성할 기회란 우연과 선례를 따르고 요행을 바라는 것에 지나지 않았다. 하지만 특정한 시기에 특정한 장소를 갈 수만 있다면 모든 가능성은 개연성이 될 것이며, 에이해브가 기대하듯이 그 가능성은 거의 확실성에 가까워질 것이다. 그 특정한 시간과 장소는 전문용어로 말하면 '적도 시기'와 관련 있다. 수년간 그 시기에 그 해역에서 모비 딕이 주기적으로 나타난 것이다. 1년을 주기로 도는 태양이 일정 기간 동안 황도 12궁 중 한 자리에 머무르는 것처럼 모비 딕도 그 해역에 일정 기간 동안 머무르곤 했다. 흰 고래와의 사투는 대부분 그곳에서 벌어졌다. 그곳의 파도는 흰 고래의 전설을 이야기했고, 편집광적인 노선장이 복수를 맹세하게 된 비극적인 사건이 벌어진 것도 바로 그곳이었다. 하지만 물러설 수 없는 이 사냥에 자신의 음울한 영혼을 모두 바친 에이해브는 신중함과 경계를 늦추지 않았다. 그는 아무리 기대를 걸어볼 만해도 앞에서 언급한 단 하나의 정보에만 기대지 않았다. 잠을 이룰 수 없을 정도로 원한에 사무쳐 복수를 맹세했기 때문에 초조한 마음을 가라앉히고 특정한 시기에 특정한 해역에 이를 때까지 모든 탐색을 연기할 수도 없었다.

그런데 피쿼드호가 낸터킷에서 출항한 때는 적도 시기가 막 시작될 무렵이었다. 따라서 아무리 애쓰더라도 한참을 남쪽으로 내려가 혼곶을 돌고, 남위 60도에서 다시 때맞추어 적도 부근의 태평양에 도착하기란 도저히 불가능했다. 그렇다면 다음 시기까지 기다릴 수밖에. 하지만 피쿼드호의 때 이른 출항은 에이해브가 이런 복잡한 형편을 감안해서 남모르게 내린 결정인지도 모른다. 그래야 다음 적도 시기까지 365일이라는 시간의 여유가 생기기 때문이다. 그 기간 동안 육지에서 초조하게 기다리기보다 바다로 나가서 잡다한 종류의 고래를 잡는 편이 나았고, 주기적으로 찾아가는 먹이 터로부터 멀리 떨어진 바다에서 휴가를 보내고 있는 흰 고래가 우연히 페르시아만이나 벵골만, 중국 인근 바다, 혹은 다른 고래들이 나타나는 다른 바다에서 그 주름진 이마를 드러낼지도 모를 일이었다. 인도양의 몬순과 남미의 팜페로, 벵골만의 노르웨스터, 아프리카의 하르마탄, 무역풍 등 지중해의 강한 동풍과 아라비아의 열풍을 제외하면 어떤 바람이든 변화무쌍하게 온 세상의 바다를 갈지자로 나아가는 피쿼드호의 항로에 모비 딕을 데려다줄지도 모를 일이었다.

하지만 이 모든 것을 인정하더라도 신중하고 냉정히 따져보면 이런 계획은 정신 나간 생각처럼 보인다. 드넓은 망망대해에서 홀로 다니는 고래를 설혹 만난다고 하더라도 그것이 모비 딕이라고 생각하는 것이 가능할까? 마치 사람들로 북적이는 콘스탄티노플의 대로에서 흰 수염을 기른 이슬람 법률학자를 찾는 것과 같은 일은 아닐까? 그렇지 않다. 모비 딕의 새하얀 이마와 혹은 워낙 독특해서 잘못 알아볼 수 없기 때문이다.

에이해브는 자정이 한참 지나도록 해도와 씨름하다가 공상에 잠겨 이렇게 중얼거렸다. 내가 그놈에게 만들어준 상처가 있잖아. 그런 표시가 있는데 놈이 도망칠 수 있겠어? 그 넓은 지느러미는 구멍이 났고 길 잃은 양의 귀처럼 부채 꼴로 찢어졌지! 생각이 여기까지 이르면 그의 정신은 경주라도 하듯 미친 듯이 폭주하곤 했다. 그러다가 결국 머리가 복잡해지며 피로와 현기증이 몰려왔다. 그는 갑판으로 나가 바람을 쐬며 다시 기운을 차리고자 애썼다. 아아, 신이시여! 이루지 못한 복수의 일념에 사로잡힌 저 남자는 얼마나 광란의 고통을 참고 견뎌야 하는지! 그는 잘 때도 주먹을 꽉 쥐고 잤고, 어찌나 꽉 쥐었는지 깰 때는 손톱에 피가 묻은 채로 일어났다.

때로는 탈진할 정도로 생생한 꿈을 꾸다가 그물 침대에서 뛰쳐나오는 일도 있었다. 낮에 품었던 강렬한 생각이 계속되어 꿈에도 나타나는 것이었다. 꿈속에서 그 생각들은 미친 듯이 충돌하는 가운데 불타오르는 머릿속을 빙글빙글 돌며 휘몰아치고, 심장이 너무 세게 고동쳐 견딜 수 없는 고통이 될 때까지 계속되었다. 때로는 이 극심한 정신적 고통으로 말미암아 그의 존재가 바닥에서 붕 떠오르면, 그 밑으로 여러 갈래의 불꽃과 번갯불이 솟구치는 심연이 열리며 저주받은 악마들이 자신들이 있는 곳으로 뛰어들라고 손짓하는 것 같았다. 그의 내면에 자리한 지옥이 이렇게 아가리를 벌릴 때면, 배 전체에 야수 같은 울부짖음이 울려 퍼졌고, 선장은 마치 불붙은 침대에서 도망치는 사람처럼 이글거리는 눈으로 선실을 뛰쳐나왔다. 하지만 이런 일들은 에이해브의 잠재된 나약함이나 자신의 복수 맹세에 대한 두려움이 그대로 드러났다기보다는 오히려 그 맹세가 얼마나 강렬한 것인지 분명히 보여주는 표시였을 것이다. 흰 고래에 미쳐서 빈틈없이 계획하고 집요하게 쫓는 사냥꾼 에이해브와 공포에 질려 그물 침대에서 뛰쳐나오는 에이해브는 전혀 다른 사람이기 때문이다. 후자의 에이해브에게 작용한 힘은 그의 내면에 존재하는 영원한 생명의 원리 혹은 영혼이었다.

보통 때 그 영혼은 인격을 드러내는 정신을 수단이나 매개체로 삼아 외부에 드러남으로써 제어되지만, 수면 중에는 정신에서 분리되어 광적으로 치열하게 복수하려는 상태에서 자발적으로 탈출할 길을 모색한다. 그러나 정신이란 것은 영혼과 결합되지 않으면 온전하게 존재할 수 없다. 그럼에도 불구하고 에이해브는 자신의 모든 생각과 상상을 단 하나의 가장 중요한 목적인 복수에 바쳤다. 복수의 일념은 그 자체의 완고한 의지를 발동해 신과 악마에게 맞서는, 일종의 독단적이고 독립적인 존재가 되어갔다. 아니 원래 결속되어 있던 생명력(영혼)이 저 달갑지 않은 사생아(광적인 복수의 일념)의 탄생에 겁먹고 달아난 뒤에도 음울하게 살아남아 불타올랐다. 그러므로 에이해브처럼 보이는 무언가가 선실에서 뛰쳐나왔을 때, 그 육체의 두 눈에서 이글거리던 것은 괴로워하는 그의 정신이었고, 그 순간 그는 텅 빈 무엇, 형체 없는 몽유병 환자에 불과했다. 분명 한 줄기 생명의 빛이기는 했지만 빛은 색을 입힐 대상이 없으므로 그 자체로 하나의 공백이었던 것이다. 노인이여, 신이 그대를 도와주시길. 그대의 생각이 그대의 내면에 또 하나의 생명체를 만들어냈소. 그 강렬한 생각 때문에 그대는 프로메테우스[134]가 되었고, 그대가 만들어낸 독수리가 그대의 심장을 영원히 파먹는구려.

## 45장 진술서

앞 장의 서두에서 향유고래의 습성 중 무척 흥미롭고 기이한 특색 한두 가지를 항해 노선과 관련해 간접적으로 다루었다. 그 내용은 이 책의 이야기와 관련해 앞으로 언급할 다른 부분들 못지않게 중요하다. 하지만 고래의 습성과 관련된 중요한 문제는 독자의 적절한 이해를 돕고, 더 나아가 불신을 해소하기 위해 좀 더 자세히 추가적으로 다룰 필요가 있다. 어떤 사람은 이 주제에 관해 잘 모르는 상태에서 과연 이 이야기의 주요 대목들이 자연환경에 부합하는 객관적인 사실인가 하는 의문을 품을 수 있기 때문이다.

나는 이 작업을 체계적으로 수행할 생각은 없다. 다만 고래잡이로서 실제로 겪었거나 확실히 알고 있는 몇 가지 사실을 개별적으로 인용해 바람직한 성과를 거두는 것으로 만족하려고 한다. 이렇게 구체적인 사례를 인용하면 내가 바라는 결론이 자연스럽게 도출되리라고 본다.

첫째, 작살을 맞은 고래가 완전히 탈출하는 데 성공했지만, 어느 정도 시간이 흐른 후(어떤 경우는 3년) 다시 같은 고래잡이에게 공격을 당해 죽은 경우를 나는 세 건이나 알고 있다. 동일인의 표시가 새겨진 작살 두 개가 고래의 몸에 박혀 있었던 것이다. 그중에서 두 개의 작살이 3년의 시차(어쩌면 시간이 더 흘렀을지도 모른다)를 두고 던져진 경우를 보면, 처음 그 작살을 던진 자는 그동안 무역선을

---

**134** 이 책의 해제 중 '『성경』과 그리스신화' 참조. 여기서 광적인 복수의 일념을 정신(의식 혹은 마음)에, 그리고 수면 시 그런 정신에 반발하는 양심(혹은 무의식)을 영혼에 비유하고 있다. 19장에서 예언자 일라이저는 에이해브에게 충분한 영혼이 있다고 말한 바 있다. 복수의 일념으로 매일 괴로워하는 에이해브의 심적 상태를 매일 독수리에게 심장을 파먹히는 프로메테우스에 비유하고 있다.

타고 아프리카로 갔고, 그곳에 상륙한 후에는 탐험대에 합류하여 내륙 깊숙이 들어가 뱀과 야만인, 호랑이, 늪의 독기 등 미지의 땅 한가운데를 헤매고 다닐 때 따르는 온갖 위험을 겪으며 거의 2년 동안 여행을 했다. 한편 그에게 작살을 맞은 고래도 분명 자신만의 여행을 했을 것이다. 아프리카의 모든 해안을 옆구리로 스쳐가며 지구를 세 바퀴나 돌았을 것이 분명하지만 결국 다 헛된 일이 되고 말았다. 둘은 숙명적으로 다시 만났고, 남자는 고래를 정복했다. 나는 이와 비슷한 경우를 세 번 목격했는데, 그중 두 번은 고래를 공격하는 현장에 있었다. 두 번째 공격을 당하고 죽은 고래의 몸에서 동일한 표시가 새겨진 작살 두 개가 나온 것도 두 눈으로 직접 보았다. 두 작살 사이에 3년의 시차가 있는 경우, 나는 우연히도 두 번 다 보트에 타고 있었는데, 두 번째로 고래를 보았을 때 3년 전에도 보았던 눈 밑의 커다랗고 특이한 반점을 확연히 알아보았다. 3년이라고는 했지만 분명 그보다 더 오래되었을 것이다. 내가 직접 보았기 때문에 사실임을 확인할 수 있는 것은 이 세 건이지만, 다른 사람들에게 전해들은 사례도 많다. 그들은 모두 믿을 만한 사람들이었다.

둘째, 육지 사람들은 잘 모르겠지만 향유고래 포경업계에 잘 알려진 사실이 있다. 넓은 바다에서 특정한 고래가 서로 다른 시공간에서 목격된 인상 깊은 역사적 사례가 몇 건이나 있다는 것이다. 그런 고래가 유독 눈에 띄는 이유는 다른 고래와 구별되는 신체적 특징 때문만은 아니다. 고래가 아무리 특이하게 생겨도 잡아서 기름 솥에 넣고 끓여 아주 귀한 기름을 짜내고 나면 그 특징이 다 사라져버리기 때문이다. 그렇다면 진짜 이유는 따로 있다. 포경업은 치명적인 위험이 따르는 일이기 때문에 리날도 리날디니[135]처럼 포악한 짓을 하는 고래는 무시무시한 평판이 따라붙어 고래잡이들의 기피 대상이 되었다. 이런 고래는 유유히 헤엄치는 것을 발견하더라도 방수모에 살짝 손을 대며 아는 척하거나 그냥 내버려둘 뿐, 그 고래와 더 친해질 생각은 아예 하지도 않았다. 육지에

---

**135** 1800년경 매우 유명했던 독일 소설에 등장하는 도적 영웅.

서 소심한 사람들이 성마른 다혈질의 거물을 알게 되면 거리에서 만나더라도 일정한 거리를 유지하며 조심스레 인사할 뿐, 더 친근하게 굴었다가 건방지다고 한 대 얻어맞을까 봐 겁내는 것과 비슷하다.

하지만 이 유명한 고래들은 저마다 드넓은 바다에서 엄청난 명성을 누렸다. 살아 있을 때는 물론 죽어서도 선원들의 이야기 속에서 불멸의 존재가 되었고, 이름에 걸맞은 모든 권리와 특혜, 영예가 동반되었다. 그 명성이 실제로 캄비세스[136]나 카이사르에 못지않은 고래도 있었다. 그렇지 않은가, 티모르 잭이여! 유명한 고래인 너는 빙산처럼 흉터 난 몸으로 같은 이름을 가진 동양의 해협[137]에 오랫동안 숨어 살면서 옴베이섬[138]의 야자수 해변에서도 보일 정도로 자주 물줄기를 뿜었다지. 그렇지 않은가, 뉴질랜드 톰이여! 너는 문신한 자들의 땅[139] 근처에서 항적을 남기며 지나가는 모든 순양선에게 공포를 안겨주었지. 그렇지 않은가, 일본의 왕 모르콴이여! 높이 뿜은 너의 물줄기가 때로는 하늘에 높이 솟은 새하얀 십자가 같았다지. 그렇지 않은가, 돈 미겔이여! 칠레 고래인 너는 늙은 거북이처럼 등에 신비로운 상형문자를 새겼지. 간단히 말해 이 네 마리의 고래는 고대 로마를 연구하는 학자들이 마리우스나 술라 장군을 모를 리 없는 것처럼 고래학 연구자들에게 잘 알려져 있다.

하지만 이것이 전부는 아니다. 뉴질랜드 톰과 돈 미겔은 여러 포경선의 보트에 큰 피해를 입혔고, 결국 용맹한 포경선 선장들에게 조직적인 추격을 당한 끝에 붙잡혀 죽고 말았다. 이 선장들은 닻을 올릴 때마다 고래를 반드시 잡고 말겠다는 확고한 목적을 가지고 있었다. 마치 그 옛날 처치 대위[140]가 내려갠싯

---

**136** 고대 페르시아의 왕.

**137** 태평양과 인도양을 잇는 티모르 수로.

**138** 티모르 수로의 북쪽에 있는 섬.

**139** 뉴질랜드를 가리킨다. 이곳의 원주민이 문신을 많이 새겨서 이런 별칭이 생겼다.

**140** 벤저민 처치(1639?~1718). 아메리카 식민지 개척 시절에 미국 육군 레인저 조직의 전신 격인 민병대를 이끌었다.

숲을 헤치고 나갈 때, 인디언 필립 왕의 최고 전사인 악명 높고 잔인한 야만인 애너원을 잡고 말겠다고 생각한 것과 같았다.

그런데 흰 고래에 대한 이 이야기 전체, 그중에서도 특히 최후의 파국이 어느 면으로 보나 합리적이라는 것을 인쇄된 형태로 확인하는 데 중요한 한두 가지 사실을 언급하기에 지금보다 더 적당한 때는 없을 것 같다. 흰 고래 이야기를 할 때 기운 빠지는 일은, 그것이 분명 진실인데도 허위가 아님을 입증하기 위해 충분한 증거를 대야 한다는 것이다. 대다수의 육지 사람들은 세상에 아주 뚜렷이 존재하는 몇 가지 경이로움을 잘 알지 못한다. 그래서 포경업에 관한 역사적 사실이나 그 밖의 명백한 사실을 제시하지 않으면 모비 딕 이야기를 실제 일어난 진실로 믿지 않으며, 꾸며낸 괴물 이야기라고 여기거나 끔찍하고 용납 불가능한 우화로 치부해버린다. 이런 사정을 감안하며 다음 두 가지 사항에 유의해주길 바란다.

첫째, 대다수 사람들은 포경업이 일반적으로 위험한 일이라고 막연히 생각은 해도, 구체적으로 어떤 위험이 얼마나 자주 일어나는지 확실히 알지는 못한다. 이렇게 된 이유 중 하나는, 포경업계에서 실제로 일어나는 참사와 사상자에 대해 해당 국가의 공식 기록에 실제 상황의 50분의 1도 기록되지 않고 그마저도 금세 잊기 때문이다. 지금 이 순간에도 어느 가련한 친구가 뉴기니 앞바다에서 작살 밧줄에 몸이 감겨 바다 깊이 잠수하는 고래에게 끌려가고 있을지도 모르는데, 그 친구의 이름을 내일 조간신문의 부고란에서 과연 볼 수 있을까? 그렇지 않다. 이곳과 뉴기니 사이의 우편은 매우 불규칙하기 때문이다. 실제로 뉴기니에서 직접적이든 간접적이든 정기적인 소식을 들어본 적이 있는가? 태평양으로 항해를 나갔을 때 나는 30척 정도의 배와 만나 이야기를 나누었는데, 그 배들은 저마다 고래 때문에 죽은 선원이 반드시 한 명은 있었고, 어떤 배는 그보다 더 많은 사상자를 냈으며, 세 척의 배는 보트에 탄 선원이 전부 죽기도 했다. 부디 집에서 등불과 양초를 켤 때 알뜰하게 사용하시기를! 당신이 태우는 4리터의 기름에는 그 기름을 얻기 위해 흘린 고래잡이의 피가 적어도 한 방울은 들어 있을 테니까.

둘째, 육지 사람들은 고래가 실제로 엄청난 힘을 가진 거대한 짐승이라고 막연히 생각한다. 하지만 그들에게 구체적으로 예를 들어 그 엄청난 힘과 거대한 크기에 대해 설명하면, 그들은 내게 엉터리 농담을 어쩌면 그리 잘하냐고 말한다. 그러나 영혼을 걸고 단언하건대, 모세가 이집트에 내린 열 가지 재앙을 기록할 때의 심정만큼이나 나는 농담할 생각이 전혀 없다.

하지만 다행히 내가 여기서 알리고자 하는 요점은 나와는 전혀 무관한 증거로 확실히 입증할 수 있다. 즉, 향유고래는 경우에 따라 고의로 큰 배에 구멍을 내거나 박살내고 침몰시킬 수 있는 충분한 힘과 영악함, 신중함, 적개심을 가지고 있고, 실제로 지금까지 그렇게 해왔다.

첫 번째 증거. 1820년 폴러드 선장이 지휘하는 낸터킷의 에식스호가 태평양을 순항하고 있었다. 어느 날 고래가 내뿜는 물줄기를 보고 에식스호는 보트를 내려 향유고래 무리를 추격하기 시작했다. 얼마 지나지 않아 고래 몇 마리가 상처를 입었다. 그때 보트를 피해 달아나던 아주 커다란 고래가 무리에서 벗어나더니 곧장 본선으로 달려들었다. 놈이 이마로 선체를 들이받자 배는 구멍이 뚫렸고 10분도 안 되어 옆으로 기울어지며 침몰하고 말았다. 그 후 널빤지 하나 발견되지 않았다. 몇몇 선원들은 보트를 타고 그 자리를 벗어났으나 혹독한 환경 속에서 몇 차례나 죽을 고비를 넘긴 끝에 간신히 육지에 도착할 수 있었다. 마침내 고향으로 돌아온 폴러드 선장은 다른 배의 지휘를 맡아 또다시 태평양으로 나갔지만, 신의 뜻인지는 몰라도 미지의 암초와 파도로 다시 난파하고 말았다. 두 번째 항해에서도 배를 잃은 그는 바다와 인연을 끊겠다고 맹세하고는 다시는 배를 타지 않았다. 폴러드 선장은 지금도 낸터킷에서 살고 있다. 나는 참사 당시 에식스호의 일등항해사였던 오언 체이스를 만난 적이 있고, 그의 솔직하고 신빙성 있는 기록[141]도 읽었다. 그의 아들과도 이야기를 나누었는데, 이 모든 일이 참사 현장에서 몇 마일 떨어지지 않은 곳에서 이루어졌다.[142]

---

**141** 『포경선 에식스호의 놀랍고 처참한 난파 이야기』, 1821년 출간되었다.

**142** 다음은 체이스의 책에서 발췌한 내용이다. "고래가 그런 움직임을 보인 것은 절대 우연

두 번째 증거. 낸터킷 배 유니온호도 1807년 비슷한 공격을 받아 아조레스제도 앞바다에서 완전히 침몰했지만, 이 참사에 관한 정확한 기록은 접할 기회가 없었다. 고래잡이들이 그 사건을 지나가듯이 이야기하는 것은 가끔 들었다.

세 번째 증거. 18년 내지 20년 전 당시 미국 최고의 슬루프형 전함을 지휘하던 J 제독[143]은 샌드위치제도(하와이)의 오아후항에 정박했을 때, 어떤 낸터킷 배에서 포경선 선장들과 만찬을 한 적이 있었다. 고래가 화제에 올랐을 때, 제독은 동석한 포경업계 신사들이 말한 고래의 놀라운 힘에 회의적인 반응을 보였다. 그는 자신의 튼튼한 슬루프 형 전함을 들이받아 물 한 방울이라도 새게 할 수 있는 고래는 세상 어디에도 없다고 장담했다. 제독으로서는 그렇게 말할 법도 했다. 하지만 이야기는 여기서 끝나지 않는다. 몇 주 뒤 제독은 그 난공불락의 전함을 타고 칠레의 발파라이소로 떠났다. 그런데 도중에 거대한 향유고래 한 마리를 만나 멈춰 서게 되었는데, 고래는 마치 제독과 은밀히 상의할 일이 있으니 잠시 시간을 내달라고 하는 듯 보였다. 고래의 의도는 제독의 전함을

이 아니었음을 모든 사실이 보증하는 것 같았다. 놈은 짧은 간격을 두고 두 차례 공격을 가했는데, 공격 방향을 보면 우리에게 최대한 타격을 주려는 의도가 있었다. 배와 정면으로 부딪침으로써 고래와 배 두 물체의 속도가 결합해 충격이 가중되는 방식을 취했기 때문이다. 충격의 강도를 높이려면 놈이 보여주었던 바로 그런 동작이 필요했다. 원한을 품고 미친 듯이 분노하는 놈의 모습은 정말이지 소름끼쳤다. 좀 전에 우리는 고래무리에 들어가 그의 동료 세 마리를 공격했는데, 놈은 마치 동료들의 고통에 복수라도 하려는 듯이 격발된 총알처럼 곧장 무리에서 뛰쳐나왔다." 체이스는 다시 말을 이었다. "아무튼 상황을 종합하면 모든 일이 내 눈앞에서 벌어졌고, 그때 고래가 단호하게 의도적으로 공격하고 있다는 인상을 받았기에(그런 인상을 현재는 다 기억할 수는 없지만) 나는 내 생각이 옳다고 확신할 수밖에 없다."

그는 본선을 탈출하고 나서 해안에 도달할 수 있으리라는 희망을 거의 포기한 채 칠흑같은 밤바다를 표류하며 느낀 바를 이렇게 썼다. "어두운 바다와 높은 파도는 아무것도 아니었다. 지독한 폭풍에 휩쓸리거나 암초에 부딪히거나 그밖에 두려운 상황은 생각할 겨를도 없었다. 처참하게 난파된 배의 잔해와 복수심에 휩싸인 고래의 무시무시한 모습이 내 마음을 온통 사로잡았고, 다음 날 해가 뜰 때까지 나를 물고 늘어졌다."

다른 대목(45쪽)에서도 그는 "고래의 불가사의하고 치명적인 공격"에 관해 이야기한다. (원주)

---

**143** 토머스 캐츠비 존스(1790~1858). 1812년 전쟁과 미국-멕시코전쟁에 장교로 참전했다.

세게 들이받는 것이었고, 결국 제독은 펌프를 총동원해 물을 퍼내면서 가장 가까운 항구로 황급히 가서 옆으로 기울어진 전함을 수리해야 했다. 나는 미신을 믿지 않지만 제독이 고래와 면담하게 된 것은 신의 뜻이었다고 생각한다. 타르수스의 사울도 비슷한 공포를 경험하고 신앙을 가지게 되지 않았는가?[144] 말해 두지만 향유고래는 허튼소리를 용납하지 않는다.

이 점과 관련해 랑스도르프[145]의 항해기, 그중에서도 특히 흥미로운 부분을 인용하고자 한다. 다들 알겠지만 랑스도르프는 19세기 초에 러시아 제독 크루젠슈테른이 이끈 유명한 탐험 항해에 동행했다. 그의 항해기 17장은 다음과 같이 시작된다.

"5월 13일까지 출항 준비를 마쳤고, 다음 날 우리는 넓은 바다로 나와 오호츠크로 향했다. 날씨는 아주 맑고 좋았지만 견딜 수 없이 추워서 털옷을 계속 입고 있어야 했다. 며칠 동안 바람이 거의 불지 않다가 19일째 되는 날이 되어서야 북서쪽에서 상쾌한 바람이 불어왔다. 우리 배보다 덩치가 큰 고래가 거의 수면 위에 누워 있었지만, 돛을 모두 올린 채 전속력으로 달리던 배 위의 누구도 이를 알아차리지 못했기 때문에 배가 고래와 충돌하는 것을 피할 수 없었다. 그 순간 이 거대한 짐승이 등을 수직으로 세우며 배를 물 위로 적어도 1미터는 넘게 띄웠기 때문에 우리는 아주 급박한 상황에 처했다. 돛대는 흔들리고 돛은 죄다 떨어져 나갔다. 배 밑에 있던 우리는 배가 암초에 부딪힌 줄 알고 갑판으로 쏜살같이 뛰어갔다. 하지만 막상 나와서 본 것은 암초 대신에 지극히 엄숙하고 근엄하게 유유히 헤엄치며 멀어지는 괴물이었다. 드울프 선장은 이 충돌로 배에 손상이 생겼는지 살피고자 곧장 펌프를 가동했다. 다행히 피해가 없는 것으로 확인되었다."

---

**144** 사도 바울의 회심을 말한다. "땅에 엎드러져 들으매 소리가 있어 이르시되 … 네가 어찌하여 나를 박해하느냐"(사도행전 9장 4절).

**145** 게오르크 하인리히 프라이헤어 폰 랑스도르프(1774~1852). 독일의 박물학자이자 탐험가, 러시아의 외교관.

여기서 이 배의 지휘자로 언급된 드울프 선장은 뉴잉글랜드 사람으로 오랜 세월 선장으로 근무하면서 흔치 않은 모험 생활을 한 뒤, 지금은 보스턴 근교의 도체스터 마을에 살고 있다. 나는 그의 조카라는 사실이 자랑스럽다. 특히 나는 랑스도르프의 항해기에서 이 대목에 관해 삼촌에게 물어보았는데, 삼촌은 모든 이야기가 맞다고 확인해주었다. 하지만 그 배는 절대 큰 배가 아니었고, 시베리아 해안에서 만들어진 러시아 배로서 삼촌이 미국에서 타고 간 것을 팔아버린 다음에 그 배를 샀다고 했다.

댐피어[146]의 오랜 친구 라이어넬 웨이퍼[147]의 항해기(옛날식 모험담이 담겨 있고 솔직하고 남성적이며 순수한 경이로움으로 가득한 책)에도 앞서 인용한 랑스도르프의 항해기에 나오는 것과 비슷한 사건이 기록되어 있어 내 말을 입증하는 또 하나의 사례로 추가할 필요가 있다.

라이어넬은 존 페르디난도, 그러니까 지금의 후안페르난데스제도[148]로 가는 중이었던 것 같다. 그는 이렇게 말했다. "오전 네 시경 미국 본토에서 150리그(830킬로미터) 떨어진 지점을 지날 때 배에 극심한 충격이 전해졌다. 선원들은 너무나 놀라서 자신들이 지금 어디에 있는지 무엇을 생각해야 하는지 알 수 없는 지경에 이르렀다. 모두들 죽음을 각오하기 시작했다. 실제로 너무나 급작스럽고 충격적이어서 우리는 당연히 배가 암초에 부딪혔다고 생각했다. 하지만 놀라움을 조금 가라앉히고 측연을 내려 수심을 재보았지만 납덩이가 바닥에 닿지 않았다. … 갑작스러운 충격으로 대포가 포가에서 튀어나왔고, 여러 선원이 그물 침대에 누워 있다가 굴러 떨어졌다. 총을 머리맡에 두고 누워 있던 데이비스 선장은 선실 밖으로 내동댕이쳐졌다!" 라이어넬은 그 충격이 지진 때문이라 생각했고, 이를 입증하려는 듯 당시 어딘가에서 스페인 식민지에 막대한 피해를 준 대지진이 일어났다고 말했다. 하지만 그날 이른 새벽녘 어둠 속에

---

**146** 윌리엄 댐피어(1651~1715). 영국의 해적. 최초로 세 차례의 세계 일주 기록을 세웠다.

**147** 1640~1705. 영국 웨일스 출신의 탐험가이자 해적.

**148** 칠레 중부 해안 앞바다에 있는 제도.

서 바다 아래에 있던 보이지 않는 고래가 수직으로 솟구치며 선체를 들이받아 그런 충격이 생긴 것이라 해도 나는 별로 놀라지 않을 것이다.

나는 향유고래가 엄청난 힘과 적개심으로 배를 공격한 경우를 여럿 알고 있으므로 그중 몇 가지 사례를 더 들어보겠다. 향유고래가 자신을 공격했다가 본선으로 돌아가는 보트를 추격했을 뿐 아니라 갑판에서 온갖 창이 날아오는 와중에도 본선 자체를 공격한 사례가 한두 건이 아니다. 영국 배 퓨지홀호[149]의 이야기가 바로 이 경우에 해당한다. 향유고래의 힘으로 말하자면, 바다가 잔잔할 때 고래잡이들이 향유고래에게 박힌 밧줄을 배로 옮겨 단단히 고정했더니, 고래가 마치 말이 마차를 끄는 것처럼 커다란 선체를 끌고 바다를 가로지른 일이 있다. 또한 공격당한 향유고래에게 기력을 회복할 시간을 주면, 놈이 맹목적인 분노로 날뛰는 대신에 추격자들을 파멸시키려는 의도를 가지고 계획적으로 신중하게 움직이는 경우를 자주 볼 수 있다. 공격을 받으면 종종 입을 벌린 채 그 무시무시한 모습을 몇 분씩이나 유지하는 것도 향유고래의 성격을 잘 보여준다. 이쯤에서 끝맺음하는 사례를 하나 더 제시하는 것으로 만족하고자 한다. 참으로 놀랍고 의미심장한 이 사례는 이 책에 실린 가장 놀라운 사건도 오늘날 명백한 사실로 확인되고 있을 뿐 아니라, 이 경이로운 일들이 다른 모든 경이로운 일이 그러하듯이 태곳적부터 계속 반복된다는 점을 우리에게 확실히 알려준다. 그래서 우리는 솔로몬의 말에 100만 번째 아멘으로 화답하게 된다. 해 아래에는 새 것이 없나니.[150]

6세기, 유스티아누스가 동로마제국 황제이고 벨리사리우스가 총사령관이던 시절에 콘스탄티노플의 행정관이자 기독교인인 프로코피우스가 살고 있었다. 많은 사람이 알다시피 그는 자기 시대의 역사를 기록했는데, 이것은 모든 면에서 보기 드문 가치를 지닌 기록이다. 최고 권위자들은 늘 그를 가장 미덥고 과장하지 않는 역사가로 여겼다. 한두 가지 사항은 예외지만 그것은 지금 논하

---

**149** 1835년 고래의 공격을 받고 침몰되었다.

**150** 전도서 1장 9절.

는 문제에 전혀 영향을 미치지 않는다.

　프로코피우스는 역사서에서 말하길, 자신이 콘스탄티노플의 행정관으로 재임하는 동안 인근의 프로폰티스, 즉 마르마라해[151]에서 지난 50년이 넘도록 종종 나타나 배를 파괴해온 거대한 바다 괴물이 붙잡혔다고 했다. 이렇게 중요한 역사서에 기록된 사실은 쉽게 부정할 수 없고 그럴 이유도 없다. 이 바다 괴물이 정확히 어떤 종인지는 언급되지 않았다. 하지만 배를 파괴한 것과 그 밖의 일들을 보면 고래임이 틀림없고, 나는 그것이 향유고래라는 생각이 강하게 든다. 그 이유는 이렇다. 향유고래는 오래도록 지중해와 그곳에 이어진 깊은 바다에서는 항상 미지의 존재였다. 그 바다는 현재 상황에서 향유고래 무리가 습관적으로 들르는 곳이 아니며, 앞으로도 그럴 일은 절대 없다고 나는 지금도 확신한다. 하지만 근대에도 향유고래가 지중해에 산발적으로 나타난 사실이 최근 더 진전된 연구에서 밝혀졌다. 확실한 소식통에 따르면 영국 해군의 데이비스 제독이 바르바리 해안[152]에서 향유고래의 뼈대를 발견했다고 한다. 전함도 다르다넬스해협[153]을 쉽게 통과할 수 있는 것으로 보아 향유고래도 같은 경로를 따라 지중해에서 프로폰티스로 넘어갈 수 있었을 것이다.

　내가 아는 한 프로폰티스에서는 참고래의 먹이인 청어 새끼들이 전혀 발견되지 않는다. 그러나 향유고래의 먹이인 오징어나 갑오징어가 그쪽 바다 밑바닥에 숨어 있다고 믿을 만한 이유가 충분히 있다. 가장 큰 오징어는 아니어도 꽤 큰 오징어가 해수면에서 발견되기 때문이다. 그러므로 이런 진술들을 적절히 조합하고 여기에 추리를 더해보면, 반세기 동안 로마 황제의 배들에 구멍을 냈다고 프로코피우스가 기술한 바다 괴물은 십중팔구 향유고래였을 것이라고 우리는 합리적으로 추론할 수 있다.

---

**151**　터키 서북부에 있는 내해.

**152**　북아프리카 중부와 서부 해안 지역.

**153**　유럽과 아시아 대륙 사이의 해협. 마르마라해와 에게해를 잇는다.

## 46장  추측

불같이 뜨거운 목적의식에 사로잡힌 에이해브는 모비 딕을 잡겠다는 궁극의 목표를 늘 가슴속에 간직했고, 그 하나의 열정을 위해 세상의 모든 관심사를 희생할 각오가 되어 있었다. 그럼에도 오랫동안 격렬한 고래잡이 생활을 하면서 몸에 밴 습관과 천성 때문에 항해에 따른 부산물을 완전히 포기할 수 없었을지도 모른다. 그렇지 않다면 그에게 영향을 미치는 다른 강력한 동기들은 아마도 이런 것이었으리라. 먼저, 흰 고래에 대한 복수심이 모든 향유고래에게로 확대되었을 가능성이 있으며, 바다 괴물을 많이 죽일수록 그다음에 만나는 고래는 결국 그가 그토록 미워하며 쫓는 모비 딕이 될 수도 있다고 생각하는 것이다. 이는 그의 편집광적인 면을 감안하더라도 지나치게 파고드는 감이 있다. 하지만 이런 가정에 설령 반박의 여지가 있더라도 추가로 고려해야 할 사항들은 여전히 있다. 그것들은 에이해브를 지배하는 거친 열정에 엄밀히 부합하지는 않지만, 그의 마음을 흔들었을 가능성이 없다고 할 수는 없다.

에이해브는 목적을 이루기 위해 도구를 사용해야 했다. 달의 그림자가 드리워지는 이 세상에서 사용되는 모든 도구 중에 인간이라는 도구가 다루기 가장 어렵다. 가령 그는 스타벅에 대한 자신의 지배력이 아무리 자석 같은 힘을 발휘하더라도, 그 지배력이 온전히 영적인 사람에게는 통하지 않는다는 사실을 알고 있었다. 단순히 신체적으로 우월하다고 해서 지적 통제권을 가질 수는 없는 것과 같은 이치다. 순수하게 영적인 사람에게 지적인 것은 다만 일종의 육체적인 관계 안에 자리하기 때문이다. 에이해브가 스타벅의 두뇌에 자석을 대고 있는 한 스타벅의 육체와 강요된 의지는 그가 마음대로 부릴 수 있었다. 그런데도 이 일등항해사는 마음속 깊이 선장의 목적을 싫어했고, 되도록 벗어나고 싶어 했을 뿐 아니라 좌절시키고 싶다는 생각마저 가지고 있었다. 흰 고래를 찾기까지는 상당한 시간이 걸릴지도 모른다. 그 긴 시간 동안 스타벅에게 일상적이고 신중하며 상황에 맞는 영향력을 행사하지 않으면, 그는 선장의 지휘에 노골적으로 반기를 들지도 모를 일이었다. 더욱이 모비 딕에 대한 에이해브의 복잡

미묘한 광기는 합리적이고 예리한 통찰력에서 더욱 선명히 드러났다. 당분간은 모비 딕을 추격하는 데 따르는 저 이상하고 공상적인 신성모독의 분위기를 없애야 하고, 이 항해의 무서운 목적을 되도록 눈에 띄지 않게 뒤에 감추어놓아야 하며(오랫동안 행동하지 않고 명상만 하는데 용기를 잃지 않을 사람은 별로 없으므로), 간부 선원과 일반 선원이 긴긴 밤에 당직을 설 때 모비 딕 외에 무언가 생각할 거리가 있어야 한다고 그는 판단했다. 그가 자신의 목표를 밝혔을 때 야만인 선원들이 아무리 과격하고 열렬히 환영했을지라도 선원이란 언제나 변덕을 부리고 그래서 못 미더운 존재이기 때문이다. 그들은 변덕스러운 자연환경 속에서 그런 변덕을 아주 당연하게 호흡하지 않는가. 그러므로 멀리 떨어져 있고 공허한 대상을 추격할 때는, 결과적으로 아무리 유망한 삶과 열정이 보장되어 있어도 선원들의 마음이 바뀔 수 있다. 따라서 일시적인 관심사와 일거리를 제공함으로써 최후의 공격이 있기까지 그들을 건강하게 붙들어두는 일이 필요했다.

에이해브는 또 다른 사항에도 유의했다. 강렬한 감정에 사로잡혀 있을 때 인간은 모든 저급한 생각을 경멸하지만, 그런 순간은 잠시뿐이다. 에이해브는 피조물인 인간이 영원히 처해 있는 상태는 비열함이라고 생각했다. 흰 고래가 야만적인 선원들의 마음을 자극해 그들의 야만성 가운데 너그러운 기사도 정신을 일으킨다고 해도, 그 때문에 모비 딕을 추격한다고 해도, 그들에게는 좀 더 평범하고 일상적인 식욕을 채워줄 음식이 필요하다. 숭고한 기사도 정신이 넘치는 옛날의 십자군도 거룩한 무덤을 되찾으러 가는 도중에 강도짓과 소매치기를 저지르고 그밖에 종교를 빙자해 부수입을 얻지 않았다면 2,000마일이나 되는 거리를 가로지르지 못했을 것이다. 만약 궁극적이고 낭만적인 하나의 목적에만 매달려야 했다면, 많은 사람이 넌더리를 내며 등을 돌리고 말았을 것이다. 돈을 벌 수 있다는 희망을 선원들에게서 빼앗으면 안 되겠다고 에이해브는 생각했다. 그렇다. 돈이 중요하다. 당장은 돈을 대수롭지 않게 생각할지 모르지만, 몇 달이 지나도록 돈을 벌 가망이 보이지 않으면 잠잠하던 돈이 갑자기 그들의 마음속에서 반란을 일으켜 에이해브를 쫓아내고 말 것이다.

또한 에이해브 개인과 관련해 예방책으로 작용하는 동기도 있었다. 다분히 충동적으로 이른 시기에 피쿼드호의 가장 중요한 항해 목적(사실은 개인의 목적)을 밝혔기 때문에, 에이해브는 이제 배를 강탈했다는 비난을 받더라도 아무런 항변을 할 수 없는 처지에 자신이 놓였음을 충분히 인식하고 있었다. 선원들이 그럴 마음만 먹으면, 그리고 그럴 능력만 있으면 앞으로 선장의 명령을 거부할 수 있고, 심지어 무력으로 선장의 지휘권을 빼앗아도 도덕적으로나 법적으로 면책 대상이 된다. 에이해브는 배가 강탈당했다는 은밀한 암시와 이에 대한 억눌린 생각들이 가져올 파급효과로부터 자신을 보호해야 했다. 이런 보호는 오로지 자신의 뛰어난 두뇌와 가슴, 두 손에 달려 있으므로 그는 매순간 벌어지는 상황이 선원들에게 어떤 영향을 미치는지 면밀히 관찰하고 주의를 기울일 수밖에 없었다.

이 모든 이유와 여기서 설명하기에는 너무 분석적인 이유들 때문에 에이해브는 피쿼드호의 본래 명목상의 목적에 충실해야 하고, 모든 관습을 준수해야 한다는 것을 분명히 알고 있었다. 그뿐만 아니라 선장으로서 수행하는 일반적인 직무에 관심이 지대하다는 표시를 억지로라도 내야 했다.

사정은 이렇게 복잡하지만 이제는 세 개의 돛대 꼭대기를 향해 크게 외치는 선장의 목소리가 자주 들려왔다. 주위 바다를 잘 관찰하고, 돌고래 한 마리라도 발견하면 즉시 보고하라는 지시였다. 이런 경계는 머지않아 보상을 받게 될 것이었다.

### 47장 거적 짜기

흐리고 무더운 오후였다. 선원들은 빈둥거리며 갑판 위를 거닐거나 납빛의 바다를 멍하니 바라보고 있었다. 퀴케그와 나는 보트 밧줄로 사용할 밧줄 거적을 짜고 있었다. 바다는 매끈한 유리처럼 잔잔해 마치 잠자는 듯했다. 그러나 왠지 무슨 일인가 일어날 것 같은 분위기가 풍경에 감돌고, 공기 중에는 몽상을 일으키는 묘한 주문 같은 것이 떠돌고 있어 말없는 선원들은 제각기 눈에 보이지 않는 내면의 자아 속으로 녹아들어 가는 것 같았다.

나는 퀴케그의 시종 내지 심부름꾼 노릇을 하며 부지런히 거적을 짰다. 내가 손을 북으로 삼아 기다란 날줄 사이에 씨줄을 넣었다 뺐다 하는 동안, 퀴케그는 옆에 서서 묵직한 떡갈나무 막대기를 기계적으로 실 사이에 집어넣으며 멍하니 바다를 바라보았다. 그는 무심하게 작업하는 것 같아도 모든 실을 정확히 꿰었다. 선상은 물론이고 바다 전체에 몽롱함이 가득 흘렀고, 이런 분위기를 깨뜨리는 것은 이따금씩 들려오는 둔탁한 막대기 소리뿐이었다. 이것은 '시간의 베틀'이고, 나 자신은 기계적으로 운명의 실을 짜고 있는 북 같다는 느낌이 들었다. 고정된 날줄은 단조롭게 왔다 갔다 하는 불변의 운동만 하고, 그마저도 씨줄과 열십자로 교차하는 것이 허용되는 정도에 불과하다. 문득 이 날줄은 필연이라는 생각이 들었다. 지금 나는 내 손으로 이 불변의 실 속에 나의 운명을 부지런히 짜 넣고 있는 것이다. 한편 퀴케그가 충동적으로 무심하게 집어넣는 막대기는 상황에 따라 때로는 비스듬하게, 때로는 비뚤게, 때로는 강하게, 때로는 약하게 씨줄을 때렸다. 그리고 막대기의 타격 강도에 따라서 완성된 직물의 최종 형태에 차이가 생겼다. 이처럼 날줄과 씨줄을 쳐서 최종 형태를 결정짓는 이 야만인의 무심한 막대기는 '우연'이라는 생각이 들었다. 그리하여 서로 어울릴 수 없는 우연과 자유의지, 필연이 함께 작용하면서 하나로 엮이는 것이다. 곧게 뻗은 필연의 날줄은 그 궁극의 목표에서 벗어나면 안 되며, 매번 왔다 갔다 하는 모든 움직임도 그 목표에 이바지하기 위한 것이다. 자유의지는 주어진 실들 사이에서 자유롭게 자신의 북을 놀릴 수 있다. 그리고 우연은 필연이라는 곧게 뻗은 줄들 안에서 움직여야 한다는 제약이 있고, 자유의지의 작용으로 옆으로 밀려난다. 이처럼 우연은 필연과 자유의지의 제한을 받지만, 때때로 그 둘을 차례로 지배하며 사건의 최종 형태를 만드는 데 중요한 역할을 한다.

\* \* \*

이렇게 열심히 거적을 짜고 있을 때 갑자기 이상한 소리가 들렸다. 길게 끄는 듯한, 너무나 거칠고 이 세상의 것 같지 않은 소리에 나는 깜짝 놀라 자유의 지의 실 꾸러미를 툭 하고 떨어뜨렸다. 그리고 벌떡 일어나 그 소리가 날개처럼 떨어져 내린 구름 쪽을 올려다보았다. 돛대 꼭대기의 활대에 게이헤드 출신의 미치광이 타슈테고가 서 있었다. 그는 몸을 앞으로 내밀고 손도 막대기처럼 쭉 뻗은 채 짧은 간격으로 연신 소리를 질렀다. 그 순간 바다 위에 떠 있는 다른 수백 척의 포경선 돛대 꼭대기에서도 똑같은 소리가 터져 나왔을 것이다. 하지만 그 익숙한 외침을 인디언 타슈테고만큼 기막힌 소리로 뽑아낼 수 있는 허파를 가진 사람은 거의 없을 것이다.

머리 위에서 공중에 반쯤 매달린 채 미친 듯이 수평선을 응시하는 그의 모습을 보았다면, 그가 운명의 그림자를 발견하고 그것이 다가오고 있음을 그처럼 격렬하게 외치는 선지자나 예언자라는 생각이 들었을 것이다.

"저기 고래가 물을 뿜는다! 저기! 저기! 저기! 고래가 물을 뿜는다! 고래가 물을 뿜는다!"

"어느 쪽인가?"

"바람 불어가는 쪽, 3킬로미터 지점이다. 큰 무리다!"

즉각 배에 소동이 벌어졌다.

향유고래는 시계가 똑딱이는 것처럼 일정한 간격으로 어김없이 물을 내뿜는다. 그것을 보고 고래잡이들은 향유고래를 다른 고래종과 구별한다.

"저기 꼬리가 가라앉는다!" 타슈테고가 또다시 외쳤고, 고래 무리는 조용히 사라졌다.

"서둘러, 급사!" 에이해브가 소리쳤다. "시간! 시간!"

찐빵은 급히 아래로 내려가 시계를 확인한 다음 에이해브에게 정확한 시각을 보고했다.

이제 배는 바람을 등진 채 가볍게 흔들리며 나아갔다. 고래가 바람이 불어가는 쪽을 향해 잠수했다고 타슈테고가 보고했으므로, 우리는 곧 뱃머리 너머로 고래들을 볼 수 있을 것이라고 확신했다. 향유고래라는 놈은 가끔 특이한 속임수를 쓸 때가 있다. 어느 한 방향으로 잠수한 줄 알았는데 깊은 물속에서 갑자

기 방향을 바꾸어 정반대 쪽에서 솟구치는 것이다. 지금은 이런 속임수를 부릴 리가 없었다. 타슈테고가 발견한 고래는 전혀 놀란 것 같지 않았고, 우리가 가까이 있다는 사실도 알아차리지 못한 것 같았기 때문이다. 이때쯤에는 보트에 타지 않고 본선에 남아 있기로 한 사람이 주돛대 꼭대기에 있던 인디언과 임무를 교대했다. 앞돛대와 뒷돛대에 있던 선원들도 모두 갑판으로 내려왔다. 밧줄통은 제자리에 고정되었고, 기중기는 밖으로 내밀어졌으며, 주돛대의 활대는 당겨졌다. 세 척의 보트가 높은 벼랑에 내걸린 나물바구니처럼 바다 위에서 흔들거렸다. 빨리 보트에 타고 싶은 적극적인 선원들은 벌써 한 손으로는 난간을 붙잡고 한 발만 뱃전에 걸친 채 몸을 밖으로 내밀고 있었다. 그들은 적함에 당장이라도 뛰어들기 위해 길게 줄지어 서 있는 해군들 같았다.

그런데 이 중대한 순간에 갑작스런 외침이 들려와 모든 선원의 시선을 고래에게서 거두어들였다. 선원들은 깜짝 놀라며 음울한 얼굴의 에이해브를 쳐다보았다. 선장은 허공에서 갑자기 생겨난 듯한 다섯 명의 검은 유령에 둘러싸여 있었다.

## 48장  최초의 보트 출격

유령 같은 그들은 갑판의 반대편에서 아무 말 없이 신속하게 다니며 거기에 매달려 있던 보트의 도르래와 밧줄을 풀었다. 그 보트는 우현 후미에 매달려 있기 때문에 원칙적으로는 선장의 보트라고 불리지만, 언제나 예비 보트로 간주되었다. 지금 그 보트 뱃머리에 서 있는 자는 키가 크고 피부가 거무튀튀하며 강철 같은 입술 사이로 하얀 송곳니 하나가 흉측하게 삐죽 튀어나왔다. 그는 검은색 무명으로 만든 구겨진 중국식 상의를 상복처럼 걸치고, 같은 재질의 검은색 바지를 입고 있었다. 온통 시커먼 그를 더욱 기이하게 만드는 것은 머리 위에 번쩍이는 흰 터번, 아니 땋아서 머리 위에 빙빙 두른 진짜 머리카락이었다. 그보다 덜 거무튀튀해 보이는 그의 동료들은 마닐라 원주민 특유의 선명한, 호랑이의 누런 피부색을 하고 있었다. 이 종족은 교활하고 극악무도하기로 악명이 높았다. 일부 백인 선원들은 그들이 악마에게 고용되어 바다에서 활동하는 스파이이자 비밀 정보원이고, 그들의 주인인 악마는 어딘가 다른 곳에 집무실을 두고 있다고 생각했다.

선원들이 이 낯선 자들을 의아해하며 쳐다보고 있을 때, 에이해브가 그들의 맨 앞에 서 있던 흰 터번 쓴 노인에게 소리쳤다. "다 준비되었나, 페달라?"

"준비되었습니다." 노인은 반쯤 쉰 목소리로 대답했다.

"그럼 보트를 내려. 내 말 들리나?" 에이해브가 갑판 저쪽에서 소리쳤다. "보트를 내리라고."

천둥 치듯 우렁찬 선장의 목소리에 선원들은 깜짝 놀라며 난간을 뛰어넘었다. 칭칭 감긴 도르래 줄이 돌아가자 세 척의 보트가 흔들거리며 바다에 내려졌다. 선원들은 다른 직업에서는 찾아볼 수 없는 민첩함과 대담한 동작으로 흔들리는 본선의 뱃전에서 그 아래쪽 보트로 염소처럼 뛰어내렸다.

그들이 본선의 그늘에서 벗어나자마자 네 번째 보트가 바람 불어오는 쪽 본선의 고물을 돌아서 나타났는데, 그 보트에는 노 젓는 다섯 명의 낯선 사내들과 에이해브가 타고 있었다. 에이해브는 고물에 우뚝 서서 스타벅과 스터브, 플래스크에게 보트의 간격을 크게 벌려서 각자 담당할 해역을 넓히라고 큰 소리로 지시했다. 그러나 거무튀튀한 페달라와 나머지 사내들을 쳐다보느라 정신없던 다른 보트의 선원들은 선장의 명령을 따르지 않았다.

"에이해브 선장님?" 스타벅이 말했다.

"빨리 흩어져." 에이해브가 소리쳤다. "네 척 모두 힘껏 노를 저어라. 이봐 플래스크, 바람 부는 쪽으로 더 나가."

"예, 예, 선장님." 왕대공은 커다란 키잡이 노를 휘두르며 쾌활하게 대답했다. "긴장 풀어!" 플래스크가 부하 선원에게 말했다. "저기, 저기, 저기 또 나타났다! 바로 저 앞에서 고래가 물을 뿜고 있다! 긴장 풀어. 저기 저 누런 친구들은 신경 쓰지 마, 아치."

"신경 쓰지 않습니다." 아치가 대답했다. "저는 이미 알고 있었는걸요. 그들이 선창에서 내는 소리를 들었으니까요. 여기 있는 카바코한테도 말했습니다. 안 그래, 카바코? 저자들은 밀항자입니다, 항해사님."

"저어라, 저어라, 사랑하는 부하들아. 노를 저어라, 내 자식들아. 노를 저어라, 내 어린 것들아." 스터브는 여전히 불안한 기색을 보이는 부하 선원들을 달래려는 듯이 길게 한숨을 쉬며 말했다. "이봐, 왜 등뼈가 부러지도록 노를 젓지 않나? 도대체 뭘 보고 있는 거야? 저 보트에 있는 자들? 쳇! 우리를 도와주러 다섯 명이 더 왔을 뿐이야. 그들이 어디에서 왔는지 신경 쓰지 마. 도우러 온 사람이 많을수록 좋지. 저어라, 계속 저어. 지옥의 유황불 따위는 신경 쓰지 마라. 악마도 알고 보면 좋은 친구지. 그래, 좋아. 이제 좀 제대로 젓고 있군. 그런 게 1,000파운드짜리 노 젓기지. 판돈을 싹 쓸어버릴 기세군. 영웅들아, 향유고래 기름으로 채울 금잔을 위해 만세를 하자! 만세 삼창을 하자! 다들 기운이 넘치는구나. 진정해, 진정. 서두르지 마라. 서두르지 마. 왜 노를 힘껏 젓지 못하나, 이 악당들아! 뭐든 물어뜯어, 개놈들아! 그래, 그래, 그렇게. 살살, 부드럽게. 그래, 그거야 그거. 악마가 물어갈 놈들, 넝마나 줍는 부랑자들아, 모두 자고 있군. 잠꾸러기들아, 그만 코 골고 노를 저어. 노를 저으라고, 얼른. 노를 저어, 못하겠나? 노를 저어, 안 할 텐가? 왜 뼈 빠지게 젓지 않는 거야? 뭐든 부서질 때까지 저어라. 눈알이 빠지도록 저으란 말이야. 자!" 그는 허리띠에서 날카로운 단도를 뽑아들며 말했다. "자, 다들 단도를 빼서 입이 물고 노를 저어라. 그렇지, 그렇지. 이제야 제대로 하는 것 같군. 칼같이 잘하네. 전진하라 전진, 은수저들아! 전진하라, 밧줄 꿰는 바늘들아!"

스터브가 노잡이들을 격려하기 위해 한 말을 여기에 길게 소개한 이유는, 그가 선원들에게 말하는 방식이 아주 독특할 뿐만 아니라 노 젓기 신앙을 아주 독특하게 심어주기 때문이다. 하지만 이 설교를 읽고 나서 그가 신도들에게 노골적으로 화를 내고 있다고 판단해서는 안 된다. 실은 전혀 그렇지 않았다. 바로 여기서 스터브의 주된 특징이 드러난다. 그는 선원들에게 아주 무시무시한 말을 내뱉으면서도 농담과 분노가 뒤섞인 기이한 말투를 구사한다. 분노는 농담에 뿌리는 양념 정도로 아주 정교하게 계산된 듯 보인다. 그런 괴이한 욕설을 들은 노잡이들은 죽어라 노를 젓지 않을 수 없고, 동시에 재미를 느끼며 노를 젓게 된다. 게다가 스터브는 이런 말을 하는 동안 너무나 느긋하고 게을러 보인다. 또 키잡이 노를 여유 있게 잡고 때로는 입을 쩍 벌리며 하품까지 하니, 출격하는 긴장된 분위기와 극명히 대조되어 오히려 선원들에게 마법 같은 힘을 발휘하게 했다. 게다가 스터브는 기이한 재담꾼인 데다가 그의 농담은 가끔 묘하게 모호한 구석이 있어 부하들은 그의 명령을 따라야 할지 말아야 할지 긴장을 늦출 수가 없었다.

스타벅은 에이해브의 지시에 따라 스터브의 보트 뱃머리 앞을 비스듬히 가로질러 나아가고 있었다. 두 보트가 1~2분 동안 아주 가까이에 있을 때, 스터브가 일등항해사를 소리쳐 불렀다.

"항해사님! 거기 좌현 쪽 보트! 괜찮다면 잠깐 이야기를 나눌 수 있을까요?

"알았네!" 스타벅은 고개를 조금도 돌리지 않은 채 대답했다. 그는 진지하게 속삭이는 말투로 부하 선원들을 격려하고 있었으나 표정은 스터브와는 달리 부싯돌처럼 굳어 보였다.

"저기 누런 놈들 어떻게 생각합니까?"

"출항 전에 몰래 태운 자들 같아. (힘껏 저어라, 힘껏!)" 스타벅은 선원들에게 낮은 목소리로 지시하고는 다시 큰 소리로 대답했다. "애석한 일이야, 스터브. (이봐, 물거품이 나게 저어야지. 물거품이 나게!) 하지만 신경 쓰지 마, 스터브. 그게 모두를 위한 최선이야. 무슨 일이 있어도 다들 힘껏 노를 젓게 하게. (다들 힘을 내라, 힘내.) 저 앞에 큰 향유고래 무리가 있네. 그것을 잡으려고 우리는 여기에 와 있는 것이고. (자, 다들 노를 저어라). 향유고래, 중요한 건 향유고래지. 이것은 우리가 맡은 최소한의 의무야. 의무와 수익은 함께 다니는 거라고."

"그래, 맞아. 나도 그렇게 생각했어." 두 보트가 멀어지면서 스터브는 혼자 중얼거렸다. "놈들을 처음 보자마자 그런 생각을 했지. 찐빵이 이미 의심한 것처럼 그 때문에 선장이 뒤쪽 선창에 그리 자주 들락거린 거로군. 놈들이 거기에 숨어 있었던 거야. 이유는 바로 흰 고래 때문이고. 그래, 그렇다면 할 수 없지! 좋아, 다들 노를 저어라. 오늘의 목표는 흰 고래가 아니다. 힘껏 저어라!"

갑판에서 보트를 내리는 중대한 순간에 갑자기 낯선 이방인이 등장하니 일부 선원들의 마음속에 미신적인 동요가 일어날 만도 했다. 하지만 얼마 전부터 아치가 무언가를 보았다는 황당무계한 일이 선원들 사이에 퍼져 있었기 때문에, 비록 당시에는 아무도 아치의 말을 믿지 않았지만 어느 정도는 그에 대한 마음의 준비가 되어 있었다. 그래서 선원들은 그나마 덜 놀랐고, 스터브가 그들의 등장을 설득력 있게 설명한 덕분에 당분간은 미신적인 추측에 매이지 않을 수 있었다. 하지만 에이해브가 이 사안에 처음부터 정확히 어떻게 개입했는지에 관해서는 온갖 황당한 추측이 벌어질 가능성은 얼마든지 남아 있었다. 나는 낸터킷의 어둑한 새벽에 피쿼드호에 숨어들은 의문의 그림자들과 정체 모를 일라이저가 부둣가에서 던진 수수께끼 같은 암시를 머리에 떠올렸다.

한편 에이해브는 바람 불어오는 쪽으로 멀리 나아갔으므로 항해사들의 말을 들을 수 없었고, 여전히 다른 보트들보다 훨씬 앞서 달리고 있었다. 그것은 선장의 보트에서 노 젓는 사내들이 얼마나 힘이 센지를 여실히 보여주었다. 호랑이처럼 누런 선원들은 온몸이 강철과 고래 뼈로 되어 있는 듯했다. 그들은 마치 다섯 개의 트립해머처럼 규칙적으로 오르내리며 노를 힘차게 저었고, 보트는 미시시피강 증기선에 수평으로 튀어나온 보일러처럼 물결을 세차게 헤치며 앞으로 나아갔다. 작살잡이 노를 젓고 있던 페달라는 검은 상의를 벗어던진 채 뱃전 위로 맨가슴을 드러냈는데, 그 모습이 오르내리는 수평선과 선명하게 대비되었다. 한편 보트의 반대편 끝에 앉은 에이해브는 비틀거리는 몸의 균형을 잡으려는 듯 한 팔을 펜싱 선수처럼 뒤쪽 허공에 내뻗고 있었다. 선장은 흰 고래에게 다리를 뜯기기 전에 무수히 출격했던 보트에서 그랬듯이 안정적으로 키잡이 노를 저었다. 갑자기 그가 내뻗은 팔로 독특한 동작을 하며 그대로 멈추자 다섯 명의 노잡이들이 일제히 노를 공중에 들어 올렸다. 보트를 탄 선원들은 바다 위에서 미동도 하지 않았다. 뒤에서 간격을 넓게 두고 따라오던 세 척의 보트도 멈춰 섰다. 고래들이 산발적으로 푸른 바닷속에 들어가버렸기 때문에 멀리서는 그들이 어떻게 움직이는지 판단할 근거가 보이지 않았지만, 고래 무리와 좀 더 가까워진 에이해브는 그것을 알아본 것이다.

"각자 자기 노가 가리키는 방향을 잘 살펴라!" 스타벅이 소리쳤다. "퀴케그, 일어서!"

야만인은 뱃머리의 삼각대 위로 뛰어올라 똑바로 선 채 고래가 마지막으로 발견된 지점을 예의 주시했다. 마찬가지로 스타벅도 고물 끝에 뱃전과 같은 높이로 만든 삼각대에 올라가 보트의 흔들림에 맞추어 침착하고 노련하게 균형을 잡으며 바다의 깊고 푸른 눈을 말없이 응시했다.

그리 멀리 떨어지지 않은 곳에서는 플래스크의 보트가 숨죽인 채 바다 위에 떠 있었다. 그 보트의 지휘자는 무모하게도 고물 바닥에서 60센티미터 높이로 세워진 작살 밧줄 기둥 위에 올라섰다. 용골에 박힌 그 튼튼한 기둥은 고래 몸에 박힌 작살의 밧줄을 감는 데 사용되는 것으로 꼭대기의 너비는 어른 손바닥만 했다. 그 위에 올라간 플래스크는 깃봉만 남긴 채 바다에 침몰한 배의 돛대 꼭대기에 서 있는 사람처럼 보였다. 그러나 이 왕대공은 몸집이 작고 키도 크지 않지만 원대하고 높은 야망을 가득 품고 있기 때문에 밧줄 기둥 위에 올라가 전망을 살피는 것으로는 결코 만족하지 못했다.

"저 앞의 바다도 보이지 않는군. 저쪽으로 노를 기울여봐. 거기에 올라서야겠어."

그 말을 들은 다구가 몸의 균형을 잡기 위해 두 손으로 번갈아 뱃전을 붙잡으며 얼른 고물로 가더니 똑바로 서서 자신의 높은 어깨를 발판으로 삼으라고 스터브에게 제안했다.

"어느 돛대 못지않게 훌륭할 것입니다. 올라타실래요?"

"물론이지. 정말 고맙네. 아주 멋진 친구야. 자네 키가 15미터만 더 컸으면 좋았으련만."

이 거구의 검둥이는 두 발을 양쪽 뱃전에 단단히 고정시키고 몸을 살짝 숙이며 평평한 손바닥을 플래스크 발 앞에 내밀었다. 그리고 플래스크의 손을 깃털 장식을 한 자기 머리 위에 얹게 한 다음, 자기가 몸을 일으키는 순간에 뛰어오르라고 말했다. 그러고는 작달막한 플래스크를 가볍게 던져 올려 무사히 자신의 어깨에 안착시켰다. 이제 플래스크는 다구의 어깨에 올라섰고, 다구는 그가

기대면서 몸의 균형을 잡도록 한 팔을 들어 올려 가슴걸이를 제공했다.

고래잡이들이 오랜 숙달로 말미암아 무의식적인 기술을 발휘해 배에 똑바로 서 있는 자세를 유지하는 것은 풋내기들의 눈에 진기한 광경이 아닐 수 없다. 거칠게 날뛰는 바다에서 보트가 심하게 흔들릴 때도 직립 자세가 가능하다니. 그런 바다에서 밧줄 기둥 위에 아슬아슬하게 올라선 광경은 더욱 기이해 보였을 것이다. 하지만 작달막한 플래스크가 거구의 다구 어깨 위에 올라선 광경은 훨씬 더 기이했다. 이 고귀한 검둥이는 침착하고 무심하고 태평하게, 의식하지 않은 채로 야만인의 위엄을 유지하며 파도의 흔들림에 맞추어 몸을 멋지게 움직였다. 그의 넓은 어깨에 올라선 아마빛 머리카락의 플래스크는 마치 눈송이처럼 보였고, 떠받치고 있는 사람이 올라탄 사람보다 더 고귀해 보였다. 쾌활하고 소란스럽고 과시하기 좋아하는 왕대공 플래스크는 가끔씩 애타는 마음에 다구의 어깨 위에서 발을 굴렀지만, 이 검둥이의 당당한 가슴은 �끄덕하지 않았다. '열정'과 '허영'이 살아 있는 너그러운 지구를 아무리 밟아대도 그 때문에 지구가 바닷물의 흐름과 계절을 바꾸지 않는 것을 나는 일찍이 알고 있었다.

한편 이등항해사 스터브는 이처럼 먼 곳을 보려는 조급함을 전혀 드러내지 않았다. 고래들이 겁을 먹어서 일시적으로 잠수한 것이 아니라 일상적인 잠수를 했는지도 모를 일이다. 만일 그렇다면 스터브는 평소 습관대로 파이프 담배를 피우며 그 지루한 시간을 달래야겠다고 결심한 듯했다. 그는 모자 띠에 늘 깃털 장식처럼 비스듬하게 꽂아둔 파이프를 꺼내들고는 담배를 쟁여 넣은 다음, 엄지손가락 끝으로 꾹꾹 다졌다. 사포처럼 거친 손바닥에 성냥을 그어 불을 붙이자마자, 똑바로 선 자세로 밤하늘에 고정된 두 별 같은 두 눈으로 바람 불어오는 쪽을 응시하던 작살잡이 타슈테고가 전광석화처럼 자리에 주저앉으며 다급하게 외쳤다. "앉아. 모두 앉아. 노를 저어라. 저기 놈들이 나타났다!"

육지 사람들이라면 그 순간에 고래든 청어 떼든 아무런 기미를 느끼지 못했을 것이다. 단지 초록빛이 도는 흰 물거품과 그 위에 엷게 퍼진 채 어른거리다가 하얗게 굽이치는 파도가 만들어낸 불분명한 비구름처럼 바람 불어가는 쪽으로 날아가는 수증기의 흔적밖에 보지 못했으리라. 주변의 공기는 마치 달아오른 철판 위의 공기처럼 탁탁 튀듯이 요동쳤다. 이런 공기의 파동과 소용돌이 아래서, 또한 부분적으로는 얕은 수면 아래서 고래들이 헤엄치고 있었다. 고래들이 뿜어내는 수증기는 다른 여러 징후에 앞서서 나타나는, 일종의 파발마나 선발 기마대 같은 것이었다.

네 척의 보트는 이제 바닷물과 공기가 요동치는 지점을 향해 맹렬한 추격에 나섰다. 그러나 고래 무리는 더욱 빨리 헤엄치면서 그들을 따돌렸다. 마치 산에서 계곡 아래로 사납게 흘러내리며 굽이치는 급류처럼 계속해서 앞으로, 앞으로 나아갔다.

"노를 저어라, 노를 저어, 용감한 선원들아." 스타벅은 선원들에게 나지막하면서도 강렬하게 속삭였다. 그의 날카로운 두 눈은 뱃고물 앞만 뚫어져라 응시했다. 마치 한 치의 오차도 없는 나침반 속의 두 바늘과 같았다. 그는 선원들에게 별로 말을 하지 않았고 선원들도 그에게 말을 건네지 않았다. 때로는 명령하듯이 엄하게, 때로는 호소하듯이 부드럽게 속삭이는 스타벅 특유의 목소리만이 가끔씩 보트의 정적을 깨트렸다.

목소리가 우렁찬 왕대공과 얼마나 딴판인가. "이봐, 소리 높여 노래 불러. 무슨 말이든 해. 벼락같은 선원들아, 소리치고 노를 저어라! 나를 저 고래의 검은 등짝에 올려다오. 그렇게 해준다면 비니어드에 있는 농장을 넘겨주지. 마누라와 자식들까지 얹어서. 자, 자, 나를 고래 등에 올려줘! 이런 맙소사. 아, 정말 돌아버리겠군. 봐라, 저 흰 물거품을 보라고." 그는 그렇게 소리치면서 머리에 쓰고 있던 모자를 벗어서 발로 마구 짓밟더니 다시 집어서 멀리 바다 위로 내던졌다. 그러고는 마침내 뱃고물에 가서 푹 주저앉았는데, 그 모습이 마치 대초원을 뛰어다니는 미친 망아지 같았다.

"저 친구 좀 봐." 조금 떨어진 곳에서 뒤따라오던 스터브는 아직 불을 붙이지 않은 짧은 파이프를 무의식적으로 이 사이에 문 채 철학자처럼 느릿느릿 말했다. "플래스크 저 친구, 발작을 일으켰군. 발작이라. 그래, 발작이 맞아. 저런 게 바로 발작이지. 선원들도 따라서 발작을 일으키라지. 자, 즐겁게, 즐겁게 온 힘을 다해 노를 저어라. 저녁은 푸딩이다. 즐겁게 젓는 게 중요해. 아가들아, 저어

라. 젖먹이들아, 다들 노를 저어라. 그런데 대체 왜 그리 서두르는 거야? 살살, 부드럽게, 꾸준히 저어라. 젓고 또 저어라. 다른 거 없다. 등뼈가 모두 부서지도록, 입에 문 칼이 두 동강 나도록 저어라. 그게 전부야. 쉬엄쉬엄 해. 서두르지 말고. 그러다간 간이고 허파고 죄다 터져버리겠어."

그런데 종잡을 수 없는 에이해브가 호랑이처럼 누런 선원들에게 퍼부은 말은 여기서 생략하는 것이 좋겠다. 당신은 복음이 전파된 땅에서 축복의 빛을 받으며 살고 있을 테니 말이다. 에이해브가 회오리바람이 몰아치는 이마와 살기등등한 붉은 두 눈을 하고 입에 아교 같은 게거품을 물며 사냥감을 쫓을 때 하는 말에 귀 기울일 자가 있다면, 오로지 거친 바다에 사는 이교도 상어들뿐일 것이다.

그동안에도 네 척의 보트는 맹렬히 돌진했다. 플래스크는 가상의 괴물이 꼬리로 뱃머리를 자꾸 건드리고 있다면서 "저놈의 고래가"라는 말을 계속해서 되풀이했다. 그 말이 너무 실감나서 선원 한두 명은 겁을 집어먹고 어깨 너머를 힐끔거렸다. 하지만 그것은 규칙에 어긋나는 행동이었다. 노잡이들은 눈이 아예 없다고 생각하고, 목은 고정시킨 채 절대 움직이면 안 되었다. 이런 중대한 순간에 노잡이는 귀와 두 팔을 말고 다른 신체 기관을 가지고 있으면 안 된다는 것이 불문율이기 때문이다.

경이와 공포로 가득 찬 광경이 펼쳐졌다! 전능한 바다의 거대한 파도가 일어나 여덟 개의 뱃전을 때리면서 굉음을 만들어냈는데, 마치 끝없는 볼링장을 거대한 공이 굴러가는 듯했다. 보트가 칼날 같은 파도의 물마루 위에 잠시 올라서서 기울어지려 하는 순간 선원들은 일제히 숨을 멈췄다. 파도는 보트를 거의 두 동강낼 기세였다. 다음 순간 보트는 파도 사이의 골짜기로 곤두박질쳤고, 선원들은 반대편 물마루 위에 올라서기 위해 죽을힘을 다해 노를 저었다. 배가 일단 물마루에 올라서면 반대편의 비탈로 추락하듯이 미끄러져 내려왔다. 고래고래 소리 지르는 보트장과 작살잡이들, 몸을 부르르 떨며 헐떡이는 노잡이들, 울부짖는 새끼들을 쫓아가는 성난 암탉처럼 돛을 활짝 펴고서 보트들을 향해 돌진하는 상앗빛 피쿼드호, 이 모두가 전율을 일으키기에 충분했다. 아내의 품을 뒤로하고 입대하여 처음 전장에 나간 신병이라 할지라도, 저승에서 처음으로 미지의 유령을 만난 망자의 영혼이라 할지라도, 쫓기는 향유고래가 만들어낸 마법의 소용돌이 속으로 처음 노를 저어 들어간 자가 느끼는 저 기이하고 강렬한 감정을 느끼지 못할 것이다.

바다 위에 드리워진 음산한 구름 그림자가 점점 더 어두워지면서, 향유고래가 추격을 당하며 만들어낸 춤추는 듯한 하얀 파도가 더욱 선명해졌다. 고래들이 뿜어내는 수증기는 더 이상 섞이지 않고 어디에서나 좌우로 기울어졌다. 고래들은 제각기 다른 방향으로 달아나는 것 같았다. 보트들의 간격도 더욱 벌어졌다. 스타벅은 바람 불어가는 쪽으로 내달리는 세 마리의 고래를 추격했다. 우리 보트도 돛을 올리고 등 뒤에서 불어오는 바람을 맞으며 더욱 빠르게 달렸다. 보트가 물결을 가르며 미친 듯이 달리고 있었기 때문에 바람 불어가는 쪽의 노는 조금만 늦게 저어도 노 받침대가 부러질 지경이었다.

얼마 후 우리는 넓게 퍼진 안개의 베일 속을 달리고 있었다. 본선도 보트도 보이지 않았다.

"노를 힘껏 저어." 스타벅이 돛 줄을 고물 쪽으로 당기면서 속삭였다. "스콜이 오기 전에 고래 한 마리를 죽일 시간은 충분해. 저기 또 흰 물보라가 일어난다! 바싹 붙어. 노를 저어!"

곧이어 우리 보트 양옆에서 연달아 외침이 들리는 것으로 보아 다른 보트들도 속도를 높였다는 것을 알 수 있었다. 외침이 들리자마자 스타벅은 번개처럼 빠르게 속삭였다. "일어서!" 그러자 작살을 들고 있던 퀴케그가 벌떡 일어섰다.

그때 노잡이들은 누구도 생사가 걸린 순간이 가까이 왔음을 알지 못했지만, 고물에 있는 항해사의 긴장된 표정을 보고 아주 중대한 순간이 왔음을 본능적으로 느꼈다. 그들은 코끼리 50마리가 깔고 자는 짚더미 위에서 허우적거리는 듯한 굉음도 들었다. 그러는 동안에도 보트는 여전히 안개를 뚫고 달리고 있었고, 파도는 성난 뱀들처럼 고개를 빳빳이 세운 것처럼 우리를 둘러싸고 쉭쉭거렸다.

"저기 고래 혹이 있다. 저기다, 저기. 작살 한 방 먹여!" 스타벅이 속삭였다.

보트에서 무언가 휙 하고 바람을 가르며 날아갔다. 퀴케그가 던진 작살이었다. 그 순간 천지가 뒤엉키는 혼란 속에서 고물 쪽이 눈에 보이지 않는 힘에 떠밀리며 배가 암초에 부딪치는 것 같았다. 돛은 주저앉고 찢어졌다. 보트 근처에서 뜨거운 증기가 솟구쳤다. 보트 아래에서 지진이 난 것처럼 무언가가 출렁이며 몸부림을 치고 있었다. 모든 선원은 스콜로 인해 하얀 크림이 엉겨 붙은 듯한 바다에 마구잡이로 내동댕이쳐져 숨조차 거의 쉴 수 없는 지경이었다. 스콜, 고래, 작살이 모두 한데 뒤엉켰다. 그리고 고래는 작살에 찰과상만 입은 채로 도망갔다.

보트는 완전히 물에 잠겼지만 부서진 곳은 거의 없었다. 우리는 보트 주위를 헤엄치며 물 위에 떠다니는 노를 건져 뱃전에 단단히 묶은 다음 원래의 자리로 돌아왔다. 그러고는 무릎까지 올라오는 물속에 앉아 있었다. 보트의 늑재고 널빤지고 모두 물에 잠겨 있어 내려다보고 있자니, 물속에 절반쯤 잠긴 보트가 바다 밑바닥에서 우리가 있는 곳까지 자라난 산호초 더미처럼 보였다.

바람은 더욱 거세지며 울부짖었다. 파도는 서로 방패를 부딪치듯 거칠게 튀어 올랐다. 스콜은 들판에 번지는 하얀 불길처럼 우리 주위에서 아우성치고 갈라지며 탁탁 소리를 냈다. 우리는 그 들불 속에서 불타고 있으면서도 소멸하지 않았고, 죽음의 아가리 속에 있으면서도 죽지 않고 버텼다! 다른 보트들을 불러보았지만 소용없었다. 폭풍우 속에서 다른 보트를 부르는 것은 불타오르는 용광로 굴뚝에 고개를 들이밀고 밑에서 활활 타오르는 석탄을 향해 소리치는 것과 다름없었다. 그러는 사이에 밤 그림자가 길어지면서 바람에 날려가는 비구름과 안개도 더욱 짙어졌다. 본선은 어디에 있는지 보이지 않았다. 파도가 계속 높아지고 있어서 보트의 물을 퍼낸다는 것은 생각조차 할 수 없었다. 노는 이제 추진 도구로는 아무 소용이 없고 구명 판 역할만 했다. 스타벅은 성냥을 넣어둔 방수통의 끈을 자르고 몇 차례나 실패한 끝에 간신히 등불을 밝힐 수 있었다. 그런 다음 그것을 주위에 둥둥 떠다니는 막대기 끝에 매달아 퀴케그에 건네주었다. 작살잡이가 이제 가련한 희망의 등불지기가 된 것이다. 신앙심 없는 자의 표시이자 상징인 그 야만인은 절망의 한가운데서 헛되이 희망을 치켜든 채 앉아 있었다.

우리는 온몸이 흠뻑 젖었고, 추위에 부들부들 떨었으며, 다른 보트나 본선이 모습을 드러내지 않아 절망했다. 이윽고 새벽이 희붐하게 밝아오자 우리는 고개를 들고 앞을 보았다. 바다에는 여전히 안개가 자욱이 깔려 있었다. 불 꺼진 등불은 깨진 채 보트 바닥에 나뒹굴었다. 그때 갑자기 퀴케그가 벌떡 일어서더니 귀에 손을 갖다 댔다. 희미하게 삐걱거리는 소리가 우리에게도 들려왔다. 지금까지 폭풍 때문에 들리지 않던 밧줄과 활대 소리였다. 그 소리는 점점 더 가까워졌다. 희미하지만 거대한 물체가 짙은 안개를 가르며 모습을 드러냈다. 마침내 본선이 시야에 들어왔을 때, 우리는 모두 겁을 먹고 바다에 뛰어들었다. 본선이 그 선체의 길이 정도 떨어진 곳에서 우리를 향해 다가오고 있었기 때문이다.

우리는 파도 위에 둥둥 뜬 채 버려진 보트를 바라보았다. 보트는 폭포 아래에 있는 나뭇조각처럼 본선의 뱃머리 밑에서 흔들리며 가라앉더니 거대한 선체가 그 위로 지나가자 한참 동안 보이지 않다가 고물 쪽에서 물거품을 부글거리며 다시 떠올랐다. 우리는 다시 보트를 향해 헤엄쳐 갔고, 파도에 떠밀려 보트에 부딪히기도 했지만, 마침내 구조되어 본선에 무사히 오를 수 있었다. 다른 보트들은 스콜이 닥치기 전에 고래를 놓아주고 제시간에 본선으로 돌아갔다. 본선에서는 우리가 실종된 것으로 판단하고 포기했지만, 우리의 유품, 가령 노나 작살 자루 같은 것을 건질 수 있지 않을까 해서 그 근처를 순항했다고 한다.

## 49장 하이에나

인생이라고 부르는 기이하고 뒤죽박죽인 현상 속에서 어떤 기묘한 순간이나 사건이 벌어진다. 그러면 우리는 우주 전체가 하나의 거대한 농담이 아닐까 하는 생각을 하게 된다. 그런 농담의 의미를 온전히 파악하는 것은 아니며, 그 농담이 다름 아닌 자신을 대상으로 하는 것은 아닐까 하는 의심마저 하게 된다.

그러나 무엇도 인간의 사기를 꺾어놓지 못하고, 그런 생각을 반박할 가치를 갖지 못한다. 인간은 모든 사건과 신조, 믿음, 사상, 그리고 보이든 보이지 않든 온갖 어려운 일들, 아무리 딱딱하고 울퉁불퉁한 것들도 다 꿀꺽 삼켜버린다. 소화력이 뛰어난 타조가 총알과 부싯돌마저 통째로 삼켜버리는 것처럼 말이다. 사소한 어려움과 고민, 갑작스러운 재난의 예상, 재앙의 전망, 사지를 잃을 수도 있는 위험, 심지어 죽음까지도 인간은 눈에 보이지 않는 정체불명의 익살꾼이 장난으로 몇 대 치거나 옆구리에 유쾌하게 한방을 먹이는 정도로 여긴다. 내가 지금 말하고 있는 사고방식은 극도의 시련을 겪고 있는 자만이 떠올릴 수 있는 생각이다. 아주 심각한 순간에 그런 생각이 들기 때문에 방금 전까지만 해도 아주 중대한 사안 같던 일이 그 순간에는 일반적인 농담의 일부처럼 여겨지는 것이다. 이 자유롭고 태평하며 상냥한 무법자 철학을 낳는 데 위험한 고래잡이 일만한 게 없을 것이다. 이제는 나도 이런 철학을 가지고 피쿼드호의 항해 전체와 그 목표인 거대한 흰 고래를 바라보고 있었다.

"퀴케그." 동료들이 마지막으로 나를 갑판에 끌어 올렸을 때, 나는 물을 털어내려고 상의를 입은 채 몸을 흔들면서 그에게 물었다. "이봐, 퀴케그. 이런 일이 자주 일어나나?" 퀴케그도 나처럼 흠뻑 젖어 있었으나 그냥 무덤덤하게 이런 일이 자주 일어난다고 대답했다.

"스터브 항해사님." 이번에는 방수복 단추를 다 채우고 빗속에서 태연히 파이프 담배를 피우고 있는 양반에게 물었다. "항해사님, 지금껏 만나본 고래잡이 중에서 스타벅 항해사님이 가장 세심하고 신중한 분이라고 말하는 것을 들었습니다. 그런데 짙은 안개와 스콜 속에서 달아나는 고래에게 맹렬히 돌진하는 것이 고래잡이의 가장 신중한 행동이라고 할 수 있나요?"

"그렇고말고. 나도 혼곶 앞바다에서 돌풍이 불고 있을 때 물이 새는 배에서 보트를 내려 고래를 추격한 적이 있네."

"플래스크 항해사님," 이번에는 바로 옆에 서 있던 작달막한 왕대공에게 물었다. "항해사님은 이런 일에 경험이 많지만 저는 아니니 묻겠습니다. 노잡이들이 등뼈가 부서져라 노를 저으며 죽음의 아가리로 들어가는 것이 포경업에서는 불변의 법칙인가요?"

"비틀지 말고 간단히 말할 수 없나?" 플래스크가 말했다. "그래, 그게 법칙이야. 보트 선원들이 반대로 앉아 고래를 정면으로 보며 노 젓는 모습을 보고 싶군. 하, 하! 그러면 고래와 선원들이 서로 곁눈질을 하겠지? 한번 생각해봐!"

그리하여 나는 세 명의 공정한 증인에게 이 사건 전체에 대한 정확한 진술을 들었다. 바다에서 스콜을 만나 배가 뒤집히고, 그 결과 바다 위에서 야영을 하게 되는 것은 이쪽 업계에서는 흔한 일이라는 것, 고래에게 접근하는 위중한 순간에는 내 목숨을 보트의 키잡이에게 맡겨야 한다는 것, 바로 그런 순간에 너무 흥분한 나머지 보트에 구멍이 날 만큼 미친 듯이 발을 구르는 키잡이가 많다는 것, 우리 보트만 조난을 당한 것은 스타벅이 스콜 속에서도 고래에게 돌진한 탓이라는 것, 그럼에도 스타벅은 포경업계에서 조심성 많기로 소문난 사람이라는 것, 내가 이 유난히 신중한 스타벅의 보트에 소속되었다는 것, 마지막으로 내가 흰 고래를 쫓는 일에 연루되었다는 것. 이 모든 일을 종합해보니 아래 선실로 내려가서 유언장의 초안을 써두는 것이 좋겠다는 생각이 들었다. "퀴케그." 나는 말했다. "같이 가세. 자네가 내 변호사이자 유언 집행인, 유산 상속인이 되어주게."

많은 사람 중에 하필이면 선원이 유언장을 만지작거리는 것이 다소 이상하게 보일지도 모르겠다. 하지만 선원들만큼 그 일을 기분 전환 용도로 즐기는 이들도 드물다. 선원 생활을 한 이후로 유언장을 쓴 것은 이번이 네 번째였다. 유언장을 쓰고 나니 마음이 한결 편안해졌다. 가슴을 누르고 있던 무거운 돌을 내려놓는 느낌이었다. 앞으로 내가 살아갈 나날은 나사로가 부활한 후 살아갔을 나날과 비슷할 것이다. 앞으로 상황이 어떻게 전개될지 모르지만, 몇 달이 되었든 며칠이 되었든 덤으로 주어진 시간으로 느껴질 것이다. 나는 살아남았다. 나의 죽음과 매장은 가슴속에 가두어두었다. 나는 깨끗한 양심을 가지고 아늑한 가족 납골당 안에 앉아 있는 조용한 유령처럼 평온하고 만족스럽게 주위를 둘러보았다.

나는 무심결에 상의 소매를 걷어 올리며 이런 생각을 했다. 자, 이제는 냉정하고 침착하게 죽음과 파멸 속으로 뛰어드는 거야. 그렇다면 악마여, 가장 뒤에 처진 놈을 잡아가라.

## 50장  에이해브의 보트와 선원들, 페달라

"플래스크, 누가 그런 생각을 했겠어?" 스터브가 소리쳤다. "나한테 다리가 한쪽밖에 없다면, 의족으로 구멍을 막기 위해서라면 모를까 보트에 타는 일은 없을 거야. 아무튼 대단한 노인네야!"

"그런 문제라면 나는 뭐 그리 이상하지 않아요." 플래스크가 말했다. "선장의 다리가 고관절에서 잘려 나갔다면 이야기가 달라지겠죠. 아예 불구가 되었을 테니까. 하지만 무릎 윗부분이 남아 있고, 다른 쪽 다리는 멀쩡하잖아요."

"그걸 모르겠어, 이 친구야. 선장이 무릎 꿇는 것을 본 적이 없거든."

\* \* \*

포경업계 물정에 밝은 사람들 사이에 이런 논쟁이 벌어진다. 즉, 포경선 선장의 생명이 항해의 성공 여부에 얼마나 중요한지 감안한다면, 선장이 위험한 고래 추격에 직접 뛰어들어 자신의 목숨을 위태롭게 하는 것이 과연 옳은 일인가? 티무르의 병사들도 황제의 더없이 귀한 목숨을 전쟁터 한복판에 꼭 끌어들여야 하는지 눈물을 글썽이며 자주 논쟁을 벌였다고 한다.

그러나 에이해브의 경우는 문제의 양상이 다소 다르다. 두 다리가 온전한 사람도 위험이 닥치면 다리가 후들거리기 마련이고, 고래를 추격하는 일에는 언제나 큰 어려움이 따르며 매 순간이 위험의 연속이다. 그렇다면 몸이 성치 않은 사람이 보트에 올라 고래를 추격하는 것이 과연 현명한 일일까? 피쿼드호의 공동 선주들은 대체로 어리석은 일이라고 생각했을 것이다.

에이해브는 비교적 덜 위험한 추격일 경우 그가 현장 가까이에서 직접 명령을 내리기 위해 보트에 타는 것을 고국의 친구들이 대수롭지 않게 생각하리라는 것을 알았다. 하지만 그에게 실제로 보트를 내주고 정식 지휘자로 추격에 참여시키는 것, 게다가 그 보트에 선원을 다섯 명이나 따로 붙여주는 일은 피쿼드호 선주들의 머릿속에서는 절대 떠오를 수 없는 호사스러운 생각이었다. 그래서 그는 선주들에게 자기 보트에 태울 선원들을 붙여달라고 요구하지 않았고, 어떤 식으로든 그런 티도 내지 않았다. 그 문제와 관련해 직접 은밀한 조치를 취했을 뿐이다. 아치가 선창에서 발견한 사실을 알리기 전까지 선원들은 그런 사태를 전혀 예상하지 못했다. 다만 출항하고 나서 얼마 후 선원들이 포경 보트를 출격시키는 데 필요한 통상적인 일을 마치고 얼마 지나지 않아 에이해브 선장이 예비 보트에 쓸 노 받침대를 손수 만드느라 부산을 떠는 모습이 가끔씩 눈에 띄었을 때, 더욱이 밧줄이 고래에게 끌려 나갈 때 뱃머리의 홈에 꽂을 작은 나무못을 깎는 모습이 발견되었을 때, 그밖에 뾰족한 의족으로 밟아도 상하지 않도록 보트 밑바닥에 여분의 동판을 까는 데 열의를 보였을 때, 또 고래에게 작살이나 창을 던질 때 무릎을 기대기 위해 보트 뱃머리에 걸치는 널빤지 제작과 관련해 아주 까다롭게 형태를 지시할 때, 그리고 예비 보트 안에 서서 하나뿐인 무릎을 널빤지의 반원형 홈에 고정시키고 목수의 끌로 여기저기를 다듬는 모습이 자주 목격되었을 때, 선원들은 이상하게 여기며 궁금해하기는 했다. 하지만 대부분은 그런 꼼꼼한 준비와 지시가 궁극적으로 모비 딕을 추격하기 위한 것이라고만 생각했다. 선장이 직접 그 바다 괴물을 추격하여 죽이겠다는 의도를 이미 밝혔기 때문이다. 하지만 그 보트에 별도의 노잡이들을 투입할 것이라는 생각은 다들 전혀 하지 못했다.

에이해브가 거느린 유령 같은 선원들에 대한 놀라움은 오래가지 않았다. 포경선에서는 아무리 놀라운 일도 금세 시들해진다. 게다가 떠다니는 무법자와 같은 포경선에는 이 세상 어디에 있는지도 모를 온갖 구석에서 흘러들어온, 불가해하고 괴상한 잡동사니 같은 자들이 모여들기 마련이다. 널빤지나 난파선의 잔해, 노, 포경 보트, 카누, 바람에 떠밀려온 일본 정크선 등에 의지해 망망대해를 표류하는 수상한 조난자를 건져 올리는 경우도 많다. 설사 악마가 뱃전을 기어올라 선실을 찾아가서 선장과 잡담을 나눈다고 해도 앞갑판의 선원들이 흥분을 주체하지 못하는 일은 일어나지 않을 것이다.

사정이 이러했으므로 그 유령 같은 선원들이 다른 선원들과 다소 다르기는 해도 그들 사이에서 자리를 잡은 반면, 머리카락을 터번처럼 틀어 올린 페달라는 끝까지 신비에 싸인 인물로 남았다. 도대체 어디에 있다가 이 점잖은 세계에 들어온 것일까? 어떤 인연으로 에이해브의 특별한 운명과 엮이게 되었을까? 아니, 어떻게 해서 에이해브에게 은밀한 영향력 내지 더 나아가 권위를 가지게 되었을까? 진실은 하늘만 알 뿐 아무도 알지 못한다. 그렇다고 선원들이 페달라에 대해 무관심한 척할 수는 없었다. 그는 온대 지역의 문명화되고 길들여진 사람들이 꿈속에서나 볼까 말까 하는 종류의 인간이었다. 그런데 그런 사람들이 변화하지 않는 아시아 사회, 특히 아시아 대륙 동쪽의 섬들에서 다니는 것을 종종 볼 수 있다고 한다. 태곳적부터 변함이 없는 그 외딴 곳의 섬나라들은 현대에 들어와서도 지상에서 태어난 첫 세대의 유령 같은 원시성을 그대로 간직하고 있었다. 그곳에서는 누구나 최초의 인간에 대한 기억을 뚜렷이 가지고 있을 뿐만 아니라 서로를 진짜 유령 보듯이 바라보며, 자신들이 무슨 목적으로 왜 창조되었는지 해와 달에게 물었다. 창세기에 따르면 그 시절에는 천사들이 실제로 인간의 딸들과 통정했으며, 외경 저자들은 천사들뿐만 아니라 악마들도 세속의 사랑에 빠져들었다고 창세기 6장을 해석했다.[154]

## 51장  유령의 물줄기

몇 날 몇 주가 지나갔다. 상앗빛 피퀴드호는 돛을 활짝 펴고 바람을 맞으며

---

**154** 창세기 6장에는 하나님의 아들들이 사람의 딸들과 통정하여 자식을 낳았다는 기사가 나온다. 외경인 에녹서와 희년서의 저자들은 창세기 6장을 해석하면서 악마들이 지상을 방문한 결과 태어난 자녀들은 거룩하지 않을 뿐만 아니라 파괴적인 존재라고 본다.

네 개의 해역을 유유히 통과했다. 아조레스제도와 베르데곶을 지나 리오델라플라타강 하구의 (이른바) 플레이트 해역, 그리고 세인트헬레나섬 남쪽의 광대무변한 캐럴 해역을 지났다.

배가 마지막 해역을 지나는 어느 고요한 달밤, 잔잔한 파도가 은빛 두루마리처럼 펼쳐지고 부드럽게 물결치는 소리에 바다가 고독의 들판이 아니라 은빛 침묵의 초원처럼 보이는 조용한 밤, 뱃머리의 하얀 물거품 앞 멀리 떨어진 곳에서 은빛 물줄기 하나가 솟아올랐다. 달빛에 비친 그 물줄기는 천상의 것이고, 반짝이는 깃털을 꽂은 신이 바다에서 일어서는 모습 같았다. 처음 그 물줄기를 발견한 것은 페달라였다. 그처럼 달 밝은 밤이면 주돛대 꼭대기에 올라가 망을 보는 것이 그의 습관이었기 때문이다. 하지만 밤중에 고래 떼를 발견하더라도 감히 보트를 내려 추격할 고래잡이는 백에 하나도 되지 않을 것이다. 그렇다면 이 늙은 동양인이 그런 비상한 시간에 돛대 꼭대기에 서 있는 모습을 보는 선원들은 어떤 기분이 들었을까? 그의 터번 머리카락과 환한 달이 같은 하늘에서 짝을 이루었다. 며칠 밤을 계속해서 망루에 올라갔는데도 말 한마디 없던 그가 마침내 침묵을 깨뜨렸다. 달빛을 받은 은빛 물줄기가 보인다고 그가 유령 같은 목소리로 보고하자 드러누워 있던 선원들은 마치 날개 달린 정령이 밧줄 사이에 내려앉아 호령이라도 한 것처럼 놀라며 벌떡 일어섰다. "저기 고래가 물을 뿜는다!" 최후의 심판을 알리는 나팔소리가 울려 퍼진들 선원들이 그보다 더 전율하지는 않았을 것이다. 하지만 그들은 공포가 아니라 쾌감을 느끼고 있었다. 아주 이례적인 시간에 터져 나오기는 했지만 너무나 인상적이고 열광적인 흥분을 불러일으키는 외침에 배에 타고 있던 거의 모든 선원들은 본능적으로 보트를 내리고 싶은 마음이 간절했다.

에이해브는 갑판 위를 날듯이 걸으며 윗돛대의 상부 가로돛은 물론이고 보조돛을 모두 펴라고 지시했다. 배에서 가장 숙련된 선원이 키를 잡아야 했다. 배는 돛대 꼭대기마다 망꾼을 세운 후, 돛을 활짝 펴고 바람을 맞으며 달려 나갔다. 고물 난간에서 불어온 바람이 돛을 가득 채우자 배가 붕 뜨는 듯한 기이한 현상이 일어났다. 갑판을 걷던 선원들은 발밑에서 공기가 흐르는 느낌을 받왔다. 배가 빠르게 달려 나가는 동안 서로 대립하는 두 가지 힘이 배에 작용하는 것 같았다. 하나는 하늘로 곧장 올라가려는 힘이고, 다른 하나는 한쪽으로 흔들리며 수평선상의 목표물을 향해 나아가는 힘이었다. 그날 밤 에이해브의 얼굴을 본 사람이라면, 그의 마음속에도 두 가지 상반된 힘이 싸우고 있다는 생각이 들었을 것이다. 그의 성한 다리는 갑판 위에서 활기찬 울림을 만들어냈으나, 의족은 갑판을 디딜 때마다 관을 두드리는 듯한 소리를 냈다. 노선장은 삶과 죽음 위를 걷고 있었다. 배가 그토록 빨리 달리고 모든 선원의 눈이 화살 같은 눈빛으로 주시했지만, 그날 밤 은빛 물줄기는 더 이상 보이지 않았다. 선원들은 물줄기를 딱 한 번 보았을 뿐 두 번은 보지 못했다고 투덜거렸다.

며칠 뒤 한밤중의 물줄기가 기억에서 거의 사라질 무렵, 그때와 똑같이 고요한 시간에 물줄기가 보인다는 외침이 또 들려왔다. 이번에도 다들 물줄기를 보았다고 했다. 하지만 물줄기를 따라잡기 위해 돛을 펴자 언제 그랬냐는 듯이 물줄기는 사라져버렸다. 밤마다 그런 현상이 반복되면서 선원들은 더 이상 신경 쓰지 않고 단지 놀라워하기만 했다. 때로는 청명한 달빛이나 별빛 아래서 신비롭게 물을 뿜기도 하고, 때로는 온종일 또는 이틀이나 사흘 동안 전혀 보이지 않다가 다시 나타났는데, 그때마다 배에서 점점 더 멀어지는 듯한 외로운 물줄기는 우리에게 따라오라고 손짓하는 것 같았다.

선원들 사이에 옛적부터 전해져 내려오는 미신과 피쿼드호에 따라다니는 초자연적인 불가사의함 때문인지 고래가 언제 어디서 발견되었든지 간에, 위도와 경도가 멀리 떨어진 곳에서 아주 오래전에 일어난 일일지라도, 그 다가갈 수 없는 물줄기가 늘 동일한 고래, 즉 모비 딕이 뿜어낸 것이라고 생각하는 선원이 적지 않았다. 홀연히 나타났다가 사라지는 유령의 출몰로 한동안 선원들 사이에 특별한 공포가 번지기도 했다. 그 바다 괴물이 교활하게도 우리를 계속 유혹해 내달리게 하다가, 마침내 머나먼 야만의 바다에 이르면 방향을 획 돌려 배를 들이받아 침몰시킬지도 모른다는 공포였다.

이 일시적인 불안감은 막연하지만 무시무시했고, 그와는 대조적으로 평온한 날씨 때문에 두려움은 더욱 커져만 갔다. 평온한 푸른빛 바다 아래에 악마 같은 마법이 어른거리고 있다고 일부 선원들은 생각했다. 몇 날 며칠 동안 지루할 정도로 잔잔한 바다를 항해하다 보면, 온 세상이 우리의 복수심을 혐오한 나머지 유골 단지 같은 우리 뱃머리 앞에 있는 생명체를 모조리 비워버린 듯한 느낌이 들었다.

마침내 배가 동쪽으로 방향을 틀자 희망봉 일대의 바람이 불어닥쳤고, 우리는 그 길고 험난한 바다에서 파도를 따라 오르락내리락해야 했다. 상앗빛 피쿼드호가 돌풍에 고개를 숙이며 화난 것처럼 뱃머리의 뿔로 파도를 들이박자 은 부스러기가 쏟아지듯 물보라가 뱃전 너머로 날아들었다. 생명체를 모두 비워버린 듯한 적막함은 사라지고 전보다 더 음산한 광경이 펼쳐졌다.

뱃머리 가까운 곳 물속에서 기이한 형체들이 우리 앞으로 이리저리 날쌔게 움직이고, 뱃고물 쪽에서는 정체를 알 수 없는 바다까마귀들이 잔뜩 날아든 것이다. 매일 아침마다 돛을 지지하는 밧줄에 바다까마귀들이 줄지어 앉았는데 아무리 소리를 지르며 쫓아내려 해도 한참이나 버티며 날아가지 않았다. 마치 우리 배를 표류하는 무인선 정도로 여기는 듯했다. 황폐해질 운명의 배이니 집 없는 자신들이 둥지를 틀기에 적당하다고 생각한 모양이었다. 검은 바다는 양심이 몸부림치듯이 쉴 새 없이 굽이치고 또 굽이쳤다. 그 거대한 세속적인 영혼은 자신이 만들어낸 많은 죄악과 고통으로 말미암아 고뇌하며 후회하는 것 같았다.

희망봉, 사람들이 너를 그렇게 부른다지? 차라리 옛날처럼 '고통의 곳'이라고 부르는 것이 나았을 텐데. 우리 앞에 나타난 기만적인 침묵에 한참이나 홀려서 따라오다가 마침내 이 고통의 바다에 들어서서 그런지, 이곳에서는 바닷새나 물고기로 변신한 죄 많은 존재들이 안식처 없이 영원히 헤엄치거나 지평선도 보이지 않는 저 검은 하늘에서 계속 날개 치는 형벌을 받는 것만 같았다. 그러나 이곳에서도 평온하고, 눈처럼 하얗고 변함없는, 여전히 하늘로 뿜어 올리는 깃털 같은, 여전히 눈앞에서 우리를 부르는 고독한 물줄기를 이따금씩 볼 수 있었다.

온통 검게 뒤덮인 악천후 속에서 에이해브는 흠뻑 젖어 미끄러운 갑판을 다니며 연신 명령을 내리고 있었지만 말할 수 없이 침울해 보였다. 항해사들에게도 거의 말을 걸지 않았다. 이처럼 폭풍우가 몰아칠 때는 갑판이나 돛대 위에 있는 것들을 수습하고 나면 바람이 잦아들 때까지 달리 할 일이 없었다. 그럴 때 선장과 선원들은 저절로 운명론자가 되었다. 선장은 고래 뼈 다리를 늘 끼우던 구멍에 끼워 넣고 한 손으로는 돛대 밧줄을 단단히 붙든 채, 몇 시간 동안이나 꼼짝하지 않고 바람이 불어오는 쪽을 응시하며 서 있었다. 때때로 진눈깨비를 동반한 스콜로 눈썹이 하얗게 얼어붙었다. 한편 뱃머리 너머로 마구 밀고 들어오는 파도 때문에 앞갑판에서 밀려난 선원들은 허리 높이의 뱃전 난간에 한 줄로 늘어섰다. 그들은 덮쳐오는 파도에 휩쓸리지 않으려고 난간에 고정된 밧줄 안으로 들어가 마치 느슨한 허리띠를 맨 모습으로 흔들리고 있었다. 말하는 사람은 거의 또는 전혀 없었다. 채색한 밀랍 인형들을 선원으로 태우기라도 한 것처럼 고요한 배는 악마처럼 날뛰는 파도의 광기와 질주를 뚫고 계속해서 앞으로 나아갔다. 밤이 되어도 바다의 울부짖음 앞에서 사람들의 침묵은 계속되었다. 난간 밧줄에 의지한 선원들도 흔들리는 가운데 말이 없었고, 에이해브도 돌풍에 맞서면서 여전히 말이 없었다. 체력이 떨어져 휴식이 필요한 것처럼 보일 때도 그는 그물 침대로 가서 쉴 생각을 하지 않았다. 어느 날 밤 스타벅은 기압계를 보려고 선실에 내려갔다가 선장의 모습을 보고는 놀라움을 감출 수 없었다. 에이해브는 나사못으로 바닥에 고정시킨 의자에 꼿꼿이 앉아서 눈을 감고 있었다. 방금 전까지 폭풍우 속에 있었는지 빗방울과 반쯤 녹은 진눈깨비가 여전히 쓰고 있는 모자와 외투에서 뚝뚝 떨어지고 있었다. 옆에 놓인 탁자에는 앞에서 말했던 해도가 펼쳐져 있었다. 움켜쥔 선장의 손에는 등불이 매달려 흔들리고 있었다. 몸은 꼿꼿하게 세웠으나 고개가 뒤로 젖혀져 감긴 눈꺼풀 뒤편의 눈동자가 천장 대들보에 매달린 '밀고자'[155]의 바늘을 향하고 있었다.

무서운 노인네! 스타벅은 몸서리치며 생각했다. 이 돌풍 속에서 잠자면서도

---

**155** 선장실에 있는 나침반을 '밀고자'라고 부른다. 선장이 키에 달린 나침반을 보러 가지 않고도 선실에서 배의 진로를 알 수 있게 해주기 때문이다. (원주)

오매불망 목표물만 바라보고 있구나.

## 52장  앨버트로스호

희망봉의 남동쪽, 참고래 포획 어장으로 유명한 크로제제도 근처에 이르렀을 때, 저 앞에서 앨버트로스라는 이름의 배 한 척이 나타났다. 그 배가 천천히 가까이 다가올 때, 앞돛대 망루에 앉아 있던 나는 원양어업에 처음 나선 선원에게는 아주 낯선 광경을 볼 수 있었다. 그것은 오래전에 고향을 떠나와 바다를 떠도는 포경선과의 만남이었다.

파도가 표백제라도 되는지 그 배는 해변에 밀려온 바다코끼리의 해골처럼 하얗게 바래 있었다. 유령처럼 나타난 그 배의 양옆으로는 붉은 녹 자국이 길게 나 있었고, 돛대며 밧줄이며 모두 하얗게 서리가 내린 나뭇가지 같았다. 배는 아래쪽 돛만 펼치고 있었다. 턱수염을 길게 기른 채 세 개의 돛대 꼭대기에 서 있는 망꾼들의 모습도 희한했다. 그들은 짐승 가죽으로 만든 옷을 입은 것 같았는데, 여기저기 갈라지고 하도 기워서 얼룩덜룩한 것이 4년 동안의 항해는 족히 지나온 듯했다. 그들은 돛대에 박은 쇠테 위에 선 채 깊이를 알 수 없는 바다를 내려다보며 가볍게 흔들리고 있었다. 그 배가 피쿼드호의 고물 쪽으로 가까이 다가오면서 돛대 꼭대기에 있던 그 배와 우리 배의 망꾼 여섯 명은 상대방의 돛대 꼭대기로 훌쩍 뛰어 넘어갈 수 있을 만큼 지근거리에 놓였다. 그러나 황량해 보이는 저쪽 배의 선원들은 우리를 스쳐 지나가면서 슬쩍 쳐다볼 뿐 우리 쪽 망꾼에게 아무 말도 하지 않았다. 그때 우리 배의 뒷갑판에서 저쪽 배를 향해 외치는 소리가 들려왔다.

"어이, 거기 가는 배! 흰 고래를 보았나?"

앨버트로스호의 선장이 하얗게 바랜 뱃전에 기대어 나팔을 입에 대려다가 그만 바다에 빠트리고 말았다. 마침 바람이 거세게 불면서 선장은 뭔가 말하려고 애썼으나 들리지 않았다. 배는 점점 멀어져 갔다. 흰 고래 이야기를 다른 배에 꺼내자마자 불길한 사건이 일어난 것을 목격한 피쿼드호의 선원들이 입을 꾹 다문 채 표정으로만 각자의 소감을 드러내는 동안, 에이해브는 잠시 망설였다. 거센 바람이 말리지 않았다면 그는 당장이라도 보트를 내려서 저쪽 배에 오르고 싶은 기색이었다. 저쪽 배의 외양으로 보아 그것이 낸터킷의 배이며 귀항 중이라는 것을 눈치 챈 선장은, 바람 불어오는 쪽에 있는 자신의 위치를 활용하여 나팔을 잡고 다시 한번 큰 소리로 외쳤다. "어이, 거기! 여기는 피쿼드호다. 세계 일주를 하고 있다. 우리 배에 편지를 보낼 거면 태평양으로 보내라고 하라! 이번 항해는 3년이다. 그 후에도 우리가 집에 돌아가지 않으면 주소를…"

그 순간 두 배의 항적이 완전히 교차했다. 그러자 요 며칠 동안 우리 배 옆에서 조용히 헤엄치던 작고 무해한 물고기 떼가 독특한 습성에 따라 지느러미를 파르르 떨면서 날쌔게 달아나더니 저쪽 배의 양옆으로 가서 앞뒤로 늘어섰다. 에이해브는 지난날 무수히 항해하면서 이와 비슷한 광경을 자주 보았을 테지만 편집광적인 사람에게는 극히 사소한 일조차 변덕스러운 의미를 갖게 마련이다.

"나한테서 달아나는 거냐?" 에이해브가 물속을 들여다보며 중얼거렸다. 별 내용은 아니지만 그 말에는 광기 어린 노선장이 평소 드러내던 것보다 더 깊고 쓸쓸한 슬픔이 담겨 있었다. 그러나 지금까지 배의 속도를 줄이기 위해 배를 바람 불어오는 쪽으로 향하게 하고 있던 키잡이를 돌아보며 선장은 늙은 사자 같은 목소리로 외쳤다. "키를 올려라! 계속 세계 일주를 하자!"

세계 일주! 그 말에는 자부심을 불러일으키는 무언가가 있다. 하지만 세계 일주는 우리를 어디로 데려가는가? 무수한 위험을 지나 결국 우리가 출발한 그 지점으로 돌아가지 않는가? 우리가 뒤에 안전하게 남겨두고 왔다지만 그동안 내내 우리 앞에 있었던 그 지점 말이다.

이 세상이 끝없이 평평해서 동쪽으로 계속 항해하면 언제나 새로운 장소에 도착할 수 있고, 키클라데스제도나 솔로몬제도보다 더 멋지고 기이한 곳을 발견할 수만 있다면, 이 항해에도 기약이 있었을 것이다. 하지만 우리가 꿈꾸는 그 머나먼 신비를 찾아서, 또는 언젠가 한 번은 모든 인간의 가슴 앞에서 헤엄

칠 그 악마 같은 환영을 고통스럽게 추격하며 둥근 지구를 한 바퀴 돈다 해도, 우리는 결국 황량한 미로 속으로 들어가거나 중도에 침몰하고 말 것이다.


## 53장   포경선들의 만남, 갬

앞에서 말한 포경선에 에이해브가 승선하지 않은 표면상의 이유는 바람과 파도가 폭풍우를 예고했기 때문이다. 그러나 이런 기미가 전혀 없었더라도 다른 유사한 경우에 선장이 취한 행동으로 보아 결국은 그 배에 오르지 않았을 것이다. 상대방 배에 큰 소리로 외치며 질문한 것에 스스로 부정적인 대답을 얻었기 때문에 건너갈 생각이 없었던 것이다. 나중에 드러난 바와 같이 그는 자신이 열심히 찾는 정보에 도움이 되지 않으면 낯선 배의 선장과 단 5분이라도 이야기를 나눌 의사가 없었다. 그러나 포경선들이 이국의 바다, 특히 공동 어장에서 조우했을 때 통용되는 특별한 관습에 대해 여기서 미리 말해두지 않으면 이 모든 상황을 정확히 판단하기가 어려울 것이다.

서로 모르는 두 사람이 뉴욕주의 파인 배런스나 그에 못지않게 황량한 영국의 솔즈베리평원에서 마주쳤다고 해보자. 그런 거친 땅에서 우연히 마주친 두 사람은 반가워하며 인사를 나누지 않을 수 없을 것이며, 잠시 멈춰 서서 각자가 알고 있는 뉴스를 교환하거나 함께 쉬어갈 수 있다. 그렇다면 끝없는 바다의 파인 배런스나 솔즈베리평원에서, 이를테면 외딴 패닝섬 앞바다나 머나먼 킹스밀스제도 같은 지구의 변방에서 두 포경선이 마주쳤다고 해보자. 그런 상황에서 두 배는 인사를 나눌 뿐만 아니라 가까이 다가가 좀 더 우호적이고 친근하게 만남을 가지는 것이 자연스럽다. 특히 같은 항구에서 출항했고, 두 배의 선장이나 간부 선원, 상당수의 일반 선원이 서로 아는 사이라면 반가움은 더욱 커지고 그만큼 나누고 싶은 고향 이야기도 당연히 많을 것이다.

출항한 지 얼마 안 되는 배에는 오랫동안 고향을 떠나 있는 배에 띄운 편지가 실려 있을지도 모른다. 편지가 없더라도 손가락 자국으로 너덜너덜해진 아주 오래된 신문보다는 한두 해 뒤에 나온 신문을 장기 항해 중인 배에 건넬 수도 있다. 그에 대한 답례로 최근 항해에 나선 포경선은 아주 중요한 정보, 이제 가려고 하는 고래 어장에 관한 최신 정보를 얻게 될 것이다. 두 배 모두 출항한 지 오래되었을지라도 편지와 정보의 교환은 이루어진다. 지금은 멀리 떨어져 있는 제3의 배에서 부탁받은 편지를 가지고 있을지 모르고, 그 편지 중 일부는 지금 만난 배의 선원에게 가는 것일 수도 있다. 게다가 두 배의 선원들은 포경 정보를 교환하며 즐거운 담화를 나눌 수 있다. 같은 선원으로서 공감대가 형성될 뿐만 아니라, 같은 대상을 추격하면서 서로 비슷한 고난과 위험을 겪는 데서 오는 독특한 유대감을 느끼기 때문이다.

국적이 다르다고 해서 크게 달라지는 것은 없다. 미국인과 영국인처럼 양쪽이 모두 같은 언어를 사용한다면 말이다. 하지만 영국 포경선의 수가 너무 적어서 그런 만남은 자주 이루어지지 않는다. 설령 만난다고 해도 서먹한 분위기가 되기 쉽다. 영국 선원은 말이 없는 반면에 미국 선원은 자기가 아닌 다른 누군가가 그렇게 과묵할 수 있다는 생각은 전혀 하지 못하기 때문이다. 게다가 영국 포경선은 때로 미국 포경선에 일종의 우월감을 드러낸다. 길쭉하기만 하고 삐쩍 마른 낸터킷 사람들이 왠지 모르게 촌티가 난다며 그들을 바다 촌뜨기로 여기는 것이다. 그러나 양키 선원들이 하루에 잡아들이는 고래 수가 영국인 선원이 지난 10년 동안 잡아들인 고래 수보다 많다는 사실을 생각해볼 때, 그런 우월감이 도대체 어디에서 나오는 것인지 모르겠다. 그러나 이것은 영국인 선원들의 악의 없고 사소한 단점이기에 낸터킷 사람들은 마음속에 그리 깊이 담아두지 않는다. 아마 자신들도 약간의 단점이 있다는 것을 알기 때문일 것이다.

그러므로 바다를 항해하는 모든 배 중에서 포경선은 서로 돈독히 교제해야 할 이유가 있으며, 실제로 그렇게 한다. 반면에 상선들은 대서양 한가운데서 마주치더라도 한마디 인사도 없이 브로드웨이의 멋쟁이 신사처럼 서로 모른 체하고 지나가는 경우가 많다. 그러면서도 상대방 배의 장비에 대해 하나에서 열까지 비평하느라 바쁘다. 군함들은 바다에서 우연히 마주치면 일단 군함기부터 내리고 서로 지나쳐 갈 때까지 최대한 예의를 갖추는데, 이런 형식적인 응대에서 진심 어린 호의나 형제애는 찾아보기 어렵다. 노예선끼리 만났을 때는 너무 바쁜 나머지 되도록 빨리 헤어지려고 애쓴다. 해적선들은 어떨까? 그들은 서로의 해골 깃발이 교차하게 될 때면 첫 인사가 이러하다. "해골을 얼마나 해치웠나?" 이것은 포경선들이 서로 "고래기름을 얼마나 채웠나?" 하고 묻는 것과 비슷하다. 대답을 들은 해적들은 곧바로 키를 돌려 헤어진다. 둘 다 지독한 악당이므로 서로의 악독한 얼굴을 보고 싶어 하지 않는 것이다.

그러나 포경선을 보라. 얼마나 경건하고 정직하고 꾸밈없고 공손하고 사교적이고 자유롭고 소탈한가! 화창한 날 포경선들이 바다에서 만나면 어떻게 할까? 그들은 '갬'이라는 것을 한다. 포경선이 아닌 다른 배들은 이 단어에 관해 아는 바가 없고 들어본 적도 없을 것이다. 우연히 들었다고 하더라도 "고래 물줄기를 쫓아다니는 놈" 혹은 "고래기름을 짜는 놈" 같은 말이나 그와 비슷한 말을 하며 조롱할 것이다. 왜 모든 상선과 해적선, 군함, 노예선의 선원들이 그토록 포경선을 무시하는지 묻는다면 대답하기가 정말 어렵다. 가령 해적선의 선원들 경우 그들의 직업에 무슨 특별한 영예가 있는지 나는 도무지 모르겠다. 해적들이 가끔 아주 높은 곳에 올라가는 것이 사실이지만, 그곳은 교수대일 뿐이다. 게다가 그런 이상한 방식으로 높은 곳에 오른다고 해도 그 높은 곳에서 딛고 설 받침대는 어디에도 없다. 그래서 해적들이 고래잡이보다 높은 위치에 있다고 자랑해도 그러한 주장을 뒷받침할 근거는 전혀 없다는 결론을 내릴 수밖에 없다.

그런데 '갬'이란 무엇인가? 검지가 다 닳을 때까지 사전을 뒤적여도 그 단어는 찾지 못할 것이다. 존슨 박사[156]도 이 단어를 알 정도로 박식하지 못했고, 노아 웹스터[157]의 방주에도 이 단어는 들어 있지 않았다. 그럼에도 이 단어는 지금까지 1만 5,000명의 양키 선원들이 꾸준히 사용해왔다. 이 단어는 잘 정의하여 사전에 싣는 것이 마땅하다. 그러므로 내가 이 단어에 학문적인 정의를 내려

---

**156** 새뮤얼 존슨. 영국 시인이자 평론가. 1755년에 『영어 사전』을 편찬했다.

**157** 1758~1843. 미국의 사전 편찬자. 1806년에 『영어 사전』을 편찬했다.

보았다.

갬(GAM) [명사] — 두 척 이상의 포경선 사이에 이루어지는 사교적인 만남. 주로 고래 어장에서 이루어진다. 포경선끼리 만나면 큰 소리로 인사를 나눈 뒤, 양쪽 배의 선원들이 보트를 타고 서로의 배를 방문한다. 두 배의 선장은 한동안 한쪽 배에서, 일등항해사 두 명은 다른 쪽 배에서 환담을 나눈다.

갬과 관련해 잊지 말아야 하는 한 가지 작은 사항이 있다. 모든 직업에는 나름의 사소하고 세부적인 규칙이 있고 포경선도 마찬가지다. 해적선이나 군함, 노예선에서 선장이나 함장이 보트를 탈 때는 항상 고물 쪽의 가장 안락한 자리, 때로는 방석이 깔린 자리에 앉는다. 화려한 끈이나 리본으로 장식된 멋진 키 손잡이를 잡고 위세를 부리는 경우도 많다. 그러나 포경 보트의 고물에는 그런 좌석도, 안락의자도, 키 손잡이도 없다. 만약 포경선 선장이 통풍을 앓는 시의원처럼 바퀴 달린 의자에 앉아 바다 위를 돌아다닌다면 정말 우스울 것이다. 그리고 키 손잡이만 해도, 포경 보트에서 그런 유약한 물건 따위는 아예 용납하지 않는다. 다른 포경선을 상호 방문할 때는 보트에 소속된 선원 전원이 본선을 떠나야 하므로 키잡이나 작살잡이도 일행에 끼게 되고, 그런 경우에는 하급자가 키를 조종하기 때문에 선장은 앉을 자리가 없어 어쩔 수 없이 소나무처럼 우뚝 선 채 보트를 타고 가야 한다. 이때 선장은 양쪽 배에서 쏟아지는 시선을 의식하면서 온 세상 사람들이 자기를 쳐다보고 있다는 생각에 두 다리로 힘 있게 버티고 서서 위험을 지키기 위해 혼신의 노력을 다한다. 그러나 이 자세를 유지하기란 쉽지 않다. 뒤에서는 키잡이가 앞으로 툭 튀어나온 노를 내릴 때 간혹 선장의 허리를 치고, 앞에서는 노잡이가 노를 당길 때마다 선장의 무릎을 친다. 이처럼 앞뒤로 꼼짝 못 하게 된 선장은 두 다리를 최대한 벌려 좌우로만 버티고 선다. 하지만 갑자기 보트가 격렬히 요동치면 넘어질 때도 많다. 아무리 다리를 넓게 벌려도 좌우 폭에 상응하는 앞뒤 폭이 확보되지 않으면 아무 소용이 없기 때문이다. 아무리 막대기 두 개의 각도를 넓힌다 해도 막대기를 세울 수 없는 것과 같은 이치다. 그러나 온 세상 사람들이 쳐다보는 듯한 상황에서 다리를 넓게 벌린 선장이 손으로 무언가를 붙들고 균형을 잡으려 하는 것은 체면상 있을 수 없는 일이다. 사실 선장은 자신을 완전히 제어하고 있다는 자신감의 표시로 두 손을 바지 주머니에 찔러 넣고는 했다. 선장의 손은 대체로 크고 묵직하므로 주머니에 넣은 손을 어쩌면 바닥짐 같은 것으로 삼았는지도 모른다. 그럼에도 근거가 분명한 이야기에 따르면, 선장이 아주 위태로운 순간을 맞이한 때도 있었다. 이를테면 갑자기 스콜이 불어닥치자 넘어지지 않으려고 바로 앞에 있던 노잡이의 머리카락을 움켜잡고 저승사자처럼 매달려 간신히 위기를 모면한 일도 있었다고 한다.

## 54장  타운호호 이야기

(황금 여관에서 이야기한 형식대로)

희망봉과 그 일대 해역은 사통팔달의 유명한 대로와 아주 비슷해서 그 어느 곳보다 많은 여행자들을 만나게 된다.

앨버트로스호를 만난 지 얼마 되지 않아 고향으로 돌아가는 또 다른 포경선 타운호호[158]와 마주쳤다. 그 배의 선원들은 거의 대부분이 폴리네시아 사람들이었다. 잠깐이지만 그 배와의 만남을 통해 우리는 모비 딕에 관한 아주 확실한 소식을 듣게 되었다. 몇몇 선원들은 타운호호가 전해준 이야기를 듣고서 막연했던 흰 고래에 대한 관심이 더욱 고조되었다. 그들의 이야기는 이따금 사람들에게 들이닥치는 신의 심판이 고래에 의해 기이하면서도 전도된 방식으로 수행된다는 사실을 암시하는 것 같았다. 신의 심판에 대한 부분은 그에 수반되는 독특한 세부 사항이 앞으로 내가 이야기할 비극의 은밀한 핵심을 이루는데, 그 이야기는 에이해브 선장이나 항해사들의 귀에는 끝내 들어가지 않았다. 그 이

---

**158** '타운호'란 옛날에 돛대 꼭대기에서 고래를 처음 발견한 사람이 외치는 소리이며, 오늘날에도 고래잡이들이 유명한 갈라파고스거북을 잡을 때 이렇게 외친다.

야기의 은밀한 부분은 타운호호의 선장도 모르는 내용이었기 때문이다. 그 이야기는 타운호호의 백인 선원 세 명끼리만 비밀로 간직하고 있었는데, 그중 한 명이 가톨릭교회식으로 비밀 엄수 맹세를 받고 나서 타슈테고에게 말해주었다고 한다. 그런데 다음 날 밤 타슈테고가 잠꼬대를 하면서 비밀의 상당 부분을 발설하고 말았고, 자고 일어나서는 나머지 이야기도 다 털어놓지 않을 수 없게 되었다. 하지만 막상 그 이야기를 들은 피쿼드호의 선원들은 큰 충격을 받았고, 이 문제와 관련해 이상한 미신에 휘둘리는 경향이 있었기 때문에, 피쿼드호의 주돛대 뒤쪽으로는 이야기가 절대 새어 나가지 않도록 비밀을 굳게 지켰다. 이제 나는 갑판에서 아는 선원들끼리만 주고받은 이야기의 중간 중간에 적절히 어두운 실을 섞어 넣어 이 기이한 사건의 전모를 영구히 기록해두고자 한다.

내가 좋아하는 스타일을 위해, 언젠가 리마에서 이 이야기를 친구들에게 들려주었을 때 사용한 말투 그대로 서술하겠다. 나는 어느 성인의 축일 전야에 두꺼운 황금빛 타일이 깔린 황금 여관의 베란다에서 빙 둘러앉아 담배를 피우던 스페인 친구들에게 이 이야기를 들려주었다. 그 멋진 신사들 가운데 젊은 돈 페드로와 돈 세바스티안은 나와 좀 더 가까운 사이였다. 그들은 이야기 중간에 가끔 끼어들어 질문을 했고, 나는 그때마다 적절히 대답해주었다.

"이봐, 친구들, 지금 이야기하려는 사건을 처음 알게 된 것은 2년 전쯤이었어. 그 무렵 타운호호라는 낸터킷 선적의 향유고래 포경선이 이쪽 태평양을 항해하고 있었네. 이 황금 여관의 처마에서 서쪽으로 며칠만 배를 타고 가면 나오는 지점이었지. 아마 적도 바로 북쪽이었을 거야. 어느 날 아침, 일과에 따라 펌프질을 하던 선원들이 선창에 평소보다 물이 더 많이 고여 있는 것을 발견했지. 다들 청새치가 배에 구멍을 뚫었나 보다 하고 생각했어. 하지만 선장은 무슨 이유에서인지 그 해역에 상당한 행운이 있을 것이라는 믿음을 가지고 있었고 그곳을 몹시 떠나기 싫어했지. 사나운 날씨를 무릅쓰고 선창 밑바닥까지 살펴보았는데 구멍을 발견하지 못해 침수가 그리 큰 문제가 아닌가 보다 하고 생각했지. 그래서 항해를 계속했고, 선원들은 별 걱정 없이 느긋하게 양수 펌프를 돌렸지. 하지만 행운은 찾아오지 않았어. 며칠이 지나도록 물 새는 구멍은 찾지 못했지만 물이 상당히 불어나 있었지. 그 지경이 되자 경각심을 갖게 된 선장은 돛을 모두 올리고 가장 가까운 섬의 항구로 가기로 결정했어. 그곳에서 선체를 끌어올려 수리하려고 말이야.

　항구까지는 거리가 상당히 멀었지만 웬만한 행운만 따라준다면 배가 중도에 침몰하지는 않을 것이라고 선장은 생각했어. 양수기는 상태가 아주 좋았고, 36명의 선원들이 물 퍼내는 작업을 교대로 한다면 설령 침수가 두 배가 되더라도 배의 안전을 지킬 수 있었지. 게다가 항해 길에 순풍이 계속 불어 타운호호가 치명적인 사고 없이 안전하게 항구에 도착하리라고 누구나 생각했어. 낸터킷 출신의 항해사 래드니가 선원들에게 악랄하게 굴지 않고, 그래서 버팔로 출신의 건달이자 호수 사람 스틸킬트가 부당한 대우를 당하고서 보복할 생각을 하지 않았다면 말이야."

　"호수 사람? 버팔로? 이봐, 호수 사람은 뭐고 버팔로는 어디 있는 거야?" 돈 세바스티안이 그네처럼 매단 멍석에서 일어나며 물었다.

　"이리호의 동쪽 연안에 있어. 하지만 돈, 잠깐만 기다려주게. 이제 곧 다 알게 될 테니까. 아무튼 타운호호는 자네들의 카라오 항구에서 마닐라까지 항해한 그 어떤 배에도 지지 않을 만큼 크고 견고한 사각 돛에 돛대가 셋인 쾌속 범선이었지. 그런데 말이야, 그 배에 탄 호수 사람은 미국 한가운데 육지로 둘러싸인 지방 출신이면서도 탁 트인 바다에서 생길 법한 야만적인 해적 기질이 다분한 분위기에서 자란 자였어. 우리의 거대한 오대호인 이리호, 온타리오호, 휴런호, 수피리어호, 미시건호는 서로 가까운 거리에 붙어 있는데, 이 호수들을 다 합치면 넓이가 대양 못지않다네. 그만큼 대양 같은 여러 특색을 가지고 있고, 호주 주변의 인종이나 풍토도 제각각이야. 폴리네시아 바다처럼 낭만적인 섬들이 둥글게 모여 있는가 하면, 호수의 동서 연안에는 기질이 아주 상반된 두 민족[159]이 살고 있어. 마치 대서양 양쪽에 영국과 미국이 마주보고 있는 것처럼

---

**━ 159** 여기서 두 민족이란 인디언과 백인을 가리킨다. 이것으로 미루어 보아 호반 사람, 즉 스틸킬트는 인디언을 암시한다.

말이야. 오대호에는 미국 동쪽 연안 주변에 흩어져 있는 미국의 여러 식민지로 가는 수로가 나 있고, 여기저기에 포대가 설치되어 있어. 매키노 포대의 대포들이 염소처럼 생긴 험상궂은 얼굴로 그 수로를 내려다보고 있지. 그곳 사람들은 해군의 승리를 알리는 함대의 축포 소리를 듣기도 하고, 때로는 거친 야만인의 공격에 밀려 호수 주변을 내주기도 했어. 그러면 얼굴에 붉은 칠을 한 이들이 짐승 가죽으로 만든 천막에서 가끔씩 얼굴을 내밀었어. 물가에서 내륙 쪽으로는 사람의 발길이 닿은 적 없는 울창한 삼림이 한없이 이어져 있다네. 그 숲에는 삐쩍 마른 소나무들이 고트족 족보에 빽빽이 실린 왕들처럼 늘어 서 있어. 숲은 아프리카 맹수 못지않은 야생동물들과 타타르 왕의 의복에 쓰이는 은빛 털 짐승이 살고 있었다네. 오대호 수면에는 버팔로나 클리브랜드처럼 포장된 도시뿐만 아니라 위네바고족 마을까지 투명하게 비친다네. 그 호수에는 모든 장비를 갖춘 상선과 무장한 군함, 증기선, 자작나무로 만든 카누 등이 떠 있지. 그곳에는 어느 바다에도 지지 않을 만큼 북풍과 그 밖의 돌풍이 불어 돛대가 꺾일 정도라네. 오대호에서 배가 난파당하는 일도 일어나지. 오대호가 비록 내륙에 있기는 하지만 한번 나가면 땅이 보이지 않을 정도로 넓기 때문에 한밤중에 비명을 지르는 선원들과 함께 배가 물속에 가라앉는 일이 드물지 않다네.

이봐, 친구들. 스틸킬트는 내륙 출신이지만 거친 바다에서 태어나 거친 바닷바람을 맞으며 자란 사람이나 다름없어. 어느 선원 못지않게 대담하지. 래드니도 어릴 때는 외로이 낸터킷 해변에서 부드러운 파도 소리를 자장가로 들으며 자랐는지 모르지만, 자라서는 선원이 되어 오랫동안 우리의 험난한 대서양과 자네들의 관조적인 태평양을 돌아다녔어. 하지만 복수심이 강하고 툭 하면 싸우자고 달려들기는 사슴뿔을 예리한 보위 칼의 칼자루를 삼는 숲속 오지 출신의 스틸킬트나 다를 바 없었지. 그렇지만 이 낸터킷 출신의 래드니도 다소 선량한 구석이 있었어. 호수 사람 스틸킬트도 정말 악마 같은 인간이기는 했지만, 상대방이 일관되게 엄격히 대하면서도 한 인간으로서 마땅한 대접을 하고 예의를 갖춘다면 그 포악한 성질을 누그러뜨릴 수 있었지. 아무리 천한 노예도 그럴 권리가 있지 않은가. 아무튼 그런 대접을 받는 한 스틸킬트는 남에게 해를 끼치지 않는 온순한 선원이었고, 그때까지 그런 식으로 지내왔던 거야. 하지만 래드니는 불운하게도 미쳐버리고 말았지. 그리고 스틸킬트는… 가만, 이봐, 친구들, 이거 좀 앞서가는 것 같은데 이 이야기는 차차 하기로 하지.

항구가 있는 섬을 향해 뱃머리를 돌린 지 하루나 이틀 정도 되었을 때, 타운호호의 침수는 점점 심해졌지만 하루에 한 시간 정도 펌프질을 하면 되는 정도였어. 대서양 같이 안정되고 문명화된 바다에서 일부 선장들은 입항할 때까지 내내 양수기로 물을 퍼내며 항해하는 것을 그리 대수롭지 않게 여긴다네. 하지만 조용하고 졸음이 쏟아지는 한밤에 갑판 담당 항해사가 그 작업을 깜빡 잊어버리기라도 한다면, 그와 선원들은 다시는 그 일을 할 일이 없게 될 거야. 모두가 바다 밑바닥에 가라앉을 테니까. 자네들이 지금 앉아 있는 곳에서 서쪽으로 한참 달려야 나오는 외롭고 야만적인 바다에서는 상당한 거리의 항해 길이라 해도 접근 가능한 해변이 있다든가 그밖에 적절한 피난처가 있다면, 선원들이 모두 달라붙어 계속 펌프질을 하는 것이 그리 이례적이라고 할 수 없네. 그런 해역에서 아주 멀리 벗어나 오도 가도 못하는 망망대해 한가운데서 배에 물이 새야 선장이 슬슬 걱정하기 시작하겠지.

타운호호가 바로 그런 상황이었어. 물이 점점 더 새는 것을 보고 몇몇 선원들이 다소 우려했는데, 항해사 래드니가 특히 그랬지. 그는 돛을 높이 올리고 최대한 넓게 펴서 순풍을 가득 받으라고 명령했어. 그런데 래드니는 겁쟁이가 아니었고, 자신의 안위 따위는 별로 신경 쓰지 않는 사람이었던 것 같아. 왜 육지에서나 바다에서나 그렇게 겁 없고 생각 없이 나서는 사람들을 쉽게 볼 수 있지 않나. 그래서 그가 배의 안전에 우려를 드러냈을 때, 일부 선원들은 그가 공동 선주여서 그런 걱정을 한다고 소곤거렸지. 그날 저녁 선원들은 계속 넘쳐흐르는 맑은 물에 발을 담근 채 펌프질을 하면서도, 그 문제를 놓고 낮은 목소리로 그를 은근히 비꼬는 농담을 주고받았어. 양수기가 부글부글 거품을 내며 뿜어내는 물은 산중의 샘물 못지않게 맑았고, 갑판 위를 가로질러 바람이 불어가는 쪽의 배수구로 계속 배출되었지.

그런데 자네들도 잘 알다시피 바다든 육지든 관습이 통용되는 이 세상에서 심심찮게 벌어지는 난처한 상황이 있단 말이야. 여러 부하를 거느린 자가 부하 중 하나가 자기보다 훨씬 남자답고 뛰어나다는 것을 알게 되면, 그에게 억제할 수 없는 반감과 분노를 느끼게 되고,[160] 기회만 있으면 그를 끌어내리고 작은 잘못도 부풀려서 자부심을 박살내려 하지. 이런 내 생각이야 어떻든 간에 스틸킬트는 키가 크고 고귀한 친구였어. 머리는 로마인 같았고, 멋지게 늘어뜨린 황금빛 턱수염은 자네들의 옛 총독이 타던 사나운 군마의 술 장식 같았지. 그의 두뇌와 가슴과 영혼은 그가 샤를마뉴대제의 아들로 태어났다면 스틸킬트 샤를마뉴가 되었어도 전혀 손색이 없을 만큼 훌륭했어. 그런데 항해사 래드니는 노새처럼 고집이 세고 융통성이 없는 데다가 사악하기까지 했어. 그는 스틸킬트를 좋아하지 않았고, 스틸킬트도 그걸 알았어.

이 호수 사람은 다른 선원들과 함께 펌프질을 하고 있는데 항해사가 다가오는 것을 보았지만, 짐짓 못 본 척하며 태연히 즐거운 농담을 계속 늘어놓았지.

'이보게, 친구들. 이거 정말 물이 많이 새는군. 누가 물통 좀 잡고 있어봐. 어디 물맛 좀 보자. 야, 굉장해. 병에 넣어 팔아도 되겠어. 래드 형님은 차라리 여기에 투자를 해야 할 것 같아. 배에서 나오는 수익의 상당 부분을 챙겨서 집으로 가져가니까. 사실 청새치는 이제 일을 시작한 것에 지나지 않거든. 이번에는 톱질하는 놈, 줄 노릇하는 놈 등 바다의 목수들을 왕창 데려와서 열심히 배 밑바닥을 자르고 뚫고 있잖아. 일이 한창 진행되고 있는 것 같아. 래드 형님이 지금 여기 있다면 빨리 물속에 뛰어들어 그놈들을 쫓아버리라고 말해주고 싶군. 놈들이 형님의 재산을 망쳐놓고 있어. 하지만 래드 형님은 소박한 사람이야. 잘생기기도 했고. 들리는 말에 따르면 형님이 남은 재산을 모두 거울에 투자했다더군. 나같이 불쌍한 놈에게 형님의 돈 냄새 맡는 코를 좀 빌려주면 좋겠어.'

---

**160** 이것은 사회가 개인의 가치보다 사회 관습을 더 중시한다는 것을 보여준다. 사무엘상 18장에서 사울 왕이 신하 다윗에게 느끼는 질투심은 상급자가 하급자보다 못한 경우에 해당한다. 멜빌의 유작 『빌리 버드』도 이 주제를 다루고 있다. 이 책의 해제 중 '종교적 해석' 참조.

'빌어먹을 놈들! 펌프질은 왜 멈춘 거야?' 래드니가 스틸킬트의 말을 못 들은 척하면서 소리쳤어. '얼른 물을 퍼내!'

'예, 예, 항해사님.' 스틸킬트는 짐짓 쾌활한 목소리로 대답했어. '자, 다들 힘 내. 힘내서 물을 퍼내.' 그러자 양수기가 소방차 50대가 몰려든 것처럼 소리를 내며 돌아갔지. 다들 모자를 벗어 던졌고, 곧 헉헉거리는 숨소리가 들려왔어. 그만큼 있는 힘을 다해 펌프질을 하고 있다는 소리였지.

마침내 펌프질을 끝내고 호수 사람은 함께 일하던 선원들과 함께 숨을 헐떡 이며 걸어가서 양묘기 위에 걸터앉았어. 얼굴은 불이 붙은 듯이 붉었고, 두 눈은 충혈된 데다가 이마에서는 땀이 비 오듯 흘렀지. 그런데 말이야, 그 순간 래드니가 사악한 악마에라도 씌었는지 어쨌는지 힘들어 죽을 것 같아 하는 사람을 왜 건드렸는지 모르겠지만, 하여튼 그런 일이 일어났지 뭐야. 갑판을 성큼성큼 다니던 항해사는 쉬는 꼴은 못 보겠다는 듯이 스틸킬트에게 비를 가져와서 갑판을 쓸어라, 삽을 가져와서 돼지가 여기저기 싸놓은 오물을 치우라고 명령했어.

그런데 말이지, 갑판 청소는 돌풍이 불 때만 제외하고 저녁마다 하는 일과 중 하나거든. 심지어 배가 침몰할 때도 빠트리지 않는 일이야. 선상의 관습이란 것이 이처럼 엄격하고, 선원들은 본능적으로 깨끗한 것을 좋아해. 어떤 선원은 물에 빠져 죽기 직전에도 꼭 세수를 한다지 아마. 하지만 갑판 청소는 급사가 있는 배에서 급사가 하는 것이 보통이야. 게다가 타운호호에서는 건장한 선원들만 뽑아서 조별로 펌프질을 했고, 그중에서도 가장 건장한 스틸킬트가 늘 작업조 조장으로 일했지. 그래서 동료들과 마찬가지로 항해 일과 별 관계없는 자질구레한 일은 면제되었어. 내가 이런 내용을 시시콜콜하게 다 이야기하는 것은, 래드니와 스틸킬트 사이의 문제가 정확히 무엇이었는지 자네들이 알기를 바라기 때문이야.

그런데 문제는 그뿐이 아니었어. 삽으로 돼지 오물을 치우라는 명령은 스틸킬트를 모욕하려는 의도가 너무나 분명했어. 스틸킬트의 얼굴에 침을 뱉은 거나 마찬가지였지. 포경선 선원이라면 누구나 알 거야. 항해사의 명령을 들었을 때, 호수 사람은 그의 속셈을 눈치챘어. 하지만 잠시 가만히 앉아 항해사의 적개심에 찬 눈을 빤히 들여다보면서 그의 마음속에 화약 상자가 산더미처럼 쌓여 있고 도화선의 불이 타 들어가고 있다는 것을 알아차렸지. 그는 이 모든 것을 본능적으로 알았을 때, 이미 화내고 있는 상대방을 자극해 부아를 더욱 돋우지 않겠다는 알 수 없는 참을성 내지 자제심이 들었어. 정말 용감한 사람이 공격당하는 상황에서도 가까스로 발휘하는 미묘한 반응이라고나 할까. 그렇게 형언하기 힘든 유령 같은 심정이 스틸킬트를 억눌렀던 거야.

그래서 그는 피로감이 약간 섞였지만 평소와 같은 어조로 갑판 청소는 자기 담당이 아니니 하지 않겠다고 대답했어. 그런 다음 삽 이야기는 아예 꺼내지도 않은 채 평소 청소를 담당하던 세 명의 소년 선원들을 가리켰어. 그들은 양수기 작업에 동원되지 않았기 때문에 하루 종일 아무 일도 하지 않았지. 그러자 래드니는 위압적이고 모욕적인 태도로 욕설을 퍼부으며 좀 전에 내렸던 명령을 되풀이했어. 그리고 근처의 나무통에서 통장이들이 쓰는 나무망치를 집어 들더니 높이 쳐들고 가만히 앉아 있는 호수 사람에게 다가왔어.

처음에는 대단한 자제심을 발휘했지만, 고된 작업으로 땀이 뻘뻘 나는 데다가 짜증도 난 스틸킬트는 항해사의 그런 태도를 도저히 좋게 넘길 수가 없었어. 그래도 끓어오르는 분노를 억누르며 아무 말 없이 앉은 자리에서 꼼짝하지 않았지. 마침내 약이 오를 대로 오른 래드니는 스틸킬트의 얼굴 바로 앞에서 망치를 휘두르며 시키는 대로 하라고 소리를 질렀어.

스틸킬트는 자리에서 일어나 양묘기 뒤로 천천히 걸어갔고, 항해사는 망치를 휘두르며 그를 따라갔지. 스틸킬트는 시키는 대로 할 의사가 없다고 분명히 다시 말했어. 하지만 자신이 아무리 자제해도 소용없다는 것을 알고는 불끈 쥔 주먹을 내보이며 따라오지 말라고 살벌하게 경고했지. 하지만 그 어리석고 정신 나간 항해사는 막무가내였어. 그런 식으로 둘은 양묘기 주위를 천천히 한 바퀴 돌았어. 참을 만큼 참았다고 생각한 호수 사람은 더는 물러서지 않기로 결심하고는 승강구 위에 멈춰 서서 항해사에게 말했어.

'래드니 씨, 나는 당신 명령에 따르지 않겠소. 그 망치를 치우지 않으면 신상에 이롭지 못할 줄 아시오.' 그러나 이미 운명이 정해진 항해사는 호수 사람이 서 있는 곳으로 다가와 이제는 닿을 정도로 가까이에서 무거운 망치를 휘두르며 마구 욕을 퍼부었지. 한 치도 물러서지 않고 비수 같은 눈빛으로 쏘아보던 스틸킬트는 등 뒤에서 꽉 움켜쥔 오른손 주먹을 천천히 내밀면서 자신을 괴롭히는 자에게 말했어. 만약 망치가 자기 뺨을 스치기라도 하면 죽여버리겠다고 말이야. 하지만 그 바보는 신들에게 낙인이 찍혀 죽을 운명이었던 모양이야. 곧바로 망치가 스틸킬트의 뺨을 스쳤고, 다음 순간 항해사의 아래턱이 날아가고 말았어. 그는 고래처럼 피를 내뿜으며 승강구 위에 쓰러졌지.

비명소리가 고물에 닿기도 전에 스틸킬트는 돛대 밧줄을 흔들며 돛대 꼭대기에서 망보던 두 동료에게 상황을 알렸어. 망꾼은 둘 다 운하 사람이었지."

"운하 사람?" 돈 페드로가 소리쳤다. "내가 항구에서 포경선들을 수없이 보았지만 운하 사람이라는 말은 처음 들어보네. 운하 사람은 대체 누구고 뭐하는 자들인가?

"돈, 운하 사람은 미국의 이리 운하에 소속된 선원을 말해. 자네도 분명 들어보았을 거야."

"아니, 들어본 적 없네. 여기처럼 지루하고 따뜻하고 게으르며 모든 것이 세습되는 나라에서는 자네의 활기찬 북쪽 나라에 대해 아는 게 별로 없다네."

"그래? 그렇다면 내 잔을 다시 채워주게. 치차[161] 맛이 아주 좋군. 이야기를 이어가기 전에 운하 사람이 어떤 자들인지 미리 말해주는 것이 좋겠군. 알아두면 내가 하는 이야기가 더 잘 이해될 거야.

운하는 뉴욕주 전체에 걸쳐서 580여 킬로미터를 유유히 흘러가지. 인구가 많은 도시와 번화한 마을들을 지나고, 아무도 살지 않은 음침한 늪지대와 더없이 비옥한 밭들을 지나고, 당구장과 술집을 지나고, 신성한 숲을 지나고, 인디언 강에 걸린 로마식 아치 다리를 지나고, 양지와 음지를 지나고, 행복한 사람

---

**━ 161** 발효시킨 옥수수로 만드는 중남미 지역의 맥주 비슷한 음료.

과 상심한 사람들 곁을 지나고, 저 고귀한 모호크족 지방의 매우 대조적인 풍경을 지난다네. 특히 첨탑이 이정표처럼 서 있는 눈처럼 하얀 예배당들 옆을 지나는 운하는 베네치아처럼 타락하고 종종 무법자 같기도 한 삶과 한 줄기가 되어 흐르지. 그곳에는 진짜 아샨티족[162]도 있을 것이고, 울부짖는 이교도들도 있을 거야. 그런 사람들이 바로 옆집에서 사는 거지. 길게 드리워진 교회당 그림자 아래에서, 교회당이 바람막이가 되어주는 아늑한 그늘에서 살고 있는 거야. 얄궂은 운명의 장난이라고나 할까. 대도시의 도둑들이 법원 근처에 진을 치는 것처럼 죄인들이 거룩한 교회 근처에 유독 우글거린단 말이지."

"어이쿠, 저기 수도사가 지나가네만." 돈 페드로가 사람들이 북적이는 광장 쪽을 내려다보며 익살스럽게 말했다.

"북쪽에서 온 우리 친구에게는 잘된 일이겠지만 이제 리마에서는 이사벨 여왕의 종교재판소도 힘을 많이 잃었다네." 돈 세바스티안이 웃으며 말했다. "계속 이야기해보게, 친구."

"잠깐만." 돈 페드로가 외쳤다. "우리 리마 시민을 대신해 자네에게 고마움을 표시하고 싶네. 타락을 비교하는 사례로 오늘날의 리마를 언급하지 않고 저 멀리 있는 베네치아를 들춘 사려 깊음을 모른 척하지 않겠다는 걸세. 오, 고개를 숙이며 놀랄 것 없네. 자네도 이 해안 일대에 널리 퍼져 있는 속담을 알지 않나. '리마처럼 타락했다'는 그 말! 그 말이 자네 이야기를 뒷받침해주지. 이곳도 교회가 당구장보다 많고 언제나 문이 열려 있는데 '리마처럼 타락했다'고 흔히 말하지. 베네치아도 마찬가지야. 나는 그곳에 가본 적이 있네. 축복받은 복음서 기자 성 마가의 거룩한 도시지! 성 도미니크여, 그 도시를 정결케 하소서. 자, 잔을 쭉 비우게. 고마워. 내가 다시 채워주지. 그럼, 이야기를 다시 풀어보게."

"이 운하 사람들의 직업에 대해 자유롭게 말해보자면, 그들은 멋진 연극의 주인공이나 다름없을 정도로 그 사악함이 대단하고 두드러지지. 그들은 푸른

---

**162** 아프리카 가나의 중앙부 일대에 사는 종족. 황금 해안이라고 불리는 가나의 해안은 노예무역의 전진기지였고, 아샨티족은 주로 노예를 포획하는 일을 했다.

잔디와 꽃이 만발한 나일강을 날이면 날마다 떠다니며 발그레한 클레오파트라의 뺨을 공공연히 희롱하고, 햇살 좋은 갑판에서 살구빛 넓적다리를 태우던 마르쿠스 안토니우스처럼 군다네. 하지만 육지에 오르면 이런 유약함은 다 사라져버려. 거들먹거리며 산적 같은 모습을 뽐낸다고 해야 하나. 화려한 리본이 달린 모자를 삐딱하게 눌러쓴 모습이 잘난 척하는 그들의 모습을 잘 보여주지. 배를 타고 지나가는 그들의 모습은 주변 마을에 사는 명랑하고 순박한 사람들에게 공포의 대상이 아닐 수 없어. 거무튀튀한 얼굴과 거들먹거리는 걸음 때문에 도시에서도 그들은 기피 대상이 되지. 언젠가 내가 그 운하를 방랑하다가 어떤 운하 사람에게 신세를 진 일이 있다네. 그에게 진심으로 고맙다고 했지. 은혜를 모르는 사람은 되고 싶지 않네. 폭력배들이 부자들을 약탈하는가 하면 동일한 그 손으로 곤경에 빠진 이방인을 돕기도 하는 것은 그들의 폭력성을 보완하는 주요한 자질 중 하나인 경우가 많네. 요컨대 운하 생활이 거칠고 험하다는 것은, 운하 생활을 졸업한 사람들이 우리 포경업계에도 많이 들어오는데, 시드니에서 온 선원들을 제외하고, 그자들만큼 선장의 불신을 받는 족속도 없다는 데서 알 수 있어. 또 이 문제에서 우리의 호기심을 여전히 북돋우는 사실은, 운하 근처의 시골에서 태어난 수많은 젊은이들이 기독교의 영향이 강한 옥수수 경작 지대에서 가장 야만적인 바다를 경작하는 무모하고 거친 포경선 생활로 넘어갈 때, 반드시 대운하에서 소정의 견습 기간을 거친다는 거야."

"알았다, 알았어!" 돈 페드로가 격렬히 외치다가 치차를 소매에 쏟았다. "여행을 다닐 필요가 없어. 세상 전체가 리마니까. 지금까지 날씨가 온화한 북반구에서는 사람들이 모두 산처럼 차갑고 신성한 줄 알았는데, 자네 이야기를 들어보니 사람은 어디를 가나 똑같군. 자, 이야기를 계속하게."

"아까 호수 사람이 돛대 밧줄을 흔드는 부분까지 이야기했지. 그가 밧줄을 흔들자마자 하급 항해사 세 명과 작살잡이 네 명이 벼락같이 나타나 그를 둘러싸고 갑판 쪽으로 몰고 갔어. 하지만 운하 사람 두 명이 불길한 혜성처럼 밧줄을 타고 내려오더니 그 소란 속에 뛰어들어 자기네 동료를 앞갑판 쪽으로 데려가려 했어. 다른 선원들도 운하 사람들을 도우면서 한동안 소란이 계속되었지.

그동안 용맹하신 선장은 소란의 현장에서 멀찌감치 서서 포경용 창을 휘두르며 저 극악무도한 악당을 두들겨 패서라도 뒷갑판으로 끌고 오라는 지시를 항해사들에게 내렸어. 이따금 난투의 현장 가장자리까지 다가가서 항명으로 자신을 열 받게 한 자를 창으로 쿡쿡 찌르려고 했지. 하지만 스틸킬트와 그를 돕는 두 악당은 항해사와 작살잡이가 모두 달려들어도 당해낼 수 없을 정도로 힘이 엄청 셌어. 마침내 앞갑판을 장악하는 데 성공한 그들은 재빨리 커다란 나무통 서너 개를 양묘기 바로 옆에 나란히 붙여서 바리케이드를 만들었어. 이들 바다의 파리 혁명 시민들은 그 바리케이드 뒤로 몸을 숨겼지.

'해적 놈들아, 거기서 나와라! 바리케이드에서 나와!' 선장은 방금 급사가 가져온 권총을 양손에 들고 그들을 위협하며 소리쳤어. '빨리 나오란 말이다, 이 살인자 놈들아!'

스틸킬트는 바리케이드 위에 올라서서 이리저리 걸어 다니며 쏠 테면 쏴보라고 도발했어. 하지만 자기를 죽이면 선원 전체가 피비린내 나는 반란을 일으킬 것이라는 점도 분명히 일러주었지. 선장은 사태가 정말 그렇게 흘러갈까 봐 두려운 마음에 태도가 약간 누그러졌지만, 그래도 당장 제자리로 돌아가서 맡은 일을 하라고 계속 명령했어.

'그렇게 하면 우리를 처벌하지 않겠다고 약속할 거요?' 그들의 주동자가 물었어.

'돌아가! 제자리로 돌아가! 나는 약속 따위는 하지 않는다. 돌아가서 일해. 이렇게 위험한 때 작업을 중단하다니 배를 가라앉힐 생각이야? 제자리로 돌아가!' 선장은 다시 권총을 쳐들었어.

'배가 가라앉는다고?' 스틸킬트가 소리쳤어. '그럼, 가라앉으라지. 우리한테 손끝 하나 대지 않겠다고 약속하지 않으면 우리는 한 명도 돌아가지 않을 거요. 자네들은 어떻게 생각하나?' 그는 동료들을 돌아보며 물었어. 동료들은 우렁찬 환호로 대답을 대신했지.

호수 사람은 선장을 계속 주시하면서 바리케이드 위를 왔다 갔다 했어. 그리고 이런 말을 툭툭 내뱉었지. '이건 우리 잘못이 아니야. 우리가 바라던 일이 아니라고. 나는 망치를 치우라고 말했을 뿐이야. 갑판 청소는 급사가 할 일이었어. 그는 이런 일이 벌어지기 전에 내가 어떤 놈인지 알고 있었을 거야. 나는 가만히 있는 들소를 찌르지 말라고 분명히 경고했어. 젠장, 그자의 턱을 치다가 손가락이 부러진 것 같아. 이봐, 앞갑판 선실에 고기 써는 칼 있지? 이보게들, 거기 양묘기 막대 조심해. 어이쿠, 선장, 조심하시오. 뭐라고 말 좀 해보쇼. 바보처럼 굴지 말고 이 일은 싹 잊읍시다. 우리는 제자리로 돌아갈 준비가 됐소. 관대하게 대해주면 시키는 대로 하겠소. 하지만 매질은 용납할 수 없소.'

'제자리로 돌아가. 약속 따위는 하지 않아. 어서 돌아가!'

'이것 보시오.' 호수 사람은 선장에게 팔을 내두르며 소리쳤어. '나를 포함해 여기 있는 선원들은 이번 항해에만 배를 타기로 되어 있소. 선장도 알다시피 우리는 배가 닻을 내리자마자 배에서 내릴 권리가 있소. 그러니 소란을 피우고 싶지는 않소. 그런 건 관심도 없다고. 우리는 평화롭게 지내고 싶소. 다시 일할 준비는 되어 있지만 매질은 당하지 않을 거요.'

'제자리로 돌아가!' 선장은 고함을 쳤어.

스틸킬트는 주위를 잠시 돌아보더니 이렇게 말했어. '선장, 솔직히 말해서 우리는 당신을 죽이고 싶지 않고, 저 하찮은 악당 때문에 목이 매달리고 싶지도 않소. 당신이 우리를 공격하지 않으면 우리도 당신을 건드리지 않을 거요. 하지만 매질하지 않겠다고 약속하지 않으면 우리는 손 하나 까딱하지 않을 거요.'

'그렇다면 너희들 모두 앞갑판 선실로 내려가. 진저리가 날 때까지 거기서 못 나올 줄 알아. 자, 어서 내려가.'

'내려갈까?' 주동자가 동조자들에게 물었어. 대부분은 반대했지만 결국 스틸킬트의 뜻을 따라 동굴로 들어가는 곰처럼 으르렁거리며 그들의 어두운 소굴로 사라졌어.

모자를 쓰지 않은 호수 사람의 머리가 갑판 널빤지와 수평이 되자마자, 선장과 그의 무리는 바리케이드를 뛰어넘어 재빨리 승강구 뚜껑을 닫고는 선장 편에 선 선원들을 그 위에 서 있게 했어. 그리고 큰 소리로 급사를 불러 선장실 승강구에 달려 있는 큼직한 놋쇠 자물쇠를 가져오게 했지. 선장은 승강구 뚜껑을 약간 열고 틈새로 뭔가를 속삭이더니 다시 닫고 자물쇠를 채웠어. 그렇게 10명이 아래 선실에 갇히고, 갑판에는 그때까지 중립을 지킨 20명 정도가 남았지.

간부 선원들은 밤새 한숨도 자지 않고 앞갑판과 뒷갑판, 특히 앞갑판의 승강구와 현창을 감시했어. 반란자들이 선실 칸막이벽을 부수고 뛰쳐나올까 봐 두려웠던 거야. 하지만 어둠 속의 시간은 무사히 지나갔고, 여전히 자리에 남아 있던 자들이 열심히 펌프질하느라 덜커덩거리는 소리만 음산한 밤을 뚫고 배 전체에 우울하게 울려 퍼졌어.

날이 밝자 선장은 앞쪽으로 가서 갑판을 두드리며 죄수들에게 일하러 나오라고 말했어. 하지만 그들은 큰 소리로 거부했어. 그래도 선장은 선실로 물을 내려주고 건빵 두 줌을 던져준 다음 다시 자물쇠를 채우고 열쇠를 호주머니에 집어넣은 채 뒷갑판으로 돌아갔지. 사흘 동안 하루에 두 번씩 같은 일을 되풀이했어. 그런데 나흘째 되는 날 아침에 선장이 여느 때처럼 일하라고 그들을 부르자 아래에서 말다툼하는 소리에 이어 드잡이하는 소리가 들려왔어. 그리고 갑자기 선원 네 명이 갑판 위로 뛰쳐나오더니 일을 하겠다고 말했지. 밀폐된 공간의 악취와 굶어죽기 딱 좋은 식사, 결국 처벌을 당할 것이라는 두려움까지 겹쳐 자발적으로 항복하게 된 거야. 이에 고무된 선장은 나머지 선원들에게도 자기 일로 돌아가라는 요구를 반복했지만, 스틸킬트는 헛소리 집어치우고 지옥이나 가라고 욕을 퍼부었어. 닷새째 되는 날 아침에는 반란자 중 세 명이 간절히 만류하는 손을 뿌리치고 갑판 위로 나왔어. 이제 선실에 남은 사람은 세 명뿐이었어.

'이제 제자리로 돌아가는 게 좋을 거야!' 선장이 매정하게 비웃으며 말했어.

'그 입이나 닥치시지.' 스틸킬트가 소리쳤어.

'흥, 그래? 좋을 대로 해.' 선장은 그렇게 말하고 자물쇠를 다시 잠갔어.

바로 그 순간 스틸킬트는 그때까지 한마음 한뜻으로 움직여온 운하 출신의 두 동료에게 제안했어. 다음번에 선장이 부르러 오면 이 지옥 같은 곳을 뛰쳐나가 예리한 고기 칼(양쪽에 손잡이가 달린 초승달 모양의 길고 묵직한 칼)을 들고 기움돛대에서 고물 난간까지 돌진하며 필사적으로 싸워서 배를 장악하자는 이야기였어. 동료 중에 일곱 명이나 배신하는 바람에 엄청 열을 받은 데다가 방금 선장에게 조롱을 당하니 가슴이 쿡쿡 쑤시고, 절망의 창자처럼 어두운 곳에 오랫동안 갇혀 있어 미칠 지경이었거든. 스틸킬트는 두 사람이 따라오든 말든 혼자서라도 그렇게 할 거라고 말했어. 이런 소굴에서 지내는 것도 오늘밤이 마지막이라고. 두 동료는 그의 계획에 반대하지 않고 기꺼이 그럴 준비가 되어 있다고 말했어. 항복만 아니라면 더한 일도 할 수 있다고도 했어. 더욱이 돌진해야 할 순간이 오면 자기가 맨 먼저 뛰쳐나가겠다고 고집했지. 하지만 주동자는 격렬히 반대하면서 자기가 선두에 서야 한다고 주장했어. 특히 두 동료가 양보하려 하지 않고, 계단은 한 번에 한 사람만 올라갈 수 있으므로 둘 다 선두가 될 수는 없는 노릇이라며. 그런데 친구들, 여기서 두 악당의 교묘한 술수가 시작되었다네.

주동자의 광기 어린 계획을 들으며 두 선원의 마음속에 똑같이 배신의 계획이 떠오른 것 같아. 비록 열 명의 반란자 중에 자신들이 마지막으로 남기는 했지만, 셋 중에서 가장 먼저 갑판 위로 나와 항복하면 약간이나마 정상 참작을 받아 감형되지 않을까 하는 속셈이었지. 그런데 스틸킬트가 끝까지 선두에 서겠다고 말하자 두 악당 사이에 미묘한 공감대가 형성되면서 그때까지 감추고 있던 배신의 비밀을 서로 공유하게 된 거야. 주동자가 잠들자 두 사람은 단 세 마디 말로 서로의 속셈을 털어놓은 뒤, 잠든 그를 밧줄로 묶고 입에도 재갈을 물렸어. 그런 다음 한밤중에 고래고래 소리를 지르며 선장을 불렀지.

살인이 벌어졌다고 생각한 선장과 무장한 항해사들과 작살잡이들은 어둠 속에서 피 냄새를 찾아 앞갑판으로 달려갔어. 잠시 후 승강구 뚜껑이 열리고 배신한 동료들이 손발이 묶인 채 버둥거리는 주동자를 위로 밀어 올리고는, 무자비한 살인을 계획한 자를 붙잡은 공로가 서로 자기에게 있다고 주장했어. 하지만 두 사람도 주동자와 함께 목에 밧줄이 걸렸고 죽은 소처럼 갑판을 질질 끌려다닌 뒤, 세 개의 고깃덩어리처럼 윗돛대 밧줄에 매달린 채 아침을 맞이했지. '이 빌어먹을 놈들아. 독수리도 네놈들의 고기는 안 먹으려 할 거야, 이 악당 놈들.' 선장은 그들 앞에서 왔다 갔다 하면서 소리쳤어.

해가 뜨자 선장은 모든 선원을 집합시켜놓고 반란에 가담했던 자들과 가담하지 않았던 자들을 갈라놓았어. 그런 다음 반란에 가담했던 자들에게 말하길 너희 모두를 매질하고 싶다, 정의를 위해 그렇게 하고 싶고 마땅히 그래야 하지만 현재 배가 좋지 않은 상황에 처했고, 네놈들이 자발적으로 항복했다는 점을 감안해 훈방 조치를 하겠다고 했어. 그리고 말한 대로 특유의 사투리를 쓰며 그들을 꾸짖었지.

그런 다음 선장은 밧줄에 매달린 세 놈에게 고개를 돌렸어. '썩은 고기 같은 악당 놈들아. 네놈들은 몸뚱이를 잘게 썰어서 기름 솥에다 처박고 싶다.' 그는 있는 힘을 다해 채찍용 밧줄로 두 배신자의 등을 갈겼어. 그자들은 곧 비명도 지르지 못하고 다만 저 십자가에 매달린 두 도둑처럼 모가지를 힘없이 옆으로 떨어트린 채 죽은 듯이 매달려 있었지.

'네놈들 때문에 손목을 삐었잖아!' 마침내 선장이 소리쳤어. '그렇지만 끝까지 항복하지 않은 이 싸움닭 같은 놈아, 네놈을 매질할 밧줄은 충분히 남아 있어. 저놈 입에서 재갈을 빼라. 무슨 말을 하는지 한번 들어보자.'

탈진한 반란자는 잠시 경련을 일으키는 듯이 턱을 부르르 떨더니 고통스럽게 머리를 돌리면서 쉰 소리로 말했어. '내가 말하려는 건 이거다. 잘 들어. 만약 나를 매질한다면 네놈을 죽여버리겠어!'

'네놈이 그런 식으로 말해? 어디 내가 얼마나 겁먹었는지 한번 보여주지.' 선장은 매질을 하려고 밧줄을 뒤로 뺐어.

'그만두는 게 좋을 거야.' 호수 사람이 식식거렸어.

'아니, 나는 해야겠어.' 선장은 세게 내리치려고 다시 한번 밧줄을 뒤로 뺐어.

그때 스틸킬트가 선장에게만 들리는 목소리로 중얼거렸는데, 그 소리를 들은 선장이 놀랍게도 펄쩍 물러서더니 잰걸음으로 갑판을 왔다 갔다 하다가 갑자기 밧줄을 내던지며 말했지. '못 하겠어. 저놈을 풀어줘. 내려주라니까. 내 말 안 들려?'

하급 항해사들이 그 지시를 이행하기 위해 황급히 달려가는데, 머리에 붕대를 둘러맨 창백한 남자가 그들을 멈춰 세웠어. 일등항해사 래드니였어. 턱을 세게 얻어맞아 이후로 쭉 선실에 누워 있었지. 하지만 그날 아침 갑판의 소란스러운 소리를 듣고 밖으로 나와 그 광경을 다 지켜보고 있었던 거야. 입이 크게 찢어져서 말도 제대로 할 수 없었지. 하지만 선장이 감히 하지 못한 일을 자기는 얼마든지 할 수 있다는 식으로 중얼거렸어. 그는 밧줄을 빼앗아 쥐고서는 양손이 묶여 있는 적수 쪽으로 걸어갔어.

'네놈은 비겁자야!' 호수 사람이 식식거렸어.

'그래, 이거 맛이나 봐라.' 항해사가 그를 내리치려 하는 순간, 또다시 호수 사람이 뭐라고 속삭이자 그는 팔을 치켜든 채 잠시 멈췄어. 하지만 스틸킬트가 뭐라고 협박했든지 간에 더는 머뭇거리지 않고 자기가 말한 대로 했지. 그런 다음 세 명의 반란자는 밧줄에서 내려졌고, 선원들은 모두 제자리로 돌아갔으며, 침울한 선원들이 돌리는 양수 펌프는 예전처럼 시끄러운 소리를 내며 돌아갔지.

그날 저녁 날이 어두워지자 당직 선원이 갑판 아래로 내려갔을 때 떠들썩한 소리가 들려왔어. 그러더니 두 배신자 선원이 벌벌 떨며 위로 올라와서는 선장실 문 앞으로 가서 다른 선원들과 함께 있지 못하겠다고 읍소했어. 아무리 달래고 때리고 발길로 차도 막무가내로 돌아가지 않으려 해서 선장은 그들의 요구대로 그들을 고물 쪽 선창에 가두어 보호해주기로 했어. 하지만 나머지 선원들 사이에서 반란이 일어날 기미는 없었어. 오히려 스틸킬트의 사주를 받아 온전히 평화를 유지하고 철저히 지시를 따르다가 배가 항구에 도착하는 즉시 집단 탈주를 하기로 결심한 듯 보였지. 하지만 항해를 가능한 한 빨리 끝내기 위해 다들 합의한 사항이 있었는데, 고래를 발견해도 절대 소리치지 말자는 것이었어. 배에 물이 새고 다른 여러 위험한 일도 일어났지만, 타운호호는 여전히 돛대 꼭대기에 망꾼을 올려 보냈고, 선장은 배가 고래 어장에 처음 들어선 날 못지않게 고래를 추격하기 위해 보트를 내릴 만반의 준비가 되어 있었어. 일등항해사 래드니도 언제든 침대에서 떨치고 일어나 보트에 탈 용의가 있었고, 입에 붕대를 두르고 있으면서도 언제든 고래의 치명적인 아가리에 재갈을 물리고 싶어 했어.

호수 사람은 복종하는 태도를 취하라고 선원들을 설득했지만, 자신의 심장을 찌른 놈에게 (적어도 항해가 끝나기 전에) 복수하겠다는 생각을 마음속에 은밀히 품고 있었지. 그는 일등항해사 래드니의 당직조에 들어가 있었어. 정신 나간 항해사는 파멸을 자초하려는 듯이 밧줄에 매달려 있던 스틸킬트를 때린 뒤에도 선장이 극구 말리는데도 불구하고 야간 당직조의 조장을 맡겠다고 우겼지. 이런 사실과 그밖에 한두 가지 상황을 감안해 스틸킬트는 체계적으로 복수 계획을 짰어.

래드니는 선원답지 않게 밤이면 뒷갑판의 뱃전에 앉아 그보다 좀 더 높은 데 매달아놓은 보트의 뱃전에 팔을 기대는 습관이 있었어. 그가 이런 자세로 가끔 잠을 잔다는 것은 잘 알려진 사실이야. 보트와 본선 사이에는 상당한 공간이 있었고 그 아래로 파도가 넘실거렸지. 스틸킬트는 당직 시간을 계산해보더니 자신이 키를 잡게 될 때가 동료들에게 배신을 당한 날로부터 사흘째 되는 날 새벽 두 시쯤인 것을 알았어. 그는 갑판에서 당직을 설 때면 틈틈이 무언가를 정성 들여 짜면서 시간을 보냈어.

'뭘 그렇게 짜고 있나?' 한 동료가 물었어.

'자네 생각은 어떤가? 이것이 뭐처럼 보이나?'

'자루의 주둥이를 죄는 끈 같은데. 하지만 끈치고는 좀 괴상해 보이는군.'

'그래, 좀 괴상하지.' 호수 사람이 그 물건을 들고 팔을 쭉 내밀며 말했어. '하지만 꽤 쓸 만할 거야. 이봐, 끈이 부족한데 혹시 가진 게 좀 있나?'

그러나 앞갑판에는 그런 끈이 없었어.

'그럼 가서 래드 형님에게 좀 달라고 해야겠군.' 그는 뱃고물로 가려고 일어섰어.

'그자한테 구걸할 생각은 아니지?' 동료 선원이 말했어.

'왜 못해? 내게 그런 편의를 좀 안 봐줄 것 같나? 결국에는 자신에게도 도움이 될 텐데 말이야.' 스틸킬트는 항해사에게 가서 그물 침대를 수리하는 데 필요하니 끈을 좀 달라고 부탁했고, 래드니는 끈을 내주었어. 이후로 그 끈이나 밧줄은 찾아볼 수 없었어. 그런데 다음 날 밤 스틸킬트가 베개 대신에 쓰려고 코트를 접어 그물 침대 안에 쑤셔 넣었을 때, 상의 호주머니에서 그물로 단단하게 동인 쇠구슬이 굴러 나올 뻔했지. 24시간 후 그는 키잡이 당번을 하기로 되어 있었어. 선원들 곁에 늘 파여 있는 무덤 위에서 걸핏하면 조는 자에게 운명의 시간이 다가오고 있었던 거야. 미래를 내다보는 스틸킬트의 마음속에서 일등항해사는 쇠구슬을 맞아 이마가 깨진 채 축 늘어지고 차갑게 굳은 시신에 지나지 않았지.

하지만 친구들, 어떤 바보가 유혈 낭자한 복수극에서 그 살인 미수자를 구해주었다네. 하지만 스틸킬트는 자기 손 하나 대지 않고 완벽한 복수를 할 수 있었지. 무슨 운명의 장난인지는 모르겠지만 하늘이 개입해 스틸킬트가 저지를 뻔한 끔찍한 일을 대신 해주었거든.

다음 날 동틀 무렵 선원들이 갑판 청소를 하고 있을 때, 주돛대 사슬에서 물을 퍼내던 어떤 멍청한 테네리페섬 출신의 선원이 갑자기 소리쳤어. '저기 고래가 간다! 저기 고래가 간다!' 맙소사, 엄청난 고래였어! 바로 모비 딕이었지.

"모비 딕이라고?" 돈 세바스티안이 소리쳤다. "이런 세상에! 이봐, 고래도 세례명이 있나? 자네 누구를 모비 딕이라고 부르는 건가?"

"온몸이 하얀 아주 유명한 고래야. 아주 치명적인 불멸의 괴물이지. 자세히 이야기하려면 너무 길어."

"얼마나, 어떻게 긴데?" 스페인 젊은이들이 모두 달려들며 소리쳤다.

"아니야, 아니야, 이러지들 마. 그 이야기는 지금 할 수 없어. 이봐 친구들, 숨 좀 쉬자."

"치차! 치차를 가져와!" 돈 페드로가 소리쳤다. "정력적인 우리 친구가 기절할 것 같아. 이 친구 빈 잔에 술을 채워!"

"그럴 필요 없어, 친구들. 잠시만 기다려. 이야기를 계속할 테니까. 배에서 50미터도 안 되는 거리에 흰 고래가 갑자기 나타난 것을 보고 이 테네리페 선원은 선원들끼리 약속한 것도 잊고 자기도 모르게 본능적으로 괴물이 나타났다고 소리친 거야. 사실은 세 돛대의 망꾼들도 얼마 전부터 그 고래를 발견했지만 시무룩하게 보고만 있었거든. 어쨌든 선상은 광란의 도가니가 됐어. '흰 고래다, 흰 고래!' 선장도 항해사도 작살잡이도 모두 소리쳤어. 그들은 무시무시한 모비 딕의 소문을 들어서 알고 있었지만 그토록 유명하고 값나가는 고래를 잡지 못해 안달이 났거든. 하지만 고집스러운 선원들은 욕설을 중얼거리면서도 거대한 우윳빛 덩어리의 오싹한 아름다움을 곁눈질하며 보았지. 수평선에서 비치는 햇살을 받아 푸른 아침 바다에서 하얗게 빛나는 오팔처럼 녀석은 헤엄치고 있었어. 친구들, 이 사건 전체에는 마치 이 세상의 지도가 만들어지기 전에 이미 계획된 일인 것처럼 일종의 기이한 운명이 깃들어 있었던 것 같아. 반란의 주동자가 일등항해사 보트의 맨 앞에 자리 잡은 노잡이인 데다가, 고래에 다가갈 때 래드니가 창을 들고 뱃머리에 서면 그 옆에 앉아 지시에 따라 밧줄을 잡아당기거나 늦추는 것이 그의 임무였지. 더욱이 보트 네 척이 내려졌을 때, 항해사의 보트가 선두에 나섰어. 노를 저으면서 스틸킬트만큼 기뻐하며 맹렬히 소리를 지른 사람도 없었을 거야. 힘차게 노를 저은 끝에 작살잡이가 고래의 몸에 작살을 꽂았고, 래드니는 창을 들고 뱃머리로 뛰쳐나갔어. 그는 보트에 오르면 사납기 짝이 없었지. 입에 붕대를 감고 있어도 자기를 고래 등짝 맨 위에 올려놓으라고 소리를 질러댔어. 노잡이는 아무런 거리낌 없이 바람 부는 쪽으로 뱃머리를 돌렸고, 흰 고래가 가른 두 갈래의 포말이 합쳐져 눈앞이 제대로 보이지 않는 물보라를 헤치고 맹렬히 나아갔어. 그러다가 갑자기 보트가 암초 같은 고래 등에 부딪혀 옆으로 기울어지면서 서 있던 항해사가 보트 밖으로 떨어지고 말았지. 그가 고래의 미끄러운 등 위로 떨어진 순간, 보트는 균형을 잡으며 똑바로 서서 파도에 밀려 한쪽으로 밀려났고, 래드니는 고래의 반대편 옆구리로 미끄러져 바다에 떨어지고 말았어. 물보라를 뚫고 헤엄쳐 나온 래드니가 모비 딕의 시야에서 벗어나려고 죽을힘을 다해 버둥거리는 모습이 잠시 베일 같은 물보라 사이로 희미하게 보였어. 하지만 고래가 갑자기 소용돌이를 일으키며 달려들었고, 헤엄치고 있는 그를 두 턱 사이에 꽉 문 채 공중에 솟구치더니 물속 깊이 잠수하고 말았지.

한편 기우뚱했던 보트의 밑바닥이 탁 하고 다시 수면을 친 순간, 호수 사람은 소용돌이에서 벗어나기 위해 밧줄을 풀었고, 상황을 침착하게 지켜보면서 나름대로 생각했지. 하지만 갑자기 보트가 엄청난 힘에 의해 물속으로 끌려가자 재빨리 칼을 꺼내 밧줄을 끊어버렸어. 밧줄이 끊기며 고래는 자유의 몸이 된 거야. 그런데 약간 떨어진 곳에서 모비 딕이 다시 물 위로 솟구쳤는데, 아 글쎄 녀석의 이빨 사이에 래드니의 너덜너덜해진 빨간 모직 옷 조각이 펄럭이지 뭔가. 네 척의 보트가 다시 추격을 시작했지만, 고래는 교묘히 피한 뒤 마침내 완전히 모습을 감추고 말았어.

얼마 안 있어 타운호호는 항구에 도착했어. 문명인은 찾아볼 수 없는 한적한 미개의 땅이었지. 그곳에서 앞돛대 선원 대여섯 명만 제외하고 모든 선원이 호수 사람을 따라 야자나무 사이로 유유히 달아나버렸어. 나중에 안 사실이지만, 그들은 야만인들이 전투용으로 쓰는 카누를 탈취해 다른 항구로 떠났다고 하더군.

선원이 몇 명 남지 않았기 때문에 선장은 섬사람들을 찾아가 배를 옆으로 기울여서 물이 새는 것을 막는 일을 도와달라고 했어. 하지만 이 위험한 일꾼들을 몇 명 안 되는 백인 선원들이 밤낮으로 감시해야 했고, 작업도 너무 힘들고 과중한 나머지 배가 다시 바다에 나갈 준비를 마쳤을 때는 다들 몸이 너무 쇠약해져 있었어. 선장은 그들을 데리고 그토록 무거운 배를 출항시킬 수가 없었어. 그래서 간부 선원들과 상의한 끝에 배를 가능한 한 섬에서 멀리 떨어진 바다 위에 정박시켰어. 그리고 포탄을 장전한 대포 두 문을 뱃머리에 놓고, 고물에는 머스킷총들을 늘어놓은 다음, 섬사람들에게 배에 접근하면 죽인다고 위협하고 그들 중 한 명을 인질로 배에 태운 뒤, 가장 좋은 포경 보트를 내려서 돛을 단 후 순풍을 등에 업고 800킬로미터 떨어진 타히티섬으로 달렸어. 선원을 모집하러 간 거야.

보트로 항해한 지 나흘째 되는 날, 낮은 산호초에 닻을 내린 듯한 커다란 카누를 발견했어. 선장은 카누를 피해서 가려고 했지만 그 난폭한 배가 쫓아오는 거야. 이윽고 보트를 멈추지 않으면 들이받아 침몰시켜버리겠다고 소리치는 스틸킬트의 목소리가 들려왔어. 선장은 곧장 권총을 꺼내들었어. 두 척을 연결한 전투용 카누의 양쪽 뱃머리에 한 발씩 딛고 선 호수 사람은 코웃음을 치면서 권총의 안전장치를 푸는 소리만 들려도 배를 물거품 속에 파묻어버리겠다고 위협했어.

'원하는 게 뭐냐?' 선장이 소리쳤어.

'어디 가시오? 거기 가는 목적이 뭐요? 거짓말은 하지 말고.' 스틸킬트가 말했어.

'선원을 모집하러 타히티에 간다.'

'좋아. 잠시 당신 보트에 타겠소. 싸우려는 게 아니오.' 그는 이렇게 말하고는 카누에서 뛰어내려 헤엄쳐 와서는 보트 뱃전으로 올라와 선장과 얼굴을 마주했어.

'선장, 팔짱을 끼고 고개를 젖힌 다음 내가 하는 말을 따라하시오. 나는 스틸킬트가 보트에서 내리면 이 보트를 저 섬에 대고 엿새 동안 꼼짝하지 않고 머물겠다. 그렇지 않으면 벼락을 맞아도 좋다.' 선장은 그대로 따라했어.

'아주 똑똑한 학생이군.' 호수 사람이 웃으며 말했어. '잘 계시오, 선장.' 그는 다시 바다에 뛰어들어 동료들에게 돌아갔어.

선장의 보트가 섬에 접안하고 코코넛나무 아래까지 끌어올려진 것을 확인한 뒤, 스틸킬트는 다시 항해를 시작했고 곧 원래 목적지인 타히티에 도착했어. 거기서는 행운이 그를 도왔지. 두 척의 배가 프랑스로 떠날 예정이었는데, 딱 스틸킬트가 데려온 선원들의 수만큼 인력이 필요했던 거야. 그들은 배에 올랐고 그곳을 영영 떠났어. 그러니 설령 옛 선장이 그들에게 법적 제재를 가하려 했더라도 아무 소용없게 된 거야.

프랑스 배가 떠나고 나서 열흘 정도 지난 후 포경 보트가 그곳에 도착했어. 선장은 바다에 어느 정도 익숙하고 문명화된 타히티 사람을 선원으로 모집할 수밖에 없었지. 선장은 원주민의 작은 돛단배를 빌려 새로 모집한 선원들을 태우고 본선으로 돌아왔어. 대기 중이던 배는 아무 이상이 없었고, 그래서 다시 항해를 시작했다네.

친구들, 스틸킬트가 지금 어디 있는지는 아무도 몰라. 하지만 낸터킷섬에서는 래드니 부인이 지금도 망자의 시신을 돌려주지 않는 바다를 하염없이 바라보고 있어. 남편을 죽인 흰 고래를 아직도 꿈에서 보고 있다지.

✽ ✽ ✽

"다 끝난 건가?" 돈 세바스티안이 조용히 물었다.

"응, 돈."

"그렇다면 부탁인데 솔직히 말해주게. 자네가 들려준 이야기가 정말 실제로 일어난 일이라고 생각하나? 너무 놀라운 이야기라서 그래! 정말 믿을 만한 사람한테서 들은 이야기가 맞나? 내가 너무 다그치는 것 같은데 그래도 이해해 주길 바라네."

"선원 친구, 우리도 모두 돈 세바스티안과 같은 생각이니 이해해주기 바라네." 다른 두 사람도 몹시 흥미진진해하며 소리쳤다.

"친구들, 여기 황금 여관에 『성경』이 있을까?"

"없네." 돈 세바스티안이 말했다. "하지만 이 근처에 훌륭한 신부님 한 분이 계신데, 그분이라면 당장 『성경』을 구해줄 거야. 내가 가서 가져오지. 그런데 자네 진심인가? 이거 너무 진지한 거 아니야?"

"돈, 그렇다면 그 신부님도 모셔올 수 있을까?"

"이제 리마에는 이교도를 화형에 처하는 일은 없지만, 이 친구 자칫 잘못하면 대주교에게 이단 심판을 받을 위험이 있어." 한 친구가 다른 친구에게 말했다. "달빛의 주술에서 벗어나는 게 좋겠어. 이렇게까지 할 필요는 없을 것 같은데 말이야."

"돈 세바스티안, 자꾸 부탁해서 미안한데, 이왕이면 가장 큰 『성경』으로 가져다줄 수 없겠나?"

✽ ✽ ✽

"내가 말한 신부님이야. 『성경』도 가져오셨어." 키가 크고 근엄해 보이는 신부와 함께 돌아온 돈 세바스티안이 엄숙히 말했다.

"모자를 벗겠습니다. 존경하는 신부님, 여기 불빛이 있는 곳으로 와서 제가 손을 얹을 수 있게 제 앞에서 『성경』을 들어주십시오.

하느님, 굽어 살피소서. 내 명예를 걸고 맹세하건대, 친구들이여, 내가 자네들에게 들려준 이야기의 중요한 부분은 모두 사실이네. 나는 그것이 사실임을 아네.[163] 그것은 이 지구에서 일어난 사건이고, 나는 그 배를 내 발로 디뎠고, 그 배의 선원들을 알고 있다네. 래드니가 죽은 후에 스틸킬트를 만나서 이야기를 나눈 적도 있네."


## 55장  말도 안 되는 고래 그림들

이제 곧 캔버스 없이 고래 그림을 한번 제대로 그려 보이려 한다. 포경선 뱃전에 고래가 통째로 매달려 있어 그 위로 걸어 다닐 수 있을 정도로 가까운 거리에서 고래잡이의 눈에 비친 고래의 실제 모습을 묘사하려는 것이다. 그 전에 오늘날까지 육지 사람들의 믿음을 크게 흔들어놓고 있는, 기이한 상상력을 발휘해 말도 안 되게 그린 고래 그림들에 대해 언급할 필요가 있을 것 같다. 지금 이야말로 그런 그림들이 모두 잘못되었다는 것을 증명해 이 문제에 대한 세상의 인식을 바로잡을 때다.

잘못된 그림의 주된 근원은 인도와 이집트, 그리스의 옛날 조각에서 찾아볼 수 있다. 창의성은 풍성하지만 부도덕했던 그 시대에는 신전의 대리석 장식판,

---

**163** 여기서 이슈메일은 스틸킬트를 만나 직접 이야기해본 적이 있다고 말하며 자신이 들려준 타운호호 이야기가 사실임을 확정짓고 있다. 이슈메일은 이 만남을 언급하기 전까지는 스틸킬트 이야기가 타운호호의 선원들이 타슈테고에게 전해준 이야기라고만 밝혔다. 이것은 스토리텔링의 신비한 측면을 상기시켜준다. 즉, 소설을 읽는 독자, 다시 말해 이슈메일의 이야기를 들어주는 리마의 친구들에게는 소설 속 이야기가 실제로 벌어진 일이라는 환상을 심어주어야 하고, 그래야만 독자가 소설 속 이야기에 더 몰입하게 된다는 것이다. 멜빌이 『모비 딕』 32장에서 고래학을, 45장에서 고래가 포경선을 들이받은 실제 사건을 열거한 것은 모두 스토리텔링의 사실성 확보를 위한 장치다.

조각상의 받침대, 방패와 작은 메달, 술잔, 동전 등에 살라딘[164]의 쇠사슬 갑옷 같은 비늘이 달려 있고 성 조지[165]의 투구 같은 것을 머리에 쓴 돌고래 그림이 그려져 있었으며, 이후로 줄곧 가장 대중적인 고래 그림들뿐만 아니라 여러 과학적인 설명에서도 신중하지 못한 태도가 널리 퍼져 있었기 때문이다.

어쨌든 고래를 그렸다는 고대 그림들 중에 현존하는 가장 오래된 것은 인도 엘레판타섬의 유명한 석굴사원에서 찾아볼 수 있다. 브라만교도의 주장에 따르면, 이 태곳적의 사원에 새겨진 무수한 조각상은 인간의 온갖 직업과 사업, 상상할 수 있는 모든 취미가 실제로 세상에 생겨나기 아주 오래전부터 그런 일들을 예시하고 있었다고 한다. 그렇다면 우리의 고귀한 포경업이 그곳에 조각되어 있다 한들 그리 놀라운 일도 아닐 것이다. 방금 말한 인도 고래는 사원의 한쪽 벽면 전체에 새겨져 있는데, 리바이어던의 모습으로 화신한 비슈누의 화신을 그린 것으로, 유식한 말로 '마츠야 아바타'라고 한다. 이 조각의 절반은 사람이고 나머지 절반은 고래인데, 고래 부분은 꼬리만 그려져 있고 그마저도 아주 엉터리로 묘사되어 있다. 넓은 야자나무 잎 같은 진짜 고래의 웅장한 꼬리라기보다는 끝으로 갈수록 가늘어지는 아나콘다의 꼬리를 더 닮았다.

하지만 역사가 오래된 미술관에 가서 위대한 기독교 화가가 그린 고래 그림을 보면, 화가 또한 고대 인도인들보다 나을 게 없다는 사실을 알게 될 것이다. 이 그림은 이탈리아 화가 구이도가 그린 것으로 바다 괴물 혹은 고래로부터 안드로메다를 구해내는 페르세우스를 묘사하고 있다.[166] 영국 화가 호가스도 똑같은 장면을 그리고서 〈공중에서 내려오는 페르세우스〉라는 제목을 붙였는데, 이 그림에 나오는 고래도 구이도의 것에 비해 나을 게 없다. 호가스의 거대

**164** 이집트·시리아의 이슬람 군주. 십자군에게 점령되었던 예루살렘을 한 세기 만에 탈환했다.

**165** 로마의 군인 출신으로 초기 기독교의 순교자이자 무인과 기사의 수호성인으로 추앙받는다.

**166** 이 책의 해제 중 '『성경』과 그리스신화' 참조.

한 괴물은 수면 위에서 넘실거리고 있지만 물보라가 전혀 일어나고 있지 않다. 등에는 코끼리 등에 얹는 가마 같은 것이 붙어 있고, 쩍 벌린 입속의 엄니 사이로 파도가 밀려들어가는 광경이 템스강에서 런던탑 안으로 물을 끌어들이던 수로 '반역자의 문'을 연상시킨다. 그밖에도 스코틀랜드의 시볼드[167]가 『자연사 서설』에서 소개한 고래들이나 옛 성서와 소기도서의 삽화로 나오는 요나의 고래 등이 있다. 이런 그림들에 대해 뭐라고 말해야 할까? 그리고 예나 지금이나 많은 책의 뒷면이나 표지에 금박으로 인쇄된 이른바 제본업자의 고래가 있다. 하강하는 닻의 자루에 고래가 포도덩굴처럼 몸을 감고 있는 그 그림은 매우 아름답기는 하지만 실제 고래와는 전혀 다른 엉터리 고래 그림이다. 아마도 고대 항아리에 새겨진 형상을 보고 모방한 것이리라. 일반적으로 이 고래를 돌고래라고 부르지만, 나는 제본업자가 고래를 그리려 했다고 본다. 그 도안이 처음 도입되었을 때의 의도가 그러했기 때문이다. 도안은 15세기경 르네상스기에 이탈리아의 한 출판업자가 도입한 것으로, 당시는 물론이고 비교적 최근까지 사람들은 돌고래를 리바이어던의 한 종으로 생각해왔다.

옛날 책들의 장식 그림이나 그 밖의 장식에서 가끔씩 아주 기이한 고래 그림을 만나볼 수 있다. 분수, 온천, 냉천, 새러토가 광천, 바덴바덴 온천 등 온갖 종류의 물기둥이 고래의 머리에서 지칠 줄 모르고 거품과 함께 솟구치는 그림 말이다. 베이컨의 『학문의 진보』 초판본의 속표지에서도 흥미롭게 생긴 고래들을 찾아볼 수 있다.

이런 비전문가들의 시도는 이제 뒤로하고, 고래를 아는 사람들이 진지하게 학문적으로 묘사한 고래 그림들을 살펴보자. 해리스가 편찬한 항해기 전집에는 1671년에 출판된 네덜란드 항해기 『'고래 속 요나'호의 선장 프리슬란트의 페터 페테르손이 스피츠베르겐으로 떠난 포경 항해』에서 발췌한 고래 그림 몇 점이 실려 있다. 그중 한 그림을 보면, 고래들이 통나무를 엮어 만든 커다란 뗏

— **167** 로버트 시볼드. 17세기 스코틀랜드의 내과 의사이자 자연과학자.

목같이 빙산 사이에 누워 있고 그 위를 백곰이 뛰어다니고 있다. 또 다른 그림에서는 꼬리를 수직으로 세우고 있는 고래를 그리는 터무니없는 실수를 저질렀다.

그리고 영국 해군의 콜넷 함장이 쓴 『향유고래 포경업의 진작을 위해 혼곶을 돌아 남태평양으로 떠난 항해기』라는 4절판 책이 있는데, 이 책에는 '1793년 8월에 멕시코 해안에서 포획하여 갑판에 끌어올린 향유고래의 축소도'라는 제목이 달린 그림이 있다. 이 생생한 그림은 함장이 부하 수병들의 교육용으로 그린 것임을 믿어 의심치 않지만 딱 한 가지 지적하고 싶은 사항이 있다. 그림에 제시된 축척에 따라 완전히 다 자란 향유고래의 눈을 그려보면, 그 길이가 1.5미터에 이르는 널찍하고 시원한 창문처럼 되어야 한다. 아 친절한 함장이여, 그 창문에서 밖을 내다보는 요나는 왜 그려 넣지 않았는가요?

어린 학생들을 위해 꼼꼼히 편집한 자연사 책들도 이와 같은 오류에서 자유롭지 못하다. 저 인기 있는 책 『골드스미스의 생물계』를 보라. 1807년에 런던에서 출간된 이 책의 축약본에는 '고래'와 '일각고래'의 도판이 실려 있다. 나는 일부러 트집 잡는 사람이 되고 싶지는 않지만, 이 보기 흉한 고래는 네 발이 절단된 암돼지 같고, 일각고래는 흘낏 보기만 해도 저절로 한숨이 나온다. 지금 같은 19세기에 히포그리프[168]처럼 생긴 엉터리 그림을 실어놓고 총명한 학생들을 속이려들다니.

1825년에는 위대한 박물학자 라세페드 백작 베르나르 제르맹이 과학적으로 체계화된 고래 책을 발간했다. 이 책에도 여러 종류의 리바이어던의 그림이 실려 있다. 이 그림들은 모두 부정확할 뿐만 아니라 그린란드고래(참고래)라고 제시된 그림을 보더니 오랜 경험으로 그 종에 대해 잘 알고 있는 스코스비조차 그에 상응하는 고래는 없다고 단언했다.

그러나 이 모든 실수 중에서도 단연 으뜸가는 자리는 유명한 퀴비에 남작의

---
**168** 상체는 독수리, 하체는 말의 형상을 한 상상의 동물.

동생이자 과학자인 프레데릭 퀴비에에게 돌아간다. 그는 1836년에 『고래의 자연사』라는 책을 발간하면서 그 책에 이른바 향유고래의 그림을 실었다. 이 그림을 낸터킷 사람에게 보여주려는 자가 있다면, 그전에 낸터킷에서 멀리 도망칠 준비부터 해두는 편이 좋을 것이다. 한마디로 말해 퀴비에의 향유고래는 향유고래가 아니라 정체불명의 호박 덩어리일 뿐이다. 그는 물론 포경업에 종사하지 않았는데(이런 사람들은 그런 경험이 전혀 없다) 이런 그림을 대체 어디에서 구한 것일까? 아마도 같은 분야의 선배인 데마레에게 얻었을 것이다. 선배는 그 진지한 실패작을 중국의 그림들에서 가져왔을 테고 말이다. 중국인들의 여러 기묘한 잔과 잔 받침대를 보면, 그들이 일단 붓을 쥐었을 때 얼마나 엉뚱한 사람이 될 수 있는지 알 수 있다.

길거리 기름 가게의 간판에 간판장이가 그린 고래 그림들은 어떨까? 간판의 고래 그림들은 대체로 등에 혹이 솟아 있고 아주 사나운 리처드 3세처럼 생겼다. 서너 명의 선원들로 만든 타르트, 다시 말해 선원들이 가득 타고 있는 포경 보트를 아침 식사로 먹으며 핏빛과 푸른빛 물감으로 칠해진 바다에서 허우적거리는 흉악한 괴물의 모습을 하고 있다.

고래를 묘사하는 과정에서 벌어진 다양한 실수들은 따지고 보면 그리 놀라운 일도 아니다. 생각해보라! 고래에 대한 대부분의 과학적인 그림들은 죽어서 해안에 떠밀려온 고래를 그린 것이다. 그런 그림을 보고 정확하다고 평가하는 것은, 반쯤 파손된 난파선을 가리키며 선체와 활대가 온전히 보존되어 그 자부심을 온 바다에 뽐내던 성한 배와 똑같다고 하는 것과 비슷하다. 코끼리는 사람들 앞에 전신을 드러내며 서 있지만, 살아 있는 리바이어던이 수면 위로 제 몸뚱이를 온전히 드러내고 초상화의 모델이 된 적은 없다. 그 웅장하고 거대한 모습은 깊이를 측량할 수 없는 바닷속에서만 볼 수 있다. 수면 위로 올라오더라도 물에 떠 있는 전함과 같이 거대한 몸뚱이의 상당 부분이 수면 아래에 잠겨 있어 보이지 않는다. 물속의 고래를 공중에 들어 올려 그 엄청난 요동질과 꿈틀거림을 그대로 본다는 것은 인간에게는 영원히 불가능한 일이다. 어린 젖먹이 고래와 이상적으로 다 자란 고래의 윤곽에 엄청난 차이가 있는 것은 따지지 않더라도, 젖먹이 고래를 갑판 위에 끌어올린 경우에도 그 형체가 참으로 괴상하고 뱀장어처럼 유연하게 바뀌기 때문에 악마조차 녀석의 정확한 모습을 표현해내지 못할 것이다.

그래도 해안에 떠밀려 온 고래의 해골을 살펴보면 고래의 진짜 형태를 알아볼 수 있지 않을까 생각할지도 모르겠다. 그러나 사정은 전혀 그렇지 않다. 리바이어던의 기이한 점 중 하나가 해골만으로는 전반적인 형태를 거의 파악할 수 없다는 것이다. 제러미 벤담의 해골[169]은 그의 유언집행자의 서재에 매달려 촛대로 사용되고 있지만, 그의 주요한 신체적 특징과 함께 굵은 눈썹을 가진 공리주의자 노신사의 면모를 정확히 전달해주고 있다. 그러나 고래의 뼈에서는 이러한 추론을 전혀 할 수 없다. 위대한 해부학자 존 헌터가 말하듯이, 뼈만 남은 고래와, 살과 가죽으로 온전히 싸여 있는 고래의 관계는 곤충과 그것을 감싸고 있는 번데기의 관계와 같다. 특히 고래의 머리 부분에서 이러한 특성은 두드러지는데, 이 점에 대해서는 뒤에 가서 부수적으로 설명하겠다.[170] 고래의 옆지느러미에서도 매우 흥미롭게 나타나는데, 이 지느러미의 뼈는 엄지손가락이 없는 사람의 손뼈와 거의 일치한다. 다시 말해 이 지느러미는 검지, 중지, 약지, 새끼손가락에 해당하는 네 개의 손가락을 온전히 가지고 있다. 다만 그 손가락은 장갑을 낀 사람의 손가락처럼 살 속에 영구히 파묻혀 있다. 하루는 익살스러운 스터브가 이런 농담을 했다. "고래가 아무리 무모하게 덤벼들어도 우리한테 권투 글러브를 벗고 싸우자는 소리는 못 하겠지."

이런 이유들 때문에 사람들이 고래를 어떻게 보든 간에 이 위대한 리바이어던은 세상에서 마지막까지 정확히 그려지지 못한 채로 남을 생명체라는 결론을 내리게 된다. 물론 어떤 고래 그림이 다른 고래 그림보다 훨씬 더 실물에 가

---

**169** 공리주의 철학자 제러미 벤담(1748~1832)은 자신의 시신을 해부 실습에 쓴 뒤 미라로 보존해달라고 유언했다. 머리는 밀랍 처리를 하고 옷을 입힌 그의 해골은 런던 대학에 전시되어 있으나 여기서 말한 것처럼 촛대로 사용된 적은 없다.

**170** 74장과 75장.

까울 수는 있겠지만, 그 그림도 아주 정확하다고 할 정도로 고래를 사실적으로 묘사하고 있지는 못하다. 따라서 지상에서는 고래가 정말 어떻게 생겼는지 정확히 알아낼 수 있는 방법이 없다. 살아 있는 고래의 윤곽을 어느 정도 파악하기 위해서는 직접 포경선을 타고 바다로 나가는 수밖에 없다. 그러자면 고래에게 들이받혀 바다 밑으로 가라앉을지도 모르는 적잖은 위험을 감수해야 한다. 그러니 리바이어던에 대한 궁금증을 지나치게 발동하지 말길 바란다.

## 56장  오류가 적은 고래 그림과 사실적인 고래잡이 그림

말도 안 되는 고래 그림과 관련해 고대와 현대의 여러 저술가, 이를테면 플리니우스, 퍼처스, 해클루트, 해리스, 퀴비에 등의 책에서 볼 수 있는 훨씬 더 말도 안 되는 고래 이야기를 하고 싶은 마음이 간절하지만, 그 이야기는 그냥 건너뛰어야겠다.

나는 향유고래를 다룬 책으로는 콜넷, 허긴스, 프레데릭 퀴비에, 빌이 각각 쓴 네 권의 책밖에 모른다. 앞장에서 콜넷과 퀴비에는 이미 언급했다. 허긴스의 책은 이 두 작가의 책보다 훨씬 낫지만 단연 뛰어난 것은 빌의 책이다. 빌이 그린 향유고래 그림은 모두 훌륭하지만, 그의 책 2장 서두에서 다양한 자세를 취하고 있는 세 마리의 향유고래 중 가운데 있는 것은 예외다. 포경 보트가 향유고래를 공격하는 속표지 그림은 응접실에 앉아 그림을 감상하는 신사들의 예의바른 척하는 회의주의에 도전하려는 의도가 틀림없지만, 대체로 감탄할 만큼 정확하고 생생하게 그려져 있다. J. 로스 브라운이 그린 향유고래 그림은 윤곽은 정확하지만 인쇄 상태가 나쁘다. 하지만 그의 잘못이 아니다.

참고래의 윤곽을 가장 잘 묘사한 그림은 스코스비 책에 들어 있지만 제대로 된 느낌을 전달하기에는 그림의 크기가 너무 작다. 그의 책에 고래를 잡는 그림은 하나밖에 없는데 그마저도 부실한 점이 애석하다. 현장에서 고래잡이들이

직접 목격하는 살아 있는 고래의 사실적인 윤곽은 잘 그렸다는 전제하에 이런 그림을 통해서만 얻을 수 있기 때문이다.

그러나 모든 사항을 감안해볼 때, 몇 가지 세부 사항이 아주 정확하지는 않지만 고래와 포경 현장을 가장 멋지게 재현한 것은 가르느레라는 프랑스 화가의 유화를 목판에 새긴 두 점의 대형 판화다. 이 판화들은 각각 향유고래와 참고래를 공격하는 장면을 묘사하고 있다. 첫 번째 판화는 바닷속 깊은 곳에서 올라와 보트 밑바닥을 들이박고 부서진 널빤지 조각을 등에 매단 채 공중으로 높이 솟구치는 모습을 힘차게 묘사하고 있다. 보트의 뱃머리는 완전히 부서지기 직전의 상태로 괴물의 등 위에 위태롭게 균형을 잡고 있으며, 아주 짧은 순간이지만 뱃머리에 서 있던 한 노잡이가 고래가 내뿜는 격렬한 물기둥에 반쯤 싸인 채 마치 절벽에서 뛰어내리는 것처럼 보트에서 탈출하려 하고 있다. 그림이 전체적으로 박진감이 넘치고 사실적이다. 반쯤 빈 밧줄통은 하얀 물거품이 가득한 바다 위에 둥둥 떠 있고, 빗나간 작살의 자루들이 물결 사이로 비스듬히 오르락내리락거린다. 고래 주위에는 선원들이 겁먹은 얼굴로 허우적거리며 헤엄치고 있고, 시커먼 폭풍우 속 저편에서 본선이 선원들을 구하기 위해 달려오고 있다. 이 고래의 해부학적인 세부 묘사에서는 심각한 오류를 찾아볼 수 있지만, 그것은 그냥 넘어가기로 하자. 나라면 평생 동안 그림을 그린다 해도 이렇게 훌륭한 그림은 그리지 못할 테니 말이다.

두 번째 판화에서는 포경 보트 한 척이 달아나는 거대한 참고래의 옆구리 쪽으로 다가가고 있다. 잡초가 자란 것처럼 조개삿갓이 덮인 검은 고래의 몸뚱이가 마치 파타고니아의 절벽에서 이끼 긴 거대한 바윗덩어리가 굴러 떨어진 것처럼 보인다. 고래가 내뿜는 물줄기는 곧고 풍성하며 검댕처럼 새까맣다. 굴뚝에서 저토록 연기가 많이 나는 것을 보면, 그 아래 거대한 창자에서 대단한 저녁 식사가 만들어지고 있겠구나 하는 생각이 든다. 바닷새들이 날아와 참고래가 그 치명적인 등에 싣고 다니는 작은 게와 조개류, 그밖에 바다의 사탕과 마카로니를 쪼아 먹는다. 그러는 동안에도 입술이 두꺼운 고래는 물결을 헤치고 앞으로 나아가며 그 뒤로 수 톤에 이르는 응유 같은 흰 물거품을 요란스럽게 남겼고, 그로 인해 가벼운 보트가 원양 증기선의 외륜 가까이로 끌려 들어간 통통배처럼 거대한 물결에 휩쓸리고 있었다. 그림의 전경은 이처럼 한바탕 소란이 벌어지고 있는 반면에 배경에는 유리처럼 잔잔한 바다와 힘없이 축 늘어진 배의 돛, 죽은 고래의 생기 없는 몸뚱이가 그려져 있어 예술적인 대조를 훌륭하게 이루고 있다. 정복당한 요새 같은 죽은 고래의 숨구멍에 꽂힌 장대에는 점령군의 깃발이 나른하게 달려 있다.

원화를 그린 가르느레가 어떤 화가인지 나는 알지 못한다. 하지만 장담하건대 그는 실제로 이 주제에 정통했거나 어느 노련한 고래잡이에게 훌륭한 가르침을 받은 것이 틀림없다. 프랑스 사람들은 움직임을 그림에 잘 담아내는 것으로 소문나 있다. 유럽의 미술관을 찾아가 수많은 그림들을 보라. 베르사유궁전 승리기념 홀의 그림들만큼 격렬한 움직임을 화폭에 살아 숨 쉬는 듯이 옮겨놓은 것을 어디에서 찾아볼 수 있겠는가? 그곳에서 관람객은 차례차례 전개되는 프랑스의 대전투 속으로 들어가 한데 뒤섞여 전투를 하듯이 그림들을 보게 된다. 그림 속에서 휘두르는 모든 칼은 북극광처럼 번쩍이고 무장한 역대 왕과 황제 들은 왕관을 쓴 켄타우로스처럼 돌격한다. 가르느레가 그린 바다 전투 그림도 승리기념 홀에 걸릴 만한 가치가 전혀 없다고 볼 수 없다.

사물의 아름다움을 생생하게 포착할 줄 아는 프랑스인의 타고난 재주는 포경 장면을 묘사한 그림과 판화에서 특히 잘 드러난다. 포경업 경험이 영국인에 비해 10분의 1이 안 되고, 미국인에 비해서는 1,000분의 1도 안 되지만, 그들은 고래잡이의 진정한 정신을 오롯이 전하는 유일한 그림을 완성해 두 나라에 제공했다. 영국과 미국의 고래 화가들은 대부분 고래의 공허한 옆모습과 같은 윤곽을 기계적으로 묘사하는 데 만족하는 듯하다. 회화적인 효과에 관한 한, 이런 그림은 피라미드의 옆면을 스케치한 것과 다를 바 없다. 참고래 학자로 유명한 스코스비조차 참고래의 뻣뻣한 전신 그림 한 점과 일각고래와 돌고래의 세밀화 서너 점을 제시하고, 보트 갈고리, 고기 써는 칼, 네 갈고리 닻 등을 새긴 고전적인 판화를 제공할 뿐이다. 이어서 레이우엔훅의 현미경과 같은 성실함을 발휘하여 북극의 눈 결정을 확대한 모사화 96점을 내놓아 세상을 놀라게 했다.

나는 이 뛰어난 항해가를 폄하할 생각은 없다(오히려 그를 노련한 대가로 존경한다). 하지만 눈 결정 그림이 그토록 중요한 것이라면 그린란드 법정에서 각 그림마다 확정 공증을 받아두지 않은 것은 분명 그의 불찰이었다.

가르느레의 유화에서 가져온 두 점의 판화 외에, 자신의 작품에 'H. 뒤랑'이라고 서명한 프랑스 사람의 판화 두 점도 주목할 만하다. 한 점은 우리의 현재 논의에 부합하지는 않지만 다른 이유로는 언급할 가치가 있다. 그것은 태평양 섬들의 고요한 대낮 풍경을 그린 것으로 해안 가까이에서 닻을 내리고 한가로이 물을 보급 받고 있는 장면을 담고 있다. 배경으로 느슨하게 늘어뜨린 돛과 야자나무의 기다란 잎이 보이는데, 둘 다 바람 한 점 없는 대기 속에서 축 늘어져 있다. 거친 고래잡이들이 동양적인 휴식에 잠겨 있는 흔치 않은 모습을 묘사하고 있다는 점에서 배경의 효과가 상당하다. 다른 한 점은 전혀 다른 분위기다. 탁 트인 바다, 고래 무리의 한복판에 포경선이 참고래 한 마리와 나란히 멈추어 서 있다. 배는 포획한 고래에서 지방 덩어리를 잘라내는 작업을 하고 있는데, 마치 부두에 접안한 것처럼 고래 옆에 달라붙어 있다. 그리고 포경 보트 한 척이 이 부산스러운 작업장을 급히 벗어나 멀리 있는 고래 떼를 추격하려 한다. 작살과 창은 수평으로 겨누어져 있고, 노잡이 세 명은 돛대를 구멍에 끼워 넣고 있으며, 보트는 갑자기 밀어닥친 파도에 앞다리를 들고 일어서 말처럼 선체가 물 위에 반쯤 서 있다. 본선에서는 고래를 끓이면서 나는 연기가 대장장이 마을에서 피어오르는 연기 같고, 바람 불어오는 쪽에서는 검은 뭉게구름이 스콜과 폭우를 예고하면서 흥분된 선원들의 작업 속도를 재촉하는 듯하다.

## 57장 그림, 이빨, 나무, 철판, 돌, 산악, 별자리 등에 나타난 고래에 관해

런던의 부둣가로 걸어내려가다 보면 타워힐 근처에서 절름발이 거지를 보게 될 것이다(선원들은 그를 '작은 닻'이라는 의미의 '케저'라고 부른다). 그는 자신이 한쪽 다리를 잃게 된 비극적인 장면이 그려진 판자 하나를 받쳐 들고 서 있다. 고래 세 마리와 보트 세 척이 그려져 있는데, 그중 한 보트(지금은 없어진 다리 한쪽이 온전히 보관되어 있을 것으로 생각되는 배)가 맨 앞에 있던 고래의 턱에 받혀 박살이 나고 있다. 사람들의 말로는 지난 10년 동안 그 남자가 그 그림을 들고 있었으며, 의심하는 사람들에게 다리가 잘려 나간 부분을 보여주었다고 한다. 하지만 이제 그의 정당함을 인정받을 때가 왔다. 그림 속의 고래 세 마리는 템스강 강변의 와핑 지구에서 발간된 그 어떤 고래 그림 못지않게 훌륭하다. 그의 다리가 잘리고 남은 그루터기는 서부 벌목지에서 볼 수 있는 여느 그루터기만큼이나 의심할 바가 없다. 그러나 그 불쌍한 고래잡이는 그 그루터기 위에 올라서 있으면서도 한 번도 연설을 한 적이 없고, 다만 눈을 내리깐 채 후회하는 심정으로 다리가 잘려 나간 순간을 곱씹으며 서 있을 뿐이다.

태평양 전역과 낸터킷항, 뉴베드퍼드항, 새그항에서도 고래와 포경 현장을 생생하게 그린 스케치를 만나볼 수 있다. 향유고래 이빨이나 참고래 뼈로 만든 부인용 코르셋의 살대, 그밖에 고래잡이들이 바다에서 여가 시간이 생길 때마다 거친 재료를 정성 들여 깎아낸 작고 독창적인 여러 발명품, 이른바 세공품에 그들이 직접 새겨 넣은 그림들이다. 그들 중에는 이런 세공품을 만들기 위해 특별히 치과용 기구처럼 보이는 도구들이 담긴 작은 도구함을 들고 다니는 사람도 있다. 하지만 대부분은 잭나이프 하나만 가지고 세공품을 만든다. 선원들에게 만능 도구인 그 칼 하나로 그들은 바다의 상상력이 시키는 대로 온갖 물건을 만들어낸다.

기독교 세계와 문명권에서 오랫동안 떨어져 있다 보면, 선원들은 불가피하게 하나님이 인간을 원래 만들어놓은 상태, 즉 야만의 상태로 돌아간다. 진정한 고래잡이는 이로쿼이족 인디언 못지않은 야만인이다. 나 자신도 식인종의 왕 외에 누구에게도 충성을 바치지 않는 야만인이지만, 언제라도 그 왕에게 반기를 들 준비가 되어 있다.

그런데 야만인이 집에서 시간을 보낼 때 보이는 특이점 중 하나가 놀라울 정도로 끈기 있게 일한다는 것이다. 고대 하와이의 전투용 곤봉이나 작살 노에 새겨진 조각들은 인내심의 승리를 말해주는 위대한 기념품으로서 그 다양함과 정교함이 라틴어 사전에 필적할 만하다. 깨어진 조개껍질이나 상어 이빨을 가지고 그런 놀랍고 기적 같은 나무 공예품을 만들어내는 것이다. 그런 물건을 하나 완성하려면 몇 년에 걸쳐 꾸준히 노력을 기울여야 한다.

백인 선원 야만인도 하와이의 야만인과 같이 아주 근면하다. 똑같이 놀라운 인내심으로, 또한 상어 이빨에 해당하는 잭나이프 하나로 만들어내는 고래 뼈 조각품은 그리스의 야만인 아킬레우스의 방패처럼 대단한 장인의 작품은 되지 못해도, 좁은 공간에 빽빽이 채워 넣은 미로 같은 디자인은 그 방패에 뒤지지 않으며, 옛 독일의 훌륭한 야만인 알브레히트 뒤러의 판화 못지않게 야만인의 정신과 암시로 가득 차 있다.

나무에 조각된 고래, 또는 남태평양의 고귀한 전쟁용 목재에서 나온 작고 짙은 색의 판자를 고래의 측면 모양으로 자른 것을 미국 포경선의 앞갑판에서 흔히 볼 수 있다. 그중에는 아주 정밀하게 만들어진 것들도 있다.

박공지붕을 얹은 옛 시골집에서는 길가로 난 문에 놋쇠로 만든 고래의 꼬리를 매달아 초인종 대신 사용하는 것을 볼 수 있다. 문지기가 잠이 많은 집인 경우에 모루 모양의 고래가 최고일 것이다. 그러나 초인종 대신에 쓰이는 고래 중에 고래의 본 모습을 충실하게 재현한 것은 별로 없다. 구식 교회의 첨탑 위에서 올라앉아 풍향계 노릇을 하는 철판 고래도 볼 수 있다. 그러나 이런 고래는 너무 높은 곳에 있는 데다가 사실상 '손대지 마시오'라는 꼬리표가 붙어 있어 그 특징을 자세히 살펴볼 수 없다.

암벽이 부서져 내리는 높다란 절벽 아래쪽, 평원에 바윗덩어리들이 환상적인 돌무더기를 이루며 여기저기 흩어져 있는 앙상하고 메마른 지역에 가면, 화석이 된 바다 괴물의 형상이 풀밭에 반쯤 묻혀 있는 것을 종종 볼 수 있는데, 바람이 많이 부는 날에는 풀들이 푸른 물결을 이루며 그것에 부딪힌다.

또한 원형극장처럼 우뚝 솟은 산들로 에워싸인 산악 지방으로 가면, 여기저기서 부드럽게 물결치는 산등성이가 만들어내는 고래의 윤곽을 얼핏 엿볼 수 있다. 하지만 그런 광경을 놓치지 않으려면 주도면밀한 고래잡이가 되어야 한다. 그뿐만 아니라 그런 광경을 보았던 장소로 다시 돌아가려면 정확한 위도와 경도를 알아야 한다. 산등성이가 고래처럼 보이는 광경은 정말이지 우연한 일이므로 예전에 섰던 정확한 위치를 찾으려면 아주 공들여서 노력해야 한다. 한때 높은 주름 장식 옷을 입은 멘다냐[171]가 발을 디뎠고, 늙은 피게이라[172]가 그 사실을 기록했던 솔로몬제도가 여전히 미지의 땅으로 남아 있는 것과 같다.

이 주제와 관련해 시야를 넓혀 하늘을 올려다보면, 별이 총총한 하늘에서도 커다란 고래와 그 뒤를 쫓는 배를 볼 수 있다. 동방의 민족들이 오랫동안 전투에 몰두하다 보니 구름 사이에서도 전투에 나선 군대의 모습을 보는 것처럼 말이다. 그리하여 나는 북극해에서 처음 내게 고래의 모습을 보여준 반짝이는 별들과 함께 북극을 돌고 또 돌면서 리바이어던을 쫓았다. 그리고 눈부신 남극해의 하늘 아래에서는 아르고 별자리에 올라타, 머나먼 물뱀자리와 물고기자리 너머로 빛나는 고래자리를 쫓아갔다.[173]

군함의 닻을 고삐 삼고 작살 다발을 박차 삼아 고래에 올라타고 가장 높은 하늘로 뛰어 올라갈 수 있다면! 그리하여 내 시야가 미치지 않는 곳에 무수한 흰 천막이 진을 치고 있다는 전설상의 여러 하늘들[174]을 직접 볼 수만 있다면!

**171** 알바로 데 멘다냐(1542~1595). 스페인 항해가. 1568년에 솔로몬제도를 발견하고 이름을 붙였다.

**172** 포르투갈 항해가.

**173** 고대의 48개 별자리 중 북반구에서 볼 수 있는 "반짝이는 별들"은 북두칠성을 가리킨다. 남반구에서 볼 수 있는 별자리로는 아르고(배), 케투스(고래), 히드루스(물뱀), 피스케스(물고기)자리가 있다. 물뱀자리는 남쪽 하늘의 남단에, 물고기자리는 북단에 있다. D. H. 로렌스의 『미국 고전문학 연구』 11장에 따르면, 기원후 1세기에 예수는 케투스 별자리, 즉 고래였다. 이 책의 해제 중 '종교적 해석'과 '철학적 해석' 참조.

**174** 유대교에서는 하나님이 계신 최고 높은 하늘을 제7천이라고 한다. 『모비 딕』 서두에 고래 관련 어록을 모아놓은 '발췌록'을 보면 "일곱 층으로 된 하늘"이라는 말이 나온다. 기독교에서 천국은 아홉 개의 하늘로 이루어진다. 지구를 중심으로 투명한 아홉 개의 구체가 겹겹이 둘러싸고 서로 다른 속도로 회전하고 있다. 하나님이 계신 하늘은 제9천, 즉 엠피레오(empireo)로서 온 우주를 움직이는 생명을 삼라만상에 부여한다.

## 58장 　요각류

크로제제도에서 북동쪽으로 항해하던 우리 배는 요각류가 가득한 바다 목
장으로 들어섰다. 작고 누런 그 생명체는 참고래가 즐겨 먹는 먹이다. 요각류가
몇 킬로미터에 걸쳐 넘실거려 우리는 마치 황금빛으로 무르익은 밀밭을 헤치
고 나아가는 기분이 들었다.

이튿날 수많은 참고래가 나타났다. 그들은 피쿼드호 같은 향유고래 포경선
으로부터 공격당할 위험이 없다고 보았는지 입을 크게 벌리고 요각류 사이를
유유히 헤엄쳤다. 요각류들은 고래의 입에 쳐진 멋진 베네치아풍 블라인드의
술 달린 섬유에 달라붙었고 바닷물만 요각류와 분리되어 입술 사이로 흘러나
왔다.

아침에 풀을 베는 사람들이 나란히 서서 늪지대 목초지의 길고 축축한 풀들
을 베며 천천히 나아가듯이, 이 괴물들은 풀이 잘리는 듯한 기묘한 소리를 내며
누런 바다 위에 풀 벤 자리와 흡사한 끝없이 너른 푸른 물길을 남기며 헤엄쳐
간다.[175]

그러나 풀베기가 연상된 것은 고래들이 요각류 사이를 헤치고 지나갈 때 내
는 소리뿐이었다. 돛대 꼭대기에서 물 위에 멈춰 서 있는 고래들을 보면 그 거
대하고 검은 형태가 생명 없는 거대한 암석 같기만 하다. 마치 인도의 넓은 사
냥터에서 나그네가 저 먼 곳의 평원에 엎드려 있는 코끼리들을 검은 민둥산으
로 착각하고 그냥 지나치는 것과 비슷하다.

바다에서 이런 종류의 리바이어던을 처음 보는 사람도 그럴 때가 많다. 마침
내 그것이 고래라는 것을 알았을 때도 거대한 몸집에 압도되어, 그와 같은 몸뚱

---

**175** 고래잡이들이 '브라질 모래톱'이라고 부르는 해역은 '뉴펀들랜드 모래톱'처럼 수심이
얕아서가 아니라 놀라울 정도로 목초지 같은 광경을 이루고 있어 그런 이름이 붙었다.
이런 광경은 참고래가 자주 출몰하는 그 일대에 항상 막대한 양의 요각류가 떠다니기
때문에 펼쳐진다. (원주)

이에 과연 개나 말에 깃들어 있는 것과 동일한 생명이 가득 차 있는 것이라고는 잘 믿지 못한다.

사실 다른 측면에서 보더라도, 바다 생물을 육상 생물과 같은 감정으로 바라보기는 어렵다. 옛 박물학자들은 모든 육상 생물에 대응하는 생물이 바다에도 존재한다고 주장했고, 원론적으로 보자면 그럴 수도 있다는 생각이 든다. 하지만 각론에 들어가면 당장 의문이 든다. 가령 개처럼 영리하고 정이 많은 물고기를 바다에서 찾아낼 수 있을까? 일반적 측면에서 개와 비교적 비슷하다고 볼 수 있는 동물은 저주받은 상어뿐이다.

그러나 육지 사람들은 대체로 바다의 원주민들에게 말할 수 없이 꺼림칙하고 불쾌한 감정을 품어왔고, 우리는 바다가 영원한 미지의 땅이라고 믿어왔기 때문에 콜럼버스가 서쪽 바다에 떠 있는 단 하나의 대륙을 발견하기 위해 무수한 미지의 세계를 항해한 것이다. 예로부터 모든 참사 중에서도 가장 끔찍한 참사가 바다로 나갔던 수만 명에게 무차별로 일어났다. 그러니 잠시만 생각해보아도 어린아이 같은 인간이 과학과 기술을 아무리 자랑하고 장차 과학 기술이 아무리 크게 발전한다 해도, 바다는 최후의 심판 일까지 인간을 모욕하고 살해할 것이며, 인간이 만들 수 있는 가장 위풍당당하고 단단한 군함도 간단히 박살 내버릴 것이라는 사실을 알 수 있다. 그런데도 이런 느낌이 지속적으로 반복되면서 인간은 바다가 본래 가지고 있던 그 끔찍한 무서움에 대한 감각을 잃어버렸다.

우리가 글로 읽은 최초의 배가 떴던 바다는 포르투갈인 같은 잔악함으로 이 세상을 모두 집어삼키며 단 한 명의 과부도 살려두지 않았다. 바로 그 바다가 지금도 넘실대고 있다. 바로 그 바다가 지난해에도 많은 배를 난파시켰다. 그렇다, 바보 같은 인간들이여. 노아의 대홍수는 아직 끝나지 않았다. 이 세상의 3분의 2는 아직도 바다가 아닌가.

바다와 육지는 어떤 차이가 있기에 어느 한쪽의 기적이 다른 한쪽에서는 전혀 기적이 되지 못하는가? 코라와 그 일행의 발밑에서 살아 있는 대지가 입을 벌려 그들을 영원히 삼켜버렸을 때, 히브리인들은 초자연적인 공포에 사로잡했다.[176] 하지만 오늘날에도 살아 있는 바다가 이와 똑같이 입을 벌려 배와 선원을 삼키지 않고 해가 저문 날은 단 하루도 없다.

바다는 자신과 이질적인 사람에게 적수가 될 뿐만 아니라 자기 자식에게도 악마 같은 짓을 하며, 자신이 초대한 손님을 살해한 페르시아 연회 주인처럼 자기가 낳은 생명체마저 봐주지 않는다. 자기 새끼를 밀림에 던져놓고 깔아뭉개는 야생의 암호랑이처럼, 바다는 아주 힘센 고래마저 암벽에 부딪혀 죽게 만들고 나서는 난파선의 잔해와 나란히 눕게 한다. 바다를 지배하는 것은 바다 자신의 자비와 힘뿐이다. 주인 없는 바다는 기수를 잃어버린 성난 군마처럼 헐떡이고 콧김을 내뿜으며 이 지구를 범람한다.

바다의 복잡 미묘함을 잠시 생각해보라. 바다의 가장 무서운 생물은 대부분 모습을 드러내지 않으며 물밑을 헤엄치고, 가장 사랑스러운 푸른빛 아래에서 음흉하게 배신을 꿈꾸며 숨어 있다. 바다에서 가장 포악한 어족들이 가지고 있는 악마와 같은 찬란함과 아름다움을 한번 생각해보라. 여러 종의 상어가 우아하고 아름다운 몸체를 가지고 있지 않은가. 또한 바다에서 보편적으로 일어나는 동족상잔도 생각해보라. 바다의 모든 생물은 세상이 시작된 이래 서로 뜯어먹고 사는 영원한 전쟁을 계속하고 있다.

이 모든 것을 생각한 다음, 푸르고 부드럽고 온화한 대지로 시선을 돌려보라. 바다와 육지를 둘 다 생각해보라. 당신의 내면에 있는 무언가와 기이할 만큼 유사성이 있다고 생각되지 않는가? 이 무서운 바다가 초록색 육지를 둘러싸고 있듯이 인간의 영혼 속에도 평화와 기쁨으로 가득한 타히티섬이 있다. 그곳은 베일에 반쯤 가려진 삶의 공포에 둘러싸여 있다. 신이 그대를 지켜주시기를! 부디 그 섬을 떠나지 말라. 떠나면 다시 돌아오지 못할 테니!

─ **176** 모세가 하나님의 뜻을 따르고 있음을 보여주기 위해 모세의 권위에 저항하는 코라(고라)와 반역자 무리를 하나님이 생매장시킨 사건. 민수기 16장 32절 참조.

## 59장  오징어

피쿼드호는 요각류 목장을 천천히 빠져나가면서 자바섬을 향해 여전히 북동항로를 유지하고 있었다. 부드러운 바람이 배의 용골을 앞으로 밀어주고, 주위는 조용한 가운데, 높이 솟은 세 돛대는 마치 평원에 서 있는 세 그루의 야자나무처럼 나른한 바람에 부드럽게 흔들렸다. 그리고 은빛으로 빛나는 밤이면 아주 가끔 사람을 유혹하는 외로운 물줄기가 모습을 드러냈다.

그러나 어느 청명한 아침, 정체된 연못 같은 느낌은 전혀 아니지만 초자연적인 고요함이 바다 위에 널리 깔려 있었다. 한줄기 햇살이 마치 비밀 유지를 당부하는 황금의 손가락처럼 바다 위에 길게 드리워지고, 파도마저 푹신한 덧신을 신은 듯이 조심스레 달리며 소리를 낮추어 속삭일 때, 눈에 보이는 모든 사물이 깊은 정적 속에 잠긴 그 아침에, 주돛대 꼭대기에 있던 다구의 눈에 기이한 유령 같은 것이 보였다.

저 멀리서 커다란 흰 덩어리가 느릿느릿 머리를 내밀더니 점점 더 높이 올라오면서 푸른 바닷물이 갈라지고, 마침내 우리 뱃머리 앞에 반짝이는 모습을 드러냈다. 마치 이제 막 산에서 눈사태가 난 듯한 모습이었다. 그렇게 잠시 반짝이던 그것은 서서히 물속으로 가라앉았다. 그리고 다시 한번 솟아올라 아무 소리 없이 반짝거렸다. 고래 같지는 않았다. 하지만 저것이 모비 딕일지 모른다고 다구는 생각했다. 유령이 다시 물속으로 가라앉았다가 또다시 나타나자, 흑인 다구는 송곳처럼 날카롭게 소리를 지르며 졸고 있던 선원들을 모두 깨웠다. '저기! 저기 다시 나타났다! 저기 고래가 물 위로 솟구친다! 바로 앞이다! 흰 고래다, 흰 고래!"

고함소리에 선원들은 분봉할 때 벌들이 나뭇가지로 떼 지어 몰려가듯이 일제히 활대 양끝으로 달려갔다. 뜨거운 태양 아래에서도 모자를 쓰지 않은 에이해브는 기움돛대 위에 서서, 한 손을 뒤로 쭉 내뻗고 키잡이에게 즉시 명령을 내릴 자세를 취하며, 다구의 팔이 가리키는 방향을 뚫어져라 쳐다보았다.

이따금 나타났다가 사라지는 고요하고 외로운 물줄기가 차츰 에이해브의 마음에 영향을 미쳐서 이제 그는 그 부드러움과 평온함을 그가 쫓는 고래의 출현과 연결시켜 생각한 것일까? 아니면 너무 조급한 나머지 그것을 모비 딕이라고 예단하고 출격을 결심한 것일 수도 있다. 이유가 무엇이었든 간에 그는 거대한 그 흰 덩어리를 보자마자 당장 보트를 내리라고 다급히 지시했다.

곧 보트 네 척이 바다에 내려졌다. 에이해브의 보트를 선두로 목표물을 향해 신속히 접근했다. 녀석은 곧 물속으로 가라앉았고, 그동안 우리는 노 젓기를 멈추고 녀석이 다시 나타나기를 기다렸다. 하, 녀석은 좀 전에 가라앉은 바로 그 자리에서 또 한 번 서서히 올라왔다. 그 순간 우리는 모비 딕에 대한 생각은 잊다시피 하고 비밀의 바다가 이제까지 인류에게 드러낸 가장 놀라운 현상을 응시했다. 길이와 폭이 200미터에 달하고 반짝이는 크림색의 거대하고 흐물흐물한 덩어리가 물 위에 떠오른 것이다. 그것은 중심에서 사방으로 무수히 뻗은 긴 팔들이 자기 범위 안에 들어온 어떤 불운한 먹이라도 닥치는 대로 붙잡겠다는 듯이 온통 꼬이고 비틀려 있어 마치 아나콘다의 둥지 같았다. 우리가 알아볼 만한 얼굴이나 앞모습은 없었고, 감각이나 본능을 가지고 있다는 흔적도 찾아볼 수 없었다. 큰 물결 위에서 넘실거리는 그것은 이 세상의 것이 아닌, 형체 없이 우연히 생겨난 망령 같은 생명체였다.

녀석은 무언가를 빨아들이는 듯한 낮은 소리를 내면서 다시 천천히 사라졌다. 그것이 사라진 자리에서 소용돌이치는 물결을 응시하던 스타벅은 거칠게 소리쳤다. "네놈을 보느니 차라리 모비 딕을 상대해서 싸우는 것이 낫겠다, 이 허연 유령아!"

"그것이 뭐였죠?" 플래스크가 물었다.

"살아 있는 거대한 오징어야. 사람들 말로는 녀석을 보고 항구로 돌아가 그 이야기를 들려준 포경선은 거의 없다더군."

그러나 에이해브는 아무 말도 하지 않고 보트를 돌려 본선으로 돌아갔고, 나머지 보트들도 조용히 그 뒤를 따랐다.

향유고래잡이들이 그 물체를 목격한 것과 관련해 일반적으로 어떤 미신을 가지고 있든 간에, 얼핏 보기만 해도 너무 기이하게 생겨서 불길한 느낌을 받게 된 것이 틀림없다. 다들 그 오징어가 바다에서 가장 큰 생물이라고 말하지만, 좀처럼 모습을 드러내지 않기 때문에 녀석의 습성이나 형태에 관해 막연히 알고 있는 사람조차 거의 없다. 그럼에도 선원들은 녀석이 향유고래의 유일한 먹이라고 믿고 있다. 다른 종의 고래들은 물 위로 올라와 먹이를 찾고 실제로 먹는 현장이 목격되기도 하지만, 향유고래는 바닷속 미지의 영역에서만 먹이를 잡기 때문에 그 먹이가 구체적으로 어떤 것인지는 추론만 무성할 뿐이다. 가끔 향유고래를 바짝 추격하다 보면 녀석이 오징어에서 떨어져 나온 다리로 보이는 것을 토해낼 때가 있고, 그중에는 길이가 10미터에 이르는 것도 있다. 이런 다족류 괴물은 보통 바다 밑바닥에 달라붙어 있는데, 다른 종의 고래와는 달리 향유고래는 녀석을 공격하고 바닥에서 뜯어낼 수 있는 이빨을 가지고 있다고 사람들은 믿는다.

폰토피단 주교가 말하는 거대한 바다 괴물 크라켄은 결국 이 오징어가 아닌가 하고 생각하는 데는 그만한 근거가 있는 듯하다. 주교가 설명한 바 크라켄이 물 위로 솟구쳤다가 가라앉는 방식과 기타 세부 사항이 이 거대한 오징어와 일치하기 때문이다. 그러나 주교가 말하는 크라켄의 엄청난 크기는 상당히 줄일 필요가 있다.

일부 박물학자들은 내가 지금 말한 신비한 생물의 소문을 듣고서 그것을 오징어과에 포함시키기도 한다. 외적인 특징만 본다면 확실히 맞다고 할 수 있지만, 그렇더라도 오징어과의 거인족이라고 해야 할 것이다.


## 60장  포경 밧줄

이제 곧 이야기할 고래잡이 장면과 다른 곳에서 말하게 될 유사한 장면을 좀더 쉽게 이해할 수 있도록, 여기서 마력적이고 때로는 공포스러운 포경 밧줄에 관해 말해두고자 한다.

고래잡이에 원래 사용하는 밧줄은 질이 가장 좋은 대마로 만들며, 보통 밧줄과 달리 타르를 흠뻑 먹이지 않고 살짝 스며들게 하는 정도로 마무리한다. 밧줄에 타르를 잔뜩 먹여야 대마가 유연해져 밧줄을 만들기가 쉽고 배에서 선원들이 사용하기에도 한결 편리하다. 그러나 포경 밧줄은 이와 경우가 다르다. 이 밧줄은 똬리를 틀어 둘둘 감아두어야 하므로 보통 하듯이 타르를 사용하면 밧줄이 지나치게 뻣뻣해진다. 게다가 대부분의 선원이 알다시피 타르는 일반적으로 밧줄을 팽팽하고 윤기 나게 해주지만 내구성이나 강도를 높여주지는 않는다.

최근 들어 미국 포경업에서는 포경 밧줄의 재료로 마닐라삼이 대마를 완전히 대체했다. 마닐라삼은 대마만큼 내구성은 좋지 않아도 훨씬 더 튼튼하고 부드러우며 탄력이 있기 때문이다. 게다가 (만사에 아름다움이 중요하므로) 마닐라삼이 대마보다 훨씬 보기 좋고 보트에 잘 어울린다는 말도 덧붙여야겠다. 대마가 거무스름하고 어두운 피부색의 인디언이라고 한다면, 마닐라삼은 보기에도 좋은 금발의 코카서스인이라고 할 수 있다.

포경 밧줄의 두께는 겨우 1.5센티미터다. 얼핏 보기에는 그리 튼튼할 것 같지 않다. 그러나 실험에 따르면 51개의 가닥 하나하나가 50킬로그램의 무게를 지탱한다고 한다. 따라서 밧줄 전체는 거의 3톤에 맞먹는 무게를 감당할 수 있다. 일반 향유고래 밧줄은 길이가 200패덤(약 360미터)이 넘는다. 포경 밧줄은 보트 고물 쪽에 있는 밧줄통에 나선형으로 감아둔다. 나선형 파이프 모양이 아니라 '곡식단'처럼 조밀하게 쌓아올린 둥근 치즈 덩이나 여러 층의 나선형 동심원을 만드는 방식으로 감는다. 이 덩어리의 중심축에는 빈 공간 대신에 가느다란 수직 관 같은 '심'이 세워져 있다. 밧줄이 조금이라도 엉키거나 꼬여 있으면 작살을 따라 밧줄이 풀려 나갈 때, 반드시 누군가의 팔이나 다리 또는 몸통을 낚아채기 때문에, 밧줄을 통에 감아 넣을 때는 세심한 주의를 기울여야 한다. 어떤 작살잡이들은 아침 내내 밧줄 감는 일에 매달리기도 한다. 그들은 밧줄을 높이 들어 올려 도르래에 건 다음 밧줄 끝이 통 안쪽으로 감겨 들어가게 하는데, 이는 감는 과정에서 밧줄이 꼬이거나 엉키는 사고를 방지하기 위한 조치다.

영국 보트에서는 밧줄통이 한 개가 아니라 두 개이며 하나의 밧줄을 두 개의 통에 연속해서 감아둔다. 이렇게 하면 상당한 이점이 있다. 두 개의 통은 크기가 작아서 보트에 딱 들어맞으며 크게 부담을 주지 않는다. 반면에 미국의 밧줄통은 지름이 거의 1미터나 되고 이에 따른 깊이도 상당하기 때문에 널빤지 두께가 4센티미터도 안 되는 보트에 설치하기에는 다소 부담스러운 부피다. 포경 보트의 밑바닥은 얇은 얼음판 같아서 분산된 무게는 제법 견딜 수 있으나 무게가 한쪽에 집중되면 잘 견디지 못한다. 미국식 밧줄통에 페인트칠한 범포를 씌워놓으면, 보트는 마치 고래들에게 바칠 초대형 결혼 케이크를 싣고 가는 것처럼 보인다.

밧줄의 양쪽 끝은 통 밖으로 드러나 있다. 아래쪽 끝은 바닥에서부터 통의 옆면을 따라 올라와 밧줄눈 혹은 고리 모양으로 매듭지어져 있고 아무데도 닿지 않도록 통 가장자리에 매달려 있다. 아래쪽 끝을 이렇게 처리하는 데는 두 가지 이유가 있다.

첫째, 작살을 맞은 고래가 작살에 달린 밧줄을 다 끌고 들어갈 만큼 깊이 잠수하는 경우, 옆에 있는 보트에서 다른 밧줄을 끌어와 편리하게 연결하기 위해서다. 이런 경우에 고래는 물론 술잔처럼 이 보트에서 저 보트로 건네지지만, 처음 보트는 밧줄을 넘겨받은 보트를 지원하기 위해 근처에 머문다. 둘째, 이것은 보트의 안전을 위해 필수불가결한 조치다. 밧줄의 아래쪽 끝이 어떻게든 보트에 부착되어 있는 상태에서, 고래가 때때로 그렇게 하듯이 순식간에 밧줄을 끝까지 끌고 바다 깊이 잠수해버리면 상황은 그것으로 끝나지 않기 때문이다. 불운한 보트는 고래에게 끌려가 깊은 바닷속으로 처박히는 신세가 되고 만다. 그러면 누구도 그 보트를 다시는 찾지 못할 것이다.

고래를 추격할 보트를 내리기 전에 밧줄의 위쪽 끝을 통에서 가져와 뱃고물의 밧줄걸이 기둥에 한번 감은 다음, 보트의 뱃머리 쪽으로 가져가면서 노의 자루나 손잡이에 비스듬히 겹쳐서 놓는다. 그러면 노잡이들이 노를 저을 때마다 밧줄이 손목을 살짝 밀친다. 밧줄은 뱃전에 서로 엇갈리게 앉아 있는 노잡이들 사이를 지나 뱃머리 맨 끝에 만들어놓은 밧줄걸이나 쐐기까지 연결된다. 밧줄걸이에는 평범한 깃펜 크기의 나무못이나 꼬챙이가 있어 밧줄이 엉뚱한 데로 빠져나가는 것을 방지한다. 밧줄은 밧줄걸이에서 뱃머리 밖으로 가느다란 꽃줄 모양으로 늘어진 다음, 다시 보트 안으로 들어와 뱃머리의 상자 위에 10에서 20패덤(20~40미터) 정도 둥글게 감아놓는다(이것을 '자리 밧줄'이라고 한다). 그런 다음 이것을 뱃전을 따라 좀 더 뒤로 끌고 가서는 짧은 밧줄, 즉 작살에 직접 연결된 밧줄에 잡아맨다. 물론 그 전에 짧은 밧줄을 다루는 복잡한 절차가 있기는 하지만 너무 번거로우므로 자세한 설명은 생략하겠다.

이처럼 포경 밧줄은 복잡하게 둘둘 감기고 거의 모든 방향으로 뒤틀리고 꿈틀거리면서 보트 전체를 얽어매고 있다. 노잡이들은 모두 그처럼 위험하게 얽힌 밧줄 속에 들어앉은 셈이어서, 소심한 육지 사람들의 눈에 그들은 치명적인 독사를 팔다리에 칭칭 감은 인도의 곡예사처럼 보일 것이다. 인간의 아들로서 난생처음 대마 밧줄의 미로 속에 앉아, 언제 어디서든 작살이 발사되어 복잡하게 얽힌 저 무서운 밧줄이 으르렁거리는 번개처럼 풀려 나가는 순간에도 노를 저어야 한다고 생각해보라. 그러면 틀림없이 온몸의 골수가 녹아버려 젤리처럼 흐물거릴 정도로 무서운 전율이 느껴질 것이다. 하지만 습관이란 참으로 이상하다! 습관이 해내지 못할 일이 무엇이랴? 아무리 화려한 마호가니 식탁 앞에 앉아 있더라도 1센티미터 남짓한 두께의 하얀 삼나무 포경 보트 위에서처럼 유쾌한 농담과 즐거운 웃음, 멋진 재담, 기막힌 기지를 들을 수는 없을 것이다. 이때 그들은 교수대 올가미에 매달려 있는 형편이지만, 에드워드 왕 앞에 나아간 여섯 명의 칼레 시민[177]처럼 태연히 목에 밧줄을 하나씩 감고서 죽음의

▬ 177 영국의 에드워드 3세(1312~1377)는 프랑스 왕위 계승권을 주장하며 백년전쟁의 원인을 제공한 인물이다. 1347년 프랑스의 칼레 성을 포위 공격했으나 오랫동안 함락시키지 못하자 성을 정복하면 성안의 모든 시민을 죽이겠다고 맹세했다. 마침내 성이 함락되고 왕이 맹세를 실행하려 할 때, 측근의 신하들의 간곡한 만류로 그 뜻을 접었다. 대신에 칼레의 시민 여섯 명이 전체 주민을 대신해 죽을 것을 요구했다. 그것도 귀족으로 한정했다. 마침내 여섯 명의 귀족 시민이 칼레 주민들을 구하기 위해 목에 밧줄을 걸고 성 밖으로 나왔다. 이때 왕비 필리파가 눈물로 탄원하자 왕도 마음이 누그러져 그들을 모두 살려주었다.

아가리 속으로 돌진하는 것이다.

이제 조금만 생각해보아도 포경업계에서 반복되는 참사(그중 소수의 사건만 몇 줄의 기록으로 남는다), 즉 이런저런 사람들이 밧줄에 걸려 보트 밖으로 떨어져 실종되는 사건이 왜 일어나는지 짐작할 수 있을 것이다. 포경 밧줄이 쏜살같이 튀어나갈 때 그 안에 앉아 있는 것은, 윙윙거리며 전속력으로 작동하는 증기기관 속에 들어앉아 온갖 피스톤과 축과 톱니바퀴에 몸이 스치도록 내버려두는 것과 같다. 아니 그보다 더 나쁘다. 그렇게 위험천만한 상황에서 가만히 앉아 있을 수 없기 때문이다. 보트는 요람처럼 흔들리고, 아무런 사전 경고 없이 몸이 이리저리로 마구 내던져진다. 어떻게든 몸을 띄워 스스로 균형을 잡고 의지와 행동을 일치시켜야 한다. 그렇지 않으면 마제파[178] 같은 꼴이 되어 모든 것을 꿰뚫어보는 태양도 비쳐들지 못하는 곳으로 끌려가야 한다.

또한 폭풍이 오기 전에 그것을 예고하는 깊은 정적은 실제로 폭풍 자체보다 무서운 법이다. 그러한 정적은 폭풍을 감싸는 봉투와 같아서, 겉으로는 별로 해로워 보이지 않는 총이 그 안에 치명적인 화약과 탄환과 폭발력을 가지고 있듯이, 그 속에 무서운 폭풍을 담고 있기 때문이다. 마찬가지로 포경 밧줄도 실제로 풀려 나가기 전에 노잡이 주위에서 조용히 구부러져 있을 때, 그 우아한 평안이 이 위험한 물건의 다른 어떤 모습보다 진정한 공포를 자아낸다. 하지만 더 말해 뭐하겠는가?

인간은 누구나 포경 밧줄에 매여 살아간다. 모든 인간은 목에 밧줄을 두르고 태어난다. 하지만 고요하고 은밀하며 늘 우리 곁에 있던 삶의 위험을 깨닫게 되는 것은 언제나 갑자기 방향을 튼 죽음과 마주할 때다. 당신이 철학자라면, 포경 보트에 앉아 있다고 해서 작살이 아닌 부지깽이를 들고 저녁 난롯가에 앉아 있을 때보다 조금이라도 더 공포를 느끼지는 않을 것이다.

---

**178** 바이런의 시 「마제파」(1819)에 나오는 인물로 17세기 카자크족의 지도자다. 어느 귀족의 부인과 사랑을 한 것이 그 귀족에게 알려져 증오를 산 그는 말에 묶여 황야로 추방되고 수차례의 죽을 고비를 넘긴다.

# 61장  스터브가 고래를 죽이다

괴물 오징어의 출현이 스타벅에게 하나의 불길한 조짐이었다면, 퀴케그에게는 전혀 다른 의미였다.

"오징어 보면, 곧 향유고래 본다는 뜻이다." 야만인은 본선으로 끌어올린 보트의 뱃머리에서 작살을 갈며 말했다.

다음 날은 아주 조용하고 무더웠다. 특별히 할 일이 없는 피쿼드호의 선원들은 바다가 이렇게 한가할 때 찾아드는 낮잠의 유혹을 물리치기가 어려웠다. 우리가 당시 항해하고 있던 인도양은 고래잡이들이 말하는 이른바 물 좋은 해역이 아니었다. 다시 말해 그곳은 리오델라플라타 연안이나 페루 연안처럼 돌고래나 날치를 비롯해 거센 물보라를 일으키는 힘 좋은 물고기가 자주 눈에 띄는 곳이 아니었다.

내가 앞돛대 당직을 설 차례였다. 나는 느슨한 돛대 꼭대기 밧줄에 두 어깨를 기대고 서서 매혹적인 바다 공기를 만끽하고 있었다. 몸은 이리저리 느긋하게 흔들리고 있었다. 아무리 굳게 다짐해도 버텨낼 수가 없었다. 모든 의식이 사라져버린 꿈결 같은 분위기 속에서 마침내 영혼이 몸 밖으로 빠져나갔다. 내 몸은 처음에 그것을 움직이게 한 힘이 사라진 지 오래인데도 여전히 시계추처럼 왔다 갔다 흔들렸다.

그래도 망각에 완전히 사로잡히기 전에 나는 주돛대와 뒷돛대의 선원들 역시 졸고 있는 것을 알아차렸다. 결국 우리 세 사람은 모두 돛대 위에서 죽은 듯이 흔들렸고, 우리의 몸이 흔들릴 때마다 아래쪽에서 졸고 있던 키잡이도 장단 맞추어 고개를 꾸벅거렸다. 파도 역시 게으른 물마루를 꾸벅거렸고, 한없이 넓게 펼쳐진 바다에서는 동쪽이 서쪽을 향해 꾸벅거렸으며, 태양은 그 모든 것을 향해 고개를 꾸벅거렸다.

갑자기 감긴 두 눈 아래에서 물방울이 솟구치는 것 같았다. 그 순간 두 손으로 돛대 밧줄을 바이스처럼 꽉 움켜쥐었다. 보이지 않는 은혜로운 힘이 나를 살려준 것이었다. 나는 화들짝 놀라며 정신을 차렸다. 그런데 보라! 바람 불어가는 쪽, 40패덤(70미터)쯤 떨어진 곳에 거대한 향유고래가 뒤집힌 군함의 선체처럼 물속에서 뒹굴고 있었다. 에티오피아 사람의 피부빛 같은, 넓고 반들반들한 등짝이 햇살을 받아 거울처럼 빛나고 있었다. 바다의 물굽이 속에서 한가롭게 넘실거리며 이따금 고요하게 수증기 가득한 물보라를 내뿜는 고래는 어느 따뜻한 오후에 파이프 담배를 유유히 피우고 있는 풍채 좋은 도시민처럼 보였다. 그러나 불쌍한 고래여, 그 파이프 담배는 네놈의 마지막 파이프 담배가 될 것이다. 마법사의 지팡이에 얻어맞기라도 한 것처럼 졸고 있던 배도, 그 안에서 졸고 있던 선원들도 벌떡 깨어났다. 거대한 물고기가 유유히 규칙적으로 반짝거리는 바닷물을 뿜어 올렸을 때, 배의 곳곳에서 수십 명의 목소리가 터져 나왔고 동시에 돛대 위에서 세 사람의 익숙한 고함소리가 울려 퍼졌다.

"보트를 내려라! 뱃머리를 바람 불어오는 쪽으로 돌려라!" 에이해브가 소리쳤다. 그리고 자신도 그 명령에 따라 키 쪽으로 달려가 키잡이가 키 손잡이를 채 잡기도 전에 직접 키를 아래쪽으로 확 내렸다.

선원들의 갑작스러운 외침이 고래를 깨어나게 한 것이 틀림없었다. 보트를 내리기도 전에 고래는 당당히 방향을 틀어 바람 불어가는 쪽으로 헤엄쳐 갔다. 물보라를 별로 일으키지 않는 것으로 보아 고래가 아직 놀란 것 같지 않다고 생각한 에이해브는 큰 노를 사용하지 말고 말도 속삭이듯 하라고 명령했다. 그래서 우리는 온타리오 인디언들처럼 보트 뱃전에 앉아 신속하고 조용하게 작은 노를 저었다. 바람이 잔잔해서 소리가 나지 않는 돛을 펼 수도 없었다. 우리가 이렇게 추격에 나서자 그 괴물은 꼬리를 공중으로 10미터 이상 수직으로 들어 올리더니 탑이 물속으로 가라앉듯이 시야에서 사라져버렸다.

이제 숨 좀 돌릴 시간이 되었다고 생각한 스터브는 성냥을 꺼내 파이프에 불을 붙였다. 바로 그때 "저기 꼬리가 보인다!" 하는 외침이 들려왔다. 그 소리가 있고 나서 한참 후 물속 깊이 잠수했던 고래가 다시 솟구쳐 올라왔는데, 이번에는 파이프 담배를 피우는 스터브의 보트 앞쪽에 나타났다. 다른 보트보다 스터브의 보트가 가까이에 있었으므로 스터브는 고래를 잡는 영광이 자기에게 돌아오리라고 기대했다. 이제 고래가 추격자들을 의식하고 있는 것이 분명해졌다. 그러니 더 이상 숨죽이며 조심할 필요가 없었다. 우리는 작은 노를 내려놓고 큰 소리로 노를 젓기 시작했다. 스터브는 여전히 파이프를 뻐끔거리며 속도를 높이라고 부하들을 독려했다.

그렇다, 이제 고래도 엄청난 변화를 보였다. 위험에 처했다는 것을 의식한 고래는 '머리 들기'를 시작했다. 고래가 일으키는 격랑의 물거품 속에서 놈의 머리가 비스듬히 치솟았다.[179]

"고래를 쫓아가라! 쫓아가! 서두르지 마. 시간적 여유를 가져. 하지만 번개처럼 덮쳐야 해. 그게 요령이야." 스터브가 파이프 담배 연기를 공중에 흩뿌리며 소리쳤다. "자, 쫓아가, 타슈테고! 길고 힘차게 노를 저어. 쫓아가, 타슈. 빨리 쫓아가. 하지만 침착해야 해. 오이처럼 냉정하라고. 천천히, 느긋하게. 하지만 냉혹한 죽음처럼, 이빨을 드러내고 웃는 악마처럼 쫓아가야 해. 무덤 속에 묻힌 망자들을 벌떡 일으키러 가는 것처럼. 그렇게 하면 돼. 어서 쫓아가!"

"우-후! 와-히!" 게이헤드 출신이 대답 삼아 공중에 대고 인디언의 출정 함성을 질렀다. 이 열성적인 인디언이 엄청난 힘으로 노를 젓자 한껏 당겨진 보트에 탄 모든 노잡이의 몸이 자기도 모르게 앞으로 튀어 올랐다.

그 야만인의 함성에 못지않게 응답하는 또 다른 야만인의 함성이 울려 퍼졌다. "키-히! 키-히!" 그것은 좁은 우리 안을 서성거리는 호랑이처럼 자리에 앉아 앞뒤로 몸을 움직이며 노를 젓는 다구의 외침이었다.

"칼-라! 쿨-루!" 퀴케그도 질세라 커다란 대구 스테이크를 한 입 베어 물고 입맛을 다시는 듯한 소리로 함성을 질렀다. 이처럼 보트들은 노 젓는 소리와 고함 소리로 바다를 가르며 나아갔다. 한편 스터브는 보트의 앞자리에 앉아 부하

---

**179** 향유고래의 커다란 머릿속에는 가벼운 물질이 가득 차 있다. 이에 관해서는 다른 곳에서 또 언급할 것이다. 외관상 가장 묵직해 보이는 머리가 실은 가장 뜨기 쉬운 부분이다. 그래서 머리를 쉽게 치켜들 수 있고, 전속력으로 헤엄칠 때는 늘 그렇게 한다. 게다가 머리 앞의 윗부분은 아주 넓고 아랫부분은 물살을 쉽게 가를 수 있게 점점 좁아지는 형태로 되어 있어, 머리를 비스듬히 들어 올리면 뱃머리가 납작한 갤리오트에서 뱃머리가 칼날 같은 뉴욕항의 수로안내선 같은 모습으로 변신한다. (원주)

들을 계속 독려하며 파이프 담배를 입에 물고 연신 연기를 뿜어냈다. 그들은 무법자들처럼 온몸을 긴장시키면서 열심히 노를 저었고, 마침내 기다리던 고함이 들려왔다. "타슈테고, 일어서라! 저놈에게 한 방 먹여!" 곧바로 작살이 날아갔다. "모두 뒤로 빠져!" 노잡이들은 보트를 후진시켰다. 그와 동시에 쉭 하는 소리와 함께 무언가 뜨거운 것이 선원들의 손목을 스치고 지나갔다. 그것은 마법의 포경 밧줄이었다. 방금 전에 스터브는 그 밧줄을 밧줄 기둥에다 재빨리 두 번 더 감아놓았다. 이제 밧줄이 더욱 빠른 속도로 돌아나가면서 삼 줄에서 푸른 연기가 피어올라 스터브의 파이프에서 연신 피어오르는 연기와 뒤섞였다. 밧줄은 계속해서 밧줄 기둥을 빙빙 돌았고, 기둥에 도달하기 전에는 스터브의 두 손을 맹렬한 기세로 빠져나갔다. 이러한 경우를 대비해 손에 대는 손수건 혹은 네모난 누비 범포가 뜻하지 않게 떨어졌다. 그 순간에 밧줄을 쥔다는 것은 적의 양날 칼을 맨손으로 잡는 것과 비슷하며, 적은 그 칼을 빼내려고 기를 쓰고 있었다.

"밧줄을 물로 적셔! 물로 적시라고!" 스터브는 통 옆에 앉아 있는 노잡이에게 소리쳤다. 노잡이는 모자를 벗어 바닷물을 담아 밧줄에 끼얹었다.[180] 밧줄은 밧줄 기둥을 몇 바퀴 더 돌고 나서야 제자리를 잡기 시작했다. 이제 보트는 질주하는 상어처럼 들끓는 바다를 헤치며 빠르게 나아갔다. 여기서 뱃고물에 있던 스터브와 뱃머리에 있던 타슈테고는 서로 자리를 바꾸었는데, 그것은 흔들리는 배 위에서 간단히 해낼 수 있는 동작이 아니었다.

밧줄이 보트 위 이 끝에서 저 끝까지 가로지르며 진동하는 데다가 하프 줄만큼이나 팽팽하게 당겨져 있어 보트에 두 개의 용골이 있는 듯한 느낌마저 들었다. 하나는 물살을 가르고 다른 하나는 공기를 가르고 있으니 말이다. 아무튼 보트는 물과 공기를 동시에 헤치고 나아가며 빠르게 고래에게 접근했다. 뱃머

---

**180** 이 작업이 얼마나 중요한지 여기서 잠깐 설명하자면, 옛날 네덜란드 포경선에서는 날아가는 밧줄을 적시기 위해 자루걸레를 사용했고, 다른 배들은 대체로 그와 같은 용도로 나무통을 준비해두었다. 하지만 가장 편리한 도구는 모자다. (원주)

리 앞에서는 폭포수 같은 물보라가 일어나고 보트가 지나간 자리에는 계속해서 소용돌이가 일었다. 보트 안에서 작은 미동이라도 생긴다면, 가령 새끼손가락 하나만 까딱해도 부서질 듯 진동하며 돌진하는 보트의 뱃전이 기울어지면서 곧장 바다에 처박힐 것만 같았다.

맹렬히 돌진하는 배에 탄 선원들은 물보라 속으로 튕겨져 나가지 않기 위해 온 힘을 다해 각자의 자리에서 버텼다. 방향 노를 잡은 키다리 타슈테고는 무게중심을 낮추기 위해 몸을 반으로 접다시피 하며 웅크렸다. 배가 쏜살처럼 달리는 동안 대서양과 태평양이 휙휙 스쳐 지나가는 듯했다. 마침내 고래가 속도를 약간 늦췄다.

"밧줄을 감아, 감아 들여!" 스터브가 뱃머리 노잡이에게 소리쳤다. 보트가 아직 고래에게 끌려가고 있었지만, 선원들은 모두 고래 쪽으로 고개를 돌린 채 녀석을 향해 노를 저어 갔다. 보트가 곧 고래의 측면에 다가가자 스터브는 밧줄걸이에 무릎을 단단히 갖다 대고서 달아나는 고래를 향해 연속해서 창을 던졌다. 보트는 스터브의 명령에 따라 사납게 뒤척거리는 고래를 피해 뒤로 물러났다가 창을 던지기 위해 다시 다가가기를 반복했다.

작살을 맞은 괴물의 몸뚱이에서 붉은 피가 언덕 아래로 흘러내리는 개울물처럼 쏟아져 내렸다. 그 몸뚱이는 바닷물이 아닌 핏물 속에서 고통으로 몸부림쳤다. 고래 뒤쪽으로 핏물이 수백 미터에 걸쳐 거품을 일으키며 들끓었다. 석양이 바다 위의 붉은 못에 비스듬히 내리쬐자 그 빛이 선원들의 얼굴에 반사되어 모두가 홍인종이 되어 서로를 쳐다보았다. 한편 고래의 분기공에서는 하얀 연기 같은 물줄기가 연신 고통스럽게 뿜어져 나왔고, 흥분한 항해사의 입에서도 담배 연기가 연신 맹렬히 뿜어져 나왔다. 한번 던진 창은 휘어지기 때문에 스터브는 창을 던질 때마다 창에 연결된 밧줄을 잡아당겨 휘어진 창을 뱃전에 몇 번 세차게 두드려서 편 다음 다시 고래를 향해 던지기를 반복했다.

"가까이 접근해, 가까이!" 그는 뱃머리 노잡이에게 소리쳤다. 힘이 빠진 고래가 미친 듯이 요동치던 것을 다소 멈췄기 때문이다. "바싹 붙여, 바싹!" 보트는 이제 고래의 옆구리에 나란히 섰다. 스터브는 뱃머리 앞쪽으로 몸을 쭉 내밀더니 길고 날카로운 창을 고래의 몸속에 깊이 박아 넣었다. 그런 다음 창을 빼지 않은 채 계속 비틀어대면서 고래의 몸을 후벼 팠다. 마치 고래가 삼켰을지도 모르는 금시계를 찾으려고 조심스럽게 탐색하는 것 같았다. 스터브의 표정은 금시계를 꺼내기도 전에 창살로 박살내면 어떡하나 하는 근심마저 엿보이는 듯했다. 하지만 그가 찾는 금시계는 고래의 가장 내밀한 곳에 숨어 있는 생명이었다. 스터브의 창이 그 생명을 찔렀다. 그 순간 고래는 혼수상태에서 깨어난 형언하기 어려운 단말마의 고통으로 말미암아 무섭게 요동치면서 도무지 빠져나올 수 없을 것 같은 물보라를 미친 듯이 일으키기 시작했다. 위험에 빠진 보트 선원들은 황급히 뒤로 물러나면서 단말마의 석양에서 청명한 대낮의 공기로 빠져나오기 위해 혼신의 힘을 다해 노를 저었다.

단말마의 몸부림이 잦아들면서 고래는 다시 한번 몸뚱이를 선원들의 시야에 드러냈다. 고래는 물결치듯 몸을 좌우로 흔들고 산발적으로 분기공을 폈다 오므렸다 하며 고통스럽게 격렬한 숨을 내쉬고 있었다. 마침내 적포도주의 자줏빛 찌꺼기처럼 엉겨 붙은 붉은 핏덩이가 팽팽하게 긴장된 공기 중으로 솟구쳐 오른 다음 아래로 떨어져 더 이상 움직이지 않는 고래의 옆구리를 타고 바닷속으로 흘러내렸다. 고래의 심장이 터져버린 것이다!

"놈이 죽었어요, 항해사님." 타슈테고가 말했다.

"그래. 두 파이프가 동시에 꺼졌군." 스터브는 입에서 파이프를 빼더니 물 위로 다 탄 담뱃재를 털었다. 그러고는 거기에 선 채 자신이 해치운 거대한 사체를 생각에 잠긴 눈빛으로 내려다보았다.


### 62장  작살 던지기

앞장에서 일어난 사건과 관련해 한마디만 덧붙이고자 한다.

포경업의 변함없는 관례에 따르면, 포경 보트가 본선에서 출발할 때는 고래를 죽이는 임무를 맡은 사람이 임시 키잡이가 되고, 고래에 작살을 꽂는 작살잡이는 '작살잡이 노'라고 부르는 맨 앞의 노를 젓는다. 고래의 몸에 첫 번째 작살을 박아 넣으려면 강하고 굳센 팔이 필요하다. 멀리 던지는 경우에는 그 무거운 작살을 10미터 가까운 거리까지 던져야 할 때도 있기 때문이다. 추격이 길어져 아무리 기운이 빠지더라도 작살잡이는 쉬지 않고 힘껏 노를 저어야 한다. 열심히 노를 젓는 것은 물론이고 끊임없이 큰 목소리로 무지막지하게 고함을 질러대며 나머지 노잡이들에게 초인적인 활동의 모범을 보여야 하는 것이다. 신체의 모든 근육을 노 젓기에 동원해 혹사시키고 있는 상황에서 있는 힘껏 고함을 질러대는 것이 얼마나 힘든 일인지 실제로 해보지 않은 사람은 알지 못한다. 우선 나부터 열심히 노 젓는 일과 목청껏 소리 지르는 일을 동시에 하지 못한다.

그런데 이처럼 고래에게 등을 돌린 채 노를 젓고 소리를 질러대느라 녹초가 된 작살잡이에게 갑자기 "일어서라! 저놈에게 한 방 먹여!" 하는 흥분된 명령이 떨어진다. 그러면 작살잡이는 노를 안전하게 내려놓고서 몸을 반쯤 돌려 작살받이에 걸쳐놓은 작살을 집어 들고는 젖 먹던 힘까지 다해 고래에게 던져야 한다. 포경선단 전체를 통틀어 보았을 때, 작살 50개를 던질 경우 그중에서 고작 5개가 고래 몸에 제대로 박히기도 어렵다고 한다. 욕을 엄청 먹고 노잡이로 강등되는 불운한 작살잡이가 그토록 많은 것도, 실제로 보트에서 혈관이 터져버린 작살잡이가 있는 것도, 4년 동안 바다에 나가 있었는데도 고래기름을 겨우 네 통밖에 채우지 못하는 포경선이 있는 것도, 많은 선주에게 포경업이 손해 나는 사업이라는 것도 전혀 이상한 일이 아니다. 포경 항해에서 성패를 좌우하는 것이 작살잡이인데, 그를 혹사시키면 정작 필요할 때 그가 어떻게 힘을 발휘하겠는가?

설령 작살이 고래 몸에 명중했다고 해도 두 번째 위기의 순간이 온다. 즉 고래가 달아나기 시작할 때, 앞뒤에 각각 있던 보트장과 작살잡이가 서로 자리를 바꿔야 하는데, 이때 앞뒤로 달리는 두 사람뿐만 아니라 나머지 노잡이들이 위험천만한 상황에 놓인다. 이렇게 그들은 힘들게 자리를 바꾸고, 보트 지휘자인 보트장은 자신의 원래 자리인 뱃머리에 자리를 잡는다.

나는 누가 뭐라고 해도 이렇게 위치를 바꾸는 것은 어리석고 불필요한 일이라고 생각한다. 보트장은 처음부터 끝까지 뱃머리에 앉아 있어야 한다. 그가 작살과 창을 둘 다 던져야 하고, 누가 생각하더라도 꼭 필요한 경우가 아니라면 노를 저어서는 안 된다. 한 사람이라도 노 젓기에서 빠지면 추격 속도가 약간 떨어질 수는 있다. 그러나 여러 나라의 다양한 포경선을 타본 경험에 비추어 볼 때, 고래잡이에 실패하는 원인이 대부분 고래의 빠른 속도에 있다기보다 앞에서도 말했듯이 작살잡이의 과도한 체력 소모에 있다고 본다.

작살 던지기에서 효율성을 크게 높이려면, 이 세상의 모든 작살잡이가 체력을 비축한 상태에서 일어나야지 힘이 다 빠진 상태에서 일어나서는 안 된다.


## 63장 작살받이

나무의 몸통에서 가지가 자라나고, 가지에서는 잔가지가 자라난다. 마찬가지로 생산적인 주제에서 여러 장(章)이 나오는 법이다.

앞장에서 말한 작살받이도 하나의 장을 할애해 다루어볼 가치가 있다. 작살받이는 Y자 형의 독특한 형태를 가진 막대기로 길이는 60센티미터쯤 되고, 뱃머리 근처의 우현에 수직으로 꽂혀 있다. 작살 맨 끝의 나무 부분을 여기에 걸쳐두고, 쇠로 된 작살 날은 약간 비스듬히 뱃고물 앞쪽으로 나가 있게 한다. 이렇게 해두면 사냥꾼이 벽에 걸린 엽총을 즉시 낚아채듯이 작살을 즉시 집어들 수 있다. 작살받이에는 보통 두 개의 작살을 얹어놓는 것이 관례이고 각각 제1작살, 제2작살이라고 부른다.

두 개의 작살은 각각 밧줄에 묶여 있다. 이렇게 해놓은 것은 가능하다면 두 작살을 같은 고래에게 연달아 던져서, 고래를 잡아끌다가 작살 하나가 뽑혀 나가더라도 다른 하나로 고래를 붙들어두기 위해서다. 공격의 기회를 두 배로 늘리는 것이다. 하지만 실상은 그렇지 못한 것이, 고래가 첫 번째 작살을 맞으면 순간적으로 격렬하게 몸부림치며 달아나기 때문에 작살잡이의 동작이 아무리 번개처럼 빠르더라도 두 번째 작살을 고래 몸에 명중시키기가 거의 불가능하기 때문이다. 그럼에도 두 번째 작살은 이미 밧줄과 연결되어 있고 밧줄은 고래에게 끌려서 계속 풀려 나가고 있는 상황에서, 보트 밖 어디론가 날아가지 않으면 안 된다. 그렇지 않으면 보트 안의 선원들의 안전이 아주 위태로워진다. 이런 경우에는 대체로 두 번째 작살을 물속에 빠트린다. 상자 위에 감아둔 예비 밧줄(앞장에서 언급했다) 덕분에 작살을 보트 밖으로 던질 수 있는 것이다. 그러나 이 중대한 일을 할 때마다 비통하고 치명적인 사고를 피해 갈 수 있는 것은 아니다.

게다가 두 번째 작살을 보트 밖으로 던진 순간, 그 날카로운 쇳날이 공중에서 덜렁거리는 공포의 대상이 되어 보트와 고래 주위를 마구 날뛰며 밧줄을 엉키게 하거나 끊어놓으면서 사방팔방으로 큰 소동을 일으킬 수 있다는 사실을 알아야 한다. 게다가 고래를 완전히 잡아서 죽이기 전까지는 그 작살을 다시 회수할 수도 없다.

그런데 네 척의 보트가 아주 영리하고 힘세고 활발하고 교활한 고래를 잡으러 나섰다고 상상해보라. 고래가 그처럼 잡기 어려운 상대인 데다가 포경업에는 예기치 못한 사고가 무수히 따르기 때문에 8개 내지 10개에 달하는 제2작살이 주위에서 동시에 날뛰게 될 것이다. 어느 보트든 제1작살을 실수로 잘못 던져서 회수하지 못하게 될 경우를 대비해 예비 작살 몇 개를 밧줄에 매어두고 있어서 그렇다. 이 모든 특별한 사정을 여기서 충실히 설명하는 것은, 앞으로 묘사할 장면들에서 나오는 좀 더 중요하고 복잡한 부분을 이해하는 데 도움이 되기 때문이다.


## 64장  스터브의 저녁 식사

스터브는 본선에서 좀 떨어진 곳에서 고래를 죽였다. 바다는 곧 잠잠해졌기 때문에 우리는 보트 세 척을 앞뒤로 나란히 세우고 전리품을 피쿼드호로 천천히 끌어당기는 작업을 시작했다. 18명의 선원이 36개의 팔과 180개의 손가락을 동원해 바다 위에 축 늘어진 고래를 상대로 몇 시간 동안이나 땀을 흘렸지만, 고래는 좀처럼 움직이지 않았고 한참 후에야 약간의 차이를 보일 뿐이었다. 우리가 끌고 가려는 물체가 얼마나 거대한지 보여주는 좋은 증거가 아닐 수 없었다. 중국의 황하인지 뭔지 하는 대운하에서는 네댓 명의 노동자가 둑길을 따라 한 시간에 1.5킬로미터 속도로 무거운 짐을 실은 정크선을 끌고 간다는데, 우리가 예인하려는 이 거대한 배는 납덩이를 가득 실은 것처럼 아주 무겁게 천천히 움직였다.

바다 위에 어둠이 내려앉았다. 피쿼드호의 주돛대 위아래에 달린 세 개의 등불이 희미하게 우리의 앞길을 밝히고 있었다. 본선에 가까이 다가가자 에이해브가 여러 개의 등불 중 하나를 뱃전 너머로 늘어뜨리는 모습이 보였다. 그는 거대한 고래를 잠시 멍하니 쳐다보더니 밤새 잘 간수하라는 통상적인 지시를 내리고서 등불을 선원 하나에게 건네주고는 선실로 돌아가 아침이 될 때까지 나오지 않았다.

에이해브 선장은 이 고래를 추격 감독하는 동안 뭐랄까 예전의 기민한 활력을 보였지만, 막상 고래가 죽자 그의 내면에 막연한 불만과 초조와 절망이 엄습해 오는 듯했다. 죽은 고래를 보면서 모비 딕이 아직도 살아 있다는 사실이 대조적으로 떠오른 것 같았다. 1,000마리의 고래를 잡아 끌어온다고 한들 그가 강박적으로 몰두하는 원대한 목표에는 조금도 다가선 것이 아니었다. 얼마 후 피쿼드호의 갑판에서 요란한 소리가 들려왔다. 모르는 사람이 들었다면 선원들이 깊은 바다에 닻을 내릴 준비를 하고 있다고 짐작했을 것이다. 무거운 쇠사슬을 갑판 위로 끌고 가는 듯하더니 현창 밖으로 내던지는 소리가 났기 때문이다. 하지만 철커덕거리는 쇠사슬은 본선을 정지시키는 것이 아니라 죽은 고래를 배 옆에 계류시키기 위한 것이었다. 머리는 고물에, 꼬리는 이물에 묶인 고래는 이제 그 거대한 검은 몸뚱이를 본선에 바싹 붙인 채 매달려 있었다. 높이 솟은 활대와 삭구마저 덮어버린 밤의 어둠 속에서 배와 고래는 마치 같은 멍에를 쓰고 있는 거대한 황소 두 마리가 하나는 누워 있고 다른 하나는 서 있는 것

처럼 보였다.[181]

갑판의 상황을 보자면, 침울해진 에이해브가 입을 다문 채 선실로 들어간 반면에 이등항해사 스터브는 승리에 도취해 이례적으로 기분 좋게 흥분되어 있었다. 스터브가 평소와 다르게 요란을 떨자 공식 상관인 침착한 스타벅은 갑판의 업무 처리를 한동안 그에게 조용히 위임해주었다. 스터브가 이처럼 활기가 넘치는 이유 중 하나가 곧 기이한 방식으로 드러났다. 스터브는 미식가였다. 그는 자신의 입맛을 충족시켜주는 고래고기를 지나치리만큼 좋아했다.

"스테이크다, 스테이크. 자기 전에 스테이크를 먹어야 해! 이봐, 다구! 뱃전을 넘어가서 꼬리 한 조각만 잘라와!"

이 거친 고래잡이들은 일반적으로 위대한 군사 격언에 따라, (적어도 항해 수익금을 정산하기 전까지는) 적에게 전쟁에 들어간 비용을 청구하지 않는다. 하지만 가끔은 낸터킷 사람들 중에 방금 스터브가 말한 향유고래의 특정 부위, 즉 몸통이 가장 가늘어지는 부분의 살을 특별히 좋아하는 경우가 있다.

자정 무렵에 잘라낸 그 부위가 스테이크 요리가 되었다. 스터브는 향유고래 기름이 든 등불 두 개로 불을 밝히고, 양묘기를 보조 식탁 삼아 그 위에 스테이크를 올려놓고, 그 앞에 결연히 섰다. 그날 밤 고래고기로 향연을 벌인 자는 스터브만이 아니었다. 그가 고래고기를 씹는 동안 수천 마리의 상어들이 죽은 고래 주변에 몰려들어 고래의 지방을 물어뜯으며 씹어대는 소리가 들려왔다. 아래쪽 선실에서 잠들어 있던 몇몇 선원들은 상어 꼬리가 선체를 탁탁 치는 소리

---

**181** 여기서 간단한 사항을 하나 설명하자면, 죽은 고래를 배에 붙들어 맬 때 가장 확실하고 믿을 만한 방식은 꼬리 부분을 비끄러매는 것이다. 하지만 꼬리는 옆지느러미를 제외한 다른 부위보다 밀도가 높아 비교적 무겁고, 죽은 뒤에도 매우 유연해 수면 아래로 가라앉는 경향이 있다. 따라서 보트 위에 서서 맨손으로 꼬리에 쇠사슬을 감기가 힘들다. 하지만 요령을 발휘하면 이런 어려움도 해결할 수 있는데, 튼튼한 밧줄 한 가닥을 준비해 밧줄 끝에 나무 부표를 달고 가운데에는 무거운 추를 매단 다음, 다른 한끝을 뱃전에 묶어두는 것이다. 노련한 솜씨로 나무 부표를 고래 저편에 띄우면 밧줄로 고래 몸을 한번 감은 셈이 되고, 쇠사슬도 같은 방식으로 고래 몸에 두른 다음 꼬리에서 가장 가는 부분, 즉 넓적한 꼬리와 몸통이 연결되는 지점을 단단히 고정시킬 수 있다. (원주)

에 몇 번이고 움찔하며 잠에서 깼다. 그들의 심장에서 불과 몇 센티미터 떨어진 곳에서 상어 떼가 아가리를 쩍 벌린 채 북적대고 있는 것이다. 뱃전 너머로 내려다보면 (아까는 소리만 들렸지만) 이제는 상어들이 음침하고 검은 바닷속에서 헤엄치는 것이 보였다. 그들은 고래 몸뚱이에서 인간의 머리만 한 살점을 뜯어내고서는 등을 보이며 옆으로 물러섰다. 상어의 솜씨는 정말 놀라웠다. 공격 불가능할 것 같은 고래의 표면에서 어쩌면 그렇게 몸의 균형을 유지하며 한입 가득 살점을 뜯어내다니, 그 솜씨는 우주의 신비 중 하나라고 할 만하다. 상어들이 고래 표면에 남기는 흔적은 목수가 나사못을 박기 위해 파놓은 빈 구멍과 아주 비슷하다.

화약 연기가 자욱하고 극악무도한 전투가 벌어지는 해전 중에도 상어들은 아가리를 떡 벌린 채 전함의 갑판을 갈망에 찬 눈빛으로 올려다본다. 마치 붉은 살코기를 베어내는 식탁 주위에 몰려든 굶주린 개들처럼 혹시라도 던져지는 사체를 한입에 집어삼킬 준비가 되어 있는 것이다. 갑판 위에서 용감한 푸주한들이 도금 장식에 술 달린 칼을 들고 식인종처럼 살아 있는 적함의 선원들을 자르고 있는 동안, 상어들은 보석 알 같은 이빨을 쩍 벌리고서는 죽은 고기를 서로 뜯어먹으려고 다툰다. 그런데 갑판 위와 아래를 슬쩍 바꾸어놓아도 상황은 크게 다르지 않다. 다시 말해 양쪽에서 충분히 상어 아가리 같은 행태가 벌어지고 있는 것이다. 상어들은 대서양을 횡단하는 모든 노예선의 변함없는 수행원들로서 뭔가 치워야 할 귀찮은 물건이 있거나 죽은 노예를 그럴 듯하게 장례 지내야 할 때 즉시 앞에 나선다. 그밖에도 상어들이 사교적인 모임을 가지고 즐겁게 축제를 여는 조건과 장소, 상황 등에 대해 한두 가지 유사한 사례를 더 들 수 있지만, 한밤중에 포경선에 죽은 향유고래가 묶여 있는 것만큼 상어들에게 유쾌하고 즐거운 축제 분위기를 만들어주는 것도 없을 것이다. 그런 광경을 직접 본 적이 없다면, 악마 숭배의 타당성이라든지 악마를 달래는 방편에 대한 판단을 유보하는 것이 좋으리라.

그러나 스터브가 바로 옆에서 잔치를 벌이고 있는 상어들의 씹어대는 소리 따위는 신경 쓰지 않듯이, 상어들도 이 미식가가 입맛 다시는 소리에 신경 쓰지 않았다.

"요리사, 요리사, 양털 영감 어디 있나?" 마침내 스터브가 저녁을 먹기 위해 좀 더 안정적인 자세를 취하려는 듯 양다리를 더욱 쩍 벌리며 소리쳤다. 동시에 창으로 고래를 찌르기라도 하는 것처럼 포크를 접시에 휙 내던졌다. "요리사, 요리사, 이리 좀 와봐!"

정말이지 말도 안 되는 시간에 따뜻한 그물 침대에서 자다가 불려 나온 흑인 노인은 달갑지 않은 표정으로 조리실에서 어물거리며 나왔다. 흑인 노인들 대부분이 그러하듯 그는 무릎 연골에 문제가 있었다. 조리실의 냄비들은 잘 건사하면서 정작 자신의 연골은 잘 건사하지 못한 것이다. 선원들이 양털 영감이라고 부르는 이 노인은 쇠테를 펴서 엉성하게 만든 부지깽이에 몸을 지탱한 채 다리를 절뚝거리며 나왔다. 힘들게 걸어온 노인은 명령에 따라 스터브의 보조 식탁 맞은편에 섰다. 그는 두 손을 앞으로 모으고 두 발 지팡이에 몸을 기대며 이미 굽은 등을 더욱 수그려서 절하고, 잘 들리는 쪽의 귀가 스터브를 향하도록 고개를 옆으로 돌렸다.

"요리사." 스터브가 다소 붉은 고깃덩어리를 재빨리 입으로 가져가면서 말했다. "이 스테이크, 너무 바싹 구운 거 아니야? 그리고 이 스테이크 너무 두드린 것 같아. 지나치게 연하단 말이지. 고래고기는 좀 씹는 맛이 있어야 한다고 늘 자네한테 얘기하지 않았나? 저기 뱃전 너머의 상어들 좀 보라고. 저놈들도 질깃질깃한 생고기를 좋아하잖아. 아주 야단법석이 났군! 요리사, 가서 저놈들에게 한마디해. 얌전하게 적당히 먹는 것은 환영이지만 조용히 좀 하라고 말이야. 젠장, 내 목소리도 안 들릴 지경이야. 자, 요리사, 어서 가서 내 말을 전해. 이 등불을 들고 가게." 그는 보조 식탁에 있던 등불을 하나 들어서 건넸다. "가서 놈들에게 설교 좀 해!"

양털 영감은 시무룩한 표정으로 등불을 받아 들고는 절뚝거리며 갑판을 가로질러 뱃전으로 갔다. 그는 신도의 모습을 잘 보려는 듯이 한 손으로 등불을 바다 위에 낮게 내밀었고, 다른 한 손으로는 짐짓 엄숙하게 부지깽이를 휘둘렀다. 그는 뱃전 너머로 몸을 약간 내밀고 웅얼거리며 상어들에게 설교를 시작했다. 한편 스터브는 뒤로 몰래 다가가 이 노인네가 하는 소리를 다 엿들었다.

"이봐, 상어들. 나는 네놈들이 내는 빌어먹을 소음을 멈추게 하라는 지시를 받고 왔다. 내 말 듣고 있어? 그 빌어먹을 쩝쩝거리는 소리 좀 그만 내! 스터브 항해사님이 그랬어. 목구멍에 차오를 때까지 처먹는 건 좋지만 그 시끄러운 소리 좀 닥치라고!"

"요리사." 스터브가 요리사의 어깨를 탁 치며 불쑥 끼어들었다. "요리사! 도대체 뭐하는 거야? 설교할 때 욕을 하면 쓰나. 그래 가지고는 죄인들을 회개시킬 수가 없지!"

"뭐라고요? 그럼 항해사님이 죄인에게 직접 설교하시죠." 그가 시무룩하게 돌아서며 말했다.

"아니야, 요리사. 계속해. 계속하라고."

"좋아요, 그렇다면. 자, 사랑하는 상어 여러분!"

"좋았어, 바로 그거야!" 스터브가 만족스러운 듯이 외쳤다. "저놈들을 잘 구슬려서 회개시켜봐. 어디 한번 해보라고." 양털 영감은 말을 이었다.

"여러분은 모두 상어입니다. 그래서 뭐든지 잘 먹지요. 하지만 상어 여러분! 그렇게 허겁지겁 처먹는 건 뭐라고 하지 않겠습니다. 하지만 꼬리로 탁탁 쳐대는 그 빌어먹을 짓은 좀 그만두십시오. 계속 그렇게 꼬리를 탁탁 치고 우적우적 씹어대면 내가 하는 소리가 안 들리잖아, 젠장."

"요리사." 스터브가 그의 목덜미를 잡으며 소리쳤다. "그런 욕은 하지 말라니까. 신사적으로 말해보라고."

설교가 다시 이어졌다.

"상어 여러분, 나는 여러분의 먹성을 비난하지 않습니다. 본성이니까 어쩔 수 없는 거죠. 하지만 그 사악한 본성을 다스리는 것, 그것이 중요합니다. 물론 여러분은 상어입니다. 하지만 내면의 상어를 다스릴 줄 안다면 여러분도 천사가 될 수 있습니다. 천사란 자기 내면의 상어를 잘 다스리는 존재에 불과합니다. 잘 들으십시오, 형제들이여. 저 고래를 뜯어먹을 때 좀 점잖게 행동하기 바랍니다. 이웃의 아가리로 들어가는 고래 지방을 빼앗지 마십시오. 저 고래에 대해 어떤 상어든 똑같은 권리를 가지고 있지 않습니까? 사실 여러분은 저 고래에 대해 아무런 권리도 없습니다. 저 고래는 다른 이의 것입니다. 여러분 중에는 다른 상어들보다 아가리가 훨씬 큰 놈도 있겠지요. 아가리는 큰데 배는 작은 놈도 있고요. 그러니 아가리가 큰 것은 마구 삼켜대라는 뜻이 아니라, 저 난리 북새통을 뚫고 들어가 자기 배를 채울 수 없는 새끼 상어들에게 그 아가리로 물어뜯은 것을 나누어주라는 뜻입니다."

"잘했어, 양털 영감!" 스터브가 소리쳤다. "그런 게 바로 기독교 정신이지. 계속해봐."

"계속해봐야 소용없어요. 저 깡패들은 계속 북새통을 이루면서 서로 때리기 바쁜 걸요. 내 말은 한마디도 듣지 않아요. 저런 식충이들에게 설교해보았자 아무 소용 없어요. 저놈들은 배가 가득 차야 말을 듣는데 배가 가득 차는 법이 없거든요. 설령 배가 가득 차도 말을 듣지 않아요. 그때는 바다 깊숙한 곳으로 내려가 산호 위에서 자빠져 자니까요. 그러니 내 이야기를 들을 일은 영영 없는 겁니다."

"정말 그렇군. 나도 동의하네. 양털 영감, 놈들에게 축복기도나 해줘. 나는 다시 저녁이나 먹으러 가겠네."

그러자 양털 노인은 상어 떼를 향해 두 손을 내밀고 소리 높여 외쳤다.

"빌어먹을 형제들아, 떠들 수 있을 때 실컷 떠들어라. 네놈들 배가 터질 때까지 처먹어라. 그럼 다음에 확 뒈져버려라."

"이봐, 요리사." 스터브가 양묘기로 돌아와 다시 식사를 하면서 말했다. "아까 자네가 섰던 곳에 와서 잠시 서봐. 거기 내 맞은편. 그리고 내 말 잘 들어."

"네, 듣고 있습니다." 양털 노인이 스터브가 지시한 곳으로 와서 다시 부지깽이에 기대어 몸을 수그리면서 말했다.

"좋아." 스터브가 그러는 동안에도 고래고기를 우적거리며 말했다. "이 스테이크 이야기를 더 해보자고. 먼저, 자네는 몇 살이나 되었나?"

"그게 스테이크하고 무슨 상관입니까?" 흑인 노인이 시무룩하게 말했다.

"웬 말대꾸야! 몇 살이냐니까?"

"사람들 말로는 아흔 살이라고 합니다." 그가 우울하게 중얼거렸다.

"그렇다면 자네는 이 세상에서 100년 가까이를 살고서도 아직 고래고기 스테이크를 요리할 줄 모른단 말인가?" 스터브는 말을 마치며 또 고기 한 조각을 얼른 입속에 집어넣었다. 그 한입이 마치 질문의 연속처럼 느껴졌다. "요리사, 자네는 어디서 태어났나?"

"로아노크강[182]의 나룻배 승강구 뒤에서요."

"나룻배에서 태어났다고? 그것 참 별나군. 하지만 나는 자네 고향이 어디냐고 물었어."

"로아노크라고 하지 않았습니까?" 그가 무뚝뚝하게 소리쳤다.

"아니, 요리사, 자네는 그렇게 말하지 않았어. 하지만 내가 하려던 말을 해주지. 요리사, 자네는 고향으로 돌아가 다시 태어나는 게 좋겠어. 아직도 고래고기 스테이크 하나 구울 줄 모르니 말이야."

"내가 또 스테이크를 요리하면 사람이 아니다." 노인은 화를 내며 으르렁거리고는 자리를 뜨려고 돌아섰다.

"돌아오게, 요리사. 그 부지깽이는 나한테 주고, 여기 와서 이 스테이크 좀 먹어봐. 스테이크를 정말 그렇게 구워야 한다고 생각하는 건지 말 좀 해보라고. 자, 받으라니까." 스터브는 부지깽이를 끌어당기면서 말했다. "자, 받아서 한번 맛보라고."

흑인 노인은 잠시 쭈글쭈글한 입술로 스테이크를 힘없이 우물거리더니 중얼거렸다. "내가 먹어본 스테이크 중에 가장 맛있어. 육즙이 줄줄 흐르는군."

"요리사." 스터브가 어깨를 으쓱하며 말했다. "교회에 다니나?"

"케이프타운에 있을 때 교회 앞을 한번 지나간 적은 있어요." 노인은 심드렁하게 말했다.

"케이프타운에서 거룩한 교회 앞을 지나간 적이 있단 말이지? 그럼 그때 목

---

**━ 182** 버지니아 중부에서 캐롤라이나 북부로 흐르는 강.

사가 신도들에게 '사랑하는 성도 여러분'이라고 말하는 것을 들은 게 틀림없군. 그러고도 여기 와서 방금 했던 것처럼 거짓말을 늘어놓는단 말이지, 응?" 스터브가 말했다. "자네는 어디로 갈 것 같은가?"

"바로 잠자리에 들어야죠." 그는 반쯤 돌아서며 중얼거렸다.

"잠깐, 거기 서! 내 말은 죽으면 어디로 갈 것 같냐는 말일세. 아주 중대한 질문이지. 자, 이제 뭐라고 대답하겠나?"

"이 늙은 검둥이가 죽으면," 흑인은 태도와 표정을 바꾸면서 천천히 말했다. "저는 아무데도 가지 않겠지만 거룩한 천사들이 내려와 저를 데려갈 겁니다."

"데려간다고? 어떻게? 수레에 태워서? 엘리야를 데리고 간 것처럼?[183] 도대체 어디로 데려간다는 거야?"

"저기 위로." 양털 노인은 부지깽이로 머리 위쪽을 한동안 가리키며 말했다.

"그렇다면 자네는 죽으면 저 큰 돛대 꼭대기로 올라가겠다는 거야? 위로 올라갈수록 더 춥다는 거 몰라? 주돛대 꼭대기 말이야, 응?"

"저는 그렇게 말하지 않았어요." 영감은 다시 시무룩한 표정으로 말했다.

"저기 위라고 하지 않았나? 자, 자네가 직접 보라고. 자네 부지깽이가 어디를 가리키고 있는지 좀 봐. 요리사, 자네는 겁쟁이 선원의 구멍[184]을 통해 천국에 가겠다는 거지? 안 돼, 안 돼, 안 될 일이야. 돛대 바깥쪽을 돌아서 늠름하게 가는 길밖에 없어. 힘들어도 그렇게 가야 해. 안 그러면 못 올라가. 게다가 우리 중에 천국에 가본 자는 아무도 없어. 요리사, 그 부지깽이는 내려놓고 내 지시를 들어. 듣고 있나? 한 손으로 모자를 들고 다른 한 손은 자네 가슴에 올려봐. 이제 내가 지시할 테니. 뭐야, 그게 가슴이야? 거기가? 그건 배잖아! 좀 더 위로, 위로! 그래 됐어. 자, 거기다 손을 둔 채 내 말 잘 들어."

---

**183** 열왕기하 2장 11절. "두 사람이 길을 가며 말하더니 불수레와 불말들이 두 사람을 갈라 놓고 엘리야가 회오리바람으로 하늘로 올라가더라."

**184** 주돛대 꼭대기로 통하는 구멍. 풋내기 선원은 이 구멍으로 돛대 꼭대기에 오르지만 노련한 선원은 과감히 돛의 가장자리를 따라 기어 올라간다.

"잘 듣고 있습니다." 흑인 노인은 두 손을 스터브가 지시한 대로 놓고, 두 귀를 동시에 앞으로 내밀려는 것처럼 반백의 머리를 흔들었지만 생각대로 되지 않았다.

"요리사, 보라고. 자네가 요리해온 고래고기 스테이크는 너무 맛이 없어 내가 재빠르게 치워버렸어. 내 말 알아들었지? 그러니 앞으로 자네가 여기 내 개인 식탁, 즉 양묘기 위에서 먹을 고래고기 스테이크를 요리할 때, 고기를 너무 구워서 망치는 일이 없도록 미리 이야기하는 거야. 한 손에 스테이크를 들고, 다른 한 손으로는 숯불을 고기에 갖다 대. 그런 다음 스테이크를 접시에 담아. 알아들었어? 그리고 내일 고래를 해체해서 배 안에 들일 때 옆에서 대기하고 있다가 지느러미 끝부분을 얻어서 피클로 담가둬. 꼬리 끝부분은 소금에 절이고. 자, 이제 가도 좋아."

그러나 양털 노인이 서너 걸음을 떼기도 전에 또 주문 사항이 떨어졌다.

"내일 밤 내가 야간 당직을 설 때, 저녁 식사로 커틀릿을 만들어줘. 알았지? 그럼, 가도 좋아. 잠깐, 멈춰! 가기 전에 인사는 하고 가야지. 다시 잠깐만. 아침 식사로는 고래 완자를 만들어줘. 잊지 마."

"젠장, 저놈이 고래고기를 먹는 게 아니라 고래가 저놈을 먹어버렸으면 좋겠군. 상어 우두머리보다 더하면 더했지 덜하지 않아!" 노인은 다리를 끌고 걸어가면서 중얼거렸다. 그리고 현명한 발언을 하고서는 그물 침대로 들어갔다.

## 65장   고래고기 요리

유한한 인간이 등불의 연료가 되어주는 동물을 잡아먹고 살아야 한다는 것, 즉 스터브처럼 고래기름으로 밝힌 등불 앞에서 식사를 하는 것은 꽤나 기이한 일이므로 여기에 얽힌 역사와 철학에 관해 좀 더 깊이 살펴볼 필요가 있다.

기록에 따르면, 300년 전에 참고래의 혀가 프랑스에서는 별미로 높이 평가되어 고가에 팔렸다. 헨리 8세 시대에는 궁중의 한 요리사가 돌고래구이와 함께 먹을 맛있는 소스를 개발해 극찬을 받았다고도 한다. 알다시피 돌고래는 고래의 일종이다. 사실 돌고래는 오늘날에도 훌륭한 요리 재료로 여겨지고 있다. 돌고래고기는 당구공 크기의 완자로 만들어 양념과 향신료를 잘 곁들이면 거북고기 완자나 송아지고기 완자와 거의 구분되지 않는다. 스코틀랜드 던펌린 수도원의 늙은 수도사들이 고래고기 완자를 매우 좋아해 왕실로부터 푸짐한 양의 돌고래고기를 하사받기도 했다.

사실 고래고기 양이 그렇게 많지 않았더라면 적어도 고래잡이들 사이에서는 고래고기가 고상한 요리로 인정받았을지도 모른다. 가령 길이가 30미터나 되는 고기파이 앞에 앉으면 식욕이 싹 달아나는 법이다. 요즘에는 스터브처럼 편견이 전혀 없는 사람들만 고래고기 요리를 먹는다. 그러나 에스키모족은 식성이 그리 까다롭지 않다. 그들이 고래고기를 먹고 살며, 최상급의 묵은 고래기름으로 진귀한 어유를 만든다는 사실을 우리는 잘 알고 있다. 유명한 에스키모 의사인 조그란다는 고래 지방이 맛이 좋고 영양도 높으므로 어린아이들에게 먹일 것을 추천한다. 이런 이야기를 하고 있자니, 오래전에 사고로 그린란드에 불시착한 영국인 포경선 선원들이 생각난다. 그들은 고래기름을 짜낸 뒤 해안가에 버린 곰팡이 핀 고래고기 조각을 먹으며 몇 달을 연명했다고 한다. 네덜란드 고래잡이들은 그런 고래고기 조각을 '튀김요리'라고 부르는데, 실제로 신선할 때는 갈색빛을 띠고 바삭바삭한 것이 옛날에 암스테르담 주부들이 갓 구운 도넛이나 튀김 과자와 비슷한 냄새도 난다. 그 고기 조각들은 어찌나 먹음직스러운지 극기심 강한 영국인들도 거부하기가 어려웠을 것이다.

그러나 고래고기가 고급 요리로서 다소 미흡한 또 다른 이유는 기름기가 너무 많다는 점이다. 고래는 바다의 일등급 황소인데 너무 기름기가 많아 우아한 음식이 되기 어렵다. 고래의 혹을 한번 보라. 그 안에 지방이 그토록 피라미드처럼 빽빽이 들어 있지 않았더라면 (귀한 요리로 여겨지는) 들소의 혹만큼 멋진 식재료로 평가되었을 것이다. 그러나 고래의 뇌 자체는 맛이 부드럽고 뽀얀 크림빛이 돈다. 투명한 데다 반쯤 젤리 같은 것이 석 달 정도 자란 코코넛의 하얀 속살 같기도 하다. 너무 기름져서 버터 대용이 되지는 못하지만, 그래도 많은 고래잡이들은 그것을 다른 음식에 집어넣어 먹는 방법을 알고 있다. 밤새 고래기름을 짜내며 당직을 설 때면, 선원용 건빵을 거대한 기름 솥에 살짝 담가 튀겨서 먹는다. 나도 그런 식으로 여러 번 멋진 저녁 식사를 했다.

작은 향유고래의 뇌는 특별한 음식으로 인정받는다. 먼저 두개골을 도끼로 쪼개면 통통하고 하얀 뇌엽 두 개(두 개의 커다란 푸딩과 완전히 닮은꼴이다)가 나오는데, 이것을 밀가루에 묻혀 요리하면 아주 훌륭한 음식이 된다. 그 맛은 송아지 골과 아주 비슷하고, 미식가들 사이에서 고급 요리로 평가된다. 송아지 골 이야기가 나왔으니 하는 말인데, 미식가들 중 일부 젊은이들은 송아지 골을 계속 먹은 덕분에 그들 나름의 작은 골을 가지게 되어 송아지 골과 자신의 골 정도는 구분할 수 있게 된다. 그들로서는 이렇게 둘을 구분하려면 엄청난 능력이 필요하다. 그 때문에 총명해 보이는 송아지 머리를 앞에 둔 젊은 친구는 아주 슬픈 구경거리가 되어버린다. 그 송아지 머리가 "브루투스, 너마저!" 하며 그를 비난하는 눈빛으로 쳐다보는 듯하기 때문이다.

육지 사람들은 고래고기를 먹는 것에 거부감을 느끼는데, 고래고기가 과도하게 기름이 많기 때문만은 아니다. 이런 거부감은 어느 면에서는 앞에서 언급한 다소 웃지 못할 상황에서 비롯된 것일 수도 있다. 이를테면 고래기름으로 등불을 밝히면서 방금 바다에서 갓 죽인 동물의 고기를 먹는 것이다. 그러니 황소를 처음 죽인 사람은 틀림없이 살인자 취급을 당했을 것이고, 어쩌면 교수형을 당했을지도 모른다. 만약 황소들이 그자를 심판했다면 틀림없이 사형선고가 떨어졌을 것이고, 그는 여느 살인자들과 같이 당연히 사형에 처해졌을 것이다. 그런데 토요일 저녁에 정육 시장에 가서 살아 있는 두 발 동물들이 일렬로 늘어선 죽은 네 발 동물들을 올려다보는 모습을 한번 보라. 그것은 식인종의 어금니를 빼버리는 광경이 아닐 수 없다.[185] 식인종? 식인종이 아닌 자가 어디 있단 말

---

**185** '어금니를 빼버리다'는 '남의 무기를 빼앗다', '남을 무력하게 하다'라는 뜻으로 고기를 먹는 문명인의 행태가 식인종보다 더 야만적이라는 말이다. 멜빌은 첫 작품 『타이피』에서 미국과 유럽의 선교사들이 남태평양 현지 원주민을 개화시킨다고 했으나 실제로

인가? 다가오는 기근에 대비해 말라빠진 선교사의 시신에 소금을 쳐서 지하실에 보관한 피지족이, 거위를 땅바닥에 못박아놓고 그 간을 비대하게 만든 다음 요리해서 '파테드푸아그라'라는 그럴 듯한 이름을 붙여서 먹는 문명화되고 개화된 미식가들보다 최후의 심판 날에 좀 덜한 벌을 받게 될 것이다.

그런데 스터브는 고래기름으로 밝힌 등불 옆에서 고래고기를 먹고 있다. 위해를 입힌 것도 모자라 모욕을 더한 행위가 아니라면 뭐란 말인가? 문명화되고 개화된 미식가여, 지금 로스트비트를 썰고 있는 그 나이프의 손잡이는 무엇으로 만든 것인가? 당신이 먹고 있는 황소 형제의 뼈로 만든 것이 아닌가? 그리고 기름진 거위를 실컷 먹고 나서 무엇으로 이를 쑤시는가? 바로 그 거위의 깃털이 아닌가? '거위학대방지협회'의 사무총장은 어떤 깃털 펜으로 회람을 작성했는가? 그 협회가 철제 펜만 사용하겠다는 결의안을 통과시킨 것이 불과 한두 달 전의 일이다.

## 66장  상어 대학살

남태평양 어장에서는 포획된 향유고래를 오랜 노역 끝에 밤늦게 포경선에 매달아놓아도, 곧장 해체해서 배에 들이는 작업을 하지 않는 것이 관례다. 고래 몸을 구분해 절단하는 작업은 아주 힘들고 금세 끝낼 수도 없을뿐더러 모든 선원이 달려들어서 해야 하는 일이다. 그래서 돛을 모두 내리고, 키를 바람 불어 가는 쪽으로 돌린 다음, 선원들을 모두 선실로 내려보내 다음 날 날이 밝을 때까지 취침하게 한다. 다만 그때까지 2인 1조로 4시간씩 교대로 갑판 위에 올라가 사방을 철저히 경계하는 정박 당직을 서는 것이 일반적인 관행이다.

그러나 때때로, 특히 태평양의 적도 부근에서는 이런 당직이 별 효과가 없다.

는 타락시켰고, 현지 원주민이 인육을 먹는다고 비난하지만 그들은 죽은 사람을 먹을 뿐 미국 사회처럼 살아 있는 사람(흑인 노예)을 먹지는 않는다고 통렬히 비판한다.

묶어둔 고래 사체 주변에 무수히 많은 상어들이 몰려들어 여섯 시간만 내버려 두어도 아침에는 고래 뼈만 남을 것이기 때문이다. 상어가 그리 많지 않은 다른 해역에서는 날카로운 고래 절단용 삽을 열심히 휘두르면 상어들의 엄청난 식탐을 상당히 제어할 수 있다. 경우에 따라 이런 방법이 오히려 상어들의 식탐을 더 부추기는 수가 있지만 말이다. 하지만 이번에 피쿼드호 주위에 몰려든 상어들은 그리 많지 않았다. 그럼에도 그런 광경에 익숙하지 않는 사람이 그날 밤 뱃전 아래를 내려다보았다면, 둥근 바다가 하나의 거대한 치즈이고 상어 떼는 그 속에서 우글거리는 구더기처럼 보였을 것이다.

그런데 스터브가 저녁 식사를 마친 후 정박 당직을 세운 대로 퀴케그와 앞갑판 선원 한 명이 갑판에 올라왔을 때, 흥분한 상어들 사이에서 엄청난 소란이 일어났다. 두 사람은 즉시 고래 해체용 발판을 뱃전에 내걸고 등불 세 개를 드리워 어두운 바다 위에 기다란 빛을 비추고는, 기다란 고래 삽[186]으로 상어의 유일한 급소로 여겨지는 대가리를 강하게 내리치며 상어들을 죽이기 시작했다. 그러나 상어들은 거품처럼 서로 뒤섞여 부글거리고 있기 때문에 아무리 실력이 좋은 자라도 언제나 표적을 정확히 타격할 수 있는 것은 아니다. 이렇게 타격이 빗나가면 가뜩이나 사나운 적들의 흉포한 면모가 새롭게 드러난다. 상어들은 터져 나온 다른 상어들의 내장을 물어뜯을 뿐만 아니라 유연한 활처럼 몸을 구부려 자기 내장까지 물어뜯는다. 계속해서 삼킨 내장들이 마침내 고래 삽에 맞아 벌어진 쪽으로 흘러나오기를 몇 번이고 되풀이하는 것 같았다. 그뿐만이 아니다. 상어들의 사체와 유령을 건드리는 것도 아주 위험한 일이었다. 상어의 몸에서 생명이 떠나버린 후에도 녀석들의 관절과 뼛속에는 일종의 범신론적인 생명력이 도사리고 있는 듯했다. 껍질을 벗기기 위해 죽은 상어를 갑판

---

186 고래를 자를 때 쓰는 고래 삽은 최상급 강철로 만들고, 크기는 성인 남자의 펼친 손바닥만 하다. 일반적인 형태는 이름에서 알 수 있듯이 정원용 삽과 비슷하지만, 양쪽 가장자리가 편편하고 위 끝이 아래 끝보다 상당히 좁다. 이 무기는 가능한 한 늘 날카롭게 벼린 상태를 유지해야 하며, 면도날처럼 사용하는 도중에도 숫돌에 갈기도 한다. 삽 한가운데 빈 구멍에 6~9미터 길이의 단단한 막대기를 꽂아 자루로 사용한다. (원주)

위로 끌어올린 다음, 퀴케그가 그 흉측한 아가리를 다물게 하려다가 아가리가 갑자기 철커덕 닫히는 바람에 하마터면 손이 잘려 나갈 뻔했다.

"어떤 신이 상어를 만들었는지 퀴케그는 신경 쓰지 않는다." 야만인은 고통스럽게 손을 위아래로 흔들어대며 말했다. "피지 신이든 낸터킷 신이든 간에, 저 상어를 만든 신은 틀림없이 빌어먹을 인디언일 거다."

## 67장 고래 해체 작업

그날은 토요일 밤이었고 다음 날은 이른바 안식일이었다! 그러나 포경선 선원들은 업무상 안식일을 어기는 사람이 될 수밖에 없다. 상아색 피쿼드호는 도살장 비슷한 곳으로 바뀌었고, 선원들도 모두 푸주한으로 변신했다. 누가 이 광경을 보았더라면, 우리가 1만 마리의 붉은 황소를 바다의 신들에게 바치고 있는 줄 알았을 것이다.

우선, 대개 초록색으로 칠한 여러 장비 중에서 엄청나게 큰 해체용 도르래는 혼자 들 수 없을 만큼 무겁다. 포도송이처럼 생긴 이 도르래는 흔들흔들하면서 주돛대까지 올려진 후, 갑판에서 가장 단단한 지점인 뒷돛대 꼭대기에 단단히 묶인다. 그런 다음 이 복잡한 장치들 사이로 닻줄 모양의 밧줄을 집어넣어 그 끝을 양묘기에 연결하고 도르래의 묵직한 아랫부분을 고래 위로 내리는데, 여기에 무게가 50킬로그램은 족히 되는 커다란 갈고리를 부착한다. 뱃전의 발판 위에서 기다란 삽을 들고 대기하던 스타벅과 스터브가 고래의 양쪽 옆지느러미 중 가장 가까운 곳 바로 위에 갈고리를 끼워 넣을 구멍을 낸다. 이 작업이 끝나면 구멍을 기준으로 고래의 몸을 한 바퀴 돌면서 절단하는 선을 표시하고 이어 갈고리를 구멍에 집어넣는다. 그러면 선원들 대부분이 일제히 함성을 지르며 양묘기에 달려들어 밧줄을 감기 시작한다. 그 순간 배 전체가 한쪽으로 기울어지면서 배에 박혀 있는 모든 나사가 서리 내린 추운 날 낡은 집의 못대가리들처럼 삐져나오려 한다. 배가 진동하고 흔들리면서 돛대 꼭대기도 하늘 높은 곳에서 끄덕거린다. 배는 점점 더 고래 쪽으로 기울고, 양묘기가 쉭쉭거리며 밧줄을 감아 들일 때마다 파도가 철썩거리며 화답한다. 마침내 깜짝 놀랄 만큼 쩍하고 뜯겨 나가는 소리가 들리고 배가 크게 흔들리며 위로 솟구쳤다가 고래 뒤로 물러나는가 싶더니, 도르래가 반원형으로 떼어낸 첫 번째 기름 덩어리를 매달고 의기양양하게 올라온다. 고래의 지방은 귤껍질이 속살을 감싸고 있듯이 고래의 속살을 감싸고 있기 때문에 귤껍질을 빙 돌려서 까는 것처럼 고래의 지방층도 고래의 몸에서 한 바퀴 빙 돌려 뜯어낸 것이다. 양묘기가 계속 잡아당기고 있기 때문에 고래는 물속에서 계속 빙글빙글 돌고, 고래 지방은 스타벅과 스터브가 좌우에서 삽으로 동시에 내는 '스카프'라는 절단선을 따라 한 조각으로 균일하게 벗겨진다. 고래 지방이 빨리 벗겨지는 대로 양묘기가 도르래를 들어 올리고, 벗겨진 고래 지방은 점점 더 들어 올려지다가 마침내 주돛대 꼭대기의 망루를 스치게 된다. 그러면 거대한 담요같이 생긴 기름 덩어리가 하늘에 매달려 있는 것처럼 좌우로 흔들거린다. 그 아래 있는 선원들은 흔들리는 기름 덩어리에 맞지 않게 알아서 주의해야 한다. 그 덩어리에 맞았다가는 곧바로 뱃전 너머 바다로 떨어지기 때문이다.

이제 갑판에서 대기 중이던 작살잡이 중 하나가 길고 날카로운 수납용 칼을 들고 앞으로 나와 기회를 엿보다가 흔들거리는 거대한 덩어리 밑 부분에 상당한 크기의 구멍을 솜씨 좋게 뚫는다. 이 구멍에 두 번째 갈고리를 끼워 넣어 고래 지방을 단단히 고정시키면 후속 작업이 진행된다. 이 능숙한 칼잡이는 다들 물러서라는 경고를 한 후, 다시 한번 기름 덩어리에 달려들어 몇 차례에 걸쳐 옆으로 비스듬히 칼을 내질러 덩어리를 완전히 두 동강낸다. 그러면 길이가 짧은 아랫부분은 바다에 떨어져 그대로 있지만, '담요'라고 불리는 기다란 윗부분은 여전히 공중에 매달린 채 흔들거린다. 이제 담요를 내릴 때가 된 것이다. 양묘기 앞에 있던 선원들이 다시 노래를 시작하고, 도르래 하나가 고래에게서 두 번째 고래 지방을 벗겨내는 동안 다른 도르래는 서서히 느슨해져 처음 벗겨낸 기다란 지방 조각을 주 승강구 통로를 통해 지방 보관실이라는 곳으로 내려보낸다. 이 어두운 방에서 대기하고 있던 여러 선원이 날렵한 솜씨로 기다란 담

요를 둘둘 말아 수납하는데, 그 모습이 마치 살아 있는 뱀들을 엮어놓은 커다란 덩어리 같다. 담요를 다 수납할 때까지 그 일은 반복된다. 도르래 두 개가 동시에 오르락내리락하고, 고래와 양묘기가 둘 다 감겨 올라가고, 감아올리는 선원들은 노래를 부르고, 지방 보관실의 신사들은 기다란 담요를 말고, 항해사들은 계속 칼집을 내고, 배는 고래 지방을 벗겨내느라 용을 쓰고, 선원들은 긴장된 분위기를 누그러뜨리기 위해 가끔씩 욕설을 내뱉는다.

### 68장  담요

지금까지 나는 의논이 분분한 문제, 즉 고래 가죽 문제에 적잖이 주의를 기울여왔다. 이 문제를 놓고 바다에서는 노련한 고래잡이들을 상대로, 육지에서는 학식 높은 생물학자들과 수차례 토론을 벌이기도 했다. 그럼에도 비록 개인적인 견해에 불과하지만 나의 원래 의견에는 변함이 없다.

문제는 고래 가죽이란 무엇이며 어느 부위를 가리키는가 하는 것이다. 고래 지방층이 무엇인지는 다들 알 것이다. 고래 지방층은 단단하고 밀도 높은 쇠고기와 비슷하지만, 그보다 더 질기고 탄력이 있으며 두께는 20센티미터부터 40센티미터에 이른다.

어떤 동물의 가죽이 그처럼 단단하고 밀도가 높다고 하면 처음에는 다소 황당하게 들릴지 모르겠지만 이런 전제에 반론을 제기하기란 불가능하다. 고래의 몸에서 지방층을 제외하고 달리 피부층이라고 할 만한 것이 없기 때문이다. 어떤 동물의 몸 가장 바깥에 위치한 층이 나름대로 밀도가 높다면 그것이 피부가 아니고 무엇이겠는가? 훼손되지 않은 고래의 사체에서는 아주 얇고 투명한 물질을 손으로 벗겨낼 수 있는데, 그것은 운모처럼 아주 얇은 조각으로 공단처럼 유연하면서도 부드럽다. 하지만 마르기 전에 그렇다는 것이고, 마르고 나면 수축하여 두꺼워질 뿐만 아니라 단단하면서도 부서지기가 쉽다. 나는 마른 조각을 몇 개 가지고 있어 고래 관련 책자의 책갈피로 사용하고 있다. 앞서 말했듯이 이 조각은 투명하다. 나는 이 조각을 확대경 삼아 인쇄된 책장 위에 올려 놓고 보면 어떨지 상상하며 즐거워했다. 고래 몸에서 나온 안경으로 고래에 대한 글을 읽는다는 것은 뭐랄까 아무튼 즐거운 일이다. 하지만 내가 여기서 말하고자 하는 바는, 그 얇디얇은 운모 같은 물질이 고래의 온몸을 뒤덮고 있기는 하지만 그것을 고래의 가죽이라기보다 가죽의 막으로 보아야 한다는 것이다. 거대한 고래의 가죽이 갓난아기의 피부보다 얇고 부드럽다는 것은 정말이지 말도 안 되는 소리이기 때문이다. 하지만 그 이야기는 이제 그만하기로 하자.

고래 지방층이 고래의 가죽이라고 가정했을 때, 이 가죽은 대형 향유고래의 경우 100통이나 짜낼 수 있는 기름을 안에 간직하고 있다. 그런데 양이나 무게를 따져보았을 때, 기름은 가죽 전체가 아니라 4분의 3 정도에서만 짜낸 것이다. 겉가죽의 일부에서만 이렇게 엄청난 양의 기름이 나오는 것을 생각해보면, 향유고래가 얼마나 거대한 동물인지 짐작할 수 있다. 기름 10통을 1톤으로 환산하면 고래 가죽의 4분의 3 정도가 무려 10톤이나 나가는 것이다.

살아 있는 향유고래의 표피는 이 고래가 가지고 있는 여러 가지 경이로운 모습 중에서도 대표적인 사례다. 고래의 온몸에는 빗금으로 이리저리 엇갈린 무수한 줄무늬가 빽빽이 이어져 있어 아름다운 이탈리아 선묘 동판화를 떠오르게 한다. 하지만 이런 줄무늬는 앞에서 말한 운모 같은 물질에 새겨진 것이 아니라 그 운모를 통해 보이는 몸통에 새겨져 있다. 그뿐만 아니라 경우에 따라 예리하고 통찰력 있는 사람들의 눈에는 이 직선 줄무늬가 마치 판화처럼 다른 어떤 심오한 것을 묘사하는 밑바탕으로 보이기도 한다. 줄무늬들은 상형문자와 다름없다. 다시 말해 피라미드 벽에 새겨진 신비한 기호들을 상형문자로 본다면, 고래 등의 줄무늬도 그렇게 보는 것이 맞다. 나는 미시시피강 상류의 유명한 상형문자 암벽에 새겨진 고대 인디언 문자를 그린 삽화를 보고 적잖이 감명 받았는데, 예전에 어느 향유고래의 몸에서 보았던 상형문자가 뚜렷이 겹쳐졌기 때문이다. 그 신비로운 암벽과 마찬가지로 고래에 새겨진 신비로운 무늬도 해독되지 않은 채 남아 있다. 인디언 암벽을 말하다 보니 또 다른 것이 생각난다. 향유고래는 외양에서 드러나는 여러 가지 특이점 말고도 등을 자주 내보이는 특성이 있다. 특히 옆구리를 자주 내보이는데 무수히 거칠게 긁혀서 그런지 일정한 줄무늬가 상당 부분 지워져 매우 불규칙하고 고르지 않다. 나는 뉴잉글랜드 해안에 있는 긁힘투성이의 암벽이 향유고래의 옆구리와 많이 닮았다고 생각한다(지질학자 아가시는 거대한 유빙 덩어리가 암벽에 부딪히고 긁혀서 그런 자국이 났다고 추정한다). 고래의 이런 긁힌 자국은 다른 고래들과 사납게 싸우다가 생긴 것일지도 모른다는 상상도 해본다. 그런 상처는 성체가 된 고래 수컷에게서 더 많이 볼 수 있기 때문이다.

고래의 가죽 혹은 지방층에 관해 한두 마디만 더하겠다. 담요라고 부르는 그것이 기다란 조각으로 벗겨진다는 것은 앞에서 이야기했다. 대부분의 항해 용어와 마찬가지로 '담요'라는 말도 매우 의미 있으면서 적절한 표현이다. 실제로 고래는 진짜 담요나 이불을 두른 것처럼 온몸이 지방층으로 싸여 있기 때문이다. 아니, 그보다는 머리 위로 덮어써서 발밑까지 내려오는 인디언 판초를 입고 있다고 하는 편이 낫겠다. 이처럼 따뜻한 담요를 두르고 있기 때문에 고래는 어떤 날씨, 어떤 바다, 어떤 시기, 어떤 조류에서도 아늑하게 지낼 수 있다. 몸이 떨릴 정도로 차가운 북극해에 사는 그린란드고래에게 이 보온 외투가 없다면 어떻게 되겠는가? 물론 북극해에서 날렵하게 돌아다니는 다른 물고기가 있기는 하다. 하지만 그 물고기들은 폐가 없는 냉혈동물이고, 그들의 배는 냉장고나 다름없어 빙산의 응달에서도 겨울 나그네가 여관의 난롯불 앞에서 불을 쬐듯 몸을 덥힐 수 있는 동물이다. 하지만 고래는 인간과 마찬가지로 폐로 호흡하는 온혈동물이다. 고래는 피가 식으면 죽고 만다. 인간과 마찬가지로 몸이 따뜻해야 살 수 있는 이 거대한 괴물이 북극 바닷속에 깊숙이 잠수하면서도 안락함을 느낀다니 얼마나 놀라운 일인가! 북극 바다는 이따금 배에서 추락한 선원이 몇 달이 지난 후, 호박 속에 갇힌 파리처럼 얼음 들판 한가운데서 얼어붙은 채 꼿꼿이 서 있는 모습으로 발견되는 곳이다. 더 놀라운 사실은 북극 고래의 피가 여름철 보르네오에 사는 흑인의 피보다 더 따뜻하다는 것이다. 이는 실험으로 증명되었다.

우리는 이 대목에서 고래의 강한 생명력과 두꺼운 벽과 널찍한 내부 공간이 지닌 진귀한 장점을 본다. 오, 인간들이여! 고래를 찬양하고 본받으라. 그대도 얼음 속에서 따뜻함을 유지하라. 그대도 이 세상에서 살아가되 세상의 일부가 되지 말라. 적도에서도 냉철함을 지키고, 극지에서도 따뜻한 피가 흐르게 하라. 오, 인간들이여! 성베드로대성당의 거대한 돔처럼, 그리고 거대한 고래처럼 사시사철 그대만의 체온을 유지하라.

하지만 이런 미덕을 가르친다는 것은 얼마나 쉽고도 허망한 일인가! 성베드로대성당 같은 돔을 가진 건축물은 참으로 드물고, 고래처럼 거대한 생물 또한 참으로 드물다!


## 69장 장례식

"사슬을 끌어올려라! 고래 사체를 떠내려 보내라!"

거대한 도르래는 이제 임무를 다했다. 머리가 잘리고 가죽이 벗겨진 고래의 하얀 몸은 대리석 무덤처럼 반짝거렸다. 비록 색깔이 바뀌기는 했지만 크기는 전혀 줄어든 것 같지 않았다. 그것은 여전히 거대했다. 사체가 바닷물에 떠밀려 서서히 멀어져 갈수록 그 주변에 탐욕스러운 상어들이 몰려들어 철벅거리고, 그 위의 하늘에는 바다 새들이 괴기한 소리를 지르며 사납게 날아들었다. 새들의 부리는 무례한 비수처럼 고래를 무수히 찔러댔다. 머리가 없는 거대한 흰 유령은 배에서 점점 멀어져 가고, 거리가 멀어질수록 수면에는 상어 떼가 몰려들고, 하늘에는 바다 새가 날아들면서 내는 무시무시한 소음이 더욱 커져만 갔다. 거의 정지한 것처럼 서 있는 포경선에서는 그 끔찍한 광경을 몇 시간에 걸쳐 계속 볼 수 있었다. 구름 한 점 없는 청명한 푸른 하늘 아래, 부드러운 미풍에 가볍게 떠밀리는 평온한 바다 위에서, 거대한 사체는 계속 떠내려가다가 마침내 무한한 전망 저 너머로 사라져버렸다.

이 얼마나 비통하고 조롱 가득한 장례식이란 말인가! 바다의 독수리들이 모두 경건하게 애도하고, 하늘의 상어들이 모두 격식을 갖추어 검은 옷이나 검은

무늬 옷을 차려입었다. 혹시라도 고래가 생전에 도움을 청했더라도 그들은 도와주지 않았을 것이다. 그러나 지금은 장례식장에 참석하여 누구보다 경건하게 달려들고 있구나. 오, 다른 이의 불행을 파먹는 저 끔찍한 모습이란! 가장 힘센 고래조차 끔찍한 일에서 자유롭지 못하구나.

그러나 이것이 이야기의 끝은 아니다. 사체가 형편없이 훼손되기는 했지만 복수를 원하는 유령이 살아남아 그 위를 맴돌면서 사람들에게 공포심을 일으킨다. 소심한 군함이나 서툰 탐사선이 떼 지어 나는 바다 새들도 보이지 않을 정도로 먼 거리에서 햇빛 아래 떠도는 이 흰 덩어리와 그 위로 이는 흰 물보라를 보면, 그들은 아무런 해도 입히지 못하는 고래의 사체를 두고 당장 떨리는 손으로 항해일지에 이렇게 기록한다. "이 부근에 얕은 여울과 암초가 있고 파도가 거셈. 조심할 것!" 그러면 그 후로 몇 년간 배들은 그 지점을 피해서 항해한다. 이것은 앞에 선 양이 맨 처음에 막대기가 있는 곳을 팔짝 뛰어넘었다고 해서, 막대기가 없어진 후에도 어리석은 양들이 허공을 팔짝 뛰어넘는 것과 같다. 이른바 선례의 법칙이고, 전통의 효율성이다. 지상에 뿌리를 내린 적이 없고, 그렇다고 하늘을 떠다니지도 않는 케케묵은 믿음은 이런 식으로 끈질기게 살아남는다. 그것이 정설이라는 것이다!

그리하여 고래는 살아서는 거대한 몸뚱이로 적들에게 엄청난 공포를 안겨주고, 죽은 뒤에는 유령이 되어 온 세상에 실체 없는 공포를 불러일으킨다.

친구여, 그대는 유령을 믿는가? 코크 레인의 유령[187]과는 다른 유령이 있고, 존슨 박사보다 훨씬 생각이 깊은 사람도 유령의 존재를 믿는다.

---

**187** 근거 없는 유령의 공포를 말한다. 1762년 런던, 스미스필드 코크 레인에 위치한 어떤 집에 밤마다 문 두드리는 소리가 들리자 집주인 파슨스 씨는 죽은 패니 켄트 유령의 소행이라고 주장했다. 유령 이야기로 런던 전체가 떠들썩해지면서 왕실에서 조사단을 만들어 진상 파악에 나섰다. 그 결과 한밤의 문 두드리는 소리는 파슨스 씨의 자작극으로 밝혀졌다. 패니 켄트가 남편에게 살해당해 유령이 되었다는 소문을 퍼트려 돈을 벌 목적이었던 것이다. 파슨스 씨는 형틀에 매여 거리에 서 있는 필로리 형에 처해졌다.

# 70장  스핑크스

고래의 몸을 완전히 벗기기 전에 머리부터 잘라야 한다는 사실을 빠트리지 말아야 했다. 향유고래의 단두 작업은 과학적이고 해부학적인 묘기로서 숙련된 고래 외과의들이 이 작업을 자랑스럽게 생각할 만도 하다.

고래에는 목이라고 부를 만한 신체 부위가 사실상 없다는 사실을 고려해야 한다. 고래의 머리와 몸통이 연결되는 지점은 오히려 고래의 몸 중에서도 가장 두껍다. 게다가 고래의 외과의는 수술 대상으로부터 2~3미터 높은 지점에서 작업을 해야 하는데 그와 고래 사이에는 바다가 있다. 죽은 고래의 몸은 색깔이 변해 있고, 굽이치거나 거세게 밀려오는 파도 아래 거의 감추어져 있다. 이런 불리한 조건에서 그는 1미터가 넘는 깊이까지 고래의 살을 잘라야 하고, 잘라낸 부위가 계속 수축하기 때문에 그 속을 한번 들여다보지도 못한 채, 위험한 부위를 교묘히 피해가며 척추가 두개골과 연결되는 핵심 지점을 정확히 절단해야 하는 것이다. 그러니 향유고래의 머리를 자르는 데 단 10분이면 된다는 스터브의 허풍이 어찌 놀랍지 않겠는가?

잘라낸 머리는 우선 고물 쪽으로 늘어뜨려 밧줄로 묶어놓은 다음, 몸통의 가죽을 벗기는 작업에 들어간다. 그 일이 끝나면 덩치가 작은 고래일 경우에 그 머리를 갑판 위로 끌어올려 신중하게 처리한다. 하지만 덩치가 아주 큰 고래일 경우에는 이렇게 하는 것이 불가능하다. 향유고래의 머리는 몸 전체에서 약 3분의 1에 해당하기 때문에 포경선의 도르래가 아무리 크더라도 그처럼 무거운 짐을 완전히 들어 올리기는 어렵다. 그것은 보석상의 저울로 헛간의 무게를 달아보려고 하는 것만큼이나 헛된 일이다.

고래의 머리를 자르고 몸통의 가죽을 벗기는 작업이 끝난 다음, 피쿼드호 선원들은 고래 머리를 뱃전에 대고 물 위로 반만 끌어올린 채 매달아 물의 부력이 머리의 무게를 상당 부분 떠받칠 수 있게 작업해놓았다. 그래도 고래 머리의 무게 때문에 배가 가파르게 한쪽으로 쏠리면서 뒷돛대의 활대 끝이 기중기처럼 바다 위로 쑥 튀어나왔다. 그와 같이 피쿼드호의 옆구리에 매달려 피를 철철 흘리는 고래의 머리는 유딧[188]의 허리띠에 매달린 거인 홀로페르네스의 머리 같았다.

이 마지막 작업은 정오가 되어서야 끝났고 선원들은 식사를 하러 갑판 아래로 내려갔다. 북적거리던 갑판에는 이제 아무도 없이 정적만 감돌았다. 온 세상에 노란 연꽃이 피기라도 한 것처럼 강렬한 구릿빛 정적이 그 소리 없고 헤아릴 수도 없는 꽃잎을 바다 위에 점점 더 넓게 펼쳐놓고 있었다.

잠깐 시간이 흐른 뒤, 선실에서 나온 에이해브가 이 소리 없는 정적 속으로 혼자 들어섰다. 그는 뒷갑판을 몇 바퀴 돈 다음에 걸음을 멈추고 뱃전 너머를 내려다보았다. 그런 다음 주돛대 밧줄을 고정하는 닻사슬로 다가가 스터브의 기다란 고래 삽을 집어 들었다. 그것은 스터브가 좀 전에 고래의 머리를 자르고 나서 거기에 둔 것이었다. 선장은 삽으로 절반쯤 올라온 고래 머리의 아랫부분을 철썩 때렸다. 그러고 나서 삽을 마치 목발처럼 겨드랑이에 끼고 서서 몸을 비스듬히 기울이며 고래 머리를 가만히 바라보았다.

그 검은 머리는 두건을 쓴 것과도 같았다. 팽팽한 정적 속에 매달려 있는 머리는 사막에 우뚝 선 스핑크스처럼 보였다. 에이해브는 혼자서 이렇게 중얼거렸다. "말해다오, 거대하고 장엄한 머리여. 수염은 없지만 여기저기 이끼가 끼어 백발로 보이는구나. 말해다오, 위대한 머리여. 네 안에 있는 비밀을 말해다오. 잠수하는 모든 이 가운데 그대가 가장 깊이 잠수했나니. 지금 중천에 뜬 해가 비추는 그 머리는 이 세상의 밑바닥을 돌아다녔나니. 그곳에는 기록되지 않은 수병들의 이름과 함대가 녹슬고 있고, 알려지지 않은 희망과 닻들이 썩어가고 있으며, 군함 같은 이 세상의 살벌한 창고에는 물에 빠져 죽은 수백만 명의 해골이 바닥짐 대신 실려 있나니. 이 무서운 물의 나라가 한때 너의 가장 정다운 집이었지. 너는 어떤 종소리도 잠수부도 이르지 못한 심해를 유유히 헤엄쳤

---

**188** 이스라엘의 영웅적인 여성. 이스라엘을 침략한 아시리아의 적장 홀로페르네스를 유혹해 술에 취하게 한 뒤 목을 잘라 유대인의 정의를 고취시켰다. 외경 중 하나인 유딧서 13장에 관련 기사가 나온다.

지. 바다 밑바닥에 누운 선원들 곁에서 잠이 들기도 했지. 아들을 잃어버려 잠 못 드는 어머니들이 목숨을 바쳐서라도 눕고 싶어 하는 그곳 말이야. 너는 불타는 배에서 연인들이 서로 껴안은 채 바닷속으로 뛰어드는 모습도 보았을 테지. 그들이 가슴과 가슴을 맞댄 채 솟구치는 파도 밑으로 가라앉는 것을 말이야. 하늘이 자신들을 저버린 것 같을 때조차 그들은 서로에게 진실했지. 너는 상선의 항해사가 해적들에게 살해되어 한밤중에 갑판에서 내던져지는 것도 목격했지. 그는 몇 시간 동안이나 채워지지 않는 목구멍 같이 깊은 어둠 속으로 점점 더 깊이 가라앉았어. 그를 살해한 자들은 아무 탈 없이 계속 항해를 했지만, 착실한 남편을 애타게 기다리는 아내의 품으로 데려다주었을 상선은 빠르게 번쩍이는 번개에 몸부림치듯 흔들렸지. 오, 고래의 머리여! 너는 여러 행성을 쪼개고 아브라함을 믿음 없는 자로 만들 만한 일들을 무수히 보았으면서도 아무 말이 없구나!"

"저기 배가 간다!" 주돛대 꼭대기에 있던 선원이 힘차게 소리쳤다.

"뭐라? 그거 참 신나는 일이로군." 에이해브가 갑자기 몸을 꼿꼿이 세우면서 외쳤다. 그의 이마에 낀 먹구름도 싹 달아났다. "이 무거운 정적 속에서 그런 활기찬 소식을 들으면 누구라도 기분이 좋아지지. 어느 쪽인가?"

"우현 뱃머리 3도 방향입니다. 바람을 타고 우리 쪽으로 오고 있습니다!"

"더 좋군. 성 바울이 그쪽에서 오면 바람 한 점 없는 이곳에도 바람이 불어오겠지! 오, 자연이여, 오, 인간의 영혼이여! 너희 둘은 말로 다 표현할 수 없을 정도로 서로 닮아 있구나! 물질 속에서 가장 작은 입자가 움직이거나 살아 있으면, 마음속에서도 그에 해당하는 일이 똑같이 일어난단 말이지!"[189]

---

**189** 사도행전 27장에서 사도 바울은 지중해에서 난파를 당해 크레타섬에 잠시 머물게 되지만 용기를 잃지 않고 다시 항해에 나선다. 물질 속의 입자와 마음속의 대응물은 자연과 인간의 영혼이 서로 조응한다는 뜻이다. 앞서 "빠르게 번쩍이는 번개는 … 상선을 몸부림치듯 비췄지"라는 문장에서도 자연(번개)이 인간의 참사(항해사의 피살)에 조응하여 몸부림친다고 표현함으로써 자연과 영혼이 조응하는 사례를 구체적으로 보여준다.

## 71장  제로보암호 이야기

배와 미풍이 서로 손을 잡은 듯이 다가왔다. 하지만 미풍이 배보다 더 빨리 다가와 피쿼드호는 곧 흔들리기 시작했다.

망원경으로 살펴보니 보트가 매달려 있고 돛대 꼭대기에 망꾼이 서 있는 것으로 보아 그 낯선 배가 포경선임을 알 수 있었다. 하지만 그 배는 바람이 불어오는 쪽으로 너무 먼 곳에 있었고 다른 해역으로 가려는 듯이 빠른 속도로 나아가고 있어, 피쿼드호가 따라잡기는 힘들어 보였다. 그래서 일단 신호기를 올려 그 배가 어떻게 반응하는지 보기로 했다.

여기서 말해두자면, 미국 포경선들도 군함들과 마찬가지로 제각기 고유한 신호기를 가지고 있다. 그러한 신호기에 대한 정보는 해당 포경선의 명단과 함께 책자로 묶여 모든 선장에게 제공된다. 따라서 포경선 선장들은 바다에서 만난 다른 배를 아주 먼 거리에서도 비교적 쉽게 알아볼 수 있다.

피쿼드호가 신호기를 올리자 마침내 낯선 배도 신호기를 내걸었다. 신호기를 보니 그 배는 낸터킷 선적의 제로보암호임을 알 수 있었다. 그 배는 활대를 용골과 직각으로 하고 바람을 타고 다가와 피쿼드호의 바람 불어가는 쪽에 나란하게 멈추어 서더니 보트를 내렸다. 보트는 금세 가까이 다가왔다. 스타벅이 방문하는 선장의 편의를 위해 뱃전에 사다리를 내리라고 지시했지만, 낯선 선장은 보트의 고물에서 그럴 필요가 없다는 듯이 손을 내저었다. 알고 보니 제로보함호에 악성 전염병이 퍼져 있어 메이휴 선장이 피쿼드호에 병이 옮는 것을 우려해 승선하지 않은 것이었다. 선장 자신과 보트의 선원들은 감염되지 않았고, 제로보암호는 라이플총 사정거리의 절반쯤에 떨어져 있었으며, 그사이에는 감염되기 어려운 바다와 하늘이 있는데도 불구하고 그는 육지의 엄격한 검역 절차를 준수하면서 피쿼드호와 직접 접촉하지는 않겠다는 뜻을 확고히 밝혔다.

그렇다고 해서 의사소통을 할 수 없었던 것은 아니다. 제로보함호의 보트는 피쿼드호와 몇 미터의 거리를 유지하면서 가끔씩 노를 저어 마주한 상태를 유지했다. 바람이 갑자기 세게 불어 피쿼드호 주돛대의 돛이 뒤로 젖히면서 배가 앞으로 확 밀려 나가기도 하고, 때로는 거센 파도가 쳐서 제로보함호의 보트가 멀어지기도 했지만 둘 다 이내 제자리로 돌아왔다. 이와 같이 소소한 방해를 받으면서도 양측의 대화는 계속 이어졌다. 하지만 가끔씩 전혀 다른 종류의 견제와 방해가 끼어들기도 했다.

제로보암호 보트에서 노를 젓는 사람들 중에 용모가 독특한 선원이 한 명 있었다. 저마다 튀는 개성을 가진 자들의 집합체라고 할 수 있는 거친 포경선 세계에서도 그는 유독 눈에 띄었다. 몸집이 왜소하고 키도 작은 편인 그 젊은이는 얼굴이 주근깨투성이에다 노랑머리를 덥수룩하게 기르고 있었다. 그는 유대 신비주의자들이 입는 것 같은 긴 옷자락의 빛바랜 밤색 외투로 몸을 감싸고 있었고, 손등까지 덮을 듯 긴 소매는 손목 부근까지 접어 올렸다. 두 눈에는 광적인 망상이 깊이 뿌리를 내린 듯이 번뜩였다.

그를 처음 보자마자 스터브는 소리쳤다. "그자다, 그자야. 타운호호 선원들이 말한 긴 옷 입은 건달 말이야!" 여기서 스터브는 얼마 전에 피쿼드호가 타운호호와 만났을 때 들은 제로보암호와 그 배의 한 선원에 관한 괴이한 이야기를 들려주었다. 이 이야기와 나중에 알게 된 사실에 따르면, 문제의 건달은 제로보암호의 모든 선원에게 엄청난 영향력을 행사했다고 한다. 그 이야기는 다음과 같다.

그 선원은 원래 광신적인 니스카유나 셰이커교도 집단에서 성장했고, 그 집단에서 유명한 예언자로 활약했다. 그는 광신자들의 비밀 집회에서 여러 번 천장의 작은 문을 통해 하늘에서 내려와 자신이 조끼 주머니에 가지고 다니는 일곱 번째 유리병[190]을 곧 개봉할 것이라고 선언했다. 하지만 그 병에는 화약이 아니라 아편이 들어 있다는 이야기가 나돌았다. 기괴한 사도적 열심에 사로잡힌 그는 니스카유나를 떠나 낸터킷으로 갔다. 거기서 그는 미치광이 특유의 교

───
**190** 분노의 일곱 번째 병은 요한계시록 16장 17~21절에 나온다. 이 병이 개봉되어 속에 있는 것들이 밖으로 나오면 천둥, 번개, 지진, 해일이 발생해 온 세상이 파괴된다.

활함을 발휘하여 겉으로는 건전한 상식을 가진 보통 사람인 척하며 포경선 제로보암호의 신참 선원으로 지원했다. 그러나 배가 육지를 떠나 광기가 봇물 터지듯 터져 나왔다. 그는 자신을 대천사 가브리엘이라 선언하며 선장에게 바다로 뛰어들라고 명령했다. 그는 자기가 모든 섬의 해방자이며 오세아니아 전역의 총대주교라고 칭하는 선언문을 발표했다. 그렇게 선언할 때의 흔들리지 않는 진지함, 늘 각성되어 있고 흥분을 잘하는 상상력이 빚어낸 어둡고 과감한 작용, 실제 망상에서 비롯된 초자연적인 공포 등이 결합해 대다수의 무지한 선원들은 가브리엘에게서 신성한 기운을 느끼며 그를 우러러보았고, 심지어 두려워했다. 하지만 이런 인간은 배에서 별로 쓸모가 없고, 특히 그는 내키지 않으면 일하는 것도 거부했기 때문에 선장은 그를 전혀 예언자로 보지 않았고 배에서 쫓아내려 했다. 그러나 이 대천사는 선장이 다음 기항지에서 자신을 하선시키려 한다는 의도를 알아차리고는, 정말 그런 짓을 실행한다면 당장 자기가 가진 모든 봉인과 유리병을 열어 배와 선원들 전부를 지옥에 떨어뜨리겠다고 위협했다. 그는 자신을 따르는 선원들에게 막강한 영향력을 행사했기 때문에 그들이 선장에게 몰려가 만약 가브리엘을 하선시킨다면 자신들도 모두 따라서 내리겠다고 말했다. 선장은 할 수 없이 그 계획을 포기해야 했다. 또한 선원들은 가브리엘이 무슨 말이나 행동을 하든지 그를 학대하면 용납하지 않겠다는 엄포도 놓았다. 이제 가브리엘은 배에서 완전한 자유를 얻었다. 그 결과 대천사는 선장이나 항해사들은 안중에도 없는 듯 제멋대로 행동했다. 배에 전염병이 발생한 뒤로 그는 전보다 더 강경하게 나오면서 그 전염병이 오직 자신의 명령만을 따른다고 주장했다. 그러니 자신의 뜻을 따르지 않는다면 전염병을 퇴치하지 못할 것이라는 말도 했다. 대부분이 무지한 선원들은 위축되었고, 그들 중 일부는 그에게 아첨을 하기도 했다. 또 그의 지시에 복종하며, 때로는 신이라도 되는 듯 경배하기도 했다. 이런 일들이 아무리 믿기지 않고 불가해하더라도 사실이 그랬다. 광신자의 역사를 보면, 광신자의 엄청난 자기기만은 많은 사람을 속이고 괴롭히는 엄청난 힘에 비하면 그 위력이 절반에도 미치지 못한다. 자, 이제 피쿼드호 이야기로 다시 돌아가기로 하자.

"선장, 나는 전염병이 무섭지 않소." 뱃전에 있던 에이해브가 보트의 고물에 앉아 있는 메이휴 선장에게 말했다. "우리 배로 올라오시오."

이때 가브리엘이 갑자기 일어섰다.

"생각하라, 얼굴이 노래지고 담즙이 올라오는 열병을 생각하라! 저 무서운 전염병을 생각하라!"

"가브리엘, 가브리엘!" 메이휴 선장이 제지했다. "자네는 그렇게…" 그러나 그 순간 거센 파도가 밀려와 보트를 저 멀리 밀어냈고 그 포효하는 소리에 선장의 말이 파묻혔다.

"흰 고래를 보았소?" 보트가 되돌아오자 에이해브가 물었다.

"생각하라, 구멍이 나서 가라앉는 그대의 포경 보트를 생각하라! 저 무서운 꼬리를 조심하라!"

"가브리엘, 자네한테 다시 말하는데…" 그러나 보트는 악마들에게 끌려가기라도 하는 것처럼 또다시 앞으로 밀려갔다. 노호하는 파도들이 몰아치는 동안 아무런 대화도 오갈 수 없었다. 바다가 때때로 부리는 변덕 때문에 파도는 보트를 밀어 올리는 것이 아니라 뒤집어엎을 듯이 요동쳤다. 피쿼드호의 뱃전에 매달아둔 고래 머리도 격렬하게 흔들렸다. 가브리엘은 대천사답지 않게 다소 겁먹은 눈빛으로 그것을 지켜보았다.

막간의 소동이 끝나자 메이휴 선장은 모비 딕에 관한 암울한 이야기를 시작했다. 하지만 모비 딕이라는 이름이 언급될 때마다 가브리엘이 끼어들었고, 바다 또한 그와 동맹이라도 맺은 것처럼 미친 듯이 날뛰며 이야기를 방해했다.

제로보암호는 고향을 떠난 지 얼마 되지 않았을 때, 어느 포경선을 만나 선원들에게서 모비 딕의 존재와 그 고래가 일으킨 참상을 알게 된 모양이었다. 이 정보를 걸신들린 듯 빨아들이던 가브리엘은 괴물이 모습을 드러내더라도 공격해서는 안 된다고 선장에게 엄숙히 경고했다. 그리고 미친 듯이 빠르게 주절거리며 흰 고래는 셰이커교도가 믿는 하나님의 화신이고, 셰이커교도는 『성경』 말씀을 받아들인다고 선언했다. 하지만 한두 해 뒤에 돛대 꼭대기에서 모비 딕을 발견했을 때, 일등항해사 메이시는 그 괴물과 대결하고 싶은 욕구로 불타올랐다. 대천사의 비난과 경고에도 불구하고 선장도 그에게 기회를 주고 싶었기 때문에, 메이시는 다섯 명의 선원들을 설득해 보트에 태웠다. 메이시는 그들과 함께 보트를 저어 갔고, 아주 고된 노 젓기와 여러 차례의 성과 없는 위험한 공격 끝에 마침내 작살 하나를 고래 등에 꽂는 데 성공했다.

한편 가브리엘은 주돛대 꼭대기에 올라가 한 팔을 공중에 미친 듯이 휘두르면서 자신의 신을 공격하는 불경한 자에게 곧 재앙이 닥칠 것이라는 예언을 큰소리로 퍼부었다. 그러는 동안 항해사 메이시는 보트 뱃머리에 서서 고래잡이의 무모한 에너지를 한껏 발산하며 거친 욕설과 함께 창을 치켜들고 표적을 겨누며 기회가 오기만을 노리고 있었다. 그러나 아, 바로 그때 거대하고 하얀 그림자가 바다에서 솟구쳤다. 재빠르게 바람을 일으키는 그 동작에 노잡이들은 순간 숨조차 쉴 수 없었다. 그리고 바로 다음 순간, 기세등등하던 그 불운한 항해사는 공중에 붕 뜨는가 싶더니 기다란 포물선을 그리며 보트에서 약 50미터 떨어진 물속으로 추락했다. 보트는 나뭇조각 하나 손상되지 않았고 노잡이들도 머리카락 한 올 다치지 않았는데, 항해사만 물속에 영영 가라앉고 말았다.

여기서 추가 설명을 하나 하자면, 향유고래 포경업에서 발생하는 치명적 사고들 중에 이런 추락사는 아주 빈번하게 일어난다. 때로는 별다른 피해 없이 사고를 당한 사람만 사망하는 경우도 있지만, 보트의 뱃머리가 날아가거나 보트장이 무릎을 대고 서 있던 널빤지가 뜯겨 나가면서 사람도 함께 떨어져 나가는 경우도 많다. 무엇보다 이상한 점은 시신을 수습해서 보면, 죽은 것이 분명한데도 상해를 입은 흔적을 전혀 찾아볼 수 없을 때가 한두 번이 아니라는 것이다.

제로보암호에서는 메이시가 바다에 나가떨어지는 것을 포함해 참사의 전모를 똑똑히 보고 있었다. 그때 찢어질 듯한 비명 소리가 들려왔다. "유리병이다! 유리병!" 가브리엘은 이렇게 비명을 지르며 공포에 사로잡힌 선원들에게 더이상 고래를 추격하지 말고 돌아오라고 소리쳤다. 이 끔찍한 사건으로 대천사는 더 막강한 영향력을 가지게 되었다. 사실 누구나 할 수 있는 일반적인 예언이고 많은 표적 중 하나가 우연히 맞은 것일 뿐인데도, 가브리엘을 신봉하는 선원들은 그가 그 사건을 꼭 집어서 예언했다고 믿었다. 그리하여 그는 배에서 차

마 입에 담지 못할 만큼 두려운 존재가 되었다.

메이휴 선장이 이야기를 마치자 에이해브가 흰 고래에 대해 질문을 해댔고, 그 낯선 선장은 앞으로 기회가 된다면 흰 고래를 사냥할 생각이냐고 묻지 않을 수 없었다. 에이해브는 "물론이오"라고 대답했다. 그러자 가브리엘이 자리에서 벌떡 일어나 에이해브를 노려보고 손가락은 아래를 가리키며 열띤 목소리로 외쳤다. "생각하라, 죽어서 저 바다 아래에 가라앉은 신성모독자를 생각하라! 신성모독자의 말로를 생각하라!"

에이해브는 아랑곳하지 않은 채 고개를 돌리며 메이휴에게 말했다. "선장, 방금 생각났는데, 내가 착각하지 않았다면 귀선의 간부 선원에게 가는 편지 한 통이 있소. 스타벅, 가서 편지 가방을 찾아오게."

모든 포경선은 바다에서 만날 여러 배에 전할 편지를 꽤 많이 싣고 출항한다. 물론 그 편지가 수신인의 손에 들어가려면 사대양 어디에선가 그 배들을 만나야 하는데, 그것은 순전히 우연에 달려 있다. 따라서 대부분의 편지는 목적지에 전달되지 못하다가 2~3년이 지난 뒤에야 겨우 수신인의 손에 들어가는 경우도 많다.

곧 스타벅이 편지 한 통을 들고 돌아왔다. 선실의 어둠침침한 상자에 장기간 보관해둔 탓에 편지는 구겨지고 눅눅한 데다 초록색 곰팡이가 얼룩덜룩하게 피어 있었다. 그런 편지는 죽음의 신이 배달하는 편이 더 어울릴 것 같았다.

"못 읽겠나?" 에이해브가 소리쳤다. "이리 줘보게. 아, 글씨가 희미해졌군. 이건 뭐지?" 선장이 편지를 들여다보는 동안 스타벅은 기다란 삽자루를 가져와 그 끝에 살짝 칼집을 냈다. 보트가 포경선에 가까이 접근하지 않아도 편지를 받을 수 있도록 그 끝에 편지를 끼워서 건네줄 생각이었다.

한편 에이해브는 편지를 든 채 중얼거렸다. "해, 해리 씨… (여자 글씨로군. 이 사람의 아내인 것이 틀림없어) 그래, 제로보암호의 해리 메이시. 가만, 이건 메이시한테 가는 편지인데, 그는 죽었잖아!"

"불쌍한 친구! 불쌍하기도 하지! 아내에게 온 편지로군." 메이휴는 한숨을 내쉬었다. "그 편지는 내게 주시오."

"아니, 당신이 보관하시오." 가브리엘이 에이해브에게 소리쳤다. "당신도 곧 그 길로 갈 테니."

"저주에 걸려 뒈질 놈!" 에이해브가 고함을 질렀다. "메이휴 선장, 자, 이거 받으시오." 그는 스타벅에게서 슬픈 편지를 받아 삽자루 끝에 꽂고서는 보트 쪽으로 내밀었다. 그때 노잡이들이 맞춘 듯이 노 젓기를 멈추는 바람에 보트가 피쿼드호의 고물 쪽으로 밀려갔고, 편지는 마법에 걸리기라도 한 것처럼 가브리엘이 내민 손에 가닿았다. 가브리엘은 편지를 냉큼 잡아채더니 보트용 칼에 꽂아 그것을 다시 피쿼드호 쪽으로 던졌다. 편지는 에이해브의 발아래 떨어졌다. 가브리엘은 빨리 노를 저으라고 동료들에게 소리쳤고, 불온한 보트는 피쿼드호로부터 얼른 멀어져 갔다.

막간의 소동이 끝나자 선원들은 고래 지방층 처리 작업을 재개하면서 이 뜻밖의 일이 무언가 심상치 않다며 수군거렸다.


## 72장  원숭이 밧줄

고래를 해체하고 그에 수반되는 거친 일을 하는 동안 선원들은 앞뒤로 바쁘게 뛰어다녀야 한다. 여기에 일손이 필요한가 싶으면 금세 또 다른 곳에서 일손이 필요해진다. 어느 한곳에 머물 새가 없다. 모든 일이 모든 곳에서 동시다발적으로 이루어져야 하기 때문이다. 이 장면을 설명하려는 사람도 바쁘기는 마찬가지다. 이야기의 시점을 약간 뒤쪽으로 돌려보자. 앞서 말한 바와 같이 처음 고래 등에서 기초 작업을 끝내고 나면, 항해사들이 고래 삽으로 뚫어놓은 구멍에 도르래의 갈고리를 끼워 넣어야 한다. 그런데 갈고리처럼 뭉툭하고 무게가 나가는 물건을 어떻게 그 구멍에 고정시킬 수 있을까? 그것이 바로 나의 특별한 친구 퀴케그가 맡은 일이었다. 괴물의 등에 내려가서 그 작업을 하는 것이 작살잡이로서 그가 맡은 일이었다. 그런데 작살잡이는 고래의 지방층을 벗기는 작업이 완료될 때까지 고래 등에 머물러 있어야 하는 경우가 많다. 여기서 우리는 고래가 지금 작업이 이루어지고 있는 부분을 제외하고는 몸뚱이 대부분이 물속에 잠겨 있다는 사실에 주목해야 한다. 갑판에서 3미터나 낮은 그곳에서 이 불쌍한 작살잡이는 거대한 고래가 쳇바퀴 돌아가듯 몸이 돌아갈 때마다 반은 고래 위에서, 또 반은 물속에 잠긴 채 버둥거리며 작업을 해야 한다. 이때 퀴케그는 스코틀랜드 고원지대의 복장(셔츠에 양말)을 하고 있었는데, 적어도 내가 보기에 그를 아주 돋보이게 하는 것 같았다. 곧 알게 되겠지만 나보다 더 그를 잘 관찰할 수 있는 사람도 없었다.

나는 이 야만인의 뱃머리 노잡이로서 그가 타는 보트의 뱃머리 노(앞에서 두 번째 노)를 저었기 때문에, 그가 죽은 고래 등으로 기어오르려고 안간힘을 쓸 때 옆에서 거드는 것이 나의 즐거운 임무였다. 이탈리아의 오르간 소년이 춤추는 원숭이를 긴 줄에 매달아 붙잡고 있는 광경을 본 적이 있을 것이다. 나는 바로 이런 방식으로 가파른 뱃전에서 바다 아래로 내려간 퀴케그를 밧줄로 붙들고 있었다. 포경업계에서 원숭이 밧줄이라고 부르는 그것은 퀴케그가 허리에 두른 튼튼한 범포 띠에 연결되었다.

그것은 우리 두 사람에게 우스꽝스럽고도 위험한 작업이었다. 미리 말해두지만, 원숭이 밧줄은 두 사람 모두에게 고정된 것으로 한쪽은 퀴케그의 널찍한 포 허리띠에, 나머지 한쪽은 나의 가느다란 가죽 허리띠에 묶여 있었다. 좋든 싫든 우리 둘은 작업하는 동안 결혼한 것과 같았다. 만약 불쌍한 퀴케그가 물속에 추락해 떠오르지 않는다면, 관례와 명예를 지키기 위해 나도 밧줄을 자르지 않고 그를 따라 물속으로 끌려 들어가야 했다. 우리는 기다란 줄을 통해 샴쌍둥이처럼 서로 연결되어 있는 셈이었다. 퀴케그는 나와 떼려야 뗄 수 없는 쌍둥이 형제였고, 나 또한 이 대마 줄로 연결된 위험한 책임에서 면제될 수 없었다.

나는 이러한 상황을 형이상학적 관점에서 깊이 생각해보았다. 그래서 그의 동작을 유심히 살피면서 나 자신의 개체성이 두 사람의 합자회사로 합병된 것을 분명하게 인식한 것 같다. 나의 자유의지가 치명적으로 손상되었고, 상대방의 실수나 불운으로 아무런 잘못도 없는 내가 부당하게 참사와 죽음에 끌려 들어갈 수 있음을 깨달은 것이다. 아무래도 신의 섭리에 일종의 공백이 생긴 것 같았다. 신의 섭리가 공명정대하게 작동했다면 이처럼 엄청난 불의를 허용했을 리 없기 때문이다. 하지만 나 또한 퀴케그가 배와 고래 사이에 끼지 않도록 가끔씩 그를 휙 잡아당기면서 곰곰이 생각해보니, 내가 처한 상황이 이 지구상에서 숨 쉬며 살아가는 모든 인간의 처지와 다를 바 없음을 깨달았다. 다만 대부분의 인간은 어떤 식으로든 한 사람이 아니라 다수와 샴쌍둥이처럼 연결되어 있을 뿐이다. 당신이 거래하는 은행이 파산한다면 당신도 망한다. 약제사가 실수로 당신의 알약에 독을 넣는다면 당신은 죽는다. 물론 극도로 주의를 기울이면 인생에서 이런 지독한 불운을 피해 갈 수 있다고 말할지도 모르겠다. 하지만 아무리 조심스럽게 원숭이 밧줄을 다루어도 퀴케그가 밧줄을 휙 잡아당기는 바람에 내가 뱃전 너머로 빠질 뻔한 적도 있었다. 그러니 아무리 애써도 내 마음대로 할 수 있는 것은 밧줄의 한쪽 끝뿐이라는 사실을 절대로 잊어서는 안 된다.[191]

고래와 배가 끊임없이 흔들리기 때문에 퀴케그가 가끔 그 사이로 미끄러지기도 했는데, 그때마다 나는 줄을 휙 잡아당겨 그를 꺼내주어야 했다는 사실은 앞에서 이미 말했다. 하지만 퀴케그에게는 위험만 있는 것은 아니었다. 간밤에 그토록 대학살을 벌였건만 상어들은 조금도 겁먹지 않고 고래의 사체에 달려들었다. 그 안에 갇혀 있던 피가 흘러나오면서 광포한 놈들이 새롭게 유혹을 느끼며 벌집 속의 벌 떼처럼 모여든 것이다.

상어 떼 한가운데에 퀴케그가 있었다. 그는 가끔 허우적거리는 발로 그놈들을 차서 밀어냈다. 고기라면 뭐든지 앞뒤 가리지 않고 달려드는 상어가 인간은 건드리려 하지 않는다는 것이 도무지 믿기지 않지만, 죽은 고래라는 맛 좋은 먹이가 있어 딴 데 신경 쓸 여유가 없었던 모양이다.

---

**191** 원숭이 밧줄은 모든 포경선에서 볼 수 있다. 그러나 원숭이와 원숭이를 붙들고 있는 사람이 한데 묶여 있는 것은 피쿼드호에서만 볼 수 있다. 원래의 사용법을 이렇게 개량한 사람은 다름 아닌 스터브였다. 그것은 위험한 일을 하고 있는 작살잡이에게 원숭이 밧줄을 잡고 있는 사람이 충실한 태도로 주의를 기울이고 있음을 최대한 확실히 보장하기 위해서였다. (원주)

하지만 상어들은 식탐이 대단하므로 미리 조심하는 것이 현명한 조치였다. 그래서 가련한 내 친구가 유난히 사나워 보이는 상어의 아가리에 너무 가까이 갔다 싶으면 가끔씩 원숭이 밧줄을 잡아당기는 것 말고도 그를 위한 다른 보호책이 있었다. 타슈테고와 다구가 뱃전 너머로 내린 발판에 올라서서 퀴케그의 머리 위로 날카로운 고래 삽을 연신 내리치며 닥치는 대로 상어를 죽이는 것이었다. 이러한 보호 조치는 그들의 입장에서는 사심 없이 선의에서 하는 일이었다. 두 사람은 퀴케그가 안전하기만을 바랐다. 하지만 친구를 도우려는 마음이 앞선 나머지 그들은 너무나도 성급했고, 퀴케그와 상어 떼가 피로 물든 바닷물에 반쯤 잠겨 잘 보이지 않을 때가 많았기 때문에 마구 내리치는 두 사람의 삽이 자칫 꼬리가 아니라 다리를 잘라버릴 수도 있었다. 그러나 짐작하건대 불쌍한 퀴케그는 거대한 쇠갈고리를 구멍에 끼우려고 용쓰고 있는 동안, 목숨을 신들의 손에 맡긴 채 오로지 요조에게 기도하고 있었을 것이다.

나는 파도가 솟구쳐 오를 때마다 밧줄을 잡아당겼다가 늦췄다 하면서 생각했다. 그래, 그래. 내 사랑하는 동료이자 쌍둥이 형제여, 결국 뭐가 어떻다는 건가? 자네는 이 포경업 세계에 종사하는 우리 모두의 소중한 모습이 아닌가? 자네가 숨을 헐떡거리며 서 있는 저 깊이를 알 수 없는 바다가 우리의 '삶'이 아닌가? 저 상어들은 자네의 적이고, 저 삽들은 자네의 친구지. 자네는 상어와 삽 사이에서 슬픈 곤경과 위험에 처해 있군, 불쌍한 친구.

그렇지만 용기를 내게, 퀴케그! 자네의 기운을 북돋아줄 것이 준비되어 있네. 마침내 녹초가 된 야만인이 새파래진 입술과 충혈된 두 눈으로 쇠사슬을 타고 갑판에 올라오더니, 물을 뚝뚝 떨어뜨리며 자기도 모르게 몸을 부르르 떨면서 뱃전에 기대어 섰다. 사환이 다가와 다정한 위로의 눈빛으로 그에게 무언가를 건넨다. 무엇일까? 따끈한 코냑일까? 아니다! 맙소사! 그가 건네받은 것은 미지근한 생강차 한 잔이었다.

"생강차? 이거 생강 냄새야?" 스터브가 가까이 다가오며 수상쩍다는 듯이 물었다. "그래, 생강차가 틀림없군." 그는 아직 입도 대지 않은 찻잔을 들여다보며 말했다. 그런 다음 믿기지 않는다는 표정으로 잠시 서 있던 그는 놀란 얼굴을 한 사환에게 천천히 다가가 말했다. "생강차? 생강차라니? 이봐, 찐빵, 생강차가 뭐에 좋은지 말 좀 해봐. 이봐, 찐빵, 저렇게 부들부들 떨고 있는 야만인의 몸에 불을 지펴야 하는데 생강을 연료로 쓰겠다는 거야? 생강차라니. 도대체 생강이 뭐야? 바다의 석탄이나 장작, 성냥, 부싯돌, 화약이라도 되는 거야? 도대체 생강이 뭔데 우리 불쌍한 퀴케그에게 고작 생강차를 내준다는 거야?"

"빌어먹을 금주협회가 농간을 부리고 있는 모양이군." 그는 갑자기 생각난 듯이 말했다. 그리고 뱃머리 쪽에서 나타난 스타벅에게 다가가며 말했다. "저 컵 좀 보십시오. 냄새도 한번 맡아보시고요." 그러고는 일등항해사의 표정을 살피면서 계속 말했다. "항해사님, 이 찐빵 놈이 뻔뻔하게도 좀 전까지 고래와 씨름하다 올라온 퀴케그에게 감홍과 할라파 같은 설사약을 주지 뭡니까? 급사가 무슨 약제사입니까? 물에 빠져서 죽다 살아 온 사람에게 생강차가 숨이라도 불어넣을 수 있는지 물어봐도 될까요?"

"그건 아니라고 보네." 스타벅이 말했다. "그런 걸로는 안 되지."

"봐라, 봐. 찐빵." 스터브가 소리쳤다. "작살잡이에게 어떤 약을 주어야 하는지 우리가 가르쳐주지. 이곳에 약제사의 약 같은 건 가져오지 마. 우리를 독살하려는 거야? 우리 이름으로 보험을 들어놓고 우리를 다 죽인 다음에 보험금을 가로채려는 거지?"

"제가 그런 게 아니에요." 찐빵이 울며 말했다. "배에 생강을 실은 건 제가 아니라 채리티 아주머니라고요. 작살잡이들에게 절대로 술을 주지 말고 이것만 주라고 했어요. 아주머니는 이걸 생강차라고 불렀어요."

"생강차라고? 이 생강처럼 생긴 놈아! 그거 치우지 못해? 얼른 식료품실로 달려가 더 좋은 걸로 가져와. 스타벅 항해사님, 제가 지금 일을 잘못 처리하고 있다고 생각하지 않습니다. 이건 선장님의 명령입니다. 고래 등에 올라가서 일하고 온 작살잡이에게는 독한 술을 주라고 했단 말입니다."

"됐네." 스타벅이 대답했다. "하지만 그 아이를 다시 때리지는 말게. 그리고…"

"저는 고래 같은 것을 때릴 때만 힘을 주지 다른 때는 때려도 부상을 입히지 않습니다. 게다가 이 친구가 얼마나 잽싸게 달아나는데요. 그런데 하시려는 말이 뭐였죠?"

"저 애와 함께 내려가서 자네가 원하는 것을 가져오라는 말을 하려 했을 뿐이네."

스터브가 다시 갑판에 나타났을 때, 한 손에는 검은 술병이, 다른 손에는 차 통 같은 것이 들려 있었다. 독한 술이 담긴 술병은 퀴케그에게 건네졌다. 채러티 아주머니의 선물인 차 통은 파도에 아낌없이 건네졌다.

# 73장 스터브와 플래스크가 참고래를 죽이고 그자에 관해 대화하다

이런 일이 벌어지는 동안에도 피쿼드호의 뱃전에는 거대한 향유고래의 머리가 매달려 있었다는 사실을 기억해야 한다. 하지만 그것을 처리할 수 있을 때까지는 당분간 머리를 거기에 매달아둘 수밖에 없다. 현재는 다른 문제들이 더 시급하기 때문에, 우리는 다만 도르래가 머리의 무게를 잘 버텨주기만을 기도하는 것이 최선이었다.

지난밤부터 다음 날 오전 사이에 피쿼드호는 노란 요각류 떼가 가끔씩 떠다니는 바다로 서서히 접어들었다. 근처에 참고래가 있다는 특별한 표시였다. 이 시기에 근처에 참고래가 숨어 있을 것이라고 생각하는 사람은 거의 없었다. 선원들은 일반적으로 이런 열등한 종을 잡는 일은 우습게 생각했고, 피쿼드호는 참고래를 잡기 위해 출항한 것도 아니기에 크로제제도 근처에서 참고래를 무수히 보고도 보트를 내리지 않고 지나쳤다. 그런데 향유고래 한 마리를 잡아서 머리까지 잘라놓은 지금, 기회가 되면 그날로 참고래를 잡으라는 명령이 떨어지자 다들 깜짝 놀랐다.

오래 기다릴 필요도 없었다. 바람이 불어가는 쪽에서 커다란 물기둥이 보였다. 이내 고래를 추격하기 위해 스터브와 플래스크가 이끄는 보트 두 척이 내려졌다. 두 보트는 계속해서 멀리 나아갔고, 마침내 돛대 꼭대기에서도 보이지 않게 되었다. 그러다가 갑자기 저 멀리에서 거대한 흰 물결이 솟구치는 것이 보였고, 두 보트 중 한 척이 고래 등에 작살을 꽂은 것 같다는 소식이 망대에서 전해졌다. 잠시 후 고래에 끌려 본선 쪽으로 곧장 다가오는 보트 두 척이 시야에 또렷이 들어왔다. 괴물이 선체에 너무 가까이 다가와 처음에는 배를 들이박으려는 것처럼 보였다. 하지만 고래는 뱃전에서 15미터쯤 떨어진 거리에서 소용돌이를 일으키며 물속으로 들어가더니 시야에서 완전히 사라져버렸다. 마치 용골 밑으로 잠수한 듯이 보였다.

"밧줄을 끊어라. 끊어!" 두 보트 모두가 본선을 강하게 들이박을 것처럼 보이는 순간, 본선에서 보트를 향해 다급하게 외쳤다. 하지만 밧줄통에 밧줄이 충분히 남아 있었고, 고래가 아주 급하게 잠수하지 않았기 때문에, 보트는 밧줄을 충분히 풀어주는 동시에 있는 힘을 다해 노를 저어 본선 앞으로 나아갈 수 있었다. 몇 분 동안 보트와 고래 사이에 치열한 싸움이 벌어졌다. 보트의 선원들이 팽팽해진 밧줄을 늦추는 동시에 노를 맹렬히 젓자 서로 상반되는 힘으로 인해 배가 전복될 위험마저 있었다. 하지만 선원들은 본선보다 단 1미터만 앞으로 나가기를 바랄 뿐이었다. 그들이 꿋꿋이 버티며 마침내 그 목적을 이루는 순간, 빠른 진동이 용골을 번개처럼 훑고 지나가는 것이 느껴졌다. 팽팽한 밧줄이 배 밑바닥을 살짝 스치더니 탁 소리와 함께 부르르 떨면서 뱃머리 앞에서 솟구쳐 올랐다. 밧줄에서 물방울이 튀면서 유리 조각처럼 바다 위에 와르르 쏟아졌다.

고래는 저 멀리서 다시 솟아올라 시야에 들어왔고, 보트들은 다시 자유롭게 추격할 수 있었다. 지친 고래는 속도를 늦추더니 무작정 방향을 바꾸어 두 척의 보트를 매단 채 본선의 뱃머리를 돌았다. 보트 두 척과 고래가 본선을 완전히 한 바퀴 돈 셈이었다.

한편 선원들은 계속 밧줄을 세게 잡아당겼고, 마침내 고래 양쪽에 바싹 다가가게 되자 스터브와 플래스크가 번갈아 가며 고래를 창으로 찔렀다. 이렇게 피쿼드호 주위를 빙빙 돌면서 전투가 계속되었고, 향유고래 사체 주위를 맴돌던 상어 떼가 바다에 새로 흘러나온 피 냄새를 맡고 달려들어 고래의 새로운 상처에서 흘러나오는 피를 게걸스럽게 마셔댔다. 마치 목마른 이스라엘 백성이 모세가 바위를 치자 콸콸 흘러나오는 물에 달려드는 모습 같았다.[192]

마침내 고래가 뿜어내는 물줄기가 걸쭉해졌고, 고래는 사납게 뒤척이며 토하더니 배를 드러내 보이며 죽고 말았다.

두 보트장이 고래 꼬리에 밧줄을 묶고 그 거대한 덩치를 끌고 갈 준비를 하면서 대화를 나누었다.

"영감이 이런 지저분한 기름 덩어리로 뭘 하려는지 모르겠어." 스터브는 이런 시시한 고래를 상대해야 한다는 것에 질색하며 말했다.

"뭘 하냐고요?" 플래스크가 남은 밧줄을 보트 뱃머리에 감으면서 대꾸했다. "향유고래 머리를 우현에 매달고 참고래 머리를 좌현에 매단 배는 절대 뒤집어지지 않는대요. 그런 이야기를 들어본 적이 없나요, 스터브?"

"왜 뒤집어지지 않는다는 거지?"

"몰라요. 하지만 누런 유령같이 생긴 페달라가 그러더군요. 그자는 배에 관한 주술은 모르는 게 없는 것 같아요. 나는 가끔 그자가 배에 주술을 걸어 나쁜 일이 생길 것만 같은 생각이 들어요. 정말이지 그자는 마음에 안 들어요. 그자의 송곳니가 뱀 대가리 모양으로 깎여 있는 것 봤어요?"

"나는 신경 안 써! 그자를 쳐다보지도 않는다고. 하지만 어두운 밤 아무도 없을 때 그자가 뱃전에서 저기를 내려다보고 있다면, 플래스크…" 스터브는 두 손을 들어 바다를 가리켰다. "그자를 밀어버릴 거야. 아무렴! 플래스크, 나는 페달라가 변장한 악마라고 생각해. 자네는 그자가 배에 몰래 탔다는 말도 안 되는 이야기를 믿나? 그자는 악마야, 틀림없어. 꼬리가 보이지 않는 것은 잘 감췄기 때문이지. 아마도 둘둘 감아서 호주머니에 넣고 다닐 거야. 빌어먹을 놈! 지금 생각해보니 그자가 늘 뱃밥을 필요로 하는 것은 부츠의 발가락 부분을 채우기 위해서였어."

---

**192**  출애굽기 17장 6절, 민수기 20장 11절.

"그자는 잘 때도 부츠를 신고 잔다지요? 그물 침대도 없어요. 밤이면 언제나 둘둘 말아놓은 밧줄 속에서 자는 것을 보았어요."

"틀림없어. 저주받은 그 꼬리 때문에 그럴 거야. 꼬리를 감아서 밧줄 안에 밀어 넣은 거라고."

"영감은 대체 그자와 무슨 관계가 있는 겁니까?"

"무슨 계약을 했거나 거래를 텄겠지."

"거래? 무슨 거래요?"

"봐, 자네도 알다시피 영감은 흰 고래를 쫓는 데 혈안이 되어 있어. 그것을 알고 저 악마가 영감에게 접근해서 거래를 한 거지. 영감의 은시계나 영혼 혹은 비슷한 뭔가를 내놓으면 모비 딕을 넘겨주겠다고 말이야."

"말도 안 돼! 스터브, 지금 농담하는 거죠? 페달라가 무슨 수로 그런 짓을 할 수 있어요?"

"몰라, 플래스크. 하지만 악마는 호기심이 많은 데다가 사악하기까지 하지. 이야기 하나 해줄까? 한번은 악마가 낡은 기함에 슬며시 들어간 거야. 신사인 척하며 꼬리를 살랑살랑 흔들면서 말이야. 그러고는 늙은 함장이 있냐고 물었지. 마침 거기에 있던 함장은 용건이 뭐냐고 물었어. 그러자 악마가 두 발을 구르며 '아무개를 내놔'라고 말했지. '무슨 일로?' 늙은 함장이 물었어. '그건 알 필요 없어.' 악마가 화를 내며 말했어. '아무튼 아무개를 데려가야겠어.' '그럼 데려가.' 함장이 대답했어. 그런데 말이야 플래스크, 악마가 아무개를 데려가 실컷 괴롭히다가 그에게 아시아 콜레라를 옮기지 않았다면, 내가 저 고래를 한입에 먹어치우겠네. 이봐, 조심해. 거기는 다 준비됐지? 좋아, 그럼 노를 저어. 뱃전에 고래를 갖다 놓자고."

"그런 이야기를 들은 기억이 납니다." 플래스크가 말했다. 두 척의 보트는 마침내 고래를 끌면서 본선에 다가갔다. "그런데 어디서 들었는지는 기억이 안 나요."

"『세 명의 스페인 사람』[193] 아닌가? 흉악한 세 악당의 모험을 그린 소설 말이야. 이봐 플래스크, 거기서 읽은 거 아니야? 그런 것 같은데."

"아니요, 그런 책은 읽은 적 없어요. 이야기는 들어보았지만. 그런데 스터브, 당신이 방금 말한 그 악마가 우리 피쿼드호에 타고 있는 바로 그자라고 생각합니까?"

"아까 자네를 도와 이 고래를 죽인 자와 나는 같은 사람인가? 악마는 영원히 사는 자야. 악마가 죽었다는 이야기를 들어본 적이 있나? 죽은 악마를 위해 상복을 입은 목사를 본 적이 있나? 악마가 함장의 선실에 들어갈 수 있는 열쇠를 가지고 있다면 포경선 현창으로도 기어들어 올 수 있다고 봐야 하지 않겠나? 안 그래, 플래스크?"

"스터브, 페달라가 몇 살이나 됐을까요?"

"저기 주돛대 보이지?" 스터브가 본선을 가리키며 말했다. "저걸 숫자 1이라고 하세. 그리고 피쿼드호 선창에 있는 쇠테를 모두 가져다가 저 1자 옆에 나란히 붙여보자. 그래도 페달라의 나이를 다 대지는 못할 거야. 통장이들이 쇠테를 아무리 많이 들이대도 저 악마의 나이에 미치지는 못하지."

"그렇지만 스터브, 기회가 생기면 페달라를 바다에 밀어버리겠다는 그 말, 좀 과장하는 거 아니에요? 만일 그자가 쇠테를 무수히 갖다 대야 할 정도로 나이가 많고 또 영원히 살 거라면 바다에 밀어버린들 무슨 소용이 있겠어요? 안 그래요?"

"그래도 그자를 물속에 처넣어야 해."

"다시 배로 기어오를 텐데요."

"그럼 또 처넣지. 계속 처넣어야 해."

"하지만 악마가 당신을 바다에 빠트리려고 하면 어떻게 되는 거죠? 그래요,

---

**193** 조지 워커의 고딕 소설 『세 명의 스페인 사람』(1800)을 가리키는 것으로 보인다. 하지만 그 무렵에는 미국에서 이 소설이 발간되지 않았기 때문에 알렉상드르 뒤마의 『삼총사』를 가리키는 것일 수도 있다.

당신을 물에 빠트려 죽이려고 하면 그때는 어떻게 할 겁니까?"

"어디 한번 해보라고 해. 두 눈이 시커멓게 멍이 들도록 패줄 테니까. 그러면 한동안 함장의 선실에 얼굴 내밀 생각은 못 하겠지. 그자가 사는 맨 밑 갑판은 말할 것도 없고 가끔 어슬렁거리는 상갑판에도 얼씬 못 할 거라고. 악마는 지옥에나 가라고 해. 플래스크, 내가 악마를 두려워할 것 같아? 도대체 누가 그를 두려워하냐고? 악마를 붙잡아 이중 수갑을 채우기는커녕 사람들을 납치하고 다니도록 풀어준 늙은 함장을 빼놓고 말이야. 함장은 악마와 계약을 맺었어. 악마가 사람들을 제멋대로 납치해서 튀겨 먹어도 좋다고 말이야. 이게 무슨 함장이냐고!"

"페달라가 에이해브 선장을 납치할 생각이라는 거예요?"

"그렇게 생각하냐고? 플래스크, 곧 알게 될 거야. 당분간은 그자를 잘 살펴볼 생각이야. 뭔가 수상한 점을 발견하면 그자의 목덜미를 확 움켜잡고 이렇게 이야기할 거야. 이봐 악마, 그런 짓 하지 마. 만약 그자가 소동을 피우면 나는 놈의 호주머니를 뒤져서 꼬리를 잡아채가지고 양묘기로 가져갈 거야. 그런 다음 놈의 꼬리를 감아올리면서 마구 비틀어 몸통에서 떨어져 나가게 할 거야. 내가 지금 하는 말이 무슨 말인지 알겠나? 그러면 악마는 꼬리가 잘려 나가 못 쓰게 된 것을 알고는 더 이상 꼬리를 다리 사이에 감추는 일 없이 슬그머니 사라져버리겠지."

"잘린 꼬리는 어떻게 할 건가요, 스터브?"

"어떻게 하냐고? 나중에 돌아가면 황소 채찍으로 팔아먹어야지. 달리 쓸 데가 있겠어?"

"지금까지 한 이야기가 다 진심인가요, 스터브?"

"진심이든 말든 이제 본선에 다 왔네."

이때 본선에서 보트를 향해 고래를 좌현 쪽으로 끌고 가라는 외침이 들려왔다. 그곳에는 고래 꼬리에 두를 쇠사슬과 그밖에 고래를 잡아매는 데 필요한 다른 비품들이 이미 준비되어 있었다.

"내가 아까 말했죠?" 플래스크가 말했다. "참고래 머리를 향유고래 머리의 반대편에 매달 거라고."

플래스크의 말은 사실인 것으로 곧 판명되었다. 지금까지 피쿼드호는 향유고래 머리가 달린 쪽으로 심하게 기울어 있었으나 이제 두 머리가 균형을 이루며 용골이 똑바로 섰다. 물론 두 머리가 누르는 하중은 만만치 않았다. 한 손에 로크의 머리를 들면 그쪽으로 기울어지지만, 다른 한 손에 칸트[194]의 머리를 들면 원래의 위치로 돌아가게 된다.

하지만 무게에 따라 이리저리 기울어지니 곤란하기는 마찬가지다. 이처럼 어떤 사람들은 배의 균형을 잡는 일에만 신경을 쓴다. 아아, 어리석은 사람들 같으니! 그 무거운 머리들을 모두 배 밖으로 던져버리면 배가 물 위에 가볍게 똑바로 뜰 수 있는데 말이다.

참고래를 본선의 측면에 붙이자 어제 향유고래에게 했던 것과 똑같은 예비작업이 실시되었다. 다만 향유고래는 머리를 통째로 잘라낸 반면에 참고래의 머리는 입술과 혀를 별도로 제거한 다음 정수리에 붙어 있는 유명한 검은 뼈와 함께 들어 올린다는 차이가 있다. 하지만 이번에는 그런 작업을 하지 않았다. 두 고래의 사체는 모두 바다에 버려졌고, 양쪽에 고래 머리를 매단 배는 무거운 짐바구니를 양쪽에 매고 가는 노새와 비슷해 보였다.

한편 페달라는 참고래의 머리를 찬찬히 쳐다보다가 고래 머리의 깊은 주름에서 자기 손의 주름살로 시선을 돌리곤 했다. 에이해브도 우연히 갑판에 나와 고래를 내려다보고 있었는데, 그 파시교도(the Parsee, 페달라를 가리킨다)에게 선장의 그림자가 드리워졌다. 파시교도의 그림자도 드리워지면서 에이해브의 그림자와 겹쳐져 마치 하나의 긴 그림자가 드리워진 듯했다. 선원들은 부지런히 작업하면서도 스치고 지나가는 이런 모든 일에 대해 그들끼리 황당한 추측을 늘어놓았다.

---

**194** 로크는 경험론을, 칸트는 관념론을 가리킨다.

## 74장  향유고래의 머리 - 비교 검토

이제 여기 거대한 고래 두 마리가 머리를 맞대고 있으니 우리도 함께 머리를 맞대보자.

거대한 바다 괴물의 당당한 족보 중에서 향유고래와 참고래가 가장 주목할 만하다. 인간이 정식으로 사냥하는 고래는 이 두 종류뿐이다. 낸터킷 사람들에게 향유고래와 참고래는 다양한 고래들 가운데 양극단을 차지한다. 두 고래의 외형상 차이는 주로 머리 부분에 있다. 그리고 두 고래의 머리가 바로 지금 피쿼드호의 양쪽 뱃전에 매달려 있으므로 우리는 그저 갑판을 오가기만 하면 두 고래를 자유롭게 비교 검토할 수 있다. 이보다 더 고래를 실용적으로 연구할 좋은 기회가 어디에 있겠는가?

우선 두 고래의 머리는 놀라우리만치 전반적으로 큰 차이를 보인다. 확실히 두 고래는 거대하다. 하지만 향유고래의 머리는 수학적 대칭이 뚜렷이 드러나는 반면에, 참고래의 머리는 유감스럽게도 대칭이 보이지 않는다. 향유고래의 머리에는 또 다른 특징이 있는데, 머리를 보고 있노라면 늠름한 위엄에 압도되어 자신도 모르는 사이에 향유고래에게 더 높은 점수를 주게 된다. 지금 이 향유고래의 경우에도, 머리 꼭대기 부분에 검은 반점과 흰 반점이 뒤섞여 있어 위엄을 한층 더해주며, 고래가 나이가 많고 경험도 풍부하다는 사실을 알려주고 있다. 간단히 말해 이 향유고래는 고래잡이들의 전문용어로 '백발 고래'라고 부르는 종류다.

이번에는 두 고래의 머리에서 가장 유사한 부분이자 중요한 기관인 눈과 귀를 살펴보자. 머리 훨씬 뒤쪽과 아래쪽 고래 턱 부근을 자세히 살펴보면 속눈썹이 없는 눈을 발견할 수 있다. 어린 망아지의 눈과 비슷한 그 눈은 거대한 머리에 전혀 어울리지 않을 정도로 작다.

그런데 고래 눈이 자리한 독특한 위치를 고려해볼 때, 고래는 바로 뒤에 있는 물체를 볼 수 없을 뿐만 아니라 바로 앞에 있는 물체도 전혀 볼 수 없을 것이 분명하다. 한마디로 고래의 눈이 달린 위치는 인간의 귀가 달린 위치와 같다. 양쪽 귀 위치에 달린 눈으로 외부의 물체를 본다면, 과연 어떤 식으로 보일지 한 번 상상해보라. 고래는 전방의 시야가 좌우로 30도 정도이고, 뒤로도 그 정도밖에 보지 못한다. 만약 어떤 적수가 훤한 대낮에 단검을 높이 쳐들고 정면에서 똑바로 걸어온다면, 적수가 뒤에서 바싹 쫓아올 때와 마찬가지로 고래는 그를 전혀 보지 못한다. 고래는 옆면에서 본 앞이 둘이므로 사실상 등도 둘이라고 보아야 한다. 인간에게 앞은 눈이 달린 부분이고 등은 그 뒷부분이니 말이다.

그리고 내가 지금 생각해낼 수 있는 대부분의 동물들은 두 눈의 위치상 자기도 모르는 사이에 두 개의 시력을 합쳐 뇌에 두 개의 그림이 아니라 하나의 그림을 제공하게 되어 있다. 그런데 고래의 눈은 몇 입방미터나 되는 단단한 머리에 의해 사실상 분리되어 있는 기이한 위치에 달려 있다. 더욱이 그 머리는 우뚝 솟아올라 두 호수를 갈라놓는 산봉우리 형상이다. 그 때문에 독립된 각각의 눈이 받아들이는 그림은 전혀 다를 수밖에 없다. 따라서 고래의 두 눈 사이에는 거대한 어둠과 무(無)가 존재한다. 사실 인간은 두 개의 창틀을 연결시킨 하나의 창문으로 세상을 내다본다고 할 수 있다. 그러나 고래의 경우, 두 개의 창틀이 완전히 분리되어 서로 다른 두 개의 창을 형성하고 있어 시야에 상당한 지장을 주고 있다. 포경업계에서는 고래의 눈이 지닌 이러한 특징을 반드시 숙지하고 있어야 하며, 독자들 또한 앞으로 등장할 장면에서 이 점을 기억하고 있어야 할 것이다.

고래의 시야와 관련해 기이하면서도 좀 더 까다로운 질문을 제기할 수도 있지만, 여기서는 한 가지 암시를 주는 데서 만족하고자 한다. 인간은 빛이 있는 곳에서 눈을 뜰 경우 저절로 주위의 사물을 보게 된다. 다시 말해 자기 앞에 놓인 물체는 무엇이든지 자동적으로 볼 수밖에 없다. 그럼에도 경험을 통해 알 수 있듯이, 인간은 여러 물체를 한 번에 파노라마처럼 휙 하고 훑어볼 수는 있지만, 아무리 크든 아무리 작든 두 가지 물체를 동시에 세심하고 완벽하게 살펴보기란 불가능하다. 두 물체가 나란히 놓여 있거나 맞닿아 있더라도 사정은 마찬가지다. 그런데 두 물체를 분리시키고 각각을 완전히 어둔 방에 두었다고 생각해보라. 어느 한 물체에 주의력을 집중시키면 다른 물체는 당신의 의식에서 완전혀 배제될 것이다. 그렇다면 고래의 경우는 어떨까? 고래의 두 눈은 동시에 작동할 것이 분명하다. 그런데 고래의 두뇌가 인간의 두뇌보다 훨씬 더 포괄적이고 종합적이며 섬세해서, 신체의 반대쪽에 있는 두 개의 뚜렷이 다른 이미지를 동시에 세밀하게 살펴볼 수 있을까? 만약 그렇다면 그것은 인간이 유클리드기하학의 서로 다른 명제를 동시에 증명할 수 있는 것만큼이나 놀라운 일이다. 이런 비유는 엄밀히 따져봐도 부적절하다고 할 만한 점이 전혀 없다.

무의미한 공상에 불과할지 모르겠지만, 내가 보기에 늘 어떤 고래들은 서너 척의 보트에 포위되었을 때 유난히 동요하는 움직임을 보이는 것 같다. 그런 고래들은 공통적으로 몹시 두려워하며 겁을 낸다. 나는 이 모든 반응의 간접적인 원인이 정반대 위치에 놓인 시야로 인해 고래가 혼란에 빠져 어쩔 줄 몰라 하는 데 있다고 본다.

그런데 고래의 귀도 눈 못지않게 특이하다. 고래에 대한 사전 지식이 전혀 없는 사람이라면, 이 두 고래의 머리를 몇 시간이나 뒤지더라도 청각기관을 절대 찾아내지 못할 것이다. 고래의 귀에는 바깥으로 나 있는 귓바퀴라는 것이 전혀 없고, 귓구멍은 깃촉 하나 꽂아 넣기도 어려울 정도로 아주 작다. 귀는 눈에서 약간 떨어진 뒤쪽에 있다. 귀와 관련해 향유고래와 참고래는 중요한 차이점이 있다. 향유고래의 귀는 바깥쪽으로 뚫려 있지만, 참고래의 귀는 평평한 막으로 덮여 있어 밖에서는 전혀 보이지 않는다.

고래처럼 거대한 생물이 그렇게 작은 눈으로 세상을 보고 토끼보다 작은 귀로 천둥소리를 듣는다고 하니 신기하지 않은가? 하지만 고래의 눈이 천문학자 허셜의 거대한 망원경 렌즈처럼 크고 귓구멍이 대성당의 현관처럼 넓다면, 고래는 더 멀리 내다보고 더 세밀하게 들을 수 있을까? 전혀 그렇지 않다. 그런데 왜 당신은 마음을 '넓히려고만' 하는가? 그보다는 깊이를 갖추라.

이제 지렛대든 증기기관이든 가까이에 있는 도구를 사용해 향유고래의 머리를 기울여 뒤집어놓은 다음, 사다리를 타고 꼭대기에 올라가서 그 입안을 한번 들여다보자. 머리가 몸통에서 완전히 분리되어 있지 않다면, 우리는 등불을 들고 켄터키주의 매머드 동굴 같은 녀석의 배 속으로 내려가볼 수도 있었을 것이다. 하지만 여기 이빨 옆에 멈추어 서서 주변을 찬찬히 살펴보자. 얼마나 아름답고 순결해 보이는 입인가! 혓바닥에서 입천장까지 신부의 드레스처럼 하얗게 반짝거리는 막으로 안감을 댄 것 같기도 하고, 온통 도배를 한 것 같기도 하다.

이제 입안에서 나와 저 흉흉한 아래턱을 살펴보자. 그것은 마치 거대한 코담뱃갑의 좁고 기다란 뚜껑처럼 생겼다. 옆이 아니라 위쪽에 경첩이 달린 뚜껑 말이다. 그것을 억지로 열어서 높이 들어 올리면 가지런히 늘어선 이빨이 드러나는데, 무서운 내리닫이 쇠살문을 영락없이 닮았다. 아아, 쇠살문은 실제로 여러 불쌍한 고래잡이들에게 떨어져 대못처럼 그들의 전신을 꿰뚫기도 했다. 이보다 더 무서운 것은 바닷속 깊은 곳에서 길이가 5미터나 되는 거대한 아가리를 기움돛대처럼 몸뚱이와 직각이 되게 쩍 벌리고서는 부유하는 고래다. 이 고래는 죽은 것이 아니다. 단지 기력이 없거나 뭐랄까 기분이 좋지 않은 것이다. 우울증에 걸려 있는지도 모르겠다. 그와 같이 무기력하게 턱관절의 힘을 빼고 있으니 보기 흉할 뿐만 아니라 동료 고래들도 녀석을 부끄러워하며 분명 녀석의 턱관절이 고장 나기를 기도하게 될 것이다.

대부분의 경우 이 아래턱은 숙련된 기술자라면 쉽게 해체하여 갑판 위에 올리는데, 상앗빛 이빨을 뽑아내고 단단한 흰 고래수염을 떼어내기 위해 그렇게 한다. 고래잡이들은 이 고래수염으로 지팡이, 우산대, 승마용 채찍 손잡이 등 온갖 진귀한 물건을 만들어낸다.

길고 오랜 작업 끝에 턱은 마치 닻인 양 갑판 위로 끌어올려지고, 다른 작업이 끝나고 며칠 후 퀴케그와 다구, 타슈테고와 같이 숙련된 치과의사들이 이빨 뽑기 작업에 착수한다. 퀴케그가 날카로운 고래 삽으로 잇몸을 절개하면, 턱을 고리 달린 볼트에 단단히 묶고 높이 매단 도르래를 작동시켜 마치 미시건주의 황소가 삼림지에서 오래된 참나무 그루터기를 끌어내듯이 이빨을 뜯어낸다. 고래 이빨은 모두 합쳐 42개 정도 된다. 늙은 고래일 경우 이빨이 많이 닳아 있지만 썩지는 않는다. 인간들처럼 인공적으로 구멍을 때운 것도 없다. 턱은 나중에 널빤지처럼 톱으로 켜서 집 지을 때 쓰는 들보처럼 쌓아둔다.

## 75장 참고래의 머리 - 비교 검토

이제 갑판을 건너가서 참고래의 머리를 면밀히 들여다보자.

전반적인 형태로 보자면, 고귀한 향유고래의 머리는 로마 시대의 전차와 비슷하다(특히 넓고 둥근 앞면이 그러하다). 한편 참고래의 머리는 멀리서 살펴볼 때, 갤리선과 비슷하게 앞코가 위로 비쭉 솟아오른 거대한 구두 같이 생겼다. 200년 전 네덜란드의 어느 항해자는 그 머리 모양을 구두 골에 비유했다. 참고래의 구두 골이나 구두 속에서는 동화에 나오는 할머니가 복닥대는 아이들과 아주 편안히 살 수도 있었을 것이다.

그러나 가까이 다가가서 볼수록 이 거대한 머리는 보는 관점에 따라 다른 양상을 드러낸다. 머리 꼭대기에 서서 'f'자 모양을 한 두 개의 분기공을 내려다보면 머리 전체가 거대한 콘트라베이스처럼 보일 것이고, 분기공은 공명판에 뚫은 구멍으로 보일 것이다. 그런 다음 그 덩어리의 꼭대기에 달린 닭 볏 같기도 하고 빗 같기도 한 괴상한 것(초록색 따개비 같은 것으로 그린란드 사람은 '왕관'이라고 부르고, 남태평양 어부들은 참고래의 '모자'라고 부른다)에 시선을 고정한다면, 그 머리는 가지가 갈라지는 곳에 새가 둥지를 튼 거대한 참나무 줄기로 보일 것이다. 아무튼 이 모자 위에 살아 있는 게들이 꼼지락거리는 것을 보면 새 둥지가 저절로 연상될 것이다. 그러나 거기에 붙인 '왕관'이라는 전문용어가 마음에 와 닿았다면, 이 거대한 괴물이 실제로 왕관을 쓴 바다의 왕일지도 모르며, 저 초록색 왕관이 그처럼 놀라운 방식으로 만들어져 이 머리에 씌워졌구나 하는 흥미로운 생각을 하게 될 것이다. 하지만 이 고래가 왕이라면 왕관을 쓰기에는 너무 심술궂은 표정이 아닐 수 없다. 저 축 처진 아랫입술을 보라! 심술과 시무룩함이 덕지덕지 붙어 있지 않은가! 목수가 재는 단위에 따르면 6미터 길이에 1.5미터 두께의 심술과 시무룩함의 구현이라고 할 수 있다. 그것은 2,000리터 이상의 기름을 제공하는 원천이기도 하다.

그런데 이 불운한 고래가 언청이라니 참으로 안 된 일이다. 입술이 약 30센티미터 정도 찢어져 있다. 아마도 어미 고래가 임신 중에 페루 해안을 헤엄쳐 가고 있을 때 지진이 일어나 갈라진 해변에 부딪혀 그런지도 모른다. 이제 미끄러운 문지방을 넘어가듯이 이 입술을 넘어 입안으로 들어가보자. 내가 만일 매키노에 있었다면 인디언 천막 안에 들어간 줄 알았을 것이다. 이런 세상에! 이것이 요나가 지나간 바로 그 길이란 말인가? 입천장의 높이는 3미터가 넘고, 진짜 마룻대를 댄 것처럼 꽤 날카로운 각도를 이루며 앞으로 내달린다. 아치 모양의 옆면에는 털투성이 늑골이 있고, 여기에는 초승달 모양의 얇은 널빤지 같은 고래수염 300개가량이 반쯤 수직으로 세워져 한쪽으로 쭉 달려 있다. 고래수염은 고래의 정수리 혹은 왕관 부근의 뼈에 연결되어, 앞에서 잠깐 언급한 적이 있는 내리닫이 창살문을 이루고 있다. 고래수염의 가장자리에는 털투성이 섬유가 달려 있어 참고래가 먹이를 먹을 때 입을 벌린 채 요각류 떼 사이를 지나면 물은 수염 사이로 빠져나가고, 작은 물고기는 그 복잡한 구조 속에 걸려 입안에 남게 된다. 창살문 같은 고래수염은 자라난 순서에 따라 줄지어 서 있는데, 그 중심부에는 기묘한 선이나 곡선, 움푹 팼거나 솟은 부분이 있다. 일부 고래잡이들은 이것을 보고 고래의 나이를 계산하는데 나이테를 보고 참나무의 수령을 헤아리는 것과 비슷하다. 이런 방식이 확실하다고는 보장할 수 없지만 어느 정도 일리는 있는 듯하다. 아무튼 이 기준에 따르면 참고래는 우리가 처음에 언뜻 보고 생각한 것보다 나이가 훨씬 많다는 사실을 인정해야 한다.

옛날에는 고래 입속의 창살문을 두고 기발한 상상이 무성했던 것 같다. 퍼처스의 책에 나오는 어느 항해자는 그것을 고래 입속의 놀라운 '구레나룻'라고 불렀고,[195] 또 다른 사람은 '돼지털'이라고 했으며, 해클루트의 책에 나오는 노신사는 다음과 같이 고상한 표현을 썼다. "참고래 위턱의 양쪽에는 약 250개의 지느러미가 나고, 그것들은 입안 양쪽에서 혀 위로 아치 모양을 하고 있다."

다 알다시피 '돼지털', '지느러미', '구레나룻', '덧문' 등 뭐라고 불리든 간에

---

**— 195** 이 이야기를 하자니 참고래가 일종의 구레나룻 혹은 콧수염이 있다는 사실이 생각난다. 아래턱 바깥쪽 윗부분에 몇 가닥의 흰 털이 듬성듬성 나 있다. 그로 인해 평소 엄숙해 보이는 참고래의 표정에 산적 같은 느낌이 더해지기도 한다. (원주)

이 고래수염은 숙녀들의 코르셋 살대나 그 밖의 단단한 보강재로 쓰이고 있다. 하지만 그 수요는 오랫동안 내리막길을 걸어왔다. 고래수염이 전성기를 누린 것은 앤 여왕 때였는데, 당시 인기 절정을 달리던 파딩게일 속치마에 고래수염을 쓴 것이다. 그 시절의 귀부인들은 그야말로 고래 아가리 속에 들어가 있으면서도 우아하게 돌아다녔다고 말할 수 있다. 하지만 요즘의 우리도 소나기를 만나면 별 생각 없이 고래 턱 아래로 얼른 뛰어든다. 우산은 고래수염 위에 펼쳐놓은 천막과 다름없기 때문이다.

이제 창살문이나 구레나룻는 잠시 잊고 참고래의 입안에 서서 다시 한번 주위를 둘러보자. 질서정연하게 늘어선 거대한 뼈 기둥을 보고 있노라면, 하를렘의 거대한 오르간 속에 들어가 1,000개의 파이프를 보고 있다는 생각이 들지 않는가? 오르간 밑에는 아주 부드러운 터키산 양탄자가 깔려 있다. 그것은 바로 고래 입의 바닥에 딱 달라붙어 있는 혀다. 혀는 매우 기름지고 부드러워서 갑판 위로 끌어올리다가 찢어지기 쉽다. 그런 특별한 혀가 우리 앞에 있다. 슬쩍 보기만 해도 여섯 통짜리라는 것을 알겠다. 즉, 거기서 그만한 양의 기름이 나온다는 뜻이다.

이제 내가 처음에 했던 말, 곧 향유고래의 머리와 참고래의 머리는 전혀 다르다는 사실을 충분히 깨달았을 것이다. 그 차이점을 요약해보자면 이렇다. 참고래의 머리에는 그리 대단한 기름샘이 없고, 상앗빛 이빨도 없으며, 길쭉한 아래턱도 없다. 한편 향유고래의 머리에는 창살문 같은 고래수염이 없고, 거대한 아랫입술도 없으며, 혀라고 할 만한 것도 없다. 또한 참고래는 분수공이 두 개이지만 향유고래는 하나뿐이다.

두건 모양의 이 장엄한 머리들이 나란히 매달려 있는 동안 그것들을 마지막으로 살펴보자. 하나는 아무런 기록도 남기지 못하고 바다에 가라앉을 것이고, 다른 하나도 곧 뒤따라 그렇게 될 테니.

저기 향유고래의 표정을 잘 살펴보았는가? 죽었을 때의 표정과 똑같다. 이마에 새겨진 긴 주름살 몇 개가 지금은 다소 희미해졌을 뿐이다. 향유고래의 넓은 이마에는 대평원의 평온함이 가득한 것 같다. 평온함은 죽음에 대한 무심함에서 생겨난 것이리라. 하지만 참고래 머리의 표정을 보라. 어쩌다가 포경선의 뱃전에 눌려 턱을 꽉 감싸게 된 저 놀라운 아랫입술을 보라. 머리는 죽음에 직면했을 때 엄청난 결단을 내린 것처럼 보이지 않는가? 나는 참고래가 스토아철학자였고, 향유고래는 플라톤주의자였다가 말년에 스피노자를 받아들인 철학자일지도 모르겠다는 생각을 해본다.[196]

### 76장  공성퇴

향유고래의 머리에 대한 논의를 마무리 짓기 전에, 잠시 합리적인 생리학자가 되어 향유고래의 모든 것이 집약되어 있는 머리 앞부분에 주목해주길 바란다. 거기에 얼마나 강력한 공성퇴의 힘이 실릴 수 있는지 정직하고 이성적인 평가를 내리겠다는 일념으로 그 부분을 살펴주길 바란다. 이것은 매우 중요한 문제다. 이 문제를 만족스럽게 매듭짓지 못한다면, 역사상 가장 끔찍하면서도 가장 객관적인 한 사건에 대한 의혹을 영원히 떨쳐버리지 못할 것이기 때문이다.

향유고래가 평소 헤엄치는 자세를 보면, 머리 앞면이 수면과 거의 수직을 이룬다. 앞면의 아래 부분은 돛의 아래쪽 활대 같은 아래턱을 끼울 수 있는 기다란 구멍이 자리할 수 있도록 상당히 뒤쪽으로 물러나 있다. 고래의 입은 사람으로 치면 턱 바로 밑에 입이 있는 것과 같다. 더욱이 고래는 밖으로 드러나 있는 코가 없으며, 코에 해당하는 물 뿜는 구멍은 머리 꼭대기에 있다. 눈과 귀는 머리 양옆에 달려 있으며, 몸 전체의 길이로 보았을 때 앞에서 3분의 1 정도 되는 지점이다. 그러므로 향유고래 머리의 앞부분은 단 하나의 기관이나 이렇다 할

---

**196** 73장에서 언급한 로크의 경험론과 칸트의 관념론 비유의 연장이다. 참고래를 경험론자로 본다면 향유고래는 관념론자다. 플라톤은 이데아가 이 세상을 벗어난 곳에 있다고 본 반면에, 스피노자는 자연이 곧 신이라는 범신론 입장을 취한다. 말년에 스피노자를 받아들였다는 것은 저 멀리 있던 신을 믿다가 세상의 모든 것이 신이라고 믿게 되었음을 뜻한다.

만큼 돌출된 부분이 없는 밋밋한 벽이라는 사실을 알아야 한다. 그뿐만 아니라 머리 앞면의 맨 아래쪽에서 뒤로 기울어진 부분에서만 뼈의 흔적을 희미하게 볼 수 있고, 이마에서 6미터는 내려가야 비로소 온전한 두개골에 이른다. 그러므로 뼈 없는 이 거대한 덩어리는 하나의 살 덩어리인 셈이다. 차차 밝혀지겠지만, 그 내용물은 대부분 향기 나는 기름으로 구성되어 있다. 이제 겉으로는 부드러운 혹 덩어리처럼 보이는 그것에 견고하게 부여된 물질의 특성을 알아야 한다. 앞에서 나는 지방층이 고래 몸을 귤껍질처럼 감싸고 있다고 말한 적이 있는데 고래 머리도 마찬가지다. 차이가 있다면 머리를 감싸고 있는 외피는 그리 두껍지 않고 뼈도 없지만 직접 만져보지 않은 사람은 짐작할 수 없을 정도로 아주 단단하다는 것이다. 가장 힘센 팔뚝을 가진 작살잡이가 더없이 날카로운 작살이나 창을 던져도 힘없이 튕겨 나올 정도다. 향유고래의 이마는 말발굽으로 다져진 것처럼 단단하다. 그 아래에 어떤 감각도 숨어 있을 것 같지 않다.

또 하나 생각해볼 것이 있다. 화물을 가득 실은 동인도회사의 무역선 두 척이 부두에서 바싹 붙어 충돌할 위기에 처하면 선원들이 어떻게 대응하는가? 충돌이 임박한 순간, 선원들은 두 배 사이에 쇠나 나무처럼 단단한 물체를 끼워 넣지 않는다. 그보다는 밧줄과 코르크를 둥글게 뭉친 커다란 덩어리를 두껍고 질긴 소가죽으로 싸서 배 사이에 끼워 넣는다. 덕분에 참나무 지렛대나 쇠 지렛대마저 부러뜨렸을 만한 충격을 누그러뜨려 배에 아무런 손상이 가지 않게 한다. 내가 지금 말하려는 바는 이것만으로도 충분히 입증된다. 하지만 여기에 또 하나의 가설을 들어 부연 설명을 하고자 한다. 보통 물고기는 마음대로 팽창시키거나 수축시킬 수 있는 부레라는 것을 체내에 가지고 있지만, 내가 알기로 향유고래는 이런 기관이 없다. 그런데도 고래는 도무지 설명할 수 없는 방식으로 머리를 물속에 쑥 집어넣었다가 다시 머리를 높이 쳐든 채 물 밖으로 솟구쳐 나온다. 또한 향유고래의 머리는 탄력성이 매우 높을 뿐만 아니라 그 내부 구조가 특이하다. 이런 점들을 감안할 때, 나는 이런 가설을 내세우고 싶다. 즉 고래에게 벌집 모양의 신비한 허파가 있어, 그것이 지금까지 알려지지 않고 상상도 못할 방식으로 바깥 공기와 연결되어 팽창하고 수축하는 것은 아닌가 하는 것이다. 이것이 사실이라면 고래 머리에 막강한 힘이 있다고 보아야 한다. 눈에 보이지 않으나 파괴적인 외부의 공기가 고래의 체내로 들어가 그 힘을 한껏 부풀릴 수 있으니 말이다.

잘 보라. 밖은 아무 감각이 없고 상처 하나 낼 수 없는 난공불락의 벽이고, 안에는 엄청난 부력을 가진 머리가 한 치의 오차도 없이 밀고 나가면, 뒤에서는 목재 더미의 부피 단위인 '코드'로만 잴 수 있는 실로 거대한 덩어리가 마치 아주 작은 벌레처럼 하나의 의지에 완전히 복종하며 따라온다. 그러니 나중에 내가 이 거대한 괴물 속 어디에나 도사리고 있는 특별한 잠재력과 집중된 힘에 대해 설명할 때, 그리고 그보다는 덜 중요하다고 할 수 있는 몇 가지 머리의 재주를 보여줄 때, 무지에서 비롯된 모든 의심을 내다버리고 다음 사항만은 기꺼이 믿어주기를 바란다. 즉, 향유고래가 그 막강한 머리로 다리에는 지협[197]을 뚫고 나가 대서양과 태평양을 연결시키는 일이 있더라도 눈썹 하나 까딱해서는 안 된다. 그런 고래를 인정하지 않는다면, 진리에 관한 한 당신은 촌뜨기에다 감상주의자에 지나지 않게 된다. 명백한 진리는 거대한 샐러맨더[198]만이 만날 수 있다. 어떻게 편협한 촌뜨기가 그런 기회를 누려볼 수 있겠는가? 사이스에서 무서운 여신상의 베일을 들춰본 약골 젊은이에게 어떤 일이 닥쳤는지 생각해보라.[199]

---

**197** 북아메리카와 남아메리카 두 대륙을 잇는 파나마지협의 옛 이름. 멜빌이 살던 시절에는 파나마운하가 아직 개발되지 않아 미국 동부에서 떠난 배가 미국 서부로 가려면 남아메리카 남단의 혼곶을 돌아서 와야 했다. 여기서는 향유고래의 막강한 힘을 신적인 것으로 암시하며 흰 고래가 곧 신임을 드러내고 있다.

**198** 불 속에서 살며 불을 먹는다는 전설의 도롱뇽 괴물. 프랑스의 프랑수아 1세는 왕실 문장에 불 속의 샐러맨더와 함께 "나는 기르고 또 소멸시킨다"는 모토를 써넣었다. 불이 불순물을 태워버리고 쇠를 정련시킨다는 뜻이다. 여기서 샐러맨더가 신적인 존재임을 알 수 있으며, 이 문장은 신을 알고자 하는 자는 신성에 가까운 인격을 가지고 있어야 한다는 것을 암시한다. 멜빌은 에이해브에게 그런 특성을 부여하기 위해 여러 군데에서 그를 가리켜 '신 같은 사람'이라는 표현을 쓴다.

**199** 사이스는 나일강 삼각주 서쪽의 고대 이집트 도시다. 여기서 말하는 무서운 여신은 이집트 신화 속 이시스 여신을 가리킨다. 여신상의 베일은 36장에서 에이해브가 깨트리

## 77장 커다란 하이델베르크 술통

이제 고래의 기름통에서 기름을 퍼낼 때가 되었다. 하지만 이 작업을 제대로 이해하기 위해서는 작업 대상인 고래 머리의 특이한 내부 구조를 좀 더 알아두어야 한다.

향유고래의 머리를 단단한 타원형으로 보고, 그 경사면을 옆에서 비스듬히 잘라 두 개의 코인[200]으로 나누어보자. 아래쪽 코인은 두개골과 턱을 이루는 골격이고, 위쪽 코인은 뼈가 전혀 없는 기름 덩어리다. 위쪽 코인의 앞부분은 널찍한 수직 형태의 이마를 이룬다. 위쪽 코인을 이마 중간쯤에서 수평으로 자르면 거의 동일한 크기의 두 부분으로 나뉘는데, 사실 두 부분은 두꺼운 힘줄 같은 물질의 내벽으로 자연스럽게 나뉘어 있다.

수평으로 다시 분할한 것 중 아랫부분을 지방조직이라고 부르는데, 기름으로 가득한 하나의 거대한 벌집 모양을 하고 있다. 수만 개의 세포로 촘촘하게 이루어진 조직으로, 질기고 탄력 있는 하얀 섬유질이 그 위를 얼기설기 채우고 있다. 기름통이라고 부르는 윗부분은 향유고래의 몸속에 있는 커다란 하이델베르크 술통과 같다. 그 유명한 술통 앞면에 신비로운 그림이 조각되어 있듯이 고래의 주름진 이마에도 이 경이로운 기름통을 상징적으로 장식하기 위한 기이한 무늬가 무수히 새겨져 있다.

하이델베르크 술통을 라인강 유역의 최고급 포도주로 가득 채우듯이, 향유고래의 기름통에도 가장 귀하고 값비싼 기름, 즉 경뇌유가 더없이 순수하고 투

---

고 싶다고 말한 흰 고래의 벽을 말하고, 진리는 궁극의 리얼리티를 의미한다. 여기서 베일은 벽과 마찬가지로 리얼리티를 감추고 있는 어떤 것이다. 이 책의 해제 중 '철학적 해석' 참조.

**200** 코인은 유클리드기하학 용어가 아니라 항해술에서 사용되는 수학 용어다. 이 용어가 이전에 정의된 적이 있는지는 잘 모르겠다. 코인은 양쪽 끝이 점점 가늘어지는 것이 아니라 한쪽 끝만 가파르게 기울어지면서 뾰족해진다는 점에서 일반 쐐기와는 다른 입체형이다. (원주)

명하며 향기로운 상태로 저장되어 있다. 이 귀한 기름은 고래의 다른 부위에서는 순수한 상태로 발견되지 않는다. 고래가 살아 있을 때는 몸속에서 액체 상태를 유지하지만, 고래가 죽은 뒤에는 공기에 노출되면서 금세 굳어버리는데 막 얼기 시작한 얇고 깨지기 쉬운 얼음처럼 아름다운 결정을 만들어 뻗어가기 시작한다.

큰 고래의 기름통에서는 일반적으로 약 2,000리터의 경뇌유가 나온다. 어쩔 수 없는 상황 때문이기는 하지만 기름을 일정한 장소에 확보하는 까다로운 과정에서 어쩔 수 없이 상당한 양의 경뇌유가 쏟아지거나 새거나 흘러서 손실이 발생한다.

하이델베르크의 술통 안쪽 벽이 얼마나 훌륭하고 고급스러운 소재로 칠해져 있는지 모르겠지만, 향유고래의 기름통 안쪽 벽은 고급 외투의 안감처럼 매끄러운 진줏빛 막으로 칠해져 있어 최상급의 재질에 있어서는 타의 추종을 불허한다.

향유고래의 기름통은 머리 위쪽 전체를 따라 옆으로 끝까지 이어져 있다. 앞에서 말했듯이 고래 머리는 전체 길이의 3분의 1가량 되므로, 상당히 큰 고래의 길이를 25미터라고 한다면, 고래의 기름통은 뱃전에 세로로 매달아놓을 경우 깊이가 8미터가 넘는다.

고래의 머리를 잘라낼 때와 마찬가지로 작업자의 도구는 경뇌유 저장고로 이어지는 입구와 가까운 지점에 갖다 대게 된다. 따라서 부주의하고 미숙하게 성역을 침범하는 바람에 귀중한 내용물을 낭비하는 일이 없도록 극도로 주의해야 한다. 잘린 고래 머리는 절단면을 위로 한 채 거대한 도르래로 들어 올려져 공중에 매달려 있는 상태를 유지하며, 도르래에 부착된 삼밧줄이 어지럽게 얽히면서 그 일대가 몹시 어수선해진다.

기름통에 대한 설명은 이쯤에서 접고, 향유고래의 '하이델베르크 술통'에서 기름을 퍼내는 놀라운 작업, 특히 이번 경우에는 아주 위험한 작업에 주목해주길 바란다.

## 78장  기름통과 들통

　타슈테고는 고양이처럼 민첩하게 높이 올라간다. 꼿꼿한 자세 그대로 위쪽에 길게 뻗어 있는 주돛대의 아래 활대까지 거침없이 달려간다. 공중에 매달려 있는 고래기름통 바로 위 지점이다. 그는 '고패'라고 하는 가벼운 도르래를 하나 들고 있다. 두 부분으로 이루어진 그것은 밧줄이 한 개짜리 도르래 바퀴를 지나며 물건을 들어 올리는 간단한 장치다. 타슈테고가 도르래를 활대에 단단히 고정시키고 밧줄의 한쪽 끝을 아래로 늘어뜨린 후 흔들자 갑판에 있는 선원이 그것을 붙잡아 단단히 고정시킨다. 그런 다음 이 인디언은 밧줄의 다른 한쪽 끝을 두 손으로 번갈아 잡으며 활대에서 내려와 고래 머리 위에 멋지게 올라선다. 여전히 다른 선원들보다 훨씬 높은 곳에 서 있는 그는 힘찬 목소리로 외쳐 대는데, 그 모습이 이슬람 사원 탑 꼭대기에서 신자들에게 기도하라고 외치는 터키의 무에진(기도 시간 알리는 사람) 같다.

　손잡이가 짧고 예리한 삽을 곧 올려 보내자, 그는 고래기름통으로 파고들어 가기에 적절한 지점을 부지런히 찾는다. 그는 아주 조심스럽게 이 일을 하는데, 오래된 저택에서 황금이 숨겨진 곳을 찾아내려고 벽을 두드리는 보물 사냥꾼과 비슷하다. 이 조심스러운 탐사 작업이 끝나면 우물의 두레박과 비슷하게 생긴, 쇠를 댄 단단한 들통을 고패의 밧줄 한쪽 끝에 매단다. 밧줄의 다른 한쪽 끝은 갑판을 가로질러 가서 저편의 민첩한 두세 명의 선원이 붙들고 있다. 이제 그들은 인디언의 손이 닿는 위치까지 들통을 들어 올려주고, 또 다른 선원이 그에게 아주 기다란 장대를 건넨다. 타슈테고는 이 장대를 들통 속에 넣어 들통이 고래의 기름통에 완전히 잠길 때까지 내리누른다. 그런 다음 고패 쪽에 있는 선원들에게 소리를 질러 알리면, 들통은 젖 짜는 여자가 갓 짜낸 우유통처럼 부글거리는 거품과 함께 다시 위로 올라온다. 적당한 높이까지 올라온 들통을 조심스럽게 아래로 내려보내면, 담당 선원이 그것을 붙잡아 커다란 보관 통에 고래 기름을 쏟아붓는다. 그런 다음 들통은 다시 들려 올라가고, 고래 머리의 기름을 다 퍼낼 때까지 같은 작업이 반복된다. 작업이 끝나갈수록 타슈테고는 기다란 장대를 점점 세게 기름통 속에 밀어 넣어야 했다. 나중에는 장대가 6미터 아래까지 내려갔다.

피쿼드호의 선원들은 이런 식으로 한동안 고래기름을 퍼내는 작업을 했다. 몇 개의 통에 향기로운 경뇌유가 채워졌을 때, 갑자기 영문 모를 사건이 일어났다. 거친 인디언 타슈테고가 너무 주의 산만하고 무모해서 고래 머리를 지탱하는 도르래 밧줄을 잡고 있던 한쪽 손을 잠시 놓은 것인지, 아니면 그가 서 있던 자리가 너무 미끄러워 균형을 잃은 것인지, 아니면 악마가 특별한 이유 없이 그런 일이 벌어지도록 꾸민 것인지, 정확히 왜 그랬는지는 알 수 없지만 아무튼 들통을 여든 번째인가 아흔 번째인가 들어 올릴 때, 세상에나, 불쌍한 타슈테고가 우물에 떨어지는 두레박처럼 '하이델베르크의 술통'으로 곤두박질쳤고 기름이 부글거리는 소리가 나는가 싶더니 금세 시야에서 사라져버렸다!

"사람이 떨어졌다!" 다들 경악하는 가운데 가장 먼저 정신을 차린 다구가 소리쳤다. "들통을 이쪽으로 보내!" 다구는 고패를 쥔 손이 미끄럽기 때문에 대비책으로 발 한쪽을 들통에 집어넣었고, 도르래를 맡은 선원들은 그를 고래 머리 바로 위쪽으로 끌어올렸다. 그동안에도 타슈테고는 기름통 밑바닥으로 가라앉고 있었다. 한편 배에서는 엄청난 소란이 벌어졌다. 선원들이 뱃전 너머로 보니 방금 전까지만 해도 아무런 움직임이 없던 고래 머리가 무슨 획기적인 생각이라도 떠올린 듯이 수면 바로 아래에서 진동하며 흔들리고 있었던 것이다. 사실 그것은 불쌍한 인디언이 그 속에서 버둥거리면서 자신이 얼마나 위험한 깊이까지 빠졌는지를 자신도 모르게 보여주고 있었을 뿐이다.

다구가 고래 머리 위에서 커다란 절단용 도르래에 엉켜 있는 고패의 밧줄을 풀고 있던 그 순간, 무언가 갈라지는 듯이 날카로운 소리가 들려왔다. 고래 머리에 걸려 있던 두 개의 거대한 갈고리 가운데 하나가 떨어져 나가는 소리였다. 선원들은 말로 다할 수 없는 공포에 사로잡혔고, 거대한 고래 머리가 옆으로 흔들리면서 배는 술 취한 것처럼, 빙산에 세게 부딪힌 것처럼 비틀거리고 흔들렸다. 이제 고래 머리를 혼자 지탱하게 된 남은 갈고리도 언제 떨어져 나갈지 모를 일이었다. 고래 머리가 하도 흔들려서 그럴 가능성이 더 높아 보였다.

"내려와, 내려와!" 선원들이 다구에게 소리쳤다. 그러나 다구는 고래 머리가 떨어져도 공중에 매달릴 수 있게 한 손으로 묵직한 고패를 꼭 잡은 채 엉킨 밧줄을 푼 다음, 이제는 기름을 많이 퍼내서 쭈그러든 우물 속으로 들통을 내려뜨렸다. 우물에 빠진 작살잡이가 들통을 붙잡으면 끌어올릴 생각이었다.

"이봐, 친구." 스터브가 소리쳤다. "거기다 들통을 내리겠다고? 그만둬. 그게 무슨 도움이 된다고 그래? 그런 쇠 통을 타슈테고의 머리 위에 내려봐야 아무 소용없어. 그만둬, 그만두라고."

"도르래에서 물러서!" 누군가 폭죽이 터지는 듯한 큰 소리로 외쳤다.

그 순간 우레 같은 굉음과 함께 거대한 고래 머리가 바다로 떨어졌다. 마치 나이아가라폭포의 탁자 바위가 그 밑의 소용돌이로 추락하는 것만 같았다. 갑자기 무거운 짐을 벗어던진 배는 배 바닥의 동판이 보일 정도로 반대쪽으로 기우뚱했다. 선원들은 모두 숨을 멈췄다. 짙은 물보라 속으로 다구가 흔들리는 고패에 간신히 매달린 채 선원들의 머리 위와 바다 위를 그네처럼 오가는 모습이 보이는 동안, 기름통에 생매장된 불쌍한 타슈테고는 이제 바다 밑바닥으로 완전히 가라앉고 있었다! 그런데 자욱한 물보라가 걷히자마자 수납용 칼을 손에 든 알몸의 선원이 재빨리 뱃전을 뛰어넘는 모습이 얼핏 보이는가 싶었다. 다음 순간 텀벙 하고 잠수하는 소리가 들렸다. 용감한 퀴케그가 구조에 나선 것이다. 다들 우르르 뱃전으로 몰려가 한순간이라도 놓칠세라 수면의 물결을 지켜보았다. 그러나 물에 빠진 사람도 그를 구하러 물에 뛰어든 사람도 보이지 않았다. 몇몇 선원들은 그제야 뱃전에 묶여 있는 보트에 올라 본선에서 약간 떨어진 곳까지 바다로 나갔다.

"하! 하!" 공중에 매달려 조용히 흔들리고 있던 다구가 갑자기 소리를 질렀다. 뱃전 너머로 멀리 내다보니 팔뚝 하나가 푸른 물결 위로 불쑥 올라왔다. 마치 무덤 위의 풀숲을 뚫고 팔뚝 하나가 갑자기 튀어나오는 것처럼 기이한 광경이었다.

"둘이다! 둘! 둘 다 올라오고 있어!" 다구가 다시 환호성을 올렸다. 다음 순간 퀴케그가 한 손으로 인디언의 긴 머리채를 움켜잡은 채 다른 한 손으로는 과감하게 헤엄치고 있는 모습이 보였다. 대기하고 있던 보트가 그들을 끌어올려 얼른 갑판 위로 후송했다. 하지만 타슈테고는 좀처럼 의식을 회복하지 못했고, 퀴케그도 안색이 좋지 않았다.

그런데 이 숭고한 구조는 어떻게 이루어진 것일까? 퀴케그는 서서히 가라앉는 고래 머리를 따라가서 날카로운 칼로 고래 머리의 밑바닥 근처를 옆으로 수차례 찔러 큰 구멍을 낸 다음, 칼을 버리고 긴 팔을 구멍 속에 깊이 집어넣고 휘저어 불쌍한 타슈테고의 머리채를 끄집어냈다. 퀴케그의 설명에 따르면, 처음 구멍 속에 팔을 넣었을 때는 다리가 잡혔지만, 그것을 잡고 꺼내다가는 더 큰 문제가 일어날 수 있다고 판단해 다리를 도로 밀어 넣은 다음 요령껏 이리저리 당기고 뒤집어 인디언의 머리가 앞쪽으로 오게 했다고 한다. 덕분에 다시 잡아당겼을 때는 정상적인 방식으로 머리부터 나올 수 있게 했다는 것이다. 거대한 고래 머리도 뜻한 대로 잘 움직여주었다고 했다.

이렇게 퀴케그의 용기와 탁월한 산파술로 타슈테고의 구조, 아니 출산이 성공적으로 이루어졌다. 엄청난 불운과 절망적인 상황을 극복하고 이루어진 일이라는 사실은 결코 잊어서는 안 될 교훈이다. 산파술은 펜싱, 복싱, 승마, 조정과 마찬가지로 마땅히 하나의 교과 과정으로 가르칠 필요가 있다.

게이헤드의 사내를 구조한 이 기이한 모험을 일부 육지 사람들은 분명 믿기 힘들어할 것이다. 하지만 그들도 누군가가 우물에 빠진 것을 보거나 들어본 적이 있을 것이고, 그런 사고는 얼마든지 일어날 수 있다. 향유고래의 기름통 주위가 아주 미끄럽다는 점을 감안하면, 그런 경우는 이 인디언의 경우보다 훨씬 적을 테지만 말이다.

하지만 이런 일이 어떻게 가능하냐고 명민하게 묻는 사람이 있을지도 모르겠다. 침윤 세포로 이루어진 향유고래의 머리는 고래의 몸에서 가장 가벼운 코르크 같은 부분이라고 들었다. 그런데 그런 머리가 비중이 훨씬 큰 바닷속으로 가라앉는다고? 그들은 의심하겠지만, 우리는 의문에 충분히 대답할 수 있다. 불쌍한 타슈가 고래 머리의 기름통에 떨어졌을 때, 그 통은 가벼운 내용물은 거의 다 퍼내고 촘촘한 힘줄로 이루어진 내벽만 남은 상태였다. 앞에서 말했듯이 이 벽은 이중으로 용접하고 망치로 두드려 편 것 같은 물질로 바닷물보다 훨씬 무겁다. 따라서 그 근육 덩어리는 납 덩어리처럼 바닷속으로 가라앉는다. 하지만 이번 경우에 아직 머리에서 떼어내지 않은 다른 부분들로 인해 급속히 가라앉는 이 물질의 경향이 상쇄되어 머리가 아주 천천히 가라앉았던 것이다. 퀴케그는 기회를 잘 활용해 가라앉는 와중에도 민첩한 산파술을 선보였다. 그렇다. 말하자면 응급 분만이었다.

만약 타슈테고가 고래 머릿속에서 죽었더라면 값비싼 죽음이 되었을 것이다. 가장 희고 가장 우아한 향유 속에서 질식사하여 고래 몸 안의 가장 은밀하고 신성한 내실을 관이자 영구차이자 무덤으로 삼았을 테니 말이다. 이보다 더 감미로운 죽음이 있다면, 지금으로서는 오하이오의 어느 벌꿀 채집자의 죽음이 생각난다. 그는 속이 빈 나무의 벌어진 틈으로 꿀을 찾다가 그 안에 엄청난 양의 꿀이 들어찬 것을 발견하고는 몸을 너무 기울이다가 그만 꿀에 빨려 들어갔고, 그 상태로 방부 처리된 채 죽고 말았다. 이처럼 꿀이 가득한 플라톤의 머릿속에 빠져 거기서 달콤한 죽음을 맞이한 사람은 또 얼마나 되겠는가?[201]

### 79장  대평원

향유고래 얼굴의 주름살을 살펴보거나 머리의 혹을 한번 만져보는 것, 이것은 어떤 인상학자나 골상학자도 아직 해보지 못한 일이다. 차라리 라바터[202]가

---

**201** 꿀이 가득한 플라톤의 머리란 그의 관념론을 말하고, 거기에 빠져 죽는다는 것은 구체적으로 사후에 인간의 영혼이 몸에서 빠져나와 이데아로 돌아가는 것을 가리킨다. '꿀에 빨려 들어가 방부 처리된 채 죽는다'는 본문의 표현에서 '방부 처리'는 플라톤이 가르치는 영혼 불멸설과 대구를 이룬다. 이 책의 해제 중 '철학적 해석' 참조.

**202** 요하나 카스퍼 라바터(1741~1801). 근대적 의미의 관상학을 정립한 18세기 스위스의 개신교 목사이자 신비주의 신학자.

지브롤터의 바위에 새겨진 주름을 자세히 조사한다거나, 갈[203]이 사다리를 타고 올라가 판테온 돔에 파인 홈을 조사하기를 기대하는 편이 나을지도 모른다. 물론 라바터는 자신의 유명한 저서에서 인간의 다양한 얼굴을 다루었을 뿐만 아니라 말과 새, 뱀, 물고기의 얼굴도 세심히 연구했고, 동물의 표정 변화에 관해 상세히 논의했다. 갈과 그의 제자 슈푸르츠하임도 인간 외 동물들의 골상학적 특징을 넌지시 언급했다. 따라서 내가 비록 선구자의 자격은 갖추지 못했지만, 이 두 유사 학문을 고래에 적용하려고 노력해보겠다. 모든 방법을 시도하고, 내가 할 수 있는 일을 이루어보겠다.

인상학적으로 보았을 때, 향유고래는 이례적인 동물이다. 향유고래는 이렇다 할 만한 코가 없다. 코는 얼굴의 중심에 있고, 눈에 가장 잘 띄며, 얼굴 전체의 표정에 영향을 주고 최종적으로 결정한다. 따라서 겉으로 드러난 형태의 코가 아예 없다는 사실은 고래의 표정에 큰 영향을 미친다. 정원 조경에서는 첨탑이나 둥근 탑, 기념비, 각종 탑 등이 풍경을 완성하는 데 핵심 요소로 간주된다. 얼굴도 마찬가지여서 외부에 튀어나온 종탑과 같은 코가 없으면 인상학적으로 완성된 느낌이 들지 않는다. 페이디아스[204]가 조각한 제우스의 대리석상에서 코를 없앤다면 남은 부분이 아주 초라해질 것이다. 그러나 향유고래는 덩치가 너무나 크고 모든 비율이 워낙 위풍당당하기 때문에, 제우스 조각상이라면 참담한 결격 사유가 될 사안도 정작 이 고래에게는 전혀 흠결이 되지 않는다. 아니 코가 없다는 점이 오히려 위엄을 더해준다. 고래에게 코는 적절하지 않다. 인상학 연구를 위해 작은 보트를 타고 거대한 고래 머리 주위를 맴돌 때, 당신은 고래에 대해 저절로 장엄함을 느끼게 될 것이고, 그런 느낌은 고래에 코가 있었더라면 더 좋았을걸 하는 생각에 의해 조금도 훼손되지 않는다. 그런 생각은 고약한 잡념에 지나지 않으며 왕좌에 앉아 있는 위엄 넘치는 왕을 쳐다볼 때, 한심한 자의 머릿속에 불쑥 떠오르는 엉뚱한 생각과 같다.

**203** 프란츠 요제프 갈(1758~1828). 독일의 의사이자 해부학자.
**204** 기원전 5세기 무렵에 활동한 고대 그리스 조각가.

어떤 면에서는 향유고래의 머리 정면부가 인상학적으로 가장 위풍당당하다. 그 모습은 숭고하기까지 하다.

생각에 잠긴 인간의 품위 있는 이마는 아침이 밝아오는 동쪽의 하늘과 비슷하다. 목초지에서 쉬고 있는 황소의 이마는 그 어떤 위엄을 갖추고 있다. 비좁은 산길로 무거운 대포를 끌어올리는 코끼리의 이마는 위풍당당하다. 인간이든 동물이든 신비로운 이마는 독일 황제가 칙령에 찍는 황금 옥새와도 같다. 옥새에는 "신이시여, 오늘 내 손으로 이 칙령을 가결했습니다"라는 의미가 있다. 하지만 대부분의 생물, 아니 인간의 경우에도 이마는 눈 덮인 높은 곳의 한 조각 땅에 불과할 때가 많다. 셰익스피어나 멜란히톤의 이마처럼 높이 솟아 있고, 그 아래에 푹 내려간 곳에 있는 두 눈이 청명하고 영원하며 잔잔한 산간 호수처럼 보이는 사람은 별로 없다. 그들의 이마에 난 주름을 보고 있으면, 스코틀랜드 고지대의 사냥꾼들이 눈 위에 찍힌 사슴의 발자국을 따라가듯 그 호수로 물을 마시러 내려온 사슴뿔처럼 갈라진 상념의 흔적을 따라가는 기분이 든다. 그런데 거대한 향유고래의 경우, 이처럼 드높고 막강한 신적 위엄이 태어날 때부터 이마에 깃들어 있는 듯하다. 정면에서 그 커다란 이마를 응시하고 있으면 자연세계의 어떤 대상을 보았을 때보다 더 강력한 신성과 위력을 느낄 수 있다. 왜냐하면 정확히 어느 한 점을 보는 것이 아니고, 이목구비 중 어느 하나가 뚜렷이 드러나는 것도 아니기 때문이다. 코도 눈도 귀도 입도 없다. 얼굴이 없다. 얼굴이라고 할 만한 것이 없다. 넓은 창공 같은 이마, 수수께끼 같은 주름이 잡힌 이마뿐이다. 그 이마는 보트와 배와 인간의 운명을 말없이 끌어내린다. 옆에서 보아도 이마는 여전히 놀랍도록 웅장하다. 물론 옆에서 보면 보는 이를 압도하는 웅장함은 느낄 수 없지만, 이마 가운데 부분이 수평의 초승달 모양으로 함몰된 형상을 분명히 볼 수 있다. 인간으로 치면 천재의 표지라고 라바터는 말했다.

그런데 이상하지 않은가? 향유고래가 천재라고? 향유고래가 책을 쓰거나 연설을 한 적이 있는가? 없다. 하지만 향유고래의 천재성은 그것을 증명하기 위해 특별히 한 일이 없다는 데 있다. 더욱이 그 천재성은 피라미드 같은 침묵이 웅변한다. 거대한 향유고래가 여명기의 동방에 알려졌더라면, 막 생겨나기 시작한 신비주의에 편승해 신격화되었을 것이라는 생각이 든다. 그들은 혀가 없다는 이유로 나일강의 악어를 신으로 받들었다. 향유고래도 혀가 없다. 아니 그들의 타고난 권리인 과거의 즐거운 오월제 신들을 소환하여, 오늘날의 이기적인 하늘과 신들이 떠난 언덕에 모신다면, 그때는 틀림없이 거대한 향유고래가 제우스의 높은 자리에 올라 세상을 통치하게 될 것이다.

샹폴리옹[205]은 화강암에 주름살처럼 새겨진 상형문자를 해독했다. 하지만 모든 인간과 모든 존재의 얼굴에 새겨진 이집트 상형문자를 해독할 샹폴리옹은 세상에 없다. 다른 모든 인문학이 그러하듯 인상학도 한때 지나가는 이야기에 불과하다. 30개 국어에 능통하다는 윌리엄 존스 경[206]도 순박한 농부의 얼굴에 담긴 심오하고 미묘한 의미를 읽어내지 못하는데, 무식한 나 이슈메일이 어떻게 향유고래의 이마에 새겨진 경외로운 칼데아 문자를 읽어내기를 바라겠는가? 나는 단지 그 이마를 여러분 앞에 내놓을 뿐이다. 할 수 있다면 한번 읽어보길 바란다.

<u>80장</u> **고래의 뇌**

향유고래가 인상학적으로 하나의 스핑크스라면, 골상학자에게 그 뇌는 면적을 구할 수 없는 기하학적 원으로 보인다.

---

**205** 장 프랑수아즈 샹폴리옹(1790~1832). 프랑스의 이집트 학자. 로제타석에 새겨진 이집트 상형문자를 해독했다. 이 상형문자는 고대 그리스어, 이집트 민중문자와 더불어 기록되어 해독에 큰 도움이 되었다. 멜빌 시대에 이 해독은 이집트학의 획기적 돌파구로 높이 평가받는다.

**206** 윌리엄 존스 경(1746~1794). 영국의 동양학자. 비교언어학의 아버지로 불린다. 페르시아어, 아랍어, 히브리어, 산스크리트어, 그리스어, 라틴어는 물론 여러 현대 유럽 언어에 정통했다.

다 자란 고래의 두개골 길이는 적어도 6미터나 된다. 아래턱을 떼어낸 두개골의 옆모습은 평평한 기반 위에 꽉 들어차게 놓인 완만한 경사면을 옆에서 보는 것과 비슷하다. 앞에서 살펴본 것과 같이 고래가 살아 있을 때 이 경사면은 지방과 향유 덩어리로 가득 들어차 있다. 두개골의 윗면은 그런 덩어리를 담을 수 있도록 움푹 패여 있고, 그 긴 바닥 밑에는 길이와 깊이가 30센티미터가 넘지 않는 또 다른 공간이 있는데, 그곳에 주먹 하나 크기밖에 되지 않는 이 괴물의 뇌가 들어 있다. 이 뇌는 살아 있는 향유고래의 겉으로 드러난 이마에서 약 6미터 아래에 위치한다. 퀘벡의 거대한 요새에서도 가장 안쪽에 자리한 성채처럼 고래의 뇌는 거대한 외부의 조직 안에 숨어 있다. 마치 소중한 보석 상자처럼 몸속 깊은 곳에 숨겨져 있기 때문에, 어떤 고래잡이들은 향유고래에게 몇 입방미터나 되는 향유 저장고를 제외하면 뇌 같은 것은 없다고 주장하기도 한다. 그들은 향유 저장고가 기이한 형태로 주름지고 겹치고 굴곡진 것을 보고, 고래의 그 신비한 부위가 지성이 자리한 곳이라고 보는 것이 향유고래의 엄청난 힘을 더 잘 설명한다고 생각한다.

그렇다면 골상학적으로 볼 때, 리바이어던의 뇌는 살아 있는 상태에서는 하나의 허구적인 개념에 지나지 않는다. 고래의 진짜 뇌는 눈으로 볼 수도, 만져볼 수도 없기 때문이다. 거대한 힘의 소유자들이 모두 그러하듯 고래도 평범한 세상을 향해 거짓된 이마를 드러내 보이고 있는 것이다.

고래의 두개골에서 기름 덩어리를 제거하고 그 뒷부분(꼭대기 부분)을 뒤에서 보면, 놀랍게도 동일한 위치, 동일한 각도에서 바라본 인간의 두개골과 비슷하다. 실제로 거꾸로 돌린 향유고래의 두개골을 (인간의 두개골 크기로 축소했다고 가정하고) 인간의 두개골 사이에 두면, 둘을 혼동하게 될 것이다. 그리고 정수리 부분이 움푹 들어간 것을 보고는 골상학적으로 이렇게 말할 수 있으리라. "이 사람은 자존심이나 존경심 같은 것은 전혀 없겠군." 이러한 부정적인 측면을 고래의 엄청난 덩치와 힘이라는 긍정적인 측면과 더불어 놓고 생각해본다면, 가장 지위가 높은 권력자에 대해 가장 진실하지만 그리 유쾌하지 못한 개념을 그려볼 수 있게 될 것이다.

그래도 고래의 뇌가 덩치에 비해 작다는 사실을 충분히 이해할 수 없다면, 또 다른 방법으로 설명해보겠다. 거의 모든 네발 동물의 척추를 유심히 살펴보면, 그 척추골이 작은 해골들을 연결한 목걸이와 비슷하며, 척추골 하나하나가 진짜 두개골과 근본적으로 비슷하다는 사실에 깜짝 놀랄 것이다. 척추를 가리켜 덜 발달된 두개골이라고 단언한 것은 어느 독일인이지만, 두개골과 척추가 외형상 서로 비슷하다는 사실을 처음 인지한 사람은 독일인이 아닌 것 같다. 한번은 어느 외국인 친구가 자신이 살해한 적의 척추골을 떼어 카누의 돌출된 뱃머리에 조각처럼 박아 넣으면서 그 둘의 유사성을 지적해준 것이 있었다. 그러니 골상학자들이 소뇌에서 척추관으로 연구를 확대하지 않은 것은 중대한 실수가 아닌가 하는 생각이 든다. 인간의 성격은 상당 부분 척추골에서 나타난다고 믿기 때문이다. 나는 당신이 누구든 간에 당신의 두개골보다는 척추를 더 만져보고 싶다. 가느다란 척추골이 온전하고 고결한 영혼을 지탱해준 적은 이제껏 전혀 없었다. 세상을 향해 영혼의 깃발을 휘날릴 때 군세면서도 담대한 깃대가 되어주는 내 척추를 나는 자랑스럽게 여긴다.

척추에 대한 이런 골상학적 해석을 향유고래에 적용해보자. 향유고래의 두개강은 제1경추로 이어지고, 척추관의 밑바닥은 폭이 25센티미터에 높이가 20센티미터이며 밑변이 넓은 세모꼴이다. 남은 척추골을 따라 내려갈수록 척추관의 크기는 점점 작아지지만 상당한 지점까지는 제법 큰 용량을 유지한다. 물론 이 척추관은 뇌와 마찬가지로 기이한 섬유질(척수)로 채워져 있고 뇌와 직접 연결되어 있다. 더욱이 척수는 두개강에서 나와서도 굵기가 몇 미터에 이르기까지 줄어들지 않고 뇌와 거의 동일한 굵기를 유지한다. 이런 상황을 감안할 때, 고래의 척추를 골상학적으로 살펴보고 규정하는 것이 불합리하다고 할 수 있겠는가? 이런 관점에서 보면, 몸에 비해 놀랄 만큼 작은 뇌의 크기는 상대적으로 놀랄 만큼 굵은 척수의 크기로 상쇄되고도 남는다.

하지만 이러한 단서를 더 깊이 연구하는 일은 골상학자들에게 맡기고, 나는 다만 이 척추 이론을 향유고래의 혹에 잠시 적용해보고 싶다. 내가 잘못 알고 있지 않다면, 위엄 있는 이 혹은 거대한 척추골 위에 솟아 있고, 따라서 척추골이 바깥쪽으로 불룩하게 튀어나온 형태라고 할 수 있다. 이런 상대적 위치를 감안할 때, 나는 이 높은 혹이야말로 향유고래의 군센 기질 혹은 불굴의 의지를 보여주는 기관이라고 부르고 싶다. 이 거대한 괴물이 어떤 불굴의 의지를 가지고 있는지는 이제 곧 알게 될 것이다.

## 81장  피쿼드호, 융프라우호를 만나다

드디어 운명의 날이 찾아왔다. 우리는 데릭 데 데어 선장이 지휘하는 브레멘 선적의 융프라우(처녀)호를 만났다.

한때 세계에서 포경업이 가장 번성했던 네덜란드와 독일은 이제 가장 빈약한 포경국이 되어버렸지만, 지금도 대양을 다니다 보면 가끔씩 태평양 여기저기서 그 나라들의 국기를 매단 배들을 만나게 된다.

무슨 이유에서인지 융프라우호는 우리에게 무척 경의를 표하고 싶어 하는 것 같았다. 피쿼드호에서 멀리 떨어진 지점에 있을 때부터 이미 바람 불어오는 쪽으로 뱃머리를 돌리더니 보트를 내리고 다가왔다. 선장은 고물이 아니라 뱃머리에 초조한 자세로 서서 우리 쪽으로 황급히 향했다.

"저자가 손에 들고 있는 건 뭐지?" 독일인 선장이 손에 들고 흔드는 것을 가리키며 스타벅이 소리쳤다. "아니, 저게 뭐야! 기름 급유기잖아."

"아니에요." 스터브가 말했다. "저건 커피 주전자예요, 항해사님. 저 독일인이 우리에게 커피를 따라주려고 오나 봅니다. 옆에 있는 저 커다란 양철통 보이지 않으세요? 저건 물 끓이는 통이에요. 아! 맞아요. 저자는 독일인이에요."

"아니요, 항해사님 말이 맞아요." 플래스크가 소리쳤다. "저건 급유기와 기름통입니다. 기름이 떨어져서 구걸하러 오는 거라고요."

기름배가 고래 어장에서 기름을 빌리러 온다니 참으로 희한한 일이다. "석탄을 뉴캐슬에 가져간다"는 속담의 정반대 경우이기는 하지만, 때로는 그런 일이 실제로 벌어진다. 그리고 플래스크가 말한 것처럼 지금 데릭 데 데어 선장은 틀림없이 급유기를 손에 들고 있었다.

그가 갑판에 오르자 에이해브는 그의 손에 들려 있는 물건 따위에는 전혀 신경 쓰지 않고 그에게 다가가 불쑥 질문부터 했다. 하지만 독일인은 엉터리 영어로 흰 고래에 관해서는 전혀 아는 바가 없음을 분명히 밝히고, 화제를 얼른 급유기와 기름통으로 돌렸다. 브레멘에서 가져온 기름이 마지막 한 방울까지 바닥났을 뿐만 아니라 부족한 기름을 보충해줄 날치조차 잡히지 않아 밤중에 깊은 어둠 속에서 잠자리에 들어야 한다고 말했다. 말하자면 그의 배는 포경업계의 전문용어로 '깨끗한 배(즉 빈 배)'이며, 융프라우, 즉 처녀라는 이름에 걸맞은 처지라는 것이었다.

데릭은 필요한 기름을 받고 떠났다. 그런데 그가 자기 배에 가까이 다가간 순간, 양쪽 배의 돛대 꼭대기에서 고래를 발견했다는 함성이 동시에 터져 나왔다. 데릭은 고래를 추격하고 싶은 마음이 너무나 간절한 나머지 기름통과 급유기를 배 위에 올려놓을 생각도 하지 않고 보트의 뱃머리를 돌려 거대한 '기름통'을 뒤쫓기 시작했다.

사냥감들이 바람 불어가는 쪽에서 떠올랐기 때문에, 데릭의 보트와 곧 뒤따라온 세 척의 독일 보트는 피쿼드호의 보트들을 크게 앞질렀다. 고래는 여덟 마리로 이루어진 보통의 규모였다. 고래들은 위험을 감지하고서는 마차를 끄는 여덟 마리의 말처럼 나란히 늘어서서 서로 옆구리를 바싹 붙인 채 비벼대며 순풍을 타고 빠른 속도로 헤엄쳐 갔다. 고래들이 뒤에 남긴 넓고 긴 흔적은 마치 바다 위에 넓고 큰 양피지를 계속 펼쳐놓은 듯했다.

고래들이 빠르게 헤엄치며 남긴 흔적으로부터, 즉 고래 무리보다 몇 길이나 떨어진 곳에서 혹이 달린 거대한 늙은 고래 한 마리가 힘겹게 따라가고 있었다. 속도가 비교적 느리고 이상하게 생긴 누르스름한 딱지가 온몸을 뒤덮고 있는 것으로 보아 그 고래는 황달이나 다른 질병으로 고생하고 있는 것 같았다. 그 고래는 앞서가는 고래 무리에 속해 있는 것 같지는 않았다. 그렇게 나이든 고래는 무리지어 사는 경우가 많지 않기 때문이다. 그럼에도 무리의 뒤를 계속 따라갔는데, 무리가 일으킨 물보라 때문에 헤엄치는 속도가 확실히 느려지고 있었다. 녀석의 넓은 주둥이에 부딪혀 하얗게 부서지는 파도는 상반되는 두 해류가 맞부딪혀 일어나는 것처럼 격렬했다. 녀석이 내뿜는 물줄기는 짧고 느리고 힘겨워 보였다. 숨이 막힌 것처럼 간간이 터져 나오는 물줄기는 여러 갈래로 흩어졌고, 곧이어 고래의 몸속 깊은 곳에서 이상한 소란이 일어났으며, 그것은 바닷속에 잠겨 있던 반대편 말단에서 배출구를 찾은 듯이 고래 뒤쪽에서 물거품이 부글부글 일어났다.

"누구 설사약 있는 사람?" 스터브가 말했다. "저놈이 배탈이 난 모양이야. 맙소사! 반 에이커나 되는 위에 탈이 났다고 생각해봐! 역풍이 저놈의 배 속에서 광란의 크리스마스 파티를 열고 있군. 꽁무니에서 이렇게 구린 바람이 부는 건 처음이야. 보라고, 고래가 저렇게 좌우로 흔들리는 것을 본 적이 있어? 저놈은 정신 줄을 놓아버린 게 틀림없어."

갑판에 겁먹은 말을 잔뜩 실은 동인도회사의 화물선이 기우뚱한 채 물에 잠기고 흔들리고 허우적거리며 인도의 해안을 따라 나아가듯이, 이 늙은 고래도 나이든 몸뚱이를 힘겹게 움직이며 버둥거렸고, 어기적거리는 옆구리가 보이도록 몸을 살짝 뒤집으면서 나아갔다. 아무래도 부자연스럽게 밑동만 남은 오른쪽 지느러미 때문에 그런 것 같았다. 싸우다가 지느러미를 잃은 것인지, 아니면 태어날 때부터 그런 것인지는 알 수 없었다.

"늙은 고래야, 조금만 기다려. 다친 팔에 붕대를 감아줄 테니." 플래스크가 근처의 포경 밧줄을 가리키며 잔혹하게 말했다.

"자네나 거기에 안 감기게 조심해." 스타벅이 소리쳤다. "노를 힘껏 저어라. 안 그러면 독일 놈한테 저 고래를 빼앗긴다."

서로 경쟁하는 양측의 보트들이 하나같이 그 고래에만 집중하는 것은 녀석이 덩치가 가장 크고, 그래서 가장 값이 많이 나가기 때문만은 아니었다. 녀석이 가장 가까이 있는 데다가 다른 고래들이 아주 빠른 속도로 달아나고 있어 당장에 따라잡기가 거의 불가능했기 때문이다. 그즈음 피쿼드호의 보트들은 나중에 내려진 세 척의 독일 보트는 앞질렀지만, 데릭의 보트가 워낙 먼저 출발하여 여전히 선두를 지키고 있었다. 하지만 피쿼드호의 보트들이 시시각각 따라붙었다. 피쿼드호 선원들의 유일한 걱정은 데릭 선장을 완전히 따라잡기 전에 이미 표적에 상당히 가까워진 그가 먼저 고래에게 작살을 던지면 어쩌나 하는 것이었다. 데릭은 당연히 그렇게 될 것이라고 확신하는 듯했고, 이따금 다른 보트를 향해 급유기를 흔들어대며 조롱하는 몸짓을 보였다.

"저 빌어먹을 배은망덕한 개자식!" 스타벅이 소리쳤다. "겨우 5분 전에 내가 채워준 급유기를 흔들며 감히 나를 조롱하다니!" 그는 낮은 목소리로 으르렁거리며 말했다. "힘껏 저어라, 사냥개들아! 저놈들을 쫓아라!"

"다들 내 말을 들어라." 스터브가 선원들에게 외쳤다. "화를 내는 건 내 신조에 어긋나지만 나는 저 야비한 독일 놈은 씹어 먹고 싶다. 알겠나? 힘껏 노를 저어라. 저놈한테 지고 싶은 건 아니겠지? 다들 브랜디 좋아하지? 가장 노를 잘 젓는 자에게 브랜디 한 통을 주겠다. 왜 혈관이 터지도록 젓지 않는 거야? 누가 닻이라도 내린 거야? 보트가 제자리잖아. 우리는 지금 멈춰 서 있다고. 이봐, 보트 밑바닥에서 풀이 자라고 있어. 맙소사! 저기 돛에서는 싹이 나네. 이래 가지고는 안 돼. 저 독일 놈들 좀 봐! 결국 문제는 말이야, 자네들이 불을 뿜느냐 마느냐이거라고."

"오, 저 고래가 일으키는 물거품 좀 봐!" 플래스크가 펄쩍펄쩍 뛰며 외쳤다. "멋진 혹이로군. 굉장한 고깃덩어리야. 통나무처럼 켜켜이 쌓아 올렸군. 이봐, 다들 기운 내! 오늘 저녁은 핫케이크와 조개 요리다. 힘껏 저어. 구운 조개와 머핀이라고. 빨리, 빨리, 빨리 저어. 저놈은 100통짜리야. 놓쳐서는 안 돼. 절대, 절대 안 돼. 저 독일 놈 좀 봐. 자, 푸딩을 생각해서라도 힘껏 저어라! 얼마나 촉촉한데. 촉촉한 푸딩이라고. 자네들 향유고래 좋아하지 않나? 3,000달러짜리가 저기 가고 있어! 은행, 완전한 은행이야! 영국 은행! 빨리, 빨리, 빨리 저어. 아니, 저 독일 놈이 지금 뭐하고 있는 거야?"

그 순간 데릭은 다가오는 보트들을 향해 급유기와 기름통을 던지려 하고 있었다. 경쟁 보트들의 속도를 떨어뜨리고, 동시에 물건들을 뒤로 던지는 반동으로 자기 보트를 가속시키려는 일석이조의 속셈이었다.

"저 야비한 독일 놈!" 스터브가 소리쳤다. "노를 저어라. 붉은 머리 악마들을 가득 채운 1만 척의 전함처럼 저어라. 타슈테고, 어떤가? 자네는 게이헤드의 명예를 걸고 등뼈를 스물두 조각으로 부러뜨릴 각오가 되어 있나? 말해봐!"

"그럼요, 죽도록 젓고 있습니다." 인디언이 외쳤다.

독일인의 조롱에 일제히 격분한 피쿼드호의 보트 세 척은 이제 데릭의 보트를 따라잡아 거의 나란히 달리게 되었다. 목표물에 가까워지자 세 항해사는 보트장답게 멋지고 침착하며 사나이다운 태도로 자랑스럽게 일어났고, 고물 쪽 노잡이들에게 기운을 북돋아주기 위해 이따금 큰 소리로 외쳤다. "저기 보트가 간다! 저기 고래가 간다! 노로 바람을 일으켜라! 독일 놈을 무찔러라! 저놈을 앞지르자!"

그러나 데릭이 워낙 먼저 출발했기 때문에 세 항해사의 기운찬 격려에도 불구하고 그가 이 경주에서 승자가 될 것 같았다. 그런데 그에게 공정한 심판이 내려졌다. 보트 중간에 앉은 노잡이의 노가 어딘가에 물려버린 것이었다. 어설픈 노잡이가 노를 황급히 잡아 빼려는 바람에 배가 뒤집어질 뻔했고, 선장은 노잡이들에게 미친 듯이 화를 냈다. 스타벅과 스터브, 플래스크는 추월할 수 있는 좋은 기회를 맞이했다. 그들은 일제히 함성을 지르며 필사적으로 밀고 나갔고, 비스듬하게나마 독일인의 보트와 나란히 달리게 되었다. 다음 순간 네 척의 보트가 고래가 방금 지나간 흔적 속에 사선으로 들어갔고, 고래가 일으킨 거품 파도가 보트들의 양옆으로 뻗어나갔다.

무시무시하면서도 가련하고 또 광포한 광경이었다. 고래는 이제 고개를 쳐들고 계속해서 물줄기를 힘겹게 뿜어내며, 공포와 고통 속에서 하나밖에 남지 않은 지느러미로 자기 옆구리를 때려댔다. 겁먹은 녀석은 이리 흔들리고 저리 흔들리며 달아나다가 자기가 일으킨 큰 물결에 부딪혀 가라앉거나 옆으로 기울어져 한쪽 지느러미를 허공에 파닥거리기도 했다. 날개가 부러진 새가 겁에 질린 채 해적 같은 매들에게서 벗어나려고 공중을 정신없이 빙빙 도는 광경을 보는 것만 같았다. 그래도 새는 소리라도 낼 수 있어 구슬픈 외침으로 공포를 알릴 수 있지만, 말 못하는 이 거대한 바다짐승의 공포는 몸뚱이 안에 갇힌 채 토해낼 길이 없었다. 고래는 분수공으로 내뿜는 거친 숨소리 말고는 아무 소리도 내지 못했고, 그 광경은 형언할 수 없이 가련해 보였다. 그래도 거대한 덩치와 창살문 같은 아가리, 막강한 꼬리는 녀석을 불쌍히 여기는 건장한 사내들의 간담을 서늘하게 만들기에 충분했다.

이제 곧 피쿼드호의 보트들에게 선두를 빼앗기고 말 것이라고 생각한 데릭은 사냥감을 영영 놓치기 전에, 자신이 보기에도 유례없이 먼 거리에서 작살을 던져보기로 마음먹었다.

그러나 데릭의 작살잡이가 일어서자마자 세 호랑이, 즉 퀴케그와 타슈테고, 다구가 본능적으로 벌떡 일어나 대각선으로 늘어서서 동시에 작살을 겨누었다. 낸터킷 작살들은 독일 작살잡이의 머리 위로 날아가 고래의 몸에 정확히 박혔다. 물거품과 운무 같은 하얀 물살이 눈앞을 가릴 정도로 솟구쳤다! 격분한 고래가 무작정 달려드는 바람에 세 척의 보트는 독일인 보트의 측면을 세게 들이박았고, 그로 인해 데릭 선장과 당황한 작살잡이가 바다에 내동댕이쳐졌다. 그 위를 내터킷의 보트 세 척이 날듯이 지나갔다.

"겁먹지 마, 버터 상자들아!" 그 옆을 지나치는 스터브가 물에 빠진 두 사람을 흘낏 쳐다보며 소리쳤다. "곧 구조될 거야. 아무 문제 없어. 뒤쪽에서 상어 몇 마리를 보았는데, 세인트버나드 구조견처럼 곤경에 빠진 여행자들을 구조해줄 거야. 야호! 이대로 달리자! 보트들이 모두 햇살처럼 달리는구나! 야호! 우리는 미친 퓨마 꼬리에 매달린 세 개의 양철 주전자처럼 미친 듯이 달린다! 코끼리에 지붕 없는 이륜마차를 매달고 들판을 달리는 기분이야! 바퀴살이 하늘을 나는 것처럼 돌아가지. 그러다가 언덕이 나오면 밖으로 나가떨어질지도 몰라. 야호! 데이비 존스[207]를 따라 물속으로 내려가는 기분이군. 끝없는 비탈길을 내달리는 기분! 야호! 이 고래는 저승까지 우편 마차를 끌고 갈 셈이군!"

하지만 괴물의 질주는 곧 끝났다. 고래는 갑자기 숨을 몰아쉬더니 격렬히 요동치며 물속으로 들어갔다. 세 개의 밧줄이 귀에 거슬리는 소리를 내며 밧줄 기

---

**207** 18장의 데이비 존스 각주 참조.

등에 깊은 홈이 파일 정도로 세차게 풀려 나갔다. 작살잡이들은 고래의 급격한 잠수에 밧줄이 다 풀려버릴까 봐 염려하며 온갖 기술을 발휘해 연기 나는 밧줄을 몇 번이고 밧줄 기둥에 붙들어 맸다. 그러다가 마침내 납으로 된 밧줄걸이에서 수직으로 팽팽하게 잡아당겨진 밧줄 세 개가 바닷속으로 들어가면서 보트세 척의 뱃머리가 수면에 거의 닿았고 고물은 공중에 높이 들렸다. 고래는 곧 잠수를 멈췄고, 그들은 이 아슬아슬한 상황에서 밧줄을 더 풀어야 하면 어떡하나 걱정하며 한동안 소강상태를 유지했다. 이런 식으로 있다가 보트가 물속으로 끌려들어가 침몰하기도 하지만, '버티기'라고 부르는 이러한 작업, 즉 날카로운 작살 촉이 고래의 몸에 파고들어가 단단히 걸린 상태로 버티는 이 작업이야말로 바다 괴물에게 심한 고통을 주어 끝내 물 밖으로 나오게 한 다음, 날카로운 창으로 공격하는 방법이 되기도 한다. 하지만 이 작업의 위험성은 두말할 것도 없고, 이것이 과연 최선의 방법인지 생각해볼 필요가 있다. 부상당한 고래는 물속에 오래 머물수록 더 기운이 빠진다고 보는 것이 타당하기 때문이다. 고래는 표면적이 넓기 때문에(다 자란 향유고래의 표면적은 180제곱미터나 된다) 거기에 가해지는 수압은 엄청나다. 우리가 얼마나 높은 기압 속에서 살아가는지는 다들 알 것이다. 지상의 공기 속에서도 그러한데, 바다 밑 몇백 미터에서 고래 등에 가해지는 수압은 얼마나 엄청나겠는가! 아무리 못해도 기압의 50배는 족히 넘을 것이다. 어떤 고래잡이는 그 무게가 대포와 식량과 선원들을 모두 실은 전함 20척의 무게와 맞먹을 것이라고 추산했다.

그렇게 보트 세 척이 부드럽게 물결치는 바다 위에 멈춘 채 영원토록 푸른 정오의 바다를 내려다보고 있을 때, 바닷속에서는 그 어떤 신음이나 비명 소리도 들리지 않았고 잔물결이나 물거품 하나 올라오지 않았다. 그렇게 조용하고 평온한 바닷속에서 바다의 제왕인 거대한 괴물이 엄청난 고통 속에서 몸부림치고 있다는 것을 육지 사람들이 어떻게 상상이나 하겠는가! 수직으로 당겨진 밧줄은 이제 뱃머리에서 한 뼘도 채 보이지 않았다. 이 가는 밧줄에 거대한 바다 괴물이 8일에 한 번씩 태엽을 감는 괘종시계의 추처럼 매달려 있다니 누가 믿겠는가? 매달려 있다고? 무엇에? 널빤지 석 장에. 이것이 한때 "네가 능히 많은 창으로 그 가죽을 찌르거나 작살을 그 머리에 꽂을 수 있겠느냐? 칼이 그에게 꽂혀도 소용이 없고 창이나 투창이나 화살촉도 꽂히지 못하는구나. 그것이 쇠를 지푸라기같이, 놋을 썩은 나무같이 여기니 화살이라도 그것을 물리치지 못하겠고 물맷돌도 그것에게는 겨같이 되는구나. 그것은 몽둥이도 지푸라기같이 여기고 창이 날아오는 소리를 우습게 여기는구나"[208] 라고 당당하게 묘사된 그 생물이란 말인가? 아! 예언자의 말은 성취되지 않았구나. 꼬리에 1,000명 용사의 힘이 있다는 리바이어던이 피쿼드호의 창을 피해 바닷속 깊은 곳에 숨어들었구나!

기울어가는 오후 햇살 속에서 세 척의 보트가 수면 아래에 드리운 그림자는 크세르크세스 군대의 절반을 덮을 만큼 넓고 길었을 것이 틀림없다. 머리 위에서 어른거리는 이 거대한 그림자가 상처 입은 고래에게 얼마나 큰 두려움이었을지 누가 상상할 수 있겠는가?

"다들 준비해. 놈이 움직인다." 밧줄 세 개가 갑자기 물속에서 진동하며 자성을 띤 철사처럼 고래의 삶과 죽음의 진동을 전해오는 것을 보고 스타벅이 외쳤다. 각자의 자리에 앉아 있던 노잡이들도 진동을 느낄 수 있었다. 다음 순간 뱃머리를 아래로 당기는 힘이 거의 없어지면서 보트가 갑자기 물 위로 튀어 올랐다. 백곰 무리가 겁을 먹고 일제히 바닷속으로 뛰어들 때 작은 빙판 조각들이 갑자기 튀어 오르는 것처럼 말이다.

"당겨라! 당겨!" 스타벅이 다시 소리쳤다. "놈이 올라온다."

방금 전만 해도 한 뼘 길이도 끌어당길 수 없었던 밧줄이 이제는 물을 뚝뚝 흘리며 보트 안으로 재빨리 당겨져 긴 타래를 이루었다.

고래의 움직임으로 보아 고래가 지칠 대로 지쳤음을 알 수 있었다. 대부분의 육지 동물은 혈관의 여러 곳에 판막이나 수문 같은 것이 있어 부상을 당하면 적어도 어느 정도까지는 피가 일정한 방향으로 흐르는 것이 정지된다. 그러나 고

---

**208** 욥기 41장 7절, 26~29절.

래는 그렇지 않다. 혈관에 판막이 없는 고래는 작살에 맞아 가벼운 상처를 입어도 동맥계 전체에서 치명적인 출혈이 시작된다. 그 상태로 바다 깊은 곳으로 내려가면 엄청난 수압을 받으면서 출혈이 심해져 고래의 생명이 뭉텅뭉텅 쉴 새 없이 몸 밖으로 빠져나가게 된다고 할 수 있다. 하지만 고래 몸속에 든 피가 워낙 많고 몸속의 샘 또한 깊은 곳에 무수히 있기 때문에 출혈이 상당히 오랫동안 계속된다. 아주 멀리 떨어진 이름 없는 산속의 샘에 수원을 둔 강이 가뭄에도 마르지 않고 흐르는 것과 비슷하다. 보트들이 고래에게 다가가 휘둘러대는 꼬리에 맞을 위험을 무릅쓰고 계속 창을 던지는 순간에도 새로 생긴 상처에서 피가 연신 쏟아졌다. 한편 머리에 있는 분수공에서는 빠르기는 하지만 겁에 질린 듯 물줄기를 간간이 뿜어 올렸다. 이 구멍에서 아직 피가 나오지 않는 것은 아직 급소를 찔리지 않았기 때문이다. 고래잡이들의 표현대로 하자면, 녀석의 목숨에 아직 손을 대지 못한 것이다.

보트들이 고래를 더 가까이 에워싸자 보통은 물속에 잠겨 있는 몸뚱이의 윗부분이 훤히 드러났다. 고래의 눈, 아니 눈이 있었던 자리도 보였다. 우람한 참나무라도 바닥에 쓰러트리고 나면 그 나무 구멍에 이상한 덩어리가 자라난 것이 보이듯이, 고래의 눈이 있었던 지점에 이제 앞을 보지 못하게 된 안구가 튀어나와 있어 보기에도 처참했다. 하지만 연민 같은 것은 있을 수 없었다. 나이 많고, 지느러미가 하나밖에 없고, 눈도 멀었지만 고래는 인간의 즐거운 결혼식과 그밖의 행사를 밝혀주고, 조건 없이 사랑을 베풀라고 설교하는 엄숙한 교회를 비춰줄 기름을 제공하기 위해 죽어주고 살해당해야만 했다. 여전히 자신이 흘린 피 속에서 허우적거리던 고래는 마침내 옆구리 아래쪽에 튀어나온, 작은 통만 한 크기의 변색된 혹 덩어리를 드러냈다.

"위치가 좋군." 플래스크가 소리쳤다. "저길 한번 찔러볼게."

"그만해." 스타벅이 소리쳤다. "그럴 필요 없잖아!"

그러나 인정 있는 스타벅이 한발 늦었다. 창으로 찌른 순간 그 참혹한 상처에서 피고름이 흘러나왔고, 더는 견딜 수 없는 고통에 고래는 분수공에서 걸쭉한 피를 뿜어내며 사나운 기세로 보트에 달려들어 우쭐거리던 선원들에게 피 세례를 퍼부었으며, 플래스크의 보트를 뒤집고 뱃머리를 망가뜨렸다. 녀석이 가한 최후의 일격이었다. 이때쯤 과다 출혈로 빈사 상태가 된 고래는 자신이 저질러놓은 파괴의 현장에서 맥없이 물러나 옆으로 누운 채 숨을 헐떡이며 절단된 지느러미를 무기력하게 퍼덕거렸고, 기울어져가는 세상처럼 천천히 몸을 돌렸다. 그리고 하얀 배를 드러내고는 통나무처럼 드러누워 숨을 거두었다. 무엇보다 애처로운 것은 녀석이 마지막으로 뿜어 올린 물줄기였다. 보이지 않는 손에 의해 몸속 어딘가에 있던 큰 샘의 물이 차츰 빠져나가고, 흐느끼듯 꾸르륵거리는 우울한 소리와 함께 물줄기 높이가 점점 낮아지더니 마침내 사라졌다. 고래가 죽어가면서 마지막으로 내뿜은 물줄기였다.

본선이 도착하기를 기다리는 동안, 고래의 사체는 아직 몸속의 보물을 하나도 꺼내지 않았는데 가라앉을 징후를 보였다. 즉시 스타벅의 지시대로 고래의 사체 여러 곳에 밧줄이 감겼고, 이내 보트 세 척이 모두 부표 역할을 하게 되었다. 고래는 밧줄에 의지해 보트들로부터 조금 아래 잠긴 채 떠 있게 되었다. 본선이 가까이 다가오자 선원들은 고래를 매우 조심스럽게 뱃전으로 옮겼고, 강한 쇠줄로 그 꼬리를 뱃전에 단단히 매어두었다. 그렇게 인위적으로 붙들어 매지 않으면 사체가 곧장 바다 밑으로 가라앉을 것이 분명했기 때문이다.

삽으로 고래를 자르기 시작하자마자 앞에서 말한 혹 아래쪽 부위에 녹슨 작살이 통째로 박혀 있는 것이 발견되었다. 포획된 고래의 사체에서 작살이 발견되는 것은 종종 있는 일이지만, 그 주위의 살이 완전히 아물어 있는 것이 보통이고, 따라서 예전의 상처 부위를 알려주는 둥그런 혹 같은 것은 생기지 않는다. 그러니 이 고래에게 혹 같은 살 덩어리가 생긴 데는 뭔가 알려지지 않은 다른 이유가 있는 게 틀림없다. 더욱 기이하게도 작살이 박혀 있던 곳에서 그다지 멀지 않은 지점에서 돌로 된 창촉이 발견되었고, 그 주위의 살은 아주 단단했다. 누가 돌로 된 창을 던졌을까? 언제 그랬을까? 아메리카 대륙이 발견되기 훨씬 오래전에 어느 북서부의 인디언이 던진 것일지도 모른다.

이 괴물의 거대한 밀실을 계속 뒤졌더라면 또 어떤 놀라운 것이 튀어나왔을지는 아무도 모른다. 그러나 발굴 작업은 갑자기 중단되었다. 고래 사체가 점점 더 바닷속으로 가라앉으려 하면서 배가 전례 없이 옆으로 기울어졌기 때문이다. 그러나 작업을 주관하던 스타벅은 마지막까지 고래 사체에 매달렸다. 너무 집착한 나머지 고래를 계속 그대로 두다가는 배가 뒤집힐지도 모르는 순간까지 버텼다. 결국 고래를 떼어버리라는 명령이 떨어졌다. 하지만 꼬리를 매단 쇠줄과 밧줄을 고정시킨 늑재 연장부에 가해진 압력이 너무 커서 도저히 그것들을 풀 수 없었다.

한편 피쿼드호에 있던 모든 것이 비스듬히 기울어졌다. 갑판의 반대편으로 건너가기가 가파른 박공지붕 위를 올라가는 것과 같았다. 배는 신음하며 숨을 헐떡였다. 선실과 뱃전에 박혀 있던 고래 뼈 장식들이 비정상적인 지각변동으로 인해 원래 자리에서 밀려나와 있었다. 꼼짝도 하지 않는 꼬리용 쇠사슬을 늑재 연장부에서 떼어내기 위해 나무 지렛대와 쇠 지렛대를 들이댔지만 아무 소용이 없었다. 고래는 이제 너무 깊이 가라앉아 물속에 가려진 끝부분에는 아예 다가갈 수 없었고, 시간이 갈수록 고래의 몸에는 몇 톤이나 되는 무게가 더해져 배가 금방이라도 뒤집힐 것 같았다.

"조금만, 조금만 더 참아." 스터브가 고래의 사체에 대고 소리쳤다. "그렇게 서둘러 가라앉을 건 없잖아! 이봐, 무슨 수를 내지 않으면 우리도 다 가라앉을 판이야. 나무 지렛대는 소용없어. 누가 가서 기도서와 주머니칼 좀 가져와 저 커다란 쇠사슬을 잘라봐."

"칼? 그래, 알았어." 퀴케그가 이렇게 외치더니 무거운 목수 도끼를 움켜쥐고 현창 밖으로 몸을 내밀어 쇠에는 강철로 상대해야 한다는 듯이 도끼로 가장 커다란 쇠사슬을 힘껏 내리찍기 시작했다. 불꽃을 튀기며 몇 번 내리치니 나머지 일은 쇠사슬이 받고 있던 엄청난 장력이 알아서 해결했다. 탁 하는 엄청난 소리와 함께 쇠사슬이 끊어지며 배는 바로 섰고, 고래의 사체는 바닷속으로 가라앉았다.

그런데 죽은 지 얼마 안 되는 향유고래가 이처럼 가끔 불가피하게 가라앉는 것은 아주 기이한 일로, 고래잡이들도 왜 이런 일이 일어나는지 적절히 설명하지 못한다. 일반적으로 죽은 향유고래는 부력이 아주 좋아 물 위에서 잘 뜨며,

옆구리나 배가 수면에서 상당히 위로 올라온다. 만약 늙고 마르고 상심한 고래나 지방층이 줄어들고 뼈가 무겁고 류머티즘에 걸린 고래만 이렇게 가라앉는다면, 고래 몸속에 부력이 없어지면서 비중이 이례적으로 커졌기 때문이라고 말할 수 있으리라. 하지만 실상은 그렇지 않다. 아주 건강하고 고귀한 열망과 당당한 포부를 지닌 채 생의 온기가 감도는 5월을 보내다가 갑자기 때 이른 죽음을 당한 젊은 고래, 한창 몸속에 기름기가 돌고 원기 왕성하며 부력이 큰 영웅들도 때로는 가라앉는 경우가 생긴다.

그러나 향유고래는 다른 종들에 비해 이런 사고가 훨씬 적은 편이다. 향유고래가 한 마리 가라앉을 때 참고래는 스무 마리가 가라앉는다. 이렇게 두 종 사이에 차이가 나는 것은 참고래의 몸속에 뼈가 많다는 사실이 상당히 중요한 이유가 되리라. 참고래의 내리닫이 창살문 하나만 해도 그 무게가 때로는 1톤이 넘는데, 향유고래는 이런 거추장스러운 장애가 전혀 없다. 고래가 가라앉고 나서 몇 시간 혹은 며칠이 지난 후에 살아 있을 때보다 훨씬 강력한 부력을 받으며 다시 떠오르는 사례도 있다. 이유는 분명하다. 몸속에서 가스가 발생하면서 몸집이 거대하게 부풀어 올라 일종의 동물 풍선이 되기 때문이다. 그렇게 되면 군함으로도 녀석을 누를 수 없다. 뉴질랜드 만의 얕은 연안에서 고래잡이를 할 때 참고래가 가라앉을 기미가 보이면, 고래의 몸에 밧줄로 부표를 여러 개 매달아둔다. 그래야 사체가 가라앉았다가 나중에 떠오를 때 부표를 보고 쉽게 찾을 수 있기 때문이다.

고래 사체가 가라앉고 나서 얼마 지나지 않아 피쿼드호의 돛대 꼭대기에서 융프라우호가 다시 보트를 내리고 있다는 외침이 들려왔다. 주위에서 눈에 들어오는 것은 긴수염고래의 물줄기밖에 없었는데 말이다. 이 고래는 놀라운 수영 실력 때문에 포획이 불가능한 종으로 분류된다. 하지만 긴수염고래의 물줄기는 향유고래의 것과 비슷해 미숙한 고래잡이들이 혼동할 때가 많다. 그리하여 데릭과 그의 부하들은 절대로 가까이 갈 수 없는 이 짐승을 잡겠다고 씩씩하게 나선 것이다. 처녀호는 돛을 모두 펼치고 보트 네 척의 뒤를 열심히 따라갔고, 그렇게 대담하면서도 희망찬 추격을 해보겠다며 저 멀리 바람 불어가는 쪽으로 사라졌다.

오 친구여, 세상에는 긴수염고래도 많지만 데릭 같은 자들도 많다네.


## 82장 포경업의 명예와 영광

신중한 무질서를 진정한 운영 방식으로 삼는 사업들이 있다.

고래잡이 문제를 깊이 파고들수록, 그 원천에 이르기까지 연구할수록 나는 포경업의 위대한 영광과 오랜 전통에 깊은 감명을 받는다. 특히 수많은 반신(半神)과 영웅, 그리고 온갖 예언자가 이런저런 방식으로 포경업에 경의를 표했음을 알게 되었을 때, 내가 비록 말단에 있기는 하지만 이토록 빛나는 일단의 소속이라는 사실에 황홀감을 느끼지 않을 수 없다.

제우스의 아들인 용감한 페르세우스는 최초의 고래잡이였다. 그리고 우리 직업의 영원한 명예를 위해 말해두는데, 우리의 형제가 공격한 최초의 고래는 어떤 야비한 목적으로 죽임을 당한 것이 아니었다. 우리 직업이 기사다운 정신을 발휘하던 시절, 우리는 고통받는 사람들을 구하기 위해 무기를 들었을 뿐 사람들의 등잔에 기름을 채워주기 위해 고래 사냥에 나선 것이 아니었다. 페르세우스와 안드로메다의 멋진 이야기는 누구나 알고 있다. 아름다운 안드로메다 공주가 해안의 암벽에 묶여 있고 리바이어던의 공격을 받는 순간, 고래잡이들의 왕자인 페르세우스가 용감하게 나서서 작살을 던져 괴물을 죽이고 공주를 구해낸 다음 결혼까지 했다. 작살을 단 한 번 던져서 리바이어던을 죽인 일은 오늘날 최고의 작살잡이들도 좀처럼 이루기 어려운 위업이라고 할 수 있다. 누구도 아르키족[209]의 이야기를 의심해서는 안 된다. 시리아 해안에 위치한 고대의 요파, 오늘날의 야파에 있는 이교도 사원 중 하나에는 수세기 동안 거대한

---

**—** 209 요파에 근거지를 둔 고대 시리아 부족.

고래의 뼈대가 세워져 있었는데, 그 도시에 내려오는 전설과 주민들의 이야기에 따르면 그것은 페르세우스가 죽인 고래의 뼈대라고 한다. 로마인들이 요파를 점령했을 때, 그 뼈대는 전리품으로 로마에 이송되었다. 이 이야기에서 가장 특이하면서 암시적으로 중요한 것은 예언자 요나가 출항했던 곳이 바로 요파였다는 점이다.

페르세우스와 안드로메다의 모험과 비슷한 종류로 저 유명한 성 조지와 용 이야기가 있다(어쩌면 이 이야기는 페르세우스 이야기에 간접적인 영향을 받았는지도 모른다). 나는 이 용이 실은 고래였을 것이라고 생각한다. 수많은 고대의 연대기에서 고래와 용은 이상할 정도로 혼동될 때가 많으며 때로는 동일시된다. "너는 물의 사자 같고, 바다의 용 같다"라고 에스겔은 말했다.[210] 여기서 용은 분명 고래를 의미한다. 사실 『성경』의 다른 부분에서는 고래라는 용어를 사용한다. 만약 성 조지가 바다의 거대한 괴물을 제압한 것이 아니라 지상의 파충류를 상대로 싸웠다면 성인의 위업이 크게 훼손되었을 것이다. 뱀 정도는 누구나 죽일 수 있지만 과감히 고래에 맞서 싸우려면 페르세우스나 성 조지, 코핀[211]의 심장은 가지고 있어야 한다.

성 조지가 용을 죽인 장면을 묘사한 현대의 그림을 보고서 오해하지 말길 바란다. 옛적의 저 용감한 고래잡이가 맞서 싸운 생물은 그리핀[212] 같은 모습으로 모호하게 표현되었을 뿐만 아니라, 성자는 말을 타고 지상에서 싸움을 하는 것으로 그려져 있다. 그러나 당시에 고래의 본 모습이 화가들에게 잘 알려져 있지 않았고, 페르세우스의 신화에서처럼 성 조지가 상대한 고래가 바다에서 해변으로 기어 나왔을지도 모르며, 성 조지에게 제압당하고 있는 동물은 어쩌면 커다란 바다표범이나 해마였을지도 모른다. 그 점을 감안한다면 이른바 용이라고 불리는 이 동물이 실은 거대한 리바이어던이라고 주장해도 신성한 전설이

---

**210** 에스겔 32장 2절 참조.

**211** 고래잡이를 많이 배출한 저명한 낸터킷 가문.

**212** 사자의 몸에 새 머리(주로 독수리 머리)가 달린 신화 속 동물.

나 전투 장면을 묘사한 오래된 그림과 모순되지는 않을 것이다. 엄격하고 예리한 진실에 비추어 볼 때, 이 모든 이야기는 필리스티아 사람의 우상인 다곤(물고기와 짐승, 새의 모습을 합친 듯이 생긴 우상)을 가리킨다고 볼 수 있다. 그런데 이 다곤 신상 앞에 이스라엘에서 가져온 언약궤를 가져다 놓자 신상의 말 모양 머리와 양 손바닥이 떨어져 나가고 물고기를 닮은 몸통만 남았다고 한다. 그리하여 우리의 고귀한 대표자 중 한 명인 성 조지는 고래잡이이자 영국의 수호성인이 되었고, 우리 낸터킷 작살잡이들은 가장 고귀한 성 조지 기사단의 일원이 될 권리가 있다. 그러므로 그 명예로운 기사단에 소속된 기사들(감히 말하지만 그들 가운데 누구도 기사단의 위대한 수호성인처럼 고래를 상대해보지 못했다)이 낸터킷 사람들을 무시하는 눈으로 보지 못하게 하자. 우리는 비록 모직 작업복과 타르가 묻은 바지를 입고 있지만 성 조지의 훈장을 받을 자격이 충분하다.

헤라클레스를 고래잡이의 일원에 포함시켜야 할지 말지 나는 오랫동안 고민해왔다. 그리스신화에 따르면, 고대의 데이비드 크로켓이나 키트 카슨[213]이라고 할 수 있는 이 건장하고 선행을 많이 쌓은 영웅은 고래에게 삼켜졌다가 토해진 적이 있다는데, 이런 사실만으로 그를 고래잡이라고 부를 수 있을지 의문이 든다. 그가 고래 배 속에서는 어땠는지 몰라도 실제로 고래에게 작살을 던졌다는 이야기는 어디에도 나오지 않는다. 그렇더라도 그는 일종의 비자발적인 고래잡이가 된 셈이다. 그가 고래를 잡은 것이 아니라 해도 고래가 그를 잡았으니 말이다. 그러므로 나는 그를 우리 고래잡이 무리의 일원으로 간주한다.

그러나 이에 대해 가장 권위 있는 두 개의 학설이 대립하고 있다. 하나는 그리스신화에 나오는 헤라클레스와 고래 이야기가 그보다 더 오래된 히브리의 요나와 고래 이야기에서 나왔다는 주장이고, 다른 하나는 그 반대의 주장이다. 어느 쪽이 먼저이든 두 이야기가 아주 유사한 것은 사실이다. 내가 반신 헤라클레스를 고래잡이로 받아들인다면 예언자 요나 또한 그러지 못할 이유가 어디

---

**213** 둘 다 19세기 미국의 서부 개척자.

있겠는가?

우리 고래잡이 명단에 영웅이나 성자, 반신, 예언자만 이름을 올리는 것은 아니다. 총대장은 아직 소개되지도 않았다. 고대 왕들의 선조가 신이었던 것처럼 우리 기사단의 선조도 다름 아닌 위대한 신들이었다. 이제 힌두교의 삼신 가운데 하나인 무시무시한 비슈누의 이야기를 담고 있으며, 이 신성한 비슈누야말로 우리의 군주라고 말하는 『샤스트라』[214]에서 동양의 놀라운 이야기를 자세히 들어보자. 비슈누는 지상에 열 가지 화신으로 등장하는데, 가장 먼저 고래로 환생하여 고래를 영원히 성별했다. 『샤스트라』에 따르면, 신들의 신인 브라마는 세상을 해체했다가 재창조하는 일을 주기적으로 되풀이하는데, 한번은 세상을 재창조하기로 결정했을 때 비슈누를 낳아 그 일을 맡기기로 했다. 하지만 비슈누가 세상을 창조하기 전에 먼저 신비로운 경전 『베다』를 정독해야 했던 것으로 보아, 그 경전에는 분명 젊은 조물주가 참조해야 할 좋은 가르침이 실용적인 형태로 암시되어 있었던 것 같다. 그런 『베다』가 바다 밑바닥에 놓여 있었기 때문에, 비슈누는 고래로 현신하여 바다 밑바닥까지 내려가 그 신성한 책을 가져왔다. 그러니 비슈누도 고래잡이라고 해야 하지 않을까? 말을 타고 다니는 사람을 '말 탄 자'라고 하듯이.

페르세우스, 성 조지, 헤라클레스, 요나, 비슈누! 이것이 우리 고래잡이 기사단의 면면이다. 고래잡이 클럽 말고 또 어떤 클럽이 그와 같은 인물들을 내세울 수 있겠는가?


### 83장   역사적으로 고찰해본 요나

앞 장에서 요나와 고래의 역사적인 이야기를 언급했다. 오늘날 일부 낸터킷

---

**214** 힌두교의 옛 경전. 그중 가장 오래된 것이 『베다』이고, 멜빌이 언급한 비슈누도 『베다』에 나온다.

사람들은 요나와 고래에 대한 이 역사적인 이야기를 믿지 않는다. 하지만 고대 그리스와 로마에도 당시 정통파 이교도와는 다르게 헤라클레스와 고래 이야기, 아리온[215]과 돌고래 이야기를 모두 의심하는 몇몇 사람들이 있었다. 하지만 그들의 의심은 전설의 진실성을 조금도 훼손하지 못했다.

새그항의 어느 늙은 고래잡이가 히브리의 요나 이야기에 의문을 제기한 주된 이유는 다음과 같다. 그 노인은 기묘하고 비과학적인 삽화가 그려진 고풍스러운 『성경』을 한 권 가지고 있었는데, 삽화 중 하나에 두 줄기의 물기둥을 뿜어내는 요나의 고래가 담겨 있었다. 그것은 참고래와 다른 여러 참고랫과 고래와 같은 특정한 종만 가지고 있는 특징이다. 이 종은 고래잡이들이 '1페니짜리 롤빵 하나만 삼켜도 목에 걸릴 것'이라고 말할 정도로 목구멍이 좁다. 하지만 제브 주교는 이 반론에 기다렸다는 듯이 대답을 내놓았다. 요나가 고래 배 속에 들어간 것이 아니라, 고래의 입안 어딘가에 잠시 머물러 있었다고 생각하면 된다는 것이다. 이것은 선량한 주교가 내놓을 법한 상당히 합리적인 의견으로 보인다. 실제로 참고래의 입안은 트럼프 테이블 두 개와 카드놀이를 하는 사람들 모두를 수용할 수 있을 정도로 넓기 때문이다. 어쩌면 요나는 구멍 난 고래 이빨 속에 자리를 잡고 앉아 있었는지도 모른다. 그런데 다시 생각해보니 참고래에게는 이빨이 없다.

새그항(그 노인은 '새그항'이라는 이름으로 통했다)이 예언자 요나의 이야기를 믿지 못하는 또 다른 이유는, 요나가 정말로 고래 배 속에 들어갔다면 위액에 녹아 흔적조차 찾지 못했을 것이라고 보기 때문이다. 그러나 이러한 반론 또한 근거는 없다. 독일의 한 성경학자는 요나가 죽은 고래의 몸속에 잠시 피신해 있었다

---

**215** 기원전 7세기의 그리스 서정 시인으로 레스보스섬에서 태어났다. 코린트의 참주 페리안더의 궁정에서 봉사했고, 이탈리아로 건너가 큰돈을 벌어 배를 타고 귀국하던 중 그의 재산을 탐낸 선원들에 의해 바다에 던져졌다. 그러나 그가 익사 직전에 부른 노래에 감동한 돌고래가 그를 등에 태워 육지에 데려다주었다고 한다. 아리온은 주신(酒神) 송가의 창시자이자 비극의 탄생을 도운 인물로 여겨진다. 한편 그를 전설의 인물로 보는 견해도 있다.

고 보았다. 러시아 원정 때 프랑스 병사가 죽은 말을 천막으로 삼아 그 안에 기어 들어갔던 것처럼 말이다. 유럽의 다른 성경학자들은 요나가 요파의 배에서 바다로 내던져졌을 때, 곧장 인근을 지나던 다른 배로 피신하는 데 성공했으며, 마침 그 배의 뱃머리 장식이 고래였을 것이라고 추측하기도 했다. 어쩌면 그 배의 이름이 '고래'호였을지도 모른다고 나는 생각한다. 오늘날 배에 상어호, 갈매기호, 독수리호 같은 이름을 붙이는 것처럼 말이다. 또 다른 박식한 성경학자들은 요나의 예언서에 나오는 고래는 구명 도구, 즉 공기를 채운 주머니를 말하는 것이며, 위험에 빠진 요나가 이 구명 도구를 붙든 덕분에 익사를 모면했다고 해석하기도 한다. 그러니 가엾은 새그항 노인은 사방에서 반론으로 두드려 맞는 것처럼 보인다. 하지만 노인이 그 이야기를 믿지 못하는 또 다른 이유가 있다. 내 기억이 맞다면 그 이유는 다음과 같다. 즉 요나는 지중해 바다 어딘가에서 고래에 삼켜졌고, 사흘 뒤에 니네베에서 사흘 거리인 곳에서 고래 밖으로 토해졌다고 이야기는 전한다. 하지만 니네베는 가장 가까운 지중해 해안에서도 사흘 안에 갈 수 없는 곳이다. 그러니 어찌된 일인가?

고래가 예언자를 니네베에서 사흘 걸리는 곳에 상륙시킬 수 있는 다른 방법이 없었을까? 아니, 방법이 있었다. 고래는 요나를 데리고 희망봉을 돌았는지도 모른다. 그럴 경우 지중해 이 끝에서 저 끝을 다 지나고 페르시아만과 홍해를 지나야 하는 것은 물론이고, 아프리카 대륙을 단 사흘 만에 돌아야 한다는 뜻이 된다. 니네베 근처 티그리스강의 수심이 너무 얕아 고래가 헤엄칠 수 없다는 점은 차치하고서라도 말이다. 게다가 요나가 그런 까마득히 먼 시절에 희망봉을 돌았다고 한다면, 그 위대한 곳을 발견한 영예를 바르톨로메우 디아스[216]에게서 박탈해야 할 것이고, 근대사는 거짓이 되고 만다.

그러나 새그항 노인의 주장은 그가 어리석을 정도로 이성을 과신하고 있음을 보여준다. 그가 태양과 바다에서 주워들은 것 말고는 학식이 별로 없는 사람

━━ 216 포르투갈의 항해가이자 탐험가(1450?~1500). 1486년 아프리카 남단의 희망봉을 돌아 항해한 최초의 유럽인이다.

이라는 것을 감안할 때, 이는 더욱 비난받을 만한 일이다. 어리석고 불경한 자부심의 소치이며, 성직자에 대해 가증스럽고 악의에 찬 반항심만 보여줄 뿐이다. 포르투갈의 어느 가톨릭 사제는 요나가 희망봉을 돌아 니네베로 갔다는 생각 자체가 이 세상에서 흔히 일어나는 기적을 크게 과장해서 표현한 것이라고 주장했다. 사실이 그랬다. 게다가 교양 있는 터키 사람들은 오늘날까지도 요나 이야기를 역사적인 사실로 굳게 믿고 있다. 약 3세기 전에 『해리스의 여행기』에 나오는 어느 영국인 여행자는 요나를 기리기 위해 세워진 터키의 한 모스크에 들어갔는데, 그곳에는 기름이 없어도 타오르는 기적의 등잔이 있었다고 말한다.

## 84장  창 던지기

마차가 더 빨리 잘 달리려면 바퀴 축에 기름을 발라주어야 한다. 동일한 목적으로 일부 고래잡이들은 보트의 밑바닥에 기름칠을 한다. 이런 작업은 의심할 여지 없이 배에 전혀 해가 되지 않을 뿐만 아니라 오히려 적잖은 유익을 준다. 기름과 물은 상극인 데다 기름은 미끄러운 성질이 있어 보트가 바다 위에서 잘 미끄러지도록 하려는 사람들의 목적에 부응한다. 기름칠의 필요성을 철저히 신봉한 퀴케그는 독일 배 융프라우호가 떠난 지 얼마 되지 않은 어느 날 아침, 평소보다 신경 써서 보트 밑바닥에 기름칠을 하고 있었다. 그는 뱃전에 달아맨 보트 밑으로 기어가서 대머리처럼 반들거리는 용골에서 털 한 올이라도 나지 못하게 하려는 듯이 열심히 기름칠을 했다. 어떤 특별한 예감에 따라 그 작업을 하는 듯했다. 과연 그런 준비성이 근거 있음을 보여주는 사건이 얼마 있지 않아 일어났다.

정오 무렵 고래들이 바다에서 뛰어오른 것이다. 배가 다가가자 고래들은 방향을 돌려, 악티움해전에서 클레오파트라의 배들이 그랬던 것처럼 무질서하게 흩어져 도망치기 시작했다.

보트들은 고래들을 추격했고, 그중에서 스터브의 보트가 가장 빨랐다. 타슈테고는 갖은 고생 끝에 작살 한 개를 고래 등에 꽂는 데 성공했다. 그러나 일격을 당한 고래는 물속으로 잠수하는 것이 아니라 전보다 빠른 속도로 수평으로 헤엄치며 도망갔다. 몸에 꽂힌 작살에 그런 식으로 계속 압력이 가해지면 조만간 작살이 빠질 것이 분명했다. 그럴 때는 달아나는 고래에게 다시 재빨리 창을 던지거나 아니면 녀석을 놓아주는 수밖에 없다. 하지만 너무나 맹렬하고 빠르게 헤엄치는 고래의 옆구리에 보트를 갖다 대기란 불가능했다. 그렇다면 무슨 수가 있을까?

위기 시에 노련한 고래잡이가 종종 보여주는 놀라운 술책과 솜씨, 날쌘 손재주와 무수한 비술 중에서 창 던지기만 한 것도 없다. 작은 칼이나 넓적한 칼 등으로 아무리 기술을 발휘해보았자 창 던지기에 비할 바가 아니다. 창 던지기는 줄기차게 도망치는 고래를 상대할 때 꼭 필요한 기술이다. 무서운 속도로 달리느라 심하게 흔들리는 보트 맨 앞에서 기다란 창이 정확히 멀리 날아가는 광경은 이 기술의 압권이며 장관이다. 강철과 목재 부분을 합친 창의 전체 길이는 3미터가 넘는다. 창 자루는 작살 자루보다 가늘고, 좀 더 가벼운 재료인 소나무로 만들어져 있다. 창 자루에는 상당히 길고 가는 회수용 밧줄이 달려 있어 창을 던진 뒤에는 이 밧줄을 당겨 창을 회수한다.

이야기를 더 해나가기 전에 미리 해두고 싶은 말이 있다. 작살도 창과 마찬가지로 멀리 던질 수 있으나 그렇게 실행하는 일은 좀처럼 없다는 것이다. 실제로 작살을 멀리 던져보았자 성공할 확률도 그리 높지 않다. 창과 비교해 무게가 더 나가고 길이가 짧은 점이 작살을 멀리 던지는 데 심각한 결점으로 작용한다. 따라서 일반적으로 작살이든 창이든 던져서 고래에 맞추려면 우선 고래에게 바싹 달라붙어야만 한다.

이제 스터브를 보라. 심각한 위기 속에서도 재치와 냉철함과 침착성을 잃지 않는 그는 창 던지기에서 아주 뛰어난 솜씨를 보인다. 그를 보라. 그는 미친 듯이 흔들리며 달려가는 보트의 뱃머리에 우뚝 서 있다. 밧줄로 이어진 보트를 끌고 달아나는 고래는 양털 같은 흰 물거품에 싸인 채 10여 미터 앞에 있다. 스터브는 기다란 창을 가볍게 들고 창이 곧게 뻗어 있는지 위아래로 두세 번 살펴보더니 휘파람을 불면서 회수용 밧줄의 한쪽 끝을 손에 돌돌 말아 쥐고, 나머지 부분은 잘 풀려 나가게 해둔다. 그런 다음 창을 허리띠 가운데 앞으로 들어 올려 고래를 겨눈다. 그렇게 고래를 겨누는 동안 손에 쥔 창 자루 끝을 조금씩 낮추며 창끝을 들어 올리다 보면, 마침내 창이 손바닥 위에서 거의 수직으로 서며 4~5미터나 높이 솟는다. 스터브의 그런 자세는 턱 위에 긴 장대를 올려놓고 균형을 맞추는 마술사를 연상시킨다. 그다음 순간 번쩍이는 창은 이루 말할 수 없이 빠른 추진력으로 공중에 커다란 포물선을 그리면서 거품이 이는 바다 위를 멀리 날아가 고래의 급소에 박히며 부르르 떤다. 그제야 고래는 물보라 대신에 붉은 피를 내뿜는다.

"놈의 마개가 뽑혔다!" 스터브가 소리쳤다. "독립 기념일 축제 같군. 오늘 같은 날은 모든 분수가 포도주 정도는 뿜어줘야지. 저것이 올리언스 위스키나 오하이오 위스키, 아니면 맛이 기가 막힌 머농가힐라 위스키면 얼마나 좋을까! 이봐, 타슈테고, 자네가 가서 저걸 술통에 좀 받아 오게. 다들 돌려가며 마시게 말이야. 이거 정말 신나는군. 녀석의 넓은 분수공에서 최고급 펀치를 만들 수도 있겠어. 저 살아 있는 펀치볼에서 생명수를 떠서 벌컥벌컥 들이켜보세!"

이렇게 마구 농담을 던져대는 와중에도 그는 능숙하게 창 던지기를 계속하고, 창은 노련하게 줄을 붙들어 맨 사냥개처럼 거듭해서 주인에게 되돌아왔다. 극심한 고통을 느낀 고래는 몸부림쳤고, 고래 몸에 박힌 작살의 줄이 느슨해졌다. 창던지기 선수는 뱃고물로 물러나 팔짱을 낀 채 괴물이 죽어가는 모습을 말없이 지켜보았다.


## 85장  분수

지난 6,000년 동안(그 이전에 몇백만 년이 흘렀는지는 아무도 모른다) 거대한 고래들은 온 세상의 바다에서 물을 뿜어왔다. 화분에 물을 분무하듯 심해의 정원에 물을 분무해왔다. 그리고 몇 세기 전부터 수많은 고래 사냥꾼들이 고래에 가까이 다가가 고래가 물을 뿜어 올리고 안개를 흩뿌리는 광경을 목격해왔을 것이다. 하지만 글을 쓰고 있는 축복받은 이 시간(1850년 12월 16일 오후 1시 15분 15초)까지 그 물줄기가 정말로 물인지 아니면 수증기일 뿐인지 하는 의문이 여전히 남아 있다. 이것은 분명 주목해볼 만한 문제다.

그렇다면 이 문제를 그와 관련된 몇 가지 흥미로운 사항과 함께 살펴보기로 하자. 알다시피 어류는 일반적으로 아가미라는 특수한 기관을 사용해 그들이 헤엄치고 있는 물속에 항상 녹아 있는 공기를 호흡한다. 따라서 청어나 대구는 100년이 지나도 물 밖으로 고개를 내밀 일이 없다. 하지만 고래는 인간처럼 잘 발달된 허파를 가진 신체 구조 덕분에 수면 위로 떠올라 대기 중의 공기를 들이 마셔야 살 수 있다. 그래서 물 위의 세계를 주기적으로 방문할 필요가 있다. 하지만 입으로는 절대 숨을 쉴 수 없다. 평소 자세를 보면 향유고래의 입은 적어도 2.5미터 가량 수면 아래에 잠겨 있는 데다가 숨통이 입과 연결되어 있지도 않기 때문이다. 고래는 머리 꼭대기에 있는 분수공을 통해서만 숨을 쉰다.

어떤 생물이든 호흡은 생명 유지에 필수적이다. 호흡이란 공기 중의 특정 요소를 취하여 그것을 혈액과 접촉시켜 혈액에 생명의 원소를 공급하는 일이라고 보면 거의 틀림없다. 여기서 필요 이상으로 과학 용어를 사용할 수도 있으나 그렇게 하지 않아도 설명되었으리라고 생각한다. 그렇다면 인간이 단 한 번의 호흡으로 체내의 모든 피에 산소를 공급할 수 있다면, 콧구멍을 막고 오랜 시간 동안 숨을 쉬지 않아도 될 것이다. 다시 말해 숨을 쉬지 않고 살 수 있다는 것이다. 이상하게 들릴지 모르겠지만 고래가 바로 이 경우에 해당한다. 고래는 주기적으로 수면의 위아래를 오가며 물속에서 한 시간 이상 숨 한 번 쉬지 않고, 어떤 식으로든 공기 한 모금도 들이마시지 않고 살아갈 수 있다. 기억하겠지만 고래에게는 아가미가 없기 때문이다. 어떻게 이런 일이 가능할까? 고래는 갈비뼈 사이와 척추 양끝에 가느다란 국수가닥같이 생긴 혈관이 크레타섬의 미로처럼 복잡하게 얽혀 있는데, 잠수할 때 이 관들에 산소를 머금은 혈액이 가득 들어찬다. 그리하여 한 시간 넘게 천 길 물속에 있어도 버틸 수 있도록 여분의 생명력을 비축해놓는다. 마치 물 없는 사막을 건너는 낙타가 네 개의 보조 위장에 나중에 마실 여분의 물을 비축하는 것과 비슷하다. 이 미로의 해부학적 상황은 논란의 여지가 없고, 여기에 근거를 둔 가설도 합리적이며 정확하리라는 주장이 설득력을 갖는다. 그렇지 않다면 고래잡이들의 말마따나 고래가 그렇게 고집스레 물을 뿜어대는 이유를 달리 설명할 길이 없다. 내가 말하려는 바는 다음과 같다. 곧, 향유고래는 물 위에 떠올랐을 때 아무런 방해가 없다면 항상 일정 시간 동안 그곳에 머물러 있을 것이다. 가령 고래가 11분 동안 머물며 70번 물을 내뿜었다면, 즉 70번 숨을 쉬었다면, 그 고래는 다음번에 물 위에 올라와 머물 때마다 동일한 시간 동안 동일한 횟수로 물을 뿜는다는 것이다. 그런데 고래가 물 위에 올라와 몇 번밖에 숨을 쉬지 않았는데 공격을 받아 물밑으로 잠수했다면, 일정량의 공기를 채우기 위해 반드시 물 위로 다시 올라올 수밖에 없다. 70번의 호흡을 다 채우기 전에는 바다 밑으로 내려가 한 시간 이상을 머무는 일은 없다. 물론 고래마다 호흡 횟수가 다르다는 점에 유의해야 하지만, 대개는 큰 차이가 없다. 자, 그렇다면 고래는 왜 이처럼 고집스레 물 뿜기를 하는 것일까? 잠수하기 전에 체내에 공기를 충분히 저장해두려는 것이 아니겠는가! 이처럼 주기적으로 물 위에 올라와야 하므로 고래는 치명적인 추격의 위험에 노출된다. 고래가 천 길 물속 아래에서 헤엄치고 있을 때, 갈고리나 그물은 이 거대한 리바이어던을 잡는 데 아무 소용없다. 그러니 고래잡이들이여, 그대들이 승리를 거둔 것은 그대들의 기술이 뛰어나서가 아니라 반드시 물 위에 올라와 숨을 쉬어야 하는 고래의 생리적 필요 때문이다.

인간은 끊임없이 숨을 쉬는데 한 번 들이마신 숨으로 두세 번의 맥박밖에 지탱하지 못한다. 따라서 인간은 무슨 일을 하든, 깨어 있든 잠들어 있든 숨을 쉬어야 하고 그렇지 못하면 죽고 만다. 하지만 고래는 평생의 7분의 1, 말하자면 일주일 동안 일요일에만 숨을 쉬면 된다.

이미 말했듯이 고래는 분수공을 통해서만 숨을 쉰다. 고래가 내뿜는 것에 물이 섞여 있는 것이 사실이라면, 왜 고래에게 후각기관이 없는지 충분한 설명이 된다고 생각한다. 고래의 신체 구조상 코에 해당하는 것은 분수공밖에 없기 때문이다. 그처럼 물과 공기라는 두 가지 원소로 막혀 있으니 냄새 맡는 능력을 기대하는 것은 무리다. 그러나 고래가 내뿜는 것의 신비, 즉 그것이 물인가 아니면 수증기인가 하는 문제에 대해서는 아직 확실한 결론이 나지 않았다. 하지만 엄밀한 의미에서 고래에 후각기관이 없는 것은 확실하다. 그런데 고래에게 후각기관이 있어서 뭐하겠는가? 바다에는 장미도, 제비꽃도, 콜로뉴 향수도 없는데 말이다.

게다가 향유고래의 숨통은 물을 내뿜는 관으로만 통해 있고, 이리 대운하처럼 긴 관에는 일종의 개폐식 수문이 달려 있어 공기는 아래쪽에 가두어두고 물은 위쪽으로 배출하기 때문에 고래는 목소리를 낼 수도 없다. 고래가 웅얼거리는 이상한 소리를 내는 것이 코로 말하는 것이 아니면 뭐냐고 모욕적으로 시비를 걸면 할 말은 없다. 사실 따지고 보면 고래가 무슨 할 말이 있겠는가? 생계를 위해 억지로 어눌한 연설을 해야 하는 경우를 제외하면, 나는 심오한 존재가 세상을 향해 할 말이 있는 경우를 거의 보지 못했다. 오! 세상은 무슨 말에든 귀 기울여주는 곳이니 얼마나 다행한 일인가!

이제 향유고래가 물을 뿜어내는 관에 대해 알아보자. 이 관은 주로 공기를 전달하는 기관이며, 머리 윗부분 바로 아래에서 한쪽으로 조금 치우친 채 수평으로 몇 미터 가량 뻗어 있다. 이 기이한 관은 도로 한쪽에 매설된 도시의 가스관과 아주 비슷하다. 그렇다면 이 가스관이 수도관이기도 한 것인지 의문이 다시 생겨난다. 달리 말해 향유고래가 뿜어내는 것이 밖으로 내뱉는 호흡의 수증기인지, 아니면 입으로 삼킨 물이 그 숨에 섞여 있다가 분수공으로 배출되는 것인지 하는 문제다. 향유고래의 입이 물을 뿜어내는 관과 간접적으로 연결되어 있는 것은 분명하다. 하지만 이것의 목적이 분수공을 통해 물을 배출하기 위한 것인지는 입증할 수 없다. 향유고래는 먹이를 먹다가 뜻하지 않게 물을 들이켰을 때, 물을 배출해야 하는 가장 큰 필요성을 느낀다. 그러나 향유고래의 먹이는 수면 깊은 곳에 있고, 거기서는 물을 내뿜고 싶어도 그럴 수 없다. 게다가 향유고래를 면밀히 관찰하며 시계로 시간을 재어본다면, 아무런 방해를 받지 않는 경우에 고래가 물을 내뿜는 시간과 통상적으로 호흡하는 시간이 일정한 리듬을 가지고 맞아떨어진다는 사실을 발견할 수 있다.

그런데 왜 이 문제를 미주알고주알 따지면서 성가시게 하냐고? 솔직히 말하라고? 고래가 물을 내뿜는 모습을 본 적이 있을 테니 그것이 무엇이었는지 말하면 된다고? 물과 공기도 제대로 구분할 줄 모른다고? 그런데 독자여, 이 세상에서는 그런 간단한 일조차 명확히 규정하기가 쉽지 않다. 사람들이 간단하다고 말하는 것이 나에게는 세상에서 가장 까다로웠다. 고래의 내뿜기도 그러하다. 설령 그 한복판에 서 있더라도 그것이 정확히 무엇인지 결론을 내리지 못할 것이다.

고래가 내뿜는 것의 중심부는 눈처럼 반짝이는 안개에 감추어져 있다. 고래의 내뿜기를 자세히 볼 수 있을 만큼 가까이 갈 때마다 고래가 사납게 몸부림치면서 사방으로 폭포수 같은 물을 뿌려대는 상황에서 분수공에서 물이 나오는지 수증기가 나오는지 어떻게 구분할 수 있겠는가? 설령 물방울이 떨어지는 것을 실제로 느꼈을지라도 그저 수증기가 응결된 것에 지나지 않는지 어떻게 알겠는가? 또 그것이 고래의 분수공에 들어 있다가 다시 고래 머리 위로 떨어지는 물방울인지 아닌지 어떻게 알겠는가? 한낮의 잔잔한 바다 위를 조용히 헤엄치면서 마치 사막의 낙타처럼 불룩 솟은 혹을 햇빛 아래 드러냈을 때조차 고래는 머리에 늘 작은 웅덩이 하나를 이고 다닌다. 쨍쨍 내리쬐는 햇볕 아래에서도 바위의 움푹 팬 곳에 빗물이 고여 있는 것처럼 말이다.

고래가 내뿜는 것이 정확히 무엇인지에 관해 고래잡이가 지나치게 호기심을 갖는 것은 그리 현명한 태도가 아니다. 구멍에 얼굴을 들이밀고 들여다보거나 바로 옆에서 지켜볼 수도 없다. 주전자를 가지고 가서 고래의 머리에 고인 물을 퍼 올 수도 없다. 물줄기 주변의 자욱한 물보라에 조금만 닿아도 피부가 화끈거리고 불에 덴 것처럼 쓰릴 때가 많기 때문이다. 내가 아는 사람 중에 과학적인 목적인지 아닌지는 몰라도 물줄기에 가까이 갔다가 뺨과 팔의 피부가 홀랑 벗겨진 일이 있다. 따라서 고래잡이들은 고래가 뿜어내는 것에 독이 있다고 생각해 가능하면 피하려고 한다. 물줄기를 눈에 직접 맞으면 실명하게 된다는 이야기를 들은 적도 있는데, 나는 그럴 수 있다고 생각한다. 그러니 연구자가 할 수 있는 가장 현명한 조치는 그 치명적인 물 뿜기를 건드리지 말고 그냥 내버려두는 것이라고 생각한다.

비록 입증해서 정설로 내놓지는 못하더라도 가설은 세워볼 수 있다. 내 가설은 이렇다. 즉 고래가 내뿜는 것은 안개에 지나지 않다. 다른 이유는 제쳐두고라도 향유고래가 타고난 위엄과 숭고함을 생각하면 그런 결론에 도달할 수밖에 없다. 다른 고래들과 달리 얕은 해역이나 해안 근처에서는 발견되지 않는다는 명백한 사실만 보더라도 나는 향유고래가 흔하고 천박한 존재라고 생각하지 않는다. 향유고래는 장엄하고 심오한 존재다. 플라톤, 피론[217], 악마, 제우스, 단테와 같이 장엄하고 심오한 모든 존재가 깊은 사색에 잠겨 있을 때면 그들의 머리 위로 보일 듯 말 듯 김이 올라온다고 나는 확신한다. 나도 '영원'에 대한 소논문을 작성할 때 호기심이 발동해 내 앞에 거울을 가져다 놓았는데, 얼마 있지 않아 내 머리 위의 공기가 이상하게 꿈틀대며 굽이치는 것을 거울 속에서 볼 수 있었다. 8월의 한낮에 얇은 지붕널을 댄 다락방에 앉아 뜨거운 차를 여섯 잔이나 마시며 깊은 생각에 잠겨 있다 보면 머리카락이 축축해지곤 하는데, 이것도 위의 가설을 뒷받침하는 또 하나의 논증이 될 수 있을 듯하다.

고래가 잔잔한 열대 바다를 장중하게 헤엄치는 모습, 크고 온화한 머리 위로 말로 형언할 수 없는 사색의 증기가 차양처럼 드리워지고 하늘이 고래의 생각을 보증이라도 하는 것처럼 종종 그 수증기에 무지개가 서리는 광경을 보고 있노라면, 이 거대하고 신비한 괴물에 대한 우리의 생각은 얼마나 품위 있게 고양되는지 모른다! 알다시피 청명한 하늘에는 무지개가 걸리지 않으며, 수증기가 있기에 무지개는 일곱 빛깔로 빛날 수 있다. 내 마음속에도 어두운 의심의 안개를 뚫고 이따금 신성한 직관이 솟구쳐 마음속의 안개를 천상의 빛으로 태워

---

**217** 회의주의 철학의 아버지. 엘리스의 피론(기원전 365~270)이라고도 한다. 알렉산드로스대왕의 원정대를 따라 인도에 갔다가 그곳에서 마법사에게 철학을 배웠다. 인간의 감각은 불완전해 사물의 진정한 본성을 파악할 수 없다고 보고, 따라서 사물의 외관을 중시하고 판단을 유보하며 확약을 피하면서 마음의 평안을 얻는 것이 바람직한 삶의 태도라고 가르쳤다.

버릴 때가 있다. 이에 대해 신께 감사드린다. 만인이 의심하고 다수가 부정하지만, 그런 의심과 부정 속에서 직관의 빛을 얻는 사람은 소수에 지나지 않는다. 지상의 모든 것에 대한 의심, 그리고 천상의 어떤 것에 대한 직관, 이 두 가지를 겸비하면 신자도 불신자도 되지 않고, 다만 양쪽을 공평한 눈으로 바라보는 사람이 된다.

## 86장 꼬리

세상의 시인들은 영양의 부드러운 눈매와 땅에 내려앉지 않는 새의 사랑스러운 깃털을 찬양하지만, 나는 그보다 덜 천상의 것인 꼬리를 칭송하려고 한다.

덩치가 가장 큰 향유고래의 경우, 꼬리는 몸통이 점점 가늘어지다가 인간의 허리둘레와 비슷해지는 부분에서 시작하며, 윗부분의 넓이만 해도 4.5제곱미터는 너끈히 된다. 둥글고 탄탄한 꼬리의 밑동에서 넓고 단단하며 평평한 손바닥 같은 꼬리가 두 갈래로 갈라지는데, 그 두께가 차츰 얇아져 끄트머리 두께는 2~3센티미터도 되지 않는다. 꼬리는 양쪽으로 갈라지는 지점에서는 살짝 겹치기도 하지만 날개처럼 옆으로 벌어지면서 그 사이에 넓은 공간을 확보한다. 이 꼬리의 초승달처럼 생긴 가장자리 선보다 더 절묘하고 아름다운 선을 보여주는 생물은 이 세상에 없다. 다 자란 고래의 경우, 최대한 꼬리를 펼치면 그 길이가 6미터는 가뿐히 넘어간다.

꼬리는 전체적으로 힘줄이 조밀하게 짜여 하나의 조직을 이루는 것처럼 보이지만, 절단해보면 상중하의 세 층으로 구분되어 있는 것을 볼 수 있다. 상층과 하층의 섬유조직은 길게 수평으로 뻗어 있고, 매우 짧은 중간층의 섬유조직은 바깥의 두 층 사이를 가로지르고 있다. 무엇보다 이러한 삼중 구조가 꼬리에 큰 힘을 부여한다. 고대 로마의 성벽을 연구하는 사람이라면 이 중간층이 고대 로마의 놀라운 유물들에서 항상 다른 돌과 교대로 놓여 있는 얇은 타일층과 신기할 정도로 유사하다고 여길 텐데, 그런 구조는 확실히 석조 건물의 내구력에 크게 기여한다.

그러나 힘줄로 이루어진 꼬리의 엄청난 힘만으로는 충분하지 않다는 듯이 고래의 몸 전체가 근육 섬유의 씨줄과 날줄로 짜여 있고, 이것이 허리 양쪽을 지나 꼬리까지 이어져 그 부분과 서서히 합쳐져 꼬리의 힘을 더욱 강화한다. 그러므로 고래 전체의 어마어마한 힘이 어느 한 점에 집중되어 있다고 볼 수 있다. 물질이 소멸하는 일이 일어난다면, 꼬리가 바로 그 일을 수행할 것이다.

이 놀라운 힘은 꼬리의 우아하고 유연한 동작을 결코 방해하지 않으며, 타이탄과 같은 힘 속에는 어린아이와 같은 편안함이 굽이치고 있다. 꼬리의 동작이 지닌 아찔한 아름다움은 이런 힘에서 나온다고 볼 수 있다. 진정한 힘은 오히려 아름다움이나 조화를 해치지 않으며 그런 것을 만들어낸다. 당당한 아름다움을 지닌 모든 것이 풍기는 매력은 힘과 관련이 깊다. 헤라클레스의 조각상에서 대리석을 뚫고 나올 듯이 팽팽한 힘줄을 제거하면 매력은 사라져버릴 것이다. 괴테의 신실한 추종자 에커만은 벌거벗은 괴테의 시신을 덮은 리넨 시트를 들쳐 올렸을 때, 로마의 개선문과도 같은 우람한 가슴에 압도되었다. 미켈란젤로가 하나님 아버지를 인간의 모습으로 그릴 때도 그 몸을 얼마나 건장하게 표현했는지 보라. 이탈리아 그림들에서는 하나님의 아들 예수를 부드러운 곱슬머리의 양성적인 인물로 묘사하고 있는데, 예수의 신성한 사랑에 대해 무엇을 드러내려고 했든지 간에 이 그림들에는 예수의 사상이 가장 잘 구현되어 있다고 할 수 있다. 이런 그림들은 근육질을 철저히 배제하고 어떤 힘도 드러내지 않으며 순종과 인내라는 소극적이고 여성적인 미덕만 암시한다. 그것이 예수의 가르침에 담긴 독특하고 실천적인 미덕이라는 것은 모두가 인정하는 바다.

내가 설명하고 있는 고래 꼬리의 미묘한 탄력은 정말이지 대단해서 장난으로 휘두르든 진지하게 휘두르든 화가 나서 휘두르든, 어떤 분위기에서든 그 유연한 동작은 언제나 우아함을 동반한다. 요정의 팔이라고 해도 그 유연함을 능가하지 못할 것이다.

고래 꼬리에는 다섯 가지 특유의 동작이 있다. 첫째, 앞으로 나아가기 위한 지느러미로 사용하는 동작, 둘째, 전투에서 철퇴로 사용하는 동작, 셋째, 청소하듯 물을 쓸어내는 동작, 넷째, 수면을 내리치는 동작, 다섯째, 높이 치켜드는 동작이다.

첫째, 고래의 꼬리는 수평으로 되어 있어 여느 바다 생물의 꼬리와는 다르게 움직인다. 고래는 꼬리를 절대로 꿈틀거리지 않는다. 사람이든 물고기든 꿈틀거리는 것은 열등하다는 표시다. 꼬리는 고래가 추진력을 낼 수 있는 유일한 수단이다. 몸통 밑으로 두루마리처럼 말았다가 재빨리 뒤로 펼치는데, 고래가 맹렬히 헤엄칠 때 튀어 오르는 듯한 독특한 동작이 바로 여기서 비롯된다. 옆 지느러미는 방향을 잡는 키 역할만 한다.

둘째, 향유고래가 다른 고래들과 싸울 때는 머리와 아가리만 무기로 쓰고, 인간과 싸울 때는 마치 경멸하듯이 주로 꼬리를 사용한다는 사실은 자못 의미심장하다. 보트를 공격할 때는 꼬리를 재빨리 말았다가 펼 때 생기는 반동으로 타격한다. 그 동작이 방해물이 전혀 없는 공중에서 이루어지거나, 특히 꼬리가 목표물을 곧바로 내리치면 그 타격은 어마어마한 것이 된다. 인간의 갈비뼈도 보트도 견뎌내지 못한다. 타격을 피하는 것만이 살 길이다. 하지만 꼬리가 물의 저항을 받으며 수평으로 타격해 온다면, 보트의 가벼운 부력과 그 자재의 탄력성 덕분에 심각한 피해라고 해보았자 늑재 하나에 금이 가거나 널빤지 한두 개가 부러지거나 뱃전에 약간의 손상을 입는 정도로 끝난다. 물속에 잠긴 상태에서 옆으로 들어오는 꼬리 공격은 고래를 잡다 보면 매우 흔한 일이어서 어린아이의 장난 정도로 치부된다. 누군가가 윗옷을 벗어서 구멍을 막으면 그만이다.

셋째, 증명할 수는 없지만 고래의 촉각은 꼬리에 집중되어 있는 듯하다. 이런 점에서 고래 꼬리의 섬세함에 필적할 수 있는 것은 코끼리의 예민한 코밖에 없다. 섬세함은 주로 옆으로 휘젓는 동작에서 볼 수 있는데, 그럴 때면 고래는 수면 위로 거대한 꼬리를 얌전하게 좌우로 부드럽게 천천히 움직인다. 그러다가 꼬리에 선원의 수염이 한 올이라도 닿는 날에는 수염은 물론이고 선원의 모든 것이 재앙을 면치 못한다. 하지만 맨 처음 닿았을 때 얼마나 부드러웠을까! 고래 꼬리에 무언가를 잡을 수 있는 능력이 있었다면, 꽃 시장에 자주 나타나 유유히 걸어 다니는 다르모노데스[218]의 코끼리와 비슷했을 것 같다. 그 코끼리는 코를 낮게 드리워서 처녀들에게 꽃다발을 바치고 그들의 허리띠를 어루만졌다고 한다. 고래 꼬리에 이처럼 물건을 잡는 능력이 없다는 것은 여러모로 유감스러운 일이다. 전쟁터에서 부상을 입은 코끼리가 몸에 박힌 창을 코로 잡아 뺐다는 이야기를 들은 적이 있기 때문이다.

넷째, 외딴 바다 한가운데서 무방비 상태의 고래에게 몰래 다가갈 수 있다면, 장엄하고 거대한 덩치의 고래가 긴장을 풀고 난롯가에서 장난치는 새끼 고양이처럼 바다에서 장난치며 노는 모습을 보게 될 것이다. 하지만 그렇게 놀고 있을 때도 고래의 힘은 여실히 드러난다. 넓은 꼬리를 공중에 휙 들어 올렸다가 수면을 세게 내리치면 엄청난 파장이 수 킬로미터나 퍼져 나간다. 대포를 발사한 것이 아닌가 하는 생각이 들 정도다. 동시에 몸통 반대쪽의 분수공에서 가벼운 수증기가 솟아오르는 광경을 본다면, 포문에서 연기가 피어오른다는 생각도 들 것이다.

다섯째, 리바이어던이 평소 바다에 떠 있는 자세를 보면, 꼬리가 등보다 훨씬 아래쪽에 있어 물속에 잠기기 때문에 눈에 보이지 않는다. 하지만 고래가 깊은 물속에 완전히 들어가려고 할 때는 적어도 10미터 정도 되는 몸통과 함께 꼬리 전체를 공중에 수직으로 치켜올린 다음, 잠시 부르르 떨다가 아래로 쑥 내려가 시야에서 사라진다. 장엄한 도약(이에 대해서는 다른 곳에서 설명하겠다)을 제외하면, 고래가 꼬리를 공중에 높이 쳐드는 이 동작은 아마 자연계를 통틀어 가장 장엄한 광경이 아닌가 한다. 바닥 모를 심해에서 솟아오른 그 거대한 꼬리는 저 높은 하늘을 발작적으로 부여잡으려는 것처럼 보인다. 만약 꿈속에서 위풍당당한 악마가 발트해 같은 지옥의 불바다에서 고통받는 거대한 발톱을 물 밖으로 갑자기 드러낸다면 나는 어떻게 반응할까 생각해보았다. 그런 장면은 보는 이가 어떤 기분이었는지에 따라 인상이 달라진다. 단테 같은 기분이라면 악마

---

**218** 전거가 밝혀지지 않는 이름. 그러나 여러 문헌에서 코끼리의 이러한 행동을 보고하고 있다.

로 보일 것이고, 이사야 같은 기분이라면 대천사로 보일 것이다.[219] 한번은 하늘과 바다가 진홍빛으로 물든 해 뜰 무렵, 돛대 꼭대기에서 동쪽에 거대한 고래 떼가 있는 것을 보았다. 고래들은 모두 태양 쪽으로 머리를 돌리고 하늘로 꼬리를 치켜올린 채 잠시 몸을 부르르 떨고 있었다. 그토록 장엄하게 신을 경배하는 모습은 배화교도들의 고향인 페르시아에서도 절대 찾아볼 수 없을 것이다. 일찍이 프톨레마이오스 필로파토르[220]가 아프리카의 코끼리에 관해 증언했듯이 나는 고래가 모든 생물 중에서 가장 독실하다고 생각한다. 유바 왕[221]에 따르면, 옛날 전투에 동원된 코끼리들은 깊은 침묵 속에서 코를 높이 들어 올려 떠오르는 아침 해를 맞이할 때가 많았다고 한다.

이번 장에서 어쩌다 보니 고래의 꼬리와 코끼리의 코를 비교하게 되었는데, 그렇다고 해서 상반된 두 기관을 동일 선상에 놓고 보아서는 안 된다. 하물며 두 동물을 동일한 수준으로 보아서는 더욱 안 될 일이다. 아무리 덩치가 큰 코끼리라고 해도 고래에 비하면 개 한 마리에 불과하며, 고래의 꼬리와 비교해볼 때도 코끼리의 코는 백합 한 줄기에 지나지 않기 때문이다. 코끼리가 코로 아무리 세게 가격한들 향유고래의 육중한 꼬리가 지닌 무한한 파괴력에 비하면, 그 것은 부채로 장난스럽게 내리치는 정도밖에 되지 않는다. 반면에 인도의 곡예사가 공을 던져 올리듯이 향유고래가 그 꼬리로 여러 척의 보트와 노와 선원들을 통째로 허공에 날려버리는 일은 다반사로 일어난다.[222]

---

**— 219** 악마를 타락한 천사로 보는 개념은 기독교권에 널리 퍼져 있다. 단테는 악에 대해 사랑의 결핍 혹은 사랑이 잘못 방향을 잡은 경우라고 말했다. 멜빌은 64장 플리스의 설교를 통해 천사란 '자기 내면의 상어를 잘 다스리는 존재'라고 했는데, 여기서는 시인 단테와 예언자 이사야의 경우를 들면서 같은 대상이더라도 한편에서는 악마(악), 다른 한편에서는 천사(선)로 볼 수 있다는 주장을 편다.

**220** 고대 이집트 프톨레마이오스왕조의 파라오.

**221** 아프리카 누미디아의 왕. 안토니우스와 클레오파트라 사이의 딸을 왕비로 삼았고, 아프리카와 로마 등지의 지리서를 저술했다.

**222** 고래와 코끼리를 일반적인 크기로만 비교하는 것은 불합리하다. 그런 점에서 고래와 코끼리의 차이는 개와 코끼리의 차이와 다름없기 때문이다. 기이하게 비슷한 점도 있

이 강력한 꼬리를 생각할수록 그것을 제대로 표현하지 못하는 내 무능함이 개탄스럽다. 고래는 이따금 꼬리로 인간의 손짓과 비슷한 동작을 하는데, 그 의미는 전혀 알려지지 않았다. 신비로운 이런 동작은 고래가 큰 무리를 짓고 있을 때 특히 두드러진다. 고래잡이들이 그것을 가리켜 프리메이슨의 신호나 암호와 비슷하다고 이야기하는 것을 들은 적이 있다. 실제로 고래가 이런 방식을 통해 세상과 지적인 대화를 나눈다는 것이다. 몸 전체를 이용한 다른 동작 중에도 노련한 고래잡이조차 이해하지 못하는 불가사의한 것이 적지 않다. 내가 고래를 아무리 분석한다고 해도 수박 겉핥기에 지나지 않는다. 나는 고래를 알지 못하며 앞으로도 그럴 것이다. 고래의 꼬리도 알지 못하는데 어떻게 머리를 이해하겠는가? 게다가 고래는 얼굴이 없는데, 내가 어떻게 고래의 얼굴을 알아보겠는가? 고래가 내게 이렇게 말하는 것 같다. 당신은 내 뒤에 있는 꼬리는 볼 수 있겠지만 내 얼굴은 보지 못할 거야. 하지만 나는 고래의 뒷부분도 완전히 이해하지 못한다. 그러니 고래가 자신의 얼굴에 대해 어떤 암시를 준다고 한들, 나는 다시금 고래에게는 얼굴이 없다는 말을 할 수밖에 없다.

### 87장  무적함대

버마(미얀마의 옛 이름) 땅에서 남동쪽으로 뻗어 있는 좁고 가느다란 말레이반도는 아시아 전역에서 최남단에 해당한다. 그 반도의 연장선 위에 수마트라, 자바, 발리, 티모르 같은 섬들이 길게 늘어서 있다. 이 섬들은 다른 섬들과 함께 거대한 방파제 또는 요새를 이루며 아시아와 오스트레일리아를 연결하는 동시에 섬들이 밀집한 동양의 다도해와 드넓게 펼쳐진 인도양을 갈라놓고 있다. 이 요새는 배와 고래의 편의를 위해 몇 군데의 관문을 제공하는데, 그중에서 눈에

는데, 이를테면 물 뿜기가 그러하다. 알다시피 코끼리는 가끔 코로 물이나 먼지를 빨아들였다가 하늘을 향해 힘차게 내뿜는다. (원주)

띄는 곳은 순다해협과 말라카해협이다. 특히 서방에서 중국으로 향하는 배들은 순다해협을 통해 중국해로 들어선다.

비좁은 순다해협은 수마트라섬과 자바섬을 가르면서 그 거대한 성벽의 한가운데 자리 잡고 있으며, 선원들에게 자바곶이라고 알려진 초록빛의 가파른 곳이 버팀벽 역할을 하고 있다. 그 해협은 거대한 성벽으로 둘러싸인 제국으로 들어가는 중앙 정문과 같다고 할 수 있다. 동방의 수많은 섬은 향료, 비단, 보석, 황금, 상아 등의 재물을 무진장 가지고 있다. 이 보물들을 탐욕스러운 서방 세계로부터 보호하려는(비록 별 효과는 없지만) 듯한 지형은 대자연의 사려 깊은 배려처럼 보인다. 순다해협의 해안에는 지중해, 발트해, 프로폰티스해의 입구를 지키는 위압적인 요새 같은 것은 없다. 덴마크 사람들과는 다르게 이 동양인들은 지난 수 세기에 걸쳐 밤낮없이 순풍에 돛을 달고 수마트라섬과 자바섬 사이를 통행하는 무수한 배들에게 큰 돛을 내려 경의를 표하라는 요구를 하지 않았다. 하지만 이런 의례를 아무렇지 않게 생략하는 대신에 공물을 바치라는 더 현실적인 요구는 결코 포기하지 않았다.

먼 옛날부터 말레이 해적의 쾌속 범선들은 수마트라섬의 낮고 그늘진 작은 만과 섬 들 사이에 숨어 있다가, 해협을 지나는 상선들에 달려들어 창끝을 들이대며 공물을 바치라고 사납게 요구했다. 최근 들어 유럽 순양함들에게 무서운 응징을 당한 후로 이들 쾌속 해적선의 대담한 행태는 많이 줄어들었지만, 오늘날에도 영국이나 미국의 상선들이 이 해역에서 해적선을 만나 무자비하게 약탈당했다는 소식이 들려온다.

이제 피쿼드호는 순풍을 받으며 순다해협에 접근하고 있다. 에이해브는 이 해협을 지나 자바해로 들어간 다음, 여기저기 향유고래가 출몰한다고 알려진 북쪽 바다로 갔다가 필리핀 근해를 지나 고래잡이 철에 맞추어 일본의 앞바다에 도착할 계획이었다. 이렇게 하면 세계의 유명한 향유고래 어장을 거의 빠짐없이 훑은 다음, 태평양의 적도 선상에 들어서게 되는 셈이다. 에이해브는 다른 바다에서는 추격에 실패했으나 태평양에서는 기필코 모비 딕과 한판 붙어볼 수 있을 것이라 믿고 있었다. 태평양은 모비 딕이 가장 자주 나타나는 바다로 알려졌고, 시기적으로도 모비 딕이 출몰하리라고 보는 것이 아주 타당했다.

그런데 앞으로 계획은 그렇다 치고 지금은 어떻게 할 것인가? 에이해브는 육지에는 아예 들르지 않을 생각인가? 선원들은 공기만 마시고 살라는 것인가? 물론 물을 얻기 위해 항구에 들러야 하지 않겠는가? 아니다. 아주 오랫동안 하늘에서 불의 궤도를 돌고 있는 태양은 자기 안에 있는 것 말고는 외부의 어떤 보급도 필요하지 않다. 에이해브도 그러하다. 이 배가 포경선이라는 것에 주목하라. 다른 배들은 외국 항구에 내려놓을 이국적인 물건들을 싣고 있지만, 전 세계를 떠도는 포경선은 배 자체와 선원, 무기, 생필품 말고는 어떤 화물도 싣고 다니지 않는다. 넓은 선창에는 호수를 가득 채울 만큼 많은 물이 병째로 보관되어 있다. 바닥짐도 생필품으로 대신하지 쓸모없는 납덩어리나 쇳덩어리는 싣지 않는다. 배에는 몇 년 동안 마실 물이 실려 있다. 맑고 맛좋은 낸터킷 물이다. 낸터킷 사람들은 3년 동안 태평양을 항해한 뒤에도 페루나 인도의 시냇물에서 바로 어제 통에 담아 온 찝찔한 물보다 고향에서 가져온 물을 더 즐겨 마신다. 따라서 다른 배들은 뉴욕에서 중국으로 갔다가 뉴욕으로 돌아오는 동안 수십 군데의 항구에 들르겠지만, 포경선은 같은 기간에 육지라고는 흙 알갱이 하나 보지 못하고 선원들은 자신들처럼 바다를 떠돌아다니는 다른 뱃사람들만 만날 뿐이다. 그래서 또다시 대홍수가 일어났다는 소식을 듣게 되더라도 그저 이렇게 대답할 것이다. "괜찮아, 친구. 우리에게는 방주가 있잖나."

순다해협 근처의 자바섬 서쪽 해안에서 향유고래가 많이 잡히면서 고래잡이들 사이에 이 일대가 고래 사냥의 최적지라는 인식이 퍼져 있었다. 그래서 피쿼드호가 자바곶에 가까이 갈수록 돛대 꼭대기의 망꾼들은 사방을 잘 살펴보라는 지시를 자주 받았다. 하지만 뱃머리 우측으로 푸른 야자수가 무성한 절벽이 어렴풋이 드러나고, 신선한 계피향이 바람결에 실려와 콧구멍을 간지럽힐 때도 고래의 물줄기는 전혀 찾아볼 수 없었다. 이 근방에서 고래를 발견하기는 틀렸구나 하며 배가 해협으로 들어서려는 순간, 돛대 꼭대기에서 귀에 익은 환호성이 들려왔고, 곧 우리는 일찍이 본 적 없는 아주 독특한 장관을 목격하게 되었다.

하지만 여기서 미리 말해둘 것이 있다. 향유고래는 최근 들어 사대양 전역에서 쉴 새 없이 추격을 받아왔기 때문에 예전처럼 작은 무리를 짓지 않고 큰 무리를 지어 다니는 모습을 자주 볼 수 있다. 어떤 때는 그 수가 너무 많아 여러 고래 부족이 상호 협력과 방위를 위해 결연히 동맹을 맺은 것이 아닌가 하는 생각이 들 정도다. 고래들이 한데 모여 무적함대를 이루고 있으니, 요즘에는 최고의 어장에서도 몇 주 몇 달이 지나도록 단 하나의 물줄기도 보지 못하다가 갑자기 수천 개에 달하는 물줄기의 인사를 받는 상황이 벌어진다.

뱃머리 양쪽으로 3~5킬로미터 되는 거리에서 수평선의 절반을 차지하는 거대한 반원을 그리며 사슬처럼 이어진 고래의 물줄기가 한낮의 햇빛에 반짝이며 하늘 높이 솟아올랐다. 참고래가 수직으로 내뿜는 두 개의 물줄기는 꼭대기에서 두 갈래로 갈라져 축 늘어진 버드나무 가지처럼 아래로 떨어지지만, 향유고래는 앞쪽으로 약간 기울어진 한 개의 물줄기만 내뿜는다. 이 물줄기는 하얀 안개가 자욱한 덤불숲처럼 솟아오르다가 바람 불어가는 쪽으로 떨어진다.

높은 물마루에 올라선 피쿼드호의 갑판에서 바라보면, 이 안개 같은 물줄기들은 제각기 소용돌이치며 솟구치다가 공중에서 흩어진다. 푸르스름하게 안개 낀 대기 속에서 보면, 어느 온화한 가을날 아침에 말 탄 사람이 높은 언덕 위에서 번화한 대도시의 수많은 굴뚝을 내려다보는 듯한 느낌이 든다.

행진하는 군대는 산속에서 매복의 위험이 있는 골짜기에 들어서면 행군 속도를 높여 그곳을 빨리 벗어나 비교적 안전한 평야 쪽으로 나가고 싶어 한다. 마찬가지로 이 고래 대함대도 좁은 해협을 빨리 통과하려고 서두르는 듯했다. 대함대는 반원형의 날개를 서서히 오므리고 한데 밀집하면서도 여전히 초승달 모양의 대형을 유지하며 헤엄쳐 나갔다.

피쿼드호는 돛을 모두 활짝 펴고 고래들을 바싹 뒤쫓았다. 작살잡이들은 저마다 무기를 들고 아직은 본선에 매달려 있는 보트의 뱃머리에서 함성을 질러댔다. 바람이 계속 불어준다면 고래 대함대가 순다해협을 지나 동쪽 바다로 들어설 테니, 거기서 틀림없이 고래 몇 마리는 너끈히 잡을 수 있으리라고 고래잡이들은 생각했다. 저 대함대 속에 모비 딕이 시암 왕의 대관식 행렬에 끼어 추앙받는 흰 코끼리처럼 잠시 끼어들어 헤엄치고 있을지 누가 알겠는가! 그래서 우리는 보조돛을 모조리 펼치고 고래들을 바싹 쫓아갔다. 그때 갑자기 타슈테고가 뱃고물 쪽을 보라고 소리쳤다.

앞쪽에 있는 초승달 대형의 무리에 대응하듯 뒤쪽에 또 다른 무리가 나타난 것이다. 그 무리는 제각기 떨어진 흰 수증기처럼 보였는데 고래의 물줄기처럼 솟구쳤다가 떨어지기를 반복했다. 그렇다고 완전히 나타났다가 사라지지는 않고 허공에 계속 머물러 있었다. 에이해브는 그 광경을 망원경으로 보고 있다가 갑판 구멍에 끼운 고래 뼈 의족을 축으로 삼아 얼른 몸을 돌리며 소리쳤다. "돛대로 올라가라! 고패와 물통을 가져가서 돛을 적셔라! 말레이 놈들이 우리를 쫓고 있다!"

피쿼드호가 해협에 완전히 들어설 때까지 오랫동안 곶 뒤에 숨어 있었는지, 이 교활한 아시아인들은 신중을 기하느라 잃어버린 시간을 만회하려는 듯이 맹렬히 뒤쫓아 왔다. 그러나 순풍을 받은 피쿼드호 역시 빠른 속도로 맹렬히 고래들을 추격하고 있던 차에, 뒤에서 또 다른 추격까지 받으니 더욱 빠르게 정한 목표물에 다가갈 수 있었다. 그러니 저 황갈색 얼굴의 해적들은 박애주의자나 다름없었다. 말하자면 그들은 피쿼드호에게 채찍이요 박차일 뿐이었다. 에이해브는 망원경을 겨드랑이에 끼고 갑판을 오락가락하면서 앞쪽으로 갔을 때는 자신이 쫓고 있는 괴물들을 보았고, 뒤쪽으로 갔을 때는 자신을 쫓아오는 피에 굶주린 해적들을 보았다. 그리하여 이런 상념이 그의 마음속에 오가는 듯했다. 그는 지금 배가 지나가고 있는 좁은 수로 양쪽의 푸른 절벽을 슬쩍 쳐다보면서 이 좁은 문이 복수로 가는 통로이며, 자신이 지금 치명적인 종말을 향해 쫓고 쫓기면서 그 문을 지나가고 있음을 깨달았다. 그뿐만 아니라 무자비하고 사나운 해적 떼와 비인간적인 무신론자 악마들이 모두 저주를 퍼부으며 모비 딕 추격을 부추기고 있다는 생각이 스쳤을 때, 에이해브의 이마는 거센 파도가 할퀴고 지나갔으나 굳건히 뿌리내린 것들이 남아 있는 검은 모래사장처럼 수척하고 주름져 있었다.

하지만 앞뒤 가리지 않는 무모한 선원들 가운데 이런 생각을 하며 괴로워하는 자는 거의 없었다. 피쿼드호는 해적들을 점점 더 멀리 따돌린 후, 마침내 수마트라 쪽의 푸른 코카투곶을 지나 그 너머의 넓은 바다로 나왔다. 그러나 작살잡이들은 말레이 해적선들을 멋지게 따돌린 것을 기뻐하기보다 고래 떼가 훨씬 더 앞서가고 있는 것을 안타까워했다. 그래도 계속해서 쫓아가니 고래들도 이제는 속도를 늦추는 듯했다. 배가 고래 떼와 점점 가까워지고 바람이 잦아들자 보트에 올라타라는 지시가 떨어졌다. 하지만 고래 떼는 그들만의 놀라운 본능으로 보트 세 척이 아직 1~2킬로미터나 떨어져 있는데도 자신들을 쫓고 있다는 것을 금세 알아차리고는 다시 힘을 내어 밀집 대형을 이루었다. 고래들이 내뿜는 물줄기는 대열을 이루며 번쩍거리는 총검 같았고 녀석들의 움직임이 배나 빨라졌다.

우리는 옷까지 벗어던지고 달려들어 몇 시간이나 노를 저었다. 그러나 지쳐서 거의 포기할 무렵, 고래 떼가 동요를 일으키며 멈칫거렸다. 그것은 고래들이 무기력한 우유부단함이라는 괴이한 혼란에 빠졌음을 보여주는 명백한 표시였다. 고래잡이들은 종종 목격할 수 있는 고래의 그런 모습을 가리켜 '극도로 겁먹었다'라고 표현한다.[223] 지금까지 밀집된 전투 대열을 이루며 빠르고 줄기차게 헤엄치던 고래들이 이제는 수습할 수 없는 혼란에 빠졌고, 인도 원정을 온

---

**—  223**  여기서 '겁먹다'에 쓰인 gally, gallow는 '지나치게 겁먹다', '공포로 혼란에 빠지다'라는 뜻이다. 고대 색슨어로 셰익스피어의 작품에 한 번 나온다.

> 성나서 날뛰는 하늘에
> 어둠을 배회하는 짐승들마저 겁먹고
> 굴속에 숨습니다.
> ―『리어왕』 3막 2장

육지에서 이 말은 이제 일상용어로 전혀 사용되지 않는다. 고상한 육지 사람이 비쩍 마른 낸터킷 사람에게 이 말을 처음 듣게 된다면, 고래잡이가 멋대로 만들어낸 속어라고 생각하기 쉽다. 이밖에도 다른 많은 색슨어가 영연방 시절에 고상하고 건장한 옛 영국 이민자들과 함께 뉴잉글랜드로 수입되었다가 같은 운명을 맞이했다. 가장 유서 깊고 훌륭한 영단어(하워드 가문이나 퍼시 가문에 해당하는 영단어)가 이제 신세계에 들어와 민주화, 아니 평민화된 것이다. (원주)

알렉산드로스대왕과 싸웠던 포루스 왕의 코끼리 부대처럼 겁먹고 정신을 차리지 못했다. 크고 불규칙한 원을 그리며 사방으로 흩어져 우왕좌왕하면서 굵고 짧은 물줄기를 내뿜는 것으로 보아 공포에 질려 제정신이 아닌 것이 분명했다. 어떤 고래들은 더욱 기이한 방식으로 공포심을 드러냈는데, 뭐랄까 온몸이 완전히 마비된 것처럼 물 위에 떠다니는 모습이 마치 물에 잠긴 난파선 같았다. 들판에서 사나운 세 마리의 늑대에게 쫓기는 양떼라고 해도 이렇게까지 허둥대지는 않았을 것이다. 하지만 이따금 이렇게 겁먹는 것은 무리를 지어 사는 거의 모든 동물에게 나타나는 현상이다. 사자 같은 갈기를 가진 서부의 버팔로는 수만 마리가 모여 있어도 말 탄 사람이 한 명 나타나면 달아나기 바쁘다. 또한 인간들을 보라. 그들은 우리 같은 극장 안에 모여 있다가 화재 경보가 살짝 울리기만 해도 허둥대며 우르르 출구로 몰려가 서로 짓밟고 밀치고 쓰러뜨린다. 그러다가 결국 밟혀 죽는 사람이 나온다. 그러니 지금 우리 눈앞에서 겁먹고 정신이 나가버린 고래들을 보고 놀랄 필요는 없다. 지구상의 동물들이 아무리 바보같이 행동하더라도 인간의 광기에 비하면 아무것도 아니니 말이다.

앞에서 말했다시피 많은 고래가 격렬하게 움직이고 있기는 하지만, 전체적으로는 전진도 후퇴도 하지 않은 채 다들 한 자리에 머물러 있었다. 이런 경우에 흔히 그렇게 하듯이 세 척의 보트는 즉시 흩어져 각자 무리 바깥에 홀로 떨어져 있는 고래를 노렸다. 3분 정도 지났을 때 퀴케그의 작살이 날아갔다. 작살을 맞은 고래는 우리 얼굴에 앞이 보이지 않을 정도로 물보라를 뿌리며 고래 무리의 중심부로 쏜살같이 도망쳤다. 작살에 맞은 고래가 그렇게 행동하는 것은 전례 없는 일이 아니고 거의 언제나 예상되는 반응이지만, 그럼에도 고래잡이들에게 여간 위험한 일이 아니다. 날쌘 고래를 쫓아 광포한 고래 무리 속으로 깊숙이 들어간다는 것은, 분별 있는 삶과는 작별을 고하고 미쳐 돌아가는 흥분 상태 속에서 살아가는 것을 뜻하기 때문이다.

앞 못 보고 귀가 먼 고래가 자기 몸에 들러붙은 강철 거머리를 순전히 빠른 속력으로 떼어내려는 듯이 앞으로 내달릴 때, 그래서 우리도 이리저리 미쳐 날뛰는 고래들의 위협이 넘쳐나는 가운데 바다에 한줄기 흰 상처를 내며 날듯이 달릴 때, 고래들에게 에워싸인 우리 보트는 마치 폭풍우 속에서 빙산에 둘러싸인 배가 언제 갇히고 짓뭉개질지 모르는 상황에서 복잡한 수로와 해협을 뚫고 나가려고 애쓰는 것과 같은 신세였다.

하지만 퀴케그는 조금도 기죽지 않고 용감하게 배를 몰았다. 우리 앞을 곧장 가로지르는 고래를 피해 살짝 방향을 틀기도 하고, 우리 머리 위에 떨어지려는 고래 꼬리를 간신히 피하며 앞으로 달려 나갔다. 그동안 스타벅은 창을 들고 뱃머리에 서 있었지만 멀리 던질 여유가 없었기 때문에 우리 앞을 가로막는 고래를 닥치는 대로 찔러대며 보트가 나갈 길을 확보했다. 노잡이들도 평소의 임무를 완수한 이 상황에서도 가만히 있지 않았다. 그들은 주로 크게 소리치는 역할을 맡았다. "피해요, 대장!" 보트를 덮칠 듯이 갑자기 수면 위로 솟구친 고래의 거대한 등을 보고 한 선원이 소리쳤다. 또 어떤 선원은 뱃전 가까이에서 부채처럼 생긴 꼬리로 조용히 열을 식히고 있는 듯한 고래에게 이렇게 소리쳤다. "이봐, 그 꼬리 내려!"

모든 포경 보트는 원래 낸터킷 인디언이 고안한 '당김나무'라는 도구를 싣고 다닌다. 같은 크기의 굵은 나무토막 두 개를 나뭇결이 직각으로 교차하도록 포개서 단단히 잡아맨 다음, 가운데에 상당히 긴 밧줄을 매고 밧줄의 반대쪽 끝은 고리를 지어 언제라도 작살에 묶을 수 있게 해둔 도구다. 이 도구는 주로 겁먹은 고래 무리 가운데 들어갔을 때 사용한다. 그런 상황에서는 한꺼번에 추격할 수 없을 만큼 많은 고래가 주위에 모여 있기 때문이다. 향유고래는 날이면 날마다 만날 수 있는 고래가 아니다. 따라서 잡을 수 있을 때 최대한 많이 잡아야 한다. 한꺼번에 다 죽일 수 없다면, 나중에 시간이 날 때 죽일 수 있도록 우선은 고래에게 상처를 입혀두어야 한다. 바로 그럴 때 당김나무가 필요하다. 우리 보트에는 당김나무 세 개가 있었다. 첫 번째와 두 번째 당김나무를 던지는 데는 성공했다. 고래들이 옆으로 끌어당기는 거대한 당김나무의 저항력에 방해를 받아 비틀거리면서 도망치는 모습을 보였다. 그들은 쇠뭉치가 달린 족쇄에 묶인 죄수처럼 행동에 제약을 받았다. 하지만 세 번째 당김나무를 던지는 순간 문제가 생겼다. 그만 좌석 아래에 걸리고 만 것이다. 그 순간 좌석이 뜯겨져 날아가

버렸다. 그 자리에 앉아 있던 노잡이는 보트 바닥에 쿵 하고 주저앉고 말았다. 파손된 널빤지 사이로 바닷물이 밀려들어왔고, 우리는 급한 대로 셔츠와 바지 두세 장으로 구멍을 틀어막아 물이 새는 것을 막았다.

우리가 고래 무리 속에 들어갔을 때 고래와 보트 사이가 가까워지지 않았더라면 당김나무에 연결된 작살을 던지기가 거의 불가능했을 것이다. 게다가 극도로 소란한 주변부에서 안으로 들어가면서 혼란이 다소 줄어드는 느낌이었다. 마침내 고래 몸에 박힌 작살이 빠져나가면서 우리를 끌어당기던 고래가 옆으로 사라졌다. 우리는 녀석이 떠나가면서 점점 약해지는 관성의 힘을 이용해 고래 사이를 미끄러지듯이 지나 무리의 한가운데로 들어섰다. 마치 산속의 급류를 타다가 고요한 계곡의 호수로 미끄러져 들어간 것 같았다. 그곳에서는 가장 바깥쪽에 있는 고래들이 협곡을 이룬 채 폭풍우처럼 으르렁거리는 소리만 들려올 뿐 몸으로 느껴지지는 않았다. 넓게 트인 중심부의 바다는 부드러운 비단 같은 수면을 유지했는데, 이것은 고래들이 평온한 상태에 있을 때 뿜어내는 미세한 수증기로 인해 생긴 현상이었다. 그렇다. 이제 우리는 태풍의 눈처럼 고요하고 매혹적인 중심부에 들어선 것이다. 그래도 저 멀리 떨어진 동심원 바깥쪽에서 고래들이 소란을 떨고 있는 모습이 보였다. 저마다 8~10마리씩 떼 지은 고래들이 원형경기장에서 떼 지어 달리는 말들처럼 빠른 속도로 빙빙 돌고 있었다. 서로 어깨를 맞대고 돌고 있어 거인 곡예사라면 가운데 있는 고래들 등 위에 두 다리를 벌리고 올라서서 함께 돌 수도 있을 것 같았다. 고래들이 빽빽이 모여 쉬고 있을 뿐만 아니라 마치 대함대의 중심부에 우리를 가둔 것처럼 포위하고 있었기 때문에, 우리는 당장 그 태풍의 눈에서 빠져나올 기회를 전혀 찾을 수 없었다. 살아 있는 벽 사이에 혹시 틈이 생기지 않을까 지켜볼 수밖에 없었다. 벽이 우리를 받아들인 것은 오로지 그 안에 가두기 위해서였다. 이렇게 호수 한가운데 갇혀 있을 때 이따금 작고 온순한 암컷과 새끼들이 다가왔는데, 다름 아닌 우리를 초대한 고래 무리의 아내와 자식들이었다.

고래 무리가 차지하는 해역은 적어도 3~5제곱킬로미터는 되었다. 바깥쪽에서 몇 겹의 원을 그리며 빙빙 도는 무리 사이의 넓은 간격을 포함하고, 이러한 원을 이루는 여러 무리 사이의 공간까지 합치면 그 정도는 충분히 되었다. 아무튼 우리가 타고 있는 낮은 보트에서 보면(사실 이런 시점에서 제대로 판단하기는 힘들지만), 고래들이 내뿜는 물줄기가 거의 수평선에서 올라오고 있는 듯했다. 이런 상황을 언급하는 이유는, 고래들이 암컷과 새끼들을 일부러 제일 안쪽에 둔 것 같았고, 무리가 넓게 퍼져 있는 까닭에 암컷과 새끼들은 지금까지 왜 무리가 멈춰 서 있는지 모르는 것 같았기 때문이다. 이들은 너무 어리고 천진난만하며 모든 면에서 순진하고 경험이 없었다. 어쨌든 호수의 가장자리에 있다가 정지해 있는 우리 보트에 다가온 이 작은 고래들은 놀라울 정도로 겁이 없고 자신감이 넘쳤다. 어쩌면 공포에 질린 나머지 넋이 나간 것일지도 모르지만, 우리는 그런 태도에 감탄하지 않을 수 없었다. 녀석들은 집에서 키우는 개처럼 우리 주위에 몰려들어 킁킁거리고 뱃전에 몸을 갖다 댔다. 고래들이 무슨 마법에 걸려 갑자기 길들여진 것이 아닌가 하는 생각마저 들었다. 퀴케그는 녀석들의 이마를 쓰다듬었고, 스타벅은 창으로 등을 긁어주었다. 하지만 무슨 일이 벌어질지 몰라 당분간 창을 던지는 일은 삼갔다.

그런데 뱃전 너머로 바닷속을 들여다보니 수면에서 펼쳐지는 이 놀라운 일보다 더 신기한 세상이 시야에 들어왔다. 새끼들에게 젖을 먹이는 어미 고래들과 거대한 허리둘레로 보아 곧 어미가 될 것으로 보이는 고래들이 물로 이루어진 둥근 천장 아래에 떠 있는 광경이었다. 앞에서 넌지시 말했다시피 이 호수는 상당한 깊이까지 아주 투명했다. 인간의 젖먹이들은 젖을 빠는 동안 엄마의 가슴을 보지 않고 차분히 다른 곳을 바라본다. 마치 두 개의 삶을 사는 것처럼 이 세상의 영양분을 섭취하는 동안에도 정신적으로는 다른 세상에서의 추억을 즐기고 있는 듯하다. 마찬가지로 이 어린 고래들도 우리 쪽을 쳐다보는 듯했으나 실은 우리를 보는 것은 아니었을 것이다. 그들의 눈에 우리는 한 덩어리의 모자반으로 보였을 테니. 새끼들 옆에 떠 있는 어미들도 우리를 조용히 쳐다보고 있는 것 같았다. 새끼들 가운데 한 마리는 몇 가지 기이한 특징으로 보아 태어난 지 하루도 안 된 것 같았으나 몸길이가 4미터가 넘고 허리둘레는 2미터에 달했다. 녀석은 얼마 전까지 어미의 자궁 속에서 취했던 불편한 자세를 완전히 버리지 못했지만 까불대며 장난을 쳤다. 고래의 태아는 어미의 배 속에서 당장 뛰쳐나갈 수 있도록 꼬리를 머리에 대고 타타르인의 활처럼 웅크리고 있다. 부드러운 옆 지느러미와 야자수 이파리 같은 꼬리도 다른 세상에서 이 세상에 막 도착한 갓난아이의 귀처럼 쭈글쭈글한 주름을 간직하고 있었다.

"밧줄! 밧줄!" 퀴케그가 뱃전 너머를 내려다보며 소리쳤다. "놈이 잡혔다, 놈이 잡혔어! 누가 밧줄을 걸었지? 누가 작살을 쐈지? 두 마리야. 한 놈은 크고, 한 놈은 작다."

"이봐, 무슨 일이야?" 스타벅이 소리쳤다.

"여기 봐." 퀴케그가 아래를 가리키며 말했다.

작살에 맞은 고래가 밧줄통에서 수백 미터나 되는 밧줄을 끌고 나갔을 때처럼, 또한 고래가 깊이 잠수했다가 다시 떠오르면서 느슨해진 밧줄이 나선형으로 허공에 치솟을 때처럼, 어미 고래의 탯줄이 길게 똬리를 틀고 있는 모습을 스타벅은 보았다. 어린 새끼는 탯줄로 아직 어미와 연결되어 있는 것 같았다. 고래를 급박하게 추격하는 과정에서 어미에게 붙어 있던 탯줄이 떨어져 나가 밧줄과 엉키면서 새끼를 옭아매는 경우가 없지 않다. 이 매혹적인 호수는 바다의 가장 신비로운 비밀 몇 가지를 우리 앞에 내보이고 있는 것이다. 우리는 바다 깊은 곳에서 젊은 고래들이 사랑을 나누는 모습도 보았다.[224]

공포와 혼란에 빠진 고래들에게 몇 겹이나 둘러싸여 있으면서도 한가운데 있는 이 신비한 고래들은 아무런 두려움 없이 자유롭게 평화로운 관심사에 몰두하고 있었다. 그렇다. 그들은 사랑의 즐거움과 유희를 평온하게 즐기고 있었

---

**224** 향유고래는 다른 고래종들과 마찬가지로, 대부분의 물고기와는 다르게 계절과 상관없이 새끼를 낳는다. 9개월 정도의 임신 기간을 거쳐 한 번에 한 마리를 낳는다. 드물기는 하지만 에서와 야곱 같은 쌍둥이를 낳기도 한다. 이런 돌발 사태에도 젖을 물릴 수 있도록 몸에 두 개의 젖꼭지가 달려 있는데 기묘하게도 항문 양옆에 자리한다. 그러나 젖가슴은 그 지점에서 위로 뻗어 있다. 젖을 물리는 이 소중한 부위가 어쩌다 고래잡이의 창에 맞은 경우, 거기서 젖과 피가 경쟁하듯이 쏟아져 나와 바다를 수십 미터나 물들인다. 고래 젖은 아주 달콤하고 진해서 이를 맛본 사람들은 딸기와 어울릴 것 같다고 말한다. 서로를 존중하는 마음이 넘칠 때 고래는 '사람처럼' 공손히 인사한다. (원주)

다. 나 역시 이처럼 회오리바람이 부는 대서양 한가운데 있으면서도 태풍의 눈에 들어가 있는 것처럼 고요한 평온을 즐길 수 있었다. 사라지지 않는 번뇌가 무거운 행성처럼 내 주위를 돌고 있는 동안에도, 나는 아주 깊은 곳, 아주 깊은 내륙에서 여전히 영원토록 포근한 기쁨에 잠겨 있다.

우리가 이처럼 황홀경에 빠져 있는 동안에도 멀리서 갑자기 펼쳐지는 광경은 다른 보트들의 활약상을 보여주었다. 그들은 무리 주변에 있는 고래들에게 당김나무를 걸거나, 공간이 충분하고 뒤로 물러서기도 편리한 가장 바깥의 동심원 근처에서 고래와 싸우고 있었다. 당김나무에 걸려 격분한 고래가 종종 동심원을 가로지르며 미친 듯이 날뛰는 광경은 우리가 그다음에 목격한 광경에 비하면 아무것도 아니었다. 유난히 힘이 세고 민첩한 고래에게 작살을 꽂았을 때는 놈의 움직임을 둔화시키기 위해 거대한 꼬리의 힘줄을 잘라버리거나 못쓰게 만드는 것이 일반적인 대응 방식이다. 그러자면 자루가 짧은 고래 삽을 던져야 한다. 그 삽에는 밧줄이 달려 있어 다시 회수할 수 있다. (나중에 안 사실인데) 꼬리 힘줄에 그리 치명적이지 않은 부상을 입은 고래가 보트로부터 달아나면서 작살 밧줄의 절반을 넘게 끌고 가버렸다. 하지만 녀석은 극심한 고통 때문에, 새러토가전투에서 적진을 향해 홀로 말을 달리면서 공포의 그림자를 드리운 아놀드 장군[225]처럼 빙빙 돌아가는 원들 사이로 돌진하며 가는 곳마다 일대 혼란을 일으켰다.

이 고래는 상처를 입고 극심한 고통을 느꼈고 그 때문에 실로 끔찍한 광경이 벌어졌지만, 녀석이 무리의 나머지에게 일으키는 특별한 공포의 원인을 처음에는 거리가 먼 탓에 알 수 없었다. 그러다가 마침내 포경업계에서는 상상할 수 없는 사고로 말미암아 녀석이 자기가 끌고 가던 작살 밧줄에 얽혔다는 사실을 알게 되었다. 이 고래는 작살에 맞아 보트를 끌어당기며 달아나던 중에 고래 삽

---

**225** 베네딕트 아놀드(1741~1801). 미국 독립전쟁에 참전한 군인. 독립전쟁 초기에 대륙군으로 참전해 새러토가전투 등에서 활약했다. 그러나 훗날 인사 문제로 불만을 품고 탈주한 후 영국군에 들어가 미국에서 매국노의 대명사가 된다.

까지 맞았는데, 삽에 달린 밧줄이 꼬리 부근의 작살 밧줄과 완전히 뒤엉키면서 고래 삽이 몸에서 뽑혀버린 것이다. 고통으로 제정신이 아닌 녀석은 유연한 꼬리와 날카로운 고래 삽을 마구 휘둘러 동료들을 상처 입히거나 죽이며 바다를 휘젓고 다녔다.

이 끔찍한 물건이 공포에 빠져 넋이 나가 있던 고래 무리를 깨어나게 한 것 같았다. 우선 호수 가장자리에 있던 고래들이 모여들기 시작하더니 멀리서 밀려와 반쯤 힘이 빠진 듯한 파도에 몸이 들리기라도 한 것처럼 서로 부딪혔다. 이어서 호수 자체도 넘실거리기 시작하더니 바닷속에서 사랑을 나누던 젊은 고래들과 새끼를 거느린 어미 고래들도 사라졌다. 중심부에 가까이 있던 고래들은 점점 더 궤도를 좁히며 빽빽한 무리를 이루어 헤엄치기 시작했다. 한동안 유지되었던 정적은 사라졌다. 이윽고 나지막이 웅얼거리는 듯한 소리가 들려왔다. 봄이 되어 허드슨강이 해빙될 때 굉음을 내며 깨지는 얼음덩어리처럼 고래 무리 전체가 중심부를 향해 몰려들었다. 마치 자신들의 몸을 쌓아올려 하나의 거대한 산을 만들려고 하는 것 같았다. 스타벅과 퀴케그는 재빨리 자리를 바꾸었다. 이제는 스타벅이 뱃고물에 섰다.

"노를 잡아라! 노를 잡아라!" 그는 키를 잡으며 열정적으로 속삭이듯 말했다. "노를 잡아라. 정신을 바짝 차려라! 자, 다들 준비해! 이봐, 퀴케그, 저놈을 밀어내. 저기 고래 말이야! 찔러버려! 한 방 먹여! 일어나서 그대로 있어! 자, 힘껏 노를 저어라! 고래 등 따위는 신경 쓰지 마. 긁고 지나가버려! 그냥 가버려!"

보트는 이제 거대하고 기다란 암벽 같은 검은 고래 둘 사이에 끼다시피 했고, 긴 몸뚱이 사이로 다르다넬스해협처럼 좁은 틈새만 남았다. 하지만 우리는 필사적으로 노력한 끝에 잠시 생겨난 열린 공간으로 빠져나왔고, 계속 노를 저으며 또 다른 출구를 열심히 찾았다. 아슬아슬한 탈출을 수차례 반복한 끝에 조금 전까지 바깥쪽 동심원이었던 곳으로 빠져나올 수 있었다. 이제 고래들은 여기저기서 중심부를 향해 돌진하고 있었다. 우리는 운 좋게 빠져나오기는 했지만 퀴케그의 모자를 잃어버리는 약간의 대가를 치르기는 했다. 퀴케그가 도망치는 고래들을 찌르려고 뱃머리에 서 있었는데, 갑자기 넓적한 고래 꼬리가 물 위로 솟구치면서 일어난 돌개바람에 그의 모자가 날아가버린 것이다.

그 해역 일대에서 고래들이 벌인 소동은 맹렬하고 무질서했으나 곧 질서정연한 움직임으로 바뀌어갔다. 마침내 하나의 거대한 밀집 대형을 이룬 고래들은 전보다 더 빠른 속도로 달아나기 시작했다. 더 이상 추격해봐야 소용없었다. 하지만 보트들은 당김나무에 걸린 고래가 뒤처지면 잡거나 플래스크가 죽인 후에 푯대를 꽂아둔 고래를 확보하려고 고래 떼가 지나간 자리에 여전히 머물러 있었다. 푯대는 삼각기를 매단 장대로서 보트마다 두세 개씩은 싣고 다닌다. 근처에 다른 사냥감이 나타나 추격해야 할 때, 이미 죽어 물 위에 떠 있는 고래에 이 푯대를 꽂아둔다. 이것은 바다에서 고래의 위치를 표시해주고, 다른 포경선의 보트가 가까이 다가올 경우 임자 있는 고래임을 알려주는 역할을 한다.

이번 추격의 결과는 포경업계의 격언, 즉 '고래가 많을수록 잡는 것은 적다'를 증명하는 것이었다. 당김나무에 걸린 고래들 중에 잡힌 것은 한 마리뿐이었다. 나머지는 일단 달아났지만, 나중에 보게 되다시피 피쿼드호가 아닌 다른 포경선에게 잡히고 만다.


## 88장 학교와 교장

앞 장에서 향유고래의 거대한 무리 또는 집단을 이야기했고, 그처럼 많은 고래가 모여드는 그럴 듯한 원인도 설명했다.

이렇게 큰 무리는 어쩌다 마주치지만, 지금도 20마리에서 50마리 정도의 소규모 무리는 종종 목격되곤 한다. 이런 무리를 가리켜 '학교'라고 부른다. 학교에는 보통 두 종류가 있다. 하나는 거의 암컷으로 구성된 무리이고, 다른 하나는 젊고 힘 좋은 수컷, 흔히 '황소'라고 부르는 고래들의 무리다.

암컷들의 학교에는 완전히 자랐으나 늙지 않은 수컷 고래 한 마리가 호위 기사처럼 따라다닌다. 이 고래는 위급한 상황이 벌어지면 대열의 맨 뒤로 돌아가 숙녀들의 도피를 엄호하며 용맹함을 드러낸다. 사실 이 신사는 호화스러운 오스만제국의 왕으로서 자신이 거느린 후궁들의 온갖 위로와 애교를 받으며 온 세상의 바다를 유유히 헤엄치는 것이다. 왕과 후궁들 사이에는 뚜렷한 차이가 있다. 왕은 고래들 중에서도 몸집이 큰 반면에 후궁들은 완전히 자란 뒤에도 평균 크기가 수컷 고래의 3분의 1 정도밖에 안 된다. 암컷은 비교적 가녀린 체구를 가지고 있다. 단언컨대 허리둘레도 6미터가 넘지 않는다. 그래도 전반적으로는 그들이 유전적으로 풍만한 체형을 가지고 있는 것은 분명한 사실이다.

이 왕과 후궁들이 유유히 헤엄치는 모습을 보는 일은 매우 흥미롭다. 그들은 유행을 쫓는 상류사회의 인사들처럼 늘 변화를 찾아 유유히 떠돌아다닌다. 먹을 것이 풍부한 계절에 맞춰 적도 선상에 가보면, 여름의 불쾌한 나른함과 더위를 피해 북쪽의 피서지에 갔다가 돌아온 지 얼마 안 되는 그들을 만날 수 있다. 그들은 한동안 적도의 산책로를 위아래로 노닐다가 또다시 찾아오는 무더운 여름을 피해 날씨가 시원한 동쪽 바다를 향해 길을 떠난다.

여행길에서 유유히 헤엄쳐 가다가 이상하거나 수상한 광경이 포착되면, 군주 고래는 자신의 가족들을 경계의 시선으로 바라본다. 만약 어떤 건방진 젊은 수컷 고래가 숙녀에게 은밀히 다가갈 경우, 군주 고래는 대노하며 그놈을 공격해 쫓아버린다. 젊은 난봉꾼이 신성한 가정의 행복을 파괴하도록 내버려두는 것은 체면이 깎이는 큰일이기 때문이다. 하지만 군주 고래가 아무리 열심히 쫓아버리려 해도 악명 높은 로사리오[226]가 그의 침대에 들어오는 것을 막을 수는 없다. 아아! 모든 물고기는 침대를 공유하기 때문이다. 육지에서는 종종 한 여자 때문에 남자들 사이에 끔찍한 결투가 벌어지곤 한다. 고래들도 마찬가지여서 때때로 사랑 때문에 상대방이 죽어 나갈 때까지 결투를 벌인다. 그들은 긴 아래턱을 칼처럼 휘두르고, 때로는 뿔이 뒤엉킨 채 싸우는 큰사슴들처럼 턱을 맞대고 맹렬하게 우열을 가른다. 많은 고래들이 사랑의 결투에서 생긴 깊은 상처를 가지고 있다. 머리에 깊은 고랑이 파여 있다든지, 이빨이 부러졌다든지,

---

**— 226** 영국 극작가 니콜러스 로의 희곡 『아름다운 회개자』(1703)에 등장하는 바람둥이.

지느러미의 일부가 씹혀 있다든지 한다. 어떤 고래들은 턱뼈가 빠져 입이 돌아가 있기도 하다.

하지만 가정의 행복을 파괴하려고 달려들었던 침입자가 군주의 공격을 받고 줄행랑을 친 다음, 군주가 어떻게 행동하는지 살펴보는 것도 매우 흥미롭다. 군주 고래는 젊은 로사리오를 애타게 할 만큼 가까운 거리에서 숙녀들 사이로 거대한 몸집을 들이밀고서 한동안 흥청거리며 즐기는 모습을 보인다. 그 모습은 마치 1,000명의 후궁을 거느리고 신에게 예배를 드리는 경건한 솔로몬 왕을 보는 것 같다. 고래잡이들은 주변에 다른 고래가 있을 경우 터키의 왕 같은 이런 고래는 여간해서 쫓지 않는다. 정력을 탕진한 나머지 몸에 지방이 별로 없기 때문이다. 이들이 낳은 자식들은 어미에게 약간의 도움을 받을 뿐, 스스로 알아서 앞길을 헤쳐가며 살아야 한다. 군주 고래는 여자를 닥치는 대로 탐하는 바람둥이가 대개 그렇듯이 침실에는 관심이 아주 많지만 육아에는 무관심하기 때문이다. 게다가 대단한 여행가여서 온 세상에 이름도 모르는 자식들을 남기며 다니는데 하나같이 이방인이다. 그러나 청춘의 활기는 시들고, 나이가 들수록 우울해지며, 옛날을 돌이켜보며 한숨짓게 된다. 다시 말해, 주색잡기에 피곤해진 터키의 왕은 전반적인 권태에 빠지면서 여자에 대한 사랑 대신에 평온과 덕행에 대한 사랑이 마음속에 자리를 잡게 된다. 정력이 감퇴한 우리의 오스만 왕은 과거를 참회하고 훈계를 일삼는 인생의 단계에 접어들면서 후궁들을 모두 내보낸 후, 점점 완고하고 까다로운 노인이 되어 홀로 기도를 드리며 여러 바다의 경도와 위도 사이를 돌아다닌다. 그러다가 젊은 고래를 만나면 자신과 같이 욕정의 과오를 범하지 말라고 경고한다.

고래잡이들은 후궁 고래 무리를 가리켜 '학교'라고 부르며, 그 학교의 주인이자 지배자를 전문용어로 '교장'이라고 부른다. 아무리 풍자가 목적이라고는 하지만, 학교 교장까지 지낸 자가 바깥 세상에 나와 학교에서 배운 것이 아니라 어리석은 짓만 가르치는 것은 교장의 성격과도 맞지 않는 일이다. 교장이라는 호칭은 후궁 무리를 학교라고 부르는 데서 자연스럽게 생겨난 것이겠지만, 어떤 사람들은 이 오스만제국의 고래에게 처음 그 별명을 붙여준 사람은 비도크[227]의 회고록을 읽은 것이 틀림없고, 그 유명한 프랑스인이 젊은 시절에 교장 노릇을 하며 무슨 짓을 했는지, 그가 학생들에게 되풀이해서 가르쳐준 은밀한 가르침이 무엇인지 알고 있었을 것이라고 생각한다.

교장 고래가 생애 말년에 선택한 은둔과 고독은 나이든 모든 향유고래의 운명이기도 하다. 외톨이 고래(혼자 다니는 고래를 이렇게 부른다)를 보면 거의 대부분 늙은 고래다. 이끼 수염을 기른 존귀한 대니얼 분[228]과 마찬가지로, 늙은 고래는 자연 말고는 아무도 가까이 하지 않고, 황량한 바다에서 자연을 아내 삼아 살아가는데, 자연이 변덕스러운 비밀을 많이 가지고 있기는 해도 최고의 아내인 것만은 확실하다.

앞에서 말한 젊고 활기찬 수컷 고래들로만 이루어진 학교는 후궁 학교와는 뚜렷한 차이를 보인다. 암컷 고래들은 수줍음이 많은 반면에 이른바 '40통 황소'라고 불리는 젊은 수컷들은 모든 고래 중에서도 가장 호전적이며 위험한 상대로 알려져 있다. 예외가 있다면 가끔 마주치는 회색머리 고래뿐이다. 이 녀석들은 천벌 같은 통풍 때문에 온 신경이 곤두선 지옥의 악마처럼 덤벼들기 때문이다.

40통 황소 학교는 후궁 학교보다 크다. 젊은 대학생 집단처럼 싸움과 장난, 악동 기질 등으로 무장되어 있고, 무모하고 거친 방식으로 온 세상의 바다를 휘젓고 다닌다. 그래서 신중한 보험업자라면 예일대학이나 하버드대학의 소란스러운 청년들을 기피하는 것처럼 그 고래들에게도 보험 가입을 권유하지 않을 것이다. 하지만 그들도 곧 떠들썩한 생활을 청산하고, 몸집이 성인의 4분의 3쯤 자랐을 때, 각자 흩어져 자신이 머물 곳, 즉 후궁들을 찾아 떠난다.

암컷 학교와 수컷 학교의 또 다른 큰 차이점은 성별에 따라 다른 행동 방식이

---

**227** 프랑수아즈 비도크(1775~1857). 프랑스의 유명한 형사. 1809년 나폴레옹 치하에서 보안 경찰국을 창설했으며, 경찰국에서 퇴직한 후 사설 탐정 학교를 차려 교장에 취임했다. 그의 저작이라고 추정되는 『비도크 회고록』(1828)은 그가 탐정 학교에 다니는 여학생들을 유혹하여 농락한 사건을 기술하고 있다.

**228** 18세기 미국의 서부 개척자.

다. 가령 고래잡이가 40통 황소를 작살로 찔렀다면, 가련하게도 녀석의 동료들은 녀석을 버리고 달아나버린다. 하지만 후궁 학교의 학생 하나를 공격하면, 그 학생의 친구들이 깊이 걱정하는 기색으로 주위를 맴돌고, 때로는 부상 입은 고래 옆에 너무 가까이 오래 머물다가 그만 자신도 희생되고 만다.

## 89장  잡힌 고래와 놓친 고래

87장에서 표지기와 표지 장대에 대해 언급했으나, 표지기는 포경업계의 중요한 상징이자 기호로 여겨질 수 있으므로 포경업계의 법규와 규정에 대해 좀 설명할 필요가 있다.

여러 척의 포경선이 함께 항해할 경우, 어떤 배의 작살을 맞고 달아나던 고래가 결국 다른 배의 공격을 받고 잡히는 일이 빈번하게 일어난다. 이 중요한 한 가지 사건에는 그와 관련된 여러 가지 사소하고 부수적인 사건들이 간접적으로 뒤따른다. 예를 들어, 어떤 포경선이 고단하고 위험한 추격 끝에 고래 한 마리를 잡았는데, 갑자기 폭풍우가 불어 고래 사체가 배에서 떨어져 바람이 불어가는 쪽으로 멀리 떠내려가다가 다른 포경선에게 발견되는 것이다. 그 포경선은 목숨이나 밧줄을 잃을 위험 없이 잔잔한 바다에서 고래를 손쉽게 뱃전에 끌어올린다. 이럴 경우 매우 까다롭고 격렬한 논쟁이 두 포경선 사이에 벌어진다. 성문율이든 불문율이든 모든 경우에 적용할 수 있는 보편적이고 확실한 규약이 없다면 말이다.

입법부가 제정하고 공식적으로 승인한 포경법은 네덜란드의 포경법이 유일할 것이다. 그 법은 1695년 네덜란드 의회에서 공포되었다. 다른 나라에서는 성문화된 포경법은 없지만, 미국의 고래잡이들은 이 문제에 관한 한 자신들이 입법자이자 법률가라고 자부한다. 그들은 유스티니아누스법전과 '타인의 문제 참견 금지를 위한 중국인 협회'의 내규보다 더 간결하고 포괄적인 법규를 마련했다. 이 법은 앤 여왕 시대의 동전이나 작살촉 등에 새겨서 목에 걸고 다닐 정도로 간결하다.

1. 잡힌 고래는 잡은 자의 것이다.
2. 놓친 고래는 먼저 잡는 자가 임자다.

하지만 이 훌륭한 법규는 워낙 간결해서 오히려 문제가 될 수 있는데, 이 법규를 설명하려면 방대한 주석이 필요하기 때문이다.

첫째, 잡힌 고래란 무엇인가? 배나 보트에 탄 한 사람 이상의 점유자가 다룰수 있는 수단, 곧 돛대, 노, 한 뼘 길이의 밧줄, 전선, 심지어 거미줄을 통해 그 배에 연결해둔 고래는 살았든 죽었든 잡힌 고래라고 본다. 마찬가지로 고래가 표지기나 그밖에 소유권을 나타내는 공인된 상징물을 달고 있을 경우, 그 표지기를 단 당사자가 언제라도 고래를 뱃전에 끌어올릴 능력이 있고 그렇게 하겠다는 의지를 분명히 보여주는 한 그 고래는 사실상 잡힌 것이다.

이것이 법률적인 주석이다. 하지만 고래잡이들의 주석은 때때로 거친 언사와 그보다 더 거친 주먹질로 이루어져 있다. 쿡이 리틀턴의 저작에 주석[229]을다는 대신에 주먹을 날리는 것과 같다. 물론 정의와 명예를 존중하는 고래잡이들도 있다. 그들은 특별한 상황을 나름대로 감안하며, 그래서 이미 다른 배가힘들게 쫓거나 죽인 고래를 자기 소유라고 주장하는 것을 도덕적으로 아주 부당하게 여긴다. 하지만 양심적인 고래잡이들만 있는 것은 아니다.

약 50년 전 영국에서 횡령당한 고래를 찾겠다는 기이한 소송이 벌어졌다. 원고 측은 자신들이 북해에서 고래를 힘들게 추격한 끝에 작살을 던지는 데는 성공했지만, 목숨이 오가는 위험 속에서 어쩔 수 없이 밧줄뿐만 아니라 보트까지포기해야 했다고 주장했다. 결국 피고 측(다른 포경선의 선원)이 달아난 고래를 따라가 다시 작살을 쏴서 죽이고 원고 측이 보는 앞에서 고래를 가로챘다. 원고

---

**229** 토마스 리틀턴이 부동산법에 관해 쓴 저작에 대해 에드워드 쿡이 방대한 주석서를 쓴 일을 가리킨다. 두 사람 모두 영국의 유명한 법학자다.

측이 항의하자 피고 측 선장은 원고 측의 면전에 손가락을 튕기며 무시하는 태도를 취했고, 포획 당시 고래에 부착되어 있던 원고 측의 작살과 밧줄, 보트 등도 모두 잡은 자의 것이라고 뻔뻔하게 주장하고 나섰다. 그래서 원고 측은 고래와 밧줄, 작살, 보트 등의 소유권 반환을 위해 소송을 걸었다.

피고 측 변호인은 어스킨 씨였고, 재판장은 엘렌버러 경이었다. 재치가 넘치는 어스킨 씨는 변호 과정에서 자신의 입장을 변론하기 위해 최근에 일어난 간통 사건을 언급했다. 어떤 남자가 아내의 부정을 막으려고 애썼지만 소용없자 결국 아내를 세상이라는 바다에 버렸는데, 몇 년 후 그렇게 한 일을 후회하며 아내에 대한 소유권을 회복하기 위한 소송을 제기했다. 어스킨 씨는 상대편 변호사였다. 그는 다음과 같은 말로 피고 측을 변호했다. 비록 그 남자는 그 여자에게 누구보다 먼저 작살을 던져 여자를 붙들어두었지만, 계속 부정을 저지르는 여자를 더는 두고 볼 수 없어 포기했다. 사정이야 어찌되었든 남자가 여자를 포기했으니 여자는 '놓친 고래'가 된 셈이다. 따라서 다음에 나타난 남자가 그녀에게 다시 작살을 쏘았을 때, 여자는 자신의 몸에 박혀 있었을지도 모르는 예전의 작살과 함께 다음 남자의 소유가 되는 것이다.

그러면서 어스킨 변호사는 현재 소송 건에서 고래와 여자는 서로가 진실을 설명해주는 사례라고 주장했다.

이런 변론과 반대 측 변론을 모두 들은 박식한 재판관은 아주 명확한 판결을 내렸다. 즉 보트는 원고 측에서 목숨을 구하기 위해 어쩔 수 없이 포기한 것이므로 원고 측에 돌려주어야 한다. 하지만 문제의 고래와 작살과 밧줄은 피고 측의 것으로 인정하는 것이 마땅하다. 고래는 최종적으로 잡힐 당시에 '놓친 고래'였으며, 작살과 밧줄은 고래가 그것을 매달고 달아났을 때 고래의 소유물이 되었기 때문이다. 따라서 이후에 고래를 잡은 자는 고래뿐만 아니라 고래가 달고 있는 물건에 대한 소유권도 주장할 수 있다. 피고 측은 달아난 이후의 고래를 잡았으므로 위에서 말한 물건도 피고 측의 것이 된다.

보통 사람은 박식한 재판관의 이런 판결에 아마도 반대할 것이다. 하지만 이 문제의 본질을 파고들어 가면, 엘렌버러 공은 위에서 말한 포경업계의 양대 원칙을 이 사건에 준용하여 판결한 것이다. '잡힌 고래'와 '놓친 고래'에 관한 두 원칙은 곰곰이 생각해보면 인간 사회에 있는 모든 법률의 근간을 이루고 있다. 법의 전당은 복잡한 그물무늬로 장식되어 있지만, 블레셋 사람들의 신전[230]과 마찬가지로 단 두 개의 기둥(원칙) 위에 세워졌기 때문이다.

'소유가 법의 절반'이라고 다들 말하지 않는가? 어떻게 얻었느냐 하는 것과는 무관하게 일단 수중에 들어온 물건은 법적으로 절반은 차지한 것이 된다. 더 나아가 소유는 법의 전부가 되는 경우도 많다. 러시아 농노나 공화국 노예의 근육과 영혼이 '잡힌 고래'가 아니면 무엇이겠는가? 과부의 마지막 동전 한 닢이 탐욕스러운 지주에게 '잡힌 고래'가 아니면 무엇이겠는가? 아직 죄가 발각되지 않은 악당의 대리석 저택, 표지기 대신에 문패가 달려 있는 저 큰 집은 '잡힌 고래'가 아니면 무엇이겠는가? 비통한 파산자가 가족이 굶어죽는 것을 막기 위해 돈을 빌리러 왔을 때, 고리대금업자 모르드개가 무지막지하게 떼는 선이자가 '잡힌 고래'가 아니면 무엇이겠는가? 영혼을 구제한다는 대주교가 등골 빠지게 일하는 수십만 노동자들(대주교의 도움이 없어도 천국행이 확실한 사람들)의 얼마 되지 않는 빵과 치즈에서 뜯어낸 10만 파운드가 '잡힌 고래'가 아니면 무엇이겠는가? 던더 공작에게 세습된 마을과 촌락이 '잡힌 고래'가 아니면 무엇이겠는가? 저 가공할 작살잡이 존 불에게 가엾은 아일랜드는 '잡힌 고래'가 아니면 무엇이겠는가? 저 사도 같은 창잡이 조나단 형제[231]에게 텍사스는 '잡힌 고래'가 아니면 무엇이겠는가? 이 모든 경우에서 '소유는 법의 전부'라고 할 수 있지 않는가?

하지만 '잡힌 고래'의 원칙이 꽤 폭넓게 적용된다면, 그와 비슷한 '놓친 고래'의 원칙은 더 넓게 적용된다. 그것도 국제적으로, 보편적으로 적용된다.

1492년에 콜럼버스가 왕과 왕비를 위해 표지기를 꽂듯이 아메리카에 스페

---

**230**  사사기 16장 29~30절 참조. "삼손이 집을 버틴 두 기둥 가운데 하나는 왼손으로 하나는 오른손으로 껴 의지하고 삼손이 이르되 블레셋 사람과 함께 죽기를 원하노라."

**231**  존 불은 영국을, 조나단 형제는 미국을 가리킨다.

인 깃발을 꽂을 때, 아메리카는 '놓친 고래'가 아니면 무엇이겠는가? 폴란드는 러시아 황제에게 무엇이겠는가? 그리스는 터키에게 무엇이겠는가? 인도는 영국에게 무엇이겠는가? 멕시코는 미국에게 무엇이겠는가? 모두가 '놓친 고래'가 아니면 무엇이겠는가?

인권이나 세계의 자유도 '놓친 고래'가 아니면 무엇이겠는가? 모든 인간의 생각이나 마음이 '놓친 고래'가 아니면 무엇이겠는가? 인간의 종교적 신념의 원칙이라는 것도 '놓친 고래'가 아니면 무엇이겠는가? 번드레한 말을 몰래 가져다 써먹는 달변가에게 진실한 사상은 '놓친 고래'가 아니면 무엇이겠는가? 이 거대한 지구 자체도 '놓친 고래'가 아니면 무엇이겠는가? 독자여, 당신도 '놓친 고래'이자 '잡힌 고래'가 아니면 무엇이겠는가?

## 90장　머리냐 꼬리냐

> 고래는 왕이 머리를, 왕비는 꼬리를 가진다면 진실로 충분하다(De balena vero sufficit, si rex habeat caput, et regina caudam).
>
> — 브랙턴, 『영국의 법률과 관습』 3장 3행.

위의 인용문은 영국의 법률 책에서 가져온 라틴어 문장이다. 그 문맥을 감안하여 해석해보면 영국 해안에서 잡힌 모든 고래의 머리는 명예 작살잡이인 왕에게 가져가야 하고, 왕비에게는 공손히 꼬리를 바쳐야 한다는 뜻이다. 고래를 이렇게 나누는 것은 사과를 반으로 자르는 것과 같다. 고래에서 머리와 꼬리를 뺀 중간 지점은 없기 때문이다. 그런데 이 법률은 다소 수정된 형태로 오늘날까지 영국에서 시행되고 있다. 이 법률이 여러 면에서 '잡힌 고래'와 '놓친 고래'의 일반 원칙을 기이하게 변형시키고 있으므로 여기서 별도의 한 장으로 다루려고 한다. 아무튼 이 법률은 영국의 철도 회사가 늘 왕실의 편의를 위해 특별 열차를 제공한다는 우대 정신에서 나왔다. 우선 이 법률이 여전히 시행되고 있음을 보여주는 기이한 사례로 지난 2년 사이에 일어난 한 사건을 소개해보겠다.

도버인지 샌드위치인지 아무튼 다섯 항구 중 하나인 어느 도시의 정직한 고래잡이 몇 명이 해안으로부터 멀리 떨어진 곳에서 처음 발견한 고래를 힘들게 추격한 끝에 죽인 다음 뭍으로 끌어올렸다. 그런데 다섯 항구는 총감이라고 부르는 일종의 경찰 혹은 관리가 행정을 관할하고 있었다. 총감은 왕실 직속이어서 다섯 항구 지역에서 생기는 모든 수입은 왕의 대리 권한을 맡은 그에게로 돌아갔다. 어떤 사람은 그 관직이 한직이라고 했지만 실제로는 그렇지 않다. 이 총독 나리는 왕실의 수입을 슬쩍하여 자기 주머니를 채우기 바빴기 때문이다.

햇볕에 그을린 이 가난한 선원들은 맨발에 바짓가랑이를 뱀장어처럼 미끈미끈한 다리 위까지 걷어 올리고 그 살찐 고래를 힘들게 뭍으로 끌어올렸다. 그들은 귀한 고래기름과 고래 뼈를 내다팔면 150파운드는 족히 받을 수 있을 것이라고 기대하며, 각자 챙긴 돈으로 아내와 진귀한 차를 마시고 동료들과는 맥주를 마시는 즐거운 상상을 했다. 그때 아주 박식하고 고귀하며 자비로운 기독교인 신사가 겨드랑이에 블랙스톤 법전을 끼고 다가오더니 법전을 고래 머리 위에 내려놓으며 말했다. "손을 떼시오. 이것은 잡힌 고래요. 이것을 총감의 것으로 압수하겠소." 딱하게 된 선원들은 그야말로 영국인답게 공손히 놀라며 뭐라고 대꾸해야 할지 몰라 머리만 북북 긁적이며 애처롭게 고래와 낯선 신사를 번갈아 쳐다보았다. 하지만 그런다고 달라지는 것은 없었고 블랙스톤 법전을 들고 온 신사의 냉랭한 마음은 요지부동이었다. 한참이나 머리를 긁어대며 궁리하던 한 고래잡이가 마침내 용기 내어 말했다.

"총감이 도대체 누구입니까?"

"공작님이시다."

"그렇지만 공작님은 이 고래를 잡은 일과 아무런 관계가 없는데요."

"이 고래는 그분의 것이다."

"우리는 이 고래를 잡느라 엄청난 수고와 위험을 감수했고 비용도 상당히 들었습니다. 그런데 이 모든 게 공작님의 것이 된다고요? 이렇게 죽을 고생을 하고 손의 물집밖에 얻는 게 없다고요?"

"이 고래는 그분의 것이다."

"공작님은 이렇게 지독한 방식으로 돈벌이를 해야 할 정도로 가난한 분이신 가요?"

"이 고래는 그분의 것이다."

"저는 이 고래에서 제 몫을 받으면 병석에 계시는 노모를 위한 간병 비용으로 쓰려고 합니다."

"이 고래는 그분의 것이다."

"공작님은 고래의 반의 반, 아니 반만 드려도 만족하시지 않을까요?"

"이 고래는 그분의 것이다."

결국 고래는 압수되어 팔렸고, 대금은 웰링턴 공작[232] 나리가 챙겼다. 그 도시에는 정직한 한 목사가 있었는데, 그는 고래가 잡힌 상황이라든지 다른 여러 면을 감안할 때 그런 처사가 다소 모질다고 판단하여 공작에게 공손히 편지를 썼다. 선원들의 딱한 사정을 깊이 헤아려달라는 내용이었다. 이에 공작은 이미 사정을 헤아려 돈을 받았고, 앞으로는 남의 일에 끼어드는 일을 삼가면 감사하겠다는 답장을 보냈다(두 편지는 모두 공개되었다). 이 공작은 세 왕국[233]의 모퉁이에 서서 오고가는 사람들에게 적선을 강요하는 호전적인 늙은이란 말인가?

이 경우에 공작이 고래에 대해 주장하는 권리는 군주에게 위임받은 권리다. 그렇다면 군주는 애당초 어떤 원칙에 따라 그런 권리를 가지게 되었는지 알아보아야 한다. 법 자체에 대해서는 이미 앞에서 설명했다. 하지만 법학자 플로든은 그 이유를 설명한다. 플로든에 따르면, 그렇게 잡힌 고래가 왕과 왕비에게

---

**232** 아더 웰즐리(1769~1852). 1815년의 워털루전투에서 나폴레옹에게 승리를 거둔 영국 장군. 멜빌의 소년 시절에 영국 총리를 지냈다. 공작에 대한 비판은 민주주의를 신봉하고 귀족제도를 증오한 멜빌의 태도를 보여준다. 또한 영국 왕과 왕비를 무자비한 상어와 유혹하는 인어에 각각 비유하여 풍자하고 있다. 멜빌이 이 소설을 쓰던 당시 미국은 철도 부설과 주변 땅의 매점 등으로 신흥 귀족이 생겨나던 시점이었으므로 이것은 미국 사회의 귀족화에 대한 풍자이기도 하다. 이 책의 해제 중 '사회적 해석' 참조.

**233** 영국을 구성하는 잉글랜드, 스코틀랜드, 아일랜드를 가리킨다.

귀속되는 것은 "비할 데 없는 탁월함 때문이다." 누구보다 분별력 있다는 논평가들은 이런 의견을 그 문제에 관한 가장 설득력 있는 논거로 삼아왔다.

그렇다면 왜 왕은 머리를, 왕비는 꼬리를 가져야 하는가? 법률가들이여, 그 이유를 말해보라!

「여왕의 황금」, 즉 여왕의 내탕금에 관한 논고에서 영국 고등법원 왕좌부 소속인 늙은 법학자 윌리엄 프린은 이렇게 설명한다. "꼬리는 왕비의 것이니, 이는 왕비의 옷장에 고래수염을 공급하기 위해서다." 이 글은 그린란드고래나 참고래의 검고 유연한 수염을 숙녀들의 코르셋을 만드는 데 많이 사용한 시대에 쓰였다. 하지만 고래수염은 꼬리가 아니라 머리에 들어 있으니 프린 같은 현명한 법률가가 유감스러운 실수를 한 것이다. 꼬리를 바쳐야 한다니 여왕이 인어라도 된다는 말인가? 여기에는 우의적인 의미가 숨어 있는지도 모른다.

영국의 법학자들이 왕실 물고기라고 칭하는 것은 고래와 철갑상어 두 종류다. 둘 다 일정한 규정에 따라 왕실의 재산으로 간주되며, 명목상 왕실의 통상 수입에서 10분의 1을 차지한다. 이 문제에 대해 언급한 사람이 또 있는지 모르겠지만, 추론해보건대 철갑상어도 고래와 같은 방식으로 나누어 철갑상어 특유의 매우 단단하면서도 탄력 있는 머리를 왕에게 바치는 것이 맞는 듯하다. 상징적으로 보았을 때, 왕과 상어의 머리가 일맥상통하는 점이 있으므로 그렇게 해야 하는 것이 아닌가 생각된다. 그러고 보면 세상만사에는 이유가 있고, 법률이라고 해서 예외는 아니다.

## 91장 피쿼드호, 로즈버드호를 만나다

용연향을 찾아 이 리바이어던의 배 속을 샅샅이 뒤졌지만, 견딜 수 없는 악취에 탐색은 허사가 되고 말았다.

　　　　　　　　　　　　　　　　　　　　ㅡ 토머스 브라운 경, 『통속적 오류』(1646)

앞 장에서 말한 포경 장면이 벌어지고 나서 1~2주 정도 지났을 때였다. 우리는 안개가 끼어 나른한 한낮의 바다를 천천히 항해하고 있었다. 그런데 피쿼드호 갑판에 있는 여러 명의 코가 돛대 꼭대기에 올라가 있는 세 명의 눈보다 더 날카로운 발견을 했다. 독특하면서도 별로 유쾌하지 못한 악취가 바다에서 올라온 것이다.

"뭔가 나타날 것 같아. 이 근처 어딘가에 우리가 지난번에 당김나무를 걸어둔 고래들이 있는 게 분명해. 봐봐, 놈들이 곧 나타날 테지."

곧 앞을 가리던 안개가 걷히며 멀리서 배 한 척이 모습을 드러냈다. 돛을 감고 있는 것으로 보아 뱃전에 고래를 매달고 있는 것이 틀림없었다. 가까이 다가가서 보니 낯선 배의 돛대 꼭대기에 프랑스 깃발이 걸려 있었다. 배 주위에서는 육식성의 바다 새 무리가 소용돌이처럼 빙빙 돌다가 뱃전으로 급강하했다. 뱃전에 매달려 있는 것은 고래잡이들이 '시든 고래'라고 부르는 고래, 즉 바다에서 평온하게 죽어 임자 없이 표류하던 고래였다. 그처럼 거대한 사체가 얼마나 악취를 풍길지는 충분히 상상할 수 있을 것이다. 그 냄새는 전염병이 돌아 산 사람이 죽은 사람을 매장할 수조차 없는 아시리아의 어느 도시에서 나던 악취보다 더 지독하다. 냄새가 하도 고약하다 보니 아무리 돈을 밝히는 사람이라도 그것을 뱃전에 매달 엄두를 내지 못한다. 그런 고래에서 나는 기름은 질이 아주 낮고 장미기름과 거리가 멀지만, 그래도 굳이 그런 고래를 뱃전에 매달려고 하는 사람이 없지는 않다.

잦아드는 미풍을 타고 좀 더 가까이 다가가 보니 프랑스 배의 뱃전에 고래가 한 마리 더 매달려 있었다. 두 번째 고래는 첫 번째 것보다 냄새가 더 고약했다. 그 고래는 심한 위장병과 소화불량에 시달리다가 죽은 문제 많은 고래로 밝혀졌다. 이렇게 죽은 고래의 몸에 기름 같은 것은 남아 있을 리 없다. '시든 고래'는 피하는 것이 일반적이지만 노련한 고래잡이들은 이런 고래를 결코 무시하지 않는다는 사실을 뒤에 가서 보면 알게 될 것이다.

피쿼드호는 낯선 배에 아주 가까이 다가섰다. 스터브는 두 고래 중 한 마리의 꼬리에 자신의 고래 삽이 다른 밧줄과 함께 엉켜 있는 것을 발견했다.

"이거, 웃기는 친구들이군." 스터브는 뱃머리에 서서 실소를 흘렸다. "재칼이 따로 없어! 빌어먹을 프랑스 놈들의 고래잡이 실력이 형편없다는 건 진즉에 알고 있었지. 하얗게 부서지는 파도를 보고 향유고래 물줄기인 줄 알고 보트를 내리는 자들이니. 항구를 떠날 때는 선창에 양초와 심지 자를 가위를 한가득 싣고 떠난다지. 바다에서 얻을 기름으로는 선장실의 양초 심지 하나 적시지 못할 것을 미리 알고 그러는 거야. 그래, 그건 누구나 아는 사실이지. 저기 좀 봐, 프랑스 놈들이 우리 당김나무가 걸린 고래를 떡 하니 차지하고 있네. 그리고 저기 매어둔 고래의 마른 뼈다귀까지 박박 긁으며 좋아하는군. 한심한 놈들! 야, 누가 모자 좀 돌려봐. 기름이나 모아서 저놈들에게 적선하게. 당김나무에 걸린 저 고래에서 나는 기름은 감옥은 물론이고 사형수 감방에서도 불이 잘 붙지 않을 정도로 저질일 테니까. 저 옆에 있는 고래는 또 어떻고. 저런 뼈다귀 덩어리에서 기름을 쥐어짜느니 차라리 우리 배의 돛대 세 개에서 기름을 쥐어짜는 편이 빠를 거야. 그런데 가만히 생각해보니 저기에 기름보다 더 좋은 게 들어 있을지도 모르겠군. 용연향 말이야. 우리 선장 영감도 이런 생각을 했을까? 한번 시도해볼 만하겠어. 그래, 좋아. 한번 해보자." 그는 이렇게 말하며 뒷갑판 쪽으로 걸어갔다.

마침 산들바람마저 완전히 잠잠해졌다. 싫든 좋든 피쿼드호는 이제 고래의 악취에 완전히 갇혔고, 바람이 다시 불지 않는 한 벗어나기 어렵게 되었다. 선실에서 나온 스터브는 자기 보트의 노잡이들을 불러 보트를 내리고 낯선 배를 향해 다가갔다. 그 배의 뱃머리 앞을 가로지르며 보니 뱃머리 윗부분에 변덕스러운 프랑스인의 취향에 맞게 거대한 장미 줄기 같은 것이 조각되어 있었다. 장미 가시를 대신하듯이 여기저기에 구리 못들이 박혀 있었다. 줄기 끝부분에는 선명한 붉은색의 둥근 장식이 대칭으로 겹친 채 달려 있었다. 머리판에는 커다란 금박 글자로 '부통 드 로즈(Bouton de Rose, 장미 봉오리)'라고 적혀 있었다. 그것이 이 향기로운 배의 낭만적인 이름이었다.

스터브는 '부통'이라는 단어의 뜻은 몰랐으나 '로즈'라는 단어가 있고 둥근 모양의 뱃머리 장식이 있는 것으로 보아 그 뜻을 충분히 짐작할 수 있었다.

"그러니까 나무로 만든 장미 봉오리?" 그는 코를 막으며 소리쳤다. "좋다 이 거야. 그런데 이 고약한 냄새는 어쩌자는 거야?"

그는 갑판 위의 선원들과 직접 대화를 나누기 위해 뱃머리를 돌아 우현 쪽으로 가서 '시든 고래'에 바싹 다가섰다. 대화는 고래 사체 너머로 오갔다.

이 지점에 도착한 그는 여전히 한 손으로 코를 막은 채 소리쳤다. "이봐 부통 드 로즈! 부통 드 로즈에 영어 할 줄 아는 사람 있나?"

"여기 있네." 건지섬[234] 사내가 뱃전에서 대답했다. 알고 보니 그는 일등항해사였다.

"부통 드 로즈 친구, 자네 혹시 흰 고래를 보았나?"

"무슨 고래?"

"흰 고래. 향유고래인데 이름이 모비 딕이야. 본 적 있나?"

"그런 고래 이름은 들어본 적 없네. 카샬로 블랑시! 흰 고래도 본 적 없어."

"알았네, 알았어. 그럼 잠시 작별하지. 잠시 후에 다시 오겠네."

스터브는 피쿼드호로 재빨리 돌아가 뒷갑판 난간에 기대어 보고를 기다리고 있는 에이해브를 보고는 두 손을 나팔 모양으로 모아 크게 소리쳤다. "선장님, 본 적 없답니다! 없대요!" 그러자 에이해브는 선실로 들어가버렸고, 스터브는 프랑스 배로 다시 돌아갔다.

스터브가 돌아가보니 건지섬 사내가 막 닻사슬에 올라가 고래 삽을 휘두르고 있었다. 코는 주머니 같은 것으로 감싸고 있었다.

"자네 코가 왜 그런가?" 스터브가 물었다. "깨졌나?"

"차라리 깨졌으면 좋겠네. 아니, 아예 코가 없으면 좋겠네." 사내는 소리쳤다. 지금 하고 있는 일이 그다지 유쾌하지 않은 것 같았다. "그러는 자네는 왜 코를 움켜쥐고 있나?"

"오, 별 거 아니야. 밀랍으로 만든 코여서 꽉 쥐고 있어야 하거든. 날씨 참 좋

---

**234** 영국 해협에 있는 작은 섬.

군. 정원에 들어온 것처럼 공기가 좋아. 이봐 부통 드 로즈, 꽃다발이나 한 다발 던져주게."

"도대체 여기는 무슨 용건인가?" 사내는 갑자기 짜증을 내며 물었다.

"어허, 짜증을 내면 뭐하나. 진정해. 바로 그거야! 작업하는 동안 녀석을 얼음 속에 쟁여두는 것이 낫지 않겠나? 그래, 농담은 그만두지. 이봐, 로즈버드, 이 고래에서 무슨 기름을 짜낸다고 그러나. 말도 안 돼. 이렇게 비쩍 마른 놈은 아무리 쥐어짜도 기름이 100밀리리터도 안 나와."

"나도 아네. 하지만 선장이 그 말을 믿지 않아. 이번이 첫 항해거든. 전에는 향수 만드는 일을 했다는군. 이봐, 배에 올라와서 선장한테 말 좀 해줘. 내 말은 안 믿으니까. 혹시 자네 말이 통하면 내가 이 지저분한 일은 안 해도 될 테니."

"선량하고 유쾌한 친구, 자네를 도울 수 있다면 뭔들 안 하겠나." 스터브는 그렇게 말하고 곧 그 배의 갑판에 올라갔다. 거기서는 괴이한 광경이 벌어지고 있었다. 술 달린 빨간 털모자를 쓴 선원들이 무거운 도르래에 달라붙어 고래 자르기 준비를 하고 있었다. 하지만 그들은 입만 빠르게 놀릴 뿐 행동은 아주 굼뜬 데다가 기분이 그리 좋아 보이지 않았다. 그들은 하나같이 뱃머리의 기움돛대처럼 코를 위로 쳐들었다. 이따금씩 한두 명이 일손을 멈추고 신선한 공기를 마시러 돛대 꼭대기로 올라갔다. 어떤 선원들은 이러다 전염병에 걸릴지도 모르겠다고 생각해 콜타르에 담근 뱃밥을 한 번씩 코에 가져다 댔고, 또 다른 선원들은 대통 부근만 남기고 물부리를 잘라버린 파이프 담배를 뻑뻑 피우며 후각기관에 연신 담배 연기를 가득 채워 넣었다.

뱃고물 쪽 선실에서 터져 나오는 고함과 욕설에 깜짝 놀란 스터브가 그쪽을 쳐다보자, 안쪽의 약간 열린 문 뒤로 벌건 얼굴 하나가 갑자기 튀어나왔다. 그는 고문을 당하는 듯이 괴로워하는 선상 의사였다. 그는 그날의 작업을 반대하다가 아무 소용없자 전염병 같은 악취를 피하기 위해 선장실(그는 그 방을 '캐비닛'이라고 불렀다)로 도망쳤다. 하지만 거기서도 간간이 고통을 호소하거나 분노를 터트리지 않을 수 없었다.

스터브는 이 모든 상황이 자신의 계획에 유리하게 돌아가고 있다고 판단하고, 건지섬 사내에게 돌아가서 잠시 대화를 나누었다. 그 프랑스 배 항해사는 자기네 선장이 무식하면서 고집만 센 사람이라며 경멸감을 감추지 않았다. 괜한 고집을 부려서 선원들 모두를 더럽고 돈도 안 되는 일에 몰아넣었다는 것이다. 상대를 찬찬히 살펴보던 스터브는 그가 용연향에 대해 전혀 모르고 있다는 사실을 알아차렸다. 그래서 그 문제에 대해서는 아무 말도 하지 않고, 다른 문제에 대해서만 솔직하게 터놓고 이야기를 나누었다.

마침내 스터브와 건지섬 사내는 프랑스 배 선장이 그들의 성실성을 조금도 의심하지 않는 가운데 선장을 속이고 골려줄 작은 계략을 짰다. 계략인즉슨 건지섬 사내가 통역을 핑계로 자신이 하고 싶은 말을 마치 스터브가 한 말인 양 선장에게 전하고, 그사이에 스터브는 자신이 하고 싶은 말을 생각나는 대로 지껄이기로 한 것이다.

바로 그때 그들의 희생자가 될 선장이 선실 밖으로 나왔다. 키가 작고 얼굴이 거무튀튀한 그는 포경선 선장치고는 체격이 다소 왜소했다. 그래도 구레나룻과 콧수염을 길게 기르고 있었다. 붉은색 무명 벨벳 조끼를 입었고, 옆구리에는 도장이 달린 회중시계를 차고 있었다. 건지섬 사내는 그 신사에게 스터브를 정중히 소개했고, 곧바로 당당하게 두 사람 사이에서 통역을 시작했다.

"선장에게 무슨 말부터 할까?" 통역사가 물었다.

"글쎄." 스터브는 선장의 벨벳 조끼와 회중시계와 도장을 쳐다보며 대답했다. "내가 뭐 대단한 판관은 아니지만 선장이 좀 유치해 보인다고 말해주게."

건지섬 사내는 선장을 돌아보며 프랑스어로 말했다. "선장님, 이분이 말하기를 바로 어제 어떤 배를 만났는데, 그 배의 선장과 일등항해사, 선원 여섯 명이 뱃전에 매달아둔 시든 고래 때문에 열병에 걸려 모두 사망했다고 합니다."

그 말에 선장은 깜짝 놀라면서 좀 더 자세한 이야기를 듣고 싶어 했다.

"이젠 또 뭐라고 말할까?" 건지섬 사내가 스터브에게 물었다.

"내 말을 곧이곧대로 듣는 것 같으니 이렇게 말해주게. 내가 선장을 찬찬히 살펴보니 선장보다는 차라리 상티아구섬의 원숭이가 더 포경선을 잘 지휘할 것 같다고 말이야. 개코원숭이처럼 생겼다는 말도 해주게."

"선장님, 이분이 맹세코 말하는데 비쩍 마른 고래는 시든 고래보다 더 해롭다고 합니다. 목숨이 아까운 줄 안다면 한시바삐 저 두 고래를 뱃전에서 떼어내 바다에 버리라고 합니다."

선장은 즉시 앞으로 달려가 아주 큰 목소리로 선원들에게 도르래로 끌어올리는 작업을 중지하고, 고래를 뱃전에 고정시킨 밧줄과 쇠사슬을 빨리 풀어버리라고 지시했다.

"이젠 뭐라고 말하지?" 선장이 돌아오자 건지섬 사내는 물었다.

"글쎄, 또 뭐라고 말할까? 그래, 이번에는 이렇게 말하는 게 좋겠어. 사실은 내가 선장을 속였다고 말이야. (혼잣말로) 그리고 또 한 놈도 속였고."

"선장님, 이분이 우리에게 도움을 줄 수 있어 정말 기쁘답니다."

이 말을 듣고 선장은 고마워할 사람은 자신들(선장과 항해사)이라며, 선실에 내려가 보르도 포도주나 한 병 같이 마시자고 스터브를 초대했다.

"선장이 자네와 포도주를 한 잔 마시고 싶대." 통역사가 말했다.

"정말 고맙다고 전해줘. 하지만 나는 내가 사기 친 사람과는 술을 마시지 않는다고 전해주게. 이제 가봐야겠어."

"선장님, 이분은 금주가 원칙이라고 합니다. 선장님도 하루라도 더 오래 살면서 술을 마시고 싶다면, 보트 네 척을 모두 내려 배를 끌게 하여 고래에게서 멀어지는 것이 상책이라고 합니다. 바다가 너무 잔잔해서 고래가 저절로 떠내려가지 않을 테니까요."

스터브는 이미 뱃전으로 가서 그의 보트에 올라타며 건지섬 사내에게 이런 취지로 말했다. 자기 보트에 긴 예인 밧줄이 있으니 두 고래 중 가벼운 놈을 배 옆으로 끌어내는 일을 도와주겠다고 말이다. 프랑스 포경선의 보트들이 본선을 한쪽으로 끌어당기는 동안, 스터브는 친절하게도 유난히 긴 예인 밧줄을 보란 듯이 풀면서 고래를 다른 한쪽으로 끌고 갔다.

곧 산들바람이 불기 시작했다. 스터브는 고래에 연결된 밧줄을 푸는 척했다. 프랑스 배는 보트를 모두 끌어올리고는 곧 스터브에게서 멀어졌다. 그러는 사이에 피쿼드호가 프랑스 배와 스터브의 고래 사이로 미끄러지듯이 들어왔다.

스터브는 즉시 떠내려가는 고래 사체에 재빨리 다가가며 피쿼드호에 자신의 의도를 알리고는 교활한 잔꾀로 얻은 열매를 수확하는 작업에 착수했다. 그는 날카로운 보트 삽을 움켜쥐고 옆지느러미 조금 뒤쪽에 구멍을 파기 시작했다. 누가 보면 바다 한가운데서 지하실을 파는 줄 알았을 것이다. 마침내 삽이 앙상한 갈비뼈에 닿았을 때, 마치 영국의 비옥한 흙속에 파묻혀 있던 옛 로마의 기와와 도자기를 발굴한 것 같았다. 보트의 선원들도 모두 흥분한 채 스터브가 하는 일을 열심히 도왔다. 다들 황금 발굴자처럼 간절한 마음으로 고래 속을 들여다보았다.

그러는 동안 무수히 많은 바다 새들이 주위에서 급강하하며 자맥질하고 비명을 지르고 고함치며 자기들끼리 싸움을 벌였다. 파고들수록 악취가 심해지자 스터브는 실망하는 기색을 보이기 시작했다. 그러나 고약한 냄새 사이로 갑자기 한 줄기 희미한 향기가 피어올라왔다. 그 향기는 악취에 묻히지 않은 채 그 물결을 뚫고 계속 흘러나왔다. 한 강물이 다른 강물에 흘러들어도 전혀 섞이지 않은 채 한동안 흘러가는 것과 비슷했다.

"찾았다, 찾았어." 스터브가 고래 몸속 깊은 지점을 두드리며 기쁘게 소리쳤다. "돈 주머니야! 돈 주머니!"

스터브는 삽을 내던지고 두 손을 구멍에 밀어 넣어 진한 향의 원저 비누 같기도 하고 영양이 풍부하고 오래되어 얼룩진 치즈 같기도 한 것을 한 움큼씩 여러 번 꺼냈다. 그것은 아주 기름지고 향기로웠다. 엄지손가락으로 누르면 쑥 들어갈 만큼 부드러웠고 노란색과 회색 중간 정도의 빛깔을 띠었다. 친구들이여, 이것은 용연향이라는 것으로 어느 약국에 가져가도 30그램에 금화 1기니는 쳐준다.

스터브는 그것을 여섯 움큼 꺼냈다. 어쩔 수 없이 바다에 흘려버린 양은 그보다 더 많았다. 성미 급한 에이해브가 이제 그만하고 배로 돌아오라고, 그러지 않으면 바다에 놔두고 가버리겠다고 큰 소리로 명령하지 않았더라면 더 많은 용연향을 손에 넣었을 것이다.

용연향이란 참으로 기이한 물질이고 상품으로도 중요하기 때문에, 1791년에 낸터킷 출신의 코핀 선장이라는 사람은 이 문제로 영국 하원에서 심문을 받기도 했다. 그 당시는 물론이고 비교적 최근까지도 용연향의 정확한 기원은 호박과 마찬가지로 학자들에게 풀리지 않는 문제로 남아 있다. 용연향(ambergris)이라는 단어는 프랑스어로 '회색 호박'이라는 뜻이지만, 그 둘은 완전히 별개의 물질이다. 호박은 해안에서 때때로 발견되기도 하지만 주로 깊은 내륙의 땅속에서 발굴되는 것인 반면에, 용연향은 오로지 바다에서만 발견된다. 호박은 단단하고 투명하며 깨지기 쉬운 무취의 물질로 담배 파이프의 물부리나 목걸이, 장신구 등에 사용된다. 반면에 용연향은 부드럽고 물렁물렁하며 향기가 아주 좋아 대체로 향수나 방취제, 고급 양초, 머리 분이나 머리 기름 등에 사용된다. 터키 사람들은 용연향을 요리에도 사용하고 메카로 순례할 때도 가져간다. 기독교인들이 로마의 성베드로대성당에 유향을 가지고 가는 것과 같은 이유에서다. 포도주 상인들은 용연향 알갱이를 적포도주에 넣어 풍미를 더하기도 한다.

그나저나 멋쟁이 신사 숙녀들이 병든 고래의 부패한 창자에서 꺼낸 물질로 자신을 치장한다는 사실을 누가 상상이나 하겠는가! 하지만 사실이 그러하다. 고래가 소화불량에 걸리는 원인이 용연향이라고 주장하는 사람이 있는가 하면, 용연향이 소화불량의 결과라고 주장하는 사람도 있다. 보트 서너 척 분량의 하제 브랜드레스 알약을 고래에게 먹인 다음, 암석을 폭파하는 인부들처럼 얼른 안전한 곳으로 도망치는 것 말고는 그런 소화불량을 어떻게 다스릴지는 알려진 바가 없다. 깜빡 잊고 말하지 못했는데, 이 용연향 속에서 단단하고 둥글납작한 뼈 같은 것이 발견되었다. 처음에 스터브는 그것이 선원들의 바지에서 떨어져 나온 단추일 것이라고 생각했다. 하지만 그것은 용연향 속에 갇혀 방부 처리된 작은 오징어의 뼛조각으로 밝혀졌다.

그런데 더없이 향기로운 용연향이 그처럼 부패한 고래 내장에서 발견되는 것이 아무런 의미도 없는 일이라고 보는가? 성 바울이 고린도인에게 보낸 첫 번째 편지에서 썩을 것과 썩지 아니할 것에 대해 한 말[235]을 생각해보라. 우리는 욕된 것에 심기었지만 영광스러운 것으로 다시 살아난다고 하지 않았는가. 파라셀수스[236]가 무엇으로 최고의 사향을 만들어낸다고 말했는지도 생각해보라. 온갖 악취 중에서도 가장 고약한 것이 제작 초기 단계의 콜로뉴 향수라는 사실 또한 잊지 말라.

나는 이와 같은 호소로 이 장을 끝내고 싶으나 고래잡이들이 종종 뒤집어쓰는 비난을 반박하고 싶은 마음이 간절해서 그럴 수가 없다. 이미 편견이 굳은 사람들은 저 프랑스 배의 두 고래 이야기를 들으면 그런 비난이 간접적으로 증명되었다고 생각할지도 모르기 때문이다. 이 책의 다른 부분에서 포경업이 전반적으로 더럽고 너저분한 직업이라는 중상모략을 반박한 적이 있다. 하지만 또 한 가지 반박할 것이 있다. 모든 고래가 항상 악취를 풍긴다는 비방이다. 도대체 그런 끔찍한 낙인은 누가 찍은 것일까?

나는 그 낙인이 2세기 전 런던에 처음으로 도착한 그린란드 포경선에서 비롯된 것이 분명하다고 생각한다. 이 포경선들은 예나 지금이나 남태평양 포경선과는 달리 바다에서 기름을 짜지 않고 신선한 고래 지방을 작은 조각으로 잘라서 커다란 통의 구멍에 밀어 넣은 채 귀항한다. 빙해에서는 고래를 잡을 수 있는 기간이 짧고 폭풍우가 갑자기 들이닥치는 일이 많아 고래 사체를 달리 보관할 방법이 없기 때문이다. 그러니 그린란드 부두에서 선창을 열고 이 고래 공동묘지에서 사체를 한 조각만 꺼내도 산부인과 병원을 짓기 위해 옛 도시의 묘지를 파헤칠 때와 같은 냄새가 진동하는 것이다.

또한 고래잡이들에 대한 악의적인 비난이 예전에 그린란드 해안에 슈메렌

— **235** 고린도전서 15장 42~44절. "죽은 자의 부활도 그와 같으니 썩을 것으로 심고 썩지 아니할 것으로 다시 살아나며 욕된 것으로 심고 영광스러운 것으로 다시 살아나며 약한 것으로 심고 강한 것으로 다시 살아나며 육의 몸으로 심고 신령한 몸으로 다시 살아나나니 육의 몸이 있은즉 또 영의 몸도 있느니라."

**236** 스위스의 의학자이자 연금술사(1493~1541).

부르그 혹은 스메렌베르크라는 네덜란드 마을이 들어선 바람에 생긴 것은 아닐까 생각해본다. 스메렌베르크라는 마을 이름은 박식한 학자 포고 폰 슬라크가 냄새에 대해 저술한 역작에 인용되기도 했다. 그 이름에서 알 수 있듯이(스메르는 '지방', 베르크는 '저장하다'라는 뜻) 이 마을은 네덜란드 포경선이 고래를 본국으로 싣고 가지 않아도 기름을 짤 수 있는 장소를 제공하기 위해 세워졌다. 이곳에는 화로와 기름 솥, 기름 창고 등이 모여 있었다. 기름을 짜는 작업이 한창일 때는 냄새가 보통 고약하지 않았을 것이다. 하지만 남태평양의 향유고래 포경선은 이야기가 전혀 다르다. 4년 정도 항해를 하면 선창에 기름이 가득 차는데, 정작 기름을 끓여내는 작업은 50일밖에 걸리지 않고, 고래기름은 통에 잘 넣어두면 냄새가 나지 않는다. 사실 고래는 죽었든 살았든 잘만 다루면 결코 나쁜 냄새를 풍기지 않는다. 중세 사람들은 코를 이용해 무리 속에 섞여 있는 유대인을 가려낼 수 있는 척했지만 후각만으로는 고래잡이를 알아낼 수 없다. 일반적으로 건강하고 활동량이 많으며 야외로 마음껏 돌아다니는 고래는 향기로운 냄새를 풍길 수밖에 없다. 물론 고래가 수면 위로 떠오르는 것은 그리 자주 있는 일은 아니다. 향유고래가 수면 위로 꼬리를 휘저으면 사향을 뿌린 숙녀가 따뜻한 응접실에서 드레스를 살랑거리며 걸어갈 때처럼 향기가 진동한다. 그렇다면 고래의 큰 덩치에서 풍겨나는 향기를 무엇에 비유할 수 있을까? 상아를 보석으로 장식하고 온몸에 향기 나는 몰약을 뿌리고서 인도 도시에서 성 밖으로 나와 알렉산드로스대왕에게 경의를 표했다는 저 유명한 코끼리에 비유해야 하지 않겠는가?

## 93장  버림받은 자

프랑스 사람들을 만난 지 며칠 안 되었을 때, 피쿼드호 선원들 중 가장 별 볼일 없는 자에게 가장 중대한 사건이 벌어졌다. 참으로 개탄스러운 그 사건은 때로는 미친 듯이 즐거워하면서도 정해진 운명의 길로 나아가는 피쿼드호에게 얼마나 비참한 결과가 따를 것인지를 생생하고도 집요하게 보여주는 예언이었다.

포경선의 모든 선원이 보트에 타는 것은 아니다. 배 지킴이라고 부르는 몇몇 선원들은 보트가 고래를 추격하는 동안 본선을 지키며 관리하는 임무를 맡는다. 일반적으로 배 지킴이들도 보트에 타는 선원들 못지않게 강인하다. 하지만 선원들 중에 지나치게 허약하거나 어눌하거나 소심한 사람이 있으면 자연스럽게 그가 배 지킴이가 된다. 피쿼드호에서는 흑인 소년 피핀, 줄여서 일명 핍이 그런 경우였다. 불쌍한 핍! 앞에서 이미 이 소년의 이름을 들었을 것이다. 인상적인 그날 밤에 우울하고도 흥겹게 울려 퍼지던 그의 탬버린 소리를 기억할 것이다.

외모로 보았을 때 핍과 찐빵은 잘 어울리는 한 쌍이었다. 색깔은 다르지만 덩치는 엇비슷한 검은 조랑말과 하얀 조랑말처럼 기이한 멍에에 함께 매인 것 같았다. 하지만 불운한 찐빵은 천성이 아둔하고 맹한 반면에, 핍은 마음이 지나치게 여리기는 하지만 기본적으로 총명하고 흑인 특유의 유쾌하고 친절하며 명랑한 성격을 가지고 있었다. 그의 종족은 다른 어느 종족보다 활달하고 자유롭게 온갖 휴일과 축제를 즐긴다. 흑인들에게는 1년 365일이 독립기념일이고 새해 첫날이다. 내가 이 흑인 소년이 총명하다고 말했다고 해서 비웃지 말라. 암흑조차 광채를 가지고 있지 않은가. 왕의 진열장을 장식하는 반들거리는 흑단을 보라. 핍은 삶을 사랑했고, 나아가 삶의 모든 평화와 안전을 사랑했다. 하지만 어쩌다 겪게 된 끔찍한 사건으로 안타깝게도 총명함이 흐려지고 말았다. 하지만 곧 알게 되다시피 이처럼 일시적으로 눌린 그의 총명함은 결국 이상하게 타오르는 거친 불빛으로 섬뜩하게 드러날 운명이었고, 그 불빛은 소년의 타고난 밝은 본성보다 열 배는 더 강렬하게 번쩍거렸다. 지난날 고향인 코네티컷주 톨랜드 카운티의 초원에서 바이올린을 켜며 떠들썩하게 노는 자리를 더욱 신나게 만들고, 선율이 흐르는 저녁이 되면 쾌활한 웃음소리로 둥근 지평선을 별이 달린 탬버린으로 바꾸어놓던 밝은 본성이 괴이한 불빛으로 변해버린 것이다. 순수한 물방울 같은 다이아몬드는 밝은 대낮에 푸른 정맥이 비치는 목에 걸려 있어도 건강한 빛을 발한다. 그러나 교활한 보석상이 광채를 극적으로 끌어올리기 위해 다이아몬드를 어두운 바닥에 내려놓고 거기에 햇빛이 아닌 인위적인 가스등을 비추면, 지독하게 탁월하고 화염 같은 광채를 발한다. 그리하여 한때 수정처럼 맑고 투명한 하늘의 신성한 상징이었던 다이아몬드는 이제 사악하게 불타오르는, 마치 지옥의 마왕에게서 훔쳐온 왕관의 보석같이 되어버린다. 이제 앞에서 하던 이야기로 돌아가보자.

용연향 사건 때 스터브는 보트의 맨 뒤에 앉은 노잡이가 손을 삐어서 당분간 노를 저을 수 없게 되자, 핍이 임시로 그 자리에 들어가게 되었다.

스터브와 함께 처음 보트를 타게 된 핍은 잔뜩 긴장했다. 다행히 그때는 고래와 직접 접촉하는 일이 없었고, 그래서 남부끄러운 일 없이 본선으로 돌아올 수 있었다. 그래도 스터브는 핍을 유심히 지켜보다가 앞으로 용기가 필요한 일이 많을 테니 최대한 용기를 길러야 한다고 충고했다.

그리고 두 번째 하선 때, 보트는 고래 곁으로 다가갔다. 고래는 작살에 맞는 순간 으레 그렇듯이 보트에 쾅쾅 몸을 부딪혔는데, 하필 그 지점이 불쌍한 핍의 자리 바로 아래였다. 그 순간 핍은 깜짝 놀라서 자기도 모르게 노를 쥔 채 보트에서 펄쩍 뛰어내렸다. 그때 근처에 늘어져 있던 고래 밧줄이 가슴에 부딪혔고, 바다에 떨어졌을 때는 온몸을 휘감았다. 상처 입은 고래는 갑자기 맹렬히 달아나기 시작했고 밧줄은 급속도로 팽팽해졌다. 불쌍한 핍은 가슴과 목에 밧줄이 칭칭 감긴 채 물거품을 일으키며 보트의 밧줄걸이 쪽으로 떠올랐다.

타슈테고는 뱃머리에 서 있었다. 사냥에 대한 열망으로 활활 타오르고 있었다. 그는 겁쟁이 핍이 미웠다. 칼집에서 보트 칼을 꺼내들고 예리한 날을 밧줄 위에 대고서 스터브를 돌아보며 탄식하듯이 물었다. "자를까요?" 밧줄에 목이 졸려 창백해진 핍의 얼굴은 제발 잘라달라고 말하고 있었다. 모든 일이 순식간에 벌어졌다. 불과 30초도 걸리지 않았다.

"이런 빌어먹을, 끊어!" 스터브가 고함쳤다. 그리하여 고래는 놓쳤고 핍은 구조되었다.

불쌍한 흑인 소년은 정신이 들자마자 선원들의 온갖 고함과 저주의 세례를 받아야 했다. 스터브는 욕설이 사라질 때까지 조용히 기다렸다가 분명하고 사무적으로, 그러면서도 얼마간의 유머를 잃지 않고 핍을 공식적으로 나무랐다. 그런 다음 비공식적으로 유익한 조언을 훨씬 더 많이 해주었다. 그 내용은 '핍, 절대로 보트에서 뛰어내려서는 안 돼. 예외는 있지만' 같은 것이었다. 하지만 건전한 조언들이 그러하듯이 나머지는 모두 말하려는 바가 명확하지 않았다. 포경업에서 고래잡이들의 진정한 좌우명은 무슨 일이 있어도 '보트에 붙어 있으라'지만, 때로는 보트에서 뛰어내리는 편이 훨씬 나은 경우도 있다. 핍에게 너무 양심적으로 조언을 했다가는 나중에 핍이 바다에 뛰어들 여지가 많이 생길지도 모른다는 생각이 들면서, 스터브는 갑자기 조언을 멈추고 단호한 명령으로 결론을 맺었다. "핍, 보트에 붙어 있어. 바다에 뛰어들면, 맹세컨대 너를 건져주지 않을 거야. 명심해. 너 같은 놈 때문에 고래를 놓칠 수는 없어. 고래를 팔면 앨라배마에서 쳐주는 네 몸값의 30배는 더 벌 수 있어. 내 말 명심하고 앞으로는 절대 보트에서 뛰어내리지 마." 여기서 스터브가 은연중에 내비친 말은, 인간이 동료를 사랑하기는 하지만 돈벌이를 추구하는 동물이므로 자비심을 베풀기 힘들 때가 아주 많다는 뜻일 것이다.

그러나 우리는 모두 신의 손 안에 있다. 그리고 핍은 또다시 보트에서 뛰어내렸다. 처음 뛰어내렸을 때와 아주 비슷한 상황이었다. 이번에는 가슴에 밧줄이 감기지 않았기 때문에 고래가 달아나기 시작했을 때, 핍은 서두르던 여행자가 두고 간 여행용 가방처럼 바다 위에 홀로 버려지고 말았다. 아아! 스터브는 자신이 한 말을 너무나 철저히 지켰다. 아름답고 평온하며 청명한 날이었다. 반짝이는 바다는 잔잔하고 시원했으며 금박 세공사가 한없이 두드려서 얇게 펴낸 황금막처럼 수평선까지 펼쳐져 있었다. 수면 위로 불쑥 솟아올랐다가 다시 가라앉는 핍의 검은 머리가 정향 봉오리처럼 보였다. 핍이 순식간에 고물에서 떨어지는 바람에 보트 칼을 빼든 사람이 아무도 없었다. 스터브는 냉정하게도 핍에게서 등을 돌리고 있었고, 고래는 날개를 단 듯 달아났다. 3분도 안 되어 핍과 스터브 사이에 1킬로미터가 훌쩍 넘는 망망한 바다가 놓였다. 불쌍한 핍은 바다 한가운데서 곱슬곱슬한 검은 머리를 들어 태양을 바라보았다. 태양은 더

없이 높은 곳에서 가장 찬란하게 빛나고 있었지만 외로운 조난자이기는 핍과 마찬가지였다.

수영에 익숙한 사람이 좋은 날씨에 탁 트인 바다에서 헤엄치기란 육지에서 용수철이 달린 마차를 타고 달리는 것만큼이나 쉬운 일이다. 하지만 그 끔찍한 외로움은 참을 수 없다. 그처럼 무정하고 광대한 바다 한가운데서 나밖에 없다는 지독한 느낌이라니. 오, 신이시여! 누가 그 외로움을 헤아릴 수 있겠는가? 잔잔한 망망대해에서 선원들이 헤엄치며 멀리 감는 모습을 본 적이 있는가? 그들은 뱃전에 바싹 붙어 있고 주변에서 벗어나려 하지 않는다.

그런데 스터브는 정말로 불쌍한 흑인 소년을 운명에 내맡겨버린 것인가? 아니다. 적어도 그럴 의도는 아니었다. 뒤에 보트 두 척이 따라오고 있었으므로, 당연히 그들이 핍을 구조할 것이라고 생각했다. 물론 그와 비슷한 상황에서 겁이 많아 위험에 빠진 노잡이에게 고래잡이들이 늘 배려심을 보여주는 것은 아니다. 게다가 그런 일은 드물지 않게 일어난다. 포경업계에서 이른바 겁쟁이는 육군이나 해군에서 그렇듯이 가차 없이 경멸의 대상이 된다.

그러나 뒤따라오던 보트들은 핍을 보지 못했고, 갑자기 한쪽 편에서 나타난 고래들을 추격하느라 방향을 틀었다. 스터브의 보트는 이제 너무 멀리 떨어졌고, 고래 추격에 정신이 팔려 있어 핍을 둘러싼 수평선은 안타깝게도 더욱 넓어지기 시작했다. 그때 본선이 나타나 그를 구조한 것은 순전히 우연이었다. 하지만 이후로 흑인 소년은 바보가 되어 갑판을 서성였다. 적어도 사람들의 말로는 그러했다. 바다는 조롱하듯이 그의 유한한 육체만 물 위에 띄웠고, 영원한 영혼은 깊은 물속으로 가라앉혔다. 하지만 완전히 가라앉힌 것은 아니었다. 그보다는 산 채로 그를 놀라울 정도로 깊은 곳까지 끌고 내려갔다고 보는 편이 맞다. 그곳에서는 원래의 모습을 간직한 태곳적의 기이한 형체들이 그의 멍한 눈앞을 이리저리 미끄러지듯이 헤엄쳐 다녔다. 그리고 인색한 인어 왕자인 '지혜'가 산더미처럼 쌓인 자신의 보물을 드러냈다. 즐겁고 무심하고 항상 젊은 영원의 세계에서 핍은 신처럼 어디에나 존재하는 수많은 산호충이 물의 창공에서 광대한 천체를 들어 올리는 것을 보았다. 핍은 신의 발이 베틀의 디딤판을 딛고 있는 모습을 보고 그 장면에 대해 횡설수설하듯이 말했다. 선원들은 그가 미쳤다고 생각했다. 인간의 광기는 하늘의 지혜이고, 인간은 이성에서 벗어나야 이성의 기준으로는 어리석고 광적으로 보이는 천상의 지혜에 도달하게 된다. 그리하여 그가 믿는 신처럼 슬픔과 기쁨을 초월하여 무엇에도 흔들리지 않고 무심할 수 있게 된다.

나머지 일들에 대해서는 스터브를 너무 탓하지 말길 바란다. 포경업에서는 흔한 일이고, 이 이야기의 결말에 이르러 나 역시 그와 비슷한 일을 겪게 되는 것을 보게 될 테니까.


## 94장  손으로 쥐어짜기

이처럼 값비싼 대가를 치르고 얻은 스터브의 고래는 곧 피쿼드호의 뱃전에 매달렸고, 앞에서 상세히 설명한 것처럼 고래 지방 자르기와 끌어올리기 작업부터 '하이델베르크 술통', 즉 고래 머리에서 기름을 퍼내는 작업에 이르기까지 모든 일이 절차대로 순조롭게 이루어졌다.

몇몇 선원들이 이 마지막 작업을 하는 동안에, 다른 선원들은 기름이 가득 찬 통을 다른 곳으로 끌고 가는 작업을 했다. 적절한 시기가 되면 이 경뇌유는 신중한 처리 과정을 거쳐 기름을 짜내는 가마솥으로 가게 되는데, 이에 관해서는 곧 다시 설명하겠다.

경뇌유는 이미 어느 정도 냉각되어 결정체가 되어 있었다. 그래서 다른 선원들과 함께 콘스탄티누스대제의 욕조만큼이나 커다란 통 앞에 앉았을 때, 기름이 이상한 덩어리 형태로 굳어서 아직 액체 상태인 기름 속에서 이리저리 굴러다니고 있는 것을 보았다. 이 덩어리를 쥐어짜서 다시 액체로 만드는 것이 우리가 할 일이었다. 얼마나 향기롭고 번지르르한 임무인가! 옛날에 경뇌유가 인기 많은 화장품이었다는 사실은 그리 놀랄 일도 아니다. 얼마나 피부를 깨끗하게 해주는지! 얼마나 부드럽게 해주는지! 얼마나 기분 좋게 달래주는지! 경뇌유에 손을 담근 지 몇 분 지나지 않았는데도 손가락이 장어라도 된 느낌이 들었다. 마치 뱀처럼 구불거렸다.

힘든 양묘기 작업을 마치고 청명한 하늘 아래 갑판 위에 책상다리를 하고 편안히 앉아 있는 동안 배는 게으른 돛을 달고 바다를 조용히 미끄러지듯 나아갈 때, 만들어진 지 한 시간도 안 되는 부드럽고 미끈덩한 기름 덩어리 사이에 두 손을 담그면 잘 익은 포도에서 즙이 나오듯 손가락 사이로 몽글몽글한 것이 터지며 기름을 풍성하게 뿜어낼 때, 말 그대로 봄에 핀 제비꽃 향기 같은 그 순결한 향기를 들이마실 때, 잠시 나는 향기 가득한 초원에 앉아 있는 듯한 기분이 들었다. 우리의 끔찍한 맹세 따위는 모두 잊어버린 채 나는 뭐라 형언할 수 없는 경뇌유에 손과 마음을 모두 씻었다. 경뇌유가 분노의 열기를 가라앉히는 데 특효약이라는 파라셀수스의 미신마저 믿게 될 정도였다. 기름통 속에 손을 담그고 있는 동안, 나는 모든 악의와 심술, 적개심에서 해방되어 신성해지는 느낌이 들었다.

쥐어짜고, 쥐어짜고, 또 쥐어짰다. 오전 내내 기름을 쥐어짰다. 나 자신이 경뇌유에 녹아들 정도로 계속 쥐어짰다. 이상한 광기가 들 정도로 경뇌유를 쥐어짰다. 그러다가 나도 모르게 동료들의 손을 기름 덩어리로 착각하고 쥐어짜기도 했다. 이 작업은 풍성하고 애정이 넘치며 친근한 감정을 불러일으켰다. 나는 계속해서 동료들의 손을 쥐어짜고 그들의 눈을 애틋한 눈빛으로 쳐다보았다. 마치 이렇게 말하듯이! 오! 나의 소중한 동료들이여, 왜 우리가 서로를 모질게 대하고 사소한 악의나 질투를 계속 품고 있어야 하는가! 오라, 우리 함께 서로의 손을 쥐어짜자. 아니, 우리 모두 자신을 쥐어짜서 서로에게 스며들자. 온 세상 사람들이 다 함께 자신을 쥐어짜서 친절함의 우유와 경뇌유가 되자.

경뇌유를 한없이 쥐어짤 수 있다면 얼마나 좋을까! 나는 오래도록 반복된 경험을 통해 인간은 어떤 경우에든 자기가 얻을 수 있는 행복에 대한 기준을 낮추거나 적어도 바꿔야 한다는 사실을 알았다. 그런 행복은 지성이나 환상 속이 아니라 아내나 연인, 침대, 탁자, 말안장, 난롯가, 전원 등에 있다. 나는 이제 이 모든 것을 깨달았기에 영원히 기름 덩어리를 쥐어짤 준비가 되어 있다. 밤에 찾아오는 환상[237] 속에서 나는 천국의 천사들이 길게 줄을 선 채 저마다 기름통 속에 손을 담그고 있는 광경을 보았다.

\* \* \*

경뇌유 쥐어짜기를 설명했으니 기름 짜는 솥에 경뇌유를 집어넣는 과정에서 벌어지는 그와 비슷한 작업도 소개할 필요가 있을 듯하다.

우선 '백마'라고 부르는 것이 있다. 고래의 몸통이 가늘어지는 부분과 꼬리의 두꺼운 부분에서 얻을 수 있는 이것은 뭉친 힘줄, 즉 단단히 굳은 근육 덩어리다. 그래도 기름이 어느 정도 들어 있기는 하다. 고래 몸에서 잘라낸 백마는 손으로 운반할 수 있는 크기의 장방형으로 잘랐다가 썰기 담당 선원에게 넘긴다. 백마는 버크셔 대리석 덩어리처럼 보인다.

'자두 푸딩'은 지방층 담요 여기저기에 붙어 있는 살점을 가리키는 용어로서 고래 고기의 기름진 특성에 기여하는 바가 크다. 이 부위는 보기만 해도 신선하고 기분이 좋아지며 아름답다. 이름에서 알 수 있듯이 색채 배합이 아주 화려하여, 흰색과 황금색이 어우러진 바탕에 선명한 주홍색과 자주색 반점이 점점이 박혀 있다. 시트론 모양의 그것은 루비 빛깔의 자두 같다. 작업 중에 그러면 안 되지만 한 입 베어 먹고 싶은 생각을 누르기가 어렵다. 솔직히 말하자면 앞돛대 뒤에서 그것을 한번 몰래 먹어본 적이 있다. 뚱보 왕 루이[238]가 맛보았을 법한 사슴 넓적다리 커틀릿처럼 맛이 좋았다. 사슴 사냥철이 시작된 첫날에 잡은 사슴으로 요리하고, 때마침 샹파뉴 지방의 포도원에서 이례적으로 수확한 좋은 포도주를 곁들여 먹으면 그런 맛이 나지 않을까 하는 생각이 들었다.

이 작업을 하는 과정에서 나오는 아주 특이한 부산물이 또 하나 있는데 어떻

---

**237**  욥기 4장 13~14절 참조. "사람이 깊이 잠들 즈음 내가 그 밤에 본 환상으로 말미암아 생각이 번거로울 때 두려움과 떨림이 내게 이르러서 모든 뼈마디가 흔들렸느니라."

**238**  프랑스 왕 루이 6세(재위 1081~1137)를 말한다.

게 해야 적절히 설명할 수 있는지 모르겠다. '진창'이라고 부르는 그것은 고래잡이들이 처음으로 이름을 붙였는데, 그 물질의 성질과 잘 맞아떨어진다. 말할 수 없이 찐득거리는 이 점액성 물질은 경뇌유를 짜서 다른 통으로 옮긴 다음 경뇌유 통에서 주로 볼 수 있다. 고래 머리 기름통을 둘러싼 아주 얇은 내막이 찢어졌다가 서로 엉겨서 만들어진 것으로 보인다.

이른바 '찌꺼기'는 참고래잡이들이 사용하는 용어지만, 때로는 향유고래잡이들도 우연히 사용할 때가 있다. 이것은 그린란드고래나 참고래의 등에서 벗겨낸 검고 끈적끈적한 물질로, 이 저급한 고래를 사냥하는 저 열등한 영혼들의 갑판을 뒤덮고 있다.

'집게.' 엄밀히 말해 이 단어는 포경업계 고유의 용어가 아니다. 하지만 고래잡이들이 사용하면서 이 업계의 말이 되었다. 고래잡이들이 말하는 집게는 가늘어지는 고래 꼬리 부위에서 잘라낸 짧고 단단한 힘줄 조각을 말한다. 두께는 평균 2.5센티미터이고, 크기는 괭이의 쇠붙이 부분과 비슷하다. 이것을 세워서 기름으로 미끈거리는 갑판 위를 밀고 가면 가죽 걸레 같은 역할을 하는데, 희한하게도 갑판의 온갖 지저분한 것들을 끌어들이며 앞으로 나아간다.

잘 알려지지 않은 이 물질들에 대해 알고 싶다면, 지금 즉시 지방 보관실로 내려가 그곳의 담당자들과 긴 대화를 나누는 것이 가장 좋다. 지방 보관실은 앞에서 말했다시피 고래에게서 벗겨내 끌어올린 '담요' 조각들을 저장하는 곳이다. 이곳에 저장된 지방층을 자를 때가 되면, 이 보관실은 모든 신참들에게 공포의 현장이 되는데, 특히 밤중에 무서움이 증폭된다. 흐릿한 등불을 켜둔 한쪽 면은 작업자들을 위해 비워둔 공간이다. 작업은 보통 2인 1조로 이루어지고 한 사람이 창과 갈고리를 담당하면 다른 한 사람이 삽을 담당한다. 포경용 창은 프리깃함에 장착된 같은 이름의 무기와 비슷하고, 갈고리는 보트를 끌어당길 때 쓰는 갈고리 장대와 비슷하다. 갈고리를 든 사람은 갈고리를 지방 담요에 단단히 걸어 배가 아무리 앞뒤 좌우로 흔들려도 고정되도록 만든다. 한편 삽을 든 사람은 담요 바로 위에 올라간 다음 그것을 수직으로 내리쳐서 쉽게 옮길 수 있는 크기로 잘라낸다. 삽은 숫돌에 최대한 날카롭게 갈아놓는다. 삽을 든 사람은 신발을 신지 않는데, 그가 딛고 서 있는 담요가 썰매처럼 발밑에서 자꾸 미끄러져 나가기 때문이다. 자신이나 조수들의 발가락을 자른들 크게 놀랄 일도 아니다. 지방 보관실의 고참 선원들 중에는 발가락 없는 사람이 흔하다.

## 95장  사제복

이렇게 고래의 사체를 해부하고 있을 때 피쿼드호에 승선하여 양묘기 옆을 지나갔다면, 정체를 알 수 없는 기묘한 물체가 바람 불어가는 쪽 배수구에 길게 가로놓여 있는 것을 보고 상당한 호기심을 느끼며 찬찬히 살펴보았을 것이다. 고래의 거대한 머리 안에 든 경이로운 기름통도, 떼어낸 아래턱의 기괴함도, 대칭을 이루는 꼬리의 경이로움도, 그 이상한 원뿔 모양의 물체[239]를 슬쩍 한번 본 것만큼 당신을 놀라게 하지는 못할 것이다. 물체의 길이는 켄터키 사람의 키보다 더 길고, 바닥의 지름은 30센티미터에 가까우며, 색깔은 퀴케그의 흑단 우상인 요조처럼 새카맣다. 실제로 그것은 우상이다. 아니, 옛날에 그와 비슷한 우상이 있었다. 예를 들어 유다의 왕대비 마아가의 비밀 정원에서 발견된 우상이 그러하다. 아사 왕이 우상을 숭배한다는 이유로 할머니 마아가를 왕대비 자리에서 물러나게 하고, 그 우상을 토막 내어 기드론 시냇가에서 불살라버렸다는 음울한 내용이 열왕기상 15장에 기록되어 있다.

고래를 잘게 써는 선원이 걸어오는 모습을 보라. 그는 동료 두 명의 도움을 받아 '대물'이라고 부르는 것을 등에 이고 양쪽 어깨를 잔뜩 구부린 채, 전장에서 총에 맞아 죽은 전우를 끌고 오는 수류탄병 같은 모습으로 오고 있다. 그는 그 큰 놈을 앞갑판 위에 내려놓고 아프리카 사냥꾼이 큰 뱀의 껍질을 벗기듯이 시커먼 가죽을 원통형으로 벗겨내기 시작한다. 다 벗긴 가죽은 바짓가랑이처

---

**239** 향유고래의 음경.

럼 뒤집어 지름이 거의 두 배로 늘어날 만큼 세게 잡아당기더니, 마침내 골고루 펀 상태로 밧줄에 매달고 건조시킨다. 잠시 후 그것을 걷어서 뾰족한 끝부분을 1미터 가량 잘라내고, 다른 쪽 끄트머리에 팔을 집어넣을 구멍 두 개를 낸 다음, 그것을 통째로 뒤집어쓴다. 고래를 잘게 써는 선원은 이제 자신이 받은 소명에 어울리는 옷차림으로 사람들 앞에 섰다. 그와 같은 신분의 사람들이 태곳적부터 갖추어온 이 옷차림만이 그가 본연의 임무를 수행하는 동안 그를 보호해줄 것이다.

그 임무란 고래 몸에서 잘라낸 기름 덩어리들을 솥에 넣을 수 있도록 잘게 써는 것이다. 이 작업은 뱃전에 엉덩이를 돌리고 있는 목마 모양의 작업대에서 이루어지는데, 잘게 썬 조각들은 열광적인 연설가의 연설문 종이만큼이나 빠른 속도로 목마 아래의 커다란 통 속으로 떨어진다. 사제복 같은 검은 옷을 입었겠다, 눈에 잘 띄는 설교단에 올라갔겠다,『성경』책장에 열중하고 있겠다, 이만 하면 고래를 잘게 써는 이 선원이야말로 대주교 후보감이요, 교황의 친구가 아니겠는가?[240]

## 96장  기름 짜는 솥

미국 포경선의 외관을 특이하게 만들어주는 요소로 뱃전에 매단 보트 외에 정유용 화덕이 있다. 참나무와 삼밧줄이 어우러진 이 단단한 벽돌 구조물은 기이하고 독특한 시설로 완전한 포경선을 구성하는 데 반드시 필요하다. 벌판에 있는 벽돌 가마를 갑판에 옮겨놓았다고나 할까?

---

**240**  "『성경』책장처럼!『성경』책장처럼!" 항해사들은 고래를 잘게 써는 선원에게 으레 이렇게 외쳐댄다. 작업할 때 조심하고, 기름 덩어리를 최대한 잘게 썰도록 요구하는 것이다. 기름 덩어리가 작을수록 끓는 속도가 빨라지고 기름 양도 크게 늘어날 뿐만 아니라 질도 좋아지기 때문이다. (원주)

정유용 화덕은 갑판에서 가장 넓은 부분인 앞돛대와 주돛대 사이에 위치한다. 받침대로 쓰이는 목재는 길이가 3미터, 너비가 2.5미터, 높이가 1.5미터에 이르는데, 거의 벽돌과 모르타르로 이루어진 화덕의 무게를 견뎌야 하기 때문에 매우 견고하다. 토대는 갑판에 박혀 있지 않고 벽돌 구조물을 전체적으로 단단히 조이는 무릎 모양의 묵직한 쇠를 목재 받침대에 나사못으로 고정시킨다. 측면에는 널빤지를 댔고, 윗면은 약간 기울어진 커다란 나무 뚜껑으로 완전히 덮여 있다. 뚜껑을 열면 용량이 수백 리터나 되는 커다란 기름 솥 두 개가 나온다. 기름 솥은 사용하지 않을 때는 아주 깨끗하게 유지한다. 가끔씩 은제 펀치볼처럼 반짝거릴 때까지 활석과 모래로 광을 내기도 한다.

세상에 냉소적인 몇몇 고참 선원들은 야간 당직을 서다가 솥 안에 들어가 몸을 웅크리고 잠시 눈을 붙인다. 솥에 광을 낼 때는 두 사람이 솥을 하나씩 맡고 나란히 서서 닦는데, 솥전 너머로 은밀한 이야기가 수없이 오고간다. 그곳은 심오한 수학적 명상을 하기에도 알맞다. 나는 피쿼드호의 왼쪽 기름 솥에 들어가 활석을 빙빙 돌리며 광을 내다가 놀라운 사실을 간접적으로 깨달았다. 기하학에서 사이클로이드 곡선을 따라 활강하는 물체는, 이를테면 내가 돌리고 있는 활석은 이 곡선상의 한 점에서 낙하하는 데 걸리는 시간이 항상 일정하다는 것이다.

기름 솥 앞의 방화 판을 떼어내면 그쪽 면의 벽돌 구조가 드러나고, 쇠로 만든 아궁이 입구 두 개가 솥 밑으로 바로 연결되어 있는 것이 보인다. 아궁이 입구에는 무거운 쇠문이 달려 있다. 엄청난 불기운이 갑판에 전달되지 않는 것은 이 구조물 바닥 전체에 얕은 저수조가 있기 때문이다. 저수조의 물은 매우 빠르게 증발하므로 뒤쪽에 연결된 파이프로 물을 계속 보충해야 한다. 밖으로 빼낸 굴뚝은 없고 뒤쪽 벽이 외부 공간에 직접 노출되어 있다. 그러면 여기서 잠깐 앞에서 하던 이야기로 돌아가보자.

이번 항해에서 피쿼드호가 기름 솥 작업에 처음 시동을 건 것은 밤 아홉 시무렵이었다. 이 일의 감독은 스터브가 맡았다.

"다들 준비됐나? 뚜껑을 열고 기름 솥을 가동시켜. 이봐 요리사, 불을 지펴."

그것은 쉬운 일이었다. 항해 내내 목수가 대팻밥을 아궁이 속에 넣어두었기 때문이다. 여기서 말해둘 것은 포경선이 항해 중 처음으로 기름 솥에 불을 땔 때는 한동안 장작을 써야 한다는 사실이다. 이후로는 주 연료에 얼른 불을 붙여야 할 때를 빼고는 나무를 사용하지 않는다. 대신에 고래기름을 짜고 나면 남는 바삭바삭한 찌꺼기로 불을 땐다. 이 찌꺼기에는 아직도 기름기가 상당히 남아 있기 때문이다.

화형대 위의 순교자처럼, 또는 자기 파괴적인 염세주의자처럼 고래는 일단 불이 붙으면 자신의 몸을 연료로 쓰며 타오른다. 고래가 연기마저도 다 가져가준다면 좋으련만! 연기를 들이마시는 것은 보통 고역이 아니지만 어쩔 도리가 없고 한동안 그 연기 속에서 살아야 하기 때문이다. 연기에서는 형언할 수 없이 고약한 힌두교 냄새가 나는데, 인도의 화장터에서 시신을 태울 때 나는 냄새와 비슷하다. 최후의 심판 날 왼편에 서 있는 자들의 냄새, 지옥의 구렁텅이에 떨어지는 데 근거가 되는 냄새다.

자정 무렵 기름 솥 작업이 전면 가동되기 시작했다. 우리는 고래의 잔해를 바다에 내버리고 돛을 올렸다. 상쾌한 바람이 불어왔고 광막한 바다는 칠흑보다 어두웠다. 그을린 연기 구멍에서 이따금 날름거리는 강렬한 불길이 어둠을 핥았다. 그 불길은 저 유명한 그리스의 화공 때처럼 하늘 높이 걸려 있는 밧줄들을 낱낱이 비췄다. 불타는 배는 무자비한 복수의 화신이라도 된 듯이 돌진했다. 저 용감한 히드라섬 사람 카나리스[241]가 역청과 유황을 쌍돛대 범선에 가득 싣고 한밤중에 항구를 떠난 뒤, 돛에 불을 붙이고 터키의 군함에 돌진하여 적함을 완전히 불태웠을 때의 모습이 그러했을 것이다.

화덕 위에서 떼어낸 뚜껑은 이제 그 앞에 놓여 넓은 바닥 역할을 했다. 포경선에서 으레 불 담당인 이교도 작살잡이들이 지옥에서 온 자들처럼 뚜껑 위에

---

**241** 그리스의 영웅. 1822년 그리스인들이 독립을 쟁취하기 위해 투르크족을 상대로 싸울 때 화공선 전략을 개발했다. 영국의 낭만주의 문인들과 대부분의 미국인들은 그리스의 독립 운동을 지지했고, 멜빌도 소년 시절에 그 운동을 많이 들어서 잘 알고 있었다.

올라섰다. 그들은 끝이 갈라진 거대한 쇠막대기로 쉭쉭거리는 지방 덩어리를 펄펄 끓는 솥에 던져넣기도 하고, 뱀 같은 불꽃이 아궁이 밖으로 튀어나와 발밑에서 어른거릴 때까지 기름 솥 밑의 불을 쑤석이기도 했다. 음울한 연기가 뭉게뭉게 피어올랐다. 배가 흔들릴 때마다 끓는 기름도 그들의 얼굴에 달려들 듯한 기세로 출렁거렸다. 아궁이 맞은편, 그러니까 넓은 나무 바닥 저편에 있는 양묘기는 바다의 소파 구실을 했다. 야간 당직자는 할 일이 별로 없을 때 여기에서 빈둥거리며 눈이 머릿속에 눌어붙는 느낌이 들 때까지 붉게 이글거리는 불길을 들여다보았다.

이제 연기와 땀으로 지저분한 그들의 황갈색 얼굴과 덥수룩한 수염, 그것과 대조를 이루며 야만적으로 번들거리는 하얀 이빨 등 모든 것이 기름 솥의 변덕스러운 불길에 비치며 괴이한 모습을 드러냈다. 그들이 불경한 모험담을 주고받고 우스갯소리를 하듯이 끔찍한 이야기를 해댈 때, 그들의 야만적인 웃음소리가 아궁이에서 피어오르는 불길처럼 입 밖으로 날름대며 솟아오를 때, 그 앞에서 작살잡이들이 이리저리 오가며 기다란 갈퀴와 국자를 들고 격렬히 움직일 때, 바람이 계속 으르렁거리고 바다는 넘실거리는 와중에 배가 신음소리를 내며 물속으로 곤두박질치면서도 시뻘건 지옥의 불길을 어두운 바다와 밤 속으로 연신 내뿜고 입에 들어온 흰 뼈를 경멸하듯이 우적우적 씹어서 사방으로 사악하게 내뱉을 때, 야만인과 불을 싣고 사체를 태우며 칠흑 같은 어둠 속으로 달려가는 피쿼드호는 편집광적인 선장의 영혼에 필적하는 구체적인 물체로 보였다.

이 화공선의 키를 잡고 몇 시간 동안 묵묵히 항해하는 내내 그런 생각이 들었다. 어둠 속에서 키를 잡고 있던 나는 다른 선원들의 붉은 광기와 괴기함을 더 잘 볼 수 있었다. 바로 눈앞에서 절반은 연기에, 절반은 불길에 휩싸여 신나게 뛰노는 악마 같은 형상들을 계속 보고 있으려니 결국 내 영혼 속에 그와 비슷한 환영이 자리를 잡고 들어앉았다. 그리하여 한밤중에 키를 잡을 때마다 몰려드는 까닭 모를 졸음에 굴복하는 순간 환영들이 나타났다.

하지만 그날 밤에는 특히 이상한(지금까지도 알 수 없는) 일이 일어났다. 선 채로 잠시 졸다가 깜짝 놀라서 깬 순간, 무언가 크게 잘못되었다는 오싹한 느낌이 들었다. 고래 턱뼈로 만든 키 손잡이가 거기에 기대고 있던 내 옆구리를 탁 하고 쳤다. 바람에 흔들리기 시작한 돛들이 낮게 윙윙거리는 소리가 들려왔다. 나는 두 눈을 뜨고 있다고 생각했다. 그리고 무의식적으로 손가락을 눈꺼풀에 대고 더 크게 벌리려고 했던 것 같다.

그럼에도 항해의 지침이 되어주는 나침반을 볼 수 없었다. 1분 전만 해도 나침반 등불로 방위반을 분명 본 것 같았는데, 지금 눈앞에는 칠흑 같은 어둠뿐이었다. 이따금 붉은빛이 번쩍거려 더욱 음산하게 느껴지는 어둠이었다. 그 순간 나를 태우고 빠르게 돌진하는 이것이 무엇이든 간에, 앞에 있는 어떤 항구를 향해 달려가는 것이 아니라 뒤에 있는 모든 항구로부터 달아나고 있다는 생각이 얼핏 스쳐 지나갔다. 죽음과 같은 냉혹함과 당혹감이 엄습했다. 충동적으로 키 손잡이를 움켜잡았는데, 어찌된 일인지 키가 마법에 걸린 듯 뒤집혀 있다는 황당한 생각이 들었다.

이런, 도대체 어떻게 된 거지? 아아! 나는 잠시 조는 사이에 뱃머리와 나침반을 등지고 고물을 향해 서 있었던 것이다. 얼른 돌아서서 배가 바람 속으로 날아올라 뒤집힐지도 모르는 위기에서 가까스로 벗어났다. 그날 밤 기이한 환각에서 벗어나 역풍으로 인한 치명적인 사고를 피할 수 있어 얼마나 기쁘고 감사했는지 모른다.

오, 인간들이여! 불을 정면에서 너무 오래 들여다보지 말라. 절대로 키를 잡은 채 꿈꾸지 말라. 나침반을 등지지 말라. 키가 전해주는 최초의 신호를 무시하지 말라. 인간이 피운 불의 붉은빛은 모든 사물을 기괴하게 만드니 그 불을 믿지 말라. 내일이 오면 자연의 햇빛 속에서 하늘이 밝게 빛날 것이다. 널름거리는 불길 속에서 악마처럼 번득이던 자들도 아침이면 딴사람 같거나, 적어도 훨씬 더 온화한 모습을 보일 것이다. 찬란한 황금빛으로 빛나는 고마운 태양만이 유일하게 참된 등불이고, 나머지는 모두 가짜다!

그럼에도 태양은 버지니아주의 대습지도, 로마의 저주받은 평야도, 광활한 사하라사막도, 달 아래 펼쳐진 수백만 킬로미터의 사막과 무수한 슬픔도 감추

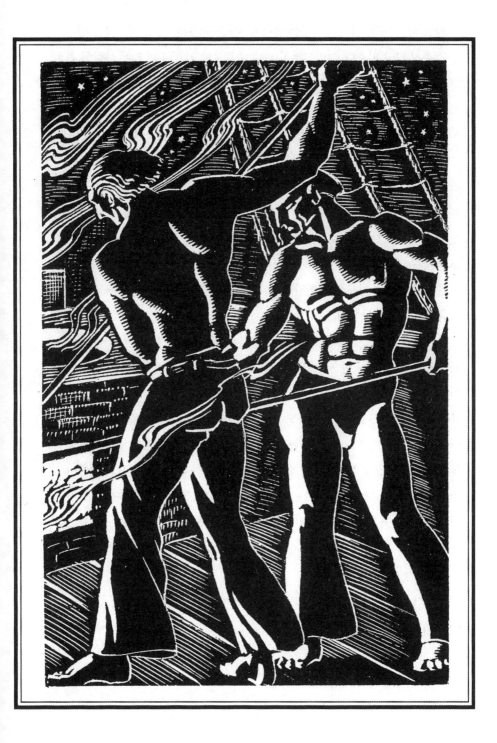

지 않고 비춘다. 이 지구의 어두운 면이자 지표면의 3분의 2를 차지하는 바다도 감추지 않고 비춘다. 그러므로 내면에 슬픔보다 기쁨이 더 많은 사람이 진정한 인간일 리 없다. 진실하지 않거나 미성숙한 인간일 것이다. 책도 마찬가지다. 모든 인간 중에서 가장 진실한 사람은 '슬픔의 인간'[242]이고, 가장 진실한 책은 솔로몬의 책이며, 그중에서도 「전도서」는 슬픔으로 단련된 강철과 같다. "모든 것이 헛되도다." 모든 것. 고집불통의 이 세상은 솔로몬이 기독교 탄생 이전에 가지고 있던 지혜조차 아직 깨우치지 못했다. 하지만 병원과 감옥을 피하는 자, 묘지 앞을 잰걸음으로 지나는 자, 지옥보다 오페라 이야기를 즐기는 자, 쿠퍼나 영, 파스칼, 루소 같은 철학자들을 모두 한심하고 불쌍한 병자라고 부르고, 낙천주의자 라블레[243]야말로 현명하기 때문에 즐겁게 살았다고 말하는 자, 그런 자들은 묘석 위에 앉아 한없이 위대한 솔로몬과 함께 축축하게 곰팡이 핀 흙을 파낼 자격조차 없다.

하지만 솔로몬조차 이렇게 말한다. "명철의 길을 떠난 사람은 사망의 회중에 거하리라."[244] 그러니 한순간이나마 내가 그랬던 것처럼 자신을 불길에 내맡기지 말라. 불길이 그대를 거꾸로 돌려세우고 무감각하게 만들지 못하게 하라. 슬픔인 지혜가 있으나 광기인 슬픔도 있다. 어떤 영혼 속에는 캐츠킬산맥의 독수리가 살고 있어 아주 깊은 골짜기로 급강하했다가 다시 하늘 높이 솟아올라 햇빛 찬란한 창공으로 사라지기도 한다. 설령 그 독수리가 영원히 골짜기 안에서만 날아다니더라도 그 골짜기는 산맥에 있는 것이다. 그러니 그 독수리는 산에서 가장 낮은 곳을 날 때조차 평지에서 높이 날아오른 다른 새들보다 더 높은 곳에 있다.

---

**242** 예수 그리스도를 가리킨다. 이사야 53장 3절 참조. "그는 멸시를 받아 사람들에게 버림 받았으며 간고를 많이 겪었으며 질고를 아는 자라."

**243** 프랑수아 라블레(1494~1553). 프랑스의 대표적인 풍자가. 그의 대표작 『가르강튀아와 팡타그뤼엘』(1534)은 세계 5대 소설의 하나로 꼽힌다.

**244** 잠언 21장 16절.

## 97장  등잔

피쿼드호의 정유용 화덕 근처에 있다가 비번인 선원들이 자고 있는 앞갑판으로 내려가보면, 문득 성인으로 추앙된 왕과 섭정 들의 불 켜진 능묘에 서 있는 것 같은 착각이 들지도 모른다. 선원들은 세모꼴의 참나무 납골당 같은 침상에 침묵의 조각상처럼 누워 있고, 두건으로 가린 그들의 눈 위에서 수십 개의 등불이 타오르고 있다.

상선의 경우, 선원들을 위한 기름은 왕비의 젖보다 더 귀하다. 어둠 속에서 옷을 입고, 어둠 속에서 밥을 먹고, 어둠 속에서 더듬거리며 침상을 찾아가는 것이 그들의 일상이다. 하지만 포경선의 선원들은 불을 밝혀줄 원료를 찾아다니는 자들이므로 빛 속에서 산다. 자신의 침상을 알라딘의 램프로 만들어 그 속에 드러눕는다. 칠흑같이 어두운 밤에도 검은 선체는 빛으로 가득 차 있다.

고래잡이가 손에 등잔(낡은 병 같은 것에 불과하겠지만)을 잔뜩 들고 정유용 화덕의 구리 냉각기로 가서 큰 통에 들어 있는 맥주를 잔에 따르듯이 기름을 마음껏 채우는 모습을 보라. 게다가 그것은 아직 가공되지 않은, 따라서 이물질이 조금도 들어 있지 않은 순수한 기름이다. 육지에서 해나 달, 별 등을 본떠서 만든 조명 기구에는 사용된 적이 없는 기름이다. 4월에 처음 자라난 풀을 뜯어먹은 소의 젖으로 만든 버터만큼이나 향기롭다. 초원의 나그네가 저녁거리를 찾아 사냥하듯이 고래잡이는 신선함과 순수함을 확신할 수 있는 기름을 찾아 사냥에 나선다.


## 98장  채우기와 치우기

아주 멀리 떨어진 커다란 고래를 돛대 꼭대기에서 어떻게 발견하는지, 황무지 같은 바다에서 어떻게 고래를 추격하여 깊은 골짜기에서 죽이는지, 그런 다음 어떻게 뱃전에 매달고 머리를 자르는지, 그리고 어떻게 고래의 두툼한 외투가 (옛날에 사형집행인이 참수당한 자가 입었던 옷을 가질 수 있다는 원칙에 따라) 녀석의 머리를 자른 자의 소유가 되는지, 때가 되면 어떻게 죽은 고래가 기름 짜는 솥에 들어가고 사드락과 메삭과 아벳느고[245]처럼 녀석의 경뇌유와 기름과 뼈가 상처 하나 없이 그 불길을 통과하는지 앞에서 이미 이야기했다. 이제는 그 기름을 통으로 옮긴 뒤 선창에 넣어 보관하는 낭만적인 절차를 자세히 이야기하며, 아니 노래하며 이 부분에 대한 설명을 마무리하고자 한다. 선창에서 고래는 다시 고향인 깊은 바다로 들어가 전처럼 수면 아래를 미끄러져 다니지만, 슬프게도 다시는 수면 위로 올라와 물을 내뿜지는 못한다.

고래기름은 펀치처럼 아직 따뜻할 때 1,000리터짜리 통에 부어지는데, 한밤중 바다에서 배가 이리저리 흔들리면 거대한 통들이 뒹굴고 곤두박질치며, 때로는 여기저기서 산사태라도 난 것처럼 미끄러운 갑판 위를 위태롭게 굴러다닌다. 결국 최대한 많은 선원들이 통을 붙들고 망치질하여 쇠고리로 단단히 고정시킨다. 이런 상황에서는 모든 선원이 저절로 통장이가 될 수밖에 없다.

마침내 기름이 마지막 한 방울까지 통에 채워지고 완전히 냉각되면, 커다란 선창 입구가 열리고 포경선의 배 속이 드러난다. 통들은 정해진 위치에 자리를 잡고 바다에서 마지막 휴식을 취하게 된다. 이 작업이 끝나면 선창은 다시 닫히고, 담장을 두른 벽장처럼 완전히 밀폐된다.

향유고래잡이에서는 이것이 모든 작업 중에서 가장 놀라운 작업일 것이다. 어느 날 갑판에 피와 기름이 홍수가 난 듯이 흐르고, 신성한 뒷갑판에는 거대한 고래 머리들이 보기 흉하게 쌓인다. 양조장 마당처럼 녹슨 커다란 통들이 여기저기에 나뒹굴고, 정유용 화덕에서 나는 연기 때문에 뱃전에 그을음이 잔뜩 끼어 있다. 선원들은 온몸이 기름투성이가 되어 갑판을 돌아다니고, 배 전체가 거대한 고래가 된 듯하다. 사방에서 들려오는 소음으로 귀청이 찢어질 것만 같다.

하지만 하루나 이틀이 지난 후 같은 배에서 주위를 둘러보고 귀를 기울여보

---

**—** 245 다니엘서 3장에 나오는 유대인. 타오르는 풀무 불에 던져졌지만 상처 하나 입지 않고 그곳을 빠져 나왔다.

라. 이 배가 포경선임을 알려주는 보트들과 기름 솥이 없다면, 깔끔하기 이를 데 없는 선장이 지휘하는 조용한 상선에 탄 듯한 느낌이 들 것이다. 정제되지 않은 고래기름은 특별한 세정력이 있다. 그래서 이른바 기름 작업을 마친 직후에 갑판이 유난히 깨끗해 보이는 것이다. 게다가 고래 조각을 태운 재로는 강력한 잿물을 손쉽게 만들 수 있다. 고래 등에서 나온 끈적끈적한 물질이 뱃전에 달라붙어 있으면 이 잿물로 간단히 해결할 수 있다. 선원들은 물통과 걸레를 가지고 열심히 뱃전을 오가며 배를 다시 깨끗한 상태로 되돌려놓는다. 아래쪽 삭구에 묻은 검댕은 솔로 털어낸다. 기름 작업에 사용한 수많은 도구들도 잘 씻어서 제자리에 갖다 놓는다. 커다란 뚜껑도 잘 닦은 다음 화덕 위에 올려놓아 솥들이 보이지 않게 한다. 통들이 전부 사라졌고, 밧줄도 감아서 눈에 띄지 않는 곳에 치워둔다. 거의 모든 선원이 한마음으로 달려들어 이 꼼꼼한 업무를 마치고 나면 이제 씻으러 간다. 머리에서 발끝까지 탈바꿈한 그들은 최고의 멋쟁이 나라 네덜란드에서 이제 막 온 신랑처럼, 새롭고 환한 모습으로 깨끗하기 그지없는 갑판 위에 나타난다.

그들은 두세 명씩 무리지어 의기양양하게 갑판을 거닐며 응접실과 소파, 카펫, 고급 손수건 등에 대해 이야기한다. 갑판 위에 매트를 깔자고 제안하고, 돛대 꼭대기에 커튼을 달면 어떨까 상상하고, 달밤에 넓은 앞갑판에서 차를 마시는 것도 좋은 생각이라며 이야기꽃을 피운다. 이처럼 향수 냄새를 풍기는 이들에게 고래기름이니 뼈니 지방 같은 이야기를 한다는 것은 아주 뻔뻔한 짓이다. 에둘러서 이야기해보았자 그들은 못 알아듣는 척할 것이다. 거 무슨 지저분한 소리야. 어서 가서 냅킨이나 가져와!

하지만 보라. 세 개의 돛대 꼭대기에는 지금도 망꾼들이 더 많은 고래를 찾는 데 열중하고 있다. 그 고래들이 잡히면 오래된 참나무 장비들은 어김없이 더러워질 것이고, 적어도 어딘가에 기름 한 방울은 떨어져 얼룩이 남을 것이다. 그들은 때로는 밤잠도 잊은 채 고된 노동을 96시간 계속해야 한다. 또 적도에서 온종일 노를 저어 손목이 부은 채로 간신히 본선에 올라와 쉴 새도 없이 거대한 쇠사슬을 운반하고, 무거운 양묘기를 감아올리고, 고래를 잘라서 올려야 한다. 땀을 뻘뻘 흘리며 일하는 동안 그들은 적도의 태양에 그을리고, 적도의 기름 솥에 훈증된다. 그리고 이 모든 일을 끝내자마자 마지막 힘을 다해 배 전체를 얼룩 하나 없이 깨끗한 낙농장처럼 만든다. 하지만 이 가여운 친구들이 깨끗한 상의의 단추를 맨 위까지 채우고 말끔한 모습으로 갑판에 올라가려는데 갑자기 "저기 고래가 물을 뿜는다!"라는 외침에 다시 다른 고래와 싸우러 황급히 달려나가 그 피곤한 일을 처음부터 반복한 것이 몇 번이던가! 오, 친구들이여. 이것이야말로 사람 잡는 일이다! 하지만 이것이 인생이다. 우리 인간들은 오랜 노고 끝에 이 세상에서 가장 덩치 큰 동물에게서 적지만 귀한 경뇌유를 뽑아낸 후, 피곤한 가운데서도 인내심을 발휘하여 몸에 묻은 오물을 씻어내고 영혼이 잠시 머무는 육신을 깨끗이 유지하며 살아가는 법을 배우자마자, "저기 고래가 물을 뿜는다!"라는 외침에 영혼이 사로잡혀 또다시 다른 세상과 싸우러 나간다. 젊은 날의 낡은 일상을 반복하는 것이다.

오, 윤회여! 오, 피타고라스여! 2,000년 전에 빛나는 그리스에서 그토록 선량하고 현명하며 온유하게 살다간 그대여. 나는 지난번 항해에서 그대와 함께 페루 해안을 따라 나아갔고, 풋내기 소년[246]으로 환생한 그대에게 어리석게도 밧줄 매는 법을 가르치려 했지!

## 99장 스페인 금화

에이해브가 뒷갑판의 나침함과 주돛대 사이를 규칙적으로 왔다 갔다 하는 습관이 있다는 사실은 앞에서 말했다. 하지만 설명할 것이 너무 많아 추가로 말하지 못한 것이 있다. 에이해브가 특히 우울한 기분에 잠겨 뒷갑판을 왔다 갔다 할 때면 방향을 바꿀 때마다 멈추어 서서 그 앞에 있는 물체를 뚫어지게 바라보

---

**246** 35장 끝부분에 나오는 사색하는 소년 선원과 연결되는 대목이다. 피타고라스가 환생한다면 그런 선원으로 다시 태어났을 것이라고 상상하고 있다.

았다는 것이다. 나침함 앞에 서서 나침반의 뾰족한 바늘에 시선을 고정하고 있을 때, 그의 눈빛은 목표물을 겨누는 창과 같았다. 다시 발걸음을 떼어 주돛대 앞으로 가서는 가만히 서서 거기에 못 박혀 있는 금화를 들여다보았다. 그의 시선은 나침반 바늘을 볼 때처럼 금화에 꽂혀 있었지만, 그 눈빛에는 희망까지는 아니더라도 간절한 열망 같은 것이 언뜻 어려 보였다.

어느 날 아침 그 금화 앞에서 돌아서려는 순간, 에이해브는 금화에 새겨진 기이한 무늬와 글자에 문득 마음이 끌렸다. 편집광답게 이제야 금화에 숨겨진 의미를 나름대로 해석해보고 싶어진 것이다. 세상 만물에는 특정한 의미가 깃들어 있다. 그렇지 않다면 모든 사물은 무가치하며, 이 둥근 세상은 그 자체로 무의미한 암호가 되고 만다. 이 세상도 보스턴 주변의 언덕들과 마찬가지로 짐마차 한 대 분량씩 내다 팔아 은하수의 습지를 메우는 데 쓰는 흙더미에 지나지 않게 된다.

이 금화는 황금 모래밭을 동서로 흐르는 수많은 팍톨루스강의 발원지인 어느 아름다운 골짜기에서 채굴하여 한 번도 다른 데 사용한 적 없는 아주 순수한 황금으로 만든 것이다. 비록 지금은 녹슨 쇠못과 구리못 사이에 박혀 있지만, 어떤 더러움에도 오염되지 않는 고고한 물건으로 키토의 광채를 그대로 간직하고 있다. 이제 거친 선원들 사이에 놓여서 매 시간 거친 손길이 거쳐 가고, 좀도둑이 다가와도 모를 만큼 어두운 긴 밤을 여러 날 보냈지만, 매일 아침 해가 뜨면 금화는 전날 해가 질 무렵에 있던 그 자리에 그대로 있었다. 그 금화는 어떤 경외심을 불러일으킬 목적으로 따로 구별해놓은 물건이라고 다들 여겼기 때문이다. 아무리 제멋대로 구는 선원일지라도 그 금화를 흰 고래의 부적으로 귀하게 여겼다. 그들은 지루한 야간 당직을 설 때면 그 금화가 결국 누구의 소유가 될지, 누가 살아남아 그 돈을 쓸 수 있을지에 대해 이야기했다.

남아메리카의 이 고귀한 금화는 태양의 메달이며 열대의 기념물이었다. 여기에는 야자수와 알파카, 화산, 태양, 별, 황도, 풍요의 뿔, 나부끼는 깃발 등이 화려하게 새겨져 있었다. 그리하여 이 귀중한 황금은 스페인 분위기가 물씬 풍기는 시적이고 화려한 주조 과정을 거치면서 그 가치와 영광이 더해진 듯했다.

우연의 일치인지 피쿼드호에 있는 금화는 이런 특징을 아주 잘 보여주고 있었다. 둥그런 가장자리에는 REPUBLICA DEL EQUADOR : QUITO(에콰도르공화국:키토)라는 글자가 새겨져 있었다. 그러니까 이 빛나는 동전은 세계의 중심부인 적도 바로 밑에 자리하고, 적도(equator)에서 국가명이 유래한 나라에서 왔으며, 가을이 없고 언제나 무더운 여름인 안데스산맥 중턱에서 주조되었다. 이 글자에 둘러싸인 안쪽에는 안데스산맥의 세 봉우리 같은 것이 보이는데, 하나는 불을 뿜고 있고, 다른 하나는 탑이 솟아 있으며, 나머지 하나에서는 수탉이 홰를 치고 있다. 그 위에는 12 천궁도가 활 모양으로 새겨져 있고, 각 궁에는 흔히 사용되는 카발라 기호가 표시되어 있으며, 천궁도의 중심에 자리한 태양은 천칭자리의 분점[247]에 들어가고 있다.

에이해브는 적도 분위기가 물씬 풍기는 금화 앞에서 걸음을 멈췄고, 이를 지켜보는 눈이 없지 않았다.

"산봉우리나 탑처럼 웅장하고 높은 것에는 늘 자기중심적인 면이 있다. 여길봐. 세 봉우리가 악마처럼 으스대고 있군. 단단한 탑, 그것이 에이해브다. 화산, 그것이 에이해브다. 용감하고 물러설 줄 모르며 의기양양한 수탉, 그것도 에이해브다. 모두가 에이해브다. 이 둥근 금화는 그보다 더 둥근 지구의 형상이며, 마법사의 거울처럼 그것을 들여다보는 모든 사람의 신비한 자아를 차례로 되비추어주지. 자신의 문제를 해결해달라고 세상에 요구하는 사람은 수고만 많을 뿐 얻는 것은 적다. 세상은 자기 자신의 문제도 못 풀거든. 내가 보기에 이 금화 속의 태양은 붉은 얼굴을 하고 있군. 하지만 보라! 태양이 폭풍의 상징인 분점으로 들어가고 있다! 그런데 태양은 여섯 달 전에 양자리에서 분점을 지나지 않았던가! 폭풍에서 폭풍이라! 그래, 받아들여야지. 산고 속에서 태어난 인간이 고생하며 살다가 고통 속에서 죽는 게 맞다! 그래, 받아들여야지. 여기 닥쳐오는 고난에 의연한 자가 있노라. 그래, 받아들여야지."

---

**247** 태양이 지나는 길인 황도가 천구의 적도와 만나는 점.

"저 금화에 요정의 손길이 닿았을 리는 없겠지만, 어제 이후로 악마의 발톱이 저기에 흔적을 남긴 것만큼은 분명해." 스타벅이 뱃전에 기댄 채 중얼거렸다. "영감이 벨사자르[248]의 끔찍한 예언을 읽고 있는 것 같군. 나는 저 금화를 자세히 살펴본 적이 없어. 영감이 아래로 내려가니 이참에 한번 가서 봐야지. 높이 솟은 웅장한 세 봉우리, 이것은 이 지상에서 삼위일체를 상징하는 것 같군. 그 사이의 어두운 골짜기라. 그러니까 이 죽음의 골짜기에서 신께서 우리를 둘러싸고 계시고, 우리의 온갖 어둠 위로는 정의의 태양이 여전히 횃불과 희망이 되어 빛나고 있구나. 아래를 내려다보면 어두운 골짜기가 곰팡이 핀 흙을 보여주지만, 위를 올려다보면 밝은 태양이 중간에서 우리를 맞으며 격려해주고 있어. 하지만 위대한 태양도 붙박이는 아니야. 한밤중에 태양에게 달콤한 위안을 얻으려고 하늘을 쳐다보았자 아무 소용없어! 이 금화는 지혜롭고 부드럽게 진실을 말하고 있지만 내게는 슬프게 들리는군. 그만 가봐야겠어. 진실이 내 마음을 쓸데없이 흔들지 못하게."

"무굴 영감이 납셨다." 스터브가 기름 솥 옆에서 혼자 중얼거렸다. "영감이 저걸 들여다보더니 지금은 스터브가 똑같이 쳐다보고 있네. 두 사람 모두 얼굴이 아홉 길은 길어져서 자리를 뜨는군. 겨우 금화 하나를 쳐다보고서 말이야. 내가 니그로힐이나 콜리어스곶에서 저걸 주웠다면 쳐다볼 겨를도 없이 써버렸을 텐데. 쳇! 변변찮은 내 의견을 말하자면, 이건 좀 이상한 일 같아. 나도 예전에 항해를 하면서 금화를 많이 보았어. 옛날 스페인 금화, 페루 금화, 칠레 금화, 볼리비아 금화, 포파얀 금화, 옛날 브라질 금화, 피스톨 금화, 요하네스 금화, 반 요하네스 금화, 반의 반 요하네스 금화도 보았지. 그런데 이 적도 금화가 뭐 그리 대단해서 그러는 거야? 젠장, 어디 가서 한번 보자. 이봐, 여기 정말 무슨 기호와 이적 같은 것들이 있네. 이것이 보디치 영감이 자기 책에서 말한 황도라는 것이군. 선실에 있는 내 달력책에도 이런 게 적혀 있는데. 가서 가져와

— **248** 다니엘서 5장 참조. 벨사자르 왕의 연회장에 인간의 손이 나타나 벽 위에 왕의 죽음과 바빌론 왕국의 멸망을 예언하는 글을 썼다.

야겠어. 다볼의 산수 책[249]으로 악마도 불러낼 수 있다니 내 매사추세츠의 달력 책으로 이 구불구불하고 괴상한 기호들의 의미를 풀어봐야겠어. 여기 책이 있군. 어디 보자. 기호와 이적, 그리고 태양. 태양은 항상 그 사이에 있군. 흠, 흠, 흠. 여기 있군. 저기도 있어. 모두 살아 있군. 양자리, 황소자리, 이건 쌍둥이자리로군. 그래, 태양이 별자리 사이를 빙빙 돌아다니고 있어. 아아, 이 금화에서는 태양이 둥글게 늘어선 12궁 가운데 두 궁 사이를 넘고 있어. 책! 넌 거기 가만히 있어. 사실 너희 책들은 분수를 알아야 해. 너희는 용어와 사실만 제공하면 돼. 생각은 우리가 할 테니. 매사추세츠의 달력 책과 보디치의 항해술, 다볼의 산수 책을 보며 내가 조금이나마 경험한 바로는 그래. 기호와 이적이라고? 기호에는 놀라운 것이 없고, 이적에도 아무런 의미가 없다면 안 될 일이야. 어딘가에 단서가 있을 텐데. 여기, 드디어 찾았다! 이봐 스페인 금화, 네게 새겨진 황도는 인간의 일생을 하나의 원에 담은 것이로군! 이제 책에 적힌 것을 한번 그대로 읽어볼게. 나와라, 책! 양자리의 숫양. 이 호색한이 우리를 낳는군. 그다음은 황소자리의 황소. 우리를 제일 먼저 들이받는 놈이야. 그리고 쌍둥이자리의 쌍둥이. 이것은 선과 악이야. 우리는 선에 이르려고 애쓰지. 그런데 이런 세상에, 게자리의 게가 우리를 뒤에서 잡아당기는군. 선에서 물러서다 보니 사자자리의 사자가 길 위에 딱 버티고 서 있네. 사자는 우리를 사납게 물어뜯고 험악한 앞발로 내리쳐. 그러면 우리는 달아나면서 처녀자리의 처녀를 큰 소리로 부르지. 그것은 우리의 첫사랑이야. 우리는 결혼해서 영원히 행복할 것이라고 생각하지만, 그때 갑자기 천칭자리의 천칭이 나타나 행복의 무게를 달아보고는 무게가 모자란다는 것을 알려줘. 우리가 그 사실을 몹시 슬퍼하는 동안, 저런, 전갈자리의 전갈에 엉덩이를 찔려서 우리는 펄쩍 뛰어오르지. 상처를 치료하고 있을 때 사방에서 화살이 휙휙 날아들어. 궁수자리의 궁수가 장난으로 그런 거야. 화살을 뽑고 있을 때, 물렀거라 하며 염소자리의 염소가 전속력으로

---

**249** 네이던 다볼의 『학교 선생의 완벽한 보조자』(1799)는 산수 교과서로 널리 사용되었다.

달려와 우리를 들이받아. 그때 물병자리의 물병이 물을 쏟아 홍수를 일으켜 우리를 익사시키고, 결국 우리는 물고기자리의 물고기와 함께 잠이 들지. 이것이 높은 하늘에 적힌 설교야. 저 높은 곳에 있는 태양은 고난과 고통에도 불구하고 황도를 명랑하게 돌고, 이곳 낮은 곳에 있는 스터브도 마찬가지로 명랑하게 살아가지. 오, 명랑함이여, 영원하라! 잘 있어라, 금화야! 그런데 잠깐! 저기 왕대공이 오는군. 기름 솥 뒤에 숨어서 저 친구가 무슨 말을 하는지 들어봐야겠어. 그래, 저 앞에 섰군. 곧 뭐라고 떠들 테지. 그래, 그래, 시작한다."

"내 눈에 보이는 것은 황금으로 만든 둥그런 물건뿐이야. 누구든 특정한 고래를 먼저 발견하는 자가 이 둥근 물건을 가지게 되는 것이고. 그런데 왜 다들 이 금화를 뚫어져라 쳐다보는 거야? 이것이 16달러의 가치가 있는 것은 사실이야. 2센트짜리 시가를 960개비는 살 수 있지. 나는 스터브처럼 지저분한 파이프는 피우지 않아. 시가가 좋지. 여기에 960개비의 시가가 있는 셈이군. 그래서 나 플래스크는 돛대 꼭대기에 올라가 고래가 있는지 살펴볼까 해."

"저 친구를 현명하다고 할지 어리석다고 할지 헷갈리는군. 현명하다고 하자니 멍청해 보이고, 어리석다고 하다니 현자 같은 구석이 있단 말이야. 그런데 잠깐, 저기 맨섬의 늙은이가 오는군. 저 늙은이는 바다에 나오기 전에 분명 영구차를 몰았을 거야. 금화 앞으로 가는군. 이런, 돛대 반대편으로 돌아가네. 그쪽에는 말굽 편자만 박혀 있는데. 아, 다시 돌아왔어. 도대체 무슨 의미지? 한번 들어보자. 뭐라고 중얼거리고 있어. 낡아빠진 커피 분쇄기 같은 목소리야. 귀를 쫑긋 세우고 들어보자!"

"만약 흰 고래가 발견된다면, 그건 한 달하고도 하루 만의 일일 거야. 태양이 12궁 중 어느 하나에 들어갈 때 말이야. 내가 천궁도를 배워서 이 기호들을 좀 알지. 40년 전에 코펜하겐의 늙은 마녀가 가르쳐준 거야. 그때 태양은 어느 별자리에 들어가게 될까? 아마 말굽 편자에 해당하는 별자리일 거야! 금화 바로 뒤쪽에 말굽 편자가 있으니. 그런데 그런 별자리가 뭐지? 사자자리! 으르렁거리며 먹이를 물어뜯는 사자. 배여, 낡은 배여! 너를 생각하니 내 늙은 머리가 흔들리는구나."

"저건 또 다른 해석이군. 원문은 하나인데 말이야. 단 하나뿐인 세상에 온갖 종류의 사람들이 있어. 또 몸을 숨겨보자. 퀴케그가 온다! 온몸의 문신이 꼭 황도의 별자리를 닮았구나. 저 식인종은 뭐라고 말할까? 틀림없이 뭔가를 비교하고 있어. 넓적다리뼈를 보는 것을 보니 태양이 자기 넓적다리나 정강이, 아니면 창자에 들어왔다고 생각하나 봐. 오지 산골의 노파들이 '외과의사의 천문학' 이야기를 하는 셈이군. 그런데 넓적다리 근처에서 뭘 발견했나 봐. 저것은 궁수자리 같은데. 아니, 저 친구는 스페인 금화가 뭔지 전혀 모르고 있어. 어떤 왕의 바지에서 떨어진 단추쯤으로 생각하는군. 잠깐, 또 숨어야겠어. 이번에는 유령 같은 악마, 페달라가 오고 있어. 평소처럼 꼬리를 말아서 감추고 구두 발끝에도 뱃밥을 채웠군. 저런 표정으로 무슨 말을 하려는 거지? 아니, 기호에 손짓하고 절만 하고 가는군. 금화에는 태양이 새겨져 있으니 배화교도답게 말이야. 와, 사람들이 점점 더 많이 오는군. 핍이 오고 있어. 불쌍한 녀석! 차라리 그때 죽는 게 나았을까, 아니면 내가 죽는 게 나았을까? 나는 어쩐지 저 녀석이 무서워. 저 녀석은 나를 포함해 금화를 해석하러 온 모든 사람을 관찰하고 있어. 이제 섬뜩한 백치 같은 얼굴로 금화를 읽기 시작하네. 그러고는 물러서서 무슨 말을 하네. 들어보자!"

"나는 본다. 너는 본다. 그는 본다. 우리는 본다. 너희는 본다. 그들은 본다."

"젠장, 머리[250]의 문법 책으로 공부를 해온 모양이야. 머리가 좋아지려고. 불쌍한 녀석! 그런데 지금은 무슨 말을 하고 있는 거지? 들어보자!"

"나는 본다. 너는 본다. 그는 본다. 우리는 본다. 너희는 본다. 그들은 본다."

"이거, 정말 우습군."

"나, 너, 그, 우리, 너희, 그들은 모두 박쥐다. 그리고 나는 까마귀다. 특히 여기 소나무 꼭대기에 서 있을 때는. 까악! 까악! 까악! 까악! 까악! 까악! 나 까마귀 아니야? 그런데 허수아비는 어디에 있지? 저기 서 있군. 낡은 바지에 뼈다귀 두

---

**250**　린들리 머리(1745~1826)가 쓴 초등학생용 『영어 문법』(1793).

개를 꽂고, 낡은 상의 소매에도 뼈다귀 두 개를 더 꽂고.”

“저 녀석 혹시 내 이야기 하는 거 아니야? 칭찬치고는 좀 그런데! 불쌍한 녀석! 나라면 목 매달았을 거야. 아무튼 지금은 핍 곁을 떠나야겠어. 다른 선원들이라면 참아줄 수 있어. 다들 정신은 온전하니까. 하지만 저 녀석은 완전히 돌아서 나까지 돌 지경이야. 그러니 혼자 지껄이게 두고 여기를 뜨자.”

“이 금화는 이 배의 배꼽이야. 다들 뽑지 못해서 난리군. 하지만 몸에서 배꼽을 뽑으면 어떻게 되겠어? 그렇다고 그냥 두는 것도 보기가 좋지 않지. 뭔가를 돛대에 못 박았다는 것은 상황이 절망적이라는 신호니까. 하, 하, 에이해브 영감! 흰 고래가 당신을 못 박을 거야! 이것은 소나무야. 한번은 아버지가 옛 톨랜드 카운티에서 소나무를 베어내고 그 속에서 은반지를 발견했지. 어느 늙은 흑인의 결혼반지였어. 그 반지가 어떻게 거기에 들어갔냐고? 부활의 날에 사람들이 이 배의 낡은 돛대를 건져 올려서 나무껍질에 달라붙은 굴들 사이에서 금화를 발견한다면 같은 말을 하겠지. 오, 황금이여! 소중하고 소중한 황금이여! 이제 곧 초록빛 구두쇠[251]가 너를 감추겠지. 쉿, 쉿! 신이 세상을 돌아다니며 블랙베리를 따신다. 요리하라, 요리해! 우리를 요리해! 제니! 헤이, 헤이, 헤이, 헤이, 헤, 제니. 제니! 옥수수빵을 구워다오![252]”

### 100장 다리와 팔 — 낸터킷의 피쿼드호, 런던의 새뮤얼앤더비호를 만나다

“어이! 흰 고래를 보았소?”

에이해브는 영국 깃발을 달고 고물을 스쳐가는 배를 향해 또다시 큰 소리로 외쳤다. 영감은 입에 나팔을 대고 고물 쪽에 매어놓은 보트에 서서 낯선 배의

---

**251** 18장과 81장에 나오는 데이비 존스. 바다 밑바닥에서 보물을 간수하는 자.

**252** 1840년대의 흑인 노래 「늙은 왕 까마귀」에서 가져온 가사.

선장에게 고래 뼈 다리를 훤히 드러내고 있었다. 상대는 자기 보트의 뱃머리에 태연히 기대어 서 있었다. 검게 그을린 피부에 건장한 체격을 갖추고 성품이 좋아 보이며 잘생긴 예순 살 전후의 남자였다. 품이 넉넉하고 짧은 웃옷을 푸른 옷감으로 만든 꽃줄처럼 몸에 둘렀는데, 팔을 끼지 않은 한쪽 소매가 경기병의 화려하게 수놓은 겉옷 소맷자락처럼 뒤로 나부꼈다.

"흰 고래를 보았소?"

"이게 보이오?" 그는 옷자락 속에 가려져 있던 것, 향유고래 뼈로 만든 흰 팔을 들어 올렸다. 팔 끝부분에는 망치처럼 둥근 나무 같은 것이 달려 있었다.

"노잡이들은 내 보트에 타라!" 에이해브는 주위에 있는 노를 휘두르며 황급히 소리쳤다. "하선 준비!"

일 분도 안 되어 에이해브와 선원들은 보트에 탄 채 바다로 내려가 곧 영국 배의 뱃전에 도착했다. 그런데 여기서 다소 곤란한 문제가 발생했다. 에이해브는 그 순간 너무 흥분한 나머지 자신이 다리 하나를 잃은 후 바다에서 만난 다른 배에 오른 적이 없다는 사실을 까맣게 잊고 있었다. 피쿼드호에는 기발하고 편리하게 제작한 특수 장치가 있어 쉽게 배에 오를 수 있었지만, 다른 배에는 그런 장치를 간단히 설치하기가 불가능했다. 고래잡이들처럼 수시로 뱃전을 오르내리는 사람이라면 모를까 바다에 떠 있는 보트에서 뱃전으로 올라가기란 누구에게도 결코 쉬운 일이 아니다. 큰 파도가 보트를 뱃전 쪽으로 높이 들어 올렸다가 순식간에 배 밑의 용골 가까운 데까지 떨어뜨리기 때문이다. 에이해브는 다리가 하나밖에 없는 데다가 낯선 배에 그를 들어 올려줄 장치가 당연히 없는 상황에서, 자신이 비참하게도 다시 한번 풋내기 선원 신세가 되었다는 사실을 깨달았다. 그러고는 도저히 올라갈 수 없을 것 같은, 높이가 불안정하고 변화무쌍한 뱃전을 참담하게 바라보았다.

앞에서 잠깐 말했듯이 에이해브는 사소하게 불편한 상황이 벌어지면, 그것이 다 자신이 다리를 잃어버린 불운한 사고 때문이라 생각했고, 그때마다 어김없이 짜증을 내고 분통을 터뜨렸다. 그리고 지금 영국 배의 간부 선원 두 명이 뱃전에 못을 박고 수직으로 내려뜨린 밧줄 사다리 옆에 기대어 근사한 장식이 달린 난간줄을 그를 향해 흔드는 것을 보니 더욱 심사가 뒤틀렸다. 그들도 처음에는 이 외다리 선장이 난간줄을 사용하지 못할 정도로 몸이 불편할 것이라고는 생각하지 못한 듯했다. 하지만 어색한 상황은 그리 오래가지 않았다. 영국 배의 선장이 상황을 정확히 파악하고는 소리쳤다. "알았다, 알았어! 밧줄로 끌어올리는 것은 그만두고, 얼른 가서 도르래를 내려라."

운이 따르려고 그랬는지 마침 그 배에는 하루 이틀 전까지 고래를 뱃전에 매달고 있었기 때문에 거대한 도르래가 아직 돛대에 걸려 있었고, 지방용 갈고리도 깨끗한 상태로 그 끝에 달려 있었다. 얼른 도르래를 내려보내자 에이해브도 의도를 금세 알아차리고 성한 다리를 갈고리의 구부러진 부분에 올려놓았다 (닻이나 사과나무의 갈라진 부분에 걸터앉는 것과 비슷했다). 그런 다음 끌어올리라고 소리치고는 갈고리를 단단히 붙잡는 동시에 자신의 몸무게를 덜기 위해 나무를 타듯이 도르래의 밧줄을 번갈아가며 잡아당겼다. 이윽고 그는 높은 뱃전 안으로 조심스럽게 당겨져 양묘기 위에 사뿐히 착지했다. 영국 배 선장은 고래 뼈 팔을 서슴없이 내밀며 다가왔다. 에이해브는 고래 뼈 다리를 내밀어 (칼 같은 주둥이를 교차하는 두 마리의 황새치처럼) 고래 뼈 팔에 교차시키며 바다코끼리 같은 목소리로 외쳤다. "이야, 정말 반갑소! 정말, 반갑소! 우리 함께 뼈끼리 악수합시다. 팔과 다리로! 구부릴 수 없는 팔과 달릴 수 없는 다리, 그렇지 않소? 흰 고래는 어디서 보았소? 얼마 전이오?"

"흰 고래는 저기 적도에서 보았소." 영국 배 선장은 고래 뼈 팔로 동쪽을 가리키며 그 팔이 망원경이라도 되는 양 그쪽으로 아쉬운 시선을 보냈다. "지난번 고래잡이 철에 보았소."

"그놈이 팔을 떼 간 거요?" 에이해브가 양묘기에서 내려와 영국 배 선장의 어깨에 기대면서 물었다.

"그렇소. 적어도 그놈이 원인이었소. 그 다리도 그런 거요?"

"이야기 좀 들려주시오." 에이해브가 말했다. "어떻게 된 일입니까?"

"그때 나는 난생처음 적도를 항해하고 있었소." 영국인이 말했다. "당시에는 흰 고래에 대해 알지도 못했소. 어느 날 우리는 네댓 마리의 고래를 추격하려고 보트를 내렸고, 내 보트에서 날린 작살이 그중 한 마리에게 박혔소. 그런데 그놈이 곡마단의 말처럼 정신없이 주위를 빙빙 돌지 뭐요. 보트의 선원들이 고물 바깥쪽 뱃전에 모여서 앉고서야 겨우 균형을 잡을 수 있었소. 그런데 얼마 지나지 않아 바다 밑에서 거대한 고래가 물 위로 불쑥 솟구쳤소. 머리와 혹이 우유처럼 하얗고 머리 전체가 온통 주름투성이인 고래였소."

"그놈이요, 그놈!" 에이해브는 참고 있던 숨을 갑자기 토해내며 소리쳤다.

"그리고 오른쪽 지느러미 근처에 작살이 여러 개 박혀 있었소."

"그렇지, 그래! 그것은 내가 던진 것이오. 내 작살이라고." 에이해브가 신나서 소리쳤다. "계속 얘기해보시오."

"그럼 말을 끊지 말고 들어보시오." 영국인은 기분 좋게 말했다. "글쎄, 흰 머리에 흰 혹을 가진 이 증조할아버지뻘 되는 고래가 거품을 잔뜩 일으키며 무리로 뛰어들더니 내 작살줄을 맹렬히 물어뜯지 뭐요."

"알겠다, 알겠어. 작살줄을 끊고 잡힌 고래를 풀어주려고 하는 것이오. 늘 쓰는 수법이오. 내가 그놈을 알지."

"어떻게 된 일인지 정확히는 모르오." 외팔이 선장은 계속해서 말했다. "어쨌든 놈이 밧줄을 물어뜯다가 밧줄이 이빨에 걸린 것 같았소. 하지만 당시에 우리는 그런 사실을 알지 못했소. 그래서 밧줄을 잡아당기는 순간 우리는 쿵 하고 그놈의 혹에 부딪히고 말았소. 작살에 맞은 고래는 꼬리를 흔들며 바람 불어오는 쪽으로 달아나고 말이오. 그제야 나는 상황을 파악했고, 그놈이 얼마나 거대한 고래인지도 알게 되었소. 내 일찍이 그처럼 크고 당당한 놈은 보지 못했지. 나는 그놈이 화가 난 상태든 아니든 그놈을 잡기로 결심했소. 이빨에 걸린 밧줄이 어쩌다 풀어질지도 모르고, 또 밧줄에 걸린 놈의 이빨이 빠질지도 모른다고 생각했기 때문이오. 게다가 우리 선원들은 고래 밧줄을 당기는 데는 선수들이니까. 그래서 일등항해사의 보트로 뛰어들었소. … 아참, 소개하겠소, 선장. 여기는 일등항해사 마운톱이오. 마운톱, 이분은 선장일세. … 아무튼 내 보트와 나란히 붙어 있던 마운톱의 보트에 뛰어들어 거기에 있는 작살을 들어 저 증조할아버지 같은 고래에게 던졌소. 그런데 바로 다음 순간 어찌된 일인지 놀랍게도 나는 박쥐처럼 눈이 멀어 앞이 하나도 보이지 않게 되었소. 두 눈이 모두! 검은 물거품이 안개처럼 눈앞을 완전히 덮어버린 것이오. 물거품 속에서 고래 꼬리가 대리석 첨탑처럼 공중에 수직으로 선 것을 어렴풋이 보았소. 보트를 뒤로 빼려고 해도 소용없었소. 태양이 왕관의 보석처럼 빛나고 있는 훤한 대낮인데도 더듬거리며 두 번째 작살을 찾아서 던지려는 순간, 고래 꼬리가 리마의 탑처럼 우리를 덮쳐 보트를 두 동강 내더니 조각난 부분을 완전히 박살냈소. 그리고 꼬리에 이어서 흰 혹을 드러내며 나뭇잎 사이를 지나듯이 보트의 잔해들을 헤치고 후진하더군요. 바다 위에 떨어진 우리도 열심히 헤엄을 쳤소. 나는 무서운 꼬리 타격을 피하려고 그놈에게 꽂혀 있는 작살의 자루를 붙들고 잠시 빨판상어처럼 달라붙어 있었소. 하지만 거센 파도에 밀려서 떨어졌고, 바로 그 순간 고래가 앞으로 돌진하더니 갑자기 잠수를 하지 뭐요. 바로 그때 내 옆에 있던 저 빌어먹을 두 번째 작살의 칼날이 내 여기를 찍었소. (선장은 성한 손으로 반대편 어깨 아래를 탁탁 쳤다). 그래, 바로 여기가 찍히는 순간, 지옥불 속으로 끌려가는 줄 알았소. 그런데 신의 은총으로 칼날이 내 살을 찢더니 팔뚝 전체를 훑고 내려가다가 손목 근처에서 빠져나갔고, 덕분에 나는 물 위에 떠오를 수 있었소. 나머지 이야기는 저기 있는 신사가 해줄 거요. … 선장, 여기 이 양반은 이 배 주치의 벙거 박사요. 벙거, 선장과 인사하게. … 그럼 벙거, 자네가 나머지 이야기를 좀 해주게나."

이처럼 다정하게 소개받은 의사 양반은 아까부터 두 선장 옆에 서 있었지만, 이 배에서 어떤 지위에 있는지 구체적으로 알 만한 것은 보이지 않았다. 얼굴이 유난히 동그랗고 표정이 진지했다. 작업복인지 아닌지 알 수 없는 빛바랜 푸른색 모직 셔츠에 여기저기 헝겊을 덧댄 바지를 입고 있었다. 그때까지 그는 한 손에는 밧줄 꿰는 바늘을, 다른 한 손에는 환약 상자를 들고 번갈아 가며 쳐다보다가 몸이 불편한 두 선장의 고래 뼈 다리와 고래 뼈 팔에 예리한 시선을 던졌다. 하지만 상관이 자신을 에이해브에게 소개하자 그는 정중하게 목례를 한 다음, 선장이 시킨 대로 나머지 이야기를 하기 시작했다.

"정말 끔찍한 부상이었습니다." 주치의는 말했다. "내 조언대로 부머 선장은 이 새미호를 이끌고…"

"이 배 이름이 새뮤얼엔더비호요." 외팔이 선장이 끼어들며 말했다. "자, 계속하게."

"이 새미호를 이끌고 북쪽으로 갔습니다. 적도의 찌는 듯한 더위를 피하려고요. 하지만 아무 소용이 없었습니다. 제가 할 수 있는 일은 다 했습니다. 밤마다 곁에서 간호했지요. 음식도 아주 엄격하게…"

"그래, 아주 엄격했지!" 환자였던 자가 맞장구를 치더니 갑자기 목소리를 바꾸어 말했다. "매일 밤 나와 함께 뜨거운 럼주를 마셨지. 붕대를 감아주지 못할 지경이 될 때까지 말이야. 바다를 반쯤 건넜을 새벽 세 시가 되어서야 잠자리에 들게 했으니. 그래요, 최고였소. 박사는 정말로 내 곁을 지켜주었고 식사 문제에도 엄격했소. 오, 벙거 박사는 훌륭한 간병인이고 식사에도 엄격한 사람이지. … 이봐 벙거, 웃어야지. 왜 안 웃나? 자네가 유쾌하고 소문난 악당이라는 건 자네도 알잖아. … 아무튼 이야기를 계속하게, 벙거. 나는 다른 사람 덕에 살아나느니 차라리 자네 손에 죽겠네."

"우리 선장은 말입니다, 이미 눈치 챘겠지만 가끔 우스갯소리를 할 때가 있습니다." 벙거는 조금도 당황하지 않고 경건한 표정으로 에이해브에게 살짝 목례를 하며 말했다. "우리한테 그런 종류의 이야기를 많이 하십니다. 하지만 참고삼아 말씀드리겠는데, 저 잭 벙거는 명망 높은 목사의 아들로 술은 한 방울도 입에 대지 않는 사람입니다. 술은 절대로 마셔본 적이 없습니다."

"물이겠지!" 선장이 소리쳤다. "이 친구는 물을 절대 마시지 않소. 물이라면 질색을 하지. 신선한 물을 마시면 공수병에 걸린다나. 어쨌든 이야기를 계속하게. 팔 이야기 말이야."

"예, 그러지요." 주치의는 침착하게 말했다. "부머 선장이 끼어들어 농담하기 전에 하려 했던 말을 계속하지요. 제가 최선을 다했는데도 상처는 자꾸만 악화되었습니다. 정말이지 그렇게 끔찍하게 벌어진 상처는 어떤 외과의도 본 적이 없을 것입니다. 상처 길이가 70센티미터를 넘었으니까요. 내가 납줄로 재보기도 했습니다. 결국 상처는 점점 시커멓게 변했지요. 팔을 절단해야 할지도 모른다고 생각했는데, 결국 그렇게 되었습니다. 하지만 나는 고래 뼈 팔을 다는 데는 관여하지 않았습니다. 저건 규칙에 어긋나는 일이에요." 그는 밧줄 꿰는 바늘로 고래 뼈 팔을 가리키며 말했다. "저건 선장의 작품이지 내가 한 일이 아닙니다. 선장이 목수에게 저걸 만들라고 시켰어요. 고래 뼈 팔 끝에 나무망치 대가리를 달게 한 것도 선장입니다. 저걸로 선원들의 머리를 때리려고요. 한번은 저걸로 내 머리를 때리려고 한 것처럼요. 선장은 가끔 악마 같은 열정에 사로잡힙니다. 여기 움푹 들어간 곳 보이세요?" 의사는 모자를 벗더니 머리카락을 한쪽으로 빗어 넘기며 두개골에 그릇처럼 움푹 파인 부분을 보여주었다. 하지만 흉터나 과거에 상처를 입은 흔적은 찾아볼 수 없었다. "어쩌다 이런 자국이 생겼는지는 우리 선장이 말해줄 것입니다. 잘 알 테니까요."

"아니, 나는 모르오." 선장이 말했다. "저 친구의 어머니가 아시겠지. 태어날 때부터 그랬으니까. 이 악당 같은 놈! 이 넓은 바다에서 자네 같은 사람이 또 있을까? 자네는 죽으면 소금에 절여야 해. 후세를 위해 자네를 영구 보존하는 게 좋겠어, 이 악당아!"

"흰 고래는 어떻게 되었소?" 두 영국인이 주고받는 농담을 초조하게 듣고 있던 에이해브가 참다못해 소리쳤다.

"오!" 외팔이 선장이 대답했다. "오, 그래! 그놈이 잠수한 후로 우리는 한동안 그놈을 보지 못했소. 아까도 잠깐 말했지만 사실 당시에는 내게 이런 흉악한 상처를 안긴 고래가 어떤 놈인지 알지 못했소. 그러다가 한참 뒤에 적도에 돌아왔을 때 사람들이 하는 이야기를 듣고 그놈이 모비 딕이라는 것을 알게 되었소."

"그 후로는 만나지 못했소?"

"두 번 만났소."

"그런데도 잡을 수 없었소?"

"그럴 생각이 없었소. 팔 하나 준 걸로 충분하지 않소? 남은 팔마저 잃으면 나는 어쩌란 말이오? 게다가 모비 딕은 물어뜯기보다 통째로 삼켜버리는 것 같던데."

"그렇다면," 벙거가 끼어들었다. "왼팔을 미끼로 내주고 오른팔을 얻어 오시죠." 그는 공손하면서도 지극히 기계적으로 두 선장에게 차례대로 목례를 하며 말했다. "고래의 소화기관은 신의 섭리에 따라 신비하게 설계되어 있어 사람의 팔 하나도 완전히 소화시킬 수 없다는 사실을 아십니까? 고래도 그걸 잘 알고 있습니다. 두 분은 흰 고래가 악의를 가지고 달려든다고 생각하지만, 실은 거북해서 그렇게 행동하는 겁니다. 그놈은 팔이나 다리를 삼킬 의도가 전혀 없습니다. 그런 시늉을 하면서 겁을 주려는 것일 뿐이지요. 하지만 때로는 예전에 실론에서 내 환자였던 늙은 마술사와 비슷한 구석이 있기도 합니다. 그는 사람들 앞에서 단검을 삼키는 척했는데, 한번은 실제로 칼이 목으로 넘어가는 바람에 그것을 배 속에 열두 달 가까이 넣어가지고 다녔지요. 내가 토하는 약을 주었더니 가느다란 못 같은 쇠 조각들을 잔뜩 토해내더군요. 단검을 소화해 몸속에 흡수시킬 재간이 없으니까요. 그러니 부머 선장, 성한 팔을 저당 잡혀 잃어버린 팔에 제대로 장례를 치러주고 싶다면 지금이라도 늦지 않았어요. 그놈에게 선장을 공격할 또 다른 기회만 주면 됩니다. 아주 간단해요."

"고맙지만 사양하겠네, 벙거." 영국인 선장이 말했다. "그놈한테 이미 가져간 팔로 만족하라고 해. 어쩔 수 없는 일이지. 당시에는 그놈이 어떤 놈인지 몰랐으니까. 하지만 하나 남은 팔은 안 돼. 더 이상 흰 고래를 상대하지 않겠어. 그놈을 잡기 위해 보트를 한 번 내린 것으로 만족하겠어. 놈을 죽인다면 더없는 영광이지. 그건 나도 알아. 그놈의 몸속에는 귀한 기름이 배 한 척을 가득 채울 정도로 많겠지. 하지만 내 말 잘 듣게. 그놈은 그냥 내버려두는 게 상책이야. 그렇지 않소, 선장?" 그는 에이해브의 고래 뼈 다리를 힐끗 보며 물었다.

"그럴지도 모르지. 그럼에도 그놈은 여전히 사냥할 가치가 있소. 그냥 내버려두는 게 상책이기는 하지만 이 빌어먹을 놈이 사람을 여간 유혹해야 말이지. 자석처럼 끌어당기는 놈이오. 그놈을 마지막으로 본 것이 언제였소? 어느 쪽으로 갔소?"

"오 신이시여, 내 영혼을 축복하고 더러운 마귀에게 저주를 내리소서." 벙거는 이렇게 외치더니 허리를 숙이고 에이해브의 주위를 돌아다니며 개처럼 이상하게 코를 킁킁거렸다. "이 사람의 피가 펄펄 끓고 있어. 체온계를 가져와. 이 사람의 맥박에 갑판까지 울리고 있어." 의사는 주머니에서 채혈용 세모날을 꺼내 에이해브의 팔에 대려 했다.

"그만두지 못해!" 에이해브가 버럭 소리치며 의사를 뱃전으로 밀쳐냈다. "모두 보트에 타라! 그런데 그놈이 어느 쪽으로 갔다고 했지?"

"이런!" 질문을 받은 영국인 선장이 소리쳤다. "도대체 왜 그러시오? 그놈은 동쪽으로 가는 것 같소만…." 그는 페달라에게 낮은 소리로 물었다. "이봐, 자네 선장 혹시 미친 것 아닌가?"

하지만 페달라는 손가락을 입술에 갖다 대고 뱃전을 뛰어넘어 보트의 키를 잡았다. 에이해브는 도르래를 자기 쪽으로 잡아당기면서 영국 배의 선원들에게 줄을 내리라고 명령했다.

에이해브는 금세 보트의 고물에 내려섰고, 마닐라의 노잡이들이 노를 젓기 시작했다. 영국인 선장이 소리쳐 불렀지만 그는 들은 척도 하지 않았다. 에이해브는 낯선 배를 등진 채 딱딱하게 굳은 표정으로 피쿼드호에 도착할 때까지 꼿꼿이 서 있었다.


### 101장 술병

영국 배가 시야에서 사라지기 전에 다음과 같은 사실을 기록해두고자 한다. 그 배는 런던에서 출항했고, 배 이름은 런던의 상인 고(故) 새뮤얼 엔더비에서 가져온 것이다. 그는 유명한 포경 회사 '엔더비 앤드 선스'사의 창립자다. 역사적 흥미의 관점에서 본다면, 이 포경 회사는 영국의 튜더왕가나 프랑스의 부르봉왕가를 합친 것에 비교해도 그리 뒤지지 않는다. 이 포경 회사가 1775년 이전에 얼마나 오래 이어져 왔는지는 내가 가지고 있는 수많은 포경 관련 문서에도 명확히 나오지 않는다. 아무튼 이 회사는 1775년에 영국에서 최초로 향유고래를 정식으로 사냥하는 포경선을 바다에 띄웠고, 이후로 포경선이 정기적으로 바다를 드나들게 되었다. 물론 그보다 수십 년 앞서(1726년) 미국의 낸터킷과 비니어드의 용감한 코핀 가문과 메이시 가문이 대규모 선단을 띄워 고래 사냥에 나섰지만, 그 무대는 북대서양과 남대서양에 국한되어 있었고 다른 해역으로는 진출하지 못했다. 그럼에도 낸터킷 사람들이 인류 최초로 문명의 도구인 강철 작살을 거대한 향유고래에게 던졌으며, 이후로 반세기 동안 작살로 향유고래를 잡은 것은 지구를 통틀어 그들뿐이었다는 사실을 분명히 밝혀두고 싶다.

1778년에는 훌륭한 아멜리아호가 고래를 사냥하기 위해 장비를 갖추고 열성적인 엔더비사의 전폭적인 지원을 받아 대담하게도 혼곶을 돌아 저 넓은 남태평양에 세계 최초로 포경 보트를 내렸다. 항해는 능숙했고 행운도 따랐다. 아멜리아호가 선창에 귀한 고래기름을 가득 채우고 귀항하자 영국과 미국의 포경선들도 곧 아멜리아호를 모범 사례로 삼았다. 그리하여 태평양에 광대한 향유고래 어장이 문을 열었다. 하지만 지칠 줄 모르는 엔더비사는 여기서 안주하지 않고 또 다른 사업에 착수했다. 새뮤얼과 그의 아들들(아들이 몇 명인지는 그들의 어머니만 안다)이 직접 후원하고 비용도 일부 지원한다고 발표하자, 영국 정부는 포경 어장을 개척하기 위해 남태평양으로 슬루프형 포함인 래틀러호를 파견했다. 현역 해군 함장의 지휘 아래 래틀러호는 떠들썩하게 항해에 나서 상당한 성과를 올린 듯한데 어느 정도인지는 분명하지 않다. 하지만 이야기는 여기서 끝나지 않는다. 1819년에 엔더비사는 자신들만의 포경 어장 탐색선을 준비하여 저 먼 일본 해역으로 시험 항해를 보냈다. 사이렌호라는 이름의 그 배는 시험 항해를 멋지게 마쳤고, 그리하여 일본의 광대한 포경 어장이 처음으로 세상에 알려지게 되었다. 사이렌호의 이 유명한 항해를 지휘한 사람은 낸터킷 출신의 코핀 선장이었다.

따라서 모든 영예가 엔더비 가문으로 돌아갔다. 이 회사는 오늘날까지 이어지고 있는 것으로 알고 있다. 물론 창립자인 새뮤얼은 이미 오래전에 닻줄을 끊고 저승의 남태평양을 항해하고 있겠지만 말이다.

그의 이름을 딴 배는 아주 빠른 범선인 데다가 어느 모로 보나 우수해서 명성이 높을 만도 했다. 예전에 나는 파타고니아 연안 어디선가 그 배에 올라타 앞갑판 선원들과 진탕 술을 마신 적이 있다. 참으로 멋진 상호 방문이었고, 선원들도 모두 멋진 사나이들이었다. 다들 인생을 짧지만 굵게 즐겁게 살자는 신조를 가지고 있었다. 에이해브가 고래 뼈 다리로 그 배의 갑판에 오르고 한참 뒤에 이루어진 그날의 멋진 만남을 생각하면, 색슨족답게 당당하고 진심 어린 환대가 떠오른다. 내가 그 일을 잊는다면 우리 교구의 목사님이 나를 잊고 악마가 나를 기억하게 될 것이다. 술? 내가 술을 마셨다고 했는가? 그렇다. 우리는 한 시간에 40리터 가까이 술을 마셔댔다. 그때 갑자기 거센 바람이 불어와(파타고니아 앞바다에는 돌풍이 자주 분다) 방문객을 포함해 모든 선원들이 큰돛을 말아 올리라는 명령을 받았지만, 우리는 너무 취한 나머지 밧줄에 높이 매달린 채 속수무책으로 이리저리 흔들렸다. 게다가 미련하게도 상의 옷자락을 돛과 함께 말아 올리는 바람에 거센 바람 속에서 꼼짝없이 허공에 매달려 술 취한 모든 뱃사람들에게 좋은 본보기가 되고 말았다. 다행히 돛대는 쓰러지지 않았고, 마침내 우리도 아래로 기어 내려왔다. 그 무렵에는 술이 다 깼기 때문에 우리는 다시 술잔을 돌리지 않을 수 없었다. 하지만 사나운 바닷물이 앞갑판의 승강구로 쏟아져 들어오는 바람에 술이 묽고 짭짤해져 내 입맛에는 맞지 않았다.

쇠고기는 좀 질기기는 해도 맛은 있었다. 황소고기라며 나왔지만, 낙타고기라고 말하는 사람도 있었다. 무슨 고기인지는 나도 확실히 모르겠다. 경단도 나왔다. 작지만 속이 꽉 차 있고 동글동글한 것이 잘 씹히지 않았다. 삼키고 나서도 위 속에 들어 있는 것이 느껴졌고, 마음만 먹으면 데굴데굴 굴릴 수도 있을 것 같았다. 상체를 앞으로 많이 구부리면 경단이 당구공처럼 입 밖으로 튀어나올 것 같기도 했다. 빵은 아, 그것은 정말이지 어쩔 수 없는 일이었다. 뭐 괴혈병 예방도 될 테니까. 간단히 말해 빵에는 그 배에서 유일하게 신선한 재료가 들어 있었다. 하지만 앞갑판은 그리 밝지 않았으므로 빵을 먹을 때 어두운 구석을 찾아드는 것이 그리 어렵지는 않았다. 아무튼 돛대 꼭대기부터 키에 이르기까지 전체적으로 보았을 때, 또 요리사의 불룩 나온 배를 포함해 모든 냄비 크기를 감안할 때, 새뮤얼엔더비호는 뱃머리에서 뱃고물까지 멋진 배였다. 음식은 맛있고 푸짐한 데다가 술은 좋고 독했으며, 선원들은 훌륭하고 머리에서 발끝까지 다 멋있었다.

그런데 이 새뮤얼엔더비호와 내가 아는 다른 몇몇 영국 포경선들이 (다 그런 것은 아니지만) 그렇게 손님을 환대하기로 유명한 이유는 무엇일까? 쇠고기와 빵과 술과 농담을 풍성하게 나누고, 그렇게 먹고 마시고 웃어도 쉽사리 싫증내지 않는 이유는 무엇일까? 내가 그 이유를 말해보겠다. 영국 포경선에 흘러넘치는 유쾌한 분위기는 역사적으로 연구해볼 만한 주제이고, 필요하다고 판단될 경우 나는 고래에 대한 역사적 연구를 게을리하지 않았다.

영국인은 네덜란드인과 질랜드인[253], 덴마크인보다 나중에 포경업을 시작했고, 그래서 그들에게서 가져온 포경 용어를 많이 사용한다. 더 중요하게는 그들에게서 많이 먹고 많이 마시는 오랜 관습까지 받아들였다. 일반적으로 영국 상선은 선원들의 식량에 인색하지만, 영국 포경선은 그렇지 않다. 따라서 영국인에게 포경선의 성찬은 정상적이거나 자연스러운 일이기보다 예외적이고 특별한 일이다. 따라서 무언가 특별한 원인이 있을 텐데, 그것을 여기서 지적하고 좀 더 자세히 밝히고자 한다.

나는 리바이어던의 역사를 연구하다가 우연히 오래된 네덜란드 책을 한 권 발견했다. 책에서 풍기는 고래 냄새로 보아 고래잡이에 관한 책이 틀림없다고 생각했다. 제목은 『단 쿠프만』이었다. 포경선은 통장이(cooper)를 반드시 태워야 하므로, 나는 이 책이 포경업에 종사한 어느 암스테르담 통장이의 소중한 회고록일 것이라고 결론 내렸다. 그리고 저자의 이름이 '피츠 스바크하머(망치 휘두르는 사람)'인 것을 보고 더욱 확신을 가졌다. 그러나 나의 매우 박식한 친구 스노드헤드 박사의 의견은 달랐다. '산타클로스 앤드 세인트포트 대학'에서 저지 네덜란드어와 고지 독일어를 가르치는 그 친구에게 향유 양초 한 상자를 선물하며 이 책의 번역을 부탁했더니, 그는 이 책을 보자마자 '단 쿠프만'은 '통장이'가 아니라 '상인'을 뜻한다고 말했다. 요컨대 저지 네덜란드어로 쓰인 이 옛

---

**253** 덴마크의 셸란섬 사람을 뜻한다.

날 학술서는 네덜란드의 상업을 다룬 책이었고, 여러 흥미로운 주제 중에 포경업에 관한 내용도 들어 있었다. '스미어', 즉 '지방'이라는 소제목이 달린 장에서 나는 네덜란드 포경선 180척의 식량 창고에 들어가는 상세한 물품 목록을 발견했다. 그중의 일부를 스노드헤드 박사가 번역한 대로 적어보겠다.

| | |
|---|---|
| 쇠고기 | 40만 파운드 |
| 프리슬란트 돼지고기 | 6만 파운드 |
| 말린 고기 | 15만 파운드 |
| 건빵 | 15만 파운드 |
| 부드러운 빵 | 7만 2,000파운드 |
| 버터 | 2,800통 |
| 텍셀 및 레이덴 치즈 | 2만 파운드 |
| 치즈(아마도 하급품) | 14만 4,000파운드 |
| 제네바 산 진 | 550앵커 |
| 맥주 | 1만 800배럴 |

대부분의 통계표는 지루하지만 이것만큼은 그렇지 않았다. 읽다 보면 온갖 통과 병과 상자에 담긴 좋은 술과 성찬에 파묻히는 듯한 느낌이 든다.

당시 나는 이 모든 맥주와 쇠고기, 빵 등을 소화하는 데 꼬박 사흘을 바쳤다. 그 과정에서 떠오른 여러 심오한 생각은 초월주의나 플라톤 사상의 관점으로 해석할 수 있었다. 게다가 나는 저지 네덜란드 작살잡이 한 명이 옛 그린란드와 스피츠베르겐의 고래잡이 어장에서 소비했을 법한 말린 고기 등의 양을 추정하여 나름대로 통계표를 만들어 추가해보았다. 우선 버터와 '텍셀 앤드 레이덴' 치즈의 소비량이 엄청났다. 원래 기름진 것을 좋아하는 데다가 직업의 성격상 기름기 있는 것을 더욱 많이 먹은 것으로 보인다. 특히 얼어붙은 북극해에서 고래를 추격하기 때문이었으리라. 북극해 연안 에스키모 마을에서는 유쾌한 원주민들이 고래기름을 술잔에 가득 부어 축배로 드는 관습이 있다.

맥주 소비량도 1만 800배럴이라니 대단하다. 그런데 북극해에서는 고래잡이를 짧은 여름에만 할 수 있으므로, 네덜란드 포경선의 항해 기간은 스피츠베르겐해까지 갔다 오는 짧은 기간을 포함하더라도 석 달을 크게 넘기지 않았을 것이다. 포경선 한 척당 30명이 탔다고 치면, 180척의 포경선단에 탄 네덜란드 선원들은 5,400명에 이른다. 따라서 선원 한 명당 12주 동안 맥주 2배럴을 마실 수 있는 셈이고, 이와는 별개로 550앵커의 진도 공평하게 분배된다. 그 정도로 진과 맥주를 마셔대면 작살잡이들이 상당히 취했을 것 같은데, 과연 보트 뱃머리에 서서 달아나는 고래를 향해 작살을 제대로 날릴 수 있었는지 의문이다. 하지만 그들은 실제로 고래를 겨누었을 뿐만 아니라 맞히기도 했다. 그런데 이것은 맥주가 잘 받는 저 먼 북극 지방이기에 가능하다는 사실을 기억해야 한다. 우리 남양 어장인 적도에서 그렇게 맥주를 마셨다가는 작살잡이들이 돛대 꼭대기에서 졸거나 보트에서 비틀거리기 십상이고, 낸터킷과 뉴베드퍼드에 엄청난 손실을 안겨주었을 것이다.

이 이야기는 이제 그만하기로 하자. 이 정도면 2~3세기 전에 네덜란드 고래잡이들이 미식가였으며, 영국 고래잡이들이 이 훌륭한 본보기를 열심히 따랐다는 것을 보여주기에 충분하다. 빈 배로 항해하며 이 세상에서 특별히 더 좋은 것을 얻지 못한다고 해도, 최소한 좋은 식사라도 하자는 것이 그들의 생각이었다. 그리고 맛있는 음식은 술을 부른다.


## 102장  아르사시드군도의 나무 그늘

지금까지 향유고래를 묘사해오면서 주로 경이로운 겉모양에 주목하거나 내부 구조의 몇 가지 특징만 별도로 자세히 서술했다. 하지만 향유고래를 포괄적으로 온전히 이해하려면 녀석의 단추를 좀 더 풀고, 바지를 벗기고, 양말대님을 끄르고, 가장 내밀한 곳의 관절에 달린 고리를 다 풀어 녀석의 궁극적인 모습, 즉 있는 그대로의 뼈대를 드러내는 것이 내게 주어진 임무일 것이다.

그런데 이슈메일, 포경업에서 일개 노잡이에 불과한 자네가 어떻게 고래의 숨겨진 부분들에 대해 아는 척할 수 있단 말인가? 박식한 스터브가 양묘기 위에 올라서서 고래의 해부학을 강의하고, 양묘기의 도움으로 고래의 갈빗대를 높이 들어 전시라도 했단 말인가? 이슈메일, 해명해보게. 요리사가 구운 돼지 고기를 접시 위에 올려놓듯이 다 자란 고래를 갑판 위에 올려놓고 조사라도 할 수 있다는 말인가? 물론 그럴 일은 없지. 이슈메일, 자네는 지금껏 믿을 만한 증인이었어. 하지만 고래 배 속에 들어갔다 나온 요나만의 특권을 요구하려면 신중할 필요가 있네. 거대한 리바이어던의 골격을 구성하는 대들보와 서까래, 마룻대, 받침목 등에 대해 이야기하거나 깊은 내부에 있는 기름통, 낙농실, 버터나 치즈 저장실 등에 대해 이야기하려면 말이야.

고백하건대, 요나 이후로 다 자란 어른 고래의 피부 아래 깊숙한 곳으로 뚫고 들어간 고래잡이는 별로 없다. 하지만 운 좋게도 나는 작은 고래를 해부할 기회를 얻었다. 내가 타고 있던 배에서 향유고래 새끼를 잡아 갑판에 올려놓은 것이다. 녀석의 위주머니를 드러내 작살 칼날이나 창끝을 감쌀 싸개를 만들기 위해서였다. 내가 그런 기회를 그냥 흘려보냈을 것 같은가? 그때 나는 보트용 도끼와 주머니칼로 새끼 고래의 봉인을 뜯고 그 안의 내용물을 하나하나 자세히 살펴보았다.

완전히 성장한 고래의 거대한 골격에 대해 내가 그나마 정확히 알고 있는 것은 아르사시드군도[254]에 속한 트랑크섬의 왕이었던 내 친구 트랑코 덕분이다. 수년 전에 무역선 '알제 태수'호를 타고 트랑크섬에 갔을 때, 왕의 초청으로 푸펠라에 있는 그의 한적한 야자나무 별장에서 며칠 동안 아르사시드군도의 휴가를 보낼 수 있었다. 푸펠라는 그 섬의 수도인데, 우리 선원들이 대나무 마을이라고 부르는 곳에서 그리 멀지 않은 해변의 골짜기였다.

내 친구 트랑코 왕은 훌륭한 자질을 많이 갖추고 있었다. 특히 원시 미술품에

---

**254** 오스트레일리아 북동쪽 멜라네시아에 속한 솔로몬제도 남쪽의 섬들.

대한 애정이 각별해서 솜씨 좋은 주민들이 만든 온갖 진기한 물건을 푸펠라에 수집해놓았다. 주로 나무를 깎아서 만든 놀라운 장치들, 끌로 조각한 조개껍질, 무늬를 새긴 창, 화려한 노, 향나무로 만든 카누 등이었다. 그것들은 파도가 공물로 바치고자 해변까지 싣고 온 자연의 갖가지 진귀한 작품들과 함께 진열되었다.

파도가 싣고 온 진귀한 작품 중에는 거대한 향유고래도 있었다. 유난히 오랫동안 휘몰아치던 폭풍이 지나간 후 해변에 떠밀려온 죽은 고래였는데, 머리가 해변의 야자수에 맞닿아 있어 깃털처럼 살랑거리는 야자나무 이파리가 마치 고래가 뿜어 올리는 초록빛 물줄기처럼 보였다고 한다. 그 거대한 몸을 감싸고 있던 두꺼운 외피가 벗겨지고 뼈들이 햇볕에 바싹 마르자, 그 뼈대는 푸펠라 골짜기로 옮겨져 지금은 커다란 야자나무 숲으로 이루어진 웅장한 신전에서 보호를 받고 있다.

고래의 갈빗대에는 전리품이 걸려 있었고, 등뼈에는 기이한 상형문자로 아르사시드의 연대기가 기록되어 있었다. 두개골에는 사제들이 계속해서 향불을 피워놓았기 때문에 그 신비로운 머리는 다시금 안개 같은 것을 내뿜게 되었다. 나뭇가지에 매달린 무시무시한 아래턱은 마치 한 올의 머리카락에 매달려 다모클레스[255]를 두려움에 떨게 했던 칼처럼 신자들의 머리 위에서 흔들리고 있었다.

그것은 경이로운 광경이었다. 숲은 아이스 글렌[256]의 이끼처럼 푸르렀고, 나무들은 신선한 수액을 끌어올리며 하늘 높이 곧게 뻗어 있었다. 그 아래의 대지에는 부지런한 직공의 베틀처럼 호화로운 카펫이 깔렸는데, 땅을 뒤덮은 덩굴식물들이 씨줄과 날줄을 이루고 살아 있는 꽃들은 무늬가 되었다. 많은 열매로

---

**255** 그리스 전설 속 인물. 시라쿠사 왕 디오니소스는 신하인 그가 항상 왕의 행복을 부러워하는 것을 알고, 그를 술좌석에 불러 머리카락 한 올에 매단 칼 아래에 앉혀놓고 왕위에 따르는 위험을 깨닫게 했다.

**256** 미국 매사추세츠주 스톡브리지의 얼음 계곡.

가지가 축 늘어진 나무들, 온갖 관목들, 고사리와 풀, 속삭이는 바람 등 모든 것이 생명력이 넘쳐났다. 나뭇잎 레이스 사이로 보이는 거대한 태양은 영원히 푸른 신록을 짜는 거대한 베틀의 북처럼 보였다. 오, 분주한 직공이여! 보이지 않는 직공이여! 잠깐 멈추어라! 한마디만 해다오! 이 카펫은 어디로 흘러가고 있는가? 어느 궁전을 장식할 것인가? 무엇을 위해 이처럼 쉬지 않고 일하고 있는가? 말하라, 직공이여! 일하는 그 손을 멈추어라! 그대와 한마디라도 나누고 싶다! 아니, 북이 계속 움직이는구나. 베틀에서 무늬가 떠오르고 카펫은 큰 물처럼 도도히 흘러가는구나. 베 짜는 신이 베를 짠다. 베 짜는 소리 때문에 신은 귀가 멀어 인간의 목소리를 전혀 듣지 못한다. 윙윙거리는 베틀을 지켜보는 우리도 귀가 먹고 만다. 그곳에서 벗어나야 우리는 비로소 베틀 사이에 흐르는 무수한 목소리를 들을 수 있다. 실제 공장에서도 마찬가지다. 북이 날아다니는 곳에서는 무슨 말을 해도 들리지 않지만, 열린 창문으로 터져 나오는 말소리는 아무런 막힘없이 또렷이 잘 들린다. 그리하여 인간의 숱한 악행이 드러났다. 아, 인간이여! 그러니 조심하라. 이 거대한 세상의 베틀이 내는 소음 속에서도 그대의 가장 은밀한 생각을 저 멀리 떨어진 곳에서 엿들을지 모르니.

아르사시드군도의 푸른 숲, 생생하게 살아 움직이는 그 베틀 사이에 거대하고 신성한 흰 뼈가 누워 있다. 덩치 큰 게으름뱅이처럼! 하지만 초록빛 씨줄과 날줄이 주위를 계속 오가며 윙윙거렸기 때문에 저 덩치 큰 게으름뱅이는 마치 영리한 직공처럼 보였다. 덩굴이 그의 몸을 뒤덮어 날이 갈수록 푸르른 생기를 더해갔지만, 정작 자신은 그저 뼈대에 불과했다. 삶이 죽음을 감싸고, 죽음이 창살이 되어 삶을 지탱한다. 음울한 신이 젊은 생명을 아내로 삼아 곱슬머리의 영광을 자식으로 낳았다.

나는 트랑코 왕과 함께 이 경이로운 고래를 방문하여 제단이 된 두개골을 직접 보았다. 고래가 살아 있을 때 물줄기를 뿜어 올리던 곳에서 사람이 피운 연기가 솟아올랐다. 왕이 이 신전마저 예술품으로 보는 것 같아서 놀랐다. 왕은 웃었다. 하지만 사제들이 두개골에서 피어오르는 연기를 가리켜 진짜 물줄기라고 단언하는 것을 듣고는 더욱 놀랐다. 나는 이 뼈대 앞에서 서성이다가 덩굴을 옆으로 밀어내고 갈빗대 사이로 들어가 아르사시드의 실타래<sup>257</sup>를 들고서 구불구불한 길과 그늘진 기둥들 그리고 정자 사이를 한참이나 돌며 헤매고 다녔다. 하지만 곧 실타래의 실이 다 풀렸고, 나는 풀린 실을 따라 왔던 길로 되돌아가 처음에 들어간 입구로 나왔다. 그 안에서 살아 있는 것은 보지 못했다. 그곳에는 뼈밖에 없었다.

나는 나무를 잘라 초록색 자를 만들어 뼈대 속으로 다시 들어갔다. 사제들은 내가 마지막 갈비뼈의 높이를 재는 것을 두개골에 난 화살 모양의 기다란 틈으로 보고는 소리쳤다. "아니 뭐하는 겁니까? 감히 우리 신의 치수를 재다니! 그것은 우리가 할 일입니다." "그렇군요, 사제님들. 그렇다면 길이가 얼마나 될까요?" 그러자 고래 뼈대의 치수를 놓고 그들 사이에 격렬한 논쟁이 벌어졌다. 그들은 자로 서로의 머리를 두드려댔고, 그 소리가 거대한 두개골 안에 울려 퍼졌다. 나는 그 좋은 기회를 놓치지 않고 얼른 측량을 마쳤다.

이렇게 측량한 치수를 여러분 앞에 내놓고자 한다. 우선, 내가 멋대로 상상한 치수를 제시하는 것이 아니라는 점을 밝혀둔다. 이 분야의 전문가에게 물어보면 내가 제시한 치수가 과연 정확한지 바로 알 수 있기 때문이다. 영국의 포경 기지 중 하나인 헐(Hull)에는 고래 박물관이 있는데, 그곳에 긴수염고래를 비롯해 여러 고래의 멋진 표본이 전시되어 있다고 한다. 미국 뉴햄프셔주의 맨체스터 박물관에 '미국 내의 유일한 그린란드고래 혹은 참고래 표본'이라고 부르는 것이 전시되어 있다는 이야기도 들었다. 영국 요크셔의 버튼 컨스터블에 사는 클리포드 컨스터블 경이라는 사람도 향유고래의 뼈대를 가지고 있다고 하는데, 그것의 크기는 내 친구 트랑코 왕이 가지고 있는 다 자란 고래의 뼈대와 상대가 안 될 만큼 작다.

뼈대의 원래 주인이었던 고래가 해변에 떠밀려 왔을 때, 트랑코 왕과 클리포드 경은 둘 다 비슷한 이유를 대며 그 고래에 대한 소유권을 주장했다. 트랑코

---

**257** 그리스신화에서 영웅 테세우스가 괴물 미노타우로스를 죽이기 위해 동굴에 들고 들어 간 아리아드네의 실타래를 떠오르게 하는 표현이다.

왕은 자신이 원했기 때문에 고래를 차지했고, 클리포드 경은 그 지역의 영주였기 때문에 고래를 차지할 수 있었다. 클리포드 경의 고래는 전체가 관절로 연결되어 있어 골격 중에 우묵하게 패인 곳을 큰 서랍장처럼 열었다 닫았다 할 수 있고, 갈비뼈를 커다란 부채처럼 펼 수도 있으며, 아래턱에 올라타 하루 종일 그네를 탈 수도 있다. 일부 들창과 덧문에는 자물쇠를 채울 수도 있으니, 앞으로는 하인이 허리춤에 열쇠꾸러미를 차고 손님을 맞이할지도 모르겠다. 클리포드 경은 바람이 속삭이는 듯한 등뼈 속의 회랑을 살짝 들여다보는 데 2펜스, 소뇌 구멍에서 울리는 메아리를 듣는 데 3펜스, 이마에서 절경을 내려다보는 데 6펜스의 관람료를 받을 생각이다.

내가 이제 기록할 뼈대의 치수는 내 오른팔에 문신해둔 것을 그대로 가져온 것이다. 거친 방랑 생활을 하던 시절에는 이렇게 귀중한 통계 수치를 보존할 방법이 그것밖에 없었다. 하지만 여백이 별로 없었고, 아직 문신하지 않는 다른 신체 부위는 당시 쓰고 있던 시를 새길 공간으로 비워두어야 했으므로 끝 단위는 생략했다. 사실 고래를 측량하는 데 그런 작은 단위는 불필요하다고 본다.


## 103장  고래의 뼈대 측량

고래 뼈대의 크기를 간단히 제시하기 전에, 이 리바이어던이 살아 있을 때의 크기를 분명히 밝혀두고자 한다. 여기서는 이런 정보가 유용할 것이다.

내가 세심하게 계산한 크기와 스코스비 선장의 일부 추산을 종합해보면, 몸길이가 18미터인 초대형 그린란드고래의 무게는 70톤 정도 된다. 또한 나의 세심한 계산에 따르면, 몸길이가 25~27미터 정도 되고 몸통 둘레가 12미터 가까이 되는 초대형 향유고래의 무게는 최소한 90톤은 나간다. 따라서 13명의 몸무게를 1톤이라고 볼 때, 이 고래 한 마리가 1,100명이 사는 마을의 주민을 모두 합친 것보다 훨씬 무거운 셈이다.

그렇다면 육지 사람들이 상상하기에, 이 거대한 고래를 조금이라도 움직이게 하려면 멍에를 멘 황소의 두뇌 같은 것이라도 이 리바이어던 안에 들어 있어야 하지 않겠는가?

이미 앞에서 고래의 머리와 분수공, 턱, 이빨, 꼬리, 이마, 지느러미 등 다른 여러 부위에 대해 말했으므로, 여기서는 전체적인 뼈대에서 가장 흥미로운 부분만 다루어보겠다. 고래의 거대한 두개골은 전체 뼈대에서 상당 부분을 차지하고 또 매우 복잡하지만, 더 이상 설명을 반복하지는 않을 것이다. 그러므로 이 장을 읽을 때는 관련 내용을 반드시 숙지해야 한다. 그렇지 않으면 이제부터 살펴볼 향유고래 뼈대의 전체적인 구조를 온전히 이해하지 못할 수 있다.

트랑크섬에 있는 향유고래의 전체 길이는 22미터였다. 살아 있을 때 살이 붙어 있고 몸을 쭉 뻗은 것을 감안한다면, 실제 크기는 27미터는 되었을 것이다. 고래의 뼈대는 살아 있는 몸뚱이와 비교해서 길이가 약 5분의 1정도로 줄어들기 때문이다. 전체 길이 22미터에서 두개골과 턱뼈가 약 7미터를 차지하고, 나머지 15미터는 등뼈가 차지한다. 이 등뼈의 약 3분의 1에 한때 녀석의 주요 장기를 감싸고 있던 거대하고 둥근 바구니 같이 생긴 갈빗대가 붙어 있다.

거대한 상앗빛 갈빗대에 둘러싸인 가슴과 거기에서 일직선으로 길게 뻗은 척추는 조선소의 작업대에 놓인 거대한 배의 앙상한 선체와 매우 비슷했다. 뱃머리에 늑재가 20개 정도 끼워져 있고, 용골은 어디에도 연결되지 않은 채 기다란 목재로 자리만 잡고 있는 배 말이다.

갈비뼈는 양쪽에 각각 10개씩 있다. 목 부분에서 시작되는 첫 번째 갈비뼈는 길이가 거의 1.8미터였다. 두 번째, 세 번째, 네 번째로 갈수록 차츰 길어지더니 가운데 갈비뼈인 다섯 번째에 이르러서는 2.5미터가 조금 넘었다. 그다음 뒤쪽에 있는 것들은 길이가 짧아져 마지막 열 번째 갈비뼈는 길이가 1.5미터 정도밖에 되지 않았다. 두께는 전체적으로 길이와 비례했다. 가운데 갈비뼈가 가장 둥글게 휘어져 있었다. 아르사시드군도의 일부 지역에서는 작은 시내 위에 보행자용 다리를 놓을 때 이 갈비뼈를 들보로 사용한다.

이 책에서 여러 번 말했지만, 나는 이 갈비뼈를 살펴보면서 고래의 뼈대는 결코 고래의 형체를 유지하는 지지대가 아니라는 사실에 새삼 놀라지 않을 수 없었다. 트랑크섬 향유고래의 갈비뼈 중에 가운데 뼈가 가장 길었는데, 그것은 살아 있는 고래의 가장 두꺼운 몸통 속에 자리한 것이었다. 고래가 살아 있었을 때 가장 두꺼운 부위는 두께가 5미터 가까이 되었을 텐데, 그 부분을 떠받치는 갈비뼈는 길이가 겨우 2.5미터밖에 되지 않는다. 따라서 이 갈비뼈는 고래가 살아 있었을 때 그 부분이 얼마가 거대했는지를 절반밖에 알려주지 못하고 있다. 게다가 지금 내가 바라보고 있는 척추 주위를 한때 수 톤의 살과 근육, 피, 창자 등이 둘러싸고 있었다. 커다란 지느러미가 있던 자리에는 이제 몇 개의 관절 조각만 보일 뿐이고, 뼈 없이 육중하고 웅장한 꼬리가 있던 자리에는 남아 있는 것이 아무것도 없었다!

그러니 소심하고 견문이 좁은 사람이 이 평화로운 숲속에 누워 있는 앙상한 뼈대만 보고 이 경이로운 고래의 온전한 모습을 이해하려고 하는 것은 얼마나 헛되고 어리석은 일인가! 말도 안 되는 일이다. 오직 절박한 위험 속에서만, 성난 고래의 꼬리가 만들어낸 소용돌이 속에서만, 그리고 한없이 드넓은 바다 한가운데에서만 우리는 비로소 살아 숨 쉬는 고래의 온전한 모습을 실감나게 파악할 수 있다.

그런데 척추는 어떨까? 척추를 관찰하기 가장 좋은 방법은 기중기로 척추의 한쪽 끝을 높이 들어 올리는 것이다. 신속하게 할 수 있는 일은 아니다. 그래도 일단 작업을 마치고 나면 들어 올린 척추가 폼페이의 기둥과 매우 비슷해 보일 것이다.

척추뼈는 모두 합쳐 40개 정도인데, 뼈대만 남은 상태에서는 서로 연결되어 있지 않다. 이것들은 대체로 고딕 첨탑의 둥근 덩어리 장식들을 옆으로 늘어놓은 모습으로 육중한 석조 건축물의 견고한 가로층 같았다. 한가운데 있는 가장 큰 척추뼈는 너비가 90센티미터 미만이고, 두께는 1.2미터가 넘는다. 꼬리 쪽으로 갈수록 가늘어져 가장 작은 것은 너비가 겨우 5센티미터밖에 되지 않아 하얀 당구공처럼 보인다. 이보다 더 작은 척추뼈가 있다는 이야기를 들었지만, 사제의 자식인 개구쟁이 꼬마 식인종들이 훔쳐 가서 공기놀이를 하다가 잃어버렸다고 한다. 세상에서 가장 큰 생명체의 척추뼈조차 가늘어져 결국에는 순진한 아이들의 장난감 신세가 되고 마는 모습을 우리는 보고 있다.

## 104장  화석 고래

고래의 거대한 몸뚱이는 확대 설명하고 부연하며 전반적으로 자세한 주석을 달기에 가장 적합한 주제를 제공한다. 요약해서 설명하려고 해도 되지 않을 것이다. 고래는 특대형 2절판으로 다루어야 한다. 분수공에서 꼬리에 이르는 길이라든지 허리둘레 등의 설명은 되풀이하지 않겠다. 단지 고래의 몸속에 들어 있는 거대한 창자만 생각해보자. 전함의 맨 아래 갑판에 둘둘 말려 있는 거대한 굵은 밧줄처럼 녀석의 몸속에 겹겹이 들어차 있는 그것 말이다.

이 리바이어던을 거칠게 다루기로 약속했으니 그 작업을 철저히 완수하여 나 자신을 증명하는 것이 내게 주어진 임무일 것이다. 우선 녀석의 피 속에 들어 있는 가장 작은 생식세포조차 놓치지 않으며, 둘둘 말린 창자를 끝까지 펼쳐 보일 것이다. 고래의 현재 서식지와 해부학적 특징은 이미 대부분 설명했으므로 고고학과 화석, 태곳적의 관점에서 고래를 확대하여 들여다볼 필요가 있다. 리바이어던 외의 생물들, 가령 개미나 벼룩에게 이런 거창한 용어를 사용한다면 허세를 부린다는 소리를 들었을 것이다. 하지만 주제가 리바이어던이라면 사정이 달라진다. 나는 이 큰일을 해내기 위해 사전에서 가장 묵직한 단어들을 가져와 기꺼이 그 무게를 감당할 것이다. 이 논문을 쓰는 과정에서 사전이 필요할 때마다 이 작업을 위해 특별히 구입한 존슨 박사 편찬의 4절판 사전을 사용했다는 점을 미리 말해둔다. 그 저명한 사전 편찬자는 체구가 당당하여 나처럼 고래에 관한 글을 쓰는 저자가 사용할 사전을 편찬하는 데 적임자였다.

평범해 보이는 주제로 글을 쓰면서도 흥분하여 과장하는 작가들이 있다는 이야기를 종종 듣는다. 그러니 거대한 고래에 대한 글을 쓰는 나는 어떻겠는가? 글씨가 나도 모르게 현수막의 대문자처럼 커진다. 내게 콘도르의 깃털로 만든 펜을 다오! 베수비오 분화구 같은 잉크병을 다오! 친구들이여, 내 팔을 잡아다오! 고래에 대한 생각을 적는 것만으로도 나는 녹초가 된다. 학문을 총망라하고, 과거와 현재와 미래에 태어날 고래와 인간과 마스토돈의 세대를 아우르며, 지상에 세워졌던 모든 제국의 흥망성쇠와 우주 전체와 변두리까지 뻗어나가는 그 광범위한 주제를 생각하니 정신이 혼미해지는 것만 같다. 거대하고 자유로운 주제가 가진 미덕은 이처럼 주변으로 폭넓게 확대된다는 데 있다. 우리는 주제의 크기만큼 커진다. 웅장한 책을 쓰려면 웅장한 주제를 선택해야 한다. 벼룩에 대한 책을 쓰려고 시도한 사람은 많겠지만, 그 주제로는 불후의 명작을 남길 수 없다.

화석 고래라는 주제로 들어가기 전에 내가 지질학자로서 어떤 자격을 갖추고 있는지 제시하자면, 나는 여러 직업을 전전하며 석공으로 일한 적이 있는가 하면 도랑과 운하, 우물, 포도주 저장고, 지하실 그리고 온갖 종류의 저수조도 많이 파보았다. 또한 예비적인 차원에서 미리 일깨워주고 싶은 사실이 있다. 오래된 지층에서는 오늘날 거의 멸종된 괴물들의 화석이 발견되고, 이른바 제3기층에서 발견되는 이후의 유물들은 선사시대 이전에 존재했던 생물들과 노아의 방주에 탔다고 전해지는 그 생물들의 먼 후손을 연결하는 고리, 혹은 적어도 그들 사이에 끼어 있는 고리로 여겨진다는 것이다. 지금까지 발견된 모든 화석 고래들은 현재 지표층이 형성되기 바로 전의 제3기층에서 나오고 있다. 화석 고래 가운데 오늘날 알려진 고래종과 정확히 일치하는 것은 없지만, 그래도 전반적으로는 충분히 유사하기 때문에 고래의 화석으로 취급한다.

아담 이전 시대에 살던 고래의 부서진 화석, 즉 조각난 뼈나 뼈대의 파편들은 지난 30년 동안 알프스 산기슭, 롬바르디아, 프랑스, 영국, 스코틀랜드, 미국의 루이지애나주, 미시시피주, 앨라배마주 등지에서 간간이 발견되었다. 이런 유골 중에서도 1779년 파리의 튈르리 궁전 바로 맞은편의 짧은 거리인 도팽가에서 발굴된 두개골의 일부와, 나폴레옹 시대에 앤트워프 항구에 커다란 선착장을 만들 때 발굴된 뼈들이 특히 흥미롭다. 퀴비에는 이 뼛조각들이 전혀 알려지지 않은 종류의 고래에 속한다고 단언했다.

그러나 모든 고래 유골 중에서 가장 놀라운 것은 1842년 앨라배마주 크레이

판사의 농장에서 발견된 멸종 괴물의 거대한 뼈대로 그 형태가 거의 온전히 남아 있었다. 인근에 사는 순진한 노예들은 겁에 질려 그것을 타락한 천사의 뼈라고 생각했다. 앨라배마의 박사들은 그것을 거대한 파충류로 단정 짓고, 바실로사우루스라는 이름을 지어주었다. 하지만 그 뼈의 표본 일부를 바다 건너 영국의 해부학자 오언에게 보낸 결과, 파충류로 알았던 그것이 실은 멸종된 고래라는 사실이 밝혀졌다. 이 일은 이 책에서 거듭 말한 바대로, 고래의 뼈대가 살아 있는 고래의 온전한 몸뚱이를 파악하는 데 그리 유용한 단서가 아님을 잘 보여주는 사례가 되었다. 오언은 그 괴물에게 제우글로돈이라는 이름을 새로 지어주고, 런던 지질학회에서 발표한 논문에서 그것이 지구 환경의 변화로 사라진 것들 중에서 가장 특별한 생명체에 속한다고 표명했다.

거대한 리바이어던의 뼈대, 두개골, 엄니, 턱뼈, 갈비뼈, 그리고 척추 사이에 서서 보면, 이 모든 것이 현존하는 바다 괴물과 부분적으로 비슷하지만, 또 한편으로는 그들의 먼 조상인 선사시대의 리바이어던과도 닮았음을 알게 된다. 거기에 설 때면 나는 홍수에 휩쓸려 시간이란 것이 존재한다고 할 수 없는 놀라운 시대로 돌아간다. 시간은 인간과 함께 시작되었기 때문이다. 그곳에서 사투르누스[258]의 잿빛 혼돈이 덮치고, 나는 극지대의 영겁을 어렴풋이 들여다보고는 몸서리를 친다. 성채처럼 거대한 얼음덩어리가 오늘날의 열대 지역을 단단히 덮고 있고, 4만 킬로미터에 이르는 지구 둘레에 사람이 살 수 있는 땅이라고는 한 뼘도 보이지 않는다. 그때는 온 세상이 고래의 것이었다. 피조물의 왕이었던 고래는 오늘날의 안데스산맥과 히말라야산맥의 능선에 자신의 흔적을 남겼다. 누가 리바이어던과 같은 혈통을 자랑할 수 있을까? 에이해브의 작살은 고대 이집트의 파라오보다 더 오랜 혈통의 피를 흘리게 한 것이다. 므두셀라[259]도 고래에 비하면 어린 학생이나 다름없다. 나는 노아의 장자 셈과 악수할 수 있을까 싶어 주위를 둘러본다. 모세 이전에 이미 존재했던 형언할 수 없는 두려

— **258** 그리스신화에 나오는 티탄족의 우두머리. 올림푸스 신들 이전에 세상을 다스렸다.
**259** 구약시대의 족장. 969년을 살았다고 전해진다. 창세기 5장 27절 참조.

움의 대상, 이 출처 없는 존재에 나는 공포를 느낀다. 고래는 시간에 앞서 존재했고, 모든 인간의 시대가 끝난 후에도 분명 존재할 것이다.

이 리바이어던은 아담 이전에 존재했던 흔적을 자연의 연판에 남겼고, 자신의 태곳적 흉상을 석회석과 이회암에 남겼을 뿐 아니라, 그 자체가 화석이라고 할 수 있는 고대 이집트의 석판에도 지느러미 자국을 뚜렷이 남겨놓았다. 50년 전 덴다라 대사원의 석실에서 화강암 천장에 새겨진 별자리 그림이 발견되었다. 거기에는 오늘날의 천구의에서 볼 수 있는 괴상한 동물들과 비슷한 켄타우로스, 그리핀, 돌고래 등이 가득했다. 그리고 옛적의 리바이어던이 예전처럼 그들 사이를 유유히 헤엄치고 있었다. 녀석은 솔로몬 왕이 태어나기 수세기 전부터 이미 그 별자리 그림 속을 헤엄치고 있었다.

고래가 태곳적부터 존재해온 동물이라는 것을 보여주는 기이한 증거가 또 있다. 옛 바르바리 지방[260]을 여행한 요하네스 레오[261]가 다음과 같이 기록했듯이, 노아의 대홍수 이후에도 고래 뼈가 실제로 발견된 것이다.

"그들은 해변에서 얼마 떨어지지 않은 곳에 사원을 세웠는데 서까래와 대들보에 고래 뼈를 사용했다. 가끔 거대한 고래들이 죽은 채 해안에 떠밀려오기 때문이다. 그곳 사람들은 신이 그 신전에 부여한 비밀스러운 힘 때문에 그 앞을 지나는 고래들마다 죽음을 피하지 못한다고 믿었다. 실상은 그 신전의 양쪽 해변에서 바다로 3킬로미터 나간 지점까지 암초가 있어 거기에 걸리는 고래가 부상을 입기 때문이다. 사람들은 믿을 수 없을 만큼 기다란 고래의 갈비뼈를 기적으로 여기며 간직하고 있다. 갈비뼈는 볼록한 부분이 위로 오도록 하여 땅 위에 아치 모양으로 세워졌다. 꼭대기는 낙타 등에 올라타도 닿을 수 없을 만큼 높다. 갈비뼈는 (요하네스 레오에 따르면) 내가 그것을 직접 보기 100년 전부터 거기에 놓여 있었다. 그곳의 역사가들은 무함마드의 탄생을 예언한 예언자가 이 신전 출신이라고 자신 있게 말한다. 일부 역사가들은 고래가 예언자 요나를 토

---

**260** 아프리카 북부 지중해 연안 지역.

**261** 16세기에 유럽과 북아프리카를 오가며 활동한 아랍의 외교관이자 작가이자 탐험가.

해낸 곳이 이 신전의 토대 근처였다는 주장을 굽히지 않기도 한다."

이 아프리카 고래 신전에 독자들을 남겨두고 떠난다. 그대가 낸터킷 출신에 고래잡이라면 그곳에서 조용히 예배드리게 될 것이다.


## 105장  고래의 크기는 줄어들고 있는가? 고래는 멸종할 것인가?

고래가 영원이라는 수원에서 나와 우리에게 이르기까지 헤엄쳐 왔으므로, 여러 세대가 지나는 긴 세월 동안 거대한 크기가 점점 작아진 것은 아닐까 하는 질문을 던져볼 수 있다.

하지만 조사는 정반대의 결과를 보여주었다. 오늘날의 고래가 제3기층(인류 출현 이전의 지질시대를 포함하는 지층)에서 화석으로 발견되는 고래보다 덩치가 클 뿐만 아니라, 같은 제3기층일지라도 후기의 지층에 속한 고래가 전기의 지층에 속한 고래보다 더 컸다.

지금까지 발굴된 아담 이전의 고래 중에서 가장 큰 것은 앞장에서 언급한 앨라배마 고래지만, 그 고래의 뼈대 길이는 21미터가 채 되지 않는다. 반면에 이미 살펴본 바와 같이 오늘날의 대형 고래의 뼈대는 줄자로 재보면 그 길이가 22미터에 달한다. 그리고 포경업계의 권위자에게 들은 말인데, 포획 당시의 길이가 30미터가 넘는 향유고래를 잡은 적이 있다고 했다.

그런데 현 세대의 고래가 이전 모든 지질시대의 고래보다 더 크다고는 하지만, 아담 시대 이후로는 크기가 줄고 있는 것은 아닐까?

플리니우스 같은 로마의 학자나 고대 박물학자들의 설명을 신뢰한다면, 확실히 그런 결론을 내리게 된다. 플리니우스는 몸집이 몇 에이커에 달하는 고래에 대해, 알드로반두스는 길이가 240미터나 되는 고래에 대해 말하고 있기 때문이다. 밧줄 공장만큼 넓고, 템스강 터널만큼 긴 고래가 아닐 수 없다. 쿡 선장의 순양함에 탄 생물학자 뱅크스와 솔랜더의 시대에도 덴마크 학술원의 한 회원이 아이슬란드 고래의 길이가 120야드, 즉 110미터에 달한다고 기록한 것을 볼 수 있다. 프랑스의 박물학자 라세페드는 고래의 역사를 공들여 다룬 그의 책 첫머리(3쪽)에서 참고래의 길이를 100미터라고 적고 있다. 게다가 이 책은 최근 1825년에 출간되었다.

하지만 이런 이야기를 믿는 고래잡이가 있을까? 없다. 오늘날의 고래는 플리니우스 시대의 조상들과 크기가 비슷하다. 플리니우스가 있는 곳에 갈 수만 있다면, 나는 고래잡이로서(내가 플리니우스보다는 이런 소리를 들을 자격이 있다) 감히 그렇게 선언할 것이다. 플리니우스가 태어나기 수천 년 전에 매장된 이집트의 미라는 오늘날 켄터키 사람이 맨발로 잰 것보다 키가 크지 않고, 고대 이집트와 니네베의 석판에 새겨진 소와 그 밖의 동물들도 그 비율을 감안해볼 때, 축사에서 잘 먹이고 스미스필드[262]에서 상을 받은 우량종 소가 확실히 파라오의 소 중에서 가장 살찐 소와 크기가 비슷하거나 더 크기 때문이다. 그러니 모든 동물 중에서 고래만 크기가 줄어들었다는 사실을 받아들이기가 어렵다.

하지만 또 다른 질문이 아직 남아 있다. 이것은 고래를 잘 아는 낸터킷 사람들이 자주 제기하는 문제다. 지금 포경선들의 돛대 꼭대기에서는 망꾼들이 베링해협뿐만 아니라 온 세상의 은밀한 구석구석까지 다 살펴보고 있고, 모든 대륙의 해안에서 수천 개의 작살과 창이 고래를 맞히고 있다. 문제는 과연 리바이어던이 이처럼 광범위한 추격과 무자비한 포획을 얼마나 더 견딜 수 있을까 하는 것이다. 결국에는 바다에서 사라지지 않겠는가? 마지막 고래가 마지막 인간처럼 마지막 파이프 담배를 피우고 마지막 담배 연기 속으로 사라져버리지 않겠는가?

혹이 난 고래 떼를 역시 혹이 난 버팔로 떼와 한번 비교해보자. 40년 전만 해도 버팔로는 일리노이주나 미주리주의 대초원에서 수만 마리씩 무리를 지어 강철 같은 갈기를 흔들어대고 벼락 맞은 듯이 주름진 이마를 들이밀며 강가에

---

**262** 옛 런던시의 북서부 지역. 육류 시장으로 유명했다.

모여들었다. 하지만 지금 그곳은 번화한 도시가 되었고, 정중한 부동산 중개인들이 2.5센티미터에 1달러를 받고 땅을 팔고 있다. 이렇게 비교해보면, 사냥당하는 고래가 얼마 안 있어 멸종할 수밖에 없다는 불가피한 결론에 이르게 된다.

하지만 문제는 여러 각도에서 살펴보아야 한다. 40년(인간에게 반평생의 시간) 전만 해도, 일리노이주에서 버팔로의 개체 수는 현재 런던의 인구수를 앞섰으나, 지금 그 지역에서는 버팔로의 뿔이나 발굽을 단 한 개도 찾아볼 수 없다. 그 충격적인 멸종의 원인은 인간의 창이었다. 하지만 고래 사냥은 버팔로 사냥과는 성격이 매우 다르므로 리바이어던에게 그런 불명예스러운 종말은 찾아오지 않을 것이다. 선원 40명을 태운 포경선 한 척이 48개월 동안 항해하면서 향유고래 40마리 분량의 기름을 가지고 귀항할 수 있다면 상당히 성공한 것이라는 평가를 받는다. 반면에 지난날 서부의 캐나다인과 인디언이 총과 덫으로 사냥하던 시절, 해가 지지 않는 극지의 서부가 미개척의 황야 시절, 모카신을 신은 같은 수의 사람들이 같은 기간 동안 포경선 대신에 말을 타고 버팔로 사냥을 나갔더라면, 40마리가 아니라 4만 마리의 버팔로를 죽였을 것이다. 필요하다면 이 사실을 통계 수치로 제시할 수도 있다.

예전에는(18세기 후반) 작은 무리를 이룬 고래가 오늘날보다 훨씬 자주 눈에 띄었고, 따라서 항해를 그리 오래 할 필요가 없었으며 소득도 더 많았다는데, 생각해보면 이런 사실이 향유고래의 멸종을 주장하는 근거가 될 수는 없을 것 같다. 앞에서도 말했듯이, 고래들은 안전을 더욱 의식해 거대한 무리를 이루어 바다를 헤엄쳐 다니게 되었다. 이전에는 뿔뿔이 흩어져 혼자 다니거나 둘씩 짝을 짓거나 작은 무리를 지어 다니던 고래들이 이제는 거대한 무리를 이루어 다니는 것이다. 게다가 이 무리는 서로 멀리 떨어져 있기 때문에 여간해서 찾아보기가 힘들다. 이유는 그것이 전부다. 이른바 긴수염고래가 예전에 잔뜩 모여들던 여러 어장에 이제는 잘 나타나지 않는다고 해서 그 종의 개체수가 감소되었다고 생각한다면 말도 안 된다. 그 고래들은 작은 곳에서 더 큰 곳으로 옮겨 갔을 뿐이다. 어떤 해안에서 고래가 물을 내뿜는 모습을 더는 볼 수 없게 되었다면, 틀림없이 멀리 떨어진 다른 해안에서 갑자기 낯선 광경이 벌어져 사람들이 놀라고 있을 것이다.

마지막으로 언급한 긴수염고래와 관련해 더 말해보자면, 녀석들은 인간의 힘으로는 뚫기 어려운 견고한 요새를 두 군데에 가지고 있다. 냉철한 스위스 사람들이 골짜기를 침략당하면 산속으로 후퇴하듯이, 대양의 초원이나 습지에서 쫓겨난 긴수염고래는 마지막 보루인 극지의 요새로 후퇴하여 유리 같은 울타리와 방벽 아래로 잠수했다가 빙원과 유빙 사이로 떠올라 영원한 12월의 마법 같은 힘 속에서 인간의 모든 추격을 막아낸다.

향유고래가 한 마리 잡힐 때 긴수염고래는 50마리 비율로 잡히기 때문에, 포경선 앞갑판의 일부 철학자들은 이 같은 남획으로 이미 상당한 고래 무리가 큰 피해를 입었을 것이라고 보았다. 지난 몇 년 동안 미국 북서부 해안에서 연간 포획한 긴수염고래 개체 수만 1만 3,000마리에 이른다. 그래도 다른 관점에서 생각해보면, 이런 사실도 앞으로 고래가 멸종할 것이라는 주장을 그리 뒷받침해주지 못한다.

지구상에 사는 덩치 큰 동물의 개체 수가 많다는 사실이 잘 믿기지 않는 것은 당연하다. 하지만 인도 고아 지방의 역사가 호르투의 말에는 뭐라고 대답해야 할까? 그는 시암 왕이 한번 사냥을 나가면 코끼리 4,000마리를 잡았고, 그 지방에는 코끼리가 온대 지방의 가축만큼이나 많다고 말했다. 코끼리들은 지난 수천 년 동안 세미라미스, 포루스, 한니발 그리고 동방의 군주들에게 무수히 포획되었는데도, 여전히 그곳에 무수히 많은 수가 살아남았다. 그러니 바다의 고래가 인간의 사냥을 이겨내고 살아남았을 가능성을 의심할 이유는 전혀 없다고 본다. 고래는 아시아와 남북아메리카, 유럽, 아프리카, 오스트레일리아 그리고 바다의 모든 섬을 합친 것보다 두 배는 더 넓은 초원을 이리저리 돌아다니기 때문이다.

게다가 고래는 수명이 아주 길어서 100세가 넘도록 살기 때문에, 어떤 시점에서든 나이 많은 어른 세대가 어린 세대와 함께 살고 있다는 것을 감안해야 한다. 그것이 무엇을 의미하는지는 이렇게 상상해보면 금세 이해된다. 즉 세상의 모든 공동묘지와 교회 묘지, 가족 지하 납골당에서 75년 전에 살았던 모든 성인 남녀와 아이들이 되살아나 오늘날 지구에 사는 무수히 많은 사람의 인구수에 그 수가 추가되는 것이다.

이 모든 점을 감안할 때, 우리는 고래가 개별적으로는 죽어 나갈지 몰라도 고래라는 종은 불멸이라고 보아야 한다. 고래는 대륙이 서로 떨어지기 전부터 이미 바다를 헤엄쳐 다녔다. 한때는 튈르리 궁과 윈저 궁, 크렘린 궁이 들어서지도 않은 빈 공간을 미끄러지듯이 다녔다. 노아의 대홍수 때도 고래는 노아의 방주 따위는 우습게 보았다. 세계가 네덜란드처럼 다시 홍수에 잠겨 쥐새끼 하나 살아남을 수 없다고 해도, 영원한 고래는 여전히 살아남아 적도 해류의 가장 높은 물마루 위로 머리를 쳐들고 하늘을 향해 도전의 물줄기를 내뿜을 것이다.

## 106장 　에이해브의 다리

에이해브 선장은 런던의 새뮤얼엔더비호를 서둘러 떠나면서 몸에 약간 부상을 입었다. 보트 위에 너무 힘차게 내려서는 바람에 충격을 받아 고래 뼈 다리가 거의 쪼개질 뻔한 것이다. 피쿼드호의 갑판에 올라와서는 갑판 구멍에 고래 뼈 다리 끝을 넣은 후 키잡이에게 긴급하게 명령(늘 그렇듯이 키를 좀 더 유연하게 돌리라는 명령)을 내리기 위해 몸을 획 틀다가 이미 충격받은 고래 뼈 다리가 또다시 비틀리고 말았다. 겉으로는 멀쩡하고 튼튼해 보였지만 에이해브는 고래 뼈 다리가 영 못 미더웠다.

에이해브가 무모한 광기에 빠져 사는 것 같아도 갑판에 설 때 그의 몸을 얼마간 받쳐주는 죽은 고래 뼈의 상태에는 때로 세심하게 주의를 기울이는데, 이는 그리 놀라운 일도 아니었다. 피쿼드호가 낸터킷을 출항하기 며칠 전날 밤, 그는 정신을 잃고 바다에 쓰러져 있는 것이 발견되었다. 무슨 일인지 알 수도, 설명할 수도, 상상할 수도 없는 사고로 인해 고래 뼈 다리가 빠지면서 창처럼 그의 사타구니를 꿰뚫을 정도로 세게 찌른 것이다. 심한 부상이 다 낫기까지 그는 엄청난 고통을 겪어야 했다.

그때도 편집증에 시달리던 그는 마음속에 지금 당하는 이 모든 고통이 과거의 불행에서 비롯된 것이라는 생각이 떠올랐다. 습지에 사는 맹독성 뱀도 숲속에서 감미롭게 지저귀는 새들처럼 자신의 종족을 번식시키듯이, 모든 불행한 사건도 모든 행복한 일과 마찬가지로 자신의 동류를 낳는다는 사실을 확실히 깨달은 듯했다. '아니, 그런 일은 불행이 더 열심을 내지'라고 에이해브는 생각했다. 슬픔의 조상과 자손은 기쁨의 조상과 자손을 능가하기 때문이다. 어떤 경전의 가르침에서 추론한 바에 따르면, 이 세상에서 자연히 생기는 기쁨은 저세상에서는 자손을 낳지 못하고 무자식이라는 지옥 같은 절망만 뒤따를 뿐이다. 반면에 죄 지은 인간의 불행은 저세상에서도 영원히 슬픔의 자손을 낳으며 번성한다. 문제를 더 깊이 분석해보면, 기쁨과 슬픔 사이에는 여전히 불평등이 존재하는 듯하다. 에이해브가 생각하기에, 이 세상에서 아무리 큰 행복을 누리더라도 거기에는 알 수 없는 하찮음이 어른거리지만, 마음속 모든 슬픔의 밑바닥에는 신비로운 의미가 숨어 있고, 어떤 사람들의 경우에는 그 슬픔에 대천사의 장엄함마저 깃들어 있기 때문이다. 원인을 열심히 추적해도 이 명백한 결론은 뒤집히지 않을 것이다. 숭고한 비극의 계보를 거슬러 올라가다 보면 결국은 근원을 알 수 없는 신들의 계보 속으로 들어가게 된다. 그러므로 건초를 말리는 반가운 태양과 부드러운 심벌즈 소리를 낼 것 같은 추수철의 둥근 달 앞에서도 우리는 신들이 늘 즐거운 것만은 아니라는 사실을 인정해야 한다. 날 때부터 인간의 이마에 새겨져 지워지지 않는 슬픔의 반점은 바로 그것을 새긴 신들의 슬픔을 나타내는 흔적이다.

여기서 부지불식간에 하나의 비밀이 드러나고 말았다. 아니, 그 비밀은 예전부터 더욱 적절하고 확실하게 드러나 있었는지도 모른다. 에이해브와 관련된 다른 여러 사실들과 더불어 그가 왜 피쿼드호의 출항을 전후로 한동안 달라이 라마[263]처럼 은둔했는지, 왜 그 기간 동안 망자들의 대리석 전당에서 묵언의 피

___

**263** 불교의 티베트 종파인 라마교의 영적 지도자를 이르는 명칭.

신처를 찾는지에 대해 몇몇 사람들은 늘 의문을 가지고 있었다. 펠레그 선장이 그 이유라며 퍼뜨린 이야기는 적절하지 못했다. 에이해브의 신상에 관해 알려진 일들은 해명의 빛을 던져주는 것이 아니라 의미심장한 어둠만을 더 짙게 할 뿐이었다. 하지만 마침내 모든 사실이 드러났다. 적어도 한 가지 사실만은 분명했다. 그 불운한 사고가 일시적인 은둔생활의 원인이었던 것이다. 그뿐만 아니라 그에게 가까이 갈 수 있는 특권을 지닌 친구들도(비록 육지에서 그 수가 점점 줄고 있었지만) 에이해브가 침울한 표정으로 사고의 원인을 정확히 설명해주지 않으니, 그 사건이 혹시 망령과 슬픔의 땅에서 온 것은 아닌가 하는 두려운 생각이 들었다. 그들은 에이해브를 보호하는 차원에서 자신들만 알고 있는 얼마 안 되는 사실도 다른 사람들의 귀에 들어가지 않게 하기로 공모했고, 그래서 그 비밀은 상당한 시간이 흐를 때까지 피쿼드호의 갑판으로 새나가지 않았다.

아무튼 눈에 보이지 않는 신들의 회합이나 지옥의 악마와 염라대왕이 지상에서 벌어진 에이해브의 사고와 관련이 있든 없든 간에, 에이해브는 당면한 다리 문제에 대해 아주 현실적인 조치를 취했다. 목수를 부른 것이다.

목수가 나타나자 에이해브는 당장 새 다리를 만들라고 지시했고, 항해사들에게는 지금까지 항해하면서 모아둔 (향유고래의) 턱뼈의 샛기둥과 들보를 목수에게 보여주어 가장 단단하고 결이 고운 것을 고를 수 있게 하라고 시켰다. 필요한 물품이 준비되자마자 목수는 그날 밤 안으로 다리를 만드는 것은 물론이고, 못 미더운 지금의 다리에 사용된 부속품이 아닌 새로운 부속품을 사용하라는 지시를 받았다. 또한 선창에서 보관 중인 이동용 용광로를 갑판으로 내오고, 대장장이는 일에 속도를 내는 데 필요할지도 모르는 철제 부품을 무엇이든 당장 만들라는 명령이 떨어졌다.

## 107장 목수

토성의 위성들 사이에 술탄인 양 앉아서 매우 추상적인 개념을 갖춘 한 인간을 관찰한다고 생각해보자. 그러면 경이롭고 장엄하며 슬픈 한 인간이 눈에 들어올 것이다. 하지만 똑같은 자리에서 인류 전체를 바라보면, 동시대의 사람들도 그렇고 유전적인 차원에서도 그렇고 대부분이 쓸모없는 복제품의 군상처럼 보인다. 피쿼드호의 목수는 신분이 미천하고 추상적인 개념을 갖추지는 못했을지언정 결코 복제품은 아니었다. 그리하여 이제 이 무대에 친히 등장하게 되었다.

원양어선의 목수들, 특히 포경선에 소속된 목수들이 그렇듯이 그도 목수 일뿐만 아니라 여러 가지 부수적이고 실용적인 일과 작업을 즉석에서 잘 해내는 노련한 사람이었다. 목수는 아주 오래된 직업이고, 나무를 보조 재료로 사용하는 다양한 수공업 분야가 모두 목수업이라는 줄기에서 갈라져 나온 가지들이기 때문이다. 하지만 피쿼드호의 목수는 이런 일반적인 설명에 부합하는 사람일 뿐만 아니라, 3~4년 동안 문명을 등지고 먼 바다를 항해하는 대형 선박에서 끊임없이 일어나기 마련인 수천 가지의 긴급한 기계 고장을 척척 해결하는 사람이기도 했다. 그는 본연의 목공 일 외에도 구멍 난 보트나 부러진 돛대의 수리, 뒤틀린 노 바로잡기, 갑판에 채광창 끼우기, 뱃전 널빤지에 나무못 박기 등의 목수 일은 물론 그와 직접 관련된 온갖 잡다한 일들을 신속하게 해냈다. 게다가 필요해서 하는 일이든 재미로 하는 일이든 간에 서로 다른 재능이 필요한 갖가지 일들을 거의 전문가 수준으로 완수했다.

그가 이런 다양한 일을 하는 주요 무대는 바이스 작업대다. 쇠와 나무로 만든 다양한 크기의 바이스가 달려 있는 길고 투박한 탁자였다. 고래가 뱃전에 매달려 있을 때를 제외하고, 이 작업대는 늘 기름 솥 뒤에 길게 가로놓인 채 고정되어 있었다.

밧줄걸이가 너무 커서 구멍에 잘 들어가지 않으면, 목수가 항상 준비되어 있는 바이스 중 하나에 그것을 끼우고 줄로 갈아서 더 가늘게 만들어준다. 깃털이 특이하게 생긴 육지의 새가 길을 잃고 갑판에 날아들었을 경우, 목수는 참고래 뼈로 만든 깨끗한 막대와 향유고래의 이빨로 만든 대들보로 탑 모양의 새장을 만들어준다. 노잡이가 손목을 삐면, 목수는 통증을 완화시키는 로션을 만들어준다. 스터브가 자기 보트의 노마다 주홍색 별을 그려 넣고 싶어 하면, 목수는 노를 커다란 바이스에 하나씩 고정시켜놓고 좌우대칭이 되도록 별 모양을 보기 좋게 그려 넣는다. 상어뼈로 만든 귀걸이를 달고 싶어 하는 선원이 있으면, 목수는 그의 귀를 뚫어준다. 치통으로 고생하는 선원이 있으면, 목수는 집게를 꺼내들고 작업대를 탁 치면서 거기에 앉으라고 한다. 하지만 그 가련한 선원이 곧 있을 수술에 겁먹고 얼굴을 찡그리면, 목수는 나무 바이스의 손잡이를 빙빙 돌리면서 이를 뽑고 싶으면 거기에 턱을 집어넣으라는 손짓을 한다.

이처럼 이 목수는 모든 상황에 준비되어 있었고, 무슨 일이든 무심하게 맞이하며 별 것 아니라는 태도를 취했다. 그는 사람의 이를 작은 고래 뼈 조각 정도로 여겼고, 머리는 도르래쯤으로 생각했으며, 인간 자체도 기껏해야 양묘기 정도로 보았다. 목수가 이처럼 여러 분야에서 재주가 뛰어나고 전문가다운 솜씨를 보이니 그의 내면에 비범한 지성이 활발하게 작동할 것이라고 생각하기 쉽다. 하지만 꼭 그렇지만은 않았다. 그의 두드러진 특성으로 비인격적인 둔감함을 들지 않을 수 없기 때문이다. 비인격적이라고 말한 이유는, 그의 둔감함이 주변의 무수한 사물들에 드리워져 마침내 눈에 보이는 온 세상에서 식별할 수 있는 보편적인 둔감함과 하나가 되어버리기 때문이다. 세상은 무수한 형태로 쉴 새 없이 활동하면서도 영원히 평온함을 유지하며, 설령 누가 대성당의 토대를 파헤친다고 해도 관심을 두지 않는다. 다소 소름 끼치는 그의 둔감함에는 온갖 것에 대한 무심함도 내포되어 있는 듯하다. 하지만 이런 둔감함이 때로는 썰렁한 구닥다리 유머 감각으로, 가끔은 머리 희끗한 노인의 재치로 희한하게 깨지기도 했다. 해초가 수염처럼 달라붙은 노아의 방주 앞갑판에서 야간 당직을 서던 시절에 선원들이 시간 때우기로 했을 법한 농담을 하는 것이다. 이 늙은 목수는 평생 방랑자로 살며 여기저기를 떠돌아다니다 보니 이끼가 낄 새가 없었을 뿐만 아니라, 원래 가지고 있던 몇 안 되는 소소한 외적 특성마저 떨어져 나간 것은 아닐까? 그는 아무것도 걸치지 않은 추상체였고, 분할되지 않은 완전체였으며, 타협할 줄 모르는 갓난아기와 같았다. 그는 현세에서든 내세에서든 아무런 계획 없이 살아갔다. 이 괴상하고 타협을 모르는 목수가 어쩌면 반지성적인 자가 아닐까 하는 생각이 들지도 모르겠다. 그는 수많은 일을 하면서 솜씨를 발휘할 때 이성이나 직관에 크게 의지하는 것 같지 않았고, 그렇다고 어디서 기술을 배워서 하는 것 같지도 않았으며, 그 모든 것이 고르게 혹은 고르지 않게 섞여서 이에 따라 적절히 대응하는 것 같지도 않았기 때문이다. 그는 그저 귀먹고 말 못하는 사람처럼 무감각하게 기계적인 과정을 따르며 행동하는 듯했다. 그는 순전히 손재주로 사는 사람이었다. 설령 그에게 뇌라는 것이 있었다고 해도 일찌감치 손가락 근육 사이로 스며들었을 것이 틀림없다. 이를테면 그는 사고 기능은 없지만, 작아도 매우 유용한 다목적용 셰필드 만능칼(일반적인 주머니칼보다 조금 크지만 다양한 크기의 칼뿐만 아니라 드라이버와 병따개, 족집게, 송곳, 펜, 자, 손톱줄, 구멍 송곳까지 달려 있다)과 같은 사람이었다. 그래서 상관이 목수를 드라이버로 사용하고 싶으면, 그의 몸에서 드라이버에 해당하는 부분을 펼치기만 하면 되었다. 그러면 나사못이 단단히 고정되었다. 그를 족집게로 쓰고 싶다면 두 다리를 잡고 들어 올리기만 하면 되었다.

하지만 앞에서 암시한 것처럼 다목적인 데다 자유롭게 넣었다 뺐다 할 수 있는 이 목수는 그저 자동기계에 불과하지는 않았다. 그에게 보통 사람의 영혼은 없었을지라도 맡은 일은 어떻게든 변칙적으로 해내는 미묘한 무언가가 있었다. 그것이 무엇이었는지, 이를테면 수은의 진액인지 몇 방울의 녹각정이었는지는 알 수 없다. 하지만 무언가가 분명히 있었고, 뭐라 설명할 수 없는 교활한 생명의 원리, 바로 그것 때문에 그는 혼잣말을 하며 대부분의 시간을 보냈던 것이다. 그것은 아무 생각이 없는 바퀴가 윙윙거리며 혼잣말을 하는 것과 같았다. 아니, 어쩌면 그의 몸은 초소이고, 거기서 보초를 서는 영혼이 잠들지 않고 깨어 있기 위해 늘 혼잣말을 한 것인지도 모른다.

### 108장  에이해브와 목수

**갑판 — 첫 번째 야간 당직**

(목수는 바이스 작업대 앞에 서서 등불 두 개를 켜놓고 분주하게 고래 뼈를 줄로 쓸며 의족을 만들고 있다. 고래 뼈는 바이스에 꽉 물려 있다. 고래 뼈 조각이며 가죽끈이며 나사 및 각종 도구가 작업대 주위에 흩어져 있다. 앞에는 용광로의 빨간 불빛이 보이고, 그곳에서 대장장이가 일하고 있다.)

"빌어먹을 줄, 빌어먹을 뼈! 부드러워야 할 놈은 단단하고, 단단해야 할 놈은 부드러워서 말썽이야. 턱뼈와 정강이뼈를 줄 작업 할 때는 꼭 이렇게 된단 말이야. 젠장, 다른 것으로 한번 작업해보자. 좋아, 이건 좀 낫군! (재채기) 뼛가루가 엄청나네! (재채기) 이거 정말 (재채기), 정말이지 (재채기), 젠장 말을 할 수 없군! 늙은이가 죽은 나무로 작업을 하면 꼭 이렇게 된다니까. 생나무를 톱질하면 이렇게 먼지가 나지는 않는데 (재채기). 이봐, 검댕 영감, 나 좀 도와주게. 쇠테와 조이는 쇠 좀 갖다줘. 곧 그게 필요할 것 같아. 다행히 (재채기) 무릎 관절은 만들 필요는 없어. 그걸 만들려면 애 좀 먹겠지. 하지만 정강이뼈 다듬는 정도야 간단한 막대기 하나 만드는 것처럼 쉬워. 여기에 마무리만 잘하면 되는 거라. 문제는 시간이야, 시간. 시간이 좀 더 있으면 영감에게 멋진 다리를 만들어줄 텐데 (재채기). 응접실의 숙녀에게 슬쩍 비벼대도 손색없을 정도로 멋진 다리를 말이야. 가게 진열장에서 본 사슴가죽 다리나 소가죽 다리 따위는 비교 대상이 안되지. 그런 의족은 금세 물을 먹어서 푹 젖어버린다고. 그럼 어떻게 되겠나? 류머티즘에 걸릴 수밖에. 그렇게 되면 멀쩡하게 살아 있는 다리에 하듯이 씻기고 로션을 (재채기) 발라주어야 해. 가만있어 보자. 뼈를 절단하기 전에 영감을 불러서 길이가 적당한지 알아봐야겠어. 좀 짧지 않나? 하! 발소리가 난다. 정말 잘됐어. 영감이 오는가 보군. 아니면 다른 사람일지도 모르지. 아무튼 누가 온다."

**에이해브** (걸어온다)
(다음 장면에서도 목수는 계속 재채기를 한다.)

"어이, 사람 만드는 목수!"

"마침 잘 오셨습니다, 선장님. 괜찮으시다면 치수를 재야겠습니다. 좀 재보 겠습니다."

"다리 치수를 잰다고? 좋아, 처음 하는 일도 아니지. 바로 거기야. 손가락으 로 표시해. 목수, 자네 바이스 작업대가 근사하군. 얼마나 세게 죄는지 느껴볼 까? 좋아, 좋아, 잘 죄는군."

"그럼요, 선장님. 이건 뼈도 부숴버리는걸요. 그러니 조심, 조심하세요!"

"걱정 말게. 나는 꽉 죄는 것을 좋아해. 이 미끄러운 세상에서 나를 꽉 잡아주 는 무언가를 느끼고 싶어. 저기서 프로메테우스는 뭘 하는 거지? 대장장이 말 이야. 뭐하고 있는 거야?"

"지금 죄는 나사를 만들고 있을 겁니다, 선장님."

"좋아. 협동 작업이로군. 저 친구가 근육 부분을 제공하는 거야. 빨간 불길이 활활 타오르고 있어."

"예, 선장님. 이렇게 정교한 작업을 하려면 뜨거운 열이 필요합니다."

"으음, 그래야지. 옛날 그리스의 프로메테우스라는 대장장이가 불로 인간에 게 생기를 불어넣었다는데, 지금 생각해보면 정말 의미심장한 이야기가 아닌 가. 불로 만들어진 것은 당연히 불로 돌아가야 해. 그러니 지옥불이 있을 만도 하지. 검댕이 많이 날리는군! 이건 그 그리스인이 아프리카 사람들을 만들고 남은 찌꺼기일 거야. 목수, 저 친구가 죄는 나사를 다 만들고 나면 강철로 견갑 골을 한 쌍 만들라고 하게. 어깨가 으스러질 만큼 무거운 짐을 진 행상이 이 배 에 타고 있으니까."

"예?"

"잠깐 기다리게. 프로메테우스가 작업하는 동안 나는 아주 바람직한 틀을 가 진 완벽한 인간을 주문할까 해. 우선, 키는 신발을 신지 않은 상태에서 15미터 는 되어야 해. 가슴은 템스강의 터널을 닮아야 하고. 한곳에 머물 수 있도록 다 리에는 뿌리를 달고, 팔은 손목 지름이 90센티미터가 되도록 하지. 심장은 필 요 없어. 이마는 놋쇠로 만들고, 뇌의 면적은 4분의 1 에이커 정도로 하세. 어디

보자. 밖을 내다볼 수 있는 눈을 달아야 하나? 아니, 정수리에 천창을 달아서 햇빛이 안으로 들어오게 하자고. 자, 이게 내 주문이니 저 친구에게 가져다주게."

(방백으로) "아니 이게 무슨 소리야? 누구한테 말하고 있는 거지? 내가 알게 뭐야. 그나저나 나는 여기 계속 서 있어야 하나?"

"돔에 아무것도 없으면 심심한 건축물이 되겠는데. 어, 여기 하나 있잖아. 아니, 아니, 아니야. 아무래도 등불을 달아야 할까봐."

"호, 호! 그런가요? 등불이라면 여기 두 개 있습니다, 선장님. 저는 한 개만 있어도 됩니다."

"이봐, 도둑 잡는 데 쓰는 등불을 왜 내 얼굴에 들이미는가? 등불을 들이미는 건 권총을 들이대는 것보다 더 나빠."

"저는 선장님이 목수한테 이야기하는 줄 알았습니다."

"목수라고? 아니, 그건 아니야. 목수, 말하자면 자네는 여기서 꽤 깔끔하고 아주 점잖은 일을 하고 있는 거네. 자네 혹시 진흙 다루는 일을 하고 싶은 건가?"

"예? 진흙이요? 진흙이라니요? 아, 흙 말입니까? 그런 일은 도랑 파는 사람한테 맡겨야죠, 선장님."

"이 친구는 불경하군!²⁶⁴ 그런데 자네는 왜 재채기를 하나?"

"뼛가루가 날려서요, 선장님."

"그럼 그것을 교훈으로 삼게. 자네가 죽으면 절대로 산 자들의 코 밑에 뼈를 묻지 말란 말이야."

"예? 아, 그렇군요. 알겠습니다. 예, 예."

"이보게, 목수. 자네는 자네 자신을 솜씨 좋고 훌륭한 장인이라고 생각하겠

---

**264** 창세기 2장 7절은 "야훼 하느님께서 진흙으로 사람을 빚어 만드시고 코에 입김을 불어 넣으시니, 사람이 되어 숨을 쉬었다"(공동번역)고 말한다. 그런데 목수가 '진흙 다루는 일은 도랑 파는 사람에게 맡겨야 한다'고 하니 선장이 '불경하다'고 말한 것이다. 앞에서 프로메테우스가 불로 인간에게 생기를 불어넣었다는 말도 이 『성경』 구절에 빗댄 표현이라고 할 수 있다.

지. 그렇다면 그런 생각이 자네의 작품을 통해 드러날 수 있을까? 자네가 만드는 이 다리를 내가 달았을 때 바로 그 부위에 또 다른 다리, 그러니까 오래전에 잃어버린 살과 피로 된 내 다리가 생각나지 않게 할 수 있느냐는 말이지. 자네가 그 옛적의 아담을 쫓아줄 수 없겠나?"

"선장님, 이제 무슨 말씀을 하시는지 좀 알아듣겠네요. 그와 관련해 저도 흥미로운 이야기를 들은 적이 있습니다. 사람이 팔다리를 잃어도 옛날의 감각을 완전히 잃는 것은 아니어서 가끔 쿡쿡 쑤신다고 하더군요. 혹시 선장님도 그러십니까?"

"그렇다네. 자네의 살아 있는 다리를 여기, 내 다리가 있었던 자리에 대보게. 눈으로 보기에는 다리가 하나밖에 없는 것 같지만, 영혼의 눈으로 보면 두 개가 있다네. 자네가 생명의 약동을 느끼는 곳, 바로 거기서 나도 똑같은 것을 느낀단 말이야. 무슨 말인지 알겠나?"

"죄송하지만 제게는 어려운 문제 같네요."

"자, 그럼 더 들어보게. 자네가 지금 서 있는 그 자리에 눈에 보이지 않고 어디에도 섞여 들지 않지만 온전히 살아 있고 생각할 줄 아는 무언가가 서 있다는 생각이 들지 않나? 자네가 거기에 서 있는데 말이야. 그리고 혼자 있을 때 누군가 엿듣고 있다는 생각이 들지 않나? 잠깐만, 끼어들지 말게! 내가 오래전에 다리를 잃어버렸는데도 그때의 고통을 여전히 느낀다면, 목수 자네 또한 육신이 사라져도 영원히 지옥불의 고통을 느낄 수 있지 않겠나?"

"아이고, 선장님. 그렇다면 다시 계산해봐야겠습니다. 제가 자잘한 치수를 챙기지 못한 것 같습니다."

"이봐, 바보들은 전제 조건을 받아들이는 법이 없어. 다리는 얼마나 있으면 완성되겠나?"

"한 시간이면 됩니다, 선장님."

"빨리 만들어 가져오게. (가려고 돌아선다.) 오, 인생이여! 그리스 신처럼 당당한 내가 똑바로 서 있기 위해 이 바보가 만든 의족에 의지해야 한다니! 장부상으로 말끔히 정리되지 않는 인간 상호 간의 부채 상태가 저주스럽다. 나는 공기처럼 자유롭고 싶으나 내 존재가 전 세계의 회계 장부에 기록되어 있구나. 나는 엄청난 부자여서 로마제국(전 세계)의 경매장에서 가장 부유한 집정관들과도 겨룰 수 있다. 하지만 큰소리치는 만큼 혀를 놀린 것에 대한 빚을 지는 거야. 젠장! 차라리 용광로를 하나 구해 그 안에 뛰어들고 싶다. 그래서 작고 간편한 척추뼈로 녹아버리고 싶어. 정말이야."

**목수** (일을 다시 시작한다)

"그래, 그래, 그래! 선장을 가장 잘 안다는 스터브는 선장이 괴짜라고 늘 말했지. 괴짜라는 말 한마디면 충분하다고 했어. 선장은 괴짜야, 스터브는 말했지. 선장이 괴짜, 괴짜, 괴짜라는 말을 스타벅 항해사의 귀에 지겨울 정도로 외쳐댔지. 그런데 여기에 선장의 의족이 있어! 그러고 보니 이 다리는 선장과 잠자리를 함께하는 사이로군. 고래 턱뼈로 만든 막대기가 마누라라니! 이것이 그의 다리야. 선장은 이 위에 올라서겠지. 그런데 한 다리가 세 군데에 올라서고, 그 세 군데는 하나의 지옥 위에 서 있다는 것은 무슨 얘기야?[265] 그것이 도대체 가능한 얘기야? 오! 선장이 나를 무시한다는 것을 알아. 나도 가끔 이상한 생각을 하는 인간이라는 소리를 듣기는 하지만 그것은 우연히 그렇게 된 거야. 나처럼 키 작고 왜소한 늙은이는 키 큰 왜가리 같이 생긴 선장들과 함께 깊은 물로 들어갈 생각은 절대 하지 않아. 물이 금세 턱까지 차올라 구명보트를 내려달라고 소리칠 테니까. 그 왜가리 다리가 여기 있구나! 길고 가늘지만 아주 단단하지! 대부분의 사람들은 두 다리를 가지고 평생을 써먹어. 마음씨 고운 노파가 마차 끄는 늙은 말을 잘 다루어 오래 써먹는 것처럼, 그들도 두 다리를 아끼며 써먹기 때문이야. 그런데 에이해브 이 사람은 두 다리를 마구 부려먹었어. 다리 하나는 함부로 써서 죽어버렸고, 나머지 한 다리는 평생 절뚝이면서 고래 뼈 다리

---

**265** 세 군데 서 있는 다리는 각각 성한 다리, 잘린 다리, 고래 뼈 다리를 가리킨다. 지옥에 서 있다는 것은 다리가 없어도 그 자리에 있던 다리를 느끼듯이 육체가 없더라도 지옥 불의 고통을 느낄 수 있다는 뜻이다.

를 닳아 없어지게 하고 있잖아. 이봐, 검댕 노인! 나사를 빨리 만들어주게. 양조장 직원이 맥주를 다시 채워 넣기 위해 맥주 통을 모으러 다니는 것처럼, 부활의 전령[266]이 뿔피리를 불며 나타나 진짜 다리든 가짜 다리든 다 소환하기 전에 말이야. 야, 정말 멋진 의족이로군! 진짜 살아 있는 다리 같아. 줄로 잘 갈아서 핵심만 말쑥하게 뽑아냈으니까. 선장은 내일 이 다리 위에 올라서서 배의 위도를 계산하겠지. 이런! 선장이 위도 계산을 할 때 사용할 작은 타원형 석판 만드는 걸 깜빡했네. 자, 자, 끌과 줄과 사포로 일하자. 얼른!"

## 109장   선장실의 에이해브와 스타벅

다음 날 아침, 선원들은 관례에 따라 뱃바닥에 고인 물을 퍼내고 있었다. 그런데 놀랍게도 상당한 양의 기름이 물 위에 떠 있었다. 선창의 기름통이 새고 있는 것이 틀림없었다. 다들 걱정했고, 스타벅은 이 불길한 사태를 보고하기 위해 선장실로 내려갔다.[267]

이제 피쿼드호는 남서쪽에서 대만과 바시제도에 가까이 다가가고 있었다. 대만과 바시제도 사이에는 중국해에서 태평양으로 들어가는 열대 해역의 출구가 있었다. 그래서 스타벅이 선장실에 들어갔을 때, 에이해브는 동양의 여러 군도가 그려진 일반 해도와 일본 열도(혼슈, 홋카이도, 시코쿠 등)의 기다란 동해안이 그려진 별도의 해도를 펼쳐놓고 있었다. 이 불가사의한 노선장은 눈처럼 하얀 새 고래 뼈 다리를 나사못으로 고정시킨 책상 다리에 걸치고 있었다. 손에는

---

**266** 나팔 혹은 뿔피리를 든 대천사 가브리엘을 가리킨다. 고린도전서 15장 52절, "나팔 소리가 나매 죽은 자들이 썩지 아니할 것으로 다시 살아나고 우리도 변화되리라."

**267** 향유고래 포경선이 상당한 양의 기름을 싣고 있는 경우, 일주일에 두 번 선창에 호스를 넣어 바닷물로 기름통을 적신 다음 몇 번에 걸쳐 펌프로 물을 퍼낸다. 이렇게 하면 기름통이 늘 축축하여 단단히 조여져 기름이 새지 않는다. 그뿐만 아니라 퍼올린 물의 상태를 보고 귀중한 기름이 새는 것의 여부를 알 수 있다. (원주)

긴 낫 같이 생긴 잭나이프를 들었고, 출입문을 등진 채 이맛살을 찌푸리며 예전에 다녔던 항로를 다시 점검하고 있었다.

"누구야?" 문간에서 발소리가 들리자 선장은 돌아보지 않고 소리쳤다. "갑판으로 나가! 꺼져!"

"에이해브 선장님, 접니다. 선창의 기름이 새고 있어요. 도르래로 기름통을 꺼내야 합니다."

"도르래로 기름통을 꺼내야 한다고? 이제 일본 해역에 접근하고 있는데 그까짓 낡은 쇠테를 수리하겠다고 여기서 일주일이나 머물러야 한단 말인가?"

"그렇습니다, 선장님. 그러지 않으면 하루 만에 일 년간 모은 것보다 더 많은 양의 기름을 잃게 됩니다. 3만 킬로미터 넘게 항해하여 얻은 것은 지킬 가치가 있습니다, 선장님."

"그렇지. 그렇고 말고. 우리가 그걸 얻는다면 말이야."

"저는 선창의 기름을 말하고 있는 겁니다, 선장님."

"나는 선창의 기름은 말한 적이 없어. 생각도 하지 않았다고. 꺼져! 새게 그냥 둬! 나도 줄줄 새고 있어. 그래, 내가 가장 많이 새고 있다고! 새는 기름통이 한가득이야. 게다가 새는 기름통을 싣고 있는 배도 새고 있어. 이봐, 이 몸은 피쿼드호보다 더 심한 곤경에 처했어. 하지만 나는 새는 구멍을 막겠다고 멈추지 않아. 짐을 가득 실은 배에서 새는 구멍을 어떻게 찾아서 막을 수 있겠나? 설령 구멍을 찾아내더라도 이렇게 거센 바람이 불어닥치는 인생의 한가운데서 말이야. 스타벅! 나는 도르래로 기름통을 올릴 생각이 없네."

"선주들이 뭐라고 할까요, 선장님?"

"그자들이 낸터킷 해변에 서서 폭풍보다 더 크게 소리를 질러도 나는 개의치 않아. 에이해브가 무엇에 신경을 쓰겠나? 선주, 선주들? 스타벅, 자네는 툭하면 저 구두쇠 같은 선주들을 들먹이는군. 그들이 내 양심이라도 된단 말인가. 이봐, 뭐가 되었든 진정한 주인은 그것을 부리는 자뿐이네. 내 말 잘 듣게. 내 양심은 이 배의 용골에 있어. 갑판으로 돌아가게!"

"에이해브 선장님." 항해사가 얼굴을 붉히면서 선장실 안으로 더 들어왔다.

그 대담한 행동은 묘하게 공손하고 조심스러워서 대담함을 조금이라도 티내지 않으려고 애쓰는 것 같았다. 항해사 스스로도 자신이 그처럼 대담하게 행동하고 있다는 것을 믿지 못하는 것 같았다. "저보다 나은 사람이라면, 자기보다 젊고 행복한 사람에게 화부터 내고 보는 당신을 참고 넘어갔을지도 모르겠습니다, 에이해브 선장님."

"빌어먹을! 네놈이 감히 나를 비난하려는 거냐? 나가!"

"아니요, 선장님. 아직은 아닙니다. 부탁드리는 것입니다. 감히 말씀드리지만, 참고 있습니다. 이제라도 서로를 좀 더 이해해야 하지 않을까요, 에이해브 선장님?"

에이해브는 그물 선반(대부분의 남태평양 항해선의 선장실에 비치되어 있다)에서 장전된 머스킷총을 낚아채어 스타벅에게 겨누며 소리쳤다. "이 세상의 주인은 하나님 한 분이고, 피쿼드호의 주인도 선장 한 명뿐이다. 갑판으로 올라가!"

그 순간 항해사의 눈에서 불꽃이 튀고 두 뺨이 벌겋게 타올라, 누가 보았다면 그가 혹시 총에 맞은 것이 아닐까 하는 생각이 들 정도였다. 하지만 그는 감정을 억누르고 침착하게 돌아서서 선장실을 나오려다가 잠시 멈춰 서서 말했다. "선장님은 저를 모욕한 것이 아니라 화나게 했습니다. 그렇다고 스타벅을 조심할 필요는 없습니다. 웃으실지 모르겠지만, 에이해브는 에이해브를 조심해야 합니다. 영감님, 자신을 한번 돌아보십시오."

"용감하게 나오더니 결국에는 승복하는군. 아주 신중한 용기야, 저건!" 스타벅이 나가자 에이해브는 중얼거렸다. "저 친구가 뭐라고 했더라? 에이해브는 에이해브를 조심해야 한다니. 말 속에 뼈가 있는 것 같아!" 그는 무의식적으로 머스킷총을 지팡이 삼아 굳은 얼굴로 좁은 선장실을 왔다 갔다 했다. 하지만 잠시 후 이마의 깊은 주름살을 펴고는 총을 선반에 다시 올려놓은 다음 갑판으로 올라갔다.

"스타벅, 자네는 정말 좋은 친구야." 그는 항해사에게 낮은 목소리로 말했다. 그런 다음 소리 높여 선원들에게 외쳤다. "윗돛을 감아라. 앞뒤의 중간돛은 줄여라. 주돛대의 아래 활대는 뒤로 밀어라. 도르래를 감아 선창에 있는 것들을 꺼내라."

　에이해브가 스타벅에게 왜 이렇게 행동했는지 정확히 알 길은 없다. 어쩌면 그의 마음속에서 정직함이 섬광처럼 빛났을지도 모른다. 아니면 배에서 중요한 간부 선원이 현재의 상황에 잠시나마 노골적으로 표시한 불만을 긴급히 막기 위한 신중한 대응이었는지도 모른다. 이유가 무엇이었든지 간에 선장의 지시는 이행되었고 도르래가 감겨 올라갔다.

## 110장　관에 누운 퀴케그

　선창에 마지막으로 넣은 기름통에는 문제가 없는 것으로 밝혀졌으므로 더 안쪽에 있는 기름통이 새는 것이 분명했다. 마침 파도가 잔잔해서 선원들은 더 안쪽으로 들어가 배 바닥 맨 아래층에 있는 거대한 통들의 잠을 깨웠다. 거대한 두더지 같은 기름통들이 한밤중의 어둠 속에 있다가 대낮의 밝은 빛 속으로 끌어올려졌다. 통들은 아주 깊숙한 곳에 있었다. 맨 밑에 있던 통들은 너무 오래되고 부식된 데다가 잡초까지 덮여 있었다. 그래서 저 구석의 곰팡이 핀 통에서 혹시 노아 선장의 동전이 나오는 것은 아닐까, 노아가 환락에 빠져 있는 옛 세계에 부질없이 대홍수를 경고하는 전단지 같은 것이 나오지 않을까 하는 생각에 두리번거리게 될 정도였다. 물과 빵, 쇠고기가 든 통, 통널 묶음과 쇠테 꾸러미를 하나씩 끌어올리자 마침내 갑판은 발 디딜 곳조차 없게 되었다. 텅 빈 선체는 발밑에서 울리면서 마치 비어 있는 지하 묘지 위를 걷는 듯한 느낌이었고, 공기가 가득 찬 유리병처럼 파도에 이리저리 흔들렸다. 배는 저녁도 거른 채 아리스토텔레스 사상만 머리에 가득 찬 철학도처럼 윗부분이 너무 무거워졌다. 그때 폭풍이 찾아오지 않아서 정말 다행이었다.

　그런데 이 무렵 나의 불쌍한 이교도 동료이자 소중한 친구인 퀴케그가 열병에 걸려 임종이 가까이 온 것처럼 보였다.

　분명히 말해두지만, 포경업계에서 한가한 직책이란 없다. 위엄과 위험은 손을 맞잡은 것처럼 함께 간다. 선장이 되기 전까지는 지위가 올라갈수록 일을 더 많이 해야 한다. 가여운 퀴케그도 작살잡이로서 살아 있는 고래의 분노에 정면 으로 맞서야 했고, 다른 데서 이미 보았듯이 파도치는 바다에서 죽은 고래의 등 위에 올라타야 했으며, 나중에는 어두운 선창에 내려가 그 지하 감옥에서 하루 종일 땀을 뻘뻘 흘리며 다루기 힘든 통들을 직접 밀고 당기며 자리를 잘 잡았는 지 살펴보아야 했다. 간단히 말해서 고래잡이들 사이에서 작살잡이는 선창 관 리인 노릇도 해야 했다.

불쌍한 퀴케그! 선창이 절반쯤 비었을 때, 승강구 위로 몸을 구부리고 그 아 래에서 일하는 그의 모습을 다들 보았어야 했다. 그곳에는 문신투성이의 야만 인이 모직 잠방이 하나만 걸친 채, 마치 우물 밑에 떨어진 초록색 얼룩 도마뱀 처럼 축축한 습기와 진흙 속을 기어 다니고 있었다. 그 불쌍한 야만인에게는 그 곳이 우물 또는 얼음 창고와 마찬가지였다. 이상하게 들리겠지만, 그곳에서 그 는 땀을 뻘뻘 흘리면서 열을 냈는데도 오한이 들었고, 결국 열병에 걸리고 말았 다. 퀴케그는 며칠 간 끙끙 앓다가 그물 침대에 몸져누웠고, 마침내 죽음의 문 턱에 다가갔다. 며칠 동안 병과 사투를 벌이며 얼마나 쇠약해졌는지 그에게 뼈 와 문신 말고는 남은 게 없는 것 같았다. 모든 신체 부위가 마를 대로 마르고 광 대뼈가 더욱 도드라졌지만 눈만은 점점 깊어지는 것 같았다. 그의 눈에 묘하게 부드러운 광채가 어렸다. 퀴케그는 열병에 시달리면서도 온화하면서도 진지 하게 나를 바라보았다. 그 눈빛은 그가 절대 죽을 수도 약해질 수도 없는 불멸 의 건강함을 가지고 있다는 경이로운 증거였다. 물 위의 파문이 점점 희미해지 면서도 넓게 퍼져 나가듯이, 그의 눈도 한없이 퍼져 나가는 '영원'의 고리처럼 점점 더 둥그레지는 것 같았다. 쇠약해지고 있는 야만인 옆에 앉아서 나는 뭐라 형용할 수 없는 경외심에 사로잡혔다. 조로아스터의 죽음을 지켜본 이들이 그 의 얼굴에서 본 것과 같은 이상한 기운이 퀴케그의 얼굴에 드리운 것을 보았기 때문이다. 인간에게 경이롭고 두려운 것은 지금껏 말이나 글로 표현된 적이 없 다. 다가오는 죽음은 모두에게 평등하고 모두에게 마지막 계시를 주지만, 그 계시에 대해 제대로 말할 수 있는 사람은 죽었다가 되살아온 작가[268]뿐이다. 그래서 다시 한번 말하거니와 불쌍한 퀴케그가 흔들리는 그물 침대에 조용히 누워 있고, 일렁이는 바다가 그를 부드럽게 흔들며 최후의 안식처로 이끌며, 눈에 보이지 않는 대양의 밀물이 그를 천상의 목적지로 점점 더 높이 들어 올리고 있을 때, 그의 얼굴에 드리워진 신비한 그림자에는 죽음을 앞둔 어떤 칼데아인이나 그리스인도 품지 못했을 고귀하고 성스러운 생각이 어려 있었다.

이제 모든 선원이 그를 포기했다. 퀴케그 자신조차 자신의 병세를 어떻게 생각하고 있는지 그의 기묘한 부탁에서 드러났다. 희붐하게 동틀 무렵 그는 당직 선원을 불러 손을 꼭 잡고는, 자신이 낸터킷에 있을 때 고향 섬의 바니안나무처럼 검은 목재로 만든 작은 카누를 본 적이 있다고 말했다. 그래서 알아보니 낸터킷에서 죽은 고래잡이들은 모두 그런 검은 카누에 안치된다는 이야기를 듣고 몹시 반가웠다는 것이다. 자기 종족의 관습과 별로 다르지 않았기 때문이다. 그의 고향에서는 전사가 죽으면 향료로 방부 처리를 한 다음, 그가 평소에 타던 카누에 눕혀서 별처럼 많은 섬이 반짝이는 바다로 띄워 보냈다. 그들은 별이 곧 섬이라고 믿었을 뿐만 아니라, 눈에 보이는 수평선 저 너머에서 잔잔한 바다와 푸른 하늘이 한데 뒤섞여 은하수의 흰 물결을 이룬다고 생각했다. 퀴케그는 또 바다의 관습에 따라 그물 침대에 싸여 폐기물인 양 바다에 내던져지고 사체를 뜯어먹는 상어들의 먹이가 된다는 것은 생각만 해도 몸서리가 쳐진다는 말도 했다. 그것은 말도 안 되는 일이었다. 그는 낸터킷에서 본 것 같은 카누를 원했다. 포경 보트처럼 용골이 없어서 조종이 불안정하고 바람에 휩쓸려 영원한 어둠 속을 표류하더라도 상관없고, 그런 카누를 관으로 쓰는 것이 고래잡이였던 자신에게 더 어울릴 것이라고도 했다.

---

**268** 이 작가가 구체적으로 누구를 가리키는지는 분명하지 않으나 다음 두 사례를 종합한 듯하다. 플라톤의 『국가』 제10권에서 에르라는 자가 사후 세계를 경험하고 돌아온 이야기를 하면서 훌륭한 사람이 사후에 상을 받는다는 사실을 말한다. 사도 요한은 밧모 섬에서 환상 가운데 미래의 세계를 알려주는 계시를 본다.

이런 이상한 부탁이 갑판에 알려지면서 목수는 아무리 힘들더라도 당장 퀴케그의 소원을 들어주라는 지시를 받았다. 마침 배에는 이교도 느낌이 나고 관과 비슷한 색깔의 오래된 목재가 실려 있었다. 지난번 항해 때 아라비아해 래커데이제도의 원시림에서 베어낸 것인데, 다들 이 거무튀튀한 널빤지를 관에 쓰일 목재로 추천했다. 목수는 제작 지시를 받자마자 줄자를 챙기고 특유의 무심한 신속성을 발휘하여 앞갑판 선실로 가서 퀴케그의 신체 치수를 아주 정확히 쟀다. 줄자를 이리저리 돌리면서 퀴케그의 몸에 분필로 일정하게 표시를 하기까지 했다.

"아! 불쌍한 친구! 저렇게 죽어야만 하다니." 롱아일랜드 출신의 선원이 탄식했다.

목수는 다시 바이스 작업대로 가서 작업의 편의를 도모하고 전반적으로 참고하기 위해 관의 정확한 길이를 그 위에 표시한 다음, 양쪽 끝에 살짝 눈금을 새겨 표시가 지워지지 않게 했다. 그러고는 널빤지와 도구를 정돈하고 제작에 들어갔다.

마지막 못을 박고 관 뚜껑을 대패질하여 마무리한 다음, 목수는 관을 가볍게 어깨에 둘러매고 앞갑판으로 가서 선원들에게 관을 사용할 준비가 되었느냐고 물었다.

갑판 위에 있던 선원들은 화를 내는 듯, 장난을 치는 듯 소리를 지르며 관을 내몰기 시작했다. 그 소리를 들은 퀴케그는 관을 당장 안으로 들이라고 말해 모든 선원을 놀라게 했다. 하지만 그의 말을 듣지 않을 수 없었다. 그러고 보면 모든 인간 중에 죽어가는 사람이 가장 힘센 독재자다. 하지만 그들이 앞으로 더이상 우리를 괴롭힐 일이 없으므로 그 불쌍한 사람들의 소원은 들어주는 것이 마땅하다. 퀴케그는 그물 침대에서 몸을 내밀고 한참 동안 관을 주의 깊게 들여다보았다. 그런 다음 작살을 가져오게 하여 나무 자루는 빼버리고 칼날만 건네며 보트에서 쓰던 노와 함께 관 속에 넣어달라고 했다. 또 그의 요구에 따라 건빵을 관 내부의 사방에 늘어놓았고, 신선한 물 한 병을 머리맡에 놓았으며, 선창에서 긁어모은 나뭇조각이 섞인 흙을 작은 자루에 담아 발치에 놓았다. 그리고 돛의 조각보 하나를 말아 베개로 만들었다. 이제 퀴케그는 마지막으로 누울 침대가 얼마나 편안한지 확인할 수 있게 자신을 관에 눕혀달라고 요청했다. 그는 몇 분 동안 꼼짝하지 않고 관 속에 누워 있다가 자신의 자루에서 작은 신 요조를 가져와달라고 부탁했다. 그런 다음 요조를 가슴에 올려놓고 양팔로 감싸더니 관 뚜껑(그는 그것을 승강구 뚜껑이라고 불렀다)을 덮어달라고 했다. 머리 부분에 달린 가죽 경첩을 열자 평온한 얼굴로 관 속에 누워 있는 퀴케그가 보였다. "라르마이.(이 정도면 됐어. 편안하다)" 그는 마침내 그렇게 중얼거리고는 자신을 다시 그물 침대에 옮겨달라는 신호를 보냈다.

하지만 퀴케그를 그물 침대로 옮기기 전에 그동안 근처에서 내내 서성이던 핍이 그가 누워 있는 자리에 다가왔다. 핍은 낮게 흐느끼며 한 손으로 퀴케그의 손을 잡았다. 다른 손에는 탬버린이 들려 있었다.

"불쌍한 방랑자여! 그대는 이 피곤한 방랑을 영원히 끝내지 않으려는 건가요? 이제 당신은 어디로 가려는 건가요? 만약 해류가 당신을 연꽃 가득한 해변이 아름다운 저 안틸레스제도로 데려가줄 거라면, 내 부탁 하나만 들어주실래요? 그곳에서 실종된 지 오래된 핍이라는 아이를 찾아주세요. 나는 그 아이가 머나먼 안틸레스제도에 있을 거라고 생각해요. 만일 찾거든 아이를 위로해주세요. 아이는 무척 슬퍼하고 있을 테니까요. 보세요! 이렇게 탬버린을 놓고 갔잖아요. 내가 발견했어요. 리가 딕, 딕, 딕! 자, 퀴케그, 이제 죽어요. 그러면 당신의 장례 행진에 맞추어 탬버린을 쳐줄게요."

"이런 이야기를 들은 적이 있어." 스타벅은 현창으로 그 모습을 내려다보며 중얼거렸다. "못 배우고 무식한 사람들이 고열에 시달리면서 자기도 모르게 고대 언어로 말을 했다지. 어찌된 일인지 조사해보니, 그들이 까마득히 잊어버린 어린 시절에 어떤 고명한 학자들이 고대 언어로 말하는 것을 실제로 들은 적이 있었다는 거야. 그래서 나는 불쌍한 핍이 미쳐서 늘어놓는 저 이상하고도 다정한 말들이 천국에 우리 모두의 집이 있다는 신성한 증거라고 믿고 싶어. 천국이 아니라면 어디서 저런 말을 배웠겠어? 들어봐! 또 이야기를 시작하는군. 이번에는 아까보다 더 세게 말하네."

"두 사람씩 줄을 서라! 퀴케그를 장군으로 받들자! 호! 그의 작살은 어디에 있는가? 여기에 가로놓아라. 리가 딕, 딕, 딕! 만세! 그의 머리 위에 싸움닭을 올려놓고 울게 하라. 퀴케그는 싸우다 죽는다! 그 사실을 명심하라! 퀴케그는 싸우다 죽는다. 그 사실을 주목하라. 퀴케그는 싸우다 죽는다! 싸움닭, 싸움닭, 싸움닭! 하지만 비열하고 어린 핍은 겁쟁이로 죽었다. 덜덜 떨다가 죽었다. 빌어먹을 핍! 잘 들어라. 만일 핍을 발견한다면 안틸레스 사람들에게 그가 달아난 놈이라고 말하라. 겁쟁이, 겁쟁이, 겁쟁이! 그가 포경 보트에서 뛰어내렸다고 사람들에게 말하라! 나는 비겁한 핍을 위해서는 절대로 탬버린을 치지 않을 것이다. 그가 여기서 다시 죽는다고 해도 그를 장군으로 받들지 않겠다. 안 되지, 안 되고말고! 모든 겁쟁이들에게 수치를! 그들은 부끄러운 줄 알아야 한다. 겁쟁이들은 포경 보트에서 뛰어내린 핍처럼 물에 빠져 죽게 내버려두라. 수치! 수치!"

그러는 동안 퀴케그는 마치 꿈을 꾸는 것처럼 두 눈을 감고서 누워 있었다. 핍은 끌려나갔고, 환자는 그물 침대로 옮겨졌다.

그런데 죽을 준비를 모두 마치고 자신이 들어갈 관도 편안하게 잘 만들어진 것을 확인하면서 퀴케그는 갑자기 기력을 회복하기 시작했다. 이제 목수가 만든 관은 필요 없는 것처럼 보였다. 사람들이 놀라면서도 반가워하자 그는 자신이 갑자기 나은 이유를 이렇게 설명했다. 생사의 고비에 선 순간, 육지에서 미처 다하지 못한 자그마한 의무가 생각나 죽음에 대한 생각이 바뀌었다는 것이다. 아직은 죽을 수 없다고 그는 단언했다. 그러자 선원들은 죽고 사는 것이 의지와 욕망에 달린 문제냐고 물었다. 그는 확실히 그렇다고 대답했다. 한마디로 사람이 살아야겠다고 마음먹는다면 질병 따위로 인해 죽을 수 없다는 것이 퀴케그의 생각이었다. 고래나 돌풍, 뭐 그런 종류의 난폭하고 통제 불가능하며 무지성의 파괴자라면 이야기가 달라지겠지만.

야만인과 문명인 사이에는 이런 주목할 만한 차이가 있다. 일반적으로 병든 문명인이 회복하는 데 6개월이 걸린다면, 병든 야만인은 하루 만에 반쯤은 회복하는 것이다. 그리하여 내 친구 퀴케그는 곧 기운을 차렸고, 며칠 동안 양묘기 위에 나른하게 앉아 있더니(그래도 왕성한 식욕으로 식사는 했다), 갑자기 벌떡 일어나 양팔과 양다리를 쭉 뻗으며 몸풀기를 하고 가볍게 하품을 한 다음, 뱃전에 매달아둔 보트의 뱃머리로 훌쩍 뛰어올라 작살을 겨누며 이제 다시 싸울 준비가 되었다고 소리쳤다.

퀴케그는 야만인다운 별난 생각으로 이제 그 관을 사물함으로 사용하기로 하고, 그동안 범포 자루에 넣어두었던 옷들을 그 안에 모조리 집어넣고 가지런히 정돈했다. 그리고 시간이 날 때마다 관 뚜껑에 각종 기괴한 무늬와 그림을 새겨 넣었다. 자기 나름의 거친 방식으로 몸에 새겨진 문신을 관 뚜껑 위에 똑같이 옮겨놓으려고 하는 것 같았다. 그 문신은 지금은 세상을 떠난 고향 섬의 예언자이자 현자가 새겨준 것이었다. 예언자는 퀴케그의 몸에 하늘과 땅의 완전한 이치를 상형문자 같은 표시로 새기며 진리에 도달하는 기술에 관한 신비로운 논문을 썼다. 따라서 퀴케그의 몸 자체가 풀어야 할 수수께끼였고 경이로운 한 권의 책이었다. 하지만 그 신비는 바로 아래에서 심장이 펄떡거려도 퀴케그 자신조차 해독할 수 없는 것이었고, 따라서 그것이 새겨진 살아 있는 양피지와 함께 썩어 없어져 끝내 풀리지 못할 운명이었다. 어느 날 아침, 에이해브가 불쌍한 퀴케그를 살펴보다가 돌아서며 "아, 신들은 악마처럼 사람을 애태우며 괴롭히는구나!"라고 거칠게 탄식한 것은 분명 이런 생각 때문이었을 것이다.


## 111장 태평양

바시제도 옆을 스치듯 지나 마침내 드넓은 남태평양으로 나왔을 때, 다른 일만 없었더라면 나는 사랑하는 태평양을 무한히 감사하는 마음으로 맞이했을 것이다. 젊은 시절부터 간절히 소망해온 일을 마침내 이루었으니 말이다. 잔잔한 바다가 동쪽으로 수천 킬로미터나 펼쳐지며 푸르게 넘실거렸다.

이 바다에 어떤 감미로운 신비가 깃들어 있는지 알지 못하나, 온순하면서도 무서운 파도가 바다 밑에 숨어 있는 어떤 영혼에 대해 속삭이고 있는 것 같았다. 복음서 기자 성 요한이 묻혀 있는 에페소스 무덤의 잔디가 일렁였다는 전설처럼 말이다. 그리고 이 바다의 대목장, 드넓게 펼쳐진 물의 대초원, 네 대륙에 걸친 공동묘지 위로 파도가 쉴 새 없이 일어났다가 가라앉고 밀려왔다가 밀려가는 것은 참으로 그럴 듯한 풍경이었다. 이곳에는 수백만의 그늘과 그림자가 뒤섞여 있고, 꿈과 몽상과 명상이 잠겨 있기 때문이다. 우리가 생명과 영혼이라고 부르는 모든 것이 누워서 여전히 꿈꾸며 침대에서 잠자는 사람들처럼 몸을 뒤척인다. 파도가 끝없이 넘실거리는 것은 그것들이 쉬지 못하고 뒤척거리기 때문이다.

명상을 좋아하는 마구스[269]의 방랑자가 이 고요한 태평양을 한번 본다면, 누구라도 이곳을 영원히 자신의 바다로 삼을 것이 틀림없다. 태평양은 세상의 한가운데서 파도치고, 인도양과 대서양을 두 팔처럼 양쪽에 거느리고 있다. 그 파도는 역사가 가장 짧은 종족이 바로 어제 세운 캘리포니아 도시들의 방파제를 씻어 내리는가 하면, 아브라함보다 더 오래되었고 쇠락했지만 여전히 아름다운 아시아의 바닷가도 씻어 내리고, 그 사이에는 은하수 같은 산호섬들과 끝없이 이어지는 미지의 야트막한 군도들, 그리고 발을 들여놓을 수 없는 일본 열도가 떠 있다.[270]

이렇게 신비롭고 신성한 태평양은 온 세상을 띠처럼 감아서 세상의 모든 해변을 자신의 만으로 만들고, 파도 소리는 지구의 심장이 고동치는 것만 같다. 태평양의 영원한 파도에 가슴이 벅차오르는 자는 유혹하는 신에게 순종하며 목신(牧神)에게 고개를 조아리지 않을 수 없다.

하지만 에이해브에게 목신 따위는 안중에도 없었다. 그는 뒤쪽 돛대 삭구 옆의 지정석에 동상처럼 우뚝 서서 한쪽 콧구멍으로는 바시제도에서 풍겨오는 달콤한 사향 냄새를 무의식적으로 들이마시고(그 향기로운 숲속을 사랑하는 남녀가 걷고 있으리라), 다른 쪽 콧구멍으로는 눈앞에 새롭게 펼쳐진 바다의 짠내를 의식

---

**269** 고대 메데아와 페르시아의 조로아스터교 사제.

**270** 『모비 딕』은 1851년에 발표되었고, 일본은 1856년에 서방과 통상 조약을 맺었다.

적으로 들이마시고 있었다. 가증스러운 흰 고래가 지금도 저 바다 어딘가에서 헤엄치고 있을 터였다. 마침내 거의 마지막인 바다에 들어서서 일본 어장을 향해 나아가면서 노선장의 목적은 더욱 뚜렷해졌다. 그는 입술을 바이스처럼 앙 다물었다. 삼각주를 이루는 이마의 핏줄은 물이 불어난 개울처럼 부풀어 올랐다. 그가 잠들어 있을 때조차 쩌렁쩌렁한 목소리가 천장이 둥근 선체에 울려 퍼졌다. "보트를 뒤로 빼라! 흰 고래가 걸쭉한 피를 토한다!"

## 112장  대장장이

검댕투성이에 물집투성이인 늙은 대장장이 퍼스는 에이해브의 다리를 만드는 일이 끝난 뒤에도 이동식 용광로를 다시 선창에 갖다 놓지 않았다. 갑판에 그대로 두고 앞돛대 옆의 고리 달린 볼트에 단단히 매두었다. 배가 이제 온화하고도 시원한 여름철의 기후가 지배하는 위도권에 들어선 데다가, 이제 곧 활발해질 고래 추격 작업에 대비하기 위해서였다. 그러자 보트장과 작살잡이, 뱃머리 노잡이들이 쉴 새 없이 찾아와 각종 무기와 보트 장비를 바꾸거나 수리하거나 개조해달라는 자잘한 부탁을 했다. 찾아오는 사람들마다 손에 보트용 삽이나 작살이나 창을 든 채 퍼스를 빙 둘러싸고 자기 차례를 기다리며 열심히 일하는 그의 모습을 부러운 눈으로 바라보았다. 이 늙은이는 팔로 끈기 있게 망치를 내리칠 뿐이었다. 그는 중얼거리지도 않고, 초조해하지도 않고, 볼멘소리도 하지 않았다. 그저 말없이, 천천히, 진지하게, 언제나 굽은 등을 더욱 구부리며 노동이 인생 자체인 것처럼 계속해서 일했다. 무겁게 내리치는 망치질은 무겁게 쿵쿵 뛰는 그의 심장 박동과도 같았다. 실제로 그랬다. 그는 가장 비참한 사람이었다!

이 늙은이의 독특한 걸음걸이, 즉 걸을 때 고통이 희미하게 느껴지는 갈지자 걸음은 항해 초창기에 선원들의 호기심을 자아냈다. 선원들이 귀찮을 정도로 묻자 그는 마침내 사연을 털어놓았다. 그리하여 모든 선원이 그의 비참한 운명에 얽힌 수치스러운 이야기를 알게 되었다.

어느 추운 겨울밤, 대장장이는 떳떳하지 못한 이유로 한밤중에 두 시골 마을을 연결하는 길을 달려가다가 반쯤 멍한 상태에서 몸에 마비 증세가 오는 것을 느끼고는 다 쓰러져가는 어느 헛간으로 피신했다. 그 일로 그는 두 다리의 발가락을 모두 잃고 말았다. 이 고백을 시작으로 그의 인생 드라마에서 기쁨에 해당하는 네 개의 막이 이어졌고, 그다음에는 아직 파국에 이르지 않은 길고 긴 슬픔의 제5막이 올랐다.

그는 예순이 가까운 나이에 슬픔의 전문가들이 파멸이라고 부르는 것을 때늦게 맞이했다. 그는 명성이 자자한 장인이었고 일거리도 많았다. 정원이 딸린 집을 소유했고, 딸처럼 젊고 사랑스러운 아내와 명랑하고 건강한 자녀 셋을 두었다. 그의 가족은 일요일마다 작은 숲속의 즐거운 교회에 갔다. 그런데 어느 날 무자비한 강도가 교활하게 변장하고 어둠을 틈타 그의 행복한 집에 숨어들어 모든 것을 앗아 갔다. 더욱 참담한 것은 그런 강도를 부지불식간에 집으로 끌어들인 자가 대장장이 자신이었다는 사실이다. 강도는 바로 악마의 술병이었다! 치명적인 코르크 마개를 여는 순간 악마가 흘러나와 그의 가정을 망가뜨렸다. 그의 대장간은 신중하고 현명하며 경제적인 이유로 주택의 지하실에 마련되었고 드나드는 문도 따로 있었다. 그래서 젊고 사랑스러우며 건강한 아내는 불행하고 불안한 마음이 아니라 활기차고 즐거운 마음으로 늙은 남편의 젊은 망치질 소리에 귀를 기울였다. 망치질 소리는 바닥과 벽을 지나며 잦아들어 육아실에 이를 무렵에는 아내의 귀에 기분 좋게 들렸고, 대장장이의 아이들도 힘찬 쇠망치 소리를 자장가 삼아 잠들곤 했다.

오, 오, 비통하고 비통하다! 오, 죽음이여, 왜 그대는 한 번도 제때 나타나지 않는가? 완전한 파멸이 들이닥치기 전에 죽음이 늙은 대장장이를 데려갔더라면, 젊은 과부는 감미로운 슬픔에 잠겼을 것이고, 아이들도 존경스럽고 전설적인 아버지를 훗날 꿈속에서 만났을 것이며, 모두가 근심 없이 살아갈 수 있는 재산을 물려받았으리라. 하지만 죽음은 씩씩거리는 매일의 노동으로 가족의 생계를 홀로 책임지는 강직한 가장은 꺾어버리면서, 백해무익한 노인은 생명이 흉측하게 썩어 들어가 손쉽게 거두어들일 수 있을 때까지 가만히 내버려두었다.

더 말해 뭐하겠는가? 지하실의 망치질 소리는 날이 갈수록 뜸해지고 어제보다 오늘 더 희미해졌다. 아내는 창가에 얼어붙은 듯이 앉아 눈물조차 말라버린 눈으로 울고 있는 아이들의 얼굴을 뚫어져라 바라보았다. 풀무는 멈추고 용광로에는 재만 가득했다. 집은 팔렸다. 어머니는 풀이 길게 자란 교회 묘지에 묻혔고, 세 아이들도 그 뒤를 이었다. 집도 가족도 모두 잃은 늙은이는 방랑자가 되어 상장(喪章)을 단 채 이 거리 저 거리를 비틀거리며 돌아다녔다. 아무도 그의 불행을 안타까워하지 않았고, 그의 백발은 금발 곱슬머리들에게 조롱거리가 되었다.

이런 인생이라면 죽음이 가장 바람직한 결말인 듯하다. 하지만 죽음이란 미지의 낯선 땅으로 들어가는 것일 뿐이다. 무한히 먼 곳, 황량한 곳, 축축한 곳, 육지가 없는 곳으로 들어갈 가능성에 보내는 첫 인사에 불과하다. 따라서 죽음을 갈망하면서도 내면에서 아직 양심의 가책을 느끼는 사람들에게는 모든 것을 주고 모든 것을 받아들이는 바다가 제격이다.

그 바다는 상상조차 할 수 없는 매력적인 공포와 새로운 삶을 열어주는 놀라운 모험을 펼쳐놓는다. 그리고 광대무변한 태평양의 한복판에서는 수많은 인어가 그들에게 노래를 부른다. "상심한 자들이여, 이리로 오라! 여기 수명이 다하기 전에 목숨을 끊는 죄를 짓지 않아도 되는 새로운 삶이 있다. 여기 죽음을 맞이하지 않고도 볼 수 있는 초자연의 경이로움이 있다. 이리로 오라! 지금도 미워하고 미움받는 그대의 육지 세상이 죽음보다 더 자주 잊곤 하는 삶 속에 너를 묻어라! 이리로 오라! 교회 묘지에 그대의 묘비를 세우고 이리 와서 우리를 신부로 맞이하라!"

동쪽과 서쪽에서, 이른 아침에도 늦은 저녁에도 들려오는 이런 목소리에 귀 기울이던 대장장이의 영혼은 대답했다. 그래, 가야지! 그리하여 퍼스는 포경선에 올랐다.

## 113장 　용광로

한낮 무렵에 수염이 텁수룩한 퍼스는 상어 가죽 앞치마를 두르고 용광로와 단단한 나무 위에 올린 모루 사이에 서서 한손으로는 창끝을 이글거리는 석탄불에 집어넣고, 다른 한 손으로는 열심히 풀무질을 하고 있었다. 그때 에이해브 선장이 낡고 작은 가죽 자루를 들고 나타났다. 우울해 보이는 그는 용광로에서 좀 떨어진 곳에서 걸음을 멈췄다. 퍼스는 창끝을 용광로에서 꺼내 모루 위에 올려놓고 망치질을 시작했다. 쇠를 두드려대자 불꽃이 사방으로 튀었고 선장에게까지 날아갔다.

"퍼스, 이 불꽃은 자네의 바다제비인가? 늘 자네를 따라다니는군. 바다제비는 길조라지만 사실은 전혀 그렇지 않아. 여기를 좀 봐. 잘못하면 데겠어. 하지만 자네는 불똥 속에 살면서도 데지 않는군."

"저는 이미 전신이 그슬렸으니까요, 에이해브 선장님." 퍼스는 망치질을 잠시 쉬면서 대답했다. "저는 그슬리는 단계는 지났습니다. 그슬린 상처를 다시 그슬리기가 쉽지 않거든요."

"그래, 그래, 그건 그렇지. 자네 목소리는 너무 침착해서 왠지 슬프게 들리네. 나 역시 낙원에서 살고 있지는 않아. 그래서 아직 미치지 않은 다른 사람들의 고통을 보면 짜증이 난다네. 대장장이, 자네는 미쳤어야 해. 그런데 왜 미치지 않은 거지? 어떻게 미치지 않고서 그런 고통을 견딜 수 있나? 하늘이 아직도 자네를 미워해서 미치지 못하게 한 건가? 그나저나 자네 거기서 뭘 만들고 있나?"

"헌 창끝을 용접하고 있습니다, 선장님. 금이 가고 찌그러져서요."

"그렇게 험하게 쓴 창도 다시 매끄럽게 만들 수 있나?"

"그렇습니다, 선장님."

"그렇다면 금이 가거나 찌그러진 것은 무엇이든 매끄럽게 만들 수 있겠군. 아무리 단단한 쇠라도?"

"예, 선장님. 할 수 있습니다. 금이 가거나 찌그러진 것은 다 펼 수 있습니다,

딱 하나만 빼고요."

"그렇다면 이것을 좀 봐주게." 에이해브가 흥분하며 다가와 퍼스의 어깨에 손을 얹고 말했다. "여기 이걸 좀 보게, 대장장이. 이렇게 금이 간 것도 매끈하게 해줄 수 있겠나?" 에이해브는 이마에 난 여러 줄의 주름을 한 손으로 쓸어내리며 말했다. "그렇게 해줄 수 있다면, 내 머리를 기꺼이 저 모루에 올리고 자네의 묵직한 망치질을 두 눈으로 느껴보고 싶네. 대답해보게. 이 주름을 펼 수 있겠나?"

"오, 그게 바로 제가 좀 전에 말씀드린 딱 하나입니다. 금 가고 찌그러진 것 중에서 딱 하나만 빼고 다 펼 수 있다고 하지 않았습니까?"

"아, 이게 바로 그거로군. 그래, 이건 펼 수 있는 게 아니지. 자네 눈에는 내 피부에 새겨진 이 주름살밖에 보이지 않겠지만, 사실 이것은 내 두개골 속까지 파고 들어갔네. 그 속은 온통 주름투성이지! 자, 애들 장난은 그만하세. 오늘은 작살과 창 만드는 일도 그만 접게. 이걸 좀 보게!" 에이해브는 금화가 가득 들어 있기라도 한 것처럼 가죽 자루를 흔들며 짤랑거렸다. "나도 작살 하나 만들어주게. 악마 천 마리가 달려들어도 끄떡없는 작살 말일세, 퍼스. 고래 몸속에 지느러미뼈처럼 박혀서 빠지지 않는 작살이 필요해. 자, 여기 재료를 가져왔네." 에이해브는 자루를 모루 위에 던지며 말했다. "한번 보게, 대장장이. 경주마의 편자에 사용된 쇠못들이야."

"편자의 못이라고요, 선장님? 그렇다면 우리 대장장이들이 사용하는 재료 중에서 가장 좋고 단단한 재료를 가지고 오셨군요."

"나도 알아. 이 못은 살인자들의 뼈를 녹여서 만든 아교처럼 잘 들러붙지. 자, 어서! 내 작살을 만들게. 우선 작살 자루로 사용할 쇠줄 열두 가닥을 만든 다음, 그걸 밧줄처럼 한데 모으고 비틀어 망치질을 하게. 어서! 풀무질은 내가 할 테니까."

마침내 열두 가닥의 쇠줄이 만들어지자 에이해브는 그것들을 직접 길고 무거운 쇠막대에 감으며 하나씩 점검했다. 그러더니 마지막 한 가닥을 내밀며 말했다. "불량이야. 다시 만들게, 퍼스."

보수 작업을 끝내고 퍼스가 열두 가닥의 쇠줄을 용접하여 하나로 만들려고 하는 순간, 에이해브가 그를 말리며 자신의 작살은 자신이 직접 용접하겠다고 말했다. 에이해브가 숨을 규칙적으로 몰아쉬면서 망치로 모루를 내리치는 동안, 퍼스는 그에게 벌겋게 달아오른 쇠줄을 하나씩 건네주었다. 힘찬 풀무질에 용광로에서 강한 불길이 솟구쳐 오르자 그 옆을 조용히 지나가던 파시교도가 불을 향해 고개를 조아렸다. 마치 선장이 하고 있는 일을 저주하거나 축복하는 것 같았다. 하지만 에이해브가 고개를 들자 그는 옆으로 슥 사라졌다.

"저 귀신들은 저기서 뭐하고 있는 거야?" 스터브가 앞갑판에서 용광로 쪽을 바라보며 중얼거렸다. "저 파시교도 놈은 성냥처럼 불 냄새를 맡는군. 자기 스스로도 불 냄새를 풍기고 있어. 뜨거운 머스킷총의 약실처럼 말이야."

이윽고 작살 자루는 하나의 온전한 쇠막대가 되어 마지막으로 용광로 속에 들어갔다. 퍼스가 그것을 담금질하기 위해 근처에 있던 물통에 담그자 쉭 하는 소리와 함께 뜨거운 증기가 숙이고 있던 에이해브의 얼굴로 올라왔다.

"퍼스, 내 얼굴에 낙인을 찍을 셈인가?" 에이해브는 고통으로 잠시 얼굴을 찡그리며 말했다. "그렇다면 나는 지금까지 내게 낙인을 찍을 쇠 도장을 만든 것이로군."

"천만에요. 절대로 아닙니다. 하지만 뭔가 두려운 생각은 듭니다, 에이해브 선장님. 혹시 이것은 흰 고래에게 쓸 작살이 아닌가요?"

"흰 악마에게 쓸 거네! 자, 이제는 칼날을 만들어야지. 그것은 자네가 직접 만들어야 해. 여기 내 면도날이 있네. 최상급의 강철로 만든 거지. 이걸로 얼음 바다에 내리는 바늘 같은 진눈깨비처럼 날카로운 칼날을 만들어주게."

늙은 대장장이는 잠시 그 면도날들을 바라보기만 했다. 별로 사용하고 싶지 않은 기색이었다.

"자, 받게. 나는 더 이상 필요 없어. 그놈을 죽이기 전까지는 면도도 하지 않고 밥도 먹지 않고 기도도 하지 않을 테니까. 자, 이걸로 빨리 작업하게!"

마침내 화살 모양으로 만들어진 칼날을 쇠자루에 용접하자 작살 끄트머리가 뾰족해졌다. 대장장이는 칼날을 담금질하기 전에 마지막으로 용광로에 집어넣을 준비를 하면서 에이해브에게 물통을 가까이 가져다달라고 소리쳤다.

"아냐, 아냐, 이건 물로는 안 돼. 진정한 죽음의 담금질이 필요하네. 이봐, 거기 타슈테고, 퀴케그, 다구! 이봐 이교도들, 어떻게 생각해? 이 칼날을 담금질할 피를 내주지 않겠나?" 에이해브가 칼날을 높이 들고 물었다. 검은 얼굴의 세 사람은 고개를 끄덕였다. 그리하여 이교도의 살은 세 번 찔렸고, 흰 고래에게 박힐 칼날은 담금질을 마쳤다.

"주의 이름이 아니라 악마의 이름으로 세례를 주노라!" 적개심으로 가득한 칼날이 그 세례의 피를 말려버리듯이 집어삼킬 때, 에이해브는 미친 듯이 소리쳤다.

에이해브는 선창에서 여분의 막대기를 가져오게 해서, 그중 아직 나무껍질이 붙어 있는 히코리나무 하나를 골라 그 끝을 작살 구멍에 끼웠다. 그리고 새 밧줄을 풀어 양묘기에 얼마간 감고는 팽팽하게 잡아당겼다. 에이해브는 밧줄이 하프 줄처럼 윙윙 울릴 때까지 발로 밧줄을 누르고 그 위로 몸을 숙여 꼬인 데가 없는지 확인하고는 외쳤다. "좋아! 이제 밧줄을 동여맬 차례다."

에이해브는 밧줄의 한쪽 끝을 갈래갈래 풀어서 그 가닥을 작살 구멍 주위에 칭칭 감은 다음, 막대기를 그 구멍에 힘껏 밀어 넣었다. 밧줄의 나머지 부분은 막대기 중간쯤 되는 지점까지 늘어뜨린 다음 거기에 이리저리 휘감아 단단히 고정시켰다.

이 작업이 끝나자 막대기와 작살대와 밧줄은 운명의 세 여신처럼 서로 떨어질 수 없게 되었다. 에이해브가 그 무기를 들고서 우울하게 갑판 위를 걸어가자 고래 뼈 다리와 히코리나무 막대기가 갑판의 널빤지에 부딪히며 텅텅거리는 소리가 공허하게 울려 퍼졌다. 하지만 그가 선장실에 들어가기 전에 경박하면서 부자연스러우며 다소 조롱하는 듯한, 동시에 말할 수 없이 서글픈 소리가 들려왔다. 오, 핍! 너의 비열한 웃음, 나른하면서도 불안한 눈빛이라니. 너의 기이한 무언극은 이 우울한 배의 어두운 비극과 의미심장하게 뒤섞여 그 비극을 조롱하고 있구나!

## 114장  황금빛 바다

일본 어장의 심장부로 점점 더 깊숙이 들어가면서 피쿼드호는 곧 대대적으로 고래잡이에 나섰다. 온화하고 쾌청한 날이면 종종 보트에 올라타 12시간이나 15시간, 18시간이나 20시간 동안 연속으로 노를 저으며 고래를 쫓았고, 어떤 때는 60분 내지 70분쯤 되는 막간에 고래가 물 위에 떠오르기를 가만히 기다리기도 했다. 하지만 이런 노력에도 불구하고 특별한 소득은 없었다.

한풀 꺾인 햇볕 아래서 부드럽고 느리게 일렁이는 물결 위를 온종일 떠다닐 때, 자작나무 카누처럼 가벼운 보트에 앉아 난롯가의 고양이처럼 뱃전에 다가와 부드럽게 철썩거리는 파도와 다정하게 노닐 때, 시간은 꿈꾸듯 평온하게 흘러간다. 그럴 때 우리는 해수면의 잔잔한 아름다움과 반짝거림을 바라보며 그 밑에서 고동치는 호랑이의 심장을 잊어버리고, 부드러운 앞발이 무자비한 발톱을 숨기고 있다는 사실을 군이 기억하고 싶어 하지 않는다.

바로 이때 포경 보트에 탄 방랑자는 바다에 대해 자식이 부모에게 품는 것과 같은 신뢰감을 느끼고, 바다가 육지 같다는 생각을 하게 된다. 바다를 꽃이 만발한 대지로 보는 것이다. 저 멀리 있어 돛대 꼭대기만 보이는 배도 높게 일렁이는 파도가 아니라 대초원에서 일렁이는 풀밭을 헤치며 나아가는 듯이 보인다. 서부로 이동하는 이주민의 말들이 우거진 풀밭을 헤치며 지날 때, 몸통은 보이지 않고 무성한 신록 사이로 쫑긋 솟은 두 귀만 보이는 것과 비슷하다.

길게 뻗은 자연 그대로의 계곡과 푸른빛이 감도는 완만한 언덕, 그 위로 부드러운 흥얼거림이 들려오면, 따뜻한 5월 햇볕 속에서 아이들이 숲속의 꽃을 열심히 따면서 놀다가 지쳐서 쓸쓸한 숲속에 누워 잠든 것이 아닐까 하는 생각마저 든다. 이 모든 것이 더없이 신비로운 기분과 뒤섞이고, 그리하여 사실과 상상이 중간쯤 어디에서 만나 서로에게 스며들어 이음새가 전혀 없이 매끈한 하나의 전체를 이룬다.

잠시나마 위안을 주는 이런 풍경은 에이해브에게도 얼마간 영향을 주었다. 하지만 이 신비한 황금 열쇠가 그의 마음속에 있는 은밀한 황금 금고를 연 것처럼 보였더라도, 그의 숨결이 보물에 닿는 순간 그 빛은 흐려지고 만다.

"오, 풀이 무성한 숲속의 빈터여! 영혼 속에 자리한 무한히 푸른 풍경을 닮았구나. 세상 풍파에 아무리 오래 시달린 인간일지라도 그대 안에서 이른 아침 이슬에 젖은 클로버를 뜯어먹는 망아지처럼 뛰어놀 수 있으리라. 짧은 순간이나마 그 클로버에 내린 차가운 이슬에서 영원불멸의 생명을 느낄 수 있으리라. 신께서 이 평온한 순간을 지속시켜주시길! 하지만 복잡한 인생의 실타래는 씨줄과 날줄로 엮이는 법! 평온함의 실과 폭풍우의 실이 서로 교차하나니 모든 평온함에는 폭풍이 찾아든다. 인생에 후퇴 없이 꾸준한 전진이라는 것은 없다. 우리는 일정한 단계를 거치며 나아가다가 마지막 단계에 이르러 멈추지 않는다. 유년기의 무의식적인 행동과 소년기의 맹신, 청년기의 의심(모두에게 공통된 운명)을 지나고 회의와 불신의 단계를 거쳐 마침내 '만약에'를 곰곰이 따져보는 성년기에 들어섰다고 해서 안식하는 것이 아니라는 말이다. 그 과정을 다 거치고 나면 다시 처음으로 돌아가 유년기와 소년기, 그리고 성년기와 '만약에'를 영원히 되풀이하게 된다. 더 이상 닻을 올리지 않아도 되는 마지막 항구는 어디에 있는가? 아무리 지친 사람도 더 이상 지치지 않을 세상은 어느 황홀한 하늘을 향해하고 있는가? 버림받은 아이의 아버지는 어디에 숨어 있는가? 우리의 영혼은 출산하다가 숨진 미혼모에게서 난 고아와 같다. 우리 아버지에 대한 비밀은 어머니의 무덤 속에 묻혀 있다. 아버지가 누구인지 알려면 그곳으로 가야 한다."

같은 날 보트 뱃전에서 황금빛 바다를 아득히 바라보던 스타벅은 낮게 중얼거렸다.

"깊이를 알 수 없는 사랑스러움이야. 연인이 어린 신부의 눈동자에서 볼 수 있는 빛! 내게 두 겹 이빨을 가진 그대의 상어에 대해 말하지 말라. 뭐든지 납치해가는 식인종 같은 방식을 말하지 말라. 믿음으로 사실을 밀어내고, 상상으로 기억을 밀어내라. 나는 깊은 바닷속을 내려다보며 그것을 믿노라."

그리고 스터브는 반짝이는 비늘을 가진 물고기처럼 그 황금빛 속에서 뛰어올랐다.

"나는 스터브다. 스터브도 나름의 역사가 있지. 여기서 맹세하노니 스터브는 언제나 유쾌한 자였노라!"

## 115장   피쿼드호, 배철러호를 만나다

에이해브의 작살이 제작되고 나서 몇 주 후, 유쾌한 광경과 소리가 순풍을 타고 피쿼드호 앞으로 다가왔다.

그것은 낸터킷 배인 배철러(총각)호였다. 그 배는 방금 마지막 기름통을 밀어 넣고 터질 듯한 선창에 빗장을 지른 다음, 선원들 모두가 멋지게 옷을 차려입고 약간 허세를 부리며 어장에 멀리 흩어져 있는 다른 배들 사이를 즐겁게 돌아다니고 있었다. 그도 그럴 것이 이제 곧 뱃머리를 고향으로 돌릴 터였다.

주돛대 꼭대기에 서 있는 세 사람은 좁고 기다란 천이 달린 모자를 쓰고 있었다. 고물 쪽에는 포경 보트가 거꾸로 매달려 있었다. 기움돛대에는 그들이 마지막으로 죽인 고래의 기다란 아래턱이 매달려 있었다. 돛대 밧줄마다 가지각색의 신호기와 국기, 선수기가 달려 펄럭거렸다. 세 돛대 꼭대기의 망루마다 옆에 고래기름이 두 통씩 매달려 있었고, 중간돛대의 활대에도 그 귀중한 액체가 담긴 가느다란 통들이 매달린 것이 보였으며, 주돛대 꼭대기에는 놋쇠 등잔이 못 박혀 있었다.

나중에 안 사실이지만, 배철러호는 아주 놀라운 성공을 거두었다. 같은 바다에서 조업을 했어도 다른 배들은 여러 달이 지나도록 고래를 한 마리도 잡지 못했으므로 그 배가 거둔 성공은 더욱 놀라웠다. 그들은 귀중한 향유고래 기름을 보관할 공간을 더 많이 마련하기 위해 쇠고기와 빵을 담은 통들을 내다 놓고, 바다에서 만나는 다른 배들로부터 여분의 통을 구하는 데 물물교환용으로 사용했다. 갑판을 통으로 가득 채운 것으로도 모자라 선장실과 간부 선원들의 선실까지 통들이 들어찼다. 심지어 선실의 식탁까지 쪼개서 불쏘시개로 쓴 탓에 선실 한가운데 고정시켜놓은 기름통의 넓은 뚜껑 위에 그릇을 올려놓고 식사를 해야 했다. 앞갑판 선실의 선원들은 사물함마저 빈틈을 뱃밥으로 메우고 역청을 바른 다음 거기에 기름을 채웠다. 우스갯소리로 요리사가 가장 큰 솥에 기름을 채우고 뚜껑을 덮었다, 사환이 여분의 커피 주전자에 기름을 채우고 구멍을 막았다, 작살잡이들이 작살대 구멍 안에 기름을 채우고 구멍을 막았다는 등의 이야기가 돌았다. 향유고래 기름을 채우지 않은 곳이 없었는데 선장의 바지 호주머니만은 예외였던 것은 선장이 거기에 두 손을 찔러넣고 완벽한 성공에 만족하는 모습을 보여주기 위해서였다고도 했다.

유쾌한 이 행운의 배가 우울한 피쿼드호 쪽으로 다가오면서 그 배의 앞갑판에서 야만인이 거대한 북을 두드리는 듯한 소리가 들려왔다. 배가 점점 더 가까이 오면서 여러 선원들이 거대한 기름 솥 주변에 모여 서 있는 것도 보였다. 기름 솥의 윗부분은 양피지 같은 부대, 즉 검은 고래의 위장 표피를 씌워놓았는데, 선원들이 주먹으로 그곳을 두드릴 때마다 둥둥 굉음을 낸 것이다. 뒷갑판에서는 항해사들과 작살잡이들이 폴리네시아제도에서 그들과 눈이 맞아 도망쳐 온 올리브빛 피부의 여자들과 춤을 추고 있었다. 앞돛대와 주돛대 사이에는 화려하게 장식된 보트 한 척이 높이 매달려 있고, 그 위에 롱아일랜드 출신의 흑인 셋이 올라가 고래 뼈로 만든 바이올린 활로 신나는 춤곡을 연주하고 있었다. 한편 다른 선원들은 거대한 솥을 치우고 난 정유용 화덕 앞에서 떠들썩하게 일하고 있었다. 그들은 이제 필요 없게 된 벽돌과 역청을 바다에 내던지며 엄청난 괴성을 질러댔다. 마치 저주받은 바스티유 감옥을 무너트리기라도 할 듯한 기세였다.

이 모든 광경의 주재자이며 배의 지휘자인 선장은 약간 높은 뒷갑판에 우뚝 서서 선상에서 벌어지는 흥겨운 드라마를 한눈에 내려다보고 있었다. 그것은 오직 선장만의 여흥을 위해 연출된 드라마 같았다.

에이해브도 뒷갑판에 서 있었지만, 텁수룩하고 거무튀튀한 얼굴이 고집스러우면서도 우울해 보였다. 두 배가 교차할 때, 한 배는 지난 일들에 대한 기쁨이 가득하고 다른 한 배는 앞으로 다가올 일에 대한 불길한 조짐이 가득했는데, 두 선장 또한 극명히 대조되는 분위기를 그대로 보여주고 있었다.

"우리 배로 오시오! 어서 오시오!" 쾌활한 배철러호의 선장이 술잔과 술병을 높이 들어 올리며 외쳤다.

"흰 고래를 보았소?" 에이해브가 대답 대신 이를 악물며 물었다.

"아니, 보지 못했소. 소문을 듣기는 했지만. 나는 그런 놈이 있다고 생각하지 않소." 상대방 배의 선장이 밝은 목소리로 말했다. "우리 배로 올라오시오!"

"기분이 무척 좋은가 보오. 계속 항해하시오. 선원들을 잃은 적이 있소?"

"이렇다 할 인명 손실은 없었소. 섬사람 두 명을 잃은 것이 전부요. 어쨌든 우리 배로 오시오, 선장 양반. 어서 오시오. 당신 이마에 낀 검은 구름을 당장 없애 줄 테니. 어서 오시오. 즐겁지 않소? 만선으로 고향에 가고 있으니."

"바보는 어디서나 허물없이 구는군!" 에이해브는 혼잣말로 중얼거리고는 다시 소리쳤다. "당신은 만선으로 귀향하고 있지만, 나는 빈 배로 고래를 잡으러 가고 있소. 당신은 당신 길을 가시오. 나는 내 길을 가리다. 거기 앞갑판 선원들, 돛을 펴고 바람 불어오는 쪽으로 전진!"

그리하여 한 배는 순풍을 받으며 즐겁게 나아가고, 다른 배는 고집스럽게 역풍을 상대하며 나아갔다. 그렇게 두 배는 헤어졌다. 피쿼드호의 선원들은 멀어져가는 배철러호를 내내 우울한 눈빛으로 바라보았지만, 배철러호의 선원들은 흥겹게 노느라 이쪽에 눈길 한번 주지 않았다. 에이해브는 고물 난간에 기대어 고향으로 돌아가는 배를 바라보다가 호주머니에서 모래가 든 작은 유리병을 꺼냈다. 그는 멀어져가는 배와 유리병을 번갈아 보며 전혀 연관 없는 것 같은 그 둘을 연결지으려 하는 것 같았다. 사실 그 유리병에는 낸터킷 해변에서 퍼 온 모래가 담겨 있었다.


## 116장  죽어가는 고래

운명의 총애를 받은 배가 오른쪽으로 스치듯 지나가면, 그때까지 기운 빠져 있던 우리도 갑자기 불어온 산들바람에 빈 자루처럼 늘어져 있던 돛이 부풀어

오르며 즐거워지는 경우가 인생에서 드물지 않게 일어난다. 피쿼드호도 그랬다. 유쾌한 배철러호를 만난 그 다음 날, 고래를 네 마리나 발견하고 다 잡았기 때문이다. 그중 한 마리는 에이해브가 직접 잡았다.

오후도 다 저물어 갈 무렵이었다. 창이 빗발치는 피비린내 나는 싸움이 막을 내리자 태양과 고래는 석양이 지는 아름다운 바다와 하늘에 떠서 함께 조용히 숨을 거두었다. 그때 어떤 기도 소리 같은 것이 소용돌이치며 장밋빛 하늘로 올라갔는데, 얼마나 감미롭고 구슬픈지 머나먼 마닐라제도의 깊고 푸른 골짜기 수도원에서 시작된 스페인풍의 육지 바람이 웬일인지 선원으로 변신하여 이 저녁에 찬송가를 부르며 바다로 나온 것 같은 느낌이 들었다.

고래와의 싸움을 끝내고 마음을 가라앉혔지만, 이내 전보다 더 침울해진 에이해브는 조용해진 보트에 앉아서 고래의 죽어가는 모습을 가만히 지켜보았다. 죽어가는 모든 향유고래가 보여주는 기이한 광경, 즉 머리를 태양 쪽으로 돌리고 숨을 거두는 모습을 그처럼 적막한 저녁에 바라보던 에이해브는 이전에 알지 못했던 경이로움을 느꼈다.

"태양을 향해 계속 고개를 돌리는구나. 죽어가면서 마지막 동작으로 천천히, 꿋꿋하게 이마를 돌려 태양에 경의를 표하는구나. 고래도 불을 숭배하는구나. 충직하고 관대하며 당당한 신하로구나! 오, 너무나도 총애를 받는 내 눈이 너무나도 총애를 받는 광경을 보는구나. 보라! 물에 에워싸인 드넓은 바다, 인간의 행복과 불행을 떠들어대는 어떤 소리도 들리지 않는 곳, 가장 솔직하고 공평무사한 바다를 보라. 비석을 세울 돌 하나 없이, 중국의 역사만큼이나 오랫동안 철썩거린 파도가 니제르강의 이름 모를 수원 위에서 반짝이는 별처럼 말없이 굽이치는 바다를 보라. 이곳에서도 생명은 충만한 믿음을 품은 채 태양을 향해 머리를 두고 죽음을 맞이한다. 하지만 보라! 숨을 거두자마자 죽음이 사체를 빙그르 돌려 다른 쪽을 향하게 한다.

오, 자연의 절반을 지배하는 힌두의 어둠이여! 그대는 물에 빠져 죽은 자들의 뼈로 이 황량한 바다 한가운데 그대의 옥좌를 따로 만들었구나. 이교도여, 여왕이여, 그대는 무지막지한 태풍과 그것이 지나간 후 적막 속에서 치러지는 장례식을 통해 너무나도 진실하게 나에게 말을 거는구나. 그대의 고래가 죽어가면서 태양을 향해 돌렸던 머리를 다시 돌려놓은 것도 나에게는 하나의 교훈이 된다.

오, 세 겹으로 테를 두르고 용접한 강력한 허리여! 오, 높이 치솟는 무지갯빛 물줄기여! 저 고래는 안간힘을 쓰고, 이 고래는 헛되이 물을 뿜는다! 오, 고래여, 만물을 소생시키는 태양에 호소해보았자 소용없다. 태양은 생명을 불러일으킬 뿐 다시 주지는 않는다. 그러나 세상의 절반인 그대 어둠이여, 그대는 더 어둡지만 더 당당한 믿음으로 나를 흔든다. 뭐라 형언하기 어려운 것들이 여기 내 발밑에서 떠돈다. 한때 살았다가 공기처럼 증발하여 이제는 물이 되어버린 것들의 숨이 나를 떠받치고 있다.

그렇다면 오, 바다여, 만세, 만만세! 바다의 영원한 파도만이 거친 바닷새들의 유일한 안식처이니. 나는 땅에서 태어났으나 바다의 젖을 먹고 자랐으며, 산과 골짜기가 나를 낳았으나 그대의 큰 파도는 나와 같은 젖을 먹고 자란 내 형제다."


## 117장  고래 불침번

그날 저녁에 잡은 네 마리의 고래는 서로 멀리 떨어진 곳에서 죽었다. 하나는 멀리 바람 불어오는 쪽에, 하나는 그보다는 덜 먼 바람 불어가는 쪽에, 하나는 뱃머리에, 마지막 하나는 고물 쪽에 있었다. 비교적 가까이 있는 세 마리는 어두워지기 전에 뱃전으로 끌고 왔지만, 바람 불어오는 쪽에 있는 것은 다음 날 오전이 되어야 작업할 수 있었다. 그래서 고래를 잡은 보트가 그 옆에서 밤새 보초를 섰는데, 보트는 에이해브의 것이었다.

표시 장대가 죽은 고래의 분수공에 수직으로 꽂혔다. 장대 끝에 매단 등불이 고래의 번들거리는 검은 등에 어른거리는 불빛을 던지고, 해변의 부드러운 파도처럼 고래의 넓은 옆구리에 부딪혀 찰싹거리는 한밤중의 파도를 멀리까지 비쳤다.

에이해브와 보트에 탄 선원들은 모두 잠든 것 같았지만 파시교도는 아니었다. 그는 뱃머리에 쭈그리고 앉아 고래 주위에서 유령처럼 어른거리면서 꼬리로 보트의 널빤지를 툭툭 치는 상어 떼를 감시했다. 용서받지 못한 고모라[271]의 유령들이 무리지어 사해 위를 떠돌며 신음하는 듯한 소리가 밤공기를 뚫고 진동했다.

흠칫 놀라며 선잠에서 깬 에이해브는 파시교도를 정면으로 쳐다보았다. 한밤중의 어둠에 둘러싸인 두 사람은 대홍수가 들이닥친 세상에서 유일하게 살아남은 사람들 같았다. "그 꿈을 또 꿨어." 에이해브가 말했다.

"관 말입니까? 선장님, 제가 말씀드리지 않았습니까? 영구차든 관이든 선장님 것일 리 없다고요."

"그래, 바다에서 죽은 자가 관에 들어갈 일은 없지."

"하지만 선장님, 말씀드렸다시피 선장님은 두 개의 관을 보기 전까지는 이번 항해에서 죽을 일이 없습니다. 첫 번째 관은 인간의 손으로 만든 것이 아니고, 두 번째 관은 외관상 분명 미국에서 자란 나무를 재료로 쓴 것이어야 합니다."

"그래, 그래! 정말 이상한 광경이었어, 파시교도. 깃털로 장식된 관이 바다 위로 떠 가고, 파도가 따라오며 운구꾼 노릇을 하고 있었지. 하, 그런 광경을 빨리 보게 될 것 같지는 않네."

"믿거나 말거나 선장님은 그런 광경을 보기 전까지는 죽지 않습니다."

"그렇다면 자네에 대해서는 뭐라고 이야기하던가?"

"마지막 순간이 오더라도 저는 선장님의 수로 안내자로 선장님보다 앞장설 것입니다."

"그러니까 자네가 나보다 먼저 가고(정말 그런 일이 일어난다면) 내가 뒤따라간다면 자네가 내 앞에서 길잡이 노릇을 한다는 말인가? 그렇단 말이지? 그래, 좋

---

**271** 사해 남단 근처에 고대 도시 소돔과 고모라가 위치했던 것으로 추측된다. 창세기 19장 24~25절에서 두 도시는 죄악으로 말미암아 유황과 불의 심판을 받고 멸망한다.

아. 설령 내가 자네 이야기를 다 믿어준다고 해도, 오 나의 수로 안내자여! 여기서 내가 두 가지 맹세를 하겠네. 모비 딕을 죽이고, 살아남겠노라고."

"또 다른 맹세도 하셔야죠, 선장님." 파시교도는 어둠 속의 반딧불처럼 두 눈을 반짝이며 말했다. "삼밧줄만이 선장님을 죽일 수 있다고요"

"교수형을 말하는 거로군. 하지만 나는 지상에서나 바다에서나 불멸의 존재야." 에이해브가 조롱 어린 웃음을 터트리며 말했다. "지상에서나 바다에서나 불멸이라고!"

두 사람 모두 다시 침묵에 잠겼다. 새벽이 어스름하게 밝아오자 보트 바닥에서 잠들었던 선원들이 일어났고, 정오가 되기 전에 죽은 고래를 뱃전으로 끌고 왔다.

## 118장  사분의

마침내 적도에서 고래를 잡는 철이 다가왔다. 에이해브가 날마다 선실에서 나와 위를 쳐다볼 때마다 근면한 키잡이는 과시하듯이 키를 잡았고, 열성적인 선원들은 얼른 아딧줄로 달려가 그 앞에 서서 돛대에 못 박혀 있는 금화를 뚫어져라 쳐다보았다. 그들은 뱃머리를 적도로 돌리라는 지시가 떨어지기만을 초조하게 기다렸다. 곧 지시가 떨어졌다. 정오가 다 된 무렵이었다. 에이해브는 높이 매단 보트의 뱃머리에 앉아 여느 때처럼 태양을 관측하며 위도를 재고 있었다.

그런데 일본 해역에서는 여름철이면 가끔씩 찬란한 빛이 폭포수처럼 쏟아진다. 유리 같은 바다는 측량할 수 없이 거대한 볼록렌즈요, 눈 한 번 깜빡거리지 않고 이글거리는 일본의 태양은 그 렌즈의 초점이었다. 하늘은 푸른 칠을 한 것처럼 청명하고 구름 한 점 없었다. 수평선은 공중에 떠 있는 듯했다. 무방비로 쏟아지는 이 광채는 신의 옥좌에서 발산되는, 인간의 눈으로는 감당할 수 없는 찬란함이었다. 에이해브의 사분의(四分儀)는 색유리가 끼워져 있었기 때문에 타오르는 태양을 관측할 수 있었다. 에이해브는 앉은 상태로 배의 흔들림에 몸을 맡기며 천문 관측기구에 눈을 갖다 대었고, 그 같은 자세를 유지하며 태양이 정확히 자오선에 도달하는 순간을 포착하려고 했다. 에이해브가 태양에 온 신경을 쓰고 있는 동안, 파시교도는 에이해브 바로 아래의 갑판에서 무릎을 꿇고서 선장과 마찬가지로 고개를 들어 태양을 바라보고 있었다. 다만 그는 눈을 가느스름하게 절반만 떴고, 사나운 얼굴이 세상의 초연함에 한풀 꺾인 듯이 보였다. 마침내 필요한 관측이 이루어지자 에이해브는 연필로 고래 뼈 다리 위에 뭔가를 끄적거리더니 곧 배의 정확한 위치를 계산해냈다. 그런 다음 잠시 생각에 잠겼다가 다시 태양을 바라보며 혼잣말로 중얼거렸다. "그대 항로 표시자여! 하늘 높이 떠 있는 거대한 수로 안내자여! 그대는 진실로 내가 지금 어디에 있는지를 말해주는구나. 그런데 내가 어디에 있어야 하는지 약간의 힌트라도 줄 수 없겠는가? 오, 지금 이 순간 나 아닌 다른 존재가 어디에 살고 있는지 말해줄 수 없는가? 모비 딕은 어디에 있는가? 이 순간에도 분명 그대는 녀석을 보고 있을 것이고, 내 눈은 녀석을 바라보는 그대의 눈을 바라보고 있다. 그래, 지금도 미지의 저편에 있는 것들을 똑같이 바라보고 있는 그대의 눈을 나는 바라보고 있다. 아, 그대 태양이여!"

그러고는 사분의를 들여다보며 거기에 달린 신비한 장치들을 이리저리 만져보더니 다시 생각에 잠겼다가 또 중얼거렸다. "어리석은 장난감! 오만한 제독과 함장과 선장 들의 유치한 장난감 같으니라고. 세상은 너희를 자랑스럽게 여기고 너희의 영리함과 실력을 칭송하지만, 너희는 결국 무엇을 할 수 있는가? 너 자신과 너를 들고 있는 존재가 이 넓은 지구에서 어디에 있는지, 그 한심하고 하찮은 위치를 알려줄 뿐이잖은가! 그것 말고 할 수 있는 것이 무엇인가? 너희는 물 한 방울, 모래 한 알이 내일 정오에 어디에 있을지 말해줄 수 없다. 그처럼 무능한 주제에 감히 태양을 모욕하고 있다! 과학이여! 너, 빌어먹을 시시한 장난감이여! 인간으로 하여금 하늘 높은 곳을 올려다보게 하는 모든 물건은 저주 받으라! 오, 태양이여! 저 하늘의 이글거리는 생명력은 지금 이 늙은이의 눈을 태우듯이 감히 하늘을 올려다보는 이의 눈을 태울 뿐이다. 인간의 시선은 원래 이 지구의 수평선과 나란하게 되어 있다. 신이 인간으로 하여금 창공만 쳐다보기를 바랐다면 눈이 정수리에 달렸을 것이다. 빌어먹을, 너 사분의여!" 에이해브는 사분의를 갑판에 내던졌다. "이 지구에서 어디로 갈지 더 이상 너에게 지시를 받지 않겠다. 수평을 측정하는 배의 나침반과 측정기와 측정줄을 이용한 추측 항법, 이것들이 나를 안내하고 바다 위의 내 위치를 알려줄 것이다." 그는 보트에서 갑판 위로 뛰어내렸다. "그러니 나는 너를 짓밟으련다. 저 높은 곳을 변변찮게 알려주는 이 한심한 놈아. 너를 아주 산산조각 내주마!"

늙은이가 광분해서 이렇게 말하고는 산 다리와 죽은 다리로 사분의를 마구 짓밟는 동안, 그 모습을 말없이 쳐다보던 파시교도의 얼굴에 에이해브에 대해서는 조롱 어린 승리감이, 자신에 대해서는 운명적인 절망감이 스쳐 지나갔다. 그는 선장 모르게 슬며시 자리를 떴다. 한편 선장의 모습에 겁먹은 선원들이 앞 갑판에 모두 모여들었다. 갑판을 심란하게 왔다 갔다 하던 에이해브는 소리쳤다. "아딧줄로 가라! 키를 올려라! 활대와 용골을 직각으로!"

즉시 활대들이 회전했고, 세 돛대가 기다란 선체 위에 우아하게 우뚝 솟은 배가 반쯤 방향을 돌렸다. 그 모습이 마치 호라티우스 삼형제[272]가 함께 늠름한 군마에 올라타고 멋지게 방향을 돌리는 것 같았다.

스타벅은 뱃머리 부늑재 사이에 서서 피쿼드호의 소란스러운 광경과 갑판에서 비틀거리는 에이해브의 모습을 다 지켜보았다.

"석탄불 앞에 앉아서 제 몸을 다 불사를 것처럼 이글거리는 불길을 본 적이 있어. 하지만 그런 불길도 차츰 사그라들더니 결국 말없는 티끌이 되고 말았지. 바다의 노인이여! 불같이 타오르는 그대의 생명도 결국에는 한 줌의 재가 되고 말 것이오!"

"맞아요." 스터브가 대꾸했다. "하지만 석탄재가 남는 겁니다, 스타벅 항해사님. 흔한 목탄이 아니라고요. 저는 에이해브가 이렇게 중얼거리는 것을 들었어

---

**272** 고대 로마의 왕정시대에 적대적인 도시 국가 알바의 쿠리아티우스 삼형제를 상대로 각각 결투를 벌여 로마를 구한 영웅들. 『리비우스 로마사』 1권 24장에 나온다.

요. '이 늙은이의 손에 이 카드들만 쥐어주고 그것들로만 승부를 내야 한다고 하는구나. 다른 것은 안 된다고 하는구나.' 젠장. 에이해브 당신 말이 맞아요. 승부에 살고 승부에 죽는 겁니다."

## 119장 　양초

가장 따뜻한 지방이 가장 잔인한 엄니를 숨기고 있다. 벵골 호랑이는 늘 푸르고 향기로운 숲속에 도사리고 있다. 가장 밝게 빛나는 하늘이 가장 무시무시한 천둥을 품고 있다. 풍광이 아름다운 쿠바는 북부 지방에는 지난 적 없는 엄청난 회오리바람을 겪는다. 마찬가지로 밝게 빛나는 일본 해역에서 선원들은 모든 폭풍 중에서도 가장 난폭한 태풍을 만난다. 태풍은 나른하고 한적한 마을에 갑자기 떨어진 폭탄처럼 구름 한 점 없는 하늘에서 별안간 시작된다.

그날 저녁 무렵, 피쿼드호는 돛이 뜯겨 나가고 돛대만 남은 채로 태풍의 정면 공격에 맞서야 했다. 어둠이 내려앉자 하늘과 바다가 천둥으로 갈라지며 울부짖었고, 번쩍거리는 번갯불에 여기저기서 넝마만 펄럭이는 못 쓰게 된 돛대들이 드러났다. 그것은 돛대에 처음 공격을 퍼부었던 태풍이 나중의 여흥을 위해 남겨둔 잔해 같은 느낌마저 주었다.

스타벅은 돛대 밧줄을 붙잡고 뒷갑판에 서서 번개가 번쩍거릴 때마다 위를 올려다보며, 복잡하게 얽힌 밧줄에 또 다른 재난이 닥치지 않았는지 조심스럽게 살폈다. 스터브와 플래스크는 보트를 더 높이 끌어 올려 단단히 붙들어 매도록 선원들을 지휘했다. 그러나 모든 노력이 헛수고인 것 같았다. 보트들을 기중기 꼭대기까지 끌어 올렸지만 바람 불어오는 쪽에 있던 것(에이해브의 보트)은 재난을 피하지 못했다. 거대한 파도가 흔들리는 배의 높은 쪽 뱃전까지 강타하면서 보트 고물 쪽 바닥에 커다란 구멍을 뚫어놓았다. 파도가 물러난 후에 보니 보트가 체인 양 물이 줄줄 샜다.

"엉망이에요, 엉망! 스타벅 항해사님." 스터브가 망가진 보트를 보며 말했다.

"어쨌든 바다는 제 맘대로 할 테지요. 이 스터브도 바다에는 맞서 싸울 수 없어요. 알다시피 파도는 도약하기 전에 아주 멀리서 달려오죠. 전 세계를 한 바퀴 돌아 그 힘으로 뛰어오르잖아요! 그런데 제가 그 파도에 맞서기 위해 도움닫기를 할 수 있는 거리는 이 갑판을 가로지르는 정도입니다. 하지만 상관없어요. 그것도 재미있으니까요. 옛날 노래에도 있잖아요." (노래를 부른다.)

폭풍은 유쾌해
고래는 유쾌한 친구
꼬리는 흔들흔들
아, 바다는 웃기고 찧고 까불고 장난치고 익살맞은 친구라네!

물보라가 날리네
저건 향료를 넣고 저을 때
거품이 나는 고래의 술
아, 바다는 웃기고 찧고 까불고 장난치고 익살맞은 친구라네!

천둥이 배를 쪼개도
고래는 그 술을 마시며
입맛만 다시네
아, 바다는 웃기고 찧고 까불고 장난치고 익살맞은 친구라네!

"그만해, 스터브." 스타벅이 소리쳤다. "태풍이 노래하고 밧줄을 하프처럼 켜는 것은 내버려둘 수밖에 없지만, 자네가 용감한 사내라면 입 좀 다물고 있게."

"나는 용감한 남자가 아닙니다. 그렇게 말한 적이 없어요. 나는 겁쟁이예요. 그래서 용기를 내려고 노래를 부르는 겁니다, 스타벅 항해사님. 내가 노래를 부르기 시작하면 그것을 막을 방법은 이 세상에 아무것도 없어요. 내 목을 자르기 전까지. 설령 그렇더라도 나는 십중팔구 당신을 위해 마무리로 찬송가를 부를 겁니다."

"미친 놈! 자네 눈이 없으면 내 눈으로라도 한번 보게."

"뭐라고요? 이 어두운 밤에 항해사님이 남들보다 더 잘 볼 수 있다는 건가요? 그 무슨 얼토당토하지도 않은 얘기를…."

"여길 봐." 스타벅이 스터브의 어깨를 잡고 손으로 바람이 불어오는 뱃머리 쪽을 가리켰다. "돌풍이 동쪽에서 불어오고 있어. 에이해브가 모비 딕을 쫓아가고 있는 바로 그 방향이야. 오늘 정오에 에이해브가 그쪽으로 방향을 틀었지. 그런데 저기에 있는 에이해브의 보트를 좀 봐. 구멍이 어디에 뚫려 있나? 고물의 상판이야. 선장이 늘 서 있던 곳이지. 그 자리에 구멍이 크게 뚫린 거야, 이 친구야. 그래도 노래를 부르고 싶다면 바다에 뛰어들어 실컷 부르게."

"무슨 말인지 절반도 못 알아듣겠어요. 도대체 바람이 어쨌다는 겁니까?"

"그래, 그래, 희망봉을 돌아가는 것이 낸터킷으로 가는 최단거리지." 스타벅이 스터브의 질문은 아랑곳하지 않고 갑자기 혼잣말을 했다. "돌풍은 지금 우리에게 들이닥쳐 배에 구멍을 뚫을 기세야. 하지만 우리는 저 바람을 순풍으로 바꾸어 집으로 향할 수도 있어. 저 너머 바람 불어오는 쪽에는 암울한 운명밖에 없지. 하지만 바람 불어가는 쪽은 집으로 가는 길이고 그쪽은 밝아지고 있는 게 보여. 번개 때문에 밝은 게 아니야."

그 순간 번갯불이 번쩍이고 다시 주변이 칠흑처럼 컴컴해지더니 옆에서 누군가의 목소리가 들려왔다. 그리고 거의 동시에 일제히 사격하는 것 같은 천둥소리가 머리 위에서 울려 퍼졌다.

"거기 누구야?"

"늙은 천둥이다!" 에이해브가 뱃전을 따라 자신의 의족을 끼울 갑판 구멍으로 가려고 어둠 속을 더듬거리며 대답했다. 그 순간 번갯불이 구부러진 불의 창처럼 연달아 내리꽂히며 그의 앞길을 환히 밝혀주었다.

육지에서는 첨탑에 피뢰침을 설치하여 번개의 위험한 전류를 땅속으로 흘려보낸다. 바다의 몇몇 배들도 전류를 물속으로 흘려보내기 위해 돛대에 피뢰침과 비슷한 막대기를 설치한다. 그런데 이 피뢰침의 끝은 선체에 닿지 않도록 바닷속 상당히 깊은 곳까지 늘어뜨려야 하는데, 그것이 보통 번거로운 일이 아니다. 그것을 계속 끌고 다니면 선체의 밧줄을 움직이는 데 적잖은 지장이 생기고 배가 앞으로 나아가는 데도 방해가 되는 등 많은 재난의 원인이 되기가 쉽다. 그래서 선상 피뢰침의 아랫부분을 늘 물속에 늘어뜨리는 대신에, 보통 때는 길고 가느다란 고리로 만들어 뱃전 바깥쪽 쇠사슬에 걸어두었다가 필요할 때 바다에 던진다.

"피뢰침! 피뢰침!" 스타벅이 에이해브의 앞길을 비추는 번갯불을 보고 갑자기 경각심이 들었는지 선원들에게 소리쳤다. "피뢰침을 배 밖에 던졌나? 고물과 이물에 있는 것들을 빨리 밖으로 던져라, 빨리!"

"멈춰!" 에이해브가 소리쳤다. "우리가 비록 약체이기는 해도 정정당당하게 싸우자. 그렇게 해서 온 세상이 안전해진다면 히말라야산맥이나 안데스산맥에라도 기꺼이 피뢰침을 세울 것이다. 하지만 특혜는 안 돼. 피뢰침을 그대로 둬라!"

"위를 보십시오." 스타벅이 소리쳤다. "성 엘모의 불[273]입니다! 성 엘모의 불!"

활대 끝마다 창백한 불꽃이 번쩍였다. 세 개의 돛대 꼭대기에 달린 세 개의 피뢰침에는 끝이 뾰족한 하얀 불꽃 세 개가 타오르고 있었다. 세 개의 돛대가 제단 앞에 놓인 세 개의 거대한 양초처럼 지옥 불이 번쩍이는 대기 속에서 조용히 타오르고 있었다.

"빌어먹을 보트! 확 놓아버릴까 보다!" 그 순간 스터브가 소리쳤다. 거센 파도가 그의 보트를 위로 들어 올리면서 마침 밧줄을 매고 있는 손이 뱃전에 세게 끼였기 때문이다. "빌어먹을!" 그는 뒤로 미끄러지면서 성 엘모의 불을 보고는 얼른 다른 말투로 소리쳤다. "성 엘모의 불이여, 우리에게 자비를 베푸소서!"

선원들은 욕을 밥 먹듯이 한다. 그들은 바다가 잔잔할 때나 폭풍이 칠 때나

---

**273** 천둥 번개가 칠 때 교회의 첨탑이나 배의 돛대와 같이 뾰족한 물체 끝에 대기 전기가 방전되면서 나타나는 불꽃 현상.

가리지 않고 욕을 해댄다. 성난 파도가 이는 바다 한가운데서 돛대의 활대에 간신히 매달려 있을 때도 저주를 퍼붓는다. 하지만 나의 지난 항해 시절을 다 돌아보아도, 신의 불붙은 손가락이 배에 나타나 돛대 밧줄과 삭구에 "므네 므네 드켈, 브라신"[274]이라고 글씨를 쓰는 상황에서 선원들이 그 흔한 욕설을 뱉는 모습은 본 적이 없었다.

그 창백한 불꽃이 높은 곳에서 타오르는 동안, 선원들은 공포에 질려 아무런 말도 하지 못했다. 그들은 앞갑판에 한데 모여 서 있었고, 창백한 인광에 비친 그들의 눈은 먼 하늘의 별자리처럼 희미하게 빛이 났다. 그 유령 같은 빛 앞에 우뚝 선 거대한 흑옥, 흑인 다구는 몸집이 평소보다 세 배는 더 커 보였고, 천둥을 쏟아내는 검은 구름 자체 같았다. 타슈테고는 입을 다물지 못하고 상어 이빨 같은 하얀 이를 드러냈는데, 성 엘모의 불에 반사되었는지 괴이하게 번쩍거렸다. 퀴케그의 문신도 초자연적인 빛을 받아 사탄의 푸른 불꽃처럼 타오르는 것 같았다.

높은 곳에서 타오르던 창백한 불꽃이 사그라지면서 배 위의 풍경도 흐릿해지고, 피쿼드호와 갑판의 모든 선원이 다시 한번 어둠의 장막에 휩싸였다. 잠시 뒤 스타벅이 앞으로 나가다가 누군가와 부딪혔다. 스터브였다. "이봐, 지금은 무슨 생각이 드나? 나는 자네가 애원하는 소리를 들었지. 노랫가락 같지는 않던데."

"예, 그렇죠. 노랫가락은 아니었어요. 우리에게 자비를 베풀어달라고 성 엘모의 불에게 빌었습니다. 지금도 그렇게 빌고 있어요. 그런데 그 불이 우울한 얼굴에게만 자비를 베푼답니까? 웃음을 받아줄 여유가 없답니까? 자 보세요, 스타벅 항해사님. 아, 캄캄해서 보지 못하겠군요. 그럼 듣기만 하세요. 나는 돛대 꼭대기의 창백한 불이 행운의 징조라고 생각합니다. 저 돛대들은 향유고래 기름으로 가득 채울 선창에 뿌리를 박고 있으니까요. 모든 기름이 나무 수액처

— **274** 다니엘서 5장 25절(공동번역)에서 벨사자르 왕의 연회장 손가락이 나타나 이 같은 글씨를 쓰며 왕의 죽음과 바빌론 왕국의 멸망을 예언한다(99장 각주 248번 참조).

럼 돛대를 타고 올라갈 테지요. 그러면 우리 배의 세 돛대는 고래기름으로 타오르는 세 개의 양초가 되는 겁니다. 우리가 본 것은 좋은 징조라고요."

그 순간 희미하게 밝아오는 빛 속에서 스타벅 앞에 스터브의 얼굴이 드러났다. 스타벅은 곧바로 위를 쳐다보며 소리쳤다. "봐! 봐!" 다시 한번 돛대 꼭대기에 끝이 뾰족한 불꽃이 나타났다. 그 창백한 빛 때문에 초자연적인 분위기가 두 배는 더 강해진 것 같았다.

"성 엘모의 불이여, 자비를 베푸소서!" 스터브가 다시 한번 소리쳤다.

주돛대 아래, 스페인 금화와 성 엘모의 불 바로 아래에서 파시교도가 에이해브 앞에 무릎을 꿇고 있었다. 고개는 숙이고 있지만 다른 쪽을 향해 있었다. 근처에 밧줄이 활처럼 늘어진 채 걸려 있던 곳에서 좀 전까지 활대를 고정시키고 있던 선원들 몇 명이 섬광 속에 그 모습을 드러냈다. 그들은 서로에게 기댄 채 흔들리는 추처럼 매달려 있었다. 마치 과수원 나뭇가지에 달라붙어 꼼짝하지 않는 말벌 떼 같았다. 다른 선원들은 헤르쿨라네움[275]의 해골들처럼 서 있거나 걷거나 달리는 자세로 꼼짝하지 않고 눈만 치켜뜬 채 위를 바라보고 있었다.

"그래, 그래, 선원들!" 에이해브가 소리쳤다. "저걸 보고 잘 기억해두라. 저 흰 불꽃은 흰 고래에게 가는 길을 비춰주고 있다! 자, 주돛대의 피뢰침 고리를 가져와라. 나는 기꺼이 그 맥박을 느끼고, 내 맥박을 거기에 대고 싶다. 불에 맞서는 피다! 그렇지 않은가?"

그런 다음 에이해브는 왼손으로 피뢰침 고리를 단단히 쥐고 돌아서서 발을 파시교도의 등 위에 올려놓았다. 그는 여전히 위를 바라본 채 오른팔을 치켜들며 돛대 꼭대기에서 창백하게 타오르는 세 개의 신성한 불꽃을 향해 몸을 똑바로 세웠다.

"오! 그대 청명한 불의 청명한 정령이여, 나도 한때 이 바다에서 페르시아인처럼 그대를 경배했지만, 신성한 의식을 치르다가 그대에게 심한 화상을 입었

---

— **275** 기원후 79년 베수비오 화산이 폭발하면서 폼페이와 함께 화산재에 묻힌 로대 로마의 도시. 갑작스러운 화산 폭발로 도시 전체가 순식간에 매몰되었다.

고 지금도 그 상처를 간직하고 있다. 그대, 청명한 정령이여, 나는 그대를 안다. 그대를 진정으로 경배하는 길은 도전뿐임을 안다. 그대는 사랑이나 존경에 자비롭지 않고, 증오에는 오직 죽음만 따를 뿐이어서 모두를 죽여버린다. 겁 없는 바보도 이제 그대에게 맞서지 않는다. 나는 그대의 무소불위의 힘을 인정한다. 하지만 그대의 힘이 나를 무조건 아무렇게나 지배하려고 한다면, 나는 지진 같은 내 삶이 다하는 순간까지 저항할 것이다. 인격화된 비인격적인 힘 앞에 인격을 지닌 한 존재가 서 있다. 내가 비록 점 하나에 불과하고 어디서 와서 어디로 가는지 모르지만, 그래도 이 땅에서 살아 있는 한 내 안에는 왕비 같은 인격이 살아 있고, 나는 그 고귀한 권리를 행사한다. 하지만 전쟁은 고통이고, 증오는 슬픔이다. 그대여, 그대가 가장 저급한 사랑으로 오더라도 나는 무릎을 꿇고 그대에게 입 맞추리. 하지만 그대가 가장 고귀한 모습으로 천상의 힘 같은 모습으로 온다면, 그대가 아무리 완벽한 장비를 갖춘 해군을 보낸다 해도, 여기 이 바다에는 그런 것에 아예 무관심한 세상이 있다. 오, 그대 청명한 정령이여, 그대의 불이 나를 만들었고, 나는 불의 진정한 아들처럼 그대를 향해 나의 숨을 내쉰다."[276]

(갑자기 번개가 연달아 내리친다. 아홉 개의 불꽃이 이전보다 세 배는 높이 치솟는다. 에이해브는 다른 선원들과 마찬가지로 눈을 감은 채 오른손으로 눈 위를 세게 누른다.)

"그대의 무소불위한 힘을 인정한다고 내가 말하지 않았던가? 그것은 억지로

━ 276 플라톤에 따르면 영혼은 인격을 가지고 있지 않으므로 사람의 몸에 들어가 잠시 인성으로 거하다가 그 사람이 죽으면 다시 몸 밖으로 나와 세계영혼에 합류한다. '인격화된 비인격적인 힘'이란 세계영혼이 불의 모습으로 나타났다는 뜻이다. 에이해브는 불의 영혼을 노래하면서 자신의 육체에 잠시 깃든 영혼(인성)을 불에 비유한다. 자신을 '불의 왕비 같은 인격'이라고 한 것은 불이 왕이고, 자신은 그 대리인, 다시 말해 운명의 대리인이라는 뜻이다. "그대의 힘이 나를 무조건 아무렇게나 지배하려고 한다면, 나는 … 저항할 것"이라는 말은 모비 딕을 죽이려는 자신의 복수를 운명이 제지하려 한다면 저항하겠다는 뜻이다.

짜낸 인정이 아니었다. 하지만 나는 이 피뢰침 고리를 여전히 붙잡고 있다. 그대가 내 눈을 멀게 할 수 있지만, 그러면 나는 어둠 속을 더듬으며 나아가리라. 그대가 나를 태워버릴 수 있지만, 그러면 나는 재가 되리라. 두려움에 떨며 내 불쌍한 두 눈과 그것을 가리는 두 손으로 그대에게 경의를 바친다. 하지만 나는 그런 경의를 받지 않으련다. 번갯불이 내 두개골을 뚫고 지나가 눈알이 아프고, 두들겨 맞은 머리는 잘려 나가 땅바닥에 굴러 떨어진 것 같구나. 오, 오! 비록 눈이 멀었지만 나는 그대에게 말을 건네련다. 그대는 빛이지만 어둠 속에서 튀어나온 빛이다. 하지만 나는 빛에서 뛰쳐나온 어둠, 그대에게서 뛰쳐나온 어둠이다! 번개의 창날이 멈춘다. 눈을 뜨라. 보인다. 그렇지 않은가? 저기서 불꽃이 타오른다! 오, 그대 관대한 자여! 나는 이제 내 족보를 자랑스럽게 여긴다. 그대는 나의 불같은 아버지이지만, 상냥한 어머니는 누구인지 나는 알지 못한다. 오, 잔인하구나! 그대는 내 어머니를 어떻게 했는가? 그것이 내게 주어진 수수께끼다. 하지만 그대의 수수께끼는 더욱 크다. 그대는 그대가 어디서 왔는지 알지 못하기에 그대 자신을 태어나지 않은 존재라고 말한다. 그대의 시작을 알지 못하기에 시작이 없는 존재라고 말한다. 오 그대 전능한 자여, 그대는 그대 자신을 모르지만, 나는 나 자신을 안다. 오 그대 청명한 정신이여, 그대 너머에는 널리 퍼지지 않고 고정된 어떤 것이 있다. 그대에게 모든 영원은 유한한 시간일 뿐이고, 그대의 모든 창조력은 기계적이다. 그대를 통해, 그대의 불타는 몸을 통해 내 그을린 두 눈은 그것을 어렴풋이 본다. 오 그대 고아인 불이여, 영원무궁의 은둔자여, 그대 또한 전달할 수 없는 수수께끼, 동참할 수 없는 슬픔을 간직하고 있다. 여기서 또다시 나는 오만한 고통을 느끼며 그대가 내 아버지임을 느낀다. 그대 불이여, 기뻐하며 뛰어오르라! 뛰어올라 하늘을 핥으라! 나도 그대와 함께 뛰어오른다. 나도 그대와 함께 불탄다. 기꺼이 그대와 한 몸이 되리라. 도전하며 그대를 경배하노라!"

"보트! 보트!" 스타벅이 소리쳤다. "선장님, 저기 선장님의 보트를 보십시오!"

퍼스의 용광로에서 만든 에이해브의 작살은 보트의 지지대에 단단히 매여 있었고, 그래서 보트 뱃머리 밖으로 비죽 튀어나와 있었다. 하지만 파도가 보트 바닥에 구멍을 뚫을 때 느슨하게 씌운 작살의 가죽 덮개가 벗겨져 나갔다. 그리하여 날카로운 작살의 칼날에서 끝이 갈라진 창백한 불꽃이 길게 솟아올랐다. 고요한 작살이 뱀의 혀처럼 불타오를 때, 스타벅이 에이해브의 팔을 움켜잡았다. "맙소사, 선장님! 신께서 당신을 반대하십니다. 그만두세요. 이것은 불길한 항해입니다. 시작부터 불길했고 불길한 일이 계속 일어나고 있어요. 선장님, 아직 기회가 있을 때 활대를 돌려 이 바람을 타고 집으로 갑시다. 지금보다 더 나은 항해를 합시다."

겁먹은 선원들은 스타벅의 말을 엿듣고 즉시 돛대 밧줄로 달려갔다. 돛대에는 돛이 하나도 남아 있지 않았지만 말이다. 당장은 일등항해사의 불길한 생각이 곧 선원들 모두의 생각이었다. 그들은 폭동이라도 일으킬 듯이 소리를 질러댔다. 에이해브는 피뢰침 고리를 바닥에 내던지고 불타오르는 작살을 움켜쥐었다. 그러고는 작살을 선원들 사이에서 횃불처럼 휘두르며, 맨 처음 밧줄을 푸는 자는 작살 맛을 보게 될 것이라고 소리쳤다. 더해 가는 광기와 지옥불처럼 휘두르는 작살에 다들 움츠러들고 아무런 행동도 하지 못했다. 에이해브는 다시 말했다.

"흰 고래를 잡겠다는 너희의 맹세는 내 맹세만큼이나 구속력이 있다. 이 늙은 에이해브는 심장과 영혼, 육신, 허파 그리고 숨을 모두 그 맹세에 걸었다. 너희는 내 심장이 어떤 가락에 뛰노는지 곧 알게 될 것이다. 자, 여길 보라. 내가 마지막 공포까지 꺼줄 테니!" 그는 큰 숨을 불어 작살에 붙은 불꽃을 한 번에 꺼트렸다.

폭풍우가 초원을 휩쓸고 지나갈 때, 사람들은 홀로 서 있는 키 큰 느릅나무 근처에는 가지 않는다. 우뚝 솟아 있고 힘이 센 나무일수록 벼락의 표적이 되기 쉽고, 그만큼 더 위험하기 때문이다. 마찬가지로 에이해브가 말을 끝내자마자 선원들 대부분이 두려움을 느끼며 그에게서 달아났다.

## 120장  첫 번째 야간 당직이 끝날 무렵의 갑판

(에이해브가 키 옆에 서 있고, 스타벅이 그에게 다가간다.)

"선장님, 주돛대의 중간 활대를 내려야겠습니다. 밧줄이 느슨해졌고, 바람 불어가는 쪽의 활대 밧줄도 좀 꼬였습니다. 돛을 내릴까요, 선장님?"

"아무것도 내리지 마라. 밧줄로 단단히 묶어. 윗돛대가 있다면 그것들을 당장 올려도 시원찮을 판이야."

"예! … 예? 무슨 말씀이신지?"

"흠."

"선장님, 닻이 내려져 있습니다. 갑판으로 끌어 올릴까요?"

"아무것도 내리지 말고, 아무것도 올리지 마라. 모든 것을 밧줄로 단단히 묶어라. 바람이 불기 시작하지만, 아직 내 고원에는 이르지 않았어. 빨리 가서 조치해. 돛대와 용골을 살펴봐! 저놈은 나를 연안에서 고기 잡는 작은 배의 꼽추 선장 정도로 생각하는군. 중간 활대를 내리겠다고? 한심한 놈! 가장 높은 돛대는 가장 거센 바람에 대비해서 만든 것이고, 내 머리 꼭대기의 돛대가 지금 구름 속을 지나고 있는데, 뭐, 돛을 내린다고? 안 될 말이지. 태풍이 온다고 돛을 내리는 건 겁쟁이들이나 하는 짓이야. 그런데 저 위는 왜 이리 요란스러운 거야? 배탈이 시끄러운 질병이라는 것을 내가 알지 못했더라면 저 소리가 장엄하다고 생각했겠지. 오, 이보게. 약을 드시오, 약을!"


## 121장  한밤중 — 앞갑판의 뱃전

(스터브와 플래스크가 뱃전에 올라 거기에 매달려 있는 닻을 밧줄로 더 동여매고 있다.)

"아니요, 스터브. 거기 그 밧줄 매듭은 마음대로 두드려도 좋지만, 당신이 방금 한 말을 내 머릿속에 두드려 넣을 수는 없어요. 당신은 바로 얼마 전만 해도 정반대되는 이야기를 했잖아요. 에이해브가 타는 배는 뒤에는 화약통을 싣고 앞에는 성냥 상자를 실은 것과 같으니 보험료를 더 내야 한다고요. 잠시 멈추고 대답 좀 해봐요."

"어, 내가 그랬나? 그랬다면 어쩔 건데? 그 후로 몸도 좀 바뀌었는데 마음이라고 안 바뀌었을까? 자네 말대로 배 뒤에는 화약통을 싣고, 앞에는 성냥 상자를 실었다고 치세. 그런데 이처럼 물보라가 날리는데 악마가 온들 성냥에 불을 붙일 수 있겠어? 이봐, 작은 친구. 자네 머리카락도 짙은 붉은색이지만 불이 안 붙잖아. 물을 한번 털어보게. 플래스크 자네는 물병자리, 즉 물병을 든 사람이야. 그러니 상의 깃까지 물병 몇 개는 채울 수 있을 정도로 물이 들어 있을 거야. 위험이 추가되면 해양 보험회사에서 보장을 더 추가해준다는 사실을 모르나? 여기 소화전이 있어, 플래스크. 그리고 내 말을 더 들어봐. 그런 다음 자네의 다른 질문에 대답해줄 테니. 먼저 내가 밧줄을 감을 수 있게 여기 닻 꼭대기에 올린 자네 다리부터 내려놓게. 자, 들어봐. 폭풍 속에서 돛대의 피뢰침을 들고 있는 것과 피뢰침 없는 돛대 가까이에 서 있는 것은 얼마나 큰 차이가 있을까? 이 멍청아, 돛대에 먼저 벼락이 떨어지지 않는 한 피뢰침을 들고 있는 사람은 아무런 해도 입지 않는다는 걸 모르겠나? 그럼, 이게 무슨 소리냐고? 피뢰침을 달고 다니는 배는 100척에 한 척도 안 돼. 그때 에이해브, 그래 우리 모두는 현재 바다를 항해하는 1만 척 배의 선원들보다 더 위험했던 것은 아니라고 나는 보네. 이봐 왕대공, 민병대 장교가 모자에 삐딱한 깃털 장식을 달고 다니는 것처럼 세상 모든 사람이 중절모에 작은 피뢰침을 꽂고 돌아다녀야 한다고 생각하는 건 아니겠지? 플래스크, 합리적으로 생각할 수 없나? 그게 뭐 어려운 일이라고. 누구든 한쪽 눈만 제대로 떠도 세상 돌아가는 이치가 보인다네."

"글쎄요, 스터브. 당신도 가끔은 그러기가 어렵잖아요."

"그래, 온몸이 젖어 있으면 합리적으로 생각하기가 어렵지. 그건 사실이야. 나도 물보라에 흠뻑 젖었어. 하지만 상관없어. 자, 그 밧줄을 감아서 건네주게. 우리는 이놈의 닻을 앞으로 다시는 사용하지 않을 것처럼 칭칭 동여매고 있군.

플래스크, 두 개의 닻을 한데 묶는 것은 사람의 두 손을 등 뒤로 돌려서 묶는 것과 똑같아. 정말이지 크고 넓적한 손이로군. 어이, 배, 이것이 너의 쇠주먹이냐? 움켜쥐는 힘도 대단하겠지. 그런데 플래스크, 나는 세상이 어딘가에 닻을 내리고 있는 것은 아닌지 궁금해. 정말 그렇다면 세상은 엄청나게 긴 줄에 매달려 흔들리고 있는 거겠지. 거기 그 매듭을 망치질하게. 이제 다 끝났어. 육지에 오르는 것 다음으로 만족스러운 일이 갑판에 올라서는 거야. 잠깐, 내 상의의 물 좀 짜주겠나? 고맙네. 플래스크, 사람들은 우리가 입는 기다란 상의를 비웃지만, 바다에서 폭풍우를 만났을 때는 뭐니 뭐니 해도 꼬리가 긴 상의가 최고야. 아래로 갈수록 가늘어지는 꼬리를 타고 물이 흘러내리잖아. 테가 말린 모자도 마찬가지야. 말려 있는 테가 물받이 구실을 하거든. 짧은 상의와 방수모는 이제 사양하겠어. 연미복을 입고 비버 털가죽 모자를 써야겠어. 아니, 이런. 방수모가 뱃전 너머로 날아가버렸네. 이런, 이런. 아무리 하늘에서 불어오는 바람이라지만 이렇게 매너가 없담! 이봐 친구, 정말 험악한 밤이야."

## 122장 한밤중의 돛대 꼭대기 — 천둥과 번개

(주돛대의 중간 활대에서 타슈테고가 새 밧줄을 감고 있다.)

"음, 음, 음. 천둥아 그만 좀 쳐라! 여기에 올라오니 천둥이 너무 많이 치네. 천둥은 도대체 왜 필요한 거야? 음, 음, 음. 천둥 따위는 필요 없어. 럼주가 필요해. 럼주나 한 잔씩 돌려. 음, 음, 음."

## 123장 머스킷총

태풍이 극심하게 몰아치는 동안, 피쿼드호의 고래 턱뼈 키 손잡이를 잡고 있던 키잡이는 키가 느닷없이 움직이는 바람에 몇 번이나 갑판에 나동그라졌다. 보조 밧줄이 키에 부착되어 있었으나, 손잡이가 어느 정도 움직일 공간이 필요하므로 다소 느슨하게 매놓았기 때문이다.

심한 비바람 속에서 배가 셔틀콕처럼 바람에 날아갈 때는 나침반의 바늘이 때로 빙빙 돌아가는 일도 심심찮게 일어난다. 피쿼드호가 바로 그랬다. 충격을 받을 때마다 키잡이는 바늘이 문자반 위에서 아주 빠르게 회전하는 것을 볼 수 있었다. 누구라도 마음의 동요 없이는 바라보기 어려운 광경이었다.

자정이 지나고 몇 시간 후, 태풍은 상당히 잦아들었다. 그래서 앞쪽을 맡은 스타벅과 뒤쪽을 맡은 스터브가 줄기차게 노력한 끝에 뱃머리의 삼각돛과 앞돛, 그리고 중간돛에서 너덜거리는 누더기를 잘라내 바람 불어가는 쪽으로 떠내려 보낼 수 있었다. 그것은 마치 앨버트로스가 폭풍 속에서 날개를 펴고 날 때 종종 바람에 날려 가는 깃털 같았다.

누더기를 떼낸 자리에는 새 돛을 매달아 접어 올리고, 폭풍 때 사용하는 튼튼한 돛을 배 뒤쪽에 달았다. 이윽고 배는 다시 균형을 유지하고 파도를 헤치며 나아갔다. 나아가는 방향은 당분간 동남동이었고, 키잡이는 가능한 한 그 방향을 따라 나아가라는 지시를 재차 받았다. 바람이 심할 때는 바람 부는 방향대로 나아갈 수밖에 없었지만, 이제 그가 나침반을 들여다보면 정해진 방향으로 배를 돌리고 있는데, 오, 이 무슨 좋은 징조인가! 바람이 이제 뒤쪽에서 불어와서 역풍이 순풍이 되었다!

선원들은 좋아서 "야, 순풍이다! 오, 헤, 요, 신난다. 힘내자!"라고 노래 부르며 활대를 얼른 용골과 직각이 되게 돌렸다. 이 같은 행운이 이전까지 있었던 불길한 징조를 말끔히 씻어내는 것 같았다.

갑판의 상황에 중대한 변화가 생기면 24시간 중 아무 때나 즉시 보고하라는 선장의 지시에 따라, 스타벅은 활대를 불어오는 바람에 맞추어 조정하는 일을 끝내자마자 (별로 내키지 않고 우울한 심정이었으나) 에이해브 선장에게 상황을 보고하기 위해 사무적인 자세로 아래로 내려갔다.

선장실에 노크하기 전에 그는 자기도 모르게 그 앞에 잠시 멈추어 섰다. 이리저리 길게 흔들리는 선실의 등불이 꺼질 듯 말 듯 타오르며 빗장 걸린 선장실의 문 위를 어지럽게 비추고 있었다. 윗부분에 판자 대신 고정 차양막을 끼운 얇은 문이었다. 지하에 격리된 선장실은 으르렁거리는 폭풍우에 겹겹이 둘러싸여 있으면서도 웅얼거리는 정적에 지배당하고 있는 듯했다. 선반에는 장전된 머스킷총 몇 자루가 앞 벽에 기대선 채 번쩍이고 있었다. 스타벅은 정직하고 정의로운 사람이지만 머스킷총들을 본 순간 마음속에서 사악한 생각이 튀어나왔다. 하지만 그 생각은 모호하거나 선량한 생각과 뒤섞여 있어 그것이 정말 어떤 생각인지는 제대로 알 수 없었다.

"선장은 저 총으로 나를 쏘려고 했지." 스타벅은 중얼거렸다. "그래, 나를 겨누었던 머스킷총이 저기 있네. 총자루에 금속 단추가 박힌 저 총. 한번 만져보자. 이상한데. 날카로운 창이란 창은 다 다루어본 내가 지금 이렇게 떨고 있다니. 장전이 되어 있나? 그래 맞아, 약실에 화약이 들어 있군. 이건 좋지 않아. 쏜아버리는 게 좋을까? 잠깐, 마음부터 진정시켜야겠어. 생각하는 동안 이 총을 꽉 쥐고 있자. 나는 선장에게 순풍을 보고하러 왔어. 그런데 무엇을 위한 순풍이지? 죽음과 파멸을 위한 순풍? 그것은 모비 딕을 위한 순풍이야. 그 저주받은 고래를 위한 순풍일 뿐이야. 그가 저 총을 내게 겨누었지. 바로 이거야. 그걸 내가 지금 들고 있어. 바로 이걸로 나를 죽이려고 했어. 그래, 그는 다른 선원들도 모두 기꺼이 죽일 수 있는 자야. 폭풍이 아무리 불어도 활대를 내리지 않겠다고? 사분의도 갑판에 내동댕이치지 않았나? 이 위험한 바다에서 오류 많은 측정기만 가지고 캄캄한 어둠을 더듬으며 나아가겠다고? 이 살벌한 태풍 속에서 피뢰침 따위는 필요 없다고? 그래도 이 미친 영감이 배에 탄 선원들을 모두 파멸 속으로 끌고 들어가는 꼴을 맥없이 바라보기만 해야 할까? 그래, 만약 이 배가 어떤 치명적인 피해라도 입게 된다면, 그는 30명 이상의 선원들을 고의로 죽인 살인자가 되고 말 거야. 에이해브가 자기 고집대로 하게 내버려두면 이 배는 분명 그렇게 되고 말 거야. 틀림없어. 그럼 지금 당장 그를 처치해버리면 그런 범죄를 저지르지 못하겠네. 하! 영감이 잠꼬대를 하고 있나? 그래 맞아, 잠들었나 보군. 잠들었다? 하지만 살아 있으니 곧 깨겠지. 그런데 영감, 나는 당신

을 도저히 두고 볼 수가 없어. 합리적인 조언이나 문제 제기는 들을 생각도 안 하고 무시하잖아. 선원들이 당신의 일방적인 명령에 무조건 복종하기만을 원하지. 선원들이 당신과 똑같은 맹세를 했으니 그들 모두가 에이해브가 되어야 한다고 말하지. 맙소사! 그런데 다른 방법은 없을까? 합법적인 방법은 없을까? 선장을 포로로 잡아서 고향으로 돌아갈까? 뭐라고? 영감의 살아 있는 손에서 살아 있는 권력을 빼앗겠다고? 바보나 그런 짓을 하겠지. 선장을 체포해서 밧줄과 닻줄로 꽁꽁 묶고, 여기 선실 층의 고리 달린 볼트에 쇠사슬로 묶어놓았다고 치자. 아마 우리에 갇힌 호랑이보다 훨씬 더 끔찍하게 굴겠지. 나는 그 모습을 못 볼 것 같아. 미친 듯이 울부짖는 소리를 못 들을 것 같아. 견디기 힘들 정도로 기나긴 귀항 길에서 모든 안식과 잠과 이성적인 판단과는 안녕인 거야. 그럼 무슨 수가 남았지? 가장 가까운 육지가 수천 킬로미터나 떨어져 있고, 근처에 있는 일본은 문호를 열지 않아 들어갈 수 없어. 나는 망망대해에 혼자 서 있고, 나와 법 사이에는 두 개의 바다와 하나의 대륙이 가로놓여 있군. 그래그래, 정말 그래. 하늘이 미래의 살인자 영감의 잠자리에 벼락을 쳐서 이불과 함께 그를 홀랑 태워버리면 하늘은 살인자가 되는 것일까? 그렇다면 나도 살인자가 되는 것일까? 만약 내가…." 그는 은밀하게 천천히 주위를 둘러보면서 장전된 머스킷총의 총구를 가져다가 선장실의 문에 기대놓았다.

"에이해브의 그물 침대는 이쯤 되는 높이에서 흔들리고 있고, 머리는 여기를 향하고 있겠지. 방아쇠만 한번 잡아당기면 스타벅은 살아 돌아가서 아내와 아이를 품에 안을 수 있어. 오, 메리! 아들아, 아들아, 아들아! 만약 영감이 죽지 않고 눈을 뜬다면, 이 스타벅의 시신이 일주일 후 다른 선원들과 함께 깊이를 알 수 없는 바닷속으로 가라앉지 않는다고 누가 장담하겠는가! 위대한 신이시여. 당신은 어디에 계십니까? 제가 해치워야 할까요? 제가… 선장님, 바람이 잦아들고 방향이 바뀌었습니다. 앞돛대와 주돛대의 돛을 접어 올려 고정시켰습니다. 배는 예정된 방향으로 나아가고 있습니다."

"모두 물러서라! 오 모비 딕, 마침내 네놈의 심장을 움켜쥐는구나!"

영감은 악몽을 꾸는지 이렇게 소리쳤다. 스타벅의 목소리가 에이해브의 가위 눌린 꿈속에서 그로 하여금 말하게 만들었는지 고통스럽게 뒤척이던 영감의 입에서 불쑥 이런 소리가 튀어나왔다.

그때까지 선실을 겨누고 있던 머스킷총이 주정뱅이의 팔처럼 덜덜 떨리며 문에 부딪혔다. 스타벅은 천사와 씨름을 하는 것만 같았다. 하지만 그는 문 앞에서 돌아서서 그 죽음의 총신을 선반에 되돌려 놓고 그 자리를 떠났다.

"스터브, 선장은 깊이 잠들었어. 자네가 내려가서 선장을 깨우고 보고하게. 나는 여기서 갑판을 살필 테니까. 뭐라고 보고해야 하는지는 자네도 알지?"

## 124장  나침반의 바늘

다음 날 아침, 아직 완전히 진정되지 않은 바다는 마치 거인의 손바닥처럼 거대한 파도를 일으키며 천천히 다가와, 애쓰며 나아가는 피쿼드호를 밀어주었다. 숨이 죽지 않고 여전히 센 바람 때문에 하늘과 대기가 배를 쑥 내민 돛처럼 보이고, 온 세상이 바람 앞에서 활짝 피어나는 듯했다. 아침 햇살의 밝은 기운이 바다에 퍼졌으나 태양은 보이지 않은 채 그 둘레에 강렬한 빛이 어려 있고 총검 같은 광선이 무리를 지어 움직였다. 바빌로니아의 왕과 왕비가 썼던 왕관의 문장처럼 눈부신 햇빛이 세상 만물을 감싸고 있었다. 바다는 용광로 속의 녹아내린 황금처럼 빛과 열을 발하며 거품을 부글부글 일으키고 있었다.

에이해브는 매혹된 듯이 오랫동안 침묵을 지키며 선원들에게서 뚝 떨어져서 있었다. 배가 흔들리면서 기움돛대가 바다에 곤두박질칠 때마다 그는 눈을 들어 앞에 펼쳐진 눈부신 햇빛을 바라보았다. 배가 고물을 낮게 드리울 때는 고개를 돌려 뒤쪽에 있는 태양을 바라보았다. 그리고 황금빛 광선이 곧게 지나온 배의 항적과 뒤섞이는 것을 보았다.

"하, 하, 나의 배여! 바다를 달리는 태양의 수레라고 해도 되겠구나. 호, 호! 나의 뱃머리 앞에 있는 모든 나라여! 내가 너희에게 태양을 가져가노라! 저기 저 파도에 멍에를 씌워라. 이랴, 우리 함께 바다 위를 달리자!"

그러나 문득 무슨 생각이 들었는지 에이해브는 황급히 키잡이에게 가서는 쉰 목소리로 배가 지금 어디로 가고 있는지 물었다.

"동남동입니다, 선장님." 키잡이가 겁먹으며 대답했다.

"넌 거짓말을 하고 있어!" 선장은 불끈 쥔 주먹으로 그를 치며 말했다. "아침 이 시간에 동쪽으로 가고 있다고? 태양이 배 뒤에 있는데?"

그 말을 듣고 선원들 모두가 깜짝 놀랐다. 에이해브가 방금 지적한 자연 현상을 다들 놓치고 있었기 때문이다. 너무나 당연하게 여긴 나머지 오히려 아무도 눈치 채지 못했던 것이다.

에이해브는 나침함에 머리를 기대고는 나침반을 들여다보았다. 쳐들고 있던 팔이 서서히 내려오면서 그는 잠시 비틀거리는 듯했다. 뒤에 서 있던 스타벅이 나침반을 들여다보니, 세상에! 두 개의 나침반이 분명 동쪽을 가리키고 있었다. 그런데도 피쿼드호는 정확히 서쪽을 향해 달리고 있었던 것이다.

최초의 불안이 선원들 사이에 퍼져 나가기 전에 노선장은 굳은 표정으로 짐짓 웃으며 소리쳤다. "아, 알겠다! 전에도 이런 일이 있었지, 스타벅 항해사. 간밤에 쳤던 천둥이 나침반 바늘을 돌려놓은 거야. 그뿐이야. 자네도 분명 이런 일을 들어보았을 거야."

"예. 하지만 직접 겪어보기는 처음이네요, 선장님." 창백해진 항해사가 침울하게 대답했다.

여기서 말해두어야 할 것은 배들이 바다에서 거센 폭풍우를 만나면 이런 일이 자주 벌어진다는 것이다. 알다시피 나침반에 나타나는 자력은 하늘에서 보이는 번개의 전기와 본질적으로 동일하다. 따라서 이런 일이 일어난다고 해서 그리 놀랄 필요는 없다. 번개가 배의 활대와 밧줄을 세게 내리칠 때, 나침반의 바늘은 더 치명적인 영향을 받는다. 이 천연자석은 모든 기능을 잃고, 한때 자력을 발휘하던 강철은 이제 노파의 뜨개질바늘이나 다름없는 물건이 되고 만다. 한번 손상된 나침반 바늘의 원래 기능은 복구되지 않는다. 또한 나침함의 나침반이 고장나면, 배 안에 있는 다른 모든 나침반도 똑같은 운명에 처한다. 용골 안에 든 맨 밑의 나침반까지 영향을 받는다.

노선장은 나침함 앞에 기대서서 반대 방향을 가리키는 나침반 바늘을 보다가 팔을 뻗어 손가락 끝으로 태양의 정확한 위치를 파악한 후, 정확히 반대쪽을 가리키고 있는 바늘을 확인하고는 항로를 변경하라고 큰 소리로 명령했다. 활대가 높이 올라가고, 피쿼드호는 다시 한번 불굴의 뱃머리를 역풍 쪽으로 돌렸다. 지금까지 순풍이라고 생각한 것은 착각이었으므로.

한편 스타벅은 혼자 무슨 생각을 하고 있는지는 몰라도 아무 말도 하지 않았다. 그때쯤 일등항해사의 심정을 어느 정도 공감하게 된 스터브와 플래스크도 아무 말 없이 명령을 따랐다. 몇몇 선원들이 낮은 목소리로 불평을 늘어놓았지만, 운명의 여신보다 에이해브가 더 무섭기 때문에 결국 입을 다물었다. 이교도 작살잡이들은 평소와 마찬가지로 아무런 영향도 받지 않은 듯이 무표정한 얼굴로 서 있었다. 설령 영향을 받았다고 해도 그것은 요지부동인 에이해브에게서 나오는 어떤 자력이 그들의 마음에 작용했기 때문일 것이다.

노선장은 일렁이는 상념 속에 잠겨 잠시 갑판 위를 거닐었다. 그러다가 우연히 고래 뼈 다리가 미끄러지면서 자신이 어제 바닥에 내던져 박살낸 사분의의 구리 관측관이 눈에 들어왔다.

"이놈, 건방지게 하늘을 쳐다보는 태양의 수로 안내자! 어제 내가 네놈을 박살냈는데, 오늘은 저 나침반이 나를 박살내려 하는구나. 좋아, 좋아. 하지만 에이해브는 수평 자석 정도는 얼마든지 내 뜻대로 부릴 수 있다. 이봐 스타벅 항해사, 손잡이 없는 창과 망치, 가장 작은 돛 꿰매는 바늘을 가져와, 빨리!"

그가 이처럼 충동적으로 지시하는 데는 신중한 목적이 있었다. 나침반 바늘이 거꾸로 돌아가는 놀라운 사건에 자신이 노련하게 대처하는 모습을 보여주어 선원들의 사기를 북돋으려는 것이었다. 방향이 돌아간 나침반으로도 그럭저럭 항해를 할 수 있지만, 미신을 믿는 선원들에게 무섭고 불길한 조짐을 안겨줄 수 있는 일은 털어낼 필요가 있었다.

"자, 선원들." 그는 항해사가 가져온 물건을 건네받자 선원들을 바라보며 말했다. "천둥이 이 늙은 에이해브의 나침반 바늘을 돌려놓았다. 하지만 나는 이 간단한 쇳조각만 가지고도 방향을 정확히 가리키는 나만의 나침반을 만들 수 있다."

그 말을 들은 선원들은 놀라움과 어리둥절함이 섞인 눈빛으로 서로를 쳐다보았다. 그리고 무슨 일이 벌어지는지 흥미진진하게 지켜보았다. 하지만 스타벅은 다른 데를 쳐다보았다.

에이해브는 먼저 강철로 된 창끝을 망치로 때려 잘라냈다. 그런 다음 나머지 기다란 쇠막대를 항해사에게 건네면서 갑판에 닿지 않게 똑바로 세워서 잡고 있으라고 지시했다. 쇠막대 윗부분을 망치로 몇 번 내리친 다음, 그 위에 돛 꿰매는 바늘을 올려놓고 약간 약하게 몇 차례 더 망치질을 했다. 그동안에도 항해사는 쇠막대를 계속 들고 서 있었다. 이제 선장은 바늘에 몇 가지 이상한 손동작을 하더니(바늘에 자력을 주는 데 필요해서 그런 것인지 아니면 선원들의 두려움을 더 크게 하려고 그런 것인지는 확실하지 않다) 삼실을 가져오라고 했다. 그리고 나침함으로 가서 거꾸로 돌아간 바늘 두 개를 떼내고, 돛 꿰매는 바늘 한가운데를 삼실로 묶어서 나침반 위에 수평으로 매달았다. 바늘은 처음에는 떨면서 빙빙 돌아가더니 마침내 제자리를 찾고는 멈췄다. 이런 결과가 나오기만을 가만히 지켜보던 에이해브는 나침함에서 물러서서 팔을 뻗어 그것을 가리키며 소리쳤다. "자, 직접 가서 봐라! 에이해브가 수평 자석을 마음대로 부리는 사람인지 아닌지! 태양은 동쪽에 있고, 나침반이 그것을 증명한다."

선원들은 한 명씩 다가와 나침함 안을 들여다보았다. 무지한 자들을 설득하려면 그렇게 직접 눈으로 보게 하는 수밖에 없다. 그들은 한 명씩 슬그머니 자리를 떴다.

경멸과 승리의 빛으로 이글거리는 에이해브의 두 눈은 파멸을 부르는 자만심으로 가득했다.

## 125장  측정기와 측정줄

운명의 피쿼드호는 항해를 시작한 지 한참이 지나도록 측정기와 측정줄을 거의 사용하지 않았다. 배의 위치를 알려주는 다른 신뢰할 만한 수단이 있기 때문에 일부 상선이나 대부분의 포경선 선원들은 특히 순항 중에는 측정기를 바다에 던져 배의 속도를 재는 일을 소홀히 한다. 하지만 가끔은 형식을 갖추기 위해 설치된 석판 위에 배의 진로와 추정치의 평균 속도를 주기적으로 기록할 때도 있다. 이런 사정은 피쿼드호도 마찬가지였다. 나무로 만든 측정줄 얼레와 거기에 매달린 네모난 측정기는 뱃고물 난간 바로 밑에 달려 있었다. 비와 파도에 씻기고 태양과 바람에 마르며 비틀리는 등 모든 자연 요소가 합세하여 한가하게 매달려 있는 그 물건을 썩어가게 했다. 그동안 이런 것에 전혀 관심이 없던 에이해브의 눈에 마침 측정기 얼레가 들어왔다. 나침반 사건이 벌어지고 나서 몇 시간 지나지 않은 때였다. 그 순간 그는 자신이 사분의를 박살내고는 측정기와 측정줄을 사용하겠노라고 호언장담한 일을 기억했다. 배는 곤두박질치는 것처럼 앞으로 나아갔고, 뒤쪽에서는 거대한 파도가 계속해서 배를 밀어 올렸다.

"거기 앞에 있는 선원들, 측정기를 바다에 던져라!"

두 선원이 앞으로 나왔다. 금발의 타히티섬 사람과 반백의 맨섬 노인이었다. "너희 중 하나가 줄을 감은 얼레를 잡아라. 측정기는 내가 살필 테니."

두 선원은 고물 맨 뒤 바람 불어가는 쪽으로 갔지만, 그곳의 갑판은 비스듬히 불어오는 바람을 타고 옆에서 밀려드는 흰 파도에 거의 잠겨 있었다.

맨섬 노인은 얼레 굴대의 양끝을 잡고 팔을 높이 들었다. 굴대에는 줄이 칭칭 감겨 있었다. 그는 에이해브가 다가올 때까지 네모난 측정기를 아래로 늘어뜨린 채 그대로 서 있었다.

에이해브는 그 앞에 서서 줄을 30~40번 정도 풀어서 뱃전 너머로 던지기 좋게 고리 모양으로 감아쥐었다. 선장과 줄을 유심히 지켜보던 맨섬의 노인은 대담하게 자신의 의견을 말했다.

"선장님, 이 줄은 믿을 수 없습니다. 줄이 많이 썩었어요. 오랫동안 햇볕을 쬐고 물에 젖어서 못 쓰게 되었어요."

"영감, 그래도 버텨줄 거야. 오랫동안 햇볕을 쬐고 물에 젖었다고 영감이 못

쓰게 되었나? 내가 보기에는 잘 버티고 있는 것 같네만. 아니 자네가 버텼다기보다 삶이 자네를 버텨주었다고 하는 편이 맞겠군."

"선장님, 저는 지금 얼레를 들고 버티고 있습니다. 선장님 말씀이 옳습니다. 머리가 희끗희끗해지도록 나이를 먹다 보니 잘못을 인정할 줄 모르는 상관과 다투는 게 부질없다는 사실 정도는 알지요."

"뭐라는 거야? 자연이 화강암(반백의 머리) 위에 설립한 대학에서 엉터리 교수님이 나셨군. 그런데 교수가 너무 공손한 거 아닌가? 그래, 그대는 어디 출신인가?"

"바위가 많은 작은 맨섬 출신입니다, 선장님."

"좋았어! 그 바위로 세상에 한 방 먹였군."

"그건 잘 모르겠습니다만, 그 섬에서 태어났습니다."

"맨섬이라고? 그거 재밌네. 여기 맨에서 나온 맨(man, 남자)[277]이 있군. 한때 독립국이었던 맨에서 태어난 맨. 지금은 맨을 떠나 남자다움을 잃고 만 자. 남자다움은 다 어디로 빨려간 거지? 어디로? 얼레를 높이 들게. 시시콜콜 따지는 머리는 결국 막다른 벽을 들이받기 마련이지. 높이 들게. 그래, 그렇게."

마침내 측정기가 바다에 던져졌다. 느슨하게 감겼던 줄이 휘리릭 풀리며 고물 쪽으로 길게 끌려 오게 되었다. 곧이어 얼레가 빙빙 돌기 시작했다. 측정기가 너울거리는 파도에 높이 올라갔다가 아래로 떨어질 때마다 얼레를 잡은 노인은 순간적으로 충격을 받고 이상한 자세로 비틀거렸다.

"꽉 잡아!"

뿌지직! 그 소리와 함께 팽팽하던 줄이 축 늘어지면서 기다란 장식용 줄처럼 되었고, 따라오던 측정기는 사라져버렸다.

"내가 사분의를 박살내고 천둥이 나침반 바늘을 돌려놓더니 이제는 미친 바다가 측정기를 떼어 갔네. 하지만 에이해브는 뭐든지 수리할 수 있어. 자, 타히

— **277** "맨에서 나온 맨"이란 표현은 '어머니 없이 바로 아버지에게서 나온 자'를 뜻한다. 114장과 119장의 고아 이야기와 이 책의 해제 중 '철학적 해석' 참조.

티인, 측정줄을 잡아당겨라. 맨섬 영감은 얼레를 높이 들게. 이봐, 목수에게 측정기를 하나 더 만들어달라고 해. 측정줄은 자네들이 수선하고, 알았나?"

"이제 가는군. 선장한테는 아무 일도 아니겠지만 나한테는 세상 한가운데 박힌 꼬챙이가 빠져나간 것 같아. 이봐 타히티인, 줄을 세게 잡아당겨! 이놈의 줄은 아까는 팽팽하게 전속력으로 나가더니 돌아올 때는 끊겨서 힘이 없네. 어, 핍? 도와주러 온 거야, 핍?"

"핍이요? 누구를 핍이라고 부르는 거예요? 핍은 포경 보트에서 뛰어내렸어요. 핍은 실종되었어요. 어부 아저씨, 지금 끌어올리는 게 핍인지 어디 한번 봅시다. 음, 세게 잡아당기네요. 핍이 저 끝에 매달려 있나 봐요. 타히티 아저씨, 흔들어요. 줄을 흔들어서 핍을 떼어버리세요. 그런 겁쟁이는 배에 끌어 올리지 마세요. 호! 저기 핍의 팔이 물 밖으로 나왔어요. 도끼! 도끼! 잘라버려요. 겁쟁이는 배에 끌어 올리지 마세요. 에이해브 선장님, 선장님! 여기 핍이 다시 배에 올라오려고 해요."

"조용히 해, 이 미친놈아!" 맨섬의 노인이 핍의 팔을 붙잡으며 소리쳤다. "뒷갑판에서 꺼지지 못해!"

"큰 바보가 작은 바보를 나무라는 법이지." 에이해브가 다가오며 중얼거렸다. "그 거룩한 분에게서 손 떼! 얘야, 핍이 어디에 있다고?"

"선장님, 저기 배 뒤쪽, 저길 좀 보세요! 어서요!"

"얘야, 너는 누구니? 너의 텅 빈 눈동자에는 내 모습이 비치지 않는구나. 오, 신이시여! 불멸의 영혼이 체 친 것처럼 인간의 몸에서 빠져나가버렸구나! 얘야, 너는 누구니?"

"선실의 급사예요. 배의 신호수이기도 하고요. 딩, 동, 딩! 핍, 핍, 핍! 핍을 찾아주시는 분에게 진흙 100파운드를 드릴게요. 150센티미터 키에 겁쟁이처럼 생긴 아이예요. 보면 금장 알 수 있어요. 딩, 동, 딩! 누가 겁쟁이 핍을 못 보셨나요?"

"눈 덮인 산봉우리[278]에 인정이 있을 리 없지. 오, 그대 얼어붙은 하늘이여! 여기 아래를 내려다보라. 그대는 이 불운한 아이를 낳아놓고는 내버렸구나. 그대 방탕한 창조자여! 자, 애야, 이리 오렴. 앞으로는 에이해브가 살아 있는 한 에이해브의 선실이 핍의 집이란다. 애야, 네가 내 마음 깊은 곳을 울리는구나. 너는 마음의 줄로 내게 연결되어 있구나. 자, 오렴. 선실로 내려가자."

"이게 뭐죠? 여기 부드러운 상어 가죽이 있네요." 핍이 에이해브의 손을 가만히 들여다보며 쓰다듬었다. "아, 불쌍한 핍이 이렇게 부드러운 것을 만져보았더라면 실종되지 않았을 텐데! 제가 보기에 이것은 연약한 사람들을 위한 난간 줄[279] 같아요. 오, 선장님, 퍼스 영감님을 불러서 이 두 손을, 이 검은 손과 하얀 손을 용접해달라고 하세요. 저는 이 손을 놓고 싶지 않아요."

"애야, 나도 너를 지금보다 더 무서운 일에 끌어들이게 되지 않는 한 이 손을 놓지 않을 거야. 자, 내 선실로 가자. 보라! 신은 선하고 인간은 악하다고 믿는 자들이여! 전지한 신이 왜 고통받는 인간은 망각하고 있는가? 인간은 비록 바보 같고 자기가 뭘 하고 있는지도 모르지만 마음만은 사랑과 감사처럼 달콤한 것들로 가득하다. 이리 오렴! 황제의 손을 잡는 것보다 너의 검은 손을 잡고 너를 이끄는 것이 훨씬 더 자랑스럽구나!"

"저기 미치광이 둘이 가는군." 맨섬의 노인은 중얼거렸다. "하나는 힘이 너무 세서 미쳤고, 하나는 너무 약해서 미쳤네. 그나저나 썩은 측정줄이 이제 다 올라왔네. 흠뻑 젖었군. 이걸 수선하라고? 차라리 새 줄로 바꾸는 것이 낫겠어. 스터브 항해사와 의논해야겠군."

---

**278** 1장 끝부분에 나오는 "우뚝 솟은 눈 덮인 산"과 관련된 표현으로, 신들은 인간의 슬픔과 기쁨을 알지 못한다는 천지불인(天地不仁)의 상태를 가리킨다. 이 책의 해제 중 '종교적 해석'과 '철학적 해석' 참조.

**279** 10장의 '절친한 친구', 72장의 '원숭이 밧줄'에 연결되는 표현으로, 흑인과 백인이 평등한 세상을 암시한다. 이 책의 해제 중 '사회적 해석' 참조.

## 126장  구명부표

이제 피쿼드호는 에이해브가 만든 수평 자석에 의지해 남동쪽으로 진로를 잡고, 오로지 선장의 측정기와 측정줄에 따라 판단하며 꾸준히 적도를 향해 나아갔다. 배의 왕래가 드문 해역을 지나면서는 다른 배를 한 척도 만나지 못했고, 곧 변함없이 부는 무역풍을 비스듬히 받으며 단조로울 정도로 잔잔한 파도를 헤치며 나아갔다. 이 모든 것은 어떤 광란적이고 절망적인 장면을 예고하는 야릇한 정적처럼 느껴졌다.

마침내 배가 적도 어장의 외곽 가까이에 이르러 날이 밝기 전의 깊은 어둠 속에서 한 무리의 작은 바위섬들을 지날 때였다. 당시 플래스크가 이끄는 팀에서 당직을 서고 있었는데, 몹시 거칠고 이 세상의 것 같지 않은 울음소리가 들려와 깜짝 놀랐다. 그것은 헤롯 왕²⁸⁰에게 살해당한 아기들의 유령이 옹알대며 애처롭게 우는 소리 같았다. 비몽사몽이던 선원들도 다들 놀라서 깼고, 한동안 로마 노예의 조각상처럼 멍하니 서서, 앉아서 혹은 밧줄에 기대어 소리가 그칠 때까지 귀를 기울였다. 기독교 신자거나 문명인인 선원은 그것이 인어의 울음소리라며 벌벌 떨었지만, 이교도 작살잡이들은 전혀 겁먹지 않았다. 하지만 선원들 중에 가장 고령인 백발의 맨섬 노인은 그 소름끼치는 소리가 바다에 빠져 죽은 지 얼마 안 되는 사람들의 목소리라고 말했다.

선실의 그물 침대에 누워 있던 에이해브는 희붐한 새벽이 되어 갑판에 올라가기 전까지 그런 일이 있었다는 사실을 알지 못했다. 플래스크는 선장에게 간밤에 들려온 울음소리를 보고하면서 불길한 의미가 있는 것 같다고 에둘러서 말했다. 그 이야기를 들은 선장은 공허한 웃음을 터트리며 어떻게 된 일인지 설명했다.

배가 지나온 저 많은 바위섬들은 수많은 바다표범의 서식지였던 것이다. 새

---

**280** 아기 예수를 제거하기 위해 베들레헴과 인근의 두 살 이하의 사내아이를 모두 죽이라고 명령한 유대 왕. 마태복음 2장 16절 참조.

끼를 잃은 어미나 어미를 잃은 새끼가 배 가까이에서 따라오면서 그들 특유의 사람 비슷한 목소리로 울어댄 것이 틀림없다. 하지만 설명을 들은 일부 선원들은 오히려 더욱 불안해했다. 선원들 대부분이 바다표범과 관련해 미신을 가지고 있기 때문이다. 그런 미신은 바다표범이 괴로울 때 내는 특이한 울음소리뿐만 아니라, 뱃전 옆에서 바다 위로 불쑥 고개를 내밀고 빤히 쳐다볼 때 동그란 머리와 총명해 보이는 얼굴이 사람과 비슷한 인상을 주는 데서 생겨났다. 실제로 바다에서 바다표범을 사람으로 착각하는 일이 종종 일어난다.

선원들의 불길한 예감은 그날 오전 그들 중 한 명에게 일어난 일로 더욱 확실해졌다. 해 뜰 무렵 그 선원은 그물 침대에서 일어나 앞돛대 꼭대기로 올라갔다. 그가 잠이 덜 깬 것인지(때로 선원들은 비몽사몽간에 돛대 위로 올라간다), 아니면 늘 그랬는지는 알 길이 없게 되었다. 어쨌거나 그가 망루에 올라간 지 얼마 안 되어 비명소리와 함께 쉬익 하는 바람소리가 났다. 선원들이 위를 올려다보니 공중에서 유령 같은 것이 추락하고 있었고, 곧이어 아래를 내려다보니 푸른 바다에서 흰 거품이 보글보글 올라왔다.

구명부표(길고 가느다란 통)가 급히 바다에 던져졌다. 정교한 용수철 장치로 뱃고물에 늘 매달고 다니는 것이었다. 하지만 부표를 잡으려고 바다에서 올라오는 손은 보이지 않았다. 오랫동안 햇볕을 받은 통이 쪼그라들면서 물이 서서히 차올랐다. 바싹 마른 나무도 물을 한껏 빨아들였다. 그래서 쇠못을 박아 쇠테를 두른 그 통은 물에 빠진 선원의 베개라도 되어주려는 듯이 그를 따라 바다 밑으로 가라앉았다.

흰 고래가 있는지 살펴보기 위해 돛대에 오른 피쿼드호의 한 선원이 흰 고래의 해역에서 바닷속으로 빨려 들어가고 만 것이다. 하지만 당시의 사건을 그렇게 생각한 선원은 별로 없었다. 그들은 그 사고를 불길한 징조로 여기며 비통해하지는 않았다. 그 사건을 앞으로 닥칠 불행의 예고편이 아니라 이미 예고된 불행의 실현으로 보았기 때문이다. 그들은 간밤에 들었던 날카로운 소리의 이유가 바로 이것이라고 주장했다. 하지만 맨섬의 노인은 또다시 아니라고 말했다. 이제 잃어버린 구명부표를 다른 것으로 바꾸어야 했다. 스타벅에게 그 일을 감독하라는 지시가 떨어졌다. 그러나 충분히 가벼운 통을 구할 길이 없었다. 게다가 항해가 중대한 국면으로 접어들었음을 느낀 선원들이 마음이 들떠서 최후의 국면과 직접 관련된 일이 아니면 무엇이 되었든 간에 하려고 들지 않았다. 그래서 그들은 뱃고물에 구명부표를 달지 않고 그냥 다닐 셈이었다. 그때 퀴케그가 기괴한 몸짓과 표정으로 자신의 관을 구명부표 대신 쓰면 어떻겠냐고 제안했다.

"관을 구명부표로?" 스타벅이 깜짝 놀라며 소리쳤다.

"좀 찜찜하네요." 스터브가 말했다.

"하지만 좋은 구명부표가 될 것 같아요." 플래스크가 말했다. "여기 목수가 간단히 손볼 수 있을 겁니다."

"관을 가져와보게. 그것 말고는 쓸 게 없으니." 스타벅이 잠시 우울한 표정을 짓다가 말했다. "목수, 저걸 좀 바꿔 봐. 그런 식으로 나를 쳐다보지 말고. 저 관을 말이야. 내 말 듣고 있지? 자, 어서 만들어 봐."

"그럼 관 뚜껑에 못도 박을까요, 항해사님?" 목수가 망치질하는 시늉을 하며 말했다.

"그래."

"틈새에 뱃밥도 채우고요, 항해사님?" 이번에도 목수는 뱃밥을 밀어 넣는 시늉을 하며 물었다.

"그래."

"그런 다음에는 전체에 타르도 칠해야겠죠, 항해사님?" 타르 단지를 잡는 시늉을 하며 목수가 물었다.

"어서 가! 도대체 웬 말이 그렇게 많아? 그냥 관으로 구명부표를 만들란 말이야. 지시 끝. 스터브, 플래스크, 나와 함께 앞갑판으로 가세."

"화를 벌컥 내고 가버리는군. 전반적인 일은 잘해도 세부적인 일은 주저하는 자야. 그나저나 나는 이 일이 마음에 안 들어. 에이해브 선장에게 의족을 만들어주었더니 선장은 그것을 신사처럼 잘 차고 다니지. 퀴케그에게는 상자를 하나 만들어주었더니 거기에 도통 머리를 집어넣으려고 하지를 않네. 그 관을 만드느라 괜히 헛수고한 거야? 그런데 이제는 그 관으로 구명부표를 만들라니. 그건 낡은 상의를 뒤집어 안감을 밖으로 내는 것과 같아. 수선 일은 마음에 안 들어. 질색이라고. 일단 폼이 나지 않아. 나한테 어울리는 일이 아니야. 수선은 수선쟁이들이나 하는 거지. 나는 그들과 급이 달라. 나는 깨끗하고 순수하고 수학 공식처럼 딱 떨어지는 일을 좋아해. 시작할 때 시작하고, 중간에는 일이 절반은 진행되고, 결말에 이르러서는 깔끔하게 마무리되는 작업 말이야. 그런데 수선 일은 중간에 끝나거나 마무리 단계에서 시작되기도 하지. 수선 일을 맡기는 건 늙은 여자들의 뻔한 수작이야. 오, 늙은 여자들은 수선쟁이를 아주 좋아하지. 내가 아는 어떤 예순다섯 살 먹은 여자는 머리가 훌렁 까진 수선쟁이와 눈이 맞아 달아났어. 그래서 내가 비니어드섬에서 목공소를 차렸을 때 나이든 과부 일은 절대 맡지 않으려 했지. 그랬다가는 늙은 여자들이 그 외로운 머리를 굴려서 나와 도망칠 말도 안 되는 궁리를 할지도 모르니까. 헤이 호! 하지만 여기 바다에는 흰 눈 같은 모자(파도)만 있을 뿐 늙은 여자들이 쓰는 바가지 모자 같은 것은 없어. 어디 보자. 관 뚜껑에 못을 박고, 틈새에 뱃밥을 먹이고, 타르를 바른 다음, 누름대로 보강해서 용수철로 고물에 매달면 되는 거야. 관을 가지고 이런 작업을 한 사람이 또 있을까? 미신을 믿는 늙은 목수라면 이런 일을 하느니 차라리 밧줄에 묶이겠다고 할 거야. 하지만 나는 아루스투크[281]의 옹이진 솔송나무로 만들어진 강인한 사람이야. 이런 일에 꿈쩍도 하지 않아. 꼬랑지에 관이라! 묘지에서 쓰는 걸 달고 항해를 하겠다니! 하지만 개의치 않아. 목수가 나무로 못 만들 게 없지. 관과 관 받침대는 물론이고 신혼부부 침대나 카드놀이 탁자도 만들어. 우리는 월급을 받거나 일마다 돈을 받거나 물건을 팔아서 이윤을 남기기도 해. 작업의 이유와 목적을 따지는 것은 도리가 아니야. 수선쟁이 일만 아니라면 말이야. 그런 일이 들어오면 거절하면 돼. 에헴! 이제 천천히 일을 시작해볼까? 그런데 선원들이 모두 몇 명이라고 했더라? 아무튼 30명이라

━  281  미국 메인주 북부의 카운티.

치고, 매듭지은 1미터 길이의 구명줄 30개를 각각 터번처럼 감아서 관 주위에 매달아놓자. 만약 배가 침몰한다면 30명의 선원들이 단 하나의 관에 필사적으로 달려들겠군. 태양 아래서 그리 자주 벌어지는 광경은 아니겠어! 자, 망치와 끌, 타르 단지, 밧줄 꿰는 바늘을 가져와야지. 어디 한번 일해보자."

### 127장  갑판

(바이스 작업대와 열린 승강구 사이에 있는 두 개의 밧줄통 위에 관이 놓여 있다. 목수는 관의 틈새를 뱃밥으로 채우고 있다. 그의 작업복 앞주머니에 들어 있는 커다란 타래에서 배배 꼬인 뱃밥 줄이 천천히 풀려 나온다. 에이해브는 선장실 입구에서 서서히 걸어 나오다가 핍이 뒤따라 오는 소리를 듣는다.)

"애야, 돌아가라. 곧 너한테 돌아올게. 음, 가는구나! 내 이 손도 저 아이만큼 내 기분을 맞추지 못할 거야. 여기는 마치 교회의 중앙 통로 같군. 이건 뭐지? 도대체 무슨 일을 하는 거야?"

"구명부표입니다, 선장님. 스타벅 항해사의 지시죠. 아, 선장님, 승강구를 조심하세요!"

"고맙네. 자네의 관은 무덤 가까운 곳에 잘 놔두었군."

"예? 승강구 말씀인가요? 오 선장님, 정말 그러네요."

"자네는 다리 만드는 사람 아닌가? 보게, 이 의족이 자네 공방에서 나왔어."

"그렇습니다, 선장님. 쇠테는 아직 멀쩡한가요?"

"아주 좋아. 그런데 자네는 장의사까지 겸했나?"

"예, 선장님. 원래는 이것을 퀴케그의 관으로 만들었지요. 그런데 이제는 다른 것으로 다시 만들어달라고 하네요."

"자네야말로 여기저기 떠돌아다니며 매사에 끼어들고 일을 독차지하는 야만적인 늙다리 악당 아닌가? 하루는 다리를 만들고, 다음 날에는 그 다리를 집어녕을 관을 만들고, 또 다음 날에는 그 관으로 구명부표를 만들어 다리를 꺼내 주니 말이야. 자네는 신들처럼 자기 마음대로 일하는 팔방미인이로군."

"하지만 제가 뜻해서 하는 일은 없습니다, 선장님. 그저 주어진 일을 할 뿐입니다."

"그러니 신들과 똑같다는 거야. 내 말 좀 들어보게. 자네는 관을 짜면서 노래를 부르지 않았나? 타이탄족도 화산의 분화구를 파내면서 콧노래를 흥얼거렸고, 산역꾼도 묘지를 팔 때 삽을 들고 노래를 불렀다지.[282] 자네는 그런 적이 없나?"

"노래요, 선장님? 제가 노래를 부른다고요? 저는 그런 취미가 없습니다, 선장님. 산역꾼이 노래를 부르는 건 무덤 파는 삽에 음악이 없기 때문입니다. 하지만 뱃밥 밀어 넣는 나무망치에는 음악이 가득합니다. 한번 들어보세요."

"과연 그래. 관 뚜껑이 공명판 역할을 하기 때문이지. 공명판이 왜 소리를 울리는지 아나? 그건 판 밑에 아무것도 없기 때문이야. 하지만 시신이 들어 있는 관도 상당히 잘 울리지. 이봐 목수, 관 나르는 일을 도운 적이 있나? 관을 들고 가다가 관이 교회 묘지 문에 부딪혔을 때 나는 소리를 들어본 적이 있어?"

"나 참! 선장님, 저는 단지…"

"나 참? 그건 무슨 뜻이지?"

"아니, 나 참! 이건 일종의 감탄사 같은 겁니다. 그뿐이에요, 선장님."

"흠, 흠. 계속 말해보게."

"선장님, 제가 말하려던 것은…"

"자네는 누구인가? 자네 몸에서 실을 뽑아서 수의를 짜고 있나? 자네 가슴팍을 한번 봐! 얼른 일을 하게! 이 물건들을 빨리 치워버려."

"선장이 고물 쪽으로 가는군. 갑자기 나타나고 말이야. 열대지방에서는 세찬 소나기도 갑자기 쏟아지지. 갈라파고스제도의 알베마를레섬은 한가운데로 적

---

**282**  셰익스피어의 희곡 『햄릿』 5막 1장에서 산역꾼이 노래를 부르는 장면이 나온다.

도가 지난다고 하더군. 우리 영감의 몸도 가운데 적도 같은 것이 지나고 있는 것 같아. 늘 적도 아래 있는 사람처럼 뜨거워. 정말이지 불같아. 선장이 이쪽을 보고 있군. 자, 뱃밥을 넣자. 다시 일해야지. 나무망치는 코르크로 만들었고, 나는 유리컵을 연주하는 교수라네. 탕, 탕!"

(에이해브가 혼잣말을 한다.)

"저 광경! 저 소리! 반백의 딱따구리 목수가 속 빈 나무를 두드리고 있군! 지금 같아서는 눈 먼 자와 귀 먼 자가 부럽군. 봐봐! 예인 밧줄이 가득 든 밧줄통 두 개 위에 관을 올려놓았어. 저 목수는 정말 심술궂은 놈이야. 탕, 탕! 인간의 시간도 저런 소리를 내며 흘러가지. 아, 세상 만물은 얼마나 하찮은가! 무게를 달 수 없는 사유를 빼놓고는 진정 존재하는 것이 뭐란 말인가? 지금 여기서 어쩌다 보니 음울한 죽음의 상징이 절박한 위험에 빠진 생명에게 구조와 희망의 표징이 되었구나! 관을 구명부표로 쓰다니! 아니, 더 깊은 뜻이 있는 건가? 그래, 영적인 의미로 보자면 관은 결국 영원한 생명을 위한 기구가 아닌가! 한번 생각해보자. 아니야, 나는 지구의 어두운 측면으로 너무 깊이 파고들었어. 그래서 그 반대편, 즉 이론상 밝은 측면이 내게는 어스름하게만 보일 뿐이야. 목수여, 그 빌어먹을 소리 좀 멈출 수 없나? 나는 아래로 내려가겠다. 다시 갑판에 올라왔을 때 저 물건 좀 보이지 않도록 하게. 자, 핍, 이 문제에 대해 함께 생각해보자. 나는 네게서 최고의 철학을 속속들이 빨아들이고 있다! 미지의 세계에서 나오는 미지의 도관이 네게 연결되어 있는 게 틀림없어!"

## 128장 피쿼드호, 레이철호를 만나다

다음 날 레이철이라는 이름의 대형 선박이 피쿼드호를 향해 곧장 달려오는 것이 목격되었다. 돛대와 활대마다 선원들이 빽빽이 올라서 있었다. 그때 피쿼드호는 파도를 헤치며 빠르게 나아가고 있었다. 그런데 바람 불어오는 쪽에서 돛을 넓게 펴고 달려온 낯선 배를 가까이서 보니, 자랑스럽게 펼친 줄 알았던 돛은 실제로 바람 빠진 풍선처럼 늘어져 있었고, 선체는 타격을 받은 듯 생기가 전혀 없었다.

"나쁜 소식이야. 저 배는 나쁜 소식을 가져오고 있어." 맨섬의 노인이 중얼거렸다. 그 배의 선장은 두 손을 나팔 모양으로 입에 대고 보트에 서 있었다. 하지만 그가 희망찬 목소리로 말을 걸기도 전에 에이해브의 목소리가 먼저 울렸다.

"흰 고래를 보았소?"

"보았소. 바로 어제. 혹시 표류하는 포경 보트를 보았소?"

에이해브는 기쁨을 억누르며 예상치 못한 질문에 보지 못했다고 대답했다. 그런 다음 낯선 배에 오르려고 하는데, 그 배의 선장이 이미 배를 멈추고 뱃전을 내려오는 모습이 보였다. 노잡이들이 몇 번 힘차게 노를 젓는가 싶더니 금세 그쪽 보트의 갈고리가 피쿼드호의 주돛대에 연결된 쇠사슬에 걸렸고, 상대편 선장이 갑판에 뛰어 올라왔다. 에이해브는 그가 안면이 있는 낸터킷 사람임을 금세 알아보았다. 하지만 정식으로 인사는 나누지 않았다.

"그 고래는 어디 있었소? 안 죽였지, 안 죽였어!" 에이해브가 다가가며 소리쳤다. "그놈의 상태는 어떠했소?"

그 전날 오후 늦게 낯선 배의 포경 보트 세 척이 한 무리의 고래 떼를 추격하면서 본선에서 6~8킬로미터 떨어진 곳까지 간 모양이었다. 보트들이 바람 불어오는 쪽으로 맹렬히 고래를 쫓던 그때, 모비 딕의 흰 머리와 흰 혹이 바람 불어가는 쪽에서 그리 떨어지지 않은 푸른 수면 위로 불쑥 올라왔다. 그래서 예비 보트인 네 번째 보트가 즉시 바다에 내려지고 추격에 합류했다. 가장 날쌘 이 보트는 순풍을 받으며 힘껏 달려가 모비 딕이 등에 작살을 꽂는 데 성공한 듯했다. 적어도 주돛대 꼭대기에서 망꾼이 본 바로는 그랬다. 선원의 눈에는 보트가 저 멀리 떨어진 곳의 한 점으로 보였는데, 흰 물보라가 반짝거리는가 싶더니 이내 아무것도 보이지 않게 되었다. 그래서 작살을 맞은 고래가 보트를 무한정 끌어당기며 멀리 도망쳤을 것이라는 결론을 내렸다. 실제로 그런 일이 자주 일어난다. 본선은 다소 우려되지만 크게 심각한 사태는 아니라고 판단했다. 모든 보트에게 돌아오라는 표시기가 돛대에 걸렸다. 어느새 어둠이 내렸기 때문에 본선은 바람 불어오는 쪽으로 간 세 척의 보트부터 들어 올려야 했다. 반대 방향으로 간 네 번째 보트를 수색하는 것은 나중 일이었다. 레이철호는 그 쾌속 보트를 한밤중이 될 때까지 운명에 맡길 수밖에 없었다. 그리하여 본선과 그 보트의 거리는 더욱 멀어졌다. 마침내 세 척의 보트 선원들이 무사히 본선에 올라오자 레이철호는 돛이란 돛은 다 달고(보조 돛에 보조 돛을 또 달고) 실종된 배를 찾으러 나섰다. 기름 짜는 솥에 불을 피워 횃불로 삼았고, 선원들은 둘 중 하나가 돛대 꼭대기에 올라가 망을 보았다. 그런 상태로 실종된 보트가 마지막으로 목격되었다고 추정되는 지점까지 가서 보트를 다 내리고 인근 해역을 뒤졌지만 아무것도 나오지 않았다. 레이철호는 다시 더 먼 지점까지 가서 보트를 내리고 주위를 수색하는 과정을 날이 밝을 때까지 반복했다. 하지만 실종된 배는 코빼기도 보이지 않았다.

이야기를 마치고 나서 낯선 배의 선장은 피쿼드호의 갑판에 올라온 목적을 곧바로 밝혔다. 그는 피쿼드호가 수색 작업에 동참해주기를 바랐다. 두 배가 6~8킬로미터 거리를 두고 나란히 달리면서 의심스러운 해역을 샅샅이 수색하자는 것이었다.

"내기를 걸어도 좋아." 스터브가 플래스크에게 속삭였다. "실종된 보트에 탄 선원이 선장이 가장 아끼는 외투를 입고 간 게 분명해. 아니면 시계를 가져갔거나. 저 선장은 그것을 꼭 돌려받고 싶은 거야. 고래잡이가 한창인 시기에 실종된 보트 하나를 찾자고 두 척의 대형 포경선이 나란히 수색 작업을 벌인다고? 그런 이야기는 들어본 적도 없어. 봐, 플래스크. 저 선장의 얼굴이 허옇게 질려 있어. 눈알까지 창백하군. 그렇다면 외투 정도가 아닌 것 같은데. 틀림없이 뭔가 더 소중한 것을…."

"내 아들, 내 자식이 그 보트에 탔소. 제발, 부탁합니다. 제발." 낯선 배의 선장은 그의 사연을 냉담하게 듣고 있던 에이해브에게 읍소했다. "48시간만 배를 빌려주시오. 비용은 기꺼이 지불하겠소. 후하게 쳐드리다. 다른 방도가 없다면… 딱 48시간, 그거면 됩니다. 제발 좀 빌려주시오. 꼭 좀 부탁합니다."

"아들이라고?" 스터브가 소리쳤다. "오, 아들이 실종된 거로군! 외투와 시계 이야기는 못 들은 걸로 하게. 에이해브는 뭐라고 할까? 우리는 그 아들을 구해야 해."

"그 아들은 간밤에 다른 선원들과 함께 물에 빠져 죽었어." 그들 뒤에 서 있던 맨섬의 노인이 말했다. "내가 들었지. 당신들도 유령이 흐느끼는 소리를 들었잖아."

그런데 곧 밝혀진 사실이지만, 레이철호의 사건을 더욱 우울하게 만드는 정황이 있었다. 실종된 보트에만 선장의 아들이 타고 있던 것이 아니었다. 정신없이 고래를 추격하다가 본선에서 멀어진 또 다른 보트에도 선장의 또 다른 아들이 타고 있었던 것이다. 참담한 아버지는 한동안 잔인하기 이를 데 없는 번민의 구렁텅이에 빠졌다. 그 문제를 대신 해결해준 것은 일등항해사였다. 일등항해사는 비상사태에서 포경선이 취하는 통상의 절차, 즉 위험에 빠진 보트들이 서로 떨어져 있을 때는 인원수가 많은 쪽을 선택한다는 원칙을 본능적으로 따랐다.

사실 낯선 배의 선장은 알 수 없는 성격상의 이유로 이런 사정을 이야기하지 않으려 했다. 하지만 에이해브의 냉담한 태도에 부딪히자 할 수 없이 실종된 아들 이야기를 털어놓았다. 아들은 열두 살 소년이었다. 성실하면서도 엄격한 낸터킷의 고래잡이다운 부성애를 가진 아버지는 까마득히 오래전부터 집안의 운명인 포경업의 위험과 경이로움을 아들에게 일찍부터 알려주려 했던 것이다. 낸터킷 선장들이 나이 어린 아들을 자기 배가 아닌 다른 배에 태워 서너 해 동안 지속되는 항해에 내보내는 것은 그리 드문 일이 아니었다. 그래야 아들이 고래잡이의 참맛을 직접 깨우치고, 아버지의 당연하지만 부적절한 부성애나 과잉보호나 관심에서 벗어나 포경선 선원으로 쑥쑥 뻗어나갈 수 있다고 보았기 때문이다.

한편 낯선 배의 선장은 계속해서 애원했지만, 에이해브는 어떤 충격에도 끄떡하지 않는 모루처럼 그대로 서 있었다.

"당신이 허락하기 전에는 한 발짝도 가지 않겠소." 낯선 배의 선장이 말했다. "비슷한 처지에서 내가 해주기 바라는 일을 말해보시오. 에이해브 선장, 당신도 아들이 있지 않소. 아직 어려서 집에서 편히 지내고 있는 아들 말이오. 당신이 늘그막에 얻은 아들이기도 하지. 그래요, 그래. 마음이 누그러지는가 보오. 보면 알 수 있소. 자, 자, 선원들은 어서 활대로 가서 용골과 직각으로 만들 준비를 하시오."

"멈춰!" 에이해브가 소리쳤다. "밧줄에 손대지 마라." 그런 다음 한마디 한마디를 꾹꾹 눌러가며 말했다. "가디너 선장, 그렇게 하지 않겠소. 나는 지금도 이렇게 지체하면서 시간을 잃고 있소. 잘 가시오, 잘 가시오. 신의 은총이 함께하기를. 나 역시 이런 나를 용서할 수 있기를. 하지만 나는 가야 하오. 스타벅 항해사, 나침함의 시계를 보고 지금부터 3분 이내에 손님들을 모두 하선시켜라. 그런 다음 활대를 전진 방향으로 돌리고 지금까지 해온 대로 항해하라."

에이해브는 황급히 몸을 돌리고 시선을 피하며 선실로 내려갔다. 뒤에 남은 가디너 선장은 피 끓는 호소가 이처럼 무자비하고 노골적으로 거절당하자 정신이 멍해졌다. 하지만 곧 정신을 차리고 아무 말 없이 뱃전으로 걸어갔다. 그는 보트에 올랐다기보다 떨어졌다는 표현이 맞을 정도로 황망히 보트에 올라 본선으로 돌아갔다.

두 배는 곧 항로가 갈라졌다. 피쿼드호에서는 한동안 그 낯선 배를 볼 수 있었다. 그 배는 바다 위에 아무리 작더라도 검은 점이 보일 때마다 이리저리 뱃머리를 돌리고 있었다. 활대를 이쪽저쪽으로 빙빙 돌리며, 좌현으로 갔다 우현으로 갔다 하기를 반복했다. 물결을 헤치고 달리는가 하면 물결에 밀려가기도 했다.

그러는 동안에도 그 배의 돛대와 활대에는 선원들이 빽빽이 매달려 있었다. 그 배의 세 돛대는 마치 소년들이 잔뜩 타고 올라가 버찌를 따 먹고 있는 키 큰 벚나무 같았다.

하지만 배가 여전히 애처롭게 멈칫거리고 제자리를 맴도는 것을 보면, 물보라를 맞고 눈물범벅이 되어도 아직 위안을 얻지 못했다는 사실을 분명히 알 수 있었다. 그 배는 바로 자식을 잃고 울고 있는 레이철[283]이었다.

## 129장 선실

(에이해브가 갑판에 올라가려 하자 핍이 따라가려고 그의 손을 잡는다.)

"애야, 애야. 지금 따라오면 안 된다고 했잖아. 에이해브는 너를 겁주어 떠나가게 하기 싫지만, 너를 옆에 두고 싶지 않은 시간이 다가오고 있어. 불쌍한 아이, 네게는 내 병을 치유해주는 뭔가가 있단다. 독은 독으로 제거하는 법이지. 이번 추격에서는 이 병이 내가 가장 바라는 건강이란다.[284] 너는 선장실에 남아 있으렴. 사람들이 너를 선장처럼 대우해줄 거야. 그래 애야, 나사못으로 고정시킨 의자에 그냥 앉아 있으렴. 너는 그 의자의 또 다른 나사못이 되어야 해."

"싫어요, 싫어요, 싫어요. 선장님은 몸도 성치 않잖아요. 부족하지만 저를 선장님의 다리 대신 사용해주세요. 선장님, 저를 밟으시면 돼요. 더 바라는 것도 없어요. 선장님의 일부가 되어드릴 거예요."

"오! 이 아이의 말을 들으니 세상에 수백만 명의 악당이 있다고 해도 인간의 변치 않는 충성심을 믿고만 싶구나. 흑인에다 미치기까지 했는데. 그런데 독으로 독을 제거한다는 원리가 저 아이한테도 통하는 모양이야. 녀석이 제정신으로 돌아오는 것 같아."

"사람들이 그러는데, 선장님, 스터브가 불쌍한 어린 핍을 내다버렸대요. 살아 있을 때 핍은 피부가 까맸는데, 지금은 물에 빠져서 뼈만 남아 하얗게 보인대요. 선장님, 스터브는 저를 버렸지만, 저는 선장님을 버리지 않을 거예요. 선

---

**283** 『성경』에 나오는 인물 라헬을 가리킨다. 예레미야서 31장 15절 참조.

**284** 에이해브가 자신의 광기를 의식하고 있음을 암시하는 부분이다. 이 책의 해제 중 '종교적 해석' 참조.

장님, 저는 선장님과 함께 갈 거예요."

"네가 그렇게 강경하게 나오면 에이해브의 목적이 어그러지고 말아. 나는 안 된다고 말했다. 따라오면 안 돼."

"오, 선하신 선장님, 선장님, 선장님!"

"그렇게 칭얼대면 죽여버릴 테다! 조심해. 에이해브도 미친놈이니까. 잘 들어봐. 그러면 갑판 위에서 고래 뼈 다리가 다니는 소리를 듣고 내가 거기 있다는 걸 알게 될 거야. 자, 나는 이제 가야 해. 손을 이리 다오. 악수하자! 애야, 너는 원둘레가 원 중심에 충실하듯 내게 충실하구나. 신의 축복이 영원히 함께하기를. 그리고 무슨 일이 닥치더라도 신께서 너를 영원히 구원해주시기를."

(에이해브가 나가고, 핍은 한 걸음 앞으로 내딛는다.)

"방금 전에 선장님이 여기 서 있었지. 나는 선장님의 공간에 서 있지만 혼자일 뿐이야. 불쌍한 핍이 여기 있다면 내가 견딜 수 있을 텐데. 하지만 핍은 실종되었어. 핍! 핍! 딩, 동, 딩! 누가 핍을 보았을까? 여기에 있는 게 분명한데. 문을 한번 열어볼까? 어라? 자물쇠도 걸쇠도 빗장도 없는데 문이 열리지 않아. 마법에 걸렸나 보다. 선장님은 여기 있으라고 했어. 나사못으로 고정시킨 이 의자가 내 것이라고 했어. 그럼 앉아야지. 배 한가운데 고물 가로대에 기대어 앉으니 용골과 돛대 세 개가 내 앞에 있구나. 늙은 선원들은 말하지. 74문의 대포를 가진 군함에서 위대한 제독이 가끔씩 식탁 앞에 앉아 대령과 대위 들을 줄 세워놓고 호령을 한다고! 하, 이건 뭐지? 견장이로군! 견장! 견장이 떼 지어 온다! 술병을 돌려라. 만나서 반갑소. 자 여러분, 잔을 채우시오! 흑인 소년이 외투에 황금 견장을 가득 단 백인들을 초대해서 주인 노릇을 하다니! 여러분, 핍을 본 적이 있소? 어린 흑인 소년이고, 150센티미터 키에 잔뜩 주눅든 겁쟁이라오! 언젠가 포경 보트에서 뛰어내렸는데 본 적이 있소? 못 보았다고? 그럼 다시 잔을 채우고, 세상 모든 겁쟁이의 수치에 건배합시다! 그들의 이름 따위는 대지 않을 거요. 그들에게 수치를! 쉿! 저 위에 고래 뼈 다리 소리가 들린다. 오 주인님,

주인님! 주인님이 제 위에서 걸어 다닐 때 저는 정말 기가 죽어요. 하지만 여기 있을게요. 이 고물이 암벽에 부딪히고, 구멍으로 암벽이 밀고 들어오고, 굴들이 제 몸에 달라붙더라도 여기 있을게요."

## 130장 모자

에이해브는 오랜 예비 항해를 하고 나서, 즉 다른 모든 고래 어장을 훑고 나서 이제 원수를 바다 한구석으로 몰아 적절한 시간과 장소에서 죽일 수 있게 된 듯했다. 그는 이전에 큰 부상을 입었던 사고 현장에 아주 가까이 왔다. 바로 전날에는 실제로 모비 딕과 맞부딪힌 포경선과 대화를 나누기도 했다. 그동안 만나본 여러 배는 하나같이 흰 고래의 악독한 무차별성에 대해 증언했다. 그놈은 자신이 해를 끼친 사냥꾼이든, 자신에게 해를 끼친 사냥꾼이든 가리지 않고 물어뜯는다는 사실도 확인되었다. 이제 노선장의 두 눈은 심약한 사람은 감히 쳐다볼 수 없을 정도로 광기로 번쩍였다. 여섯 달 동안 계속되는 북극의 밤하늘에서 영원히 지지 않는 북극성이 꿰뚫는 듯이 강렬한 빛을 발하는 것처럼, 복수의 일념에 불타는 에이해브도 한밤중처럼 어두운 선원들의 얼굴을 꿰뚫듯 노려보았다. 선장의 눈빛에 완전히 기가 눌린 선원들은 불길한 예감이나 의심, 불안, 공포 등을 영혼 아래에 감추고, 그 어떤 싹이나 잎사귀도 나오지 않게 단속했다.

불길함이 드리워진 이 막간의 시간에 자연스러운 것이든 억지로 지어낸 것이든 웃음기라고는 찾아볼 수 없게 되었다. 스터브는 더 이상 애써 웃지 않았고, 스타벅도 더 이상 웃음을 자제할 필요조차 없어졌다. 기쁨과 슬픔, 희망과 공포가 모두 에이해브의 무쇠 절구 같은 영혼 속에서 빻아져 고운 가루가 되어버린 듯했다. 선원들은 자신을 감시하는 노선장의 독재자 같은 시선을 의식하면서 기계처럼 무감각하게 갑판 위를 오갔다.

하지만 좀 더 은밀한 시간에, 즉 에이해브가 자신을 바라보는 사람이 한 사람

말고는 없다고 생각할 때 그를 잘 살펴보면, 에이해브의 시선이 선원들에게 두려움을 일으키듯이 불가사의한 파시교도의 시선이 그에게 두려움을 일으키거나, 적어도 다소 거친 방식으로 영향을 준다는 사실을 알 수 있었다. 깡마른 페달라에게서 뭔가 미끄러지는 듯한 기이함이 발산되는 데다가 그가 끊임없이 몸을 부르르 떨자 선원들은 의심스러운 눈빛으로 그를 쳐다보았다. 그가 정말 실제 몸을 가진 사람인지, 아니면 보이지 않는 어떤 존재가 갑판 위에 드리운 흔들리는 그림자인지 확실하지 않았다. 그 그림자는 언제나 갑판에서 어른거렸다. 페달라는 밤이 되어도 잠을 자지 않았고 갑판 아래로 내려가는 법이 없었다. 그는 몇 시간 동안 가만히 서 있기만 했고, 어디에 앉거나 기대지도 않았다. 희미하지만 불가사의한 그의 두 눈은 이렇게 말하고 있었다. 우리 두 불침번은 쉬지 않는다.

이제 선원들은 밤이든 낮이든, 아니 아무 때라도 갑판에 나오면 에이해브를 볼 수 있었다. 그는 갑판 구멍에 고래 뼈 다리를 끼우고 서 있거나, 늘 변함없는 갑판의 두 경계인 주돛대와 뒷돛대 사이를 규칙적으로 왔다 갔다 했다. 혹은 곧 걸어 나갈 것처럼 성한 다리만 갑판 위에 올린 채 선실 승강구에 서 있기도 했다. 그는 눈을 가릴 정도로 모자를 깊이 눌러썼다. 그래서 그가 꼼짝 않고 서 있어도, 그물 침대에 눕지 않고 며칠 낮밤을 보내도, 선원들은 푹 눌러쓴 모자 속의 두 눈이 감겨 있는지, 아니면 그들을 주시하는지 알 수 없었다. 아무튼 그는 그 자세로 승강구에 한 시간 내내 서서 석상 같은 몸에 걸친 외투와 모자에 밤이슬이 내려도 개의치 않았다. 밤에 젖은 옷은 다음 날이면 햇볕에 저절로 말랐다. 그렇게 낮과 밤이 지났다. 그는 더 이상 갑판 아래로 내려가지 않았다. 선실에서 가져와야 할 것이 있으면 사람을 시켜서 가져오게 했다.

식사도 밖에서 했다. 그것도 아침과 점심 두 끼만 먹고 저녁은 가지 않았다. 턱수염도 깎지 않았다. 시커멓게 자란 수염이 여기저기 뭉쳐서 바람에 쓰러진 나무가 위쪽의 푸른 잎이 다 시들었는데도 밑동은 드러난 채 계속 뿌리를 뻗고 있는 모습 같았다. 선장의 생활은 갑판에서 망보는 데 집중되었고, 파시교도의 신비한 감시도 선장 못지않게 집요했으나, 두 사람은 아주 가끔 사소한 일로 이

야기를 나누어야 할 때를 제외하고는 서로 말을 걸지 않았다. 강력한 마법이 두 사람을 은밀히 엮어놓은 것처럼 보여도, 두려움에 떠는 선원들에게 두 사람은 북극과 남극처럼 멀리 떨어져 있었다. 낮에 어쩌다 한두 마디라도 주고받은 날이면 밤에는 벙어리가 된 것처럼 아예 입을 다물었다. 어떤 때는 말 한마디 없이 서로 뚝 떨어진 채 별빛 아래 묵묵히 서 있기도 했다. 에이해브는 승강구 옆에, 파시교도는 주돛대 옆에 서서 서로를 계속 응시했다. 선장은 파시교도에게서 자신이 드리운 그림자를 보고, 파시교도는 선장에게서 자신이 내버린 실체를 보는 것 같았다.

그런데도 에이해브는 매일 매시간 매순간 자신의 참모습을 부하들에게 위엄 있게 드러내어 전제군주처럼 보였고, 파시교도는 그저 그의 노예로밖에 보이지 않았다. 그러나 두 사람은 한 멍에를 메고 있는 듯했고, 깡마른 그림자와 단단한 늑재라고 할 수 있는 그 둘을 눈에 보이지 않는 폭군이 몰고 있는 것만 같았다. 파시교도의 정체가 뭐든지 간에 단단한 에이해브는 완전한 늑재와 용골 자체였다.

새벽이 희붐하게 밝아오자 선장의 무쇠 같은 목소리가 고물 쪽에서 들려왔다. "주돛대 꼭대기에 선원을 배치하라!" 그리고 하루 종일, 해가 지고 어두워질 때까지 키잡이가 종을 칠 때마다 매시간 똑같은 목소리가 울려 퍼졌다. "뭐가 보이나? 잘 살펴라! 눈을 부릅뜨고!"

실종된 아들을 찾는 레이철호를 만나고 사나흘이 지나도록 고래의 물줄기는 보이지 않았다. 편집증적인 노선장은 이교도 작살잡이들을 제외한 모든 선원들의 성실성을 의심하는 것 같았다. 심지어 스터브와 플래스크도 그가 간절히 찾는 목표물을 일부러 건성건성 살피는 것은 아닌지 의심했다. 하지만 선장은 속마음이야 어떻든지 간에 현명하게도 그 사실을 발설하지는 않았다. 비록 행동에서 그런 기미가 살짝 보였지만.

"내가 제일 먼저 그 고래를 발견하겠어." 그는 말했다. "그래! 나 에이해브가 저 금화를 차지해야 해!" 그는 손수 밧줄을 엮어 새집 같은 바구니를 만들고, 주돛대 꼭대기로 선원 한 명을 올려 보내 바퀴 하나짜리 도르래를 매달게 한 다음, 도르래에 걸려 내려온 밧줄의 양끝을 잡았다. 그리고 한쪽 끝에는 바구니를 달고, 다른 쪽 끝은 난간에 밧줄걸이를 준비해 잡아매기로 했다. 밧줄걸이 옆에 선 선장은 밧줄 끝을 쥐고 선원들의 얼굴을 한 명 한 명씩 쳐다보았다. 다구, 퀴퀘그, 타슈테고는 오래 쳐다보았으나 페달라와는 시선을 맞추지 않았다. 이윽고 그는 일등항해사에게 기대에 찬 시선을 보내며 말했다. "밧줄을 잡게. 이것을 자네 손에 맡기네, 스타벅." 그러고는 바구니 안에 들어가 선원들에게 바구니를 망대까지 끌어 올리라고 명령했다. 스타벅에게는 마지막에 밧줄을 밧줄걸이에 잡아매고, 이후로 계속해서 밧줄 가까운 곳에 서 있으라고 지시했다. 그리하여 에이해브는 그 까마득한 높이에서 한 손으로 주돛대 꼭대기에 매달려 주변의 바다를 사방으로 꼼꼼히 살펴볼 수 있었다.

바다에서 그렇게 높은 곳에 올라가 발 디딜 곳 없이 두 손으로 작업하려면, 선원은 그 지점까지 끌어 올려진 후 밧줄에 의지하여 몸을 지탱해야 한다. 이런 경우 갑판 난간에 고정시킨 밧줄 끝은 반드시 누군가 한 사람에게 엄격히 감시하는 특별한 책임을 맡긴다. 왜냐하면 이리저리 복잡하게 이어진 기존의 밧줄들 사이에서 저 위의 바구니와 연결된 밧줄이 무엇인지 갑판에서는 정확히 분간할 수 없을 뿐만 아니라, 밧줄걸이에 잡아맨 밧줄 끝이 조금씩 풀리기 때문이다. 그래서 항상 감시하는 사람을 두지 않으면 위에 매달린 선원은 갑판의 어느 부주의한 선원의 실수로 공중에 내동댕이쳐져 바다로 추락하는 치명적인 사고가 일어날 수 있다. 그러니 에이해브가 밧줄을 잘 감시하라고 각별히 지시할 만도 했다. 단지 한 가지 이상한 점은 그 일을 스타벅에게 맡긴 것이었다. 그는 조금이나마 단호하게 에이해브의 뜻에 반기를 든 유일한 인물이자, 과연 망을 제대로 보고 있는지 선장이 의심한 사람들 중 한 명이었다. 선장은 다른 일이었다면 믿지 않았을 사람에게 자신의 목숨을 기꺼이 맡긴 것이다.

그런데 에이해브가 높은 곳에 올라간 지 10분도 안 되어, 붉은 부리를 가진 사나운 도둑갈매기가 나타나 머리 위에서 아주 빠른 속도로 빙빙 돌며 비명 같은 소리를 질러댔다. 녀석은 이 근방에서 돛대 꼭대기에 오른 망꾼 가까이에 날아들어 성가시게 하는 새였다. 도둑갈매기는 300미터 높이까지 수직으로 날아올랐다가 다시 나선을 그리며 급강하하여 선장의 머리 부근에서 맴돌았다.

선장은 아득히 떨어진 흐릿한 수평선을 바라보느라 야생의 새 따위에 신경 쓸 겨를이 없었다. 그런 새가 날아드는 것은 흔한 일이었으므로 다른 선원이라도 그리 신경 쓰지 않았을 것이다. 하지만 이런 상황에서는 아무리 무심한 사람일지라도 바닷새의 등장에서 모종의 음험한 의미를 읽어내는 듯하다.

"선장님, 모자요, 모자!" 갑자기 시칠리아 출신 선원이 소리쳤다. 뒷돛대 꼭대기에 서 있던 그 선원은 바구니의 선장보다 약간 낮은 지점이지만 바로 뒤에 있었고, 텅 빈 허공만이 두 사람 사이를 갈라놓고 있었다.

새의 검은 날개가 이미 노선장의 눈앞에서 퍼덕거렸고, 기다란 갈고리 같은 부리는 머리에 닿아 있었다. 도둑갈매기는 비명 같은 소리를 지르며 전리품을 낚아채 하늘 높이 날아가버렸다.

전설에 따르면 독수리가 타르퀴니우스[285]의 머리 위를 세 차례 맴돌더니 그의 모자를 낚아채 갔다가 다시 날아와 머리 위에 올려놓았다고 한다. 그의 아내 타나퀼은 이 일이 타르퀴니우스가 앞으로 왕이 될 징조라고 말했다. 모자가 원래 있던 곳으로 다시 돌아왔기 때문에 길조라고 여긴 것이다. 그러나 에이해브의 모자는 돌아오지 않았다. 모자를 낚아채 간 도둑갈매기는 뱃머리 쪽 하늘로 높이 날아가더니 사라졌다. 그리고 새가 사라진 지점에서 희미하게 보이는 작은 점 하나가 까마득한 아래 바다로 떨어졌다.

### 131장 피쿼드호, 딜라이트호를 만나다

피쿼드호는 긴장 상태로 계속 항해했다. 굽이치는 파도와 함께 하루하루가 흘러갔다. 관으로 만든 구명부표는 고물에 매달려 가볍게 흔들렸다. 그때 배 이

---

285 기원전 535~510년 로마 초기 왕정시대의 제7대이자 마지막으로 보위에 오른 왕. 독수리 기사는 『리비우스 로마사』 1권 35장에 나온다.

름과는 달리 몰골이 비참하기 짝이 없는 또 다른 배가 나타났다. 그 배의 이름은 '기쁨'을 뜻하는 딜라이트호[286] 였다. 배가 다가오자 선원들의 시선은 일제히 그 배의 넓은 가로 들보, 일명 가위에 쏠렸다. 일부 포경선에서는 약 2.5미터 높이로 뒷갑판을 가로지르는 가로 들보를 설치하여 거기에 예비 보트나 장비를 갖추지 못한 보트, 망가진 보트 등을 둔다.

낯선 배가 가까이 다가오자 가로 들보 위에 한때 포경 보트의 일부였던 것으로 짐작되는 부서진 허연 늑재와 널빤지 조각들이 보였다. 그 잔해들을 보고 있자니 가죽이 벗겨지고 모양이 반쯤 흐트러져 허옇게 변해가는 말의 뼈대를 보는 느낌이 들었다.

"흰 고래를 보았소?"

"보시오!" 양 볼이 움푹 꺼진 선장이 고물 난간에서 나팔로 부서진 보트를 가리키며 소리쳤다.

"그놈을 죽였소?"

"그런 일을 해낼 작살은 아직 만들어지지 않았소." 낯선 배의 선장은 그렇게 말하며 갑판 위에 둥그렇게 말려 있는 그물 침대를 비통하게 바라보았다. 그곳에서 몇몇 선원들이 말없이 그물 침대의 가장자리를 들어 올려 꿰매고 있었다.

"만들어지지 않았다니?!" 에이해브가 지지대에서 대장장이 퍼스가 만든 작살을 꺼내들고는 소리쳤다. "보시오, 낸터킷 양반. 내가 그놈의 목숨을 쥐고 있소! 이 칼날은 피로 담금질하고 번개로 담금질한 것이오. 그리고 나는 맹세코 이것을 그놈의 지느러미 뒤편의 뜨거운 곳, 저주받은 흰 고래의 숨통이 있는 곳에 찔러 세 번째 담금질할 것이오."

"그렇다면 노선장, 신께서 그대를 지켜주시길! 저것이 보이오?" 딜라이트호의 선장은 그물 침대를 가리켰다. "어제만 해도 건장했던 선원 다섯 명이 밤

---

**286** 딜라이트호는 앞장에서 만난 레이철호와 함께 『성경』에서 유래한 이름이다. 특히 '기쁨'을 뜻하는 이 이름은 9장에 나오는 매플 목사의 설교 말미에 나오는 '기쁨'의 메시지와도 연결된다. 이 책의 해제 중 '종교적 해석' 참조.

이 오기 전에 죽었소. 나는 그중 한 명만 묻어주려 하고 있소. 나머지 네 명은 숨이 붙은 채 바다에 생매장되었지. 당신은 그들의 무덤 위를 항해하고 있는 것이오."

그 선장은 선원들을 돌아보며 말했다. "다들 준비되었나? 난간에 널빤지를 얹고 시신을 들어 올려라. 자, 그러면… 오, 신이시여!" 그 선장은 양손을 번쩍 들고 그물 침대 쪽으로 다가갔다. "부활과 생명이…."

"돛 줄을 전진 방향으로! 키를 올려라!" 에이해브가 부하들에게 벼락같이 소리쳤다.

하지만 피쿼드호가 아무리 급하게 출발해도 시신이 바다에 풍덩 하며 떨어지는 소리를 피해 가지는 못했다. 어쩌면 물보라가 튀어 오르며 피쿼드호의 선체에 유령의 세례를 주었는지도 모른다.

에이해브가 낙담한 딜라이트호에게서 멀어지자 피쿼드호의 고물에 매달린 괴상한 구명부표가 상대편의 눈에 더욱 또렷이 들어왔다.

"하, 저걸 좀 보게! 저걸 좀 보라고!" 피쿼드호의 뒤쪽에서 음산한 목소리가 들려왔다. "오 낯선 배여, 그대는 슬픈 장례식에서 황급히 달아나려고 하지만 소용없다! 꽁무니를 빼다가 우리에게 그대의 관을 보여줄 뿐이지."


## 132장 　교향곡

맑고 푸른 날이었다. 온통 푸르러서 어디가 하늘이고 바다인지 잘 구분되지 않았다. 다만 생각에 잠긴 듯한 하늘은 여인의 표정처럼 투명할 정도로 순수하고 부드러운 반면에, 강건하고 사내다운 바다는 잠든 삼손의 가슴처럼 길고 힘차게 오르락내리락 들썩이고 있었다.

높은 하늘에서는 얼룩 하나 없이 새하얀 날개를 가진 작은 새들이 이곳저곳을 유유히 날고 있었다. 이 새들은 여성적인 하늘의 온유한 생각을 대신 표현해주는 듯했다. 하지만 헤아릴 수 없이 깊고 푸른 바다 밑에서는 거대한 리바이어던과 황새치, 상어들이 날쌔게 움직이면서 남성적인 바다의 강인하고 거칠며 살벌한 생각을 대변했다.

이처럼 하늘과 바다는 내적으로는 뚜렷한 대조를 보이지만 외적으로는 그림자와 음영의 차이가 있을 뿐이었다. 둘은 하나처럼 보였고, 둘을 구분 지어주는 것은 성별뿐이었다..

높은 하늘에 제왕처럼 떠 있는 태양은 신부를 신랑에게 인도하듯이 부드러운 대기를 씩씩하게 굽이치는 바다에 인도하는 것 같았다. 그리고 이곳 적도에서 자주 볼 수 있는, 부드럽게 펼쳐진 수평선의 미세한 떨림은 어떻게 표현하면 좋을까? 그것은 가슴을 내주는 수줍은 신부의 좋아하는 심정과 두근거리는 믿음, 사랑하기에 불안한 마음을 나타내고 있었다.

맑게 갠 아침 공기 속에서 꼼짝하지 않고 꼿꼿이 선 그의 몸은 묶이고 뒤틀리고 울퉁불퉁하고 주름살이 박혔을지언정 수척하면서도 강인한 투지를 내보이고 있었다. 두 눈은 석탄처럼 이글거렸고 폐허의 잿더미 속에서도 불타오를 것만 같았다. 노선장은 쪼개진 투구 같은 이마를 들어 아름다운 소녀의 이마 같은 하늘을 올려다보았다.

오 푸른 하늘의 영원한 젊음이여, 순수함이여! 우리 주위에서 즐겁게 장난치는 보이지 않는 날개 달린 생명체들이여! 대기와 하늘의 달콤한 어린 시절이여! 너희는 똬리를 튼 늙은 에이해브의 비통함 따위는 아예 모르는구나! 하지만 나는 선한 웃음을 가진 꼬마 요정 미리엄과 마사가 늙은 아버지 곁에서 무심하게 뛰놀고, 다 타버린 분화구 같은 아버지의 머리 가장자리에 자라난 그슬린 머리카락을 만지며 장난치는 것을 본 적이 있다.

승강구에서 갑판 쪽으로 걸어온 에이해브는 뱃전에 몸을 기댄 채 바다를 내려다보았다. 그가 바다의 수심을 꿰뚫어보려고 할수록 물에 비친 그의 그림자는 점점 밑으로 가라앉았다. 하지만 매혹적인 공기에 감도는 사랑스러운 향기가 잠시나마 음울한 영혼의 상념을 쫓아버리는 듯했다. 온화하고 유쾌한 공기, 아름다운 하늘이 마침내 그를 쓰다듬고 다정하게 어루만졌다. 오랫동안 잔인하고 가까이하기 어렵던 계모 같은 세상이 이제야 비로소 선장의 뻣뻣한 목을 다정하게 끌어안고, 아무리 고집 세고 잘못 많은 양아들일지라도 구원하고 축복해야겠다고 마음먹고 눈물을 흘리는 것 같았다. 푹 눌러쓴 모자 밑으로 에이해브가 흘린 눈물 한 방울이 바다에 떨어졌다. 온 태평양을 뒤진다고 해도 그 눈물 한 방울보다 값진 것은 찾지 못할 것이다.

스타벅은 노선장을 바라보았다. 에이해브는 뱃전에 쑥 몸을 내밀고 있었다. 그는 주변의 고요함 한복판에서 흘러나오는 한없이 깊은 흐느낌에 귀 기울이고 있는 것 같았다. 스타벅은 선장에게 몸이 닿지 않게, 또한 들키지 않게 조심하면서 옆에 다가가 섰다.

에이해브가 고개를 돌렸다.

"스타벅!"

"선장님."

"오, 스타벅! 포근한 바람에 포근한 하늘, 포근한 날씨군. 이런 날씨에 난생처음으로 고래에게 작살을 꽂았지. 그때 나는 열여덟 살 어린 작살잡이였어. 40년… 40년… 40년 전이군! 그후로 40년 동안 쉬지 않고 고래잡이를 해왔네. 궁핍과 위험과 폭풍우와 함께한 40년이었지. 40년을 이 무자비한 바다에서 보냈다고! 40년 동안 에이해브는 평화로운 땅을 버리고 바다의 공포에 맞서 싸움을 벌였어! 그래 맞아, 스타벅. 지난 40년 동안 육지에서 보낸 시간은 3년이 안 되네. 돌아보면 고독하고 쓸쓸한 한 평생이었지. 선장 일이란 것이 성벽을 둘러 친 도시처럼 배타적이어서 성 밖의 푸르른 시골에 공감할 여지가 거의 없다네. 오, 피곤한 일이야! 어깨가 무거워! 고독한 지휘관은 기니 해안의 노예와 다를 바 없네! 지금껏 해온 선장 일을 돌아본다면 말이야. 전에는 이런 사실을 어렴풋이 느끼기만 했고 잘 알지 못했지. 나는 40년 동안 소금에 절인 마른 음식만 먹었어. 메마른 내 영혼에 딱 들어맞는 음식이었지. 육지 사람들은 아무리 가난해도 매일 신선한 과일을 먹고 신선한 빵을 떼는데 말이야. 나는 먼 바다에 나가 곰팡이 핀 빵이나 먹었지. 쉰 살이 지나서 얻은 어린 아내는 바다 저편에 있네. 신혼 베개에는 머리를 한 번밖에 대지 못했어. 결혼식 다음 날 혼곳으로 항해를 떠났지. 아내? 아내라고? 그보다는 '남편이 살아 있는 과부'라고 하는 편이 맞을 거야. 그래 스타벅, 나는 그렇게 어린 아내를 과부로 만들었네. 그러고는 광기와 광분, 끓어오르는 피, 김이 나는 이마 따위뿐이었어. 이 늙은 에이해브는 광기에 휩싸여 천 번도 넘게 보트를 내리고 물보라를 일으키며 사냥감을 쫓았네. 사람이라기보다 악마에 가까웠지. 그래, 40년 동안 바보, 바보, 늙은 바보였어. 이 늙은 에이해브는 왜 이렇게 싸워야 할까? 왜 팔이 떨어져 나가도록 노를 젓고 작살과 창을 던져야 할까? 그런다고 에이해브가 지금 더 부자가 되거나 좋은 사람이 되기라도 했나? 이보게, 스타벅. 이처럼 피곤한 짐을 지고 있는 내게서 다리 한 짝을 떼어 가다니 너무 가혹하지 않은가? 이 늙은이의 머리를 옆으로 좀 빗겨주게. 머리가 가리고 있으니 내가 꼭 우는 것 같군. 이런 잿빛 머리는 재에서만 자라지. 스타벅, 내가 많이 늙어 보이나? 그렇게 많이, 아주 많이 늙어 보이나? 나는 낙원에서 쫓겨난 이후로 수십 세기 동안 무거운 짐을 지고 비틀거려온 아담 같은 느낌일세. 전신에 힘이 빠지고 고개가 떨어지고 등이 굽은 것 같아. 신이여! 신이여! 신이여! 제 심장을 쪼개고 제 머리를 부수소서. 잿빛 머리라니, 이 얼마나 웃기는 일인가! 이 얼마나 씁쓸하고 통렬한 조롱인가! 그렇게 허연 머리를 뒤집어쓸 정도로 내가 충분히 즐거움을 누렸단 말인가? 그러니 참을 수 없을 만큼 늙게 보이고 그렇게 느끼는 것인가? 가까이! 스타벅, 가까이 와보게. 인간의 눈을 들여다보게 해주게. 바다나 하늘을 쳐다보는 것보다 그것이 낫겠어. 신을 바라보는 것이 낫겠어. 초목이 우거진 땅! 따뜻하고 환한 난롯가! 이건 마법의 거울이로군. 자네 눈에서 내 아내와 아이가 보이네. 아니, 아니, 내가 보트를 타고 바다로 나갈 때 자네는 여기 갑판에 머무르게. 내가 모비 딕을 추격할 때 자네는 본선을 지키라고. 자네에게는 위험한 책임을 맡기지 않겠어. 그럼, 그럼, 자네 눈 속에 저 먼 곳의 고향집이 보이는데 그럴 수는 없지!"

"오, 선장님. 나의 선장님! 고귀한 영혼이여! 역시 위대하고 관대한 분이여! 왜 저 가증스러운 고래를 뒤쫓아야 합니까? 저와 함께 갑시다. 죽음의 바다에서 벗어나 고향으로 갑시다! 이 스타벅에게도 처자식이 있습니다. 형제자매 같고 어릴 적 소꿉친구 같은 처자식이지요. 선장님에게도 노년에 얻은 사랑스럽고 그리운 처자식이 있습니다. 갑시다! 여기서 벗어납시다! 지금 당장 항로를 바꾸라고 명령하십시오! 선장님, 그러면 우리는 아주 즐거운 마음으로 낸터킷 쪽으로 항로를 바꿀 것입니다. 낸터킷에도 오늘처럼 온화하고 청명한 날들이 있을 겁니다."

"그렇지. 그럴 거야. 나도 그런 날들을 보았어. 여름 아침에 맑게 갠 날. 이 무렵이지. 아마 지금은 아이가 낮잠 자는 시간일 거야. 아이가 활기차게 일어나 침대에 앉으면 애 엄마는 내 이야기, 식인종 같은 늙은 아비 이야기를 해주겠지. 지금은 바다에 나가 있지만 언젠가 돌아와 같이 놀아줄 거라고 말하겠지."

"그건 제 아내 메리도 마찬가지입니다. 제 아내는 아침마다 아이를 데리고 언덕에 올라가 귀항하는 아버지 배의 돛을 맨 처음 보게 해주겠다고 약속했지요. 그래요, 그래! 더 말할 것도 없어요. 이제 이야기는 끝난 겁니다! 낸터킷으로 배를 돌리는 겁니다. 자 선장님. 항로를 정하고 여기서 벗어납시다! 보세요, 보세요! 창문 너머로 아들의 얼굴이 보여요! 아들이 언덕에서 손을 흔들고 있어요!"

하지만 에이해브는 시선을 돌렸다. 그는 병든 과실수처럼 몸을 흔들더니 다 타버려 새까매진 마지막 사과를 땅에 떨어트렸다.

"이것은 무엇인가? 형언할 수도 이해할 수도 없고 이 세상의 것이 아닌 이 불가사의한 것은 무엇인가? 숨어서 사람을 기만하는 군주, 잔인무도한 제왕이 내게 명령하고 있다. 그리하여 자연스러운 애정과 그리움 따위는 모두 멀리하고 이리도 나 자신을 채찍질하며 밀고 나가게 하는구나. 스스로는 꿈도 꾸지 못할 일을 무모하게도 해치우라고 나 자신을 몰아붙이고 있구나. 에이해브는 과연 에이해브인가? 이 팔을 들어 올리는 것은 나인가, 신인가? 아니면 다른 무엇인가? 하지만 위대한 태양도 스스로 움직이는 것이 아니라 하늘의 심부름꾼에 지나지 않는다면, 보이지 않는 힘이 작용하지 않으면 어떤 별도 밤하늘을 회전할 수 없다면, 어떻게 이 작은 가슴이 뛰고 이 작은 머리가 생각할 수 있단 말인가? 내가 아니라 신이 심장을 뛰게 하고 머리로 생각하게 하고 나를 살게 하는 것이라면? 맹세컨대 우리는 이 세상에서 돌고 또 돌고 있네. 저기 있는 양묘기처럼 말이야. 운명이 그렇게 돌게 만드는 회전축이라네. 저 미소 짓는 하늘과 깊이를 알 수 없는 바다를 보게! 그리고 저기 저 다랑어를 좀 보게! 누가 저 물고기로 하여금 날치를 쫓아가 잡아먹게 하는가? 살인자들은 어디로 가는가? 재판관 자신도 법정에 끌려 나오는 판국에 누가 누구에게 죽음의 판결을 내린단 말인가? 하지만 정말이지 부드러운 바람이고 온화한 하늘이로군. 공기에서 멀리 떨어진 초원의 풀냄새가 나고 있어. 스타벅, 안데스산맥 어딘가에서 사람들은 건초 작업을 하겠지. 풀 베는 사람들은 새로 벤 건초 사이에서 잠을 잘 거야. 잠이라고? 그래, 우리가 아무리 열심히 일한다고 해도 마지막에 가서는 들판에 누워서 잠들게 되지. 잠이라고? 그래, 지난해에 풀들을 반쯤 베고 들판에 던져둔 큰 낫처럼 푸른 풀밭에서 녹슨 채 잠드는 거야, 스타벅!"

하지만 절망에 빠진 일등항해사는 얼굴이 시체처럼 창백해져 이미 그 자리를 떠나고 없었다.

에이해브는 갑판을 가로질러 가 반대편 바다를 바라보다가 수면 위에 비친 두 개의 움직이지 않는 눈을 보고 깜짝 놀랐다. 페달라가 미동도 하지 않은 채 같은 난간에 기대어 바다를 내려다보고 있었던 것이다.

## <u>133장</u>  *추격 — 첫째 날*

그날 밤 야간 당직을 선 노선장은 평소 가끔 하던 대로 기대어 서 있던 승강구에서 나와 고래 뼈 다리를 끼우는 갑판 구멍으로 걸어갔다. 그는 갑자기 맹렬한 기세로 고개를 내밀더니, 배에서 기르는 영리한 개가 야만인의 섬에 다가갈 때 그러는 것처럼 킁킁거리며 바다 공기의 냄새를 맡았다. 그러고는 가까운 곳에 고래가 있는 것이 틀림없다고 단언했다. 곧 당직 선원들 모두가 살아 있는 향유고래가 멀리서 내뿜는 독특한 냄새를 맡았다. 에이해브가 나침반과 풍향기를 살피며 냄새의 발원지를 되도록 정확히 파악한 다음, 항로를 약간 변경하고 돛을 줄이라고 명령했을 때, 놀라는 선원은 아무도 없었다.

이런 판단과 지시가 정확했다는 것은 새벽녘에 멋지게 증명되었다. 앞쪽 바다 위에 길고 날렵하게 나 있는 세로선이 발견되었기 때문이다. 양옆의 잔물결 사이로 기름을 뿌린 듯이 매끈한 그 물줄기는 깊은 급류가 시작되는 지점에서 거센 물살이 서로 부딪히면서 남기는 금속 빛깔의 흔적과 비슷했다.

"돛대 꼭대기에 선원을 배치하라! 전원 집합!"

다구는 세 개의 지레 끝으로 앞갑판을 요란하게 두드리면서 우렁찬 목소리로 잠자는 선원들을 깨웠다. 선원들이 옷을 손에 쥔 채 승강구에서 바람에 빨려 나오듯이 순식간에 나타났다.

"뭐가 보이나?" 에이해브가 하늘 쪽을 쳐다보며 물었다.

"아무것도, 아무것도 보이지 않습니다, 선장님!" 돛대 위쪽에서 대답이 터져 나왔다.

"윗돛! 보조돛! 아래, 위, 양현 모두 올려라!"

돛을 모두 펼치자 선장은 직접 주돛대 꼭대기에 올라가기 위해 미리 준비해둔 구명 밧줄을 풀게 했다. 얼마 지나지 않아 선장은 공중에 끌어 올려졌다. 그리고 3분의 2 지점에 이를 때쯤 주돛대의 중간돛과 윗돛 사이에 수평으로 벌어진 틈으로 전방을 응시하던 선장은 갈매기 울음소리처럼 찢어지는 목소리로 외쳤다. "고래가 물을 뿜는다! 고래가 물을 뿜는다! 흰 산 같은 혹이다! 모비 딕이다!"

거의 동시에 망대 세 곳에서도 같은 외침이 터져 나왔다. 그 소리에 흥분한 갑판의 선원들은 오랫동안 추적해온 그 유명한 고래를 보려고 돛대 밧줄 쪽으로 달려왔다. 에이해브는 이제 다른 망대보다 몇 미터나 높은 위치에 자리를 잡았다. 타슈테고는 바로 밑 주돛대의 중간돛 위에 섰다. 인디언의 머리와 에이해브의 발꿈치 위치가 엇비슷했다. 그 높이에서는 고래가 수 킬로미터 앞에서 유유히 헤엄치는 것이 보였다. 녀석은 파도가 넘실거릴 때마다 반짝이는 혹을 드러내며 공중에 주기적으로 물을 뿜어 올렸다. 뭐든 잘 믿는 선원들의 눈에 그물줄기는 오래전 달 밝은 밤에 대서양과 인도양에서 본 것과 같았다.

"지금까지 저것을 보지 못했단 말이냐?" 에이해브가 주변의 망꾼들에게 큰 소리로 물었다.

"저는 에이해브 선장님과 거의 동시에 고래를 발견하고 소리를 질렀습니다."타슈테고가 말했다.

"동시라니. 아니야, 아니고말고. 그러니 금화는 내 것이다. 금화는 운명이 내게 점지해준 것이야. 나 말고 너희 중에 누구도 저 흰 고래를 먼저 볼 수 없었다. 고래가 물을 뿜는다! 물을 뿜어! 저기, 저기다! 저기서 또 내뿜는다!" 에이해브는 고래가 물을 내뿜는 속도에 장단을 맞추어 소리를 길게 뺐다가 짧게 끊었다 하며 외쳤다. "고래가 잠수한다! 보조돛을 내려라! 윗돛도 내려라! 보트 세 척은 대기하라. 스타벅, 아까 말한 대로 갑판에 남아 본선을 관리하게. 키잡이, 바람 부는 쪽으로 1포인트 돌려. 그래, 그대로 유지해. 저기 꼬리가 보인다! 아니, 아니야. 검은 파도로군! 보트는 모두 준비되었나? 좋아 스타벅, 나를 내려라. 빨리, 더 빨리!" 그는 공중에서 미끄러지듯 갑판으로 내려왔다.

"선장님, 고래는 바람 불어가는 쪽으로 곧장 가고 있습니다." 스터브가 말했다. "우리한테서 멀어지는 쪽으로요. 그래서 아직 우리 배를 보지는 못했을 겁니다."

"이봐, 입 다물어! 아딧줄을 준비하라! 키를 힘껏 아래로! 활대를 돌려 바람을 받아라! 좋아, 잘했어. 보트, 보트를 빨리 내려!"

곧 스타벅의 보트를 제외하고 모든 보트가 내려졌다. 보트는 모두 돛을 펼쳤고 노잡이들은 죽어라 노를 저었다. 보트는 잔물결을 일으키며 쏜살같이 바람 불어가는 쪽으로 나아갔다. 에이해브가 공격의 선봉장으로 나섰다. 페달라의 쑥 꺼진 두 눈에 창백한 죽음의 빛이 어른거리고 입은 파르르 경련을 일으키며 뒤틀렸다.

가벼운 보트 뱃머리는 앵무조개 껍데기처럼 소리 없이 파도를 가르며 달리다가 적 가까운 곳에 가서는 속도를 늦췄다. 고래에게 다가갈 즈음 바다는 더 잔잔해져 파도 위에 카펫을 깔아놓은 듯했다. 잔잔하게 펼쳐진 바다는 한낮의 목초지 같기도 했다. 드디어 숨죽인 사냥꾼이 아직 수상한 낌새를 차리지 못한 것 같은 사냥감에 바싹 다가가자 눈부시게 반짝이는 녀석의 혹 전체가 시야에 들어왔다. 그 혹은 따로 떨어져 나온 것처럼 바다를 미끄러지듯 다니며 미세한 양털 같이 몽글몽글한 푸른빛 물거품을 연신 만들어냈다. 그 너머로 약간 치켜든 고래 머리에 난 거대하고 복잡한 주름도 볼 수 있었다. 부드러운 터키 카펫을 깐 것 같은 바다 저쪽으로 거대한 우윳빛 이마가 드리운 반짝이는 흰 그림자가 달려가고, 잔물결이 리듬을 맞추듯이 그림자를 장난스럽게 뒤따랐다. 그 뒤에는 고래가 천천히 만들며 가는 항적의 움직이는 골짜기 위로 푸른 물결이 번갈아 가며 흘러들었다. 고래의 배 양쪽으로는 반짝이는 거품이 춤추듯이 튀어 올랐다. 하지만 이 물거품은 바다 위에서 부드럽게 퍼덕거리는 수백 마리의 유쾌한 바닷새의 가벼운 발끝에서 또다시 부서졌다. 흰 고래의 등에는 큰 상선의 페인트칠한 선체 위로 깃대가 솟아 있는 것처럼 얼마 전에 박힌 듯한 긴 창이 자루가 부러진 채 꽂혀 있었다. 부드러운 발을 가진 새들이 구름같이 무리 지어 날며 고래 위를 이리저리 스치다가 그중 한 마리가 가끔씩 그 깃대에 조용히 내려앉으면 유유히 흔들리며 기다란 꽁지깃이 깃발처럼 펄럭였다.

점잖은 기쁨이, 날랜 움직임 속에서도 힘 있고 온화한 휴식의 기운이 미끄러지듯 헤엄치는 이 고래를 감싸고 있었다. 일찍이 흰 황소로 둔갑한 제우스는 에우로페를 납치하여 우아한 뿔에 매달고 헤엄쳐 갔다. 사랑에 빠진 제우스는 계속 처녀에게 유혹의 곁눈질을 하며 크레타섬에 마련한 신방으로 부드럽고 황홀한 속도로 물결치듯이 곧장 내달렸다. 그러나 위대한 최고의 신 제우스조차 이처럼 성스럽게 헤엄치는 흰 고래의 영광을 능가하지는 못했다.

부드러운 양쪽 옆구리에서 갈라진 파도는 일단 고래의 등을 타고 흘러내린 후 멀리멀리 퍼져 나갔다. 그 빛나는 양쪽 옆구리는 사람을 끌어당기는 매력을 발산하고 있었다. 고래잡이들 중에 이런 평온한 풍경에 이끌려 무턱대고 공격을 시도하다가 죽을 지경에 처하고 나서야 그것이 실은 회오리바람의 전조였음을 깨닫는 자들이 있다는 것은 그리 놀라운 일도 아니다. 너무나 평온한, 매혹적으로 평온한 고래여! 지금까지 그런 식으로 무수한 사람을 현혹하며 죽음에 몰아넣었지만, 너를 처음 본 사람들에게는 평온함 그 자체로 보이는구나!

모비 딕은 녀석의 매혹적인 모습에 빠져 박수 치는 일마저 잠시 잊은 파도를 뒤로하고 평화롭고 고요한 열대 바다를 유유히 헤엄쳐 나갔다. 그는 아직도 바닷속에 잠겨 있는 몸뚱이의 흉포함을 내보이지 않았고 소름끼치는 턱도 완전히 감추고 있었다. 하지만 이내 고래의 앞부분이 서서히 물 위로 떠올랐다. 하얀 대리석 같은 몸뚱이는 버지니아주의 '내추럴 브릿지'처럼 높은 아치를 그리며 깃대 같은 꼬리를 경고하듯이 공중에서 흔들어댔다. 거대한 신은 그렇게 잠시 모습을 드러냈다가 다시 잠수하여 시야에서 사라졌다. 새하얀 바닷새들은 날개를 퍼덕이며 공중에 머물거나 바닷물에 몸을 적시며 고래가 남긴 요란한 소용돌이 위를 그리운 듯이 맴돌았다.

이제 세 척의 보트는 노를 수직으로 세우고 짧은 노를 내리고 돛을 늘어뜨린 채 가만히 물 위에 떠서 모비 딕이 다시 나타나기를 기다렸다.

"한 시간." 에이해브가 보트의 고물에 동상처럼 서서 말했다. 그는 고래가 있던 자리 너머, 바람 불어가는 쪽의 아득한 푸른 공간과 드넓게 펼쳐진 고혹적인 허공을 응시했다. 그것도 잠시에 불과했다. 수면 위의 소용돌이를 쓱 훑는 순간, 그의 두 눈이 머릿속에서 다시 빙글빙글 돌아가는 것 같았다. 다시 바람이 거세지면서 바다가 일렁이기 시작했다.

"새들이다! 새들!" 타슈테고가 소리쳤다.

왜가리가 날아갈 때처럼 하얀 새들이 길게 한 줄로 늘어서서 에이해브의 보트 쪽으로 날아오고 있었다. 몇 미터 앞까지 다가온 새들은 기대에 찬 즐거운 소리를 지르며 물 위를 뱅뱅 돌았다. 새들의 시각은 인간의 시각보다 훨씬 날카롭다. 에이해브는 바다에서 아무런 징후도 발견할 수 없었다. 그런데 문득 바다 깊은 곳에서 흰 족제비만 한 흰 점 하나가 물 위로 솟구치고 있는 모습이 눈에 들어왔다. 하얀 점은 아주 빠른 속도로 올라오며 점점 커지더니 방향을 바꾸었다. 그러자 깊이를 알 수 없는 바다 밑바닥에서 떠오른 흰 점이 실은 길고 삐뚤빼뚤한 두 줄의 하얀 이빨이었음이 드러났다. 모비 딕의 쩍 벌린 아가리와 위로 말려 올라간 턱이었다. 그림자 같은 고래의 거대한 몸뚱이는 푸른 바다에 여전히 반쯤 잠겨 있었다. 반짝이는 아가리가 문이 열린 대리석 무덤처럼 보트 바로 밑에서 쩍 벌어졌다. 에이해브는 이 무시무시한 고래에게서 벗어나기 위해 키

잡이 노를 옆으로 크게 한 번 휘둘러 보트의 방향을 바꾸었다. 그런 다음 페달라에게 자리를 바꾸자고 소리치며 뱃머리 쪽으로 갔다. 그는 퍼스가 만들어준 작살을 움켜쥐고는 선원들에게 노를 잡고 후진 준비를 하라고 지시했다.

때맞추어 보트를 돌렸기 때문에 보트의 뱃머리는 예상대로 아직 물속에 잠겨 있는 고래의 머리를 정면으로 마주보게 되었다. 하지만 모비 딕은 상대방의 작전을 간파한 것처럼 교활하게도 순식간에 몸을 옆으로 비스듬히 돌리더니 주름진 머리로 보트 밑을 들이박았다.

그 순간 보트의 모든 널빤지와 늑재가 충격을 받으며 흔들렸다. 고래는 먹이를 물어뜯는 상어처럼 비스듬히 드러누워 보트의 뱃머리를 천천히 만끽하듯이 아가리에 물었다. 두루마리처럼 말린 길고 좁은 고래의 아래턱이 허공에 치솟았고, 이빨 하나가 보트의 노 받침대에 걸렸다. 푸른색이 도는 진주처럼 하얀 아가리 내부가 에이해브의 머리에서 한 뼘밖에 떨어지지 않은 곳에서 어른거렸다. 이런 자세로 모비 딕은 고양이가 잔인하게 쥐를 가지고 놀 듯이 얇은 삼나무 보트를 흔들어댔다. 페달라는 눈 하나 깜짝하지 않고 팔짱을 낀 채 그 광경을 지켜보았다. 하지만 호랑이처럼 누런 얼굴을 한 노잡이들은 고물 끝으로 도망치려다가 나뒹굴며 서로의 얼굴을 밟기 바빴다.

고래가 위기에 처한 보트를 사악하게 희롱하는 동안, 보트의 양쪽 뱃전은 탄력적으로 넓어졌다 좁아졌다 하기를 반복했다. 게다가 고래의 몸뚱이가 보트 아래에 있는 데다가 뱃머리가 사실상 녀석의 아가리에 들어가 있어 그 자리에서 작살을 던지기란 불가능했다. 다른 보트들은 불가항력의 갑작스러운 위기 앞에서 아무런 대응도 하지 못하고 미적거리고만 있었다. 편집광인 에이해브는 평생의 원수인 고래가 바로 옆에 있는데도 그 가증스러운 아가리 속에 산 채로 갇혀 아무것도 할 수 없자 미칠 듯이 화가 났다. 그래서 녀석의 긴 이빨을 맨손으로 붙잡고 비틀며 보트를 빼내려고 필사적으로 몸부림쳤다. 이처럼 버둥거리고 있는데 고래 턱이 미끄러지듯이 빠져나가는가 싶더니 위턱과 아래턱이 뒤로 물러나면서 거대한 가위처럼 보트를 깨물었다. 그러자 약한 뱃전이 안으로 휘고 산산이 부서지면서 배가 두 동강이 나버렸다. 거대한 고래의 두 턱은 동강 난 보트 한가운데서 다시 굳게 닫혔다. 동강 난 보트의 한편은 잘린 쪽이 기울어진 채 떠내려갔고, 고물 쪽 조각에 있던 선원들은 뱃전에 매달린 채 부서진 보트나마 저을 노를 놓치지 않으려고 애썼다.

보트가 두 동강 나기 직전, 에이해브는 고래가 간악하게 머리를 쳐들어 잠시 보트를 놓아주는 것을 보고서 그 의도를 간파했다. 그 순간 선장은 보트를 고래 옆으로 밀어내려고 마지막으로 안간힘을 썼다. 그럴수록 보트는 고래 입속으로 더 미끄러져 들어갔다. 동시에 보트가 옆으로 기울어지면서 그는 그만 잡고 있던 고래 턱을 놓쳤고, 그 힘에 밀려 보트에서 튕겨 나와 바다에 얼굴부터 떨어졌다.

잔물결을 일으키며 희생제물에서 물러난 모비 딕은 이제 약간 떨어진 곳에 선 채, 새하얀 장방형 머리를 파도 속에서 아래위로 흔들며 방추형의 몸뚱이를 천천히 회전시키고 있었다. 녀석의 거대한 이마가 수면 위로 6미터 이상 솟아오르자 함께 솟구친 파도들이 이마에서 하얗게 부서졌고, 물보라는 복수라도 하듯이 이마보다 더 높이 솟구쳤다.[287] 폭풍이 칠 때 영국 해협의 큰 파도가 깎아지른 듯한 에디스톤 암초에 부딪쳐 물러섰다가 다시 몰려와 의기양양하게 물보라를 암초 꼭대기에 날리는 광경과도 비슷했다.

모비 딕은 이내 수평 자세를 잡고 난파한 배의 선원들의 주위를 빠르게 빙빙 돌았다. 복수의 일념으로 물을 양옆으로 휘저으며 또 다른 치명적 공격을 가하기 위해 준비운동을 하는 것만 같았다. 마카베오서[288]를 보면 안티오쿠스 왕의 코끼리들이 붉은 포도즙과 오디즙을 보고 미쳐 날뛰었다고 하는데, 모비 딕도 두 동강 난 보트의 잔해를 보고 미친 것 같았다. 한편 에이해브는 고래의 무지

---

**287** 향유고래 특유의 이 동작을 '창던지기'라고 한다. 84장에서 설명한 창던지기, 즉 고래
잡이가 창을 던지기 전에 창을 상하로 움직이면서 겨냥하는 동작을 닮았다고 해서 이
런 이름이 붙었다. 고래는 이 동작을 통해 주변의 사물을 좀 더 잘 보고 파악할 수 있다.
(원주)

**288** 마카베오1서 6장 34절(공동번역). "그들은 코끼리를 잘 싸우게 하려고 포도즙과 오디
의 붉은 즙을 눈앞에 보여 자극시켜 가지고 네모꼴 진지 사이에 배치하였다."

막지한 꼬리가 일으키는 물거품 때문에 숨이 막힐 지경이었다. 그는 엄청난 소용돌이 한가운데서 물 위에 떠 있을 수는 있었으나 한쪽 다리가 없는지라 헤엄을 치기에는 역부족이었다. 에이해브의 머리는 아주 약한 충격에도 터질 것 같은 거품처럼 속수무책으로 흔들렸다. 페달라는 동강 난 보트의 고물에 매달린 채 무심하고 태연한 눈빛으로 그를 바라보았다. 다른 절반의 보트 조각에 매달린 선원들도 그를 구조하기는커녕 자기 몸 하나 가누기도 벅찼다. 주위를 맴도는 흰 고래의 모습은 너무나 오싹했고, 공전하는 행성처럼 빠르게 돌며 반경을 좁혀왔기 때문에 금방이라도 그들을 덮칠 것 같았다. 그래서 피해를 입지 않은 다른 두 척의 보트는 근처에서 맴돌면서도 감히 소용돌이 속으로 들어가 고래를 공격할 엄두를 내지 못했다. 그것이 고래에게 일종의 신호가 되어 에이해브를 포함해 바다에 떨어진 선원들을 순식간에 다 죽여버릴 수 있고, 그런 상황에서 자신들도 도망쳐 나오기가 어려웠기 때문이다. 그들은 어느새 노선장의 머리가 중심점이 되어버린 무서운 소용돌이의 가장자리에서 손에 땀을 쥐며 사태를 지켜볼 수밖에 없었다.

한편 본선의 돛대 꼭대기에 올라간 선원들은 처음부터 이 광경을 다 지켜보고 있었다. 본선은 이제 활대를 용골과 직각이 되게 만들고 사고 현장으로 달려갔다. 배가 가까이 왔을 때, 물속의 에이해브는 본선을 향해 소리쳤다. "고래를 향해…" 그 순간 모비 딕이 일으킨 커다란 파도가 선장을 삼켰다. 하지만 곧 파도를 헤치고 나와 치솟는 물마루에 올라탄 선장은 다시 소리쳤다. "고래를 향해 돌진하라! 저놈을 쫓아내라!"

피쿼드호는 뾰족한 뱃머리 덕분에 고래가 일으킨 마법의 소용돌이를 깨뜨리며 흰 고래와 희생자들을 효과적으로 떼어놓을 수 있었다. 시무룩해진 고래가 다른 곳으로 헤엄쳐 가자 보트들이 구조하러 달려갔다.

스터브의 보트에 끌어 올려진 에이해브는 두 눈이 충혈되어 앞을 보지 못했고, 이마의 주름살에는 흰 소금이 들러붙었으며, 오랫동안 긴장하며 체력을 소진한 탓에 기운을 차리지 못했다. 그는 코끼리 떼가 짓밟고 지나간 사람처럼 만신창이가 되어 보트 바닥에 널브러졌다. 깊은 골짜기에서 울리는 절망의 메아리처럼 형언하기 어려운 울부짖음이 그의 몸속 깊숙한 곳에서 흘러나왔다.

하지만 육체의 극심한 피로가 오히려 선장이 회복되는 시간을 단축시켜주었다. 나약한 사람들이 자비롭게도 평생에 걸쳐 조금씩 나누어 받는 고통을 위대한 사람들은 때때로 단 한 번에 엄청난 고통으로 응축해서 받는다. 그런 사람들은 깊은 고통을 겪을 때마다 신속하게 회복되기는 하지만, 그래도 신들이 명령할 경우 순간순간의 강렬한 고통을 그대로 축적시켜 평생을 고뇌로 가득 채우기도 한다. 성품이 고귀한 그들은 무의미한 원 중심에 있을 때조차 열등한 영혼들 전체를 담아내기 때문이다.

"작살은…" 에이해브가 한쪽 팔에 기대어 몸을 반쯤 천천히 일으키며 물었다. "무사한가?"

"예, 선장님. 던지지 않았으니까요. 여기 있습니다." 스터브가 작살을 보여주며 대답했다.

"내 앞에다 놓게. 실종된 선원이 있나?"

"하나, 둘, 셋, 넷, 다섯. 노가 다섯 개 있고, 여기 있는 선원도 다섯 명입니다."

"다행이군. 나를 좀 도와주게. 일어서고 싶어. 그래, 그래, 저기 그놈이 보인다. 저기 바람 불어가는 쪽으로 가고 있어. 아주 멋지게 물을 뿜어 올리고 있군! 내 몸에서 손을 떼라! 영원한 수액이 다시 에이해브의 뼈들 사이로 차오른다! 돛을 달아라! 노를 저어라! 키를 잡아라!"

보트 한 척이 부서져 그 선원들이 다른 보트에 구조되면 자신들을 구조한 보트의 일을 돕게 된다. 그리하여 선원들은 이른바 두 겹으로 노를 저으며 고래 추격을 이어 간다. 지금도 그랬다. 하지만 두 배로 늘어난 보트의 힘은 고래의 힘을 당해내지 못했다. 녀석은 이제 지느러미마다 세 겹의 노를 두른 듯이 빠른 속도로 헤엄쳐 갔다. 이런 상황에서 추격을 계속한다면 따라잡을 가능성이 전혀 없는 것은 아니지만 추격이 한없이 길어질 것이 뻔했다. 어떤 선원도 그렇게 오랫동안 쉬지 않고 힘차게 노를 저을 수는 없다. 그런 일은 아주 단시간에만 감당할 수 있다. 그럴 때 종종 본선이 추격을 대신하며 편리한 중간 수단이 되어준다. 그래서 포경 보트들은 본선으로 가서 기중기로 뱃전에 끌어 올려졌다.

동강 난 보트의 두 조각은 이미 본선에게 구조된 터였다. 피쿼드호는 보트를 뱃전에 매단 후, 돛을 높이 올리고 앨버트로스의 날개처럼 보조돛을 옆으로 활짝 펼치고 모비 딕을 쫓아 바람 불어가는 쪽으로 달려갔다. 잘 알려진 대로 고래가 반짝이는 물줄기를 일정한 간격으로 내뿜을 때마다 돛대 꼭대기에서는 이를 주기적으로 보고했다. 에이해브는 고래가 방금 잠수했다는 보고를 받으면 나침반 시계를 들고 갑판을 서성거리다가 다음 물뿜기가 예상되는 시간에서 일초라도 지나면 어김없이 물었다. "금화는 이제 누구의 것인가? 녀석을 보았는가?" 만일 "보지 못했습니다, 선장님"이라는 대답이 나오면 그는 즉시 자신을 망대 위로 들어 올리라고 명령했다. 이런 식으로 하루가 지나갔다. 에이해브는 망루에 매달려 꼼짝도 하지 않는가 하면 아래로 내려와 갑판 위를 초조하게 서성거렸다.

그는 갑판을 오가며 가끔 돛대 꼭대기 선원들을 올려다보고 돛을 더 높게 올리거나 더 넓게 펼치라고 명령하는 것 말고는 아무 말도 하지 않았다. 그는 모자를 깊숙이 눌러쓰고 왔다 갔다 하면서 돌아설 때마다 뒷갑판에 있는 자신의 부서진 보트를 쳐다보았다. 두 동강 난 보트는 뱃머리며 고물이며 죄다 부서진 채 뒤집혀 있었다. 마침내 그는 부서진 보트 앞에 섰다. 이미 흐린 하늘에 때때로 새로운 먹구름이 몰려드는 것처럼 노선장의 어두운 얼굴에 또 다른 암울함이 스쳐 지나갔다.

스터브는 선장이 멈추어 선 것을 보고 보트를 바라보며 소리쳤다. 어쩌면 당당한 용기를 보여주어 선장의 마음속에 자신이 용감한 자라는 인상을 심어주어야겠다는 허세에서 나섰는지도 모른다. "당나귀도 먹지 않은 엉겅퀴지요. 이것이 그놈의 입을 아프게 찔렀을 겁니다, 선장님, 하! 하!"

"난파선 앞에서 웃다니 이 무슨 비정한 짓인가? 이봐, 이봐. 자네가 두려움을 모르는 불처럼 (그리고 감정에 휘둘리지 않는 기계처럼) 용감한 자인 줄 내가 몰랐다면 자네를 겁쟁이라고 욕했을 거야. 난파선 앞에서는 신음 소리도 웃음소리도 내서는 안 되네."

"예, 선장님." 스타벅이 다가오며 말했다. "아주 엄숙한 광경이죠. 일종의 징조, 불길한 징조입니다."

"징조? 징조라고? 그딴 건 사전에나 나오는 말이야! 신들이 인간에게 직접 말하고 싶었다면 떳떳하게 직접 말했겠지. 고개를 저으며 노파의 암울한 예언 같은 것은 하지 않았을 거라고. 가게! 자네 둘은 동전의 양면이로군. 스타벅은 스터브를 뒤집어놓은 사람이고, 스터브는 스타벅의 정반대편이지. 그러니 자네 둘은 인류 전체를 대표하는 셈이야. 하지만 에이해브는 지구에 살고 있는 수백만 명 중에 혼자다. 신도 인간도 그의 이웃이 아니야! 춥다, 추워. 몸이 떨리는구나! 돛대 꼭대기, 지금은 어떤가? 녀석이 보이나? 녀석이 물을 뿜을 때마다 보고해. 설령 일 초에 열 번을 뿜더라도 말이야."

어느덧 하루가 거의 저물고 태양의 황금빛 옷자락만 펄럭였다. 곧 어둠이 닥쳐오는데도 망루에 올라간 선원들은 아직 내려오지 않았다.

"이제는 물줄기를 볼 수 없습니다, 선장님. 너무 어두워요." 위쪽에서 소리가 들려왔다.

"마지막으로 보았을 때 어디를 향하고 있었나?"

"전과 똑같습니다, 선장님. 바람 불어가는 쪽으로 곧장 갔습니다."

"좋아! 이제 밤이 되었으니 녀석도 천천히 갈 거야. 꼭대기 돛대와 윗돛대의 보조돛을 내려라. 스타벅, 아침이 올 때까지는 그놈을 앞서서는 안 돼. 지금은 달리고 있지만 잠시 멈출지도 몰라. 키잡이! 바람을 받게 하라! 꼭대기의 선원들, 다 내려오라! 스터브, 앞돛대의 망꾼을 교대시키고 아침까지 돌아가며 망을 보게 하도록!" 그런 다음 에이해브는 주돛대에 못 박혀 있는 금화 앞으로 걸어가 말했다. "이봐 선원들, 내가 고래를 발견했으니 이 금화는 내 것이다. 하지만 흰 고래가 죽을 때까지 이것을 여기에 그대로 두겠다. 그놈이 죽는 날, 그것을 제일 먼저 발견하고 소리친 선원에게 이 금화를 주겠다. 만약 소리치는 사람이 또 내가 된다면 이 금화의 열 배가 되는 액수를 너희 모두에게 나누어주겠다! 자, 다들 자기 위치로! 갑판은 항해사 자네가 맡게!"

에이해브는 그렇게 말하고는 승강구 안에 반만 내려가 모자를 깊숙이 눌러쓰고 새벽까지 서 있었다. 밤이 얼마나 지났는지 보려고 가끔 고개를 들 뿐 꼼짝도 하지 않았다.


## 134장  추격 — 둘째 날

다음 날 동이 터 오자 새로운 망꾼이 임무 교대를 위해 세 개의 돛대 꼭대기에 올라갔다.

"그놈이 보이나?" 희붐한 새벽빛이 퍼지기를 잠시 기다렸다가 에이해브가 소리쳤다.

"아무것도 안 보입니다, 선장님."

"선원들을 모두 깨워 돛을 올려라! 놈은 내가 생각한 것보다 더 빨리 달리고 있어. 윗돛! 그래, 간밤에 윗돛을 달아놓아야 했어! 하지만 상관없어. 달리기 전에 잠시 휴식을 취한 것뿐이니까."

여기서 말해둘 점은 밤낮없이 계속 특정한 고래 한 마리만 추격하는 것이 남태평양 포경업에서는 결코 이례적인 일이 아니라는 것이다. 낸터킷의 선장들 가운데 몇몇은 놀라운 기술과 경험에서 나오는 직감, 불굴의 자신감 등으로 타고난 천재성을 발휘한다. 그래서 마지막으로 본 모습만 가지고도 고래가 그 상황에서 몸을 숨긴 채 한동안 헤엄쳐 가는 방향과 그때의 속도 등을 정확히 예측할 수 있다. 이런 경우에 포경선 선장은 수로안내인과 비슷하다. 수로안내인은 일반적인 특성을 잘 알고 있는 해안에서 약간 먼 바다로 나갔다가 다시 돌아가야 할 경우, 눈에 보이지 않는 그 곳으로 정확히 돌아가기 위해 나침반 옆에 서서 현재 눈에 보이는 곳의 정확한 위치를 확인한다. 고래를 쫓는 선장도 마찬가지로 나침반을 옆에 두고 녀석의 위치를 파악한다. 지혜로운 고래잡이는 낮에 몇 시간이고 추격하며 눈을 떼지 않으면 밤의 어둠 속으로 고래가 몸을 감추더라도 녀석이 달아나는 항적을 거의 정확히 알아낸다. 이는 수로안내인이 목표한 해안을 정확히 찾아가는 것과 같다. 놀라운 기술을 갖춘 고래잡이의 눈에는 물 위에 적혔다가 덧없이 사라지는 표시도 단단히 육지의 지형지물만큼이나 신뢰할 수 있는 정보가 된다. 쇠로 만든 거대한 리바이어던이라고 할 수 있는 현대의 철도는 운행 시간을 누구나 알 수 있다. 그래서 사람들은 시계를 손에 쥐고 의사가 어린아이의 맥박을 재듯 철마의 속도를 재고, 상행열차와 하행열차는 이런저런 시각에 이런저런 지점에 도착한다고 대수롭지 않게 말한다. 마찬가지로 낸터킷의 선장들도 심해로 내려간 리바이어던의 속도를 재고, 이제부터 몇 시간이 지나면 고래가 300킬로미터를 지나 이런저런 위도와 경도에 도착할 것이라고 예측한다. 하지만 이런 예측이 맞아떨어지려면 바람과 바다가 고래잡이의 아군이 되어주어야 한다. 설령 고래가 항구에서 447.6킬로미터 떨어진 지점에 있다는 것을 정확히 파악하는 기술이 있더라도, 바다가 바람 한 점 없이 잔잔하거나 정반대로 거센 맞바람이 부는 상황이라면 그런 기술이 무슨 소용이 있겠는가? 여기에서 고래 추격과 관련해 여러 가지 부수적이고 미묘한 문제들이 생겨난다.

배는 계속해서 달려갔다. 배가 바다에 남긴 깊은 고랑은 잘못 발사된 대포알이 쟁기 날처럼 평평한 들판을 갈아엎은 모양과 비슷했다.

"소금과 삼밧줄을 걸고 맹세컨대," 스터브가 말했다. "갑판의 진동이 다리를 타고 올라와 심장을 들쑤시는구나. 이 배와 나는 둘 다 용감한 전사야! 하! 하! 누가 나를 번쩍 들어 거꾸로 바다에 한번 던져봐. 내 등뼈는 틀림없이 용골이 될 테니. 하, 하! 이렇게 빨리 달리는데도 뒤에서 먼지 한 점 일어나지 않는구나!"

"저기 고래가 물을 뿜는다! 물을 뿜는다! 물을 뿜는다! 바로 앞이다!" 돛대 꼭대기에서 외치는 소리가 들려왔다.

"그래, 그래!" 스터브가 소리쳤다. "그럴 줄 알았어. 너는 달아날 수 없어. 오, 고래여! 물을 뿜어라, 분수공이 찢어질 때까지! 미친 악마가 네 뒤를 쫓고 있다! 네놈의 나팔을 불어라, 허파가 터질 때까지! 에이해브가 네놈의 피를 다 막아버릴 것이다, 물방앗간 주인이 개울의 수문을 막아버리듯이!"

스터브의 외침은 선원들의 심정을 대변한 것이었다. 추격의 광란이 계속되면서 묵은 포도주가 새롭게 발효하듯이 선원들의 피가 끓어올랐다. 일부 선원들이 느꼈던 희미한 두려움과 불길한 예감은 점점 더해가는 에이해브에 대한 경외심으로 이제 사라졌다. 사납게 덤벼드는 들소 앞에서 혼비백산하여 달아나는 초원의 겁쟁이 토끼들처럼 사방으로 흩어져버린 것이다. 운명의 손이 그들의 영혼을 모두 거두어들였다. 전날에 겪었던 일련의 위험, 고문과도 같았던 간밤의 긴장감, 달아나는 목표물을 향해 두려움 없이 돌진하는 피쿼드호, 이 같은 것들로 인해 선원들의 마음은 마구 내달렸다. 바람을 받은 모든 돛이 팽팽하게 부풀어 올랐고, 배는 보이지 않는 힘센 팔에 밀려 계속 돌진했다. 선원들을 노예로 만들어 경주에 참여시키는 보이지 않은 힘을 상징하는 듯했다.

그들은 30명이 아니라 한 사람이었다. 그들 모두를 품고 있는 이 배는 온갖 다양한 재료들, 이를테면 참나무, 단풍나무, 소나무, 쇠와 타르, 삼밧줄 등이 어우러져 하나의 구체적인 선체가 되었지만, 중앙의 긴 용골이 선체의 균형과 방향을 잡아주기에 바다 위를 빠르게 달릴 수 있는 것이다. 마찬가지로 선원들 개개인의 개성, 이를테면 이 사람의 용기, 저 사람의 두려움, 또 다른 사람의 죄책감과 무고함 등이 하나로 뭉쳐 그들의 주인이자 용골인 에이해브가 가리키는 저 치명적인 목표를 향해 나아갔다.

돛대 밧줄은 살아 있는 생명체였다. 선원들이 팔과 다리를 뻗고 있는 돛대 꼭대기는 키 큰 야자수의 우듬지처럼 보였다. 어떤 선원은 한 손으로 활대를 잡은 채 다른 손을 뻗어 초조한 듯이 흔들었다. 다른 선원들은 손으로 뜨거운 햇빛을 가리면서 흔들리는 활대의 가장자리에 앉았다. 활대마다 운명을 맞이할 각오가 되어 있는 선원들로 북적거렸다. 아! 그들 모두는 무한히 푸른 바다를 쳐다보며 결국에는 자신들을 파괴할지도 모르는 목표물을 열심히 찾고 있었다!

"그놈을 보았으면서 왜 소리치지 않는 거냐?" 첫 번째 외침 후 몇 분이나 흘러도 두 번째 외침이 나오지 않자 에이해브가 소리쳤다. "나를 들어 올려라. 너희들은 모두 속은 거야. 모비 딕이 그쪽에서 딱 한 번 물을 뿜고는 사라졌을 리 없다."

선장의 판단이 옳았다. 선원들이 너무 흥분한 나머지 엉뚱한 것을 고래의 물줄기로 착각했음이 곧 밝혀졌다. 망대로 끌어 올려진 에이해브는 밧줄이 갑판의 밧줄걸이에 고정되자마자 외마디 소리를 질렀다. 그것이 오케스트라의 첫음처럼 신호탄이 되어 소총이 일제히 사격되는 소리가 진동했다. 30명 선원들의 사슴 가죽 같은 허파에서 일제히 의기양양한 발견의 외침이 터져 나온 것이다. 좀 전에 물줄기를 보았다고 착각했던 지점보다 훨씬 가까운 곳에, 본선에서 2킬로미터도 떨어지지 않은 지점에서 모비 딕이 불쑥 시야에 들어온 것이다! 흰 고래는 나른하고 평온한 물 뿜기, 즉 고래 머리의 신비한 샘에서 나오는 평화로운 물줄기를 통해서가 아니라 매우 경이적인 도약을 통해 자신이 근처에 있음을 드러냈다. 깊고 깊은 바다에서 최고의 속도로 뛰어오른 향유고래는 눈부신 물보라를 산더미같이 쌓으며 청정한 대기 속에 몸뚱이 전체를 드러내어 주위 10킬로미터가 넘는 지점까지 자신의 위치를 알린다. 그럴 때 고래가 몸뚱이를 흔들어서 일으키는 물보라는 마치 녀석의 갈기처럼 보인다. 경우에 따라 이 같은 도약은 고래가 도전을 걸어오는 행위일 수 있다.

"저기 고래가 뛰어오른다! 저기 고래가 뛰어오른다!" 흰 고래가 엄청난 허세를 부리며 마치 연어인 양 하늘을 향해 몸을 내던지자 선원들이 소리쳤다. 바다의 푸른 평원에 갑자기 나타난 데다가 바다보다 더 푸른 하늘이 배경이 되어 고래가 일으킨 물보라는 빙하처럼 눈이 아릴 정도로 잠시 반짝거렸다. 그 강렬한 빛은 점점 사그라들어 마침내 골짜기를 지나는 소나기처럼 뿌연 안개로 바뀌었다.

"그래, 모비 딕! 마지막으로 태양을 향해 솟구쳐라!" 에이해브가 소리쳤다. "네놈의 최후와 작살이 바로 네 앞에 있다! 다들 내려오라. 앞돛대에 한 사람만 남고 모두 내려오라. 보트, 대기하라!"

선원들은 돛대 밧줄로 만든 시시한 밧줄 사다리는 거들떠보지도 않고 돛대 버팀줄과 마룻줄만 타고 갑판으로 유성처럼 미끄러지듯이 내려왔다. 에이해브는 그처럼 빠르게 움직이지는 못했지만 그래도 날렵하게 망루에서 갑판으로 내려섰다.

"보트를 내려라." 선장이 자신의 보트(전날 오후에 급히 건조한 예비 보트)에 올라서자 소리쳤다. "스타벅, 본선은 자네가 지키게. 보트들과 일정한 거리를 유지하되 가까운 곳에 있도록. 자, 보트를 모두 내려라!"

이번에는 먼저 공격 준비를 한 모비 딕이 급격히 공포를 안겨주려는 듯이 몸을 돌려 세 척의 보트를 향해 돌진해왔다. 에이해브의 보트는 가운데에 있었다. 그는 선원들을 격려하면서 자신이 고래를 박치기로 상대하겠다고 말했다. 이는 고래의 이마를 향해 곧장 돌격하겠다는 뜻인데, 그리 비상한 방법은 아니었다. 고래는 눈이 옆에 달려 있어 보트가 지근거리 내에서 이런 식으로 다가가면 녀석의 시야에서 벗어날 수 있기 때문이다. 하지만 그처럼 가까이 다가가기 전에 보트 세 척이 본선의 세 돛대만큼이나 뚜렷이 보이는 상황에서 흰 고래는 맹렬히 몸을 뒤척이며 삽시간에 보트로 돌진했고, 아가리를 쩍 벌리고 꼬리를 휘저으며 마구잡이로 무시무시한 공격을 시작했다. 세 척의 보트에서 던져대는 작살 따위는 신경 쓰지 않은 채 보트에 쓰인 널빤지를 하나하나 다 박살내겠다는 듯이 달려들었다. 하지만 보트들은 노련하게 기동 작전을 펼치고 잘 훈련된 야전의 군마처럼 재빨리 방향을 틀어 한동안 고래를 피해 나갔다. 때로는 널빤지 한 장 차이로 아슬아슬하게 피하기도 했다. 그러는 내내 에이해브의 섬뜩한 절규가 다른 모든 선원의 고함소리를 누르며 공중에 울려 퍼졌다.

하지만 흰 고래가 눈으로 따라잡기 힘들 정도로 종회무진하며 이리 갔다 저리 갔다 하는 바람에 녀석의 몸에 박힌 세 작살의 밧줄이 복잡하게 뒤엉키고 말았다. 결과적으로 밧줄은 짧아지고 세 척의 보트는 작살이 박힌 고래의 몸 쪽으로 끌려가는 꼴이 되었다. 그 순간 고래는 보트에 더욱 무시무시한 일격을 가하기 위해 잠시 숨을 고르는 듯이 옆으로 비껴났다. 에이해브는 그 기회를 놓치지 않고 밧줄을 풀었다 당겼다 하며 엉킨 것을 풀어보려고 했다. 하지만 그 순간 먹이를 포위한 상어들의 이빨보다 더 살벌한 광경이 벌어졌다.

고래의 몸에서 뽑힌 작살과 창이 얽히고설킨 밧줄에 감기고 꼬여 빙빙 돌면서, 섬광이 번쩍이고 물이 뚝뚝 떨어지는 작살 날과 창끝을 곤두세운 채 에이해브 보트의 뱃머리 밧줄걸이로 떨어지려 하고 있었다. 그런 상황에서 할 수 있는 것은 한 가지밖에 없었다. 에이해브는 보트 칼을 움켜쥐고 섬광처럼 번쩍이는 쇠 날 사이를 아슬아슬하게 피하며, 저쪽 편의 밧줄을 잡아당겨 뱃고물에 있는 노잡이에게 건넨 다음, 밧줄걸이 근처의 밧줄을 두 번 잘라 날아오는 작살과 창 뭉치를 바다에 빠트렸다. 이번에도 모든 일이 순식간에 이루어졌다. 그 순간 흰 고래가 남아 있는 다른 밧줄들 사이로 돌진했다. 그 바람에 밧줄에 더 휘감긴 스터브와 플래스크의 보트가 꼬리 쪽으로 끌려가면서 파도치는 해변에 뒹구는 조개처럼 맞부딪혔고, 고래는 부글거리는 물속의 소용돌이 속으로 사라졌다. 난파선에서 떨어져 나온 향기로운 삼나무 조각들이 빠르게 휘저은 펀치볼 속에 든 육두구 알갱이처럼 빙빙 돌며 춤을 췄다.

두 보트의 선원들은 물속에서 빙빙 돌며 밧줄통과 노, 그밖에 물 위에 뜬 도구들을 잡으려고 허겁지겁 팔을 뻗었다. 몸집이 작은 플래스크는 옆으로 누워 빈 병처럼 떴다 가라앉았다 하면서 무서운 상어의 이빨을 피하기 위해 두 다리를 위로 팔딱거렸다. 스터브는 허우적거리면서 누가 좀 건져달라고 크게 소리쳤다. 노선장의 밧줄은 이제 작살과 끊어져 있으므로 선원들을 구조하기 위해 거품이 이는 소용돌이에 밧줄을 던지면 되었다. 하지만 오만 가지 위험이 한꺼번에 몰려오는 상황에서 에이해브의 멀쩡한 보트가 보이지 않는 밧줄에 매달려 하늘로 쑥 올라가는 것 같은 상황이 벌어졌다. 모비 딕이 화살처럼 바다 밑에서 수직으로 밀고 올라와 그 널찍한 이마를 보트 밑바닥에 대고 보트를 빙빙 돌리며 공중에 들어 올렸던 것이다. 보트는 뱃전이 아래로 향한 채 떨어졌고, 에이해브와 선원들은 바닷가 동굴에서 기어 나오는 바다표범처럼 보트 밑에서 버둥거리며 빠져나와야 했다.

고래는 처음에 바다 밑에서 솟구쳐 오른 여세 때문에(수면을 쳤을 때 방향을 바꾸기는 했지만) 자신이 저질러놓은 난장판에서 다소 떨어진 곳에 떠올랐다. 녀석은 난장판을 등진 채 잠시 바다 위에 떠서 꼬리를 좌우로 천천히 저으며 주위를 정탐했다. 그러다가 흩어진 노나 나뭇조각, 보트 잔해 등이 걸리면 얼른 꼬리를 위로 들어 올려 수면을 세게 내리쳤다. 모비 딕은 자신이 저지른 일이 만족스러운 듯이 주름진 이마로 바다를 가르며 나아갔고, 뒤엉킨 작살 밧줄이 그 뒤를 따랐다. 녀석은 여행자처럼 일정한 속도를 유지하며 바람 불어가는 쪽으로 유유히 헤엄쳐 갔다.

이전과 마찬가지로 싸우는 광경을 주의 깊게 지켜보던 본선은 곧 물에 빠진 선원들을 구조하기 위해 달려왔다. 그리고 보트를 한 척 내려 표류하는 선원들과 밧줄통, 노 등 건질 수 있는 것은 다 건져서 갑판에 안전하게 끌어올렸다. 어깨나 손목이나 발목을 삔 사람, 시퍼렇게 타박상을 입은 사람, 휘어진 작살과 창, 뒤엉킨 밧줄, 부서진 노와 널빤지 등 모든 것이 갑판에 올랐다. 그래도 치명상이나 중상을 입은 사람은 없었다. 전날에 페달라가 그랬던 것처럼 에이해브도 두 동강 난 배의 반쪽에 침울하게 매달려 있다가 구조되었다. 배에 매달린 덕분에 비교적 쉽게 물에 떠 있을 수 있었고, 전날의 참사 때만큼 탈진하지는 않은 것 같았다.

그러나 노선장이 구조되어 갑판에 올라왔을 때, 모든 선원의 시선이 그에게 집중되었다. 그가 혼자 서지 않고 스타벅의 어깨에 매달려 있다시피 했기 때문이다. 일등항해사는 지금껏 선장을 도와온 앞돛대 같은 존재였다. 선장의 고래뼈 다리는 떨어져 나갔고 그 자리에는 짧고 날카로운 파편만 남아 있었다.

"그래그래, 스타벅. 때로 누군가에게 기댄다는 것은 기분 좋은 일이군. 이 늙은 에이해브도 예전에 더 자주 기댔더라면 좋았으련만."

"쇠테가 버티지 못했습니다, 선장님." 목수가 앞으로 나서며 말했다. "그 다리에 공을 많이 들였습니다만."

"하지만 뼈는 부러지지 않았기를 바랍니다." 스터브가 진심으로 걱정된 얼굴로 말했다.

"그래! 모든 것이 산산조각 났지, 스터브! 보다시피. 하지만 뼈가 부러져도 늙은 에이해브는 눈 하나 깜짝하지 않아. 나는 살아 있는 뼈가 잃어버린 죽은 뼈보다 더 나의 본질이라고 생각하지는 않네. 흰 고래든 인간이든 악마든 이 늙은 에이해브의 고유하고 범접할 수 없는 본질은 눈썹 하나 건드리지 못한다고 생각해. 어떤 측심줄의 납덩이가 저 바다 밑바닥에 닿을 수 있으며, 어떤 돛대가 저 하늘의 지붕을 건드릴 수 있겠나? 이봐, 거기 돛대 꼭대기! 고래가 어느 쪽으로 가고 있나?"

"바람 불어가는 쪽으로 곧장 가고 있습니다, 선장님."

"좋아, 키를 위로! 배 지킴이들은 다시 돛을 올려라. 예비 보트를 내리고 장비를 갖추어라. 스타벅, 가서 보트에 태울 선원을 소집하게."

"선장님부터 뱃전으로 모시겠습니다."

"오! 오! 오! 부서지고 남은 파편이 나를 찌르는구나! 저주받은 운명! 무적의 영혼을 가진 선장이 이렇게 비겁한 동료를 두었다니!"

"뭐라고요, 선장님?"

"자네가 아니라 내 몸을 말하는 걸세. 지팡이로 삼을 만한 것을 좀 주게. 저기 부러진 창이 좋겠군. 선원들을 집합시켜. 그런데 그자가 보이지 않는군. 그럴 리가 없는데. 실종되었나? 빨리빨리, 모두 집합시키게."

노선장의 예감은 적중했다. 선원들을 집합시키고 보니 파시교도가 보이지 않았다.

"파시교도!" 스터브가 소리쳤다. "그는 틀림없이 밧줄에 얽혀서…."

"거 무슨 재수 없는 소리야, 황열병에 걸려 나자빠질 놈! 가서 배 위, 아래, 선실, 앞갑판을 샅샅이 뒤져봐. 그자를 찾으란 말이야. 사라졌을 리 없어. 그럴 리 없다고!"

그러나 선원들은 재빨리 돌아와 파시교도가 어디에도 보이지 않는다고 보고했다.

"저, 선장님." 스터브가 말했다. "그가 선장님의 엉킨 밧줄에 걸려 물속에 빨려 들어가는 것을 본 것 같습니다."

"내 밧줄? 내 밧줄이라고? 그래서 들어갔다고? 들어갔어? 그 말이 무슨 뜻이지? 그 말 속에서 애도의 종이 울리는 듯하구나. 이 늙은 에이해브의 몸이 종탑이 된 것처럼 떨리는구나. 작살도 사라졌나? 저기 물품 더미를 뒤져봐라. 거기, 보이나? 흰 고래를 죽이려고 특별히 만든 것이다. 아니, 아니, 아니. 이런 멍청이! 이 손으로 그 작살을 던지지 않았나! 그 작살은 고래의 몸속에 박혀 있어. 이봐 거기 돛대 꼭대기, 고래를 놓치지 마라. 서둘러. 선원들을 모두 집합시키고 보트에 장비를 갖추어라. 노를 모아라. 작살잡이들! 작살을 준비하라. 윗돛을 다 올리고, 돛대 밧줄을 전부 당겨라. 이봐 키잡이, 유지하라. 목숨을 걸고 진

로를 유지하라. 나는 끝없는 지구를 열 바퀴 도는 한이 있더라도, 아니 지구를 뚫고 들어가서라도 그놈을 반드시 죽이겠다!"

"위대한 신이시여! 한 순간이라도 좋으니 여기 나타나주소서." 스타벅이 소리쳤다. "영감, 당신은 절대로, 절대로 그놈을 잡지 못할 겁니다. 예수의 이름으로 말하니 이 짓을 그만두십시오. 이것은 악마의 광기보다 더 나쁩니다. 벌써 이틀이나 추격했고 보트가 두 번이나 두 동강 났습니다. 선장님의 다리는 또다시 날아갔습니다. 선장님의 사악한 그림자도 사라졌습니다. 선한 천사들이 모두 몰려와 당신에게 경고한 것입니다. 이제 더 뭘 하려고 그러십니까? 이 살인마 고래가 마지막 한 사람까지 모두 바다에 처박을 때까지 추격을 계속할 겁니까? 우리가 바다 밑바닥으로 녀석에게 끌려 들어가야겠습니까? 고래에게 질질 끌려서 지옥의 세계로 들어가야겠습니까? 오오, 그놈을 더 이상 추격하는 것은 불경이요 신성 모독입니다!"

"스타벅, 나는 최근에 이상하게도 자네에게 마음이 끌리는군. 우리가 서로의 눈에서, 거 뭐야, 그걸 본 이후로 말이야. 하지만 이 고래 문제에서만큼은 자네 얼굴이 이 손바닥과 같네. 입술도 이목구비도 없는 무표정이란 말이야. 이봐, 한번 에이해브는 영원한 에이해브야. 이 모든 드라마[289]는 고정불변의 것으로 정해져 있어. 이 바다가 생겨나기 10억 년 전에 이미 자네와 내가 예행연습을 마친 거라고. 바보! 나는 운명의 부관이야. 명령을 받고 행동할 뿐이지. 이봐, 부하들! 너희는 내 명령에 복종하면 된다. 내 주위에 모여라. 너희는 의족이 떨어져 나가 부러진 창에 의지하여 한 발로 서 있는 늙은이를 보고 있다. 이것이 에이해브이고 그의 몸이다. 하지만 에이해브의 영혼은 100개의 다리로 움직이는 지네다. 나는 폭풍우 속에서 돛대가 부러진 군함을 끌어당기는 밧줄처럼 긴장하고 있고 한편으로는 좌초된 느낌이기도 하다. 아마 내가 그렇게 보일 것이다. 하지만 끊어진다면 뚝 하는 소리가 나겠지. 그 소리가 나기 전까지는 에이

---

**289** 선과 악, 양과 음이 갈등하는 세상의 이치를 말한다. 세상이 생겨나기 전의 카오스 상태에서도 이런 갈등이 있었다는 뜻으로 에이해브는 악, 스타벅은 선의 대리인이다.

해브의 밧줄이 목표물을 팽팽히 잡아당기고 있다는 것을 잊지 말라. 너희는 징조라는 것을 믿는가? 그렇다면 크게 웃어버리고 앙코르를 외쳐라. 물에 빠지는 것은 바닥에 완전히 가라앉기 전에 두 번 떠오르게 되어 있다. 모비 딕도 마찬가지다. 그놈은 이틀 동안 떠올랐고 내일이 세 번째가 될 것이다. 그렇다, 그놈은 한 번 더 떠오를 것이다. 하지만 그것이 그놈이 내뿜는 마지막 물줄기다! 선원들, 용감하게 나서지 않겠는가?"

"두려움 없는 불처럼." 스터브가 소리쳤다.

"그리고 감정 없는 기계처럼." 에이해브는 중얼거렸다. 선장은 선원들이 앞 갑판으로 걸어가는 것을 보며 중얼거렸다. "징조라는 것! 어제도 나는 저기서 박살난 내 보트를 두고 스타벅에게 똑같은 말을 했지. 오! 내 마음속에 단단히 들러붙어 있는 것을 다른 이들의 마음속에서 쫓아버리려 하다니 이 얼마나 용감한 짓인가! 파시교도 그가 정녕 가버렸단 말인가? 그 친구가 먼저 가고 내가 죽기 전에 다시 한번 내 앞에 나타난다고 했는데 그건 무슨 소리일까? 도무지 알 수 없는 일이야. 저승에 간 판사들의 유령이 돕는 법률가라고 해도 난처해 할 수수께끼야. 매의 부리처럼 내 머리를 쪼아대는군. 하지만 반드시 풀고 말겠어!"

바다에 어둠이 내려앉을 때도 고래는 여전히 바람 불어가는 쪽으로 헤엄쳐 가는 것이 보였다.

그리하여 다시 한번 돛을 줄이고 모든 것이 전날 밤과 똑같이 지나갔다. 다만 망치 소리와 숫돌 가는 소리가 새벽녘까지 들려왔다. 선원들은 다음 날을 대비하여 등불 아래서 예비 보트들을 조심스럽고 꼼꼼하게 준비했고 새 무기들을 더욱 날카롭게 갈았다. 한편 목수는 에이해브의 부서진 보트에서 용골을 빼내 그에게 또 다른 의족을 만들어주었다. 그동안 모자를 깊숙이 눌러쓴 선장은 전날 밤처럼 승강구의 고정석에 석상처럼 서 있었다. 모자에 감추어진 시선은 계속 뒤를 향하며 해바라기처럼 기대하는 마음으로 햇살이 떠오르는 동쪽에 고정되었다.

## 135장  추격 — 셋째 날

셋째 날 아침이 맑고 화창하게 밝았다. 앞돛대 꼭대기에서 혼자 망을 보던 망꾼은 또다시 주간 당직 여러 명과 임무를 교대하고, 이제 교대한 선원들이 모든 돛대와 거의 모든 활대에서 망을 보게 되었다.

"그놈이 보이나?" 에이해브가 소리쳤다. 하지만 고래는 아직 시야에 들어오지 않았다.

"그래도 놈의 항적을 따라가고 있어. 항적을 따라가면 돼. 거기 키잡이, 항로를 계속 유지해. 날씨가 참 좋군. 신이 새로 창조한 세계에 천사들을 위한 여름 별장을 만들어 오늘 아침에 처음 문을 열었다고 해도 이보다 더 날씨가 화창할 수는 없을 거야. 에이해브에게 생각할 시간이 있다면 이거야말로 좋은 생각거리로군. 하지만 에이해브는 생각하지 않아. 오로지 느끼고 느끼고 느낄 뿐이야. 그것만으로도 인간에게 충분히 설레는 일이지! 생각한다는 것은 무모한 짓이야. 신만이 생각할 수 있는 권리와 특권이 있어. 생각이란 냉정하고 침착해야 하는데, 우리의 가련한 심장은 너무 두근거리고 우리의 가련한 뇌는 너무 펄떡거려서 그게 안 된단 말이야. 하지만 가끔은 내 뇌가 지나치게 냉정하다는 생각이 들어. 얼어붙을 정도로 냉정해서 얼음이 든 유리컵처럼 이 늙은 두개골이 쩍 하고 갈라지는 줄 알았지 뭐야. 그래도 아직 머리카락이 자라고 있어. 지금 이 순간에도 자라는 것을 보면 어디서 열기를 받고 있는 것이 틀림없어. 아니, 이건 그린란드의 얼음 틈새에서든 베수비오산의 용암에서든 어디서나 자라는 잡초와 같아. 거센 바람에 머리카락이 마구 흩날리는구나. 찢어진 돛 조각이 이리저리 흔들리며 배를 후려치듯이 바람에 날리는 머리카락이 나를 후려치는구나. 가증한 바람이로다. 여기에 이르기 전에 감옥의 복도와 감방, 병동을 지나오면서 그곳의 공기를 가져왔을 텐데 지금 이곳에 양털처럼 순결한 척 불어오다니. 꺼져라, 오염된 바람아. 내가 바람이라면 이처럼 사악하고 비참한 세상에는 더 이상 불지 않겠다. 어딘가 동굴로 기어 들어가서 숨어 지내겠다. 하지만 바람은 고귀하고 영웅답구나! 누가 바람을 정복하랴. 모든 싸움에서 가장 강력한 최후의 한 방을 날리는 것은 바람이다. 전력으로 달려가 창으로 바람을 찔러보라. 창은 그저 바람 속을 통과할 뿐이다. 하! 벌거벗은 인간을 공격하는 비겁한 바람이여, 너는 단 한 번의 타격도 허용하지 않는구나. 바람보다는 에이해브가 더 용감하고 고귀하다. 바람에게 몸뚱이가 있다면 좋았으련만. 하지만 인간을 더없이 화나게 하고 모욕하는 모든 것에는 몸뚱이가 없다. 눈에 보이는 몸뚱이가 없다는 말이지 그 작용까지 없다는 말은 아니다. 거기에 가장 특별하고 교활하며 사악한 차이가 있다! 하지만 다시 말하고 맹세하건대 바람에는 매우 장엄하고 우아한 무언가가 있다. 적어도 이 따뜻한 무역풍은 한결같이 힘차고 활발하게 온화한 하늘에서 똑바로 불어온다. 변덕스러운 해류가 아무리 방향을 돌리고 몸부림쳐도, 내륙의 거대한 미시시피 같은 강들이 마지막 도착지가 어디인지 몰라 헤매는 양 이리저리 급하게 방향을 틀어도, 무역풍은 방향을 바꾸지 않고 목표를 향해 분다. 영원한 북극과 남극에 대고 맹세하건대 바로 이 무역풍이 지금 내 배를 향해 곧바로 불어오고 있다. 무역풍, 혹은 그와 비슷한 무엇, 절대 변하지 않고 힘으로 가득 찬 무언가가 용골을 갖춘 내 영혼을 앞으로 밀어내고 있다! 바람을 받아라! 어이, 돛대 꼭대기, 무엇이 보이나?"

"아무것도 안 보입니다, 선장님."

"안 보인다고? 정오가 다 되어가는데! 스페인 금화가 어서 가져가달라고 호소하고 있다! 태양을 보라! 위치로 보아 우리가 그놈을 앞질렀구나. 어떻게 앞지른 거지? 그래, 이제 녀석이 나를 추격하고 있어. 내가 추격하는 것이 아니라. 상황이 좋지 않아. 진작 알아차렸어야 하는데. 바보! 녀석은 밧줄과 작살을 끌고 가고 있어. 그래, 그래. 간밤에 녀석을 지나친 거야. 뱃머리를 돌려라! 돌려! 원래 정해진 망꾼들만 빼고 모두 내려오라! 돛 줄을 잡아라!"

지금까지 배가 달려온 방향으로 볼 때 바람은 피쿼드호의 뒤쪽에서 불었다. 하지만 돛 줄로 활대를 돌려 정반대 방향으로 뱃머리를 돌린 배는 이제 역풍을 맞고 그동안 지나온 항적의 거품을 휘저으며 힘들게 나아가야 했다.

"선장은 지금 바람을 거스르며 고래의 벌린 아가리를 향해 나아가고 있어." 스타벅은 새로 펼친 주돛대의 아랫밧줄을 난간에 감으며 혼자 중얼거렸다. "신이시여, 우리를 지켜주소서. 하지만 내 몸속의 뼈는 이미 축축해져 그 깊은 곳에서 살마저 젖게 하고 있구나. 선장에게 복종하다가 신에게 거역하는 것은 아닌지 모르겠군."

"나를 끌어올릴 준비를 하라!" 에이해브가 삼줄 바구니에 다가가며 소리쳤다. "우리는 곧 그놈을 만날 것이다."

"예, 선장님." 스타벅은 즉시 지시를 따랐고, 에이해브는 다시 한번 높은 망루에 올랐다.

꼬박 한 시간이 지났다. 두드려서 편 금박처럼 수 세대가 지난 것만 같은 시간이었다. 이제 시간조차 팽팽한 긴장 속에서 숨을 멈춘 듯했다. 드디어 바람 불어오는 쪽 약 3포인트 방향에서 에이해브가 다시 물줄기를 발견했고, 그 즉시 세 개의 돛대 꼭대기에서 혀에 불이 붙은 듯 함성이 터져 나왔다.

"모비 딕, 세 번째 만남에서는 박치기로 만나주마. 이봐, 갑판의 선원들, 활대를 더 돌려라. 돛을 모두 펼쳐서 바람 부는 쪽으로 돌려라. 녀석이 너무 먼 곳에 있어 아직 보트를 내릴 수는 없네, 스타벅. 돛이 흔들리는군. 나무망치를 들고 키잡이를 감독하게. 그래, 그래. 고래가 빠르게 이동하고 있어. 나는 이제 내려가야겠다. 하지만 여기 높은 곳에서 바다를 다시 한번 더 자세히 봐두자. 그럴 시간은 있어. 아주 오랫동안 본 광경인데도 새롭구나. 그래, 내가 어렸을 때 낸터킷 모래 언덕에서 처음 본 것과 조금도 변하지 않았어. 그대로야, 그대로! 노아가 본 바다와 내가 지금 보고 있는 바다가 똑같아. 바람 불어가는 쪽으로 소나기가 살짝 내리는군. 바람 불어가는 쪽은 정말 아름다워! 그곳은 보통 땅과는 다른 곳, 야자수보다 더 향기로운 나무들이 자라는 곳으로 이어진 것이 분명해. 바람 불어가는 쪽! 흰 고래는 그쪽으로 가고 있다. 그러면 바람 불어오는 쪽을 보자. 쓰라린 일이 많지만 더 나은 쪽이지. 자, 정든 돛대 꼭대기여, 이제 잘 있거라. 안녕. 그런데 이건 뭐지? 초록색인데? 그래, 비틀린 틈새에 작은 이끼가 끼었구나. 에이해브의 머리에는 비바람이 남긴 그런 초록색 얼룩은 없어. 인간의 나이 듦과 물건의 오래됨 사이에는 이런 차이가 있구나. 하지만 오래된 돛대여, 우리는 함께 늙어가고 있다. 하지만 나의 배여, 우리의 몸뚱이는 아직 튼튼하지 않은가? 그래, 다리가 하나 없을 뿐이지. 하늘에 맹세코 이 죽은 나무는 모든 면에서 나의 살아 있는 육신보다 낫다. 나는 이 죽은 나무와 비교가 되지 않는다. 죽은 나무로 만들었는데도 원기 왕성한 아버지에게 더없이 생명력 넘치는 정기를 받은 인간보다 더 오래가는 배들을 보았다. 페달라는 뭐라고 말했지? 나의 수로안내인이 되어 나보다 더 먼저 가겠다고 했던가? 그런 다음에 내가 그를 다시 보게 될 것이라고 했지? 하지만 어디서? 끝없는 바다의 계단을 내려가면 그 밑바닥에서 볼 수 있을까? 그가 가라앉은 곳이 어디인지 정확히는 모르지만, 나는 그곳에서 밤새 달려와 멀리 떨어진 이곳에 와 있다. 그래그래, 파시교도. 다른 많은 사람처럼 그대도 자신에 대해 불길한 이야기를 많이 했지. 하지만 에이해브에 대해서는 헛다리를 짚었네. 잘 있어라, 돛대 꼭대기여. 내가 없더라도 고래를 잘 감시해다오. 내일, 아니 오늘밤 고래의 머리와 꼬리가 저기 뱃전에 묶여서 누워 있을 때 다시 이야기하자꾸나.”

그는 이렇게 약속하고는 여전히 주위를 두리번거리면서 푸른 하늘을 수직으로 가르며 갑판에 내려섰다.

곧 보트가 내려졌다. 하지만 보트의 고물에 서 있던 에이해브는 보트가 바다에 내려지기 직전에, 잠시 머뭇거리며 일등항해사에게 손을 흔들어 멈추라는 명령을 내렸다. 스타벅은 갑판 위에서 도르래 밧줄을 잡고 있었다.

“스타벅!”

“선장님?”

“스타벅, 내 영혼의 배가 세 번째 항해에 나서네.”

“예, 선장님. 선장님이 고집하셨지요.”

“스타벅, 어떤 배들은 항구를 떠나 영영 실종되기도 하지.”

“예, 선장님. 아주 안타까운 일입니다.”

“어떤 자는 썰물에도 죽고, 어떤 자는 물이 빠져서 얕을 때 죽는가 하면, 또 어떤 자는 물이 가득 차 올랐을 때 죽지. 스타벅, 나는 지금 가장 높은 물마루에 올랐다가 내려오는 파도 같은 느낌일세. 나도 늙었나 봐. 이봐, 악수나 하세.”

두 사람은 악수를 했고 서로 눈을 떼지 못하고 한참을 바라보았다. 스타벅의 눈물이 아교가 되었다.

"오 선장님, 선장님. 고귀한 분이여, 가지 마십시오. 가지 마십시오! 보십시오, 용감한 사내가 지금 울고 있습니다. 당신을 설득하는 고뇌가 얼마나 큰지 알아주십시오!"

"보트를 내려라!" 에이해브가 항해사의 손을 단호히 뿌리치며 소리쳤다. "선원들 대기!"

곧 보트는 본선의 고물 아래쪽을 스칠 듯이 돌아서 나아갔다.

"상어다! 상어다!" 선장실 현창에서 누군가가 소리쳤다. "오, 선장님, 선장님, 돌아오세요!"

하지만 에이해브는 아무 소리도 듣지 못했다. 보트를 지휘하며 고함을 치고 있었던 데다가 보트가 앞으로 내달렸기 때문이다.

하지만 그 목소리는 진실을 말하고 있었다. 에이해브가 본선을 떠나자마자 선체 밑의 검은 바다에서 우글거리던 상어 떼가 몰려와 노가 물에 잠길 때마다 노를 심술궂게 물어뜯으며 따라왔다. 상어 떼가 우글거리는 바다에서는 흔하게 벌어지는 일이었다. 행군하는 동양의 군대 깃발 위로 따라오는 독수리들처럼 상어들도 선견지명을 가지고 보트를 따라오는 것 같았다. 하지만 피쿼드호가 흰 고래를 발견한 이후로는 처음 나타난 상어 떼였다. 에이해브의 보트에 탄 선원들이 호랑이처럼 노란 피부의 야만인이고 그들의 살이 더 짙은 사향 냄새를 풍겨서 그런지 몰라도(사향 냄새가 상어 떼에 영향을 미친다고 알려져 있다), 상어 떼는 다른 두 보트는 제쳐두고 에이해브의 보트만 따라왔다.

"강철로 만든 심장이야!" 뱃전에 선 스타벅은 멀어져 가는 보트를 눈으로 쫓으며 중얼거렸다. "당신은 저런 광경을 보고도 대담하게 고함을 지를 수 있단 말인가? 게걸스럽게 달려드는 상어 떼 한가운데 보트를 내리고, 아가리를 벌리고 쫓아오는 상어 떼를 뒤에 달고 추격에 나선단 말인가? 그것도 운명이 걸린 이 셋째 날에? 고래 한 마리를 사흘간 연속해서 집중 추격할 때, 첫째 날은 아침이고, 둘째 날은 정오이며, 셋째 날은 모든 사태가 종결되는 저녁이지. 오, 신이시여! 제 몸속을 훑고 지나가는 이것은 무엇입니까? 극도로 떨리는 가운데서도 저를 차분하게, 또한 기대하게 만드는 이것은 무엇입니까? 미래가 텅 빈 윤곽과 뼈대만 지닌 채 내 눈앞에서 헤엄치고, 과거는 모두 흐릿해졌구나. 메리, 여보! 당신은 내 뒤에서 희미한 빛 속으로 사라지는구려. 아들아! 네 눈이 놀라울 정도로 점점 파래지는 것이 보이는 것 같구나. 인생에서 가장 알 수 없던 문제들이 또렷이 밝혀지는 것 같다. 하지만 그 사이로 먹구름이 끼어든다. 내 여행의 끝이 다가오고 있는 것인가? 두 다리가 하루 종일 걸은 사람처럼 후들거린다. 심장을 느껴보라. 아직도 뛰고 있는가? 스타벅, 힘내라. 그런 생각은 집어치워! 움직여, 움직여! 소리쳐! 이봐, 돛대 꼭대기! 언덕 위에서 손을 흔들고 있는 내 아들이 보이는가? 이크, 내가 미쳤나 보군. 거기 망꾼들! 우리 보트에서 눈을 떼지 마라. 고래를 감시하라. 호! 저것이 또! 저 매를 쫓아버려라! 보라, 저놈이 풍향기를 쪼고 있다." 스타벅은 돛대 꼭대기에서 펄럭이는 붉은 깃발을 가리켰다. "하! 저놈이 깃발을 가져가버리는군. 노선장은 지금 어디에 있나? 오, 에이해브, 저 광경이 보입니까? 떨린다, 떨려!"

보트들이 그리 멀리 나가지 않았을 때, 에이해브는 돛대 꼭대기에서 팔을 아래로 내리는 수신호를 보고 고래가 잠수했다는 사실을 알았다. 하지만 고래가 다시 떠오를 때 고래 근처에 있기 위해 본선에서 약간 옆으로 진로를 잡았다. 선원들은 마법에 걸린 듯이 깊은 침묵에 잠겼고, 파도가 정면으로 몰려와 뱃머리를 때리고 또 때렸다.

"오 파도여, 때려라, 때려. 못을 때려 박아라. 끝까지 때려 박아라. 하지만 너희는 뚜껑도 없는 것을 때리고 있다. 어떤 관도 어떤 관 받침대도 내 것이 될 수 없다. 오직 삼밧줄만이 나를 죽일 수 있다. 하! 하!"

갑자기 그들 주위로 파도가 커다란 원을 그리며 부풀어 오르더니 마치 물속에 잠겨 있다가 솟아오른 빙산에서 옆으로 흘러내리는 듯한 기세로 솟구쳤다. 우르릉거리는 소리가 낮게 들려왔다. 지하에서 들려오는 흥얼거림 같았다. 선원들은 모두 숨을 멈췄다. 밧줄과 작살, 창 등을 매단 거대한 물체가 바다 밑에서 불쑥 비스듬히 올라왔다. 엷게 깔린 안개의 장막을 수의처럼 몸뚱이에 휘감은 그것은 한순간 무지개를 뿌리며 공중에 머물다가 덮치는 기세로 다시 물속으로 들어갔다. 15미터까지 솟아오른 바닷물은 잠시 산더미 같은 분수처럼 반짝이다가 눈송이처럼 조각조각 떨어져 고래의 대리석 빛깔 몸뚱이 주위에 신선한 우유 같은 거품을 일으키며 소용돌이쳤다.

"노를 저어라!" 에이해브가 노잡이들에게 소리치자 보트들은 일제히 돌격에 나섰다. 하지만 전날에 몸에 박혀 부식하고 있는 작살 때문에 있는 대로 화가 난 모비 딕은 하늘에서 추방된 타락한 천사들에게 사로잡힌 것만 같았다. 넓고 흰 이마 전면에 넓게 퍼져 있는 힘줄이 투명한 피부 아래서 성난 듯 잔뜩 찌푸리고 있었다. 고래는 머리를 쳐들고 달려와 꼬리로 보트들 사이를 다시 한번 도리깨질 하듯이 휘저으며 보트들을 떨어뜨려놓았다. 고래는 두 항해사의 보트에 있던 작살과 창을 바다로 쏟아지게 했고, 두 보트의 뱃머리를 들이받았다. 하지만 에이해브의 보트만은 아무런 피해를 입지 않았다.

다구와 타슈테고가 구멍 난 널빤지를 막고 있는 동안, 고래는 멀리 헤엄쳐 가다가 다시 돌아와 그들 옆으로 다시 지나치면서 그 거대한 옆구리를 온전히 드러냈다. 그 순간 날카로운 비명이 터졌다. 고래 등에 밧줄이 칭칭 감겨 있는데, 간밤에 녀석이 몸부림치면서 더욱 얽혀버린 밧줄 사이에 단단히 묶인 파시교도의 시신이 드러났기 때문이었다. 그의 몸은 반은 뜯겨 나갔고, 그가 입고 있던 검은 담비 가죽 옷도 갈가리 찢겨 있었다. 동공이 확대된 두 눈이 늙은 에이해브를 똑바로 쳐다보고 있었다.

에이해브는 들고 있던 작살을 떨어뜨렸다.

"속았구나, 속았어!" 그는 힘겹게 숨을 들이쉬면서 말했다. "그래, 파시교도. 자네를 다시 보게 되었군. 그래, 자네가 먼저 간다고 했지. 이것이 자네가 말한 관이로군. 그래, 자네가 한 말을 철저히 믿겠네. 그렇다면 두 번째 관은 어디에 있나? 두 항해사는 본선으로 돌아가라. 자네들 보트는 이제 쓸모없게 되었으니까. 제시간에 수리할 수 있다면 빨리 돌아오라. 그럴 수 없다면 죽는 것은 에이해브 하나로 충분하다. 노를 내려라. 내가 서 있는 보트에서 뛰어내리는 자가 있다면 그놈을 제일 먼저 이 작살로 찌르겠다. 너희는 남이 아니라 내 팔이며 다리다. 그러니 내 말에 복종하라. 고래는 어디에 있나? 다시 잠수했나?"

하지만 그는 보트에서 너무 가까운 곳만 보고 있었다. 모비 딕은 몸에 매단 시신과 함께 도망칠 생각인 양, 아니면 지난번에 만났던 지점이 바람 불어가는 쪽으로 여행하는 중에 잠시 들른 정거장인 양, 이제 다시 꾸준히 앞을 향해 헤엄쳐 가고 있었다. 고래는 이제 본선 옆을 스치다시피 지나쳐 갔다. 본선은 좀 전까지 정반대 방향에서 고래를 향해 다가오고 있다가 잠시 멈춰 서 있는 상태였다. 고래는 전속력으로 헤엄치며 이제는 자기 갈 길로 똑바로 가는 데 전념하는 것 같았다.

"오, 에이해브!" 스타벅이 소리쳤다. "오늘이 사흘째지만 지금도 늦지 않았습니다. 보십시오! 모비 딕은 당신을 쫓고 있지 않습니다. 미친 듯이 고래를 쫓고 있는 것은 당신입니다!"

거세지는 바람에 돛을 펼친 외로운 보트는 노와 돛의 힘으로 바람 불어가는 쪽으로 빠르게 나아갔다. 마침내 난간에 몸을 내밀고 있는 스타벅의 얼굴을 분명히 알아볼 수 있을 만큼 본선 가까이를 지날 때, 그는 스타벅에게 뱃머리를 돌려 적당한 거리를 유지하며 따라오라고 지시했다. 선장은 고개를 들어 세 개의 돛대 꼭대기에 열심히 올라가고 있는 타슈테고와 퀴케그, 다구를 보았다. 노잡이들은 방금 뱃전에 끌어올린 구멍 난 두 척의 보트 안에서 서둘러 보수 작업을 하고 있었다. 에이해브는 현창을 하나씩 스쳐 지나가면서 스터브와 플래스크가 갑판 위에 쌓인 새 작살과 창 더미 속에서 분주히 일하는 모습도 흘깃 쳐다보았다. 이런 광경을 보고 부서진 보트에서 들려오는 망치 소리를 듣고 있자니 그것과는 전혀 다른 망치가 그의 가슴에 못을 박는 것만 같았다. 하지만 에이해브는 힘을 냈다. 그리고 주돛대 꼭대기의 붉은 깃발이 사라진 것을 보고는, 방금 그곳에 올라간 타슈테고에게 다시 갑판에 내려와 새 깃발과 못과 망치를 가지고 올라가 깃발을 새로 달라고 지시했다.

사흘 동안 계속되는 추격 때문에 지쳤는지, 몸뚱이에 칭칭 감긴 밧줄 때문에 짜증이 났는지, 아니면 내면에 숨어 있는 기만적이고 악의적인 본성 때문인지, 진짜 이유는 모르겠지만 고래가 이제는 속도를 늦추기 시작한 듯했다. 보트는 신속하게 고래 쪽으로 다가갔다. 사실 이번에 추격이 시작되었을 때 보트와 고래 사이는 지난번처럼 그리 멀지는 않았다. 에이해브가 파도를 헤치고 나아갈 때, 무자비한 상어 떼는 여전히 뒤따라왔다. 상어 떼가 보트에 끈덕지게 달라붙으며 부지런히 움직이는 노를 연신 물어뜯는 바람에 노 끝은 톱날처럼 삐죽삐죽해졌고, 노를 물속에 담글 때마다 작은 나뭇조각들이 떠올랐다.

"저놈들은 신경 쓰지 마라! 저 이빨은 새로운 노 받침대가 되어줄 뿐이다. 노를 저어라! 노 받침대로 쓰기에는 쑥 들어가는 물보다 상어 턱이 더 좋다."

"하지만 선장님, 저놈들이 물어뜯을 때마다 노 끝이 가늘어집니다!"

"그래도 오래 버텨줄 거야. 자, 저어라. 하지만 누가 알겠는가?" 에이해브는 중얼거렸다. "이 상어들이 따라와서 뜯어 먹으려는 것이 고래인지, 아니면 에이해브인지. 하여튼 노를 저어라! 그래, 다들 힘을 내라. 키! 키를 잡아라. 내가 그쪽으로 가겠다." 에이해브가 이렇게 말하자 여전히 날듯이 달리는 보트의 뱃머리에 갈 수 있도록 두 명의 노잡이가 그를 도왔다.

마침내 보트는 한쪽으로 기운 채 흰 고래의 옆구리와 나란히 달리게 되었다. 고래는 종종 그러하듯이 신기하게도 보트의 접근을 알아차리지 못한 듯했다. 에이해브는 드디어 모비 딕의 물줄기에서 피어나는 자욱한 안개 속으로 들어갔다. 그 안개는 모내드녹산[290] 같은 고래의 거대한 혹을 감싸고 있었다. 이처럼 고래 가까이에 있을 때, 에이해브는 허리를 뒤로 젖히고 양팔을 높이 들어 자세를 취한 다음 날카로운 작살에 그보다 더 날카로운 저주를 담아 가증스러운 고래에게 던졌다. 작살과 저주가 늪에 빨려 들어가듯이 눈구멍을 파고들었다. 모비 딕은 몸을 옆으로 비틀고 옆구리를 발작적으로 굴리며 보트의 뱃머리를 강타했다. 보트는 구멍이 나지는 않았지만 그 충격으로 뒤집어질 듯이 튀어 올랐다. 에이해브가 뱃전의 높은 곳에 매달려 있지 않았더라면 이번에도 바다에 내동댕이쳐졌을 것이다. 하지만 세 명의 노잡이는 선장이 언제 작살을 던졌는지 알지 못했고, 그래서 배가 뒤집혀지는 사태에 대비하지 못했기 때문에 보

---

**━ 290** 미국 뉴햄프셔주 서남부에 있는 산.

트 밖으로 튕겨 나갔다. 그중 두 명은 순간적으로 뱃전을 움켜잡았고, 밀려온 파도를 타고 다시 보트 안으로 들어갈 수 있었다. 세 번째 노잡이는 불운하게도 고물 쪽 밖으로 떨어졌지만, 그래도 물 위에 떠서 헤엄을 치고 있었다.

그와 거의 동시에 흰 고래는 예고 없이 신속하게 강력한 의지를 발동한 듯 굽이치는 바다를 헤치며 돌진해왔다. 에이해브는 키잡이에게 작살에 연결된 밧줄을 기둥에 감고 꽉 잡고 있으라고 소리쳤고, 노잡이들에게는 정반대 방향으로 돌아앉아 보트를 목표물 가까이에 대라고 명령했다. 바로 그 순간 기대에 어긋나게도 밧줄이 급격한 방향 전환과 잡아당기는 힘의 이중 부담을 견디지 못하고 공중에서 그만 끊어져버렸다!

"몸속에서 뭐가 부서진 건가? 힘줄이 끊어졌구나! 아니, 이제는 괜찮다. 노, 노를 저어라! 놈에게 돌격하라!"

파도를 가르며 미친 듯 달려오는 보트 소리를 듣자 고래는 몸뚱이를 빙 돌려 그 흰 이마를 쑥 내밀었다. 하지만 그렇게 돌아서는 순간 고래는 다가오는 피쿼드호의 검은 선체를 보았다. 고래는 그 배가 자신이 당하고 있는 모든 박해의 원천이라고 여기는 듯했다. 그것이 더 크고 지위가 높은 적이라는 생각이 들었는지(아마도 그랬을 것이다) 녀석은 맹렬히 쏟아지는 물거품 속에서 위아래 턱을 맞부딪히며 다가오는 본선의 뱃머리를 향해 돌진했다.

에이해브는 비틀거리면서 손으로 이마를 쳤다. "앞이 안 보여. 이봐, 더듬어서 갈 수 있게 내 앞에 팔을 뻗어라. 지금이 밤인가?"

"고래가! 본선이!" 무서워서 움츠린 노잡이들이 소리쳤다.

"노를 저어라! 노를 저어라! 오 바다여, 밑바닥까지 기울어져라. 너무 늦기 전에 에이해브가 마지막으로 그 비탈을 타고 목표물에 미끄러져 갈 수 있도록! 아, 이제 보인다. 배! 배! 선원들, 돌진하라! 내 배를 구하지 않을 작정이냐?"

하지만 노잡이들이 맹렬히 노를 저어 망치로 내려치는 듯한 파도를 뚫고 가는 동안, 좀 전에 고래에게 공격당한 뱃머리의 두 널빤지가 부서지고 말았다. 보트는 순식간에 못 쓰게 되었고, 금세 파도와 거의 같은 높이까지 가라앉았다. 물에 절반은 잠긴 선원들은 철벅거리면서 물이 새는 구멍을 막고 밀려들어오는 바닷물을 퍼내려고 애썼다.

한편 돛대 꼭대기에서 망치질을 하던 타슈테고는 그 모습을 바라보고는 얼어붙은 듯 멈췄다. 어깨걸이처럼 그의 몸을 반쯤 감싸고 있던 붉은 깃발이 심장에서 솟구치는 핏줄기처럼 가슴 앞으로 펄럭였다. 아래쪽 기움돛대 위에 서 있던 스타벅과 스터브도 타슈테고와 거의 동시에 돌진해오는 괴물을 보았다.

"고래, 고래다! 키를 위쪽으로, 키를 위쪽으로! 오, 자애로운 하늘의 권세여! 저를 단단히 붙들어주소서! 이 스타벅이 굳이 죽어야 한다면 여자처럼 기절하다가 죽지는 않게 하소서. 키를 위로 올리라고 했잖아, 이 바보들아! 아가리, 아가리다! 이것이 내 간절한 기도의 결과란 말인가? 내가 평생 신앙을 지켜온 결과란 말인가? 오 에이해브, 에이해브, 좀 보시오. 당신이 한 짓을 보시오. 키잡이, 항로를 유지하라. 항로를 유지하라. 아니, 아니, 다시 키를 올려라. 놈이 우리를 공격하려고 돌아섰다! 누구도 진정시킬 수 없는 이마가 우리를 향해 달려온다. 네놈은 절대 달아날 수 없다고 놈에게 말해주는 것이 우리의 의무다. 신이시여, 함께하소서!"

"지금 스터브를 도울 자가 있다면 누구든 내 옆이 아니라 내 밑에 서라. 스터브도 여기서 버틸 테니. 이빨을 드러내며 웃고 있는 너 고래여, 나도 네놈에게 활짝 웃어주마. 스터브의 부릅뜬 두 눈 말고 누가 스터브를 도왔으며, 누가 스터브를 깨어 있게 했는가? 가련한 스터브는 이제 한없이 부드러운 침대에 누워 자려 한다. 침대에 덤불이라도 깔려 있다면 좋으련만! 이빨을 드러내며 웃고 있는 너 고래여, 나도 네놈에게 활짝 웃어주마. 보라, 태양과 달과 별들이여! 나는 너희를 영혼을 저당 잡힌 어떤 자만큼이나 훌륭한 살인자라고 부르겠다. 그래도 너희가 잔을 내민다면 기꺼이 술잔을 부딪치겠다. 오, 오, 오, 오, 이빨을 드러내며 웃고 있는 고래여! 곧 그 아가리로 엄청나게 많은 것을 집어삼키겠지! 오 에이해브, 왜 당신은 도망치지 않는가? 나라면 신발과 상의를 벗어던지고 바다에 뛰어들 텐데! 스터브가 속옷은 입고 죽을 수 있게 하소서. 그래 보았자 지독하게 쾨쾨하고 짠 내 풍기는 죽음이겠지만. 체리! 체리! 체리! 오 플래스크, 죽기 전에 빨간 체리 한 알 먹어보았으면!"

"체리라고? 나는 우리가 있는 곳이 체리가 자라는 곳이기를 바랄 뿐이야. 오 스터브, 불쌍한 어머니가 내 봉급을 얼마라도 미리 받아두었다면 좋을 텐데. 그 렇지 않으면 어머니한테 푼돈밖에 돌아가지 않을 거야. 이것으로 항해가 끝났 으니."

거의 모든 선원이 뱃머리에 모여 무기력하게 서 있었다. 다들 하던 일을 멈추 고 갑자기 나온 터라 손에는 망치와 널빤지, 창, 작살 등이 그대로 들려 있었다. 그들은 마법에 걸린 듯 고래에게서 시선을 떼지 못했다. 고래는 그들의 운명을 가를 머리를 좌우로 기이하게 흔들어 반원형으로 넓게 퍼지는 물거품 띠를 만 들며 돌진해오고 있었다. 강력한 응징과 즉각적인 복수, 한없는 적개심이 온몸 에서 풍겨났다. 인간의 힘으로 할 수 있는 일은 다했지만, 그 견고한 성벽 같은 흰 이마가 피쿼드호의 뱃머리 오른편을 들이받자 선원들도 선체도 모두 비틀 거렸다. 어떤 사람은 앞으로 엎어졌고, 작살잡이들의 머리는 돛대에서 이탈한 돛머리처럼 그들의 황소 같은 목덜미 위에서 덜거덕거렸다. 골짜기를 쓸어내 리는 급류처럼 배에 뚫린 구멍으로 바닷물이 쏟아져 들어오는 소리가 요란하 게 들려왔다.

"배구나! 배가 관이었어, 두 번째 관!" 에이해브가 보트에서 외쳤다. "두 번째 관의 목재는 반드시 미국에서 난 것이라고 했지!"

고래는 가라앉는 배 밑으로 잠수하여 배의 용골을 따라 몸을 흔들며 달리다 가 물속에서 방향을 돌려 다시 빠르게 수면 위로 올라왔다. 피쿼드호의 뱃머리 왼편에서는 멀리 떨어져 있지만 에이해브의 보트에서는 불과 몇 미터 되지 않 은 곳이었다. 고래는 거기서 잠시 숨을 고르며 가만히 있었다.

"태양을 등지고 돌아서련다. 오 타슈테고, 너의 망치 소리를 듣게 해다오. 오 오, 항복을 모르는 내 배의 세 첨탑이여. 너 금 가지 않은 용골이여. 신만이 괴롭 힐 수 있는 선체여. 너 굳건한 갑판, 오만한 키, 북극성을 가리키는 뱃머리여. 명 예로운 죽음을 맞이하는 배여! 너는 정녕 나를 두고 사라지겠다는 것인가? 가 장 초라한 난파선의 선장마저 누리는 마지막 소중한 자부심도 내게는 허락되 지 않는단 말인가? 오, 고독한 삶의 고독한 죽음이여. 오, 지금 이 순간 나는 인생 최고의 슬픔 속에 최고의 위대함이 있음을 느낀다. 호, 호! 너, 저 먼 바다 끝에서 밀려온 파도여, 지나간 내 삶의 거센 파도여, 나를 죽음의 흰 봉우리 위로 더 높이 밀어 올려다오! 모든 것을 파괴하지만 정복하지는 못하는 고래여, 나는 너를 향해 나아간다. 나는 끝까지 너와 맞붙어 싸우고, 지옥의 한복판에서 너를 찌르고, 증오가 담긴 내 마지막 숨을 네게 뱉을 것이다. 모든 관과 관대를 한 웅덩이에 가라앉혀라! 하지만 어떤 관도 어떤 관 받침대도 결코 내 것일 수 없기에 나는 네놈에게 묶여서 갈가리 찢겨 나가더라도 여전히 너를 추격할 것이다. 이 빌어먹을 고래야! 그러니 나는 창을 던지지 않는다."

작살이 날아가고, 작살을 맞은 고래는 앞으로 튀어 올랐다. 작살 밧줄은 섬광 같은 속도로 홈을 따라 풀려 나가다가 그만 엉키고 말았다. 에이해브는 허리를 숙여 엉킨 밧줄을 풀었다. 하지만 고리 진 밧줄이 날아가면서 그의 목을 휘감았고, 터키의 벙어리 사형집행인이 교수형을 집행할 때처럼 그는 소리 없이 보트 밖으로 내던져졌다. 선원들은 그 사실을 미처 알지도 못했다. 다음 순간, 밧줄 끝에 달린 묵직한 매듭 고리가 텅 빈 밧줄통에서 무서운 기세로 빠져나가면서 노잡이 한 사람을 쳐 쓰러뜨린 후 수면을 치더니 물속 깊은 곳으로 사라졌다.

보트의 선원들은 한동안 멍하니 서 있다가 이윽고 뒤를 돌아보았다. "배는? 맙소사, 배가 어디에 있는 거야?" 그들은 곧 흐릿하고 몽롱한 물안개 사이로 비스듬히 기울어진 채 유령처럼 바닷속으로 사라져가는 피쿼드호를 보았다. 그것은 마치 실체 없는 신기루 같았다. 가장 높은 돛대 꼭대기 부분만 물 밖에 나와 있었다.

이교도 작살잡이들은 뭔가에 홀린 것인지, 임무에 충실한 것인지, 아니면 운명의 탓인지 배가 가라앉고 있는데도 여전히 망루를 지키고 있었다. 이제 바다는 빙글빙글 소용돌이치며 바다에 홀로 떠 있는 보트와 보트의 선원들, 떠 있는 노, 창 자루 등을 생물이든 무생물이든 가리지 않고 모조리 집어삼키기 시작했고, 마침내 피쿼드호의 가장 작은 나뭇조각 하나 남지 않았다.

하지만 마지막 파도가 주돛대 꼭대기에 매달려 있던 인디언의 머리를 덮치면서 이제 보이는 것은 똑바로 선 활대의 일부와 펄럭이는 몇 미터짜리 긴 깃발

뿐이었다. 깃발은 얄궂게도 넘실거리는 죽음의 파도에 닿을 듯 말 듯 장단을 맞추며 조용히 펄럭였다. 그 순간 붉은 팔과 뒤로 치켜든 망치가 물 위로 불쑥 솟아오르더니 가라앉는 활대에 깃발을 더 단단히 박으려는 동작을 취했다. 별들 사이에 있는 둥지에서 내려와 비웃듯이 돛머리를 따라다니던 물수리 한 마리가 깃발을 쪼며 타슈테고를 방해하다가 퍼덕이던 넓은 날개가 우연히 망치와 나무 사이에 끼었다.

그 순간 물밑에 있는 야만인은 공기의 떨림을 느꼈고, 죽어가면서도 망치를 내리친 상태로 움직이지 않았다. 하늘의 새는 대천사 같은 비명을 지르며 오만한 부리를 위로 쳐들었지만, 꼼짝할 수 없게 된 몸뚱이는 에이해브의 깃발에 감겨 피쿼드호와 함께 물속으로 가라앉았다. 그 배는 사탄처럼 천상의 생명 한 조각을 잡아당겨 투구처럼 쓰지 않고는 지옥으로 떨어지지 않으려 했다.

이제 작은 바닷새들이 여전히 입을 크게 벌린 심연 위로 비명을 지르며 날아갔고, 시무룩한 흰 파도가 소용돌이의 가파른 측면에 부딪혔다. 이윽고 모든 것이 침몰하고, 거대한 수의 같은 바다는 5,000년 전[291]에 넘실거린 것처럼 그렇게 넘실거렸다.


## 에필로그

나만 홀로 피하였으므로 주인께 아뢰러 왔나이다.

– 「욥기」


드라마는 끝났다. 그런데 이 마당에 누군가가 무대에 오르는 까닭은 무엇인가? 한 사람이 그 침몰선에서 살아남았기 때문이다.

---

**291** 노아의 대홍수 때를 가리킨다. 모든 생물이 바다에 삼켜져 죽었음을 수의에 비유한다.

그것은 우연이었다. 파시교도가 실종된 후, 에이해브의 보트에서 공석이 된 뱃머리 노잡이의 자리가 운명의 지시에 따라 내게 돌아온 것도 우연이고, 셋째 날에 흔들리는 보트에서 내동댕이쳐진 세 명의 선원 중에 고물 쪽 밖으로 떨어진 자가 나인 것도 우연이었다. 그래서 나는 파국의 가장자리에서 그 광경을 훤히 지켜볼 수 있었다. 하지만 피쿼드호가 침몰하면서 일으킨 소용돌이가 얼마간 힘이 약해진 상태로 다가오면서 나는 막바지에 이른 그 속으로 천천히 끌려 들어갔다. 막상 들어가 보니 소용돌이는 거품이 이는 웅덩이 정도로 줄어들어 있었다. 나는 익시온²⁹²처럼 빙글빙글 돌면서 천천히 회전하는 동그라미의 중심축, 단추 같은 검은 물거품 쪽으로 계속 끌려 들어갔다. 드디어 중심축에 이르렀을 때, 검은 물거품이 위로 솟아올랐다. 그러자 관으로 만든 구명부표가 용수철의 탄성으로 배에서 절묘하게 떨어져 나와 엄청난 부력을 받고 물 위로 솟구치더니 다시 떨어져 내 옆으로 떠 왔다. 나는 그 관에 올라탄 채 하루 낮과 하루 밤 동안 구슬픈 만가 같은 바다 위를 표류했다. 상어들도 입에 자물쇠를 채운 듯 아무런 해를 끼치지 않고 스쳐 지나갔고, 사나운 도둑갈매기도 부리에 붕대를 감은 것처럼 날아갔다. 둘째 날, 배 한 척이 점점 가까이 다가와 마침내 나를 바다에서 건져 올렸다. 그 배는 항로에서 벗어나 항해하고 있던 레이철호였다. 실종된 아들을 찾으러 다니다가 또 다른 고아²⁹³인 나를 발견한 것이다.

<hr />

**292** 라피타이의 왕으로 그리스신화에 나오는 인물. 여신 헤라를 사모한 벌로 하데스에서 영원히 회전하는 불수레에 묶였다.

**293** 고아는 93장 끝부분에서 이미 예고된 것처럼 '버림받은 사람'이라는 뜻이다. 1장의 첫 문장 "나를 이슈메일이라 불러다오"와 함께 이 작품의 중요한 수사적 암시다. 이 책의 해제 중 '호손과 셰익스피어', '종교적 해석', '철학적 해석' 참조.

# 『모비 딕』, 거대한 주제를 다루는 거대한 소설

이종인

    T. E. 로렌스(아라비아의 로렌스)는 1922년 과거에 멜빌과 서신 교환을 한 적이 있는 에드워드 가넷에게 이런 편지를 써 보냈다. "나는 장엄한 정신을 보여주는 거대한 책만 꽂아놓은 서가를 하나 마련했네. 그 책들은 『카라마조프가의 형제들』, 『차라투스트라는 이렇게 말했다』, 『모비 딕』일세. 내 희망은 나의 책 『지혜의 일곱 기둥』이 네 번째 명단에 오르는 것일세." 1927년 로렌스는 다시 가넷에게 이런 편지를 보냈다. "시를 제외하고 이 세상의 거대한 책들을 꼽으라면 내 생각은 이렇네. 『전쟁과 평화』, 『카라마조프가의 형제들』, 『모비 딕』, 『가르강뷔아와 팡타그뤼엘』, 『돈키호테』."

    『모비 딕』의 문학적 위상을 보여주는 또 다른 에피소드가 있다. 1980년대에 미국 동부의 유수한 대학에 강연하러 온 영국의 저명한 문학 평론가가 강연 후 학생들에게 "당신이 생각하는 가장 위대한 영국 소설(English novel)이 무엇인가?"라는 질문을 받았다. 평론가는 한참 뜸을 들이다가 조지 엘리엇의 『미들마치』라고 대답했다. 그러고 나서 이런 말을 덧붙였다. "하지만 학생들이 말하는 English novel이 영국 소설이 아니라 영어로 쓰인 소설을 말하는 것이라면 내 대답은 『모비 딕』입니다." 나는 처음에 영국인 평론가가 미국인 청중에게 립서 비스를 한 것이라고 생각했다. 하지만 『모비 딕』을 번역하기 위해 관련 자료를 찾다가 어떤 신문 기사를 읽고 그의 말이 진심이었음을 확인하게 되었다('집필 과정과 재발굴' 참조).

초등학교 때 어린이용 『모비 딕』을 읽은 이후로 나는 한동안 이 소설을 즐겁고 스릴 넘치는 해양모험소설로만 기억했다. 그러다가 대학에 들어가 영어 원서 앞부분만 읽고서도 그 난해함과 장엄함에 압도되었다. 우리 인생이 겉으로 드러난 이야기가 전부라면, 내 머릿속에서 『모비 딕』은 여전히 거친 파도를 헤치며 태평양의 흰 고래와 싸우는 외다리 선장 에이해브의 이야기로 남았을 것이다. 멜빌의 첫 작품 『타이피』를 "맛난 케이크"라고 말한 로버트 루이스 스티븐슨의 해양소설 『보물섬』에 나오는 외다리 선원 롱 존 실버의 기억과 함께 말이다. 하지만 나이가 들수록 우리 인생이 겉보기와 달리 많은 상징과 신비를 품고 있다는 사실을 알아가고, 소설 속의 흰 고래가 그냥 고래가 아니라는 것을 깨우치게 된다. 이제 작가의 생애와 저작 배경을 알아보고, 흰 고래가 무엇을 상징하는가에 답변하는 방식으로 해제를 전개해보겠다.

## 1. 작가의 생애*

허먼 멜빌은 1819년 8월 1일에 뉴욕시에서 태어났다. 그의 조상 중에 토머스 멜빌 소령은 보스턴차사건 때 인디언으로 변장하여 차 수입선에 올라탄 애국 영웅 중 한 명이다. 어머니 마리아 멜빌은 전쟁 영웅 피터 갠스보트 장군의 고명딸이다. 멜빌은 사랑이 넘치는 가정에서 유복한 유년 시절을 보냈다. 어릴 적부터 예술과 서책을 쉽게 접할 수 있었고, 뉴욕시의 유수한 사립학교에 다녔다. 아버지는 어린 멜빌이 웅변 솜씨가 상당한데도 형제들에 비해 덜 똑똑하다

---

  \* 이 책의 「해제」와 「허먼 멜빌 연보」 중 작가 허먼 멜빌의 생애에 해당하는 내용은 허셸 파커의 전기 『허먼 멜빌: Vol. 1, 1819~1851』(1996)과 『허먼 멜빌: Vol. 2, 1851~1891』(2002)에서 가져왔다.

고 여기며 전문직보다는 상인으로 나가는 편이 좋겠다고 생각했다.

대대로 풍요로웠던 가세는 1830년 경기 침체 때 갑자기 기울어졌다. 멜빌의 아버지는 채권자들의 변제 요구를 들어주지 못하고 파산하고 말았다. 재기 노력이 실패로 돌아간 뒤에는 가족을 데리고 올버니로 이사하여 한 모피 회사의 지점 관리부장이 되었다. 이후로 어느 정도 재정이 안정되는 듯했으나, 1831년에 또다시 위기를 겪으며 극심한 심신의 고통을 호소하던 아버지는 결국 1832년 1월 28일에 세상을 떠났다.

당시 열세 살밖에 되지 않은 멜빌은 학교를 중퇴하고 은행 점원, 농장 일꾼, 학교 교사 등 여러 직업을 전전했다. 스무 살에는 형제들의 도움으로 상선 세인트로렌스호의 선실 급사로 승선하여 영국의 리버풀을 다녀왔고, 이 일은 나중에 그에게 좋은 문학적 자산이 되었다. 멜빌은 항해를 한 차례 다녀온 뒤 다시 교직으로 돌아갔다. 하지만 근무하던 학교가 자금 부족으로 문을 닫자 안정된 일자리를 얻기 위해 친구와 함께 일리노이주의 친척을 찾아갔다. 거기서도 일자리를 구하지 못한 멜빌은 다시 뉴욕시로 돌아와 첫 출항에 나서는 포경선 아쿠쉬넷호의 말단 선원으로 승선했다. 이후로 멜빌은 1844년까지 3년 동안 선원 생활을 했다.

선원 생활 후 뉴욕으로 되돌아온 멜빌은 집안 사정이 다소 나아진 데다가 자신이 들려주는 남태평양 이야기를 사람들이 좋아한다는 사실을 알고, 자기의 경험을 바탕으로 생애 첫 소설 『타이피』를 썼다. 1846년에 출간된 이 소설은 좋은 반응을 얻었다. 당시 미국에서 출간된 책은 유럽에서 저작권을 인정받지 못했기 때문에 영국판이 먼저 나왔다. 멜빌은 그제야 평생 직업을 발견했다고 생각하고 속편 『오무』를 썼다. 이 작품도 좋은 반응을 얻자 멜빌은 문필업으로 생계를 이을 수 있겠다고 생각했다. 두 작품의 성공을 눈여겨본 대법관 르뮤엘 쇼는 장녀 엘리자베스 쇼를 그와 결혼시켰다. 멜빌은 엘리자베스와 결혼한 직후에 어머니와 여동생 등 가족과 함께 뉴욕시로 이사 가서 세 번째 작품 『마르디』를 집필하기 시작했다.

철학적 이상과 알레고리가 넘치는 소설 『마르디』는 전작과 같은 해양 모험

소설을 기대하던 독자들을 실망시켰다. 가족을 부양해야 했던 멜빌은 돈을 벌 욕심에 두 편의 상업용 해양소설 『레드번』과 『하얀 재킷』을 썼다. 이 작품들이 어느 정도 성공을 거두면서 전업 작가에 대한 자신감이 생긴 그는 버크셔스에 있는 농가를 사서 가족과 함께 이사했다. 이때 장인뿐만 아니라 친구 터툴러스 D. 스튜어트에게도 자금을 지원받았다. 멜빌은 가족 모르게 스튜어트에게 돈을 빌렸는데 대작을 쓰면 얼마든지 갚을 수 있다고 생각했다. 그는 농가 근처에서 인디언의 화살촉을 발견했다고 해서 농가에 애로헤드(화살촉)라는 이름을 붙였다. 이 시기에 올리버 웬델 홈스, 너새니얼 호손 등 매사추세츠주 피츠필드 근처에 사는 문인들과 교류했다.

멜빌은 호손의 단편집 『낡은 목사관의 이끼』를 읽고 악의 주제에 천착하는 호손에게 깊은 인상을 받았다. 그래서 그를 극찬하는 「호손과 이끼」라는 평론을 발표했고, 마침 근처에 산다는 사실을 알고 직접 찾아가 만나기도 했다. 호손 부부도 멜빌의 평론을 읽고 그에게 좋은 인상을 가지고 있었다. 이 무렵 멜빌은 세 권 분량의 해양소설 『모비 딕』을 집필하고 있었다. 이 작품은 1850년 3월에 시작하여 1851년 7월에 탈고함으로써 집필에 총 17개월이 걸렸다. 당시 멜빌보다 열다섯 살이 많은 호손은 그에게 대중의 요구에 영합하기보다 작가 자신이 쓰고 싶은 내용을 써야 한다고 격려했다. 이 시기에 두 사람이 주고받은 편지를 보면 호손이 멜빌의 인간적, 정서적, 예술적 발전에 큰 영향을 주었음을 알 수 있다. 실제로 호손은 1851년 11월 『모비 딕』이 출간되었을 때, 이 작품을 칭찬한 소수의 문인 중 한 사람이었다. 미국 문학사에서 1850년에서 1855년의 여섯 해는 '아메리카 르네상스'라고 불리는데, 이 시기에 랄프 왈도 에머슨의 『위인이란 무엇인가』(1849), 너새니얼 호손의 『주홍 글씨』(1850)와 『일곱 박공의 집』(1851), 허먼 멜빌의 『모비 딕』(1851)과 『피에르』(1852), 헨리 데이비드 소로의 『월든』(1854), 월트 휘트먼의 시집 『풀잎』(1855) 등이 나와 미국 문학이 영국 문학의 변방에 머물지 않고 독자적 영역을 구축했음을 온 세상에 선언했다. 그러나 『모비 딕』은 당시 평론가들에게 좋은 평가를 받지 못했고 상업적으로도 성공하지 못했다.

평론가들에게 좋은 평가를 받지 못한 이유는 다음과 같다. 우선,『모비 딕』이 영국에서 먼저 출간되는 과정에서 135장 뒤에 나오는 한 쪽 분량의 에필로그가 원고 수송상의 문제로 빠져버렸다. 여기에는 이슈메일이 침몰선에서 살아난 경위가 적혀 있었다. 영국 평론가들은 피쿼드호가 침몰하면서 화자인 '나'를 포함해 모든 선원이 물에 빠져 죽었는데, 어떻게 죽어버린 '나'가 이야기를 쓸 수 있느냐며 문제 제기를 했다. 그러면서 이 작품은 엉터리다, 소설 문법도 모르는 자가 쓴 책이다, 하는 평가가 나왔다. 영국에서 시작된 부정적인 평가는 미국으로 고스란히 넘어가 미국판에는 에필로그가 있음에도 불구하고 책 판매에 악영향을 끼쳤다. 사실『모비 딕』의 서술 방법이 당시 독자들에게 생소했던 것이 판매 부진의 더 큰 원인이었다('집필 과정과 재발굴' 참조).『모비 딕』은 미국 하퍼스 출판사에서 출간되고 첫 두 주 동안 1,535부가 나갔고, 그 후 두 달 동안 471부가 나갔을 뿐이고 이후로는 판매 실적이 거의 없다시피 했다.

『모비 딕』출간으로 주택 대출금과 이자를 상환할 계획이었던 멜빌은 극심한 재정난에 시달리게 되었다. 후속작으로 쓴 심리소설『피에르』는 아주 형편없는 졸작이라는 평가를 받았다. 멜빌은 조급한 마음에『십자가의 섬』이라는 역사소설을 급하게 써서 대출금의 이자라도 갚아보려 했으나 이마저도 출판사에서 출간을 거절당했다. 1851년 5월에 이미 멜빌은 호손에게 보낸 편지에서 재정난을 호소하고 있었다. "글 쓰는 사람은 풀이 천천히 자라듯이 평온한 마음을 가지고 있어야 하지만, 나는 달러 때문에 죽을 지경입니다. 이 사악한 악마는 늘 내 문을 빼꼼히 열고는 빙그레 웃고 있지요."

돈 이야기가 나와서 하는 말인데, 오늘날 멜빌이 육필로 쓴 한 장짜리 편지가 경매장에서 10만 달러에 팔린다고 한다. 그런데 그가 급하게 써내려간 장편소설『십자가의 섬』의 육필 원고는 이 출판사 저 출판사를 전전하다가 결국 유실되고 말았다. 이 원고가 오늘날 기적처럼 누군가의 다락방에서 발견되어 경매장에 나온다면 그 가치가 얼마나 될까? 대출금 이자와 생활비, 육아비에 쪼들리던 멜빌에게 이 원고는 단 1달러도 벌어주지 못했으니, 달러 때문에 죽을 지경이라는 멜빌의 말은 조금도 과장이 아니었을 것이다.

멜빌은 그 후 장편소설 『이스라엘 포터』와 『사기꾼』을 추가로 출간했으나 문학적 명성이 다한 듯 아무도 그의 작품에 주목하지 않았다. 이제 그는 자기 고백의 수단으로 시를 쓰기 시작하며 틈틈이 단편소설을 썼다. 하지만 시는 소설보다 명상적인 내용이었고, 1866년 뉴욕 세관에 일당 4달러를 받는 현장 검사관으로 취직했을 때는 일반 독자에게 선보이는 출판은 사실상 포기한 상태였다. 세관 근무도 순탄하지 못해 멜빌은 두 번이나 해고될 뻔했다. 세관 근무 당시의 멜빌은 어쩌면 그의 명작 단편 『필경사 바틀비』에 나오는 바틀비의 모습 그대로였는지도 모른다. 걸핏하면 상급자의 지시를 거부하며 "나는 차라리 하지 않는 쪽을 선택하겠습니다"라고 뻐딱하게 말하는 바틀비 말이다. 하지만 당시 뉴욕 세관장이던 체스터 아더 장군(후일 부통령이 되었는데 가필드 대통령이 암살당하는 바람에 1881년 대통령 자리를 승계한 제21대 미국 대통령)은 한 신문기자와의 대담에서 이렇게 회고했다.

뉴욕 세관에서 뇌물을 받는 세관원이 있다는 말을 기자가 하자 세관장은 그래도 좋은 세관원이 훨씬 더 많다고 말하며, 뇌물을 받지 않고 조심하는 세관에 대해 "천사는 잘 다스려진 상어라고 할 수 있지요"라고 논평했다. 기자가 그 말을 이해하지 못하자 세관장은 이렇게 설명했다. "미국 소설가 중에 허먼 멜빌이라는 이름을 들어보았습니까? 『타이피』라는 소설을 쓴 사람이지요. 내가 뉴욕 세관에 부세관장으로 부임해서 보니 해고자 명단에 그의 이름이 있지 뭡니까? 소설가 이름이 명단에 있으니 이상하더군요. 그래서 소설가의 친척이냐고 직원들에게 물으니 바로 그 소설가라고 하더군요. 나는 그가 쓴 『타이피』, 『오무』, 『모비 딕』을 아주 흥미진진하게 읽었거든요. 그래서 직원들에게 말했습니다. '이봐요, 그런 멋진 작품을 쓴 사람을 말단 검사관 자리에서 쫓아내려 하다니 창피한 일 아닙니까?' 그래서 해고될 뻔한 사람을 구해주었지요. 세관장으로 승진한 후로는 대화를 나눌 기회가 없었지만 늘 지켜보며 보호해주었습니다. 내가 좀 전에 상어 이야기를 했지요? 그건 멜빌의 『모비 딕』에서 나오는 말입니다. 흑인 선원이 상어의 습격에서 간신히 살아난 다음에 상어를 실컷 욕하고 나서 이렇게 덧붙이지요. '이보게, 우리가 상어보다 낫다고 생각해서는 안 되네. 천사는 잘 다스려진 상어일 뿐이거든.'"

여기서 흑인 선원은 『모비 딕』 64장에 나오는 요리사 플리스를 가리키는데, 세관장은 상황과 대사를 약간 바꾸어 말하고 있다. 64장은 9장에 나오는 매플 목사의 요나 설교와 함께 이 작품을 이해하는 중요한 에피소드다. 멜빌이 세관에서 두 번이나 해고될 뻔한 것은 당시에 세관이 부정부패의 온상이었다는 사실과 관련 있다. 상인이나 수입업자가 편의를 봐달라며 멜빌의 책상 위에 돈을 놓고 가거나 호주머니에 돈을 찔러주었으나 멜빌은 나중에 그 돈을 모두 돌려주었다. 애꾸눈 사회에서 두 눈이 멀쩡한 자가 배척당하듯이 멜빌의 해고 문제는 그의 청렴결백함이 주된 원인이었다. 비록 힘든 세관 생활이었지만 안정된 수입이 생기면서 멜빌은 더 이상 출판 수익을 기대하지 않아도 되었다. 더 이상 냉정한 대중을 위해 글을 써야 할 필요를 느끼지 못했다. 하지만 아무도 모르게 혼자서 계속 시나 소설을 썼다. 이 시기에 재정 형편이 좀 나아졌다고 해서 멜빌의 가정생활이 평온한 것은 아니었다. 세관에 취직한 다음 해인 1867년에 맏아들 맬콤이 집에서 권총 자살을 했다. 맬콤은 사이가 좋지 않은 아버지와 어머니의 관계에서 자신이 어머니를 위해 아무것도 해주지 못하는 것에 자책감을 느꼈지만, 그렇다고 아버지에게 대들 수도 없었다. 그는 밖으로 돌면서 새벽 두세 시에 귀가했고, 그때마다 아버지 멜빌은 화내며 그를 질책했다. 자살하기 전날 밤도 맬콤은 새벽 두 시경에 들어왔는데, 어머니 엘리자베스는 자지 않고 아들을 기다렸다. 아들은 몹시 미안해하며 다시는 그러지 않겠다고 맹세하고 사랑한다는 말을 하고서 2층 자기 방으로 올라갔다. 아침이 되어도 아들이 내려오지 않자 어머니는 딸을 시켜 오빠의 방문을 두드리게 했고, 희미한 대답 소리가 들려 동생은 그냥 아래층으로 내려왔다. 하지만 퇴근한 멜빌은 아들이 아직도 방에서 나오지 않았다는 이야기를 듣고 문을 뜯다시피 해서 열었다. 그곳에는 머리에 총상을 입은 아들이 쓰러져 있었다. 그의 손에는 권총이 쥐어져 있었다. 차남 스탠윅스도 선원 생활을 했으나 불안정한 직업 때문에 결혼도 못 하고 여기저기를 전전하다가 1866년 2월 샌프란시스코에서 폐병으로 죽었다.

문학적으로는 이제 끝난 작가라는 평가를 받고, 생애 후반에는 두 번씩이나 자녀를 먼저 떠나보내야 했던 멜빌의 한평생은 참으로 모진 시련의 연속이었다. 중국의 화씨(和氏)는 두 다리가 잘려 나가는 수모를 당하면서도 자신이 세상에 내놓은 구슬이 영원히 광채를 발하는 최고의 보석임을 확신했고 마침내 그 진가를 인정받았다. 멜빌 또한 화씨 못지않은 집념과 확신을 가지고 있었으나 그의 명성은 너무 뒤늦게 찾아왔다. 탄생 100주년을 기념하는 1919년 이후에 비로소 멜빌의 진가를 알아보기 시작했으니 말이다. 사후의 명성은 멜빌의 생존한 두 딸에게는 전혀 환영받지 못했다. 멜빌은 1891년에 죽고, 부인은 그 후 15년을 더 살다가 1906년에 세상을 떠났다. 맏딸 베시(엘리자베스)는 이태 뒤인 1908년에 어머니를 따라갔다. 막내딸 프랜시스는 1938년까지 살아서 아버지가 셰익스피어에 견줄 만큼 위대한 작가라는 칭송을 듣는 것을 직접 목격할 수 있었지만, 죽을 때까지 아버지에 대한 원망을 거두지 않았다. 어머니가 친정 집에서 무시당하고, 아버지 때문에 온갖 고생과 모욕을 감내한 것을 생각하면 눈물이 앞섰기 때문이다.

언니 베시가 결혼하지 못하고 관절염으로 고생만 하다가 죽은 것은 어릴 적의 영양부족 탓이었고, 큰오빠 맬컴이 열여덟 어린 나이에 자살한 것도 아버지의 무책임한 태도 때문이었다. 한밤중에 잠든 두 자매를 깨워서 장편 서사시 「클라렐」의 교정을 시킨 일도 이해할 수 없는 처사 중 하나였고, 작은오빠 스탠윅스가 낭인으로 살다가 35세에 폐병으로 요절한 것도 아버지가 제대로 뒷받침해주지 않은 탓이라고 비난했다. 프랜시스는 아버지를 못마땅하게 여긴 외갓집 사람들(외할아버지 르뮤엘 쇼만 빼고)이 아버지를 정신이상자라고 비난한 언론의 기사를 그대로 믿었고, 1860년대 어느 한 시점에서는 어머니조차 그 이야기를 믿었다는 사실을 기억했다. 보스턴의 외삼촌들이 추문 없이 아버지와 어머니를 이혼시킬 방법을 궁리했다는 것도 생생히 기억했다. 아버지에 대한 원망은 너무나 사무쳐서 아버지의 뒤늦은 세계적 명성이 오히려 그녀에게 고통스러운 기억과 쓰라린 감정만 불러일으켰다고 프랜시스는 말했다.

멜빌은 아무도 믿어주지 않는 상황에서 자신이 워싱턴 어빙이나 롱펠로를 능가하는 작가임은 물론이고 셰익스피어에 견줄 만한 위대한 작가라는 자부심을 가지고 있었고, 이것이 보스턴 처가에서 그를 정신이상으로 판단하는 또 하나의 근거가 되었다. 닥터 존슨은 작가는 잉크가 아니라 자기 피로 글을 써야 비로소 독자를 감동시킬 수 있다고 했는데 멜빌의 삶이 바로 그러했다. 하지만 집념의 작가를 부양해야 하는 가족의 입장에서는 그런 남편이나 아버지는 여간 부담스러운 존재가 아니었을 것이다. 멜빌의 막내딸 프랜시스는 천재 작가를 부양하려면 대가가 너무 커서 보통 가문은 도저히 감당할 수 없다고 한탄했다. 하지만 밀알 하나가 땅에 떨어져 죽으면 많은 열매를 맺고, 겨자씨가 자라나 큰 가지를 뻗으면 하늘의 새들이 그 그늘에 깃들이게 된다. 멜빌과 가족들이 엄청난 희생을 견디며 탄생시킨 작품은 처음에는 밀알이나 겨자씨에 불과했으나 이제 인생의 신비를 깨우치고 세상의 진실을 예측하며 우리 자신의 운명도 돌아보게 하는 위대한 작품으로 높이 평가받고 있다. 멜빌 가족이 천재 작가를 부양한 대가는 결코 헛되지 않았다.

## 2. 작품 배경

허먼 멜빌이 대문호로 다시 평가받게 된 배경과 과정을 살펴보고, 멜빌에게 결정적 영향을 준 작가 너새니얼 호손과 윌리엄 셰익스피어, 그리고 작품 속에 많이 인용된 기독교의『성경』과 그리스신화를 간단히 소개하겠다.

### 1) 집필 과정과 재발굴

『모비 딕』을 집필하기 전에 멜빌은 총 다섯 편의 장편소설을 썼다. 생애 첫 작품『타이피』는 출간되자마자 큰 인기를 끌었고, 남태평양의 모험을 다룬 두 번째 소설『오무』도 호평을 받았다. 하지만 두 소설을 쓰고 난 후 멜빌은 독자의 요구에 영합하기보다 작가 자신이 쓰고 싶은 내용을 써야 한다는 사명감으로『마르디』라는 철학소설을 썼다. 배경은 남태평양의 섬이지만 구체적인 모험이나 사건 없이 주인공이 이 섬 저 섬을 떠돌아다니며 세상의 정치, 사회, 종교 제도에 대한 생각을 늘어놓는 소설은 독자들의 냉대를 받았다. 결혼한 지 얼마 안 된 멜빌은 가족을 부양해야 했기 때문에 『레드번』과 『화이트 재킷』이라는 해양소설을 또다시 썼다. 이 다섯 편의 장편소설을 토양으로 그의 역작 『모비 딕』이 탄생했다.

하지만 『모비 딕』이 처음부터 대작 형태를 띤 것은 아니었다. 이 작품은 그 직전에 출간된 『화이트 재킷』처럼 또 다른 해양 모험소설로 시작했는데, 다음 사례들에서 그 사실을 짐작해볼 수 있다. 『모비 딕』의 앞 부분에 등장하는 인물들, 가령 펠레그와 벌킹턴은 최종 텍스트에서도 초고의 흔적을 간직하고 있다. 멜빌은 원래 펠레그를 피쿼드호의 폭군 선장으로, 벌킹턴은 그런 선장에 저항하는 인물로 구상했다. 실제로 벌킹턴은 3장에서 다정하고 영웅적인 모습으로 묘사되고 있다. 애초에 피쿼드호에 선상 반란이 일어나고, 반란의 주역을 벌킹턴에게 맡기려고 했던 것이다. 하지만 벌킹턴은 23장에서 잠깐 다시 나타났다가 이후에는 사라진다. 벌킹턴은 타운호호의 선상 반란 이야기 속에서 반란 지도자 스틸킬트로 되살아나고, 16장에 나오는 펠레그는 래드니라는 인물로 변형되어 등장한다. 또 22장에 펠레그의 첫 발길질 이야기가 나오지만, 두 번째 발길질은 소설 어디에서도 찾아볼 수 없다. 그밖에 27장에서 핍이 항해 중에 사망할 것처럼 묘사된 것이라든지, 28장에서 여분의 고래 뼈 다리가 있는 것처럼 보인다든지, 41장에서 테르메스홀이 온천장 혹은 공중목욕탕인데 왕궁으로 잘못 묘사된 것 등도 수정이 미진한 흔적을 보여준다. 54장의 타운호호 이야기는 멜빌이 당초에 구상한 소설의 초기 형태라고 보는 학자들도 있다. 멜빌은 이러한 구상을 하면서 집필해나가는 도중에 호손을 만났다. 호손은 멜빌이 다루고자 하는 진실의 "어두운 측면"을 보여주려면 그것을 증명하는 도덕적 비유(상징)를 만들고, 더 나아가 그 비유로 스토리에 일관성을 부여해야 한다고 조언했다. 그 결과 멜빌은 인간성과 인간 사회에 만연한 악의 문제를 심도 있게 파고들며 작품의 구성과 내용을 크게 바꾸었고, 『모비 딕』은 현재와 같은 형태를 갖추게 되었다. 멜빌이 호손에게 이 책을 헌사하며 쓴 글, "그의 천재성에 경의를 표하며 이 책을 너새니얼 호손에게 바친다"는 그와 같은 영향을 반영하고 있다('호손과 셰익스피어' 참조).

그러나 『모비 딕』은 상업적으로 실패했고 그 후 멜빌은 세 편의 장편소설을 더 썼으나 모두 실패하면서 소설 쓰기를 포기했다. 만약 생전에 『모비 딕』이 지금과 같이 높은 평가를 받았더라면 그는 틀림없이 『모비 딕』에 남아 있는 사소한 착오나 군더더기를 모두 정리했을 것이다. 이후로 시 쓰기에만 몰두하다가 죽기 2~3년 전에 『빌리 버드』라는 중편소설을 써서 유작으로 남겼다. 멜빌은 사망 당시에 무명작가나 다름없었다. 그러나 멜빌 탄생 100주년이 되는 1919년부터 '멜빌 부흥'이 일어나기 시작했다. 당시는 이른바 모더니즘이라는 새로운 문학 기류가 영국과 유럽 대륙에서 태동하고 있었다. 영미 문학계의 모더니즘은 1920년대에 들어와 제임스 조이스의 『율리시즈』(1922)와 T. S. 엘리엇의 장편시 「황무지」(1922)가 발표되면서 시작되었는데, 화자가 철저히 자기 이야기만 한다. 두 작품이 발표된 시점은 제1차세계대전이 끝난 직후여서 온 세상이 전쟁 후유증으로 참혹했는데도, 그런 세상에 대한 직접적인 성찰은 잘 보이지 않는다. 어차피 화자는 그런 세상을 총체적으로 파악하는 것이 불가능하다고 생각한다.

모더니즘이 도래하기 이전의 소설들은 철저히 리얼리즘을 내세웠다. 가령 디킨스와 발자크는 전형적인 19세기 리얼리즘 소설가로서 작품 내 인물들에 대해 전지적 관점을 취한다. 다시 말해 세상은 소설가가 그려내는 모습 그대로 존재하고, 따라서 소설가의 자아와 세상은 완벽하게 일치했다. 그러나 모더니즘 계열의 작가들은 소설가가 세상의 모든 것을 안다는 것은 불가능하고, 화자는 자신이 직접 목격하고 체험하고 상상한 것 말고는 알 수 없으며, 그마저도 인식이 불완전할 때가 많다는 입장을 취한다. 다시 말해 자아와 세상은 불일치하므로 세상보다는 자아의 심리적 리얼리티에 더 집중해야 한다고 보았다. 그래서 모더니즘 작가들은 화자의 관점을 중시하면서 내면의 심리를 구체적으로 드라마화하는 데 집중한다. 이것이 모더니즘 운동의 핵심이다.

『모비 딕』은 여러 면에서 모더니즘을 예고하는 작품이었다. 획기적인 퓨전풍 이야기 기법의 개발, 거대 담론에 기대면서도 독창적인 작품 구조, 인간의 다양성에 대한 폭넓은 추적, 이야기와 상징의 절묘한 결합, 인생의 신비에 대한 깊이 있는 탐구, 뛰어난 유머 감각과 풍자 정신, 열린 결말 등이 그러하다. 하지만 시대를 너무 앞서갔기 때문에 당시의 독자들에게는 생소하게 느껴져 외면을 받았다. 1920년대에 들어와 후배 작가들이 멜빌의 모더니즘 스타일에 주목하면서 그를 다시 평가하기 시작했다. 이러한 부흥은 1924년 유작 중편소설 『빌리 버드』가 발표되면서 더욱 높게 일어났으나, 실은 그 전에도 멜빌의 진가를 알아보고 불가의 고승이 불법의 등명을 후배 학승에게 전하듯이 그 횃불을 후배 작가들에게 전한 문학자들이 많이 있었다. 이에 대한 결정적인 증거로는 다음과 같은 것이 있다.

두 권짜리 멜빌 전기(1996, 2002)를 써낸 허셀 파커는 레이먼드 위버의 멜빌 전기(1921) 초판본이 인터넷 헌책방에 나오면 모두 사들인다고 말했다. 책갈피에 혹시 멜빌이 손수 스케치한 애로헤드 자택의 그림이 끼어 있지 않을까 싶어서였다. 위버가 전기를 집필할 때, 멜빌의 외손녀 엘리너 메트캘프가 그 그림을 위버에게 건넸기 때문이다. 파커는 2002년 이베이에서 위버가 토머스 먼로에게 기증한 위버의 멜빌 전기를 구입했는데, 거기에 기사 스크랩 한 장이 들어 있었다. 1922년 2월호 『북맨』의 '가십 공장'이라는 칼럼 기사였다. 그 내용을 옮기면 이러하다.

"아일랜드 시인이자 소설가 제임스 스티븐스는 아일랜드에서 온 지 얼마 안 되는 새뮤얼 맥코이에게 『모비 딕』을 읽은 흥분을 전하며 이렇게 말했다.

'내가 이 책 얘기를 언제 들었는지 알아? 『모비 딕』이 처음 출간되었을 때, 스무 살이던 소설가 조지 메레디스는 그 책을 읽고 멜빌이 대가라는 걸 금방 알아보았어. 그래서 그 책을 와츠-던턴에게 건넸는데, 던턴도 크게 흥분하면서 그 책을 화가이자 시인인 단테 가브리엘 로제티에게 건네면서 꼭 읽으라고 했다는 거야. 로제티도 다 읽고 나서 놀라며 시인 앨저넌 찰스 스윈번에게 전했어. 스윈번은 그 책에서 자신의 능력으로는 도저히 묘사하지 못할 것 같은 바다의 함성을 듣고는 그 책을 다시 오스카 와일드에게 전했어. 당시 와일드는 영국 문단의 떠오르는 별이었지. 와일드가 그 책을 누구에게 전했는지 알아? 당시 아일랜드 문단의 샛별이고 장차 영국 시단의 거두가 된 젊은 시인 윌리엄 버틀러

예이츠에게 전했어. 예이츠는 런던에서 더블린으로 건너와 그것을 조지 러셀에게 전했고, 러셀은 다시 그의 제자인 우리에게 전했지. 그 후 나는 이 책을 내가 아는 모든 사람에게 소개하고 있어. 영어로 쓰인 가장 위대한 산문 작품이라고 말이야.'

'멜빌은 말이야,' 스티븐스는 깊은 생각에 잠기며 말했다. '이 시대의 마지막 음유시인이야. 그는 셰익스피어보다 더 폭이 넓어.'

나는 이 이야기를 1921년 8월 7일 오후 아일랜드 서부 해안에 있는 골웨이의 한 호텔 응접실에서 들었다. 그곳은 한때 전 세계의 수염 기른 뱃사람들이 들러서 스페인 와인을 마시던 곳이었다."

1920년대에는 16권으로 된 멜빌 전집(1922~24)이 영국의 콘스터블 출판사에서 출간되었다. 이때 이 전집을 구입한 T. E. 로렌스는 『모비 딕』을 읽고 그 책을 친구들에게 빌려주어서 알리고 싶은 마음과, 친구가 그 책을 돌려주지 않을까 봐 걱정하는 마음 사이에서 갈등을 느꼈다고 고백했다. 소설가 D. H. 로렌스와 E. M. 포스터도 멜빌의 작품을 읽고 각각 『아메리카 고전 문학 연구』(1923)와 『소설의 양상』(1927)에서 멜빌을 높이 평가했다. 앞에서 말한, 미국 동부의 유수한 대학에서 강연했다는 영국의 문학 평론가도 아마 "영어로 쓰인 가장 위대한 산문 작품"이라는 제임스 스티븐스의 발언에 동감한 것으로 짐작된다.

## 2) 호손과 셰익스피어

멜빌은 열세 살에 아버지를 여의고 가세가 기울면서 아버지의 부재를 심각하게 느끼며 성장했다. 그러다가 열다섯 살 연장자인 호손을 만나고 그에게 부성을 느낀 듯하다. 두 사람은 1850년 8월 5일 어느 등산 모임에서 만났는데, 사상을 서로 공감하며 두 시간 동안 깊은 대화를 나누었다고 한다. 멜빌은 당시 뉴욕 문학잡지 『문학세계』의 편집자 다이킹크의 부탁으로 호손의 단편집 『낡은 목사관의 이끼』를 논평한 에세이 「호손과 이끼」를 발표했다. 이 글에서 그는 미국인이 쓴 글을 누가 읽냐고 영국인은 비아냥거리지만 여기에 셰익스피어 못지않은 작가(호손)가 나왔고, 영국 작가를 모방하여 글을 쓴 워싱턴 어빙은 본질적으로 미국 작가라 할 수 없다고 썼다. 『모비 딕』 출간 후 평단의 반응은 냉담했지만, 호손은 작품의 심오한 사상을 이해한다는 내용의 편지를 보냈고, 멜빌은 감사하며 이런 답장을 써 보냈다. "장거리 마차 여행을 하는데 가까운 곳에 여관은 보이지 않고 밤이 내리고 날씨가 차갑습니다. 하지만 당신이 이 마차의 동승자라면 나는 만족하고 행복합니다." 멜빌은 「호손과 이끼」 논평에서 악의 문제를 깊이 있게 다룬 호손을 칭송하면서 특히 호손의 단편소설 『젊은 굿맨 브라운』과 『반점』을 거론했다.

『젊은 굿맨 브라운』은 1600년대 매사추세츠주의 세일럼 마을에서 벌어진 사건을 기술하고 있다. 굿맨(goodman)은 젠틀맨보다 하층계급 사람들을 일컫는 호칭으로 여기서는 '모든 사람'이라는 뜻으로 사용되었다. 브라운은 페이스(faith, 아내의 이름이자 '신앙심'을 뜻함)와 결혼한 지 3개월이 되는 어느 날 밤 숲속의 마귀 파티에 참석하러 간다. 파티에 참석한 굿맨은 평소 거룩한 줄 알았던 마을의 목사나 집사가 모두 파티를 즐기고 있는 모습을 보고 충격을 받는다. 새벽이 되어 마을로 돌아온 브라운은 신앙심이 완전히 사라지고 평생 사람들을 의심하며 살아간다. 이 소설은 숲속의 마귀 파티가 실제로 일어난 일인지, 아니면 브라운의 꿈속에서 일어난 일인지 불분명하게 처리한다. 그러나 실제인지 꿈속인지는 그리 중요하지 않다. 브라운, 페이스, 그녀의 분홍색 리본이 모두 알레고리이기 때문이다. 브라운은 청교도주의자의 위선을 고발하는 동시에 선과 악에 대한 인간의 이중적 태도를 비난한다. 사람은 누구나 자신이 악하면서도 선하다고 생각하거나 정반대로 생각하는 경향이 있다. 평소에 선량한 사람도 충동적인 악행, 이유 없는 광신, 분출하는 욕정, 상대방을 제압하려는 공격성 등에서 자유롭지 못하다. 그래서 브라운은 내면의 사악함에서 자유로운 사람이 어디 있겠냐고 질문하며 숲속의 마귀 파티에 다녀오지 않거나 꿈꿔보지 않은 사람은 없다고 생각한다.

『반점』은 인간의 이중성을 '반점'이라는 알레고리를 통해 탁월하게 구체화한 소설이다. 인간은 누구나 불완전하게 태어난다. 우선, 인간은 정신과 물질이 혼합된 존재다. 어릴 때는 물질이 우세하여 자기 존재에 아무런 의문이 없더라도 나중에 커서 도덕과 철학을 알게 되면 자신의 불완전한 점이 자꾸 눈에 들어오게 된다. 다시 말해, 정신이 시키는 바를 몸이 따르지 않는 것이다. 고대 로마의 시인 오비디우스는 서사시 『변신 이야기』에서 "내 정신은 좋은 일을 하고자 하나 육신이 따르지 않는다"라고 지적했다. 그러면서 육신의 욕정 때문에 사람이 짐승으로 변신한다고 진단했다. '반점'은 이러한 인간의 불완전한 점을 상징한다. 이 작품의 메시지는 간단하다. 인간은 불완전한 점을 있는 그대로 받아들이며 살아야 하며 그러지 못할 경우 목숨을 잃게 된다는 것이다. 우리는 이것을 사과에 비유해볼 수 있다. 사과의 본질은 그 속에 들어 있는 씨앗이다. 과육과 과즙을 제외하고 오로지 그 씨앗만 얻으려 한다면 사과 전체를 파괴할 수밖에 없다. 인간의 정신도 씨앗처럼 불완전한 몸속에 깃들어 있기 때문에 몸을 무시하고서는 정신도 얻을 수 없는 것이다('심리적 해석' 참조).

멜빌은 호손의 단편집 『다시 들려준 이야기』가 『오래된 목사관의 이끼』보다 더 위대하다고 말했는데, 이 단편집에 들어 있는 「목사의 검은 베일」은 위에서 언급한 두 단편을 요약하는 작품이다. 이 소설의 주인공 목사는 평생 검은 베일을 쓰고 다녔다. 베일은 주로 얼굴을 감추는 것이고, '검은'이라는 형용사는 목사가 감추고 싶어 하는 것이 나쁘거나 수치스러운 것임을 암시한다. 소설 속에 나오는 "시간을 영원으로부터 차단하는 이 베일"이라는 말은 『신약성경』 고린도전서 13장 12절 "우리가 지금은 거울로 보는 것 같이 희미하나 그때는 [하나님의] 얼굴과 [우리의] 얼굴을 대하여 볼 것이요"를 빗댄 것으로, 곧 이 거울과 같다는 의미다. 다시 말해 여기서 베일은 시간과 영원, 물질과 정신, 짐승과 천사, 죄인과 의인을 갈라놓는다. 목사는 선과 악의 갈등을 평생 느끼고 살면서 극복하지 못한 것이다. 그중 어느 한쪽, 즉 시간, 물질, 짐승, 죄인 등 나쁘고 열등한 면만 강조하기 때문에 조화를 이루지 못해 한평생 검은 베일을 쓰고 살았다. 호손이 다룬 이러한 악의 주제는 멜빌이 『모비 딕』에서 집중적으로 다루었을 뿐만 아니라 평생 동안 고뇌한 주제이기도 하다.

이에 대해서는 호손이 남긴 메모가 좋은 단서를 제공한다. 호손은 친구인 피어스가 미국 대통령이 되자 그의 배려로 리버풀에 영사로 부임하게 되었다. 멜빌은 1856년 요양차 장인의 재정 지원으로 유럽과 예루살렘 성지 여행을 떠났는데, 여행 초기에 사흘간 리버풀에 머물며 호손과 문학에 대해 이야기를 나누고, 귀국길에도 다시 한번 그를 찾아가 인사를 나누었다. 이때의 만남에 대해 호손은 다음과 같이 기록했다.

"멜빌은 평소처럼 신성과 저승, 그리고 인간의 인식 너머에 있는 것들에 대해 추론하기 시작했다. 그는 내게 '파괴될 각오를 이미 했다'고 말했다. 하지만 그런 기대 속에서 안주할 것처럼 보이지 않았다. 그는 어떤 결정적 믿음을 얻을 때까지 결코 안주하지 않을 것이다. 우리가 지금 함께 앉아 있는 황량한 해변의 모래언덕처럼 단조롭고 음울한 사막을 이리저리 계속 방황할 것이다. 그는 신을 믿을 수도 없고, 그렇다고 무신론에 안주할 수도 없었다. 그는 너무도 정직하고 용감해서 신앙이든 무신론이든 철저히 파헤치지 않으면 안 되는 사람이다. 그가 신앙을 가졌다면 누구보다 독실하고 경건한 신앙인이 되었을 것이다. 그는 성품이 매우 고결하고 고상하여 대부분의 사람들보다 더 영생을 얻을 자격이 있다"(너새니얼 호손의 English Notebooks 163에서). 여기서 '파괴된다'는 것은 멜빌이 신학적 영생의 개념을 거부하는 것을 의미한다. 멜빌은 영생의 문제뿐만 아니라 정해진 운명, 자유의지, 절대[신]에 대한 예지 등에 관해서도 강박적일 정도로 깊이 파고들었고, 그에 대한 사유가 『모비 딕』의 전편에 반영되어 있다.

셰익스피어 또한 호손 못지않게 멜빌에게 영향을 준 작가다. 우선 『모비 딕』은 전체적으로 5막짜리 드라마 형태를 취하고 있다. 1~23장(1막, 고래 사냥 준비), 24~47장(2막, 포경업 소개), 48~76장(3막, 고래 추격), 77~105장(4막, 고래 포획), 106~135장(5막, 고래와의 대결과 시련)이다. 이것은 셰익스피어의 희곡과 동일한 극 구성이며, 이에 따라 이야기가 기승전결로 펼쳐진다. 직접 드라마 형식을 취한 곳은 36~40장의 다섯 장, 120~123장의 넉 장 등 아홉 군데다. 여기서는 독특하게도 극중 인물이 서로 대화를 주고받는 드라마 형식을 띠고 연기 지시까지 제시된다.

111장에 나오는 페달라의 예언은 셰익스피어의 희곡 『맥베스』 4막 2장에 나오는 마녀와 맥베스의 환상이 말해주는 버넘 숲의 예언과 매우 비슷하다. 에이해브가 116장에서 죽은 고래를 보며 명상에 잠기는 모습은 『햄릿』 5막 1장에 나오는 요릭의 해골 장면과 너무나 유사하다. 125장 이후에 에이해브는 실성한 흑인 소년 핍과 함께 기거하는데, 이 커플은 『리어왕』 3막 4장에서 황야의 오두막 집 앞에 폭풍우가 몰아치는 가운데 등장하는 리어왕과 광대의 커플을 연상시킨다. 등장인물들이 독백하거나 방백하는 장면에서 피쿼드호의 갑판은 그야말로 연극 무대가 된다. 에이허브는 말할 것도 없고 스타벅이나 스터브, 플래스크 등이 하는 말도 고래잡이의 언어라고 하기에는 극적인 요소가 다분하다. 선원들이 과연 포경선에서 이런 식으로 말할까 하는 의문이 들다가도 극적인 상황에서 걸맞은 호소력에 빠져들게 된다. 그밖에 멜빌이 셰익스피어에게 배운 정말 중요한 기술은 수사적 암시다. 이에 대해 멜빌은 「호손과 이끼」의 논평에서 이렇게 말한다.

"이 어둠은 그의 무한하고 애매모호한 배경을 제공한다. 이 어둠을 배경으로 셰익스피어는 가장 기발한 생각을 발휘한다. 그를 가장 위대한 사상가로 만드는 멋진 것들을 창조해낸다. 셰익스피어를 리처드 3세의 꼽추나 맥베스의 단검 정도로만 이해하는 사람은 피상적인 독자다. 직관적인 진실이 번개처럼 튀어나오는 곳, 리얼리티의 축을 향해 일순간 재빠르게 찌르는 것, 이것이 셰익스피어를 셰익스피어로 만든다. … 어렴풋이 분간할 수 있는 이 위대함이야말로 위대한 정신의 산물이다. … 셰익스피어는 그가 실제로 말한 것보다는 말하지 않은 것, 혹은 말하기를 자제한 것 때문에 더 위대하다. 거짓이 난무하는 세상에서 진실은 성스러운 숲의 흰 암사슴처럼 달아날 수밖에 없다. 진실은 매우 영리하게도 순간적으로만 그 모습을 드러낸다. 그리하여 셰익스피어같이 진실을 말하는 위대한 예술가는 은밀하게 혹은 간헐적으로 그 진실을 말한다."

셰익스피어는 정말 중요한 것은 별로 중요하지 않은 것처럼 암시적으로 말하므로 독자는 그것을 눈여겨보아야 한다는 뜻이다. 『모비 딕』 33장에서도 "인간의 꺾이지 않는 정신을 극적으로 묘사하고자 하는 비극 작가는 지금 언급한 것과 같은 암시를 자신의 작품에서 무척 중요하게 여기며 잊지 않을 것이다"라고 말한다. 『모비 딕』에는 두 가지 중요한 암시가 나온다. 하나는 작품의 첫 문장 "나를 이슈메일이라 불러다오"이고, 다른 하나는 맨 끝에 나오는 '고아'라는 단어다.

### 3) 『성경』과 그리스신화

『성경』은 『모비 딕』의 여러 텍스트에서 인용되고 있으나 여기서는 중요한 『성경』 속 인물 네 명만 간단히 소개하겠다.

#### ① 이슈메일

이슈메일(이스마엘)은 창세기에 나오는 인물로서 아브라함과 그의 아내 사라의 종인 하갈 사이에서 태어난 서자다. 아브라함 가문의 장자로 태어났지만 사라의 미움을 받고 광야로 쫓겨난다. 이슈메일이라는 이름은 '하나님께서 들으신다'라는 뜻으로 천사는 그를 이렇게 묘사한다. "그가 사람 중에 들나귀같이 되리니 그의 손이 모든 사람을 치겠고 모든 사람의 손이 그를 칠지며 그가 모든 형제와 대항해서 살리라"(창세기 16:12).

#### ② 에이해브

에이해브(아합)는 열왕기상에 나오는 인물로서 우상을 숭배한 이스라엘의 왕이다. 아합 왕은 우상을 숭배하는 아내 이세벨의 사주로 나봇 집안 재산인 포도밭을 강제로 빼앗고 나봇을 죽인다. 이에 하나님은 선지자 엘리야를 통해 "개들이 나봇의 피를 핥은 곳에서 개들이 네 피 곧 네 몸의 피도 핥으리라"(열왕기상 21:19)라는 말을 아합 왕에게 전한다. 아합 왕은 이웃 부족과의 전투에서 사망한다.

#### ③ 요나

요나서의 주인공이다. 선지자 요나는 아시리아의 수도 니네베(니느웨)에 가서 심판과 회개의 메시지를 전하라는 하나님의 명령을 받는다. 그러나 요나는 유대인과 적대 관계에 있는 그곳 사람들에게 가지 않고 타르시시(다시스)로 가는 배를 타고 도망친다. 그 배는 풍랑을 만나고 요나는 바다에 던져져 리바이어던(바다 괴물, 즉 고래)에게 삼켜진다. 고래는 하나님의 계시를 알려주기 위해 보내진 괴물이었다. 구사일생으로 고래 배 속에서 나온 요나는 니네베로 가서 하나님의 메시지를 전하고 그들을 회개시킨다.

### ④ 욥

욥기의 주인공이다. 그는 하나님 앞에서 온전하고 정직하여 많은 재산과 가족의 화목을 누리며 살고 있었다. 어느 날 사탄이 욥의 신앙심을 떠보자고 제안하면서 그는 하루아침에 모든 복을 상실하고 고통의 상징이 되지만 나중에 다시 회복된다.

『모비 딕』에는 그리스신화도 인용되고 있다. 대표적으로 다음 세 가지 그리스신화가 나온다.

### ⑤ 프로메테우스 신화

프로메테우스가 진흙으로 최초의 인간을 만들었다는 설이 있으나 그를 그저 인류의 은인이라고 보는 설도 있다. 제우스가 인간들을 벌하기 위해 더 이상 불을 보내주지 않기로 하자, 프로메테우스는 하늘의 바퀴(태양)에서 불씨를 훔쳐 지상의 인간에게 가져다준다. 제우스는 명령을 어긴 프로메테우스를 가혹하게 처벌한다. 그를 카우카수스산 절벽에 쇠사슬로 묶어두고 독수리를 보내 그의 간을 파먹게 한다. 그러나 하루종일 파먹힌 간은 밤새 회복되어 프로메테우스는 다음 날 또다시 간을 파먹히는 고통을 끝없이 당한다.

### ⑥ 페르세우스 신화

페르세우스는 괴물 메두사를 죽인 영웅이다. 메두사를 처치한 후 공중을 날아가다가 바다 괴물 케토스(고래)에게 희생 제물로 바쳐진 처녀 안드로메다를 구출한다. 안드로메다의 어머니 카시오페이아는 오만하고 무분별한 행동으로 바다의 신 포세이돈에게 미움을 샀고, 그로 인해 딸을 속죄 제물로 내놓았던 것이다. 바다와 육지 양쪽에 살 수 있는 데다가 거대하고 힘이 어마어마한 바다 괴물은 요파(에티오피아)의 땅을 유린하고, 어선과 어망 근처에서 방심하고 있던 어부들을 매일같이 먹어치웠다. 영웅 페르세우스는 바다 괴물을 죽이고, 기절한 채 바위에 묶여 있던 안드로메다를 구한 후 그녀와 결혼한다.

### ⑦ 나르키소스 신화

잘생긴 나르키소스는 자신의 모든 것을 너무나도 사랑하는 청년이었다. 그의 어머니는 아들이 자기 자신을 너무 의식하지 말아야 오래 살 수 있다는 예언을 듣는다. 그것은 나르키소스가 자기 자신을 너무 사랑한 나머지 곧 죽을 운명임을 예고한 것이었다. 어느 날 그는 샘물에 비친 자신의 모습을 보고 사랑하게 되었고, 이룰 수 없는 사랑을 갈망하다가 물속에 빠져 죽고 만다. 그가 죽은 자리에서 꽃이 피었는데, 그의 이름을 따서 나르키소스(수선화)라고 불렀다.

## 3. 작품 해설

『모비 딕』은 매우 거대한 작품이므로 몇 쪽으로 주제를 요약하기란 불가능하지만 작품 속의 주요한 수사적 장치와 상징 위주로 간략히 살펴보겠다.

### 1) "나를 이슈메일이라 불러다오"와 "고아"

먼저, 『모비 딕』을 읽는 가장 기본적인 방식을 생각해보자. 이 작품을 해양 모험소설이라고 보는 것이다. 어린이용 『모비 딕』이나 성인용 축약본은 줄거리만 추려낸다. 58세의 에이해브 선장은 지난 포경선 항해에서 모비 딕이라는 거대한 흰 고래에게 다리 한쪽(무릎 아래)을 잃는다. 그 후 에이해브 선장은 모비 딕에게 복수할 일념으로 피쿼드호를 타고 다시 항해에 나선다. 그는 바다에서 만난 다른 배들의 선장에게 흰 고래를 보았냐고 묻고 다닌다. 그리고 드디어 모비 딕을 만나 등에 작살을 꽂지만 작살 밧줄의 고리에 목이 걸려 바다로 떨어진다. 모비 딕에게 들이받힌 피쿼드호와 보트들도 세찬 소용돌이 속으로 침몰하여 이슈메일을 제외한 모든 선원이 사망한다. 이슈메일은 원래 야만인 퀴케그의 관이었던 구명부표에 의지해 표류하다가 구조되어 이 사건의 전말을 보고한다.

『모비 딕』에 들어 있는 온갖 곁가지 이야기들은 해양 모험소설의 관점에서 보면 장황하고 불필요한 내용으로 보일 수 있다. 실제로 1851년에 이 책이 처음 발간되었을 때, 곁가지로 인해 이야기가 이어지지 않는다는 불평이 있었다. 세상의 절반인 여자 이야기는 거의 없이 고래잡이들 이야기만 나오고, 계층 간의 폭넓은 인간관계가 없으며, 무대가 바다에 국한되어 단조롭다는 지적도 있었다. 그러나 이것은 소설을 피상적으로 파악했기에 나온 지적일 뿐이다. E. M. 포스터는 그의 책『소설의 양상』에서 이렇게 말했다. "『모비 딕』은 고래잡이 이야기로만 보면 읽기 쉬운 책이다. 그러나 작품에서 들려오는 노랫가락에 귀 기울이기 시작하면 만만치 않은 아주 중요한 작품이 된다." 포스터는 그 노랫가락의 가사를 알아내려고 애쓸수록 오히려 미궁에 빠질 것이라는 말도 했다. 나는 그 가사를 알아내는 최초의 단서가 1장의 막을 여는 세 마디라고 생각한다. "나를 이슈메일이라 불러다오"(Call me Ishmael). 바로 이어서 "몇 년 전"(Some years ago)이라는 세 마디가 나오는데, 그 몇 년이 구체적으로 얼마나 오랜 기간인지도 묻지 말라고 주문한다. 여기서 우리는 이런 궁금증이 든다.

첫째, 왜 "나는 이슈메일이다" 혹은 "내 이름은 이슈메일이다"라고 하지 않고 "나를 이슈메일이라 불러다오"라고 함으로써 바로 앞에 앉아 있는 독자에게 말하듯 이슈메일이라는 이름을 환기시켰을까? 뒤에 있는「허먼 멜빌 연보」중 1890년에 나오는 앤더스 서점 일화에서, 멜빌은 서점 주인이 누구냐고 묻자 "내 이름은 허먼 멜빌입니다"라고 대답했다. 이 소설에서도 화자가 자신의 이름을 단순히 알려주려 했다면 "내 이름은 이슈메일이다"라고 말했을 것이다. 하지만 명령형 문장을 사용하여 '이슈메일'이라는 이름에 특히 유의하라고 주문하니 독자로서 그냥 지나칠 수 없다.

둘째, 왜 구체적으로 5년 전, 10년 전 혹은 15년 전이라고 밝히지 않고 "몇 년

전"이라고 했을까? 이슈메일이 항해에 나선 것이 구체적으로 언제인가 하는 질문은 자신을 고아라고 생각하는 것과 관련이 있다. 이슈메일은 항해를 떠나기 전에, 혹은 기적적으로 살아 돌아온 직후에 자신을 고아라고 생각했을 수 있다. 그러나 그 몇 년이 흐른 후 오로지 자신만 살아 돌아온 의미를 나름대로 깊이 고민한 끝에 『모비 딕』을 서술하는 시점에서는 고아에 대한 생각이 바뀌지 않았을까? 그렇다면 고아에 대해 바뀐 생각이 텍스트 어딘가에서 은연중에 나오지 않을까 하는 기대를 가지게 된다. 그러나 이런 기대를 하며 『모비 딕』을 재차 읽어보아도 "나를 이슈메일이라 불러다오"와 "고아"의 의미는 불분명한 채로 남는다('종교적 해석' 참조).

### 2) 흰 고래는 무엇을 상징하는가?

이슈메일은 1장 끝부분에서 이런 의미심장한 서술을 한다. "이제 경이로운 세계로 가는 거대한 수문이 활짝 열렸고, 나를 이런 목표로 이끌었던 길들여지지 않는 상상 속에서 수없이 많은 고래들이 두 마리씩 짝을 지어 내 영혼 가장 깊은 곳으로 흘러들었다. 행렬 한복판에는 우뚝 솟은 눈 덮인 산처럼 거대한 두건을 쓴 유령 하나가 헤엄치고 있었다." 다시 말해 이슈메일은 거대한 고래라는 상상의 세계에 들어가기 위해 바다로 나가는 것이다.

그 상상의 세계에서는 무슨 일이 벌어지는가? 다시 1장에서 이슈메일의 항해는 치열한 미합중국 대통령 선거전과 피비린내 나는 아프간전쟁 사이의 간주곡이라고 말한다. 여기서 대통령 선거는 1852년에 미국에서 실시된 대통령 선거를 말하며, 그 전인 1850년에 미국 사회는 자유주(북부)와 노예주(남부) 사이의 불안한 타협으로 언제 내전이 터질지 모르는 살얼음판을 걷고 있었다. 1840년대의 아프가니스탄은 그 지역에서 영향력을 확대하려는 영국과 러시아의 각축장이었고, 아프간 민족은 영국을 상대로 이미 제1차 아프간전쟁(1838~1842)을 벌인 상태였다. 이런 배경을 감안하면 이슈메일의 항해는 미국 사회나 아프가니스탄 지역에서 벌어지는 전쟁과 유사하게 두 세력 간의 싸움을 암시한다고 볼 수 있다. 당연히 그 싸움은 에이해브 선장과 모비 딕 간의 대결이다.

고래의 상징에 대해서는 36장(뒷갑판), 41장(모비 딕), 42장(고래의 흰색)을 주의 깊게 볼 필요가 있다. 36장은 모비 딕을 인식의 벽으로 규정하고, 41장은 모비 딕이 신성한 존재인가 악의 화신인가라는 의문을 제기하면서 에이해브의 광기를 설명하며, 42장은 모비 딕의 흰색(대부분의 고래는 검은색이다)에 대해 사람들이 전율하는 이유를 제시하면서 흰 고래가 곧 모든 것을 상징한다고 말한다. 독자가 부여하는 빛에 따라 상징의 색깔이 달라진다는 뜻이다. 이제 고래의 대표적인 다섯 가지 상징을 텍스트에 근거하여 제시해보겠다.

### ① 종교적 해석

여기서 흰 고래는 신이 지상에 내려보낸 시련 혹은 '고래의 모습으로 나타난 하나님'(9장)이다. 여기서 신은 기독교의 신이다. 『구약성경』은 리바이어던을 시편 74편 14절과 욥기 41장 1~8절에서 명시적으로 언급하고 있고, 요나서에서 고래는 요나의 잘못된 행동을 질정하는 결정적 역할을 한다. 그래서 『모비 딕』 45장은 이런 언급도 하고 있다. "이따금 사람들에게 들이닥치는 신의 심판이 고래에 의해 기이하면서도 전도된 방식으로 수행된다는 사실을 암시하는 것 같았다."

작품의 화자인 이슈메일은 『구약성경』 창세기 16장에 나오는 인물이다. 『모비 딕』 9장에서 매플 목사의 요나 설교가 나오고, 82장에서 요나가 다시 언급되며, 이어서 83장에서 요나를 역사적으로 살펴본다. 그리고 마지막 에필로그에서 이슈메일만 고래의 배 속에서 튀어나온 요나처럼 살아서 돌아온다. 요나와 관련해 우리는 마태복음 12장 40~41절도 생각해볼 필요가 있다. "요나가 밤낮 사흘 동안 큰 물고기 배 속에 있었던 것 같이 인자도 밤낮 사흘 동안 땅속에 있으리라. 심판 때 니느웨 사람들이 일어나 이 세대 사람을 정죄하리니 이는 그들이 요나의 전도를 듣고 회개하였음이거니와."

이쯤 되면 이슈메일을 요나의 분신으로 읽고 싶어진다. 가령 이런 상상을 해보는 것이다. 에이해브 선장은 흰 고래 모비 딕에게 다리 한쪽을 잃은 뒤 복수의 일념으로 가득하다. 모비 딕의 흰색은 바다 위를 유유히 떠 가는 평온과 선량함을 상징하는 동시에 공포와 사악함을 상징하기도 한다. 모비 딕을 반드시 죽여 복수하려는 에이해브는 복수심 때문에 결국 자신이 던진 밧줄에 걸리고, 모비 딕이 밧줄을 잡아당기면서 함께 바닷속으로 끌려 들어가고 만다. 이러한 비극의 전말을 서술하는 이슈메일은 자신을 고래 배 속에 들어갔으나 살아 나온 요나와 같다고 여기며 에이해브가 사랑과 관용을 베풀어 모두가 사는 길을 택했더라면 얼마나 좋았을까 하고 생각했을 법하다. 실제로 모비 딕은 추격 셋째 날에 휴전하려는 몸짓을 보였고, 스타벅은 이런 말까지 하지 않았는가. "오! 에이해브, 오늘이 사흘째지만 지금도 늦지 않았습니다. 보십시오! 모비 딕은 당신을 쫓고 있지 않습니다. 미친 듯이 고래를 쫓고 있는 것은 당신입니다!"(135장). 그러니 오랜 세월이 흐른 뒤 이슈메일은 모비 딕과 에이해브의 대격돌에서 살아 돌아온 자신을 요나로 여기게 되지 않았을까?

우리의 이런 상상과는 다르게 소설은 맨 마지막 에필로그에서 레이철호가 "또 다른 고아"인 나(이슈메일)를 발견했다고 서술하며 끝난다. '고아'라는 말은 이미 앞에서 여러 번(114장, 119장) 나오고, 93장 끝부분에서도 자신(이슈메일)이 버림받게 된다고 예고한다. 따라서 텍스트 속의 이슈메일은 우리가 당초 예상했던 요나의 분신과는 거리가 있다. 고아는 아버지(기독교의 하나님)를 알지 못하는 자, 아버지의 품에서 벗어난 자, 아버지에게 돌아오지 않는 자인 까닭이다. 바로 이 때문에 작가 멜빌의 생전에 뉴욕의 문예 잡지 『문학세계』의 편집장이자 멜빌의 친한 친구였던 에버트 다이킹크는 이슈메일의 정체가 불분명하다고 비판했다.

한편, 『모비 딕』의 에필로그 서두에는 욥기의 말(1:15)이 인용된다. 말했다시피 욥기 41장에는 리바이어던 이야기가 나온다. "네가 낚시로 리워야단[리바이어던]을 끌어낼 수 있겠느냐. 노끈으로 그 혀를 맬 수 있겠느냐"(41:1)고 하나님이 욥에게 묻는 내용이다. 욥은 자신이 왜 비참한 고통을 당하는지 이유를 알지 못한다. 독자는 욥기의 '서언'을 미리 읽었기에 그것이 하나님의 신임에서 나오는 시련임을 안다. 그러나 인간은 자기 삶의 '서언'을 모르기 때문에 시련에 제각각으로 반응하게 되고, 에이해브는 욥과 달리 그런 시련을 안긴 신에게 정면으로 도전한다. 그 때문에 그는 신성모독자, 광인 그리고 악인이 된다. 실제로 41장에서는 "신조차 두려워하지 않는 이 백발 노인"이라고 에이해브를 서술한다.

그러나 선장의 눈으로 바라보면 오히려 고래가 악 또는 자연의 사악한 힘이다. 자신의 한쪽 다리는 물론이고, 많은 동료 선원의 팔다리와 목숨을 가져갔으니 말이다. 그리하여 41장은 이렇게 서술한다. "알 수 없는 그런 악의 힘은 태초부터 존재해왔고, 근대의 기독교인들마저 그 힘이 세상의 절반을 지배하고 있다고 인정했으며, 고대 동방의 오피스파는 그 악을 뱀의 형상으로 만들어 숭배했다. 하지만 에이해브는 그 사악한 힘에 굴복하거나 숭배하지 않았다. 오히려 미친 듯이 날뛰며 모든 악의 근원이 흰 고래라고 생각했고, 불구의 몸에도 불구하고 놈과의 대결을 두려워하지 않고 다시 한번 놈과 정면으로 맞붙으려 했다." 모비 딕과 에이해브 중 누구를 악으로 보든 『모비 딕』의 주제는 악이다. 실제로 멜빌은 호손에게 보낸 편지에서 이렇게 말한다.

"당신에게 맛보기로 '고래'의 지느러미를 하나 보내드릴까요? 꼬리 부분은 아직 요리되지 않았습니다. 하지만 소설을 튀기고 있는 지옥 불은 끝나 갑니다. 이 소설의 비밀스러운 모토는 'Ego non baptizo te in nomine…'인데, 나머지는 알아서 짐작하십시오"(1851년 6월 29일). 라틴어 문장은 『모비 딕』113장에 나오는 것으로 온전한 문장은 이러하다. "Ego non baptizo te in nomine patris, sed in nomine diaboli"(주의 이름이 아닌 악마의 이름으로 세례를 주노라).

악을 대하는 에이해브의 광기는 독특한 면이 있다. 에이해브는 37장에서 "나는 악마 같은 자이고, 미쳐버린 광기다. 그 사나운 광기는 때로 차분하여 자기가 미쳤다는 것을 안다!"라고 말하며 자신의 광기를 의식하고 있다. 그러나 16장에서는 "인간의 위대함이란 질병[광기]에 지나지 않는다"라며 그 광기가 위대한 것 혹은 그리스 비극의 영웅에게 어울리는 것이라고 말한다. 93장에서는 "인간의 광기는 하늘의 지혜", 96장에서는 "슬픔인 지혜가 있으나 광기인 슬픔도 있다"라고 언급하며 슬픔(모비 딕에게 다리 하나를 잃은 것)을 공통분모로 광기와 지혜가 서로 연결되어 있다고 말한다. 129장에서 에이해브는 "이 병이 내가 가장 바라는 건강[고래를 죽이려는 강력한 힘]이란다"라고 말한다.

그러나 에이해브의 광기는 실성한 흑인 소년 핍처럼 전반적인 광기가 아니라 모비 딕을 반드시 죽여서 복수하겠다는 일념에서 나온 광기다. 그리하여 작품 속에서 에이해브를 지칭할 때 '편집광'이라는 말이 수차례 사용된다. 우리는 또한 19장에 나오는 일라이저(엘리야)의 고발을 통해 에이해브의 광기를 엿볼 수 있다. "산타항의 교회 제단 앞에서 스페인 사람과 죽기 살기로 격투를 벌인 일도 들어본 적이 없지? … 은제 호리병에 침을 뱉은 일이나 예언대로 지난 항해에서 다리를 잃어버린 일에 대해서도 못 들었지?" 제단 앞에서 싸운 것이나 은제 호리병에 침을 뱉은 것은 기독교를 모독하는 행위로 에이해브의 파멸을 암시한다고 볼 수 있다.

에이해브에 대한 예언은 작품 속에서 점진적으로 드러난다. 우선 16장에 나오는 피쿼드호의 두 선주 펠레그(벨렉)와 빌대드(빌닷)는 각각 창세기 10장과 욥기 8장에 나오는 인물이다. 『성경』은 펠레그 시대에 '세상이 나뉘었다'라고 하는데, 이는 『모비 딕』에서 바다와 육지가 서로 구분되어 있는 세계임을 암시한다(58장). 빌대드는 욥의 불행에 대해 욥과 논한 세 친구 중 하나로 악인의 운명은 비참하다고 말한 사람이다. 19장에서 일라이저(엘리야)는 일어날 일은 일어나게 되어 있다고 하면서 피쿼드호의 불길한 결말을 예언한다. 54장의 타운호호는 모비 딕에게 물려죽은 항해사 이야기를 하며 에이해브의 앞날을 예언하고, 71장에서 광인 가브리엘도 에이해브의 죽음을 예언한다. 퀴케그의 관이나 페달라의 신비한 예언 등도 모두 피쿼드호에 닥칠 재앙을 미리 알려준다. 또한 해상에서 배와 배가 서로 교류하는 '갬'을 통해 예언은 더욱 가깝게 다가온다. 52장의 앨버트로스호, 54장의 타운호호, 71장의 제로보암호, 81장의 융프라우호, 91장의 로즈버드호, 100장의 새뮤얼엔더비호, 115장의 배철러호, 128장의 레이철호, 131장의 딜라이트호 이렇게 총 아홉 번의 갬이 이루어지는데, 각각의 배는 피쿼드호가 장차 맞이할 운명을 점진적으로 보여준다. 융프라우호나 로즈버드호는 모비 딕의 포악함에 대해 잘 모르는 순진한 경우다. 그러나 엔더비호에서는 선장이 모비 딕에게 한 팔을 잃었다는 이야기가 나오고, 레이철호에서는 아들을 잃은 선장의 이야기가 나온다. 더욱이 피쿼드호가 모비 딕 추격 직전에 만난 딜라이트호는 배 이름 자체가 9장에서 매플 목사가 하나님의 말씀을 경외하고 따르는 사람이 얻게 된다고 말한 '기쁨(delight)'을 상기시키는 것으로 보아, 에이해브는 하나님의 말씀을 따르지 않아 결국 죽게 된다.

이렇듯 수많은 기독교적 언급으로 우리는 기독교적 결말을 기대하게 되고, 그리하여 작품 끝에서 "고아"라는 말을 만나면 당황스럽고 이해할 수 없다는 느낌도 든다. 에필로그에서 "상어들도 입에 자물쇠를 채운 것처럼 아무런 해를 끼치지 않고 스쳐 지나갔고, 사나운 도둑갈매기도 부리에 붕대를 감은 것처럼 날아갔다"라고 했는데, 이슈메일은 그렇게 피해 가도록 만든 힘이 무엇이라고 생각하는 걸까? 왜 이슈메일은 그런 초자연적 현상을 목격하고서도 여전히 자신을 고아라고 생각하는가? 그렇다면 그가 생각하는 고아의 구체적 의미는 무엇인가?

이런 의문을 품는 경우에 단연 눈에 띄는 존재는 퀴케그다. 이슈메일은 물보라 여관에서 그를 처음 만났을 때 "만취한 기독교인보다는 정신이 맑은 식인종과 자는 것이 더 낫다"라고 생각한다(3장). 퀴케그는 야만인이고 요조라는 우상을 섬겼는데, 작품의 초반부에 등장하여 이슈메일에게 야만과 문명의 공존이 더 바람직한 세상이라는 생각이 들게 한다. 그리하여 두 사람은 정신적으로 결혼하고 마음의 허니문을 느낀다(10장). 바다에 나가서는 "인간은 누구나 포경 밧줄에 매여 살아간다"(60장)고 느낀 두 사람은 원숭이 밧줄(72장)로 자신들이 단단히 연결되어 있음을 확인하고, 퀴케그가 주문한 관 덕분에 이슈메일은 살아난다. 110장에서 퀴케그는 하늘과 땅의 원리를 알고 있는 자로 서술된다. 또한 피쿼드호에는 페달라라는 인도 출신의 파시교도 작살잡이가 있다. 페달라의 신비한 예언은 그대로 적중하여 에이해브는 두 번의 신비한 관을 앞세운 다음에 죽는다.

그렇다면 바다에 표류하는 이슈메일을 흉악한 상어와 도둑갈매기로부터 보호한 힘은 야훼 하나님일 수도 있지만, 퀴케그의 요조 신 혹은 페달라의 조로

아스터 신일 수도 있다는 해석이 가능해진다. 이것은 『모비 딕』이 출간된 당시 (1851년) 빅토리아시대의 엄숙한 기독교적 사고방식을 가진 미국 상류층 독자들로서는 결코 받아들일 수 없는 해석이었고, 이 때문에 책의 판매는 부진할 수밖에 없었다. 85장에서 이슈메일은 '지상의 것과 천상의 것을 공평한 눈으로 바라보는 사람'으로 제시되어 있다. 이슈메일이 자신을 가리켜 고아라고 하는 것은 자신을 '공평한 눈'을 가진 사람으로 생각하는 것과 관련이 깊다. 다시 말해, 오로지 기독교적 관점에서 고래를 해석하기를 거부하는 것이다.

여기서 사건의 전말을 보고하는 이슈메일을 『모비 딕』이라는 텍스트를 쓴 허먼 멜빌과 동일인으로 보면 어떻게 될까? 그러면 이슈메일의 공평한 눈은 기독교 신자와 이교도(구체적으로 아메리칸 인디언, 아프리카 흑인, 남태평양의 야만인 등)를 보편적 종교의 관점으로 평등하게 보아야 한다는 멜빌의 공평한 눈이라고 볼 수 있다. 가령 18장에서 이슈메일이 퀴케그를 피쿼드호로 데려왔을 때, 빌대드 선장이 퀴케그가 기독교로 개종했는지 묻자 이슈메일은 이렇게 대답했다. "선장님, 저는 선장님과 저, 저기 펠레그 선장님과 여기 퀴케그, 그리고 우리 모두와 모든 어머니의 아들과 우리 영혼이 속한 유서 깊은 보편 교회를 말하는 것입니다. 하나님을 경배하는 이 세상의 위대하고 영원한 제일회중교회 말입니다. 우리는 모두 거기에 속해 있습니다. 일부 사람들이 그에 대해 엉뚱한 생각을 품고 있지만 이 숭고한 신앙은 변함이 없습니다. 보편적인 신앙 안에서 우리는 모두 함께 손을 잡고 있습니다."

멜빌은 포경선을 타고 바다로 나가 남태평양 섬들을 돌아다니면서 평화롭게 사는 야만인들을 보았고, 기독교 세계와는 다른 문명을 직접 목격했다. 그리하여 선원 생활을 청산하고 귀국했을 때 그는 기독교에 회의를 품게 되어 교회에 잘 나가지 않았고, 어머니 마리아가 아들의 신앙 상태를 무척 걱정했다고 한다. 반면에 멜빌의 아내 리지는 독실한 신앙으로 결혼생활의 여러 가지 어려움을 견뎌냈다. 교회에 잘 나가지 않는 동안에 멜빌은 철학과 종교에 심취하면서 우주의 이치에 대해 숙고했다고 한다. 그러다가 1884년에 지역 교회 목사인 시오더 치커링을 찾아가 교인 명부에 자신의 이름을 올려달라고 요청했다. 이런 요청을 한 동기는 명확히 알려져 있지 않다. 평소 기독교에 대해 가지고 있던 회의적인 생각이 바뀌었을 수도 있고, 평생 고생만 시킨 아내 리지에게 미안한 마음이 들어서 그렇게 한 것일 수도 있다. 또 다른 이유가 있을지도 모른다. 『모비 딕』을 기독교적 관점에서 해석하는 독자들은 이 사실을 근거로 멜빌이 노년에 결국 기독교로 돌아왔다고 주장한다.

이런 주장을 뒷받침하는 또 다른 증거로 멜빌의 유작 『빌리 버드』가 제시된다. 이 작품은 선량한 선원 빌리, 사악한 선임 위병 하사관 클래가트, 그리고 법의 상징인 비어 선장이 벌이는 3인극이다. 빌리는 자신을 선상 반란의 주모자로 무고한 클래가트와 함께 비어 선장 앞에서 심문을 당한다. 그는 결백함을 증명하고 싶으나 너무 억울해 말이 잘 나오지 않는다. 긴장하면 말을 더듬는 경향이 있었기 때문이다. 그래서 억울함을 표현하려고 클래가트를 주먹으로 한 대 쳤는데 그만 죽고 만다. 비어 선장은 빌리가 결백하다는 사실을 알면서도 군법에 따라 그를 교수형에 처할 수밖에 없었다. 이 소설의 핵심 질문은 '왜 악이 선을 이기는가'다.

유작이 된 이 소설을 쓸 무렵, 멜빌은 발자크의 중편소설 『세라피타』를 읽다가 다음 문장에 밑줄을 쳤다고 한다. "지상의 왕인 악이 지극히 선하신 하나님에게서 나왔다니 도대체 어떻게 된 일인가? 본질이나 권능에서 그분이 이 세상을 만들 때 그분의 형상을 따라 만들지 않은 것이 없다고 했는데, 어떻게 악이 하나님의 형상이 될 수 있는가?" 『모비 딕』 40장에서도 맨섬의 노인이 이와 비슷한 질문을 한다. "링은 이미 있잖아. … 저 링 안에서 카인은 아벨을 죽였지. 싸움은 멋진 일이야, 옳은 일이기도 하고! 아니라고? 그럼 왜 신은 링을 만든 거야?" 악의 문제에 정면 대응하기 위해 『빌리 버드』의 22장은 "불법의 비밀"이라는 말을 꺼낸다. 이 말은 『신약성경』 데살로니가후서 2장 7절에 나오는 말로서 세상에 무법이 판치는 것은 사탄의 작용 때문이고, 때로 악이 선을 이기는 것 같으나 결국에는 선한 자가 승리하여 신의 정의가 드러나게 되어 있음을 의미한다.

이러한 신의 정의를 가리켜 신정론(theodicy)이라고 하며, 『모비 딕』을 기독교적 관점에서 해석하는 독자들은 만년의 멜빌이 신정론을 지지하는 유작을 남김으로써 드디어 그의 인생에서 고아 상태를 벗어났다고 생각한다. 이슈메일은 사건이 벌어진 "몇 년 전"이 언제인지 구체적으로 언급하지 않겠다고 말했고 그 문제에 대한 회상이 이처럼 평생에 걸쳐 진행될 것인데, 어떻게 그 후로 몇 년의 세월이 흘렀는지 구체적으로 고정할 수 있겠는가. 이것은 결국 멜빌이 제시한 모비 딕과 에이해브의 싸움이 아무리 세월이 흘러도 여전히 '지금 여기'에서 벌어지는 현재 진행형의 사건임을 말해준다.

### ② 신화적 해석

여기서 흰 고래는 사람을 죽이는 괴물, 즉 악이고, 에이해브는 그 괴물에 맞서는 영웅이다. 41장은 모비 딕을 악으로 지칭하면서 이렇게 말한다. "그[에이해브]는 아담 이후로 전 인류가 느껴온 악에 대한 분노와 증오를 그 고래의 흰 혹 위에 쌓아올린 다음, 자신의 가슴이 박격포라도 되는 것처럼 달구어진 마음의 포탄으로 녀석을 폭격하려 했다." 또한 텍스트는 에이해브를 첼리니의 페르세우스 조각상에 비유하고(28장), 이어서 페르세우스를 고래잡이의 왕자(82장)라고 말한다. 페르세우스는 바위에 묶인 공주 안드로메다를 공격하는 바다 괴물 케투스(고래)를 죽이는 영웅이다. 편집광 에이해브는 자신이 만들어낸 독수리(복수의 일념)에 심장을 파먹히는 프로메테우스이기도 하다(44장).

이러한 그리스신화는 그리스 비극의 단골 소재이고, 비극 속의 주인공은 지나친 오만과 집요함으로 운명에 맞서 싸우다가 파국을 맞이한다. 13장에서는 그런 인물을 가리켜 "본성 밑바닥에 다소 고집스럽고 오만한 병적 기질을 지니고 있으나 그렇다고 해서 그 인물의 가치가 떨어지는 건 전혀 아니다"라고 말하고, "비극적이게도 위대한 인물은 그런 병적인 기질을 통해 탄생한다"고 부연한다. 실제로 에이해브는 108장에서 자신이 "그리스 신처럼 당당하다"고 말하고, 124장에서는 그것을 가리켜 "파멸을 부르는 자부심"이라고 말한다. 118장에서는 이런 말도 한다. "이 늙은이의 손에 이 카드들만 쥐어주고 그것들로만 승부를 내야 한다고 하는구나. 다른 것은 안 된다고 하는구나." 그리하여

119장에서는 자신을 운명에 매인 몸이라고 말한다. 에이해브는 자신이 그 운명을 피해 갈 수 없음을 132장에서 이렇게 말한다. "형언할 수도 이해할 수도 없고 이 세상의 것이 아닌 이 불가사의한 것은 무엇인가? 숨어서 사람을 기만하는 군주, 잔인무도한 제왕이 내게 명령하고 있다."

운명과의 대결이라는 관점에서 보면 에이해브는 그리스신화의 오이디푸스를 많이 닮았다. 오이디푸스는 독수리의 날개와 사자의 몸, 뱀의 꼬리, 여자의 얼굴을 지닌 괴물 스핑크스를 물리친다. 스핑크스는 테바이 근처의 바위 위에서 나그네들에게 "처음에는 네 발, 중간에는 두 발, 마지막에는 세 발이 되고, 네 발일 때가 가장 약한 것은 무엇인가?"라는 수수께끼를 내고, 이를 풀지 못하는 사람은 죽였다. 그런데 오이디푸스가 수수께끼를 풀었고, 스핑크스는 수치심에 스스로 죽음을 택한 것이다. 119장에서 에이해브는 자신의 수수께끼에 대해 이렇게 말한다. "그대는 나의 불같은 아버지이지만, 상냥한 어머니는 누구인지 나는 알지 못한다. 오, 잔인하구나! 그대는 내 어머니를 어떻게 했는가? 그것이 내게 주어진 수수께끼다."

에이해브와 오이디푸스 두 사람 모두가 당면한 수수께끼는 결국 인간이란 어떤 존재인가 하는 질문이다. 오이디푸스는 그 신비를 끝까지 파헤치려다가 파국을 맞이해 결국 자신의 두 눈을 찌르고 콜로누스의 숲에 들어갔다. 에이해브는 고래를 36장에서는 '벽', 42장에서는 '모든 것의 상징', 76장에서는 '현실을 가리는 베일'이라고 말하면서 존재의 신비를 풀어보려고 애쓰다가 자신이 던진 밧줄에 목이 걸려 죽고 만다.

16장에서 에이해브를 가리켜 "위엄이 있고, 신을 섬기지 않는, 신 같은 사람"이라고 한 것은 그가 비극의 주인공임을 암시한다. 아리스토텔레스는 『시학』에서 비극이 비극답기 위해서는 주인공이 벌이는 운명과의 갈등이 인식(발견)의 충격을 수반해 관중에게 연민과 공포, 카타르시스를 느끼게 해야 한다고 말한다. 모비 딕을 추격하다가 마침내 죽음을 맞이하는 에이해브는 이런 비극의 주인공으로서 조금도 손색이 없다. 게다가 45장의 타운호호 이야기는 그리스 비극의 코러스에 해당하는 것으로서, 드라마의 주인공(에이해브)은 알지 못하지만 관중(독자)은 주인공에게 벌어질 비극적 결말을 미리 알게 되어(인식의 충격) 더 큰 연민과 공포를 느끼게 된다.

에이해브가 바다에서 다른 포경선을 만날 때 던지는 단 하나의 질문은 "흰 고래를 보았소?"다. 이처럼 한 가지에 병적으로 집착한다는 점에서 에이해브는 그리스신화의 나르키소스를 그대로 닮았다. 1장에서 나르키소스를 가리켜 "샘물에 비친 자신의 모습을 붙잡지 못해 괴로워하다가 물에 뛰어들어 빠져 죽은 나르키소스 … 그것은 붙잡을 수 없는 삶의 환영이고 모든 것의 핵심이다"라고 했는데, 이런 모습이 흰 고래에 집착하는 노선장과 비슷하다. 예언을 따라갔다는 점에서도 두 사람은 닮았다. 나르키소스가 어릴 때 그의 어머니 리리오페는 미래를 내다보는 티레시아스를 찾아가 아들이 노년에 이르기까지 오래 살겠냐고 물었다. 신탁의 예언자는 "저 아이가 자기 자신을 알지 못한다면" 오래 살 것이라고 말했다. 뒤집어 말하면, 자기 자신을 너무 의식하면 결국 단명하게 될 것이라는 예언이었다. 실제로 나르키소스는 자신의 아름다움을 과도하게 의식하다가 물에 빠져 죽는다. 에이해브 또한 복수 외에는 어떤 것도 생각하지 않았고, 그것이 결국 그를 죽음으로 몰고 간다. 이처럼 자신의 문제에만 몰두한다는 점에서 두 사람은 닮았다. 에이해브는 나르키소스와 마찬가지로 자신의 운명을 스스로 실현한다. 16장에서 에이해브의 어머니가 아들에게 에이해브라는 이름을 지어주었는데, 게이헤드의 인디언 노파 점쟁이 티스티그는 그 이름이 결국 그의 운명에 대한 예언이 될 것이라고 말했다.

이런 점들을 종합해볼 때, 에이해브는 페르세우스와 오이디푸스, 나르키소스, 프로메테우스를 연상시키는 그리스 비극의 주인공이다. 『모비 딕』의 결말인 에필로그는 "드라마는 끝났다"라는 말로 시작하는데, 이 드라마는 우리에게 무한한 연민과 공포, 카타르시스를 안겨준다. 이것은 16장 말미에 나오는 이슈메일의 에이해브 묘사에서 잘 드러난다. "우연히 에이해브 선장의 신상을 들으며 알 수 없는 아픔이 마음속에 차오르는 걸 느꼈다. 그에게 연민과 슬픔을 느꼈는데, 그 이유가 그가 무참히 다리를 잃어버렸기 때문인지 아닌지는 잘 모르겠다. 동시에 그에게 묘한 경외감 같은 것도 느꼈는데, 잘 설명할 수는 없지만 엄밀히 말해 경외감은 아니었다. 그게 무엇이었는지 지금도 모르겠다. 그렇다고 해서 그가 싫어지지는 않았다. 그럼에도 당시에 선장에 대해 알고 있는 바가 너무 없어 그의 수수께끼 같은 면에 조바심이 들기는 했다.”

### ③ 사회적 해석

여기에서 흰 고래는 잘못된 사회제도의 상징이다. 좀 더 구체적으로 말해 흰 고래는 백인이 지배하는 미국의 노예제 사회이고, 에이해브는 노예제를 반드시 철폐하겠다고 나선 윌리엄 개리슨 같은 반노예제 운동가이며, 포경선은 미국이라는 사회, 즉 미국호다. 흰 고래가 미국적 현상이라는 것은, 41장에 나오는 “많은 고래잡이들, 특히 미국 국기를 달지 않은 포경선의 선원들은 향유고래와 대적해본 적이 한 번도 없다”라는 말이 뒷받침한다. 사실 포경업은 19세기 미국 문학에서 즐겨 다루는 산업 분야였다. 석유의 2차 제품으로 기계 윤활유를 만드는 시대가 오기 전까지 고래기름이 산업혁명의 기름칠 역할을 했다. 강물이 기계류의 수송을 담당했다면 고래가 기계류의 고장을 막아주었던 것이다. 고래기름은 등잔 기름, 향수, 방수 가죽, 비누, 크레용, 마가린 등 오늘날 석유로 만드는 많은 제품을 파생시켰다. 그 기름은 대체로 미국 포경선들이 바다에 나가서 포획한 고래에게서 얻은 것들이었다. 19세기 중반 미국 포경업은 세계 최대 규모였고, 낸터킷섬은 포경 산업의 중심지였다.

미국은 백인, 흑인, 히스패닉, 아메리칸 인디언, 아시아계 등 다양한 문화를 가진 여러 인종이 섞여 하나의 동질한 문화를 만들어가는 용광로 같은 국가다. 피쿼드호의 선원 구성도 미국이라는 나라를 연상시키는 측면이 있다. 배의 간부 선원들은 주로 미국 건국의 출발점이라 할 수 있는 매사추세츠주 출신이다. 이슈메일은 매사추세츠주가 포경 산업의 표준이고, 포경업에서는 미국인 선장과 항해사가 외국인 선원들을 다스린다고 말했다. 실제로 선장 에이해브는 낸터킷 출신의 퀘이커교도다. 일등항해사 스타벅도 낸터킷 출신이고, 이등항해사 스터브는 케이프곳 출신이며, 삼등항해사 플래스크는 비니어드섬 출신이다.

각 항해사들이 데리고 있는 작살잡이들은 비백인 지역 출신이다. 이슈메일의 친구 퀴케그는 남태평양제도의 식인종 부족 출신이고, 타슈테고는 비니어드섬의 게이헤드에서 온 왐파토그 원주민(아메리칸 인디언)이다. 다구는 이름이 알려지지 않은 아프리카 어느 해안에서 온 거구의 흑인이다. 그리고 에이해브 선장의 개인 작살잡이 파시교도 페달라가 있다. 파시교도는 7~8세기경 무슬림의 박해를 피해 인도로 간 페르시아인을 가리키며 조로아스터교 신자 혹은 배화교도를 뜻한다. 모두 합쳐 30명 정도 되는 피쿼드호의 선원들 중에는 호랑이처럼 피부가 노란 필리핀인들과 바다에 떨어져 조난당할 뻔한 충격으로 실성한 흑인 소년 핍도 있다.

신생국가 미국을 특징짓는 또 다른 사회적 사상으로 '명백한 운명(사명)'을 들 수 있다. 미국은 북미 전역을 정치·사회·경제적으로 지배하고 개발할 신의 명령을 받았고, 필요하다면 그 과정에서 폭력을 사용해도 무방하다는 것이다. 19세기 중후반 미국 팽창기에 많은 미국인이 이런 생각을 가지고 있었고, 이를 근거로 서부 개척 과정에서 아메리카 인디언들을 무자비하게 학살하는 일이 벌어졌다. 여기서 우리는 피쿼드호의 이름이 백인에게 몰살당한 인디언 부족 피쿼드족에서 유래한 사실을 함께 생각하게 된다. 이런 확장주의는 남부와 북부가 자기 지역의 정치·경제적 영향력을 확대하기 위해 노예제도를 놓고 대립하면서 더욱 불붙었고, 19세기 말에는 카리브해와 태평양까지 미국의 판도를 넓히는 데 동원되었다. 명백한 운명과 관련해 노예제도는 미국 내에 심각한 정치적 위기를 불러왔다. 멜빌은 『타이피』에서 이미 노예제도를 강하게 비판한 바 있었다. 『마르디』에서도 노예제도가 버젓이 존재하는 사회를 묘사하면서 맹렬히 풍자했다. 『모비 딕』 89장에서도 멕시코 땅을 강제 병합한 미국의 처사를 비판했다. 이런 점에서 『모비 딕』은 남북전쟁 전야의 미국 사회를 빗댄 알레고리가 된다. 실제로 멜빌은 26장에서 민주주의와 평민을 찬양하고, 90장에서 웰링턴 공작을 비판하면서 귀족제도에 반감을 드러낸다. 미국 사회에 대해 1장에서는 "세상에서 노예가 아닌 자가 어디 있는가?"라고 묻고, 32장에서는 "우리는 땅에서나 바다에서나 모두 살인자"라고 말하며, 65장에서는 "식인종이 아닌 자가 어디 있단 말인가?"라고 통렬히 비판한다.

하지만 이슈메일과 퀴케그는 단짝 친구라고 할 정도로 가깝다. 이들의 교제는 더 폭넓은 형제애와 인종 간의 동질성 등을 상징한다. 그리하여 피쿼드호는 이슈메일과 퀴케그, 다구, 타슈테고, 파시교도 페달라 등 백인, 흑인, 황인, 홍인 등 모든 사람이 민주주의 질서 속에 살고 있는 아메리카를 상징한다. 결국 피쿼드호가 곧 미국 사회임을 알 수 있다. 그런데 그 미국이 자기 파괴에 몰두하고 있는 것이다. 그 이유가 무엇인가? 미국 사회가 백인 위주의 강박적 태도에 사로잡혀 있기 때문이다. 멜빌이 『모비 딕』을 집필하던 1850년대는 노예제도를 둘러싼 갈등이 결국 유혈 내전으로 이어지고 말 것이라는 불안감이 팽배해 있었다. 미국은 백인 위주 사회에 강박적으로 집착하다가 결국 흰 고래에 들이받혀 피쿼드호처럼 산산조각 날 것 같은 상황이었다.

멜빌은 선원 생활을 하면서 기존의 서구 문명 및 유대-기독교 문명의 틀과는 뚜렷이 다른 세상이 있다는 것을 직접 목격했다. 이러한 인식은 그의 첫 작품 『타이피』에 잘 드러나 있다. 미국과 유럽의 선교사들이 현지 원주민을 개화한다고 했으나 타락시켰을 뿐이고, 현지 원주민이 인육을 먹는다고 비난하지만 그들은 죽은 사람을 먹을 뿐이고 미국 사회처럼 살아 있는 사람(흑인 노예)은 먹지 않는다고 통렬히 비판한다. 멜빌은 원시 부족의 평범한 생활이 미국에서 찾아볼 수 있는 평범한 생활과 너무나 다르다는 사실을 경험으로 알게 되었다. 여기서 말하는 평범한 생활이란 그 문화에서 아주 당연하게 여기는 것으로서, 기독교권의 문화 요소가 언제 어디서나 당연한 것이 아님을 지적한 것이다. 멜빌은 기독교 문명에 적응하지 못하는 사람(가령 이슈메일 자신)은 자신에게 근본적인 문제가 있다기보다 문화의 작용과 압력으로 그렇게 된 것이라고 생각하게 되었다. 멜빌에게 그것은 일종의 해방이었다. 멜빌은 마침내 우울한 성격에서 탈피할 수 있는 하나의 길을 남태평양 원시 부족의 생활에서 발견했다. 그러면서 원시인 부족에 대한 애정과 열의는 더욱 깊어졌다. 『모비 딕』 첫 장부터 퀴케그가 나오고 중간쯤에 페달라가 등장하는 데는 이런 배경이 있다.

종교적 해석에서 등장한 요나의 에피소드는 사회적 해석에도 적용할 수 있다. 요나가 고래의 배 속에서 살아 돌아온 것은 니네베 사람들에게 하나님의 뜻을 전하는 목적을 이루기 위함이었고, 요나는 결국 마음을 고쳐먹고 임무를 수행한다. 마찬가지로 이슈메일도 요나처럼 임무를 수행하기 위해, 즉 미국 사회를 향해 노예제도를 빨리 철폐해야 한다는 메시지를 전하기 위해 침몰선에서 살아 돌아온 것이다. 이 경우 이슈메일이 원래 퀴케그의 관이었던 구명부표를 붙든 덕분에 살아난 것은 어떻게 해석해야 할까? 이것은 야만인의 사랑도 얼마든지 다른 사람을 구하는 힘이 될 수 있다는 뜻으로 멜빌이 지향한 범세계적 민주주의 혹은 사해동포주의의 한 측면을 보여준다. 즉, 미국 사회가 흑인과 백인 혹은 문명인과 야만인을 구분하지 말고 다같이 평등한 세상을 구현해야 하며, 그렇지 못할 경우 피쿼드호 같은 운명을 맞이할 것이라고 암시한다.

#### ④ 심리적 해석

여기서 흰 고래는 개인의 트라우마를 상징한다. 구체적으로 말해 에이해브가 모비 딕에게 다리 한쪽을 잃은 사건에서 기인한 트라우마다. 106장에서 "무슨 일인지 알 수도, 설명할 수도, 상상할 수도 없는 사고로 인해 고래 뼈 다리가 빠지면서 창처럼 그의 사타구니를 꿰뚫을 정도로 세게 찌른 것이다"라고 쓴 것을 보면, 그가 이미 결혼해서 자식까지 두기는 했지만 이 사고로 인해 성불구가 된 것은 아닌가 하는 의심마저 든다. 아무튼 에이해브는 엄청난 분노를 가슴에 품은 난폭한 사람이 되었고, 26장에서는 그런 심리 상태를 가리켜 "정신적인 공포를 느껴 복종하게 되는 힘"이라고 표현한다. 28장에서는 그 트라우마를 "거대한 나무에 떨어진 벼락의 낙인"에 비유한다.

트라우마를 일으키는 결정적 장면을 원초적 장면(primal scene)이라고 하는데, 프로이트가 그의 논문 『늑대 인간』(1918)에서 처음 사용한 용어다. 프로이트에게 정신분석 상담을 받던 당시 23세의 젊은 신경증 환자('늑대 인간'은 프로이트가 붙여준 별명)는 창밖에 늑대 예닐곱 마리가 호두나무 위에 서 있던 어릴 적의 악몽을 이야기한다. 악몽에 나온 어떤 늑대의 귀는 V자를 상징한다. V자는 그밖에도 나비, 다섯 시를 가리키는 로마자, 어머니 혹은 세탁부의 이름에서 M

자를 뒤집은 형태, 가정부 나냐와 정원사의 성행위에서 정원사가 취하는 자세 등을 나타내기도 한다. V라는 원초적 장면은 꼭 성적인 것에 국한되지 않는다. 인생의 특정 시기에 겪은 충격적 사건이나 말, 행동 등이 모두 원초적 장면이 될 수 있다.

원초적 장면이 일으키는 정신 에너지의 수력학은 인간의 마음을 설명하는 프로이트의 두 이론, 즉 역동적 모델과 경제적 모델 중에서 후자에 해당한다. 먼저, 역동적 모델은 정신 현상을 본능과 관련지어 서로 대치하는 정신 에너지들의 갈등과 결과로 파악한다. 반면에 에너지의 수력학은 말 그대로 정신 에너지를 물에 비유하여, 정신 에너지가 마음의 지형을 따라 움푹 파인 곳에서는 고여 있고 비탈에서는 빠르게 흐르며 평지에서는 천천히 흐른다고 본다. 여기서 정신 에너지가 고인 상태가 트라우마, 즉 깊은 정신적 상흔이다. 정신적 충격의 값을 1,000이라고 할 때, 충격을 당한 이의 수용 능력이 300밖에 되지 않으면 나머지 700을 보상받기 위해 그 충격적인 사건이 기억 속에서 자꾸 '반복'되는 것이다.

'반복'을 좀 더 부연 설명하면 이러하다. 사람은 잃어버린 것을 더 아까워하고 가지고 싶어 하며 잊지 못한다. 자꾸 그 물건의 필요성을 느끼고, 설령 필요하지 않더라도 어떻게든 이유를 만들어 물건을 빼앗아 간 자에 대한 원망을 키운다. 흰 고래를 추적하는 에이해브 선장이 그러했다. "그 대결 이후로 에이해브는 당연히 그 고래에게 격렬한 복수심을 품게 되었다. 병적으로 광분하는 상태에서 그는 육체적 고통뿐만 아니라 지적·정신적 분노마저 고래 탓으로 돌리며 복수심을 더욱 키워갔다. 흰 고래는 모든 사악한 힘을 상징하는 편집광의 화신이 되어 그의 눈앞을 헤엄쳐 다녔다"(41장). 100장은 에이해브의 의족에 대해 이렇게 말한다. "에이해브는 사소하게 불편한 상황이 벌어지면, 그것이 다 자신이 다리를 잃어버린 불운한 사고 때문이라고 생각했고, 그때마다 어김없이 짜증을 내고 분통을 터트렸다."

이처럼 사람은 지금 가지고 있는 것보다 이미 잃어버린 것을 더 중시하고 아까워한다. 이런 물욕에 원한이 더해져 복수심이 깊어지고, 그 때문에 마음이 조급해져 냉철한 판단을 내리지 못한다. 사람은 자기 신상에 관련된 일, 특히 복수처럼 간절히 바라는 일 앞에서는 쉽게 눈이 멀어버린다. 그 결과 무리하게 일을 벌이다가 실패한다. 또한 고통이나 모욕을 느끼는 상황에 처하면 이해하고 용서하기보다 반드시 설욕하려는 마음이 강하다. 사람을 움직이는 두 가지 힘은 사랑과 두려움인데, 대부분은 두려움 때문에 움직이고 사랑은 무시해버린다. 사랑은 무시하더라도 보복당할 일이 없기 때문이다. 이에 대해『모비 딕』 42장은 "눈에 보이는 이 세상의 많은 측면은 사랑으로 이루어진 것처럼 보이지만, 눈에 보이지 않는 영역은 두려움으로 이루어져 있다."

정신 수력학의 관점에서 보자면, 모비 딕은 태평양 같은 에이해브의 정신 속을 헤엄치는 괴물이다. 좀 더 구체적으로 말해 뿌리 깊은 트라우마에서 비롯된 강박적 보복 심리다. 52장은 마음속 그림자(트라우마)에 대해 이렇게 말한다. "우리가 꿈꾸는 그 머나먼 신비를 찾아서, 또는 언젠가 한 번은 모든 인간의 가슴 앞에서 헤엄칠 그 악마 같은 환영[고래]을 고통스럽게 추격하며 둥근 지구를 한 바퀴 돈다 해도, 우리는 결국 황량한 미로 속으로 들어가거나 중도에 침몰하고 말 것이다." 23장은 바다와 배를 영혼에 비유하고, 35장은 신비로운 바다를 가리켜 "인류와 자연 속에 충만한 깊고 푸르고 끝없는 영혼의 가시적 이미지"라고 말한다. 114장은 황금빛 바다가 곧 인간의 장엄한 정신임을 암시한다. 이처럼 모비 딕은 에이해브라는 영혼의 바다를 헤엄치고 있으므로 그 괴물을 죽여 보복하고 싶은 노선장의 딜레마는 더욱 깊어진다. 흰 고래를 죽이면 자신도 따라서 죽어야 하고, 목숨을 보존하자니 괴물과 공존해야 하기 때문이다.

⑤ 철학적 해석

여기서 흰 고래는 존재의 신비를 상징한다. 이것은 인간뿐만 아니라 존재하는 모든 것, 즉 동물, 식물, 사물, 자연 현상 등을 가리킨다. 따라서 존재의 신비는 세상 만물의 신비를 가리키며, 나아가 이 세상은 왜 존재하는가, 나는 거기서 어떻게 존재해야 하는가, 이 세상 말고 다른 세상이 있는가 등의 철학적 질문으로 이어진다. 노선장은 자신이 파괴되더라도 존재의 신비를 끝까지 추적하겠다면서 이런 중요한 발언을 한다. "이봐, 눈에 보이는 대상은 모두 판지로 만든 가면 같은 거야. … 무언가를 치려고 하면 바로 그 가면을 쳐야 하네. 죄수가 감방 벽을 부수지 않으면 어떻게 밖으로 나올 수 있겠나? 나에게는 흰 고래가 바로 그런 벽일세. 아주 가까이 다가선 벽 말이세. 때로는 벽 너머에 아무것도 없다는 생각이 들기도 하네"(36장). 벽 너머에 아무것도 없다는 말은 49장 서두에 나오는 말과 연결된다. "인생이라고 부르는 기이하고 뒤죽박죽인 현상 속에서 어떤 기묘한 순간이나 사건이 벌어진다. 그러면 우리는 우주 전체가 하나의 거대한 농담이 아닐까 하는 생각을 하게 된다."

이를테면 플라톤은 이데아가 있다고 했는데, 실은 이데아라는 것이 존재하지 않고 공허한 환상에 지나지 않는다면 어떻게 할 것인가 하는 의심이다. 멜빌은 로크의 경험론이나 칸트의 관념론, 플라톤의 꿀 머리(이데아)가 세상의 신비를 설명해준다고 보지 않는다. 그는 세상의 신비, 즉 신과 인간과 자연의 관계를 직접 알아내야겠다고 생각한다. 멜빌이 1856년 리버풀로 호손을 찾아가 '파괴되기로' 결심했다고 말한 것은, 바로 이 신비를 알아내려고 애쓰다가 파국을 맞아도 개의치 않겠다는 뜻이다. 이 '파괴'는 76장 끝부분에서 사이스의 청년이 다시 언급한다.

여기서 사이스의 청년은 여신상의 베일을 들춰보았다. 다음은 프리드리히 폰 실러의 시 「사이스의 베일 쓰운 여신상」(1795)의 내용이다. 지식욕이 뜨거운 한 청년이 나일강 하구의 고대 이집트 도시 사이스를 방문하여 이시스 여신상을 모신 사원을 찾아간다. 거기서 그는 베일을 쓰운 상을 발견하고 베일 뒤에 숨어 있는 것이 무엇이냐고 대사제에게 물었다. 대사제는 "리얼리티(reality)의 진실"이라고 대답했다. "신이 스스로 베일을 벗을 때까지 인간이 베일을 벗기면 안 된다"는 말도 덧붙였다. 청년은 베일을 한 번도 벗긴 적이 없냐고 물었다. 대사제는 그런 유혹을 느껴본 적이 없다며 리얼리티의 진실과 인간을 갈라놓는 베일은 아주 얇은 막에 불과하지만 막상 들추려면 그 무게를 감당할 수 없다고 했다. 청년은 숙소로 돌아왔으나 베일을 들춰보고 싶어 한밤중에 달빛 가득한 신전을 다시 찾아간다. 그가 베일을 들추려고 하자 마음속에서 "감히 거룩한 신을 시험하려 하느냐?"는 경고의 목소리가 들려온다. 그러나 그는 외친다. "베일을 벗기는 자, 진실을 볼 것이라고 하지 않았는가. 베일 뒤에 무엇이 있든 나는 보고 말겠다." 그리고 마침내 베일을 벗긴다. 그가 무엇을 보았는지는 알려지지 않았다. 다음 날 아침 사제들은 여신상 앞에 의식을 잃고 쓰러져 있는 그를 발견했다. 이후로 청년은 인생의 즐거움을 영영 느끼지 못했고 깊은 회한에 빠져 일찍 세상을 떠났다(파괴되었다).

사이스의 청년이 알고자 했던 궁극의 진실은 리얼리티의 신비를 말한다. 이리얼리티는 일반적으로 우리가 주변에서 만나는 객관적인 현실을 가리킨다. 이것을 세분하면 '객관적 리얼리티(objective reality)'와 '상상적 리얼리티(imagined reality)'로 나눌 수 있다. 가령 극장에서 셰익스피어의 연극 〈맥베스〉를 볼 때, 극장이 있는 곳은 대한민국이지만 우리의 정신은 스코틀랜드로 가게 된다. 상상적 리얼리티는 때로는 객관적 리얼리티와 명확히 구분되지 않는데, 특히 형이상학적 문제를 다룰 때 그러하다. 여기에 '궁극적 리얼리티(ultimate reality)'를 추가할 수 있다. 이 경우는 보통 대문자를 써서 'Reality'로 표기한다. 이것은 경험적 관찰과 상상적 허구를 초월하는 또 다른 실재가 있다는 뜻으로 철학적 관점에서는 신을 가리킨다.

존재의 신비는 더 나아가 영혼의 신비와도 관련된다. 우리의 영혼은 무엇인가 하는 질문이다. 114장에서 이슈메일은 이런 말을 한다. "버림받은 아이의 아버지는 어디에 숨어 있는가? 우리의 영혼은 출산하다가 숨진 미혼모에게서 난 고아와 같다. 우리 아버지에 대한 비밀은 어머니의 무덤 속에 묻혀 있다. 아버지가 누구인지 알려면 그곳으로 가야 한다." 여기서 고아는 이슈메일(이스마엘)을, 미혼모는 하갈을, 그리고 고아를 버린 아버지는 아브라함을 가리킨다. 이는 동시에 세상의 신비(아버지)를 알게 해주는 어머니(자연 속의 구체적 사물)를 찾을 수 없는, 정신이 외로이 고립된 상태를 가리키기도 한다. 에이해브는 119장에서 고아와 관련해 이런 말도 한다. "오, 그대 관대한 자여! 나는 이제 내 족보를 자랑스럽게 여긴다. 그대는 나의 불같은 아버지이지만, 상냥한 어머니는 누구인지 나는 알지 못한다. 오, 잔인하구나! 그대는 내 어머니를 어떻게 했는가?

그것이 내게 주어진 수수께끼다." '나'라는 존재의 형이상학적 아버지는 알겠는데, 그 구체적 근거, 즉 어머니 또는 자연 속의 구체적 사물은 어디에 있느냐고 묻는 것이다.

멜빌은 호손에게 보낸 편지에서 신과 자연, 인간이 자신에게 가장 중요한 화두라고 말했는데, 자연에 이처럼 악이 가득하니 인간의 정신은 도대체 어디서 아버지(하나님)를 찾을 수 있겠냐고 묻는다. 우리는 앞서 '종교적 해석'에서 이슈메일의 고아 상태를 기독교적 관점만으로는 해석하기가 곤란한 사정을 살펴보았다. 여기서 이슈메일이나 에이해브가 말하는 고아는, 아직 존재의 신비를 완벽하게 풀지 못한 사람을 가리킨다. 이슈메일은 그 신비를 110장에서 퀴케그의 문신에 빗대어 말한다. "퀴케그의 몸 자체가 풀어야 할 수수께끼였고 경이로운 한 권의 책이었다. 하지만 그 신비는 바로 아래에서 심장이 펄떡거려도 퀴케그 자신조차 해독할 수 없는 것이었고, … '아, 신들은 악마처럼 사람을 애태우며 괴롭히는구나!'"

여기서 멜빌이 1851년 4월 16일 호손에게 보낸 편지를 다시 인용해보겠다. 멜빌은 편지에서 이런 말을 한다. "신은 자신의 고유한 신비를 설명할 수 없나 봅니다. 신이 우리를 놀라게 하는 것처럼 우리도 신을 놀라게 하지요. 그러나 그 문제는 분명 여기에 존재하고 있습니다. 이것이 우리의 목을 조르는 매듭입니다. 나[인간], 신, 자연 하고 말하는 순간, 받치고 있던 의자가 사라지고 우리는 허공에 목을 매단 신세가 됩니다. 그렇습니다. 그런 말들은 사람의 목을 조르는 교수형 집행인입니다. 사전에서 신이라는 단어를 빼버리면 그 신을 거리에서 만나게 될 것입니다." 멜빌은 이 편지에서 기존의 사상적 범주를 해체해야 리얼리티, 진실, 혹은 존재의 신비를 파악할 수 있다고 주장하며 『모비 딕』의 텍스트에서 고래가 그런 구체적인 사물로 등장한다. 가령 다음과 같은 문장은 고래를 철학적 존재로 보여준다.

"모든 인간은 목에 밧줄을 두르고 태어난다. 하지만 고요하고 은밀하며 늘 우리 곁에 있던 삶의 위험을 깨닫게 되는 것은 언제나 갑자기 방향을 튼 죽음과 마주할 때다. 당신이 철학자라면, 포경 보트에 앉아 있다고 해서 작살이 아닌 부지깽이를 들고 저녁 난롯가에 앉아 있을 때보다 조금이라도 더 공포를 느끼지는 않을 것이다"(60장). "오, 인간들이여! 고래를 찬양하고 본받으라. 그대도 얼음 속에서 따뜻함을 유지하라. 그대도 이 세상에서 살아가되 세상의 일부가 되지 말라. 적도에서도 냉철함을 지키고, 극지에서도 따뜻한 피가 흐르게 하라. 오, 인간들이여! 성베드로대성당의 거대한 돔처럼, 그리고 거대한 고래처럼 사시사철 그대만의 체온을 유지하라"(68장). "향유고래가 천재라고? 향유고래가 책을 쓰거나 연설을 한 적이 있는가? 없다. 하지만 향유고래의 천재성은 그것을 증명하기 위해 특별히 한 일이 없다는 데 있다. 더욱이 그 천재성은 피라미드 같은 침묵이 웅변한다"(79장). "거대한 힘의 소유자들이 모두 그러하듯 고래도 평범한 세상을 향해 거짓된 이마를 드러내 보이고 있는 것이다"(80장). "사실 따지고 보면 고래가 무슨 할 말이 있겠는가? … 나는 심오한 존재가 세상을 향해 할 말이 있는 경우를 거의 보지 못했다"(85장). "향유고래는 장엄하고 심오한 존재다. 플라톤, 피론, 악마, 제우스, 단테와 같이 장엄하고 심오한 모든 존재가 깊은 사색에 잠겨 있을 때면…"(85장).

앞서 인용한 편지에서 "사전에서 신이라는 단어를 빼버리면 그 신을 거리에서 만나게 될 것입니다"라고 했는데, 이는 기존의 사전적 의미를 믿지 말고 거리(혹은 세상)의 구체적인 사물에서 신과 대면해야 한다는 뜻이다. 이슈메일이나 에이해브에게 그런 구체적인 사물은 고래다.

\* \* \*

지금까지 설명한 다섯 가지 해석을 염두에 두면서 이 소설을 다시 읽어보면 작품의 의미가 얼마나 미묘한 움직임을 가지고 있는지 알게 된다. 다섯 가지 해석을 다섯 개의 하얀 탁구공에 비유해보자. 1장에서 135장에 이르는 동안 각 장에서 다루는 화두가 어느 한 해석에 해당하여 탁구공 중 하나에 빨간 불이 켜진다고 할 경우, 작품 전체에서 빨간 공이 명멸하듯 움직이는 패턴을 보게 될 것이고, 그 현란한 움직임에 감탄하지 않을 수 없을 것이다. 특히 전혀 예상치 못한 곳에서 빨간 불이 켜지기 때문에 더욱 긴장하게 된다. 이를테면 고래의 머리를 보면서 플라톤의 꿈을 생각한다든지(78장), 한밤중 돛대 꼭대기의 방전 현상을 올려다보면서 세상의 신비를 정확히 알지 못하는 자의 상황을 아버지와 고아 관계에 빗댄다든지(119장), 세상에 노예가 아닌 자(1장), 살인자가 아닌 자(32장), 식인종이 아닌 자(65장)가 어디에 있냐고 묻는 것 등이 그러하다.

해석이 이처럼 종횡무진으로 내달리기 때문에 D. H. 로렌스는 『미국 고전문학 연구』 11장 서두에서 멜빌 자신도 아마 흰 고래가 정확히 무엇을 의미하는지 몰랐을 것이라고 말한다. 시인 W. H. 오든은 42장에서 고래의 흰색을 언급하면서 흰색은 한 가지 색이 아니라 여러 색이거나 색이 아예 없는 것을 의미할 수 있으므로 흰 고래의 상징은 여러 색의 프리즘처럼 무한한 의미의 층위를 가지며 다양한 광채를 발한다고 말했다. 다시 말해 모비 딕의 상징적 호응은 1대 1이 아니고 언제나 복수이며 제각기 다른 뜻을 나타내므로 한 가지의 상징만으로는 전체를 파악할 수 없다는 것이다. 이것은 상징이 어느 한 의미로 고정될 수 있다면 더 이상 상징이 아니라는 뜻도 된다.

다시, "나를 이슈메일이라 불러다오".

『모비 딕』을 번역하면서 중요하다고 생각되는 텍스트에 형광펜으로 표시해놓고, 필요할 때마다 그 부분만 찾아 읽으며 작가가 진정으로 말하려는 것이 무엇인지 자주 생각했다. 그때마다 작가의 거대한 발상에 감탄하지 않을 수 없었다. 멜빌은 불과 서른의 나이에 그런 심오한 생각을 했을 뿐만 아니라 그럴 듯한 이야기로 만들어냈다. 어떤 사건을 진술하는 것과 그것을 이야기로 만드는 것은 전혀 다른 문제다. 가령 "왕이 죽었고, 왕비가 죽었다"라고 말하면 그것은 진술이 된다. 여기에 말을 약간 보태어 "왕이 죽었고, 왕비가 슬퍼서 죽었다"라고 하면 '슬퍼서'는 글쓴이의 생각(사상)이 된다. 진술이 생각보다 먼저 존재하므로 글쓰기에서도 진술 다음에 생각이 뒤따라오는 것이 자연스러운 순서다. 그러나 『모비 딕』은 역으로 생각(사상)을 앞에 놓고 그에 관련된 고래 사건들을 나중에 배치하여 아주 감동적인 이야기로 만들어냈다. 바로 이것이 이 작품의 뛰어난 예술적 성취다.

나는 과거에 두 번 각각 다른 출판사로부터『모비 딕』번역을 의뢰받은 적이 있다. 그때마다 관련 연구서와 평론집, 배경 정보를 섭렵하여 좋은 해설을 써내기에는 시간이 너무 촉박해 아쉽지만 거절했다. 그러나 이번에 현대지성 출판사로부터 세 번째 번역 의뢰를 받고서는 흔쾌히 수락했다. 작업 시간을 충분히 주었을 뿐만 아니라 다른 번역서와 변별되는 상세한 작품 해설을 쓰도록 권장했기 때문이다. 덕분에 열심히 관련 서적을 읽고 그것을 바탕으로 번역에 임했으며, 독자에게 도움이 될 만한 정보 위주로 해설을 작성했다.

이제 마지막으로 "나를 이슈메일이라 불러다오"(Call me Ishmael) 이야기를 한 마디만 더 하고 끝내려 한다. 이 말을 하도 입에 달고 다니다 보니 어느 날 나도 모르게 콜 미 다음에 쉼표를 넣어 "콜 미, 이슈메일"(내게 전화해줘요, 이슈메일)이라고 중얼거렸다. 이어서 자연스럽게 이런 말이 흘러나왔다. "And tell me what your true identity is"(그리고 당신의 진정한 정체를 말해주세요). 이슈메일 뒤에 서 있는 허먼 멜빌은 아마도 이렇게 대답할 것이다. "내 정체는 책 속에 다 밝혀놓았습니다." 그러니 이제 소설을 재독 삼독하며 이슈메일의 정체를 알아내는 수밖에 없다.

# 허먼 멜빌 연보

**1819년**    8월 1일  앨런 멜빌과 마리아 멜빌의 4남 4녀 중 셋째 아들로 뉴욕에서 출생함.

**1825년(6세)**  뉴욕 메일 하이스쿨 입학함.

**1829년(10세)**  컬럼비아대학 그래머스쿨 입학함.

**1830년(11세)**  아버지의 사업 실패로 가족이 뉴욕주 올버니로 이사. 올버니 아카데미 입학함.

**1831년(12세)**  10월  올버니 아카데미를 중퇴함.

**1832년(13세)**  1월  아버지 사망함. 뉴욕주립은행에서 급사로 일함. 이 무렵 가세가 기운 불명예에서 벗어나고자 어머니가 가족의 성을 'Melvill'에서 'Melville'로 바꿈.

**1834년(15세)**  형의 모피 가게에서 일함. 매사추세츠주 피츠필드에 있는 큰아버지 농장에서도 틈틈이 일함.

**1835년(16세)**  올버니 고전학교에 다니기 시작함.

**1836년(17세)**  올버니 아카데미에 다시 다님(9월 1일~이듬해 3월 1일).

**1837년(18세)**  피츠필드 근처의 사이크스 지구 초등학교에서 임시 교사로 일함.

**1838년(19세)**  랜싱버그 아카데미에서 측량술과 엔지니어링 수학함.

**1839년(20세)**  6월 5일  뉴욕과 리버풀을 오가는 상선 세인트로렌스호 급사로 취직함.

  10월 1일  귀항 후 뉴욕의 그린부시 초등학교에서 임시 교사로 일했으나 봉급을 받지 못해 한 학기 만에 그만둠.

**1840년(21세)**  봄  뉴베드퍼드에서 포경선 아쿠쉬넷호에 취직함.

**1841년 (22세)**　1월 3일　아쿠쉬넷호를 타고 남태평양으로 출항함. 이때 처음으로 갈라파고스제도를 방문함.

**1842년 (23세)**　동료 선원과 함께 마르키즈제도 누카히바섬으로 탈주함. 내륙의 골짜기에 숨어들어 타이피 부족 마을에서 4주를 보낸 후, 그 섬에 기항한 포경선 루시앤호를 타고 타히티섬으로 감.

**1843년 (24세)**　포경선 루시앤호와 찰스앤헨리호에서 근무하다가 호놀룰루에서 여러 잡일을 함. 아쿠쉬넷호 선장의 추적을 피해 미국 해군에 수병으로 승선함.

**1844년 (25세)**　10월　해군 제대 후 뉴욕주 올버니 근처 랜싱버그 집으로 돌아옴.

**1845년 (26세)**　마르키즈제도에서 겪은 일을 바탕으로 해양소설 『타이피』 집필함.

**1846년 (27세)**　2월　『타이피』 출간함. 대중의 호평을 받았으나 선교사들을 비난하는 내용이 문제가 되어 수정판을 냄.

형 갠스부트 31세의 나이로 사망함.

**1847년 (28세)**　소사이어티제도의 경험을 바탕으로 장편소설 『오무』 출간함.

8월　아버지의 친구이자 매사추세츠주 대법관 르뮤엘 쇼의 딸 엘리자베스 쇼와 결혼함.

**1849년 (30세)**　봄　폴리네시아제도의 신화적 섬을 배경으로 쓴 철학소설 『마르디』 출간함. 맏아들 맬컴 출생함.

가을　상선을 타고 리버풀에 다녀온 경험을 바탕으로 쓴 소설 『레드번』 출간함. 미국 해군 군함에서 근무한 경험을 배경으로 소설 『하얀 재킷』 집필함.

**1850년 (31세)**　『하얀 재킷』 출간함. 너새니얼 호손의 단편집 『낡은 목사관의 이끼』 를 읽고 논평 「호손과 그의 이끼」를 작성함. 매사추세츠주 피츠필드의 농가를 구입함. 근처에 사는 호손과 급격히 가까워졌고, 두 사람의 만남은 다음해(1851년) 여름, 호손이 버크셔스로 이사할 때까지 이어짐.

**1851년(32세)** 1월 멜빌이 레녹스에 있는 호손 부부의 집을 방문했을 때의 일화다. 멜빌이 돌아간 후 호손 부부는 그가 말한 야만인의 전투용 몽둥이를 찾느라 온 집안을 뒤졌다. 태평양 섬 부족들 간의 전투 이야기를 하도 실감나게 해서 멜빌이 실제로 그 몽둥이를 보여주며 설명했다고 착각한 것이다. 그만큼 멜빌은 뛰어난 이야기꾼이었다.

10월 차남 스탠윅스 출생함.

11월 『모비 딕』출간함. 호평보다 악평이 더 많았고 상업적으로도 성공을 거두지 못함.

**1852년(33세)** 장편 심리소설 『피에르』출간함. 근친상간의 뉘앙스를 풍기는 이 소설에 대한 비난과 서구 문명을 비판하는 『타이피』에 대한 악평까지 더해져 멜빌은 반기독교적이고 부도덕한 작가, 정신이상자라는 소리까지 들음. 이즈음 장인 쇼 대법관과 함께 낸터킷섬을 방문하여 섬 주민 아가사 해치 로버트슨의 놀라운 이야기를 듣고 호손에게 소설로 써보라고 제안함. 하지만 응하지 않자 자신이 직접 이를 소재로 소설 『십자가의 섬』을 씀. 이 원고는 출간되지 못하고 유실됨.

**1853년(34세)** 5월 장녀 엘리자베스 출생함.

장인과 동료 작가 호손을 통해 해외 영사 자리를 알아보려 했으나 뜻을 이루지 못함.

**1854년(35세)** 역사소설 『이스라엘 포터』를 집필하여 잡지 「퍼트남스」에 연재함.

**1855년(36세)** 『이스라엘 포터』단행본으로 출간함.

차녀 프랜시스 출생함.

**1856년(37세)** 단편집 『피아자 이야기』출간함. 마지막 장편소설 『사기꾼』집필 완료함.

요양 차 유럽과 예루살렘 성지로 여행함(1856년 10월 11일~1857년 5월 20일). 여행 중 11월에 리버풀 영사로 있는 호손을 찾아가 만남.

**1857년(38세)** 5월 리버풀에서 호손을 한 차례 더 만난 후 귀국함. 『사기꾼』출간함. 전혀 주목받지 못하고 인세 수입도 없었음. 여러 도시를 다니며

'로마의 토요일', '남태평양', '여행하기' 등의 제목으로 순회강연함.

**1860년(41세)** 순회강연이 중서부 도시에서 다소 환영 받음. 이 무렵부터 시를 쓰기 시작함.

**5월 30일** 상선 미티어호 선장인 막내동생 토머스와 함께 샌프란시스코로 여행함. 케이프혼 주위의 위험한 항해에 심한 불안을 느끼고 11월에 혼자 파나마를 거쳐 뉴욕으로 돌아옴.

**1861년(42세)** 워싱턴에 가서 영사직을 얻으려고 또다시 시도했으나 실패함. 이때 에이브러햄 링컨 대통령을 만나 악수함.

**3월 30일** 장인 쇼 대법관이 사망하며 딸에게 유산을 남겨 멜빌 가족이 한동안 경제적 어려움을 덜게 됨.

**1863년(44세)** 피츠필드의 농가(애로헤드)를 뉴욕시에 있는 남동생 앨런 멜빌의 집과 맞교환함. 이 집에서 죽을 때까지 살았음.

**1864년(45세)** **4월** 남동생 앨런과 함께 외사촌 헨리 갠스부트 대령이 근무하는 버지니아주 전선 방문. 당시는 남북전쟁(1861~1865)이 끝나갈 무렵이었음.

**1866년(47세)** 시집 『전투물과 전쟁의 양상』 출간함. 1859년 노예제 폐지론자 존 브라운의 처형에서 남북전쟁의 종언을 거쳐 1865년 링컨 대통령의 암살까지 미국 내의 여러 사건들을 기록한 시.

**12월 5일** 뉴욕 세관 부두 검사관으로 취업함(일당 4달러). 1885년까지 근무함.

**1867년(48세)** **9월 11일** 장남 맬컴(18세) 권총 자살함.

**1872년(53세)** 어머니 마리아 갠스부트 멜빌(82세) 사망함.

**1873년(54세)** 뉴욕 세관에서 해고될 뻔함. 부세관장 체스터 아더 장군의 도움으로 위기를 모면함.

**1876년(57세)** 철학적 서사시 『클라렐』 자비 출판함. 예루살렘 성지 순례자들의 신앙심과 의심에 대해 이야기함. 외삼촌 피터 갠스부트가 출판 비용을 댔음.

| | |
|---|---|
| **1877년(58세)** | 뉴욕 세관에서 또 해고될 위기에 처함. 이번에도 체스터 아더 장군 (훗날 21대 미국 대통령)이 또 한번 구해줌. |

**1882년(63세)** **10월** 뉴욕작가협회가 결성되고 멜빌을 초대했지만 '오랫동안 은 둔자로 살아와 많은 사람이 모인 곳에 가기 힘들다'는 이유로 참석 거절함.

**1885년(66세)** **12월 31일** 뉴욕 세관 부두 검사관 퇴직함. 이 즈음 멜빌을 추앙하 는 몇몇 독자들이 집에 찾아왔으나 멜빌은 소설 이야기 대신에 철학 과 종교 이야기만 함.

**1886년(67세)** 중편소설『빌리 버드』집필 시작함.

**2월 23일** 차남 스탠윅스 폐결핵으로 사망함.

**1888년(69세)** 시집『존 마와 다른 시들』자비 출판함. 여동생 프랜시스 프리실라 가 사망하면서 남긴 유증금 3,000달러로 출판 비용을 충당함.

**1890년(71세)** **가을** 뉴욕 앤더슨 서점에 들름. 다음은 당시 그 서점에서 견습 점원 으로 근무한 오스카 베이걸린이 1935년 여름『콜로폰』잡지에 기고 한 글.

"무더운 어느 오후, 한 노신사가 나소 스트리트 99번지의 존 앤더슨 서점에 들렀다. 원래 다른 서점에 갔으나 찾는 책이 없자 앤더슨 서 점에 그 책이 있을지 모른다는 말을 듣고 왔다고 했다. 신사가 찾던 책의 제목은 기억나지 않는다. 다만 바다와 관련된 책이었던 것 같 다. 어느덧 신사와 사장인 앤더슨 씨와의 대화가 시작되었다. 바다 와 선원에 관한 이야기였는데 너무 흥미진진해서 가게 손님들은 물 론이고 점원들도 다들 귀를 쫑긋 세웠다. 신사는 뱃사람들과 그들 이 타고 다니는 배에 대해 누구보다 상세히 알고 있는 것 같았다. 마 침내 앤더슨 씨가 우리 모두의 궁금증을 대신해 물어보았다.

'선생님, 아직 성함을 말씀하지 않으셨습니다. 우리 가게를 방문한 분은 누구신지요?'

'내 이름은 허먼 멜빌입니다.' 앤더슨 씨는 그제야 알겠다는 듯이 두 손을 들며 말했다. '아, 이제야 모든 것이 설명되는군요.'

나는 그후에 멜빌가에서 주문한 책을 그 집에 가져다주는 심부름을 여러 번 했다. 주문한 책 중에는 멜빌 씨가 직접 쓴 해양소설들도 있었다. 신기하게도 우리 서점에 주문하기 전까지 그 집에는 자신이 쓴 책들이 없었던 것 같다. 멜빌 씨가 집에 있을 때면 적은 액수나마 주는 팁을 감사한 마음으로 받았다. 당시 주급 3달러의 견습 점원에게는 참으로 고마운 일이었다. 선견지명이 있어 허먼 멜빌의 책을 몇 부 사서 저자의 서명을 받아두었더라면 얼마나 좋았을까? 멜빌이 생전에 얼마 되지 않는 수입의 상당액을 가족의 눈치를 보지 않고 책 사는 데 썼다는 사실은 서점 사람들이라면 다 안다. 하지만 예나 지금이나 멜빌 정도의 문학적 명성을 얻지 못한 사람들도 그렇게 하고 있다.”

**1891년 (72세)**   시집 『티몰레온』 25부를 한정판으로 자비 출판함.

**9월 28일**   심장마비로 사망함. 브롱크스 북부의 공동묘지에 매장되었음. 이 즈음 멜빌은 대중에게 거의 잊힌 소설가가 되어 사망 당시 『뉴욕 포스트』지에만 '해양 모험소설가 멜빌이 사망했다'는 석 줄짜리 부고 기사가 실림. 장례식에는 아내와 두 딸, 몇 안 되는 지인들만 참석함. 유작으로는 거의 완결된 중편소설 『빌리 버드』와 시집 『잡초와 야생 식물』이 있음. 『빌리 버드』는 사후 33년이 지난 1924년에 처음 발표되었음.

**옮긴이  이종인**

1954년 서울에서 태어나 고려대학교 영어영문학과를 졸업하고 한국 브리태니커 편집국장과 성균관대학교 전문 번역가 양성 과정 겸임 교수를 역임했다. 지금까지 250여 권의 책을 옮겼으며, 최근에는 인문 및 경제 분야의 고전을 깊이 있게 연구하며 번역에 힘쓰고 있다. 옮긴 책으로는 『진보와 빈곤』, 『리비우스 로마사 세트(전4권)』, 『월든·시민 불복종』, 『자기 신뢰』, 『유한계급론』, 『공리주의』, 『걸리버 여행기』, 『로마제국 쇠망사』, 『고대 로마사』, 『숨결이 바람 될 때』, 『변신 이야기』, 『작가는 왜 쓰는가』, 『호모 루덴스』, 『폰더 씨의 위대한 하루』 등이 있다. 집필한 책으로는 번역 입문 강의서 『번역은 글쓰기다』, 고전 읽기의 참맛을 소개하는 『살면서 마주한 고전』 등이 있다.

**그린이  레이먼드 비숍(Raymond Bishop)**

20세기 초반 미국에서 목판화가로 활동했다. 1933년 앨버트 앤 찰스 보니(Albert and Charles Boni) 출판사에서 처음 출간된 『모비 딕』에 레이먼드 비숍의 목판화가 수록되었다. 거대한 고래를 찾아 떠나는 길고 험난한 항해를 묘사하기에 1930년대 스타일의 흑백 목판화만큼 적합한 것도 없다고 여겨 이 책에도 국내 최초로 그의 그림을 수록했다.

현대지성 클래식 44

# 모비 딕

**1판 1쇄 발행** 2022년 9월 2일
**1판 7쇄 발행** 2024년 10월 15일

**지은이** 허먼 멜빌
**그린이** 레이먼드 비숍
**옮긴이** 이종인
**발행인** 박명곤  **CEO** 박지성  **CFO** 김영은
**기획편집1팀** 채대광, 김준원, 이승미, 김윤아, 백환희, 이상지
**기획편집2팀** 박일귀, 이은빈, 강민형, 이지은, 박고은
**디자인팀** 구경표, 유채민, 임지선
**마케팅팀** 임우열, 김은지, 전상미, 이호, 최고은

**펴낸곳** (주)현대지성
**출판등록** 제406-2014-000124호
**전화** 070-7791-2136  **팩스** 0303-3444-2136
**주소** 서울시 강서구 마곡중앙6로 40, 장흥빌딩 10층
**홈페이지** www.hdjisung.com  **이메일** support@hdjisung.com
**제작처** 영신사

ⓒ 현대지성 2022

"Curious and Creative people make Inspiring Contents"
현대지성은 여러분의 의견 하나하나를 소중히 받고 있습니다.
원고 투고, 오탈자 제보, 제휴 제안은 support@hdjisung.com으로 보내 주세요.

현대지성 홈페이지

# "인류의 지혜에서 내일의 길을 찾다"
# 현대지성 클래식

1 그림 형제 동화전집 | 그림 형제

2 철학의 위안 | 보에티우스

3 십팔사략 | 증선지

4 명화와 함께 읽는 셰익스피어 20 | 윌리엄 셰익스피어

5 북유럽 신화 | 케빈 크로슬리-홀런드

6 플루타르코스 영웅전 전집 1 | 플루타르코스

7 플루타르코스 영웅전 전집 2 | 플루타르코스

8 아라비안 나이트(천일야화) | 작자 미상

9 사마천 사기 56 | 사마천

10 벤허 | 루 월리스

11 안데르센 동화전집 | 한스 크리스티안 안데르센

12 아이반호 | 월터 스콧

13 해밀턴의 그리스 로마 신화 | 이디스 해밀턴

14 메디치 가문 이야기 | G. F. 영

15 캔터베리 이야기(완역본) | 제프리 초서

16 있을 수 없는 일이야 | 싱클레어 루이스

17 로빈 후드의 모험 | 하워드 파일

18 명상록 | 마르쿠스 아우렐리우스

19 프로테스탄트 윤리와 자본주의 정신 | 막스 베버

20 자유론 | 존 스튜어트 밀

21 톨스토이 고백록 | 레프 톨스토이

22 황금 당나귀 | 루키우스 아풀레이우스

23 논어 | 공자

24 유한계급론 | 소스타인 베블런

25 도덕경 | 노자

26 진보와 빈곤 | 헨리 조지

27 걸리버 여행기 | 조너선 스위프트

28 소크라테스의 변명·크리톤·파이돈·향연 | 플라톤

29 올리버 트위스트 | 찰스 디킨스

30 아리스토텔레스 수사학 | 아리스토텔레스

31 공리주의 | 존 스튜어트 밀

32 이솝 우화 전집 | 이솝

33 유토피아 | 토머스 모어

34 사람은 무엇으로 사는가 | 레프 톨스토이

35 아리스토텔레스 시학 | 아리스토텔레스

36 자기 신뢰 | 랄프 왈도 에머슨

37 프랑켄슈타인 | 메리 셸리

38 군주론 | 마키아벨리

39 군중심리 | 귀스타브 르 봉

40 길가메시 서사시 | 앤드류 조지 편역

41 월든·시민 불복종 | 헨리 데이비드 소로

42 니코마코스 윤리학 | 아리스토텔레스

43 벤저민 프랭클린 자서전 | 벤저민 프랭클린

44 모비 딕 | 허먼 멜빌

45 우신예찬 | 에라스무스

46 사람을 얻는 지혜 | 발타자르 그라시안

47 에피쿠로스 쾌락 | 에피쿠로스

48 이방인 | 알베르 카뮈

49 이반 일리치의 죽음 | 레프 톨스토이

50 플라톤 국가 | 플라톤

51 키루스의 교육 | 크세노폰

52 반항인 | 알베르 카뮈

53 국부론 | 애덤 스미스

54 파우스트 | 요한 볼프강 폰 괴테

55 금오신화 | 김시습

56 지킬 박사와 하이드 씨 | 로버트 루이스 스티븐슨

57 직업으로서의 정치·직업으로서의 학문 | 막스 베버

58 아리스토텔레스 정치학 | 아리스토텔레스

59 위대한 개츠비 | F. 스콧 피츠제럴드

현대지성 클래식 살펴보기